Miguel Angel Asturias
Die Augen der Begrabenen

2.1

MIGUEL ANGEL ASTURIAS

DIE AUGEN DER BEGRABENEN

Roman

Aus dem Spanischen
von Lene Klein

LAMUV TASCHENBUCH 100

CIP-Titelaufnahme der Deutschen Bibliothek

Asturias, Miguel Angel:
Die Augen der Begrabenen : Roman / Miguel Angel Asturias.
Aus d. Span. von Lene Klein. – Göttingen : Lamuv Verlag, 1991
(Lamuv-Taschenbuch ; 100)
Einheitssacht.: Los ojos de los enterrados <dt.>
ISBN 3-88977-255-2

NE: GT

1. Auflage, Februar 1991

Umschlaggestaltung: Gerhard Steidl unter Verwendung eines Fotos von Harald Meinke
Gesamtherstellung: Steidl, Göttingen
ISBN 3-88977-255-2

Erster Teil

1

»Die Gringos besaufen sich schon wieder!«

Anastasia — Anastasia ohne Familiennamen, ohne Uhr, ohne Schlüpfer, alles nackt und bloß wie die Leute aus dem Volk, der Name, die Zeit, das Geschlecht — hielt sich nicht zurück, sie rief es laut wie das alltägliche Guten Morgen, als sie zur Tür des »Granada«, Tanzcafé, Bar und Restaurant, hineinschaute, wo Eis mit Friseurduft, Schokolade in glänzendem Stanniolpapier, Sandwiches aus drei und mehr Schichten, Brausen mit buntschillerndem Schaum und ausländische Getränke verkauft wurden.

»Die Gringos besaufen sich schon wieder!«

Die Tür führte in eine geräumige, weitläufige Gaststube mit kantigen, schweren Sesseln aus rötlichem Leder, geschaffen für Faulenzer oder anstrengende Trinkgelage, und großen, niedrigen, runden Tischen, deren poröse Holzplatten nicht poliert, sondern jeden Tag geschmirgelt wurden, damit sie immer neu und sauber aussahen, als hätte man sie soeben erst in Gebrauch genommen.

Alles glänzte sauber und neu wie die Tische, nur nicht die Stiefelputzer, armselige, schmutzige, zerlumpte Jungen, die Greisen mit Kinderstimmen glichen.

»Stiefel putzen! . . . Stiefel putzen! . . . Soll ich Ihnen die Stiefel putzen, Herr? . . . Den Staub abwischen?«

Alles glänzte wie neu um zehn Uhr morgens. Unsinn, zehn Uhr morgens, es ging ja schon auf elf! . . .

Neu der Zementboden, glänzend wie ein Teppich aus braunem Zuckerkand; neu die großen Fenster, neu die Spiegel, in denen, flink wie farbige Blitze, die Bilder der Autos vorbeiflitzten, die ihre prächtigen Karosserien über die Sexta Avenida spazieren führten; neu die morgendlichen Passanten, die über die Gehsteige flanierten, sich stoßend und schiebend den Weg bahnten, die Mädchen hofierten und kokette Blicke einheimsten, Grüße und Umarmungen tauschten, die Hüte schwenkten und Lebewohl winkten; neu die mit tropischen Motiven geschmückten Wände, neu die alabasterweiße Decke und die Lampen mit dem indirekten Licht, gläserne Raupen, die in der Nacht leuchtende Schmetterlingsflügel entfalteten; neu die Zeit der runden Uhr; neu die Kellner in schwarzer Hose und weißer Toreroweste, neu die betrunkenen blonden Riesen, die mit blauen, in Alkohol konservierten Augen das Gewimmel der Mestizenstadt betrachteten, und neu die Stimme Anastasias: »Die Gringos besaufen sich schon wieder!«

Offiziere und Soldaten in grünlichen Uniformen hatten sich schon früh am Morgen im »Granada« einquartiert, um Whisky and Soda zu trinken, Chiclegummi zu kauen und parfümierte Zigaretten zu rauchen — einige wenige rauchten Pfeife —, und alle waren fern und fremd dem, was rings um sie geschah in jenem Land, völlig fremd, abgesondert von der exterritorialen Atmosphäre ihres mächtigen Amerika.

An den Nebentischen saß die Vormittagskundschaft. Handlungsreisende, denen nur ihre Musterkoffer Gesellschaft leisteten, verzehrten das zweite Frühstück, während sie mit den Augen die Mahlzeit verschlangen, die ihnen auf den Porzellanseiten eines Magazins serviert wurde. Nicht vom Brot allein . . . auch von Annoncen lebt der businessman. Einheimische kamen, um sich wie jeden Morgen ihr Gläschen zu genehmigen, und gingen schnell wieder. Den Schnaps hinuntergegossen und nichts wie hinaus auf die Straße und ausgespuckt. Die fremde Soldateska brachte sie auf. Zwar waren es Alliierte, aber sie empfanden ihre Anwesenheit wie einen Schlag ins Gesicht. Andere, denen ihr Nationalgefühl weniger zu schaffen machte, weil sie in den Yunaited Steits erzogen worden waren oder bei der Yunait gearbeitet hatten, ließen sich ungeniert neben den Yankees an der Bar oder an den Tischen nieder. Sie sprachen nicht nur englisch, sie rülpsten es sogar, eine Fähigkeit, mit der sie geräuschvoll protzten, während andere, die zeigen wollten, daß sie weitgereiste Leute waren, alle Nasen lang, obgleich sie Englisch weder sprachen noch verstanden, »okay, okay, America« ausriefen.

Die Soldaten lümmelten sich nach Herzenslust, streckten ein Bein unter dem Tisch aus und ließen das andere über die Stuhllehne baumeln. Einige kippten beharrlich den Whisky and Soda hinunter, knallten das leere Glas auf den Tisch und redeten dann eine gute Weile. Schwiegen und redeten wieder. Redeten und schwiegen wieder. Als telegrafierten sie. Andere nahmen die Zigarette oder die Pfeife aus dem Mund und machten laut bissige Bemerkungen, über die ihre Kameraden dröhnend lachten. Die Soldaten, die mit dem Rücken zu den übrigen Gästen an der Bar saßen, wandten sich, ohne das Glas loszulassen, mit dem Drehschemel um, blonde Haare, blaue

Augen, weiße Hände, und suchten herauszufinden, wer die Bemerkung gemacht hatte, über die ihre Kameraden lachten, um ihm Beifall zu zollen. Mit den von Ringen glänzenden Fingern und den goldenen Armbändern um die derben Gelenke glichen sie kaiserlichen Soldaten.

»Die Gringos besaufen sich schon wieder!«

»Vorsicht, Tante, sie hören dich«, sagte zu der Mulattin ein magerer Junge, der ihr überallhin folgte.

»Soll'n sie mich doch hören . . ., du machst mir Spaß . . ., als ob sie Spanisch könnten!«

Als die bestellte Ware aus der Weinhandlung eintraf, kratzte sich der Barmann knurrend den Kopf.

Sie liefern ja pünktlich genug, dachte er, bloß daß die vom Militärstützpunkt schon in aller Herrgottsfrüh gekommen sind.

Schlitzaugen, dünne, von dem schlaff niederhängenden Schnauzbart verdeckte Lippen, fürwahr, ein Hai im Halbdunkel.

Wie Schwerter nahm er die Flaschen aus den Kisten und Körben, zog sie aus den Strohscheiden und stellte sie in Schlachtordnung auf, gleich Soldaten, die zum Angriff vorgehen. Voran den Whisky, der den Stoßtrupp bildete, dann den Rum, importierten und einheimischen, zuckersüß und der Verdauung förderlich, die Ginflaschen, durchsichtige Klinker voll weißen Feuers, mit Orden behängte Kognaks, edle, in Goldpapier gehüllte Weine, Likörflaschen, die in Netzen gefangenen Sirenen glichen . . .

Während der Barmann die Flaschen aufstellte, sagte sein Gehilfe, der die Kundschaft bediente: »Mir sind die Nägel schon ganz blau von all dem Wermut, den ich verdünnt habe, Señor Mincho, aber das Schlimmste ist, daß mir von Zeit zu Zeit ganz schwarz vor den Augen wird.«

Der Geruch nach Medikamenten, der dem Wermut anhaftet, der aber kein Wermut war, sondern Pernod, machte ihn schwindlig, und er hatte schwarzblaue Nägel, weil er die Gläser mit den Eisstückchen unter den tropfenden Wasserhahn halten mußte, um das samenbraune Getränk zu verdünnen.

»Tante, ich will jetzt rein«, drängte der Kleine die Mulattin, denn er hatte es satt, länger müßig, einen Fuß auf dem anderen, vor der Türe zu stehen.

»Geh rein, los, geh.« Anastasia puffte den mageren, vor Schmutz starrenden Jungen, hinter dessen Ohren und auf dessen Hals Schuppen zu liegen schienen, dessen spärliche Kleidung zerfetzt war und dessen bloße Füße zu lange Nägel hatten.

Absichtlich hinkend, mit verzerrtem Mund und hängender Schulter, um noch mehr Mitleid zu erregen, trat der Kleine ein und begann, den Hut in der Hand, zu betteln. Er ging geradewegs auf die Tische zu, an denen die blonden Riesen saßen. Neben ihnen wirkte er noch dunkler. (Ach, seufzte Anastasia an der Tür, wie schwarz mein Jungchen neben denen aussieht!) Ohne die Kaugummi malmenden Kiefer zur Ruhe kommen zu lassen, selbst die Ohren kauten mit, warfen die Soldaten ihm ein paar Münzen in den Hut. Andere boten ihm Whisky an, wieder andere scheuchten ihn mit der brennenden Zigarette weg. Die Kellner verjagten ihn, indem sie mit der Serviette nach ihm schlugen wie nach einer Fliege.

Ein grauhaariger Sergeant mit rotem Gesicht wandte sich nach dem Angestellten um, der hinter der Theke, wo es Zigaretten, Süßigkeiten, Schokolade und Karamelbonbons zu kaufen gab, die Registrierkasse bediente, und schrie: »Nicht wegjagen, zerquetschen . . . Insekt, zerquetschen . . ., alle spanish Insekten zerquetschen!«

Er lachte über seinen Witz, während der Junge, erschrocken über die Schläge, die ihm die Kellner mit ihren Servietten versetzten, eilig zur Tür hastete.

»So viel hast du zusammengekriegt«, sagte Anastasia zu dem Neffen, nahm die Münzen an sich und wog sie in der Hand.

Der Junge überließ ihr den Hut und rannte weg, um eins der mit Buchstaben und Köpfen von Löwen, Pferden und Menschen bedruckten Blätter zu ergattern, die vor dem Kino verteilt wurden. Wie gern hätte auch er solche Programme verteilt, wenn die Tante es ihm erlaubt hätte. Auf diese Weise käme er wenigstens umsonst ins Kino.

»Um mich im Dunkeln einsperren zu lassen, Ave Maria, dafür gebe ich doch kein Geld aus«, unterbrach ihn Anastasia, sooft er sie bat, mit ihm ins Kino zu gehen. »Wir Armen haben unser eigenes Kino, wenn es dunkel wird, weil wir kein elektrisches Licht haben, und dafür brauchen wir nicht zu zahlen. Nein, Söhnchen, das Leben ist zu teuer, um das Augenlicht im Dunkeln zu verschwenden.«

»Insekten die Spanish?« fragte ein junger Mann, der mit seinen Freunden am Nebentisch saß, den Sergeanten auf englisch. »Insekten, aber ihr braucht uns.«

»Mexiko Insekt, das scharf stechen«, radebrechte der Sergeant auf spanisch mit lauter Stimme. »Mittelamerika winzige Insekten, verrückte . . . Antillen keine Insekten, Würmer, und Südamerika aufgeblasene Kakerlaken!«

»Aber ihr braucht uns.«

»In Minnesota wir brauchen nicht, mein Bester, Minnesota nicht Washington oder Wallstreet.«

Von einem anderen Tisch rief mit dröhnender Stimme ein dritter herüber: »Sag ihm, er soll uns am A — bend besuchen!«

Das Hupen der Autos — neueste Modelle —, die die Sexta Avenida entlangfuhren, das Kommen und Gehen der Passanten. Mittag. Hitze. Das »Granada« gerammelt voll. Alle Tische besetzt. Der Barmann oder das Wunder des stetig fließenden Alkohols. Ohne hinzusehen, nach dem Gefühl ergriff er die richtige Flasche, ließ sie in der Luft von der einen Hand in die andere wandern, bereits entkorkt, bereits geneigt, um den Inhalt fließen zu lassen. Die Kellner konnten die Arbeit kaum schaffen. Unablässig klingelte die Registrierkasse. Das Telefon. Die Zeitungen. Der Musikautomat. Die Anastasia.

»Die Gringos besaufen sich schon wieder!«

Auf den Straßen Lautsprecher, die Filme und Theatervorstellungen ankündigten. »Der große Diktator von Charles Chaplin . . . Der große Diktator . . . Der große Diktator . . .«, mehr Stimmkraft als Megaphon, Chauffeure, die ihre Taxis anboten, mehr Überredungskunst als Stimmkraft, Losverkäufer, das Glück Arm in Arm mit dem Elend, und von Tisch zu Tisch hinkend der Neffe der Mulattin, der es sich zunutze machte, daß die mit den Gästen beschäftigten Kellner keine Zeit hatten, sich um seine winzige Person zu kümmern.

Aber was er sich so um die Mittagszeit erbetteln konnte, war kaum der Rede wert. Viele hochnäsige Herren und viele behandschuhte, federngeschmückte, gepuderte, geschminkte, frisierte, parfümierte Damen, er aber heimste kaum zwei, drei Münzen ein. Manche stellten sich taub, und andere taten zerstreut, und obgleich der Kleine, getrieben von der Not, sie mit seinen armen schmutzigen Händen anzufassen wagte, sprachen sie weiter und beachteten ihn nicht oder wurden sogar grob, drohten ihm mit der Polizei und fragten unwirsch, ob er denn keine Eltern habe, die für ihn sorgten. Der Junge wußte nicht, was er antworten sollte, und verfolgte schnuppernd und großäugig die leckeren Gerichte, die die Kellner auf die Tische zwischen die Flaschen und die Aschenbecher stellten, Gerichte, die die feinen Herrschaften mit den Fingern aßen, ohne darüber das Trinken zu vergessen.

»Eltern mußt du doch haben«, rief ein Gast entrüstet.

»Vielleicht hab ich 'n Vater«, flüsterte der Kleine.
»Und keine Mutter?«
»Nein, keine Mutter.«
»Ist sie gestorben?«
»Nein.«
»Hast du sie nie gekannt?«
»Ich hab doch keine Mutter.«
»Wo gibt's denn so was? Jeder Mensch hat eine Mutter.«
»Aber ich nicht . . . Mein Vater hat mich mit 'ner Tante gemacht.«

Die Gäste lachten und belustigten sich, witzelten und riefen Worte, die ihm in den Ohren dröhnten, aber keinen Sinn für ihn hatten, weil er sie nicht verstand — alberner Bengel . . . Strolch . . . Homunkulus —, und der zerlumpte Neffe der Mulattin ging von einem zum anderen, den Hut in der ausgestreckten Hand und mit trauriger Stimme um Geld bettelnd, während ihm das Wasser im Mund zusammenlief bei dem Geruch des Schinkens und des von Toastscheiben umrahmten Käses, der auf dem Rost geplatzten Maiskörner, der Papalinas mit den scharfen kleinen Pfeffermonden und der Oliven von der Farbe eßbarer Edelsteine.

Von diesem Tag an riefen ihn alle heran, und alle schenkten ihm Münzen und bogen sich vor Lachen, wenn er auf ihr Geheiß wiederholte: »Mein Vater hat mich mit 'ner Tante gemacht.«

Zwischen halb zwei und zwei Uhr nachmittags leerte sich die Gaststube. Die Sexta Avenida lag fast verödet. Die Sonnensegel, die den Bürgersteig beschatteten, hüteten die Mittagsruhe des »Granada«, wo der Barmann und die blonden Riesen weitermachten: Whisky and Soda, Wermut, Bier, Gin, Cocktails und »Submarinos«, bestehend aus Rum und Bier oder Bier und Rum, vermischt in einem einzigen Glas. Die Reihenfolge der Zutaten änderte nichts am Rausch.

»Die Gringos besaufen sich schon wieder!«

Ein buckliger Zwerg mit sehr langen Armen kam herein und bot Papierservietten an. Beim Sprechen füllten sich seine Mundwinkel mit Schaumbläschen, als würden die Muster, die er aus seiner schwarzen Aktentasche holte, durch jene Schaumserviettchen angezeigt, die ihm aus dem Munde traten. Er erhielt den Auftrag, weil er es sich gefallen ließ, daß der Geschäftsführer ein paar Lotterielose an seinem Buckel rieb.

»Drei Uhr nachmittags, und ich hab noch keinen Bissen über die Lippen gebracht, verflucht noch mal«, sagte er, als er mit seinem

Buckel, seiner Aktentasche, seinen Schaumbläschen und seinen Servietten hinausging.

Auf der Straße murmelte er: »Und verflucht diese Bude, wo sie einen zum Talisman für Hurenböcke machen!«

In der Tür überfiel den Geschäftsführer ein Agent, der Annoncen verkaufte, aber nicht so viel Glück hatte wie der Bucklige.

»Ich habe den Stall voll mit Gringos, warum soll ich noch Geld für Reklame ausgeben!«

»Damit auch die Einheimischen kommen.«

»Mir ist lieber, sie bleiben weg. Für die annonciere ich nicht. Die wollen sich nur prügeln.«

Um vier Uhr nachmittags verschwand der erste quirlende Menschenhaufen im Kino, und aus den glänzenden Taxis, die vor der Tür des »Granada« haltmachten, stiegen noch mehr Soldaten. Sie kamen vom Militärstützpunkt, der außerhalb der Stadt oder, wie es offiziell hieß, »irgendwo in Amerika« lag. Sie nahmen sich kaum Zeit, den Fahrer zu bezahlen. Das heißt, einer zahlte. Die anderen stürzten ins Haus, vier, sechs, acht gleichzeitig, so viel, wie durch die Tür gingen, und verlangten Whisky, Bier, Gin, Kognak, Rum, freundschaftlich mit Schulterklopfen, Boxerclinches und Akrobatenstückchen von jenen begrüßt, die sich schon seit dem frühen Morgen, dem Greifinstinkt gehorchend, an die Stange vor der Bar klammerten, sie aber jetzt losließen, sich von ihren Sitzen erhoben und hinaustaumelten, um ihren Kameraden von der Ablösung Platz zu machen.

An die Tische im Teesalon unweit der Bar setzten sich ein paar Dämchen mit ihren Herren. Fünf vor. Fünf vor fünf. Señoritas, deren Eleganz darin bestand, eine berühmte Filmschauspielerin nachzuahmen, für die sie schwärmten, und Jünglinge, die mit diesen Señoritas romantische oder gewagte Szenen nachlebten, die sie im Kino gesehen hatten. Verführerisches Halbdunkel, samtenes Licht, Hawaiimusik. Zwischen den turtelnden Pärchen saßen hier und da Freundinnen an den Tischen, sehr junge, erst seit kurzem verheiratete Frauen, die eifrig bemüht waren, weder ihre schlanke Linie noch die Bedienerin, die plumpe, braunhäutige Magd zu verlieren, die sie, das Baby auf dem Arm und die frischen Windeln und Höschen im gestickten Beutel, überallhin begleitete. Die Ungeniertesten unter den jungen Frauen tranken mit Wasser verdünnten Anis, um ihre Lust auf Alkohol zu befriedigen oder ihr Bauchgrimmen zu beschwichtigen.

Zigarettenstummel, von Lippenstift rotgefärbt, gelangten in den

Tassen, wie Exlibris des Tees, zum Abwaschtisch, wo Señor Bruno und seine Schar Tellerwäscher das Geschirr blitzblank rieben und gleichzeitig die Gäste durchhechelten.

»Im Teesalon tut sich wenigstens was, die Kunden kommen und gehen, aber die Soldaten vom Stützpunkt rühren sich nicht aus der Bar weg. Bei denen steht das Barometer ununterbrochen auf Sturm. Da ist einer mit 'nem knallroten Gesicht, der säuselt sich mit offenen Augen einen an, sieht aus, als wäre er auf seinem Schemel verankert, und ein anderer, der guckt und guckt, und nach jedem Schluck scheint er weiter weg zu sein, und ein Riesenkerl von einem Flieger möchte am liebsten alle ohrfeigen, die ihm in die Nähe kommen.«

»Aber die aus dem Teesalon versauen das Geschirr am meisten. Die Sch — lampen! Jawohl, die Schlampen. Fast hätte ich Scheißweiber gesagt.«

»Die lassen nicht mal einen Tropfen Wasser in den Tassen zurück. Das Geschirr kommt nur deshalb wieder in die Küche, weil sie es nicht fressen können«, bemerkte der älteste.

»Was hast du denn gedacht, Opa? Daß sie dir ihre Nußtorte, ihre Cremeschnitte oder die rote Stiefelwichse übriglassen, mit der sie sich die Fresse beschmieren?«

»Red nicht so ordinär, Mann! Als ob du in den ›Cinco Calles‹ wärst! Du bist im ›Granada‹, Schandmaul!«

Señor Bruno mischte sich ein.

»Daß ihr doch bei der Arbeit nicht Ruhe halten könnt! Das ist euer größter Fehler. Was kümmert es euch, verdammte Bande, daß die Señoras die Tassen nicht essen, weil man sie nicht essen kann, und daß sie mehr Geschirr als notwendig dreckig machen ... Das kriegt man doch mit Wasser und Seife wieder weg, nur zupacken muß man. Hier haben wir eine sichere und gutbezahlte Arbeit. Wozu sich da um Sachen kümmern, die den Armen überhaupt nichts angehen.«

»Sie sind eben noch von vorgestern, Don Bruno Salcedo, als der Arme nichts Besseres war als ein Stück Vieh. Sie gehören zu denen, die glauben, daß der Reiche, weil er mehr Geld hat, mehr wert ist als unsereiner.«

»Mehr wert als zwei ..., als drei von uns! ... Hier kriegst du nichts zwischen die Zähne, Alter. Wo sich die Reichen mästen, bleibt für den Armen nichts übrig.«

Die fettigen Teller mit den Leichenresten der Hähnchen und Hühner, die in der Küche landeten, verrieten, daß zu Abend gegessen wurde.

»Die Gringos essen nur so was«, bemerkte ein Junge mit grünen Augen, hielt eine halb abgenagte Hühnerkeule hoch, schlug die scharfen Indiozähne in das am Knochen haftende Fleisch und setzte mit verschmiertem Mund hinzu: »Und zu Hühnchen sagen sie ›chicken‹.«

»Das ist noch gar nichts, Jungens«, meinte ein anderer. »Ich hab bei dem Spanier gearbeitet, dem das ›Puente Chispas‹ gehört, der sagt statt Hühnchen Hünnchen.«

»Also, die vom Stützpunkt essen nur so was und bloß mit den Fingern, ohne Messer und Gabel. Wer weiß, vielleicht sind sie bei sich zu Hause genau solche armen Hunde wie wir, aber hier spielen sie sich als Mister auf.«

»Der Prophet gilt nichts in seinem eigenen Land, aber du, Brauner, wirst nie ein Mister, nicht mal, wenn du nach China gehst.«

»Ein Mister nicht, aber ein Don bestimmt.«

»Wo sie den Stier mit dem Strohhalm stechen, da wirst du Don!«

»Ein Don? Wie willst du ein Don werden, du bist und bleibst doch ein Indio!« unterbrach ein Dritter.

Das Wasser badete die dunklen Hände, die mit weißen Porzellantellern, geblümten Tassen, Weingläsern, verschiedenartig geformten großen und kleinen Gefäßen und versilberten Bestecken hantierten und die Wolken von Seifenschaum abspülten, die die glänzenden Flächen vorübergehend trübten.

»Das bringt Glück«, riefen sie im Chor, wenn ein Teller am Boden zerschellte.

Der Mann, dem es oblag, die Teller von den Speiseresten zu säubern, ehe sie in den Abwasch wanderten, kehrte die Scherben mit dem Besen zusammen. Er hieß Juan Nepomuceno Rojas.

Er kehrte und brummelte vor sich hin. »Sie zerbrechen, zerbrechen, zerbrechen, als ob es ihnen gehörte. Früher war das nicht so. Da ging man mit fremdem Gut behutsamer um als mit dem eigenen. Da hatten die Leute noch Schamgefühle im Leib, jawohl, Schamgefühle. Die heutige Zeit ist unverschämt, weiter gar nichts . . .«

Vor sich hin brummelnd, kehrte er energisch die Porzellanscherben weg, denn gleich nach dem Besitzer war er der Leidtragende, er, Nepomuceno Rojas, der sich oft genug in die Finger schnitt, wenn er den Müll mit den Resten zerbrochener Gläser oder Schüsseln aufnahm, die der Schuldige, ohne ein Wort zu sagen, vorsorglich darin versteckt hatte, falls das Unglück nicht vor aller Augen geschehen war. Sollte sich derjenige, der den Müll hinaustrug, ruhig in die

Finger schneiden. Dafür schnappte er sich auch die besten Happen weg, die von den Mahlzeiten übrigblieben. Eigentlich hätte er nicht Juan Nepomuceno Rojas heißen dürfen, sondern »Juan Rojas mit dem großen Magen«, weil er, wie jeder gute Christ, seine Verdauungsorgane gebrauchte, beziehungsweise mißbrauchte.

Gegen zehn Uhr abends kehrte Anastasia aus »La Concordia« zurück, einem Park, traurig wie das Fegefeuer. Ehe sie ihn verließ, verrichtete sie zwischen einem Baum und einer Statue ein kleines Geschäft. Der Neffe, der aufpassen sollte, ob sich ein Polizist näherte oder Leute vorbeikämen, pfiff im Sternenlicht, pfiff und spielte mit den nackten Zehen im taubenetzten Sand.

»Halt die Füße still! Immer machst du, was dir paßt, bloß nicht das, was man dir sagt. Kaum hab ich mich hingehockt, da zappelst du herum. Du sollst pfeifen, wenn einer kommt, aber nicht bloß so.«

»Ich pfeife, damit man dich nicht plätschern hört, Tante.«

»Flegel! Nichts wie Unfug im Kopf!«

Die Tante und der Neffe kehrten aus »La Concordia« an die Ecke des »Granada« zurück, nicht mehr so frisch wie am Tage, sondern langsam und erschöpft, und durchstöberten mit den Augen, die ihnen fast aus den Höhlen traten, die Auslagen, wo es Brötchen, gefüllt mit schwarzen Bohnen und geriebenem Käse, gab, Brötchen mit Mixed Pickles und Salatblättern, Wurstbrote, gefüllte Paprika und in Puderzucker gebadete Bananentäschchen . . .

Anastasia schloß die Lider und überquerte, den Neffen an der Hand, die Straße, um sich so schnell wie möglich von den beleuchteten Läden zu entfernen, die der düsteren Feierlichkeit der San-Francisco-Kirche gegenüberlagen. In der Altfrauenhand das kalte Händchen des Neffen, dessen kleine Füße über das taunasse Pflaster trappelten, floh sie die Versuchung, floh mit wehendem, weitem Barchentrock und hielt erst vor Santa Clara an, der kleinen Kapelle neben der großen Franziskaner-Kirche, wo sie sich und den Neffen bekreuzigte und seltsame, drohende Worte gegen die Reichen ausstieß, den gekreuzigten Heiland von Santa Clara als Zeugen anrufend, dessen Bild im Inneren des Gotteshauses hing und von Öllampen beleuchtet wurde.

Sie konnten schon die Musik aus dem »Granada« hören, vor dem sie gleich darauf anlangten. Die hungrigen Eingeweide spornten sie an. Vielleicht würde der wuschelköpfige Don Nepo ihnen etwas zu essen geben. Ankommen, durch die Tür schauen und es hinausschreien, all das geschah gleichzeitig. Sie sagte, sagte, sagte es, konnte sich nicht zurückhalten: »Die Gringos besaufen sich schon wieder!«

»Sei still, Tante, sonst sperren sie dich noch ein!«

»Dafür sind die da, dafür, und um Musik zu machen, zu feiern und zu krakeelen. Aber ich kenne sie ja nicht erst seit heute und nicht erst von hier ... In Bananera damals waren sie auch immer besoffen ... Aber ich denk besser nicht daran, daß ich mal jung war, sonst muß ich dran zweifeln, daß ich es wirklich war. Das ist das traurigste, wenn man alt wird, man zweifelt dran, daß man jung war.«

»Tante, wenn du willst, geh ich rein.«

»Ich meine, Söhnchen ...«

Der Junge stahl sich hinein, winzig, dreckig, dunkelhäutig, und konnte sich ziemlich lange bei den Tischen herumdrücken. Es war sehr voll, und die Kellner stellten sich blind, damit auch die ihren Teil an der Lustbarkeit hatten, die wie der Kleine hereinkamen und um Münzen, Zigaretten und Essen bettelten.

Die blonden Riesen, die immer betrunkener wurden, kauften spanische Zeitungen, in die sie die Nasen steckten, ohne ein Wort zu verstehen, kauften Lotterielose, nordamerikanische Zeitschriften und Blumensträuße — Veilchen, Jasmin, Kamelien, Magnolien —, die eine mittelgroße, ehemals gewiß hübsche Frau in einem mit grünem Moos ausgelegten Korb feilbot. Sie kniff die Soldaten. Vielleicht kaufen sie mir so was ab, sagte sie, aber das war nur ein Vorwand. Sie grub ihnen die Nägel ins Fleisch, um herauszubekommen, woraus jene Zelluloidpuppen bestanden und warum es plötzlich den einen oder anderen nach ihr oder nach den Mädchen gelüstete, die sie anbot.

»Ich hab eine Jungfrau für Sie ... Gefällt Ihnen das Sträußchen ...? Ich hab eine verheiratete Frau ... Gefallen Ihnen die dunkelblauen Veilchen? ... Kommen Sie, Don Mister, das Zimmer ist ganz in der Nähe, hier hinten, um die Ecke in dem Gäßchen ... Da wartet das Mädchen.«

Anastasia hütete Señorita Gúmers Korb, wenn einer der Riesen, vertiert von den durcheinandergegossenen Getränken, ihr folgte, um die so bequem zu erreichende Ware in Besitz zu nehmen.

»Der Mister braucht gar nicht so weit zu gehen, in der Zwanzigsten Straße gibt's genug Auswahl«, pflegte die Blumenverkäuferin dem Gelegenheitsdolmetscher zu erklären, einem amerikanisierten Landsmann, der sich den Gringos angeschlossen hatte und der für ein Päckchen Zigaretten oder Whisky zu jedem Dienst bereit war.

»Nein, nein, der Herr hat keine Zeit, my good«, übersetzte der

Dolmetscher.

»Warum sollen die Männer nicht dafür zahlen, daß man sie ein Weilchen betrügt, wo sie doch dafür zahlen, daß sie sich ein ganzes Leben lang betrügen lassen«, sinnierte die Mulattin, die, den Korb mit den Blumen zu ihren Füßen, an der Kreuzung der schlafenden Straßen stand. »Schlimm ist nur, daß diese verdammten Weiber aus Not . . . Eine verhurte Not ist das . . . Bah, sich mit einem Kerl ins Bett zu legen, den man nicht will oder der einem zuwider ist . . . Der Teufel soll mich reiten . . . Ich will mich wirklich nicht loben, aber ich hab mir nur mit solchen ein Vergnügen gemacht, die mir gefielen. Zum Beispiel der Vater vom Jungen . . . Von klein auf mußte er Tante zu mir sagen, und so hat er sich dran gewöhnt. Ich werd ihm ›Mutter‹! Tante, und damit basta . . . Aber schlimm ist auch, daß dieses Liebchen von Blumenverkäuferin, die aussieht, als könnte sie keiner Fliege was zuleide tun . . . Ein Sträußchen Blumen, ein Sträußchen Blumen . . . Nichts weiter als eine Kupplerin ist . . . Und ich helf ihr noch dabei, helf ihr, weil ich auf ihren Korb aufpasse.«

Anastasias mit einem Schlappen bekleideter Fuß versetzte dem Korb einen Stoß, daß die Gardenien, der Jasmin und die Veilchen mitten auf die Straße flogen. Von den Telegrafendrähten tropfte der Tau. Unzählige, funkelnde Sterne.

Ein schmalschultriger Bursche blieb neugierig stehen. Er war lang und dünn wie eine Flasche.

»Ach, Sie Arme. Sind Ihnen die Blumen hingefallen? Ich helfe Ihnen auflesen!«

»Es sind nicht meine, der Korb gehört mir nicht«, erwiderte die Mulattin eilig. Beinahe hätte sie hinzugefügt: Herr, haben Sie mich vielleicht schon mal als Tabakpflanze gesehen?

Aber der junge Mann, der ihr half, die Blumen einzusammeln, sagte: »Ah, die gehören der Gúmer . . . Deshalb kam mir der Korb so bekannt vor . . .« Und während er ihr half, die Veilchen und Jasminsträußchen aufzuheben, flüsterte er ihr mit seinen nach Sennesblättern duftenden Lippen zu: »Wissen Sie nicht, ob die Gúmer ›Meereidechslein‹ mitgebracht hat?«

»Sie hat mir nichts gesagt. Sie hat den Korb stehenlassen, und ich hab drauf aufgepaßt, und der Wind hat ihn mir umgeweht, aber der Herr, Gott vergelt's, hat mir geholfen, die Blumen aufzuklauben.«

»Nelken hat sie auch keine. Wenn sie zurückkommt, dann bestellen Sie ihr, sie hätte mir weder meine Nelke noch mein ›Meereidechslein‹ gebracht.«

Die Mulattin, die tat, als verstände sie nicht, was ihr der lasterhafte Unglücksmensch auftrug, erwiderte schroff: »Wenn sie kommt, richte ich's aus.«

»Ob sie weit weg ist?«

»Weiß ich nicht.«

»Oder sagen Sie ihr lieber, sie soll zu mir ins ›Granada‹ kommen. Ich bin in der Bar oder in dem Gang, der ins Billardzimmer führt.«

Anastasia setzte sich auf den Bordstein und wartete.

»Gott behüte uns vor den stillen Wassern«, sagte sie zu den Jasminsträußchen, die sie an Hochzeiten, erste Kommunion und Begräbnissen erinnerten. Die Veilchen erinnerten sie an nichts. Geruch ... Erinnerung an das Parfüm eines schwarzen Liebsten, der wie ein Geier gestunken hatte ... Vor den stillen Wassern ... Diese kleine Gúmer, die wie eine Anstandsdame aussieht, ist nicht nur eine Kupplerin, sondern handelt sogar mit »Meereidechslein« ... Wahrscheinlich heißen sie so wegen der grünen Farbe, oder weil die glitzernden Eidechsen aussehen, als rauchten sie Marihuana, wenn sie atmen. Was für ein niederträchtiges Frauenzimmer! Handelt sogar mit »Meereidechslein«, dabei kann sie von dem leben, was ihr die Blumen einbringen, die Blumen und die Frauen! Erst gestern abend hat sie wieder ein dickes Geschäft gemacht. Einer der Offiziere, der mit den meisten Tressen, fing an, Blumen zu essen, um seine Alkoholfahne loszuwerden. Dreiundzwanzig Sträußchen hat er verschlungen, hintereinanderweg. Er war so besoffen, daß er sich nicht mehr auf den Beinen halten konnte, und er aß die Blumen, damit seine Braut seinen Atem nicht roch, der kein Atem war, sondern ein Dolchstoß, denn er hatte furchtbar viel getrunken. »Wozu brauchen Sie eine Braut, wenn ich ein hübsches Mädchen für Sie habe«, flüsterte die Gúmer ihm zu und hielt ihm den Korb unter die Nase, damit er weiter Nelken, Jasmin und Veilchen aß. Aber der Offizier hörte das Angebot nicht mehr, weil er nach der Blumenmahlzeit eingeschlafen war. Einer seiner Kameraden, der mit dem Mohrrübenhaar, freute sich dermaßen über die Blumenfresserei, daß er sich halb zu Tode lachte, in die Hände klatschte, trampelte und mit der Faust auf den Tisch donnerte, und erst als er völlig erschöpft war vom Lachen, Trampeln und Donnern, bezahlte er der Blumenverkäuferin die duftenden Vitamine, die der Offizier als ausgekotzte Blumenblätter wieder von sich gab.

Die Mulattin kratzte sich den Kopf. Denken zehrt. Sie stand auf und klopfte mit beiden Händen ihren kalten Hintern, um die Kälte und den Schmutz des Gehsteigs loszuwerden. Während sie so grübelte, den Korb hütete und durch die Tür nach dem Neffen Ausschau hielt, mußte sie gähnen. Sie reckte sich und murmelte mit versagender Stimme: »Die Gringos besaufen sich schon wieder!«

Sie erschrak. Es klang so laut in der Stille der Morgendämmerung. Wieder spähte sie nach allen Seiten. Niemand. Die Straße wie ausgestorben. Die Fahrer schliefen in ihren Autos wie tote, in gläserne Urnen gesperrte Indios. Die Polizisten strichen vorbei wie Schlafwandler. Gelber Umhang und ein Tuch um den Hals.

Señorita Gúmer kam, ergriff den Korb und verschwand, ohne auf Wiedersehn zu sagen. So ein Undank! Vielleicht hatte sie sie nicht bemerkt. Aber es war wohl besser so. Man machte sich nur mitschuldig, wenn man den Korb hütete, in dem vielleicht, versteckt unter all den duftenden Blumen, »Meereidechslein« lagen. Schlimmer war schon, daß sie wegging, ohne ihr dazulassen, was sie ihr wiederholt versprochen hatte. Bestimmt stellte sie sich deshalb dumm. Baldrian und Chininpillen gegen das Fieber und den Schüttelfrost. Sie würde wieder Malaria bekommen, weil sie vor kurzem in einen Regenguß geraten war. Einen Regenguß? Eine Sintflut! Heimgeschwommen war sie mit den Neffen.

In der Bar ging der edle Wettstreit der Freunde weiter, der Freunde und Bekannten, die einander endlos zuprosteten und denen die Gläser austranken, die sich überstürzt zurückziehen mußten. Und weiter drinnen im Tanzsaal der unermüdlich spielende Musikautomat. Darmmusik, die aus dem beleuchteten Bauch des großen, grellbunten Apparates quoll, in den höchsten Tönen kreischendes Exkrement begleitete die Verrenkungen der Paare, die cheek to cheek tanzten. Bei den Gringos gab es keine Mauerblümchen, ein unschätzbarer Vorteil für die weniger anziehenden Mädchen, die oft genug, auf anderen Bällen oder geschlossenen Veranstaltungen, keine Tänzer fanden. Hier tanzten alle, Alte und Junge, Hübsche und Häßliche, tanzten, auch wenn man sie Gringoliebchen nennen sollte.

Die Mädchen, die sich beim Boogie-Woogie ungeschickt anstellten, waren wie gerädert. Nach jedem wilden Tanz stahlen sie sich hinaus auf ein gewisses Örtchen. Wenn man mit Wasser verdünnten Alkohol trinkt, nimmt man sehr viel Flüssigkeit zu sich, und bei den modernen Tänzen wird die Blase kräftig durchgerüttelt. Die Blase und alles, was daneben ist. Deshalb, vielleicht, oder auch nicht vielleicht, sind die Boogies so high . . ., mehr high als die Blues zum Beispiel, obgleich die Blues auch high sind. »Ja, ja« (so unterhielt man sich auf der Damentoilette), »die Blues sind auch high . . . Heikler vielleicht noch als die Boogies, damit bin ich einverstanden, aber die Boogies, das mußt du zugeben, sind noch viel, viel high . . . heißer als die Blues . . .«

»Du hast aber viel zusammengekriegt, Neffe, mächtig viel«, rief Anastasia aus, als der Kleine, die Hand in dem mit Münzen gefüllten Hut, herauskam. »Du hast ja mehr Glück gehabt als neulich abends die Verwandte, die dem Mister die ganzen Blumen zu essen gab.«

»Die Verwandte? Was ist sie denn von uns, Tante?«

»Eigentlich nichts, aber da sie arm ist, gehört sie mit zur Familie.«

Sonnabends und sonntags wurde der Musikautomat in die Ecke geschoben. Jazzband und Marimba elektrisierten die Stunden dieser Nächte, in denen die Gäste besonders zahlreich waren. Auf dem Boden die Marimba, eine Schlange mit Füßen, und oben, auf einer Art Kirchenchor, die Jazzkapelle, und von dieser Höhe herab, unter dem in einen Taktstock verwandelten Finger eines pausbäckigen Seraphen mit schwefelgelbem Haar, der die neuen Erdumwälzungen dirigierte, vollführten Saiten, Holz und Metall einen ohrenbetäubenden Lärm, der sämtliche Geräusche und Geräuschlosigkeiten seit Anbeginn der Welt einschloß, vom Poltern der Steine bis zum Grollen der Flut, die eine Pause einlegt, ehe sie von neuem losdonnert. Zwischen den Kataklysmen der Geburt und dem Untergang der tönenden Inseln das tiefe Schweigen der ältesten Steinzeit, die der Jazz wiederholt, zerstückelt, in Takte teilt, in Phrenesie, Todesröcheln, Sturm und Kreischen verwandelt, das plötzlich verstummt, plötzlich ersetzt wird durch die Abgründe einer Stille, die so tief sind, daß neue, brutalere, wütendere Zusammenstöße der Moleküle glühenden Metalls, zitternden Holzes, durch Vibration versengter Tierhaut notwendig sind, um den nicht zu übersteigernden Ton zu erzeugen, den höchsten Aufschrei der gequälten und lusterfüllten Materie, der dann, einmal erreicht, plötzlich abbricht . . . Einen abgrundtiefen Takt lang absoluter Tonlosigkeit Platz macht, aus der dann mit wilden, neuen Kombinationen der Jazzsturm wieder hervorbricht.

Zwei Uhr morgens. Es fehlte an Tischen. Mehr Tische. Es fehlte an Stühlen. Mehr Stühle. Mehr Tische. Mehr Stühle. Die Tanzfläche wurde kleiner. Mehr Tische. Mehr Stühle. Mehr Stühle. Die Tanzfläche wurde immer kleiner. Immer mehr Paare. Sie tanzten nicht. Sie drehten sich auf der Stelle, aneinandergepreßt, ineinanderverschlungen, im Traum der Trunkenheit und im Zigarettendunst, küßten sich, unterhielten sich, leckten sich ab wie die ersten Geschöpfe inmitten der Katastrophen einer im Entstehen begriffenen Welt, deren musikalisches Abbild der Jazz ist. Sie tanzten nicht. Bewegten sich nicht. Sprachen nicht. Sie empfanden sich als zarte Wesen, verletzliche, menschliche Nebelgebilde, umgeben von der wütend überquellenden, feurigen Materie der Saxophone, der aneinanderschlagenden, mondrunden Scheiben, der hallenden Pauken, der summenden Saiten, der hämmernden Klaviere, der klappernden telegrafischen Brüste der Maracas, all jener Geräusche, die vor der Stille waren, die ebenfalls Jazz ist.

Beifall, Geschrei, Stimmen, Lachen . . . Mehr Whisky! Mehr Soda! Mehr Gin! Kognak! Rum! Noch ein Bier! Champagner!

Der schwach beleuchtete Saal. Blues oder Tango? Tango . . . Harmonikas, die sich weit öffneten, weit wie die Pampa . . . Die argentinische Pampa . . . Eine Pampa, die zwischen zwei Armen Platz hat . . . Und nach dem Tango ein Bolero.

Die Gäste sangen mit, wenn sie den Text kannten.

Nachdem das Orchester den Bolero beendet hatte, war die Marimba an der Reihe. Drei lange, langsame Takte, die der Baß zu spielen hatte.

Pon . . Pon . . . Pon . . .

Als Don Nepo Rojas, wie man ihn zu Hause, an seinem Arbeitsplatz und überall sonst nannte, indem man seinen Taufnamen Juan Nepomuceno Rojas Contreras abkürzte, die drei dunklen, zitternden Töne aus der Tiefe der hölzernen Musikinstrumente an die Oberfläche steigen hörte, segnete er die dritte Morgenstunde. Ein schöner Walzer. Das Finale des Arbeitstages.

Er hatte in seinem Herrschaftsbereich alles in Ordnung gebracht, mußte nur noch das Licht löschen und konnte gehen: Eine neben der anderen standen die vollen Mülltonnen an der aus Kistenbrettern gefertigten Zwischenwand. Man hatte den Kisten wie dem Vieh Namen eingebrannt, geheimnisvolle Namen — Kalkutta, Liverpool, Amsterdam, Hongkong, Schanghai, San Francisco . . . Und unter der Decke auf der Bank in dem kleinen Flur, durch den die Angestellten hinausgingen, lag der Beutel mit den Spieseresten, die besten waren für ihn, die anderen für Anastasia. Die Mulattin bevorzugte Würstchen, Hühnerfleisch oder Hühnerknochen mit Reis, die Reste der scharf gewürzten Buletten, Bratkartoffeln und Mayonnaise. Sie nahm alles mit, sogar die angebissenen Kuchenstücke, die sie dem rotznäsigen Neffen gab.

Als nach den ersten drei Takten, getrommelt auf allen Tasten der vibrierenden Marimba, der Walzer begann, sangen die Gäste im Chor: »Es ist ja drei Uhr morgens schon . . .«

Und Anastasia wiederholte: »Die Gringos besaufen sich schon wieder!«

Niemand hörte es, nicht einmal sie selbst, weil ihr der Hunger in den Ohren summte wie ein Bienenschwarm, auch der Neffe nicht, der in der Tür nebenan eingeschlafen war, den Kopf auf dem Ärmchen, das ihm als Kissen diente, Fleisch und Lumpen, das Gesicht mit dem Hut bedeckt, in dem er die Almosen einsammelte, die Füße rauh wie Obstschalen, die Sohlen schwarz vom Straßenpflaster.

Kaum hatte John den Walzer vernommen, als er auch schon aufsprang, und mit einer braven kleinen Kreolin tanzte, in deren Kopf mehr Filme waren als Läden in der Métro, und mit der er sich unter die anderen Tänzer mischte, die jedesmal, wenn die Melodie aufklang, mitsangen: »Es ist ja drei Uhr morgens schon . . .«

John tanzte mechanisch, in der Nase das sanfte Brummen eines Flugzeugpropellers, tanzte, um zu tanzen, und die kleine Kreolin tanzte, um ihn zu erobern, nicht weil es ihr an Bewerbern fehlte, sie hatte an jedem Finger zehn, sondern der Abwechslung halber und weil John dem Herrlichsten von allen glich.

John fühlte von Zeit zu Zeit, wie sich die kleine Kreolin so fest wie nur möglich an seine phlegmatische Person drückte, sie aber hatte nicht den wirklich vorhandenen Mann im Sinn, sondern kostete mit verdrehten Augen und liebkosenden Wimpern die Wonne aus, sich in den Armen ihres John, des John von der Leinwand zu fühlen. Ihre in zwei achatschwarze Kaskaden geteilte Haarflut schwang im Walzertakt hin und her, ein Uhrpendel, der über den schmalen Schultern ebenfalls die dritte Morgenstunde anzuzeigen schien. Sie bog sich so weit wie möglich zurück. Rieb die Wölbung des schmalen Unterleibs gegen Johns Koppelschloß. Gegen das Schloß mit dem vergoldeten Stern der Flieger. Im letzten Film hatte ihr John die Rolle eines an der Front verwundeten Soldaten gespielt. Himmlisch war er gewesen!

»Himmlisch ist der Krieg!« sagte sie, als ihr Tänzer, der John aus Fleisch und Blut, ohne das Ende des endlosen Walzers abzuwarten, vor seinem Tisch stehenblieb und sein Glas Whisky hinunterstürzte.

»John . . . John . . .« Die kleine Kreolin versuchte ihn zurückzuhalten, denn nachdem er seinen Whisky ausgetrunken hatte, machte er sich auch über die Whiskygläser her, die auf den anderen Tischen standen.

Der Krieg . . ., der Krieg . . ., der Krieg jenseits der Nacht tropischer Wimpern, der Krieg . . .

Ein »Bolo« . . .

»Ein Bolo, weil ich ein Einheimischer bin. Wäre ich einer von den Fremden, wäre ich besoffen«, sagte ein Mann um die Fünfzig. Den Hut hatte er bis über die Ohren gezogen, damit er ihn nicht verlor, und in der Hand hatte er die Flasche, damit er nicht verlor, was in ihr war . . . In der Flasche? . . . Nein, was in ihm war, was er in sich selber trug, nicht in der Flasche . . .

»Es ist ja zwei Uhr . . ., es ist ja drei Uhr . . ., vier, fünf, sechs Uhr morgens schon«, sang er. »Es ist ja zwei Uhr . . ., es ist ja drei Uhr . . ., vier, fünf . . .«

Es verschlug ihm die Stimme. Eine Frau drosch erbarmungslos auf einen Jungen ein.

»Mit wem . . . mit wem hat dich dein Vater gemacht? Mit wem? . . . Mit wem . . ., wirst du mir jetzt sagen, mit wem? . . . Mir, mir, mir wirst du's sagen! Sauigel! Lästerzunge! Verleumder!«

Anastasia hatte den Neffen aus dem Schlaf gerissen, hatte ihn am Ohr gepackt und hochgezerrt. Ohne zu wissen, was los war, schrie er so laut, daß ihm die Lippen zitterten und seine Augen sich mit der Paste dieses tränenvollen Traumes füllten, während die Frau, außer sich vor Wut, in dem unglücklichen Jungen nur den undankbaren, tückischen Feind sah, der sie verraten hatte.

Der Betrunkene näherte sich ihr, er wollte sagen: Seien Sie doch nicht so gemein, wie können Sie das Kind so schlagen, aber er konnte nur rülpsen und sabbern.

»Señor Nepo hat mir schon erzählt, hat mir schon erzählt, daß du deine Tante aus Spaß durch den Dreck gezerrt hast«, keifte Anastasia weiter, »bloß um von den Schweinekerlen ein paar Centavos zu ergattern, jawohl, Schweinekerle, nicht feine Kerle . . . Sich für ein paar Centavos bloßzustellen, damit die über uns lachen können! . . . Aber jetzt wirst du's mir selber sagen, daß dein Vater dich mit 'ner Tante gemacht hat! . . . Auf der Stelle, sofort . . . Sag es, sag es, sag es vor mir, mir ins Gesicht hinein und nicht hinter meinem Rücken, du Lump!«

Dem Kleinen gelang es, sich aus den Krallen der Mulattin zu befreien, die ihn am Ohr hin- und herbeutelte, allerdings blieb in ihrer Hand ein Büschel Haare zurück, das sie ihm geifernd und blindwütig mitsamt der Kopfhaut ausgerissen hatte, während der Betrunkene, nachdem er die Flasche geleert, um das Bewußte nicht zu verlieren, singend die Straße hinabzog.

»Es ist ja zwei . . ., es ist ja drei . . ., vier . . ., fünf . . ., sechs . . .«

Den Rücken krumm vor Müdigkeit, die Hände in Handschuhen aus Schweiß, das zerraufte Haar in der Stirn, trommelten die Marimbaspieler weiter — dreimal mußten sie den Walzer wiederholen —, als Anastasia in der Tür erschien.

»Ha-ha-ha . . ., der Walzer . . ., ha-ha-ha . . ., drei Uhr morgens . . ., ha-ha-ha . . ., er hat mich mit 'ner Tante gemacht . . ., ha-ha . . ., die Gringos besaufen sich schon wieder!«

2

Señor Juan Nepo Rojas kehrte mit dem Fahrrad von der Arbeit nach Hause zurück, die eine Hälfte des Jahres wie heute unter Sternen zwischen Nacht und heißer Morgendämmerung, die andere Hälfte in ein Cape gehüllt, das ihn kaum vor den Regengüssen schützte, das Gesicht von dicken Tropfen wie von sanften Tränen überströmt, und mit dem Vorderrad, das die in schiffbare Flüsse verwandelten Straßen furchte, gläserne Fächer aufwirbelnd. Im Sommer und selbst im Winter rollte das Rad ohne sein Zutun von der Arbeit nach Hause den Hang hinunter, der von dem höher gelegenen Stadtteil, dem Hauptplatz und dem Geschäftsviertel, in das tiefe Tal führte, das fruchtbare, baumbestandene Tal, das feuchte Tal mit blökenden Schafen und leidenden, sich mühenden Menschen, und immer wieder empfand Señor Nepo es als ein Wunder, daß er vermittels der Schwerkraft, dem lautlosesten aller Motoren, befördert wurde, ein Wunder, ein Rätsel, das er sich mit physikalischen Gesetzen nicht erklären wollte, das sich täglich im Morgengrauen wiederholte und wodurch er gewissermaßen zurückerstattet bekam, was er selber täglich zahlte, wenn er am späten Nachmittag von zu Hause hinauf nach dem »Granada« trampelte, wo er atemlos, mit klopfendem Herzen, ausgetrocknetem Mund und schmerzenden Waden ankam. Aber dann kam er von zu Hause, war ausgeruht losgefahren, dann machte ihm das Geracker Spaß, wie er zu sagen pflegte. Schlimm wäre es gewesen, wenn er nach getaner Arbeit den Berg hätte hinauftrampeln müssen, nachdem er stundenlang gestanden hatte und halbtot war vor Müdigkeit. Darin sah Señor Nepo deutlich die Hand Gottes: daß er nach der erschöpfenden nächtlichen

Schufterei mühelos mit seinem Rad, das wie auf einer Achterbahn dahinschoß, heimkehren konnte, die Füße ruhig auf den Pedalen, wenn er nicht gerade den Rücktritt bediente, um die Räder zu bremsen, die ihn in die geheimnisvolle Welt der Geschwindigkeit trugen, oder wenn er, statt zu bremsen, vorwitzig und tollkühn auf das Pedal trat, um dem Fahrzeug noch mehr Schwung zu geben, ergriffen von einem unbekannten Rausch, einem Entzücken, das ihn kraftlos machte, als nutzte das einfache Dahingleiten des Körpers die Seele ab.

Kläffende Hunde, trübe Lichter, menschliche Gestalten . . .

Das Pedal entwischte ihm, das rechte, das ihm immer entwischte, und gleich darauf das andere, aber das schadhafte war das rechte, das würde er auswechseln müssen, und nun konnte er nur noch mit dem Lenkrad manövrieren, um nirgendwo anzuprallen, und er sauste den Hang von Santa Rosa hinunter, nachdem er die Kirche hinter sich gelassen, sauste hinunter, blindlings lenkend im schwachen Licht der Morgendämmerung, schwach war der Schein seiner Lampe und schrill die Klingel, gegen die er den Daumen preßte wie gegen den Abzug einer Pistole und ununterbrochen Klingelzeichen abschoß, damit alles, Mensch oder Gefährt, was zu dieser Stunde unterwegs war, zur Seite wiche, während er versuchte, die blitzschnell rotierenden Pedale wieder in die Gewalt zu bekommen oder die rasende Geschwindigkeit zu vermindern, indem er den Fuß als Bremse zwischen die Gabel schob, bis er den Reifen des Vorderrads erreichte.

Er schaffte es, wenn auch mit knapper Not, denn im nächsten Augenblick wäre er in einen Lkw hineingerast, der sehr schnell und ohne die grellen Scheinwerfer abzublenden herankam. Einen Herzschlag lang dauerte es, bis seine Winzigkeit an dem tonnenschweren Ungetüm vorbei war. Da entglitt ihm erneut das Pedal, das rechte. Er rutschte nach rechts, um es einzufangen und sich aufzustützen, obgleich er bereits das Kino Colón erreicht hatte und das Rad, das nun kein rollendes Wunder mehr war, wieder in Schwung bringen mußte.

»Wart nur, wart nur, dir werd ich's zeigen, du Luder«, murmelte er und radelte gemächlich weiter, denn hier begann die Straße sich schon wieder sacht zu neigen, und hinter der Kirche San José bis zu seinem Hause fiel sie so merklich ab, daß er über der Lenkstange einnicken konnte, bis er in die Parroquía Vieja einfuhr, erfüllt von grenzenloser Dankbarkeit gegen Gott, der ihm die Freude schenkte, nach der schweren Nachtarbeit wie im Traum heimgetragen zu werden.

Immerhin, mochte Gott auch noch so gütig und das Fahrrad auch noch so praktisch sein, er war überzeugt, daß er sein Ansehen einbüßte. Aber er machte sich nichts daraus, daß die Nachbarn sagten, einem Mann in seinem Alter stünde es nicht an, mit dem Rad zu fahren. Als ob er spazierenführe wie die Jungen, die am Sonntag mit der Liebsten auf der Lenkstange herumkutschierten. Er fuhr mit dem Rad, weil es im Morgengrauen keine andere Möglichkeit gab, heimzukehren, und riskierte seine Knochen und seinen guten Ruf dabei.

Schon wieder entwischte ihm das vermaledeite Pedal, das er mit letzter Kraft einfing, als er sich in der Avenida de Chinautla vor dem Wirthaus »Die Uhr« einer Kolonne gigantischer Laster gegenübersah, die, wenn sie vorüberratterten, die Häuser erzittern ließen. Er sog den kalten Rotz aus dem Schnurrbart. Das Licht blendete ihn. Das grelle Licht der Scheinwerfer. Sein Herz zog sich zusammen, als er die dröhnenden Motoren und die Räder, riesig wie Welten, streifte. Er trampelte, trampelte in rasender Hast. Er mußte so rasch wie möglich die Straße verlassen, die erst kürzlich gebaut worden war, um auf ihr Steine und Zement von »La Pedrera« nach dem Flugplatz zu transportieren, wo die neuen Landepisten gebaut wurden. Als hätte er nicht genug an dem schadhaften Pedal, bekam er auch noch einen Wadenkrampf. Mühsam hielt er sich auf dem Rad. Einer nach dem anderen fuhren die Laster vorbei, einer nach dem anderen. Er lenkte auf den Bürgersteig hinauf, auf den Bürgersteig, an dem die Häuschen standen, die wie im Todeskampf von der Grundmauer bis zu den Dachschindeln erzitterten, wenn die stählernen Mastodonten vorüberrasten. Ein Knoten, ein heimtückischer Knoten in der Wade. Er ließ die Lenkstange los. Das Rad fiel zu Boden. Señor Nepo umklammerte mit beiden Händen seine Wade. In einem der Häuser läutete ein Wecker. Die Straßenlaternen erloschen. Der Tag. Ein kaltes, farbloses Weiß. Die Farben würden kommen, wenn er über die Kalkbrüche, Las Caleras del Norte, auf sein Haus zufuhr. Perlmutt, getaucht in Rosa, in gelbes Rosa, in Orangengold, in dunstiges und klares Liebeslila, in das Ungestüm des jungen Blaus.

Nepo Rojas erreichte seine Straße, als es bereits hell war, und erwiderte, halb wach, halb im Schlaf, den Gruß der Fuhrleute, die ihm aus den Viehgehegen »Guten Morgen, Señor Nepo« entgegenschmetterten, aus den Gehegen, wo die Langschläfer die Ochsen ins Joch spannten, die Frühaufsteher die Gespanne an die Karren schirrten und die ganz Eifrigen, gefolgt von den Hunden und begleitet vom Hahnenschrei, bereits nach den Caleras aufbrachen, um Kalk zu laden.

»Dieser Hahn gehört Señora Pola«, stellte Don Nepo fest, »und der andere, der sich angesprochen fühlt und ihm geantwortet hat, ist der heisere Hahn vom Spanier. Ich weiß nicht, wer's gesagt hat, aber die Pola und der Spanier sollen was miteinander haben und sich jeden Morgen durch ihre beiden Hähne eine Botschaft zukommen lassen . . . Und dieses Hähnchen — wie häßlich es kräht . . ., als ob ein Zug pfeift — gehört meinem Enkel. Ich hab ihm schon gesagt, daß es nicht viel wert ist . . . Schöne Federn hat es, aber der Sporn wächst ihm krumm, entweder er tauscht es gegen einen richtigen Kampfhahn ein, oder es wandert zu San Damián, seinem Namenstag, in den Suppentopf . . .«

Der Enkel erwartete ihn, wenn er nicht schon vor Tau und Tag mit dem Karren fort mußte, weil der Platz, wo er Kalk lud, sehr weit entfernt war. Dem mageren, aber drahtigen Burschen machte es Spaß, zuzuschauen, wenn der Großvater, der schon ziemlich bejahrt sein mußte, im Morgengrauen angeradelt kam wie ein Junger. Señor Nepo stieg vom Rad, indem er sich auf das Pedal stützte, oder sprang mit einem Satz ab, um seine Beweglichkeit zu zeigen, und blickte mit seinen vor Alter und Übermüdung glasigen Augen in die sanften Augen des Enkels, der auf ihn zutrat, das Fahrrad bei den Hörnern packte — so sahen die beiden erhitzten Enden der Lenkstange aus — und es an seinen Platz stellte. Wenn er zurückkam, brachte er dem Großvater in einer bauchigen Tasse den Kaffee, schwarz, heiß und stark, wie der ihn gerne trank.

Señor Nepo liebte es zu »stippen«. Er tauchte das Brot in den Kaffee und steckte es dann behaglich schmatzend mitsamt den Fingern und den Bartenden in den Mund.

»So muß man's machen, nicht wahr, Damiancito, aber nicht wie auf meiner Arbeitsstelle, wo alle, selbst die Küchenjungen, einen Haufen Besteck benutzen. Die wissen ja gar nicht, was ihnen entgeht mit den vielen Messern und Gabeln, Löffeln und Löffelchen. Richtig schmecken tut es nur, wenn man die Finger nimmt . . .«

Und während er frühstückte, zwei Brote, drei Brote, fades Brot, süßes Brot, wie es gerade kam, dachte er an das, wofür er Gott am meisten danken mußte: für den Kaffee und das Brot jeden Morgen ohne den Feind im Haus, das heißt ohne Weib, in Frieden, ohne Weiberkrieg, der der ärgste aller Kriege ist. Seit dem Tode seiner Frau und seiner Tochter, der Mutter Damiancitos, war ihm kein

Weiberrock mehr über die Schwelle gekommen; während er frühstückte, führte er ununterbrochen die Zunge spazieren, denn im Dienst sprach er mit niemandem, höchstens über gutes Benehmen und über die Arbeit, und wenn er tagsüber sprach, so höchstens im Schlaf.

»Was dem Hund der Schwanz ist, mit dem er wedelt, wenn er sich freut, das ist dem Christenmenschen die Zunge, die er wetzt; sie hängt ihm am Zäpfchen, wie dem Hund der Schwanz unterm Hintern hängt . . .«

»Hast du noch immer Ärger mit dem Pedal?« unterbrach ihn der Enkel.

»Ja, Damiancito. Darüber wollte ich noch mit dir sprechen. Gut, daß du mich daran erinnerst. Es taugt nicht mehr, wir wollen es lieber durch ein neues ersetzen.«

»Sobald ich zurück bin, ich muß nur hier in der Nähe drei Zentner Kalk abliefern, bring ich das Rad weg und lasse es auswechseln.«

»Denk dran, falls ich schon schlafen sollte, wenn du zurückkommst, daß es das rechte Pedal ist.«

»Ich lasse lieber alle beide nachsehen, denn die Straße wird immer gefährlicher mit den vielen Lastautos, die Tag und Nacht unterwegs sind. Diese Unmenge Menschen! Ich glaube, die bauen den Flugplatz ganz und gar zu! . . . Und jetzt leg dich hin, und ich wünsche dir einen schönen guten Morgen.« Damit nahm Damián den Hut ab, kreuzte die Hände vor der Brust und machte eine schüchterne Verbeugung.

»Mir solltest du eine gute Nacht wünschen, mein Sohn, denn wenn du zur Arbeit gehst, darf ich mich, gottlob, endlich ausstrecken.«

»Aber zieh dich aus, leg Kleidung und Schuhe ab, man kann sich nicht richtig ausruhen, wenn man angezogen ist. In den Kleidern schlafen ist häßlich, das tun nur die Toten und die Schnapsleichen.«

Als Don Nepo am nächsten Tag von der Arbeit heimfuhr, probierte er nur immerfort die Pedale aus, die dank Damiancitos Fürsorge wieder wie neu waren. Er ließ das Fahrrad laufen, ließ es immer schneller rollen, zum Zentralmarkt hinunter sausen, dann bremste er langsam ab und genoß es, daß ihm dieser geheimnisvolle Mechanismus gehorchte, der aus Zähnen bestand, Zähnen, die sich eineinander verbissen, um die Geschwindigkeit zu drosseln. Einmal bremste er zu hastig und wäre fast gestürzt, er flog nach vorn und stieß mit der Brust auf das Lenkrad.

Es wollte nicht tagen. Das beklemmende Gefühl, daß die Nacht nicht weichen würde. Die Sterne verblaßten nicht, funkelten immer stärker, und der Himmel war tief. Das elektrische Licht verdunkelte mehr, als daß es erhellte. Er zerteilte Gruppen von Händlern und beladenen Mauleseln, die im Schritt oder im Trab nach dem Markt zogen, Gruppen von Straßenkehrern, die von der Staubwolke in den Nebel und vom Nebel in die Wirklichkeit tauchten, und schließlich begegnete er den Lastkraftwagen der »Army«. Das Licht der Scheinwerfer, von weitem verschwommen, wurde plötzlich gelb wie Quittenhonig, um gleich darauf zu bernsteinfarbenen runden Blitzen aufzureißen. Jeder Laster war eine tödliche Gefahr, einen Herzschlag lang waren sie Seite an Seite, das rollende Ungeheuer und der winzige Radler, den nur das empfindliche Pedal schützte, mit dem er bremste, und die Lenkstange, die listig wie im Spiel die Angriffe der zerstörerischen Giganten abwehrte. Eine ständig lauernde Gefahr aber war der Wadenkrampf. Dieses Sichverknäueln der Muskeln, das ihn zwang, das Rad fahren zu lassen und abzuspringen, wenn ihm das Bein gehorchte, wenn nicht, sich einfach zu Boden zu werfen. Deshalb fühlte er sich nur sicher, wenn er über Las Caleras del Norte nach Hause fuhr und die asphaltierte Autostraße rechts liegenließ, die sich durch Ebenen, Wäldchen und Flecken wand und zum Transport von Baumaterial zur Erweiterung des Flugplatzes benutzt wurde, eine Autostraße, die parallel zu den Eisenbahnschienen einer Zweigstrecke verlief, über die Züge, beladen mit Petroleum und Sprengstoff, ratterten. Der Wind begünstigte ihn. Er kam von Süden. Er blies so stark, daß er ihn vor sich hertrieb. Fast die ganze Fahrt ohne zu treten. Es tagte nicht. Die Angst, daß die Nacht nicht weichen würde. Wer bürgt denn dafür, daß es tagt? Warum sollte nicht eines Nachts die ewige Finsternis anbrechen? Unten, auf der Autostraße, fegten in der Ferne die Scheinwerfer der riesigen Militärfahrzeuge das Dunkel fort, und der noch blinde Tag machte sich die gewaltigen Besenstriche zunutze, um seine duftenden Nebel über die schweigende Erde zu breiten. Es war, als führen die Laster und die Züge über ein Schlachtfeld, es fehlten auch nicht die unaufhörlichen Detonationen der Dynamitladungen, die die Bevölkerung immer stärker beunruhigten. Noch mehr Lastwagen. Noch mehr Züge. Berge, die in die Luft flogen. Bald würde er in seinem Häuschen sein, bei seinem Enkel Damiancito, in Sicherheit vor dem »Tohuwabohu«, wie er zu sagen pflegte, genauso wie der Spanier mit den ausländischen Kühen, dem er das Wort abgelauscht hatte.

Es drängte ihn, nach Hause zu kommen, den Enkel zu sehen,

heißen Kaffee zu trinken und sich niederzulegen. Schlafen war allerdings schwierig geworden, bei dem Höllenlärm, der dem pflanzenhaften Dasein dieser Gegend fremd war, wo die majestätische Stille, die herabstieg von den mit Eichenwäldern bedeckten oder von der Erosion abgeschürften Bergen, Abschürfungen, den Wunden getöteter Tiere ähnlich, gräßlich erschüttert wurde durch das laute Knattern der Motoren auf der Autobahn, das Pfeifen der Züge, das An- und Auskuppeln der leeren oder beladenen Waggons, das schütternde Dröhnen der Preßluftbohrer oben in »La Pedrera«, die kurzen, brutalen Schläge der Hämmer und das unablässige Rauschen der zermahlenen Steine, die kaskadengleich von den Rutschen in die Öffnungen riesiger Trichter fielen.

Die Schlucht war tief und flimmerte von Faltern, der Weg wand sich in enger Kurve über eine Brücke aus der Zeit der Spanier, eine kaiserliche Brücke, wie das in Stein gehauene Wappen verriet. Sie erwachte aus ihrem jahrhundertelangen Schlaf durch das kriegerische, apokalyptische Getöse der Raupenschlepper und der mit Schutzhandschuhen, Brillen und Overalls bekleideten Gespenster, die Hochspannungsleitungen über riesengroße, silbrige Masten legten, über Masten mit grünen Insektenaugen, denn nicht anders sahen die gläsernen Isolatoren aus, an denen die Kabel in sicherer Höhe befestigt wurden.

Hinter der Brücke tauchte ein Hund auf und warf sich kläffend gegen das Vorderrad. Ohne ihn zu beachten, fuhr Don Nepo weiter — kläff nur, tu deine Pflicht, dachte er —, aber er mußte sich mit äußerster Geschicklichkeit der Pedale und der Lenkstange bedienen, um sich mit dem Fahrrad zwischen einer Felswand und einem wackligen, von einem elenden Klepper gezogenen Fuhrwerk hindurchzuwinden. Das konnte kein Zufall sein. Absichtlich verlegte der ihm den Weg, der Spanier mit den ausländischen Kühen, der im Dienst einer vornehmen Familie alt und grau geworden war und jetzt, nachdem er ein kleines Anwesen erworben hatte, die Nase nicht hoch genug tragen konnte. Sixto Pascual y Estribo hieß er, aber die Leute nannten ihn, in freier Auslegung seines Nachnamens, der »Trittbrett« bedeutet, nur den Trampel, denn sie behaupteten, das einzige, was er könne, sei, immer und überall ins Fettnäpfchen zu trampeln.

Er hätte ihn nicht nur fast umgefahren, er grüßte ihn auch kaum wieder. Einerseits war es besser so. Manchmal blieb er stehen, um zu schwatzen, während er ein Würmchen dunklen Tabaks in die kleine Rinne aus Zigarettenpapier zwischen dem Daumen und dem Zeigefinger seiner linken Hand drückte, sie zusammenrollte, mit der Zungenspitze anfeuchtete und die fertige Zigarette zwischen die schmalen, vom glattrasierten Bart bläulich überschatteten Lippen steckte, sie mit dem Docht seines Feuerzeugs anzündete und begann, Rauch auszustoßen, Rauch und Worte, ohne sich daran zu stören, daß Señor Nepo ihn angähnte, hohle Jammerlaute voll Schlaf und Müdigkeit, ein Gähnen, das eher ein Heulen war. Vergeblich. Ausspuckend und fluchend gurgelte er die erlauchten Namen seiner Herren und Gebieter und ihre kleinlichen Zänkereien um irgendwelche Geldgeschichten heraus.

Señor Nepo Rojas pflegte sich mit ihm zu streiten, aber nicht morgens auf dem Heimweg, wenn er kaum noch die Kraft hatte, nach Hause zu fahren, morgens stieg er nur aus Höflichkeit vom Rad und hörte zu. Er stritt sich mit ihm an Sonn- und Feiertagen im Wirtshaus der Consunsino, der Marcos Consunsino, wo sie sich nach der Messe trafen, Bier tranken und Brot mit Mixed Pickles aßen. So gegen elf Uhr trafen sie sich, an Sonn- und Feiertagen, der zerknitterte Halbinsulaner, der die knittrige Haut entknitterte, das Gesicht glättete, und den Hals reckte, und Nepomuceno, der sich den knittrigen Anzug glättete, der vom Liegen in der Truhe schon ganz schrumplig war. Der Genuß, das Vergnügen, die Sonntagsfreude des Kastiliers bestand darin, sich zu entknittern, aber es dauerte den ganzen Sonntag, bis er sich entknittert hatte. Wochentags fehlte ihm die Zeit dazu, dann benutzte er alle seine wütenden Knitter, um den Tagelöhnern Respekt einzuflößen, und alle sein liebenswürdigen Knitter, sein Knitterfaltennetz, um nach dem Wohlwollen seiner Herren und Gebieter zu fischen.

Auf Don Nepos Gruß erwiderte er immer dasselbe: »Ich entknittere, Freund, entknittere ... die zerknitterte Vorhaut, aus der Gott mein Gesicht geschaffen hat.«

Aber diesmal blieb er nicht unterwegs stehen, um zu schwatzen. Statt zu grüßen, knurrte er etwas, während das Fuhrwerk dicht an der Felswand vorbeifuhr. Don Nepo radelte, so rasch er konnte, um nicht als Abziehbild auf den Felsen klebenzubleiben, und erst hinterher, als er den Schreck überwunden hatte, ging ihm auf, daß der Spanier sich rächte, weil er ihm während ihres letzten Streitgesprächs so arg zugesetzt hatte, eines Streits, der in eine Schlägerei ausgeartet wäre, hätte Consunsino, die Marcos Consunsino, nicht rechtzeitig eingegriffen.

»Die Könige waren nicht göttlichen Ursprungs, die Toreros keine Helden und Ihre Gebieter, mögen sie auch noch so adelig gewesen sein, keine Heiligen.«

Darüber wäre er vor Zorn fast zersprungen, und dafür rächte er sich jetzt. Er fuchste sich im Namen einer Tochter seiner adligen spanischen Gebieter, die einen reich gewordenen Bananenpflanzer geheiratet hatte, aus dem wieder ein armer, aber hochnäsiger Angestellter der großen Gesellschaft geworden war. Er war der Sohn einer jener Familien von der Südküste, die das Vermögen des berühmten Cosi geerbt hatten.

Was brachte den Halbinsulaner so in Rage? Daß einer der Enkel seiner erlauchten und altadligen Gebieter sich Lester Cojubul (nicht Keijebul) Sotomayor nannte, nach den Sotomayors aus Rodondela in der Provinz Pontevedra, und nach den Cojubuls, die von hier waren, von hier, wo er seine ausländischen Kühe mästete und molk?

»Die Sotomayors stammen von den Herzögen von Sotomayor ab und nicht von den Grafen«, erklärte Don Sixto und entknitterte sich, »merken Sie gut auf, von den Herzögen von Sotomayor, denen Philipp V. diesen Titel mit der spanischen Grandenwürde ersten Ranges verlieh, und nicht von den Grafen, die Karl II. ungefähr siebzig Jahre später in den Adelsstand erhob.«

»Jöh ... jöh ... jöh«, machte Nepo Rojas und lachte.

»Ihr Lachen gefällt mir nicht.«

»Ich hab keine andere Lache, Don Sixto!«

»Von mir aus lachen Sie! In seiner berühmten Bulle hat der Papst erklärt, daß ihr Lateinamerikaner keine Tiere seid, weil ihr lacht ...«

»Und der Name Cojubul kommt von dieser Bulle, sehen Sie!«

»Sonderbare Heraldik ...!«

»Die Cojubuls hießen früher Klojubuls nach Klo und Bulle. Sie stammen von Kreolen ab, die sich auf dem Klo den Hintern mit der Bulle abwischten ...«

Sie gerieten sich nicht in die Haare, weil die Consunsino, die Marcos Consunsino, eingriff.

Señor Nepo kannte die Cojubuls seit vielen Jahren, seitdem sie an die Küste gegangen waren, arme Teufel, die nichts hatten, nichts, nur das Zeug, das sie auf dem Leibe trugen, und die sich zu diesem Schritt hatten drängen lassen von einem Schwindsüchtigen, der aus dem Glutofen der Küste zurückgekehrt war und herumerzählte, wie leicht man dort unten sein Geld verdiente. Bastiancito und Gaudelia. Als ob er sie vor sich sähe. Sie hatten ein Empfehlungsschreiben an einen Señor Lucero bei sich. Und kurze Zeit später, ihnen sozusagen auf den Fersen, folgten die Ayuc-Gaitáns, die Brüder der Gaudelia. Wer Gottes Hilfe hat, der kriegt auch noch den Segen von Sankt Peter dazu. Als Siedler hätten sie es natürlich nie zu was gebracht — aus einem Geier wird eben kein Habicht —, aber sie beerbten einen der reichsten Aktionäre der Bananengesellschaft, einen gewissen Leser Metad, der eigentlich Lester Stoner hieß und der zusammen mit seiner Frau Leland Foster in dem ersten großen Wirbelsturm umkam, der den Süden heimsuchte.

All das wußte Pascual y Estribo bereits auswendig: daß die Familie Cojubul dunkler Herkunft war, daß sie eine märchenhafte Erbschaft in Gestalt von Aktienpaketen der großen Gesellschaft gemacht hatte, daß die Erben Cojubul und Ayuc-Gaitán mit samt ihren Frauen und Kindern nach den Vereinigten Staaten verpflanzt wurden, daß sie ihr Vermögen einbüßten, als sie die Aktien der »Tropical Platanera Company« an Geo Maker Thompson, einen Piraten, bekannt unter dem Namen »Grüner Papst«, verkauften, weil sie glaubten, das Schiedsgericht würde den Grenzkonflikt zugunsten der »Frutamiel Company« entscheiden, und daß sie sich von dem schrecklichen Verlust nur insofern erholten, als es ihnen gelang, ihre Söhne als hohe Angestellte bei der Bananengesellschaft unterzubringen.

Was den zerknitterten Don Sixto Pascual veranlaßte, zum zweiten- und letztenmal unter Funkensprühen mit den Zähnen zu knirschen, was ihn veranlaßte, erst mit den Augen zu blitzen und dann auszuspucken, erst auszuspucken und dann zu beleidigen, erst zu beleidigen und dann mit der Faust auf den Tisch zu schlagen und durch die Luft zu fuchteln, war die Tatsache, daß Don Nepo, der es liebte, die Dinge bei ihrem Namen zu nennen, sich auf die Mulattin Anastasia berief, die Zeugin der Grausamkeiten an der Atlantikküste gewesen war, wo man die Bauern von ihrem Land verjagte, um die großen Plantagen zu schaffen. Mit Bajonetten und Peitschenhieben hatte man sie aus ihren Hütten getrieben, als klar wurde, daß nicht einmal Gold imstande war, den Willen derer zu brechen, die nicht von ihrem Eigen lassen wollten, dem Stück Land, das getränkt war mit dem Schweiß ihrer Vorfahren und das einzige Gut, das sie ihren Kindern hinterlassen konnten. Man stellte sich taub gegen die Proteste der Gemeinderäte, legalisierte den Landraub mit Hilfe rechtswidriger Dekrete, und als die Pflanzer anfingen, der Bananengesellschaft ernsthafte Konkurrenz zu machen, dezimierte man die Söhne des Landes, indem man sie im Motaguafluß ertränkte oder zum Militärdienst preßte.

»Adel verpflichtet . . .«, Don Nepos Stimme klang wie ein Wind, der sich in einem Hohlweg verfangen hat. »Soviel Grafen und Barone, und am Ende rutscht die ganze Familie bis hinunter zum letzten Diener vor der Platanera auf den Knien herum.«

»Ich verbiete Ihnen, so zu sprechen, Rojas!«

»Und noch dazu bei einem Enkel, der Quarteron und evangelisch ist«, trumpfte lachend der schon etwas angesäuselte Don Nepo auf.

Zum zweitenmal griff die Consunsino, die Marcos Consunsino, ein, denn sie wollten sich schon, bewaffnet mit dem Möbelstück, das sie gerade bei der Hand hatten, die Köpfe einschlagen, der Spanier tobend vor Wut und Don Nepo in der Defensive, jener einen Stuhl schwingend und dieser eine Bank mit drei Beinen.

Seither hatten sie sich nicht wiedergesehen, bis sie jetzt zusammentrafen.

Ein rachsüchtiges Knurren sprang dem Spanier aus sämtlichen Furchen seines zerfalteten Gesichts und von dem Bändchen unter der Zunge, jener innersten seiner Falten, und seine Absicht, Don Nepo mit dem Karren anzufahren, war deutlich genug, als er noch näher herankam, um ihn zwischen der Felswand und dem Hinterrad einzuzwängen, so deutlich, daß Don Nepo Rojas nur mit knapper Not entwischte.

Als er zum letztenmal auf das Pedal trat, um die kleine Steigung zu seinem Haus zu nehmen, verwandelte sich das Rad in ein bleischweres Unding, das nichts mehr gemein hatte mit dem leichten Fahrzeug, das eben noch traumschnell durch die Straßen der Innenstadt gesaust war.

Und dann radelte er auch schon durch die Pforte in den kleinen Hof. Anscheinend war der Enkel nicht daheim. Don Nepo lenkte nach links, um den Drahtesel im Schuppen abzustellen, wo die Geräte, das Zaumzeug, Lassos, Joche, Kürbisse, Säcke, Schaffelle und ein altes Rad aufbewahrt wurden. An der Tür des Schuppens stieg er steifbeinig, mit verkrampften Muskeln, keuchend und schwitzend ab und gab dem Fahrzeug einen Stoß, daß es von selbst in seine gewohnte Ecke rollte. Gewöhnlich nahm ihm der Enkel das Rad ab, aber wenn er nicht zu Hause war, dann besaß das »cicle« Verstand genug, sich dorthin zu verfügen, wohin es gehörte . . . Verstand und ein gutes Herz, dachte er, während er das Tuch aufknotete, das er sich um den Hals gebunden hatte, und sich damit den Schweiß von der Stirn wischte ... Verstand und ein gutes Herz ... Ein gutes Herz, weil es ihn im Morgengrauen nicht im Stich ließ, und Verstand, weil es sich wie eine zweite Natur seinen Selbsterhaltungstrieb zu eigen machte, den Lastwagen auf ihrer Sternenbahn auswich, die um diese frühe Stunde, da sie mit aufgeblendeten Scheinwerfern fuhren, sausenden Himmelskörpern glichen — und ihn davor bewahrte, gegen einen Mast zu prallen oder einen Fußgänger anzufahren, wenn er von seiner nächtlichen Arbeit heimkehrte, ein wenig betäubt vor Überanstrengung und blind vor Müdigkeit, mit tränennassen Wimpern, die an seinen Lidern hingen wie Trauerweidenzweige. Denn so verließ er seine Arbeitsstelle, zerschlagen, schwindlig, mit schmerzenden Gelenken, und hatte nur sein Rad zur Hilfe, wenn er sich einer Welt gegenübersah, in der das Licht noch Dunkel war und das Dunkel bereits begann, Licht zu sein, eiweißfarbene Helle, eine Welt, in der die Häuser und Bäume umherstreiften, in der die ganze Stadt im Raum des Halbschlafes dicht über den Boden umherstreifte, losgelöst von der Wirklichkeit, wie eine Ausstrahlung ihrer selbst, eine stinkende Ausstrahlung, Dunst einer vom Hahnenschrei ausgespannten Tierhaut.

Er rieb sich mit dem Tuch hinter den Ohren und über den Nacken, während er seinem Rad gegenüber dieselbe gerührte Dankbarkeit empfand, die ein Reiter seinem Pferd entgegenbringt, eine Dankbarkeit, zu der er heute mehr Grund hatte denn je: das Rad hatte ihn vor Gott weiß welchen Prellungen und Verletzungen bewahrt, als es ihm half, Don Sixto zu entkommen, dessen schwarze Absicht es gewesen war, ihn zu vernichten, zu zermalmen, ihn auf der Stelle zur Strecke zu bringen. Aber dafür hatte er ihm ein paar ordentliche Kraftausdrücke aus seinem Vorrat an Schimpfwörtern an den Kopf geworfen, nicht nur »Rohling! Dieb! Idiot!«.

Er blieb vor dem Bett stehen. Ein Feldbett mit Bastmatte, Kopfkissen, Laken und Decken. Unter der Tür hervor, die er heftig hinter sich zugeschlagen hatte, und durch die Ritzen des Dachs stahl sich, weiß wie glühender Kalk, das Morgenlicht, jenes Licht, das sich in den Kalköfen in ungelöschten Kalk verwandelt. Er legte sich nicht hin. Etwas zu trinken. Das war's! Ein Gläschen ..., egal was, wenn es nur scharf genug war, um den Schreck und den Ärger hinunterzuspülen. Er durchsuchte die kleine Anrichte hinter den Truhen, im Halbdunkel einem Affen ähnelnd, denn er zog sich gleichzeitig aus und stellte seine dichte Behaarung zur Schau. Nichts da. Die Flaschen mit süßem Wein, duftendem Likör oder Bier, sie waren alle leer und rochen übel nach Kork aus ihren einst so appetitlichen runden Mündern, die Don Nepo, begierig auf einen Trunk, statt an die Lippen an die Augen führte, um nach dem Inhalt auszuschauen. Rochen übel nach verfaultem Kork und noch übler nach dem Staub, der, verwandelt in sinnlose Ewigkeit, betrunken auf dem Grund der Flaschen eingeschlafen war. Und zwischen den Flaschen und dem Unrat ein Sektpfropfen (der Pfropfen der Flasche, in der sein Enkel, weil sie so hübsch war, Honig aufbewahrte), ha-ha-ha. Er war sehr für Sekt . . ., für alles war er, nur nicht dafür, zu lachen, denn zum Lachen war es nicht gewesen, sondern um sich zähnefletschend in die Wolle zu geraten . . . Mochte er lachen, mochte er lachen, der Trampel, der zu nichts anderem taugte, als den Leuten auf den Nerven herumzutrampeln, der verdammte ungenießbare alte Narr, der verdammte . . ., mochte er lachen mit seinem künstlichen Gebiß oben und unten, das klapperte wie vier Hufeisen, weil es viel zu locker saß. Ein Sektpfropfen . . . wie gut ihm jetzt ein Schlückchen täte . . . Aber kein Sekt, nein, das war was für Festlichkeiten . . ., ein klarer Schnaps, so ein richtiger Rachenputzer, ja, ja, einer, der ihm die Kehle sauberkratzte wie Schmirgelpapier, der ihm innen alles sauberkratzte, bis er die ganze Wut vergaß.

Feuer brauchte er, Feuer, dringender noch als Schnaps, Feuer in der Kehle und im Magen. Ein Schafskopf war er! Er hatte doch das Rad, worauf wartete er noch, statt sich wieder anzuziehen und zur Consunsino zu fahren? Unmöglich! Er hatte ihr geschworen, er würde nie wieder den Fuß in ihre Kneipe setzen . . . Geschworen? Was ist ein Schwur schon wert, wenn man einen Schnaps braucht? Oder wenn man sich etwas von der Seele reden muß? . . . Das fehlte ihm, ein kräftiger Schnaps, der wie Feuer brannte, nicht um zu vergessen, wie es immer hieß, das war Blödsinn, sondern um seine Verstimmung, seine Wut, seinen Ärger, seinen Groll, um alles, was ihn quälte, zu verbrennen und um die Zunge zu lösen, denn das, was einen kränkt und schmerzte, vergeht nur, wenn man darüber reden kann . . . Vielleicht würde er auch seinen Enkel unterwegs treffen und sich bei ihm Luft machen.

Stehend zog er sich die Hose an. Ein Beweis, daß er noch gar nicht so alt war. Ein Bein, dann das andere, er verhaspelte sich. Das Hemd, die Jacke, die Schuhe über die bloßen Füße, was für ein Umstand, nur um einen Schnaps trinken zu gehen, er griff nach dem Hut, holte das Rad, sprang auf und . . . da stand der verfluchte Karren und brachte ihn zum Halten, genau vor der Tür der Consunsino. Wirklich nett, wie lustig die da drinnen waren! Die Wirtin lachte vermutlich über das, was der alte Kerl ihr erzählte, als ob es sich um einen dummen Streich handelte, denn da es ihm nicht gelungen war, ihn umzubringen, würde er sagen, er hätte ihn bloß erschrecken wollen, damit er nicht mehr schlecht über die Cojubuls und die Platanera spräche, die dem Land nur Gutes täten.

Er war nicht feige, aber er trat nicht ein, er wollte nicht ihre fröhlichen Gesichter sehen und sich von neuem streiten müssen. Es lohnte nicht. Mochten sie weiter lustig sein. Er kehrte um. Die Sonne blendete ihn. Wenig Wolken. Viel Sonne. In der Ferne dröhnten die Laster, verschlangen die Lokomotiven glühende Kohlen, hallte die Erde wider von den Dynamitexplosionen. Vielleicht brach der Jüngste Tag an, es war besser, er überraschte ihn im Bett.

3

»Rojas y Contreras ist neu geboren worden!« sagte Don Sixto, als er die Schenke der Marcos Consunsino betrat.

»Wer?« fragte die Wirtin, ohne den Spanier zu beachten, weil sie mit den Gläsern beschäftigt war. Sie trocknete sie mit der Schürze ab, die guten rieb sie so lange, bis sie quietschten.

»Was heißt wer? Rojas, dein Nachbar!«

»Don Nepo?«

»Ebender, meine Beste, ebender! Genauso wie ihr mich Pascual y Estribo nennt.«

»Was nicht unbedingt dasselbe ist, finde ich, Don Sixto, denn Sie regen sich doch über den Namen Estribo immer schrecklich auf.«

»Der Schlag soll euch treffen, alle miteinander. Aus dem edlen Familiennamen meiner Mutter — Gott hab sie selig — einen Beinamen zu machen . . .«

»Einen Beinamen?«

»Jawohl, einen Spottnamen. Als ob du das nicht wüßtest! Tu nur nicht so scheinheilig!«

»Ach so . . . Aber was geht Sie das an! Wenn Sie nicht so ein Aufhebens davon machen würden, wäre alles in Ordnung.«

»Estribo, der Trampel! So nennt ihr mich doch, weil ich zu nichts anderem tauge, als den Leuten auf den Nerven herumzutrampeln . . . vielleicht nicht? . . . Als würde ich euch Aftermuskel nennen, weil ihr nur dazu taugt, die Exkremente eures schweinischen Lebens wieder auszuscheiden!«

»Wenn's Ihnen Spaß macht, Don Sixto . . .«

»Was mich anstinkt, ist, daß ich Unglückseliger dazu verurteilt bin, unter lauter Kaffern zu leben . . .«

»O weh, Sie sind ja rückständig, in der Hauptstadt gibt es doch schon lange keine Konfrater mehr.«

»Gott steh mir bei, was für eine himmelschreiende Dummheit! Von Kaffern rede ich, nicht von Konfratern! Von Kaffern, einem Rudel Kaffern! Ein Konfrater und ein Kaffer sind doch nicht dasselbe!«

»Da muß wohl erst der Segen Gottes über mich kommen, damit ich Sie verstehe, Don Sixto.«

»Wer jetzt den Segen Gottes nötig hat, ist Rojas. Dem hab ich einen Todesschrecken eingejagt, als ich ihn zwischen der Felswand und den Rädern meines Fuhrwerks eingequetscht habe. Er fuhr vorbei und grüßte mich, als wäre nichts geschehen, der freche Hund. Fast hätte ich ihn umgebracht, aber seine Stunde war noch nicht gekommen.«

»Ich weiß nur, daß er und Sie . . . Verzeihung, Sie und er, erst der Spanier, dann der Indio, geschworen haben, nie mehr hierherzukommen, nie mehr den Fuß in das Wirtshaus der Marcos Consunsino zu setzen.«

»Dann werd ich wohl meineidig werden müssen, denn du riechst mir zu gut . . .«

»Hoffentlich nicht zu sehr . . .«

»Versteh ich nicht. Für derbe Späße hab ich nichts übrig.«

»Hoffentlich werden Sie nicht zu sehr meineidig, und hoffentlich rieche ich Ihnen nicht zu gut . . .«, die Wirtin änderte den Ton, . . . »derbe Späße? Sie sind doch wohl derjenige, der hier mit Kraftausdrücken um sich schmeißt, Himmelherrgottsakrament, mit Sauereien, wie sie der letzte Fuhrknecht nicht in den Mund nimmt!«

»Wenn man mich ärgert, dann steche ich wie der Skorpion. Aber ich bin hergekommen, um dir was zu erzählen . . .«

»Erst sagen Sie mir, was ich Ihnen zu trinken bringen soll . . .«

»Es ist noch sehr früh . . .«

»Nur um den schlechten Geschmack loszuwerden.«

»Den schlechten Geschmack von dem Ärger, daß ich diesen Kerl, deinen Nachbarn, getroffen habe.«

»Eine heiße Tasse Kaffee täte Ihnen gut . . .«

»Habe ich schon zu Hause getrunken ...«

»Dann ist eben die zweite Tasse fällig ... Etwas müssen Sie schon bestellen ... Wenn die einen kommen, um sich mein Gesicht anzusehen, die andern, um ihr Herz bei mir auszuschütten, und die dritten, um mich zu riechen, dann mache ich besser den Laden zu und werde entweder Beichtmutter oder lasse mich besehen und beriechen ...«

Sie lachte laut auf und mußte den Kaffee, den sie Don Sixto servieren wollte, in ihre kleine Küche zurücktragen, weil sie die Hälfte auf den Unterteller vergossen hatte.

»Du bist aber guter Laune ...«

»Und das, obgleich ich alles, was Sie hier sehen, noch schuldig bin. Ich hab den Laden mit nichts eingerichtet, nur mit mir selbst, dem Schnaps und dem heiligen Domingo de Guzmán, dem, wie Sie sehen« — sie wies auf ein Tischchen neben der Tür —, »weder seine Blumen noch seine Kerze fehlen.«

»Ein spanischer Heiliger ...«

»Die Heiligen sind vom Himmel und sonst nirgendwoher ... Was ist mit Ihrem Kaffee? Trinken Sie ihn aus und erzählen Sie, was Sie mir erzählen wollten. Den Kaffee hab ich selbst zubereitet, hab ihn selbst geröstet, damit er weder zu dunkel noch zu hell wird; golden muß der Kaffee sein, wenn er richtig geröstet ist, so wie es sich gehört, golden, goldbraun; ich mahle ihn auch selbst, weder zu fein wie ein Apothekerpülverchen noch zu grob, und ich filtere ihn auch selbst in die Kanne, die ich erst mit frischem Wasser ausspüle, dann gieße ich tröpfchenweise heißes, aber nicht kochendes Wasser auf, damit so nach und nach die reine Essenz durchsickert.«

»Dann hast du den Kaffee also nicht gekocht ...«

»Eher will ich Ihre India sein oder ins Kittchen kommen, ehe ich gekochten Kaffee trinke.«

Der Spanier entfernte die Hand von seinem faltigen Gesicht, um nach glattem Fleisch zu tasten.

»Suchen Sie beim Kater keine drei Beine, er hat nun mal vier ...« die Consunsino wich zurück.

»Also, ich wollte dir erzählen ...«

»Erzählen Sie, aber von weitem, von weitem schaut man die Stiere an.«

»Ich wollte dir erzählen, daß ...«

»Was wollten Sie mir erzählen? Ist Ihnen plötzlich die Sprache weggeblieben?«

»Was du da vorn hast, ist kein Ausschnitt, sondern eine Auslage.

Ich wollte dir erzählen, daß ich den Strolch, deinen Nachbarn, beinah um die Ecke gebracht habe.«

»Wann denn? Heute morgen?«

»Jetzt eben, als ich herkam . . .«

»Er hat selbst schuld, was muß er sich dauernd über andere Leute aufhalten. Anfangs hab ich geglaubt, er tut's nur, um mit Ihnen zu streiten, um zu widersprechen.«

Der Spanier klebte die Kaffeetasse an seinen faltigen, tabakfarbenen Mund, um den ersten Schluck zu tun.

»Vorsicht, für Sie ist er noch zu heiß. Aber um noch mal auf Señor Nepo zurückzukommen, irgendwie tut er mir leid, schließlich ist er mein Landsmann . . . Alter Quatschkopf . . . Und Sie, Don Sixto, Ihnen hab ich am meisten verdacht, was Sie mir da erzählt haben von den Leuten, die sich den Namen ändern, um als Ausländer zu gelten. Sohn von Gott weiß welcher dickärschigen India, und nennt sich Keijebul! Ich kenne ihn nicht, aber Señor Nepo sagt, daß er wie ein richtiger Xicuaqueindianer aussieht. Und wenn er sich hundertmal einen Gringonamen zulegt, sie halten ihn doch nicht für einen Gringo, denn bei denen drüben rennt nun mal keiner mit 'nem grünen Lendenschurz herum!«

»Was weiß der Trottel schon! Die Indianer drüben sind doch Rothäute!«

»Dann gibt's bei ihnen also auch Xicuaqueindianer . . .«

»Natürlich gibt's welche, die Rothäute, ausländische Indianer, wie man sie im Kino sehen kann, aber nicht solche armseligen Ixcorocos wie bei uns.«

»Und Sie, Don, sprechen Sie englisch?«

»Der Himmel bewahre mich davor! Ich bin ja weiß Gott nicht unter einem glücklichen Stern geboren, aber doch nicht unter einem so unglücklichen, daß ich englisch spreche!«

»So ist's recht, Sie soll der Himmel bewahren, aber uns kann der Satan holen.«

»Ihr habt keine eigene Sprache, ihr sprecht die unsere, eine Sprache, die wir euch geliehen haben, was tut's also, wenn ihr die Sprache der Herren dieses Jahrhunderts sprecht? Spanisch sprecht ihr schlecht, was tut's also, wenn ihr auch schlecht englisch sprecht?«

Die Consunsino räumte schweigend die leere Tasse ab. Als Don Sixto den Tabakwurm in das Zigarettenpapier gedrückt, es zusammengerollt, den Rand angeleckt, mit den Fingerspitzen die beiden Enden verschlossen, sich die Zigarette zwischen die Lippen gehängt, sie mit dem Docht seines Feuerzeugs angezündet und den Rauch eingezogen hatte, kramte er Geld hervor, um seine Zeche zu bezahlen.

»Kommt gar nicht in Frage«, protestierte die Consunsino. »Ich werde Ihnen doch nicht eine Tasse schwarzen Kaffee anrechnen, wenn Sie ihn ohne Kognak getrunken haben. Der Herr ist nun mal nicht für Revolutionen. Den Kaffee für sich und den Kognak für sich.«

»Den Kognak trinke ich heute nachmittag, wenn ich zurückkomme.«

»Aber Sie dürfen sich nicht wieder mit dem Nachbarn streiten.«

»Wenn er nicht anfängt ... Was er da gegen die Ausländer von sich gegeben hat, kratzt mich noch immer. Nie werde ich ihm das verzeihen.«

»An dem, was er gesagt hat, ist was dran, wenn man es sich richtig überlegt. Nicht alle Ausländer sind wie Sie, der Sie schon so lange hier leben, daß Sie Ihre Heimat vergessen haben.«

Pascual y Estribo wollte etwas sagen, aber die Wirtin fuhr mit lauter Stimme fort: »Jetzt werden Sie wieder den mysteriösen Millionär von der Südküste in den Himmel heben, der den Leuten hier ein Riesenvermögen hinterlassen hat. Aber so was kommt nicht alle Tage vor, und das Geld ist zerronnen wie Wasser. Was ist von all dem Reichtum übriggeblieben? ... Ein gutes Dutzend junger Herrchen, die englisch sprechen, sich wie Gringos kleiden, wie Gringos leben, von denen einige mit Gringos verheiratet sind und die alle miteinander vergessen haben, woher sie stammen. Können Sie sich was Schlimmeres vorstellen, als wenn einer nicht mehr weiß, woher er stammt! Das ist schlimmer, als wenn er ein Ausländer wäre — er ist ein armseliger Tropf. Lassen Sie mich sagen, was ich zu sagen habe, hinterher können Sie reden, reden kostet nichts. Keiner von denen, die dauernd von den Millionen dieses Ausländers den Mund voll haben, keiner, hören Sie gut zu, nicht mal die Erben, begreifen oder werden je begreifen, was für eine edle Absicht der Fremde gehabt hat. Es gibt Dinge, die mehr, viel mehr wert sind als Geld. Hören Sie zu, stellen Sie sich nicht taub, das tun Sie nämlich, wenn man etwas sagt, was Ihnen nicht paßt. Dieser Fremde hat gezeigt, daß man was gegen die Bananengesellschaft unternehmen kann, die ihre Geschäfte damit anfing, daß sie sich Land aneignete, das schon einen Eigentümer hatte ...«

»Das bestreite ich ja gar nicht, meine Beste. Allem Anschein nach . . .«

»Nichts allem Anschein nach, es war so. Das wäre ja noch schöner, wenn sich die Tatsachen hinterher als Anschein herausstellten. Die Erben haben natürlich länger gebraucht, um das Geld zu bekommen, als dann gleich mit Kind und Kegel nach drüben abzudampfen, wo sie sich jetzt schon schämen, wenn sie von ihrer Heimat auch nur reden hören.«

»Meiner Meinung nach kann man es keinem Vater übelnehmen, daß er sich bemüht, seinen Kindern die bestmögliche Erziehung zu geben, wie es die Keijebuls getan haben. Das war ihr gutes Recht.«

»Ein krummes Recht, und sagen Sie ruhig Cojubul, was soll das Getue. Die sind bestimmt auch waschechte Indios.«

»Man nennt die Leute so, wie sie genannt werden möchten, wenn man aus guter Familie, wenn man gut erzogen ist, verdammt noch mal!«

»Mich können Sie für so unerzogen halten, wie Sie wollen, aber ich sag nun mal nicht Keijebul. Nie und nimmer! Das wäre ja noch schöner. Und was das ›gute Recht‹ betrifft, so behaupte ich, daß zuerst mal die moralische Verpflichtung kam, denn die Erbschaft bestand ja nicht nur aus dem Geld, sie enthielt auch den Auftrag, den Kampf gegen die Platanera weiterzuführen.«

»Eine gelehrige Schülerin des Herrn Nachbarn!«

»Lassen Sie Señor Nepo aus dem Spiel. Was ich sage, sagen alle, oder was haben Sie gedacht . . . Daß die Anastasia, von der der Nachbar spricht, nicht existiert? . . . Daß die Leute nicht über all das reden, was sie wissen, und daß sie sich das, was sie nicht wissen, aus den Fingern saugen? . . . Daß die Platanera für uns sorgt wie der Fleischer für den Ochsen? . . . ›Ist gut‹, sagte der Esel zum Zaumzeug, ›aber daß du mir das Maul stopfst, ist schon schlimmer‹ . . .«

»Ansichtssache . . . Meiner Meinung nach war es richtig, daß sie mit ihrer Erbschaft weggegangen sind, um ihre Kinder im Ausland zu erziehen.«

»Genauso hätte Judas gehandelt, wenn er sich statt an einen Baum an eine Frau gehängt und Kinder gehabt hätte.«

Der Alte spuckte aus und entfaltete sein Taschentuch, das stank, weil er es so lange in der hinteren Hosentasche getragen hatte.

»Ich hätte es auch mal nötig, so einen mysteriösen Millionär wie den von der Südküste kennenzulernen«, seufzte die Consunsino. »Sogar sein Tod im Wirbelsturm war mysteriös . . .«

»Verrückt war er«, krächzte der faltige Alte.

»Ja, weil er Wasser mit einem Sieb ausschöpfen wollte.«

»Ich gehe.«

»Jetzt sind Sie beleidigt, weil ich von Wasser gesprochen habe.«

»Ihr Lästermäuler, ihr wißt ganz genau, daß ich mich nicht bade, weil ich keine Lust dazu haben. Nein, nein, ich habe nun mal keine Lust dazu.«

Die Melone tief in der Stirn, die Pluderhosen über den Stiefeln, die Jacke um das Gesäß schlackernd, verließ der Spanier die Schenke der Marcos Consunsino und stieß auf Nepomucenos Enkel. »Sein Enkel, Sohn seiner Tochter«, murmelte er vor sich hin, »von einem dieser Kalabresen aus der Sägemühle, wie seine Augen verraten, blaue Ausschnitte aus dem Himmel Italiens im dunklen Indiogesicht, dunkel wie der Großvater und wie die Hure, die ihn gebar. Was hast du doch für eine böse, böse Zunge, Sixto Pascual . . .«

Damiancito saß oben auf dem mit Kalk beladenen Wagen, trieb die Ochsen an und pfiff eine Melodie in die helle Morgenluft, während er eine weiße Pulverspur hinter sich herzog, Kalk, der beim Holpern der Räder aus den Säcken rieselte und die Melodie, die der Junge pfiff, als Wellenlinie in den Wegstaub zeichnete. Sehnsüchte, Jünglingsschmerzen, Träumereien, all das klang in seinem Pfeifen wider. Mit der kalkbestäubten Hand lüpfte Damiancito den Hut über der dichten, schwarzen Mähne, um den Herrn zu grüßen. Don Sixto antwortete nicht. Er ließ Schweigen regnen aus allen Falten seines Gesichtes, deren Starre dem Tölpel zu verstehen gab, daß Don Sixto es unter seiner Würde hielt, ihn zu grüßen, denn als Nachfahre Nepomucenos mußte er in seiner Denkweise und seinem Verhalten mit dem Großvater übereinstimmen, nicht nur ungefähr, sondern völlig.

Der Fuhrmann, der nicht im geringsten beleidigt war, nahm den musikalischen Faden wieder auf, den seine Lippen spannen, und modulierte deutlich vernehmbar: »E — stribo . . . E — stribo, alter U — hu . . . alter U — hu . . .«, während der wütende Spanier sich vor Verdruß auf die Lippen biß und den Fuß so nachdrücklich auf das Trittbrett (Tritt-brett . . . Tram-pel) seines Fuhrwerks setzte, daß dieses sich wie ein Haus bedrohlich über ihn neigte; aber gerade, als es stürzen wollte, fand es sein Gleichgewicht wieder, weil Don Sixto auf seine vier Buchstaben plumpste, rechts die Krüge mit der frisch gemolkenen Milch, die noch kuhwarm war und nach dem Hunger des Kälbchens roch, und links, wo das Herz sitzt, die hoffnungsgrünen Garben Viehfutter.

Daß sich das Fuhrwerk darauf beschränkt hatte, zu schwanken statt umzukippen, war für Don Sixto ein Beweis, daß die Vorschläge, die er dem Ehrenwerten Magistrat der Hauptstadt für den Bau erdbebenfester Häuser gemacht hatte, richtig waren. In dem unseligen Lande, wo bei einem Erdbeben alles, wenn es nicht zitterte, zusammenfällt, mußten die Gebäude auf Fundamenten aus Federn ruhen, dann würden sie nur wenig erschüttert werden, wie ein rollender Wagen schwankt.

Kaum war Don Sixto fort, trat die Consunsino mit einer Schüssel Wasser vor die Tür ihrer Kneipe. Etwa um Don Sixto das Wasser über den Kopf zu gießen und ihn irrtümlicherweise zu baden? Aber nein, sie goß es vor ihr Wirtshaus, denn die Sonne verließ bereits den Bürgersteig und begann die Hauswand emporzuklettern. Das war ein Geheimnis. Die Erde findet durchaus Gefallen am Schnaps, aber nicht an dem in der Flasche, sondern an dem, der bereits die Lippen des Menschen gekostet hat, deshalb muß man ihr das Wasser zu trinken geben, mit dem die schmutzigen Gläser gespült werden, Wasser vermischt mit einem Restchen Schnaps und dem Speichel der Betrunkenen, muß es ihr zu trinken geben, ehe die Sonne sie hart bäckt. Wenn man das jeden Tag tut, erweist sich die Erde, die wie ein Mensch ist, dankbar und sorgt dafür, daß in der Kneipe die Gäste nicht ausgehen, daß sie gleichsam aus dem Boden schießen wie Mais, der ausgesät wurde, oder daß sie, an der Wand lehnend, weil sie sich nicht mehr auf den Beinen halten können, hier hängenbleiben wie Schlingpflanzen.

Die Wirtin vergoß einen Teil des Wassers, indem sie die Schüssel kreisen ließ, damit es wie ein Fächer hinausspritzte, und sagte mit lauter Stimme, während die Tropfen zischend auf der durstigen Erde verdampften: »Auf daß diejenigen, die vom Schnaps nur noch durstiger werden, die Saufbrüder, die Süchtigen, hier nicht vorbeigehen . . .« Sie heftete den Blick auf die feuchte Erde vor ihrer Tür. »Auf daß sie eintreten und meine Schenke als ihr Zuhause betrachten und so lange trinken, allein oder mit ihren Freunden, bis sie den letzten Peso, die Uhr, die Brieftasche, die Krawattennadel, die Uhrkette, die Manschettenknöpfe, was immer sie an Wertsachen mit sich herumtragen, bei mir lassen und zufrieden johlend abziehen . . . Auf daß sie hier nicht pissen, nicht kotzen, sich nicht prügeln, nicht streiten, auf daß sie das alles anderswo machen, denn nichts stinkt so sehr wie die Pisse, die Kotze, die Schmähung und die Schimpfworte des Besoffenen . . .« Sie streckte den Hintern heraus, zwei runde Backen, gewaltig wie Kapokbaumstämme, als sie sich verneigte und die Sonne grüßte, wobei sie aus Angst, daß man sie beobachten könnte, so tat, als nähme sie mit der Rechten etwas vom Boden auf, das ihr hingefallen war, und mit der Linken, der Hand des Herzens, die Schüssel festhielt, um zum zweitenmal die feierliche Besprengung vorzunehmen.

»Auf daß der, dem der Schnaps schmeckt und der ihn sich verkneift und aus Knickrigkeit nur auf Festen und Totenfeiern trinkt, nicht bei mir vorbeigehe . . .«, sie heftete den Blick auf die angefeuchtete, zweimal angefeuchtete Erde vor ihrer Tür, »auf daß in ihm die Lust, die Begierde, das brennende Verlangen erwache und ihn quäle und er, wenn er es fühlt, ja, wenn er es fühlt, schon vor meiner Theke stehe und eine Flasche teuren Likörs, ein Glas Schnaps oder ein Litermaß Bier bis auf den Grund leere!«

Sie verneigte sich noch einmal vor der Sonne und schloß, nachdem sie den letzten Rest Wasser verspritzt hatte: »Auf daß derjenige, dessen unschuldige Lippen noch nie ein Glas Schnaps berührt haben, nicht vorbeigehe heute, daß er eintrete, weil es ihn danach verlangt oder weil er seinen Kummer vergessen will, daß er eintrete aus Neugierde, um sich als Mann zu fühlen, um zu erfahren, was der Schnaps ist, daß er ihn zum erstenmal probiere, daß er ihn schmecke, daß er wiederkomme und wieder saufe, denn der, der noch nie den Ellbogen gehoben hat, wird ihn heben, wenn du, Erde, es willst, wenn du, Sonne, es willst, Vater und Mutter des Zuckerrohrs, aus dem Gott, der Allmächtige, hervorgegangen ist.«

Und bevor sie eintrat flüsterte sie: »Väterchen Schnaps, für dich ist nichts traurig, nichts häßlich, nichts teuer!«

Das Erzittern der kleinen, niedrigen Häuser, wenn die Laster vorbeiratterten, die Baumaterial für die Landepisten transportierten, Ungetüme auf Rädern und Federn, größer als die Häuser, einige rollenden Kirchen gleich (sie bewiesen dem Spanier, wie gut seine Idee war, in erdbebengefährdeten Ländern die Städte auf Federn zu bauen, eine Idee, die er sich patentieren lassen sollte); das Pfeifen der Lokomotiven, die freie Fahrt verlangten, wie Kühe, die nach ihren verlorenen Kälbern suchen, Lokomotiven, die hin und her fuhren, um Plattformwagen oder leere oder beladene Waggons an- und auszukuppeln zwischen Reihen hoher Pappeln und Viehweiden, die sich während der Regenzeit in einen See verwandelten; die Schüsse der Jäger, die mit ihren Flinten nach Enten schossen; der kreischende Widerhall der Maschinen und die stählernen Kabel beim Brechen der Steine, die Bohrer, Spaten, Männer, die winzigen Züge, die sie beförderten, Züge, mauseklein, verglichen mit den großen Zügen, und das Zerkauen, Zerkleinern, Zermahlen, Pulverisieren der Felsbrocken; diese ganze Welt ohne Zeitvergeudung, ohne Ruhe, ohne Sonntagsrast, Kessel, Kondensatoren, Dampfkolben, Menschen. Yankees, Ambosse, war dennoch nur ein Ölfleck unter den Wolken, den Altären im unendlichen Blau, wo die Engel die Morgenmesse lasen.

Señor Nepo warf sich in Kleidern auf das Bett. Zum zweitenmal kehrte er an diesem Morgen heim, und zum zweitenmal legte er sich nieder. Er feuerte den Hut in eine Ecke. Tiere, die tagsüber schlafen, streifen nachts umher. Nicht einmal die Schuhe zog er aus. Der verdammte Durst auf einen Schnaps ließ ihm keine Ruhe, aber da hätte er wieder aufstehen, das Rad hervorholen und wer weiß wohin fahren müssen, denn zur Consunsino konnte er nicht. So weit radeln für ein Gläschen . . . Wenn's noch für zwei Dutzend gewesen wäre. Und Damiancito war auch nicht daheim! Der trieb sich irgendwo in Las Caleras del Norte herum und hatte seinen Großvater vergessen. Immer besser! . . . Immer besser, nun war er auch noch undankbar gegen einen Enkel, der ihm jeden Wunsch von den Augen ablas! . . . Es war ihm nur so rausgerutscht, nicht, weil er undankbar war, nicht, weil es ihm nicht paßte, den Enkel anzutreffen, der doch wie Gottes Morgenkuß für ihn war. Es war ihm wirklich nur so rausgerutscht, aber wenn Damiancito nicht daheim war, konnte er sich angekleidet aufs Bett werfen, mit der Jacke, mit den Hosen, mit allem, sogar mit den Schuhen, ohne daß jemand ihn schalt, ein vorwurfsvolles Gesicht machte und sagte, er sähe wie ein Toter oder eine Schnapsleiche aus.

Ein Toter oder eine Schnapsleiche? . . . Wenn er heute morgen nicht aufgepaßt hätte, dann sähe er nicht wie eine Leiche aus, sondern wäre wirklich eine. Er war nur deshalb nicht unter die mörderischen Räder geraten, weil Gott groß war; seine Stunde hatte noch nicht geschlagen, und dank seiner Geistesgegenwart, seinen Pedalen und seiner Lenkstange hatte er den Kopf nicht verloren; er war rasch weitergeradelt und hatte so geschickt manövriert wie der Torero, der dem Stier ausweicht. Aber wenn ihm auch das fahrende Fuhrwerk keinen Schaden zugefügt hatte — als es vor der Tür der Marcos Consunsino stand, holte es das nach. Deshalb war er nicht eingetreten. Es nahm ihm den Schwung und die Lust auf den Schnaps, bis sein Herz und sein Verstand eins wurden und er weder dachte noch fühlte, und zwang ihn, mit trockenem Mund und schwerem Atem, als hätte ihm jemand die Luft abgelassen, heimzukehren und so zu seinem größten Bedauern das Versprechen zu halten, daß er nie mehr den Fuß über die Schwelle von »La Circasiana« setzen würde. Das Versprechen wäre kein Hindernis gewesen, wenn da nicht das Fuhrwerk gestanden hätte. Dabei hatte er schwerwiegende Gründe, die Kneipe zu betreten, nicht nur, weil er Schnaps trinken wollte, sondern weil er dringend jemanden brauchte, vor dem er auspacken konnte, was ihm geschehen war und was ihm geschah. Und Damiancito war auch nicht da. Glänzte durch Abwesenheit. Wenn er ihn unterwegs traf, würde er mit ihm dahin fahren, wo er den Kalk ablieferte. Er würde das Rad auf den Karren werfen, und dann würden sie miteinander sprechen. Was einen bedrückt, wird man los, wenn man darüber redet, und er mußte es loswerden, die Wut, den Groll, den Schreck, den Ärger, alles, alles, denn noch mehr als der heimtückische Überfall Don Sixtos wurmte ihn der Schimpf, den ihm das reglose Fuhrwerk vor der Tür der Consunsino angetan hatte, und am bittersten war es, daß er sich nicht rächen konnte, ohne schuldig zu werden. Ihm mit derselben Münze heimzahlen! Eine Wand losreißen, sie aus ihrem Fundament heben, sie überhängen, fast in der Luft schweben lassen über einer abschüssigen Straße, einer der vielen Straßen, die Pascual y Estribo mit seinem Rumpelkasten zu benutzen pflegte, und wenn er vorbeifuhr, sie auf ihn stürzen, ihn unter ihren Trümmern begraben und dann die Zeitungen kaufen, die die Nachricht von seinem Tode brachten und darüber berichteten, daß er umgekommen sei, ein Opfer der Wissenschaft, als er seine Erfindung, erdbebenfeste, auf Wagenfedern konstruierte Häuser, ausprobierte.

Er hatte weder seinen Kaffee getrunken, erst jetzt wurde es ihm bewußt, noch sein Brot gegessen. Es war so hart . . ., kaum konnte er es kneten mit seinen schweißverklebten, nach heißem Gummi riechenden Händen. Hätte er in das Brot gebissen, er hätte das Gefühl gehabt, auf den mit Gummi verkleideten Griffen der Lenkstange herumzukauen. Heutzutage verstanden sie nicht einmal ein anständiges Brot zu backen. Alles verdroß ihn, würde ihn verdrießen, solange er sich nicht rächte. Das Sonnenlicht stahl sich durch die Dachschindeln, die abgeschnittenen Wimpern glichen, und unter der Tür herein, lebendig, weiß, gleißend. Die Zimmerdecke fehlte. Eine Decke aus Pinien- oder Zedernholz. Vieles fehlte. Aber er war alt, hatte weder Geld noch Lust . . ., mochten sich die kümmern, die nach ihm kamen. Wenn er aufstände und den Riegel vorschöbe? Schlecht wäre es nicht, die Tür richtig zu verschließen. Dieser Don Sixto war zu allem fähig nach der Rempelei mit dem Karren, außerdem wußte er, daß er ihn um diese Stunde im Schlaf überrumpeln konnte. Riegel und Schloß . . ., ein kluger Mann baut vor . . ., wenn er nur nicht so zerschlagen wäre . . ., die Nachtarbeit machte ihn fertig. Die Augen fielen ihm zu. Er wollte die Lider heben. Er konnte es nicht. Sie gehorchten ihm nicht. Der Riegel . . ., das Schloß . . ., es wäre gut . . ., aber er rührte sich nicht . . ., mit den Jahren vergeht einem sogar die Lust, das Leben zu verteidigen — das schwere Tagewerk, der Ärger, die Enttäuschungen, die schlechten Erfahrungen, das Einerlei, die Ungerechtigkeiten . . ., was machte es schon aus, wenn sie ihn umbrachten . . ., er empfahl sich Gott . . ., die Tür . . ., der Riegel . . ., das Schloß . . ., die Dinge waren nur noch Worte . . ., sich einen Ruck . . ., sich nur einen kleinen Ruck geben . . ., dann konnten sie ihn nicht wehrlos erschlagen wie einen Hund, ach du mein Gott! . . .

Einen Ruck . . ., er schaffte es, sich umzudrehen, um nicht vor Hitze zu ersticken, und blieb wie bewußtlos liegen, mit gespreizten Beinen, den Kopf neben dem Kissen, den einen Arm über der Bettkante hängend, auf dem Bauch, den Rücken seinem möglichen Mörder preisgegeben, und der konnte Don Sixto höchstpersönlich sein, was allerdings schwierig für ihn wäre, es sei denn, er käme maskiert, aber wahrscheinlicher war, daß er einen anderen bezahlte, damit der ihn umbrachte.

Angekleidet, schwitzend, schien er nicht zu schlafen, sondern sich abzurackern. Deshalb wird man für die Nachtarbeit höher bezahlt. Nur deshalb. Sie ist ein Vorschuß auf die Plage, die gottverdammte Plage, tagsüber zu schlafen: Die Müdigkeit muß man in Schlummer, das Sonnenlicht in Dunkelheit, den Tageslärm in friedliche Stille verwandeln, und oft genug, wenn einem endlich die Augen zufallen, verwandelt sich die Müdigkeit in Gliederschmerz, die Dunkelheit in pochendes Blut zwischen Auge und Lid, und inmitten der Lärmflut kann man nur Bruchstücke völliger Ruhe finden.

Er tastete mit der Hand, die an seinem Arm über die Bettkante hing, ins Leere, ohne den Boden, die Wirklichkeit zu erreichen, alles, was er zurückgelassen hatte, als er im Schlaf versank, und Seufzer um Seufzer entfuhr es ihm, welche Qual es ihm bereitete, in den Schlaf einzudringen, der eher dem Tode glich, während draußen für alle andern das Leben erwachte ... Es seufzt nicht mehr, es heult ... Keiner wußte es so gut wie er, der er im »Granada« die Ventilatoren in Betrieb halten mußte, Ventilatoren, schmutzig von verbrauchtem Wind, der sich als Staub auf ihr trauriges, kaltes Metall gelegt hatte. Früher gaben sie einen langen Seufzer von sich, ehe sie sich drehen. Jetzt heulten sie auf, wenn man sie in Bewegung setzte. Einst hatte er auch, in der romantischen Zeit des eleganten Restaurants, ein halbes Dutzend Vogelbauer zu versorgen gehabt, deren Insassen die Gäste mit ihren Trillern entzückten. Aber die Zeiten änderten sich. Man schaffte die Vögel ab — heute würden sie heulen, wenn sie noch da wären — und stellte Musikautomaten auf, die heulten wie Hündinnen mit farbigen Eingeweiden und gierig auf Münzen waren.

Er drehte sich ächzend auf die Seite, als wolle er die Last abwerfen, die ihn erstickte, wenn er auf dem Bauch lag, und zog die geschlossenen Beine an mit der träumerischen Bewegung eines Neugeborenen, das in den Mutterleib, der dem Schlaf so ähnlich ist, zurückkehren möchte. Nachdem er lange Zeit gelegen hatte, ohne sich zu rühren, stellten sich seine Ohrenschmerzen, seine alten Ohrenschmerzen ein, und er steckte den Finger in den Gehörgang, aus dem ihm noch mehr Haare herauswuchsen als aus den Nasenlöchern. Es hatte schon seinen Grund, daß sie ihn »El Peludo«, »den Haarigen«, nannten, ein Spitzname, der ihm nicht unangenehm war.

Er wälzte sich auf die andere Seite. Er lallte, als fehlte ihm der Gaumen, schnaufte und schnarchte, schnarchte, pustete und zischte wie kochende Suppe und verzog kläglich das Gesicht, ein alter Mann, der dazu verurteilt ist, unter den Rädern eines Fuhrwerks zu sterben, weil er die Platanera, die Cojubuls, die Sotomayors, die Päpste, die Bullen und was es sonst noch an Verehrungswürdigem gab, mißachtete. Und schon wurde das Urteil vollstreckt, schon waren sie über ihm, der Wagen, der nicht vorhandene Klepper und der knittrige Henker, der sich im Winde entfaltete wie zusammengepreßte geäderte Tabakblätter. Er kniff die Lider fest zu und wollte schreien unter den Rädern, aber die Hinrichtung fand nicht statt, er wurde nicht überfahren, nicht zerstückelt, etwas flog über ihn hinweg, das einem Uhu glich, und erschien ein paar Schritte weiter aufs neue, kein Uhu mehr, sondern wieder das Geisterfuhrwerk, das wie ein unglückverheißender Vogel vor der Tür der Consunsino stand.

(»U-hu ... alter U-hu ... alter U-hu ...«, pfiff der Enkel ... Hörte er es wirklich, oder träumte er es nur? »U-hu ... alter U-hu ... E — stri — bo ..., Tram — pel! ...«)

Er spitzte die Lippen, als pfiffe er im Schlaf. Er würde dem Fuhrwerk, das sich einige Schritte weiter vorn aufgepflanzt hatte, beweisen, daß er nicht seinetwegen nach Hause zurückkehrte, würde es ihm beweisen, indem er ihm den Spitznamen seines Herrn vorpfiff. Ihn konnte es doch nicht beeindrucken, einen Mann, der jeden Tag dem Tod trotzte, wenn er mit seinem Fahrrad den ungeheuren, Tonnen und Tonnen schweren, von blonden Riesen gesteuerten, von Hunderten und Hunderten unsichtbaren Pferden gezogenen, auf kirchturmhohen Rädern rollenden Lastern die Stirn bot. Gewiß, wenn er sie kommen sah, standen ihm die Haare zu Berge, wie er der Dingsda beichtete, die, nachdem sie alt und häßlich geworden war, als seine Gevatterin galt und die ihm jedesmal ungesäumt antwortete: »Das wollte ich dir ja schon immer sagen, Ponemo (sie gebrauchte den heimlichen Kosenamen, ach, längst vergangener, schöner Tage), das wollte ich dir ja schon immer sagen ... Kein Wunder, daß dir die Haare zu Berge stehen, wenn du im Morgengrauen hinausfährst und dem Tod ins Auge siehst ... Aber natürlich, wer sich mutwillig in Gefahr begibt, der darf sich nicht wundern, wenn er eines Tages auf freiem Feld eingescharrt wird oder den Friedhof verunziert ... Jedem das Seine, nur daß sich Selbstmörder wie du, die so viel Auswahl haben, einen piekfeinen Tod leisten sollten, was du aber nicht tust, Ponemo ... Nicht mal in der Beziehung hast du 'n guten Geschmack, so wenig wie damals, als du mich wegen dieser Caifasia sitzenließest. Auf dem Fahrrad zu sterben, hat man schon so etwas gehört, ja, wenn du noch jung wärst, da würde es dir gut anstehen, aber so ein alter Kracher, du meine Güte ... Sie werden noch Mus aus dir machen und dich so einsargen, wenn dir, Gott behüte, was passiert und du auf der Stelle tot bist, denn diese Fahrerei mit dem Rad, ich weiß nicht, ich muß dabei immer an unsere Vorfahren denken, als die noch auf allen vieren gekrochen sind, bloß daß du auf zwei Rädern ... Oder sie werden dich mit 'nem Löffel und Löschpapier einsammeln, wenn du womöglich unter eins von diesen Spielzeugautos gerätst, die einen ganzen zermahlenen Hügel auf einmal transportieren, weil der Flie ... Flu ... Fliegenhafen — woher soll man wissen, wie sich diese neumodischen Wörter aussprechen, was, Ponemo? — Lackschuhe kriegen soll ...« Und sie legte sich zu ihm ins Bett. Ein zweifelhaftes Vergnügen für ihn. An ihr war nichts mehr dran. Und da das Leben grausam ist, erschien sie ihm im Traum nicht so drall und hübsch, wie sie früher gewesen, sondern so, wie sie heute war, eine dürre abgetakelte alte

Ruine. Labberig wie ein leeres Futteral und mit traurigen Hängebrüsten unter dem Hemd, das keiner mehr hob. Zähne hatte sie auch keine mehr. Schuld daran war ein geschäftstüchtiger Bader, der ihr den Mund leerzog, weil sie, wie er sagte, sonst Rheumatismus bekäme und ihr die Haare ausfallen würden, die sich aber auch so lichteten. Ihr Aussehen wurde nicht besser durch eine lange, spitze Nase, dunkle Augenringe, schwarz wie die Ränder verfaulter Salatblätter, und ein Lid, das ihr schwer über dem schielenden linken Auge hing. Jetzt ist sie seine Gevatterin. Anstelle des erloschenen Feuers war Vertraulichkeit getreten . . .

Das Fuhrwerk verfolgte ihn, mochte es rollen oder stehen. Für seine Augen stand es still, stand, ein Raubvogel, ein Unglücksvogel, ein Uhu auf vier runden Krallen vor der Tür der Consunsino, die diesmal um ihr Geschäft kam, obgleich sie so scharf darauf war, Schnaps zu verkaufen, und für seine Ohren rollte es auf dröhnenden, in metallenen Felgen gefangenen Kreisen, gezogen von galoppierenden Echos, deren beschlagene Hufe auf das Pflaster schlugen, und dazu knallte die Peitsche, pfiff es, fluchte es, lästerte es, spuckte aus und schneuzte sich mit der Hand, die so mager und geizig war, daß die Lederzügel, die sie umklammerte, neben ihr fett und nahrhaft erschienen, neben der finsteren Rechten Pascual y Estribos, die er ihm so oft freundschaftlich entgegengestreckt, während er jetzt, erbost darüber, daß er ihn nicht erwischt hatte, mit verhängtem Zügel und den Wind peitschend das Fuhrwerk auf ihn lenkte, um ihn ein für allemal zu erledigen.

Er schrie . . ., fast wäre er aufgewacht . . . Der polternde Wagen, der in seinen Ohren rollte, war soeben mit seinem bisher regungslosen Bild verschmolzen, das sich jetzt in Bewegung setzte, losbrauste, sich förmlich überschlug, um ihn einzuholen, ein fliegender Wagen auf Rädern, die so rasend kreisten, daß sie keine Räder mehr waren, sondern in der Luft stehende, erstarrte Scheiben, ein Wagen, von einem Pferd vorwärtsgerissen, dessen donnernde Hufe Funken sprühten, mit wild schwankendem Verdeck, zum Zerreißen gespannten Riemen, Federn, die sich bald schlossen, bald öffneten wie bei einem schweren Erdbeben.

Er fühlte sich besiegt. Er hatte doch nur sein Fahrrad. Auch nicht ein Platzregen von Füßen auf Hunderten, Tausenden ungestüm rotierenden Pedalen konnte ihn davor bewahren, plattgewalzt zu werden. Er hatte doch nur sein Fahrrad, das ja schon, nach dem krachenden Bett, dem zu Boden gefallenen Kopfkissen und der rutschenden Decke zu urteilen, eine wahnwitzige Geschwindigkeit entwickelte. Er wollte die Richtung ändern. Aber es war zu spät. Es war nicht zu spät. Es war doch zu spät. Dort, wo die Felsen so nahe aneinanderrückten, würde Pascual y Estribo ihm den Garaus machen. Und wenn er das Rad fahrenließ und in die Schlucht hinabfloh, wohin ihm das Fuhrwerk nicht folgen konnte? Dieser rettende Ausweg blieb ihm noch, wenn der andere ihn eingeholt hatte, denn er würde ja das Fahrrad dabei einbüßen. Einstweilen also weitertrampeln . . ., weiter . . ., seine Füße, seine Knie, seine Lenden, seine Schultern, selbst sein Kopf bewegten sich im Rhythmus der Räder, die eine endlose Schlangenlinie zogen, im Rhythmus der Pedale, die sich träge drehten wie die Feuerwerkskörper einer erloschenen Girandole, im Rhythmus der Kette, die fortgesetzt seine Knöchel kitzelte. Aber weil er so geschwind radelte, ließ er den, der schnarchte, hinter sich zurück. Er bremste scharf und hatte das Gefühl, nach vorn geschleudert zu werden und nach rückwärts in seine eigenen Arme zu fallen. Hastig preßte er die Hände auf die Brust. Verlangen, von dem, der schnarchte, verlangen, daß er rascher schnarchte — er hatte die Lenkstange losgelassen —, daß er bald überwechselte vom Schluckauf zum Jazz, vom angstvollen Keuchen zum Summen der elektrischen Getränkemixer, vom Knirschen der Zähne zum knirschenden Klappern der Aluminium- und Zinngefäße im Abwaschbecken, vom Boogie zum Valse . . . »Es ist ja drei Uhr morgens schon . . .« . . . »Die Lenkstange! . . . Die Lenkstange! . . .«, schrie er, aber da war nichts, woran er sich hätte festhalten können, nichts, außer den heulenden Ventilatoren, die ihm die Hände zerfetzen würden . . . »Die Lenkstange . . . die Lenkstange . . .«, schnarchte er mit der Geschwindigkeit des Echos, die Augen wie Seifenblasen auf das bärtige Gesicht geklebt, die Brust gebläht von Wind und Lärm, schnarchte, ohne sich um sein anderes Ich zu kümmern, das am Ende seiner Beine, die Füße im Bett bewegend, aus Leibeskräften radelte, aus Leibeskräften, aus Leibeskräften, um zu verhindern, daß das Fuhrwerk ihn einholte und zu einem Fahrrad mit Rädern aus Fallendraht zerquetschte, kreisrunde Fallen voller Ratten, deren mechanisches Quieken genauso wirklich war wie das der Nager unter dem quietschenden Bett, wo er, der ihnen das fast unberührte Frühstück überlassen hatte, abwechselnd radelte und schnarchte, um bald dem nachzottelnden, fettleibigen Schnarcher zu helfen, indem er auf die Pedale trat, bald den zurückbleibenden Radler ins Schlepptau zu nehmen, indem er aus Leibeskräften schnarchte, schnarchte, schnarchte und sich der Gefahr aussetzte, eingeholt zu werden, allerdings nicht von jenem schuppigen, feuchten Fuhrwerk — Schemen, Ruß und Trauer —, das sich schon nicht mehr auf den Rädern hielt und dessen Pferd nicht mehr weiter konnte, sondern von einer Karosse, die gewaltig war wie ein Theater und golden wie loderndes Feuer, die von Rauchrossen gezogen wurde und auf Flammenrädern rollte, einer Karosse, auf der Sturmmänner und Sturmfrauen standen, die Fahnen, Pflüge und Gewehre schwangen . . .

Immer geringer wurde die Entfernung zwischen ihm und der brennenden Wolke, sie hatte das Fuhrwerk hinter sich gelassen, in dem nicht nur der faltige, fluchende spanische Kutscher saß, sondern auch die als Keijebuls maskierten Cojubuls, Indios in der Verkleidung von Golfspielern, und der Präsident der Platanera, der in der grünbehandschuhten Rechten einen Bananenstrunk ohne Bananen hielt, weshalb das Pferd sein Glied ausstreckte und wieder einzog aus Angst, man hätte es ihm abgeschnitten, weil es dem Bananenzepter so ähnlich sah.

Sie holte ihn ein . . . Die Karosse holte ihn ein . . . Zusehends fraß sie die Entfernung, die ihn von ihr trennte . . . Sie holte ihn ein . . ., sie holte ihn ein . . ., und der, der am meisten gefährdet war — indem er radelte, ließ er den Schnarcher hinter sich zurück —, und der, der am meisten gefährdet war — indem er schnarchte, ließ er den Radler hinter sich zurück —, und der, der am meisten gefährdet war, wachte auf, und in der Luft, außerhalb seiner selbst, außerhalb seines Traumes sah er immer noch die Karosse, und von den Gesichtern ihrer Insassen prägte sich ihm eines besonders ein, das bartlose Antlitz eines Mannes mit schrägstehenden Augen, der rief: »Vorwärts, mein Volk! Vorwärts, mein Volk!«

Die Karosse überfuhr ihn just in dem Augenblick, als er die Augen öffnete, aber als er sie schloß und wieder einschlief, hatte er wieder die Füße auf den Pedalen und floh vor dem Fuhrwerk. Blinzeln, sich das Wasser von den Wimpern wischen, Tränen und Wind, und eilig trampeln, eilig trampeln, eilig trampeln . . ., sich das Haar glatt streichen, durch das der Wind fuhr . . ., den Kopf wenden und eilig schnarchen, eilig schnarchen, eilig schnarchen . . ., nichts durfte er, wenn er nicht plattgewalzt werden wollte von dem kohlschwarzen, lautlosen Geisterfuhrwerk ohne Räder . . ., ohne Räder? . . ., ja, selbst die Räder hatte es verloren, und sogar die Kutscher . . ., wo, wo war er geblieben? . . . Geflohen! . . . Hatte sich versteckt in einer seiner auf Wagenfedern konstruierten Städte, deren Häuser, wenn die Erde bebte, nicht zusammenfielen, sondern Fahrzeugen glichen, die über das Straßenpflaster rollten, oder er war dort, wo das Fuhrwerk stand, das wieder seine alte Gestalt angenommen hatte, und erzählte der Marcos Consunsino, was geschehen war, ohne einen Peso auszugeben, erzählte und entrunzelte sich, als wären seine Runzeln Saiten, auf denen er, während er predigte, seine harten, lispelnden Z kratzte.

Jemand öffnete und schloß die Tür, die weder verschlossen noch verriegelt war. Sie knallte zu. Beinahe. Er hielt sie fest und lehnte sich, als er eingetreten war, gegen ihre hölzerne Füllung, die ihn von der Straße trennte. Er sah nichts, so geblendet war er von der Helle draußen. Dennoch verlor er keine Zeit. Mit ausgestreckten Händen, um nirgendwo anzustoßen, tastete er sich, die Füße über den Boden schiebend, dorthin, von wo das rachsüchtige Schnarchen Señor Nepos kam. Bald gewöhnten sich seine Augen an die Dunkelheit, und er entdeckte im Dämmer den Körper eines Mannes, der auf einem Feldbett lag und fest schlief. Er betrachtete ihn. Der Mann hatte sich nicht ausgezogen. Sicher war er hereingekommen und hatte sich sofort auf das Bett geworfen. Nicht einmal die Schuhe hatte er abgelegt. Er war nicht alt. Aber auch nicht jung. Ein gelbliches, wie aus Ton gebranntes Gesicht, buschige Brauen, Wimpern, Schnurrbart, Haare. Dicke, kleine, verarbeitete Hände. Kopfkissen und Decke auf dem Boden. Sich auf ihn stürzen. Wenn er nun schrie! Ihm einen Schlag versetzen, der ihn auf der Stelle bewußtlos machte. Noch während er es dachte, legte er ihm die Hand auf die Schulter und versuchte, ihn sacht aufzuwecken. Der Mann erwachte nicht. Wütend drehte er sich auf die Seite. Der andere ließ nicht nach. Zwecklos. Mit den Händen fuchtelnd wie ein Hampelmann, verteidigte er seinen Schlaf. Der Unbekannte rüttelte ihn stärker. »Was? ... Wer?« ..., knurrte Don Nepo ... Wer? ... Wer schlich sich ein in sein Traumfest, zu dem nur er Zutritt hatte? ... Hinaus! ... Eindringling! ... Störenfried! ... Nicht zu glauben! ... Hinaus! ... Hinaus! ... Hinaus aus meinem Traum! ... Er saß bereits auf dem Bettrand, als er zum letztenmal nach dem Schemen ausholte, das jedoch, statt zurückzuweichen, sich auf ihn warf, greifbar, fühlbar ... Nein, es konnte nicht sein ... es konnte nicht sein, daß der Eindringling, den er aus der Tiefe seines Traums gejagt, sich in jenen Mann verwandelt hatte ... nein, nein, nein ... Jener Mann war schon da, wollte ihn töten, ihm ein Messer in den Leib jagen, ihm die Brust mit

Kugeln durchlöchern, ihn mit dem Bettlaken erwürgen ... Aber weshalb bemühte er sich, kämpfte er so darum, ihn aufzuwecken? ... Er kniff die Augen zu und stellte sich schlafend ... Solange er die Augen nicht öffnete, konnte ihm der andere das Leben nicht nehmen, denn wer einen schlafenden Menschen tötet, kann nicht vom Ort des Verbrechens fliehen ... Nur die Ehebrecherin kann man so töten ... Deshalb rüttelte und rüttelte er ihn, drängend, verzweifelt, sprach zu ihm mit gehetzter, stockender Stimme, sicherlich war er von Don Sixto beauftragt, ihn zu töten, aber so heimlich, daß Don Nepo nicht verstand, was er von ihm verlangte ..., doch, doch, daß er aufwache, die Augen öffne ... Aus dem Bett springen, die Jagdflinte seines Enkels Damiancito und der Machete lagen immer hinter der Truhe, und alles auf eine Karte setzen ... Aber würde er die Waffen mit geschlossenen Augen finden? Als er sich vorstellte, wie ihn ein Kugelhagel durchlöchert, während er zur Truhe lief, wurde er stocksteif und eiskalt, worüber der Eindringling augenscheinlich sehr erschrak, denn er begann ihn wieder angstvoll zu rütteln in dem Glauben, den Schläfer habe die Muskelstarre befallen.

Und wenn es doch nur ein Alpdruck wäre, dachte Don Nepo hoffnungsvoll, und wenn er beim Aufwachen feststellte, daß der Mann, den er aus seinem Traum gejagt hatte, auch nur ein Traum wäre ... Aber wie konnte er es feststellen, ohne die Augen zu öffnen, und wie die Augen öffnen, ohne daß jener, der vielleicht doch kein Traum war, ihn tötete? ... Und er hängte an den Rand seiner Lider zwei blinzelnde Halbmonde, die so dünn waren, daß der mutmaßliche Mörder, ohne es zu merken, mitsamt den Kleidern durch das Sieb der Wimpern hineinrutschte. Das Gesicht kam ihm bekannt vor ..., wo hatte er es nur gesehen? Im »Granada«, im Portal del Comercio, während der Zwölf-Uhr-Messe in der Kirche San Francisco? ... Er war ihm erst vor kurzem begegnet ..., bei einem Aufmarsch? Krampfhaft versuchte er, sich zu erinnern. Ja, ja, bei einem Aufmarsch ... Aber er nahm doch schon seit langem nicht mehr an Aufmärschen teil ...

»Bitte! Bitte!« hörte er ihn sagen.

Plötzlich schoß es Don Nepo durch den Kopf, daß er vielleicht nur einen Gratis-Säufer vor sich habe, den der Brand quälte und der, als er die Tür offen fand, hereingeschlüpft war, um sich etwas Geld zu betteln, damit er weitersaufen konnte. Bei dieser beruhigenden Vorstellung schlug er die Augen auf, schloß sie aber sofort wieder. Er kniff die Lider noch fester zusammen als vorher. Er mußte weiterträumen. Der Unbekannte, der seine Hilfe erbat, war kein anderer als der Mann aus der Karosse, der Mann, der gerufen hatte »Vorwärts, mein Volk! Vorwärts, mein Volk!«. Aber der andere ... Welcher andere? ... Der gekommen war, ihn zu töten ... Aber es wollte ihn doch keiner töten ... Vor ihm stand nur der Mann aus der Karosse ... Der aus der Karosse? ... Es konnte nicht sein ..., es konnte nicht sein, oder er träumte weiter, obwohl er wach war ... Und der andere? ... Welcher andere? ... Der gekommen war, ihn zu töten ... Aber es wollte ihn doch keiner töten ...

Von Angst geschüttelt — wenn er die Augen schloß, trug er die Wirklichkeit in den Traum hinüber, wenn er sie öffnete, jagte er den Alp zurück in die Wirklichkeit —, riß er die Lider auf, die Augen rund vor tollem Entsetzen.

»Was wollen Sie hier?« fragte er scharf.

Und der andere? ... Welcher andere? ... Der gekommen war, ihn zu töten ... Aber es wollte ihn doch keiner töten ... Vor ihm stand nur der Mann aus der Karosse und bat ihn, er möge ihn verstecken.

»Ich habe nur dieses Zimmer«, hörte sich Don Nepo sagen, wirklich sagen — was für ein entsetzlicher Alptraum, aus dem es kein Entrinnen gab —, »und einen Schuppen.«

»Ich weiß nicht, ob ich verfolgt werde« — die Stimme des Kerls mit den starken, das Gesicht beherrschenden Backenknochen, die unter der bleichen, von der Sonne gebräunten Haut hervortraten, die Stimme des Kerls mit den dünnen, fettigen Haaren, den schmalen Lippen und den abstehenden, grausamen Flatterohren, die nicht zu ihm zu gehören schienen, sie klang so menschlich, daß Don Nepo aus seinem Traum emportauchte und langsam zu sich kam.

Aber der andere? ... Welcher andere? ... Der gekommen war, ihn zu töten ... Aber es wollte ihn doch keiner töten, er sollte ihn nur verstecken, weil sie ihn verfolgten, den Mann aus der Karosse, der gerufen hatte »Vorwärts, mein Volk! Vorwärts, mein Volk!«.

»Ich bin aus dem Zug gesprungen (aus der Karosse, dachte Don Nepo) und bin gelaufen und gelaufen, bis ich zu dieser Tür kam ...«

»Ich riegle nie ab wegen der Erdbeben« — wie gut, wie köstlich es war, seine Stimme zu gebrauchen, von Dingen zu sprechen, die wirklich waren, die existierten, die man greifen konnte, am liebsten hätte Don Nepo es noch einmal gesagt.

»Ihre Vorsicht kam mir zustatten ...«

»Wurden Sie als Gefangener transportiert?«

»Ich wurde beschattet.«

»Sind sie Ihnen gefolgt?«

»Ich weiß es nicht genau, deshalb bin ich in Ihr Haus eingedrungen ... Verzeihen Sie mir, Sie hatten sich hingelegt, Sie schliefen so fest, daß es mich Mühe kostete, Sie wach zu machen.«

»Ich habe so eine blöde Arbeitszeit«, Don Nepo gähnte, »und deshalb schlafe ich tagsüber. Aber es ist schrecklich, ich habe richtig Gewissensbisse, alle arbeiten, und ich bin im Bett. Und dann weiß ich auch nie, wie ich mich hinlegen soll. Ziehe ich mich aus, fühle ich mich wie ein Kranker im Spital, schlaf ich in den Kleidern, komme ich mir vor wie eine Schnapsleiche, das haben Sie doch bestimmt gedacht ... Der hat Anker geworfen, haben Sie gedacht, und was für 'n Anker! Eine große Schnapsflasche unterm Bett mit einem Schlauch zum Saugen dran. Und ich habe geglaubt, Sie wären gekommen, um sich von mir einen Schnaps geben zu lassen ...«

»Könnte ich ganz gut gebrauchen ...«

»Ja, das hab ich geglaubt, mir ging es nämlich vorhin genauso, ich hatte solche Lust, einen zu heben, ich hatte es nötig, aber ich hatte nichts im Haus, nicht einen Tropfen ... Von wo, Freund, sagten Sie, sind Sie her?«

»Von der Küste ...«

»Alle Achtung, aus dem fahrenden Zug zu springen ...«

»Hier in der Kurve verringert er die Geschwindigkeit ...«

»Hier nicht, Sie meinen bei Puente de las Vacas ...«

»Richtig, und von dort bin ich durch Straßen und über freies Gelände bis hierher gerannt.«

»Und so sind Sie ihnen entwischt, was? ...«

»Ich hoffe es ...«

»Sie kommen also von der Küste ...«

»Geradewegs von dort ...«

»Wie sieht's denn da aus?«

»Mulmig. Das Schlimmste kann passieren. Unter den Arbeitern herrscht große Unzufriedenheit.«

»Das ist das Gute ...«

»Wieso das Gute?«

»Das Gute an der Sache ist, sagte mein Großvater, daß sie schlechter und schlechter wird ...«

Sie mußten lachen, aber plötzlich stockten sie, als blieben sie am Faden ihres Atems hängen, und sahen einander mit fragenden Augen an ... Ein Geräusch ... Am Haus schlich jemand vorbei.

»Nein, nein, es ist nichts«, sagte Don Nepo und holte mühsam

Luft, »nur die Schnepfe von meinem Enkel. Sicher plagt die Sonne sie in ihrem Käfig, und da meldet sie sich, weil sie ins Haus will. Ich hol sie nur rein. Sie erlauben. Diese Kindereien muß man schon mitmachen, lieber Freund. Wenn unsereiner, der noch vom alten Schrot und Korn ist, nicht die Vögel und die Blumen behütet, hier, wo alles sich in Eisen und Eisenbeton verwandelt hat, was soll dann werden aus der Welt?«

Er verließ das Zimmer, lehnte die Tür an und ging zum Käfig.

»Komm, mein Vogelfrauchen, komm, damit du uns nicht erstickst in der Hitze.«

Der Vogel mit dem langen, spitzen, wie Ebenholz glänzenden Schnabel und den schwarzen Augen — üppige Trauer, die widerleuchtete in dem feurig goldenen Gefieder, als verbrenne das Gold in seinen Federn — hüpfte fröhlich auf die Tür seines Gefängnisses zu.

»Wenn mein Enkel daheim ist, holt er ihn immer aus dem Käfig und läßt ihn auf dem kühlen Boden laufen«, erklärte Don Nepo seinem Gast, als er zurückkam. »Ich nicht. Man muß so höllisch aufpassen wegen der Katzen. Die Gegend ist zwar ziemlich einsam, aber Katzen gibt's die Menge.«

In verändertem Ton sagte er zu der Schnepfe: »Die Katze wird dich fressen, Frauchen, drum ist es besser, du bist im Käfig. Gefangen sein ist traurig, aber tot sein ist noch trauriger. Aus dem Gefängnis kommt man wieder raus, aus dem Grab nicht. Und die Frauchen muß man einsperren, dafür sind es Frauchen.«

Und wieder verfiel er von dem naiven Ton, in dem er zu der Schnepfe gesprochen hatte, in seine gewöhnliche Redeweise, und er fragte den Flüchtling aus, was an der Atlantikküste geschah. Erzählt wurde viel, aber was wirklich los war, wußte keiner.

In der heißen, dämmrigen Kammer — die Sonne brannte schon — hörte man die Schnepfe in ihrem Käfig hin und her hüpfen, während die Männer miteinander sprachen.

»Unten gibt's viele Tote. Im Hafen haben sie den Streik mit Maschinengewehren abgewürgt. Viele Tote und Verwundete . . .«

»Da sind Sie ja noch rechtzeitig entwischt . . .«

»Ich bin nicht entwischt, ich bin hier, um . . .« Der Fremde verschluckte, was er hatte sagen wollen, und er hätte nicht zu erklären gewußt, weshalb, wäre ihm Don Nepo nicht zu Hilfe gekommen.

»Um dem aus dem Wege zu gehen . . .«

»Ja, ja . . .«, der aus der Karosse rieb sich die Hände; für Nepomuceno blieb er der Mann aus der Karosse, und bisweilen schien ihm immer noch, als sei er nicht wach, als träume er.

»Wer einer Sache aus dem Wege geht, braucht noch lange kein Feigling zu sein. Wenn ich Ihnen erzählen würde, was mir heute früh passiert ist ... Unglaublich ... Ich bin einer Sache aus dem Wege gegangen, weil ich nicht wollte, daß sie noch schlimmer wurde ...«

»Offen gestanden bin ich nicht hergekommen, weil ich einer Sache aus dem Wege gehen, das heißt entwischen wollte — allzu große Vorsicht grenzt oft an Feigheit —, sondern um Hilfe zu suchen, schließlich geht es um unsere Landsleute, und es sind so tapfere, heldenmütige Menschen und müssen soviel leiden.«

»Mir scheint ...«

»Aber entschuldigen Sie, ich hatte Sie unterbrochen, Sie wollten mir etwas erzählen.«

»Ach, es ist nichts Besonderes«, sagte Don Nepo eilig, und bei sich dachte er, daß es wohl etwas Besonderes sei, sich mit einem Menschen zu unterhalten, der aus seinem Traum herausgetreten war und den er zuerst in einer Karosse erblickt hatte, umgeben von Sturmmännern und Sturmfrauen, die Fahnen, Pflüge und Gewehre schwangen ...

»Nichts Besonderes, ein Streit mit einem verrückten Spanier, der hier wohnt und der ein paar Kühe, eine Milchwirtschaft und ein paar Weiden von anderen Spaniern versorgt. Er sagt, es wäre alles seins, aber mir scheint, es gehört seinen Prinzipalen, und die schämen sich, daß sie als spanische Adlige so wenig besitzen, um so mehr, wo sie jetzt dank ihren Titeln und Würden ihre Älteste mit einem Cojubul verheiratet haben, einem Sohn von den Cojubuls, die genau solche Indios sind wie ich, aber einen Haufen Geld von einem Nordamerikaner geerbt haben, der vor vielen Jahren mit seiner Frau umkam, als der Wirbelsturm die Pazifikküste verheerte. Und was glauben Sie, was diese Cojubuls gemacht haben? ... Fast nichts, bloß den Namen geändert! ... Jetzt nennen sie sich Keijebul, spielen Golf, sprechen nur noch englisch und kennen ihre eigenen Landsleute nicht mehr. Über diese Albernheit von den Keijebuls oder Cojubuls haben wir in einer Kneipe gestritten, der Spanier und ich, ein Wort gab das andere, bis ich schließlich wütend wurde und ihm ein paar Wahrheiten unter die Nase rieb. So stolz und so adlig, um sich am Ende mit einem Angestellten von der Plantanera zu verschwägern, denn jetzt sind die Cojubuls nicht mal mehr Aktionäre, von der Bananengesellschaft, die ihre ›Tätigkeit‹ damit begann, daß sie den rechtmäßigen Eigentümern das Land wegnahm ... Am meisten hat ihn hochgebracht, was ich über den Landraub sagte ... Wie konnte ich die Gesellschaft als Diebin bezeichnen, wo sie doch beinahe als Wohltäterin des Vaterlandes gilt! ... Ich kann es beweisen, hab ich ihm gesagt, kann ihm eine Zeugin nennen, eine Mulattin, die ich kenne, die Tochter von Leuten, die enteignet und verjagt wurden, Anastasia heißt sie, und wenn er an einem Zeugen nicht genug hat, kann er ihren Bruder Juambo fragen, der auch dabei war, als die mächtige Gesellschaft den Bauern das Land raubte, die Hütten verbrannte, die Einfriedungen niederriß, die Felder zerstörte, das bißchen Vieh tötete, das sie hatten ... Aber ich will's nicht zu lang machen ... Möchten Sie eine Zigarette?«

»Darf ich Ihnen eine anbieten?«

»Gern ... Was haben Sie da, eine ›Camel‹?«

»Schwindel, mein Freund, reiner Schwindel! Einheimische Zigaretten in einem Camelpäckchen. Mir sind nämlich selbst ihre Zigaretten zuwider, aber ich habe die unseren in diesem Päckchen, um so unverdächtig wie möglich zu erscheinen.«

»Also, um Sie nicht zu ermüden und um es nicht zu lang zu machen, wegen dieser Streitereien hatte der Spanier eine Wut auf mich und nahm sich vor, mich zu erledigen, Sie haben ganz richtig gehört, mich umzubringen, und heute morgen, als ich von der Arbeit kam — ich fahre immer hin und zurück mit dem Rad —, da versuchte er mich mit seinem Wagen zu überfahren, und nur weil Gott groß ist, habe ich mein Gehirn nicht auf den Felsen verspritzt ...«

»Das ist also Ihre Geschichte, meine lautet anders. Ich bin von der Atlantikküste hierhergekommen, weil uns die Leute von den Südplantagen helfen müssen ...«

Der Mann aus der Karosse, der Mann aus der Karosse, dachte Nepomuceno, und zutiefst erregt durch diese Vorstellung, rief er aus vollem Herzen: »Wenn ich Ihnen irgendwie helfen kann, bitte, Sie brauchen es nur zu sagen ...«

»Ja, ich würde gern mit diesem Mulatten sprechen, mit dem Sie bekannt sind, um das Terrain zu sondieren ...«

»Ich will sehen, wie ich das einrichte. Erst einmal können Sie sich hier verstecken ...«

»Ein Glück, daß sich die Probleme manchmal von selbst lösen«, entgegnete der andere und zündete sich eine Zigarette an.

»So ist es, und dabei habe ich Ihnen noch gar nicht erzählt, daß ich gar nicht überrascht war, als ich aufwachte und Sie sah. Ich hatte Angst, weil mich jemand anfaßte. Als ich mich hinlegte, hatte ich mir plötzlich eingebildet, warum, weiß ich nicht, daß der Spanier jemanden schicken würde, der mich umbringen sollte. Erst wollte ich aufstehen und die Tür verschließen und verriegeln, aber dann sagte ich mir, wie Gott will, und schlief ein. Deshalb hatte ich Angst, als mich jemand anfaßte. Ich glaubte, er wollte mich aufwecken, um mich nicht im Schlaf zu ermorden. Aber als ich die Augen öffnete, sah ich das Gesicht des Menschen vor mir, von dem ich geträumt hatte, besser gesagt, von dem ich gerade träumte . . .«

»So etwas nennt man Vorahnung . . .«

»Nicht wahr? Da wird es Sie bestimmt freuen, wenn Sie hören, was ich von ihm träumte: Ich sah ihn in einer Karosse, die wie ein Theater mit ansteigenden Sitzplätzen war, ein Theater, das auf Feuerrädern rollte, von Rauchrossen gezogen wurde und voll war von Männern und Frauen, die Fahnen, Pflüge und Gewehre schwangen . . .«

»Und in diesem Wagen fuhr ich? . . .«

»Jawohl, Sie fuhren darin, und Sie riefen: ›Vorwärts, mein Volk! Vorwärts, mein Volk!‹«

»Lieber Freund, Ihr Traum läßt sich zwar leicht erklären, ich weckte Sie genau in dem Augenblick, als Sie von der Karosse träumten, und da vermischte sich mein Gesicht mit dem Ihres Helden, aber ich will trotzdem glauben, daß es nicht so war, daß tatsächlich ich darin fuhr . . .«

»Freilich fuhren Sie . . . im Siegeswagen . . .«

»Lieber Freund«, der Fremde erhob sich bewegt und schloß Don Nepo in die Arme, »wenn es der Siegeswagen war, so hoffe ich, daß Ihr Mund die Wahrheit spricht . . .« Aber noch ehe der Alte die Umarmung erwidern konnte, fügte er zurücktretend hinzu: »Umarmen Sie mich nicht, noch ist der Sieg nicht unser. Kneifen Sie mich lieber, kneifen Sie mich, damit ich sicher bin, daß nicht ich selbst jetzt träume . . .«

4

»Es ist . . . Es ist . . . Es ist ja drei Uhr morgens schon . . .«

»Die Gringos besaufen sich schon wieder, die Gring . . .«

Das »Gring« blieb der Anastasia in dem offenen Mund stecken, der einen mißgestalteten, viel zu großen Hohlraum umschloß. »Gring . . .«, es blieb ihr in der Nase stecken, die wie eine Rakete knallte, »Gring . . .«, es blieb ihr auf den zerschlagenen, zerfetzten Lippen haften . . . »Gring . . .«, »Gring . . .« Sie krallte sich an der Wand, der Tür, dem Boden fest, sie wußte nicht mehr, woran sie sich festkrallen sollte, »Gring . . .«, bis sie sich wieder aufrichtete, ihre Zunge fand und ausspuckte, zuerst dickes, schleimiges Blut, dann dünneres, mit Speichel vermischtes Blut, das aber ebenfalls heiß und klebrig war.

Ein wieselflinkes Kommando der nordamerikanischen Militärpolizei sprang vom Lastwagen und drang durch die Seitentür, durch die Anastasia gaffte, in die Bar des »Granada« ein. Einige Soldaten waren abgesprungen, noch bevor der Wagen hielt, um möglichst schnell in Aktion zu treten. Helme, Stiefel, sausende Riemen, Trillerpfeifen über tanzenden Gummiknüppeln, Fußtritte, Linkshaken, Rechtshaken, Tiefschläge und in der Tür die Mulattin, die versuchte, sich aufzurichten.

Sie trampelten sie nicht nieder, sie brachten sie auch nicht um, denn wenn sie sie auch im Vorbeistürmen derb in den Rücken gestoßen hatten, gelang es ihr doch, die Hände auszustrecken und mit dem Mund dem messerscharfen Türrahmen auszuweichen, in dem sie gestanden und die außer Rand und Band geratenen Betrunkenen beobachtet hatte, die den Barmann lynchen wollten, weil er sich weigerte, noch mehr Alkohol auszuschenken.

Die Streife der Militärpolizei verhinderte die Lynchjustiz, befreite den Barmann, der nicht mehr gelb, sondern weiß aussah, und packte die Riesen, deren gewaltige Füße nachschleiften und deren dicke, blonde Köpfe wie Honigtöpfe herabhingen, als sie von muskulösen Armen hinausgeschleppt wurden. Die Betrunkensten waren während der Schlägerei auf dem Boden gelandet und konnten nicht mehr aufstehen, sie wurden hochgezerrt und auf einen der Lastwagen geladen, die Nacht für Nacht wie die städtische Müllabfuhr ihre Runde machten, um in den Bars, den Kneipen, den Klubs, den Schenken und den Bordells die Schnapsleichen einzusammeln.

Es war eine der üblichen »Blitzaktionen«. Eine Weile herrschte Ruhe in der Bar, aber als der »Drei-Uhr-Morgen-Walzer« verklungen war, kam eine weitere Gruppe Trunkenbolde mit ihren Saufpartnerinnen aus dem Tanzsaal herüber, nahm die frei gewordenen Plätze ein und forderte Whisky, Bier, Rum und Kognak, und der Kellner, der den Barmann abgelöst hatte, schenkte unablässig ein.

Anastasia fuhr sich mit der Zungenspitze über die zerschundene Lippe, spuckte aus, um das Blut nicht zu schlucken, und murmelte vor sich hin: »Sie besaufen sich schon wieder, die Hurensöhne . . .«

Der Neffe, der sich vor der Polizei in den nächsten Hausflur geflüchtet hatte, kehrte, als die Gefahr vorbei war, zurück und unterbrach sie: »O Tantchen, diesmal hat's dich aber erwischt!«

»Reg dich nicht auf, Dummkopf! Wenn's mich erwischt hätte, wär ich tot. Ich bin doch nicht umgekippt, hast du nicht gesehn, daß ich bloß gegen die Mauer geknallt bin . . . Aber jetzt geh ich mich beschweren, und ich weiß auch bei wem . . .«

»Beim Polizisten?« Der Neffe unterbrach sie zum zweitenmal.

»Beim Polizisten? . . . Ich hab doch keinen Vogel . . ., sei nicht so dämlich! . . . Mich bei einem Polizisten hier zu beschweren oder zu beklagen? . . . Ha-ha-ha . . ., da lach ich lieber und spucke Blut . . ., guck, die Lippe ist mir geplatzt . . ., sogar die Zähne wackeln . . . Ich beschwere mich bei Unserem Herrn Jesus von Santa Clara . . ., da hab ich es wenigstens nicht weit . . .«

»Aber die Kirche ist doch jetzt zu.«

»Was ich ihm zu sagen habe, kann ich ihm auch von der Tür aus sagen . . . Ist er nicht Gott, daß er mich trotzdem hört? Ich werde ihn im guten an das erinnern, was wir miteinander ausgemacht haben. Wir stiften ihm jeden Freitag seine Kerzen, und er muß dafür über uns wachen . . . Das geht nicht, daß er uns so mir nichts, dir nichts im Stich läßt, ausgerechnet uns, die wir nichts haben, nicht mal ein Dach überm Kopf! Wie der Ewige Jude irren wir herum, als hätten wir nie was besessen, Scheiß elendiger, als stammten wir von Gesindel und Lumpenpack ab, und dabei haben wir das alles nur den verdammten Gringos zu verdanken, die uns unser Land an der Küste genommen haben, wo sich jetzt die Bananera breitmacht . . .«

Sie vergaß den Jungen über Don Nepo Rojas, der, das Rad an der Lenkstange führend, seine Arbeitsstelle verließ.

»Ich habe gerade meinem Neffen erzählt«, sagte sie zu Don Nepo, »wie gut es uns ging, als wir noch unser Eigen hatten, unser Land und unser Haus . . . Ah, Sie wissen ja noch gar nicht, daß ich es habe ausbaden müssen, weil die in der Bar randaliert haben . . .«

»Randaliert ist gut«, rief Nepomuceno aus. »Um ein Haar hätten sie den Barmann gelyncht, und das Personal drinnen hat auch Lärm geschlagen. Alle bewaffneten sich, um Señor Mincho zu verteidigen, die Köche mit ihren Messern, die Tellerwäscher mit Eimern voll kochendem Wasser, einige mit Äxten, Stangen und Hacken, andere mit Flaschen, die sie mit Benzin gefüllt hatten, nicht einer fehlte . . ., und sie haben sich auch noch nicht beruhigt, sie wollen eine Beschwerde einreichen und die Arbeit erst wieder aufnehmen, wenn man ihnen garantiert, daß so was nicht wieder vorkommt . . .«

»Als die Militärpolizei ankam . . .«, begann die Mulattin.

»Ein Glück«, fiel ihr Don Nepo ins Wort, während sie über ihre schmerzende, zerschundene Lippe und die wackelnden Zähne jammerte, »ein Glück, daß sie gekommen ist, es hätte sonst Mord und Totschlag gegeben. Übrigens habe ich bei dem Durcheinander das Paket mit dem Essen vergessen, das ich für dich beiseite gelegt hatte.«

»Als also die Militärpolizei ankam«, fuhr Anastasia beharrlich fort und spuckte Blut und spuckte Blut, »stand ich in der Seitentür, und als sie rein wollten, haben sie mich so wüst gestoßen, daß ich um ein Haar hingewesen wäre, hätte ich mich nicht mit Händen und Füßen gegen die Wand gestemmt. Jawohl, ich brachte es doch noch fertig, die Hände vorzustrecken, wenn ich mir auch die Schnauze aufschlug, damit ich nicht damit gegen den messerscharfen Türrahmen krachte, sonst müßten Sie mich jetzt im Leichenschauhaus besuchen, denn Sie sind doch keiner von den Leuten, bei denen es heißt, ›aus den Augen, aus dem Sinn‹ . . . Ach«, seufzte sie, »ach du mein Gott, ach du lieber Herr von Santa Clara, was hab ich durch die schon leiden müssen!«

»Richtig, die haben euch ja damals von eurem Land an der Küste vertrieben. Aber das ist schon so lange her . . .«

»Als wenn es gestern gewesen wäre!« knurrte die Mulattin böse.

»Ich erinnere mich nicht mehr«, sagte Don Nepo scheinbar zerstreut, aber absichtsvoll, »ob sie euch damals etwas für das Land bezahlt haben . . .«

»Bezahlt? Und wie die uns bezahlt haben! Prügel haben wir bekommen, aber kein Geld, und wir — verdammt, tut mir die Lippe weh —, wir mußten noch dankbar sein, daß sie uns am Leben ließen . . . Hätten sie uns doch lieber umgebracht«, schluchzte sie, »als uns alles, alles wegzunehmen . . .«

»Dann haben sie euch also damals nichts bezahlt . . .«

»Damals nicht und heute nicht. Sie machen mir Laune! Wollen mir einfach nicht glauben, daß sie uns geschlagen haben, geschlagen . . . Wer? . . . Ich will Ihnen lieber als Mulattin antworten: ›Tschoss, tschoss, moyon, konn!‹ Wissen Sie, was das bedeutet? Sie schlagen uns, fremde Hände schlagen uns! . . .«

Don Juan Nepo ging, leicht auf die Lenkstange seines Rades gestützt, an der Seite der dickärschigen Mulattin, die ihren verschlafenen Neffen hinter sich herzog. Dunkle Schatten im schattigen Dunkel der Straßenmitte. Um diese Stunde auf dem Bürgersteig zu gehen war gefährlich. Es gab genug Strolche, die in den Haustüren lauerten. Man war sicherer auf dem breiten Damm, der um diese Stunde verlassen von Fahrzeugen und Fußgängern dalag.

Was sie sprachen, war nicht zu verstehen. Die Mulattin näherte ihren schwarzen Ohrknorpel, der eiskalt war wie ein Totenohr, den zitternden Lippen des Radfahrers, dessen dichter, grauer Schnurrbart einem düsteren Nebelfetzen gleich, einem Nebelfetzen, unter die Nase geheftet, damit er ihn einatme.

Wer so nach getaner Arbeit seinen Schnurrbart einatmet und den Zigarrenrauch dazu, ist ein glücklicher Mensch, und wenngleich es unter den gegebenen Umständen wenig Grund zum Glücklichsein gab, so atmete Señor Nepo dennoch, zufrieden über den Lauf, den das Gespräch nahm, behaglich Bart und Zigarre ein.

»Mein Bruder Juambo?«

Der Name des Mulatten, den Anastasia mit schmerzenden Lippen, wund vom Sturz, und mit schmerzender Seele, wund von der Erinnerung an das gute verlorene Land, aussprach, klang, als würde er gegen die Hauswände geschleudert.

»Ja, Juampo!«

»Ju-am-bo«, verbesserte die Mulattin, »nicht Juampo. Ich spreche nicht mit ihm.«

»Nicht mit dem eigenen Bruder?«

»Ein Schuft ist er, hat die Eltern im Stich gelassen und tut, als kennt er mich nicht.«

»Hast du sie denn nicht im Stich gelassen?«

»Aber er hatte Pflichten gegen sie, er ist ein Mann!«

»Er war der jüngere, Anastasia! Außerdem hast du mir selbst erzählt, daß sie ihn dem Tiger vorgeworfen haben und daß er nur durch ein Wunder gerettet wurde, weil Maker Thompson ihn im Bergwald fand, wo dein Vater ihn ausgesetzt hatte. Da ist er eben mit Groll im Herzen gegen euch aufgewachsen . . .«

»Das mit dem Tiger habe ich mir ausgedacht . . .«, die Mulattin spuckte blutigen Speichel aus, und ihrer Stimme war anzuhören, daß sie sich ein lang gehütetes Geheimnis abrang.

»Ein Grund mehr, daß du zu ihm gehst und ihn holst.«

»Ich glaube, er wohnt bei Maker Thompson, und von dort kann

ich ihn nicht holen. Das Haus dieses Verfluchten betrete ich nicht.«

»Dann ruf ihn an.«

»Ich bin doch keine von denen . . .«

»Anastasia, um meinetwillen mußt du ihn holen . . ., daran sehe ich . . .«

»Für Sie tu ich's vielleicht. Sie waren immer so gut zu mir.«

»Ich nehme dich beim Wort, hörst du? Juambo soll heute oder morgen bei mir vorbeikommen. Spätestens morgen. Ich wohne bei Las Caleras del Norte, aber wenn es ihm lieber ist, kann er auch während der Arbeitszeit zu mir kommen, ab sieben Uhr abends, du weißt schon, dort, wo sie einen mit der elektrischen Musik plagen . . . Wenn der Stuhl, auf dem sie die Leute hinrichten, statt sie einfach zu erschießen, so ist wie ihre Musik, dann möchte ich lieber hundertmal erschossen werden.«

Sie setzten ihren Weg durch die Stille fort. Es war nicht die Stille der Straße. Es war eine heiße, helle Stille, die plötzlich aufsteigt wie ein Wunder. Eine Stille, die ihre eigene war, an ihren Knochen haftete, ihren Zähnen, ihrem Haar, ihren Nägeln, an der Stille der Erde, die die Toten einhüllt.

Vor ihnen erhob sich der Cerro del Carmen in seiner Farbe aus Schlaf, Schlaf, der bis zu den letzten, höchsten Sternen emporsteigt und auf dessen Gipfel Nebeldunst, wie in der Gischt bewegten Meeres, verschwommen der Bug eines Schiffes sichtbar wurde, der die Vorderfront einer Kapelle war.

Die Mulattin und der Radfahrer, die wie träumend dahingingen, sahen sich in einer fremden Stadt, umgeben von Menschen aus einer anderen Zeit. Aus Santiago de los Caballeros ritten ihnen Personen in den sonderbarsten Karnevalskostümen entgegen. Damen. Ein Bischof. Mönche. Reisige. Bedienstete. Indios. Ein ganzes Gefolge. Sie sammelten sich am Fuß des Hügels und stiegen hinauf zu der Kapelle, voran die Beherztesten, Studenten der Karls-Universität, dann die Damen mit den riesigen Federbüschen auf dem Hut, unter ihnen die Patrona dieser Wallfahrt zum silbernen und goldenen Bildnis der Jungfrau vom Cerro del Carmen, die Don Pelayo begleitet hatte, als er wie Moses dem Körbchen anvertraut wurde.

Juan Corz, der Begründer der Kapelle, der den Adligen und den vornehmen Bürgern der Hauptstadt des Königreiches entgegenschritt, wich ab von seinem Wege und kam auf Anastasia, den Radfahrer und den Jungen zu. Schon waren sie einander nahe, schon daran, sich zu treffen, aufeinanderzuprallen, Körper gegen Körper, wenn sie noch einen Schritt weitergingen, aber sie machten weder halt noch stießen sie zusammen, der Eremit ging durch sie hindurch, durchschritt sie, und sie gingen durch den Eremiten hindurch, der entsetzt floh.

»Was ist dir, Bruder?« fragten sie ihn.

»Die Inquisition! ... Die Inquisition! ...« Und heftig fügte er hinzu: »Haltet mich nicht auf, laßt mich vorbei ...«

»Geh vorbei, Bruder, geh vorbei!«

»Eure Körper halten mich auf, ihr geht denselben Weg der Barmherzigkeit, den ich vor drei, vier Jahrhunderten ging, als ich die Indios gegen die Spanier verteidigte, deshalb verfolgt mich die Inquisition!«

»Bruder Juan ...«

»Nennt mich nicht Bruder, sonst verbrennen sie euch mit mir! Sie klagen mich an, ein Fremder und ein Wunderprediger zu sein!«

Und nach einer Pause, bebend wie die Wedel der Palme, die der Eremit gepflanzt hatte, vernahmen sie aufs neue die Stimme des Juan Corz, der wieder Gestalt angenommen hatte: »Geht, geht, setzt euren Kampf fort, ich segne euch, aber zuvor schaut euch dieses Bild an.«

»Die Hölle!« schrie Anastasia, und vor Entsetzen wurde sie augenblicklich wieder sie selbst.

»Und dorthin werden sie kommen, dieser blinde, wahnsinnige Teufel macht sich bereit, sie ewig zu quälen — einen Erzbischof, einen Gesandten und einen Obersten, deren Namen man noch in Jahrhunderten verabscheuen wird ...«

Eine seltsame Beklemmung, wilde Flucht der Bäume im Dunkel vor dem samtenen Rosa, das im Osten aufstieg, brach den Bann, der den Radfahrer, die Mulattin und den Jungen umfangen hielt, von dem Anastasia nur noch das Ärmchen mitzunehmen schien, so heftig hatte sie ihn hinter sich hergezogen, nur noch das Ärmchen, denn sein kleiner Körper, zerbrochen von Traum, Schlaf, Hunger und Erschöpfung, blieb zurück.

Die Mulattin hob den Kleinen auf den Arm und bedeckte ihn schützend mit ihrem Umschlagtuch.

»Nur weil Sie's sind, werd ich meine Nase in meines Bruders Stube stecken. Er hat mich so gekränkt, daß sich mir der Magen umdreht, wenn ich ihn nur von weitem sehe. Aber um Ihnen einen Gefallen zu tun, weil Sie immer so gut zu uns sind ... Wahrscheinlich wird er sagen ›scher dich zum Teufel‹.«

Señor Nepo hörte sie schon nicht mehr. Er war aufs Rad gestiegen und machte sich durch die engen Gassen von El Martinico davon. Viehgehege, Muhen, Pferde, Bellen, Hähne und Glocken. Das waren keine Straßen, sondern nasse Sandwege, wenn sie höher, und Sümpfe, wenn sie tiefer lagen, und hier und da kleine gepflasterte Pfade. Häuser und Höfe, Hütten und Halden. Nutzgärten, Blumengärten, Ställe, Windmühlen, die sich drehten und die Pumpen in Bewegung setzten, um das Wasser aus den Brunnen hochzuziehen. Lärmende Stare, deren Stimmen so schrill waren, daß man meinen konnte, sie ernährten sich von Zikaden. In Schwärmen flogen sie vom Orangen- zum Avogadobaum, vom Avogadobaum zum Pflaumenbaum. Tauperlen, dick wie Regentropfen, benetzten Señor Nepos Mantel, als er unter den Bäumen dahinfuhr, von denen die Stare aufflogen. So rasch kam er auf seinem Rad angesaust, daß den Vögeln kaum Zeit blieb, sich in die Luft zu erheben. »El Martinico«. Das Becken zum Wäschewaschen. Von den Frauen, die sich über die Tröge beugten, sah man nur den Oberkörper. Einige wenige Wäscherinnen. Andere kamen mit Gefäßen, um Wasser zu holen. Ziegen kletterten, angetrieben von der Peitsche ihres Herrn, eine hinter der anderen über die zerklüfteten Felsen. Fliegen, Moskitos, Tierkadaver, Gehörn, Kinnladen und Geier, plump von Gestalt, doch behende hüpfend. Sie hüpften vor das schlingernde Fahrrad, das bereits schimmernde, von drohendem Stacheldraht eingefriedete Höhen erklommen hatte und nun auf die blauen Berge und die nahen Wälder zufuhr, vorbei an Maispflanzungen und Viehweiden, hoch über der Autobahn, über die die schnellen Militärlastwagen brausten mit ihren starken, blendenden Scheinwerfern und den vermummten Fahrern, von denen man nur die Augen sah, Nebel und schlafschwere Wimpern.

Als Anastasia sich von Don Juan Nepo verabschiedet hatte, schlug sie, den Kleinen im Arm, den Zipfel des Umschlagtuches nachschleifend, auf der Netzhaut das Bild des Eremiten, den Weg nach Potrero de Corona ein. Das Bild des Juan Corz erlosch nicht. Er war ganz durch sie hindurchgegangen, aber hinter ihrer Stirn, dort, wo sie am saubersten war, blieb er, ein vom Wind bewegter, lohender Feuerbart und Augen wie glühende Kohlen. Die Glocke der Kapelle begann zu läuten und rief zur Fünfuhrmesse, gleichgültig gegen die Tatsache, daß sie nicht einen Morgen im Jahre des Heils 1615, sondern einen ganz und gar ungeheiligten Morgen einläutete.

Hinter dem halb eingefallenen Tor, durch das die Mulattin trat, bewegten sich die Knechte, die Kühe, die Kälber, die Stricke und die

Melkeimer.

Muh — Muh — Muh . . .

Ein warmes Muh, das nach frischer Milch roch, nach Sahne, Butter, Käse, Gras, Urin, Mist, nach dem Grün der Felder und dem Atem des feuchten Erdreichs, nach schmutzigen Hufen und gelben Blumen, den duftenden Augen der Morgenfrühe.

»Marcial«, rief die Anastasia einen der Melker an, und als sie auf den hageren, bartlosen, schlitzäugigen Bauern zuging, fügte sie, von einer bösen Ahnung erfaßt, hinzu: »Tu mir das bloß nicht an, daß du mir keine Milch für den Jungen gibst.«

»Nur wenn du sie gleich bezahlst. Der Patrón hat gemerkt, daß du die Milch von mir kriegst und daß wir so tun, als wäre es auf Borg, und hat mir einen mächtigen Krach gemacht, beinah hätte er mich geschlagen. ›Von mir aus gib der dreckigen Schwarzen Gift‹, hat er gesagt, ›aber keine Milch, nicht einen Tropfen!‹«

»Das ist nur, weil ich ihm drei Monate die paar Kröten nicht zahlen konnte, die ich ihm für das Zimmer schulde. Da hast du das Geld für die Milch. Eine Saubande, diese Reichen! Sind doch alle die gleichen Sch — weine!«

»Ich geb sie dir nur aus Mitleid mit dem Kleinen, denn eigentlich darf ich sie dir nicht mal verkaufen, auch nicht, wenn du sofort bezahlst.«

»Das hat dir Peluca bestimmt nicht aufgetragen . . .«

»Der Chef hat einen ehrlichen Namen, wie kannst du dich unterstehen, ihn Peluca zu nennen . . .«

»Beeil dich mit meiner Milch, anderthalb Glas will ich . . .«

»Jetzt sind es schon anderthalb Glas . . .«

»Nun hab ich doch vergessen, die Brezeln zu kaufen, bloß weil ich mit dem Paten gesprochen habe . . .«

»Mit was für ’nem Paten?«

»Mit dem von dem Jungen, oder ist er vielleicht kein Christ, er muß doch gefirmt werden, muß zur Kommunion!«

»Alles Getue!«

»Wieso Getue?«

»Getue! Die Sakramente, reines Getue! Die Taufe Getue von dem Schwarzrock mit Kelch und Glockengebimmel, die Kommunion Getue vom Bischof, der einem mit der beringten Hand eine versetzt, die Ehe Getue zu — zu zweit, die letzte Ölung Getue mit dem Tod.«

»Dir haben sie ja die Christenlehre fein beigebracht!«

»Das hat mir eine Vegetarierin eingebleut, die zu Lebzeiten meines

Vaters immer hergekommen ist, um Milch mit heißen Exkrementen zu trinken.«

»Auch Getue!«

»Wollte ich gerade sagen.«

»Getue mit Exkrementen statt mit Sakramenten!«

»Hauptsache, sie waren von der Kuh . . .«

»Versteht sich, und in einem großen Glas Milch, nicht in so einem bißchen Spucke, wie du mir gibst. Anderthalb Glas hab ich gesagt, nicht ein halbes . . .«

»Du bist vielleicht gerieben! Schwatzt so lange auf mich ein, bis der Schaum gesackt ist.«

»Gerieben bist du! Um Peluca die Taschen zu füllen, willst du mir nur ein halbes Glas Milch geben statt anderthalb Glas . . .«

Während der Stallknecht nachlässig mit einer Hand das Glas noch einmal vollmolk, griff sich Anastasia in den Ausschnitt zwischen die Brüste, dort, wo das Herz ist, und zog ein festverknotetes Taschentuch hervor, in dem sie das Geld aufbewahrte.

Der dunkelhäutige Neffe schlief schon, das Gesicht überflutet von dem Licht, das durch das schlecht gedeckte Dach quoll, und auf den Lippen einen Schnurrbart aus eingetrocknetem Milchschaum, einen Bart, den er sich bald seufzend, bald schluchzend wieder und wieder leckte und die Erinnerung an ein vergangenes Glück genoß oder das unendliche Glück, im Traum ein Kalb zu sein. Ja, das schien er zu träumen. Ein Kalb. Das Kälbchen der buntgescheckten Kuh. Er folgte ihr überallhin, ein Kälbchen mit zittrigen Beinen und unruhigem Schwanz, das umhersprang, mit der Zunge nach ihren Eutern schlappte, damit sie ihm zu trinken gebe, oder mit dem Kopf nach ihr stieß, wenn sie ihm die Milch verweigerte. Er stupfte und stupfte sie, und sie, seine Mutter, beklagte sich über den ungebärdigen Sohn mit einem langen, feuchten, melancholischen Muh. Er litt an Blähungen und bekam ein Abführmittel aus Zuckerrohrhonig und Talg. Überkrustet mit Mist war er und behaarter als eine Raupe, die Fliegen quälten ihn, und er fuhr sich mit der Zunge über den Milchbart.

Die Mulattin kroch zu ihrem Sohn ins Bett, wenn sie die Speisereste, die Señor Juan Nepo ihr schenkte, verschlungen hatte, wobei sie den Ekel der Weißen empfand und gleichzeitig den gesegneten Appetit der Schwarzen entwickelte. Diesmal aber hatte sie einen gallenbitteren Geschmack im Mund, weil sie den Schuft, ihren Bruder, aufsuchen sollte, und brachte keinen Bissen über die Lippen. Sobald ihr der Bissen unter die Nase kam, widerte sein Geruch sie an. Da ging sie lieber nüchtern ins Bett, obwohl ihr elend war vor Hunger. Mit Widerwillen essen war Sünde. In den Kleidern, das heißt ohne Rock und Bluse, nur angetan mit dem Unterrock, dem Hemd und der Barchenthose, legte sie sich nieder. Flöhe und Gestank. Aber wo sollte sie sich baden? Bis zum Rio de las Vacas war es zu weit. Zu weit und zu dreckig, denn die Abwässer der Stadt mündeten in den Fluß. Die »Baños del Cabildo« waren zu teuer. Und, Gott behüte, nicht in die »Baños del Administrador«, dort gab's Schlangen! Und im Südbad holte man sich zumindest die Krätze!

Sie seufzte. Schwarz wie ihre Gedanken starrten ihre Augen unter den Wimpern hervor. Man hatte nichts, wo man baden, nichts, wo man leben, nichts, wo man sterben konnte. Das ist das schlimmste, daß die Armen keinen Platz zum Sterben haben, daß sie ins Spital müssen, um zu sterben. Dafür sind die Spitäler da, damit die Armen in ihnen sterben, und nicht einmal dort läßt man sie mehr sterben, sie werden hinausgeworfen, wenn ihr Fall hoffnungslos ist. Dann sterben sie auf den Straßen, in den Haustüren, wie jene starben und immer noch sterben, die damals der junge Draufgänger Maker Thompson im Bündnis mit Doña Florona von ihrem Land verjagte, um die riesigen Bananenplantagen anzulegen, die so groß sind, daß man sie zu Fuß nicht durchmessen kann.

Sie trieben sie fort. Sie und ihre Eltern, mit dem, was sie auf dem Leibe trugen. Das Haus brannte, ihre Mutter raufte sich das schwarze Haar, speichelte Klagen und spie Tränen. Das Gesetz, Mayarí, Chipo Chipó . . . Nichts galt mehr. Von Mayarí und Chipo Chipó blieben nur die Namen, blieben als Blumen, die an der Küste wachsen. Die Blume Mayarís ist ein Regen aus Goldflimmerblättchen. Die Chipo Chipós eine männliche Orchidee, die halbgeöffneten Lippen gleicht. Nichts galt mehr. Sie jagten sie von ihrem Land. Doña Florona hat sich dann zum Ende noch, kurz vor Toresschluß, ehe es endgültig zu spät für sie war, denn die Jahre drückten sie schon, den Gringo geangelt, und weil es nichts Ärgeres gibt als eine mannstolle Alte, wurde sie auch gleich schwanger und bekam ein Kind, eine gewisse Aurelia. Aber der Apfel fällt nicht weit vom Stamm, und darum bekam die einen Sohn, zu dem sie keinen Vater hatte, der den Nachnamen seines Großvaters führt und den sie Bobby rufen. Was für ein blödsinniger Name. Sie treibt sich in den Vereinigten Staaten herum.

Zwölf Uhr Mittag, und ihr Sohn schlief noch immer wie ein Murmeltier. Sohn! Das mußte sie sich unbedingt abgewöhnen, Neffe hieß es, Neffe, schon ein paarmal hatte sie sich in Gegenwart anderer versprochen. Sie warf sich Rock und Bluse über und fuhr sich mit einem starken Kamm durch das Kraushaar. Dann ging sie zu einer Bekannten, die sie bat, auf ihren — Neffen aufzupassen, und machte sich auf zu ihrem Bruder, wie sie es Señor Juan Nepo versprochen hatte, dem sie soviel Gutes verdankte.

Die Residenz Maker Thompsons, des jetzigen Präsidenten der Bananengesellschaft, der deshalb schon ziemlich lange in Chicago lebte, war ein Riesengehäuse aus Mauern und Gittern inmitten der Mauern und Gitter eines Gartens, wo es mehr Unkraut als Blumen gab. Die Mulattin glitt zögernd mit den dunklen Fingerkuppen über die Klingel, ehe die Fingerspitze auf dem weißen Knöpfchen verharrte. Einen Augenblick später sah sie ihren Herrn Bruder, der mit einem wolligen Hund spielte, auf sich zukommen. Herr — ein schöner Herr das! Ihr Bruder, nichts weiter, und wenn er sich noch so viel darauf einbildete, daß er im Hause des Grünen Papstes lebte.

Als Juan sich dem Tor näherte und erkannte, wer draußen stand, schritt er rascher aus und öffnete sofort.

»Juan . . .«

»Ta . . .«

». . . bo . . .«

». . . cha!«

Als sie lachten, zogen sich ihre Lippen bis an die Backenknochen auseinander, und über diese harten Backenknochen rannen wie über Waschbretter die Tränen, die sich in den Lidwinkeln nicht einriegeln ließen. Juan Tabocha. Als Kinder, sie ein junges Mädchen, er ein kleiner Junge, waren sie in die Rolle dieser geheimnisvollen Person geschlüpft, die sie sich selbst ausgedacht hatten, indem sie die Silben ihrer Namen miteinander vermischten. Juan Tabocha. Aus Juan-bo und Ta-cha, der Zärtlichkeitsform von Anastasia.

Nachdem sie sich umarmt hatten, erinnerten sie einander fast gleichzeitig nicht an den toten Vater, der an der Südküste begraben lag, nicht an die blinde Mutter, die noch lebte, nicht an ihre Schwester Toba, sondern an Juan Tabocha, den sie sich bald wie eine jener gekreuzigten Puppen vorgestellt hatten, die in den Maisfeldern stehen, um die Vögel zu verscheuchen, bald wie den heiligen Joaquín in der kleinen Dorfkirche, bald wie den protestantischen, nach Tabak riechenden Pastor, der mit der Bibel in der Hand auf ihre Eltern eingeredet hatte, sie sollten das Land Maker Thompson übergeben.

»Bleib doch nicht draußen stehen, Schwester, komm herein. So eine Überraschung! An alles hätte ich gedacht, aber nicht, daß du mich besuchen würdest . . . So komm doch herein . . .«

Die Mulattin ließ den Hund nicht aus den Augen, der fröhlich bellend hin und her sprang.

»Hab keine Angst, er beißt nicht. Er will nur spielen.«

»W — w — wie heißt er?«

»Du stotterst ja vor Angst, nein so was! Hast du noch nie einen Hund gesehen?«

»Aber der ist so gewaltig und zottig . . .«

»Er heißt Júper . . ., eigentlich Júpiter, aber wir nennen ihn Júper.«

Als das große Tier, ein Lamm auf Windhundbeinen, seinen Namen hörte, geriet es vor Freude außer sich.

»Komm herein, Tacha, komm, komm, ich gehe vor und zeige dir den Weg.«

»Laß mich nur nicht allein mit diesem Gottseibeiuns, in diesen Häusern ist alles klotzig, sogar die Köter . . .«

»Brauchst dich wirklich nicht zu fürchten, er ist brav, ein sehr braves Tier, nur in der Nacht ist er gefährlich wie ein Raubtier. Gerade richtig, um aufs Haus aufzupassen, findest du nicht? Komm, komm hier lang, wir müssen doch feiern, daß du da bist; du hast dich also entschlossen, mich zu besuchen, das freut mich so sehr, wer hat dich wohl lieber als ich, dein eigener Bruder, und ich muß dir auch noch erzählen, daß ich an der Küste war, bei Mutter, Vater ist gestorben . . . Ich war dort, als das Testament von dem Millionär eröffnet wurde, der ein paar Leute von hier sein Vermögen vermacht hat . . . Toba hat mich mitgenommen zu Mutter. Ich hab mit ihr gesprochen. Es war nicht leicht, aber ich hab mit ihr gesprochen.«

Sie standen mit dem riesigen Vierfüßler in der Tür eines mäßig großen Zimmers, an dessen Wänden Schränke standen, voll von Flaschen, Konservenbüchsen, Schinken, Säckchen mit Walnüssen, Haselnüssen und Schokolade. Juambo schob eine kleine Bank vor einen Tisch mit einer dunkelroten Decke, aber ein Blick auf das Hinterteil seiner Schwester belehrte ihn eines Besseren. Sie verdiente weiß Gott eine andere Sitzgelegenheit, und er holte einen Ledersessel heran, der eines feisten Pfaffen oder eines großen Herrn aus der Geschichte würdig gewesen wäre.

»Bier schmeckt dir doch, oder hat dir wenigstens immer geschmeckt . . .« Er entnahm einem weißen Möbel zwei Bierfläschchen, die vor Kälte schwitzten. »Die Bremser, die Heizer, die Maschinisten spendierten dir immer dunkles Bier, mit hellem vermischt, um dein Blut zu trinken, denn sie nannten dich Claranegra. Und mich hast du mitgenommen, denn wenn ein Junge dabei ist, mag er noch so klein sein, haben sie mehr Respekt.«

»Beiß, beiß mich in den Finger«, sagte die Mulattin, während sie den Schaum vom Bier schlürfte, und hielt ihrem Bruder den kleinen Finger der linken Hand vor den Mund.

»Nein, Tacha, ich spiele jetzt nicht den kleinen Jungen. Laß mich reden, mich erinnern, Dinge sagen, die ich nur dir erzählen kann, weil nur du sie verstehst. Du hast mich wegen des Respektes mitgenommen, aber sie gaben mir einen Dollar oder zwei, damit ich rausging und pfiff . . . Ich hab auch getan, als ginge ich weg, aber in Wirklichkeit bin ich geblieben und hab heimlich zugeschaut, die Neugier ist eine scharfe Brille . . . Sie haben dich abgeknutscht, sie haben dir in den Ausschnitt gegriffen . . . Sie haben versucht, dir den Rock hochzuheben, aber das hast du ihnen nie so ohne weiteres erlaubt, hast die Knie fest zusammengehalten, ganz fest, hast die Waden fest zusammengepreßt, ganz fest, während sie dich bald totküßten und an deinen Brüsten herumquetschten . . .«

Tacha, die zuerst getan hatte, als sagte er ihr Schmeicheleien, die sie nur nicht recht verstünde, blickte ihren Bruder mit Augen wie haßglühende Kohlen an und zwang ihn zu schweigen. Wirklich nett, daß er unter dem Vorwand, Erinnerungen auszutauschen, ihre Jugendsünden ans Licht zerrte. Absichtlich ließ sie zu, daß sich das Schweigen mehr und mehr verdichtete. Schweigend stopfte sie ihm das Maul. Auf einen groben Klotz ein grober Keil. Man hörte das Atmen des Hundes, das Surren der Fliegen und das leise Knistern des Schaumes, der zusammenfiel und sich mit dem Bier vermischte.

Wie sehr sich Anastasia auch den Kopf zerbrach und das Glas zwischen den Fingern drehte, ihr fiel einfach nicht ein, wie sie ihrem Bruder erklären sollte, weshalb sie gekommen war, wie sie herausbringen sollte, was Señor Nepo ihr aufgetragen hatte. Neue Bierflaschen, dunkles und helles Bier, um das helldunkle zu mischen, zu Ehren der Claranegra. Plötzlich kam ihr ein rettender Gedanke. Sie flüsterte Juambo ins Ohr: »Tschoss, tschoss, moyon, konn!«

Mehr sagte sie nicht. Mehr brauchte sie nicht zu sagen. Die wenigen Laute erklärten alles. Sambito überlief es in heißem und eisigem Schauer. Die Kehle schnürte sich ihm zu.

»Tschoss, tschoss, moyon, konn!«

Wo diese Laute erklangen, wurde die Erde feucht von Tränen, Schweiß und Blut.

Tschoss, tschoss, moyon, konn! . . . Sie schlagen uns . . ., sie schlagen uns . . ., fremde Hände schlagen uns!

Nur ein paar einfache Laute waren es, und doch wogen sie schwer wie eine Kette, deren dröhnendes Rasseln an das Rauschen eines wütenden Flusses erinnert.

Juambos Augen blickten starr, er wischte sich mit dem Handrücken über die Lippen, rückte an Tacha heran und fragte, während sich sein Herz zusammenkrampfte: »Was ist los?«

»Es ist . . .«

»Was denn? Oder ist dir was?«

»Beides, Juambo. Ein Bekannter von mir, der bei Las Caleras del Norte wohnt, läßt dir bestellen, du sollst mal bei ihm vorbeikommen, denn er hat Nachricht, daß bei uns daheim . . .«

Sie schwiegen. Bei uns daheim! Das war richtig, denn das Land war noch immer ihr Eigen. Die Eltern hatten es nicht verkauft. Es war ihnen weggenommen worden, entrissen mit roher Gewalt. Und wenn das alles heute auch als unglaublich angestaunt wurde, nur zu glauben, weil man es vor sich sah, die riesigen Bauten der Tropical Platanera Company, die ungeheuren Pflanzungen, groß und schimmernd wie der Mond, die vom Fluß gespeisten Bewässerungsgräben, die Weiden sanft wie das Vieh, das verzweigte Netz der Schienen, als hätte man einen metallenen Baum gepflanzt, damit er seine Äste ausstrecke — Juambo und Anastasia betrachteten das alles immer als ihr Eigen.

»Bei uns daheim«, wiederholte Juan mechanisch und mit trauriger Stimme, wie einer, der nicht an das glaubt, was er sagt, sondern an sein eigenes Maß für das, was für ihn feststeht, und der seinen Wunsch an die Stelle der Wirklichkeit setzt, die diesen Wunsch Lügen straft. »Bei uns daheim . . .«

»Du mußt nach Señor Juan Nepomuceno Rojas fragen. Er wohnt bei Las Caleras del Norte, ganz in der Nähe. Zuerst kommst du über eine Brücke. Eine alte, halb eingesunkene Brücke. Wenn du drüber bist, mußt du an einer rosafarbenen Felswand vorbei, und gleich dahinter, zur Rechten, siehst du auch schon das Haus. Am besten wäre es, du gingst noch heute.«

»Vielleicht sollte ich gleich mit dir mitgehen, meinst du nicht auch? . . . Wie dir das Bier schmeckt, Claranegra! Nimm dir ein paar

Flaschen mit, auch Kondensmilch und Trockenmilch und Erdbeermarmelade und Olivenöl, es ist das gute, und die Brötchen.«

»Gott vergelt's, Sambito. Du hast so ein gutes Herz. Es heißt ja, daß wir Mulatten das Beste von den Schwarzen und das Beste von den Weißen geerbt haben, und deshalb sind wir besser als die Weißen und die Schwarzen ...«, sie zögerte, ehe sie weitersprach, sie war stehengeblieben, eine große Frau mit hängenden Schultern und breiten Hüften ..., »wir sind besser, und um es dir zu zeigen, will ich dir etwas beichten, etwas, was ich dir angetan habe, aber was mir mehr zugesetzt hat, du wirst schon sehen, als dir, denn seitdem quält mich das Gewissen, und ich habe nie mehr Ruhe gefunden.«

Sambito fuhr mit der Hand durch die Luft, als wollte er wegwischen, was er gehört hatte, aber Tacha ließ sich nicht beirren.

»Ich hab mir's ausgedacht, daß Vater und Mutter dich vom Tiger fressen lassen wollten, und ich weiß auch, wie sehr du darunter gelitten hast und die Alten gehaßt hast deshalb ...«

»Warum klagst du dich an, Schwester, Mutter hat Toba doch nicht gesagt, daß du ...«

»Verzeih mir!«

»Vater und Mutter haben mich Maker Thompson geschenkt, und damit ich nicht nach ihnen verlangte und nicht zu ihnen zurück wollte, hat er sich die Sache mit dem Tiger ausgedacht.«

»Um so schlimmer, Sambito, um so schlimmer, dann hab ich mit meiner Geschichte dem, der uns auf die Straße gesetzt hat, noch einen Gefallen getan. Wie oft schaden wir uns doch selbst, ohne es zu wissen!«

»So ist es, ob wir es wissen oder nicht, immer besorgen wir ihnen die Geschäfte. Sie sind mächtig, zu mächtig, übermächtig ...«

»Dann kann man also nichts gegen sie ausrichten ...«

»Was soll ich dir darauf antworten ...«

Sie hatten den Garten durchquert, wo der Wind mit schwerer Hand über das wogende Gestrüpp und die spärlichen Blumen strich, als suche er nach einem weichen Plätzchen, um sich auszuruhen.

»Jetzt weiß du, wo ich wohne, und ich hoffe, daß du öfter bei mir hereinschaust. Du bist allein geblieben wie ich. Bist du's noch?«

»Ich hab ein Kind zu mir genommen ...«

»Davon habe ich schon gehört.«

»Es bleibt doch nichts verborgen zwischen Himmel und Erde, nicht wahr? Ich komme mal mit ihm vorbei, damit du es kennenlernst.«

»Welche Farbe hat es?«

»Als hätte man helles und dunkles Bier miteinander vermischt.«

»Nächstens bringst du es her.«

»Wenn aber Maker Thompson zurückkommt? Ich will den verdammten Gringo nicht wiedersehen.«

»Bist du ihm denn nie auf der Straße begegnet?«

»Wenn ich ihn kommen sah, bin ich irgendwo eingebogen.«

»Da wird noch manches Jahr vergehen, ehe der zurückkommt. Er ist doch jetzt Präsident der Gesellschaft. Der berühmte Grüne Papst. Nur seine Tochter Aurelia taucht manchmal hier auf.«

»Auch eine, die es sich gut gehen läßt.«

»Der Verwalter und ich, wir sind ganz allein in dem großen Haus. Sogar der junge Herr Bobby ist weg, er verbringt die Ferien an der Küste.«

»Da ist er ja bei sich zu Hause, denn die ganze Küste gehört ihnen.«

»Er wohnt bei den Luceros; die sind eng befreundet mit dem Alten, seit er damals ihre Aktien gerettet hat, und stehen ganz auf seiten der Gesellschaft.«

»Das hab ich auch gehört. Jetzt geh ich, bis . . . wer weiß wann. Gib acht auf dich, du. Und daß du mir noch heute oder spätestens morgen nach Las Caleras del Norte gehst. Ich fall tot um, wenn dieser Hund hinter mir herkommt! Ruf ihn! . . . So ein Riesenbiest, das reinste Wollknäuel! Er wird mich umreißen, ruf ihn!«

»Júper, Júper!«

Als der Hund die Stimme des Mulatten hörte, kehrte er sofort um. Mit drei, vier Sätzen war er bei Juambo, der ihn beim Halsband nahm, während er seiner Schwester nachblickte und an Juan Tabocha dachte. Der geheimnisvolle Juan Tabocha hatte sie wieder vereint.

5

Die Augen vom beißenden Kalkstaub gerötet, wundrot, das Gesicht ein teigiges Strolchgesicht, das Haar weiß überpudert — wer hätte in dem Knecht, der Damiancito beim Anfahren und beim Abliefern des Kalks half, den Flüchtling erkannt, der vor wenigen Tagen hierhergekommen war, auf der Flucht vor den blutigen Ereignissen an der Küste, wo die Regierung den Streik der Hafenarbeiter mit Militärgewalt unterdrückt hatte? Niemand. Das war jemand anderes. Nicht einmal Nepomuceno erkannte ihn wieder.

»Sogar einen Gehilfen hat sich Ihr Enkel zugelegt«, meinte die Consunsino, die Marcos Consunsino. »Die mischt sich aber auch in alles, werden Sie sagen, als ob sie das etwas anginge. Aber so ist es: Man mischt sich nicht in das, was einen angeht, sondern in das, was einen eigentlich kaltlassen sollte.«

»Na, wenn Sie was heiß macht . . .«

»Nicht so dreist, Don Nepo, das gehört sich nicht, antworten Sie lieber auf das, was ich Sie gefragt habe.«

»Nun ja, mein Enkel hat es bei den vielen Aufträgen nicht mehr allein geschafft, und da hat er sich einen Tagelöhner genommen.«

»Kriegt der wirklich jeden Tag bezahlt, oder hat er einen festen Lohn?«

»Sie werden lachen, ich weiß es wirklich nicht.«

»Don Sixto, der seine Nase in alles steckt, sagt, mit dem Gehilfen haben Sie nur den Anfang gemacht.«

»Mit dem Gehilfen?«

»Ja, mit dem Gehilfen, und nun werden Sie sich bald einen Lastwagen kaufen . . . Mit etwas muß man ja anfangen . . .«

»Mit Menschenfleisch, wahrhaftig, denn nichts ist so billig. Wäre es teuer, das Menschenfleisch, gäbe es nicht so viele Kriege. Haufenweise bringen sich die Menschen um, man muß sich das mal vorstellen, in diesem Augenblick, während wir miteinander reden, fallen Tausende und Tausende von Soldaten und werden sich nie wieder erheben.«

»Sie brauchen gar nicht so weit zu gehen, was kümmert uns, was dort passiert! Wieviel Leute werden nicht allein hier in Bananera umgebracht! Ich krieg immer eine Gänsehaut, wenn ich höre, wie grausam sie dort mit den armen Menschen umgehen.«

»Also, sagen Sie Don Sixto ruhig, jawohl, den Gehilfen haben wir schon.«

»Sagen Sie es ihm doch selbst!«

»Nein, mit dem spreche ich nicht mehr, seitdem er mich umbringen wollte. Um ein Haar hätten die Räder seines Wagens Hackfleisch aus mir gemacht. Er hat mich gegen die Felswand gequetscht, und wenn ich nicht so aufgepaßt hätte . . . Aber meine Stunde hatte noch nicht geschlagen. Sagen Sie Don Sixto, den Gehilfen haben wir schon, und wenn er, Señor Pascual y Estribo, zu mehr taugte, als den Leuten auf den Nerven rumzutrampeln, würde er uns das Geld geben, um den Lastwagen zu kaufen. Wir würden uns auch erkenntlich zeigen und Holz für ihn fahren, denn wie ich gehört habe, holzen er oder seine Herrschaften den Wald bei Periquera ab.«

»Die und einen Lastwagen nehmen! Die schaffen das Holz doch lieber auf dem Rücken ihrer Knechte weg. Die Spanier wissen ganz genau, daß hundert Indiorücken mehr fortschleppen als ein Lastwagen, und obendrein kostet sie das nichts.«

»Ich bin nicht hier, um mit Ihnen zu schwatzen. Geben Sie mir einen Anis. Mir tut der Mageneingang weh, hier an dieser Stelle, ich glaube, ich hab mich erkältet.«

»Trinken Sie ihn so? Viele trinken ihn mit Wasser.«

»Das ist vielleicht ein Blödsinn . . .«

»Nein, das ist ein ›Täubchen‹, eine ›Palomita‹, Anis mit Wasser und Eis.«

»Ja, ja, Weib, ich weiß, so dumm bin ich nicht, und ich weiß auch noch mehr. ›Paloma‹ zu trinken ist jetzt große Mode bei den Damen . . .« Weiter kam er nicht, er wäre beinahe erstickt, weil ihm der Anis in die falsche Kehle geraten war.

»Das ist die Strafe Gottes, weil Sie so eine böse Zunge haben. Wenn's den Damen nun mal schmeckt, Anis mit Wasser zu trinken . . .« Die festblickenden Augen der Consunsino, der Marcos Consunsino, wurden milde in einem lösenden Lächeln, das sie hübscher machte, tintenschwarze Pupillen, die fast die Augen ausfüllten, ein Mund mit feinen, leicht geöffneten Lippen, Stupsnase, volle Schultern, volle Büste. Häßlich an ihr waren nur das von rötlichen Wülsten umgebene Loch am Halse unweit des Ohres, das sie von einer Lymphdrüsenoperation zurückbehalten hatte und das auch die Haare, obwohl sie sie immer offen trug, nicht verdecken konnten, und ihre gewaltigen Hinterbacken, die rund waren wie die Stämme des Kapokbaums.

»Noch einen Anis, aber jetzt trinke ich ihn mit Wasser.«

»Dann dürfen Sie aber hinterher nicht sagen, daß ›Palomita‹ nur den Damen schmeckt, außerdem halten Sie sich doch selbst einen Vogel, diese Schnepfe, die den ganzen Tag Radau macht . . .«

»Die Schnepfe gehört meinem Enkel.«

»Sie sollten ihr den Käfig öffnen und sie fliegen lassen, sonst finden Sie noch eines Tages anstelle des Vogels ein hartes Ei . . .«

»Sie meinen, weil sie gelb ist . . .«

»Deshalb, und weil sie eines Tages tot im Käfig liegen wird.«

Schwarzes, offenes Haar, blitzende Zähne und eine feuchte Zunge. Alles an ihr lachte.

»Wenn sie Damiancito gehört, die Taube ... der Vogel, wollte ich sagen ..., dann bestellen Sie's ihm von mir.«

»Wenn er wiederkommt, er muß nämlich sehr weit fahren, bringt Kalk noch hinter das Marsfeld. Da bauen sie ganz groß ...«

»Ja, das Militär ... Neulich sagte Don Sixto, hier sähe es nicht mehr aus wie auf der Erde, sondern wie auf dem Planeten Mars, eines schönen Tages würde der Pater sogar noch im Meßkelch Soldaten finden.«

»Anis mit Wasser schmeckt abscheulich ...«

»Wollen Sie ihn nicht austrinken? Oder finden Sie es abscheulich, daß ich was über Don Sixto, den Meßkelch und die Soldaten gesagt habe?«

»Nein, mir ist übel von dem Anisgeruch. Worauf ich Appetit hätte, wäre ein Stück Geräuchertes, Schweinerippchen, irgendwas Solides, das nach Fleisch schmeckt, mit Pfefferschoten, Zwiebeln und Tomaten und einem Omelett dazu ...«

»Fein, daß Sie so ein guter Esser sind. Ich kann Ihnen Schlackwurst mit Avogadosalat anbieten, mit Avogados von dem Mexikaner. ›Die reinste Butter sind sie‹, sagt er ... Sehen Sie, das ist ein Mann nach meinem Geschmack. Geradezu und ehrlich. Die von hier lassen sich doch alles gefallen, richtig schmierig ist das, diese Schmuddligkeit von Betschwestern, die die Sanftmütigen machen ...«

Sie ging hinaus und die Worte mit ihr, und in der Stille, die Don Nepo einhüllte, hörte man die Uhr, das Knistern der Kerze, die vor dem heiligen Domingo de Guzmán brannte, das unermüdliche Hin und Her der Fliegen, das wie ein schwaches Echo der in der Ferne brummenden Motoren war, das Surren einer verirrten Wespe. Eine Libelle flog herein, stieß gegen die Flaschen und flog wieder hinaus. Don Nepos Augen verfolgten das geheimnisvolle Treiben ringsum, aber seine Gedanken waren bei dem rollenden Karren, auf dem der Gehilfe und Anastasias Bruder miteinander sprachen. Nirgendwo konnten sie sicherer sein als auf einem rollenden Karren. Der Enkel trieb die Ochsen an, der Knecht lag, den Hut über das Gesicht gestülpt, auf den inzwischen geleerten Säcken und tat, als schliefe er, und der Mulatte saß neben ihm wie ein flüchtiger Bekannter, den sie aus Gefälligkeit mitgenommen hatten.

Als Juambo Señor Nepo besuchte — er tat es nur ein einziges Mal, häufige Besuche waren nicht angebracht —, hatte ihn dieser dem Mann vorgestellt, der zur Zeit als der Gehilfe seines Enkels galt. Es war ein hochgewachsener, knochendürrer Mensch, dessen tiefliegende Augen fast die Nase berührten, mit einem Gesicht wie ein Dreieck, spitzem Kinn und kalten, nackten Zähnen, die sein Totenkopfgrinsen entblößte.

»Tschoss, tschoss, moyon, konn . . .«, zischelte er, während der Mulatte, dem sich die Zunge verknotet hatte, den anderen Knoten, den der Krawatte, lockerte, um nicht zu ersticken.

Wo diese Laute erklangen, wurde der Boden feucht von Tränen, Schweiß und Blut, von quellendem Blut, das unaufhörlich den Wunden zu entströmen schien.

Sie beschlossen, auf dem Karren zusammenzutreffen. Nirgendwo waren sie sicherer. Sie konnten ausführlich miteinander sprechen, auf der Fahrt nach dem Campo de Marte, wo sie Kalk abzuliefern hatten, auf dem Rückweg oder beim Herumkutschieren, während der Enkel abstieg, um Rechnungen zu kassieren, sich neue Aufträge zu holen oder einzukaufen.

»Octavio Sansur«, der angebliche Gehilfe wiederholte seinen Namen, damit der Mulatte ihn nicht vergesse, stachelte den braungescheckten Ochsen an, der nicht gleichmäßig zog, und fügte, die kalten, scharfen, gerillten Zähne entblößend, hinzu: »Octavio Sansur, oder einfach Tabio San . . . Werden Sie es behalten?«

»Aber Sie heißen auch . . .«

»Ja, ich heiße auch Juan Pablo Mondragón. Das ist mein richtiger Name.«

Seite an Seite saßen sie vorn auf dem Karren und pafften ein Kraut, das weit ärger stank als der gewaltige Furz, den der braungescheckte Ochse hatte fahrenlassen.

»Pfui, du Schweinekerl!« Sansur ließ das Tier den Stachel spüren, worauf der Ochse rascher trottete, den sanften Gefährten mitziehend, und die Räder des Karrens sich geschwinder drehten.

»Wie viele von euch mögen übriggeblieben sein? Bestimmt nur wenige«, sprach Sansur weiter. »Daß doch gleich am Anfang so viele gute Menschen draufgehen mußten!«

»Ja, wir sind nur noch wenige«, bestätigte Juambo. »Die Leute an der Küste leben ohnehin nicht lange, und wenn sie gar noch von ihrem Land vertrieben werden . . . Mein Vater ist gestorben, die Maríns, die Salcedos.«

»Sogar davon haben sie Nutzen! Die Unseren verschwinden. Die Opfer und die Zeugen ihrer unbarmherzigen Methoden frißt der Tod, und da sich so die Erinnerung an das, was geschah, bei uns nicht einmal vom Vater auf den Sohn vererbt, können sie ungestraft eine Generation nach der anderen ausrotten.«

»Mein armer Vater, er ist als ›Bananenschlepper‹ gestorben, und so muß ich auch enden, wenn mir all das verziehen werden soll, was ich gegen ihn gesündigt habe.«

»Sie müssen kein ›Bananenschlepper‹ werden, damit die Gerechtigkeit siegt . . .«

»Das Wort gefällt mir nicht, Don . . ., ich will mich an ihnen rächen, ja, ich will, daß sie uns eines Tages zahlen für all das, was sie uns angetan haben: dafür, daß sie uns das Land stahlen, daß sie Menschen, die ihr Auskommen hatten, zu einem Heer von Bettlern machten, und für die Ohnmacht, nichts schmerzt so sehr wie die Ohnmacht, . . . nicht gegen sie ankommen zu können . . . Nur wer es wie ich am eigenen Leib erfahren hat, weiß, wie das ist!«

Eine Abteilung Kavallerieoffiziere trabte an ihnen vorbei. Pferde, Helme, Offiziersärsche in einer Staubwolke.

»Dabei fehlte es bei uns nicht an entschlossenen Leuten! Durchaus nicht, und eines Abends wäre Mister Thompson auch draufgegangen, sie erwarteten ihn schon an der Brücke, die Esquivels, die Lezamas und noch ein paar andere, aber dann stürzte ein Gringo bei der Vuelta del Mico ab in die Schlucht, und an der Brücke wurde es nichts. Aber noch in derselben Nacht wollten sie sein Bett umstellen und ihn mit dem Machete niedermachen. An der Brücke hätten sie mit Pistolen und Flinten auf ihn gewartet, aber im Bett hätten sie ihn erstochen, für so was ist der Machete besser. Sobald er zu Bett ging, sollte ich mich wie immer zum Schlafen vor seine Tür legen und heulen wie ein Hund, der spürt, daß der Tod naht, und diesmal war es der Tod . . . Aber der Verfluchte machte in der Nacht kein Auge zu. Vielleicht drückte ihn das Gewissen, weil er seinen Landsmann umgebracht hatte — er hatte nämlich den Gringo abstürzen lassen, damit der nicht drüben über seine Untaten berichtete —, vielleicht waren es die Sorgen wegen seiner Tochter, die ein Kerl geschwängert hatte, der sich als Archäologe ausgab, war gut bestückt, der Mann, ich hab alles gesehen, als ob er sie mit ’nem Schlauch . . . Jedenfalls ist der Mister die ganze Nacht wach geblieben, hat geraucht und Whisky getrunken und nicht mal den Patronengurt abgelegt, und der war voll . . . Ob er was geahnt hat? . . . Und draußen standen die Jungens, feuchteten die Schneiden ihrer Machetes mit Spucke an und warteten darauf, daß ich heulte.«

»Aber wenn wir jetzt Erfolg haben, werdet ihr euch für all das Unrecht schadlos halten. Das Land kriegt ihr zwar sicher nicht zurück, aber zumindest werden sie euch zahlen müssen, was es wert ist.«

»Ich weiß nicht, ob Sie schon von den Brüdern Lucero gehört haben. Die hatten uns auch was versprochen; da sie doch Aktionäre der Gesellschaft sind, wollten sie sich für uns einsetzen, damit wir wenigstens etwas bekämen . . . Etwas ist immerhin etwas, nicht wahr? Aber dann haben sie sich nicht mehr gerührt . . .«

»Ich weiß, wer die Luceros sind, reiche Leute mit Flausen im Kopf, Leute, die zu nichts anderem taugen, als goldene Berge zu versprechen. In unserer Sache, Freund, können wir nur auf uns selber und auf unsere eigenen Kräfte zählen. Die Bauern, die müssen sich erheben und ihre Forderungen stellen.«

»Die Bauern und die ›Kriecher‹«, sagte der Mulatte listig; »Kriecher« nannte man diejenigen, die vor der Regierung katzbuckelten, die jedem der so häufig wechselnden Machthaber bedingungslos ergeben waren.

»Die Kriecher?« fragte Sansur verwundert.

»Freilich, auch auf uns müßt ihr zählen, wir machen mit, obgleich wir zu kriechen scheinen.«

Tolok-tok, tolok-tok, tolok-tok . . ., langsam kroch der Karren über das holprige Pflaster, als wollte er die beiden lehren, daß man gelegentlich kriechen mußte, um ans Ziel zu gelangen, auch wenn man kein Kriecher war.

Sansur ergriff wieder das Wort. »An der Südküste«, sagte er ernst, »haben wir keine Organisation, deshalb müssen wir hingehen und wie Samen in den Wind das Losungswort Organisation ausstreuen. Für die einen wird das nichts weiter als ein Befehl sein, die anderen werden augenblicklich, instinktiv, aus dem Gefühl heraus begreifen, daß sie sich angesichts der Gefahr zusammenschließen müssen.«

Tolok-tok, tolok-tok, tolok-tok . . . folgte der Karren den trägen Ochsen, die kaum die Hufe vom Boden lösten.

»In Bananera soll es ein Blutbad gegeben haben; in Bananera, in Barrios, in der ganzen Gegend . . .«

»Leider stimmt es«, erwiderte Sansur dem Mulatten. »Viele unserer Kameraden sind unter den Kugeln der Truppen gefallen, die eingesetzt wurden, um die Interessen der Platanera zu schützen. Aber wie Sie sehen, geht der Streik trotzdem weiter; wenn also eine Organisation besteht, werden die Opfer nicht vergebens gebracht, wie es euch geschah, als sie euch von eurem Land jagten, um die Plantagen anzulegen; viele haben sich damals geopfert, aber jeder war für sich allein, und herausgekommen ist dabei nichts . . .«, die Stimme des Rebellenführers ging fast unter in dem Gepolter des Karrens, der über Steinpflaster holperte, »herausgekommen ist nichts . . .«

»Das Tschoss, tschoss, moyon, konn!« rief der Mulatte, gekränkt, daß dieser Kampfruf nichts sein sollte, den jeder Mann mit einem Männerherzen in der Brust hochachtete, wenn er seine Bedeutung kannte.

»Freilich, diese Laute sind geblieben, sie weisen in die Zukunft, wie eine Forderung.«

Zwischen Octavio Sansurs blassen, schmalen Lippen blinkten die Zähne wie weißes Garn, mit dem Wunden genäht werden, während sein Blick sich in Juambos Augen senkte.

Der Mulatte wandte sich ab und spuckte aus. Solange der Speichel fiel, war er wie Regen, aber als er auf dem Boden landete, wurde er ein gläsernes Klümpchen, in dem sich die Spätnachmittagssonne spiegelte, die zwischen den Vulkanen versank. Der Name Chipo Chipós kam ihm ins Gedächtnis. Er hatte ihn im Hause seiner Eltern kennengelernt, damals, als ihn die Soldaten einbringen sollten, tot oder lebendig. Aber Chipó, obwohl eine Erinnerung aus längst vergangenen Kindertagen, stand vor ihm als ein Mensch aus Fleisch und Blut, während dieser Tabio San, den er sah, hörte, berührte, fühlte, mit dem er nun schon so lange sprach, auf einem rollenden Karren, damit niemand Verdacht schöpfte noch hören konnte, was sie sagten, während dieser Tabio San für ihn nur ein Gespenst aus Kalk war, entstiegen einem Totenacker lebendiger Menschen, ein Mann aus Knochen, Knochen und Haut, mit wimpernlosen Augen dicht neben der Nase, spitzen Zähnen und blutleeren Lippen. Chipo Chipó hatte gesagt, man dürfe sich das Land nicht nehmen lassen, Sansur sagte, man dürfe sich das Land nicht nehmen lassen, Sansur sagte, man dürfe sich den Menschen nicht nehmen lassen. Chipo war im Motaguafluß ertrunken, und damit war der Kampf zu Ende; Tabio San konnte verschwinden, ohne daß irgend etwas verloren war, denn andere würden bleiben und seinen Platz einnehmen. Chipo Chipós erinnerte er sich wie einer Müdigkeit, der von Verzweiflung versengten Müdigkeit, mit der seine Eltern ihn ansahen, wenn sie, ein wenig ungläubig, seinen Reden lauschten; Sansur hingegen erschien ihm rational, unermüdlich, exakt, überwältigend, ihm fehlte jene Stille aus Rätsel und Wasser, von der das Schweigen Chipos voll war, eine völlige, abgrundtiefe Stille, wahrnehmbar dem Ohr, wie Tabakrauch der Nase.

Sansur ließ sich durch das Tolok-tok, Tolok-tok, Tolok-tok des Karrens nicht unterbrechen.

»Sie, Señor, wir werden Sie brauchen. Der Augenblick ist gekommen, da wir den Kreis durchbrechen müssen. Wir werden dem Tschoss, tschoss, moyon, konn wieder einen Sinn geben — nicht durch das sinnlose Opfer dessen, der allein handelt, sondern durch den bewußten Einsatz derer, die die Trumpfkarten in der Hand halten, weil sie organisiert kämpfen.«

Sie schwiegen, um dem Gefühl Raum zu lassen, das ihre Brust überflutete, das ihr Innerstes aufwühlte in einer Erschütterung, der weder das Wort noch die Geste gerecht wird, die des Schweigens bedarf, um sich ganz zu äußern.

Juambo seufzte.

»Im Leben bin ich Ihnen voraus, soweit wir nach der Reihenfolge, in der wir geboren werden, von einem Voraus oder Hinterher im Leben reden können. Jedenfalls bin ich älter als Sie und erinnere mich, daß an der Küste, unten in Bananera, damals, als sie uns alles nahmen, was wir besaßen, ein prophetisches Wort von Mund zu Mund ging, das der berühmte Chipo Chipó Chipopó ausgesprochen hatte. Er hatte gesagt, die Augen der Begrabenen, die zahlreicher seien als die Sterne, würden all das sehen, was jetzt geschieht ... Das Land zurückerobern! ...« Der Karren holperte über Steine und wechselte von dem gemächlichen Tolok-tok, tolok-tok, tolok-tok, zu einem fast ohrenbetäubenden Taka-toko-lon-tlak, toko-lon-tlak, toko-lon-tlak ... »Das Land zurückerobern!« wiederholte Juambo lauter.

Fledermäuse und Fliegen. Die klebrigen Fliegen, wenn die Nacht anbricht. Araukarien, Eukalypten, Wolken, Windesrauschen.

»Die Stunde wird kommen«, sagte Sansur, »die Stunde, da ihr das Land zurückerlangt oder erhaltet, was es wert ist. Jetzt müssen wir den Menschen retten, müssen wir uns organisieren, um gegen sie kämpfen zu können, denn sie sind sehr mächtig. Ja, wir werden Sie brauchen. Ich möchte Sie etwas fragen: Können Sie an die Südküste fahren? Es müßte bald sein.«

»Wann ungefähr?«

»Den Tag können Sie sich selbst aussuchen, aber wir dürfen nicht zulassen, daß die Wunden unserer Toten an der Nordküste erkalten.«

»Ich könnte vorgeben, daß meine Mutter sehr alt ist und niemand sonst hat, seit sie Toba mitgenommen haben. Toba ist meine jüngere Schwester. Die Brüder Doswell haben sie mitgenommen, um sie in

Nordamerika erziehen zu lassen. Die Anwälte, die Cosis Testament aufgesetzt haben . . .«

»Ja, ja, ich weiß . . .«

»Unter diesem Vorwand könnte ich an die Küste fahren. Am besten wäre es, wenn ich den Chef telegrafisch um Erlaubnis bäte.«

»Der Grüne Papst ist noch in Chicago?«

»Ich hörte, daß er wegen der Unruhen in Bananera herkommen wollte, aber seine Tochter hat von New Orleans aus den Verwalter angerufen und gesagt, er käme nicht, wir sollten das Haus nicht streichen.«

»Sieh an, er kommt nicht, der Bandit! Was Sie mir da erzählen, ist sehr wertvoll für uns, das sind die Mitteilungen, die wir brauchen! . . . Aber jetzt fahren Sie erst mal an die Küste, um nach Ihrer Frau Mutter zu sehen, und zwar ohne vorher an Maker Thompson zu telegrafieren. Die Erlaubnis des Hausverwalters genügt.«

»Er wird sie mir nicht geben, wenn der Chef ihn nicht dazu ermächtigt. Der nimmt nichts auf seine eigene Kappe.«

»Mit der Geschichte von Ihrer kranken Mutter müßten Sie ihn weich kriegen . . .«

Auf das fröhliche Bellen eines Hundes hob Juambo, der sich auf dem Karren ausgestreckt hatte, den Kopf. Als er den Hund erkannte, rief er ihn an, und seine Stimme klang seltsam froh. Sie hatten so lange von schwierigen, ungewöhnlichen Dingen gesprochen, Dingen, die wie eine Speise waren, die man begehrt, aber nicht zu kosten wagt, daß es ihm wohl tat, seine Stimme wieder menschlich, vertraut, alltäglich klingen zu hören, als er mit Júper redete.

»Na du, sei vernünftig! So groß und noch so verspielt! Ruhig! Ruhig! Nun sei schon ruhig! Wie hast du mich nur gefunden? Das möcht ich wissen, wie du mich gefunden hast . . .«

Júper bellte, sprang hier hoch, sprang dort hoch, warf sein Bellen zwischen die Speichen der Räder, die sich so rasch drehten, daß sie ihm, wie einen Film, das Trugbild nächtlich dahinfließender Lichter und Schatten zeigten.

»Entschuldigen Sie, daß ich Sie mit nach den Aschengruben schleppe, aber hier will ich bleiben, um mich zu verstecken. Ich bin hier aufgewachsen und kenne die Gegend wie meine eigene Hosentasche.«

Auch Sansurs Stimme klang menschlicher. Vielleicht war der Hund, das riesige Wollknäuel, schuld daran, der es über hatte, die Räder anzubellen, ohne daß die Räder ihn beachteten, und jetzt abwechselnd winselte, gähnte und jaulte.

»He, Curruchiche, blöder Ochs, willst du wohl hören!«

Eins der Räder war stehengeblieben und drehte sich auf der Stelle, bis Curruchiche, aufgeschreckt durch einen Hieb mit dem Stecken, den Karren weiterzog und nach rechts trottete, durch ein Hochtal mit weichem, grasbewachsenem Boden, das zu einer zahnlosen Gasse führte, denn in ihr stand nur hier und da ein Haus.

»In die Aschengruben fahren wir?« fragte Juambo erschrocken in die von Sternen blitzende Dunkelheit.

»Das Spiel mit offenem Feuer ist gefährlich, aber noch gefährlicher ist das Spiel mit erloschenem Feuer ...« Sansurs Stimme klang brüchig vor Heimweh. »Ich bin in diesen Aschengruben groß geworden, und dort oben, auf der anderen Seite, werde ich bleiben und warten, daß der Zug durchkomme, der nach dem Süden fährt.«

Aus den Aschentälern tauchten schmutzige, weißliche Gestalten auf, sprachen, lachten, zündeten sich Zigaretten an und verschwanden irgendwohin, wo es vielleicht Häuser gab. Eine einsame Laterne, die einzige weit und breit, die an einer Ecke an einem Pfosten hing, beleuchtete die weißlichen Gestalten von oben bis unten. Wie verschieden ihr aschiges Weiß von dem Weiß der Arbeiter in den Kalkbrüchen war! Der Kalkstaub war lebendig, kräftig, der Staub, der an diesen gespenstischen Gestalten haftete, war ein leichenhaft weißer Überrest von verbrannter Kohle.

Ein Endchen weiter trafen sie auf ein Rudel Katzen, deren Fell von der Asche zerfressen war, als wären sie aussätzig, die Haare fielen ihnen büschelweise aus, sie miauten kläglich und hatten hungerblaue Triefaugen.

Sansur spuckte aus und fluchte: »Hol's der Teufel, alles ist noch genauso wie früher! In diesen Aschengruben bin ich groß geworden. Später, viele Jahre später war ich wieder hier, um mich zu verstecken, weil mich die Polizei wie eine Stecknadel suchte, als sie die ..., ich weiß nicht mehr, wer es war ..., mehrere hat sie damals erschossen. ... Wie traurig, sie starben wie Helden, und ich erinnere mich nicht einmal mehr, wie sie hießen ..., und jetzt bin ich wieder hier, und nichts hat sich geändert, alles, alles ist noch genauso wie früher! ...«

»Was wird aus dem Karren, wenn Sie hierbleiben?« forschte Juambo. »Mit dem Gespann kann ich nicht umgehen. Damals in Bananera bin ich recht gut Draisine gefahren, aber wie lange ist das schon her.«

»Keine Sorge. Wir treffen uns mit Señor Nepos Sohn, und mit

dem fahren Sie zurück.«

»Dem Sohn? . . . Sie meinen, dem Enkel . . .«

»Stimmt, dem Enkel. Der Alte sieht so jung aus, daß ich mir gar nicht vorstellen kann, daß er Großvater ist. Kennen Sie ihn schon lange?«

»Nein, aber mit meiner Schwester Anastasia ist er ein Herz und eine Seele.«

»Ihrer Schwester werden wir nichts erzählen.«

»Irgendwas wird man ihr sagen müssen . . .«

»Ja, wir sagen ihr, daß wir Hoffnung haben, das Land wiederzubekommen. Aber über alles andere — kein Wort! Sie ist schon ein bißchen schwachköpfig und könnte sich verplappern.«

»Ich hab das auch schon gedacht, aber es ist gut, sehr gut, daß Sie mich noch mal daran erinnern.«

Mit einem Satz war Júper auf den Karren gesprungen, wo er die Fledermäuse und die Gestalten der Arbeiter anbellte, die, unter zentnerschwere Aschesäcke gebückt, weiß und schweigend vorüberzogen. Bellen hier, Bellen dort, aufgeregtes, wütendes, japsendes Verbellen der huschenden Fledermäuse, die flatternd auftauchten und wieder verschwanden, und der Schatten, die mit den kalten, schweren Doppelsäcken voll Asche — nichts wiegt so schwer wie toter Staub — von der Stadt herabkamen und grämlich die Überreste prächtiger Bäume schleppten, die Überreste ganzer Wälder, umgewandelt in Kohle und Holz und zuletzt in Asche, in Asche, benutzt, ach, benutzt zur Herstellung von Lauge in den Seifenfabriken, wo es nach totem Hund stank, unweit der Schlachthäuser, wo das Blut schon zu fließen begann, unweit der Strafanstalt, wo die Schließer allmählich aufwachten.

Die Schatten stiegen herab von einem langen, glitzernden Strom aus Lichtern und Autoscheinwerfern, die die weite Höhlung der Schlucht krönten, wo zwischen Häusern und Gestrüpp die Aschenberge emporwuchsen. Barfuß gingen die einen, andere trugen Sandalen oder alte Schuhe. Der dicke Staubteppich verschluckte ihre Schritte. Dann leerten sie den Doppelsack aus Jute, nachdem sie die am Stirnband befestigten Stricke gelöst hatten. Lautlos fiel Asche auf Asche, lautlos wie das Licht des Mondes, der soeben über den Horizont kroch. Zum Schluß schüttelten sie die Säcke aus, niesend, hustend, halb erstickt, mit schmerzenden Augen, trockener Kehle und brennender Nase, und dann, über Geier hinwegsetzend, die gierig eine sterbende Kreatur, Versprechen eines künftigen Schmauses, bewachten, verschwanden sie in ihren Hütten aus Brettern, Blechresten und Pappe, Hütten inmitten eines silbernen Meeres, denn so sahen sie aus, die weiten Leichentücher, auf die der Mond den weißen Staub der Nacht, Kohle, die auf den Sternen zu Asche verbrannt war, entleerte.

6

»Und in diesen Aschengruben, sagten Sie, sind Sie aufgewachsen?«

»Ja. Als ich Waise wurde, nahm mich eine Frau zu sich, die hier in der Nähe, in Bellaluz, wohnte, und vertrat Mutterstelle an mir. In ihrer Jugend war sie mannstoll, heiratete und verwitwete mehrmals und hatte eine lange Reihe von Namen, die sie allerdings selbst wieder ablegte. Magdalena Ángela Cenobia hieß sie und mit Nachnamens Cañiz. Magdalena Ángela Cenobia Cañiz verwitwete Vivanco, das war der Name ihres letzten Ehemannes. Wenn man das alles hintereinander sagte, ging einem der Atem aus. Sie selbst hat sich dann Juana Tinieblas genannt. Sie selbst oder die anderen, das weiß ich nicht mehr so genau. Jedenfalls wurde sie von aller Welt nur Juana Tinieblas genannt.«

Im Unterrock, durch den ein kolossaler Hintern schimmerte, den zwei magere, von dicken Adern durchzogene Beine trugen, so erinnerte Tabio San sich ihrer, in der scharfen Luft der Aschengruben, während der Karren rollte und auf dem Karren neben ihm Juambo und Júper saßen und verwundert die weiße, verendete, beinern kalte Welt ringsum betrachteten.

Als der kleine Octavio zu Juana Tinieblas kam, war er ein schwächliches und unschuldiges Bürschchen mit glänzenden Augen gewesen, und er erinnerte sich, daß die Nachbarn ihn schon aus dem Zimmer, in dem seine Eltern an den Pocken, vielmehr an den Masern gestorben waren, ins Armenhaus bringen wollten. Aus dem Zimmer, in dem er mit seinen Eltern gewohnt, hatten sie die Betten, die Stühle, die Kleider und die Matratzen auf den Hof getragen und verbrannt, und schon wollten sie ihn ins Armenhaus bringen, als sich seiner ein gewisser Señor Tránsito erbarmte, der so etwas wie ein Freund der Tinieblas war, ihn zu ihr brachte und ihrer Obhut überließ.

»Nun haben sie dich also mir überlassen, gefällt's dir denn hier?« fragte ihn die Frau mit den stockdürren Beinen und dem ausladenden

Hinterteil unter dem Unterrock.

Tabio hätte gern die Augen niedergeschlagen, aber seine etwas spärlichen Wimpern vermochten ihm kaum das Bild des garstigen alten Weibes zu verschleiern, das zu ihm sprach und sich gleichzeitig eifrig mit einem feinen Kamm durch das Haar fuhr, um sich von den Läusen zu befreien, winzigen Pünktchen, die auf ebendemselben Kamm unter ihrem Fingernagel knackend zersprangen.

»Wir Frauen haben langes Haar, lang wie unsere Leiden. Wir lassen uns das Haar und die Leiden lang wachsen . . .«

Das spielte sich irgendwo in Bellaluz auf einem kleinen, schlecht gepflasterten Hof ab, an dessen regennasser Mauer eine vertrocknete Winde emporkletterte. Als Doña Juana Schritte auf dem Nachbarhof vernahm, rief sie laut, damit man sie auch ja hörte: »Wenn der verdammte Kater noch mal rüberkommt, um hier zu pissen, dann kann er was erleben!«

»Besser ein Kater als eine Eule«, antwortete es jenseits der Mauer.

»Eulen pissen nicht«, schrie die Tinieblas außer sich vor Wut. »Kein anständiger Mensch kann den Gestank von Katzenpisse ertragen!«

»Pissen nicht?« scholl es nach einer Weile herüber. »Aber dafür stinken sie nach Angst. Nicht nach Pisse, sondern nach Angst!«

Dank diesem Zwiegespräch von Hof zu Hof erfuhr der kleine Octavio, daß es im Hause eine Eule gab, und noch am selben Tag, nach dem Mittagessen, entdeckte er sie. Man sah ihr nicht an, ob sie schlief oder wachte. Regungslos. »Panegírica«, rief seine Beschützerin sie an, und erst beim Klang der Stimme erwachte sie, sofern man von Erwachen sprechen konnte, wenn sie mit geschlossenen Augen die Federn sträubte.

»Panegírica, sie haben uns einen kleinen Jungen geschenkt, hörst du? Er ist nicht gerade hübsch, aber häßlich ist er auch nicht. Komm mir hinterher nur nicht mit Vorwürfen, daß ich dir's nicht rechtzeitig gesagt hätte. Er heißt Octavio, seine Eltern sind aus Sansur.«

Und seither hieß er nur noch Octavio Sansur, so wie ihn Juana Tinieblas an jenem Nachmittag vor der Eule getauft hatte.

Ein krummer Schnabel, gesträubte Federn auf der Stirn, Mauseöhrchen.

Nie wird Octavio Sansur vergessen, wie Panegírica bei den Freitagssitzungen den Vorsitz führte, wenn seine Beschützerin ihren Kunden, die begierig ihre Zukunft zu erfahren wünschten, die Karten legte.

Freitags kamen die Damen und Herren nach Bellaluz, in die Aschengruben — sie kamen auch an anderen Tagen, aber der wichtigste Tag, der mit dem größten Kundenandrang, war der Freitag —, damit ihnen die Wahrsagerin unter Anrufung der Panegírica aus den nach Nabel stinkenden Spielkarten ihr Schicksal deute.

»Bei mir hast du es besser als im Armenhaus«, eröffnete Doña Juana ihm im Brustton der Überzeugung. »Im Armenhaus predigen sie den Leuten, daß sie demütig sein müssen, das ist schlecht, denn demütige Leute taugen zu nichts und wieder nichts. Demütige und Betschwestern, zu denen kannst du genausogut Faulpelz sagen. Außerdem lassen sie die Leute im Armenhaus hungern. So was gibt's bei mir nicht. Hier kriegst du gut zu essen. Ich heiße Juana Tinieblas, nicht Juana Hungerleider. In der Karwoche haben wir Pastetchen mit Milch, Fleisch und Gemüse, Fronleichnam Paprika, gefüllt mit weißem Reis; am fünfzehnten August Fleisch mit Speck und Mandeln; Allerheiligen kalte Küche und Heiligabend Rührei mit Auflauf. An meinem Namenstag Marimba, Schnaps und Maispastete.«

Einige Damen aus der Provinz, in Kleidern steif wie Erdnußschalen, zogen es vor, sich aus dem »Orakel« weissagen zu lassen.

Zu Füßen der Panegírica, unter einem aus Draht geflochtenen Büßerhemd, dessen Saum die aus Blei gegossenen sieben Nägel des Drachens schmückten, einem Büßerhemd, das schon die Wonne Pater Severandos de la Porciúncula gewesen war, schlummerte zwischen ledernen Augendeckeln das Libro de las Siete Letras, das »Buch der Sieben Wissenschaften«, wie Juana Tinieblas es nannte und das sie feierlich im Namen des Propheten ergriff und siebenmal küßte, ehe sie es befragte.

Wenn sie in dem Buch der Schicksale die Abschnitte mit der umfassenden Darstellung Babylons über die Zukunft der Welt nachgelesen, steckte sie den Mittelfinger, mit dem sie die Symbole berührt und geheimnisvolle Schnörkel und arabische Buchstaben in die Luft gezeichnet hatte, ins Ohr, damit seine Kuppe ihr verrate, was das »Buch der Sieben Wissenschaften« der um Rat verlegenen Dame antwortete, während sie dieser in den Ausschnitt lugte, um festzustellen, ob sie Unterwäsche aus Seide oder Baumwolle trug und wieviel sie demnach bezahlen konnte.

Griff der Prophet mit den Leier und Laute schlagenden Händen ein, so war der Tarif (sie nannte ihn den Tarif der rosigen Brustwarzen) höher, befragte man den Propheten des gekrümmten Dolches, so galt der billigere Tarif der schwarzen Brustwarzen.

Nachdem einige Zeit ins Land gegangen war, brachte Juana Tinieblas ihren Schützling zu einem Mann, dem eins der drei besten Friseurgeschäfte der Stadt gehörte, und hier kehrte Sansur mit Hilfe eines Besens und einer Bronzeschaufel die Haare der Kunden zusammen, wenn er nicht damit beschäftigt war, irgendeinem Bürger die Schuhe zu reinigen und blankzuwichsen. Zwei-, dreimal am Tag leerte er die nach Desinfektionsmitteln und den Stummeln der Zigaretten und Havannas stinkenden Spucknäpfe — die Kippen der Kundschaft waren ein wichtiges Merkmal, nach ihnen beurteilte man die Qualität eines Frisiersalons —, oder er wechselte die Fliegenfänger aus, an denen die Fliegen festklebten, in Leim und Honig gefangen, und die, wenn sie schwarz von dem Geziefer waren, nicht etwa den Ekel, sondern den Neid der Glatzköpfe erregten, die sich maniküren, rasieren, mit Haarwasser einreiben und Vibrationsmassage verabfolgen ließen.

Der jüngste Angestellte, ein Bursche aus Puerto Limón in Costa Rica mit einer Stimme wie ein Volkstribun und Augen golden wie Senf, lehrte ihn lesen, zuerst die Überschriften in der Zeitung, dann in einem Lesebuch, das er von dem Kunden mit den bestgeputzten Schuhen — er ließ sie sich zwei- bis dreimal täglich putzen, bis sie nicht mehr Schuhe, sondern Spiegel waren — geschenkt bekommen hatte. Wegen seines Ganges, seiner pechschwarzen Haare und senffarbenen Augen hatte man dem Burschen den Spitznamen »Zope« angehängt. Tatsächlich hieß er Daniel Mondragón.

Ohne den Freund aus Costa Rica hätte Octavio niemals lesen gelernt, denn seine Beschützerin, die ihre übernatürlichen Kräfte an den Gattinnen der Polizeichefs ausübte, hätte man nie gezwungen, ihn in die Volksschule zu schicken.

»Mein Junge gehört aufs Gymnasium und nicht in die Volksschule! Fürs Gymnasium aber hab ich kein Geld, also bleibt er zu Hause. Das fehlte noch, daß ihm jeder hergelaufene Schulmeister vorwerfen kann, daß er arm ist. Zur Abendschule? Kommt überhaupt nicht in Frage . . .«

Als Juana Tinieblas erfuhr, daß Sansur lesen konnte, sagte sie zu ihm: »Es tut mir nicht leid, daß ich dich zu Don Pepeque López geschickt habe, nein, ich bereue es nicht. Dort hast du lesen gelernt und den Kunden, mit denen du umgehst, lauter feine Leute, die guten Manieren abgeguckt. Ich hätte dich ja auch zu einem Schuster in die Lehre geben können, aber so einer hantiert, Gott bewahr uns, sein Leben lang mit Kneif und Schusterpech rum; und mit den

Bäckern ist es noch schlimmer, die gehen alle an Schwindsucht ein, weil sie nachts nicht schlafen, es sei denn, sie trinken die Eier aus, statt sie in den Brotteig zu rühren, was viele machen, aber das ist nicht ehrlich, und deshab sagt man auch, ›ist der Bäcker ehrlich, bäckt er sich den Tod‹ . . .«

Da die Panegírica zuhörte, gab Doña Juana höllisch acht, die lautere Wahrheit zu sprechen.

»Soll er Tischler werden, hab ich gedacht, aber dann hab ich mir gesagt, die Zeiten des heiligen Josef sind vorüber. Heute machen sie alles maschinell, die großen Stämme zersägen, hobeln, falzen, und dabei kann er sich womöglich die Hand abschneiden. Aber dich zu einem Schmied zu bringen, daran hab ich nie gedacht. Da hättest du zwischen den Hufen der Hengste rumkriechen müssen, und eines schönen Tages schlägt so ein Vieh aus und versetzt dir eins, wo du es am wenigsten gebrauchen kannst, oder du hättest den Blasebalg bedienen und immer am Feuer stehen müssen, und davon wird einem das Blut stockig.«

Das erste Buch, das er las, »Los Credos Libertadores« von Bergua, beeindruckte ihn tief. Jemand hatte es an einem Sonnabend im Geschäft liegengelassen. Er las darin, fast ohne aufzublicken, bis zum Montag. »Bücher liest man, aber man lernt sie nicht«, sagte Meister Pepeque zu ihm, als er ihn die »Befreienden Glaubensbekenntnisse« auswendig hersagen hörte. Octavio aber beglückte es, daß seine Lippen eine Sprache sprachen, die nicht die des Alltags war, und daß er sich als einer der rebellischen, spanischen Kommunarden fühlen konnte, die, von ihren Ideen geleitet, für die städtischen Freiheiten gekämpft hatten.

Und aus dem spanischen Kommunarden wurde ein fanatischer Anhänger der Französischen Revolution. Aufgewühlt von der Gestalt Marats, badete er in dessen Worten. Andere nehmen andere Bäder. Er badete in Marat, dem »Freund des Volkes«. »Das Evangelium atmet den Geist der Revolution. Nirgendwo wird die Sache des Volkes besser vertreten, nirgendwo werden die Reichen und die Mächtigen der Erde inbrünstiger verflucht . . .«

In seinem ersten Artikel, den er in »El Mutualista« unter dem Titel »Marat und das moderne Proletariat« veröffentlichte, gab er in verworrenen, gefühlvollen Worten dem Schmerz des Enterbten Ausdruck, in der Gestalt jenes Wesens, das in der Stadt von Tür zu Tür geht und nach Asche fragte, die Öfen in den Häusern der Bürger ausräumt und dann mit seinem Sack voll der tragischen Reste zurückkehrt in das Viertel der Aschengruben und Seifensiedereien, ein Sklave, elend wie die Sklaven der Antike und noch ärmer als diese.

In einem anderen Artikel »Freiheit ohne Brot«, der das Gedankengut Marats noch getreuer widerspiegelte, wies er nach, daß es für »Habenichtse keine Freiheit« gibt. Er veröffentlichte ihn in »Renovación Obrera« und sagte darin: »Die Besitzer der Zeitungen bereichern sich: Es lebe die Freiheit! Die Söhne der Reichen üben sich in den müßigen Künsten der Poesie und Prosa: Es lebe die Freiheit! Die Kaufleute mehren ihre Gewinne mit Hilfe der Reklame: Es lebe die Freiheit! Nur das Volk kann nicht in diesen Ruf einstimmen, es hungert, geht in häßlichen Lumpen, und die Gewohnheit, seine Henker schweigend zu ertragen, macht es stumm.«

Es war ein schlimmes Jahr, in dem er »Das schreckliche Jahr« von Victor Hugo las. Er holte sich eine Krankheit, die ihn in den Augen seiner Kameraden zum Manne stempelte, und Juana Tinieblas starb an »hindostanischen Krämpfen«; sie hatte selbst die Diagnose gestellt, war aber nicht mehr dazu gekommen, die Arznei zu brauen, die sie gerettet hätte, Kandiszucker mit zerstoßenen Perlen. Kaum war sie tot, da erschienen, als sproßten sie aus dem Boden, eine Unmenge Verwandte, die Sansur noch nie gesehen hatten und deren Bekanntschaft er erst an dem Tag machte, da die Tinieblas in ihrem Brettersarg lag, kalt wie die Panegírica, ein Erbstück, das keiner aus der Sippe der schwarzgekleideten Männer und Frauen haben wollte, obgleich sie sich sonst alles unter den Nagel rissen, und die der junge Haarschneider zusammen mit einem Regal voll verbotener Bücher (Magie, Chiromantie, Astrologie) abtransportierte, der junge Haarschneider und Bartkratzer, den einige Tage zuvor während einer Kneiperei Don Pepeque López, der Dekan unter den Figaros, feierlich in die Zunft der Matadoren des weißen Mantels, der Klinge und Schere aufgenommen hatte, mit der ausdrücklichen Warnung, niemals die Ohren der Kunden abzuschneiden.

Sie überließen ihm auch das Bett der Juana Tinieblas, und auf einem Karren, der von einem menschlichen Zugtier fortbewegt wurde (er fühlte sich an Marat erinnert), führte Sansur das Lager von dannen, auf dem die Tote eine Nacht geruht hatte, das Lager der Doña Magdalena Ángela Cenobia verwitwete Vivanco, vorher verwitwete Calcaluis, davor verwitwete Partegas (die Reihenfolge der Ehemänner tut nichts zur Sache); ferner einen Mahagonitisch, das Büchergestell, die Bücher, einen gelbgestrichenen Koffer aus Pinienholz und die Eule, den Unglücksvogel, der das menschliche Zugtier veranlaßte, widerwillig auszuspucken, denn es hatte das Gefühl, als stünde der Umzug unter einem bösen Stern.

Am Donnerstag erwachte Sansur in einem Zimmer in der Avenida de los Árboles und trat schon sehr zeitig vor die Tür, um die Straße zu betrachten; es war köstlich, die morgendliche Straße zu betrachten, die Frische außerhalb der Quadratur des Kreises zu atmen, die sein Zimmer war — es bestand nur aus vier Wänden, dem Fußboden und der Decke und wurde als sogenanntes Rundzimmer vermietet —, und zu überlegen, wo er frühstücken könne. Er blinzelte ins Tageslicht. Fast die ganze Nacht hatte er in den »Konventionellen Lügen« von Max Nordaux gelesen. Die Glocken läuteten und riefen zur Frühmesse. Besser wäre es gewesen, er wäre nicht vor die Tür getreten. Noch mehr Türen öffneten sich, und zu seinem Unglück auch die eines düsteren und sonderbaren Ladens.

Señor Roncoy Domínguez öffnete wie jeden Morgen seinen Laden, Señor Roncoy Domínguez, der im Gebirge bekannter war als die Rotfichte, weil er für Vögel mit prächtigem Gefieder oder mit besonders schöner Stimme die besten Preise zahlte und weil er die Dialekte der Jäger und Vogelfänger sprach.

Er beklagte sich oft, daß er an dem Handel mit den Singvögeln kaum etwas verdiene, trotzdem gelang es ihm, ein paar Pesos zurückzulegen, weil er jahraus, jahrein denselben schäbigen Anzug aus grober Sackleinwand trug und dasselbe aß wie seine gefiederte Ware: zerquetschte Avogadobirne, ein wenig Banane, zerkleinerte Tortilla und staubfein zerriebene Brotkrümel, und weil er nichts als Wasser trank, und auch das nur, um das spärliche Mahl durch die enge Kehle hinunterzuspülen. Am meisten gab er noch für Schuhwerk aus, für jene Gummischuhe, deren Sohlen sich immer gleich abnutzten und die er ausschließlich für seine Gänge in die Stadt anzog, denn zu Hause trug er Ledersandalen und litt sehr, wenn ihm die Vögel auf den Rist seiner nackten Füße ihren weißlichen, warmen Kot fallen ließen, der rasch erkaltete und hart und krustig wurde wie die Kruste schwarzer Pocken. Er konnte nicht lesen, gebrauchte beim Zählen die Finger, verstand aber meisterhaft mit Maiskörnern zu rechnen und ließ sich von den Lieferanten der klingenden Waren nicht hereinlegen. Er ließ sich nicht bestehlen, bestahl aber auch die Indios nicht, die ihm die Vögel aus den Bergen brachten.

Er führte ein einförmiges Leben in dem großen Laden, der tiefer lag als die Straße und an dessen vier Wänden er mit Nägeln und

Haken unzählige Käfige befestigt hatte. Andere hingen von der Decke herab, und wieder andere hängte er, solange die Sonne schien, in die Tür, um Reklame für seinen Vogelhandel zu machen und um ihre Insassen aufzumuntern, die nicht singen wollten, wenn sie den Himmel nicht sahen.

Das Reinigen der Käfige, das Füllen der Näpfchen mit frischem Wasser, das Füttern der Vögel — einige bekamen zerkleinerte Avogadobirne, Banane und Brotkrümel, andere angefeuchteten Maisfladen — nahm er hinter verschlossenen Türen vor, fast nur seinem Tastsinn folgend in dem dämmrigen Licht, das durch die Türritzen drang; dann öffnete er und kehrte mit einem harten Besen den Ziegelboden des Ladens und den Bürgersteig vor dem Hause sauber, den er vorher besprengt hatte, um keinen Staub aufzuwirbeln. Seinen Laden, der den ganzen Tag geöffnet war, verließ er nur für wenige Minuten, um in der benachbarten Bäckerei Biskuits für seine Papageien zu kaufen, eine Ausgabe, die ihn schmerzte, weil er mit den Biskuits Hoffnungen nährte, die sich nie erfüllten, denn der eine Papagei war stumm und der andere völlig heiser und konnte nur »Ah, schau mal, ah, schau mal« krächzen. Hinzu kam die Konkurrenz der »Grammelfone«, wie er sich ausdrückte, denn wer würde schon einen Papagei kaufen, ein Huhn, das aß, aber nicht eßbar war, wenn es Papageien gab, die man aufziehen konnte!

»Domínguez, sauf nicht, dann gelingt es«, rief ihm schon in aller Herrgottsfrühe ein Saufbruder zu, der älteste Sohn einer Familie von Trunkenbolden, der zeitig, als ginge er zur Arbeit, unter Donnergepolter das große Haus voll Geschrei, Gerülps, Erbrechen und Furcht verließ, beladen mit Büchern, Hausgerät, Heiligen und Bildern, die er in irgendeiner Kneipe gegen Schnaps eintauschen wollte, wo er sich gleichzeitig die immer durstige Kehle anzufeuchten gedachte.

Domínguez antwortete nicht.

»Eine mistige Kuh hat dir ins Gesicht geschissen, damit du blind wirst, weil du die Vögelchen gefangenhältst«, schrie der Betrunkene drohend.

Domínguez antwortete nicht.

»Wart nur, ich komm mit meinen Leuten . . .«

Der Betrunkene torkelte langsam weiter, aber als er nach Hause kam, lagen seine drei Brüder, keiner kühnen Tat mehr fähig, auf den Betten; der älteste lag auf dem Boden, die Augen glasig unter den Wimpern, die Lippen von Speichel triefend.

Einer der drei, der noch am klarsten war, hob den Kopf und sagte: »Ich krieg den Papagei, wenn ihr den umbringt, und dann verkauf ich ihn für 'n Schnaps.«

»Dir fällt aber auch nichts Neues mehr ein, Cejijunto; den Papagei hab ich in der Kneipe um die Ecke schon zwanzigmal für 'ne Pulle Sprit angeboten. Sechs Ohrfeigen wollen sie mir dafür geben.«

»Dann behalt deinen Papagei . . ., aber das sag ich dir, denk nicht, daß dein Bruder mitmacht, wenn du dem Alten die Jacke vollhaust ... Jawohl, ich verlasse deine heilige Allianz zur Befreiung der Vögel . . . Entweder den Papagei her, oder du kannst mich mal . . .«

»Dann geh ich eben allein . . .«

»Leg dich lieber hin und gib Ruh . . .«

Überzeugt, daß er jeden Angriff mit der dicken Eisenstange zum Verschließen der Tür und dem »Todesengel«, seinem zweischneidigen Dolch, abwehren könnte, nahm der Vogelhändler die Drohungen der zerlumpten, unrasierten, langmähnigen Brüder, die nicht einmal Schnürsenkel in den Schuhen hatten und aus allen Poren nach Branntwein stanken, nicht sonderlich ernst. Was sie von ihm wollten, war Geld, um Schnaps zu kaufen, aber da konnten sie lang warten, und mit Beleidigungen oder gar Drohungen, ihn beim Tierschutzverein anzuzeigen, beeindruckten sie ihn erst recht nicht.

Glücklicherweise mußten die fürchterlichen Brüder das Haus ihrer Ahnen verlassen, weil ein Anwalt, ein Wucherer und Freigeist, der ihnen auf eine Hypothek Geld geliehen hatte, es ihnen über den Kopf hinweg versteigerte. Roncoy Domínguez hätte vor Freude fast in die Hände geklatscht, als er die torkelnden Nachbarn mit einem Karren voller Hausgerät und Gerümpel abziehen sah. Es war wenig genug. Schränke, Nachtkonsolen, Tische und ein paar andere Möbelstücke, die sie nicht hatten fortschleppen und verkaufen können, weil sie zu schwer waren. Leider konnte Roncoy Domínguez nicht länger zuschauen, denn eben langte eine Gruppe weißgekleideter Cobán-Indianer an, die ihre geflügelte Fracht vor seiner Tür abstellten.

Der älteste der Cobanes, ein Indio mit einem Gesicht wie in Asche gewälztes Rauchfleisch und Haar, das kein Haar war, sondern die Rinde eines vielhundertjährigen Baumes, verhandelte mit Domínguez über den Verkauf der Fracht, ohne die Stimme zu heben, und Roncoy antwortete ebenso leise auf quekchí, wie es sich im Verkehr mit Leuten wie sie schickte.

Die Passanten blieben stehen und beäugten neugierig die übereinander festgebundenen Käfige, glänzende Rohrkäfige, die aus grünlichem Marmor verfertigt schienen, und in den Käfigen die Schnepfen in Farben aus Feuer und Blut, das Trauerschwarz des schlummernden Ebenholzes in Schnäbeln, Füßen und Augen; die Guardabarrancas mit Augen sanft wie Spiegel; die Pitos de Agua, Tänzer mit Violinen in der Kehle, aus der die Tropfenketten der Triller wie Quellwasser drangen; die Spottdrosseln mit dem braunen Federkleid und den vierhundert kristallenen Tönen im Schnabel.

Domínguez redete und redete, und der Cobán, der Häuptling der Cobanes, antwortete ihm; der Handel wurde abgeschlossen und die Rechnung mit Hilfe von Maiskörnern aufgestellt: Zwei plus vier, sechs plus neun, sieben plus fünfzehn, das war das einzige, was auf spanisch gesprochen wurde. Als der Handel abgeschlossen war, rief der Cobán seine Gefährten herbei und fragte sie, ob sie einverstanden seien. Sie waren es.

Als die Indios einer hinter dem anderen, gefolgt von ihren Kindern und Hunden, davongezogen waren, brachte Roncoy die Käfige mit den neuen Gefangenen unter, dabei sprach er zu ihnen mit der scheinheiligen Milde des Kerkermeisters, der weiß, daß diese Unglücklichen den Rest ihres Lebens hinter Gitterstäben verbringen werden, und blies ihr Gefieder hoch, um festzustellen, welche die edelsten waren, die sich am ehesten mit dem Zauber ihrer Triller voll Dunkel und Wasser hervortun würden.

Besser wäre es gewesen, wenn sich der junge Figaro an jenem Morgen nicht in die Tür gestellt hätte, um die Gegend zu erkunden und Umschau zu halten nach einem Lokal, wo er frühstücken konnte; besser wäre es gewesen, wenn Octavio Sansurs Augen nicht an dem sonderbaren und düsteren Laden haftengeblieben wären.

Domínguez hatte soeben die Tür geöffnet, und die Vögel begrüßten mit ihren Morgentrillern die Wonne des Tages, ein vibrierendes Orchester, das durch die sauber gekehrten alltäglichen Straßen klang.

Sansurs Miene wurde hart, er überquerte den Damm, und mit einem Satz — die Vogelhandlung lag tiefer als die Straße — stand er mitten im Laden und ließ den Blick, den gewittrigen wetterleuchtenden Blick eines Besessenen, der Blitz und Donner drohte, über die Käfige gleiten.

Ein Faustschlag warf Domínguez zu Boden. Der Angriff kam so überraschend, daß er nicht Zeit gehabt hatte, nach dem Dolch zu greifen. Immerhin versuchte er, sofort zur Tür zu kriechen, hinter der die Eisenstange lehnte. Ein Tritt gegen seinen Arm in Schulterhöhe, der auch seine Kinnlade, das Ohr und den Schädel traf, ließ ihn bewußtlos niedersinken, wenngleich es eher schien, als sei er freiwillig liegengeblieben und stellte sich tot, ehe ihm jener Irre vollends den Garaus machen konnte, jener Irre, der nicht genug Hände hatte, Hände, Hände, Hände, um die Käfige zu öffnen, aus denen die Vögel entwichen und eine Weile in dem düsteren Raum umherflatterten, dann aber die Tür fanden und sich im strahlenden Glanz des blauen Tages verloren.

Sansur kehrte in sein Zimmer zurück, packte das Notwendigste, Wäsche, Bücher, Scheren, Rasiermesser, zusammen und floh nach Süden, zur Küste, wo er Arbeit zu finden hoffte. Er fürchtete, daß er den Vogelhändler umgebracht hatte. Das einzige, woran er sich erinnerte, war seine dröhnende Stimme, Blut, das zum Schrei geworden war, seine dröhnende Stimme, die die Marseillaise sang und ein über das andere Mal »heilige Freiheit, heilige Freiheit« rief, während er die Käfige öffnete . . .

Die Panegírica und der Mann, der den Karren gezogen hatte, halfen der Polizei, die ungeheuerliche Missetat aufzuklären. Nachdem der Täter ermittelt worden war, stellte man fest, daß nicht Raub das Motiv gewesen war. Auf die Frage, ob er an einen Racheakt glaube, antwortete Domínguez mit der Philosophie des Einzelgängers: »Feinde habe ich nicht, weil ich nie einem einen Gefallen tu; der Mann muß verrückt gewesen sein.« — »Jawohl, ein gottverlassener Verrückter, der mir Unglück gebracht hat«, bekräftigte auch der Fuhrmann vor dem Friedensrichter, der die Untersuchungen leitete. »Seit ich ihm den Kram, den er als Möbel bezeichnete, und den verfluchten Vogel gekarrt habe, hab ich nicht einen Auftrag mehr gekriegt.« — »Und ob der verrückt ist, während er auf mir rumtrommelte, daß ich für tot liegenblieb, sang er schallend, die Tage des Ruhms wären gekommen, und als er die Käfige öffnete, schrie er den Vögeln zu ›heilige Freiheit . . ., heilige Freiheit!‹«

Man erließ einen Haftbefehl gegen Octavio Sansur, aber den hatte offenbar das Meer verschluckt. Er verbarg sich in den Salinen der Hafenstadt San José, wo er als Tagelöhner arbeitete, und bekam später eine Anstellung als Friseur auf einem Schiff, das von Salina Curz nach Panama fuhr. Dort ging er an Land, arbeitete in dem Frisiersalon des besten Hotels und füllte sich die Taschen mit Dollars. Einflußreiche Freunde, die er mit der Klinge des Rasiermessers bezwungen hatte, verhalfen ihm zu einem panamesischen Paß auf den Namen Juan Pablo Mondragón. Juan Pablo nannte er sich zu Ehren Marats und Mondragón in Erinnerung an den Freund aus Costa Rica, der ihn das Alphabet gelehrt hatte. In seinem Paß stand: Geburtsort Taboga (auf dieser Insel wäre er gern geboren), Eltern unbekannt, Religion katholisch, Friseur, dreiundzwanzig Jahre alt. Er arbeitete und las. Was er verdiente, gab er für Bücher aus und um Englisch zu lernen, das er bald fließend sprach. Amerika verlassen? . . . Mehrmals stand er an den Fallreeps der Schiffe, die nach Europa gingen, und hier blieb er stehen, den Koffer in der Hand und den Arbeitsvertrag in der Tasche. Eine Art Elefantiasis, die mit einem Kribbeln in den Fußsohlen begann, nagelte ihn am Boden fest, und niemals tat er den entscheidenden Schritt. Er schloß die Augen und hielt sich zitternd die Ohren zu, als wäre sein Körper ein Teil der gellenden Schiffssirene.

Roncoy Domínguez lief in seinem Laden vor den leeren Käfigen auf und ab, grün vor Zorn, weil ihm die Galle ins Blut gegangen war, schwindlig vor Übelkeit, schäumend vor Wut, die Fäuste in Verzweiflung geballt. »Ein Pech kommt selten allein«, jammerte er, »das Unglück muß doch immer Zwillinge gebären . . . Alles, alles will ich zahlen, und wenn ich mein letztes Hemd hergeben muß, wenn mir nur der Richter nicht die Panegírica in Obhut gibt!«

Einen Anwalt brauchte er, einen guten Anwalt, der ihn gegen das verteidigte, was schon keine leere Drohung mehr war, denn man hatte ihn bereits vor das Gericht zitiert, um ihm die Entscheidung mitzuteilen und die Sache rechtskräftig zu machen, und ihn angewiesen, die Eule aus dem Zimmer des Verrückten, der seine Vögel hatte fliegen lassen, in seinen leeren Laden zu holen.

Der Anwalt war nicht mehr notwendig. Ein Steinwurf tötete die Eule, und nun lag sie auf dem Boden, ins Herz getroffen, mitten zwischen den weichen Federn. Der Fuhrmann hatte es auf sich genommen, sie zu erlösen, damit er nicht verhungerte. Seitdem er sie auf seinem Karren gekarrt, verfolgte ihn das Pech. Keiner holte ihn mehr. Er tötete sie nicht. Er erlöste sie. Eulen sind Seelen, die unerlöst umherirren. Dann ging er zu seinem Karren, legte die Lippen an das Rad wie an ein großes, leeres Dreiecksohr und sagte: »Freu dich, Wägelchen, jetzt kriegen wir wieder Arbeit; die Eule ist tot, jetzt kriegen wir wieder Arbeit!«

Obgleich es schon dunkle Nacht war, saßen sie noch immer auf dem rollenden Karren, aber sie hatten über alles gesprochen. Die »Verschwörung der Elenden«. Juambo würde eine Botschaft an die Küste bringen, und dort würde ihm Tabio Sans Stellvertreter weitere

Instruktionen geben. Jetzt erwartete sie Señor Nepos Enkel an der Eisenbahnlinie, die durch die Aschengruben führte.

Damiancito war bereits da. Sie mußten sich verabschieden. Juambo drückte Octavio Sansur die verschwitzte, kalkverschmierte Hand und sagte nachdrücklich das Wort, das sein Kampfruf bleiben würde: »Tschoss, tschoss, moyon, konn!«

Damiancito trieb die Ochsen an, bevor es zu spät wurde, und der kalkweiße Karren verlor sich wie ein Geisterbett auf Aschenrädern in den Leintüchern der weiten Ebene zwischen schweigenden, vom Vollmond beschienenen Vulkanen, die nach Aschenlauge rochen, wo der Mond nicht golden war, sondern modrig feucht. Júper zeigte seine prächtigen Zähne, bellte aber nicht, weil der unermeßliche Schlaf der Nacht und das Schweigen der Aschengruben ihn einschüchterten.

Zweiter Teil

1

Wenn der Zug in eine Kurve fährt, verliert er an Geschwindigkeit. Jede Schiene ist eine Schneide, jedes Rad ein wunder, kreischender Wimpernkranz, jedes Fenster ist ein langsames Liderblinzeln auf felsiges Bergland und Himmel und überschwemmte Felder, die um diese Stunde, um halb drei Uhr nachmittags, nur Wasser und Sonne sind. Das Gellen, Heulen, Knirschen der Wagen auf den Gleisen peinigt die junge Reisende mit dem italienischen Strohhut, die wie abwesend dasitzt, den langen Mädchenkörper in das Futteral eines dunkelsandfarbenen Schneiderkostüms gesteckt, in dem sie sehr gesetzt aussieht, die kleinen Füße in Schuhen mit übertrieben hohen Absätzen, die verweinten Augen unter einer schützenden Sonnenbrille. Das unaufhörlich schrille Feilen quält sie so sehr, daß ihr das Trommelfell, das Haar, die Zahnwurzeln schmerzen, sie kann den Klang in ihren Ohren nicht ersticken, obwohl sie die Hände daraufpreßt, verzweifelt, einem Nervenzusammenbruch nahe, so, wie es ihr zuweilen geschieht, wenn das Läuten des Weckers sie jäh aus dem Schlaf reißt; hastig greift sie nach ihren Koffern und macht sich bereit, auszusteigen.

Schienen, Schwellen, Dämme, Schotter, Masten, Signale, Brücken, all das schleppt sie hinter sich her, die eiserne in Rauch und Flammen gehüllte Riesenschlange, die ihre Geschwindigkeit verringert, die sich sträubt und nicht anhalten will, wohl wissend, daß es hier keine Station gibt oder daß sie, wenn es sie gibt, nur ein ärgerlicher Zeitverlust ist. Die Züge kennen die großen Endstationen und Zwischenstationen, fröhlich pfeifend im Takt der Glocke fahren sie ein, mit summenden Kesseln und zischenden Bremsen, um zu bleiben oder weiterzufahren, und selbst wenn der Lokomotivführer keine Hand rührte, selbst wenn niemand einsteigen oder aussteigen müßte, sie würden auf rätselhafte Weise stehenbleiben, aber nicht wie jetzt, gegen den glühenden Willen der Lokomotive, auf freiem Feld, unter freiem Himmel, nur um ihrer Pflicht gegen die Reisende zu genügen, auf deren Fahrkarte »Meile 177« steht.

»Das ist ja, als hielte man einen Fluß an, damit ihm ein Nixe entsteige«, meinte galant ein Fahrgast, der einzige, zu dem die junge

Reisende mit den dunklen Gläsern, die nun auf die Waggontür zuging, ein paar Worte gesprochen hatte, aber mochte sie ihn gehört haben oder nicht, sie blickte ihn kaum an, obgleich er ihr helfen wollte, die Koffer hinauszuschaffen, und obgleich sie ihm erzählt hatte, wie sie heiße und daß sie die künftige Direktorin der Schule in Cerropom sei.

Sämtliche Fahrgäste steckten die Köpfe aus sämtlichen Fenstern und fragten, warum der Zug halte. »Ein Hindernis? ...« »Ein Schaden? ...«

»Ist vielleicht die Maschine im Sand steckengeblieben?« schrie ein Alter und fügte vorsichtshalber hinzu: »Ich will's nicht behaupten, ich frage nur.«

»Auf dem Gleis liegt ein toter Esel, und ehe sie den nicht wegschaffen, können wir nicht weiterfahren«, rief ein anderer, und ein dritter fiel ihm ins Wort: »Der Esel sind Sie, Sie reden auch bloß, weil Sie den Mund nicht halten können! Einen Bergrutsch hat's gegeben, damit Sie's nur alle wissen, und wir sitzen ganz schön in der Patsche, denn wir werden umsteigen müssen. Wir müssen raus und zu Fuß gehen, um die Felsbrocken herum und dort auf den Zug warten, der uns holen wird, wer weiß wann ...«

»Hören Sie doch auf, so schreckliche Sachen zu erzählen!« beschwerte sich eine üppige Frau mittleren Jahrgangs, die nicht mit ihren Reizen geizte. Als sie sich aus dem Fenster beugte, schaukelten ihre goldenen Ohrringe, und ihre Brüste kugelten ihr fast zum Ausschnitt heraus.

Aber alles, was bisher geredet und vermutet worden war, stellte ein Spiritist in den Schatten, der in die Trompete des Jüngsten Gerichtes stieß und schreiend verkündete, daß sich ein wahnsinnig gewordener Zug nähere und im nächsten Augenblick mit ihnen zusammenstoßen werde.

»Nur wenn er unterwegs explodiert, sind wir gerettet«, kreischte der Spiritist, aber niemand hörte auf ihn ... »Rette sich, wer kann ..., der Zug ist wahnsinnig geworden, er braust schon heran, ohne Führer! ...«

Aber plötzlich verstummten die randalierenden Fahrgäste, die, nur Auge und Ohr, aus den Fenstern hingen, um zu sehen, was es gebe. Aus einem Abteil erster Klasse im letzten oder vorletzten Wagen stieg die unfreiwillige Urheberin all der lärmenden Aufregung, die Nixe, um derentwillen dieser Menschenstrom mitten auf freiem Felde angehalten wurde.

»Wegen der ist dieser blöde Zug stehengeblieben!« rief ein Sambo mit bräunlichem, glänzendem Gesicht aus. »Keine Sorge, Caballeros! Das war bloß, damit die dumme Gans, die Brillenschlange, aussteigen konnte . . .«

»Du bist angekommen . . ., nimm die Brille ab . . ., sie rufen dir schon Brillenschlange nach, hörst du nicht . . .«, sprach die Reisende zu sich selbst, während sie ausstieg und die ersten Schritte tat, die unsicher waren wegen der hohen Absätze und des schweren Gepäcks. »Du bist angekommen, Gott sei Dank, du bist angekommen, du bist angekommen, und jetzt, da du Boden unter den Füßen hast, benimm dich, als wärst du es selbst, nicht die abwesende Reisende, die deinen Platz eingenommen hat, die mit der Fahrkarte ›Meile 177‹. Denn, so unglaublich es ist, nicht du warst es, die im Hauptbahnhof den Zug bestieg. Eine andere reiste an deiner Statt, eine andere, die deinen Namen, dein Gepäck, deinen Körper, dein Kleid hatte, die weder wußte, was sie tun, noch was sie reden sollte, und deshalb machst du alles so langsam, als müßtest du dich fremder Bewegungen erinnern, fremder Gesten, die du nachahmen mußt, und deshalb sprichst du mit dir selbst wie mit einem Wesen, das nicht da ist, sprichst, und die Leute sprechen mit dir, ohne zu wissen, wann du es bist und wann die andere, die einstieg und deinen Platz einnahm, die andere, die sie in den Zug setzten, und wenn man bedenkt, daß du halfst, sie in den Zug zu setzen, du hattest keine Kraft, und doch stießest du sie hinein, verlangtest von ihr, daß sie ihrer Bestimmung gehorchte, daß sie nicht zurückbliebe, daß sie nicht den Zug versäumte . . . Du bist angekommen . . ., nein, angekommen ist die andere, du bist bei deinen Angehörigen und Freunden geblieben, die um deinetwillen so früh aufgestanden und zur Bahn gekommen sind, um dir Lebewohl zu sagen, nur halbwegs gekämmt, die Gesichter nach Seife duftend und die Augen voll Schlaf, du bist in den Armen derer geblieben, die dich zum letztenmal umfingen, in den Augen derer, die dir mit den Blicken einen letzten Kuß nachsandten . . . Aber wer war sie dann, die am Fenster, mit dem tränenfeuchten Taschentuch winkend, von dem Abschied nahm, der auf dem Bahnsteig kleiner und kleiner wurde, je schneller der Zug fuhr, aber in deinem Herzen größer und größer . . .? Ah, auch das warst du, das Mädchen mit dem duftigen Haar, der Kaskade aus träumendem Schaum auf der schlummernden Haut, dem kindlichen Mund mit den zärtlichen, vollen Lippen, die sich schmerzlich bogen, den geraden Schultern und den kleinen, harten, zitternden Brüsten ohne

Büstenhalter unter dem Kleid . . .«

Köpfe, Hälse, Gesichter, Hände, Hüte, Zahnreihen mit Goldzähnen, Ohren mit Goldringen, Gürtel mit Revolvern oder Machetes warteten in den Fenstern und Türen der Waggons, daß der Zug weiterfahre.

»Nimm die Brille ab . . ., sie rufen dir schon Brillenschlange nach . . ., hörst du nicht . . ., Nixe . . ., dumme Gans . . ., Brillenschlange . . . Sollen sie doch! . . . Denk an etwas anderes und kümmere dich nicht um sie. Blick auf das rote Fähnchen vor dir auf dem Boden, nicht weit von den Eisenbahnschwellen, aber auch nicht zu nahe . . . Wie sein Glutrot den gelblichen Sand des Dammes entflammt, über den die blauschimmernden Schienenstränge fliehen, wie es alle Farben belebt, das Grün der Fluren, der Wiesen, der Bäume, des Zuckerrohrs, der Hügel, das Ockergelb, das Blau, die aus der einförmigen Stille hervorbrechen und sich, von seinem Pulsen beschworen, zu neuem Leben verbinden.

Die einzige, die aussteigt, bist du . . . Fahnenstation . . . Meile 177 . . . Während du mit deinen Koffern vom Trittbrett springst, steigen ein Neger und seine Frau, schwarz wie geteerte Leinwand, in ein Abteil zweiter Klasse ein, sie mit einem Turban aus einem orangefarbenen Strumpf, er mit einer enormen Krawatte, die feuerrot ist wie die im Winde flatternde Fahne . . . und dann nichts mehr . . . Pfeifen . . . Fetzen des Zugs im Rauch . . . Pfeifen . . . Fetzen des Zugs im Echo . . . Pfeifen . . . Fetzen des Zugs . . .

Die Landschaft sieht aus wie geköpft . . .

Du mußt die Schuhe stehenlassen oder ausziehen, sagst du dir, während du mit den Koffern auf einen großen Baum zugehst, der alles ringsum beherrscht wie die grüne Kuppel einer Kirche. Die Schuhe? . . . Du runzelst die Stirn, und deine Brille bewegt sich . . . Zieh sie aus oder laß sie stehen, so kannst du nicht weiterlaufen . . . Aber . . . aber du wirst ohnedies mit den Absätzen in den Sandinselchen steckenbleiben, durch die du dich vorwärts mühst, mit kleinen Sprüngen hier und da, um nicht in die Lachen zu fallen, die sich zwischen dem Bahndamm und dem Feigenbaum hinziehen, wo der Wagen schon auf dich warten müßte . . . Die Schuhe und der Hut . . . Der Hut? . . . Ja, verabschiede dich von ihm oder binde ihn fest . . ., du kannst ihn nicht länger gegen den Wind verteidigen, wenn du nur den Kopf hin und her wendest . . .«

Keine Station, keine Menschenseele, die sie nach dem verdammten Wagen fragen könnte. Kein Bahnhofsgebäude, kein Name. Fahnenstationen haben keine Namen. Sie sind wie Gespenster. Anonym.

Es wird schon jemand kommen, denkst du, als du vor dem Feigenbaum stehst, und dir ist, als hätten dir die schweren Koffer die Arme aus den Schultern gerissen. Zumindest muß der Mann kommen, der die Fahne zu warten hat, sie ist das einzig Lebendige hier, so blutig rot und wie die Muleta eines Stierkämpfers flatternd, die über den stillen Feldern und den vom Wasserdunst blinden Sumpfwiesen geschwenkt wird; ihn werde ich nach dem Wagen fragen . . .

Es ist kein Mann. Eine Frau kommt und holt die Fahne. Um den Kopf einen Lumpen, ein fadenscheiniger Rock, nackte Füße. Gelbes Abbild der Krankheiten, die von stehenden Gewässern und ererbtem Elend herrühren. Mit einem Ruck zieht sie die Fahne heraus, aber es gelingt ihr nicht, sie einzurollen. Der Wind will sie ihr entreißen. Sie kämpft mit ihm, dreht sich um sich selbst, als wäre sie ein Papierdrachen ohne Fransen. Endlich rollt sie die Fahne ein, klemmt sie unter den Arm und macht sich davon. Der Wind zerrt an ihrem Rock, betastete ihn, hebt ihn hoch, bläht ihn auf, sucht nach der versteckten Fahne. Der Wind nimmt nie eine Niederlage hin. Zuweilen scheint es, als halte er die Frau fest, als lasse er sie nicht weiter. Ihre Hütte muß in der Nähe sein, und dorthin geht sie und läßt staubaufwirbelnd die Füße schleifen.

Geh! Lauf ihr nach! Hol sie ein! Frag sie nach dem Wagen. Du willst nichts wissen? Schmerzt es dich, daß du den Kamelienstrauß im Zug vergessen hast? . . .

Auf dieser trübseligen Station, die keine Station ist, sondern freies Feld, ohne Telefon, ohne Telegraf, ohne die Möglichkeit, zur nächsten Station zu melden, daß du auf einem Platz in einem Abteil erster Klasse das Kostbarste aus deinem Gepäck, seine roten Kamelien, vergessen hast . . ., seine oder deine . . .?

Vergessen? . . . Du weiß es nicht genau? . . . Es wäre schrecklich . . . Nein, nein, schrecklich wäre es, wenn der Strauß hinter den Sitz gefallen wäre, als du aufstandest, um nach deinem Gepäck zu greifen, der Strauß roter Kamelien, die du an der Brust trugst, an das Kostüm gesteckt — ›wie ein blutrotes Herz‹, sagte der Herr, der dir den Hof machte und dir seine Karte gab —, oder wenn du ihn auf dem Gang verloren hättest, als du so eilig zur Tür liefst . . .

Nimm das Taschentuch von den Augen. Deine Tränen drängen hervor wie dicke Küken, aber sie rollen nicht herab.

Und der Wagen? . . . Und die Frau, eingehüllt in Windflammen, die die Fahne holte? . . . Und deine dunkle Brille? . . .

Ringsum Weite, auf der einen Seite Land bis an das Meer und auf der anderen Land bis an den Himmel. Hinten, an die Berghänge geheftet, lichtgrüne Felder, die jetzt, im funkelnden Sonnenschein, noch lichter wirken, und von dorther ziehen sich, bis an den Bahndamm, über den in einem kleinen Bogen der Zug fuhr, Wiesen und Wiesen von einem dunklen, fast blauen Grün. Dennoch braucht der Feigenbaum, in dessen Schatten du auf einer Art Bank sitzt, die Flur nicht um ihr vielfältiges, leuchtendes Grün zu beneiden. Sommers und winters behält er seine glatten, schimmernden Blätter, glänzendes Email auf goldgeschmiedetem Grund, die sich abheben von dem Stamm und dem Gezweig des knorrigen dunkelhäutigen Riesen. Die Farben der Flur sind vergänglich. Das Grün der Felder vergilbt, das Smaragdgrün der Wiesen wird stockig, die Blätter der Steineiche fallen ab, die Kaffeesträucher bedecken sich mit gesprenkeltem Purpur, die Palisanderbäume färben sich violett, die Tamarinden werden kahl. Nur der Feigenbaum verändert sich nicht, er steht außer der Zeit.

Warum schreist du auf? ... Eine Eidechse? ... Wegen einer Eidechse schreist du auf? ... Hast du geglaubt, es sei eine Schlange? ... Und warum entsetzt du dich so, warum schlägst du um dich mit den Händen, den Armen, schüttelst wild den Kopf, den breitrandigen Hut? ... Wegen einer Wespe? ... Es ist eine Brummfliege, und eine Fliege kommt selten allein, denn nun stoßen mehrere riesige Bremsen aus der Luft herab und saugen sich an dir fest wie elektrische drähterne Schröpfköpfe mit Flügeln aus heißem Rauch.

Drei Uhr und fünfunddreißig Minuten sind es auf der kleinen Armbanduhr, die dir die Eltern zum bestandenen Examen schenkten, und noch immer ist der verwünschte Wagen nicht da. Um zwei sollte er unter dem Feigenbaum sein.

Geh ein wenig auf und ab. Steh auf und geh ein wenig auf und ab. Das Schlimmste am Warten ist, daß es einen lähmt.

»Wir Lehrer warten in den Vorzimmern, bis wir lahm werden, und deshalb, Señorita, gestatten Sie mir, daß ich Ihnen nicht gratuliere«, erklärte dir während der Abschlußfeier einer deiner Professoren, dem der Sekt bereits zu Kopf gestiegen war. »Die Gelähmten der Vorzimmer sind wir ... Vergessen Sie es nicht, hören Sie? Stellen Sie sich darauf ein ...«

Ein paar Schritte nach rechts, ein paar Schritte nach links, wie ein Wachposten gehst du auf und ab, die Hände auf dem Rücken verschränkt, die steifen, gekrümmten, kleinen, harten Finger wie eine

Kandare ineinander verhakt, den Kopf auf die Brust gesenkt, bereit, alles auf dich zu nehmen, wenn du nur nicht länger auf den Wagen warten mußt, der nicht kommen will ... Vergebens suchst du den Horizont ab, stellst dich auf die Zehenspitzen, obwohl du das gar nicht mehr nötig hast, denn mit den hohen Absätzen gehst du ohnehin wie auf Zehenspitzen, vergebens reckst du den Hals und legst die Hand über die Augen, der Wagen kommt nicht und kommt nicht und kommt nicht ...

Vier Uhr und sieben Minuten ...

Vier Uhr und neun Minuten ...

Vier Uhr und dreizehn ...

Dreizehn ist eine Unglückszahl, sag vierzehn ..., vier Uhr und vierzehn Minuten ..., und er kommt nicht, und er kommt nicht ...

Was tun? Die Frau fragen, die die Fahne holte? ... Aber die Koffer? ... Stehenlassen? ... Mitnehmen? ... Ausgeschlossen! ... Du kannst sie nicht über die sumpfigen Wiesen schleppen, wo sich Vögel in allen Farben und Größen tummeln, daß es aussieht, als wären die Wiesen mit bunten Federn bestickt.

Vier Uhr fünfzehn ...

Vier Uhr sechzehn ...

Vor vier Uhr dreißig schaust du jetzt nicht wieder auf die Uhr, einverstanden? ... Es sei denn, der Wagen kommt früher, denn sie werden ja nicht warten, bis es dunkel wird, ehe sie dich abholen, oder nehmen diese Barbaren etwa an, daß du die Koffer schulterst und durch diese unbekannten Berge bis nach Cerropom marschierst? ...

Vier Uhr zwanzig ...

Wolltest du nicht bis halb fünf warten, ehe du wieder auf die Uhr schaust? ... Ja, aber etwas mußtest du tun, bevor du dich wieder auf die aus Stämmen und Ästen gefertigte Bank fallen ließest ... Es soll ja Leute geben, die Bauernmöbel schön finden, dabei sind sie die Verneinung jeder Bequemlichkeit ...

Vier Uhr dreißig ...

Endlich vier Uhr dreißig ...

Lahm geworden? Nein, erstarrt sind wir Lehrer vom vielen Warten in Vorzimmern und vom vielen Hoffen ohne Hoffnung.

Vier Uhr neunundfünfzig ...

Gestern um diese Zeit ..., nein, um diese Zeit nicht ..., eine Minute später ... Es war bereits fünf Uhr, als er dich von der Schneiderin abholte, vielmehr, als er an der Tür auf dich wartete, der Herr Doktor in spe, dein zukünftiger Mann, und dich zu einer

Autofahrt einlud.

Die Abschiedsfahrt. Wohin führte er dich nicht in verliebter, blitzschnell sausender Jagd, keinen Ort in der Umgebung der Stadt, den er ausließ, keinen Ort, wo er glücklich gewesen war mit . . ., mit wem? . . . nun, mit wem schon? . . ., mit dir . . ., mit der abwesenden Reisenden, die in den Zug stieg, nicht mit der, die er in den Armen hielt, als ihr euch Lebewohl sagtet, denn auch die warst du . . . obgleich . . . woher nimmst du die Gewißheit, daß er keine andere in den Armen hielt, daß diese andere du selber warst? . . . Nein, nein . . ., du stampfst auf . . . Diese andere nicht! . . . Diese andere nicht! . . . Nicht einmal diese andere andere! . . . Nicht einmal diese andere, die doch du warst . . . Du bist sogar eifersüchtig auf dich selbst, wie wirst du noch leiden müssen, ehe er mit dem Studium fertig ist und ihr heiraten könnt oder ehe du erreichst, daß man dich an eine Schule in der Hauptstadt versetzt . . .

Jetzt, ja . . . fünf Uhr nachmittags . . .

Um diese Zeit begann die Pilgerfahrt. Überall seid ihr gewesen, damit du dich verabschiedest, sagte er, damit dich Busch und Baum sehen, zusammen mit ihm . . . Busch und Baum . . ., die Winkel . . ., die Wege . . ., die Schatten der Bäume . . ., das Wasser . . ., die geheimnisvollen Felsen . . . Keinen Ort ließen sie aus . . ., jeden Ort besuchten sie . . ., ein Kuß, und dann rollte es weiter, das Auto, schnell . . ., schnell, noch schneller das Blut . . ., schnell, noch schneller die Zeit . . . Von fünf Uhr nachmittags bis die Sterne aufgingen, Kilometer um Kilometer, die die Entfernungen auslöschten, die die Zeit auslöschten, die alles verwandelten in Botschaft aus drängendem Duft, in Schwingung aus schlafendem Holz . . .

Erst rüttelte das Auto sie durch, holpernd und springend auf dem rissigen Asphalt der Straße, die hinter der Nordrennbahn an den Schluchten entlangläuft bis an den Saum der tiefen Gründe voller Vögel und Glühwürmchen, und müde und verweint, weil du in seinen Armen lagst, flüstertest du ihm ins Ohr: »Die Liebeslieder der Vögel machen mich verrückt . . .«

Und von dort ging es mit rasender Geschwindigkeit, der Uhr die Kilometer abjagend, nach einem Dörfchen mit unsichtbaren Indianern, Töpfern und Köhlern, die verborgen in Hütten zwischen Felsen und Laubwerk wohnen, dessen Blätter so zahlreich waren wie die Küsse seines brennenden Mundes . . . Er küßte dich . . ., küßte dich . . ., bis du verglühtest . . . Lehm und Traum . . . Bewegungen wie im Schlaf . . . und das gekräuselte bläuliche Rauchfähnchen, das von den eingegrabenen Kohlenmeilern aufstieg . . .

Und von diesem Dorf mit den einsamen Rauchfähnchen, den Abendnebeln und den tiefen, tiefen Gründen fuhren sie auf Sandwegen, die sich gleich Bändern um kegelförmige Hügel wanden, bis hinauf zum Gipfel der Berge, wo sie so manches Mal gestanden und zugesehen hatten, wie die Lichter der Stadt angingen, der Stadt tief unten im Tal, die um diese Stunde unter dem Glockenschwall des Angelusläutens erzitterte. Tausende und aber Tausende elektrische Lichter schlugen gleichzeitig die Augen auf, und es gehörte zu diesem Augenblick, hier oben zu stehen und sich einen Kuß zu geben . . .

Das Wiehern eines Pferdes zerriß die Stille. Überrascht? Du warst so abwesend, daß du erschreckt und an allen Gliedern zitternd zu dir kamst, die Hand auf die Brust, an die Schläfen legtest und froh, unendlich froh und erleichtert sagtest: »Der Wagen ist da!« . . . Was du mit offenen Augen geträumt, der gestrige Nachmittag, den du noch einmal erlebt hattest, war sehr schön gewesen, aber es verblaßte, zerstob angesichts des wackligen, von zwei schwarzen Pferden gezogenen Fahrzeugs, von dem ein Mann stieg, ein Bauer mit einem Quadratschädel, niedriger Stirn, großen Ohren, vorstehenden Augen und sehr, sehr höflichen Umgangsformen, der erklärte, er sei Cayetano Duende.

Er nahm deine Koffer, verbeugte sich, verbeugte sich noch einmal und bat dich, den Wagen zu besteigen, eine zweirädrige Kutsche, auf deren Rücksitz du überaus damenhaft Platz nahmst.

»Die Karre ist schlecht und der Weg noch schlechter. Setzen Sie sich lieber nach vorn zu mir, sonst kommen Sie völlig zerschlagen an«, riet dir Cayetano Duende.

»Ich fühle mich hier sehr gut«, wehrtest du kurz ab, nervös und überdrüssig, nur beseelt von dem Wunsch, er möge so rasch wie möglich losfahren, damit du spüren konntest, daß du unterwegs warst zum Ort deiner Bestimmung . . . Du hattest es eilig, dein Ziel zu erreichen? . . . Eilig, von hier fortzukommen? . . . Du hattest es in jeder Hinsicht eilig . . . Dich von deiner Liebe zu entfernen war wie sterben . . ., und wer spürt, daß er stirbt, hat es eilig, warum, weiß er nicht, aber er hat es eilig.

»Die meisten sagen, wie sie heißen, damit man es weiß«, tadelte der Kutscher, die Zügel in der Hand und im Begriff abzufahren, »aber Sie haben es mir nicht gesagt, und deshalb frage ich Sie, nicht um zu fragen, sondern um zu wissen, wer Sie sind.«

»Malena Tabay, zu Diensten . . .«

»Das fehlte noch! Zu Diensten stehe ich, Cayetano Duende. Kommen Sie zum erstenmal nach hier, um zu unterrichten?«

»Es ist das erste Mal, daß ich überhaupt unterrichte . . .«

»Das erste Mal . . ., ach so, na, dann . . . vorwärts!« Er trieb die Pferde an, und los ging es. »Mit der Schule, das ist so eine Sache, wissen Sie. Eine richtige Schule haben wir nämlich nicht. Unterrichtet wird in einem großen Zimmer. Aber vielleicht gefällt es Ihnen sogar. Zonicario Barillas sollte es streichen. Das Streichen war nicht weiter schwierig. Ein bißchen Kalk und ein großer Pinsel. Schwieriger war's schon mit dem Dach. Am Tag legte Zonicario die Ziegel, und in der Nacht zerbrach sie der Teufel, der Sisimite . . . Wir mußten den Pfarrer bitten, daß er den Himmel über dem Dach segnete, damit es geweihtes Wasser regnete. Es regnete auch geweihtes Wasser, und der Sisimite zerkratzte mit seinen feurigen Katzenkrallen die Ziegel und verschwand. Dem Teufel paßt es nämlich nicht, wenn man die schlechten Stellen ausbessert, denn über nichts flucht und lästert der Christenmensch so sehr wie über ein undichtes Dach . . . Wir haben auch mit der Chanta Vega, die niemals nein sagt, wenn sie feinen Leuten einen Gefallen tun kann, wegen Ihrer Unterkunft gesprochen. Bei der werden Sie wohnen und essen, und es wird Ihnen bestimmt gefallen. Ich weiß, was ich sage, denn nach dem Hotel ›Santa Lucrecia‹ am Eingang von Cerropom ist ihres das beste weit und breit.«

Malena hörte kaum auf Cayetano Duendes Geplauder, ihre Augen brannten wie Feuer, ihr Puls flog, eisig drang ihr der Abendwind in die Nase, so sehr setzte die Fahrt ihr zu, nicht weil der Wagen gejagt wäre wie gestern das Auto des fernen Geliebten — er kroch so langsam, daß man bequem neben ihm hergehen konnte —, sondern weil die Abgründe, die er hinter sich ließ, immer tiefer wurden. Die Gefahren dieses Weges, der vom Regen ausgewaschen, von bodenlosen Schluchten gesäumt war, und nichts als Stein und Sand, Sand und Stein preßten ihr einen Schrei ab, aus dem die panische Furcht sprach, mit der sie durch die Klüfte der Anden hindurch in eine kahle, öde, steinige Welt hineinfuhr, wo die fruchttragende Erde, von der Erosion verzehrt, auf die höchsten Gipfel geflohen war.

Nachdem der Wagen die ersten und wahrscheinlich schroffsten Hänge erklommen hatte, rollte er durch ein Hochtal, in dem, zwischen trockenen Maisfeldern und Stoppelgras verstreut, Pinien und verlassene Hütten standen, die nur zur Zeit der Aussaat und Ernte benutzt wurden. Malena spürte, daß der Abend kam, und verfolgte verstohlen die Zeiger ihrer Armbanduhr. Gern hätte sie wie vorhin gesagt: Gestern um diese Zeit gingen alle Lichter der Stadt gleichzeitig an, und der Liebste war bei mir! . . . Aber, welch ein Wahnsinn . . ., statt im Auto zu bleiben, eng beieinander, enger, noch enger beieinander, ohne sich zu rühren, stumm, Stille und Reglosigkeit der Liebe, die an die Wurzeln des Lebens rührt, hatten sie den letzten Nachmittag vertan, waren sie wie zwei Verrückte von Ort zu Ort gerast, statt sich zu küssen, sich zu umarmen, sich aneinanderzupressen, bis ihnen der Atem ausging und sie nicht wußten, wie sie aus jenen Tiefen zurückfinden sollten, gequält von Sehnsucht und einander quälend mit Liebkosungen, die nicht zu weit gehen durften . . . Aber er — was für ein Mann! — erklärte ihr, er könne den Abschiedsschmerz nur ertragen, wenn er die Entfernungen auslösche und sich mit Geschwindigkeit betäube, wenn er all die vertrauten Orte aufsuche und zuschaue, wie die Lichter der Stadt angezündet wurden und sie dabei küsse, wenn er den Berg hinabfahre, um den Mond aus den Wassern des Sees steigen zu sehen von jenem Ausguck aus in der Nähe des Flughafens, wo die trockenen, windgeschüttelten Maisfelder rauschten wie Flugzeugpropeller.

Es war dunkel geworden, aber der Abend zögerte, leuchtend brach sich das harte, durchlässige Licht am Gestein. Malena schlug sich mit den Handflächen gegen die eiskalten Ohrmuscheln, die Höhe machte sie taub, wie aus weiter Ferne hörte sie Cayetano Duendes Stimme.

»He, Fräulein!« Sie nahm ihn nur undeutlich wahr und sah, daß er in der Dunkelheit gewachsen war wie die Berge ringsum.

»Ja, Fräulein, ich bin ein redender Berg«, er erriet ihre Gedanken, »und jetzt, da es dunkel ist, werde ich sprechen.«

Malena fühlte, wie sie auf ihrem Sitz verschwand, unaufhaltsam, während sie die Finger bewegte, die wie ein Bund kalter Schlüssel waren.

»Alles werden Sie mit diesen Schlüsseln öffnen können, Fräulein« — der Kutscher erriet, was sie empfand —, »wenn Sie Cayetano Duende nicht vergessen.« Wie fern, wie weit fort klang seine Stimme, die aus seinem Bergkopf drang! »Ihre Finger sind die Schlüssel für diese Schlüssellöcher«, und er wies auf die Sterne.

Die Pferde, in Staub gehüllt von den Hufen bis zu den Mähnen, schienen aus Stein zu sein, und steinern der Klang der Wagenräder.

Malena erkundigte sich, ob es noch weit sei bis Cerropom.

»Gleich werden Sie ein wunderschönes Leuchten sehen«, antwortete Cayetano Duende.

Wie im Schlaf lauschte Malena der Stimme des Berges.

»Die Lichter von Cerropom?« fragte sie.

»Nein, Fräulein, die Lichter von Cerropom noch nicht. Was da glänzt, ist der Cerro Brilloso. Schauen Sie dort hinüber, und Sie werden sehen, wie es funkelt. Cerropom duftet, aber der Cerro Brilloso glänzt wie ein schwarzer Stern. Aber daß er funkelt, ist noch gar nichts, wenn Sie erst wüßten, was der Berg verbirgt . . . Es gibt eine Geschichte vom Cerro Brilloso und einem Mann, der ein Jahr lang ohne Kopf war. Ich will sie Ihnen erzählen: An jedem ersten Tag im neuen Jahr öffnet und schließt sich der Funkelberg. In seinem Innern ruhen große Schätze. Nicht weit von hier lebten zwei Gevatter. Ich habe sie gekannt. Der eine wurde über Nacht reich. ›Er hat einen vergrabenen Schatz entdeckt‹, flüsterten die einen. ›Er brennt heimlich Schnaps‹, flüsterten die anderen. Natürlich gab es auch welche, die behaupteten, er sei unter die Schmuggler gegangen, obgleich es doch am wahrscheinlichsten war, daß er seine Seele dem Teufel verschrieben hatte. Die Sache war aber so. Dem Gevatter war es gelungen, in den Cerro Brilloso einzudringen, und von dort kehrte er beladen mit Goldmünzen zurück, und seine Last war so schwer, daß er zweieinhalb Tage brauchte, um sie nach Hause zu schleppen. ›Es ist gelber Mais‹, antwortete er den Leuten, die ihn fragten, aber natürlich war's kein gelber Mais, goldener Mais war es. Groß war sein Reichtum, und da der Reichtum wie die Liebe zur Schau gestellt sein will, nicht verborgen bleiben kann, kaufte er für sich, die Frau und die Kinder schöne Kleider, erwarb Land und Vieh, gab Feste und trieb eine große Verschwendung. Sein Gevatter Jutiperto Arteaga fragte ihn, wie er zu all dem Geld gekommen sei. Dem verriet er es schließlich. ›Nimm mich mit‹, bat ihn Arteaga, ›denn ein armer und ein reicher Gevatter, das paßt schlecht zusammen.‹ ›Gut, ich will dich mitnehmen‹, antwortete der Reiche, ›ich will dich mitnehmen am letzten Tag des Jahres, Punkt zwölf Uhr in der Nacht, damit du reich bist am nächsten Morgen, vielleicht noch reicher als ich.‹ Und so geschah es. Die beiden Gevatter verabschiedeten sich von ihren Frauen und begaben sich zum Eingang des Cerro Brilloso. ›Gevatter‹, sagte der Reiche zu dem Armen, ›eine Bedingung ist dabei: Du darfst den Kopf nicht verlieren.‹ ›Was muß ich dazu tun?‹ fragte der Arme. ›Erklär es mir.‹ ›Ja, ich werde es dir erklären. Du darfst dich weder umdrehen noch nach rechts oder links schauen. Man wird dich bei deinem Namen rufen, aber du darfst nicht antworten. Man wird dir zum Tanz aufspielen, aber du darfst nicht tanzen. Man wird dich erschrecken mit einer riesigen Echse, aus deren Augen Wasser spritzt, aber du darfst nicht erschrecken noch dich darum scheren. Du gehst geradewegs hinein, ohne nach rechts und links zu blicken, ergreifst den Schatz und kommst stracks wieder hinaus.‹ Versehen mit all den guten Lehren und Ratschlägen, trat der arme Gevatter in den Funkelberg ein, der sich Punkt zwölf Uhr nachts öffnete, und der reiche Gevatter wartete draußen, rauchte derweil eine Zigarre und rechnete sich aus, daß der andere wieder herauskommen müsse, wenn er mit der Zigarre fertig sei. Aber dann war die Zigarre aufgeraucht, war Asche und Rauch geworden, und der arme Gevatter kam nicht wieder heraus. Der Berg schloß sich mit Getöse, und drinnen blieb der Arme. ›Ach, Gevatterin‹, jammerte der Reiche, als er die schlechte Nachricht überbrachte, ›mein lieber Gevatter ist im Berg geblieben, er ist nicht wieder herausgekommen. Wer weiß, was ihm zugestoßen ist.‹ Da wurde die Frau sehr traurig, begab sich zum Cerro Brilloso, klopfte weinend bei ihm an und bat ihn, ihr den Mann, den Vater ihrer Kinder, herauszugeben. Aber der Cerro Brilloso ist taub, weil er ein sehr reicher Berg ist. Das muß der Reiche zuerst lernen — taub sein. Er hört nicht den Bedürftigen; er hört nicht den Freund, der bei ihm borgen möchte; er hört nicht den, der es sich auf seine Kosten wohl sein lassen will . . . ›Was soll ich nur tun?‹ fragte die Gevatterin. ›Ich kann doch nicht die Novenen lesen lassen, wenn ich nicht weiß, ob er wirklich tot ist, und die Sache auf sich beruhen lassen, kann ich auch nicht, denn wenn er tot ist, wird er mir erscheinen und mir vorwerfen, daß ich sein Andenken nicht ehre.‹ ›Also müssen wir's abwarten, Gevatterin‹, antwortete der reiche Gevatter, ›wenn das Jahr um ist und sich der Berg wieder öffnet, gehen wir zusammen hinein, und vielleicht kriegen wir heraus, wo der Gevatter verblieben ist.‹ Lang, unendlich lang wurden den beiden die Monde, aber endlich kam der Tag, da sie zum Cerro Brilloso gehen konnten. Schon am frühen Nachmittag fanden sie sich ein, die Gevatterin und der Gevatter, und warteten darauf, daß sich der Berg öffnete. Sie hatten sich Essen mitgebracht, damit sie keinen Hunger litten und es ihnen an nichts fehlte. Der Mond ging auf, im Gesicht den großen Hasen, aus dem die kleinen Hasen sprangen und durchs Gebirge hoppelten, seltsame kleine Hasen mit Schneckenohren, aus denen wieder andere Hasen hervorkrochen. Endlich war die zwölfte Stunde herangekommen . . . ›Hüte dich, Gevatterin, du weißt ja nun Bescheid‹, flüsterte der Reiche ihr zu, als er hörte, daß sich der Berg öffnete. Sie traten ein, blickten um sich und erkannten den Gevatter an seinen Kleidern, und die

Frau ging auf ihn zu, aber als sie ihn von vorn sah, wäre sie vor Schreck fast umgefallen, wenn nicht ihre gestärkten Röcke und die Warnung des reichen Gevatters sie daran gehindert hätten. Ihr Mann hielt seinen eigenen Kopf in den Händen. Ohne Zeit zu verlieren, entriß ihm der Reiche den Kopf und setzte ihn zurück an seinen alten Platz. Der Gevatter drehte ihn hin und her, als sei ihm der Hemdkragen zu eng oder als hätte er einen steifen Hals, und ging dann stracks mit den anderen hinaus. ›Was gibt's?‹ war das erste, was er sagte, und dann fügte er hinzu: ›Vor einem Weilchen bin ich hier hereingekommen und hab meinen Kopf verloren.‹ ›Vor einem Weilchen?‹ heulte die Frau. ›Seit einem Jahr bist du weg, Jutiperto, seit einem Jahr!‹ Und so war es geschehen: Vor lauter Freude über all den Reichtum, der nun sein war, hatte er zu tanzen begonnen, als er die Musik vernahm, und den Kopf darüber verloren, und was er für ein Weilchen gehalten hatte, war in Wirklichkeit ein ganzes Jahr gewesen . . .«

Sie hatten den Gipfel erreicht, und von hier bis hinunter in den Ort konnte es nicht mehr weit sein. Cerropom war auf dieser Seite der Cordilleren das höchstgelegene Fenster nach dem Stillen Ozean, dessen Wasser man an sehr klaren Tagen sehen konnte.

Über eine enge, schlecht gepflasterte Straße, die eigentlich nur ein Weg war, wenn auch an den Ecken, über Zäunen und Hütten Laternen hingen, fuhren sie ungefähr um sieben Uhr abends in Cerropom ein. Wieso ungefähr, hatte sie nicht ihre Armbanduhr? Es war genau sieben Uhr und achtunddreißig Minuten, als Malena Tabay vor der Pension abstieg, deren vornehmster Gast sie sein würde, an deren Tür schon die Obrigkeit auf sie wartete, um sie zu begrüßen, die Leute ihr zulächelten und Kinder ihr Blumen überreichten. Malena stieg aus und klopfte sich das Kleid ab. Es war buchstäblich von einem Staubmantel bedeckt.

Cayetano Duende sprang vom Bock und nahm die Pferde beim Zügel, damit das zimtfarbene Fohlen, das schon ein recht kräftiger Hengst war, sich nicht von der Deichsel riß. Als der Lärm abgeebbt war, trug er die Koffer ins Haus und ging zur Señorita Tabay, um sich zu verabschieden. Ein kurzes Lebewohl und viele, viele Ratschläge.

»Vergessen Sie den Kutscher Cayetano Duende nicht, der Sie in seinem Wagen hergebracht und Ihnen allerlei vorgeflunkert hat, damit Ihnen die Zeit nicht zu lang wurde. Ich weiß, Sie werden sagen, Cayetano Duende ist ein Duende, ein Berggeist, und Sie werden auch von anderen hören, Cayetano Duende ist ein Duende, aber ob es stimmt oder nicht, werden Sie nicht wissen, denn solche Dinge weiß man nicht ... Aber eines Tages komme ich wieder her und fahre Sie nach den Dampfbädern von Zanja Grande und nach den Cerros-Palomos, den Taubenbergen, wo das Echo des Windes sich in den Höhlen fängt, so daß es klingt wie das Gurren der Tauben. Zu Ihren Diensten, Señorita, zu Ihren Diensten ...«

Als der Kutscher hinausging, überbrachte ihr ein Bote ein Telegramm.

Ihr schien, als sei das Telegramm, das sie nicht rasch genug aufreißen konnte, nicht mit Gummiarabikum, sondern mit Tischlerleim zugeklebt. Mein Geliebter, dachte sie, mein Heißgeliebter, und las: »Ohne es zu wollen, haben Sie mir etwas von sich zurückgelassen. Tausend Dank, Mondragón.«

Eine kurze Freude! Das Telegramm war nicht für sie. Sie kannte weder einen Mondragón, noch verstand sie, um was es ging. Aber die Adresse stimmte: Malena Tabay, Grundschule, Cerropom. Sie lief schon hinter dem Boten her, um ihm das Telegramm zurückzugeben, als sie sich ihres Reisebegleiters erinnerte. Vielleicht hieß der so. In der Tasche hatte sie seine Karte. Wahrhaftig: Juan Pablo Mondragón.

Blitztelegramm, Hafen San José: »Ohne es zu wollen, haben Sie mir etwas von sich zurückgelassen. Tausend Dank, Mondragón.«

Die roten Kamelien, die sie an der Brust trug.

»Wie ein blutrotes Herz sehen sie aus«, hatte der Fremde gesagt.

Die rechte Hand in die Hüfte gestemmt und mit dem linken Arm ein schreiendes, zappelndes Kind umklammernd, erwartete die Chanta Vega den neuen Gast unter der Lampe, die den Windfang und den Korridor beleuchtete. Ein Blick, und man wußte, woran man mit ihr war.

»Still, du Lümmel, man versteht ja sein eigenes Wort nicht! Elender Schreihals«, versuchte die Chanta Vega den Kleinen zu dämpfen, dann strich sie sich das wirre Haar aus dem Gesicht und sagte so liebenswürdig, wie ihr jämmerliches, trauriges Elend es zuließ: »Hier lang, Señorita, ich will Ihnen Ihr Zimmer zeigen.«

Malena folgte ihr mit den Koffern über den Flur bis in ein ziemlich großes Zimmer, viel zu groß für die erbärmliche Glühlampe, die es beleuchtete. Ein niedriges Bett, ein kleiner Tisch neben dem Bett, ein Spiegel und davor eine lange Bank, ein Waschtisch mit einer Schüssel und einem Wasserkrug auf einem Dreifuß, eine Strohmatte, die den Boden des Zimmers zur Hälfte bedeckte, und ein Kleiderrechen.

Malena hob verstohlen die Decke mit den großen gelben Blumen auf hellblauem Grund, um einen Blick auf die Laken und die Matratze zu werfen.

»Ist alles neu«, erklärte die Chanta, während sie die Tür vor dem Kleinen schloß, der hereinkriechen wollte und nun, da er sich ausgesperrt sah, zu brüllen begann, was das Zeug hielt, »alles neu, Laken, Matratzen, Überzüge, aber Sie können sich was Besseres anschaffen, wenn Sie wollen, und wenn Sie Hunger haben, können Sie schon zu Tisch kommen, es gibt Gemüsesuppe und Fleischbrühe, Maisfladen und Bananen in Honig.«

Als Malena Tabay allein war, sank sie auf das Bett. Sie barg das Gesicht in den Händen und verharrte so lange Zeit. Worüber beklagte sie sich, hatte sie nicht selbst diesen Weg gewählt? Sie nicht. Das Leben. Sie stammte aus einer mittellosen, kinderreichen Familie. Deshalb mußte sie sich ein Studium aussuchen, das kurz war und ihr erlaubte, sehr bald Geld zu verdienen. So wurde sie Lehrerin. Berufung? . . . Seit einiger Zeit dient dieses Wort, in seiner theoretischen Bedeutung, als Thema öffentlicher Vorlesungen, hört man es in der Messe, wo von der »seltenen Berufung zum Priesterstande« die Rede ist, ist es Pflichtmotiv im Leitartikel der »Lehrerzeitschrift«, Kernstück der Referate auf pädagogischen Kongressen, denn in seiner praktischen Bedeutung, als Beruf, geht es in Notwendigkeit über. Berufung schließt Neigung ein, Notwendigkeit Zwang. Wer Geld hat, kann wählen, kann sich den Luxus erlauben, eine Berufung zu haben. Wer es nicht hat und dennoch das Dekorum wahren muß, wie auch immer er sich durchschlägt, der fügt sich, beugt sich der Notwendigkeit, küßt das unmenschliche Joch, das ihm auferlegt wird.

Malena nahm die Hände vom Gesicht und betrachtete eine geraume Weile den Boden. So wenig Licht war in ihrem Herzen und soviel Dunkelheit . . .

Sie schüttelte den Kopf, erhob sich, ging zur Waschschüssel und füllte sie mit Wasser. Auch der Hocker schien neu zu sein. Sie wusch sich die Hände, betrachtete sich im Spiegel, als sähe sie eine Erscheinung, und nahm, bevor sie sich ins Eßzimmer begab, den italienischen Strohhut vom Bett — sie hatte sich daraufgesetzt —, tastete mit unsicherer Hand, wie im Schlaf, nach dem Kleiderhaken und hängte ihn auf.

»Nehmen Sie Platz, hier auf dem Dreifuß, der ist am sichersten und bringt Glück. Stellen Sie sich vor, auf dem hat Major Tirso Lobos gesessen, ein Riesenkerl, als er die Nachricht von seiner Beförderung erhielt. Setzen Sie sich und essen Sie . . . Es wird sich schon alles finden, ich seh schon, Sie fühlen sich nicht recht wohl. Hier, ich hab Ihnen auch die Blumen ins Wasser gestellt, die Sie zur Begrüßung bekommen haben.«

»Aber nein, ich fühle mich wohl. Ich vermisse nur mein Zuhause.«

»Das verstehe ich. Wie können sie so ein feines Fräulein herschicken, um die Esel hier zu unterrichten. Um Himmels willen! Deshalb halten es die Lehrerinnen auch nicht lange bei uns aus. Die letzte verzog das Gesicht, als sie ankam, und als sie wegging, verzog sie es noch immer. ›Dafür‹, hat sie gesagt, ›hab ich nicht studiert‹, und Sie werden bestimmt dasselbe sagen, und mit Recht!«

»Nein, ganz im Gegenteil, ich bleibe, weil . . . ich meinen Beruf liebe.« Fast hätte sie gesagt, weil ich dazu gezwungen bin.

»Leben Ihre Eltern noch?«

»Ja . . .«

»Wie konnten die zulassen, daß ein so junges Ding wie Sie schon unterrichtet, noch dazu in dieser abgelegenen Gegend? Den Posten hier haben sie bestimmt schon vielen Lehrerinnen angeboten, aber auf die Reise gemacht hat sich noch keine, und wenn mal eine kommt, dann fährt sie auch gleich wutschnaubend wieder weg. Sogar daran sieht man, daß Sie noch sehr jung sind. Wie alt mögen Sie sein? . . . Neunzehn? . . .«

»Stimmt.«

»Wie neunzehn sehen Sie eigentlich nicht aus.«

»Wollen Sie mir Komplimente machen?«

»Nein, nein, ich sag bloß neunzehn, um nicht zwanzig zu sagen . . . Haben Sie Geschwister?«

»Wir sind acht, ich bin die Älteste«, antwortete Malena und fügte hinzu, um dem Verhör ein Ende zu setzen und dem Gespräch eine andere Wendung zu geben: »Wie heißt denn Ihr Kleiner?«

»Sag, wie du heißt, du . . . Das Dummchen, er ist noch zu klein zum Sprechen. Poncio heißt er, aber nicht Poncio Pilatus, Gott behüte, sondern Poncio Suasnavar, wie sein leibhaftiger Erzeuger, aber in dem Register auf dem Standesamt steht nicht sein Erzeuger, sondern sein Vater, Paulino Panzos . . . Fast nichts, mein Söhnchen, was? 'ne Eierspeise aus vier Eiern! . . .«

»Unter welchem Namen ist er denn auf dem Standesamt eingetragen?«

»Auf den Namen Panzos . . .«

Der Kleine, der auf allen vieren angekrochen kam, zog ein Beinchen nach. Die Chanta ergriff ihn bei den Händen, damit er sich aufrichten konnte, und trug ihn aus dem Zimmer, um ihm das Hinterviertel zu säubern.

»Ferkel, wann wirst du endlich lernen, dich zu setzen! So was tut man doch nicht! . . . Ich wasch ihn nur und leg ihn hin! . . . Armes Kerlchen, du wirst es noch schwer haben im Leben . . .« Sie wandte sich nach der Lehrerin um und sagte: »Essen Sie doch noch ein bißchen Suppe, gleich bring ich die Maisfladen.«

Malena blieb allein und starrte auf die Glühbirne, die beschmutzt war von den Fliegen, die auch nicht lernen wollten, »sich zu setzen«, trommelte mit den Fingern der rechten Hand die Arie »Donna è mobile« auf die Tischplatte und summte:

»Don Automóvile
Feder im Winde.«

Heute abend, nach dem Essen, würde sie »Don Automóvile« schreiben, würde ihm berichten über die Eindrücke des ersten Tages, den sie allein, fern von ihm, verbracht hatte, über den Verlust der Kamelien und den Reinfall mit dem Telegramm, das sie geöffnet hatte in dem Glauben, es sei von ihm, und wie ihr die Arme herabgesunken waren vor Enttäuschung, als sie las, daß es von einem gewissen Mondragón kam, den sie im Zug kennengelernt hatte, aber an den sie sich nicht erinnern konnte. Juan Pablo Mondragón . . . Nein, sie erinnerte sich nicht mehr . . . Oder nur dunkel . . . Ein hageres Gesicht, schrägstehende Augen, ein sehr feiner Mund . . .

Die Chanta trug die Maisfladen herein, die in der Tomatensoße schwammen wie Papierschiffchen. In der Mitte zusammengefaltete Fladen, mit frischem Käse gefüllt und mit Ei überbacken. Nach den Maisfladen gab es heiße, fettglänzende, in Schweineschmalz gebratene Bananen, die nach dem Honig verlangten, den man mit einem im Glase steckenden, in Streifen gerissenen Maiskolbenblatt aufstrich.

»Ich will Ihnen mal was sagen«, erklärte die Wirtin, als sie wieder hereinkam, »bedienen Sie sich, essen Sie . . . So wahr ich Chanta Vega Solís heiße — manche nennen mich auch ›Solistig‹ —, wenn Sie, Señorita, sich erst darauf einlassen, hierzubleiben, dann gehen Sie auch nicht wieder weg« — hinter den vollen Lippen leuchteten ihre prächtigen weißen Zähne —, »ich spreche aus eigener Erfahrung und weil ich es genug gesehen habe. Wer hierherkommt und nicht die Kraft hat, sofort umzukehren, den halten die Berge fest, und die Tage vergehen, einer nach dem anderen, und ehe man es sich versieht, sind es Jahre, die vergangen sind, eins nach dem anderen ... Ich weiß nicht, ob Sie rauchen ... Ich werde mir eine Selbstgedrehte anstecken ... Kommen Sie mit in die Küche ... Man ist und man lebt in diesen Bergen ohne Zeit ...«, fuhr die Chanta Vega fort, als sie die Küche betraten, und hielt das Ende ihrer halbzerkauten Zigarette an die glühenden Kohlen. »Und was der Cayetano Duende ist, der Sie in dem Kutschwagen hergebracht hat, der nennt sich nicht umsonst Duende, und wenn er auch wie ein Bauernlümmel aussieht, kann er doch besser als jeder andere erklären, was ich Ihnen jetzt sage, nämlich, was man hier oben ist: ein Wesen ohne Zeit ...«

»So wie die verzückten Heiligen«, warf Malena ein.

»So, als lebte man in der Unendlichkeit, sagt Cayetano Duende. Stellen Sie sich vor, ich hab Angst vor dem, was er sagt, Angst wie ein Kind, so alt wie ich bin, und möchte gern weg aus diesen Bergen, möchte dorthin, wo die Zeit nicht stillesteht, denn als Mensch will man doch spüren, daß es eine Zeit gibt ... Señor Cayetano bringt mich zur Verzweiflung! ... Verrückt macht er mich! ... Augen wie ein Gehenkter und den Quadratschädel voll mit seltsamen Gespenstern! ... Nein, nein, Señorita, bleiben Sie nicht hier, gehen Sie weg, gleich morgen, wie all die anderen Lehrerinnen, die sich gerettet haben, ohne zu wissen, was sie erwartete, ohne es überhaupt erst abzuwarten ... Was erwartete sie auch schon? ... Unterzutauchen in der durchsichtigen Luft dieser Berge, dahinzuleben, in der Sonne zu dämmern wie eine Eidechse!«

»Beruhigen Sie sich ... Morgen werden wir weitersprechen ... Ich habe Ihnen doch gesagt, daß ich bleibe, weil es meine Pflicht ist ...«

»Und weil Cayetano Duende Sie in seinem Wagen raufgebracht hat, da fängt der Zauber an. Mich hat er auch hierhergefahren, vor vielen, vielen Jahren, wie man drunten sagen würde, aber nicht hier in den Bergen. Nicht mal der Chinese, obgleich er doch ein Chinese ist, konnte weg von hier! Da ist er nun, alt und durchsichtig — sprechen Sie nur mit ihm, und Sie werden sehen, daß ich nicht lüge.«

»Entschuldigen Sie, aber haben Sie das alles auch den anderen Lehrerinnen gesagt?«

»Bei denen war's nicht nötig. Als die herkamen und merkten, daß sie sich hier vergraben sollten in diesen Bergen ohne Vergangenheit, Gegenwart und Zukunft, da sind sie, so schnell sie konnten, wieder abgedampft. Aber Sie sagen, Sie wollen bleiben. Darum versuche ich, es Ihnen zu erklären und Sie abzuschrecken. Ich möchte, daß Sie Bescheid wissen, und wenn's Ihnen später mal leid tut, dann erinnern Sie sich daran, daß die Chanta Vega Sie gewarnt hat.«

2

»Und seither sind elf Jahre vergangen . . .« Nervös klopfte sie mit ihrem Bleistift auf den Schreibtisch. Es war, als unterstreiche sie das feierliche Ticktack der Uhr des Direktorzimmers und zerhackte die Minuten mit der Bleistiftspitze.

»Elf Jahre . . .«, wiederholte sie.

»Tut es Ihnen leid? . . .«

Sie seufzte und wußte nicht recht, was sie antworten sollte, dann stand sie auf, eine hochgewachsene Frau, und streckte die Hand aus, um ihren Besucher zu verabschieden, den Chef der Straßenbauzone Entrecerros, den sie damals flüchtig im Zug kennengelernt hatte, als sie hierherfuhr, vor . . . elf Jahren.

»Verzeihen Sie, daß ich Ihre Zeit so ungebührlich lange in Anspruch genommen habe«, sagte er und griff nach dem Helm, den er auf einen der Stühle abgelegt hatte, »aber ich bin so glücklich, es war eine so angenehme Überraschung . . .«

Er ging auf die Tür zu und wiederholte: »Eine so angenehme, überaus angenehme Überraschung! Ich hoffe, Sie werden uns einmal die Ehre erweisen, unser Lager zu besuchen. Es ist nicht weit von Cerropom entfernt, und viel zu sehen gibt es nicht, aber wir sehen Sie. Und jetzt gehe ich, bevor Sie mich nach Ihren Kamelien fragen!«

»Die dürften vertrocknet sein, nach elf Jahren«, antwortete Malena. Ihrem verschlossenen, bräunlichen Gesicht war der jähe, verzweifelte Schmerz nicht anzusehen, den die Erinnerung ihr verursachte. »Aber warum so eilig?« Sie bereute plötzlich, daß sie den Besucher so abrupt verabschiedet hatte. »Wenn Sie noch Zeit haben, würde ich Ihnen gern meine Schule zeigen.«

»Ein schönes Gebäude . . .«

»Das meinen Sie doch nicht im Ernst! Es wurde auf meine Initiative und auch ein wenig nach meinen Ideen gebaut, deshalb sagte ich ›meine‹ Schule. Als ich nach Cerropom kam, gab es hier nämlich keine Schule. Der Unterricht fand in einem einzigen Zimmer statt. Die Mittel zu dem Bau haben die Behörden und die Bevölkerung aufgebracht. Ich verbündete mich mit dem Pfarrer der Kirche zum Kalvarienberg — es gibt nur diese eine Kirche, aber ihr Name ist symbolisch, nicht wahr, in diesen Bergen, wo alles bergauf geht —, und wir veranstalteten gemeinsam Wohltätigkeitsbasare, deren Erlös wir nach Abzug der Spesen teilten. Der Pfarrer verwandte seine Hälfte zur Restauration der Kirche und ich die meine, um die Schule zu errichten.«

»Das hat gewiß lange Zeit gedauert.«

»Ich weiß nicht. Hier oben zählt die Zeit nicht, sie existiert nicht. Daß man alt wird, weiß man nur, weil andere es einem sagen . . .«

»Ich habe doch nicht gesagt, daß Sie alt sind, aber so eine Schule zu errichten, und noch dazu mit Geldern, die auf Wohltätigkeitsbasaren zusammengebracht werden . . .«

»Daß Sie sich darauf verstehen, Komplimente zu machen, haben Sie mir schon damals im Zug bewiesen, als wir uns kennenlernten. Aber lassen Sie mich Ihnen erklären, wie das mit der Zeit hier ist; da Sie erst frisch eingetroffen sind, wird es Sie interessieren, zu erfahren, daß es sie nicht gibt . . . Wie soll ich es erklären? . . . Es läßt sich nicht erklären. Gleich am ersten Tag, als ich gerade angekommen war, warnte mich die Frau, bei der ich wohnte, davor, sie hieß, vielmehr sie heißt Chanta Vega, denn sie lebt noch. Chanta kommt wahrscheinlich von Chenta, dem Diminutiv von Vicenta, aber hier oben sagen sie Chanta. Sie meinte, Cayetano Duende, der Kutscher, der mich von der Station nach Cerropom brachte, verstünde am besten, was es hier mit der Zeit auf sich hat, daß sie unendlich ist, nicht existiert, eine Zeit, in der man dahindämmert wie im Traum.«

Malena verstummte wie überrascht von ihren eigenen Worten, wurde still wie die Berge ringsum, während der Besucher, halb ungläubig, halb überzeugt, ihr in die Augen blickte und versuchte, ihre Erklärung in seine eigene Sprache zu übertragen.

»Ja, es scheint, als sei keine Zeit vergangen seither . . .«

»Es scheint nicht so«, widersprach sie heftig, »sie ist nicht vergangen . . .«

»Nun gut, sie ist nicht vergangen, aber einen Menschen nach einer Ewigkeit wiederzusehen, bedeutet doch, einen anderen vorzufinden, während ich Sie genauso sehe, wie ich Sie das erstemal im Zug sah, das Mädchen mit dem großen, gelben Strohhut, dem sandfarbenen Schneiderkostüm und an der Brust . . .«

»Kamelien, wie ein blutrotes Herz . . .«

»Wie gut Sie sich erinnern! Ich sagte das damals, weil die Blumen von einem so flammenden Rot waren.«

»Sie erinnern sich aber auch recht gut!«

»Ich hab's auswendig gelernt ... Nur schade, daß der Zug bei der Meile 177 haltmachte ...«

»Als ob man einen Fluß anhalte, damit ihm eine Nixe entsteige ...«

»Wie genau Sie das noch wissen! Jedes einzelne Wort!«

»Auch ich habe ein gutes Gedächtnis; aber kehren wir zu dem zurück, was ich von der Zeit sagte, die in diesen Bergen stillsteht. Ich möchte Ihnen erklären, wie man dahin kommt zu leben, ohne zu leben. Eine persönliche Erfahrung. Erst ist man voll verzweifelter Unruhe, empfindet eine wahre Todesangst. Nach Cayetano Duende stirbt in einem das Wesen, das jeden Tag lebt und jeden Tag stirbt, und an seine Stelle tritt ein Wesen, das weder lebt noch stirbt, ein Wesen, das nur da ist, da ist, da ist ...«

»Etwa so wie die indischen Yogis ...«

»Nein, so nicht. Die Yogis unterziehen sich doch ganz bestimmten Übungen. Hier gibt es allerdings Leute, die ›Sonnenpilze‹ essen, Schwämme, die das Blut erstarren lassen, und zwar in einem Grade, wie sie sagen, daß das Leben kaum noch pulsiert. Dazu gehört natürlich Mut, denn die meisten sterben daran oder werden wahnsinnig. Andere verzehren den schwarzen Kaktus vom Nabel der Erde, den sie sich von weit her holen und der verhindern soll, daß sie abstürzen, wenn sie ihren Mais säen, häufeln oder ernten. Aber das sind ganz bestimmte Fälle, während ich mich auf die allgemeine Lethargie der Leute beziehe, denen ein Triebwerk, ein Mechanismus fehlt, der sie zwingt, in unserer Zeit zu leben. Sie werden bemerken, daß ich versuche, in der Schule die Zeit so weit wie möglich zu mechanisieren. Deshalb sehen Sie überall Uhren, in den Klassenzimmern, in meinem Zimmer, in den Aufenthaltsräumen, auf dem Hof, in der Pförtnerloge, denn das ist meiner Meinung nach das erste, was wir hier tun müssen, den Leuten die Zeit mechanisieren; das erste — und das letzte, was ich jetzt sage, denn gleich ist es ein Uhr, und ich muß zu Mittag essen. Um zwei kommen die Schülerinnen zurück ...«

»Bevor ich gehe, eine Frage: Erinnern Sie sich noch, wie ich heiße?«

»Mondragón ..., so stand es im Telegramm, das Sie mir schickten ...«

»Das ist mein Familienname, und mein Vorname?«

»Ich kenne ihn, aber ich erinnere mich nicht . . .«

»Juan Pablo, wie Marat . . .«

»Jakobiner!«

»Besser als ein Girondist!«

»Wer hat das gesagt?« fiel sie ihm ins Wort. »Ich bin mehr Jakobiner als Sie!«

Juan Pablo Mondragón, der schon den Motor des Jeeps anließ, hörte sie nicht mehr.

Obwohl dieses Arbeitsfahrzeug jeden, der darin saß, so durchzuschütteln pflegte, daß er kreuzlahm wurde, ging bei seinen ungestümen Bocksprüngen doch kein einziger der mannigfachen, widerspruchsvollen Gedanken verloren, die sich in Mondragóns Kopf drängten. Bald schien sie ihm hochgebildet, bald einfach, bald praktisch, bald verträumt, anspruchsvoll und zugleich bescheiden, enttäuscht und doch bereit, sich wieder bezaubern zu lassen. Aber diese Vorstellungen zersplitterten, sobald er sich ihr Gesicht vorstellte, ein einfaches Gesicht mit feinen Zügen, frischer, im Wind des felsigen Berglandes gut durchbluteter Haut, mit aufmerksamen, lauschenden Augen, die nicht nur zum Sehen geschaffen waren, und einem vollen Mund, um den ein trauriger Zug lag. Und während die Gedanken in ihm kochten und die Vorstellungen zersplitterten, machte er hastig Pläne, um sie nicht wieder entschlüpfen zu lassen . . . Nein, diesmal gab es keine Meile 177 . . ., das Leben würde nicht stehenbleiben wie der Zug, damit sie ausstiege. Sie fuhren in demselben Wagen durch dieselben zeitlosen Berge . . . Viele Jahre, reich an Erlebnissen, waren verflossen, doch er hatte sich so wenig verbraucht wie der Fluß, der Nixen, Sand und alle Dinge mit sich führt, die man in seine Wasser wirft, und die Liebe hatte ihn verwundet, die blind ist wie Longinus . . . Warum vergrub sich dieses reizende Mädchen, das wie ein Bild aus einem Modejournal vor elf Jahren im Zug gesessen hatte, in diesen Bergen, ähnlich jenen Jungfrauen, die die Indios hoch im Gebirge begraben, damit der Schnee sie bedecke? . . . Ein Rätsel . . .

Aber schon näherte er sich dem Arbeitslager, in dem es von Handlangern, Straßenarbeitern, Meistern, Gesellen, Mechanikern wimmelte, kehrte zurück, wie er, verloren im Lärm seiner Gedanken, in Zukunft noch manches Mal zurückkehren sollte von der »Front« — ist die Liebe kein Kampf? —, nachdem er etwa mit ihr in der kleinen Bibliothek gewesen war, wo sie nach und nach zu den Reihen der unsichtbaren Bücher, der Gedichte, Romane, Essays und Anthologien gelangt waren, die verschwanden hinter der lawinenhaften

Masse der Lehrbücher, der Abhandlungen über Zootechnik, Botanik, Tierheilkunde, Erste Hilfe und Geburtshilfe; oder nachdem sie in dem gedeckten Gang des Binnenhofes gesessen, den sie in einen improvisierten Speisesaal mit zwei Tischen und je fünfzehn Sitzplätzen umgewandelt hatte, wo die Kinder, die ohne Frühstück zur Schule kamen, mit Milchkaffee und Maisfladen oder Brot, wenn es welches gab, bewirtet wurden; oder nachdem sie eine ebenfalls improvisierte, außerhalb des Schulgebäudes gelegene Werkstatt besucht hatten, wo ein Indio, ein überaus geschickter Schnitzer und Steinmetz, die Schüler unterwies, nicht in seinen eigenen Künsten, das wäre zuviel verlangt gewesen, sondern in einfacheren und nützlicheren Dingen, in der Herstellung von Töpferwaren, ein Unterricht, zu dem sich sehr viele Kinder drängten, so daß die Werkstatt sehr bald zu eng sein würde.

»Diesen Bildhauer habe ich kennengelernt ...«, sagte Malena, »ach, wenn Sie wüßten, wenn Sie wüßten, wie ich ihn kennengelernt habe ... An jenem Nachmittag war ich sehr lange, bis es dunkel wurde, auf dem Cerro Vertical geblieben und hatte zum Meer hinübergeblickt, das so weit weg war. Ich weiß nicht, es tut mir immer weh, das Meer von diesen Höhen und so aus der Ferne betrachten zu müssen, wahrscheinlich weil ich nicht das Geld habe, hinzufahren. Die Unendlichkeit war feurig blauer Dunst, der von der weiten, makellosen Wasserfläche aufsteigt, und diese Unendlichkeit erstreckt sich bis zum Cerro Vertical, daß die zackigen Häupter der benachbarten Berge, die wie aus Schaumgewändern aus den Wolken emportauchen, statt gewaltiger Eichen und Pinien einen Kranz aus Weinlaub zu tragen scheinen ...«

»Und dort haben Sie ihn kennengelernt?« fragte Mondragón, der ein wenig blaß geworden war, mit verräterisch zitternder Stimme. Wer mochte dieser Mann, dieser Bildhauer, dieser Künstler sein, der eines solchen Panoramas würdig war?

Malena entzog Mondragón den Arm, den er, auf ihre Antwort wartend, freundschaftlich und zugleich fordernd drückte.

»Nein, ›meinen‹ Bildhauer lernte ich zwar an diesem Tage kennen, aber nicht dort« — sie sagte ›mein‹ Bildhauer, weil es sie reizte, mit ihm zu spielen wie die Katze mit der Maus —, »ich habe mich an den Anblick des Meeres erinnert, wie ich ihn vom Cerro Vertical aus hatte — nie sah ich es schöner —, weil er diesen Tag auszeichnete und mir unvergeßlich machte.«

Mondragón zündete sich eine Zigarette an und rauchte, rauchte,

rauchte, um nicht die Gefäße aus frischem und gebranntem Ton, den Ofen, die Bänke zu zertrümmern, mit den Fäusten auf sie einzuschlagen oder auf ihnen herumzutrampeln, wie er es damals mit den Käfigen Roncoy Domínguez' gemacht hatte, als er die Vögel fliegen ließ.

»Ich lernte ihn auf dem Hof kennen, wo die Müllwagen abgestellt werden«, erzählte sie. »Als ich vom Cerro Vertical zurückkehrte, machte ich einen Umweg und kam dort vorbei und sah, daß sich zwischen dem Unrat und dem Mist etwas bewegte. Ich glaubte, es sei ein Tier. ›Das ist Popoluca‹, erklärte mir eine Frau mit einem Froschgesicht, die neben mir stand. ›Und wer ist Popoluca?‹ fragte ich sie. ›Na, Popoluca!‹ antwortete sie. Ich trat näher und entdeckte einen bärtigen, barfüßigen alten Mann mit Haaren so lang wie Frauenhaar, in zerschlissenen, fauligen Lumpen, der auf dem Abfall lag und schlief. ›Popoluca rührt sich nicht‹, erklärte die Frau weiter, ›da ist er, und da bleibt er, und von da kriegt ihn keiner weg, die Schmeißfliegen fallen über ihn her, krabbeln auf ihm herum, blaue, grüne, rötliche, schwarze, aber Popoluca rührt sich nicht; Ameisen laufen in Scharen über ihn weg, kriechen in seinen Bart, tragen die Barthaare fort, die er sich ausreißt, wenn er sich kratzt, weil sie glauben, es wären Halme, aber Popoluca rührt sich nicht. Die Zompopos, die großen gelben Ameisen, die schlauer sind als die kleinen, kriechen ihm sogar in den Mund und holen sich die Essenreste aus seinen Zähnen, aber Popoluca rührt sich nicht; die Fliegen putzen sich die Flügel an seinen Wimpern ab, und einmal ist ihm sogar eine Grille ins Nasenloch gekrochen und hat dort eine ganze Weile gezirpt, aber Popoluca rührt sich nicht. Er rührt sich nicht und rührt sich nicht, gibt kein Lebenszeichen von sich, bis die leeren Wagen angerumpelt kommen; nur die vollen Wagen fahren, wie es sich gehört, die leeren rumpeln. Wenn Popoluca die hört, steht er auf, springt, schier unglaublich für sein Alter, mit einem Satz hoch, klopft sich mit den Händen auf die Schenkel, hebt die Arme und reckt sich, dreht sich wie eine Windhose aus Unflat blitzschnell um sich selbst und reißt die Augen auf, und nicht nur die Fliegen, die Ameisen, die Grillen, die Läuse, die Sandflöhe und anderen Flöhe nehmen erschreckt Reißaus, sondern auch die Hühner, die Küken, die Tauben, die Schafe und die Hunde, die neben ihm in seiner Körperwärme geschlafen haben. Er gähnt herzhaft, und dann trippelt er auf den Zehenspitzen zu den Fuhrleuten und fragt, ob man wieder auf den Cerro de los Ídolos könne — es gab nämlich mal einen

Weg dorthin, aber den verschlang der Abgrund —, dort oben, auf dem Götzenberg, sagt er, seien die Bildwerke versteckt, die man ihm gestohlen habe und die er nur noch wie im Traum vor sich sähe, wenn er, schlafend oder wach, aber jedenfalls ohne sich zu rühren, auf den allerschlechtesten Stoffen liege.‹ So habe ich ›meinen‹ Bildhauer Popoluca kennengelernt.«

Mondragón hätte sie vor Freude an sich reißen mögen. Er legte die Arme um sie und sagte: »Der Mann braucht ärztliche Hilfe, er ist verrückt . . .«

»Nein, Herr Inspektor, er braucht weder ärztliche Hilfe, noch ist er verrückt« — Malena befreite sich sanft aus Mondragóns Armen und fuhr fort: »Wir beschafften ihm Werkzeug, damit er arbeiten konnte, und nun unterrichtet er in seiner Werkstatt die kleinen Töpfer, die ›kleinen Popolucas‹, wie ich sie nenne.«

»Manchmal weiß man nicht, Malena, ob man einen Menschen liebt oder bewundert. So geht es mir mit Ihnen . . . Liebe ich Sie? . . . Bewundere ich Sie?«

»Haben Sie mich gern wie einen guten Freund, aber bewundern Sie mich nicht. Was ich mache, kann jeder machen. Aber halten Sie doch Ihre Hände still!« Sie nahm seine Hände, die er ihr mit zärtlichem Druck auf die Schultern gelegt hatte, fügte sie zusammen, umfaßte sie vorsorglich mit der Hand, damit sie nicht von neuem zu ihren Schultern hinaufflogen, und sagte: »Ich will Ihnen verraten, warum mir hier alles so gut geglückt ist. Aber können Sie auch schweigen?«

»Wie ein Grab . . .«

»Man muß etwas tun! Es ist nicht einmal so wichtig, daß man die Dinge zu Ende bringt, wenn man nur anfängt. Nehmen Sie zum Beispiel unsere Schulbibliothek. Ich suchte mir zwei von unseren größeren Mädchen aus und baute sie mit ihnen zusammen auf. Die Kinder hatten noch nie eine Schulbibliothek gesehen, und ich selbst hatte nur sehr allgemeine Vorstellungen. Wir beschafften uns die Bücher, und jetzt haben wir eine Bibliothek. Um den Betrieb zu verbessern, überlegten wir dann gemeinsam, nach welchen Gesichtspunkten wir die Bücher einordnen und die Kartei anlegen sollten.«

»Ja, man muß etwas tun, aber planmäßig . . .«

»Selbstverständlich«, stimmte Malena zu. »Ich habe mir vorgenommen, diese jungen Indianermädchen zu neuen Menschen zu erziehen, obgleich es sehr schwierig ist, mit so armen, unterernährten Wesen zu arbeiten, die bestenfalls einmal am Tag essen. Wieviel

Mühe hat es gekostet, bis ich die Mädchen dazu gebracht habe, in der Schule zu frühstücken! Einige, die Ärmsten unter ihnen, erklärten: ›Ich esse nicht, weil ich mich nicht daran gewöhnen will.‹ Früher wurden Jungen und Mädchen gemeinsam unterrichtet, aber man hat sie getrennt, hat eine Knabenschule geschaffen, und zwar, wie ich glaube, weil meine Schüler zu rebellisch wurden, weil sie sich nicht mehr willenlos wie eine Herde Schafe sonstwohin zur Arbeit treiben ließen, sondern Verträge und Sicherheiten verlangen. Mehrere landeten sogar wegen Aufsässigkeit im Gefängnis.«

»Hundert solche Lehrerinnen wie Sie!«

»Wozu? Um die ganze Gegend in ein Gefängnis oder einen Friedhof zu verwandeln? Wenn man die Jungen so erzieht, müssen die Gefängnisse vervielfacht und die Friedhöfe vergrößert werden.«

Sie ließ es zu, daß er ihr die Hände küßte.

»Ja, ja, Monsieur Jean Paul, ich bin mehr Jakobiner als Sie, denn Sie bauen Straßen mit Peones, die keinen Lohn bekommen und sich selber beköstigen müssen.«

»Sie könnten sich loskaufen, wenn sie den Straßenbauschein bezahlten . . .«

»Sie wissen genau, daß das eine Lüge ist, selbst wenn sie zahlten, müßten sie vierzig Tage lang Zwangsarbeit beim Straßenbau leisten.«

»Da haben Sie einen der Gründe für die große Unzufriedenheit, die jetzt herrscht.« Unwillkürlich spähte Mondragón um sich und zog den Kopf zwischen die Schultern.

»Nur keine Angst. Für eine Verschwörung ist so eine kleine vergessene Schule im Gebirge der sicherste Ort.«

Am Ton ihrer Stimme erkannte Mondragón, worauf sie hinauswollte — sie warf ihm Feigheit vor, weil er sich nach allen Seiten umgesehen hatte, als er sich die schüchterne Kritik an der Politik der Regierung erlaubte. Tatsächlich klopfte ihm das Herz, sein ganzer Körper war gespannt. Er befürchtete zweierlei: daß sie, das Wesen, das er nun am meisten liebte, in eine Verschwörung verstrickt sei oder daß er selbst sich durch irgendeine Geste, irgendein Wort verraten habe. Vor allem aber ängstigte er sich um sie, ohne daß er es habe. Vor allem aber ängstigte er sich um sie, ohne daß er es zeigen durfte. Andererseits begriff er, daß er sich verriet wie ein dummer Junge.

»Was ist Ihnen?« Malena legte ihre warme Hand auf seine kalten Hände, und seinem Blick zeigten sich zum erstenmal zwei unendlich tiefe Augen, zwei unendlich tiefe Liebkosungen, zwei unendlich tiefe

Ängste.

»Malen«, so nannte er sie in seinen Selbstgesprächen, und so würde er sie von nun ab immer nennen, »Malen, sprechen Sie dieses Wort nicht wieder aus . . .«

»So gefährlich ist es?«

»Es wimmelt von Spitzeln, und viele Menschen sitzen für weniger als das im Gefängnis.«

»Aber das ist doch nicht der Grund, weshalb Sie eben so erschraken. Sie wechselten die Farbe, Ihre Stimme zitterte, der kalte Schweiß brach Ihnen aus.«

»Sie haben recht . . .«

»Dann schütten Sie Malen Ihr Herz aus . . ., verheimlichen Sie mir nichts, Juan Pablo, sagen Sie mir, ob wir wieder hoffen dürfen. Sie wissen etwas, Sie sind in etwas verwickelt und wollen nicht darüber sprechen.«

»Aber nein, Sie bilden sich etwa sein . . .«

»Ich bilde mir gar nichts ein, aber ich will, daß Sie es mir sagen. Wir sind so gedemütigt worden, daß schon ein Wort genügt, um uns wieder aufleben zu lassen.«

»Malen, ich zitterte Ihretwegen . . .«

»Meinetwegen?«

»Jenes Wort und Ihre Art zu sprechen verraten deutlich, daß Sie in politische Dinge verwickelt sind.«

Sie antwortete nicht. Sie wollte etwas sagen, aber die Worte kamen ihr nicht über die Lippen, und ihre ausweichende Handbewegung verstärkte seine Unruhe.

»Als Sie so unerwartet von einer ›Verschwörung‹ sprachen, fürchtete ich . . .«

»Daß ich Sie gefährden könnte . . .«

Von fern hörten sie die Geräusche der Straße. Malena nahm seine Hände, als wollte sie einen Pakt mit ihm abschließen, und sagte leise: »Unter den Arbeitern in Ihrem Lager ließe sich etwas machen . . . da gibt's bestimmt gute Leute . . .«

»Ich selbst kann mich gefährden, Malen, aber meine Arbeitskameraden nicht!«

»Die würden sich nicht weigern . . .«

»Das glauben Sie! . . . Und wer würde zu ihnen sprechen?«

»Ich . . .«

»Sie? . . .« Er befreite seine Hände aus den ihren, packte sie bei den Armen und sagte, während er ihr in die Augen sah: »Anzeigen würden sie Sie ... oder sich zumindest zurückhalten, viele Arbeiter sind verheiratet, haben Kinder ... Oder glauben Sie, Malen, jeder läßt sich auf eine Reise ein, die nur entweder zur Macht oder in den Tod führt, ein drittes gibt es nicht? ...«

»Aber in drei Teufels Namen, wovon sprechen Sie denn?«

»Von den gleichen Dingen wie Sie.«

»Ich habe gesagt, daß Sie mir bei einem Komplott in Ihrem Lager helfen sollen ...«

»Allerdings, das haben Sie gesagt ...«

»Um eine Abendschule für die erwachsenen Arbeiter einzurichten ...«

»Malen!« Mondragón fiel ein Stein vom Herzen, »was haben Sie mir für eine Angst eingejagt!« Er versuchte den Kopf an ihre Brust zu lehnen, während sie aufstand, noch im Fortgehen das schwere Haupt mit der lockigen Mähne stützend, zur Tür zurückwich und sagte: »Monsieur Jean Paul, wenn Sie gestatten, lasse ich jetzt Charlotte herein.« Und sie tat, als wäre sie Charlotte Corday, und kam mit einem Brieföffner bewaffnet auf ihn zu.

Regelmäßig fuhr er zu ihr und kehrte ins Lager zurück, versunken in den Lärm seiner verliebten, für Malena entbrannten Gedanken, Malena, die schon zuließ, daß seine Arme sie umschlangen, die schon erlaubte, daß seine Hände sich in ihrem Haar verloren, wie in einer Musik aus Traumgespinst, und er bereitete sich in Gedanken auf ihren Besuch vor, überlegte, wie er die wenigen Möbel, die er besaß, am günstigsten gruppieren könnte. Ja, ja, er mußte rote Kamelien aus der Hauptstadt kommen lassen! Wein? ... Whisky? ... Von jedem eine Flasche. Sandwiches und Käsetäschchen bekam er im Ort. Aber diese angenehmen Vorstellungen von Malenas Besuch im Lager, an denen all seine Gefühle wirkten, vergingen, der Aufruhr der Liebe in seinem Kopf legte sich, als er über das nachzugrübeln begann, woran er nicht mehr gedacht hatte, seit er Malena getroffen oder vielmehr wieder getroffen hatte, seine Braut aus dem Zug, wie er sie bei sich nannte, seine neunzehnjährige kleine Braut, die jetzt dreißig war — nachzugrübeln begann über die Verschwörung. Sie war es, die damit herausgekommen war — vielleicht, weil sie etwas ahnte, vielleicht, weil sich Gedanken übertragen —, daß man hier, »in der kleinen, zwischen hohen Bergen vergessenen Schule«, ein Komplott schmieden kann, so ungefähr hatte sie gesagt, wenn auch hinterher ablenkte und von einer unschuldigen Abendschule für Erwachsene im Straßenarbeiterlager sprach, die im übrigen in den

Augen der Regierung genauso gefährlich war wie ein Komplott. Aber er war gleich am Ziel. Die letzten Windungen des in den rohen Fels gehauenen Weges und das eingeebnete Gelände, schon sah man die Feuer, die die Straßenarbeiter entzündet hatten, und um diese Feuer breitrandige weiße Hüte, und die Schatten kauernder Männer, die in der glühenden Asche Fladen buken, Kaffee kochte in kleinen Bechern, und der Duft nach gebratener Rehkeule, nach Wildschwein, Fisch, Hühnchen, nach etwas Solidem, Schmackhaftem stieg ihm in die Nase.

»He!«

Er mußte das Lenkrad fester fassen, etwas war gegen den Jeep gerannt und hatte ihn zur Seite abgedrängt, und er bremste, dachte, das könnte eine gute Beute sein, und sprang hinaus, die Pistole in der Hand.

Er sah gerade noch zwei glühende Augen und einen Schatten, der im Zickzack durch das dichte Gebüsch davonglitt. Er rannte in großen Sprüngen hinterher, wäre fast gefallen, verlor aber die Spur nicht, die sich aus den Bewegungen des Tieres im Gesträuch ablesen ließ. Doch dann bewegten sich die Blätter nicht mehr, regungslos lag das Dickicht, nichts deutete mehr darauf hin, daß es Leben barg. Auch er rührte sich nicht, weil er annahm, daß sich das Tier in der Nähe versteckt hielt. Nichts. Schon wollte er zurück zu seinem Jeep, als er zwischen dem Blattwerk ein dumpfes Geräusch vernahm. Er hob die Hand und stellte fest, daß es fast windstill war. Warum aber erzitterten dann die Büsche und Sträucher? Behutsam teilte er die Zweige, beugte sich vor, ehe er einen Schritt tat, um zu sehen, wohin er den Fuß setzte, und entdeckte im schwachen Schein der Abenddämmerung den Eingang zu einer Höhle. Was tun? Er hatte keine Laterne, nichts, womit er sich hätte leuchten können. Große Fledermäuse flogen ein und aus. Es war besser, umzukehren und bei Tage zurückzukommen. Er blieb stehen und prägte sich genau ein, wo die Höhle lag, vom Lager aus wie von der Stelle, an der sein Jeep parkte, er ging hin und zurück und zählte die Schritte, bis er sicher war, daß er diese geheime Tür wiederfinden würde, die vielleicht, wenn der Augenblick da war, seine Rettung sein konnte. Unmöglich, er hatte Nacht um Nacht, wenn er keinen Schlaf fand, darüber nachgegrübelt, wie er seinen Eid den Kameraden gegenüber, die für Freiheit und Gerechtigkeit kämpften, mit der Liebe vereinbaren konnte, die ihn überfallen hatte wie ein Wegelagerer und Herz und Leben von ihm forderte. Wer hatte ein Recht auf sein Herz? Wer ein Recht auf sein

Leben? ... Sie, die Kampfgefährten ... Malen! Malen! ... Er warf sich im Bett hin und her, ich habe nichts, was ich dir geben kann, alles ist Heuchelei, ich habe mir ein Herz und ein Leben ausgedacht ...

Er schüttelte den Kopf, den Helm trug er unter dem Arm, als wollte er das eigene Haar fortschleudern, als hätten seine Gedanken das Haar in Brand gesetzt. Ehe er in den Jeep stieg, überlegte er, ob er ein paar Schüsse gegen die Felsblöcke abfeuern sollte, um sie zu kennzeichnen, unterließ es jedoch, das war gefährlich, derartige Wegzeichen konnten auch seinen Verfolgern dienen, falls er gezwungen sein sollte, durch den unterirdischen Gang zu fliehen. Besser so. Er würde den Gang schon finden, er hatte alles genau berechnet.

3

»Mechanisieren ..., ihnen die Zeit mechanisieren ..., den Leuten die Zeit mechanisieren ... Verzeihung, aber damit bin ich nicht einverstanden ...«, eröffnete Lehrer Guirnalda die Diskussion.

Die Korbstühle aus dem Direktorzimmer waren ausnahmsweise hinausgewandert an die frische Luft, auf den gedeckten Gang, der den Binnenhof der Mädchenschule umgab, wo in prächtigen Töpfen und unscheinbaren Behältern Geranien, Nelken, Hortensien, Azaleen und Rosen blühten. An den Plauderstunden, die hier sonntags nachmittags stattfanden, beteiligten sich auch der Pfarrer und der Leiter der Knabenschule, Señor Constantino Piedrafiel, dem seine Kollegen seiner girlandenverzierten Sprache wegen den Spitznamen »Guirnalda« gegeben hatten.

»Heute morgen war das Wetter noch ganz klar«, rief der Pfarrer aus, ein gemütlicher, brünetter kleiner Herr, klein wie ein südamerikanisches Pferdchen, wie er sagte, ein Selbstlob, das auf den kurzen Galopp und die lange Ausdauer der einheimischen Pferde anspielte. »Heute morgen war es noch ganz klar, dann zog es sich zu, und jetzt scheint es sich wieder aufzuklären.«

»Mit welchem Recht« — Lehrer Guirnalda war nicht gewillt, sich durch den Wetterbericht des Pfarrers von seinem Thema abbringen zu lassen — »stören wir die Leute aus ihrem gegenwärtigen Zustand auf, aus diesem Dahindämmern, das sie kaum empfinden läßt, was in der Welt, im Leben vorgeht? Mit welchem Recht, frage ich Sie, und warum?«

»Wenn es sich nicht aufklärt«, wiederholte beharrlich der Pfarrer, »dann möchte ich nicht in der Haut derjenigen stecken, die andere Leute dazu verleiten wollten, vom Cerro Vertical aus den weiten Pazifik zu betrachten . . .«

»Warum?« erwiderte heftig Malena, an deren Adresse Guirnaldas Worte gerichtet waren. »Um den Leuten produktive Arbeit zu geben, um sie der Zivilisation zuzuführen.«

»Arbeit . . ., Arbeit . . ., Zivilisation . . .«, murmelte Piedrafiel skeptisch.

»Ich glaube nicht«, wandte sich der Pfarrer an Mondragón, der sich ebenfalls eingefunden, bisher aber geschwiegen hatte, »daß man auf den Cerro Vertical kann. Schade, wirklich schade, denn wir werden eine klare Mondnacht haben . . .«

»Um ihnen Arbeit zu geben?« überlegte Piedrafiel laut, dann sagte er leise wie für sich, aber so, daß die anderen ihn verstehen konnten: »Soviel ich weiß, haben wir hier keine Arbeitslosigkeit.«

»Scheinbar nicht«, widersprach Mondragón, der nur so tat, als höre er dem Pfarrer zu, aber um so aufmerksamer das Gespräch der beiden Pädagogen verfolgte. »Arbeitslosigkeit haben wir unter den Bevölkerungsschichten, die kein Interesse daran haben, zu arbeiten, weil es sich nicht für sie lohnt, die arbeiten, um zu essen, aber da sie jetzt lernen müssen, überhaupt nicht zu essen . . .«

»Es trübt sich mehr und mehr ein. Ich glaube nicht, daß es sich noch einmal aufklärt. Das tut mir leid, ich habe mich so auf den Spaziergang gefreut.«

»In gewisser Weise hat Kollege Piedrafiel recht«, erklärte Malena, »wenn man nämlich die Arbeitslosigkeit so versteht wie er. Aber wie Mondragón sagt, hat sie bei uns ihren eigenen Charakter und wächst sich zu einem wahren nationalen Problem aus.«

»Das sich mit der Zeit noch verschlimmern wird«, ergänzte Mondragón, »wenn die alten, einheimischen Industrien und das Handwerk erst völlig verschwunden sind und der Anbau von Feldfrüchten mit so ungerechten Verfügungen wie die über den Tabak weiter eingeschränkt wird.«

»Ein höchst verwickeltes Problem«, stimmt der Pfarrer zu, um sich ebenfalls an der Unterhaltung zu beteiligen.

»Wir wissen nicht, ob der Padre Santo . . .«

»Padre Santo! Ich bin nicht der Heilige Vater! . . . Padre Santos, wenn ich bitten darf, Señor Piedrafiel«, verbesserte er energisch.

»Wir wissen nicht, Padre Santos, ob Hochwürden sich auf die Zeit beziehen, von der wir sprechen, oder — da Sie doch ein großer Meteorologe sind — auf Ihre meteorologischen Beobachtungen.«

»Bleiben wir beim Thema«, bat Malena. »Wir sagten, wenn es uns gelingt, den Leuten moderne Zeitbegriffe beizubringen, dann wird sich ihre Zeit in Reichtum verwandeln. Die Rückständigkeit dieser Ortschaften ist unter anderem darin begründet, daß man der Mehrzahl ihrer Bewohner die Zeit ihrer alten Kalender zerstört, sich aber nicht die Mühe gemacht hat, die unsere dafür einzusetzen, und so kam es, daß sie, ohne Kalender, außerhalb der Zeit leben.«

»Nicht zu wissen, daß die Zeit Reichtum ist«, warf Mondragón ein, »wäre noch nicht das Schlimmste, weit schlimmer ist, daß diese Leute nicht gewöhnt sind, sie produktiv zu nutzen.«

»Time is money«, rief Padre Santos aus.

»Halten wir es lieber mit dem alten maurischen Sprichwort, Padre, das viel schöner ist«, sagte Guirnalda mit erhobener Stimme, als wollte er deklamieren. »Zeit ist Goldstaub, Elfenbein des Elefanten und Gefieder des Vogels Strauß ...« Dann verzichtete er auf den dramatischen Tonfall, der ihm als Student auf den Festen zu Semesterschluß, wenn er »La Bestia de Oro« vortrug, stets brausenden Beifall eingebracht hatte, und kehrte zum Thema zurück: »Na schön, Kollegin Tabay und mein lieber Mondragón, da hätten wir also die Leute mit der mechanisierten Zeit ganz schön auf den M — arsch gebracht ...«

»Das hört sich ja fast wie ein unanständiges Wort an!« Der Pfarrer lachte dröhnend.

»Unterbrechen Sie mich nicht, Padre Santos! Da hätten wir also die Leute mit der mechanisierten Zeit ganz schön auf den Marsch gebracht. Ob sie deshalb glücklicher sein werden?«

»Dies ist das irdische Jammertal, und wir sind in ihm flüchtige Pilger«, psalmodierte der Pfarrer. »Glückseligkeit ist nur im Himmel.« Und er trällerte: »In den Himmel zieh ich ein, und da werd ich glücklich sein ...«

»Zur Diskussion steht doch nicht das Problem des Glücks, Herr Direktor«, protestierte Mondragón und fügte, zu Malena gewandt, hinzu: »Meinst du nicht auch?«

Malena sah ihn vorwurfsvoll an. Keiner der Anwesenden wußte, daß sie sich duzten.

»Außerdem«, fuhr Mondragón fort, »ist hier von einem Glück die Rede, das der Passivität entspringt, der Passivität, mit der die Menschen das Elend ertragen, mit der sie alles ertragen können. Das erste, was gewisse Ignoranten ausrufen, die eine Reise ins Innere des Landes machen, ist: ›Die Leute sind arm, aber glücklich!‹ Haben Sie wirklich etwas dagegen, Herr Direktor, daß man den Menschen diese Art von Glück nimmt?«

»Wir sprachen darüber« — Malena beeilte sich, Piedrafiel zuvorzukommen, der sich schon anschickte, das Wort zu ergreifen, er nestelte an seiner Krawatte, ließ die Arme in die Ärmel rutschen und tupfte mit den Fingerspitzen gegen die Manschetten —, »wir sprachen darüber, wenn Sie mir gestatten wollen, daß ich ein wenig Ordnung in unsere Unterhaltung bringe, ob es ratsam sei, die Menschen zu befähigen, Anschluß an unsere Zeit zu finden, oder nicht. Das andere, werter Kollege, würde nämlich bedeuten, am Bett eines Schwerkranken, der bereits in den letzten Zügen liegt und nach Luft schnappt, darüber zu diskutieren, ob man ihn langsam zugrunde gehen lassen soll, weil das in unseren Augen sein Glück ist, oder ob man ihm auf die Beine hilft, damit er weiterlebt — aber wie ein Mensch. Ist es also ratsam oder nicht, den Leuten die Zeit zu mechanisieren, das heißt, ihnen moderne Zeitbegriffe beizubringen?«

»Selbstverständlich, das bestreitet ja keiner«, räumte Piedrafiel ein, »denn die ungenützte Zeit, die wir ihretwegen mitschleppen wie ein totes Gewicht, hindert uns daran, am Fortschritt teilzuhaben. Trotzdem müssen wir uns fragen, und vermeiden wir das Wort ›Glück‹: Ist es gut oder schlecht für sie?«

»Natürlich ist es gut für sie, findest du nicht auch?« sagte sie zu Mondragón, und sofort wurde ihr bewußt, daß auch ihr das vertrauliche Du entschlüpft war und daß sie sich damit der moralischen Entrüstung Guirnaldas aussetzte.

»Gut für sie?« wiederholte Guirnalda zweifelnd, ehe er sich an die anderen wandte und ausrief: »Kann mir vielleicht jemand von Ihnen erklären, was gut und was schlecht ist?«

»Ich«, erwiderte Padre Santos mit Nachdruck, »ich weiß, was gut und was schlecht ist . . ., wozu habe ich meine Theologie, meine Theologie!«

»Die nimmt Ihnen doch keiner weg!« fiel ihm Piedrafiel ins Wort, betastete den Knoten seiner Krawatte, ließ die Arme in die Ärmel rutschen, tupfte mit den Fingerspitzen gegen die gestärkten Manschetten und fuhr fort: »Ihre Theologie nimmt Ihnen keiner weg! Aber wenn wir einmal diskutieren würden, der Padre ohne die Soutane, Señor Mondragón ohne die Uniform und wir, Señorita

Tabay und ich, ohne die Toga des Pädagogen . . .«

»Etwa nackt . . .?« rief Padre Santos und bekreuzigte sich hastig, während Malena und Mondragón lachten.

»Padre Santo . . .«

»Padre Santos, um Gottes willen! Padre San — tos!«

»Hören Sie nicht auf ihn«, beschwichtigte Malena, »er sagt das nur, um Sie zu ärgern. Er stammt doch aus Nicaragua, deshalb kann er immer noch kein ›S‹ sprechen.«

»Aber lassen Sie mich doch endlich ausreden! Ich bin der Meinung, daß wir einmal ohne die Vorstellungen und Begrenzungen diskutieren sollten, die uns die Soutane, die Uniform und die Toga auferlegen, daß wir diskutieren sollten wie Wesen, die eine bestimmte Entwicklungsstufe . . .«

»Halt, den Darwin laßt mir aus dem Spiel!« entrüstete sich der Pfarrer.

»Der Krach geht schon los«, konstatierte Mondragón, »und dabei habe ich den Pfarrer noch nicht einmal bitten können, daß er wenigstens unsere kleinen Laster unterstützt. Mir sind nämlich die Zigaretten ausgegangen . . .«

»Aber bitte, bedienen Sie sich, bedienen Sie sich!« Padre Santos hielt Mondragón das lederne Zigarettenetui aus Mexiko hin, das auf der einen Seite das Relief der Jungfrau von Guadalupe und auf der anderen das mexikanische Wappen zeigte. »Um also Ihre Erwartung nicht zu enttäuschen, daß ich Ihre kleinen Laster unterstützen werde — mein Gott, was ein sanftmütiger Mensch doch alles hinnimmt, Verachtung, Beleidigungen, Verleumdungen«, bei dem letzten Wort sah er Lehrer Guirnalda vielsagend an, »habe ich Ihnen eine Flasche Süßwein mitgebracht, hoffentlich schmeckt sie Ihnen, und ein paar Mandeln, gebrannte, gesalzene und — importierte, in diesen Büchsen ›made in . . .‹, na, Sie wissen schon, wo . . .«

»Vielleicht möchten die Herren zuerst den Kaffee trinken«, unterbrach Malena, »er ist fertig, oder soll ich die Weingläser holen?« Und sich an den Pfarrer wendend, fügte sie hinzu: »Wie aufmerksam Sie immer sind!«

»Zuerst den Wein, den Wein«, rief Guirnalda aus, der sich schon erhoben hatte, in der einen Hand die Flasche und in der anderen das Schlüsselbund, an dem auch der Büchsenöffner und der Korkenzieher hingen.

Malena stand auf. »Ich gehe und hole die Gläser.«

»Und ich gehe zu meinem Jeep, ich habe nämlich auch etwas

mitgebracht«, erklärte Mondragón und verschwand.

»Padre«, sagte Piedrafiel, die Abwesenheit der beiden ausnutzend, »es sieht mal wieder sehr brenzlig aus.«

»Ja, ja, Direktor, die Leute reden, der eine redet dies, der andere redet das, aber was Genaues weiß keiner.«

»Man spricht von einem Komplott. Irgend etwas muß Ihnen doch zu Ohren gekommen sein . . .«

»Nein, so was«, ertönte Mondragóns Stimme, »es geschehen noch Zeichen und Wunder, der Herr Direktor scheint zu beichten!«

»Ich habe dem Padre von den Gerüchten erzählt, die umgehen«, erwiderte Piedrafiel. »Man verfolgt die Fäden eines Komplotts, das die ganze Republik durchzieht. Da Sie zum Militär gehören, wie alle, die beim Straßenbau arbeiten, wissen Sie vielleicht nichts. Aber der Padre weiß was und rückt nicht mit der Sprache heraus . . .«

Mondragón legte eine zusammengeknotete Serviette auf den Tisch. Der Pfarrer beschnupperte sie mit fröhlichen Kinderaugen, rieb sich angeregt die Hände, und der Mund wurde ihm wäßrig.

»Hm, Speckgrieben«, rief er aus.

Die in grünen, glatten, fettglänzenden Bananenblättern verpackten Grieben begeisterten nicht nur den Padre, sondern auch Malena. Sie reichte Mondragón, der ihr am nächsten stand, das Tablett mit den Gläsern und griff herzhaft zu.

»Was ist, Herr Kollege«, sagte sie zu Piedrafiel, »mögen Sie keine Grieben?«

»Doch, sehr gern, mir geht es wie ihm« — er wies auf den Pfarrer —, »ich brauche nur ein Schwein zu sehen, und sofort läuft mir das Wasser im Mund zusammen, weil ich an Grieben denken muß. Aber ich vertrage sie nicht wegen der Leber.«

Padre Santos trug die Arme immer so eng an den Körper, so eng an die Soutane gepreßt, daß es aussah, als hätte er keine, und seine spitze Himmelfahrtsnase, die der Stirn näher war als dem Kinn, gab ihm die Miene eines Menschen, der sich weigert, etwas zu riechen; aber jetzt berauschte sich sein Riechorgan an dem Duft des ausgebratenen Fetts, und mit aufgekrempelten Ärmeln haute er in die Grieben ein.

»Sind die gut, Juan Pablo! Wo hast du sie aufgetrieben?«

»In der Nähe des Lagers«, antwortete Mondragón und sagte zu Malena: »Ich wußte gar nicht, daß du so gerne Grieben ißt, Malen . . .«

»Und ich wußte nicht«, sagte Piedrafiel, »daß Sie schon seit so vielen Jahren so eng befreundet sind. Was es doch alles gibt im Leben, ausgerechnet hier oben mußten Sie sich wiedertreffen. Bezeugen kann ich aber, daß sich Señorita Tabay in der letzten Zeit sehr verändert hat . . .«

»Verändert?« fragte Malena beunruhigt. »Was Sie sich so alles einbilden, Herr Kollege . . .«

»Und ob sie sich verändert hat! Sie ist selbstbewußter, liebenswürdiger, aufgeschlossener . . .«

»Und angriffslustiger«, ergänzte Mondragón zur allgemeinen Erheiterung.

»Sie spricht sogar davon, eine Abendschule für Erwachsene zu gründen«, sagte Piedrafiel.

»Die Freundschaft muß reifen wie der Wein, damit ihre ganze Fülle an den Tag kommt«, erklärte Padre Santos, während er in die Runde blickte und überlegte, wer ihm das Sacktuch aus der Tasche ziehen könnte, damit er sich die fettigen Hände und Lippen reinigte.

»O Verzeihung, ich habe die Servietten vergessen«, entschuldigte sich Malena.

»Ich weiß, wo sie sind«, Mondragón vertrat ihr den Weg und ging, die Servietten zu holen.

»Señorita Tabay, vor ihm konnte ich es Ihnen ja nicht sagen«, tuschelte Piedrafiel Malena zu, »aber seit Ihr Jugendfreund aufgetaucht ist, laufen Sie immer mit strahlendem Gesicht herum . . .«

»Ich finde das nur natürlich«, erklärte der Pfarrer. »Sie kennen sich seit vielen Jahren, und nun, wo sie sich wiedersehen, freuen sie sich und sind glücklich . . . So was sieht man dem Menschen an, das läßt sich nicht verbergen . . .«

»Ihr Zigarettenetui, Padre«, sagte Mondragón, »und die Servietten . . . Wenn ich es Ihnen nicht sofort zurückgebe, behalte ich es am Ende noch . . .«

»Das sollen Sie nicht, denn ich bewahre es auf als eine teure Erinnerung an meine Pilgerfahrt . . .«

»Ich würde es auch nicht annehmen, Padre, es ist für eine heilige Hand bestimmt . . .«

»Vielleicht klingt es übertrieben, aber eine gute Hand habe ich wirklich. Die Pflanze, die ich setze, geht an, und die Ehe, die ich segne, hält . . . Aber wie ich sagte, ich bewahre dieses Zigarettenetui auf als Erinnerung an meine Pilgerfahrt zur Jungfrau von Tepeyac. Außerdem ist es ein Produkt einheimischer Industrie, von der Sie soeben sprachen, ein Produkt mexikanischer Handwerkerkunst. Ob

Sie's glauben oder nicht, es fällt einem ordentlich schwer, zwischen den vielen Dingen zu wählen, die einem auf den Märkten angeboten werden.«

»Hier haben wir auch eine Heimindustrie«, stellt Guirnalda fest.

»Ja, aber sie verschwindet nach und nach, weil sie nicht unterstützt wird«, erklärte Malena. »Man läßt zu, daß sie zugrunde geht, daß sie durch fremde Einflüsse verfälscht wird, wodurch sie ebenfalls zugrunde geht, nur in anderer Form.«

»Sie sollten Minister werden ...«

»Werde ich auch, Herr Kollege, werde ich auch!«

Eine blitzartige Erinnerung. Nervös hob sie den Arm und vergrub die gespreizten Finger in dem nachtdunklen Haar. Cerropom ... das Fuhrwerk ... Cayetano Duende ... seine Worte ...

»Siehst du die Schlüssellöcher dort oben?« Er meinte die Sterne. »Da hinein wirst du die Finger stecken.«

Kaffee, Sandwiches — belegte Brötchen, sagte Piedrafiel —, Witze, Klatsch, und als Mondragón, der Padre und der Schulleiter hinausgingen, zum Jeep, der Mond im Zenit.

»Luna, die Königin der Gestirne«, rief Lehrer Guirnalda lärmend durch die stille Straße, machte dann einen Satz von der Monarchie zur Republik: »Die erste Dame des Himmels« und ging sogleich von der Republik zur antiklerikalen Attacke über: »Heiliger Vater, Sie sind auch nicht unfehlbar!«

Der Padre, der sich schon in seinen Umhang gehüllt und den grauen Wollschal um den Hals gewickelt hatte bis hinauf zu den Ohren, hörte es nicht und lachte mit, als Malena und Mondragón lachten.

Sie quetschten sich in den Jeep. Mondragón setzte den Padre auf dem Kalvarienberg ab und Piedrafiel an dem großen Haus, in dem die Knabenschule untergebracht war, dann fuhr er weiter zum Lager.

In Cerropom und später auf dem Weg hielt er an, um festzustellen, ob ihm jemand folgte. Der Mond, der Mond nur eilte hinter ihm her.

Als Lehrer Guirnalda den Jeep fortfahren hörte, ging er an die Straßenecke, und nicht zufrieden damit ging er weiter nach der Mädchenschule und umkreiste den Häuserblock, zu dem sie gehörte. Der schwere kaffeebraune Überzieher, der ihm bis auf die Fersen hing, der schwere Kopf mit dem wirren Haar, auf dem ein sehr schwerer, breitkrempiger Filzhut lastete, die schwere Uhr, die über dem mächtigen Bauch tickte, der schwere Schnurrbart, schwer von einer Art Schuhwichse, die schweren Brauen, schwer aus dem gleichen Grund, alles an ihm wurde leicht und behende, wenn es ihm in den Kram paßte, und es paßte ihm immer in den Kram, wenn es um einen Unterrock ging.

Mondragón stoppte den Jeep haarscharf an der Stelle, die ihm das Schicksal in Gestalt eines Tieres am Tag zuvor bezeichnet hatte, und nachdem er einen Umweg gemacht hatte, um mögliche Verfolger abzuschütteln, tauchte er im Dickicht unter. Mühelos fand er den unterirdischen Gang wieder, den er durch einen glücklichen Zufall entdeckt hatte. Der mondbeschienene Eingang sah aus wie das Portal einer gotischen Kirche. Vampire und andere kleine Fledermäuse badeten sich reglos, schlafend, mit ausgebreiteten Flügeln im Mondesglanz. Als der Strahl der Taschenlampe sie traf, bewegten sie sich. Einige kümmerten sich nicht um das neue, ungewohnte Licht, andere flatterten benommen dem Vollmond entgegen. Die wenigen Stufen am Eingang der Höhle wurden abgelöst durch eine Art Rutschbahn, die in ein weites Gewölbe abfiel. Bis dorthin drang er vor, gleitend, fast sitzend, mit dem Rücken an der Wand. Das Gewölbe war wie ein hallender Saal, mehrere Gänge führten von ihm weiter.

Zufrieden kehrte er zurück. Das Arbeitslager schlief fest. Im Mondlicht sah die riesige Straßenwalze aus wie eine im Fall erstarrte Kaskade und schien darauf zu warten, daß die Gesteinsmühle den Mond zerkleinerte, der auf dem Wasser durch die Abflußrohre floh und in die Bassins fiel, wo die Strahlen riesige Spinngewebe aus konzentrischen Kreisen woben, die sich berührten, sich teilten, miteinander verschmolzen und, von neuem getrennt, auf verschiedenen Wegen davonglitten. Welcher Weg war der seine? . . . Welcher der Malenas?

»Wie unvorsichtig«, schalt sie einige Tage später ärgerlich. »Es ist schon dunkel, und man wird den Jeep vor der Schultür stehen sehen!«

»Ich bin zu Fuß gekommen. Wie sollte ich es eine ganze Woche ohne dich aushalten? Bis zum nächsten Sonntag warten? Unmöglich! Ich habe den Jeep und die Uniform dort gelassen. Zivil ist besser.«

»Aber, um Himmels willen, heute ist doch erst Montag, ein Tag ist erst vergangen . . .«

»Eine Ewigkeit! . . . Jetzt verstehe ich die Leute, die sagen, daß hundert Jahre wie eine Minute und eine Minute wie hundert Jahre sein können . . . und du bist es, die mich verzaubert hat . . .«

»Juan Pablo!«

»Deine Hände halten, mit dir schweigen, mehr will ich nicht . . .«

»Du tust mir weh! . . .« Sie versuchte, Mondragón die Hände, die er fest umschlossen hielt, zu entziehen, aber er ließ es nicht zu und riß sie an sich.

»Es ist unmöglich«, stammelte sie.

»Liebe ist immer unmöglich.«

»Aber die unsere ist es so ganz und gar . . .«

»Deine Stimme klingt seltsam, als spräche eine Fremde zu mir . . . Malen! . . . Malen! . . .«

Er küßte sie. Er hielt sie mit einem verzehrenden Kuß fest.

»Du erstickst mich!«

Ihre Stimmen klangen heiser, ihre Hände flogen, verflochten sich, zuckten wie die züngelnden Flammen eines Brandes.

Wie gierig die Hände der Liebenden sind!

»Juan Pablo, es ist unmöglich . . .«

»Aber so ist doch die Liebe, sie ist die Kunst des Unmöglichen, und wie du dich vergaßest in den Armen des Lebens . . .«

»Ich vergaß mich nicht«, murmelte Malena und legte ihm den Zeigefinger auf den Mund, damit er schwieg, nicht, damit er ihn küßte, »ich ließ mich verzaubern . . .«

»Ohne Liebe gibt es keine Verzauberung . . .«

»Die Liebe . . .«, sagte sie, die Augen voller Tränen, »ich weiß nicht . . .«, und nach kurzem Schweigen, während ihr die dicken Tropfen über die Wangen rannen, schüttelte sie trotzig den Kopf und fügte hinzu: »Die wahre Liebe macht seherisch, ich habe sie nie erfahren . . .«

»Du hast es ausgesprochen, Malen. Die wahre Liebe nimmt teil an der Eroberung der künftigen Welt in dem Maße, wie sie uns über das Persönliche hinaushebt und sich in den Motor verwandelt, der uns zu kämpfen antreibt, damit aus dem Traum Wirklichkeit wird, und . . . was ist unsere Liebe denn anderes, Malen, was ist sie denn anderes . . .?«

Sie entzog ihren Mund seinen brennenden Lippen. Wie schwer war es, wie schmerzhaft, sich diesem Kuß zu entziehen, der sie wie alle nicht gegebenen Küsse ein Leben lang verfolgen würde.

»Ich habe die Liebe, die seherisch macht, nicht erlebt . . .«, es war wie eine Beichte, dann fuhr sie, sich selbst anklagend, fort, und ihre Stimme wurde immer kummervoller, bis es schien, als würde sie von den Worten zerrissen: »Ich habe mich mit der kleinen Liebe begnügt . . .«

»Malen!«

»Es gibt keinen Trost für mich! Es wird nie einen Trost für mich geben!«

Schluchzend stand sie auf, wie eine Blinde, und ging an das Bücherregal, schob zwei schwere Werke in rotem Einband beiseite, auf deren Rücken »Zootechnik und Tierheilkunde« stand, und zog ein Kästchen hervor. Sie entnahm ihm ein Heft und legte es in Juan Pablos Hände.

Nicht ein Wort. Sie ging wieder zurück an das Regal und lehnte sich mit dem Rücken gegen die Bücher, schön, stolz, traurig, mit geraden, ausdrucksvollen Schultern, voller Büste, schmalen Hüften, wohlgeformten Armen und gemeißeltem Nacken.

Mondragón blätterte in dem Heft — es war ihr »Tagebuch« —, überflog einige Seiten und begann dann aufmerksamer zu lesen.

Sonnabend, den 3. Dezember 192. . . . Ich erhielt einen Brief von Luis Fernando, in dem er mir mitteilt, daß ihm nur noch eine Prüfung fehlt, bis er sich als Arzt niederlassen kann. Ich bin so glücklich! Meine Liebe triumphiert, unsere Heirat rückt näher.

Freitag, den 15. Februar 192. . . . Ich habe im Laden des Chinesen Stoff gekauft, um Poncio eine Hose zu nähen. Seine erste Hose. Ich habe sie nicht genäht. Ich habe mich in meinem Zimmer eingeschlossen und geweint. Luis Fernando hat mir einen Abschiedsbrief geschrieben, in dem er mir kurz mitteilt, daß die Braut des Studenten nicht dieselbe sein kann wie die Gattin des Arztes, daß er seine Praxis eröffnen muß und eine reiche Frau heiraten wird.

Montag, den 4. Juli 192. . . . Ein Leutnant der hiesigen Garnison hat nach großen Versprechungen versucht, mich zu seiner Geliebten zu machen. Er betrank sich und sagte es mir unverblümt. Ich habe ihn stehenlassen. Es war auf dem Ball, den die Kommandantur zu Ehren des Jahrestages der Amerikanischen Unabhängigkeit gab. Er zog den Revolver und drohte, er werde mich erschießen, wenn ich auch nur einen Schritt täte. Dann lieber tot, rief ich ihm zu und ging, und er steckte den Revolver wieder ein.

Dienstag, den 17. August 192. . . . Ja, ja, ich glaube, jetzt ist es soweit. Ich habe mit J. E. glückliche Stunden auf seiner Hacienda verbracht. Er ist Viehzüchter. Er wollte mir den Verlobungsring auf den Finger schieben, aber ich bat ihn zu warten, bis wir an unserem Hochzeitstag in der Kirche die Eheringe tauschen würden, vorgreifen brächte Unglück.

Wie gut ich daran tat! Am selben Tag peitschte er einen Knecht aus, mit dem er Lohnstreitigkeiten hatte. Mit zusammengebundenen Ellenbogen wurde der Mann, den der Mensch, der mich heiraten will, so brutal geschlagen hatte, auf die Kommandantur geschleppt und des Pferdediebstahls bezichtigt. Als J. E. zurückkam, sagte er zu mir: »Diese Anzeige genügt, daß sie den Banditen erschießen. Vor ein paar Tagen habe ich zwei solcher aufsässigen Kerle wie den da angezeigt, weil sie höhere Löhne forderten, und die wurden nicht einmal erschossen, sondern lebendig begraben, denn der Herr Präsident hat erklärt, als er um Rat gefragt wurde, was mit den Aufrührern geschehen soll, die höhere Löhne verlangen, man sollte sie begraben, tot oder lebendig.« Ich habe J. E. nicht wiedergesehen, aber wenn ich an ihn denke, bekommte ich Schüttelfrost wie vor dem Ausbruch einer schweren Krankheit.

9. November 193. ... Ich habe meine Ferien in der Hauptstadt verbracht und auf einem Ball im Militärkasino L. C. kennengelernt. Aber all das Glück, das überschäumende Glück dieses Abends — ich tanzte, trank Champagner, ging mit ihm auf die Terrasse, um die Sterne zu zählen, erlaubte ihm, mein Haar zu küssen, mich zu duzen —, alles endete damit, daß ich erfuhr, er sei jünger als ich, und ...

Bevor Mondragón ein Wort sprechen konnte, sagte Malena, die noch immer mit dem Rücken an den Büchern lehnte: »Ich möchte, daß du gehst. Nächste Woche besuche ich dich im Lager, dann sprechen wir miteinander. Ich muß jetzt allein sein ...«

Und sie blieb, während er hinausging, an die Bücher gelehnt stehen, hochaufgerichtet, mit schlaffen Armen, wie eine Bugfigur, und ohne die Tränen zu trocknen, die ihr über das Gesicht flossen, das bräunlich war wie zu Staub zerriebenes trockenes Laub.

4

Schon einmal, als du, eine frischgebackene, junge Lehrerin, nach Cerropom kamst und dein Gesicht im Spiegel der Pension der Chanta Vega betrachtetest, vor viertausendfünfzehn Tagen — ein Tag mehr oder weniger zählt nicht bei elf Jahren —, starrte dir das Gespenst entgegen, das dich heute anblickt: gelbe Haut, hohle Augen, erdgraues, wirres Haar, feuchte Tränenspuren.

Aber damals warst du aus einem anderen Grund unglücklich, du warst auch jünger, widerstandsfähiger, nicht so niedergebrochen. Du zerstörtest dein Spiegelbild nicht, drücktest nicht wie jetzt die Wange an den Spiegel, der kalt ist wie dein Körper, um dich nicht weinen zu sehen ...

Vor elf Jahren bezwangst du die Tränen und warfst den Kopf in den Nacken, aber jetzt ist so viel salziges Naß unter den Träumen hervorgequollen, die an den Fäden deiner Wimpern hängen, daß es dir gleichgültig ist, und du weißt nicht, ob du es bist, die weint, oder ob das Eis des Spiegels schmilzt und in dein Taschentuch rinnt ...

Nimm dich zusammen! Geh zum Pfarrer, gib vor, daß du einen Wohltätigkeitsbasar organisieren willst, und frag ihn: »Padre Santos, haben Sie nichts von Mondragón gehört? Er wollte uns dieser Tage abholen, um einen Ausflug auf den Cerro Vertical zu machen, hat sich aber nicht mehr blicken lassen ...«

Unverschämter Kerl!

Beschimpft ihn! Mach dir Luft! ...

Aufschneider! ... Zudringlicher Tölpel! ... Komödiant! ... Idiot! ... sich dermaßen kindisch aufzuführen ... Heuchler! ... zu reagieren wie ein Puritaner ...

Was konnte ihn an deinem Tagebuch schon verletzen, kränken, entrüsten, so bedeutungslos, wie es ist?

Wie sollte der eitle Tropf sich auch für die Leiterin der Mädchenschule von Cerropom interessieren ...

Weine nicht mehr! ... Weine nicht mehr! ... Er ist nur gekommen, um Unruhe in dein Leben zu bringen ... Da hört doch alles auf, da hört doch alles auf ...

Aber schuld hat nicht er. Schuld hast du. Warum hast du ihm dein Tagebuch zu lesen gegeben? Wer hieß dich, ihm Einblick zu geben in die Buchführung über deine armseligen Liebeserlebnisse? Warum auf so geschmacklose, spießige Art bekräftigen, was du bereits gesagt hattest, daß die große, seherisch machende Liebe nicht an deine Tür geklopft hat, die Liebe, von der alle sprechen, die wie du auf halbem Wege stehengeblieben sind? Warum hast du ihm einen Beweis deines Vertrauens gegeben, vor dem er zurückschrak der alte Hagestolz, statt zu begreifen, daß du es tatest in dem Glauben, bei einem Mann mit seinen Anschauungen Verständnis zu finden? Warum hast du ihm die Welt deiner Einsamkeit geöffnet, damit er eintrete und Mitleid empfinde mit deinem Herzen?

Nein, du weißt nicht, warum du es getan hast. Du hast dir das, woran du so oft gedacht, nicht reiflich genug überlegt. Wie wenig anziehend muß die Welt einer Frau sein, der die Jahre entgleiten und die allein bleibt oder erfüllt von Schemen, Träumen, Gefühlen, an die sich die Arme klammert, die sie sich verzweifelt zu eigen machen, an sich zu reißen sucht und die sie doch nur für kurze Augenblicke, Stunden, Tage festhalten kann ... Vielleicht, wenn du aus Neigung Lehrerin wärest, aber du kamst hierher, getrieben von der Notwendigkeit, schlossest dich ein in diese Berge, als entsagtest du der Welt und gingst in ein Kloster, so und nicht anders war es, weil deine erste Liebe dich enttäuscht und für immer verwundet hatte ... Und was wurde aus ihm? ... Er heiratete eine reiche Frau, die viel älter war als er und ihm die Eröffnung seiner Praxis ermöglichte ..., wurde Witwer und heiratete zum zweitenmal ... Einen Stall voll Kinder hat er ..., du hast ihn nie wieder gesehen ..., er soll völlig kahl sein ... Lehrerin aus Notwendigkeit, trotzdem machte dich in den ersten Jahren der Umgang mit den Jungen und den Mädchen mütterlich, dann wurdest du immer härter, wurdest ihnen eine Rabenmutter, als dir aufging, daß es nicht deine eigenen Kinder waren, daß sie lächelnd an dir vorüberzogen und dich allein, einsam zurückließen, daß sie nur, solange sie zur Schule gingen, einen Teil deines Lebens bildeten ... Kleine Feinde ..., kleine Feinde, die aus deinen Händen die ersten Krumen des Wissens pickten und dann fortflogen, ins Leben hinaus, um dich jedesmal einsamer zurückzulassen mit weit ins Unendliche ausgestreckter Hand wie eine Bettlerin ... So fand dich Juan Pablo, mit ausgestreckter, zitternder Hand in Erwartung der großen Liebe, und kam nicht wieder ...

Den ganzen Dienstag, den ganzen Mittwoch, den ganzen Donnerstag, den ganzen Freitag, den ganzen Sonnabend, bis heute nachmittag ...

Vier Tage und einige Stunden, deshalb kannst du doch noch nicht sagen: »Er kam nicht wieder!«

Du fürchtest, daß er nicht wiederkehrt. In einem Augenblick der Abwesenheit kann die Ewigkeit beginnen.

Wenn er dich küßte, waren deine Augen Lichter. Jetzt sind sie Dunkelheit, die weint. Schließe sie nicht. Sieh hinter dem Nebel deiner Tränen die Klassenzimmer, wo du, als er ging, seinen Schritt verhallen hörtest; wer hätte gedacht, daß es, wie du glaubst, für immer war! Schließe sie nicht, damit er dich nicht als Schatten begleite, er, der lebend bei dir sein sollte! Erinnere dich nicht an seinen Körper! Erinnere dich nicht an sein Gesicht! Reiß ihn heraus

aus deinem Gedächtnis, wenn er nicht zurückkommt, denn du willst dich seiner nicht erinnern!

Aber wie kann man von einem Stein verlangen, daß er den Sternstaub abschüttle, der ihn wachsen ließ, wie kannst du von dir verlangen, daß du auf das verzichtest, was dein Herz weiter machte? . . .

Verzichten? Nein! Ihn vergessen? Nein, nein . . . Auf ihn warten . . . auf ihn warten mit steinerner Geduld! . . .

Den ganzen Dienstag . . ., den ganzen Mittwoch . . ., den ganzen Donnerstag . . ., den ganzen Freitag . . ., den ganzen Sonnabend, bis heute nachmittag, und du weißt nicht, ob er morgen kommt, um an der üblichen sonntäglichen Plauderstunde teilzunehmen.

Wahrscheinlich wird er sich einstellen. An der Zusammenkunft der Freunde kann er teilnehmen, ohne für sein bequemes Junggesellendasein fürchten zu müssen. Er kommt ein wenig später, wenn er sicher ist, daß Padre Santos und Guirnalda schon mitten im Gespräch sind, diskutiert mit ihnen wie üblich und geht mit ihnen fort, ohne sich anmerken zu lassen, daß er deinen Gemütszustand kennt.

Nein, nein, wenn es so ist, dann soll er lieber nicht kommen, dann soll er im Lager bleiben, dann soll ihn die Erde verschlingen!

Es wäre entsetzlich, dasitzen zu müssen, betäubt und doch wachsam, damit weder dein Wort noch deine Geste noch dein Schweigen verraten, wie dir zumute ist.

»Wie geht's, Malen?« würde er dich beim Eintreten begrüßen, unbefangen, leichthin, und du müßtest in demselben Ton antworten: »Sehr gut . . . man arbeitet . . . ist zufrie . . .«

Zerbeiß dieses Schluchzen, sonst will es dir nicht über die Lippen, daß du »zufrieden« bist!

Es ist nicht einmal notwendig, daß du es sagst. Es genügt, wenn du antwortest »sehr gut«, auch so wird er finden, daß du verändert bist, natürlich, gleichgültig, kameradschaftlich.

Aber ist es richtig, Gelassenheit vorzutäuschen? . . .

Ach, wenn du doch die leichtfertige Frau spielen könntest, für die diese überspannte Liebe ein Zeitvertreib war . . .

Wie gut er aussah ohne die weiße Uniform des Wegebauinspektors, in dem dunklen Kammgarnanzug und mit der roten Krawatte, rot wie die flatternde Fahne an der Meile 177, wo vor elf Jahren der Zug anhielt und er sagte, als du ausstiegst, es sei, als hielte man einen Fluß an, damit ihm eine Nixe entsteige . . .

Wie wird er morgen kommen, mit oder ohne Uniform? Und du,

hast du nicht ein hübsches Kleid, warum trägst du immer diese Kleider aus grauem, schwerem Stoff, in denen du aussiehst wie die Vorsteherin eines Waisenhauses?

Geh, such deine Schränke durch, hol deinen Schmuck heraus! Sieh nur, so zerbrechlich der Hals des Parfümfläschchens ist, er widersteht der Streichholzflamme, ohne den Stöpsel freizugeben. Aber nein, du kannst dich nicht herausputzen, Schmuck anlegen, parfümieren wie für einen Ball, du hast doch nur ein paar vertraute Freunde zu Gast. Denk lieber nach, worüber ihr sprechen könnt ..., über irgendein Thema ..., nein, wichtig für dich ist jetzt er, nicht irgendein Thema, daß er kommt, ist wichtig, denn vielleicht merkt er deinem Gesicht trotz seines Gleichmuts, merkt er deiner Stimme trotz der Lebhaftigkeit, mit der du dich am Gespräch beteiligst, an, wie sehr du gelitten hast, Tag und Nacht. Wenn du nicht deine Arbeit gehabt hättest, die dich einige Stunden lang völlig in Anspruch nahm, du wärest verrückt geworden. Seit Mondragón in Cerropom ist, läuft Señorita Tabay mit einem strahlenden Gesicht herum, sagte Guirnalda am letzten Sonntag. Ein strahlendes Gesicht! Viereinhalb Tage haben genügt, um es in ein leidvolles zu verwandeln, über das die Tränen rinnen ...

Du senkst den Kopf und wanderst durch die leeren Klassenzimmer. Ach, am letzten und vorletzten Sonnabend waren sie dir noch voller Leben erschienen. Die Schülerinnen waren nicht da, trotzdem empfandest du die Räume nicht als leer. Deine Freude, deine Erwartung füllten sie.

Mach dir nichts vor. Du selbst hast dir die Falle gestellt. So geht es in der Liebe. Man stellt sich eine Falle, gerät hinein, und dann weint und klagt man. Woher nahmst du die Gewißheit, daß es für ihn kein Zeitvertreib war? Er machte dir den Hof, besuchte dich, war immer sehr aufmerksam ...

Wink mit dem Taschentuch, du stehst wieder einmal im Leben an einer Bahnstation, an einer Fahnenstation ohne Namen, wink wieder einmal einem Schemen Lebewohl zu.

Der Nachmittag ist unglaublich hell. Fast könnte man glauben, er wehre sich dagegen, zu erlöschen, oder häufe all seinen Lichtreichtum auf, um mit ihm einzugehen in die flammende Dämmerung. Klavierspiel und ein Chor junger Stimmen besänftigen dich. Trockne deine Tränen. Ordne dein Haar. Verschließ dich nicht länger dem Reiz einer Welt, die seit eh und je die deine ist: dem Licht, der Schule, den Kindern.

»Guten Tag, Frau Direktor ... Guten Tag ... Guten Tag, Frau

Direktor ...« Sie kommen dir entgegen und nehmen dich bei den Händen, während die Lehrerin Ana María Cantalá, die beauftragt ist, jeden Sonnabendnachmittag mit dem Schulchor zu proben, vom Klavier aufsteht, um dich zu begrüßen.

»Sind Sie krank, Frau Direktor?« fragt Anna María Cantalá unsicher.

»Ein wenig Migräne«, lügst du und legst die Hand, die du eigentlich auf das Herz legen solltest, auf die Stirn.

»Gute Besserung, Frau Direktor«, rufen die Schülerinnen, »gute Besserung, Frau Direktor ..., gute Besserung ...«

Geh zurück in deine Wohnung ..., wie kannst du dich so vor den Kindern zeigen, zerstreut, abwesend, krank? ...

Es ist unerhört! Und jetzt begibst du dich sogar, nachdem alle gegangen sind, in die Wirtschaftsräume und durchsuchst, durchstöberst hastig die dunklen Ecken, begleitet von Katzen, die sich wie Träume bewegen, und von Hunden, die sich schwanzwedelnd begrüßen.

»Senjo ... Senjo ... Senjo ... Senjo«, kreischt endlos näselnd der Papagei, der aufgewacht ist, »Senjo ... Senjo ... Senjo ... Senjo.« Du schreckst zusammen. Die ganze Zeit fürchtest du dich schon vor Mäusen.

»Senjo ... Senjo ... Senjo ... Senjo ...« näselt der Papagei wieder, »Senjo ... Senjo ... Senjo ... Senjo ...«

Endlich findest du, was du suchst. Einen leeren Tonkrug. Du klopfst ihn mit dem Knöchel des Mittelfingers ab, um am Klang festzustellen, ob er einen Sprung hat. Wie weit es mit dir gekommen ist! In schrecklicher, angstvoller Unruhe, als wärest du nicht in der Schule, sondern in einem fremden Hause, entwendest du den Krug, schleichst wie ein Dieb, ihn mit deinem Schatten verdeckend, in deine Wohnräume. Für dich beginnt die längste Nacht der Welt. Eine alte Nacht. Die älteste Nacht. Die längste Nacht ...

Aber das ist doch nicht möglich! Die Leiterin der Mädchenschule preßt die Lippen an die Öffnung eines leeren Kruges und ruft laut nach einem Mann?

Du schauderst, zitterst, schwitzt, du hast dich vom logischen Ablauf der Dinge losgemacht, du glaubst an Wunder, willst das Unmögliche möglich machen ...

»Juan Pablo! ... Juan Pablo! ...«, rufst du mit verzweifelter Stimme, und der Klang, Klang noch und nicht Echo, irrt den runden Horizont des irdenen Krugs entlang, den das Feuer taub machte.

»Juan Pablo! . . . Juan Pablo! . . .«

Deinem klagenden Ruf genügen Krug und Ton nicht mehr, und du gehst nach draußen und rufst hinein in die unendliche Nacht. Der frische Wind beruhigt dich. Die leuchtenden Sterne erhellen deine Gedanken. Du überlegst. Überlegst. Vielleicht ist er nicht gekommen, weil er krank geworden ist. Oder es ist ihm etwas zugestoßen, er hat einen Unfall gehabt. Ja, ja, das wäre möglich! Aber in dem Fall würde er dir einen Boten schicken. Er hat doch Gehilfen, Tagelöhner genug, um sich mit dir in Verbindung zu setzen. Ein Brief, ein Zettel. Oder er ist dringend in die ferne Hauptstadt gerufen worden? Dann hätte ein Telegramm, ein kurzes Telegramm genügt. So ist das Leben! Heute würde dich noch die knappste Botschaft, gezeichnet »Mondragón«, überglücklich machen, und vor elf Jahren ließ dich sein Blitztelegramm »Ohne es zu wollen, haben Sie mir etwas von sich zurückgelassen, tausend Dank, Mondragón«, völlig kalt.

»Juan Pablo! . . . Juan Pablo! . . .« Deine Stimme hallt wider in dem hohlen Krug, und dir ist, als hörte er dich, und dir wird leichter ums Herz, während du mit dürstenden Lippen seinen Namen in den Mund des irdenen Kruges rufst, des mondrunden Kruges mit den schmalen Tierohren und dem Hinterteil eines Idols.

Es ist ein rudimentäres, primitives Telefon, in dessen Hohlraum nicht nur die Stimme, sondern auch ihr Echo, das Herz der Stimme, widerklingt. Ein Telefon, dessen Rufe immer ihr Ziel erreichen. Es versichert dir, daß er dich hört, daß er morgen kommen wird, es sei denn, er ist böse auf dich, weil er meint, dir als Frau seien nicht einmal jene kleinen Liebeleien, über die dein Tagebuch berichtet, erlaubt gewesen, denn du hättest auf ihn warten müssen, auf IHN, auf IHN — dem du flüchtig in einem Zug begegnet warst . . . Wie eitel die Männer sind . . ! Und die Frauen nicht minder . . .

Hast du nicht geglaubt, warst du nicht sicher, daß Mondragón am nächsten Tag wiederkommen, daß er eine Erklärung des Geschehenen verlangen und dich, diesen Vorwand benützend, bitten würde, ihn wie versprochen im Lager zu bersuchen? . . .

Gesteh dir ein, so war es, deshalb kränkt es dich um so mehr, daß er nicht gekommen ist, nicht einmal, um dich zu sich zu holen, in seine Wohnbaracke, wo du allein, preisgegeben, in seinen Armen gelegen hättest . . .

»Juan Pablo! . . . Juan Pablo! . . .«

Aber ruf nicht nur nach ihm, sag ihm, er soll morgen kommen, sprich mit ihm, bitte ihn, daß er der Plauderstunde nicht fern bleibt ... erinnere ihn daran, daß morgen Sonntag ist ... deshalb rufst du ja nach ihm ... die Ohren werden ihm brennen, und er wird an dich denken, während sein Name in dem irdenen Krug widerhallt.

»Krug! ... Krug! ... Sag die Zauberformel: Im Namen der Erde, aus der du geschaffen, im Namen des Feuers, das dich gebrannt, im Namen des Wassers, das dich geglättet, im Namen der Luft, die meine Stimme dir einhaucht zusammen mit dem Namen des Mannes, der zu mir zurückkehren soll, gib ihm keinen Frieden, ehe er nicht bei mir ist, laß ihn nicht widerstehen dem Ruf der Erde, des Feuers, des Wassers, der Luft ... Juan Pablo! ... Juan Pablo! ...«

Aber du bist schon nicht mehr du, die Brise der Nacht ist es, die ihn ruft, ruft, ruft, die hineinruft in den Mund des Mondes, des großen, leeren Kruges.

Du erwachst und weißt nicht, ob du geschlafen hast oder langsam über einen stillstehenden Fluß geschritten bist, fühlend bei reglosem Körper, du weißt nicht, wie spät es ist, ob die Magd das Frühstück gebracht hat, ob es Zeit ist, aufzustehen und zur Messe zu gehen; du streckst dich, und es graut dir davor, zu der schweigenden tagtäglichen Verzweiflung zurückzukehren.

Es muß schon ziemlich spät sein, denkst du und springst aus dem Bett, läufst mit bloßen Füßen ins Bad, wirfst das Nachthemd ab, setzt die Bademütze auf und drehst die Dusche an, aus der das bläuliche, klare, kalte Bergwasser spritzt.

»Und der alte Krug hier in Ihrem Zimmer, was soll ich mit dem machen, Señorita?«

In deinen Ohren rauscht das Wasser, und die Stimme der Magd klingt sehr fern ... Du lachst? ... Es war komisch, in den Krug hinein nach ihm zu rufen, aber was blieb dir anderes übrig? ...

»Was soll ich mit ihm machen?« fragt das Mädchen wieder.

Du antwortest nicht, wenn du aus dem Bad kommst, kannst du ihr immer noch erklären, daß du ihn für eine Ananaslimonade brauchst.

Während du dich einseifst, kommt ein anderes Mädchen und fragt, ob sie wie jeden Sonntag die Stühle aus dem Direktorzimmer hinaus auf die Veranda tragen soll.

Sag ihr, sie soll sie hinaustragen, und frag sie beiläufig, wie spät es ist.

»Halb drei, Señorita ...«

Als sie hört, daß du aus dem Bad stürzt, das Handtuch vom

Ständer reißt, die Türen der Schränke öffnest und schließt, erkundigt sie sich, ob du etwas Besonderes zum Frühstück möchtest, ob du gut geschlafen hast, ob du auch nicht krank bist, ob du dich wohl fühlst, und fügt diensteifrig hinzu, daß sie dich zur Achtuhrmesse nicht geweckt hat, weil du so fest geschlafen hast und weil du schon seit Tagen sehr matt aussiehst.

Mit dem Frühstück — Kaffee, Toast und Butter — bist du schnell fertig, jetzt kommt es darauf an, so rasch wie möglich den Kuchen und die Sandwiches für die Gäste vorzubereiten.

Schnell noch frisieren, anziehen und hinüber in das kleine Speisezimmer, das sich an dein Schlafzimmer anschließt.

Ein Blumenstrauß? ... Frag nicht, wer sie geschickt hat! ... Ein Strauß Kamelien ... rote Kamelien! ...

Frag nicht, wer sie geschickt hat ...

Vor elf Jahren hast du sie im Zug liegenlassen, und jetzt sind sie hier, hier in deinem kleinen Eßzimmer ...

Tritt näher, es ist kein Traum ... Sieh sie dir an ... Was tust du? ... Du wirst sie entblättern ... Deine Hände zittern. Deine Lippen zittern, als du die Blütenblätter küßt ..., deine Augen sind heiß und feucht vor Glück ... Wie gern möchtest du die Blumen an deine Brust heften, wenn die Gäste kommen, dich mit den Kamelien schmücken, die blutrot sind wie dein Herz — aber vielleicht ist es unüblich, es wäre zu ungewöhnlich und du würdest dich den unbarmherzigen Sticheleien Guirnaldas aussetzen.

Padre Santos' Stimme reißt dich aus deiner von inneren Stimmen erfüllten Welt, in die vertieft du dich entzückt und dankbar — es war also doch nicht sinnlos, in den Krug zu rufen — auf den Stuhl sinken ließest, von dem du gestern immer wieder aufgesprungen bist, verzweifelt, gequält, dem Wahnsinn nahe, und auf dem du jetzt sitzt, still, klein, in dich zusammengesunken, reglos und ohne zu wissen, wie du all das Glück ertragen sollst, das dir einst zusammen mit diesen Blumen verlorenging und das dir das Leben jetzt unversehrt zurückgibt.

Es ist nicht schwer zu erraten, weshalb Padre Santos sich so früh einstellt. Er will den anderen Gästen zuvorkommen, um allein mit dir zu sein und dich zu schelten, weil du die Messe versäumt hast.

»Tag, Malena.« Die Soutane nachschleifend, näherte sich der Pfarrer mit verstörtem Gesicht und fliegendem Atem, sah sich nach allen Seiten um und fügte, ehe Malena ihm antworten konnte, hinzu: »Ich komme früher als die anderen und muß dich gleich sprechen, es steht schlecht um unseren Wegebauer ... Können wir hier ungestört reden? ... Vielleicht besser woanders ...«

»Gehen wir in mein Arbeitszimmer«, erwiderte Malena mit spröden, vor Angst trockenen Lippen, auf das Schlimmste gefaßt. War der Weg verschüttet, der Jeep abgestürzt, eine Ladung Dynamit vorzeitig losgegangen?

Tot? ... Verletzt? ... Was war mit ihm? ...

»Gehen wir, Kind, gehen wir!« Der Pfarrer folgte ihr eilig ins Direktorzimmer, wo er einen Augenblick an der Tür haltmachte und sie bat abzuschließen.

Malena zögerte.

»Schließ ab«, drängte er, und als er die kleine stählerne Zunge im Schloß schnappen hörte, riß er über der Brust ein paar Knöpfe der Soutane auf und zog eine Zeitung heraus.

»Sieh!« Er breitete sie vor Malena aus, aber seine nervös zitternden Hände vermochten die Zeitung kaum zu halten.

Angsterfüllt entriß ihm Malena das Blatt, um sich Gewißheit zu verschaffen, obgleich es schon für sie feststand, daß es sich um einen Unfall handelte. Wo mochte er sein? War er tot? War er verletzt? Wann war es geschehen? Gestern? Heute? ...

»LETZTE NACHRICHTEN!« Malenas Blick glitt über die großen Lettern auf der ersten Seite. »ANSCHLAG AUF DAS LEBEN DES HERRN PRÄSIDENTEN AUFGEDECKT! ... TERRORISTISCHES ATTENTAT! DIE IMPLIZIERTEN ...« Namen und Fotografien folgten. »Einige wurden verhaftet, andere befinden sich auf der Flucht«, hieß es weiter, »aber man ist ihnen auf der Spur, binnen kurzer Zeit werden sie der Polizei in die Hände fallen.«

Malenas Augen fielen sofort auf das Bild Juan Pablo Mondragóns, das nicht nur größer war als die der anderen, sondern auch dick umrandet. Unter dem Bild stand, daß derjenige, der ihn tot oder lebendig der Polizei übergebe, eine Belohnung von fünftausend Dollar erhalten werde.

Malena fühlte, daß ihr die Kräfte schwanden, sie hielt sich an der Tischplatte fest, auf die sie die Zeitung hatte fallen lassen, und sie wäre zu Boden gesunken, hätte der Pfarrer ihr nicht rasch einen Stuhl gebracht. Er fächelte ihr Luft mit seinem Strohhut zu — etwas anderes hatte er nicht zur Hand — und flößte ihr ein wenig Wasser ein, das er aus einer Karaffe in ein Glas goß.

»Ich verstehe dich, Töchterchen, verstehe dich vollkommen. Auch mir will das Zittern nicht aus den Gliedern, seitdem ich die Zeitung gelesen habe, wenn ich bedenke, daß man uns als Freunde Mondragóns in diese heikle Geschichte hineinziehen könnte und . . . stell dir vor, er muß ja einer der Rädelsführer gewesen sein, da sie sogar eine Kopfprämie auf ihn ausgesetzt haben, fünftausend Dollar für den, der ihn tot oder lebendig der Polizei übergibt. Aber gräme dich nicht, wir werden beten, damit sie ihn nicht kriegen, obgleich du eine Ketzerin bist, ich habe dich heute nicht in der Messe gesehen, du bist nicht in der Messe gewesen!«

»Und ich habe gedacht, Sie wären nur gekommen, um mich auszuschelten, weil ich nicht zur Messe gegangen bin.«

»Nein, nein, ich bin so früh gekommen, weil Guirnalda nichts davon erfahren soll, zumindest soll er es nicht durch uns erfahren. Die Zeitung kam gestern abend, und er fragte heute morgen an, ob ich sie erhalten hätte, aber ich ließ ihm ausrichten, nein, hätte ich nicht, was keine Lüge war, denn nicht ich, sondern die Magd hat sie in Empfang genommen.«

Malena hob die Zeitung auf und las laut: »Juan Pablo Mondragón, ein gemeingefährliches Individuum mit krimineller Vergangenheit, das bis zur Entdeckung der Verschwörung den Posten eines Wegebausinspektors im Abschnitt Entrecerros bekleidete, wird bezichtigt, den zur Herstellung der Bomben notwendigen Sprengstoff aus den dortigen Vorratslagern entwendet und zur Verfügung gestellt zu haben. Weiter ist erwiesen, daß Mondragón mit einem Lastwagen den Weg des Autos des Herrn Präsidenten kreuzen und es dadurch zwingen sollte, seine Geschwindigkeit zu vermindern, um den Attentätern die Möglichkeit zu geben, die Bomben zu werfen, die im Besitz verschiedener Implizierter gefunden wurden . . .«

»Nein, dieses Wort! Dieses Wort, es macht mich ganz . . . Implizierte!«

»Mondragón«, las Malena weiter, »der vorgibt, aus Panama zu sein, wo er als Waffenschmuggler, Drogenverkäufer und Mädchenhändler gegen die Gesetze verstieß, konnte bisher nicht gefaßt werden, obgleich eine Polizeitruppe entsandt wurde, die am vergangenen Montag in den Abendstunden im Lager von Entrecerros eintraf. Mondragón war in Zivilkleidung und unter Zurücklassung des ihm zur Verfügung stehenden Fahrzeugs verschwunden. Der Polizei fielen Papiere und Briefe in die Hände, aus denen hervorgeht, daß Mondragón vor mehr als zehn Jahren nach Panama floh, nachdem er einen bewaffneten Anschlag auf die Vogelhandlung des Señor Roncoy Domínguez verübt hatte, in der Absicht, ihn zu berauben. Da er kein Geld vorfand, bemäntelte er seine Tat, indem er den Vögeln die Käfige öffnete und sich als Befreier aufspielte.«

»Implizierte«, wiederholte Padre Santos, »es macht mich nervös, das Wort, es macht mich nervös . . .«

»Der einzige Vorteil, den ich Cerropom je abgewinnen konnte«, sagte Malena, »ist seine Abgeschiedenheit. Keiner erinnert sich, daß es existiert. Ich glaube, es steht nicht einmal auf der Landkarte . . .«

»Lies weiter . . .«

»Es steht nichts mehr drin«, Malena ließ die Zeitung sinken, »nichts über Mondragón . . .«

»Doch, es steht noch was drin«, widersprach der Pfarrer.

»Nur das, was wir schon wissen, Padre, daß sie demjenigen, der ihn tot oder lebendig der Polizei übergibt, fünftausend Dollar versprechen«, sie nahm die Zeitung ein wenig hoch und las von oben, »daß die Polizei fast alle Arbeiter des Lagers verhört und die Wachen auf den Wegen, in den Häfen, an der Grenze und auf den Bahnhöfen verstärkt hat, damit er ihr nicht entschlüpft . . .«

»Wer weiß, vielleicht hat er sich in Cerropom versteckt, ich habe schon meine Kirche durchsucht . . .«

»Was wollen Sie damit sagen?« Malena runzelt die Stirn und sah Padre Santos befremdet an.

»Nichts! . . . Ah, ich weiß schon, was du denkst, was wahrscheinlich alle denken würden, daß er sich hier in der Schule versteckt hat . . .«

»Das ist doch Unsinn . . .«

»Nein, nein, Tochter, so unsinnig ist das nicht. Wir müssen uns absprechen, was wir aussagen, denn sie werden uns verhören, da kannst du ganz sicher sein, sie werden von uns verlangen, daß wir aussagen.«

»Wir haben nichts zu verbergen«, seufzte Malena; sie war fast erstarrt vor Gram.

»Zum letztenmal haben wir ihn vorigen Sonntag gesehen . . . Wir haben uns unterhalten . . . worüber haben wir uns unterhalten? . . .«

»Über alles mögliche, über das Wetter . . .«

»Ja, ja, über das Wetter, ich sagte noch, daß wir auf den Cerro Vertical wollten, erinnerst du dich, daß das Wetter unbeständig wäre, daß es drohte, trübe zu werden . . .« — der Pfarrer legte eine kleine Pause ein —, »daß er Speckgrieben mitbrachte und uns mit dem Jeep nach Hause fuhr, erst mich und dann Piedrafiel . . . Das ist sehr wichtig. Mich hat er zuerst abgesetzt und dann Guirnalda, das bedeutet nämlich, daß ich nicht wissen kann, ob sie sich über das Komplott unterhalten haben, was ich übrigens nicht glaube, denn der Inspektor ist sehr zurückhaltend. Jedenfalls kann ich versichern, daß in meiner Gegenwart nur über das Wetter gesprochen wurde.«

Malena, die wohlweislich verschwieg, daß sie ihn auch am Montag — an diesem Montag! — gesehen hatte, in Zivil und ohne den Jeep, war verblüfft über die Kaltblütigkeit es Mannes, der weder an diesem Tag noch vorher durch irgendeine Geste, irgendein Wort hatte durchblicken lassen, an welch gefährlichem Unternehmen er beteiligt war. Nur ein einziges Mal war er nahe daran gewesen, sich zu verraten, als sie, ohne sich etwas dabei zu denken, gesagt hatte, für eine Verschwörung sei die kleine vergessene Schule im Gebirge der sicherste Ort, aber dann hatte er sich sofort gefaßt und geistesgegenwärtig erklärt, er hätte sich ihretwegen geängstigt, weil er fürchtete, sie sei in eine Verschwörung verwickelt.

Auch an diesem Montag hatte er sich keinen Augenblick anmerken lassen, daß er ohne die Uniform und das Fahrzeug fortgegangen war, weil er damit rechnete, daß sie noch am selben Abend kommen würden, um ihn zu verhaften. Wahrscheinlich aber war es ihm gerade deshalb gelungen zu fliehen, weil er den Wunsch gehabt hatte, den brennenden Wunsch, wie er sagte, sie zu sehen, sie noch zu so später Stunde zu sehen, und in Zivil und zu Fuß gekommen war, um sie nicht zu kompromittieren. Wie mochte er ihnen nur entwischt sein, fragte sich Malena, aber gewiß ist, daß meine Liebe ihn gerettet hat . . .

»Du hast recht«, damit faßte Padre Santos seine Argumente zusammen, aber Malenas Herz zuckte auf, denn sie glaubte, er meine dasselbe wie sie, meine das, was jener kurze Satz »meine Liebe hat meinen Liebsten gerettet«, umschloß, »du hast recht«, wiederholte der Pfarrer, »wenn sie etwas von uns wollen, wir haben nichts zu verbergen, er war ein Freund wie andere auch . . .«

»Nein, nicht wie andere auch . . . nicht wie andere auch!«

Es war, als brächen die Tränen nicht aus ihren Augen, sondern als kämen sie von weit her und durchbohrten sie mit ihren Dolchen. Anfangs verschwamm alles und begann mit jeder Träne stürmisch von neuem, aber nach und nach verlor der Schmerz, der so jäh in sie eingedrungen war, an Tiefe und wurde weit und unfaßbar wie das Leben, die schneidende, rebellische, ungestüme Klage wich einem stillen, fast ergebenen Kummer, und sie weinte schweigend.

»Es kann nicht sein . . ., es kann nicht sein . . .«, sagte sie immer wieder und rang die Hände. »Padre! . . . Padre! . . .« Sie suchte

Zuflucht in den Armen des Geistlichen, der zu ihr trat, um sie zu trösten, und nun sagte: »Sprich, Kind, sprich ... Mir brauchst du nichts zu verheimlichen ... Ich weiß schon lange, daß er dir nicht gleichgültig ist ...«

»Ich zittere nur um ihn, Padre, ... nur um ihn ... Was mit mir geschieht, ist mir gleichgültig ...«

Was kann ich, was kann ich für ihn tun? ... *(Meine Liebe hat meinen Liebsten gerettet, aber was kann ich jetzt für ihn tun ...?)*

»Das erste und wichtigste ist, daß du dich beruhigst. Wenn wir eine Lösung finden wollen, mußt du dich erst einmal zusammennehmen. Beruhige dich, und wenn du dich wieder in der Gewalt hast, werden wir überlegen, was wir tun müssen und können, viel wird es nicht sein, denn ein Mann, auf dessen Kopf eine Prämie ausgesetzt ist ...«

»In irgendeinem Buch habe ich gelesen, daß die politischen Flüchtlinge früher Schutz in der Kirche suchten, auf geheiligtem Boden ...« *(Meine Liebe hat meinen Liebsten gerettet, er könnte sich in die Kirche flüchten ...)*

»Früher! ...« Der Adamsapfel des Geistlichen hüpfte in dem Zelluloidkragen, der ihm, nach hinten gedreht, wie eine Schlinge um den Hals lag, auf und ab. »Früher, Tochter, früher, in der Zeit der ›barbarischen Nationen‹ ... heute nehmen sie den Flüchtling, den Pfarrer und die Mutter des Pfarrers mit und machen die Kirche dem Erdboden gleich ... Und deshalb habe ich dort bei mir schon alles durchsucht, damit er sich da nicht womöglich versteckt und mich mit ins Unglück reißt.«

»Und Sie sind ein Pfarrer?«

Malena stieß Padre Santos zurück, der sie noch immer schützend in den Armen hielt.

»Ein Mensch aus Fleisch und Blut, Tochter, aus Fleisch und Blut ...«

»Damit Sie sich darüber im klaren sind, wenn er käme, um Schutz in der Schu ...«

»Sag nicht, was du nicht sagen darfst!« Der Pfarrer hob entsetzt die Arme. »Zum Glück«, er rang noch immer nach Luft, »hast du es nur zu mir gesagt ...«, und fügte, ruhiger geworden, hinzu: »Halt deine Zunge im Zaum, wenn du die Dinge nicht noch verschlimmern willst! Denk daran, daß er sich irgendwo versteckt hält, der arme Mensch, auf dessen Kopf sie eine Prämie ausgesetzt haben, und sich um dich bangt, um das, was dir geschehen kann. Was täte er denn, was täte er, sag, überleg einmal, was ein Mann wie er täte, wenn er wüßte, daß man dich seinetwegen verhaftet hätte? Er würde sein Versteck verlassen und sich stellen . . .«

Malena sah den Pfarrer liebevoll an und dachte: Meine Liebe hat meinen Liebsten gerettet, ich will ihn nicht ins Verderben bringen durch meine eigene Unvernunft.

»Es ist auch nicht ausgeschlossen«, fuhr der Geistliche fort, »daß er sich in eine Botschaft geflüchtet hat.«

»Sie haben recht . . .« Malena senkte den Kopf und versuchte, die Tränen zu verbergen, die erneut zu fließen begannen. Ihre kalten Hände umklammerten das feuchte Taschentuch, die Füße waren ihr schwer, der Körper gefühllos.

»Ich muß gehen, gleich ist es vier Uhr, der Religionsunterricht fängt an«, sagte der Pfarrer. Malena erhob sich und blickte auf die Uhr (Meine Liebe hat meinen Liebsten gerettet, und jede Stunde, die vergeht, ohne daß sie ihn greifen . . .). »Ich komme nachher wieder, aber wenn Guirnalda vor mir da ist . . .«

»Ich will nicht, daß er kommt!« schrie Malena rauh, dann fügte sie mit ruhigerer, kummervoller Stimme hinzu: »Gehen Sie, lieber Padre, sagen Sie ihm, daß ich im Bett liege, daß wir uns ein andermal sehen werden, daß ich Fieber habe . . .«

»Ja, ja, ich gehe, ich muß sowieso bei ihm vorbei, keine Sorge, Tochter, ich werde ihm sagen, daß du krank bist . . ., allerdings, wenn ich es mir recht überlege, scheint mir fast, daß wir einen anderen Vorwand suchen sollten, denn wenn er von der Verschwörung erfahren hat und weiß, daß sich unser Wegebauinspektor unter den Implizierten befindet . . ., was für ein Wort, mein Gott, was für ein Wort! . . . Mich dünkt, es ist besser, wir sagen die Wahrheit.«

Malena hob den Kopf, den sie so tief über die Brust gebeugt hielt, als hätte man ihn ihr vom Rumpf getrennt, und blickte mit angstvollen Augen in das Gesicht des Pfarrers, das weiß war wie gewaschene Wäsche, auf sein blondes Haar und seine Himmelfahrtsnase, die so gar nichts von dieser Erde wissen wollte.

»Das, was du jetzt tun wirst, wird die Wahrheit sein«, erklärte der Padre. »Du holst dir ein paar Schülerinnen zusammen und benutzt den schönen Nachmittag, um einen Spaziergang auf den Cerro Vertical zu machen.«

»Wer? . . . Ich?« Malena schwankte, so heftig legte sie die Hand auf die Brust, um ihrer Frage Nachdruck zu geben.

»Ja, du, und Piedrafiel sagen wir die Wahrheit, daß du dich entschlossen hast, spazierenzugehen . . .«

»Ich will nur eins, mich in mein Zimmer einschließen und keinen Menschen sehen . . ., keinen . . ., und wenn ich auf den Cerro Vertical gehen wollte, dann allein . . .«

»Nein, Tochter! . . . Nein, Tochter, was ist das für ein Unsinn! Dich in dein Zimmer einzuschließen wäre falsch, und noch viel, viel falscher wäre es, allein auf die Berge zu gehen. Stell dir vor, du triffst auf eine der Streifen, die ihn jetzt bestimmt suchen! Und dich in dein Zimmer einzuschließen kommt überhaupt nicht in Frage!«

»Ich hab also nicht einmal das Recht, krank zu werden . . .«

»Unter diesen Umständen nicht . . ., es wäre verdächtig. Ach Gott!« Der Pfarrer hob die Arme, die er sonst eng an die Soutane gepreßt hielt, und schlug die Hände zusammen. »Daß ihr Frauen es doch stets fertigbringt, etwas, was schlimmer nicht sein könnte, noch zu verschlimmern . . .«

»Hinausgehen, unter Menschen sein . . ., das übersteigt meine Kräfte . . .«

»Du wirst es aber tun müssen, deinetwegen und seinetwegen . . . In der Zeitung steht noch, ich hatte es ganz vergessen, daß eine Schulleiterin in der Hauptstadt, die Bomben versteckt hatte, sie in den Brunnen warf, als die Polizei kam. Dir kann noch allerhand blühen, wenn du dich verkriechst, wenn du dich nicht sehen läßt . . . Du weißt genau, daß in einem solchen Fall der geringste Verdacht genügt . . .«

»Lassen Sie mir die Zeitung da?«

»Freilich, deshalb hab ich sie ja mitgebracht, aber versteck sie so, daß du sie notfalls sofort verschwinden lassen kannst.«

Der Pfarrer ging zur Tür, sie aber brachte kaum die Kraft auf, sich vom Stuhl zu erheben, als wäre von diesem Augenblick an jeder ihrer Schritte entscheidend, als könnten sie sie ebensogut der Liebe entgegenführen, wenn der Freund sich rettete, wie dem Tode, wenn er unterging, dieselben Schritte, dieselben Füße . . .

»Du mußt dir dein Verhalten genau überlegen«, mahnte der Pfarrer, während Malena aufschloß. »Du warst immer ein beherrschter Mensch, zeig, daß du es auch jetzt bist. Abends, wenn du allein bist, laß deinen Tränen freien Lauf. In diesen Mauern, im Schutze deiner Schule, die du dem Wissen zum Ruhm errichtet hast, wird keiner dein Geheimnis erfahren, keiner Zeuge deines Schmerzes sein, aber am Tage — sei auf der Hut, am Tage mußt du die Direktorin sein, die das Steuer des Schiffes führt, die in dem Sturm, der ihr Liebstes bedroht, nicht weinend vom Schiff flieht und es auf hoher

See seinem Schicksal überläßt, sondern weiterfährt, mit ihrem Schiff, ihrer Schule, ihrer Liebe, bis sie den sicheren Hafen erreicht . . .«

Die Stimme versagte ihm, die sein Inneres erhellte. Er hätte noch viel zu sagen gehabt, aber er hatte Eile, er durfte nicht zu spät zum Religionsunterricht kommen, auch war hier weder der Ort noch die Gelegenheit, große Reden zu halten, denn er hätte an der unglücklichen Frau, die eben noch so stolz und aufrecht gewesen war, eine denkbar schlechte Zuhörerin gehabt.

Als der Schatten des Pfarrers verschwunden war, wurde die sonntägliche Stille noch fühlbarer, sahen die für die Gäste bereitgestellten Korbstühle noch einsamer aus als zuvor, und Malena, wie von einem Mechanismus bewegt, wandte sich um, schloß die Zeitung in ihren Schreibtisch ein, verschloß auch die Tür ihres Arbeitszimmers und ging in das kleine Eßzimmer, das sie kaum zu erreichen glaubte, so erregt war sie.

Ach, wenn nun die Kamelien nur eine Vision, ein Traum gewesen wären! Ach, wenn sie nicht dort stünden! . . .

Mit klopfendem Herzen, geschlossenen, vom Weinen geschwollenen Lidern und fliegendem Atem küßte sie wieder und wieder die teuren Blumen, die ihr jetzt noch teurer waren — sie kamen von einem zum Tode Verurteilten, waren vielleicht sein letzter Gruß, denn wenn sie ihn lebend fingen, würden sie ihn erschießen, auf jeden Fall würden sie ihn töten, wenn sie seiner habhaft wurden und er Widerstand leistete . . .

Aber wer hatte sie gebracht? Wie unvorsichtig von ihm . . ., auf seinen Kopf war eine Prämie ausgesetzt . . ., tot oder lebendig . . ., fünftausend Dollar für den, der ihn bringt, tot oder lebendig . . ., aber durch die Blumen . . ., durch die roten Kamelien könnte sie vielleicht sein Versteck finden und ihn retten, wenn sie herausbekäme, wer sie gebracht hatte . . .

Nach der Magd klingeln? Es war keine Zeit zu verlieren. Noch während sie überlegte, ging sie in die Wirtschaftsräume und fragte, wie die Blumen in die Schule gelangt seien.

»Die hat ein Indio gebracht«, antwortete die Magd.

»Hat er nicht gesagt, wer sie geschickt hat?« fragte Malena eindringlich.

»Nein . . .«

»Wie sah der Indio denn aus?« forschte sie verzweifelt.

Die Magd, die auf diese Frage nicht gefaßt war, stammelte: »Na ja, wie soll er schon ausgesehen haben . . ., halt so . . ., barfuß, zerrauft, ohne Hut ...«

»Aber Mädel, wie könnt ihr etwas annehmen, ohne zu fragen, woher es kommt, wer es geschickt hat ... Ich muß mich doch für die Blumen bedanken, und bei wem soll ich ...«, die Stimme versagte ihr.

»Ich frage immer, wenn was gebracht wird, Frau Direktorin, aber diesmal war es so ein Schlingel aus dem Dorf, der es furchtbar eilig hatte. ›Da, nehmen Sie‹, hat er gesagt, und weg war er.«

»Und du erinnerst dich nicht, wie er ausgesehen hat? Hast du dir sein Gesicht nicht gemerkt? Kam er dir nicht irgendwie bekannt vor?«

»Nein ...«

»Wenn etwas abgegeben wird, so fragt doch um Gottes willen, vergeßt nicht zu fragen ...« Sie wandte sich um und fügte zornig hinzu: »Ja, kann mir denn keiner helfen?«

»Ach, Señorita! Señorita! ...« Das Mädchen lief ihr nach und rief mit der fröhlichen Stimme eines Menschen, dem endlich das verhängnisvolle Glück des Erinnerns zuteil wird: »Wissen Sie, wer die Blumen gebracht hat? Einer von den Jungen, die bei Popoluca das Töpfern lernen.«

»Bist du sicher?«

»Ziemlich ...«

Kein Feuer entzündet sich so heftig und breitet sich so rasend aus wie die Hoffnung. Sie mußte sofort, noch in dieser Minute, zu Popoluca gehen. Wenn einer seiner Schüler den Kamelienstrauß gebracht hatte, dann war es einfach herauszufinden, wo Mondragón sich verbarg. Sie ging in ihr Zimmer, legte etwas Puder auf, zog sich flüchtig die Lippen nach, ordnete rasch das Haar und eilte in das Direktorzimmer, wo sie sofort klingelte, einmal, zweimal, dreimal ... Señorita Cantalá ... Ja, sie ist schon da ...

»Sagen Sie, Señorita, haben Sie für heute die Mädchen zum Chorsingen bestellt?«

»Einige, sie müssen gleich da sein, Frau Direktorin«, versicherte die Lehrerin eifrig. »Wie schade, wenn ich gewußt hätte, daß Sie den Chor hören möchten ... Ich lasse nämlich nur die ganz Unmusikalischen kommen, weil ich sie mir einzeln vornehmen will, um durch die Wiederholungen keine Zeit zu verlieren.«

Malena blieb einige Sekunden stumm, aber der immer ängstlichen Lehrerin kamen sie vor wie eine Ewigkeit. Schon das Schweigen der Direktorin empfand sie als Tadel. Sie war daher um so glücklicher, als sie Malena sagen hörte: »Dann kommen eben nur die Schülerinnen mit, die Sie bestellt haben. Wir werden einen kleinen Spaziergang machen, nicht weit, hier in der Gegend, der Nachmittag ist wundervoll . . .«

Der Kummer und ein stechendes Unbehagen über das, was sie soeben gesagt hatte, schnürten ihr die Kehle zu. Nichts Wundervolles hatte dieser schaurige Nachmittag, so schaurig, daß sie am liebsten die Augen geschlossen hätte, um nichts mehr zu sehen von einer Welt, die im Handumdrehen fremd und feindlich für sie geworden war. Aber Adjektive sind geduldig, Worte sind geduldig . . ., sagen kann man alles . . ., wie entsetzlich! . . .

»Nicht wahr, der Nachmittag ist wundervoll?« wiederholte Malena beharrlich, und es schüttelte sie, aber sie ließ es sich nicht anmerken.

Ana María Cantalá stimmte mit einem winzigen Ja dem Vorschlag zu und nahm sich vor, die Direktorin unterwegs zu fragen, ob sie gelegentlich nach dem Unterricht oder sonntags auf dem Klavier der Schule üben dürfte.

»Gehen Sie in die Vorratskammer«, ordnete Malena an, »wir müssen Obst mitnehmen, damit wir es nachher an die Mädchen verteilen können.«

Während Señorita Cantalá sich eilig entfernte, kehrte Malena in das kleine Speisezimmer neben ihrer Schlafstube zurück. Wenn sie etwas tat, konnte sie sich leichter fassen und wurde ihrer Niedergeschlagenheit besser Herr. Sie kannte ihr Ziel, wenn auch nur verschwommen und unklar.

Wenn ich doch meinen Liebsten träfe, dachte sie, während sie sich die Kamelien an die Brust heftete, mein Leben gäbe ich dafür, ihn sagen zu hören: Sie sind blutrot wie dein Herz.

Ana María Cantalá, hochgewachsen, rundlich, kleiner Kopf und große Augen, wartete auf dem Korridor, an der Spitze ihrer Schülerinnen, die, als sie Malena begrüßten, die Behauptung Señorita Cantalás bestätigten: sie waren wirklich unmusikalisch.

Und wenig später schon gingen sie durch die Straßen, die schüchterne, locker gefügte Herde ärmlich gekleideter, barfüßiger Mädchen, die Lehrerin, Señorita Cantalá, mit der Obsttasche am Arm, die sich mühte, Ordnung zu schaffen, und durch ihre übereifrigen Ermahnungen nur Unordnung stiftete, und die Schulleiterin, die wußte, daß ihre armen, sich um jeden Schritt mühenden Füße — lieber hätte sie sich im verdunkelten Zimmer eingeschlossen und keinen Menschen gesehen — zu Popoluca wanderten, damit sie um Auskunft bitten konnte, denn wenn die Kamelien von dort gekommen waren, dann mußte der alte Bildhauer etwas über Juan Pablos Verbleib wissen.

»Wenn wir genug Zeit haben, gehen wir auf den Cerro Vertical«, sagte Malena zu den Mädchen, »aber vorher muß ich noch bei Popoluca vorbei, unterdessen lasse ich das Obst an euch austeilen.«

»Danke schön! . . . Sagt danke schön, Frau Direktorin!« befahl Señorita Cantalá, und durch die buckligen Gassen Cerropoms mit ihrem Rückgrat aus Kopfsteinen schallte ein vielstimmiger Kinderchor: »Danke schön . . ., danke schön, Frau Direktorin! . . .«

»Aber ordentlich, ordentlich! Was für ein Durcheinander!« schalt die Lehrerin, schwang drohend die Obsttasche gegen die lautesten Schreier und fügte hinzu, als sie Piedrafiel erblickte, der ihnen entgegenkam: »Wie häßlich, daß der Direktor von der Knabenschule euch so sieht. Vorwärts, auf den Bürgersteig, und immer schön zu zweit!«

Während die schmächtigen kleinen Mädchen mit den dunklen Gesichtern, dunkel wie gebrannter Ton, den nackten Füßen und den bunten Haarschleifen sich in Zweierreihen ordneten und auf dem Bürgersteig weitergingen, blieb Malena stehen, um mit Guirnalda zu sprechen.

»Schau an, Sie haben sie bekommen, und wie gut sie Ihnen stehen«, rief Piedrafiel aus, während er herankam. Wovon sprach er? . . . Von den Blumen? . . . Von den roten Kamelien, die sie an der Brust trug? . . . Woher wußte er, daß sie ihr geschickt worden waren?

Wortreich und heftig gestikulierend wie immer gab er die Erklärung: »Als wir am vergangenen Sonntag nach unserer kleinen Gesellschaft bei Ihnen den Indiopfaffen« — so nannte er Padre Santos hinter dessen Rücken — »auf dem Kalvarienberg abgesetzt hatten und Mondragón mich zu meiner Schule brachte, nutzte er die Gelegenheit, daß wir unter vier Augen waren, und bat mich, einen Strauß Kamelien, den er in der Hauptstadt bestellt hatte, in Empfang zu nehmen und Ihnen zu schicken, ipso facto. Was auch ausgeführt wurde. Aber da ich Mondragón nicht mehr zu Gesicht bekommen habe und wir uns diesen Sonntag nicht bei Ihnen treffen . . .«

»Der Padre . . .«

»Ja, ja, Padre Santos ist bei mir vorbeigekommen, Señorita Tabay, und hat mir bestellt, daß wir uns heute nicht bei Ihnen treffen, weil Sie mit Ihren Schülerinnen einen Spaziergang ins Grüne machen.« Er hob die Schultern, ließ die Arme in die Ärmel zurückrutschen, bis die Fingerspitzen gegen die gestärkten Manschetten tupften, und redete weiter: »Also, wie ich Ihnen schon sagte, nicht wahr, habe ich Mondragón nicht mehr zu Gesicht bekommen, und wenn Sie ihn sehen, so sagen Sie ihm bitte, daß ich die Blumen angenommen und seinen Auftrag genauestens ausgeführt habe, denn er wollte nicht, daß sie verwelkten. Also nahm ich sie aus der Schachtel, drückte sie einem Ihrer Schüler in die Hand und sandte sie Ihnen zu, damit Ihre schönen Lilienfinger sie so bald als möglich umschlössen, in denen sie, wie ich bemerke, statt zu welken, wieder aufgelebt sind ... Ah, die Frauen — sie sind der Blumen Nahrung ... Im Grunde genommen ist es nicht notwendig, daß Sie ihm das alles ausrichten, er braucht nur die Kamelien an Ihrem Busen zu sehen, Kamelien, ›blutrot wie Ihr Herz‹, und er weiß, daß ich seinen Auftrag ausgeführt habe ... Ja, ja«, fügte er geschwätzig hinzu, »Mondragón hat mir erzählt, daß Sie damals, als er Sie im Zug kennenlernte, ein ähnliches Sträußchen an Ihrem Kleide trugen und daß er, obwohl er Sie nicht kannte, diese Worte zu Ihnen gesagt hat. Wundern Sie sich nicht, wundern Sie sich nicht, daß er so offen zu mir war, denn Sie wissen doch, Verliebte, gleichgültig ob sie glücklich oder unglücklich sind, können vor ihren Freunden nichts verschweigen, und dieser sympathische junge Wegebauinspektor ist mir derartig vertraut geworden, daß ich zu behaupten wage, wir waren befreundet, noch ehe wir uns kannten. Ein prächtiger Mensch, aufrichtig, vernünftig, weit gereist, jung und mit blendenden Zukunftsaussichten.«

»Ein andermal unterhalten wir uns weiter, Herr Kollege«, unterbrach ihn Malena mit kalten, schweißfeuchten Schläfen und völlig überrieselt von dem Wortschwall Piedrafiels, der, wenn er redete, wie elektrisiert wirkte. Tick hier — tick da, Li-Li-Liderklappern, kla-klaklappernder Liderschlag, Schulternrucken, Ellenbogenstöße, in die Luft. Offenbar wußte er nicht, was die Zeitungen über das Komplott und Juan Pablo schrieben, sonst wäre er nicht bei ihr stehengeblieben, um sie zu begrüßen, noch weniger hätte er Mondragón gelobt, und am allerwenigsten hätte er ihr gesagt, daß er ihr die roten Kamelien gesandt hatte im Auftrag eines Mannes, dem man jetzt auf den Fersen war, um ihn tot oder lebendig einzufangen.

»Ein andermal unterhalten wir uns weiter, Herr Kollege«, wiederholte Malena, »aber vielleicht wollen Sie uns begleiten ...« — da sie Popoluca doch nichts mehr zu fragen hatte, war es ihr gänzlich gleichgültig, ob Piedrafiel mitkam oder nicht —, »wir machen einen Spaziergang, vielleicht steigen wir sogar auf den Cerro Vertical, um den herrlichen Nachmittag zu genießen ...«

»Ein hinreißender Nachmittag, ein Kleinod von einem Nachmittag! Aber gehen Sie lieber allein weiter, Sie sind ja in guter Gesellschaft.«

Ein hinreißender Nachmittag, ein Kleinod von einem Nachmittag! Malena würgte an diesen Worten und hielt mit flatternden Lidern die Tränen zurück, als sie sich von Piedrafiel verabschiedete und ihren Schülerinnen nacheilte. Am besten wäre es, heimzukehren und sich einzuschließen, sich im Dunkeln zu verkriechen, bis sie etwas über ihn erfuhr, der vielleicht durch diese Berge floh, ohne ein Auge zu schließen, ohne einen Bissen über die Lippen zu bringen, wahnsinnig vor Durst wie ein Tier, wie ein toll gewordenes wildes Tier, und sie ging spazieren ... spazieren, ja, spazieren, denn was sollte sie jetzt noch bei Popoluca, da sie doch wußte, daß es Piedrafiel gewesen war, der Direktor der Knabenschule, der ihr die roten Kamelien geschickt hatte ... und wenn sie ihn lebendig fingen und ihn folterten ... und ihn dann an die Wand stellten und erschossen ... und ihn dann einscharrten, irgendwo, namenlos, so daß sie nicht einmal sein Grab kannte, irgendwo in einem Loch, wie einen Hund ... und sie ging spazieren mit Hut, Handschuhen, Sonnenschirm und den Kamelien an der Brust ...

Sie stolperte, die Füße schienen ihr den Dienst zu verweigern, denn was sollte sie, ja, was sollte sie noch in der Werkstatt des alten Töpfers, dessen Gesicht fast nur aus Bart bestand, nachdem ihr Piedrafiel jede Hoffnung genommen hatte, dort Juan Pablos Spur zu finden. Was konnte Popoluca ihr über den Mann berichten, aus dem über Nacht ein gefährlicher Staatsfeind geworden war, ein Mensch, auf den man Jagd machte wie auf ein reißendes Tier, um ihn tot oder lebendig zu fangen? ... Zum Verrücktwerden! ... Wenn es gestern nicht so war, warum war es heute so? Jetzt könnten sie wie jeden Sonntag mit den Freunden zusammensitzen, debattieren, plaudern ...

Kaum hatten sie den Ort verlassen, da stiegen die Berge vor ihnen auf, hohe und weniger hohe, solche, die aus den Wolken und hinter anderen Gebirgszügen hervorlugten, und noch andere, höher als die, die sie zuerst erblickt hatten, Könige im erhabenen Reich der Weite, und dahinter neue, immer neue, steiler und steiler sich auftürmende Gipfel ..., und da war Señorita Cantalá, die im Gehen, ohne anzuhalten, mit Hilfe der aufgewecktesten Schülerinnen herauszufinden versuchte, wem die nackten Felszyklopen glichen.

»Der da ist ein Krieger! ... Der ein Zauberer! ... Der ein

Löwe! . . .« riefen die Mädchen lärmend durcheinander und blieben einen Augenblick auf dem abschüssigen Hang stehen, um das kühne Profil des gigantischen Kriegers zu betrachten, das die Lehrerin ihnen zeigte, oder den Kopf des Zauberers, auf den ein kleines Mädchen mit dem Finger wies, oder die Gestalt eines ruhenden Löwen mit mächtiger Mähne, den sie in der unendlichen, golden schimmernden Ferne entdeckt hatten.

»Haltet doch ein bißchen Ordnung«, schalt Señorita Cantalá, »und macht nicht solchen Staub . . ., nun, wird's bald . . ., hebt die Füße beim Gehen, oder wir kehren zurück, und mit dem Spaziergang ist es aus . . .«

Ach, wie gern wäre Malena nach Hause zurückgekehrt . . . Was sollte sie bei Popoluca, da sie doch wußte, daß Guirnalda ihr die roten Kamelien geschickt hatte?

»Seht mal! . . . Seht mal dort! . . . Seht euch den Berg an, Kinder!« Die Lehrerin streckte die Hand aus. »Er sieht aus wie ein Krug . . . wie eine Frau, die aus einem Krug Wasser trinkt!«

Malena, die bisher kaum auf dieses Spiel der Vergleiche geachtet hatte, blickte auf, als sie von einer Frau und einem Krug sprechen hörte, und erbebte. Das war wirklich die Gestalt einer steinernen Frau, aber sie trank kein Wasser, sie rief, rief in einen Krug hinein, so wie sie gestern abend unzählige Male gerufen hatte — den Namen Juan Pablo . . .

Juan Pablo! . . . Juan Pablo! . . .

Sie sah sich erschreckt um. Nein, nein, sie hatte es nicht laut gesagt, in ihrem Kopf tönte es wider . . .

Tot oder lebendig . . . Tot oder lebendig . . .

Die Lehrerin trat zu ihr und sagte: »Wir sind bei Popoluca angekommen, Frau Direktorin . . .«

»Ja, ja«, stammelte Malena, »ich gehe nur einen Augenblick hinein, die Mädchen können hier draußen warten, ich spreche mit ihm, und dann steigen wir auf den Cerro Vertical . . . Lassen Sie sie spielen und teilen Sie das Obst aus . . .«

Worüber sollte sie nur mit Popoluca sprechen? Sie klopfte mit ihren kleinen Händen an die Tür, und es klang, als picke ein Vogel mit dem Schnabel an einem riesigen Baum. Fast augenblicklich wurde geöffnet, und auf der Schwelle erschien Popoluca, mehr Bart als Gesicht, und seine tiefliegenden Augen, winzig wie zwei Wassertropfen, weiteten sich sekundenlang und suchten zu ergründen, wer außer der Schulleiterin zu ihm kam. Er grüßte Señorita Cantalá, zwinkerte den Kindern zu, die wie gebannt den alten Mann anstarrten, und schloß die hohe, breite, aus einem Stück gefertigte Tür, die sich in klobigen Angeln drehte.

5

»Gott hat Sie zu mir geschickt! Gott hat Ihnen gesagt, Sie sollen zu mir kommen! Gott, der uns oft Dinge tun heißt, ohne daß wir es merken, und wir gehorchen, ohne zu wissen warum!«

Mit diesem Wortschwall, diesem unerwarteten Ausbruch begrüßte Popoluca die Schulleiterin, in der einen Hand den breitrandigen Hut, in der anderen ein Tuch, mit dem er sich die verschwitzte Stirn wischte. Er ließ sie nicht zu Worte kommen. Er setzte den Hut auf, ergriff sie am Arm und zog sie fort, zog sie fort, hastete mit ihr in die Werkstatt, in seine Wohnung, und dort, im hintersten Raum, bedeutete er ihr, mehr durch Zeichen als durch Worte, zu warten, verließ das Zimmer, spähte nach allen Seiten, und nachdem er sich überzeugt hatte, daß niemand in der Nähe war, kam er fast auf Zehenspitzen zu Malena zurück und flüsterte ihr ins Ohr: »Er war hier«, und als er ihr erstarrtes, totbleiches Gesicht sah, hauchte er beinahe lautlos: »Dienstag . . ., letzten Dienstag, vor vier Tagen war er hier . . ., er kam im Morgengrauen und ging gegen Abend . . .« Ein langer Seufzer der Erleichterung und wieder ein Gang nach draußen, eine Vorsichtsmaßregel, die er alle paar Minuten wiederholte.

Malena stand wie angewurzelt, wußte weder, was sie tun, noch was sie sagen sollte. Aber während Popoluca zurückkehrte, hatte sie Zeit, ihre Hände wiederzufinden, die vor ihrem mit eiskaltem Schweiß bedeckten Gesicht lagen, suchte mit zitternden Fingern ihre Lippen, ihren Mund, wollte sprechen — hatte sie Zeit, das Schluchzen zu unterdrücken, sich zur Ruhe zu zwingen und wieder jenes höhere Wesen zu werden, das sie für die anderen verkörperte, die Frau Direktorin, die jetzt in strengem Ton fragte, warum man sie nicht benachrichtigt habe.

»Das war natürlich das erste, was ich tun wollte«, Popoluca, dem einfiel, daß er den Hut aufgesetzt hatte, nahm ihn wieder ab, »zu Euer Gnaden laufen und alles erzählen, wie es meine Pflicht war, aber er ließ mich nicht . . .«

»Er ließ dich nicht? . . . Wie seltsam!« stieß Malena hervor.

»Du wirst nicht einmal die Nase durch die Tür stecken, solange ich hier bin, hat er zu mir gesagt ...« — Malena, die zu begreifen begann, nickte. — »Ich bleibe nur heute hier. Wenn ich fort bin, kannst du hinausgehen, wenn du willst, kannst hinausgehen, kannst wieder hereinkommen, kannst alles tun, was dir paßt, aber vorher nicht, und du wirst auch keinem erzählen, daß du mich gesehen hast, keinem, außer Señorita Tabay, und nur, wenn du allein mit ihr bist, ganz allein, dann kannst du ihr alles sagen.«

»Er wollte jemanden um sich haben. Er muß sich sehr einsam gefühlt haben.«

»Er wollte jemanden um sich haben«, wiederholte Popoluca, »oder er war mächtig mißtrauisch, denn ich durfte mich nicht von ihm wegrühren ... Nun ja, vielleicht wollte er jemanden um sich haben, aber ich glaube doch, daß er mir mächtig mißtraute.« Popoluca wiegte den Kopf, dessen graue Mähne in den müllfarbenen Bart überging.

»Weshalb sollte er dir nicht trauen?«

»Weshalb? ... Ich werde es Ihnen gleich erklären ...«, wieder schlich er hinaus und spähte ängstlich um sich, ob jemand sie belauschte.

Seine Schritte waren nicht zu hören, ob er kam oder ging. Als er zurückkehrte, zupfte er an seinem Bart, und aus seinen halbgeöffneten Lippen tröpfelte ein Lächeln, sanft wie Milch, ein unbewußtes, pflanzenhaftes Lächeln.

»Wissen Euer Gnaden, weshalb? ... Weil er ein Flüchtling geworden war und nicht einmal dem Schatten seines Hutes traute wie jeder, auf den die Obrigkeit Jagd macht, um ihn tot oder lebendig zu erwischen.«

»Wußte er das denn?«

»Er hat es mir erzählt, hier in diesem Zimmer, wo wir sind, hat er es mir erzählt, und er hat es ganz zufällig erfahren. Wenn ich Ihnen verrate, daß er es den Chef der Streife sagen hörte, die ihn in Cerropom suchte, dann wissen Sie genug ...«

»Und das war am Montagabend?«

»Am Montagabend.«

»Aber wozu ging er denn noch so spät nach Cerropom?«

»Er ging eben ...«

Der Alte stahl sich wieder fort und warf einen Blick hinaus, ob sich um Gottes willen keiner eingeschlichen und irgendwo versteckt hatte, um sie zu belauschen, kehrte zurück und wiederholte: »Er ging eben ... Aber das Unglaubliche ist nicht nur, daß er es den Chef der Patrouille sagen hörte, die ihn tot oder lebendig einfangen sollte, das ist noch das wenigste. Was ich Ihnen jetzt erzähle, begreift man nur, wenn man es selbst gehört hat ... Aber soll ich Ihnen nicht einen Stuhl holen, damit Sie sich setzen?«

»Ich glaube, ich kann nicht sitzen, ich bin viel zu aufgeregt ...«

»Also, er war schon im Lager, im Straßenbaulager Entrecerros, und wollte sich hinlegen, sogar die Uniform hatte er schon ausgezogen, als er plötzlich Lust kriegte, noch mal rauszugehen. Aber Mann, sagte er sich, es ist schon spät, du bist sehr müde, besser, du gehst ins Bett und schläfst, morgen ist auch noch ein Tag. So hat er sich gesagt, aber er wurde immer unruhiger, kriegte immer mehr Lust rauszugehen, statt sich ins Bett zu legen. Aber Mann, hat er sich noch ernster vorgehalten, heute ist Montag, Wochenanfang, wart doch noch einen Tag. Aber er konnte und konnte nicht. Da hat er Zivil angezogen, in Uniform wollte er nicht gehen, die hat er unter die Matratze geschoben, damit sie am anderen Morgen schön glatt war, und dann ging er hinaus, als würde er von einem fernen Magneten angezogen, einer Kraft, die ihn von dort weglockte und zu einem andern Ort führte. Und hätte er das nicht getan, dann hätten sie ihn erwischt — es hat schon seine Gründe, wenn es einen so plötzlich packt —, denn einen Augenblick später stürmte die Streife in seine Baracke mit dem Befehl, ihn festzunehmen, tot oder lebendig. Aber man weiß ja, wie solche Befehle ausgeführt werden; umgelegt hätten sie ihn an Ort und Stelle und behauptet, er hätte Widerstand geleistet.«

Malena stützte sich mit zitternder Hand auf die Rückenlehne des Stuhles, um nicht merken zu lassen, daß sie fast zusammensank, als sie sich hinsetzte. Dann sagte sie, ihre Gefühle hinter einer abgedroschenen Redensart verbergend: »Der Zufall hat ihn gerettet ...«

»Der Zufall und die Liebe«, unterbrach Popoluca, und seine Äuglein glitzerten schalkhaft aus dem Bart hervor, der ihm fast bis zu den bläulichen Augenrändern und den buschigen Brauen reichte. »Er wird wohl ein Liebchen haben, das in den Krug nach ihm gerufen hat.

Malena erbleichte. Eine andere, nicht nur sie, hatte in den Krug nach ihm gerufen! Der Alte weiß alles, dachte sie und schämte sich, aber dann sagte sie sich: Warum soll ich mich schämen? ... Benutzt man in zivilisierten Gegenden nicht das Telefon, um einen geliebten Menschen anzurufen? ... Und das Radio heutzutage, wie sehr gleicht es dem Krug, der unsere Worte aufnimmt und sie ohne Draht weiterleitet bis zu dem Herzen, das sie empfängt? ... Aber am Montag hatte ihn eine andere gerufen, eine andere, die ihn gerettet hat, denn sie selbst hatte ihn erst am Sonnabend angefleht, der Plauderstunde nicht fernzubleiben ... Eine andere? ... Am Montag war er doch bei ihr gewesen, fast bis elf Uhr abends, bis sie ihm, Törin, die sie war, gesagt hatte, er solle gehen, nicht ahnend, daß sie ihn damit den Kugeln einer Mörderbande preisgab, daß sie ihn in den Tod schickte, während sie selbst weinend zurückblieb, weil sie ihm ihr albernes Tagebuch zu lesen gegeben hatte ...

»Wo mag er sich an diesem Abend in Cerropom nur versteckt haben?« nahm Malena das Gespräch wieder auf, und ihre Lippen zitterten, als sie diese Frage stellte, zitterten vor Furcht, daß Juan Pablo in Cerropom noch einen anderen Unterschlupf haben könnte, den Popoluca ihr jetzt nennen würde.

»Was heißt, wo er sich versteckt haben mag? ... Erst schlenderte er durch die Straßen, warum sollte er sich denn verstecken, er wußte doch von nichts, er ging sogar mitten durch die Patrouille hindurch, die an einer Ecke herumstand und sich ausruhte. Nein, wenn der Mann an dem Abend nicht das Schicksal herausgefordert hat ... Erst schlenderte er durch die Straßen, und dann ...«

Durch ein Zeichen gab er ihr zu verstehen, daß sie warten solle. Er ging hinaus, machte eine Runde durch die Werkstatt, trat an die Haustür, wo er auf den Lärm der spielenden Kinder lauschte, und als er zurückkehrte, verschwamm er vor ihren Augen, als wäre er nur hinausgegangen, um sich in Schatten zu hüllen.

»Versteckt hat er sich hinter der großen Weide auf dem Kalvarienberg, der zottigen Weide, die ihre Zweige über die Kirchhofsmauern hängen läßt. Und daher ist dann alles gekommen, weil er dort hören konnte, was er gehört hat. Eingenickt war er, saß wie angegossen auf der Steinbank, die an der ganzen Vorderseite des Pfarrhauses entlangläuft, wartete auf den ersten Bus für die Straßenarbeiter, um ins Lager zurückzukehren, als er die Patrouille kommen hörte, zuerst viele Schritte, dann nicht nur Schritte, sondern auch Stimmen, Gähnen, Fluchen, Spucken, die die kalte Stille nach Mitternacht unterbrachen. Allmählich kamen sie näher, einer hinter dem anderen, die Ledersandalen klapperten auf dem Kopfsteinpflaster, aber dann machten sie halt, weil der Chef vorn an der Spitze haltgemacht hatte. Der Chef kratzte sich den Kopf, als wollte er den Ärger rausjagen, und brüllte, als ein paar Soldaten auf ihn zutraten: ›Den Mondragón müssen wir schnappen, tot oder lebendig ... Wenn er uns jetzt auch durch die Lappen gegangen ist, kriegen tun wir ihn doch, aber er macht uns schwer zu schaffen ...!‹ Nun, er wird ihnen auch weiter schwer zu schaffen machen, denn ich glaube nicht daran, daß sie ihn noch kriegen, er ist der Mann, der das Schicksal dreimal herausgefordert hat. Das erste Mal, als sie ihn um ein Haar in der Baracke erwischt hätten, wenn er nicht spazierengegangen wäre, das zweite Mal, als er mitten durch die Patrouille durchging und sie ihn nicht erkannten, weil er in Zivil war und sie ihn in der weißen Uniform des Wegebauinspektors suchten, und das dritte Mal, als er den Chef sagen hörte, daß sie ihn suchten, tot oder lebendig. So, und mehr sage ich nicht. Ich glaube nicht daran, daß sie ihn kriegen.«

»Hat er nicht hinterlassen, wohin er gegangen ist?« fragte Malena, als wäre ihr die Sprache zurückgekehrt.

»Hat er nicht. Er machte sich auf den Weg, als es schon dunkel war, sehr dunkel. Ich sah ihm nach, die Dunkelheit in seinem Rücken wurde dichter und dichter, und weg war er.«

»Warum ist er nicht hiergeblieben, das verstehe ich nicht.«

»Es war zu gefährlich.«

»Noch gefährlicher ist, wenn sie ihn unterwegs treffen, ihn erkennen und ...«, die Zunge sträubte sich ihr, »die wissen doch bestimmt schon, daß er nicht in Uniform ist.«

»Den erkennen sie nicht so leicht, Señorita ... Er ging nämlich weg, angezogen wie ... nun, wie unsereiner, wie ein Bauer, mit Sandalen, Strohhut, Schnurrbart ... Ich hab ihm einen Korb mitgegeben mit Eierfladen, Salz und einem Kürbis voll Wasser. Bloß die Zigaretten und das Feuerzeug hat er vergessen ...

»Wie soll ich dir das lohnen, Popoluca?«

»Warum wollen gerade Sie mir das lohnen?«

»Natürlich, du hast recht«, versetzte Malena hastig und fragte: »Wo sind denn seine Sachen?«

»Im Ofen.«

»Versteckt?«

»Verbrannt ... Der Anzug, die Schuhe, alles zu Asche geworden. Die anderen Dinge, Brieftasche, Füllfederhalter, Schlüsselbund, Taschentücher, hat er mitgenommen. Übrigens, bei Füllfederhalter fällt mir was ein, fast hätte ich es vergessen, er hat nämlich gesagt, ich sollte Ihnen dieses Zettelchen geben, wenn Sie herkämen oder wenn ich zu Ihnen in die Schule ginge ...«

»Aber Popoluca! ...«

Das Wort blieb im Raum hängen, denn Popoluca war verschwunden. Sicherlich, um den Brief zu holen, den langen Abschiedsbrief, den Mondragón ihr geschrieben hatte. Aber offensichtlich war Popoluca nur hinausgegangen, um sich zu vergewissern, daß niemand das Haus betreten hatte, denn als er zurückkam, knotete er das Taschentuch auf, in dem er zum Schein auch ein paar Münzen aufbewahrte, und fischte ein winziges Papierröllchen heraus.

Die Sehnsucht, zu erfahren, was er ihr geschrieben hatte, war so groß, daß sie, ohne enttäuscht zu sein, statt nach dem erwarteten Brief nach dem Zettelchen griff. Nein, sie griff nicht danach, sie riß es Popoluca aus den Händen, entrollte es und las: »À bientôt, Chérie! Jean Paul«.

»Sie sollen es zerreißen . . ., er hat gesagt, sobald Sie es gelesen haben . . .«

»Ja, ja . . .«, sie umschloß das Stückchen Papier so fest, daß sie sich die Nägel ins Fleisch grub, dann richtete sie sich hoch auf, als bemühte sie sich, den klaren Kopf nicht zu verlieren.

»Nein, Popoluca, ich suche nichts . . . Ich fühle . . ., denke . . ., atme . . ., lebe, hier, wo er am Dienstag war . . .«

»Den ganzen Tag, bis spätabends . . .«

»Und seither hast du nichts mehr von ihm gehört?«

»Nichts. Die Soldaten kommen und gehen . . .«

»Waren sie auch bei dir?«

»Ja, um Wasser zu trinken und um den Jungen beim Töpfern zuzusehen . . . Mich verdächtigen sie nicht.«

Draußen lärmten die Mädchen, sprangen, rannten, jagten sich, zogen einander an den Zöpfen, prügelten sich und wälzten sich im Sand, während Señorita Cantalá schalt und ermahnte.

Malena las von neuem: »À bientôt, Chérie! Jean Paul«, dann führte sie das Stückchen Papier an die Lippen, als wollte sie es sich einverleiben, küßte es inbrünstig, zerriß es und wiederholte: »À bientôt . . . à bientôt, Chérie! . . .«

Sie fühlte sich von den Äuglein des Alten ertappt, die freundlich und verstehend aus dem müllfarbenen Bart blinzelten, und wandte sich ihm zu, entschlossen, ihm alles zu erzählen.

»Popoluca . . .«

»Sie brauchen mir nichts zu sagen«, fiel er ihr ins Wort, »ich habe Sie und Señor Mondragón einmal zusammen gesehen, auf dem Cerro Vertical . . .«

»Wir wollten das Meer sehen . . .«

Ich möchte, daß du jetzt gehst . . ., ich muß allein sein . . ., ich möchte, daß du jetzt gehst . . ., ich muß allein sein . . ., die Straßen von Cerropom glitten unter seinen Füßen weg . . ., ich möchte, daß du jetzt gehst . . ., ich möchte, daß du jetzt gehst . . ., glitten unter seinen Füßen weg . . ., glitten unter seinen Füßen weg . . ., lautlose Flüsse aus weißen Steinen . . ., die Straßen . . ., der Platz . . . und wieder der Platz, der schon mehrmals weggeglitten war . . ., und jetzt wieder diese Straße, und jetzt jene, und alle glitten weg, alle glitten weg unter seinen unbeweglichen Füßen, die an den Worten hafteten, mit denen Malena ihn verabschiedet hatte . . ., ich möchte, daß du gehst . . ., nächste Woche besuche ich dich im Arbeitslager, dann sprechen wir miteinander . . ., ich muß jetzt allein sein . . .

Nachlässig, ohne stehenzubleiben, stülpte er den Hut auf. Das Gefühl, daß ihm die Straßen unter den Füßen wegglitten, war verschwunden. Er war es, der mit seinen hallenden Schritten die Stille dieses Ortes störte, den ringsum steile Abgründe einschlossen. Es gab keine Straßen, keine Plätze mehr auf dieser Insel aus Stein, die umgeben war von der Leere der Gipfel. Wenn ihm doch Flügel wüchsen . . ., Flügel zu haben . . ., die Füße zurückzulassen, die auf jenes »Ich möchte, daß du jetzt gehst . . . ich möchte, daß du jetzt gehst« traten, und sich aufzuschwingen in das Schweigen der Unendlichkeit!

Ein anderes Schweigen hatte er durchschritten, ohne es zu ahnen, eine größere Unendlichkeit, als er durch den Trupp der Soldaten gegangen war, die ihn greifen sollten, tot oder lebendig. Das Schweigen des Todes, der Ewigkeit, das unergründliche Schweigen, das seinen Schritten gefolgt wäre, hätten sich die nach Schnaps gierigen Männer nicht an der halboffenen Tür der Kneipe gedrängt, während ihr Chef, durstiger noch als seine Leute, durstig nach Taten und Offizierstressen, den Kopf in den Nacken legte, daß er fast das Käppi verlor, und ohne Atem zu holen, ohne die Flasche abzusetzen, den Säbel unter den Arm geklemmt und über dem Bauch das viel zu straff sitzende Koppel, einen Liter Bier in sich hineingoß. Hatten sie Mondragón bemerkt? Hatten sie ihn vorbeigehen sehen? . . . Ja, ja, aber sie würden doch nicht ihre Zeit mit einem Zivilisten vergeuden, hatten sie doch nicht Hände genug, um in jener Spelunke nach den Gläsern zu greifen, sie suchten einen Wegebauinspektor, einen Offizier in weißer Uniform.

Aber in Mondragón erwachte die Gier, das Verlangen nach einem Schnaps, und als er sich auf den Heimweg machte, überlegte er, ob er nicht Padre Santos wecken und ihn um ein Gläschen bitten sollte.

Ich klopfe an sein Schlafzimmerfenster, dachte er, während er sich dem Kalvarienberg näherte, er wird sofort aufmachen, weil er meint, es sei ein Kranker, dem er die Beichte abnehmen soll, oder Lehrer Guirnalda, der noch mit ihm schwatzen will . . .

Seitdem Juan Pablo Malena in Cerropom wiedergefunden hatte, vermied er, an das einzige zu denken, das ihn, falls es mißlang, für immer von ihr trennen konnte. Es brachte ihn zur Verzweiflung, daß er sie wiedergefunden hatte, als er sich schon nicht mehr seiner furchtbaren Verpflichtung entledigen konnte, und um nicht in den Abgrund seiner Gedanken zu stürzen, flüchtete er in die Blindheit der aufkeimenden Liebe und vergaß, daß die Uhr die entscheidende Minute seines Lebens immer näher brachte. Er schritt rascher aus, dem Kalvarienberg entgegen, ohne zu wissen, ohne auch nur zu ahnen, daß zu dieser Stunde bereits alles entdeckt war und daß die Patrouille, der er soeben begegnet war, in diesem Augenblick durch ebendiese Straße streifte und ihn suchte, tot oder lebendig, weil er angeklagt war, den Sprengstoff zur Herstellung der Bomben geliefert zu haben und der Fahrer des Lastwagens zu sein, der dem Auto des Präsidenten für das Attentat den Weg versperren sollte.

Da war er endlich, der Kalvarienberg, nicht in Golgatha, sondern am äußersten Rande einer Hochebene. Bäume mit spinnwebhaft wirrem Geäst, mehr Zweige als Laub, überdachten den breiten, ungepflasterten Weg, der zum Kirchenportal führte. Auf der einen Seite erhob sich im Hintergrund das Pfarrhaus. Entschlossen, an das Fenster des Paters zu klopfen und ihn um einen Schnaps zu bitten, beschleunigte Mondragón den Schritt, aber dann verließ ihn der Mut. Nachdem er wie ein Verliebter vor dem Fenster des Geistlichen auf und ab gegangen war, gab er sich einen Ruck, zögerte wieder, hob schon die Hand, um an die Scheibe zu pochen, senkte sie wieder und ließ sich schließlich auf die Bank vor dem Pfarrhaus fallen, eine sehr lange, festgemauerte Steinbank, die bis zur Ecke lief, wo der Friedhof begann und wo sie sich im Schatten einer Trauerweide verlor. Die Weide, die zwischen den Toten wuchs, überragte die Kirchhofsmauer und breitete die dichten Wimpernzweige verschwenderisch über die Lebenden. Mondragón hatte sich in einiger Entfernung von ihr niedergelassen, aber als es kälter wurde, rutschte er, ohne aufzustehen, über die polierte, steinerne Fläche in den Schutz der Zweige. Er schob die Hände in die Hosentaschen, streckte die Beine aus, legte die Füße übereinander und dachte verzweifelt und ratlos nach über das, was zwischen ihm und Malena geschehen war. Er wußte es sich nicht zu deuten. Sie geht zu dem Bücherregal, er sieht sie vor sich, wie sie aufsteht, sich seinen Armen, seinen Küssen, seiner Zärtlichkeit entzieht, sieht, wie sie ein paar dicke, rot eingebundene Wälzer herausholt, sie wieder an ihren Platz stellt und mit einem Heft zu ihm zurückkommt, das sie ihm zu lesen gibt. Erst als er es in den Händen hält, erkennt er, daß es ihr Tagebuch ist. Er liest. Da bittet ihn Malena ganz unerwartet, er möge gehen. Die Tränen laufen ihr über das Gesicht, sie schluchzt, als bereue sie, ihm ihre Geheimnisse preisgegeben zu haben. Er nimmt seinen Hut und geht, ohne daß er gewagt hätte, ein Wort zu sagen.

Was ist geschehen? . . . Warum hat sie ihm ihr »Tagebuch« zu lesen gegeben? . . . Um ihm zu zeigen, daß sie ihm vertraut? . . . Ebendeshalb hätte er es nicht öffnen, nicht einmal öffnen dürfen . . . Aber sie hat es ihm doch aufgeschlagen überreicht . . . Dann hätte er es ritterlich sofort schließen und zurückgeben müssen, als er merkte, daß sie ihm ihr Innerstes enthüllen wollte . . ., hätte es ihr ungelesen in die Hände legen, sie auf das Haar küssen und ihr damit zu verstehen geben oder sagen sollen: Meine Lippen in der Nacht deines Haares versiegeln deine Vergangenheit, von der ich nichts wissen will . . .

Mit Recht war sie so gekränkt, die Arme. Wie durfte er ihr das blinde Vertrauen, das sie ihm schenkte, mit dem schwärzesten Mißtrauen vergelten — sie auf die Folter spannen, sie zusehen lassen wie eine Angeklagte, stehend, hilflos, mit dem Rücken an das Regal gelehnt, während er las, während er mit klopfendem Herzen Buchstaben und Seiten verschlang, bangend, Malena bediene sich dieser List, um ihm zu bedeuten, daß sie gebunden war, daß sie seine Liebe nicht erwidern konnte, daß sie ein Versprechen getan hatte, daß zwischen ihm und ihr ein religiöses Gelübde stand . . .

Er hätte mit ihr sprechen, es ihr erklären müssen, statt hinauszugehen, hastig, verwirrt, den Hut in der Hand und sich ihre letzten Worte wiederholend: . . . ich möchte, daß du gehst, nächste Woche besuche ich dich im Lager, dann sprechen wir miteinander . . ., ich muß jetzt allein sein . . .

Er schob sich eine Zigarette zwischen die Lippen und zündete sie an, und der Rauch verwischte das Bild der gequälten Malena, die hart und starr war wie eine Galionsfigur, und an ihre Stelle trat die Lehrerin aus blassem Stein mit den lauschenden Augen, die nicht nur zum Sehen geschaffen waren, und dem Mund mit den vollen Lippen, um die ein trauriger Zug lag.

Er zählte die Zigaretten, die ihm geblieben waren, und blickte auf die Uhr. Er durfte nicht mehr soviel rauchen, sonst ging ihm der Vorrat aus, noch ehe es tagte. Der erste Bus kam nicht vor halb fünf Uhr morgens vorbei.

Als er die letzte Rauchwolke ausstieß, stellte er die Füße auf, die ihm einzuschlafen drohten, zog die Beine an, kreuzte sie, schlug den Rockkragen hoch, als wollte er sich vor der Kälte verkriechen, kauerte sich zusammen und senkte den Kopf auf die Brust, damit ihm der eigene Atem das Gesicht wärmte. Das Laubwerk der Trauerweide deckte ihn zu. Ein grünes Moskitonetz, durch das Mondragón die Myriaden goldener Moskitos betrachtete, die durch den Himmel flogen, und die Stille war so groß, daß er das leise Flirren der Sterne und das Fließen seiner Gedanken in der Weite der Nacht hören konnte.

Er rief sich die Gebärden Malenas, jedes ihrer Worte, selbst über die nichtigsten Dinge, ins Gedächtnis zurück, weil es ihm Freude bereitete, sich ihrer Gesten, ihrer Ansichten, ihres Stimmklangs zu erinnern, und sein Blut erhitzte sich bei dem Gedanken, daß sie ihn im Lager, in seiner Baracke besuchen wollte, und er stellte sie sich vor als seine Frau, in der Lust des Beieinanderseins, nackt in seinen Armen liegend, und er betrachtete sie, betrachtete sie wieder und wieder, konnte sich nicht satt sehen an ihrem Anblick, ergriff mit den Augen Besitz von ihr, und ihre Stimmen brachen, und ihre Küsse flossen ineinander. Alles an ihr erregte ihn, selbst die Unerfahrenheit des überreifen Mädchens, die sich zuweilen im schamhaften Erröten der Lehrerin verriet.

Die Augen fielen ihm zu, aber er öffnete sie sofort wieder, ängstlich und reuevoll, weil er keinen Augenblick verlieren wollte von dieser Nacht mit dem wachen Himmel und der erträumten Gegenwart Malenas, die sich ihm ergab mit dem schweren, dunklen Haar und dem warmen, leichten, von innen erleuchteten Leib. Er schloß die Augen und öffnete sie. Mit ihr zu sein auf der weiten Sternenbahn, im tönenden Blau. Er schloß die Augen und öffnete sie, zwei glühende, blinzelnde Zigarettenfunken, und die Gedanken hingen in seinen Wimpern, die feucht waren vom Nachttau, wie die Zweige der Weide getränkt waren von sanften Tränen und durchflimmert von Sternenaugen. Was bedeutet jenes sonderbare »und«, das in Malenas Tagebuch ihr Abenteuer mit dem kleinen Leutnant, den sie auf dem Ball im Militärkasino kennengelernt hatte, abschloß ... oder auch nicht abschloß? Seine Augen standen still zwischen den reglosen Wimpern, als wäre der Strom seines Lebens plötzlich erstarrt, als hielte der

Wind, der die Flügel seiner Augen bewegt hatte, den Atem an. Wort für Wort vergegenwärtigte er sich den letzten Abschnitt, den letzten Satz: »— es endete damit, daß ich erfuhr, er sei jünger als ich, und . . .«

Und, und, und . . . Was bedeutete dieses rätselhafte, gewollte Abbrechen, dieses mysteriöse »und« mit den Pünktchen dahinter? . . . Bedeutete es, daß zwischen den beiden etwas geschehen war, was sie dem Papier nicht anzuvertrauen wagte? Oder . . . bedeutete es, daß jene nicht bekannte, nicht zu bekennende Liebe nicht geendet hatte, noch bestand, weiterlebte? . . .

Und, und, und . . . Folgte, folgte dem und etwas, über das sie nicht zu schreiben oder das sie nicht zu beenden wagte, das wie die Fortsetzung eines starken Akkordes war, den sie in ihrem Tagebuch in den Pünktchen weiterklingen ließ?

Und, und, und . . .

Er zappelte wie ein Fisch am Angelhaken und mühte sich verzweifelt, sich von jenem »und« zu befreien, das ihm in der Kehle stak und an ihm zerrte, um ihn herauszureißen aus seiner Schlaftrunkenheit, aus der Starre, in die er durch das lange, unbewegliche Sitzen verfallen war. Aber was immer er tat — und, und, und . . . wiederholte er zwischen Schlafen und Wachen —, was immer er tat, ob er die Fäuste in den Hosentaschen ballte, ob er die Finsternis der Wimpern von der Stirn bis zu den Füßen sinken ließ, während er den Kopf nach hinten an die Mauer lehnte, er kam nicht los von jenem Zweifel, der sich in seinem Hirn festgesetzt hatte wie ein geistiger Schluckauf — und . . . und . . . und . . . Gedankenstriche, Treibsand, auf den er zaudernd den Fuß setzte, Schlucken und . . . und . . . und . . . begreifend, daß für ihn wieder die Öde, die Einsamkeit begann — und . . . und . . . und . . ., wie Schatten stiegen seine Träume vom Glück den Steg seines schweren Atems nieder, während er sich das schamlose Abenteuer zwischen einem jungen Offizier und einer Landschullehrerin ausmalte, die entschlossen ist, ihre Ferien nicht ungenutzt verstreichen zu lassen, ihre Tage und Nächte in der Hauptstadt nicht zu vertun, wo die beiden sich sehen, suchen, lieben, finden, wo sie durch ihre Hingabe, ihre Liebkosungen, ihre verlogene Keuschheit die jungen Dinger auszustechen sucht, in denen sie mit Recht Rivalinnen sieht, und wo der uniformierte Geck, prahlerisch und gierig, sich die ersten Sporen in den Armen seiner dankbaren, mütterlichen Geliebten verdient, die verzückt glucksend sich schadlos hält für die Entbehrungen langer Jahre, und, und, und . . . für alles, was sie aus Sittsamkeit,

Scham, Berechnung, aus welchem Grund auch immer, ihrem Tagebuch nicht anzuvertrauen wagt, was aber doch darin war, darin, darin — mit jenem »und, dem geheimnisvoll keimhaften, verknüpfenden Bindewörtchen, das sie für immer miteinander kopulierte. Nein, dies war unerträglich, dies war unmöglich, er mußte zurückgehen und verlangen, daß sie ihm erklärte, welche Bedeutung, welchen Sinn jenes »und« mit den ins Leere verlaufenden Pünktchen hatte . . . Und . . . und . . . und . . . Schlucken des Zweifels, der ihn stieß — und . . . und . . . und . . . der ihn würgte — und, und, und . . .

Er zuckte, als würde er gegeißelt. Mit jedem Schlucken zerstückelte jenes und . . . und . . . und . . . ihm die Seele.

Was tun? Sein Atem klang ihm rauh wie Bürstenstrich. Erst jetzt merkte er, daß es um ihn nach verdunstetem, von der Sonne getrocknetem Urin stank. Sein Blick flog hin und her, als suchte er einen Spalt, durch den seine nackten, starren Augen erkennen konnten, was er soeben geschaut hatte. So vieles hatte er sich vorgestellt und doch bis jetzt den wahren Beweggrund nicht gefunden, der Malena veranlaßt hatte, sich unerwartet zu erheben wie von einer Feder getrieben, auf das Regal zuzugehen, das Tagebuch herauszuziehen und ihm zu überreichen. Er zwang seinen Blick zur Ruhe und sah klar. Die Erklärung lag in jenem »und . . .«. Sie hatte ihm das Tagebuch zu lesen gegeben, damit er von ihrem Abenteuer mit dem Uniformierten erfahre und . . . und . . . und . . . — Schlucken, Schlucken, des Zweifels — und . . . und . . . und . . . sie verlasse oder sie nehme.

Der Speichel auf seinen Lippen klang ihm wie Lachen. Nein, nein, es war nicht möglich. Seine glühenden Hände verkrampften sich in den Hosentaschen in verletzter Männlichkeit. Ja, ja, sie verlasse oder sie nehme nach dem jämmerlichen Krieger und . . . nach Gott weiß wie vielen anderen! Darum die schmerzliche Gebärde der Frau, die sich anbietet, das unterdrückte Schluchzen, das tränenüberströmte Gesicht, die auf dem Rücken verschränkten Hände, der gespannte Körper, der sich ihm entgegenbog, ihm, dem Toren, dem Romantiker, der nicht verstand, der nicht zu ihr stürzte, sie in die Arme riß, sie über irgendein Möbelstück warf und Besitz von ihr ergriff. Aber noch war es nicht zu spät . . . Nein, nein, der Sturm der Hingabe dauert nicht länger als ein Blitz! . . . Er würde warten, würde ihren Besuch nächste Woche im Lager abwarten, und dann, ja dann, im vollen Bewußtsein dessen, was jenes »und« bedeutete, würde er sie nehmen. Wenn sie soweit ging . . . Als sie sah, daß er nicht begriff, warum sie ihm ihr Tagebuch gegeben hatte, bot sie ihm an, was er nie erwartet hätte: ins Lager zu kommen, ihn in seiner Baracke zu besuchen.

Er wandte sich gegen die blaue, harte, durchsichtige Nacht, die einem nackten Weibe so ähnlich war, juwelengeschmückt, geheimnisvoll, unergründlich, mit Armen nicht zu fassen, aber dem Blick so nahe.

Alles würde anders werden. Nach dem Besuch Malenas im Lager wären sie ... im Geist zerpflückte er das Wort und wurde hellwach im Dunkel, am Ende einer Kette von Planeten, erregt, fern, Planeten, Planeten ... bereit, von der Steinbank aufzuspringen und in die Schule zu laufen, an die Fenster und die Türen zu klopfen, bis Malena erwachte, herauskam und ihm sagte, ob jenes »und ...« das Hallen der Glocken war, die, weil sie im Traum läuten, den Wind wie Magneten in die Kirchtürme ziehen ... komm-komm ... komm-komm ... die Nacht magnetisierend, Wolke aus Sternenstaub, und die Körper der Liebenden, Wolke aus Schlafstaub ... komm-komm ... komm-komm ... Ja, ja, er mußte laufen, zur Schule laufen und Lalena fragen, ob jenes »und ...« komm-komm ... komm-komm ... wie das Rauschen des Windes war, der die Glocken bewegte, der Kuß des Klöppels auf das tönende Eisen ... komm-komm ... komm-komm ...

Aber er rührte sich nicht, konnte sich nicht erheben, war gelähmt durch den scharfen Flugwind der Fledermäuse, die ihn umkreisten, und ihm war, als schlügen sie ihn in Fesseln, die sich ihm ins Fleisch gruben gleicher Tätowierungen, und wie sollte er die endlose Kette blinder Handflügler sprengen, wie dieses Netz aus teuflischen Flügeln zerreißen, wie den Fesseln, die keine Fesseln, sondern Tätowierungen waren, entrinnen?

Er kämpfte, um Kopf und Körper aus der fliegenden Zwangsjacke zu befreien. Er mußte laufen, zu Malena eilen, von ihren Lippen, die der lockenden magnetischen Glocke glichen, erfahren, von ihren Lippen aus schlummerndem Metall, deren geschwungene Bogen ihre magnetische Kraft erhöhten, erfahren, wer sie beide waren in der diamantenen Nacht.

Dunkel erinnerte er sich, während die Fledermäuse ihn mehr und mehr fesselten, nicht mit Stricken, sondern mit zottig geflügeltem Windhauch, mit berauschenden Tätowierungen, der Theorien über Liebe und Erdmagnetismus, die er als junger Barbier beim musikalischen Klappern der Schere vor seinen Kunden entwickelt hatte, in einer Zeit, da er ernsthaft von idealen Linien oder Achsen erotischer

Induktionsfelder sprach und von Körpern, die, berührt vom Magneten der Liebe, zueinanderfanden.

Dem Läuten der Glocken folgte Hagel, als wäre die Stille der Nacht, die ihn umgab, in Stücke gefallen. Es regnete mandelförmige, matt schimmernde Augäpfel und durchsichtige Pupillen, deren Blicke ihn überfluteten. Und noch ein Hagelschauer und noch einer, als würden über den nahen Totenacker Tausende von Tränen plötzlich zu Eis, zu nackten, wäßrigen, eisigen Hagelaugen, die auf ihn niederprasselten. Er nahm seine ganze Kraft zusammen. Es gelang ihm, die Arme aus den Tätowierungen der Fledermäuse zu befreien, die ihn banden, bedeckten, berauschten, und einige Schritte zu gehen, während er das Gesicht vor dem Regen aus Menschenaugen ohne Wimpern, ohne Lider schützte, vor Augen, die nicht in ihren Höhlen lagen, die getrennt waren von Träumen und Visionen. (Wer da? ... Ich! ... Das Echo wiederholte von jedem Grabe: Ich! ... Ich! ... Ich! ... Ich stehe für alle Toten? ... Das Echo wiederholte: Für alle Toten ...! Ich stehe für alle Toten? fragte er noch einmal ... Und das Echo wiederholte ... Für alle Toten! ...) Das Lachen sprang ihm aus der Mundhöhle als langer Zug aus Schneidezähnen und Backenzähnen, die er ausspie, statt zu lachen, Zähne, gesotten im Speichel der Pein, während der Hagel aus Menschenaugen dichter fiel, riesige Pupillen, die mit ihrem abwesenden Blick den Raum nicht füllten, sondern leerten. Er hüllte sich in zitternden Schweiß aus Federn der Kälte, aus Federn des Schlafes. Augen mit dem Blick der Frau, des Mannes, des Greises, des Jünglings, des Kindes, des Irren, des Heiligen, des Weisen trafen sich, ohne aufeinanderzuprallen, vereinigten sich, stießen sich ab, als zöge über ihm und neben ihm und unter seinen Füßen eine körperlose Menge vorbei, nur Augen, Augen, Augen ..., meergrüne ..., dunkle ..., himmelblaue ..., helle ..., eine Menge, die keinen Schlaf kannte, die immer wach war mit weitgeöffneten Hagelaugen ...

Verwirrt hob er den Kopf ... Und das Rauschen des Windes in den Glocken? ... Und der Flug der Fledermäuse?

Auf seiner Stirn haftete eins der Menschenaugen, das er mit den Fingern einfing, so gewaltsam, so heftig, daß er es zerstörte, auf seinen pochenden Schläfen zerquetschte, während ihn gleichzeitig haarsträubendes Entsetzen packte, weil er merkte, daß das, was er zwischen Stirn und Fingern festhielt, was er dort eingefangen hatte, kein Menschenauge war, sondern ein Blatt der Trauerweide ...

Er saß immer noch auf dem gleichen Platz. Wer war es dann gewesen, der dort am Friedhofseingang gerufen hatte? ...

Er betastete sich, betastete die Steinbank, suchte herauszufinden, wohin all die Menschenaugen gefallen waren, was mit dem Teppich aus Hagelkörnern geschehen war, aus Hagelkörnern, die sahen, deren durchsichtige Pupillen in schneeweißen, eisigen Augäpfeln rollten ...

Alles war erloschen, die Augen waren Blätter, die Blätter der Weide, die mit ihrem trügerischen grünen Schleier verhehlte, daß an ihren trauernden Zweigen Hunderte, Tausende von Menschenaugen hingen. Sie stand auf dem Totenacker, und ihre Wurzeln, hinabreichend bis in die trockenen Schädel, bis in die leeren Höhlen der beinernen Gesichter, sogen den Blick derer ein, die nicht mehr wie Menschen sahen, sondern wie Pflanzen, derer, die keine Augen mehr hatten, sondern Blätter ...

Er erstarrte. Felsbuckel. Hügelland. Der Morgenstern! ... Frei schwebend in der Atmosphäre der Ewigkeit, zu dieser Stunde, die nicht Tag ist und nicht Nacht, sondern Ewigkeit.

Er hatte das Gefühl, daß Malena in diesem Augenblick bei ihm war, nicht losgelöst, sondern als ein Teil von ihm, und durch die reine, durchsichtige Luft auf das Feuerzeichen am samtenen Himmelsgewölbe schaute, und die Empfindung der aus seinen Träumen geborenen Frau hieß ihn aufstehen, der er selbst so klein war und grenzenlos im Anblick des Gestirns, seine Eifersucht, seine Triebe, seine Zweifel, waren geschwunden, und er begriff, daß die Liebe emporsteigt zu den hohen, fiebrigen Gipfeln, wo die Stimme bricht, die Augen sich schließen, wo man sich selbst nur noch in dem anderen spürt, in dem anderen fühlt und der Flug der Seele Brust an Brust, Mund an Mund, Blick in Blick, Wort in Wort geschieht ...

Er schrak auf aus seiner Versunkenheit und rückte tiefer in den Schatten der Weide. Die Streife, der er vor der Kneipe begegnet war, als er Malenas Wohnung verließ, kam langsam zurück. Sie blieben im Kirchenportal stehen, während der Leutnant sich eine geschmuggelte Zigarette anzündete. Mondragón sah das Gesicht des Offiziers größer werden, als es sich dem Zündholz näherte, das der Wind ausblies. Noch ein Zündholz. Diesmal flackerte das Flämmchen in einem aus Fingern gebildeten Käfig, einer leuchtenden Schale, die der Leutnant an die Lippen führte, als wollte er das Feuer trinken.

Und in diesem Augenblick hörte er, daß die Soldaten einen gewissen Mondragón finden sollten, tot oder lebendig. Er war ihnen entwischt, er war gerade fortgegangen, als sie in seine Wohnbaracke eindrangen, um ihn zu verhaften. Daraufhin hatten sie das ganze Lager durchsucht, und jetzt streiften sie durch den Ort und hielten Ausschau nach ihm. Die Nacht war dunkel, aber das würde ihm nicht viel helfen, erklärte der Offizier und paffte, was das Zeug hielt, weil er in der Uniform des Wegebauinspektors herumlaufe, wenn also eine weiße Gestalt auftauche, dann sei er es und sie könnten auf ihn schießen wie nach der Scheibe, falls er sich nicht gefangen gab, denn der Befehl lautete, ihn möglichst lebend zu greifen, damit er seine Komplicen verpfiff.

Das Gros der Uniformierten, die zur Streife gehörten, marschierte sandalenklappernd am Pfarrhaus vorbei, ein schier endloser Zug für den unter den Zweigen der Trauerweide Verborgenen, der sich kaum auf den Beinen halten konnte, der zwei-, dreimal nahe daran war, umzusinken, der spürte, wie ihm schwindlig wurde, wie seine Knie nachgaben, so sehr erschreckte ihn die Gefahr, in der er schwebte, und die Überraschung, so plötzlich zu erfahren, daß er gesucht wurde, tot oder lebendig, weil er, wie der Streifenführer sagte, den Sprengstoff für das Bombenattentat geliefert und sich angeboten hatte, den Lastwagen zu fahren, der dem Auto des Herrn Präsidenten im entscheidenden Augenblick den Weg verstellen sollte.

Vor dem Pfarrhaus beratschlagten die Soldaten, ob sie bis zum Friedhof gehen sollten, aber der Offizier war dagegen. Als sie verschwanden, hatte Mondragón seinen Plan bereits fertig. Atem, Speichel, Blut waren ihm wiedergegeben. Über den Friedhof fliehen, die nackten Felsen hinabklettern, die wie riesige Totenschädel aussahen — leicht war das nicht —, und in Popolucas Werkstatt Zuflucht suchen, wo er ankam, als die Morgendämmerung ihr erstes Blau an den Himmel malte.

»Es scheint schon so lange her, dabei ist es erst am Dienstag gewesen, vor fünf Tagen«, schloß Popoluca, und seine knotigen Finger stupften gegen den Bart wie Kälberzungen, die versuchen, aus einem leeren Euter Milch zu saugen . . .

Er überlegte, ob er weiterreden oder schweigen sollte. Schließlich sagte er: »Rauskriegen, wo er steckt, wird schwerhalten, höchstens, wenn was passiert . . . aber so was soll man nicht mal aussprechen . . . Natürlich komme ich sofort zu Ihnen, wenn ich was erfahre. Darauf können Sie sich verlassen . . . Und nun noch eins, wenn ich mir erlauben darf, Ihnen einen Rat zu geben, denn wer bin ich schon, um Euer Gnaden Ratschläge zu erteilen, wo Sie doch so viel mehr wissen als ich. Aber sprechen Sie mit niemandem über diese Sache und gehen Sie nirgendwo hin.«

Malena verließ Popoluca wie ein Schiff, das der Sturm aus dem Hafen treibt. Die Nacht fiel ein. Oben auf dem Berg leuchteten schon die Lichter von Cerropom. Die Mädchen. Señorita Cantalá Das trockene, sandige Zirpen der Zikaden. Alles schien stillzustehen. Nur sie ging und ging. Nur sie ging und ging . . .

6

Lehrer Guirnalda war kein Freimaurer, nur ein lauer Liberaler, einer von denen, die sagten: »Stare, Lamas, Pfaffen muß man sich vom Halse schaffen«, und so etwas wie der Antichrist für Tancredo, den Küster der Kalvarienkirche, der die Finger verschränkte und sich wiederholt bekreuzigte, als Guirnalda im Portal auftauchte und sich in das Gotteshaus vorwagte bis an die hölzerne Balustrade, um herauszubekommen, wohin Padre Santos nach dem frommen Hokuspokus vor dem Altar verschwand.

»Ich, Tancredo, glaube an Gottvater, das ist mein Credo, so wahr ich Tancredo heiße, aber der Teufel in der Kirche, das hat's noch nicht gegeben, und ausgerechnet mir muß er über den Weg laufen . . .«, murmelte der Küster und schob sich durch die Bankreihen in der Sakristei. Hier würde er auf den Padre warten, der bereits die letzten Gebete der Messe sprach, und ihm zurufen: »Vorsicht, Feind in Sicht!« Unterdessen verschloß er die Spinde, die Schränke, die Kommoden und betete hastig: »Heiliger Gott, Heiliger Vater, laß uns nicht fallen und behüte uns vor dem Liberalen . . .« Wie sagte man das bloß auf lateinisch? Der Padre wußte es, und er wußte auch noch mehr. In den letzten Gebeten vor Schluß der Messe, in denen er den Erzengel Sankt Michael um Hilfe gegen die bösen Geister anrief, die sich auf Erden herumtreiben, pflegte er statt »böse Geister« »böse Liberale« zu sagen, denn mochten die einen auch grundschlecht sein, sie waren schließlich nur Geister, die anderen jedoch waren Feinde aus Fleisch und Blut.

Aber alles kam anders, und anstelle von Constantino Piedrafiel, Direktor der Knabenschule, erschien in der Sakristei ein Trupp Soldaten, die sich neben den gewaltigen, mit dem Lauf nach unten getragenen Schießprügeln sehr klein ausnahmen. Padre Santos hörte das Klappern der Gewehre und das Säbelrasseln und beendete hastig die Messe, und als er die Sakristei betrat, sah er Tancredo an der Wand stehen, und die Soldaten wollten ihm ans Leben, weil er das riesige Schlüsselbund, das er am Gürtel trug, nicht herausgab.

»Gib sie ihnen, Credo«, befahl der Geistliche kurz, ging zum Schrank, um den Meßkelch aufzubewahren, und nahm nachdem er den Ornat abgelegt hatte und nur noch mit der Soutane bekleidet war, das schwarze Käppchen vom Kleiderhaken.

»Zu Ihren Diensten, Sie wünschen?« wandte er sich an den Offizier der Patrouille, der, durch eine zerfressene, knochenlose Nase sprechend, antwortete: »Gestatten, Haussuchung.«

»Sie haben doch gewiß einen schriftlichen Befehl«, erlaubte sich der Geistliche zu bemerken.

»Einen mündlichen«, schnaubte der andere durch die von irgendeinem bösen Wurm zernagte Nase.

»Credo, gib die Schlüssel heraus und begleite die Herren.«

»Nicht nötig«, entgegnete der Offizier, »es reicht, wenn er mitkommt und aufschließt, wo wir es ihm angeben.«

»Geh mit, mein Sohn«, sagte der Pfarrer.

Tancredo konnte noch rasch, mit tränenerstickter Stimme sagen: »Rufen Sie die Gläubigen zusammen, läuten Sie die Glocken!«

Aber der Geistliche faltete die Hände und sprach pathetisch die Worte Jesu: »Regnum meum non est de hoc mundo . . . nicht wahr, Direktor? . . .« Aus den Augenwinkeln schielte er nach Piedrafiel, der den Kopf durch die Tür der Sakristei steckte.

»Padre . . , Padre . . .«, unterbrach ihn der Lehrer, »wo können wir miteinander sprechen? Es ist sehr eilig und heikel . . .«

»Der Beichtstuhl ist ein sicherer Ort«, stieß der Pfarrer zwischen den Zähnen hervor und ging Piedrafiel voraus, der ihm, mehr aus Angst, als aus Scham, auf den Zehenspitzen folgte.

»Knien Sie nieder . . .«, der andere zauderte, »sie kommen!« flüsterte der Pfarrer, und Piedrafiel, dem die Knie weich wurden, als er die Soldateska nahen hörte, kniete nicht nur nieder, sondern schob sich in den Beichtstuhl, drängte sich an den Pfarrer, um nicht erkannt zu werden. Er war der Direktor der Knabenschule, und wenn sie entdeckten, daß er zur Beichte ging, kam er vom Regen in die Traufe.

Aber die Soldaten und der Offizier gingen, von dem Küster geführt, auf die kleine Tür zu, hinter der die Wendeltreppe zum Glokkenturm begann, und stiegen einer hinter dem anderen hinauf. Piedrafiel seufzte erleichtert. Er würde Zeit genug haben, dem Padre von den roten Kamelien zu erzählen.

»Was für roten Kamelien«, fragte der Pfarrer befremdet.

»Es steht in der Zeitung, haben Sie es nicht gelesen?«

»Nein, ich habe nichts gelesen ...«

»Unser gemeinsamer Freund ..., Sie wissen doch?«, der Pfarrer nickte eifrig, ja, ja, ja, »hatte für Señorita Tabay in der Hauptstadt einen Strauß roter Kamelien bestellt, die an meine Adresse geschickt wurden, in einer Schachtel, und heute morgen lese ich in der Zeitung, die über die Verschwörung berichtet, daß das Losungswort der Verschwörer ›rote Kamelien‹ war ... Ach, lieber, lieber Padre, Sie müssen mir helfen, Sie müssen sofort in die Mädchenschule gehen und die Blumen an sich nehmen, die Närrin hütet sie wahrscheinlich wie ihren Augapfel!«

»Wo haben Sie die Zeitung?«

»In der Tasche ...«

»Geben Sie sie mir, und wenn ich noch rechtzeitig hinkomme, werden diese Blumen verschwinden, von denen wir nicht einmal mehr den Namen wissen dürfen.«

»Gott segne Sie!« rief Piedrafiel aus.

»Die Rollen haben sich vertauscht ...«, sagte Padre Santos und schüttelte, als er vom Beichtstuhl aufstand, die weite Soutane, wie er es immer machte, um die Sünden loszuwerden, die ihm ins Ohr geflüstert worden waren und die er auf sich herumkrabbeln fühlte wie Flöhe und Läuse, was diese Tierchen oft genug wirklich taten.

»Sie werden den ganzen Ort durchsuchen, jedes Haus, heißt es.« Piedrafiel lief hinter dem Pfarrer her, der in die Pfarrei ging.

»Wie Sie sehen, Herr Direktor hat man mit dem Haus Gottes den Anfang gemacht, eine Ruhelosigkeit, und dann ist das Pfarrhaus an der Reihe ...«

»Und dann die Schulen«, unterbrach Piedrafiel, »die Mädchenschule, darum habe ich ja solche Angst, daß Sie nicht rechtzeitig hinkommen, wenn Sie sich nicht sputen ... Diese Blumen können sie auf die richtige Fährte bringen, und wir sind dann Implizierte ...«

»Jetzt gebrauchen Sie auch schon dieses abscheuliche Wort, das in keinem Lexikon zu finden ist.«

»Und die Zeitung? Sie gehen ja ohne die Zeitung ... Nehmen Sie sie mit, es ist die gestrige«, und aus den Händen Guirnaldas wanderte verstohlen ein mehrfach zusammengefaltetes, verschwitztes Papierkissen in die Tasche der Soutane. »Zeigen Sie sie Señorita Tabay, damit sie die Blumen verschwinden läßt, ehe die Soldaten kommen.«

»Das wird noch ein Weilchen dauern«, antwortete Padre Santos, »die sehen sich offenbar erst den Ort von oben an.«

»Aber Padre, was stellen Sie sich eigentlich vor, das ist doch ein ganzes Bataillon, was jetzt das Dorf durchstöbert, Streifen hier, Streifen da. Glauben Sie vielleicht, es hätte heute morgen Fleisch gegeben? Nicht mal für die Suppe. Schon in aller Frühe sind sie dem Jüngsten von den Roldáns, der gerade geschlachtet hatte, auf den Hals gerückt und haben verlangt, daß er ihnen was liefert, und der Unglückliche mußte das ganze Rind liefern! Brot gab es auch nicht, denn die Öfen der beiden Bäckereien im Ort reichen nicht aus. Kein Brot, kein Fleisch, ich weiß nicht, wovon die armen Menschen leben sollen.«

»Von Portulak . . .«

»Nicht mal das wächst auf diesen kahlen Bergen, und da die Händler, die Gemüse und Obst heraufbringen, nicht durchkamen, weil alle Wege gesperrt sind, wurde der Ausnahmezustand verhängt . . . Aber gehen Sie, Padre, verlieren Sie, verlieren wir nicht noch mehr Zeit, denn wenn nicht eine andere Streife die Blumen findet, so kann es die sein, die man schon vom Glockenturm herunterkommen hört.«

Die Woche war für Cerropom verloren, wie Lehrer Guirnalda erklärte, ein Montag ohne Montag, ein Dienstag ohne Dienstag, ein mistiger Mittwoch, ein Donnerstag mit Donner und Blitz, denn erst Freitag mittag wurde der Ausnahmezustand aufgehoben, zogen die Truppen und die berittene Polizei ab, hörte das bedrohliche Kommen und Gehen bewaffneter Männer durch die Straßen und in der Umgebung des Ortes auf.

Als Malena von Popoluca zurückkehrte, nicht mehr ganz so hoffnungslos, aber voller Angst, nahmen sie sich vor, in dieser Nacht die Lider nicht zu schließen, und am nächsten Morgen waren ihre Augen vom Wachen und Weinen gerötet und entzündet. Aber wie konnte sie sie ungestraft schließen, wie durfte sie die beiden einzigen Lichter auslöschen, die ihre Dunkelheit erhellten? Es war besser, die Dinge draußen zu sehen, als sich in der eigenen Finsternis zu verlieren. Und deshalb setzte sie, als sie jemanden eintreten hörte — es war Montag und doch noch so früh —, die dunkle Brille auf und warf von ihrem Platz hinter dem Schreibtisch aus, ihrem Schutzwall, wie sie ihn nannte, einen Blick über das Direktorzimmer, um sich zu überzeugen, daß alles in Ordnung war. Es konnte irgendein Beamter des Ministeriums, irgendein Inspektor sein. Vor ihr, neben der Schreibunterlage und dem Tintenfaß, die Vase mit den roten Kamelien. Aber als sie in dem Besucher Padre Santos erkannte, füllten sich ihre Augen mit Tränen, die unter den strengen Trauergläsern hervorquollen und ihr über die Wangen rannen, helle Tropfen, schwer wie destilliertes Wasser. Wortlos breitete der Geistliche die Zeitung vor ihr aus. Oben, auf der ersten Seite, stand in großen Lettern:

ROTE KAMELIEN!

Malena wußte nicht, ob sie nach der Zeitung oder nach den Blumen greifen sollte. Nach der Zeitung. Sie griff nach der Zeitung. Das Blatt brannte in ihren bebenden Händen. Atemlos las sie. Padre Santos hatte die Blumen schon an sich genommen. Rote Kamelien! Die Losung der Verschwörer.

»Diese Blumen«, sagte der Pfarrer eindringlich, »sind nicht hier angekommen, niemand hat sie geschickt, niemand hat sie empfangen, niemand hat sie gesehen! Diese Blumen gibt es nicht, hat es nie gegeben!«

Es ging nicht ohne Feilschen ab. Die Frauen sind doch alle gleich! Mit Feilschen hat sie schon der Satan geködert. Wenn schon kein Strauß, dann wenigstens eine Blume . . ., wenn schon keine Blume, dann ein Blütenblatt . . ., mehr wollte sie nicht . . ., nur ein Blütenblatt . . . oder die Hälfte eines Blütenblattes . . .

»Es ist gefährlich, Töchterchen, gefährlich. Wozu brauchst du es?«

»Um es zu schlucken!« entfuhr es Malena, und in der teuflichsen Absicht, den Geistlichen zu kränken und zu entsetzen, weil er ihr die Kamelien fortgenommen hatte, fügte sie hinzu: »Als Hostie für das heilige Abendmahl . . .

»Ich gebe es dir, meine Tochter . . ., ich gebe dir das heilige Abendmahl«, willigte der Pfarrer ein und dachte, warum soll ich der armen Seele nicht helfen, habe ich doch sogar einem gottlosen Liberalen zum Schein die Beichte abgenommen.

Malenas Lippen empfingen das Blütenblatt, das rot wie ein Blutstropfen war, und beugte weinend den Kopf, während der Padre mit dem Strauß in der Tasche der Soutane davonging. Als sie die Augen öffnete, sah sie nur noch die leere Vase vor sich und die riesigen schwarzen Zeitungslettern: ROTE KAMELIEN!

Sie zählte. Es waren dreizehn Lettern. Vielleicht hatten die Verschwörer es nicht bemerkt. Oder sie hatten es doch bemerkt und die Losung gerade deshalb ausgesucht. Ein Verhängnis! . . . Dreizehn Lettern . . .

Ein wenig später ordnete sie sich das Haar, putzte die Brille und verließ das Zimmer, um die Schulglocke zu läuten, als läutete sie Sturm, und gab doch nur das Zeichen zum Beginn der Pause. Die Ankunft einer Streife, zahlreicher noch als jene, die in die Kirche eingedrungen war, setzte der Pause ein Ende. Man hörte das Läuten der Glocke, darauf das Freudengeheul der Schülerinnen, die mutwillig lärmend aus den Klassenzimmern stürmten, und dann war Stille. Der Padre hatte die Kamelien gerade noch zur rechten Zeit fortgeholt. Bedrückende Stille breitete sich aus, während die Soldaten die Schule durchsuchten. Sie kamen von der Knabenschule. Die Klassenräume, das Direktorzimmer, die Wohnung der Direktorin, die Binnenhöfe, die Wirtschaftsräume, die Küche, der Holzschuppen und die mit Kram vollgestopften Winkel.

Der jüngste Offizier, hochgewachsen, knochig, makellos, gewichste Stiefel — seine Truppe kam aus der Hauptstadt —, sagte, als sie hinausgingen: »Süße Puppen, diese Lehrerinnen, zum Reinbeißen, und ich weiß auch, wer gern reinbeißen möchte!«

»Halt's Maul, oder ich leg dich um«, drohte ihm ein anderer Offizier und zückte die Pistole.

»Was hat dich denn gebissen? Mit dir rede ich doch gar nicht. Du schau dir den Ort an, schau dir die Leute an, schau dir die Landschaft an, den Köter, der dort vorbeiläuft . . ., dann hörst du nicht, was die Erwachsenen reden, richtige Männer, die doppelt so alt sind wie du und die das Recht haben, sich solche Puppen anzusehen . . .«

»Kusch, halt's Maul, oder du krepierst!« knirschte der andere, schon drauf und dran, seinem Kameraden eins aufzubrennen.

»Na schön, um dir den Gefallen zu tun und damit du nicht auf die Leute losgehst wie ein wild gewordener Indio, werde ich das genaue Gegenteil sagen, daß die Lehrerinnen hier häßlich sind, schlecht gebaut, plattbusig, krummbeinig, nichts dran . . .«

»Sei still!« flehte der andere, gar nicht mehr forsch, und stammelte: »Wenn ich nur dran denke, stellen sich mir die Haare zu Berge und alles andere auch, daß ich nicht einen Schritt mehr tun kann!«

»Hast wohl die Gicht . . .«

»Nein, wenn schon, dann den Tripper . . . 'n frischen Tripper . . . hab ihn mir gerade erst geholt, wenn ihr genau wissen wollt.« Er wand sich vor Schmerzen, aschgrau im Gesicht, und knirschte: »Am liebsten würde ich mir eine Kugel in den Kopf schießen!«

»Sei nicht blöd, das ist doch heilbar«, begütigte sein Kamerad, und weil ihn die Angst packte, der andere könne sich tatsächlich erschießen, befahl er, ihm die Pistole abzunehmen. »Und wenn's nicht heilbar ist, so erträgt man es, Männersachen muß man eben wie ein Mann tragen.«

»Wieso nimmst du eigentlich das Maul so voll?«

»Stufe dreiunddreißig ... Ich hab dreiunddreißig gehabt ..., der erste Tripper ist nicht heilbar, alle anderen ja.«

Der Leutnant wollte die Pistole nicht hergeben, aber schließlich überließ er sie einem Sergeanten, der ihm statt der Waffe eine Flasche Schnaps gab.

»Schnaps lindert die Schmerzen, Herr Leutnant.«

»Danke, Sergeant!« Bevor er die Flasche ansetzte, rief er aus: »Verfluchte, dreckige Hure, verflucht die Hure, die sie in die Welt setzte!«

Nach dem ersten Schluck leerte er die ganze Flasche, schnaufte rachsüchtig und versuchte breitbeinig und mit steifem Kreuz ein paar Schritte zu gehen.

Wagen, Männer zu Pferde, Passanten, Bäume, Wind, Staubwolken ...

Die Frau Direktorin war zu ihrem Schutzwall, wie sie ihren Schreibtisch nannte, zurückgekehrt, doch statt zu schreiben, klopfte sie nervös, dem Ticken der Uhr folgend, mit der Bleistiftspitze auf ein Blatt Papier, tick-tack ... tick-tack, klopfte ihr Blut, klopfte die Zeit ... tick-tack, es hinterließ auf dem Papier in Punkten und flüchtigen Strichen das Bild des Regens, den sie unablässig in ihren Ohren rauschen hörte. Ab und an fragte sie sich, ohne daß der Bleistift sein Klopfen oder der Regen das Rauschen einstellte, das sie ständig begleitete, ob die roten Kamelien, die sie vor vielen, vielen Jahren im Zug vergessen, und jene, die Padre Santos mitgenommen hatte, dieselben seien. Sie schüttelte den Kopf und dachte doch ja, weil ... es war nicht leicht, eine Erklärung zu finden, aber sie fand sie ... weil jene, die sie im Zug vergessen, die letzte Flamme einer ersten Liebe, die Hände des unbekannten Reisenden verbrannt hatten, der sie Jahre später als Blumenstrauß wiedererstehen ließ, nicht mehr als flakkernde Flamme, sondern als Feuer, als Leidenschaft ... als Losung der Verschwörer.

Sie erhob sich, als wäre sie ein Teil der Uhr, die soeben halb zwölf geschlagen hatte, und läutete die Glocke. In Zweierreihen verließen die Mädchen die Klassenräume und schritten zur Haustür, wo ihre wachsamen Augen sie verabschiedeten, ihnen folgten die Lehrerinnen, alle strebten heim, und von neuem war sie allein in der Schule.

Sie kehrte in ihre Wohnräume zurück. Die Schritte der Mägde. Ihre eigenen Schritte. Das Mittagessen. Sie senkte den Blick und ließ ihn auf den Händen ruhen. Bevor sie sich in das kleine Eßzimmer begab, wo ein Teller dampfender Suppe auf sie wartete, ging sie zu ihrem Kopfkissen, hob es auf, legte es wieder auf das Bett und gab ihm ein paar zärtliche Klapse. Es war ihr Mitwisser, und sie schüttelte es auf. Es hörte ihre Gedanken, die die ganze Nacht hindurch, mochte sie schlafen oder wachen, ein immerwährender Tränenregen waren, die ganze Nacht hindurch, wenn der Tag vorüber war, an dem sie alles Notwendige getan hatte, wie ein Automat, mechanisch, unter der Sturzflut des Leides.

Das Begräbnis eines jungen Ziegenhirten, der unweit des Cerro Brilloso abgestürzt war, Begräbnis mit Marimba und Feuerwerk, führte viele Menschen auf dem Friedhof von Cerropom zusammen. Da der Verunglückte der Bruder eines Schülers der Knabenschule war, nahm, was Rang und Namen hatte, an der Beerdigung teil: Padre Santos, die Direktoren und die Lehrer der beiden Schulen.

Nachdem der Pfarrer das Responsorium und den Segen gesprochen hatte, stellte er sich zwischen Malena und Piedrafiel und wartete mit allen anderen darauf, daß das kleine Grab ausgehoben wurde.

»Hier können wir sprechen . . . Gibt es was Neues?«

»Soviel ich weiß, nicht«, antwortete Piedrafiel.

»Dann haben sie ihn nicht verhaftet. Meines Erachtens ist er ihnen entkommen . . .«

Diese unpersönliche Art, in der der Pfarrer manchmal sprach, schmerzte Malena. (»Meines Erachtens ist er ihnen entkommen . . .«) Obgleich es ihr wohltat, zu hören, zu wissen, daß er entkommen war, schienen ihr seine Worte doch wenig zartfühlend.

»Der Padre spricht, als hätte er gewettet, daß er ihnen nicht entkommt«, entgegnete sie.

»Aber Tochter, um Gottes willen«, der Pfarrer schlug die Hände zusammen, »was denkst du von mir . . .«

»Glücklicherweise hat es mit den Blumen noch geklappt«, mischte sich Guirnalda ein, zog die Arme in die Ärmel zurück, bis die Fingerkuppen gegen die Kanten der Manschetten tupften, und fügte hinzu: »Traurig ist nur, daß sich dieser Offizier umgebracht hat . . .«

»Welcher Offizier?« fragte Malena.

»Einer von denen, die mit der Truppe nach Cerropom gekommen waren. Kaum war er wieder bei seinem Regiment angekommen, da schoß er sich eine Kugel in den Mund.«

»Wahrscheinlich war er in die Sache verwickelt, der Ärmste«, mutmaßte der Pfarrer.

»Ob er sich nun umbringt oder erschossen wird«, meinte Piedrafiel, »das ist doch dasselbe ...«

»Nein, Herr Kollege, wenn einer erschossen wird, leistet ihm ein Kaplan Beistand!«

»Auch ein Trost ..., so ein schwarzer Geier!«

Die nahe, ohrenbetäubende Explosion zweier steil hochsteigender Raketen, ein sicheres Zeichen, daß der kleine Körper, der in diesem Augenblick in die offene Grube gesenkt wurde, gen Himmel fuhr, hinderte den Pfarrer, der schon die Hände in die Hüften gestemmt hatte, gegen Piedrafiels Frechheit zu protestieren, er mußte sich damit begnügen, ihm durch Gesten klarzumachen, daß es besser sei, die Soutane zu tragen als mit Eselsohren und Teufelshörnern am Kopf herumzulaufen.

Die Beerdigung war fast zu Ende, nur das Grab mußte noch zugeschüttet und auf einem kleinen Steinhügel das Kreuz eingepflanzt werden, das sie schon fertig mitgebracht hatten, und dann, und das war viel schwerer, mußten sie fortgehen, sich losreißen, die Mutter losreißen, die bei der Leiche ihres Kindes Wurzeln geschlagen hatte. Nichts verwurzelt rascher und tiefer als Tränen. Sie mußten sie gewaltsam wegführen, fast wegtragen. Und selbst das war nahezu unmöglich. Sie konnte sich nicht abfinden, wollte den Rücken nicht wenden, das Kreuz nicht allein lassen, auf dessen Querleiste ein Name geschrieben stand: VENANCITO.

Der Küster Tancredo näherte sich, um Malena an der Tür des Pfarrhauses zu begrüßen. Als sie den Friedhof verließen, hatte sich der Schulleiter verabschiedet, und sie war allein mit dem Pfarrer weitergegangen. Tancredo kam mit freudestrahlendem Gesicht, das von seinen gewaltigen wulstigen Lippen verunziert wurde, kam, mehr Schuhe als Füße, mehr Hosen als Beine, mehr Kopf als Körper, mehr Haare als Kopf, und sagte langsam, als kaue er die Worte: »Cayetano Duende schickt mich, er möchte Sie sprechen ...

»Wen, mich?«

»Ja, Señorita.«

»Hat er nicht gesagt, was er will?«

»Nein, er hat nichts gesagt.«

»Wußte er nicht, daß ich an der Beerdigung teilnehme?«

»Als ich es ihm sagte, wiegte er den Kopf und ging ...«

Ein Trompetenstoß. Die blauen Vögel flogen bis auf die Kirchtürme.

Malena fragte: »Wem gehört diese Trauerweide?«

Tancredo sah sie mißtrauisch an. Machte sie sich über ihn lustig, oder hatte sie den Verstand verloren? Wie kann man fragen, wem ein Baum gehört . . .

»Wem soll er schon gehören, Señorita, sich selbst . . . So wie Sie sich selbst gehören, so gehört auch der Baum sich selbst.«

»Ich habe mich nicht richtig ausgedrückt, ich wollte fragen, ob die Weide zum Friedhof oder zum Pfarrhaus gehört.«

»Sie steht auf dem Friedhof, aber ihre Zweige hängen nach hier rüber.«

»Sie ist sehr schön . . .«

»Schön ist Gott allein!«

»Und seine Werke, Tancredo!«

»Die auch, freilich, aber sonst nichts, Señorita!«

»Der Pfarrer kommt und kommt nicht wieder . . .«

»Wollte er Ihnen etwas bringen?«

»Er hat gesagt, ich sollte auf ihn warten.«

»Ich geh und sag ihm, daß Sie hier warten, vielleicht hat er es plötzlich vergessen . . . und . . .«, murmelte er, als er bereits im Pfarrhaus war, »ob die übergeschnappt ist! Zu fragen, wem die Bäume gehören . . . Gott, wem denn sonst! . . . Und der Herr Pfarrer ist genauso närrisch wie sie, alle, die so viel lesen, wissen am Ende gar nichts . . .«

Malena, die erregt auf die Weide zugegangen war, wurde ruhig unter den rauschenden Zweigen, die zitterten wie ihr bebender Körper. Sie betrachtete die Weide mit halbgeöffneten Lippen, sprach lautlos zu ihr, mit dem Atem, mit den Augen, mit dem Pochen ihres bangen Herzens. Sprach zu ihr, dankte ihr für den Schutz, den sie ihrem Liebsten gewährt hatte in jener Nacht, als die Streife so nahe vorbeigekommen war und er sein eigenes Urteil vernahm. Hier hat er gestanden, hier, unter diesen Zweigen, sagte sie sich, und das Herz krampfte sich ihr zusammen, als sie daran dachte, daß sie ihn aus dem Hause gewiesen und daß diese Weide, die mitten unter den Toten wuchs, ihm Schutz gewährt hatte . . . Ach, wenn ich ihn doch nicht fortgetrieben, wenn ich ihm doch nicht gesagt hätte, ich möchte, daß du jetzt gehst, sie werden ihn greifen, weil ich nicht war wie du, Baum und Schatten!

Sie verbarg ihre Erregung — nur Popoluca und sie wußten, was es mit der Weide auf sich hatte — und ging mit Padre Santos zur Schule.

»Ich habe Zeitungen bekommen, aber ich wollte dich nicht erschrecken«, sagte der Pfarrer unterwegs.

Malena stolperte, ehe sie fragen konnte: »Haben sie ihn festgenommen?«

»Nein, Tochter, nein, das darfst du nicht einmal aussprechen! In der Zeitung steht, daß die Grenzwachen verstärkt wurden und daß gestern abend sämtliche Verschwörer zum Tode verurteilt worden sind und morgen hingerichtet werden.«

»Meine Angst ist, daß sie ihn finden, ihn töten, auf der Flucht erschießen und daß sie nichts sagen, daß man nicht erfährt . . .«

»Niemals! Schlag dir das aus dem Kopf! Es würde dem Ansehen der Regierung schaden!«

»Dem Ansehen der Regierung schaden?«

»Versteh mich recht, Tochter. Wie alle Gewaltregimes glaubt auch dieses, daß es angesehen ist, wenn es Schrecken verbreitet, und nichts flößt mehr Schrecken, mehr Grauen ein als der Tod . . . Ganz im Gegenteil« — er holte das Taschentuch hervor, um sich den Schweiß von Gesicht und Hals zu wischen, und blieb stehen, um den Nacken zu trocknen —, »ganz im Gegenteil, ich fürchte, daß sie über kurz oder lang irgendeinen anderen unterwegs erledigen und behaupten, er wäre es gewesen . . .«

»Genau siebenundzwanzig Tage«, seufzte Malena, »siebenundzwanzig Tage mit dem heutigen. Wenn ich nicht verrückt geworden bin, so nur deshalb, weil es offenbar sehr schwer ist, verrückt zu werden.«

»Gott ist sehr groß, wir müssen ihn um Erbarmen bitten«, sagte der Padre.

»Und Sie sind sehr gut, sehr heilig!«

»Hüte dich, lästere nicht! Heilig ist Gott allein. Willst du die Zeitungen behalten, soll ich sie dir hierlassen?«

»Wenn nichts über Juan Pablo drin steht, nicht. Bringen Sie sie Guirnalda, der ist immer hungrig auf Neuigkeiten.«

»Unser Komplice!« Der Geistliche lachte vor sich hin. »Dieser blöde Liberale, mit den Blumen hat er sich ganz schön in die Nesseln gesetzt, und ob du's glaubst oder nicht, er zittert vor Furcht, und wenn er mich sieht, kriegt er kein Wort über die Lippen vor Angst, daß ich ihm eine schlechte Nachricht bringe.«

Unmerklich war die Dämmerung gekommen. Malena roch von weitem den Regen, der an der fernen Küste fiel, wie er in ihren Ohren rauschte, und als der Pfarrer sich verabschiedete und sie allein stand, kam es ihr sonderbar vor, die Schule verschlossen zu sehen. Erst jetzt wurde ihr bewußt, daß Sonnabend war.

»Du hast Besuch, Frau Direktorin«, meldete eine der Scheuerfrauen. Jeden Sonnabend war Großreinemachen. Mit Besen, die lang wie Palmenhälse waren, wurden die Spinnweben von den Wänden gefegt. Die Patios wurden mit frischem Wasser aus riesigen Kalebassen begossen. Die Pfeiler wurden abgerieben, und es lag noch nicht lange zurück, da wurde alles für die Sonntagsgäste vorbereitet, die Scheuerfrauen strengten sich an, die Schule blitzblank zu putzen wie einen Hostienteller, denn auch der Herr Pfarrer kam ja, an den sie nur verschämt denken konnten, wenn sie diesen Teil der Veranda reinigten, weil ihnen jede einzelne Sünde einfiel, die sie ihm gebeichtet hatten.

Mißmutig blieb Malena stehen. Außerhalb der Arbeitszeit empfing sie keinen Besuch. Und schon gar nicht am Sonnabend. An diesem Tag war die Schule still und leer, und für jeden, der nicht zum Personal gehörte, blieb die Tür verschlossen.

»Wer will mich denn sprechen?« fragte sie ärgerlich.

»So ein Mann!«

»Ein Mann?«

»Ja, er ist einfach reingegangen.«

»Und steht zu Diensten!« dröhnte es hinter Malena, eine wohlbekannte Stimme, die sie jedoch lange nicht mehr vernommen hatte.

Cayetano Duende. Er kam auf sie zu, um sie zu begrüßen, wobei er die Hand nach rückwärts führte, den Hut an der Krempe faßte und nach vorn abnahm.

»Was werden Sie bloß dazu sagen, daß ich so einfach komme, ohne mich vorher anzumelden!«

»Aber gar nichts, Cayetano, ich freue mich sehr über Ihren Besuch, wir haben uns so lange nicht gesehen. Treten Sie ein!«

»Ich wollte schon vor Tau und Tag in Cerropom sein, hab mich aber mit allem verspätet, erst hab ich mich verschlafen und nicht aus dem Bett gefunden, so daß ich mich nicht in der Frühe, wenn's noch frisch ist, auf den Weg machen konnte, und außerdem komme ich von weit her. Wie gut, daß ich Sie gesund antreffe, gottlob!«

»Kommen Sie herein und setzen Sie sich! An Ihnen ist die Zeit tatsächlich spurlos vorübergegangen. Immer noch derselbe Cayetano Duende. Gehen wir ins Direktorzimmer. Nehmen Sie Platz, dort können Sie den Hut ablegen.«

»Nein, Señorita, mein Hut und ich, wir trennen uns nicht. Und wie geht's denn? . . . Mir ist, als hätte ich Sie erst gestern mit dem Wagen nach Cerropom kutschiert. Blutjung waren Sie . . . eine Blume ohne Dornen, nicht wahr? Damals gab's noch keine Schule, erinnern Sie sich? . . . Die Schule war ein Zimmer, das Zonicario Barillas in aller Eile geweißt hatte . . . Und Sie wohnten bei der Chanta Vega, die nun tot ist. Sie starb nicht hier, sie ging weg und starb woanders. Sie hinterließ den Jungen, den Sie noch gekannt haben, den Poncio Suasnavar, der aber eigentlich der Sohn eines gewissen Panzos war, und noch drei andere, weil sie an der einen Plage nicht genug hatte. Es gibt Frauen, die Kinder kriegen, um sich selbst zu bestrafen. So was gibt's. Und dann war da noch ein gewisser Cayetano Duende, erinnern Sie sich? . . . Ich sag ein gewisser, weil ich ein anderer bin; ich bin derselbe, aber ein anderer, das ist so eine der Eigenheiten von uns Duendes, uns Kobolden, verschieden und immer dieselben zu sein, nur Allerheiligen nicht, denn Allerheiligen ist auch der Feiertag aller Duendes. Da jeder Duende einen Heiligen hat, der ihn verfolgt, und jeder Heilige einen Duende, der ihn verteidigt, finden sich an diesem Tag alle Duendes zusammen, wie sich alle Heiligen zusammenfinden.« Malena begann sich der Kopf zu drehen. »Die Chanta Vega, Cayetano Duende, der Chinese, da unten gab es keinen Bahnhof, nur eine Fahnenstation, Sie erhielten ein Telegramm . . ., ah, Sie erinnern sich . . ., kaum, daß Sie aus dem Wagen gestiegen waren, erhielten Sie das Telegramm, öffneten es und glaubten, es wäre nicht für Sie, doch es war für Sie, aber leider nicht von dem, von dem Sie es erwarteten. Willkommen sei alles, was wir vergessen haben und was uns eines Tages neu erscheint, so neu wie alles, was wir sehen, wenn wir Nanacastepilze gegessen haben!«

Malena sah alles von neuem. Sie saß nicht an ihrem Schreibtisch, sondern auf dem Wagensitz, und vor ihr fuhr Cayetano Duende, der Rücken ein Fels, der Kopf ein Berg, der Hut eine Wolke über dem Berg, und spintisierte . . .

»Weißt du noch, daß ich dir damals sagte, die Sterne wären goldene Schlüssellöcher und deine Finger würden in diese Löcher greifen? . . . Es hat sich nicht erfüllt, aber es wird sich erfüllen, und wenn du mit mir gehst, hinauf auf die Höhe, so wirst du sehen, daß die Berge sich bewegen wie riesige Fahnen im Meereswind . . .«

Malena sprang von ihrem Stuhl auf — erst jetzt tat sie, was sie schon vor elf Jahren hatte tun wollen, als dieser Mann sie von einer Fahnenstation hoch hinauf nach Cerropom gebracht hatte, aus dem Wagen springen, nicht weiterfahren . . . —, und während sie die

Hände auf den Schreibtisch stützte, vielmehr den Schreibtisch festhielt, der wie der Wagen durch Schluchten und Schatten zu rollen schien, bot sie ihm eine Tasse Kaffee an, denn auch sie mußte etwas trinken, und zwar schleunigst, jenen Trunk der Wirklichkeit, der Luft heißt . . .

Von weitem hörte sie die Stimmen des Chors. Sie ging ihnen nach, lief beinahe vor Furcht, Cayetano Duende könne ihr folgen.

»Señorita«, sie rief die Lehrerin Cantalá zur Tür, »im Direktorzimmer ist . . .« — fast hätte sie gesagt, »ein Kobold« — »ein Herr; lassen Sie ihm eine Tasse Kaffee bringen und bestellen Sie ihm, ich hätte dringend fortgemußt. Gott allein weiß, wie müde man sonnabends ist, viel zu müde, um sich noch mit Leuten abzugeben, die einem so hereingeschneit kommen.«

»Aber natürlich, gern, Frau Direktor.«

»Und entschuldigen Sie, daß ich Sie unterbrochen habe, aber ich wußte mir keinen anderen Rat. Dieser Mensch ist wie eine Mahnung, unauslöschlich und zähe, an alles, was einmal war.«

»Ich hole den Kaffee . . .«

»Oder sagen Sie einem der Mädchen, sie soll ihn bringen.«

Die Stimmen verstummten, die der Lehrerin und die der Schulleiterin, die ihre Wohnung, genauer gesagt, ihr Bett erreichte, von dem sie sich erhob, als sie gewahr wurde, daß es nicht ihr Bett war, sondern der Wagen, der sie nach Cerropom gefahren hatte, nur daß er sie jetzt nicht brachte, sondern als Liegende mit sich fortnahm, und auf dem Kutschbock saß Duende mit seinem unerträglichen zypressengrünen Lachen, zyp, zyp, Zypresse, das ihm aus dem Munde schoß, und seinem zypressengrünen Blick, zyp, zyp, Zypresse, der ihm aus den Augen schoß, und dem mit der Schere beschnittenen Zypressenwald auf dem grünhaarigen Schädel. »Tot, nein! . . .« schrie sie auf und sprang aus dem Bett . . . Der Spiegel würde es ihr sagen, und sie ging zu ihm, aber weder der Spiegel noch ihr Bild, das leere Glas, ihre Hand, die sich selbst suchte, die durch die dünne Spiegelwand zu stoßen, zu brechen, zu dringen trachtete, um das zu fassen, was hinter den Spiegeln des Lebens ist . . . Ihr Atem . . ., ihr Atem würde es beweisen, würde sagen, ob sie tot war oder nicht . . . Sie erschauerte vor Freude angesichts ihres Spiegelbildes, das beim Hauch ihres Mundes anfangs verschwommen, dann aber immer klarer, immer deutlicher hervortrat. Ach, könnte sie doch zu sich selbst gelangen, die Arme durch den Spiegel schieben, um sich zu umarmen, sich selbst zu spüren!

»Frau Direktor . . .«

Die Stimme der Lehrerin zwang sie vom Spiegel fort. Sie blieb stehen, um sich die Brille aufzusetzen. Die tiefen schuppigen Schatten um ihre Augen glichen zwei Gliedern einer vom Salz zernagten Kette.

Die Tasse in der Hand, stand die Lehrerin im Türrahmen.

»Im Direktorzimmer, sagten Sie, Señorita? Im Direktorzimmer ist niemand.«

»Aber ich habe ihn doch dort verlassen. Vielleicht ist er fortgegangen.«

»Wie denn? Die Haustür ist verschlossen.«

»Schauen wir nach, Señorita.«

Sie ging, gefolgt von der Lehrerin, in das Direktorzimmer, und siehe da, Cayetano Duende war verschwunden.

»Wenn es kein Bekannter oder gar ein Gauner ist . . .«

»Nein, Señorita, deshalb brauchen Sie sich keine Sorgen zu machen. Es ist ein sehr guter und absolut vertrauenswürdiger Mensch, der Kutscher, der mich nach Cerropom gebracht hat vor . . ., vor . . . vielen Jahren . . ., nur daß er mich mit seinen Geschichten noch älter macht, als ich schon bin.«

»Aber Señorita, Sie sind doch nicht alt . . .«

»Ich war neunzehn, wie Sie, Ana Maria, als ich hierherkam, um die Knaben- und Mädchenschule zu leiten. Vor elf Jahren, rechnen Sie nach! Aber ich stehle Ihnen die Zeit; gehen Sie zu den Mädchen zurück und proben Sie weiter. Mein Besuch wird in die Küche gegangen sein, um dort seinen Kaffee zu trinken.«

»Nein, nein, Frau Direktor, ich werde doch nicht zulassen, daß Sie ihm den Kaffee nachtragen!«

»Nicht doch, lassen Sie die Tasse los, bitte, lassen Sie los, geben Sie sie mir, ich komme schon zurecht mit ihm, wenn ich ihn drinnen finde und er mit den Mädchen schwatzt. Er wird glauben, ich suche ihn mit dem Kaffee. Es war ja auch unhöflich von mir, ihn mitten im Satz stehenzulassen.«

»Wenn es so ist, Señorita«, die Lehrerin ließ die Tasse los, »aber wie gesagt, ich wollte ihm den Kaffee bringen.«

In den Wirtschaftsräumen stimmte etwas nicht. Im ersten Augenblick begriff sie nicht, was es war. Der Papagei fehlte! Er machte jeden Tag und zu jeder Stunde einen Höllenspektakel, aber sonnabends wurde er zum Ungewitter. Sicherlich, weil es so still war und ihm die Kinderstimmen in den Pausen fehlten.

Als sie Cayetano Duende nicht vorfand, fragte sie die Mägde, ob sie ihn gesehen hätten.

»Ja, der war doch vorhin hier«, antwortete die eine.

»Du bist doch Goya, nicht?«

»Nein, Señora Gregoria ist dort am Spülbecken und wäscht das Geschirr ab. Ich bin Nicolasa Turcios. Vor 'nem Weilchen war er hier, so ein älterer Mann. Er sagte, er hätte Sie schon gesehen, Sie wären wohlauf, und nun ginge er. Gesprochen hat er mit Señora Goya.«

Die andere kam heran, wobei sie sich die Arme an der Schürze abtrocknete, die Hände und die Arme, die bis zu den Ellenbogen naß waren.

»Das hat er gesagt. Was Culacha sagt. Daß er Sie schon gesehen hat, daß Sie wohlauf sind und daß er geht. ›Auf Wiedersehen‹, hab ich ihm zum Abschied gesagt. ›Auf Wiedersehen‹, hat er mir geantwortet und ist zur Hintertür raus.«

»Ich wollte ihm nämlich diese Tasse Kaffee bringen . . .«

»Culacha, rühr dich, nimm der Señorita die Tasse ab, steh nicht da wie ein Klotz«, befahl Goya und setzte leise hinzu: »Ich möchte schwören, daß sie ihn trinkt, denn wenn es ums Essen und Trinken geht, sind diese Mädchen nicht faul, dann können sie sich rühren. Stell die Tasse in das Becken mit dem schmutzigen Geschirr und trockne die Teller, die ich abgewaschen habe, sie müssen schon abgetropft sein. Trockne sie einen nach dem anderen ab und stülpe sie um, wenn du sie wegstellst.«

»Wenn er doch weggegossen wird, soll sie ihn lieber trinken«, meinte Malena, »die Tasse ist noch nicht berührt.«

»Und wennschon, was, Culacha? Wer Hunger hat, dem schmeckt auch, was übrigbleibt, und so eine Junge wie die hat immer Hunger, das ist so ihre Natur. Wem es frommt, dem's bekommt!«

»Gott vergelt's, ich trinke ihn, er ist noch ganz warm«, dankte Nicolasa, trollte sich an das Spülbecken und murmelte zwischen den Zähnen: »Diese alte Goya, wenn die keine Hellseherin ist, dann ist sie eine Hexe. Wie die gewußt hat, daß ich den Kaffee trinken wollte! Manchmal sagt sie abends aus dem Dampf von Kaktusbrühe wahr. Und an anderen Abenden spielt sie bei Mondschein mit weißen Tabawürfeln auf einem schwarzen Tuch und spricht mit dem Papagei, als wäre das Tier ein Mensch . . . und . . ., was ist denn überhaupt mit dem Papagei, man hört ihn gar nicht, bestimmt fliegt er irgendwo rum, und das beste wäre, er käme nicht wieder, der richtet bloß Schaden an ...«

»Señorita«, rief Goya aus, als sie mit Malena allein stand, »der Mann eben, das war doch Cayetano Duende, wie ihn die Leute nennen!«

»Du kennst ihn?«

»Ich ja; er kennt mich nicht, aber ich kenne ihn, und ob ich ihn kenne. Ich weiß nicht, ob Sie's wissen, aber warum drum herumreden, er verdient sich sein Brot damit, daß er Leuten, die weit zu gehen haben, aber schnell ankommen möchten, den kürzesten Weg weist, den Schmugglern oder solchen, denen die Polizei auf den Fersen ist, denn er kennt wie kein zweiter die geheimen, unterirdischen Wege, dir direkt zur Küste führen. Und ..., du meine Güte ..., ich rede und rede über Cayetano Duende und sage Ihnen nicht mal guten Tag ...«

»Stimmt, wir haben uns noch nicht begrüßt ...«

»Wenn er zurückkommt, dann lassen Sie sich nicht anmerken, was ich Ihnen erzählt habe. Holen Sie so hintenrum aus ihm heraus, wie das mit den unterirdischen Gängen ist, und Sie werden sich wundern über das, was er erzählt. Er erzählt und erzählt und hört nicht wieder auf. Nur er weiß, wo unter diesen Bergen vor Tausenden von Jahren die Lava geflossen ist, Jahrhunderte ist das her, das sind die Wege, die er kennt, unterirdische Lavawege, Leuchtkäferwege, wie die Leute sie nennen, weil diese Gänge in dem Licht, das durch die Bergspalten dringt, wo auch die Luft reinkommt, aussehen sollen wie glitzernde Flüsse.«

»Aber davon weiß man ja gar nichts in Cerropom, oder die Leute sprechen nicht darüber, ich höre es zum erstenmal, obgleich ich schon so lange hier bin«, wandte Malena ein, während sich in ihrem Kopf die Gedanken jagten mit der Geschwindigkeit ihres flammenden Blutes ... Wege ..., unterirdische Wege ..., unterirdische Wege, die zur Küste führen ... Gendarmen ..., Truppen ..., berittene Polizei ..., tot oder lebendig ..., tot oder lebendig ... Cayetano Duende ..., wo war dieser Mensch ..., sie mußte ihn sprechen ..., mußte ihn sofort sprechen. Cayetano Duende ... Cayetano Duende ..., unterirdische Wege ..., unterirdische Wege, die zur Küste führen ..., tot oder lebendig ..., sie mußte ihn sprechen ... Cayetano Duende ... Cayetano Duende ...

»Natürlich weiß man davon. In Cerropom weiß man alles, aber es wird verschwiegen, Señorita, es ist ein Geheimnis. Mir ist beim Schwatzen die Zunge durchgegangen, und deswegen hab ich es Ihnen erzählt, weil Sie es ja auch nicht weitersagen, entschuldigen Sie, daß ich drüber geredet habe, aber es bleibt ja unter uns. Ich hab's auch nur erfahren, weil ich als ganz junges Ding meinen Mann verlor und dann, als Witwe, den Celestino Montes heiratete, der genauso ein Draufgänger war wie der erste, so ein Draufgänger, daß er wegen eines Pferdes, das er verloren hatte und von dem es hieß, es hätte schon einen Herrn, einen von der berittenen Polizei niedermachte, weil der die Kaufbescheinigung von ihm verlangte, und wenn ihn nicht, gleich nach dem lieben Gott, Cayetano Duende gerettet und durch einen unterirdischen Gang geführt hätte, dann hätten sie ihn erwischt und erschossen. Haben sie ihn damals gesucht, wie eine Stecknadel! Den Rancho haben sie uns angezündet! Ich mußte mich den Hang runterrollen lassen ins Gebüsch. Fast hätte ich mich dabei erschlagen. Und das Kind, mit dem ich schwanger ging, hab ich verloren . . .«

»Aber ihn haben sie nicht bekommen . . .«

»Noch heute bricht mir der Schweiß aus, Señorita, wenn ich dran denke, daß er ihnen unter der Erde entwischt ist! Oben auf dem Weg die berittene Polizei, in den Karabinern Pulver und Blei, und Celestino Montes dort, wo nur die Toten sehen.«

»Er wurde neu geboren . . .«

»Das will ich meinen, neu geboren und unter einem andren Namen! In einem andren Staat und vielleicht mit einer andren Frau, denn darauf sind die Teufelskerle erpicht, ihre Rechtmäßige so oft wie möglich gegen eine andre auszutauschen. Aber jetzt merke ich auf einmal, daß hier gar kein Krach ist. Was ist bloß mit dem Papagei los? . . . Ulacha«, rief sie dem Mädchen zu, das die Teller abtrockne-te, »sieh dich mal nach dem Tarquino um, weiß Gott, was der treibt, wohin er geflogen ist, daß er uns nur nicht verlorengeht!«

Die Magd lief zur Hintertür und kam so eilig zurück, daß ihr die Worte in der weißen Glut des Lachens verbrannten: »Der Alte, der hier war, hat ihn mitgenommen, aber er bringt ihn wieder, da kommt er mit dem Papagei!«

»Einfälle haben diese Männer«, rief Goya aus und ging Cayetano Duende entgegen, »führt seinen Kumpel spazieren, statt daß er uns spazieren führt.«

»Goya, Goya«, Malena hielt sie zurück, »sag Cayetano Duende, daß ich im Direktorzimmer auf ihn warte . . .«

»Aber ohne den Papagei, Señorita, ohne Tarquino, beide hält keiner aus — Papagei und Possenreißer!«

Malena hastete in ihre Wohnung. Pfeiler, Wände, Türen, Patios. Die Schritte eines anderen folgten ihr. Die Schritte Cayetano Duendes. Er kam nicht. Kam nicht. Und kam nicht. Aber sie hörte seine Schritte. Hörte sie. Hörte sie. Hörte sie über ihr Herz gehen. Das elektrische Licht. Der Pendel der Uhr. Die Bleistiftspitze, die auf den Schreibtisch klopfte. Ja, ja, sie würde ihn darum bitten, sie würde ihn darum bitten, der Preis war gleichgültig, jede Summe würde sie aufbringen, wenn es nur gelänge, ihn durch einen der unterirdischen Gänge zu retten ... Die Schritte ... Sie kamen nicht an die Tür. Kamen nicht. Und kamen nicht. Aber wenn sich ihre Ohren täuschten ... In der Tür erschien eine Gestalt, kam durch das Dunkel und trat, ein wenig geblendet, in das Licht der Lampe — wirklich, mit den Händen zu greifen, die Füße schritten hallend über den Boden, über den Schreibtisch, neben dem klopfenden Bleistift, immer rascher, dem Hin und Her des Pendels folgend, immer langsamer für ihren drängenden Wunsch, Cayetano Duende zu bitten, anzuflehen, er möge ihn retten ... Tot oder lebendig, kam und ging der Pendel ..., tot oder lebendig ..., lebendig ..., lebendig ..., lebendig. Aber auch in den Büchern hallten die Schritte, in den Bücherregalen und in der Birne der elektrischen Lampe und in der Karaffe mit dem kristallklaren Wasser und an der Zimmerdecke, die sich öffnete, sich spaltete, auf sie niederfiel ... Sie hörte ..., nein ..., es war nicht der Mund Cayetano Duendes, der sich öffnete, sondern die Decke, die Decke, die ihr soeben auf den Kopf gestürzt war und ihr in die Ohren gellte: »Rote Kamelien!« ...

Die Losung der Verschwörer im Munde Cayetano Duendes, und das bedeutete: Alles, nur ihr Herz nicht, war zur Ruhe gekommen, der Pendel, der Bleistift und Cayetano Duende, der sich in einen Sessel hatte fallen lassen und mit den Sohlen seiner Stiefel Sandkörner aus einem der unterirdischen Gänge zerrieb.

7

Malena handelte. Es galt, den Sonnabend auszunützen und Cayetano Duende noch heute nacht zu folgen. Morgen, Sonntag, würde sie gegen Abend wieder zurück sein. Sie brauchte einen Koffer. Einen Koffer oder einen Beutel. In einen Beutel ging mehr hinein. Sie besaß einen aus Segeltuch. Den Koffer fand sie zuerst. Er schloß nicht. Sie würde ihn mit einer Schnur zubinden. Aber da war ja der Beutel, unter einem Haufen Papier. Also den Beutel her. Sie betrat ihr Arbeitszimmer, verließ es wieder. Ging in ihre Wohnräume, kam wieder heraus. Die Hände in den Schlüsseln, die Schlüssel in den Händen, öffnete sie hier, schloß sie da. Geld. Sie holte heraus, was sie im Schreibtisch hatte. Durchwühlte die Regale nach Büchern. Ging hinaus, um die Schuhe zu wechseln, Mantel, Taschentücher, ein großes Tuch für den Kopf, kehrte zurück und schrieb einige Zeilen für Señorita Cantalá. Feder, Tintenfaß, Papier, rasch, rasch, nur das Notwendigste und die Unterschrift. In der Speisekammer versah sie sich mit Konserven, Flaschen, Keks, nahm ein wenig von allem, was da war.

Cayetano Duende ging hinaus, und als seine vorstehenden, geröteten, starren Augen in die Küche schauten — Augen wie Glut, die sich verzehrt, weil die Asche sie nicht bedeckt —, erschrak Señora Goya, die glaubte, es sei das Feuer, das zu ihr sprach und sagte, es gehe fort mit der Frau Direktorin.

»Ich bin gekommen«, Cayetano Duendes Stimme lotete die Küche aus, er war darauf bedacht, gehört zu werden, »um die Direktorin mitzunehmen. Popoluca ist krank. Hat Wasser in der Lunge.«

Die Goya wurde nicht völlig wach. Klebrig der Mund, klebrig die Augen, klebrig die Flöhe, vollgesogen mit Blut. Sie wurde nicht völlig wach. Das große, hohle Ei ihres Gähnens wurde Luft.

Wasser in der Lunge, überlegte sie schläfrig. Ave Maria, daran ist der doch gestorben, der . . ., den Namen löschte der Schlaf aus, ihr Kopf ruckte noch einmal hoch — ja ja, daran ist er gestorben . . .

Und sie hörte schon nicht mehr, wie Cayetano Duende die Hintertür aufriegelte, eine kleine, zinkbeschlagene Tür, die erbarmungswürdig kreischte und die man rasch wieder schließen mußte, auf die Gefahr hin, die Nachbarschaft und den Papagei zu wecken, der in seinem Käfig schlief, hörte schon nicht mehr, wie Malena hinausging und wie sich die Schritte von der Schule entfernten.

»Im Dunkeln gibt es keine Entfernungen, deshalb werden wir bald ankommen, auch wenn es ein bißchen weit ist«, wiederholte Cayetano Duende, sooft er sich Malena näherte, das heißt, sooft er den Schritt verlangsamte, und seine Füße wanderten, er ging voraus, und seine Füße wanderten, und sie hinterdrein, und ihre Füße wanderten, ihre Füße wanderten . . .

Seine Füße wanderten, und Cayetano Duende fügte hinzu: »Die große schwarze Lava hat diese geheimen Wege geschaffen, aber auch die Blitze und die Wasserschlangen haben ihre Wege, ihre Schliche. Welchen werden wir gehen? Hier gibt es nur den Weg, den der Blitz durch die Erde gebohrt hat, und den Weg der Wasserschlange. Andere Wege gibt's hier nicht. Die der großen, schwarzen Lavaströme, die auf der anderen Seite der Berge, schon an der Küste, wieder zum Vorschein kommen, die gehen wir nicht, wir gehen nur den Weg des Blitzes und den Weg der Wasserschlange und gehen und gehen bis zur Caverna Viva, wo er auf uns wartet . . .«.

Ihre Füße wanderten, und Malena blickte um sich voller Angst, daß sie verfolgt, verhaftet wurden, ach, wenn sie ihr Ziel nicht erreichte, und ihre Füße wanderten, ihre Füße wanderten, ja, ja, ihre Füße wanderten, ja, ja, ihre Füße wanderten, ihre Füße wanderten . . ., trabende Pferde . . ., ferne Stimmen . . ., schlagende Türen . . . verklingende Schritte . . ., fliehende Wolken . . ., und ihre Füße wanderten, und ihre Füße wanderten, ohne innezuhalten, und sie hörte nicht, was der dort ihr sagte, der es für geraten hielt, in den Straßen von Cerropom voranzugehen, in mäßigem Abstand, als hätte er nichts mit ihr zu tun. Ich darf ihn nicht aus dem Auge verlieren, ich darf nicht die Richtung verlieren, sagte sich Malena ein über das andere Mal, doch als sie um eine Ecke bog, fand sie sich nicht zurecht, und ein Augenpaar war zu wenig, wußte sie doch nicht, ob sie erblickte oder verschluckte, was sie sah, ihre Füße wanderten, ihre Füße wanderten, ein Augenpaar war zu wenig, sie fand sich nicht zurecht, ging, ging, ging hinter Cayetano Duende her bis zur Grotte des Blitzstrahls, ihre Füße wanderten, ihre Füße wanderten durch eine Stadt, die verschwommen und hell war wie die Milchstraße. Sie gingen gen Süden. Als sie den Kalvarienberg erkannte, dachte sie flüchtig an Padre Santos. Er würde sie morgen bei der Achtuhrmesse vermissen. Er würde unruhig werden. Er würde gar nicht oft genug das »Dominus vobiscum« sprechen können, um sich umzuwenden und nach ihr auszuschauen. Er würde in die Schule gehen. Würde nach ihr fragen. Sie würden ihm sagen, sie sei zu Popoluca gegangen. Aber schon blieb der Kalvarienberg zurück, während der Wind in den Glocken rauschte wie Regen aus schlummerndem Metall; schon blieb das Pfarrhaus zurück mit der festgemauerten Bank, deren Sitz einem riesigen Steinmesser glich, und der große, wehende Vorhang der Trauerweide, wo Juan Pablo die Nacht verbracht und aus dem Munde des Streifenführers erfahren hatte, daß sie ihn fangen wollten, tot oder lebendig; und als sie an die Mauerecke gelangten, betraten sie den Friedhof, der eilig begann, die Reihen seiner Kreuze zu bewegen, einfache, zweifache, dreifache Reihen, Fächer und Kreise, um ihnen den Weg zu versperren. Vor ihnen, hinter ihnen, neben ihnen, nah und fern von ihnen drehten sich die Kreuze unter einem dunkelglühenden Himmel.

Und nicht nur die Kreuze, auch die Laternen, die einsam am Wegrand standen, und die letzten weißen Häuser, und die letzte Brücke, und die dunklen Ranchos, und die Zweige der Bäume, und die flimmernde Stille, alles drehte sich wirbelnd um Malenas Kopf, während ihre langen Beine aus Rauch sich von ihren Füßen lösten auf Stufen, die von der feuchten, heißen, raunenden Pflanzenrinde aus Wurzeln, Insekten, Würmern, Quellen hinabführten in das Reich des Felsen, in das der Blitz seinen Weg geschlagen hatte.

Trotz dieses seltsamen Gefühls, Beine aus Rauch, losgelöste Füße, versuchte Malena, ihre fünf Sinne beisammenzuhalten, und stellte fest, daß der Eingang zu dem stockfinsteren Tunnel, in den sie traten, sich in der Nähe einer trockenen, steinigen Sandhalde befand, die an Felsspalten, Lachen aus Sickerwasser grenzte, über denen Äste und gestürzte Baumstämme lagen. Die Grotte des Blitzstrahls.

Aus einem der Finger Cayetano Duendes stoben Feuer, Funken und Rauch.

»Du wirst doch nicht im Ernst glauben, Señorita, was du siehst, nämlich, daß mein Daumen brennt. Das scheint so, aber es ist nicht mein Daumen, es ist der erste der fünfzig Finger der Rotfichte, die ich für den Weg mitgenommen habe. Damit kommen wir aus. Da bleibt noch was übrig. Fünf und fünf, fünf Hände in jeder Tasche meiner Jacke. Ich wollte ihn draußen nicht anzünden, nicht eher, als bis wir in Sicherheit waren. Entschuldige, daß ich dich hier eintreten ließ, ohne daß du wußtest, wohin du die Füße setztest, aber . . .«

»Nein, nein, es war schon gut so, jemand hätte das Licht bemerken und uns folgen können . . .«

»Aber nicht nur deshalb, auch weil man am Eingang dieses geheimen Weges kein Feuer anzünden darf. Nicht mal die harzigen Zweige der Fichte. Der Blitz sieht es, und schon schickt er den Strahl.«

Sie drangen durch einen überwölbten Gang vor, der abbog und weiterlief, abbog und weiterlief, im Zickzack, wie gemeißelt vom Blitz, drangen vor zwischen Glas gewordenen Felswänden, bei Kälte und stechendem Schwefelgeruch, bedroht von riesigen Flecken, die auf sie niederzustürzen schienen. Malena betastete die gewölbte Dekke über ihren Köpfen und stellte fest, daß nicht die Flecken, sondern sie selbst sich fortbewegten, vorwärts glitten durch die Helle, die, als die Flamme größer wurde, aufstieg bis an das Deckengewölbe.

»Dic Rotfichtc, dic man unter der Erde anzündet, strahlt das reine Licht des Mondes aus«, sagte Duende, »gelbes Feuer, denn es ist der Mond, von dem die Fichten den harzigen Saft haben, der als goldene Flamme verbrennt . . . Die besten Kienspäne erhält man von mondbeschienenen Fichten, die trunken von Terpentin sind . . . seifiges Licht, gleitendes Licht, Licht, das man entzündet, um nicht mit dem Blitz zusammenzustoßen . . .«

Die Flecken über ihren Köpfen drangen weiter gegen sie vor, aber jetzt waren sie nicht mehr wie Wolken geformt, sondern wie riesige grüne Kröten, ungeheure kupferne Spinnen, eiserne Fische in Trugwasser aus sandigen Spitzengeweben, geheimnisvolle Verzierungen aus Mineralien und Fulguriten, die Malena nüchtern betrachtete, ohne sich in Phantastereien zu verlieren, und es fehlte nicht viel, so hätte sie die Salze und Stoffe benannt, aus denen sich die Ornamente zusammensetzten, um sich mit Hilfe dieser primitiven Pseudowissenschaft den klaren Kopf und die Selbstsicherheit zu bewahren.

Aber sie war so in Sorge, weil sie in der Schule alles sich selbst überlassen hatte, daß sie ihr bißchen Wissen nicht benötigte, um sich der Wirklichkeit der Dinge bewußt zu bleiben, und allmählich wurde es ihr unerträglich, sich immer wieder zu sagen, daß diese Höhlen — sie wanderten jetzt durch eine lange Reihe weißer, enger Gänge — ihr Dasein atmosphärischen Einwirkungen, dem Wasser, dem Gas oder gar dem Blitz verdankten. Aber sie war nicht nur in Sorge wegen der Schule, die sie zum erstenmal so ohne weiteres im Stich gelassen hatte, oder wegen der Gefahr, die ihr selbst drohte, ihre größte Angst war, daß sie nicht rechtzeitig ans Ziel gelangen, ihn nicht antreffen, ihn verfehlen könnte in diesen finsteren Labyrinthen, wo nur die Flamme ihre Zunge zu verzehren brauchte, und alles war verloren, es sei denn, sie suchten einander mit Rufen und Schreien, aber wie und wo in dieser Dunkelheit und dieser Stille, wo das foppende Echo trügerische Stimmen vervielfachte. Deshalb war ihr das Licht, dem sie folgte, so teuer wie das eigene Leben. Sie ließ die Fichtenfakkel nicht aus den Augen und war nahe daran, dem Führer seinen Mangel an Voraussicht vorzuwerfen. Fünfzig Späne dieses leicht brennbaren Holzes, das sich durch seinen Terpentingehalt so rasch verzehrte. Warum hatte er es ihr nicht gesagt, warum hatte sie ihn nicht danach gefragt? Aber sie . . . auch eine Lehrerin ist nicht allwissend . . ., hätte sie es gewußt, sie hätte ihre Taschenlampe mitgenommen . . . sie hatte nicht daran gedacht . . . oder eine der Laternen, die sie an Vorabenden von Festtagen oder an Nationalfeiertagen in die Fenster der Schule stellten, oder ein bescheidenes Talglicht aus der Küche ... ach, wenn sie nicht ans Ziel gelangten ..., wenn sie sich im Dunkel verirrten ..., wenn sie auf halbem Wege steckenblieben ... Aber wie soll man sprechen mit Lippen, die der Gram versiegelt ...

»Wir sind schon tief drinnen, ganz tiiief«, schrie Cayetano Duende atemlos, und mit der Stimme hob er auch die Hand, und mit der Hand die brennende Fackel.

Das Echo verdoppelte seine Stimme, und die schwärzende Flamme näherte sich noch mehr der gewölbten Decke der weißen Höhle, die sie durchquerten, vorbei an tierischen Skeletten, die eher ein Teil des Kalkgesteins zu sein schienen. Von Zeit zu Zeit stieß Duendes Stiefel gegen Knochen, Rippen, Kiefer, Gehörn ... Er stieß nicht dagegen, er trat darauf ... Man mußte diesen Fossilien, die nur lauernde Wahrzeichen des Todes waren, den Garaus machen ...

Die Finsternis, in die sie eintraten und die sie wieder verließen, eine Finsternis, vergleichbar nur der Stille, die ebenfalls vollkommen war, die Bewegung ihrer Körper und ihrer Schatten im Schein der wandernden Fackel, das unaufhörliche, unaufhörliche Gehen und das Nochnichtankommen und Nochnichtankommen und Nochnichtankommen, das sich, kennt man den Weg nicht, in Nieankommen und Nieankommen und Nieankommen und Nieankommen verwandelt, bewirkten, daß Malena zeitweise die Herrschaft über sich verlor und schwach wurde, daß sie, die Schläfen bedeckt mit eiskaltem Schweiß, den scharfen, wirklichen Schmerz, den sie in sich trug, den Schmerz um den, der irgendwo in dieser unterirdischen Welt auf sie wartete, nicht mehr spürte. Sie würde ihn sehen. Aber sie wollte es hören und fragte Duende, in dessen Hand die Rotfichte weiter verbrannte, ein Span nach dem anderen, mit der Geschwindigkeit eines pflanzlichen Meteors. Sie würde ihn sehen, würde ihn sehen. Sie rief Gott an, rief die Heilige Jungfrau an, rief alle Heiligen an, flehte sie an mit ihrem Gram, ihrer Müdigkeit, der Blässe ihres Gesichtes unter den trockenen Tränen.

»Das Verzwickte ist«, schwatzte Duende, »daß hier jeder für sich selbst und seinen tanzenden Schatten einstehen, sich mit seinem Schatten plagen muß, und es ginge noch an, wenn er stillhielte, aber er tanzt ... Eine sehr spaßige und unvermeidliche Störung, da man ja nachts nicht einmal auf den Wegen der Toten ohne Licht gehen kann, und kaum hat man das Feuer angezündet, da springt und tanzt der Schatten, und es ist noch ein Glück, daß er nichts wiegt, so groß er auch ist, darin gleicht er dem Kummer, der drückt, obwohl er nichts wiegt, aber nur darin gleicht er ihm, und daß er schwarz ist, sonst ist er nur Tanz. Vielleicht hat man's eilig, er aber tanzt ..., vielleicht ist man ernst, er aber tanzt ..., vielleicht hat man Kummer, wie wir jetzt, er aber tanzt mal vorn und läßt einen nicht vorbei, mal hinten, daß man ihn mitzerren muß, weil er sonst weitertanzt, mal an der Seite, daß man mitmachen und mittanzen muß, um ihn tanzend mitzunehmen, und das ist das Ärgste, denn wir müssen doch weiter, müssen doch gehen, wandernd und tanzend, wandernd und tanzend ...«

Und so gingen sie, ihre Füße wanderten und ihre Schatten tanzten beim Knistern der Flammen, die funkensprühend ihre Feuerzähne bleckten ... Ihre Füße wanderten und ihre Schatten tanzten im sanften Rhythmus der Flammen mit dem Atem schlafender Pumas ... Füße und Schatten gegen Schatten und Füße ... Schatten, die aufstiegen, um sich mit der Geschwindigkeit schwarzer Blitze über die konkaven Wände auszubreiten und niederzurieseln von den Dekkengewölben als Regen aus Wimpern, die auf dem Boden leuchtende Klapperschlangen bildeten ... Füße und Schatten gegen Schatten und Füße ... Schatten, die einen Satz machten wie Grashüpfer und sich ihnen auf die Schultern setzten ... Schatten, die über ihren Köpfen flogen wie Vögel mit Trauergefieder ..., so gingen sie ..., so gingen sie ..., so drangen sie vor, allen Schrecknissen zum Trotz ..., die Körper in Teile zerfallen, und die Teile tanzten ... Arme und Beine wirbelten durch die Luft ... Köpfe und Hände wirbelten durch die Luft ..., vertauscht ..., verwechselt ..., er mit ihrem Kopf ..., sie mit seinen Händen ..., sein Körper ohne Kopf ..., ihr Körper mit zwei Köpfen ..., er mit vier Beinen ..., sie mit vier Armen ..., sie nur Kopf ..., ohne Rumpf ..., ohne Beine ..., ohne Arme ..., nur Kopf ..., und plötzlich schienen sie wieder unversehrt zu sein ... wie vorher ..., als hätten sie nicht getanzt ..., so gingen sie ..., so gingen sie ..., so drangen sie vor, allen Schrecknissen zum Trotz ... Schattenkannibalen, die sich gegenseitig auffraßen mit Feuerzähnen ..., so gingen sie ..., so drangen sie vor ...

Der Possenreißer blieb stehen, um einen neuen Rotfichtenspan anzuzünden, und erklärte, er habe bereits vier Hände verbraucht, zwanzig Splitter jenes rötlichen Holzes. Dreißig blieben ihnen noch. Sie mußten sich beeilen ...

Sich beeilen? ...

Stolpernd, erschöpft, durchgefroren vom Wandern unter der Erde, hastete Malena angstvoll weiter und wußte schon nicht mehr, wohin sie die Füße setzte, tastete sich die Wände entlang mit den Händen, den Ellenbogen, den Armen, hastete weiter mit schmerzendem Nakken und steifem Kreuz, weil sie, um sich nicht den Kopf zu stoßen, so lange schon gebückt gehen mußte, und ihre Lippen schmeckten nach Feuchtigkeit und Fichtenrauch, und ihre Erregung war so groß, daß sie nicht wußte, zitterte sie, betete sie oder wollte sie fragen, ob jene Biegung das Ende des Ganges sei, was sie aber nicht wagte, denn sie ahnte, daß er es nicht sei, nicht sei, nicht sei . . ., daß dieser Biegung ein anderer Gang folgte, und diesem Gang eine andere Biegung, und dieser Biegung ein anderer Gang in der Kette kalkhaltiger Gebilde, die kein Ende nahm . . ., durchhalten . . . alle Kräfte zusammennehmen . . ., vielleicht schon hier . . ., dort . . ., immer weiter und weiter . . ., und die Schatten tanzten . . ., ja . . ., ja . . . Cayetano Duende hatte recht . . ., sie hatten Kummer, aber die Schatten tanzten . . .

Ein Hauch frischer Luft löschte die Flamme aus, und übrig blieb eine weiße Rauchfahne am Ende des Kienspans. Sie durchquerten ein Stück freies Feld mit taufeuchten Pflanzen und konnten die Sterne sehen, einige wenige Himmelslichter, sie rochen die Nacht und fühlten die Arme des Windes, aber die Entspannung war kurz, und kurz die Zeit, die sie über der Erde weilten, ihre Füße wanderten, ihre Füße wanderten mit ihnen, denn sie gingen um einen Berg herum, ihre Füße wanderten ohne sie, und sie gingen noch einmal herum, ihre Füße wanderten ohne sie, und sie gingen abermals herum, ihre Füße wanderten ohne sie, und sie umkreisten dreimal auf brennenden Sohlen den Berg, bis der Berg sich, heulend wie ein Steppenwolf, drehte, drehte, drehte, verschwand und an seiner Stelle sich ein großes, nebelnasses Loch auftat, in das ihre Füße hineinwanderten in die Erde ohne sie.

»Diese unterirdische Höhle hat sich schon nicht mehr der Blitz gebohrt«, erklärte Cayetano Duende und entzündete das Fichtenholzfeuerwerk seiner Finger in einem Gang aus schuppigen Spiegeln, darin die Flammen zu Tausenden von Regentröpfchen wurden, »und woran erkenne ich, daß es nicht der Weg des Blitzes ist? . . . Der Fels ist nicht gespalten, und der Weg verläuft nicht im Zickzack . . . Dies ist schon der sanfte Weg der Wasserschlange . . . Hier ist die Wasserhose durchgebraust und hat ihren Wasserbauch entleert, damit wir durch diese Höhle aus schläfrigen Schuppen gehen können ... Noch ein paar Rotfichtenfinger, und wir kommen geradenwegs in der Caverna Viva heraus, aber vorher müssen wir noch über eine schlimme Stelle, einen sehr gefährlichen Abgrund, da zünden wir die neun längsten Späne an und sprechen: Auf daß uns die ›Schöne Fackel‹ rette!«

Und alles geschah, wie Cayetano Duende es vorausgesagt hatte. Bevor sie zur Caverna Viva kamen, zündeten sie die Finger der »Schönen Fackel« an, denn schon näherten sie sich der schlimmen Stelle, zwischen Felsen, bedeckt von schaukelnden Fledermäusen mit modrigen Körpern und glasigen Flügeln — vielleicht lebendig, vielleicht tot — und bedeckt von Vampiren, die sich mit schwerem, schleimigem Dröhnen lösten vom Gehörn der Wasserschlange, das heute ein festes Gesims bildete am Rande abgrundtiefer Felsschluchten.

»Am gefährlichsten ist es in diesen unterirdischen Gängen«, fuhr der Possenreißer fort, »wenn das Licht erlischt. Den brennenden Span vor dem Wind zu schützen ist leicht ... Man hält die Hand oder den Hut davor, und das genügt. Viel mehr Mühe kostet es, ihn unter der Erde gegen den Wassernebel zu verteidigen, der die Flamme gierig frißt, als wäre sie Zuckerwerk. Das kostet Mühe. Da muß man nachdenken. Nachdenken und nachdenken, damit er sie nicht frißt, denn nur so schafft man es, daß er sie nicht frißt. Und dann ist noch die große Gefahr, daß die Schatten der Wanderer verschwinden. Die ist um so größer, wenn es, wie hier, versteckte Abgründe gibt. Am Rand der Abgründe stürzen die Schatten viel leichter ab als die Menschen, das ist bekannt ..., und bekannt ist auch, daß der Mensch, dessen Schatten abgestürzt ist, das Gleichgewicht seines Glückes verliert ...«

Malena hielt sich dicht an den Alten, dessen Worte sie mehr fürchtete als die Spalten, die sich unter ihren Füßen auftaten, schwarze, rötliche, breite, tiefe Risse, wie Wurzeln von Abgrundbäumen, aus Finsternis gewachsen in der tiefen unterirdischen Nacht.

Was sollte aus ihr werden, wenn ihr Schatten abstürzte, wenn jener Mann ihren tanzenden Schatten nicht behütete, wenn sie das Gleichgewicht ihres Glückes verlor, wenn sie nicht an den Treffpunkt gelangte wegen dieses unbeständigen wirklichen und unwirklichen Teiles ihres Ichs, das von den Blitzen der knisternden Flammen abhängig war?

»Wenn du spürst, daß sich die Steine bewegen, so wirst du dich nicht ängstigen«, mahnte Duende, das Licht neben dem riesigen schwarzen Würfel seines quadratischen Kopfes. »Wenn du spürst, daß die Steine nachgeben und deinen Fuß mitnehmen wollen, wirst du dich auch nicht ängstigen, und du wirst nicht schreien und kleinmütig werden, wenn du nicht hörst, wohin sie fallen ..., und du wirst nicht nach unten schauen und wirst nicht nach oben schauen und nicht nach beiden Seiten, wirst nur auf den Weg vor dich schauen an der schlimmen Stelle, die uns noch bleibt, ehe wir zur Caverna Viva kommen, von wo der große Tunnel ...«

»Aber wir gehen doch nur bis zur Caverna Viva«, unterbrach ihn Malena, die fühlte, wie ihr die Kräfte schwanden in dem endlosen Labyrinth.

»Freilich, freilich«, bestätigte eilig der Possenreißer, »ich wollte dir ja nur erklären, daß dort der große Tunnel anfängt, den sich die Lavaschlange grub und dem sie ihre schwarze, steinerne Haut überließ, als sie ans Meer kroch, ihren Durst zu löschen. Deshalb kommt er auf der anderen Seite dieser Berge wieder zum Vorschein, direkt an der Küste, und wir wären schon in der Caverna Viva, wenn die Felsen auf dieser Seite es uns nicht so schwer machten, in das riesige Gewölbe zu gelangen, einen leeren Saal, so groß, daß man den ›Sitz aus Nopalbäumen‹ beinahe nicht sieht, einen Thron, der sich in der Mitte befindet und in grünen Stein gehauen ist und auf dem neun Könige Platz haben und ...«

Er konnte Malena nicht zurufen, rascher auszuschreiten. Die Stimme, die Sprache, die Zunge, der Atem, alles versagte ihm angesichts der Gefahr, die sie bedrohte. Laufen war das einzige, was ihnen zu tun übrigblieb, und schon stapfte er voraus, steif die Absätze der Stiefel aufsetzend, als ginge er auf Stelzen, als ginge er über Echos; Rauch, Schattenfetzen, flackernde Flammen im verzerrten Gesicht, horchte er mit herausquellenden Augen, angelegten Ohren und klappernden Zähnen auf die Schritte Malenas, die es ihm gehorsam nachtat und vor Angst fast verging, daß man sie entdeckt hatte und verfolgte, ein Gedanke, den sie jedoch sogleich wieder verwarf, denn wäre es so, hätte Cayetano Duende das Licht augenblicklich gelöscht und nicht so gehütet, wie er es hütete. Juckreiz animalischer Angst. Winzige Schweißtröpfchen sprenkelten ihren Körper. Risse überzogen ihr Gesicht. Gebärden einer Wahnsinnigen. Eine Lawine? ... Eine unterirdische Lawine? ... Schlamm ... Lava ... Sand. Würde es sie begraben? ... Ach, wenn sie doch Cayetano Duende fragen könnte ... Würde es sie begraben, jetzt gleich? ... Ach, wenn sie ihn doch fragen könnte ... Aber wer konnte ihn schon einholen ... Was sah er? ... Was hörte er? ... Was ließ ihn die Katastrophe ahnen? ...

Nichts hatte er gesehen oder gehört, nichts, aber er ging, so schnell ihn die Füße trugen, durch etwas hindurch, das so furchtbar war wie der Tod. Die Lawine der Finsternis kam auf sie zu. Sie würden nichts mehr sehen. In seinen Händen brannten die letzten Fichtenspäne. Nicht ein einziger war mehr in seiner Tasche. Und dabei stand das Schlimmste noch bevor. Sie näherten sich einem Felsvorsprung von zweihundertfünfzig Meter Länge und dreiviertel Meter Breite, den zu überqueren selbst mit Licht tollkühn war. Fels und Abgrund. Fels und Abgrund. Sie waren gerettet, wenn sie hinübergelangten, ehe der letzte Kienspan niedergebrannt war. Schon flohen seine Finger das heiße Harz des tropfenden Holzes, dann die Flammen, das Feuer. Wo sollte er die Späne anfassen, die immer kleiner wurden? Rascher, rascher. So lange er konnte, würde er die Fackel hochhalten. Vielleicht gelang es ihnen doch, den Felsvorsprung zu passieren. Rascher, rascher. Aber es war schon kein Feuer mehr, sondern ein Häufchen Glut, das er zwischen den verbrannten Fingernägeln hielt. Feuriger Staub. Sie erreichten, erreichten die schmale Felsenborte, aber Malena grauste es, als sie im letzten, schwachen Schein der Flammen erkannte, daß eine Luftbrücke sie erwartete, ein in die Luft hinausragender Sims, und sie schreckte zurück und stieß einen Schrei aus, der stärker war als die Warnung, keinen Lärm zu machen, stärker als sie selbst ...

Sie schrie, schrie, schrie ...

»Hier lang ..., hier lang«, wiederholte der Possenreißer; er hatte sie bei der Hand genommen und führte sie, ein Schatten im Dunkel, und seine Füße wanderten ohne ihn.

»Hier lang ..., hier lang ...«

Duende hätte den Felsvorsprung mit verbundenen Augen passieren können, aber jetzt ging er mit unsicheren Schritten. Er trug die Verantwortung, daß das ermattete, stocksteife, blinde Geschöpf, das er hinter sich herzerrte, nicht ausglitt. Jetzt gab es nur eins, sich eng an die Felsen geschmiegt, ganz eng an die Felsen geschmiegt vorwärts zu bewegen, um nicht abzurutschen, nicht abzustürzen. Wenn sie sich an die Felsen preßten, den Körper an die Felsen preßten, immer nur dicht an die Felsen preßten, sich Schrittchen um Schrittchen weiterschoben, würden sie bald außer Gefahr sein und in der Caverna Viva anlangen. Sein Fehler war, daß er eine zu knapp bemessene Anzahl Späne mitgenommen hatte.

»Ich sehe schon ..., ich sehe schon ...«, versicherte Cayetano Duende immer wieder, er umklammerte Malenas Hand und versuchte, ihr Vertrauen einzuflößen und sie glauben zu machen, er könne, da er so oft unter der Erde gegangen war, im Dunkeln sehen und in der Stille hören, aber er sah und hörte nichts, nur das Schaben ihrer Rücken, die sich an den Felswänden rieben auf dem qualvollen Gang — je mehr die Steine sie verwundeten, um so näher waren sie dem Ziel —, und das Rieseln des Sandes und der Steinbrocken, das ihren blinden, in der Finsternis verlorenen Schritten folgte, und seine Füße wanderten ohne ihn, und ihre Füße wanderten ohne sie ...

Sie beklagte sich nicht. Malena beklagte sich nicht. Ihr Körper beklagte sich. Weigerte sich, daß ihre wandernden Füße sie weiterschleppten ohne sie. Ihre Knochen im vertrauten, geheimen Selbstgespräch, dem letzten, dem weißen Selbstgespräch, dem letzten, dem Selbstgespräch des Kalks, und dann Schlaf ohne Erwachen. Schrammen und mehr Schrammen der Müdigkeit. Ihre knarrenden Gelenke beklagten sich und ihre Muskeln aus brüchigem, schwankendem Spinngewebe. Und wozu, wenn sie nur zusammenbrechen brauchte, damit alles zu Ende war, wenn sie nur stehenzubleiben, wenn Cayetano Duende nur ihre Hand loszulassen brauchte und sie nicht weiter-, nicht weiter-, nicht weiterginge, da es doch sinnlos war, sie würde doch nicht ankommen, sinnlos, es war ja noch so weit, sie würde doch nicht ankommen ...

»Noch etwas über hundert Meter«, hörte sie den Possenreißer sagen, aber es klang so fern, schien nur Echo, »noch et—was ü—ber hun—dert Me—ter ...«, als wäre es nicht die Stimme des Mannes, der ihre Hand eisern festhielt und sie führte. »Ich sehe schon ..., ich sehe schon ...«, wiederholte er, »hier lang ..., hier lang ...«

Würde nicht ankommen, sie würde nicht ankommen ...

»Ich sehe schon ..., ich sehe schon ...«

Völlige Stille. Völlige Finsternis. Man sah nichts, hörte nichts, nur das kratzzz ... kratzzz ... kratzzz ... ende Schaben der Schultern und Rücken an den Felsen und das langsame Vorwärtsschieben der Füße, die wanderten ohne sie ...

Würde nicht ankommen ..., sie würde nicht ankommen ...

Krack ... krack ... krack ... (würde nicht ankommen ..., würde nicht ankommen ...) krackendes Bröckeln von Sand und Gestein, das ihren Schritten folgte ...

Würde nicht ankommen ..., sie würde nicht ankommen ... Ihre Knöchel knickten um ...

»Hier lang . . ., hier lang . . .«

Ihre Beine drohten nachzugeben . . . ihr war, als knie sie bei jedem Schritt nieder, oder kam es, weil sie fallen, auf die Knie fallen wollte, um auf den Knien weiterzurutschen . . .

»Hier lang . . ., hier lang . . .«

Auf den Knien, so lange sie es ertrug, und dann . . .

»Ich sehe schon . . ., ich sehe schon . . ., hier lang . . ., hier lang . . .«

Dann sollte er sie weiterzerren wie ein lebloses Ding. Sie würde es ihm sagen . . ., würde ihn mit der letzten Kraft darum bitten, daß er sie so, wie er sie jetzt an der Hand führte, weiterzerrte, auch wenn sie tot wäre, damit sie doch zum Treffpunkt kam . . .

»Hier lang . . ., hier l . . .«

Dem Führer versagte die Stimme, während er ihre Hand fahrenließ, und Malena wäre gefallen, hätten nicht zwei Arme, riesenstark, zitternd, straff, eiskalt, behaart wie Vampirflügel, sie aufgefangen, wären nicht zwei Worte an ihr Ohr gedrungen: »Ro—te Ka—me—li—en!«

Die Stimme Juan Pablos.

Malena antwortete mechanisch, atemlos, kaum verständlich, und schloß die brennenden Augen, die sie aufgehalten hatte aus Furcht, daß alles ein Traum sei, daß diese männlichen Arme, die sie erdrückten, sie nicht länger an sich pressen würden im leidenschaftlichen Glück des Wiederfindens, daß diese Arme, die sie wortlos, bebend umschlossen, um ihr durch die stumme und blinde Umarmung das Unsagbare zu sagen, sie nach diesem Augenblick berauschenden Glücks nicht länger mit der inbrünstigen Zärtlichkeit des Mannes umschlingen würden, der sie behütete als das einzige, was ihm in der Finsternis geblieben war.

Aber wie es sie drängte, zu sprechen, zwei Auferstandene, die sich unter der Erde bebend wiedergefunden hatten, wie es sie drängte, einander alles zu erzählen, ihren hastigen Atem zu vermengen, die Trauben ihrer kindischen Tränen, ihre Klagen, ihre Bewegungen, Echos ihrer unsichtbaren Ichs . . .

8

Mehr Schmerz als Schultern, mehr Schmerz als Füße, mehr Schmerz als Beine, mehr Schmerz als Rücken, zerfetzt Haut und Kleider, so erreichte Malena die Caverna Viva, wo Juan Pablo sie erwartete mit ausgebreiteten Armen und dem Losungswort seiner mißglückten Verschwörung, die für sie der Ruf der Wiederauferstehung war, und als sich der erste Sturm der Wiedersehensfreude gelegt hatte, ertappte sie, geführt von dem, den sie nicht sah, den sie hörte und fühlte, tappten sie durch die tiefe Dunkelheit bis zum »Sitz der Nopalbäume«, dem Königsthron auf Nopalbäumen, und dort ließen sie sich nieder und warteten auf die Morgendämmerung, warteten auf ihre Augen, um mehr zu sein als zwei Schatten, verloren in der zähen Leere der Finsternis.

»Ach!« Malena schrie auf und wandte sich um, ohne sich aus den Armen befreien zu können, die sie zurückhielten. »Und Cayetano Duende? . . .«

Plötzlich erinnerte sie sich seiner, und sie war so bestürzt über ihr Vergessen, daß sie zurückgegangen wäre, um ihn zu suchen, und ihn rufen wäre das einzige gewesen, was sie tun konnte, hätte Juan Pablo ihr nicht erklärt, daß dem erfahrenen Führer durch diese unterirdische Bergwelt nichts zugestoßen sei und daß er ihre Hand am Ende des Felsvorsprungs nur losgelassen und sich ihrer nicht mehr angenommen habe, weil er bemerkte, daß er selbst bereits da war und auf sie wartete.

Er hatte ihre Hand losgelassen und sprang in die Höhle, sprang in die Höhle und lief, machte nicht halt, lief nach oben, um dort den Eingang in der Nähe des Straßenbaulagers zu bewachen, denselben Eingang, den Mondragón seinerzeit entdeckt hatte, als ein unbekanntes Tier den Jeep zum Halten brachte und vom Weg drängte. Die Pistole in der Hand, hatte er es im Busch verfolgt, wo er zwar keine Beute machte, aber den Eingang der Höhle fand, die er seither, falls der Anschlag mißglücken sollte, als mögliches Versteck angesehen hatte.

Und dorthinauf stieg Cayetano Duende, um Wache zu halten, denn nur von dieser Seite aus war es möglich, direkt in die Höhle zu gelangen. Benutzte man die anderen Zugänge, mußte man zahllose völlig dunkle unterirdische Gänge durchqueren, wo man Lichter, Stimmen und Schritte bald bemerken würde und Zeit genug hätte, sich zu verstecken. Durch einen dieser Gänge voll Finsternis und Gefahr hatte der Possenreißer sie geführt. Er hätte sie auch geradewegs vom Lager aus herbringen können, das wäre nicht so qualvoll gewesen, aber es hätte bedeutet, alles auf eine Karte zu setzen. Deshalb hatte er den längeren und mühseligeren Weg gewählt, auf dem sie nicht so gefährdet waren. Nachdem sie Cerropom hinter sich gelassen, verschwanden sie, als hätte die Erde sie verschluckt, und nahmen den Weg des Blitzes, der schmal und unübersichtlich war und sich im Zickzack wand, bis sie plötzlich an die Oberfläche kamen, ausruhten, Atem schöpften und wieder in die aufgebrochenen Berge, in den unterirdischen Weg der Wasserschlange hinabtauchten. Schlimm war, daß ihnen die Späne ausgegangen waren, und die letzte Strecke zwischen Felswand und Abgrund in völliger Dunkelheit war grauenvoll gewesen.

»Wußtest du, daß ich kam?«

»Ich hörte dich schreien . . .«

»Es war unklug, aber ich erschrak so sehr, als es plötzlich dunkel wurde . . .«

»Mein erster Impuls war, dir zu Hilfe zu eilen, aber ich durfte nicht fort von der Stelle, die Cayetano Duende und ich als Treffpunkt ausgemacht hatten, außerdem fürchtete ich, vom Weg abzukommen, man verirrt sich so leicht in diesem Gewirr von Gängen . . .«

»Wir sind spät gekommen . . .«

»Das seid ihr. Ich hielt immer wieder Ausschau nach den brennenden Spänen, ich wußte ja nicht, daß sie erloschen waren.«

»Wir hatten keine mehr . . .«

»Und ich horchte und horchte in die Stille dieser gesegneten Gewölbe und wartete auf deine Schritte. Aber nun bist du da . . .«

Er küßte sie, drückte sie an sich, strich ihr mit fiebrigen Fingerspitzen über das Gesicht, um sich ihre Züge zu vergegenwärtigen, die feingeschnittene Nase, die Augen mit den feuchten, heißen Augäpfeln, die Lippen mit den traurigen Mundwinkeln, den Nacken, wie ein Gefäß geformt, die Schultern einer indianischen Göttin, und er roch ihr Haar, um zu erfahren, welches Aroma ihre Gedanken hatten, welchen Duft der Regen des feinen Fädengespinstes . . .

»Du hast doch gewußt, daß ich kommen mußte. Ich hörte Cayetano Duende ›Rote Kamelien‹ sagen und folgte ihm wie hypnotisiert . . .«

»Ich will dich sehen. Wie lange die Sonne auf sich warten läßt. In der Morgendämmerung dringt hier ein seltsames Licht ein. Eine Helle, die von den Felsen auszugehen scheint.«

»Welch ein Glück, daß du dieses Versteck entdeckt hast! Du kannst dir nicht vorstellen, wie sie ganz Cerropom durchsucht haben, Haus für Haus, die Umgebung und weiß Gott was noch, die Militärstreifen, die berittene Polizei, die Gendarmen, am Tag, bei Nacht, zu jeder Stunde. Auch die Schulen, meine und die Knabenschule, zum

Entsetzen von Lehrer Guirnalda . . .«

»Hat er dir die roten Kamelien geschickt?«

»Ach ja, ja, von denen erzähle ich dir noch. Sie waren auch in der Kirche, im Pfarrhaus . . ., wo waren sie nicht . . . Bei Popoluca? Bei Popoluca sind sie dauernd ein und aus gegangen unter allen möglichen Vorwänden . . . Nein, nicht weil sie annahmen, daß du dich dort versteckt hättest, nein, vielmehr, weil das Haus ein wenig abseits liegt und wegen der Werkstatt. Hätten sie das vermutet, Gott behüte, sie hätten ihn mitgenommen und gefoltert! Gut, daß dich hier keiner gesehen hat . . .«

»Nur Cayetano Duende, aber jetzt sag mir, sag mir, sag mir . . .«

»Was soll ich dir sagen?«

»Du weißt es . . .«

»Wenn es das ist, ja, ja . . .«, und sie küßte ihn, »ja, ja . . .«, sie küßte ihn, während die Steine begannen, ein fahles, fleischfarbenes Licht auszusenden.

»Popoluca«, fuhr sie fort, »gab mir das Zettelchen, das du für mich hinterlassen hattest, À bientôt, chérie, aber ich muß dir gestehen, in meiner Angst habe ich diesen Hinweis, daß wir uns bald sehen würden, vergessen, es erschien mir so schwierig, so unmöglich, obwohl ich nachts aufstand und durch die Schule wanderte, durch die Ritzen der Fensterläden auf die Straße spähte und zur Haustür lief, wenn ich Schritte hörte, weil ich mir einbildete, du könntest es sein und klopftest an, um Zuflucht zu suchen. Aber die Schritte entfernten sich, lösten sich auf in der Stille der Nacht, und ich begriff, daß es die Schritte derer waren, die dich suchten . . .

»Tot oder lebendig . . .«, Juan Pablo drückte sie an sein Herz.

»Ich weiß, Liebster, ich weiß . . .«

Und nach einer langen Pause sagte er: »Das Schicksal wollte es, daß sie mich nicht in meiner Wohnbaracke antrafen, weil ich fortgegangen war zu dir . . .«

»Lieber, mein Liebster!

»Und weil ich den Jeep zurückgelassen hatte und, um Klatschereien zu vermeiden, statt in der auffälligen weißen Uniform in Zivil kam.«

»Popoluca hat mir erzählt, du bist mitten durch die Soldaten der Streife durchgegangen, die dich suchte . . .«

»Ja, ja, und ich war drauf und dran, umzukehren und den Streifenführer um einen Schnaps zu bitten, denn ich war durstig geworden, als ich sah, wie er sich die Zigarette vom Mund riß, um die Flasche anzusetzen, aber da mir diese gemeine Art zu trinken schon immer zuwider war, dachte ich, es ist besser, ich gehe zu Padre Santos und bitte ihn um ein Gläschen ...«

»All das hat mir Popoluca erzählt, mit allen Punkten und Kommas. Ich weiß nur noch nicht, wie du hierhergekommen bist, wie du erfahren hast, daß es diese Höhlen gibt, die nur sehr wenige kennen, wie Cayetano sagt.«

»Auch das war Zufall. Ich fuhr ins Lager zurück, ich glaube, ich kam von dir, ja, von dir kam ich, als mir plötzlich irgendein Tier in den Weg lief, es muß ziemlich groß gewesen sein, denn es brachte die Vorderräder zum Stehen und riß mir das Lenkrad völlig herum, und während ich stoppte und hinaussprang, um es zu verfolgen — ich nahm an, es sei ein Jaguar, mir war fast, als sähe ich das gefleckte Fell —, hatte es Zeit, durch das Buschwerk zu flüchten, das immer dichter wurde, so daß ich mich plötzlich selbst nicht mehr sah, und ich wollte schon umkehren, aber die Sträucher bogen sich wie im Wind, obgleich es windstill war. Ah, sagte ich mir, hier muß es sein, und ich folgte der Bewegung der Blätter und der schwankenden Büsche und stieß auf den Eingang der Höhle, vor dem jetzt Cayetano Duende Wache hält.«

Und während das Licht durch die ferne Öffnung von oben ins Innere der Erde herabsickerte und schwebende Streben bildete, die wie Säulen aussahen, während es Gewölbe schuf, die wie die dämmrigen Schiffe gotischer Kirchen waren, während es Turmspitzen und Vertiefungen formte, die unverkleideten oder mit Fledermäusen bedeckten Kuppeln glichen, wußte Malena, zitternd vor Entsetzen, nicht, wohin sie den Blick wenden sollte. War es möglich, daß der Mann, der sich aus dem Dunkel abzuheben begann, Juan Pablo Mondragón war? Nie und nimmer! Eine schmutzig fahle Gesichtshaut, infantile, katzenhafte Pupillen, welche die nahe beieinanderliegenden, jetzt so klein gewordenen Augenhöhlen völlig ausfüllten, Lippen und Ohren eines Dickhäuters ...

Als Juan Pablo ihre Bestürzung bemerkte, versuchte er ein trauriges Lächeln, das seine schönen, schneeweißen Zähne zeigte, und wollte sich von ihr lösen. Aber sie ließ es nicht zu. Furchtsam hielt sie ihn fest. Er ist es, er ist es, sagte sie sich und bemühte sich, das Bild der elenden, gequälten Kreatur zu vergessen. Sie schwiegen, verloren in der trostlosen Helle des Höhlengrundes.

»Erkennst du mich nicht wieder? ...« Und da sie ihm nicht antwortete, fragte er noch dringlicher: »Malen! ... Erkennst du mich nicht wieder? . . .«

Sie schüttelte den Kopf, ehe sie den Mund auftat: »Nein, nein, bei Gott, nein!«

»Aber erschrick doch nicht so. Ich bin nicht krank. Es handelt sich um eine vorübergehende Deformation des Gesichtes, hervorgerufen durch einen Kaktus, den man bei Nacht kaut. Wenn man mich so sieht, gekleidet wie ein armer Landarbeiter und mit dem Gesicht, wer wird da noch behaupten, daß ich es sei?«

»Keiner«, rief Malena ungestüm, »nicht einmal ich weiß, ob du es bist . . .«

»Dann kann ich mich ja beglückwünschen!«

»Aber . . . ist es nicht gefährlich? . . . Es wäre furchtbar, wenn du so bliebest, furchtbar! . . .« Und sie schlug die Hände vor das Gesicht, um die Augen zu bedecken, die angesichts dieser unauslöschlichen Katakombenvision des Grauens hart geworden waren wie Steine aus einem schutzlosen Kristall.

Dann sagte sie, ruhiger geworden: »Weißt du, wie du aussiehst?«

»Cayetano hat versprochen, mir einen Spiegel mitzubringen, aber offenbar hat er es vergessen.«

»Warte, in meinem Beutel muß einer sein«, sie suchte hastig, »nimm, er ist etwas klein, aber du kannst dich gut darin sehen.«

Juan Pablo hob das Spiegelchen, blies ein paar rosa Fusseln vom Rand fort und rief, nachdem er sich aufmerksam betrachtet hatte: »Ausgezeichnet!«

»Ausgezeichnet! Eine Figur aus dem Kabinett des Doktor Caligari!« unterbrach ihn Malena verwundert und traurig.

»Findest du? . . . Ich bin nicht deiner Meinung. Es ist einfach das Gesicht eines Arbeiters, der sich an der Küste verbraucht hat, der abgestumpft ist durch die Schinderei auf den Bananenplantagen.« Und während er sich weiter im Spiegel betrachtete und die Entstellung seines Gesichtes genoß, fügte er befriedigt hinzu: »Du brauchst dich nicht zu beunruhigen. Diese Schwellung hält nur so lange an, wie ich den Kaktus kaue, den mir Duende mitgebracht hat. Aber der Rat, mir das Gesicht mit Hilfe dieser Kakteen zu entstellen, um fliehen zu können, stammt von Popoluca. Es war nicht leicht, sie zu beschaffen, und bevor er sie mir zu essen gab, veranstaltete er eine wahre Zeremonie. Ich mußte niederknien und die Erde um Verzeihung bitten wegen meines Vorhabens: mein Äußeres zu verändern, mein Gesicht zu verwandeln, ein anderer zu werden . . .«

»Bis auf die Stimme«, warf Malena ein.

»Ich werde wenig und gaumig sprechen.«

»Wenn du den Spiegel behalten willst . . .«

»Leihen darfst du ihn mir, aber nicht schenken«, unterbrach er sie, »oder ich kaufe ihn dir ab, wenn ich eine Münze bei mir habe.«

»Wie du willst . . .«

»Nimm diese Zehncentavomünze, das wendet das Unheil ab.«

»Und zerbrich ihn nicht, hörst du?«

»Zerbrechen? . . . Der ist ja nicht einmal zerbrochen, als ich mich darin angesehen habe.«

Sie lachten, und auf Malenas Bitte, die fühlte, daß Juan Pablos Arme sich vervielfachten und ihren Körper immer enger umschlossen, berichtete er alles, was geschehen war seit jenem Dienstagabend, nachdem er Popolucas Werkstatt verlassen hatte. Angestrengt spähend, nur von seinem Instinkt geleitet, suchte er den Eingang der Höhle. Er setzte alles aufs Spiel, als er sich so nah an das Arbeitslager heranwagte, aber ihm blieb nichts anderes übrig. Er durfte die rechte Stelle nicht verfehlen, denn was sollte er tun, wenn er die Öffnung der Höhle nicht fand? . . . Zu Popoluca zurückkehren? . . . Weiter umherirren, bis er getötet oder verhaftet wurde? . . . Er überlegte, wo er damals den Jeep stehengelassen hatte, und schlich durch den dichten Busch geradewegs auf die Höhle zu, die die Fledermäuse eifersüchtig verteidigten. Er blieb stehen und horchte, ob ihm jemand folgte. Niemand. Er atmete schwer, stoßweise. Aber kaum hatte er die erste Stufe betreten, da hörte er, daß ihm etwas folgte. Der Wind. Orkanartig, muskelstark, nackt heulte er wie ein Raubtier am Eingang des Tunnels. Dann das große Schweigen der unbewegten Luft im Innern und furchterregendes Dunkel. Er ging nicht vom Eingang fort. Das war zu gefährlich. Ging nur so weit, wie ihm das Sternenlicht leuchtete, Gold, das in der Ferne niederfiel. Er wartete die Morgendämmerung ab, um in den Höhlengrund hinunterzusteigen, in dem er jetzt Malena, die in seinen Armen ruhte, ihm nahe, zärtlich, Mund an Mund, von den Tagen und Nächten erzählte, die er in diesen Katakomben verbracht hatte, wo das Licht Widerschein ist und die Stimme durch die steinerne Stille schwingt, ohne sie zu durchdringen, ein Echo, das im Wind zu zerflattern scheint.

Malena rückte von ihm ab, um ihn zu betrachten. Unglaublich. Je länger sie ihn betrachtete, um so unglaublicher erschien es ihr. Er war nicht der Fahrgast aus dem Zug. Nicht der Offizier in der weißen Uniform des Wegebauers. Nicht der Landarbeiter, den Popoluca ihr beschrieben hatte. Er war . . . ein fremdartiges Geschöpf . . ., ein

Fabelwesen . . ., ein Bewohner der Tiefe . . .

Sie schloß die Augen, flüchtete wieder in seine Arme und bat ihn zu erzählen, was er getan hatte, nachdem er in der Höhle angelangt war.

»Geschlafen«, antwortete Juan Paplo, »ich war halbtot vor Müdigkeit, denn ich hatte seit vielen Stunden kein Auge zugetan, all die Stunden, die ich in Cerropom durchwacht hatte in der bewußten Nacht, als mich ein gewisses Persönchen hinausgeworfen hatte: ›Ich möchte, daß du jetzt gehst . . .‹«

Malena legte ihm sacht, aber ein wenig beklommen die Hand auf den Mund, auf den Mund, der sie geküßt hatte, als das Licht sich einzuschleichen begann, denn sie fürchtete sich anzustecken an den dicken, gräßlich verschwollenen, fieberheißen Lippen, und warf ihm vor, daß er in dieser heiklen Situation von solch unbedeutenden Dingen sprechen konnte.

»Gar so unbedeutend«, fiel er ihr ins Wort, »waren sie nicht, denn hättest du mich nicht hinausgeworfen, dann hätten sie mich geschnappt! . . .«

»Damit hast du recht, aber sag nicht, daß ich dich hinausgeworfen habe, ich bat dich, zu gehen . . .«

»Das hört sich wohl besser an, kommt aber auf dasselbe heraus . . .«

»Boshafter Kerl!«

»Sag lieber Scheusal!«

»Warum Scheusal? Hast du mir nicht eben erklärt, daß die Arbeiter an der Küste immer so aussehen?«

»Stimmt, und das werde ich von nun an sein: ein Arbeiter auf den Bananenplantagen, ganz unten werde ich anfangen, als einer dieser dumpfen, gelbgesichtigen Arbeitstiere, die die Malaria auffrißt . . .«

»Aber kehren wir in die Höhle zurück . . .«

»Da sind wir doch . . .«

»Spötter!« schalt Malena und ergriff liebevoll seine Hände. »Du weißt ganz genau, daß du mir erzählen sollst, wie du es fertiggebracht hast, so viele Tage, schon fast einen Monat, hier durchzustehen, und wie du Cayetano Duende getroffen hast.«

Das Frühlicht breitete sich wie weißer Rauch in der unterirdischen Dunkelheit aus. Juan Pablo hob sie von dem »Sitz aus Nopalbäumen«. Obgleich Cayetano den Zugang auf der Höhe bewachte, durften sie hier nicht länger bleiben, es war besser, sich tiefer in den Berg zurückzuziehen, die große Höhle zu verlassen und durch einen hallenden Gang Juan Pablos Versteck aufzusuchen, ein Versteck hinter einem Felsblock aus zweitausend Tonnen Lava, in dessen Eingang um diese Stunde ein zerstäubtes Licht fiel. Er brauchte ihr nicht zu erzählen, wie er es fertiggebracht hatte, zu überleben. Sie würde es selber sehen. Hier, in diesem Versteck, konnte er leicht, ohne sich zu rühren, aus einem Winkel den Zugang zur Höhle beobachten, der gut hundert Meter hoch inmitten des Buschwerks lag, die Stelle, von der aus man ihn hätte überraschen können, während der Weg der Wasserschlange nur von Leuten benutzt wurde, die sich genau auskannten. Deshalb hatte er dieses Versteck gewählt, das er anfangs nur als eine vorübergehende Bleibe unter der Erde angesehen hatte. Aber es kam anders. Als er die Lebensmittel durchsah, die er mitgebracht hatte — mehr als fünfzig Maisfladen, vierundsechzig genau, zwölf Maiskolben mit Käse, ein Tütchen Salz, ein Viertelpfund Backwerk, einige Streifen Rauchfleisch, dreiviertel Meter, um es genau zu sagen, und eine Kalebasse mit Wasser —, stellte er fest, daß er die Streichhölzer, die Kerzen, die Kienspäne und die Zigaretten vergessen hatte, sogar Zigarren waren in dem Korb gewesen, den er offenbar bei Popoluca zurückgelassen hatte, ein Verlust, den er sehr bedauerte, nicht nur wegen der Zigaretten und Zigarren, obgleich einem Flüchtling der Rauch mehr Nahrung ist als das Essen, sondern vor allem um der Kerzen, der Kienspäne und der Zündhölzer willen, denn wie sollte er seinen Weg fortsetzen, wenn er nichts hatte, um sich in den unterirdischen Gängen, wo man keine Hand vor Augen sah, zu leuchten? Entmutigt, weil diese Fahrlässigkeit ihn der Möglichkeit beraubte, durch Höhlen zu fliehen, die zweifellos erst in weiter Ferne wieder an die Oberfläche kamen, stapelte er seine Vorräte an dem Ort auf, wo er sich nur vorübergehend hatte einrichten wollen und der ihm nun, da er kein Licht hatte, um weiterzuwandern, als eine Art Domizil für einen lebendig Begrabenen dienen mußte. Aber ihn sollte ein noch viel härterer Schlag treffen. Als er die Kalebasse untersuchte, wäre sie ihm vor Schreck beinahe aus den Händen geglitten. Das Wasser darin reichte nur für wenige Tage, zumal er die Lebensmittel, Rauch- oder Selchfleisch und Teig- oder Maisfladen, nicht trocken hinunterwürgen konnte, und seine einzige Hoffnung war, in der Nähe eine Quelle oder einen unterirdischen Wasserlauf zu entdecken. Er nahm einen Stein und legte ihn an eine sichtbare Stelle. So würde er die Tage zählen können. Der unscheinbare Kieselstein seines neuen Kalenders entsprach dem Mittwoch, denn am Montag hatte er das Lager verlassen, Malena aufgesucht und den Rest der Nacht in Cerropom verbracht, am Dienstag, im Morgengrauen, war er bei Popoluca gewesen, wo er sich den Tag über aufgehalten hatte, am Abend war er in die Höhle geflohen, und dort, im Höhlengrund, hatte er den Mittwoch heraufdämmern sehen ... Mittwoch, den ...? Den ...? Mist, verdammter ... Mittwoch, aber er erinnerte sich nicht mehr des Datums!

Nicht einer der Tage, die er mit den zehn ersten Kieseln gekennzeichnet hatte, verlief anders, als er es sich vorgenommen hatte: strenge Rationierung des Rauchfleischs und der Fladen, Übungen in Regungslosigkeit, viele Stunden Schlaf und lange Wanderungen durch die Lavahöhlen, die felsigen Gänge, die engen, sandigen Tunnel, tastend, tastend, die Wände betastend auf der Suche nach Wasser, nach einem fließenden Wildbach, einem tropfenden Quell. Er verlor die Fähigkeit zu hören in der Stille, die trocken und ausgedörrt war wie seine Lippen; er preßte die durstigen Ohren an die kalten Felsen wie Zungen, um durch Abklopfen den fernen Tropfen zu hören, der irgendwo niederfiel; er stolperte durch Löcher und kehrte eilig um, aus Angst, sich zu verirren, und wurde, als in der Kalebasse das Wasser zu versiegen begann, doppelt wachsam gegen sich selbst, riß sie sich aus den Händen, um nicht in einem Zug den Rest auszutrinken, kamen ihm doch anfangs fünf Schluck täglich zu, dann drei, dann zwei, und dann ... das Geräusch des leeren Gefäßes ... Ah, dieser Tag, diese Nacht ... was mochte es sein! ... Er zerschlug ihn nicht, den Kürbis, die Schale aus Rinde, den Krug in Form einer Acht, weil er sich hastig den Adamsapfel rieb, in dem er das Gewicht der mit Durst gefüllten Kalebasse spürte, und worin hätte er auch das Wasser, falls er welches fand, tragen sollen, wenn er ihn zerschlug? Er mußte den Krug entfernen, damit er ihn nicht mehr sah. Ihn verstecken. Das genügte. Tage gewinnen. Nicht essen. Sich überhaupt nicht mehr bewegen. Aber, wozu Tage gewinnen, wenn seine Lage nicht nur dieselbe blieb, sondern sich von Tag zu Tag verschlechterte ... Und was half es ihm, nichts zu essen, da es schon nicht mehr nur der Durst war, den das Rauchfleisch in jeder mit bitterer Orange und Salz getränkten und in der Sonne gedörrten Faser barg, nicht mehr nur der teigige Durst der Fladen und Maiskolben mit Käse, sondern der andere, der nicht zu bestimmende, den er vor seinen geschlossenen Augen sah, unter seiner kleinen Kinderzunge fühlte; Erfrischungsgetränke aus roten, gelben, milchigen Säften über Eisspänen; oder die ice creams, die er als junger Mann in Panama mit sexuellem Genuß verschlungen hatte; oder die Limonaden aus Flaschenbaumfrüchten, die er noch am Gaumengewölbe schmeckte als Tröpfchen grünen Parfüms; oder die süßen Ananassäfte, oder die kühlen Tränke aus Maismehl, Kakao und Zucker, die auf seinen Lippen einen blutroten Schnurrbart hinterließen ...

Es war töricht, sich nicht zu bewegen, außerdem ließ es der Durst nicht zu. Er ging auf und ab und sammelte in den hohlen Händen das Dunkel der Höhle, um es in den Mund zu schieben, wahrhaftig in den Mund zu schieben, mit den Fingern, als sei es etwas, das man tatsächlich trinken konnte, wie die Schmelze des riesigen Lavazapfens, der unbeweglich vor seinen offenen Augen hing in der kurzen Zeit, da ein wenig Helligkeit eindrang.

Er raffte sich zu einem Entschluß auf. Er konnte hier nicht verdursten. Das Wasser war dort, dort, dort oben, er brauchte nur in das Dickicht hinauszugehen, und wenn er das Pech hatte, kein Wasser zu finden, dann würde er Gras kauen, sogar Dornen, wenn es nötig war ...

Aber er blieb stehen ... Wohin ging er bei hellichtem Tag? ... um sich ihnen auszuliefern ..., um denen in die Hände zu fallen, die ihn suchten, tot oder lebendig ... oder ... oder ... o ... das runde O in seiner Kehle weitete sich zu Ringen, zu Ringen, zu Wasserringen, o ... o ... oder sollte er weiterwandern hinein in die Gänge, sich verirren, weder einen Fluß noch eine Quelle finden und in der Falle verdursten ...

Nein! Nein! Nein! Nicht in das Gewirr der Gänge! ... Er würde die Nacht abwarten und hinausgehen in das Dickicht ..., ach, wenn es doch regnete ..., auf den Rücken würde er sich legen und den ganzen Wasserguß in sich hineintrinken ...

Er zitterte ... Wie unsicher seine Bewegungen waren .., wie seine Hände bebten ... Zitternd erwartete er die Nacht ..., wartete darauf, daß die Schwärme der Fledermäuse ausflogen ..., wartete darauf, daß sich ein paar Glühwürmchen in die Höhle verirrten, Leuchten, das rasch erlosch, wie Stückchen eines zerschellten Himmels, der zerbrach wie ein irdener Topf ...

Plötzlich riß er wie ein Wahnsinniger seinen Revolver, seine Papiere, seine wenigen Habseligkeiten aus dem Versteck und stürmte mit langen Schritten nach oben ..., sollten sie ihn festnehmen ..., ihn töten ..., wenn sie ihm nur vorher zu trinken gaben ..., tot oder lebendig ..., tot oder lebendig ..., es war ihm gleichgültig ..., wenn sie ihm nur vorher zu trinken gaben ..., zu trinken! ...

Plötzlich begriff er blitzartig, was er tat, er fuhr zurück und überlegte, ob er nicht den anderen Ausweg wählen sollte ..., welchen Ausweg? ..., die Lavagänge? ..., die Felswege? ..., die Höhlen? ..., das Netz ..., der Durst .., das Labyrinth ..., der Durst ..., das Netz ..., nein ..., nein ..., nein ..., er wollte nicht in die Falle geraten ..., wollte nicht weiter vordringen in die unterirdischen Gänge und dort sterben ohne die Hoffnung, sich noch einmal satt zu trinken ... lieber draußen ..., lieber draußen ..., tot oder lebendig ..., tot oder lebendig ..., lieber draußen ..., lieber draußen! ...

9

»Und ich war schon entschlossen, hinauszugehen, bereit zu allem«, fuhr Mondragón fort, »bereit, mich zu ergeben, mich töten zu lassen, wenn ich nur nicht verdursten mußte, als ich Cayetano Duende traf ...«

Beide blickten dankbar hinauf zum Eingang der Höhle, vor der Duende jetzt Wache hielt, sitzend oder hin und her gehend wie der Klöppel einer Glocke.

»Aber«, erinnerte Juan Pablo, »es ist besser, wir gehen weg von hier. Da wir uns in meinem Quartier bequem verstecken können«, er unterstrich das Wort durch eine Grimasse, die ein Lächeln sein wollte, »brauchen wir uns nicht unnötig der Gefahr auszusetzen ...«

Der unkenntliche Mondragón. Je länger Malena ihn betrachtete, um so weniger glaubte sie, daß diese Larve aus rauchfarbenem Fleisch mit den dicken Lippen und den großen Löffelohren, dieses Ungeheuer, das so ergeben und traurig aussah wie ein verblutetes Tier, der Juan Pablo war, den sie kannte, mit dem mageren Gesicht, dem feingeschnittenen Mund und den nahe beieinanderliegenden Augen. Von seinem früheren Antlitz, nur Knochen und Willen, war nichts geblieben, bis auf die schneeweißen Zähne, die er beim Sprechen zeigte. Malena sagte es ihm, und sofort sprach er davon, sich die Zähne herauszureißen.

»Schwör mir, daß du es nicht tust!« stieß sie hervor, hielt ihn am Arm fest, während sie seinem Versteck zugingen, und zwang ihn, ihr mit seinen winzigen, zugeschwollenen Augen ins Gesicht zu sehen.

Er blickte sie schweigend an, dann küßte er sie lächelnd und erklärte, er habe nur gescherzt. So sehr hatten sie das Licht herbeigesehnt, um einander zu sehen, und jetzt schloß Malena instinktiv die Augen und bebte am ganzen Körper, sooft das Ungeheuer sie küßte.

»Ich habe mich so erschreckt«, sagte sie, ach ... wenn sie doch zu ihm sprechen könnte, wie sie ihn küßte, mit geschlossenen Augen, »denn um deine Haut zu retten, bist du zu allem fähig, schließlich hast du sogar dein Gesicht entstellt ...«

»Meine Haut, nein!« unterbrach Juan Pablo, »das ..., das, was sich Haut nennt«, und er hob zornig mit spitzen Fingern ein Hügelchen Haut vom linken Handrücken, »das, was sich Haut nennt, nein, aber meine Ideen, und um meine Ideen zu retten, ließe ich mir nicht nur die Zähne, sondern selbst die Augen herausreißen ...«

Sie hatten das Versteck erreicht, wo es glücklicherweise dämmriger war, hatten auch den Beutel mitgebracht, den Malena in der Speisekammer voll Lebensmittel gefüllt und den Duende auf dem Rücken getragen hatte — später würden sie ihn rufen, um ihm etwas anzubieten, doch vorläufig sollte er noch weiter wachen —, und ließen sich neben dem riesigen Lavablock nieder, der mit seinem Schatten den Eingang zu der kleinen Behausung schützte. Malena, die mehr auf ihm als auf den Steinen lag, zitternd, glücklich, weil sie ihn kaum sehen konnte, kramte eifrig Brot, Käsescheiben, Keks, eine Flasche Bier, eine Büchse Mortadella, Sardinen und kleine Metallbecher hervor, stellte alles ganz nah, damit sie es bequem hatten, während er sie liebkoste, streichelte, sich ihres Körpers bemächtigte, ihre Bewegungen ausnützte, wobei seine Hände bald das Gewicht ihrer runden Brüste fühlten, als sie sich ihm näherte, um ihm mit dem Mund eine Dattel zu reichen, bald seine Fingerspitzen vom Blitz ihrer Schenkel getroffen wurden, weil sie sich ihm zuneigte, um mit ihm aus einem Becher zu trinken, oder von dem vibrierenden Seil ihrer Taille, als sie sich zur Seite drehte, um zu betrachten, was Juan Pablo ihr zeigte: den Steinkalender, mehr als zwanzig Kiesel, bis er, wahnsinnig vor Durst, es aufgegeben hatte, die Tage zu zählen; die Wege, die er stundenlang auf und ab gewandert war und laut mit sich selbst gesprochen hatte, weil ihn plötzlich die Angst überfiel, er könnte stumm werden, wo er gesprochen und der eigenen Stimme gelauscht hatte, um festzustellen, ob er nicht taub geworden war in der völlig lautlosen Stille, die ihn umgab; und die Stelle, nicht weit von hier, wo er zum erstenmal Cayetano Duende erblickt hatte ...

»Ich erkannte nicht, wer es war, ob ein lebendiger Mensch oder ein entzauberter Mann aus Stein, ich stürzte mich auf ihn, voller Angst, daß der Durst mir eine Vision vorgaukelte, daß mich der Fieberwahn die Gestalt eines alten Mannes sehen ließ, der auf mich zukam und von dessen Schulter eine Kalebasse herabhing. Ich stürzte mich auf ihn, entriß ihm die Kalebasse, riß mit den Zähnen den Stöpsel heraus und goß mir, ohne Atem zu holen, das Wasser in den Mund, aber während in meiner Kehle die entsetzliche, dumpfe Trommel des Todes verstummte, erwachte in meinem Herzen wieder die Angst des Verfolgten, und auf meinen Lippen verdunstete das Glück des Tieres, das sich befriedigt wieder und wieder leckt.

Malena füllte ihm das Glas von neuem, und sofort trank er ein paar Schluck Bier. Dann erzählte er weiter von seinem Zusammentreffen mit jenem fast unwirklichen Wesen, dem er hätte die Hände küssen mögen.

»Endlich sprach mich das Wesen an, das ich für ein Gespenst hielt, und ich begriff, daß es ein Mensch aus Fleisch und Blut war wie ich. Ein Abgesandter Popolucas, der mich seit vielen Tagen suchte. ›Aber woher weiß Popoluca, daß ich mich hier aufhalte?‹ fragte ich ihn beunruhigt. ›Aus einem einzigen Grund‹, antwortete er. ›Du hast dir durch ihn eine Menge Kerzen, Kienspäne, Streichhölzer, Zigarettenpäckchen und ein paar Zigarren besorgen lassen, und dann hast du alles bei ihm vergessen. Er merkte es erst am nächsten Tag, und da ließ er mich holen und sagte zu mir: ›Ich vermute, daß unter der Erde einer herumirrt, und kann nicht schlafen . . . Geht und holt ihn raus, Gevatter, Ihr kennt die schwarzen Meere der Finsternis, Gott wird's Euch lohnen, und ich weiß, daß es so ist, denn er hat hier bei mir den Korb mit seinen Sachen stehenlassen, mit Streichhölzern, Spänen und was zu rauchen . . .‹ ›Eure Vermutung soll nur ein Befehl sein, Gevatter‹, antwortete ich ihm, ›ich werde ihn suchen; geh in die Irre, hat Gott gesagt, aber nicht: bring dich um; auch ich werde nicht schlafen können, wenn ich weiß, daß ein Mann unter der Erde herumirrt, und ich kann mich nicht weigern, was Gutes zu tun . . .‹«

»Und zum Glück hat er dich aufgespürt!« sagte Malena rasch und richtete sich freudig auf. Ihr Kopf hatte an der Schulter Juan Pablos gelehnt, der jetzt, immer noch durstig, geräuschvoll den Rest Bier aus dem Becher schlürfte, als schmeckte es ihm so besser. Eifrig hob sie die Flasche, um nachzugießen, und fügte hinzu: »Popoluca wußte, wie es um uns steht. An dem Tag, an dem er mir dein Zettelchen gab, wollte ich ihm alles erklären, eigentlich mehr, um mein Herz auszuschütten, als aus irgendeinem anderen Grund, aber er hat mich gar nicht erst sprechen lassen. Er hatte uns zusammen auf dem Cerro

Vertical gesehen. Das einzige Mal, das wir dort waren, hat er uns gesehen . . .«

Sie verstummte, weil sie spürte, daß die Stimme der Lehrerin versagte und daß aus ihrem Inneren eine andere, wärmere Stimme aufstieg, um jene Stunde heraufzubeschwören, da sie versunken gewesen waren in die Stille des Himmels, die so verschieden war von der Stille unter der Erde, versunken in den Anblick des weiten, einsamen Pazifiks, der sich am Horizont dehnte wie ein ferner Traum.

»Noch ist mir, als hörte ich dich auf dem Vertical sprechen . . . Sagtest du es aus dem Gedächtnis her? . . . Improvisiertest du? . . . Erinnerst du dich? . . .

O Sehnsucht zu fliehen
bis an das Meer,
Ohne Wiederkehr!

O Sehnsucht, die Augen zu schließen
und sagen zu hören: er ist tot . . .
und nicht sich zu regen.

O Sehnsucht zu fliehen
durch weit geöffnete Türen,
Ohne Wiederkehr.«

»Es sind die Worte eines Verfolgten, findest du nicht auch? . . . Ich wollte vor mir selber fliehen, vor der Wirklichkeit . . .«

»Oder vor dem, dem du nicht mehr entgehen konntest, denn du hattest dein Wort gegeben«, sagte Malena heftig, aber ihr Groll richtete sich nicht gegen ihn, sondern gegen die Tatsachen. »Der reinste Irrsinn, diese Verschwörung! Als wären ihre Urheber darauf ausgewesen, sie scheitern zu lassen!«

»Was tut man nicht alles aus Verzweiflung . . .«

»Nur so kann ich sie mir erklären . . .«

»Ich hatte dich nicht . . .«

»Du hattest dich am meisten exponiert . . .«

»Und dabei war ich nicht einmal mit dem Attentat einverstanden«, unterbrach Mondragón und riß nachdenklich die verschwollenen Augen auf, »aber ich hatte mit Leuten zu tun, die nicht begriffen, daß man statt das Raubtier zu vernichten, das Volk zum Aufstand aufrufen mußte, um alles von Grund auf zu verändern; nein, ich drücke mich falsch aus, es stimmt nicht, daß sie es nicht begriffen, sie begriffen es nur zu gut, sie waren sich durchaus darüber im klaren, daß auch sie, ihre Interessen vor allem gefährdet waren, wenn das Volk sich erhob ...«

»Aber warum hast du dich dann so sehr, so sehr exponiert? Verzeih, da es nun einmal geschehen ist, ist es töricht, aber ich kann nur immer wieder dasselbe fragen, warum hast du dich so sehr exponiert? ...«

»Warum?« ... Er zog das Wort in die Länge, bis es zur ratlosen Frage wurde, dann schüttelte er den Kopf. »Ich weiß nicht recht, warum ...«

»Du hattest dich sogar verpflichtet, den Lastwagen zu fahren, der dem Präsidentenauto im Augenblick des Attentats den Weg abschneiden sollte«, warf sie ihm traurig und zärtlich vor.

»Zum Teufel! ... Ich war allein, und alle anderen hatten Kinder, Geschwister, Familie, irgend jemanden, der zurückblieb ... Ich war allein, und außerdem, merk gut auf, wollte ich sicher sein, daß es blitzschnell geschah und nichts schiefging, und ...«, vertraulich, »... als guter Schütze hatte ich meine Waffen im Wagen, um ihn selbst zu erledigen, an Ort und Stelle, falls er aus dem Attentat heil herauskommen sollte ...«, er drückte ihre Hände und sagte, während um seine Lippen ein jungenhaftes Lächeln spielte: »Wenn du wüßtest, wie ich mich in dieses Abenteuer gestürzt habe ...«

»Ich kann es mir vorstellen ...«

»Wie jemand, der zu einer Jagdpartie aufbricht, mit meinen Büchsen, der Munition, entschlossen, das Raubtier zu jagen ...«

»O du Narr, o ...«

»Sag es noch einmal, ganz laut: o ...«

»O!«

»O ... o ... o ... o ...«

»O ... o ... o ... o ...«, wiederholte Malena, daß das Echo die unterirdischen Höhlen füllte und der Klang des runden Vokals durch alle Gänge rollte, »oooooOOOOO ... oooooOOOOO! ...«

»Stell dir vor, Malen, daß alle diese Echos Autoräder sind und daß alle diese Räder, alle diese Autos über eine lange, lange Straße fahren, an die sich eine baumbestandene Allee anschließt, die zu einem zoologischen Garten führt, und stell dir vor, daß es neben diesen Rädern, auf dieser Straße einen armen Teufel gibt, und der war ich in diesem Augenblick um fünf Uhr nachmittags, als der ›unendlich

Mächtige‹, der ›unendlich Gerechte‹, der ›unendlich Weise‹, der ›unendlich Ehrenhafte‹ in seinem kugelsicheren Auto vorbeifuhr, im Fond lehnend, auf dem Schoß ein Chihuahua-Hündchen, am kleinen Finger einen funkelnden Rubin und im Mund eine endlos lange Zigarettenspitze aus Bernstein mit einer brennenden Zigarette darin. An den Ecken, vor den Läden, den Kinos, den Haustüren sammeln sich plötzlich Menschen an. Was ist geschehen? Warum ließ der Schuster dort seine angefangene Arbeit liegen, jener Trommler seine wirbelnden Stöcke sinken, der Besitzer der Möbelwerkstatt seine Kunden stehen, warum nahm sich der Barmann des Klubs kaum Zeit, sich den Hut aufzusetzen, und der Küster, die Kirche zu schließen, und der Notar, seine Robe abzulegen, und der Arzt, sich anzuziehen, ehe er hinauslief, und die dienstfreien Offiziere und Polizisten stürzen herzu und einige Lehrer und ein paar Angestellte vom Wegebau . . . Was tun sie? . . . Ist es nicht sonderbar, daß so verschiedenartige Menschen zur selben Stunde, in derselben Straße beisammenstehen? . . .«

»Ja, ja, freilich«, unterbrach sie erstaunt, »aber ich weiß nicht recht, warum du mir das erzählst . . .«

»Weil ich unter all diesen Leuten stand, beschämt, gedemütigt, wütend. Weil ich einen Augenblick lang, als ich dort vorbeikam, einen Teil der Meute bildete, die sich für Geld oder Pfründe in der großen Allee einfinden muß, um über das Leben jenes höheren Wesens zu wachen. Ich ekelte mich vor mir selbst, und um mich innerlich zu waschen, um mich zu reinigen, ging ich in die erste beste Kneipe und verlangte eine Flasche Schnaps, den ich gläserweise in mich hineingoß, bis ich spürte, daß ich betrunken war. Ich weiß nicht, ob ich über dem Tisch eingeschlafen war und ob ich im Schlaf oder in wachem Zustand erzählen hörte, was in der Stadt geschehen war, es ist auch egal, denn ich war betrunken, und mir war, als sähe ich das, was andere Schnapstrinker berichteten, die mit der großen Neuigkeit ankamen, wie im Traum oder in einem Kino vor mir.

Das Auto, ebenjenes, das wir um fünf Uhr nachmittags alle bewachten, das auch ich an diesem widrigen Tage bewachte, stoppt seine lautlose Fahrt im zoologischen Garten, und während der Chauffeur den Schlag aufreißt und irgendein Betreßter herbeieilt und der Polizeidirektor sich abstrampelt, um rechtzeitig zur Stelle zu sein, und die Zuschauer hingerissen und bewundernd die Hälse recken, steigt der ›unendlich Erhabene‹ aus. Von seiner Unterlippe, die deformiert ist durch die Zigarettenspitze im Mundwinkel, auf der er herumkaut, träufelt ein Lächeln, das gute Laune verheißt. Ohne anzuhalten, schreitet er eitel und plump vorwärts, stolziert wie ein Papagei mit einwärts gekehrten Fußspitzen zu dem Tigerkäfig, wo eine Gruppe Offiziere und Kadetten sich damit vergnügt, dem ruhelosen Auf und Ab des gefangenen Raubtieres zuzusehen. Erkennen, wer da kommt, und augenblicklich Haltung annehmen ist eins. Sie stehen unbeweglich, stramm, mit herausgereckter Brust, den Blick starr geradeaus gerichtet, die Handfläche nach außen, drei Finger leicht an das Käppi in Höhe der rechten Schläfe gelegt. So verharren sie, bis der ›unendlich Wohlwollende‹ zu ihnen tritt und ihnen befiehlt, sich zu rühren. In einer einzigen Bewegung fallen, wie die Hämmerchen eines Pianos, die weißbehandschuhten Hände herab zu den roten Hosen. Unterdessen fährt der Tiger mit seinem Abendspaziergang fort, gähnt, leckt sich und setzt zu einem klagenden Brüllen an. ›Wärter‹, ruft der ›unendlich Mächtige‹ durch die Stille, in der nur das Auf und Ab des Raubtieres zu hören ist, ›öffnen Sie den Käfig, der Mutigste unter den Kadetten soll hineingehen und den Tiger streicheln . . .‹ Das Klirren der Schlüssel und Schlösser und das Zurückweichen der bleichen, zitternden Jungen. Der Tiger hält inne, als hätte er den Befehl verstanden, und seine Regungslosigkeit macht ihn noch bedrohlicher. ›Nicht ein Freiwilliger unter den Kadetten? . . . Nicht ein Beherzter? . . . Nicht ein Mann? . . . Nicht ein einziger schneidiger Kerl?‹ fragt der, der alle diese Eigenschaften in höchstem Grade besitzt. ›Dann soll einer der Vorgesetzten hineingehen! . . . Sie, Oberst! . . . Sie, Hauptmann! . . . Der Käfig ist offen, worauf warten Sie? . . .‹ Der Oberst ist nur noch eine lange, feuchte Nase, eine Traufe kalten Schweißes über dem Klappern der Zähne, und der Hauptmann ein Paar riesiger Schultern, die ein Köpfchen stützen, das zwischen ihnen versinkt, während seine Beine zittern, daß die Erde bebt. ›Ha-ha-ha‹, hallt das unendlich verächtliche Gelächter des ›unendlich Großen‹ in den Ohren der unendlich Kleinen, und vor den Augen des Wärters, in dessen Kerkermeisterhänden die Schlüssel klirren, weil ihn das Grauen schüttelt, wächst die Gestalt des Allmächtigen ins Gigantische, er geht unerschrocken auf den Käfig zu, tritt ein, und während alle anderen vor Angst zittern, streichelt er den Tiger, ohne eine Miene zu verziehen, im Mund die Zigarettenspitze aus Bernstein und darin die brennende Zigarette, deren heiße Asche nicht abfällt . . .«

»Und was hat der Tiger gemacht?« fragte Malena.

»Der hat ebenfalls gezittert«, antwortete Juan Pablo rasch und lachte wie ein Junge, weil er sie hereingelegt hatte.

Sie nahm die Niederlage hin, ohne über seinen Scherz zu lachen, nicht aus gekränkter Eitelkeit, sondern weil das, was er so lebendig erzählt hatte, mit vollendeter Schilderung der Personen und der Situationen, im Grunde so bitter war, daß sie sich fragte, ob er ihr damit nicht in Wirklichkeit das verzweifelte Unterfangen erklären wollte, mit hochexplosiven Bomben das Raubtier zu erledigen, das selbst die Raubtiere des zoologischen Gartens erzittern ließ.

Sie schwiegen, küßten sich, liebkosten sich, aber die Stunden enteilten, ihnen blieb nur noch wenig Zeit, dann würden sie sich trennen müssen, sie mußten sprechen.

Nein, nicht von der Vergangenheit, obgleich er, der mit seiner armen Fratze einem riesigen Pilz glich, dessen Augen die Eifersucht vermenschlichte, gern von jenem trivialen »und . . .« am Schluß ihres Tagebuches gesprochen hätte, als sie von dem kleinen Leutnant schrieb, den sie auf dem Ball im Militärkasino kennengelernt hatte.

»Es endete damit, daß ich erfuhr, er sei jünger als ich, und . . .«, flüsterte die männliche Stimme ihr in das kitzlige Ohr, »und . . . und . . . und . . . was geschah dann?«

»Nichts!«

»L. C. . . . der junge L. C. . . .!«

»Ich habe ihn nicht wiedergesehen. Er hieß, vielmehr er heißt León Cárcamo . . .«

»Briefe?«

»Er hat mir einige geschrieben, und ich habe ihm geantwortet wie eine gute Freundin. Übrigens, da wir schon von meinem sogenannten Tagebuch sprechen«, sie lächelte, seine Eifersucht schmeichelte ihr, »ich habe dir ein paar Bücher mitgebracht.«

»Ach, Liebste . . . Bücher . . ., sie waren meine Leidenschaft; aber ich muß sie vergessen . . . jetzt bin ich ein Landarbeiter, mein Aussehen und meine neue menschliche Stellung entsprechen der eines Analphabeten!«

»Schreib mir, wenn . . ., wenn du gelernt hast zu schreiben . . .«, sie lachten und küßten sich, »oder bitte du jemanden«, sie versuchte, ihm atemlos, erstickt ihren Mund zu entziehen, »daß er den Brief für dich schreibt . . .«

»Ja, ja, und du bittest jemanden, daß er ihn dir vorliest, denn ich werde dem Briefschreiber erklären, daß du eine arme, unwissende Bäuerin bist, die niemals die Schule besucht hat«, und nach einer Pause fügte er hinzu: »Im Ernst, wenn ich dir durch einen anderen schreiben lasse, muß ich den Brief an einen Empfänger mit einem andern Namen richten, einem Namen, der hier in der Gegend geläufig ist und keinen Verdacht erregt ...«

»Rosa«, sagte sie, ohne lange zu überlegen, »Rosa Gavidia, was hältst du davon?«

»Wenn Gavidia ein Name ist, der hier häufig vorkommt ...«

»Ich glaube, wir haben in der Schule mehrere Mädchen, die so heißen.«

»Also dann, Rosa Gavidia, obgleich ...«, er wollte etwas sagen, beschränkte sich aber darauf, sie von der Seite anzusehen, er fürchtete, sie habe den Namen, den sie so rasch gefunden hatte, schon öfter gebraucht. »Und was mich betrifft«, fuhr er fort, »so wird Juan Pablo Mondragón — Ehre sei Marat, meinem Helden, und dem Mann aus Costa Rica, der mich im Frisiersalon lesen lehrte! — in den Archiven der Polizei begraben und vergessen werden, und ich nehme wieder meinen alten Namen an. Octavio Sansur oder, besser und kürzer, Tabio San ...«

»Das klingt sehr gut ...«

»Oder einfach San ...«

»Hast du mit Duende ausgemacht, was er dafür bekommt, daß er dich an die Küste bringt? Ich habe Geld bei mir.«

»Wir haben nichts ausgemacht.«

»Aber morgen soll es losgehen, wie er mir gesagt hat. Ich lasse dir das Geld da, denn er lebt davon, daß er Entfernungen abkürzt, die«, sie seufzte tief, »Trennungen sind.«

»Eine Anleihe, mit Zinsen zurückzuerstatten ...«

»Dummkopf ..., mein Dummkopf ...«, er hielt sie umschlungen und drückte sie an sich, ... »mein kleiner Dummkopf ...«

»Meine!«

»Deine!«

»Malen!«

»Ganz dein!«

»Jetzt? ...«

»Immer!«

»Jetzt?« drängte er verzweifelt.

Sie antwortete nicht. Denken? ... Sprechen? ... Unmöglich, war sie doch nur Hingabe, nur Atem. »Jetzt«, hätte sie ihm sagen, ihm antworten mögen, aber welchen Sinn hatten Worte in diesem Verschmelzen und Lösen — Willfährigkeit, Gebilde aus Leibern und Küssen, unter Tränenströmen, die ihr aus den Augen brachen, die sich bald schlossen, bald öffneten, ohne zu sehen ... Jetzt, Geliebte, jetzt, schien er zu flehen und suchte die Zustimmung in ihren Augen. Warten wir noch, bat ihr sanfter Blick, aber sie widersetzte sich nicht, sie fühlte, daß sie sich dem nur auf eins gerichteten Verlangen des Mannes ergab, der sie auf Kissen, getränkt vom Traum fast immerwährender Dunkelheit, gebettet hatte und der sich neben sie legte, sie mit seinem ganzen Wesen begehrte, ihr Bild aus Früchten, Mondmoos und Fichtenzweig, nach dem ihr Haar durftete, der Schwall schweren Haares mit dem Geruch nach Harz, dem Ruß der Kochtöpfe, dem Rauch der Küche der Ranchos ... »Wir müssen warten«, flüsterte sie mit dumpfer Stimme, feuchten Lippen, die Brüste schon befreit vom Mieder, geschlossenen Auges, das Herz nackt und bloß, mehr und mehr eins mit ihm in jener Welt, die nur ihnen allein gehörte ...

Cayetano Duende rauchte im Eingang der Höhle, sitzend, stehend oder auf und ab gehend wie eine Wache, während die Herrschaften ihre Angelegenheiten regelten. Ein paar von Mondragóns Zigarren und Zigaretten waren ihm geblieben, denn der hatte nicht mehr geraucht, nachdem er seinen Tabak bei Popoluca vergessen hatte an jenem Tag, da er sich in diese Tiefen flüchtete. Er hatte sie vergessen, um sich selbst zu bestrafen, und das war ihm geglückt. Um so besser, denn jetzt konnte er rauchen, der alte Cayetano, der die starken, würzigen, duftenden geschmuggelten Zigaretten zu schätzen wußte und die Zigarrchen, die man mit vielen Fingern fest einrollte in Deckblätter gleich Augenlidern von Toten. Aber man darf nicht nur so einfach vor sich hinpaffen. Man muß gut nachdenken, während man den Rauch schluckt, und man muß sprechen, während man ihn wieder ausstößt, mit sich selber sprechen, wie er es jetzt tat, sich den Kopf kratzend, wieder und wieder, und wieder und wieder einen Stiefel gegen den anderen reibend. Er nickte ein. Von Zeit zu Zeit nickte er ein, und der Kopf fiel ihm vornüber, als wollte er herausschütteln, was gerade darin war: Wolken, Vögel, Eichhörnchen ... Und wenn er, noch benommen, die Augen wieder öffnete, war er nicht sicher, ob er sich die Wolken, die Vögel, die Eichhörnchen, die Schmetterlinge tatsächlich aus dem Kopf geschüttelt hatte ...

Noch ein Zigarettchen? fragte er sich. Und da man an dem, der auf etwas versessen ist, immer den besten Helfer hat, schob er sich die Zigarette auch schon zwischen die Lippen und zündete sie an.

Er vertrieb sich die Zeit mit Rauchen und Denken, Zeit außerhalb der Zeit, zwischen dem blinden, noch ganz neuen Mond und der

Sonne, die, eingerollt wie ein Feuerwurm, auf die Berggipfel fiel, als gleite ein Spiegellicht darüber hin.

Mit der Zigarette geht man um wie mit jedem Ding, das raucht, wie zum Beispiel mit dem Becken, in dem der Weihrauch verbrannt wird, sie hat ihre Zeit zwischen den Lippen und ihre Zeit zwischen den Fingern, und der ausgestreckte Zeigefinger ist bereit, leicht wie der Flügelschlag einer Fliege hin und wieder die Asche abzuklopfen.

Der erste Stern ging auf. Sie mußten zurückkehren. Sie durften nicht warten, bis es vollends dunkel war. Bis nach Cerropom war es weit. Er erhob sich wie auf Befehl von dem Fleck, wo seine Hinterbacken sich in die Erde eingedrückt hatten, und nachdem er mit angehaltenem Atem, dem schon etwas mühsamen Atem eines alten Mannes, in die Runde gelauscht und aufmerksam umhergesehen hatte, ob niemand käme, und nachdem er eine große Schmeißfliege in die Flucht geschlagen hatte, glitt er durch die Eingangsgrotte, die über und über bedeckt war mit Fledermäusen, in die Höhle, in der schwammige, faulig nach stehendem Wasser riechende Dämmerung herrschte. Seine Schritte zerrissen die Stille, und bald tauchte er ein in ein pulveriges grünliches Licht, grünlich wie Galle und grünlich wie das Eis der versteinerten Schlangen am »Sitz aus Nopalbäumen«, dem Nabel der Caverna Viva.

Hunger hatte er nicht, aber es war besser, er beeilte sich. Vielleicht gaben sie ihm eine Kleinigkeit zu essen und zu trinken. Das würde reichen, um seinen knurrenden Magen zu beschwichtigen. Er stampfte kräftig über die Steine, um sich gehen zu hören, denn er fürchtete, daß er eine Fledermaus unter Fledermäusen geworden sei, die aus der eisigen Welt hervorquollen, in der Höhle kreisten und sich verflüchtigten, verwandelt in Echos, nicht in das Echo seiner wandernden Füße, sondern in das gespenstischer Schritte, als hallten die Schritte all der Menschen von unten wider, die auf der Erde gingen.

Er blickte noch einmal hinauf zu dem großen, wie ein ruhendes Tier geformten Lichtfleck, weil er fürchtete, ihm könnte jemand folgen, und schob sich in den dunklen finsteren Gang, der zum Versteck des Flüchtlings führte, »Flüchtling«, sagte er dröhnend, damit sie ihn kommen hörten, was ich nicht weiß, macht mich nicht heiß, und er hustete, nieste und gähnte, wie es sich die städtische Musikkapelle nicht besser hätte wünschen können, in die sie ihn in seiner Jugend nur deshalb nicht gesteckt hatten, weil er so gut mit Pferden umzugehen verstand. Sie zwangen ihn also nicht, in eine nach Speichel und Spucknapf stinkende Trompete zu blasen, um Töne aus ihr herauszuholen, sondern bestimmten ihn zum Kutscher. Jahr um Jahr beförderte er hohe Tiere in der Gemeindekutsche, bis ... bis der älteste Sohn des Bürgermeisters herangewachsen war. Der nahm in einer Juninacht nicht nur die Schnapsflasche, sondern vor der Tür der Laienbrüderschaft, wo sie den Vorabend von Peter und Paul gefeiert hatten, auch die Zügel in die Hand und landete mit Pferd und Wagen in einer Schlucht. Durch ein Wunder wurde er gerettet, um das seine Mutter just in dem Augenblick betete, weil sie träumte, ihr Sohn schwebe in Lebensgefahr und würde ohne Beichte sterben. »Schmerzensreiche Jungfrau, laß es nicht zu«, rief die Mutter im Traum aus, und das Wunder geschah, und in der Kalvarienkirche neben dem Hauptaltar, dort, wo die Heilige Jungfrau am Fuß des Kreuzes kniet, kann man es anstaunen, dort ist er für alle Ewigkeit auf ein Holztäfelchen gemalt, jener Augenblick, da das Fuhrwerk in den tiefen, tiefen Abgrund rollt und die Speichen der Räder sich sträuben wie die Haare des Bürgermeistersohnes, der kopfüber hinabstürzt; oben, in einem Oval zwischen Wolken, ist das Bild der wundertätigen Jungfrau, zu ihren Füßen, betend, die kummervolle Mutter, und weiter unten, säuberlich aufgeschrieben, Ort, Stunde und Tag, da das Wunder geschah, die Namen der Personen, denen es zuteil wurde, die Dankesworte an unsere Liebe Frau und die ausdrückliche Feststellung, daß der Maler die Pferde vergaß.

Gewiß ist, daß sich das Wunder vollzog, aber nicht an den Pferden, die krepierten, ohne auf dem wundersamen Täfelchen konterfeit zu werden — man sieht nur das »kopflos« stürzende Fahrzeug —, und nicht an dem Kutscher, der seinen Posten bei der Gemeinde verlor. Dabei liebte er es so sehr, zu fahren, endlos zu fahren. Sein Haar und sein Schweiß waren schon die eines Pferdes geworden und sein Atem der eines Rades, und vielleicht hatte ihn Gott deshalb gestraft und zum Gehen gezwungen, weil er, ohne es zu wollen, sich zur Hälfte in ein Pferd und zur Hälfte in einen Wagen verwandelt hatte. Und gewiß ist auch, daß die letzte Person, die er in den Ort fuhr, eine junge Lehrerin war, die sagte, sie heiße Malena Tabay. Das war seine Jährchen her. Es gab noch keinen Bahnhof, nur eine Haltestelle mit einer Fahne mitten im Morast, wo die Fahrgäste, die auf ihre Weiterbeförderung warteten, Zuflucht im Schatten eines Feigenbaumes suchten, dessen breite Krone einem riesigen grünen Regenschirm glich. Jetzt gibt es ein Bahnhofsgebäude und ein Telegrafenamt, und der Name Cerropom ist wie der eines Verstorbenen mit schwarzen Lettern auf braunen Grund gemalt. Und es gibt eine Schule, die es damals nicht gab. Die hat die neue Direktorin bauen lassen, die damals, als er sie das erstemal sah, ein zartes Ding war, ein Täubchen, und die dann alles gemacht hat, was sie gemacht hat, trotz der düsteren Voraussagen der Chanta Vega, die, so Gott will, nicht im Fegefeuer schmort. Sie hatte sich von Anfang bis Ende geirrt. In dem Fall hatte sich die gute Chanta von Anfang bis Ende geirrt. Das flüssige Auge in Ruhe und das feste Auge, mit dem sie zeitweise nicht sah, halb geschlossen, behauptete sie, daß eine Schulmeisterin, die mit lauter Stimme Verse las wie eine Verrückte, die zu bestimmten Stunden weinte, die aus Notwendigkeit und nicht aus Berufung Lehrerin geworden war und die sich in diesem gottverlassenen Nest nur aus Liebeskummer verkrochen hatte, zu nichts weiter taugte, als den Stuhl zu wärmen, auf dem sie saß . . .

Der alte Possenreißer dämpfte den Schritt, als er dem Versteck näher kam, so nahe, daß er meinte, die Stimmen Malenas und Juan Pablos kämen unter seinen Sohlen hervor wie die Klage trockener Blätter. Er ging über schläfriges Laubwerk, über Worte, verwandelt in Schattenstaub, gehend und nicht gehend, ankommend und nicht ankommend, erscheinend und nicht erscheinend, die zwei mahnend und nicht mahnend, daß es Zeit sei, sich zu trennen.

Schritte. Malena erhob sich hastig, mit aufgelösten Haaren und arg zerdrückten Kleidern. Sie tastete nach dem Kamm in ihrem Beutel und suchte ihre Haarnadeln zusammen. Alles mußte so schnell gehen. Eine Haarnadel zwischen den Lippen, die andere schon ins Haar steckend, nach der dritten suchend. Währenddessen stand Juan Pablo auf und ging dem Alten entgegen, der lange brauchte, um anzukommen, als wäre er in der Nähe stehengeblieben und trete auf der Stelle. Das Haar war geordnet, jetzt die Kleider. Der rechte Arm wollte nicht in den Ärmel. Sie zwängte ihn hinein. Mühsam. Mit knackenden Gelenken. Sogar die Schulter tat ihr davon weh. Das Schulterblatt. Diese blöden Fetzen. Der Kragen der Bluse. Die Strümpfe. Ein Strumpfband war abgerissen. Sie fand es und befestigte es mit einem Knoten und noch einem Knötchen. Fast alle Knopflöcher eingerissen. Die Ohrringe aufgegangen. Juan Pablo blieb stehen und kehrte um. Ein Kuß. Er konnte nicht von ihr fortgehen ohne einen Kuß. Er nahm sie beim Kinn wie ein Kind, hob ihr Gesicht und neigte sich, um sie mit saugendem Geräusch zu küssen. Sie erschauerte und senkte die Wimpern über die Augen. Als sie sie wieder öffnete, hatte er das Versteck verlassen, aber sie fühlte sich nicht allein. Jemand, etwas war bei mir. Ihre Einsamkeit würde nicht gar so unerträglich sein. Das war das erste, woran sie dachte. Wie weit er auch gehen mochte, sie fühlte sich ihm nahe. Die Einsamkeit ohne ihn, ohne daß jemand bei ihr weilte, die war unerträglich. Aber nun war sie nicht mehr allein, bei ihr würde ... Ein Gedanke stieg wie eine innere Stimme aus ihrer Kehle auf, in zitternden Ringen, die sie erbeben ließen. Wer würde bei ihr sein, wenn sie Mondragón beim Verlassen dieses Labyrinths aus Lava, Finsternis und Stein verhafteten? ... Ein Toter? ...

Sie schrie auf. Juan Pablo hatte sie mit eiskalter Hand am Arm gefaßt. Es war soweit. Er preßte seinen Mund auf den ihren und schloß sie in die Arme. Einen Teil des Weges gingen sie gemeinsam. Bis zum »Sitz aus Nopalbäumen«. Voran Cayetano Duende. Schwärme von Fledermäusen flogen in den Abend hinaus. Unmöglich, sich zu trennen. Er würde sie erst weiter vorn verlassen, in der Nähe des Ausgangs. Duende ging als Späher voraus und würde sie warnen, wenn Gefahr drohte. Sie fühlten sich hart wie das Lavagestein, weit fort von ihrem Gram. Manchmal durchbrachen sie das schmerzhafte Abgeschiedensein mit einem Kuß. Bald spürten sie die kalte Glut der Sterne. Sie mußten sich trennen. Bis hierher, bis hierher, fremde Körper für die Fledermäuse! Wer waren sie für diese kleinen Wesen, die sie streiften, die sie leise zischend mit den Flügeln trafen? Sie blieben stehen. Keiner sprach. Sie standen einander im Dunkel gegenüber und hofften, daß die Nacht ihre Gesichter wasche, damit sie sich ein letztes Mal sehen konnten, ehe sie sich vielleicht für immer, trennten. Er betrachtete ihr Antlitz, als wollte er es stehlen, um es auf dem Grunde seiner im geschwollenen Gesicht fast geschlossenen Augen zu bewahren. Vergeblich bemühte er sich, heiter zu erscheinen, zu lächeln wie in den Tagen des Glücks und nicht die pergamentgelbe Maske zu sein, auf der hohl das fallende Geröll der ausdruckslosen, runden Tränen widertönte ... Ach, wie schwer die Tränen der Hoffnungslosigkeit und der Verzweiflung wiegen! ... Und während er sie wieder und wieder anblickte, sagte Malena mit dumpfer, tränenerstickter Stimme, die Silben verschluckend, während sie mit kalten Fingern über Juan Pablos entstelltes Gesicht strich, daß sie ihn so in Erinnerung behalten wollte, um daraus Mut zu schöpfen zum Warten und zum Kämpfen, denn hinter diesem des Menschlichen beraubten Antlitz, diesem Häuflein Pilze, verberge sich der Wille eines Mannes, der bereit sei, auf die tierische Stufe des Landarbeiters an der Küste zu sinken, um von neuem zu beginnen. Und ihre Fingerspitzen, die nicht mehr so starr waren, die Zärtlichkeit macht selbst die Knochen weich, fuhr er fort, mit Traumpinseln über das Gesicht des Tieres zu streichen, das verwundet schien . . .

Sie löste sich aus seinen Armen und entfernte sich mit langen Schritten. Als sie sich umwandte, sah sie ihn schon nicht mehr. Er war zurückgeblieben in der Tiefe. Juan Pablo winkte ihr im Dunkel noch einmal zu und sah ihre Silhouette vor dem bißchen nächtlicher Helle, die von oben einfiel, langsam verblassen. Rasch stieg er das Stück Wegs hinauf bis zum Höhleneingang, und von dort sah er ihr nach, bis er sie endgültig aus dem Blick verloren hatte, sah ihr nach mit den Augen der armen Kreatur, die weinend das Gesicht in den nackten Händen barg. Als er den Kopf wieder hob, war nicht einmal ihre Spur zurückgeblieben; voran Cayetano Duende und Malena hinterdrein. Dann war da nicht einmal mehr die Spur ihrer Schatten in der unendlichen Nacht, die blind war vom Salz der Glühwürmchen.

Dritter Teil

1

»Gleich, Tante, gleich! . . .«

Der Neffe war der Ministrant bei Anastasias Weihnachtsmesse an der Tür des Restaurants »Granada«.

»Die Gringos besaufen sich schon wieder!«

»Gleich, Tante, gleich! . . .« wiederholte der Junge, während er den Kopf mit dem schwarzen, von einer mitleidigen Schere schlecht und recht beschnittenen Wollhaar wandte und die vorstehenden Augen mit der weißen Hornhaut auf einen Mann richtete, der soeben vom Fahrrad stieg. Er tat es lautlos. Ließ sich herunterfallen wie ein dickschaliges Insekt unter dem Schlagzeuggehämmer des Jazz, das durch die Straßen hallte, als schneuzten sich alle Fenster gleichzeitig. Er rief ihn. Der Radfahrer rief ihn. Zuerst winkte er ihm mit der Hand zu sich, dann mit dem Hut, den er abnahm und mit dem er sich fächelte, mitten in der kalten Nacht. Er spuckte aus. Kräftig. Man hörte es, aber sah es nicht. Und man hätte auch nichts gesehen, denn er hatte nicht einmal mehr Speichel im Mund. Trintrintring, trintrintring . . . Unwillkürlich berührte er mit dem Ellenbogen die Klingel des Fahrrades, auf das er sich stehend stützte, während er sich nervös immer heftiger mit dem Hut fächelte, um nicht zu ersticken.

Endlich begriff der Junge, daß der Mann ihn rief oder sie rief, aber die Tante hatte es noch nicht bemerkt, weil sie nur auf das achtete, was im Lokal vorging, und ständig wiederholte: »Die Gringos besaufen sich schon wieder!«

Ein Fahrrad! . . . Ein Fahr . . ., ein Fahr . . ., ein Fahr . . . rad . . ., der Kleine rannte, mit den nackten Füßen über den taufeuchten Asphalt patschend, auf den Mann zu, der ihn rief, und als er nahe genug war, erkannte er ihn.

Ein Fahr . . ., ein Fahr . . ., ein Fahrrad wollte er, ein Fahr . . ., ein Fahr . . ., ein Fahrrad . . ., als trete er die Pedale eines Rades, lief er, nachdem er mit dem Mann gesprochen hatte, zu seiner Tante zurück, die immerfort gähnte und den Mund jedesmal weiter aufriß, daß ihr ganzes Gesicht nur noch Mund war, ob vor Hunger oder aus Müdigkeit oder aus beiden Gründen war nicht auszumachen, denn ihr Magen war wie tot, ihre Augen waren wie tot, alles war wie tot, nur ihre Zunge nicht.

»Die Gringos besaufen sich schon wieder!«

»Tantchen«, der Neffe zog sie am Arm, »dort geht Señor Nepo, er sagt, wir sollen ihm nachkommen!«

»Señor Nepo? . . . ›Wer dich ruft, denkt nicht an Trug‹ . . .« Die Mulattin riß sich von der Tür los und folgte dem Radfahrer, ohne auf die Verkäuferin von Veilchen, Vergißmeinnicht, Jasminblüten, Nelken, Meereseidechslein, Virguitos und Königskerzen zu hören, die ihr etwas sagen wollte. Irgendeinen Blödsinn wie an jenem Heiligabend, als sie halb betrunken auf der Straße erschien und dauernd sagte: »Gúmer kommt aus dem Himmel, wenn sie nicht ohnmächtig wird, wird sie schwach . . . Die sind ja bildhübsch, die blonden Engelchen, man kommt sich vor wie im Kino mit Filmen aus Fleisch und Blut statt aus Zelluloid!« . . . »Vor lauter Geilheit sieht sie Sachen, die's gar nicht gibt! . . . Schöne Engelchen, diese großen, weißen Kerle mit Gesichtern wie Ärsche in Uniform«, hatte sie ihr damals noch antworten können, aber jetzt ging sie, ohne abzuwarten, was Señorita Gúmer ihr erzählen wollte.

»Zwei Räder neben zwei Schuhen und ein einziger, wirklicher Mann . . ., wer mag das sein . . ., und ich glaubte, Sie wären auf Arbeit«, begrüßte die Mulattin Señor Nepo, der mit einem kleinen Ruck sein Fahrrad zum Stehen brachte, denn er ging zu Fuß bergab in Richtung der »Postpassage« und ließ das Fahrzeug, das er mit einer Hand am Kreuz des Lenkrades festhielt, einfach rollen.

»Ich habe mir frei genommen . . .«

»Aber weil die Arbeit ein Vergehen ist«, unterbrach ihn Anastasia, »und der Verbrecher stets an den Ort des Verbrechens zurückkehrt, streichen Sie hier herum!«

»Ich bin bloß gekommen, bloß vorbeigekommen, aber als ich dich in der Tür stehen sah, habe ich angehalten . . .«

»Die Gringos besaufen sich schon wieder!«

»Was für 'ne Neuigkeit!«

»Eine Neuigkeit nicht, aber die Wahrheit!«

Der Neffe folgte ihnen eilig auf seinen kleinen, nackten Füßchen und freute sich, daß er ebenso flink wie das Hinterrad des Fahrzeugs war, das sich neben ihm drehte und drehte und drehte, jetzt, da Don Nepo wie ein Armer statt der Pedale den Asphalt trat, wie es die machen, die zu Fuß gehen. Das hatte ihm schon seine Tante gesagt, als er ihr erzählte, daß er eines Tages ein Rad haben würde. »Tritt den Asphalt, Söhnchen, das ist das Fahrrad der Armen.«

»Und jetzt gehen Sie nach Hause?« Der Schritt der Mulattin war hastig wie ihre Frage. Der Mann neben ihr ging so rasch, daß man flink »die Pedale treten« mußte.

»Das mache ich schon eine ganze Zeit, gehe und komme, verlasse das Haus und gehe wieder hinein, und alles, weil ich meinen Enkel suche, der sehr zeitig losgefahren und noch nicht zurückgekommen ist. Ich bin in Sorge, weil er mit dem Karren unterwegs ist, und da kann jedem mal was zustoßen. Ich habe schon auf den Bauplätzen nach ihm gefragt, wo er sonst immer den Kalk abliefert. Sogar in Guarda Viejo, in Lazareto, überall war ich, aber nichts. Auf dem Campo de Marte, in Santa Clara, in Villa de Guadalupe und bei den Salesianerpatern, die jetzt bauen . . .«

»An Ihrer Stelle würde ich direkt auf der Polizei fragen.«

»Warum direkt?« Ihm wurde kalt ums Herz, wenn er an den Gehilfen dachte, den sie sich aufgehalst hatten, einen Aufrührer, einen Verfolgten, obgleich das, was die Mulattin sagte, vernünftig war; die Polizei konnte sofort Auskunft geben, ob Damiancito etwas passiert war, aber wegen dieses Gehilfen getraute er sich nicht einmal, telefonisch anzufragen.

»Direkt«, beharrte Anastasia, »denn da gehen die Meldungen ein, und die wissen, ob er im Kittchen, verletzt, im Krankenhaus oder schon Hackfleisch ist . . .

»Die Zunge soll dir abfallen!«

»Ich hab ja bloß Spaß gemacht! . . . Warum sollte er denn tot sein! Das wüßte man doch . . . Neuigkeiten haben Flügel, vor allem heutzutage mit dem Radio, das immerfort in die Luft hineinplappert . . .«

»Hör mir bloß mit dem Radio auf! Radio? . . .« Don Nepo verzog den Mund mitsamt dem Schnurrbart zu einer Miene des Ekels, die sich mit der Meine des Kummers zu einer zornigen Grimasse vermischte. »Radio? . . . Mir reicht's, wenn ich die Hure höre, die das Radio gebar, die Lärmtruhe. Wenn ich nur das Wort höre, wird mir übel!«

»Was Ihnen gefällt, Sie Schlaumeier, ist das Pon . . . Pon . . . Pon . . . der Marimba, um drei Uhr morgens, Sie sind ein Mann des Walzers, ein altmodischer . . .«

»Selbst das, Anastasia, selbst die Marimba, die mir früher gefiel, ist mir verhaßt, weil ich sie dauernd hören muß . . .«

»Radiozei-ei-eitung«, schrie der Neffe, riß sich los und rannte voraus, einen Fuß auf dem Bürgersteig und den anderen auf dem

Fahrdamm, als hinkte er.

»Sehen Sie, sogar mein Bengel hat die ›Radiozeitung‹ gehört.«

»Oder das, das, Tantchen«, der Kleine machte kehrt, »was sie von der Verlololo . . ., Verlololo . . ., Verlosung des Fahrrads sagen . . .«

»Mir läuft immer die Galle über, wenn sie sagen: ›Herr Doktor, ich kann nicht mehr gehen . . ., was raten Sie mir zu nehmen?‹ . . . ›Nehmen Sie ein blaues Taxi!‹«

»Das ist die Reklame für die blauen Taxis . . .«, warf Don Nepo ein.

»Ist doch keine Art . . .«

Sie hörte den Glockenschlag der Turmuhren, den das Echo verdoppelte.

»Ich hoffe«, fuhr Nepomuceno fort, »daß er da ist, wenn ich jetzt nach Hause komme. Damiancito ist noch nie spät in der Nacht zurückgekehrt. Das ist es, was mir die größte Sorge macht.

»Fragen Sie auf der Polizei nach . . .«

»Das tu ich morgen . . .

»Aber Mann, wie können Sie zu Bett gehen, ohne zu wissen . . ., fragen Sie jetzt gleich! Wenn wir bei ›La Selecta‹ vorbeikommen, bitten Sie Don Chaco, daß er Sie telefonieren läßt.«

»Nein, ja, ich gehe nicht zu Bett. Ich werde ihn weiter suchen, was bleibt mir anderes übrig . . . Und die Polizei . . ., ja, ja, die Polizei . . . Aber das mit der Polizei ist eine Falle, es sind schon viele im Kittchen gelandet, weil sie gefragt haben.«

»Da haben Sie recht«, und einige Schritte weiter setzt die Mulattin zwischen Gähnen und halbem Gähnen hinzu: »Dann fragen Sie doch nicht nach Ihrem Enkel, nach Damiancito, Sie brauchen ja keinen Namen zu nennen. Fragen Sie nach einem Ochsengespann.«

»Das kommt aufs selbe raus . . .«

»Also, Sie wollen die Polente nicht fragen, dann fragen Sie eben nicht . . .«

»Auf dem Kolumbusplatz essen wir eine Maispastete«, sagte der Radfahrer, trieb sein Rad an, trieb sich selbst an, der weiter zu Fuß ging, und trieb alle an.

»So ist's recht, so ist's recht«, Anastasia nahm die Einladung an, »denn jede Not wird besser mit Brot . . .«

»Oder hier neben Santa Rosa, beim Neger Raw . . .«

»Nein, Don, hier ist es sehr teuer, und vergessen Sie nicht, die haben einen Musikautomaten. Lieber auf dem Kolumbusplatz, an der frischen Luft, da fühlt man sich freier, und außerdem, falls Sie auf was anderes Appetit bekommen sollten, auf der Seite gegenüber gibt es einen Chinesen, der geriebenen Mais verkauft . . .

»Nein, ich will meine Pastete, mit Brot und Kaffee.«

»Ich auch, Don, und die Happen mit den bloßen Fingern rausklauben . . .«

Die Pastetenverkäuferin reichte ihnen drei mit gekochtem Mais gefüllte Täschchen aus Bananenblättern, Anastasia griff danach und verbrannte sich; sie blies sich auf die Finger, ließ die Täschchen von einer Hand in die andere wandern und ging mit ihnen zu den Steinbänken des kleinen Platzes, wo sich die drei nebeneinander hinsetzten, die Täschchen öffneten und sie, ohne Brot und Kaffee, die gab es nicht, mit den bloßen Fingern aßen.

Zwei Köpfe wandten sich zur gleichen Zeit um. Der Señor Nepos und der Anastasias. Von weitem hörten sie einen Karren rumpeln, sie warteten, den Bissen im Mund. Wenn es Damiancito wäre . . . Don Nepo legte sein Maistäschchen auf die Bank und stand auf . . . Es war Damiancito . . . Er kam allein, ohne den Gehilfen . . . Er ging ihm entgegen . . . Der Enkel sprang vom Karren und lief nach vorn, um die Ochsen anzuhalten . . . Anastasia fuhr ebenfalls hoch und stürzte dem Neffen nach, der soeben das Rad umgeworfen hatte, weil er an ihm herumgespielt und die Pedale gedreht hatte.

»Bleib stehen, verdammter Bengel, oder ich erschlag dich!« schrie die Mulattin und rannte hinter dem Kleinen her, »stehenbleiben . . .! Stehenbleiben! . . .«

Damiancito begrüßte den Großvater und fügte, sich am Geruch der Maispasteten labend, der ihm den Mund wäßrig machte, munter hinzu: »Gott wollte, daß ich doch mein Pastetchen esse. Als ich am Platz vorbeifuhr, sah ich all die Pastetenverkäuferinnen und bekam großen Appetit, aber ich wollte mich nicht noch länger mit dem Karren aufhalten, weil die Ochsen schon sehr müde sind.

»Und deinen Gehilfen, wo hast du den gelassen?«

»Meinen Gehilfen . . .«, in der Ferne verhallte das Geschrei Anastasias, der es nicht gelang, den Jungen einzuholen: »Stehenbleiben! . . . Stehenbleiben! . . .« ». . . den Gehilfen hab ich in ›El Rastro‹ abgesetzt, wo die Aschengruben anfangen und nicht aufhören. Da ist er geblieben und wartet darauf, daß ein Zug vorbeikommt.«

»Hat er mit Juambo gesprochen?«

»Muß er wohl, denke ich, denn ich habe sie allein gelassen.«

»Deine Pastete wird kalt . . . Und das Weib scheint verrückt zu sein, rennt wie eine Besessene hinter ihrem Jungen her, weil er das

Rad umgeschmissen hat!

So rasch seine Finger konnten, stopfte sich Damiancito die Maispastete in den Mund, mit einem Genuß, als hätte er diesen Leckerbissen noch nie gegessen.

Der Großvater senkte die Stimme.

»Ich habe Schreckliches ausgestanden, als ich merkte, daß du nicht kamst und nicht kamst. Nicht mal zur Arbeit bin ich gegangen. Ich habe mir frei genommen. Ich hätte es nicht ausgehalten, dort eingesperrt zu sein. Meine Angst war, sie hätten euch verhaftet, weil du ohne Licht mit dem Karren gefahren bist . . .«

»Ein Polizist hat mich deshalb auch angehalten und wollte mich mitnehmen . . .«

»Siehst du . . .«

»Aber da war ich schon allein.«

»Zum Glück! Und wie hast du's angestellt, daß er dich laufenließ?«

»Ich habe eine Rechnung über eine Ladung Kalk bei mir, die ich in dem Palast abgeliefert habe, den sich der Polizeidirektor in Santa Clara baut, sagte ich zu ihm, und das zog.«

»Das war meine Sorge, daß sie euch wegen irgendeines Versäumnisses festnehmen und dann auf der Polizei entdecken würden, wer der Gehilfe ist. Meinem ärgsten Feind wünsche ich die Stunden nicht, die ich durchgemacht habe und in denen ich mir vorstellte, sie würden dich auspeitschen, dich aufhängen und . . ., nur das Rad half mir ein bißchen drüber weg, obgleich mein Kummer mitunter so schlimm war, daß ich das Gefühl hatte, nicht oben über zwei Rädern zu sitzen und die Pedale zu treten, sondern auf einem großen Pißfleck zu hocken. Stell dir das bloß mal vor, da läßt man sich auf solche Dinge ein, ohne zu wissen, was die Glocke geschlagen hat, und ohne zu wissen, warum. Vielleicht ist das das Schicksal. Mir scheint, das ist es. Von heute auf morgen steckt man bis zum Hals in was drin, worauf man am wenigsten gefaßt war. Dabei wissen wir von dem Sowieso nicht mal, wie er heißt. Er sagt, Tabio San. Aber das hört sich eher nach einem Spitznamen an. Tabio San, wer soll das wissen . . .«

Er erhob sich zögernd von der Steinbank, wo er neben dem Enkel gesessen hatte, der mit bloßen Fingern die rote Maispastete aß. Mit drei Fingern und dem Daumen nahm er den Happen und schob ihn sich tief in den Mund, um nicht nur den Happen zu genießen, sondern auch die Finger abzulecken, Glied um Glied, so daß sie sauber wieder zum Vorschein kamen und sogleich aus der Pastete den nächsten Happen oder ein Stückchen Fleisch mit kleinen Knochen klaubten. Aber der Großvater, der sich von der Steinbank erhob, auf der er gesessen hatte, reckte den Hals, so lang er konnte. Er suchte Anastasia und den Neffen. Keine Spur. Nur das Standbild des Kolumbus auf seinem Sockel vor einem Bassin mit Fröschen und glitschigem, grünlichem Wasser.

»Die sind verschwunden«, sagte Don Nepo, der nicht sehen konnte, daß die Mulattin Steine aufhob und nach dem Jungen warf, der wie toll über den Theaterplatz floh. »Hab nie ein tückischeres und häßlicheres Weib gesehen. Der Kleine, der tut mir wirklich leid. Na, ist dir der Vogel weggeflogen, Söhnchen?« wandte er sich an Damiancito, der abwesend schien.

»Ich dachte über das nach, was Ihr gesagt habt ... Über die Frau, die so schrecklich häßlich ist.«

»Iß deine Maispastete auf, und dann gehen wir. Möchtest du vielleicht noch eine? Junge Leute essen gern.«

»Gott lohn's Euch, Großväterchen, aber ich bin satt. Eine Pastete, aber die hat's in sich!« antwortete der Enkel und ging auf das am Boden liegende Rad zu. »Wenn es Euch recht ist, Großvater, laden wir Euer Pferdchen auf den Karren, da kann es ausruhen.

»Wie du willst, Söhnchen«, er trat auf ihn zu, um ihn zu streicheln. »Daß ich dich bei mir habe, ohne daß etwas passiert ist, was für ein Glück!«

Die Ochsen zogen an, schwerfällig, sanft, folgsam, der Karren begann zu rollen, und Großvater und Enkel hingen ihren Gedanken nach. Beide stellten sich Fragen, ohne sie auszusprechen: War der Zug schon vorbeigekommen, auf den der Gehilfe wartete? Würde es ihm gelingen, aufzuspringen und mitzufahren? Wahrscheinlich, denn die Züge fuhren dort nicht sehr schnell. Und wenn er zufällig doch noch einmal zu Hause auftauchte? Das aber dachte nur noch der Großvater. Eine beklemmende, quälende Unruhe erfaßte ihn. Wenn er noch einmal zu Hause auftaucht, sage ich ihm, daß er nicht bleiben kann, daß es zu gefährlich ist, viel zu gefährlich. Er wird es einsehen. Das erste Mal mag es hingehen. Ich wußte nicht, wer er war, und er trat ein durch die Türe des Schlafes. Ja, ich schlief, und wen hatte ich beim Erwachen vor mir? ... Diesen Menschen, von dem ich geträumt hatte, diesen Rebellenführer, den ich soeben im Traum, umringt von Sturmmännern und Sturmfrauen mit Fahnen, Pflügen und Gewehren in den Händen hoch oben auf einem feurigen Wagen, gesehen hatte, wo er rief: »Vorwärts, mein Volk! ... Vorwärts, mein Volk!«

Aber das war ein Traum gewesen, aus dem er erwachte, als der Mann aus Fleisch und Blut schon neben ihm stand. Er war von dem feurigen Wagen gestiegen, und er selbst hatte ihn aus sich hinausgedrängt, bis er ihn hinausgezwungen hatte und ihn lebendig, wirklich, deutlich an seinem Bettrand stehen sah.

Jetzt war das anders. Er war wach und fühlte sich wie nach einem schweren Alptraum. Er war wach und zitterte vor dem, was seinem Enkel und ihm zustoßen konnte ... Ihm? Und wennschon! Er war alt, mochten sie ihn umbringen.

Er verjagte die trüben Gedanken, er würde ihn nicht aufnehmen, wenn er wieder käme, Schluß damit, und fragte: »Und was hat Juambo gemacht, wo ist er hingegangen?«

»Nach Hause«, antwortete Damiancito, »der Gehilfe blieb allein und wartete auf den Zug, und Juambo kam mit mir bis ins Stadtinnere. Das Drolligste war, daß ihn der Hund aufstöberte und mit nach Hause nahm. Ein wunderschönes Tier!«

»Hat denn der Gehilfe mit Juambo gesprochen?«

»Muß er wohl ...«

»Hast du's denn nicht gehört?

»Nein, weil ich mich davonmachte, hab ein bißchen kassiert und bin spazierengegangen. Dann hab ich sie dort wieder getroffen, wo es mir der Gehilfe gesagt hat, an der Ecke Las Araucarias.«

»Hat er denn mit dir über gar nichts gesprochen, Söhnchen? ... Der Alte fragt sich was zusammen, aber wenn wir Alten nicht fragen, verdammt noch mal, dann sagt ihr uns nichts, dann sind wir schon bei Lebzeiten wie Tote!«

»Doch, über einen großen Krawall, den er vorbereitet. Scheint was Neues zu sein, was es noch nie gegeben hat. Alle Arbeiter, wir alle, werden an einem Tag, den wir noch nicht kennen, um null Uhr aufhören zu arbeiten und nicht eher wieder anfangen, ehe sie uns nicht den Lohn erhöhen, die Arbeitszeit runtersetzen und wer weiß was noch ...«

»Und damit will er die Regierung beseitigen?« fragte der Großvater beiläufig und tat, als wüßte er von nichts. Auch ihm hatte Tabio San von seinen Plänen gesprochen, und selbst wenn er es nicht getan hätte, so hätte er doch durch seinen Traum von dem feurigen Wagen gewußt, daß Tabio San der Anführer war; aber er mußte mit dieser Scheinfrage aus dem Enkel herausbekommen, ob San ihm vorgeschlagen hatte mitzumachen, ob er ihn in irgend etwas verwickelt hatte, was doch blanker Unsinn gewesen wäre, denn die Regierung ohne Waffen verjagen zu wollen, pah, wo gab's denn so was . . .

Die Lastwagen der Armee, die beladen mit Material für die Landepisten von La Pedrera kamen, überfluteten sie fortgesetzt mit dem starken Licht ihrer Scheinwerfer und dem betäubenden Lärm ihrer Motoren. Nur hin und wieder genossen sie die Stimme der Nacht, die erfüllt war von geheimnisvollen Geräuschen, prickelndem Sternenfunkeln und dem Licht des Mondes . . .

»Damit, Großvater«, antwortete Damiancito, schwerfällig wie seine Ochsen, »mit dem Streik, will er die Regierung stürzen und die Oberhand über die Fruchtgesellschaft, die Elektrizitätsgesellschaft und die Eisenbahn bekommen . . .«

»Ein Glück, daß er weg ist, und Gott sei ihm gnädig. Für uns war es gefährlich genug, ihn im Hause zu haben, denn, ich weiß nicht, ob du es gemerkt hast, aber wie die Consunsino den Karren ansah, sooft du vorbeifuhrst, das waren keine Blicke, sondern Messerstiche, weil sie rauskriegen wollte, wer der Gehilfe war, der eher nach dem Besitzer aussah.«

An der Ecke Las Araucarias, an einem Bahnübergang, blieb der Gehilfe Tabio San zurück wie einer, der auf den ersten Zug wartet, um aufzuspringen und weiterzufahren. Der Mond warf seinen Schatten auf die Gleise, die Tabio San wie eine lineare Uhr ohne Stunden und Ziffern vorkamen, eine Uhr, wo jede Schwelle eine Minute Ewigkeit war. Er schien nicht nach dem Zug auszuspähen, sondern nach der Zeit, jener Stunde Null, da alles stehenbleiben würde, der Zug, der Mond, der Karren, der sich jetzt lautlos durch die Aschengruben entfernte, die wie Trockenmilch des Todes waren.

Entschlossen stülpte er sich den Hut auf den Kopf und machte nicht eher halt, zahnlose Löcher, Müllgruben, Pferdeschatten, streunende Hunde, bis er auf etwas stieß, was ein Haus sein mußte neben einem weißen, aschebestäubten Baum, und klopfte an eine Tür von der Farbe alten Schorfs.

»Wer ist da?« rief nach einer Weile eine von Husten geplagte Stimme.

»Tschoss . . ., tschoss . . ., moyon . . ., konn . . .«

Die Tür wich schläfrig nach innen, eine jener Türen, die nicht wissen, wer durch sie hindurchgeht, und öffnete sich auf einen kleinen Patio mit trockenen, verkümmerten Pflanzen, Geranien und Rosenstöcken, mehr Blätter als Blumen, mehr Stamm als Blätter, und über und über bedeckt mit dem Todesstaub der Asche. Er ging direkt auf eine Tür zu, die ehedem ein Fenster gewesen sein mußte, und plötzlich knurrte ihn ein alter, aschgrauer Hund an, mit starrem Blick und einer Landkarte von kahlen Stellen auf dem Rücken, so ein alter Hund, der nicht mehr schön tun kann, sondern knurrt, wenn er sich freut. Er hob ein wenig den Kopf und wedelte mit dem Schwanz, als der Mann zu ihm trat, um ihn zu streicheln. Das Zimmer lag tiefer als die Schwelle. Er stieg die Stufen hinab, ohne sie zu sehen. Er hatte hier nur kurze Zeit gelebt, aber die drei kleinen Treppenstufen waren ihm vertraut. Eine Petroleumlampe beschien das Mobiliar, Spiegel, Kommode, Tisch, Stühle, das, offensichtlich soeben abgestaubt, schon wieder mit Asche bedeckt war. Gleich darauf kam, ihm auf dem Fuß folgend, der alte Hund mit hängenden Ohren angetrottet, schüttelte in der Tür den Kopf, als wollte er den Schlaf und die Mattigkeit abschütteln, und hinter ihm erschien Judasita. Sie war an der Haustür stehengeblieben, das Ohr an das Holz gepreßt, und hatte gelauscht, ob jemand folgte. Sie begrüßte ihn atemlos, konnte weder weinen noch lachen, sah ihn an, wandte den Blick ab, bewegte die Lippen, ohne ein Wort hervorzubringen. Sie war so froh, ihn heil und gesund wiederzuhaben . . .

»Aber wie sehen Sie denn aus! Wie ein Clown!« war alles, was sie hervorbrachte.

»Der Clown aus dem Zirkus der großen, unbezähmbaren Bestie«, warf er scherzend ein, ehe sie weiterjammerte, daß er herumlaufe wie ein Armer, angetan mit Hemd und Hose, einem alten, halb zerrissenen Hut aus Palmenblättern und Sandalen statt Schuhen und ganz überpudert mit weißem Staub, der jedoch lebendiger war als der graue Staub, den die Asche hinterläßt.

»Ich habe mich als Knecht auf einem Karren durchgeschmuggelt, mit dem Kalk gefahren wird.«

»Ich weiß nicht, aber auch Ihr Gesicht scheint mir verändert. Es war nicht so. Sie sind dicker, wie aufgeschwemmt.«

»Die Jahre, Judasita, und die Arbeit an der Küste.«

»Aber vor lauter reden vergesse ich . . .«

Sie ging in ein Zimmer, das als Schlafraum diente, und kehrte mit einem Nachttopf unter der Schürze zurück, den sie energisch gegen jede Schicklichkeit verstoßend, halb pflichtbewußt und halb verschämt auf den Tisch stellte. Es war ein in Deutschland hergestelltes Nachtgeschirr aus Emaille, sehr umfangreich und mit doppeltem Boden, und obgleich die Gebrauchsanweisung einfach war, schärfte er sie ihr jedesmal, sooft er kam, wieder ein: »Wenn du an die Tür klopfen hörst, benützt du es, bevor du hinausgehst und öffnest . . .

»Lassen Sie mich mit Ihren Schweinereien in Ruhe!«

»Du benützt es!«

»Und wenn ich nicht muß! Als ob man auf Befehl könnte . . .«

»Du benützt es. Deine Pflicht ist es, den Gevatter da zu füllen . . .«

»Meinetwegen, denn, wenn ich dran denke, daß es die Polizei ist, die kommt, dann füll ich ihn schon lieber . . .«

»Und der flüssige Inhalt verbirgt den festen Inhalt, hahaha«, lachte er und umarmte sie. »Wie ist es dir ergangen, Judasita? . . . Nicht einmal begrüßt habe ich dich!«

»Sie werden mir noch die Rippen brechen! Sie muß man fragen, wie es Ihnen ergangen ist, und was den Gevatter da betrifft« — sie wies auf das Nachtgeschirr, das auf dem Tisch thronte —, »so ist es besser, er bleibt voll, solange Briefe drin sind, und wenn es Hundeurin ist, soll Blasco ihn füllen, aber der ist schon so alt, daß er nicht mal mehr dazu taugt . . .«

»Teufelspisse, Judasita, wenn sie nur meine Korrespondenz nicht entdecken!«

»So habe ich's gehalten, aber wenn Sie die Briefe rausgeholt haben, wasche ich ihn mit kochendem Wasser, Laugenasche und Kreolin aus, denn er stinkt wie die Pest . . .«

»Verhüt's Gott . . ., als wär's irgendein Pott!

»Sogar einen Reim haben Sie auf ihn gemacht! . . . Aber wenn Sie mir nicht erlauben, daß ich ihn mit Sand und Seife scheure und wasche, dann wird das Haus bald stinken wie die Matratze von einem Bettnässer.«

»Ausgezeichnet. Um so geringer ist die Gefahr . . .«

»Übertrieben ist das . . .«

»Mit so etwas übertreibe ich nun einmal, das weißt du doch.«

»Vielleicht haben Sie sogar recht. Hätte mein Sohn besser aufgepaßt, hätten sie ihn nicht erwischt. Vor sechs Jahren haben sie ihn erschossen. Sechs hat die Bestie an dem Tag erschossen. Ah, aber dieses Blut muß gerächt werden . . ., so wahr es einen Gott gibt, dieses Blut muß gerächt werden!«

»Und nun weg mit dem Gevatter, ich habe die Briefe schon herausgeholt.«

Judasita, ihres Gatten selige Witwe, wie Tabio San sie im Scherz nannte, nahm den geheimnisvollen Nachttopf an sich, der unten einen doppelten Boden zum Aufbewahren von Dokumenten hatte, eine Art Kassette, die sich vermittels eines Mechanismus öffnen und schließen ließ.

»Diese Briefe«, erklärte Judasita, »kamen alle in den Aschesäcken, die der Mann bringt, dessen Gesicht ich noch nie zu sehen gekriegt habe, deshalb sind sie so schmutzig. Also, dieser Mann taucht immer auf, wenn es dämmert, dann ist es hier schon Abend. Wo die Armen wohnen, wird es früher Tag und früher Nacht als in den Vierteln der Reichen. Ich weiß nicht, ob ich es Ihnen schon erzählt habe. Er taucht auf wie eine Seele aus dem Jenseits, wie die Seele eines Aschenträgers, der in seinem Sack Totenasche schleppt, und er redet so wenig, daß man nicht mal wüßte, was für eine Stimme er hat, wenn er nicht das Losungswort sagen müßte. Alles, was er das letzte Mal sagte war: ›Señora, Sie haben den Auftrag, die Asche dieser beiden Säcke, die ich zur Seite stelle, durchzusieben, und bewahren Sie auf, was drin ist . . .‹«

»Hast du das getan?

»Natürlich. Aber was ich alles angestellt habe, um so ein Sieb aufzutreiben, ich will lieber gar nicht davon anfangen. Ich wollte mir eins anfertigen lassen. Sie verlangten viel Geld dafür. Schließlich habe ich mir geholfen, so gut ich konnte, und mir eins geliehen. In dem Sieb blieben wie Flöhe ein paar Metallstückchen zurück, die sich als Lettern herausstellten. Es war ein Haufen Arbeit. Ich mußte ungefähr zwei Sack Asche durchsieben. Und ich weiß nicht, ob er nicht noch mehr bringt.

»Das war das erste, was ich wissen wollte, ob schon ein Teil der Druckerei eingetroffen ist.«

»Ist er. Aber jetzt lesen Sie Ihre Briefe.«

Sansurs Hand zögerte nicht. Sie griff sofort nach dem Umschlag, von dem er annahm, er enthalte Malenas Brief, und er irrte sich nicht.

Ein, zwei, drei Bogen, die er überflog. Der Bericht war vollständig. Diesmal würde er, wenn alles verlief, wie er es vorgesehen hatte, die zu optimistischen und gewagten Schlußfolgerungen persönlich mit ihr besprechen. Die Lehrer waren am gefügigsten, denn ihre Mägen waren mit Hungerlöhnen an den Staatsbudget gebunden; sie waren aber auch, und vielleicht gerade deshalb, äußerst unzufrieden. Damit hatte Malena recht. Jetzt galt es, festzustellen, wie tief diese Unzufriedenheit ging, ob sie vielleicht nur auf eine ausgebliebene Beförderung oder die verspätete Anerkennung von Verdiensten zurückzuführen war und sich bestenfalls in wortreichen Protesten Luft machte.

Die Hausfrau, die das Nachtgeschirr hinausgetragen hatte, kam zurück, um ihm ein bescheidenes Mahl zu richten; sie breitete schon das Tischtuch aus und stellte die Teller hin, wozu sie, plötzlich munter geworden, gackerte wie eine Bruthenne. Ach, wieviel Spaß ihr Sohn immer an dieser Pantomime gehabt hatte!

»Da werde ich mich wohl ein wenig waschen müssen«, bemerkte Sansur, der abwesend den Bericht Rosa Gavidias, die keine andere war als Malena, in den schmerzenden, rissigen, mit Kalkstaub bedeckten Händen gehalten hatte.

»Ich meine, Sie täten besser daran, sich nur ein bißchen abzubürsten, denn wenn das, was Sie im Haar und auf dem Gesicht haben, ungelöschter Kalk ist, können Sie sich mit dem Wasser verbrennen.«

»Ja, das ist wohl besser . . .«

»Natürlich ist es das. Ich kann Ihnen nichts Besonderes anbieten. Nur ein paar Rühreier mit Tomate und Zwiebel und ein bißchen Milchreis, mit Zimt, wie Sie ihn gern mögen. Wenn ich gewußt hätte, daß Sie kommen, hätte ich Ihnen ein Stück Fleisch zubereitet.«

»Ich komme mit dir in die Küche . . .«

»Damit Sie Ihre Nase in Dinge stecken, von denen Sie nichts verstehen, und mir das Essen verbrennt, bleiben Sie lieber hier bei Ihren Papieren.«

Er aß mit großem Appetit. Die Eier bis auf den dünnflüssigen Rest, den er mit Brot auftunkte. Den Milchreis bis auf das letzte Körnchen, das letzte Zimtrestchen. Kaffee, Zigarette und ein Streichholz als Zahnstocher.

»Ihr Bett ist fertig, falls Sie sich hinlegen wollen«, sagte die Frau mühsam, weil ein starker Hustenanfall sie quälte. Als er vorüber war, fuhr sie fort: »Wie ist das zu erklären, frage ich mich, daß Sie einige Briefe lesen und andere nicht und daß Sie immer die herausfinden, die Sie am meisten interessieren . . .Mir kannst du nichts vormachen, du erkennst sie an der Farbe, am Geruch, weiß der Teufel woran . . .«

»Wärst du eine Wahrsagerin, würdest du's wissen . . .«

»Weiß ich auch so . . . Die Hand des Herzens irrt sich nicht.«

»Das ist sehr gefährlich, was du da sagst. In dem Kampf, den wir führen, darf es weder Liebe noch Neigungen geben.«

»Aber das Herz geht, wohin es will, nicht, wohin es soll.«

»Es wäre höchst unvernünftig . . .«

»Lesen Sie, lesen Sie Ihr Briefchen . . .«

»Es ist ein Bericht.«

»Aber was zwischen den Zeilen geschrieben steht . . .

»Ich werde jetzt die anderen Berichte lesen.«

»Ich gehe schon, gute Nacht.«

»Das gleiche wünsche ich dir.«

»Ach, ich habe noch was vergessen . . . Nehmen Sie die Petroleumlampe mit und sehen Sie sich die Lettern an. Schauen Sie, wie ich sie Ihnen geordnet habe . . .«

Er stand vom Stuhl auf, er war wie gerädert, nahm die Petroleumlampe vom Tisch und folgte Judasita auf einen zweiten kleinen Patio, wo ein Behälter stand, in dem sie den Winter über das Regenwasser sammelte, und ein alter Backofen. Auf einem Setzschiff lagen, sauber ausgerichtet, fünf Häufchen Drucktypen, die matt im Licht der Petroleumlampe schimmerten.

»Sehr gut. Diese kleinen Vulkane aus Blei werden mehr Verheerungen anrichten als ein Maschinengewehr.«

»Was sagen Sie zu der Form, in der ich sie angeordnet habe?«

»Sehr gut. So wie du sie aufgehäuft hast, erinnern sie mich an das Wappen der Föderation. Wenn die fünf kleinen Vulkane darauf aus Drucktypen wären und alle gleichzeitig zum Ausbruch kämen, Donnerwetter! . . . Aber wir dürfen sie nicht so offen liegenlassen, wir müssen sie verstecken, denn für Kugeln und Typen hat die Polizei einen verdammt guten Riecher.«

»Das mache ich morgen. Jetzt gehe ich schlafen. Gute Nacht. Nehmen Sie die Petroleumlampe mit in Ihr Zimmer, in meinem habe ich eine Kerze. Bis morgen.«

Sie ging. Schon auf dem kleinen Patio verschwammen ihre Blässe aus feuchter Asche, ihr Haar aus Aschefäden und ihr Kleid aus alter Asche. Er kehrte in sein Zimmer zurück, das Haar, das Gesicht, die Kleider, die Hände weiß von Kalk. Es war, als trennten sich zwei Gespenster. Eine Uhr, die nicht aufgezogen war, zeigte eine Stunde an, die es nicht gab.

Aus verschiedenen Umschlägen zog er die Briefe hervor und las sie, auf dem Bettrand sitzend, den Körper dem Licht der Petroleumlampe zugeneigt, die auf dem Nachttisch stand, ohne Schuhe, die Hemdsärmel locker bis über die Ellenbogen hochgekrempelt, aufgeknöpft die Manschetten, aufgeknöpft die Hosen, die er ebenfalls hochgekrempelt hatte wie ein Fuhrknecht, bereit, die kalkbeschmutzten Kleider abzuwerfen, das lebendige Weiß, das morgen vom tödlichen Weiß der Asche zugedeckt sein würde, und sich ins Bett zu legen. Er würde nackt schlafen, für all die vielen Male, die er, fern von zu Hause, angekleidet schlafen mußte.

Berichte aus der Hauptstadt. Verband der Chauffeure und Kraftwagenfahrer. Treten bereits gemeinsam auf, wenn es darum geht, die Verlängerung der Fahrerlaubnis, die Zulassung für Fahrzeuge und die Befreiung von Verkehrsstrafen durchzusetzen. Betrifft Fahrer von Autos, die ihnen von den Importfirmen zu Wucherpreisen auf Monatsraten verkauft werden. Arbeiten mit Fahrzeugen, die sie als ihr Eigentum ansehen, um die Monatsraten, die ununterbrochen steigenden Benzinpreise, die Ersatzteile zu bezahlen, das heißt, um die Einkünfte der Kraftfahrzeugimporteure zu erhöhen. Gilt auch für die Taxichauffeure der in diesem Zweig des Transportwesens verankerten Unternehmen, Arbeiter, die schon als Lohnempfänger anzusehen sind, weil sie Tageslohn erhalten . . .

Er gähnte. Draußen, in der nächtlichen Stille, wurde das blecherne Schaben der Fledermäuse laut, die der als Aschenbraut gekleidete Mond toll machte, ein romantisches Bild aus der Zeit, da er Friseurlehrling war und im Fleischerviertel wohnte, und er glaubte sogar das Flattern der »Panegírica« zu hören, die Schicksale kittete, und das gutturale Sprechen der Juana Tinieblas, die aus dem Geschlecht der Eulen war. Als triebe er dahin, war er wieder in den Aschengruben versunken, wo er aufgewachsen war, aber »Bellaluz« gab es nicht mehr, wie auch so viele Menschen jener Zeit, die ebenfalls zu Asche geworden waren. Der Hund kroch näher und legte sich ihm zu Füßen, blind, aschgrau, voller Flöhe. Es gibt Hunde, die im Alter menschlich werden. Er fuhr ihm liebkosend mit der Hand über den rauhen Rücken, über die Ohren, über die Schnauze.

Die anderen Berichte und Informationen über Vereine für gegenseitige Hilfe, Verbände und Bruderbünde, die den Nationalfeiertag oder ihren Gründungstag festlich begingen, lauteten ähnlich. Die einzige sichtbar vorhandene Solidarität der Arbeiter war nur in den Rundschreiben zu finden, die bei Todesfällen dazu aufriefen, die Kosten für das Begräbnis eines verstorbenen Vereinsmitgliedes zu tragen und die Hinterbliebenen zu unterstützen.

Gegenseitige Hilfe . . . Hilfe für die Hinterbliebenen . . . Er löschte die Petroleumlampe . . . Malena hatte recht . . . Unter diesen Bedingungen kämpfen hieß aus Asche Feuer schlagen . . . Und er würde Feuer daraus schlagen! . . .

Einige Tage später ging er in der Dämmerung aus, die mürrische Freundschaft der Indios zu suchen, die in der Stadt Asche kauften, um sie an die Seifensiedereien weiterzuverkaufen.

»Wie viele seid ihr?« fragte er einen jener schweigsamen Menschen, der an einer Straßenecke stand, mit dem Rücken an die Wand gelehnt, und die Münzen in seiner Tasche, die Münzen an seinem Körper kratzte, als kratzte er sich Pickel, die ihm einen angenehmen Juckreiz verursachten.

»Wir sind nicht viele und sind viele«, antwortete ihm der Indio, nachdem er reiflich überlegt hatte; sein Mund stand offen, seine Zunge lag im Wasser des Speichels, seine Zähne waren nackt und scharf, als wollte er beißen oder lachen.

»Nicht viele und viele«, sagte Tabio San, als bäte er um eine Erklärung.

»Ja, so ist es«, bestätigte der Indio unnahbar.

»Kann ich morgen mit dir gehen, wenn du willst? Ich bin arm und möchte mir ein bißchen was verdienen. Unterkunft geben sie mir hier in der Nähe, aber, ach, Compañero, ich habe nichts, mir meine Bohnen, nichts mir Maisfladen zu kaufen.«

Der Indio schwieg hartnäckig.

Tabio San gab nicht auf, er fuhr fort: »Wirst du wollen, daß ich mit dir gehe, in der Stadt Asche kaufen?«

»Ja, ich will, aber nicht morgen. Übermorgen gehen wir.«

»Gott lohn es dir!«

»Hast du einen Sack, um die Asche hineinzutun?«

»Ich habe einen.«

»Hast du die Kraft, sie zu schleppen?«

»Ich habe den Willen des notleidenden Menschen.«

»Und das Geld? Wirst du es haben, um sie zu kaufen?«

»Wieviel brauche ich?«

»Nicht viel, ein wenig . . .«

»Wieviel ungefähr?«

»Du hast es also«, unterbrach ihn unwirsch der Indio. »Wenn du Geld hast, wirst du übermorgen mit mir in die Stadt gehen, um Asche zu kaufen, und danach wirst du sie hierherbringen, um sie teurer zu verkaufen, zu dem Preis, den ich dir sage. Du darfst nicht billig verkaufen. Und niemals billiger als die Compañeros, sonst verdirbst du das Geschäft. Aber ich habe was vergessen. Der Beutel, der Sack, in dem du die Asche trägst, muß dichtgewebt sein, so einer, der nicht den feinsten Staub durchläßt.«

»Ja, einer von den großen Säcken, in denen Mehl getragen wird.«

»Genau so einer«, antwortete der Indio erfreut, aber dennoch fern und immer unnahbar. »Sie sind knapp, und deshalb habe ich dich gefragt, und du hast mir geantwortet.«

»Dank sei Gott, daß du gut bist, daß du nicht selbstsüchtig bist, ich werde deine Güte nicht vergessen.«

»Ich werde es dich lehren, die ersten Male, wenn du willst, wirst du mit mir gehen; dann kannst du allein weitermachen, schon auf eigene Rechnung. Und von wo bist du?« fragte der Indio kühn, das kupferbraune Gesicht unbewegt unter der grindigen Ascheschicht.

»Wo ich geboren bin, meinst du?« Tabio San nahm sich Zeit nachzudenken, ehe er antwortete. »Ich bin aus der Gegend von Chuacús, weißt du, wo das ist? ... Dort bin ich geboren ... Und du bist von hier?« fragte San seinerseits, bemüht, sich mit dem Indio anzufreunden, was soviel bedeutete wie mit einem Stein Freundschaft schließen zu wollen.

»Gott behüte!« Der Indio spie zischend dünnen Speichel aus und wandte den Kopf. »Das fehlte mir noch, von hier sein! Ich bin ein echter Sololaner, direkt aus Sololá.«

»Bist du hier vorübergehend, oder lebst du hier?

»Vier Jahre bin ich hier, aber ich habe immer vor, in mein Dorf zurückzukehren.«

»Wo werden wir uns übermorgen genau treffen?«

»An dieser Ecke werde ich dich um Punkt sechs Uhr erwarten; ich heiße Cecilio Yancor, alle kennen mich, aber nicht als Cecilio, sondern als Chilo.«

Als Mondragón Judasita mitteilte, daß er durch die Straßen der Stadt gehen wolle, als sei auf seinen Kopf kein Preis ausgesetzt, begann sie zu zittern.

»Nie sind Sie unvorsichtig gewesen, warum denn jetzt?« Sie rang die Hände, daß sie knackten, biß auf die Spitze ihres kleinen Umschlagtuches und drohte gegenüber der stummen Antwort des Rebellenführers: »Wenn es stimmt, daß Sie in die Stadt gehen wollen, dann sagen Sie es gleich, und sofort packe ich meine Siebensachen und gehe dorthin, wo nicht ich diejenige sein muß, von deren Tränen die Steine des Kerkers naß werden, denn ich habe schon genug geweint, als sie meinen Sohn erschossen.«

»Ich weiß, Judasita, ich weiß, daß es vielleicht unvorsichtig ist.«

»Vielleicht ...«, sagte sie heftig, als zweifelte sie an dem, was sie hörte.

»Also nicht vielleicht, es ist sehr unvorsichtig, aber ich muß mich sobald wie möglich mit einflußreichen und ... vorsichtigen Leuten in

Verbindung setzen, die nur ich kenne, mit Leuten, die in das Komplott vor zwei Jahren verstickt waren und die ich um Unterstützung für die neue Bewegung bitten muß . . .«

»Und Sie sind so ein Kind, daß sie glauben . . .«

»Ich glaube . . . an Gottvater . . .«

»Beinahe hätte Sie mich dazu verleitet, etwas ganz Schlimmes zu sagen, nämlich daß Sie an was Falsches glauben! Sie sind so ein Kind, daß Sie glauben, die werden Sie empfangen. Nicht mal an der Tür. Die fallen in Ohnmacht, wenn sie hören, daß es der berühmte Juan Pablo Mondragón ist, der sie sprechen will, denn für die bleiben Sie Juan Pablo Mondragón. Für die und für die Geheimpolizei.«

Es klopfte an die Tür. Zwei-, dreimal. Aber so zaghaft, daß es schien, als klopfte es woanders. Es klopfte noch einmal, aber stärker und energischer. Judasita, aufgeregt über das, was sie von Tabio San gehört hatte, erschrocken, weil sie den unheilvollen Namen der Geheimpolizei in dem Augenblick ausgesprochen hatte, als es an die Tür klopfte, wußte nicht, was sie tun sollte, und während San sich versteckte, lief sie und füllte den Nachttopf, nicht nur, um die Vorschriften zu erfüllen, sondern auch weil sie aus Angst urinieren mußte.

»Wer daaa?« Judasita zog die von trockenem Husten begleitete Frage in die Länge, während sie zur Tür ging.

»Ich . . .«

»Wer ich . . .«

»Cecilio Yancor, Chilo . . .

»Hier wohnt kein Chilo«, unterbrach Judasita resolut, als sie merkte, daß keine Gefahr drohte.

»Nein, ich bin doch Chilo Yancor . . .«

»Was wollen Sie denn?«

»Ich möchte wissen, ob hier eine Person wohnt, die sich übermorgen mit mir treffen will, um Asche zu holen.«

»Fragen Sie woanders, hier wohnt sie nicht . . .«

»Wo wohnt sie denn?«

»Ich weiß es nicht, lassen Sie mich endlich in Ruhe . . .«

»Entschuldigen Sie, Señora«, hörte sie den Indio sagen, der sich entfernte.

San kam, um zu sehen, was los sei, und Judasita erzählte es ihm.

»Ein blöder Indio hat gefragt, ob hier sein Kumpel wohnt, der übermorgen mit ihm losgehen will, um Asche zu holen . . .«

»Ich!«

»Sie?«

»Verkleidet als Aschenmann kann ich unbesorgt durch die Stadt gehen und die Häuser meiner Freunde betreten und verlassen . . .«

»Man wird Sie erkennen . . .«

»Hat man mich etwa als Gehilfen des Fuhrmanns erkannt, der in Las Caleras del Norte Kalk geladen und ihn in der Stadt in allen vier Himmelsrichtungen wieder abgeladen hat? . . . Dieselbe weiße Maske . . . Nur daß sie jetzt mistig sein wird.«

»Drücken Sie sich doch nicht so häßlich aus!«

»Ich meine aus mistiger Asche statt aus Kalksäure.«

»Sie spielen mit Worten!«

»Ich spiele nicht, ich spaziere statt mit einer Maske aus Kalk mit einer Maske aus Asche durch die Stadt.«

»Und warum, frage ich mich!«

»Um deinen Sohn zu rächen . . .«

»Mich können Sie damit überzeugen, aber diejenigen, denen sie den Sohn nicht erschossen haben, wie wollen Sie die überzeugen . . .«

»Sie hungern nach Freiheit, Judasita, und andere hungern, weil sie nichts zu essen haben, und wieder andere hungern nach Land!«

»Und für jeden haben Sie ein Sprüchlein bereit.«

»Du hast mich bei meiner Ankunft nicht umsonst gefragt, Judasita, aus welchem Zirkus ich käme, das Gesicht kalkbestäubt wie ein Clown. Aus dem Zirkus der großen Bestie, die eingesperrt ist in den goldenen Käfig, und da die Vorstellung weitergeht, tauscht der Clown den Kalk gegen die Asche aus — ein tragischer Tausch, lebendiger Kalk gegen tote Asche, die sichtbar wird, wenn alles verbrannt ist — und geht um mit der Schellentrommel, Hilfe zu erbitten, denn die Typen sind da, aber wir brauchen ein Haus, um die Druckerei einzurichten, wir müssen eine Handpresse beschaffen und Papier beschaffen und Druckerschwärze beschaffen und unsere Leute bezahlen, die herumreisen, um bestimmte Aufgaben zu erfüllen, und wir müssen Polizeibeamte kaufen, jawohl, Polizeibeamte, denn die Polizisten verkaufen sich wie die Militärs, wenn die Dollars, die wir ihnen geben, die gleichen Dollars sind, wie die anderen sie ihnen geben . . .«

»Warum kommen denn diese Herrschaften nicht nach hier?« Judasita runzelte die Brauen, während sie dem Rebellenführer in die Augen blickte. »Warum müssen ausgerechnet Sie gehen, frage ich mich? Und noch was, dieser Indio, schlimm genug, wenn's ein alter Indio ist, wird Sie in die Häuser seiner Kunden mitnehmen, aber nicht zu Ihren Freunden.«

»Damit hast du recht ...«

»Und noch was«, sagte sie angstvoll und verzweifelt, »wenn Sie mit diesem Indio gehen ..., wie sagten Sie, heißt er ..., Yancor ...«

»Chilo Yankor ...«

»Ich habe schon von ihm gehört. Er ist einer der reichsten Aschenmänner. Wenn Sie mit ihm gehen, können Sie sich den Leuten, von denen Sie Hilfe erwarten, nicht zu erkennen geben, denn Sie werden diesem Indio doch nicht gesagt haben, wer Sie sind ...«

»Natürlich nicht«, rief Sansur, der sich von Judasita in die Enge getrieben fühlte, verärgert aus.

»Dann werden Sie sich also nur gefährden, ohne daß etwas dabei herausspringt.«

Er sah, daß sie ruhiger wurde, liebevoller und ruhiger, weil sie glaubte, sie habe ihn überzeugt.

»Judasita, du hast recht, aber übermorgen beginne ich ganz bescheiden meine Lehrzeit als Aschenträger ...«

»Ihre Lehrzeit?«

»Du hast ganz richtig gehört ...«

»Aber da gibt's doch nichts zu lernen ...«

»Und wenn ich mich erst auskenne, gehe ich auf eigene Rechnung, ohne Yancor, ganz allein in die Häuser meiner Freunde. Was mir fehlt und was ich suchen muß, ist ein Straßenverzeichnis mit ihren Adressen, das ich zwischen meinen Papieren hatte ...«

»Gut, und wenn Sie an die Türen dieser Häuser, Ihrer Freunde klopfen, und man sagt Ihnen, daß es keine Asche gibt?«

»Dann lasse ich ein paar Tage vergehen und klopfe wieder, bis es Asche gibt.«

»Und wenn sie umgezogen sind?«

»Dann frage ich, wo sie wohnen, bis ich sie gefunden habe.«

»Einige werden gestorben sein. Seither sind zwei Jahre ...«

»Dann bringe ich ihre Asche ...«

»Großer Gott, da müßten Sie ein Zauberer sein!«

2

Schließlich war es eine Arbeit wie jede andere, eine Arbeit, wie man sie eben in einer Stadt verrichtete, ohne sich deshalb zu erniedrigen, man konnte dabei sogar berühmt werden wie Cecilio

Yancor, ein Künstler, der einen Herd mit sieben Heizlöchern leerte, ohne den Fußboden auch nur mit einem winzigen Partikelchen des klebrigen Staubes zu verunreinigen. Aber außer dem Ruhm der Sauberkeit, den die Zungen der Köchinnen in allen Vierteln verbreitet hatten, besaß Yancor den Takt, gerade in jener zeitlosen Stunde zu kommen, wenn die Gegenwart des Aschenmannes kein häusliches Geschäft unterbrach, und er bot einen so korrekten Preis für die reine Asche, der Grus taugte nicht, daß jedes Feilschen überflüssig wurde, überdies war er unbedingt ehrlich, denn noch nie war ein Küchengerät oder Lebensmittel verschwunden, obgleich man ihn allein ließ, wenn er die Käfige reinigte — so sahen die Herde mit den Eisenrosten aus — und Spitzengewebe, Nadeln, Türme, Brücken, Schlösser und andere Phantasiegebilde aus klumpiger Asche zerstörte.

Und diesen Chilo Yancor nahm sich der Aschenmann Tabio San zum Vorbild. Er kam zur passenden Stunde ins Haus, entfernte die Asche, ohne den Fußboden zu verunreinigen, bezahlte den korrekten Preis, grüßte mit einer leichten Verbeugung, wobei er nur ein wenig am Hut rückte, den er auf dem Kopf behielt. Der Aschenmann, der sein Gewerbe kennt, nimmt den Hut nicht ab, obgleich er in einem fremden Hause ist, um nicht als Besucher zu erscheinen, und verschwindet beizeiten wieder.

Aber im Gegensatz zu den anderen Aschenmännern bevorzugte Tabio San die Stunden, in denen die Köchin mit der Señora auf den Markt ging und das Stubenmädchen die Zimmer saubermachte. Dann konnte er ungefährdet im hinteren Teil des Hauses, wo gewöhnlich die Küche lag, mit denen seine Gedanken austauschen, die wie er an dem mißglückten Komplott teilgenommen hatten und sich deshalb nicht weigerten, ihn anzuhören. Er hatte damals nur eine unbedeutende Rolle gespielt, den Sprengstoff für die Bomben geliefert und sich angeboten, den Lastwagen zu fahren, der im Augenblick des Attentats dem Auto des Präsidenten den Weg versperren sollte.

»Ah, Sie sind Mondragón! . . .« Die Herren erschraken sehr, wenn er sich zu erkennen gab. »Mondragón!« Sie schluckten entsetzt den Namen hinunter, weil sie ihn laut ausgesprochen hatten. Einige hatten sogar geglaubt, er sei tot und begraben . . .

»Ich war Mondragón, jetzt bin ich Tabio San und . . . erstehe wieder aus der Asche . . .«

Sie beruhigten sich. Unter einem anderen Namen und unter der Maske des Aschenmannes kompromittierte er sie nicht, wenn er ihr

Haus betrat, falls er nicht gerade denunziert wurde, ja, sie waren ihm sogar dankbar, daß er sie besuchte und daß dies in der Küche geschah, denn so wie die Dinge lagen, war sie der geeignete Ort, um die Angelegenheiten des Staates zu besprechen. Aber der Plan, den er ihnen darlegte, gefiel ihnen nicht, und fast alle wiesen ihn als undurchführbar zurück, obgleich er, wie sie am Ende zugaben, nicht so gefährlich war wie Attentate, Putsche und Revolutionen, die, gingen sie schief, einen das Leben kosteten. Ein Streik wird ausgerufen, führt zum Erfolg oder nicht, es sind viele, die an ihm teilnehmen, die Verantwortung verteilt sich oder wird getragen von Leuten aus dem Volke.

»D-d-diese Sache w-w-wird k-k-keinen Erfolg haben«, behauptete ein jesuitischer Anwalt, ein Stotterer von Geburt, nicht aus Furcht, »a-a-aber w-w-wenn Sie, Mon-mon-mondragón d-d-dran glauben, r-r-rechnen Sie auf mich . . .«

»Das mit dem Streik gefällt mir nicht«, sagte ein anderer, »es riecht mir zu sehr nach Proletariern . . . Wie können wir Ärzte streiken, wenn uns der Eid des Hippokrates verbietet, dem Kranken, der zu uns kommt, die Behandlung zu verweigern? Man müßte es mit den Kollegen besprechen . . .«

»Von meiner Seite gibt es keine Einwände, ich mache mit, Juan Pablo«, antwortete, ohne lange zu überlegen, ein befreundeter Kaufmann.

»Den Juan Pablo gibt es nicht mehr; Octavio oder Tabio . . .«

»Ich bin für den Streik, vorausgesetzt, daß alle schließen und nicht die Gerissensten ihre Geschäfte und Lebensmittelläden offenhalten, während wir, die Patrioten, zumachen und die Zeche bezahlen.«

»Ich bin dafür, daß man es mit dem Streik versucht«, meinte ein anderer.

Jetzt war es der falsche Aschenmann, der auffuhr. »Nein, nein, einen Streik versucht man nicht. Ein Streik wird ausgerufen und durchgehalten!«

»Nun gut, ruft ihn aus . . ., wir unterstützen ihn!«

»An Ihrem Streik gefällt mir nur eins nicht«, sagte ein Gutsbesitzer mit der Mentalität eines Kindes, der sich witzig gab, »nämlich, daß er einen militärischen Grad hat, daß er General ist, wir sind der Tressen schon so überdrüssig, allerdings, da man ja den Teufel mit Beelzebub austreibt, könnte es schon sein, daß der Streik, der General ist, uns den anderen General vom Halse schafft.«

Es gab auch Halsstarrige: »Das wäre der Anfang des Chaos im

Lande ... Alle würden sich bereichern wollen ... Alle würden glauben, sie hätten das Recht, zu befehlen ... Streik ist Sozialismus ... Die Situation des Landes erlaubt keine Spielereien ... Bei so einer Bewegung weiß man, wo sie anfängt, aber nicht, wo sie aufhört ... Wer wird die Regierung übernehmen ...«

Und Wirrköpfe gab es, auch kahle, wie Don Anselmo Santomé, der den seinen, ohne sich auch nur ein Haar auszuraufen, weil er nach soviel Ärger keins mehr hatte, unter die Guillotine legte: »Einverstanden, einverstanden, für die Freiheit alles ... Mobilisieren wir die Massen ... mögen auch viele von uns unter jene Walze geraten, die sich Generalstreik nennt, wenn nur die Bestie zu Fall kommt und wir die verlorenen Freiheiten zurückgewinnen! Ah, aber komme mir keiner morgen und behaupte, Anselmo Santomé hätte das soziale Problem nicht klar gesehen, die Widersprüche zwischen Kapital und Arbeit, die auch bei uns zutage treten wie überall auf der Welt. Sehr gut! ... Sehr gut!« Don Anselmo rieb sich die Hände. »Für die Freiheit jedes Opfer ... Ich werde mit meinem Schneider sprechen, mit meinem Schuster, mit den Burschen in der Werkstatt, wo sie mir den Wagen reparieren, und wehe dem, der sich weigert, den Streik zu unterstützen ..., und mit meinem Barbier ..., meinen Barbier hatte ich vergessen, dabei ist er der Wichtigste, weil er wie alle Figaros schwatzhaft ist wie ein Papagei.«

San wies im stillen dieses Urteil über seine ehemaligen Berufskollegen zurück und gedachte flüchtig seines Lehrers aus Costa Rica, dem zu Ehren er den Namen Mondragón angenommen hatte, der ihn die ersten Buchstaben gelehrt und die ersten Bücher in seine Hände gelegt hatte.

»Und die Geistlichen«, fuhr Don Anselmo fort, »dürfen die Geistlichen streiken? Können sie sich weigern, die Messe zu lesen? ... Sollen sie die Messe lesen, sollen sie sie doch lesen, aber in der geschlossenen Kirche, nur für die Küster ... Eins allerdings können sie tun, nicht taufen, das ja, nicht die Beichte abnehmen, niemanden trauen, nicht die letzte Ölung verabreichen, das heißt, die Hände in den Schoß legen und stillsitzen ... Ah, aber es geht ja um einen Generalstreik und nicht um einen Sitzstreik ... Sehen Sie, Mondragón, ich wollte sagen, San, Anselmo Santomé ist durchaus unterrichtet über das, was in der Welt vorgeht ...«

Er machte eine Pause, rieb sich erneut die Hände, genießerisch, wie einer, dem sich alle Probleme gelöst haben, und näherte seine Lippen und seinen Schnurrbart à la boulanger dem Ohr des Aschenmannes:

»Rote Kamelien!«

Beide schwiegen. Santomé führte die Hand an die Brust und drückte die trauerschwarze Krawatte ans Herz. Dann holte er sein Taschentuch vor und schneuzte sich wortlos. Ein leiser Duft, tabakbraun wie seine Augen.

»Rote Kamelien!«

Wie fern, wie romantisch das alles war, dachte der Aschenmann, als er das Losungswort der zwei Jahre zurückliegenden Verschwörung hörte, das sich für ihn verband mit einem fahrenden Zug und dem Halt an einer Fahnenstation, einem vergessenen Blumenstrauß, einem Telegramm und Jahre später mit dem gleichen Strauß, ja, es war der gleiche, wenn es auch andere Blumen waren, der Strauß, der nun einen neuen Sinn hatte und den er ihr zurückgab, ohne zu ahnen, daß die Verschwörung aufgedeckt werden würde, daß man sie bereits aufgedeckt hatte und daß jene roten Blumen schlimmer waren als Dynamit.

Die proletarische Aschenlawine wuchs an wie die aristokratische Schneelawine. Schließlich ging der »Aschenmann der Freiheit« schon nicht mehr wegen der unscheinbaren Rückstände von verbranntem Holz in die Häuser, sondern um Nachrichten zu bringen und zu holen, die die Vorbereitungen zum Streik betrafen. Der Funke fehlte. Nur der Funke. Kurios genug sah er aus, der Mann, der sich kleidete, wie es unter den Aschenleuten Brauch war: den alten Hut aus Palmblättern bis auf die Ohren hinabgezogen, den Kragen der groben Leinenjacke mit den durchgescheuerten Ellenbogen halb aufgestellt, das Hemd verschossen, als hätte er es vom Müllhaufen oder von einer Brandstätte aufgelesen, die Hosen formlos, um die Beine schlotternd und an den Knien ausgebeult. Den Strick über der Schulter, den Doppelsack aus Jute über dem Arm, die Hände in Aschehandschuhen, trippelte er wie ein Indio, der sich den raschen Trab abgewöhnt hat, aber noch immer unbeholfen stottert, wenn er an der Haustür fragt: »Habt ihr Asch?«, was die Person, die ihm öffnete, gewöhnlich war es das Dienstmädchen, nach Lust und Laune beantwortete, vage, unbestimmt, wodurch er sich gezwungen sah, beharrlich noch einmal an die Tür zu klopfen und die klassische Frage »Habt ihr Asch?« zu wiederholen und auf der Schwelle stehenzubleiben, bis das Mädchen mit einer bejahenden Antwort zurückkehrte oder ihm die Tür vor der Nase zuschlug. Ließ sie ihn passieren und sagte übellaunig, er könne sich die Asche holen, so stellte er die zweite klassische Frage des Aschenmannes: »Habt ihr keinen

Hund?«, denn er mußte seine Reputation wahren, und oft genug gab es in diesen friedlichen Heimen so bissige Köter, die frei herumliefen, daß es besser war, Vorsorge zu treffen, um nicht hinausrennen zu müssen, bevor der Hund ihn selbst oder die zerrissenen Lumpen erwischte. Das Dienstmädchen erklärte: »Ja, wir haben einen, aber er ist angebunden.« — »Ja, wir haben einen, aber er ist nicht scharf.« — »Ja, wir haben einen, aber komm mit mir, wenn ich bei dir bin, tut er dir nichts.« Der Schutz des Dienstmädchens war der sicherste. Er mußte sie fühlen lassen, daß sie die Beschützerin war, wenn sie ihn über Patios, Veranden und Gänge in die Küche führte, wo es angebracht war, die Köchin nur flüchtig anzublicken, damit sie keinen Vorwand hatte, zu schreien: »Was guckt mich der Scheißindio so an . . ., hab ich vielleicht eine Pappnase im Gesicht?«, und ihn zu beschimpfen. Sie nur flüchtig anblicken und demütig sagen: »Die Señora hat befohlen, daß ich den Asch raushole, wenn du's erlaubst, kann es sein . . .« Manchmal würdigte ihn die Köchin einer Antwort, manchmal drehte sie ihm den Rücken zu, und dann mochte der Aschenmann sehen, wie er zurechtkam. Seine Arbeit freilich mußte untadelig sein, wie die Cecilio Yancors, denn bei der geringsten Unvorsichtigkeit, wenn auch nur ein Aschestäubchen auf dem Boden liegenblieb, bollerte sie los: »Alles müssen einem diese Indios, diese Wilden, verdrecken . . . Ich bring dir einen Besen, damit du fegst, bevor du gehst, du wirst es mir hier nicht so dreckig lassen wie dein Gesicht . . .«

Die einzige, bereits verheiratete Tochter Don Anselmos, die nicht mehr bei ihm wohnte, aber den verwitweten Vater streng überwachte, erfuhr von den häufigen Besuchen des Aschenmannes und von seinen Gesprächen mit ihrem Vater. Santomé mußte ihr erklären, daß es um einen verborgenen Schatz ging und daß jener Mensch, der nicht nur Aschenmann, sondern auch Brunnenbauer war, beim Ausschachten eines Brunnens von sechzig Meter Tiefe vergrabene Krüge voller Goldmünzen entdeckt hatte.

»In einem unserer Häuser?« fragte die Tochter begierig.

»Nein, Kind, in einem fremden Haus; wäre es in einem der unseren, dann wäre die Sache einfach.«

»Was wirst du also machen?«

»Darum geht es ja . . .«

»Nun, du mußt es so anstellen, daß du alles bekommst . . .«

»Zumindest einen guten Teil, denn du wirst doch nicht verlangen, daß der Mann, der mir das Geschäft angeboten hat, sich mit den

Krügen begnügt und sie dem Archäologischen Museum als Fund aus der Zeit der Mayas anbietet.«

Als die Tochter gegangen war, schritt Don Anselmo in dem mit Teppichen belegten Salon auf und ab, nachdem er eins der sechs, sieben, acht Fenster geschlossen hatte . . ., was für eine Idiotie, so viele Fenster einzubauen . . . Die Zigarette war ausgegangen. Das mit den sechs, sieben, acht Fenstern hatte ihn schon immer geärgert. Aber er hatte das Haus schon so von seinen Eltern geerbt, mit den sechs, sieben, er hatte nie gezählt, wie viele Fenster es waren, aus Opposition gegen die Familienidiotie; nie wurden sie geöffnet, er zumindest hatte sie noch nie alle gleichzeitig offen gesehen; man öffnete ein, zwei, vielleicht vier Fenster während der Fronleichnamsprozession, wer würde sich schon an das zwei Mann hohe Rahmenwerk wagen, mit seinen Riegeln, Schlössern und Ketten . . .

Aber all das, die hohen Fenster und die Mauern, wahre Steinwälle, gebaut zum Schutz gegen die aufständischen Indios und gegen die Piraten, wozu taugten sie heute, welche Hilfe, welche Sicherung, welchen Schirm konnten sie bieten, wenn sich durch ihre Ritzen wie der Wind das zersetzende Fluidum des Sozialismus, des Kommunismus, des Bolschewismus stahl? . . .

Er sog an der Zigarette, sie brannte nicht mehr. Er ging zu der Zigarettendose, die offen auf einem kleinen Spiegeltisch stand, um sich eine neue zu holen. Weißer Marmor und der Spiegel so groß wie die Fenster. Sechs Tischchen, sieben Tischchen, acht Tischchen. Auch sie hatte er nicht gezählt. Nicht eine Zigarette. Die Tochter hatte sie mitgenommen. Aber die Dose war voll gewesen. Aber sie hatte sie mitgenommen. Er zuckte die Achseln, wozu sollte er mehr verstehen wollen, wenn man ohnehin mehr und mehr versteht, sagte er sich und eilte ins Schlafzimmer, um sich aus seinem Zigarettenetui eine eigene zu stehlen.

Er mußte rauchen, Rauch ausstoßen, damit sein Schädel auf Touren kam; es gibt Leute, die nur denken können, wenn sie rauchen, und er war einer von ihnen.

Was hatte man sich unter einem Generalstreik vorzustellen?

Auf und ab schreitend, die glühende Zigarette im Mund, war er vor einem der sechs, was heißt sechs, sieben, was heißt sieben, acht Spiegel stehengeblieben, mit dem Rücken zu einem der sechs, sieben, acht Fenster, und sah sich als Halbwüchsigen, gekleidet wie ein Arbeitsmann, das goldblonde Haar, das inzwischen in tausend Kämmen hängengeblieben war, zerzaust, das Gesicht, die Arme, die Hose aus grobem Stoff rußverschmiert, in der Hand einen hölzernen Hammer, wie er zur Erheiterung seiner Eltern, Verwandten und Freunde den »Streik der Schmiede« rezitierte. Und er betrachtete seine Eltern, Verwandten und Freunde, wie sie einem Streikenden applaudierten. Seine Patin weinte. Von ihren Lidern, die schwer waren vom Druck der Jahre und dem Druck der Lorgnette, derer sie sich bediente, wenn sie eines der sie umwimmelnden menschlichen Wesen zu mustern geruhte, lösten sich Tränentropfen, so groß wie die Perlen und Brillanten, die an ihren Ohren, auf ihrer Brust, an ihren Fingern und an ihren Handgelenken blitzten.

Das war das erste Mal gewesen, daß er das Wort »Streik« hörte, und heute, nach so vielen Jahren, versuchte er als alter Mann, sich darunter etwas mehr vorzustellen als nur Zersetzen ... Ein erneuerndes Zersetzen ... Was aber wurde erneuert? ... Was löste er auf und was bildete er neu? ... Denn der Streik tat zweierlei: Er machte zunichte, ohne etwas zu machen, einfach indem nichts gemacht wurde, und er machte wieder neu, was schlecht gemacht war ...

Als Tabio San aus der Stadt zurückgekehrt war, ließ er sich mit seinem ganzen Gewicht und seiner ganzen Müdigkeit auf das Bett fallen, nachdem er mehrere Glas Wasser getrunken hatte, von dem schrecklichen Brunnenwasser, das ebenfalls nach Asche schmeckte. Mittag. Alles schien auf langsamem Feuer zu kochen in der glimmenden Glut der Aschengrube. Durch sein Haar drang hörbar das Schwatzen der Gedanken. Er brauchte ein Haus, um eine kleine Druckerei einzurichten, und er hatte vergebens an alle Türen geklopft.

»Mit dem größten Vergnügen«, hatte ihm ein Buckliger mit dem Gesicht eines Höllenhundes geantwortet, der einen untadeligen Anzug aus englischem Stoff trug, »aber unter der Bedingung, daß ich es auf Ihren Namen eintragen kann, Mondragón.«

»San, nichts weiter ...«

»Für mich, mein Freund, sind Sie Mondragón, der Überlebende der großen Verschwörung, nicht irgendwelcher kleinen Streiks, und ich schlage Ihnen vor, gehen wir zu einem Notar und lassen wir eines meiner Häuser, das Ihnen für Ihre Druckerei geeignet erscheint, auf Ihren Namen eintragen ...«

Er hieß nicht umsonst Juan Canalloto, diese Kanaille. Er wußte, daß es unmöglich war, und deshalb machte er dieses Angebot.

Ein Haus, wiederholte Tabio San, der auf dem Bett lag, ein

Haus . . . wozu ein Haus — ein Dach und vier Wände genügten, um die kleine Druckerei einzurichten. Er hatte sich mit einem Setzer besprochen, einem zuverlässigen Mann, Ratampuro nannten sie ihn, Rata, weil er wie eine Ratte aussah, und Puro, weil er ständig einen Puro im Munde hatte, eine Zigarre, die größer war als er selbst, und Ratampuro würde unversehens erscheinen, klebrig wie er war in der ewigen Jacke aus grellem Braun, mit durchgescheuertem Kragen und abgewetzten Ärmelrändern, in dem grünen, verschwitzten Hemd und mit einem schwarzen Darm als Krawatte, und er würde ihm abermals sagen müssen, daß die Druckpresse zwar vorhanden war, daß sie jedoch keinen Raum hatten, wo sie sie aufstellen konnten.

Ratampuro, er war nicht nur ein flinker, unermüdlicher Setzer, Finger wie Hahnenschnäbel, begierig, die Typen aus den Setzkästen zu picken wie Maiskörner, er wußte auch die Presse zu handhaben und war bereit, ganz allein alles zu setzen und zu drucken, was anfiel, Flugblätter, Zeitungen, Streitschriften, Einladungen, falls es ihm nicht gelang, sich die Hilfe Mejuque Salinas', eines ausgezeichneten Buchdruckers, zu sichern. Aber, und darauf bestand er, die Druckerei durfte nicht irgendwo eingerichtet werden, sondern nur an einem sicheren Ort, vor allem wenn sie sich eine etwas größere Presse beschaffen sollten, denn die Polizei kannte das Geräusch der Meeresbrandung, das die Druckpresse beim Arbeiten erzeugt, nur zu gut und würde sofort spitzkriegen, daß hier mit Lettern Pulver fabriziert wurde. Ideal wäre es, eine jener Höhlen in der Umgebung der Stadt zu finden, wo früher, sooft sich Piraten an der Küste zeigten, die Schätze der Kathedrale versteckt wurden und wo später, schon in unseren Tagen, geheime Schnapsbrennereien untergebracht waren; in Ermangelung einer solchen Höhle begnügte sich Ratampuro mit zwei Zimmern und einem kleinen Patio, die Wand an Wand mit einem in Mode befindlichen Marimbastudio lagen, wo man, eben weil man in Mode war, jeden Tag und zu jeder Stunde die neuesten Stücke üben mußte, um sie ins Repertoire aufnehmen zu können. Vier, sechs, acht Verrückte, die die verschiedenen Tasten der Marimba bearbeiteten, bevor sie die Teile eines Musikstückes zusammenfügten, es war um wahnsinnig zu werden, und noch toller war es, hatten sie erst die Teile zusammengefügt, dann würde das Geräusch der Druckpresse untergehen in dem wilden Lärm der Marimbaklöppel und der Begleitung von Baß, Becken, Pauke und Trommel . . .

Er richtete sich halb auf, erstickt von seinen Gedanken und der trockenen Luft, die um die Mittagszeit brannte wie die Asche. Es gab weder Nachrichten aus Bananera, wo der Kampf weiterging, noch aus Tiquisate, wo er begann. Mehrmals bückte er sich zu dem Nachtgeschirr-Briefkasten, um ihn zu untersuchen, aber außer dem, was er enthielt, nicht mehr den welken, greisenhaften Harn, sondern seinen eigenen Urin, war nichts darin. Juambo mußte sobald wie möglich nach Tiquisate. Das war der nächste Schachzug. Den Mulatten wie eine Figur — eine Figur aus Ebenholz und Elfenbein, seiner dunklen Haut und seiner weißen Haare wegen — auf dem großen Schachbrett der Plantagen des Pazifikdistrikts hin und her zu schieben, wo der Streik die Gesellschaft matt setzen würde.

Das war der nächste Schachzug, Juambo ins Spiel zu bringen, aber . . .

Er streckte die Beine so weit aus, wie das Bett lang war, und grub mit dem Rücken eine Mulde in die Matratze, als wiche er im Liegen zurück, je tiefer, um so besser, bis er bequem lag . . .

Das war der nächste Schachzug, aber . . .

Der Mulatte hatte es sich in den Kopf gesetzt, als »Bananenschlepper« zu arbeiten. Er wollte dafür büßen, wollte sich bis zum Äußersten dafür bestrafen, daß er seine Eltern im Stich gelassen hatte. Sein Vater war als Bananenträger gestorben. Daß ein Mann, der sein Eigen, sein von den Eltern und Großeltern geerbtes Land an der Atlantikküste gehabt hatte, so sterben mußte . . . sterben in einer Lache erbrochenen Blutes unter dem zermalmenden Gewicht eines Bananenbüschels, gestürzt wie ein nutzlos gewordenes Tier, malariakrank, alt, gestürzt, ohne sich wieder erheben zu können, die riesige, stumme Wunde seines Mundes ins eigene Blut getaucht. Er mußte dafür büßen. Juambo mußte dafür büßen. Wenn er auf den Pflanzungen dort unten an der Küste arbeiten sollte, dann nur als Bananenschlepper . . .

Und er schlug sich, der jähzornige Teufel von einem Mulatten, mit den offenen Händen ins Gesicht, als wollte er die Schläge darauf festpflastern, oder mit den geballten Fäusten, um sich nicht die Dolche der Finger in die Augen zu stoßen, Dolche mit Nägeln, die Büschel aus seinen Haaren rissen, und er hätte sich am liebsten die Kleider zerfetzt und die Zehenspitzen mit den Hacken zertrampelt, Fuß gegen Fuß, wie Kampfhähne im Streit, wenn er voller Gewissensbisse daran dachte, daß er seinen Vater hatte sterben lassen, hilflos in der Lache des erbrochenen Blutes liegend. Gott ist Zeuge, warum. Weil sie sich etwas ausgedacht hatten: sein Vater hätte ihn im Busch ausgesetzt, damit ihn der Tiger fresse, und sein Herr hätte ihn aus den Klauen des Raubtiers gerettet. Von klein auf hatten sie ihm alles genau beschrieben, den Tiger, den Busch, die Nacht, den Wind, das dürre Laub, das unter den Schritten der riesigen Katze knirschte wie zerbrochenes Glas, die starren, feurigen Augen und den Sprung gleich einem Katarakt aus zottigem Fell, und noch als erwachsener Mensch hatte er diesen einen Alptraum, daß er sich aus den Krallen der Bestie losriß, während sich ihm doch nur, wie er erwachend feststellte, die ausgeleierten Federn seiner getigerten Matratze ins Fleisch gebohrt hatten.

Eine fromme Lüge. Anastasia wollte dem kleinen Bruder das demütigende Gefühl ersparen, er sei an Maker Thompson verschenkt worden, und halb hatte sie sich die Lüge ausgedacht. Er wird Vater hassen und seinen Herrn lieben, sagte die Mulattin, und so kam es, nur daß die alte Lüge jetzt indirekt den Plan umzuwerfen drohte, Juambo nach dem Süden auf die Plantagen zu schicken, wo er nicht Bananen schleppen, sondern als Verbindungsmann und Spion arbeiten sollte, falls es ihm gelang, sich in das Büro des Direktors oder in irgendein anderes Büro zu schmuggeln, um sich dort als Portier, Laufbursche oder Diener nützlich zu machen . . .

Tabio San vergrub den Kopf in dem Kissen, das vorher weich gewesen und jetzt klumpig war wie ein Haufen Asche, und hörte wie in weiter Ferne seine und Juambos Stimme, hörte, wie er sich bemühte, während der Karren rollte, Juambo zu überzeugen . . .

»Posten für mich sicher im Büro des Direktors und im Büro des Direktors guter Laufbursche, guter Portier, guter Diener, alles gut, und für mich leicht reinzukommen. Alle mich kennen. Von klein auf treuer Diener von Geo Maker Thompson. Ja, ja, alles leicht, wenn mich nicht die andere Sprache packt und ich Bananen schleppe . . .« »Und was für eine Sprache ist das, Juambo?« »Die andere Sprache . . .« »Aber daß du Bananen schleppst, dient nicht unserer Sache, Juambo, es dient ihr nicht . . .« »Vielleicht doch. Zuerst Schuld an Vater gutmachen, sonst ich schief und alles schief, die Sache, ihr, alles . . .« »Aber, Juambo, dein Vater würde auf die Sühne verzichten, die du auf dich nehmen willst, indem du Bananen schleppst, wenn er erführe, daß sein Sohn dem großen Streik dient . . .« »Das ich selbst beratschlagen mit Mutter an der Küste. Vater tot, aber Mutter lebt. Beratschlagen, aber nicht vom großen Streik sprechen. Nur mit Mutter an der Küste beratschlagen. Und wenn ich ins Büro des Direktors komme, junger Señor Bobby führt mich herum und sagt zu allen: ›Das ist Juambo‹, und alle antworten: ›Das ist Juambo‹, dann antworte ich nur für mich: ›Tschoss, tschoss, moyon, konn, sie schlagen uns, fremde Hände schlagen uns ... nicht der Juambo, den ihr meint, der Sambito des Herrn, sondern der Juambo, der für den großen Streik kämpft!‹ ...« »Sehr gut, sehr gut, das ist der Juambo, wie wir ihn wollen, der vom großen Streik, nicht der, der Bananen schleppt ...« »Wenn mich nicht die andere Sprache packt, die ich nicht mit meinem Vater sprach, die Sprache, in der ich mit meiner Mutter sprechen werde und die der, die ich mit Ihnen spreche, ähnlich, aber nur ähnlich ist ...« »Aber Juambo!« ... »Wenn mich nicht die andere Sprache packt, dann ja ...«

»Juambo«, Tabio San bebte vor Zorn und mußte an sich halten, um ihn nicht heftig bei den Schultern zu nehmen und auf dem Karren zu schütteln wie einen leeren Sack Kalk, und er hätte es getan, auf die Gefahr hin, alles zu verderben, hätte er nicht die beispielhafte Geduld der beiden sanften, bedächtigen Ochsen mahnend vor Augen gehabt, »Juambo, eine solche Sprache gibt es nicht, und wegen dieser Dummheit wirst du all das verderben, was wir von deinen Diensten im Büro des Direktors erwarten, denn wer, wenn nicht du, kann dort hinein, ohne Verdacht zu erregen! ... Um deines Herrn Vaters willen mußt du es tun, um seinetwillen ...« »Vater tot mit offenen Augen ...« »Alle Toten, Juambo, werden begraben mit offenen Augen! Alle, Juambo, alle, solange auf der Welt Ungerechtigkeit herrscht, und deshalb mußt du bei dem großen Streik helfen, damit es Gerechtigkeit und Frieden gibt und sie die Augen schließen ...« »Aber vorher ich abbüßen, ich wiedergewinnen Liebe von Vater mit meinem Leiden ..., genauso leiden wie Vater bis an seinen Tod, so Sohn leiden bis zum großen Streik ...« »Großer Streik wird nicht sein, wenn es nicht Leute gibt, die helfen, wenn jeder macht, was er will, denn der große Streik entspringt dem Willen aller, der ein einziger Wille geworden ist ...« »Freilich wird's großen Streik geben, warum sagen, daß es großen Streik nicht gibt, ich im Büro des Direktors arbeiten, wenn ich an Vater abgezahlt habe, schleppen und schleppen Bananenbüschel. Herr haben Händevoll, Haufen Dollars in den Taschen, im Schreibtisch, im Geldschrank, und Herr mir jede Weile sagen: ›Nimm, Sambito, was dir fehlt‹, und mir nichts fehlen, aber Vater fehlte alles ... Herr auch haben im Haus die Speiseschränke voll zum Platzen mit gutem Essen und Trinken, und Kommoden und Schränke vollgestopft mit Anzügen, Bettwäsche, Schuhen, Strümpfen, Hüten, und Herr mir jede Weile sagen: ›Nimm, Sambito, ohne zu fragen, nimm, was dir fehlt‹, und mir im Hause des Herrn nichts fehlen, ich alles haben, während Vater hungrig, bloß ...« »Aber glaubst du etwa, Juambo, dein Vater hätte Dollars, Kleidung und Essen angenommen, wenn sie von dem Banditen kamen, der ihm sein Land gestohlen hatte?« »Ja, ja, aber wenn Juambo wirklich hätte helfen wollen, er verschweigen, verschlucken, woher die Geschenke kamen ...« »Das wäre erst recht schlimm gewesen, dann hättest du jetzt noch mehr Gewissensbisse, weil du ihn betrogen hättest ..., und noch etwas, Juambo, du bist schon alt, du wirst es nicht aushalten ... Bananenschleppen ist furchtbar ...« »Vater war alt und hat ausgehalten ..., jetzt bin ich in dem Alter, zu sühnen ..., hörst du die andere Sprache? ..., hörst du die Sprache der Übereinstimmung? ... wenn ich jung wäre, wäre es leicht und die Sühne ein Betrug ..., jetzt, wo ich alt bin, stimmen die Dinge ...«

Tabio San hatte kaum Zeit, sich aufzusetzen und in die Gegenwart zurückzukehren. Er öffnete die Augen, als wäre sein Kopf ein siedender Topf, den er mit den feuchten Blättern seiner Lider zugedeckt hatte. Jemand trat ein. Die Haustür öffnete sich und schloß sich wieder. Die Stimme Judasitas und das Trapsen ihrer platt aufgesetzten Schuhe, wie Bügeleisen, aus denen man die Asche klopft, beruhigten ihn. Aber wie sonderbar, daß sie sich Schuhe angezogen hatte, sie trug immer Pantoffel, es sei denn, sie ging aus, um in der Stadt Einkäufe zu machen oder Blumen an das Grab ihres Jungen zu bringen. Und wie seltsam, daß sie ihm nichts gesagt hatte. Als sich die Schritte über die Stufen näherten, die von dem kleinen Patio in das Eßzimmer führten, hörte er, daß noch jemand mit ihr kam und daß sie mit leiser Stimme sprachen, weil sie glaubten, er schlafe.

Und diese Stimme hören, die Stimme des Windes, des Berges, des Baumes, all dessen, was mit ihr von Cerropom in die Aschengruben herabkam, Bild ohne Bild einer vom Krieg zerstörten Welt; und aus dem Bett springen, getrieben von dem ahnungsvoll aufzuckenden Herzen wie von einer Feder; und losstürzen mit der Freude des Invaliden, der plötzlich wieder Herr seiner Glieder ist — in der Schlafzimmertür rannte er beinahe Judasita über den Haufen, die ihm sagen wollte, daß sie schon da sei, daß sie ihr entgegengegangen sei, damit sie sich am Ausgang der Aschengruben nicht verirrte —; und mit Malena im Kuß verschmelzen; und — — — und — — — und — —

3

Zusammen! ... Zusammen! ...

Sie konnten es kaum fassen ...

»Malen!«

»Juan Pablo!« ...

Ihre alten Namen ...

Vor zwei Jahren hatten sie in der Caverna Viva Abschied voneinander genommen mit dem Geschmack nach dem Nichts auf den Lippen, nach Unglück, Niederlage, Mißlingen, Ungewißheit, er vom Tode bedroht und sie wahnsinnig vor Schmerz, und jetzt, nach mehr als siebenhundert Tagen des Kampfes, lagen sie sich in den Armen und fanden auf ihren Lippen den Geschmack all dessen, was sie erhofften ... Deshalb drückte er sie an die Brust und küßte sie, ließ sie kaum zur Besinnung, kaum zu Atem kommen, denn ihre Lippen zu küssen, ihren Hauch, ihren Atem, das Leben zu trinken bedeutete, das Morgen seiner Träume so stark wie nur möglich vorab zu genießen, und sie erwiderte mit derselben Leidenschaft, trunken von Tränen, trunken von dicken Freudentränen, diesen endlosen, endlosen Kuß.

»Juan Pablo! ...«

»Malen! ...«

»Zwei Jahre! ...«

»Zwei Jahre? ... Mehr ..., dreizehn Jahre ..., eine Reisende in einem Zug ..., eine Fahnenstation ..., ein Strauß Kamelien ...«

»Und ein naseweiser und unsympathischer Mitreisender ...«, fiel sie ihm ins Wort.

»Der einen Fluß anhielt, damit ihm eine Nixe entsteige! ...«

»Eine Nixe, die nicht weiterreiste und ... doch weiterreiste ...«, lachte Malena. »Wie? ... Ich weiß nicht ... Aber ich reiste weiter mit dir, ohne es zu wissen und ohne dich zu kennen, während ich nach Cerropom fuhr, in einem Wagen, den Cayetano Duende kutschierte ...«, und nach einer Pause und vielen Küssen, mit denen Juan Pablo ihr Gesicht, ihr Haar, ihre Schultern bedeckte, fügte sie hinzu: »Ich reiste mit dir, elf Jahre lang, ohne dich zu kennen, und du reistest mit mir, elf Jahre lang, ohne mich zu kennen, bis wir uns unerwartet trafen, als du, erinnerst du dich noch, die Schule besuchtest, in der Uniform eines Wegebauoffiziers ... Ich hatte die deutliche Vorstellung, daß ich mit dem Zug weiterreiste, daß ich weiterreiste, daß wir weiterreisten, dieselbe Reise fortsetzten, in demselben Abteil, nur daß ich mich, daß sich alles in deiner Gegenwart verändert hatte, Traum war die Kehrseite der Wirklichkeit und Wirklichkeit die Kehrseite des Traums . . .«

»Malen! . . .«

»Juan Pablo! . . .«

Engumschlungen hingen sie ihren Gedanken nach . . . Cerropom . . ., Padre Santos . . ., die sonntäglichen Zusammenkünfte . . ., Lehrer Guirnalda . . ., ihr »Tagebuch« . . ., »Ich möchte, daß du jetzt gehst«. . ., die Zeitungen mit Nachrichten über die entdeckte Verschwörung . . ., der Name Juan Pablo Mondragóns unter denen der bekanntesten Rebellenführer . . ., der Befehl, ihn einzufangen, tot oder lebendig . . ., die Streifen . . ., die berittene Polizei . . ., die Erschießungskommandos . . ., der Strauß Kamelien . . . und wieder die roten Kamelien, aber nicht mehr nur als die glühende Sprache einer Liebe, sondern als Losungswort der Freiheit . . .

»Weißt du«, murmelte sie, »trotz der Finsternis, die mich umgab, war meine Herzensangst vor dem, was dir geschehen könnte, zeitweise so groß, daß mir der Atem ausging, daß ich zu ersticken glaubte, und ich mußte hin und her gehen und die Arme bewegen, um atmen zu können . . . Ja, wie ich dir schon sagte, verzweifelt und niedergeschlagen, wie ich war, lächelte ich und freute mich, als ich einen Blumenstrauß erhielt, der für mich der gleiche war wie der, den ich im Zug hatte liegenlassen, als wir uns zum erstenmal sahen und den du mir nach vielen Jahren zurückgabst, frisch, duftend, flammendrot; ich dachte nicht im entferntesten daran, daß diese armen Blumen, die Padre Santos unter der Soutane verborgen aus der Schule mitnahm, um sie verschwinden zu lassen, die Stunde einer neuen und schrecklicheren Trennung für uns anzeigten . . .«

Sie umschlangen sich ungestüm, als müßten sie einander beschützen, bis sie fühlten, daß durch die Kleider hindurch sich der Körper des einen mit dem des anderen durchtränkte, ihm unter die Haut drang wie die Tätowierung mit einer unsichtbaren Substanz.

»Nur daß es sich jetzt nicht mehr um die Trennung von einem liebenswürdigen Unbekannten handelte auf einer Station, wo eine Fahne die wahrscheinliche Existenz menschlicher Wesen inmitten feuchter Niederungen anzeigte, die wie Fegefeuer aus Wasser waren, sondern um eine Trennung unter der Erde, wo das stumme Schweigen unendlich und die Finsternis von Geburt an blind ist. Das Schicksal betreibt gern ein bißchen Wahrsagerei. Der Kutscher, der mich von dir fortführte, der mich von der Station, wo du mich verließest, nach Cerropom fuhr, brachte mich dorthin, wo du dich versteckt hieltest, in die Caverna Viva, damit wir einander Lebewohl sagten, Lebewohl, wie die Christen in den Katakomben . . .«

Er drückte sie an sich, betastete sie, er betastete sie, und sie betastete ihn. Sie mußten sich davon überzeugen, daß sie es wirklich waren. Sie hatten so viele Jahre getrennt voneinander gelebt, daß sie sich daran gewöhnt hatten, einander zu erträumen, und jetzt konnte es sein, daß nicht sie es waren, daß der eine sich den anderen nur erträumte . . .

»Du hast dich nicht verändert«, sagte Malena zögernd, »ich hatte solche Angst . . .«

»Du hattest Angst, du würdest mich entstellt antreffen . . .«

»Ich hatte Angst, ich würde dich verändert antreffen . . ., nicht so verändert, sondern . . . verändert. Einmal in den Ferien aß ich von den Pilzen, die entstellen, und ich wurde noch abscheulicher, als ich schon bin, wie ein Drache sah ich aus . . ., ich wollte sicher sein, daß du nicht so bliebst.«

»Mich verändert antreffen«, beharrte Juan Pablo und blickte fest in die schwarzen Augen Malenas, »wie denn verändert?«

»Liebesbriefe ohne Liebe!« klagte sie.

»Ohne Liebesworte, was nicht dasselbe ist«, verbesserte er, »denn die Briefe waren nicht nur für dich geschrieben . . .«, sie versuchte, sich gewaltsam aus seinen Armen zu befreien, »Malen, überleg ein wenig . . ., sie waren nicht nur für dich . . .«, und sie hätte sich seinen Händen entwunden, hätte Juan Pablo sie nicht zurückgehalten und ihr ins Ohr geflüstert: »Sie waren auch für Rosa Gavidia . . .«

Das entwaffnete sie . . .

»Und . . . Rosa Gavidia«, fuhr er fort, »dachte nicht so wie du. Ich erinnere mich, daß sie mir in einem ihrer Antwortbriefe schrieb: ›Durch Deine Briefe werde ich allmählich aufgeschlossener, liebevoll aufgeschlossener für all das, was aus meiner Leere, meinem täglichen Sterben hinausstrebt, dem Beginn der neuen Zeit entgegen . . .‹«

Er wiegte sie, als tanzte er mit ihr, ehe er weitersprach: »Oder jener andere Brief, in dem du mir schriebst . . . ah, natürlich nicht du, sondern Rosa Gavidia: ›Die Liebe, die nur eine Welt widerspiegelt, die nicht ist, muß überwunden werden. Hüten wir uns, Geschöpfe der Einbildung und Phantasterei zu werden . . .‹«

»Spotte nur . . ., spotte nur . . .«

»Ich bin weit davon entfernt zu spotten. Erinnere dich, was ich dir antwortete, du erinnerst dich schon nicht mehr? . . . ›Eine Liebe, die das Ebenbild einer untergehenden Welt ist, müssen wir überwinden ... Hüten wir uns, Geschöpfe der Ungerechtigkeit, Auflösung und Bitterkeit zu werden!‹«

»Für mich, wie soll ich es dir nur sagen, für mich war der schönste Brief der, in dem du mir den Streik erklärtest, die Antwort auf den Brief, in dem ich dich fragte, ob es sich um etwas wie ein neues Komplott handelte. An den habe ich mich immer erinnert. ›Es hat nichts mit einem Komplott, einem Aufstand, einem von Militärs geleiteten Unternehmen zu tun‹, schriebst du mir. ›Es ist etwas ganz anderes. Ein Komplott, ein Aufstand, ein von Militärs geleitetes Unternehmen ist, obgleich gegen die Diktatur gerichtet, gleichsam ein Teil von ihr, gehört in gewisser Weise in den Bereich von Militär und Polizei. Ein Streik, nein, ein revolutionärer Streik wie der, den wir planen, hat nichts mit Polizisten und Säbelraßlern zu tun, die, wie rebellisch sie auch scheinen mögen, im Grunde bleiben, was sie sind: die geborenen Repräsentanten der Unterdrückung des Volkes. Ein Streik ist genau das Entgegengesetzte, ist nicht Teil der staatlichen Maschinerie und bricht mit der alten Ordnung ...‹, und dann fuhrst du fort ... im letzten Absatz ..., warte ..., laß mich, vor einer Sekunde erinnerte ich mich noch ..., vor einer Sekunde ..., mein Gott ..., wie lautete doch der letzte Absatz? ..., ach, ja ..., du sagtest spöttisch: ›Der Streik ist die Antwort der anonymen Aktionäre — die wirklichen anonymen Aktionäre sind die Arbeiter — an ihre Teilhaber‹«, sie unterstrich die Worte mit einem breiten Lächeln, »›er ist verwurzelt im Politischen und Sozialen und hat die Eigenschaften eines Naturereignisses ...‹«

»Was für ein wunderbares Gedächtnis«, lobte Juan Pablo und ließ sie frei, ohne sie freizulassen, er gab ihre Taille, ihre Arme frei und hielt nur die kleinen Hände fest, die er an die Lippen führte, um ihre Fingerspitzen mit winzigen Küssen zu küssen und mit der Fülle seines männlichen Mundes das Fruchtfleisch ihrer Handflächen und die Handrücken mit den feinen Knochen eines Vogelflügels.

»Ich hatte ein gutes Gedächtnis, aber ich verlor es, nachdem ich von den entstellenden Pilzen gegessen hatte. Ich sah so entsetzlich aus, daß ich mich bei Popoluca verstecken und in Cerropom verbreiten mußte, ich sei in die Hauptstadt gefahren, um dort die Ferien zu verbringen! Feine Ferien! ... Völlig verschwollen war ich ... durch das Weinen und auch durch die Pilze verfiel ich in eine Art schwermütigen Wahnsinn ... Cayetano brachte mir deine Briefe, aber sie heiterten mich nicht auf, sie interessierten mich, das ja, sie interessierten mich, ich wußte ja schon, daß es Briefe ohne . . .«

»Liebesworte waren«, beeilte er sich, den Satz zu vollenden.

»Das einzige, was mich aufheiterte, war das, was der Alte mir von dir erzählte, wie es dir ging, wie du lebtest, was du plantest und, das Wichtigste, daß man dich nicht verdächtigte, und . . . wie dumm man doch wird von . . .«, sie lachte, »den Pilzen« . . ., beinahe hätte sie gesagt, »von der Liebe« . . ., »ich verlangte von Duende, er sollte zählen, wie oft du nach mir gefragt hättest, und nicht einmal, als ich die Pilze gegessen hatte . . .«

»Wieso denn nicht!«

»Mehr als siebzigmal hast du ihn nicht gefragt! Genau neunundfünfzigmal hat der Possenreißer gezählt, und deshalb sagte ich, nicht einmal, als ich die Pilze gegessen hatte, stieg das Thermometer deines Interesses für mich! Nur neunundfünfzigmal! Nach einer Person wie mir nur neunundfünfzigmal zu fragen! Aber Spaß beiseite. ›Hast du ihm erzählt, Cayeta, daß ich von den entstellenden Pilzen gegessen habe?‹ fragte ich den Alten. ›Ja, Señorita, ich habe es ihm erzählt‹, antwortete der Alte. ›Und was tat er, als er es hörte?‹ fragte ich begierig. Du bliebst stumm, wie Cayetano sagte; du bliebst stumm, und erst nach einer ganzen Zeit, in der du nicht wußtest, was du tun oder sagen solltest, riefst du gequält aus: ›Und wenn ich nun Gift nähme . . ., das ist ja barbarisch, daß ihr ihr diese Pilze zu essen gegeben habt . . ., sie kann für immer entstellt bleiben . . .‹«

»Selbstverständlich erschrak ich!«, unterbrach Juan Pablo.

»Und du, bist du etwa für immer entstellt geblieben?« rief sie aus und umfaßte sein Gesicht mit den Blicken.

»Ich wußte nicht, ob mein Gesicht so bleiben würde, wie es war, noch aß ich ja die Pilze, und auf jeden Fall war es bei mir etwas anderes, ein Mann kann häßlich, abscheulich sein, außerdem tat ich es nicht aus . . .«

»Aus . . . Liebe . . ., ich weiß schon!«

»Ich konnte so entstellt bleiben, wie ich war, aber du!«

»Entstellt oder tot, ich teile dein Schicksal, und deshalb lag ich von diesem Augenblick an den beiden Alten, Duende und Popoluca, in den Ohren: ›Schwört mir, schwört mir, daß ihr mir sagt, wenn Juan Pablo Gift von euch verlangt, daß ihr es mir zuerst sagt und dann ein wenig für mich übriglaßt!‹ Nächte und Nächte schlief ich nicht, dachte ich daran, daß du dich vergiften würdest, wenn sie dich entdeckten, und was ich in diesem Fall tun würde, denn wenn sie erfuhren, wer du warst, blieb dir nichts anderes übrig, und ich dachte sogar daran, zu dir zu gehen, aber die Alten redeten es mir aus, weil dann bestimmt herausgekommen wäre, wer du warst. Damals war es, daß du mir den Brief schriebst, der so voller Zukunftsglauben war, als hättest du geahnt, in welchem Zustand ich mich befand. Versunken in dem fauligen Schleim der Lagunen, im Salzwasser, als eine der Wurzeln jenes großen, menschlichen Mangrovenwaldes, dem die Arbeiter der Platanera gleichen, warst du zufrieden, denn auf der Bananenpflanzung warst du, auf dem Grunde eines unendlichen Netzes menschlicher Leiden, durch dieses Netz hindurch, auf die tiefste Wurzel der Diktatur gestoßen. Die Diktatur, so erkanntest du, war untrennbar verbunden mit der Fruchtgesellschaft, die Fleisch von ihrem Fleische ist. Die gerade an der Macht befindliche Bestie in Uniform zu stürzen und die Gesellschaft ungeschoren zu lassen war Selbstbetrug und die Gesellschaft anzugreifen, während der Hampelmann von einem Diktator an der Macht blieb, war unmöglich. Man mußte beide gleichzeitig erledigen . . .

Ein Mann, der das schreibt, sagte ich mir, denkt nicht im entferntesten daran, sich umzubringen. Ich begann Klarheit in meinem Kopf zu schaffen. Fortan brachte Duende die Briefe nicht nur für« — sie zögerte absichtlich — »Rosa Gavidia.«

»Nein, mein Liebling, auch für Malena Tabay!«

»Wieso auch!«

»Nun, für Rosa Tabay . . . ich meine Malena Tabay!«

»Sprich nicht weiter, Liebster, Rosa und Malena gehören dir beide in einer Person, und da Illusionen erlaubt sind, darfst du dir einbilden, du hättest zwei Geliebte. Aber ich will dir weitererzählen. Die Schule begann wieder, und für mich kamen schlimme Tage: Da war zuerst die Nachricht, daß die Bestie auf einer Präsidentenrundreise durch die Republik beabsichtigte, in Cerropom Station zu machen, und dann die knappe Mitteilung, daß du verschwunden seist. Duende ging und kam von Cerropom nach Tiquisate, von Tiquisate nach Cerropom . . ., ich glaubte zu ersticken . . ., gefangen oder tot . . ., was für eine entsetzliche Alternative . . ., was für eine entsetzliche Alternative . . ., wie entsetzlich, ausweglos eingesperrt zu sein zwischen diesen beiden Wörtern, gefangen oder tot . . ., gefangen oder tot . . . Ich sah mich sogar schon vor der Bestie stehen, die als Tiger uniformiert war, mit langen, dünnen Goldstreifen an der Uniform, und halbtot vor Angst, mit schwankender Stimme immer wieder zu ihr sagen: gefangen oder tot . . ., gefangen oder tot . . .

Aber die Zeitungen berichteten nichts, die Leute sagten nichts, das

Radio meldete nichts davon, daß sie dich gefangen oder auf der Flucht erschossen hätten, und dieses Ausbleiben jeglicher Nachricht, das mich zuerst zu ersticken drohte, ließ mich schließlich ein wenig aufatmen, und ich begann, mir die besten und die schlechtesten Möglichkeiten auszumalen und wieder zu verwerfen . . .«

»Die Sicherheitsmaßnahmen, die in Cerropom getroffen wurden«, sagte Juan Pablo, »als ein eventueller Besuch der Bestie angekündigt wurde — übrigens ist er auf solchen Reisen nicht als Tiger, sondern als Wolf gekleidet, die Uniform des Tigers behält er sich für besonders feierliche Gelegenheiten vor —, verhinderten die Ankunft der Person, die dir mitteilen sollte, daß es mir geglückt war, mich in einem Güterzug der Fruchtgesellschaft nach Bananera durchzuschmuggeln, und daß ich beabsichtigte, von dort aus an die Nordküste von Honduras zu gehen. In diesem Augenblick war es das klügste, eine Zeitlang zu verschwinden, von Honduras aus einen Bauernaufstand vorzubereiten, an den Streik dachte ich noch nicht, und zurückzukehren, sobald die Dinge herangereift waren . . .«

»Und Florindo, wir dürfen den Namen ruhig nennen, könnte dir erzählen, in welchem Zustand er mich antraf. Ein Segen, daß er mir Nachricht von dir brachte, sonst weiß ich nicht, was an diesem Morgen aus mir geworden wäre, denn zu meinem wirklichen Kummer gesellte sich der Schrecken eines Traumes, den ich in der Nacht zuvor gehabt hatte, ein furchtbarer Alpdruck, von dem ich mich nicht befreien konnte. Die Tränen strömten und stürzten unter meinen Lidern hervor, als würden am Ende die Tränen, selbst die Tränen hastig aus den Augen derer fliehen, die leiden. Alles in meinem Traum war so deutlich, daß ich noch heute schaudere. Sie hatten uns zusammen in deinem unterirdischen Versteck in der Caverna Viva gefangengenommen. Ein Militärtribunal, das als Kriegsgericht fungierte, verurteilte uns, in Cerropom am Galgen zu sterben. Sie würden uns zusammen hängen, aber ich hätte, auch wenn ich schon aufgeknüpft sei, die Möglichkeit, dich zu retten, deinen Tod zu verhüten. Ein witziger Einfall der Bestie, die sich auf dem Motorrad am Ort der Hinrichtung einfand, mit einer Kamera ausgerüstet, um das zu filmen, was ja tatsächlich an eine Szene auf der Kinoleinwand erinnerte. Wie, fragte ich mich neben dir, gefesselt an Händen und Füßen, kann ich dich retten, da sie mich doch ebenfalls hängen? . . . Sie stellten die Galgen so nahe nebeneinander auf, daß unsere Körper sich berühren mußten. Hände von Schatten, die wahnsinnig schienen unter dem Schwanken seltsamer Lichter, hoben dich hoch, und schon legte sich dir die Schlinge des Stricks um den Hals, ohne sich zu schließen, denn einer der Henker stützte deine Füße, während die anderen mich roh zu Boden warfen und den für mich bestimmten Strick nicht um meinen Hals, sondern um die Füße schlangen und mich, den Kopf nach unten, die Arme frei, hochzogen bis dorthin, wo deine Füße waren. Der Henker, der dich hielt, sagte zu mir: ›Ich werde ihn loslassen, und Sie haben es in der Hand, ob dieser Mann lebt oder stirbt. Gelingt es Ihnen, seine Füße zu stützen, wird er nicht erdrosselt werden, gelingt es Ihnen nicht, wird er bald eine Leiche sein . . .‹ Bevor die Schlinge sich zuziehen und dich würgen konnte, schwang ich mich zu deinen Füßen, um dich zu stützen, und ich schaffte es, im ersten Augenblick, mich hochbiegend, schaffte ich es; aber die Kräfte begannen mir zu schwinden, das Blut schoß mir in den Kopf, das Seil, mit dem meine Füße gebunden waren, schnitt mir ins Fleisch, mein Mund füllte sich mit einer gelben Flüssigkeit, und ich hörte dich röcheln . . ., deine Füße schwangen im Leeren, unerreichbar meinen Händen . . .«

Sie flüchtete an Juan Pablos Brust, als verfolgten sie noch immer die Bilder dieses Alptraums, und hütete sich zu erzählen, daß er sie zuletzt, als sie seine Füße nicht mehr stützen konnte, im Todeskampf mit seinem Samen bespritzt hatte . . .

»Zusammen . . .«, flüsterte er ihr ins Ohr, und es schauderte sie, als wäre das Wort ebenfalls Teil jener lebendigen Substanz, jener Flüssigkeit aus schlafender, weißer Glut, »zusammen, aber nicht für den Tod, sondern für den Kampf!«

Draußen in den Aschengruben die Sonne, das unbarmherzige Licht, die Hähne, deren plötzliches Krähen die Stille noch vertiefte, verirrte Hunde, in der Asche verloren sie die Spur ihres Herrn, und Geier, die das Aas, mit dem sie sich den Kropf vollgestopft hatten, wieder erbrachen.

Am späten Nachmittag, wenn es schon dunkelte, begann der Zug der schmutzigen Gestalten, die aus der Stadt zurückkehrten mit ihrer eisigen Ware aus weißem Staub, um vor den Pforten der nahen Seifensiedereien zu warten, bis sie abliefern konnten und ihr Geld erhielten für das, was vorher auf einer mit weißem, borkigem Rost überzogenen Waage, die schon fast keine Ziffern mehr hatte, gewogen wurde. Sie gähnten, kratzten sich, spuckten aus, um die Trockenheit aus der Kehle zu treiben, manchmal wurde ihnen vom Dunst der siedenden, rauchenden Laugen schwindelig, ein andermal wurden sie von den Skorpionen gestochen, die in dem gespaltenen, für die Öfen gekauften Brennholz saßen, oder sie glitten aus über den stinkenden, glitschigen Hülsen der Kaffeefrucht, die ebenfalls zum Feuern benutzt wurden.

»Florindo«, sagte er, nachdem er sie still geküßt hatte, »hat mir nichts von diesem Traum erzählt . . .«

»Er war ja auch völlig unwichtig, Florindo wird ihn nicht einmal beachtet haben. Aber sein Besuch heilte mich von Träumen und Alpdrücken. Nachdem du an die Nordküste von Honduras gegangen warst, brauchte die Organisierung der Bauernbewegung meine Hilfe, und ich reihte mich ein in den Kampf, mit den beiden Alten, Cayetano Duende und Popoluca, die zu allem, was bisher geleistet wurde, mehr beigetragen haben als ich.«

»Die Organisation ist jetzt ausgezeichnet . . .«

»Ausgezeichnet, du hast recht. An einem Ort an der Küste, in Tiquisate, erhielten wir deine Briefe mit den Instruktionen, Richtlinien und allem anderen, und von dort brachte sie Cayetano Duende auf dem Wege, den sich die Lavaschlange unter den Bergen gegraben hat, zu Popoluca. Laß dir erzählen. Kaum war deine Botschaft eingetroffen, tat Popoluca sie in ein Metallkästchen und formte sofort aus Ton den Kopf eines Götzen, Priesters oder Kriegers, in dem er das Metallkästchen verbarg. Die Polizei hätte sich halb zu Tode gesucht, ehe sie deine Nachrichten gefunden hätte. Wenn ich kam, um die Botschaft abzuholen, zerstörte er den Kopf, über den er feuchte Tücher gebreitet hatte, und fertig.«

»Aber die Instruktionen kommen auch weiterhin an . . .«

»Freilich, freilich, von einem Ort an der Küste, durch den unterirdischen Weg und den Kopf eines Götzen bis in meine Hände, und von meinen Händen in die anderer Verbindungsleute. Einige sind nicht einverstanden mit der Veränderung, die in letzter Minute getroffen wurde. Sie halten mehr von der Organisierung einer Bauernbewegung als von einem Generalstreik.«

Ein Geräusch und Judasitas Stimme aus der Küche: »Erschrecken Sie nicht. Mir ist der Stößel hingefallen, mit dem ich die Bohnen durchrühren wollte . . .«

»Rosa Malena, so nannte ich dich in meinen Träumen.«

»Und ich dich Juan Pablo. Ich kann und kann mich nicht an Tabio San gewöhnen . . .«

»Du bist und bleibst eine Romantikerin . . .«

»Ich bleibe eine Romantikerin. Aber lassen wir das jetzt. Ich muß einige Dinge mit dir besprechen, die noch ungeklärt sind.«

»Vorher müssen wir über uns sprechen . . .«

»Über uns?«

»Ja, über uns«, bekräftigte Juan Pablo mit der Stimme eines Menschen, der sich aus tiefstem Herzen gegen das Uferlose aufbäumt.

»Es liegt eine sehr wichtige Mitteilung über die Erkundungen vor«, sagte sie, »die durch gewisse, uns gutgesinnte Personen angestellt wurden, um die Frage der Eisenbahner zu beantworten, wie sich die Truppen der nordamerikanischen Basen, die der Staat in seiner Eigenschaft als Alliierter abgetreten hat, im Falle eines revolutionären Generalstreiks verhalten würden.«

»Darüber sprechen wir später . . .«

»Außerdem verlangt man Geld, Propagandamaterial, und aus Tiquisate wird gemeldet, daß ein kleiner Streik der Bananenträger zu erwarten ist, der dazu benutzt werden soll, die Lage zu sondieren.«

»Später . . .«

»Aus Tiquisate wird angefragt, wann die Person eintrifft, die leichten Zugang zu den Büros des Direktors haben wird . . .«

»Später . . .«, wiederholte er, fast ohne die asketischen Lippen zu bewegen.

»Und weil wir über uns sprechen«, unterbrach sie heftig, »verschieben wir . . .«

»Sei nicht böse, nur für einige Minuten, auch wenn es Dinge gibt, die uns auf den Nägeln brennen und eine Lösung verlangen. Aber auch wir sehnen uns, sehnen uns wie die andern . . ., und wir müssen wissen, ich muß wissen, ohne daß ich mich deshalb vom Kampf zurückziehe, was aus uns wird . . .«

»Aus uns? . . .« Ihre Stimme schwankte vor Befremden.

»Wir setzen uns jeden Tag für sie ein, kämpfen Schulter an Schulter mit diesen Männern und Frauen aus der Masse, und wir kämpfen für mehr als für diesen Streik, wir kämpfen darum, das Leben zu retten, denn das Leben selbst ist bedroht in unserem Land, und dieser Wille, Malen, dieser Drang muß ein Ziel haben«, und mit leiser, kaum vernehmbarer Stimme, »willst du meine Frau werden? . . .«

»Wenn wir gesiegt haben.«

»Warum es verschieben, wenn wir nur in irgendein Indianerdorf zu gehen brauchen, um uns standesamtlich trauen zu lassen?«

»Warten wir den Sieg ab, Juan Pablo . . .« Doch als sie seine Handbewegung sah, gefror ihr das Blut in den Adern. »Was . . ., du zweifelst an unserem Sieg? . . .«

»Nein, nein . . ., auf keinen Fall . . ., aber ich kann das, was ich für dich empfinde, Liebste, nicht aufs Spiel setzen für etwas, was außerhalb deiner Person ist!«

Hitzig antwortete sie: »Und die anderen? . . . Setzen die andern nicht alles, alles aufs Spiel . . ., ihren Posten, ihre Anstellung, ihre Arbeit, das Brot ihrer Kinder, ihr Wohlergehen, ihr Leben . . .?«

»Ja, ja, wir alle setzen alles aufs Spiel, aber dich will ich nicht ausspielen gegen den Sieg oder die Niederlage!«

»Juan Pablo, vielleicht habe ich mich nicht richtig ausgedrückt . . ., hör mich an . . ., vielleicht habe ich mich nicht richtig ausgedrückt, oder du hast mich falsch verstanden! Nichts steht auf dem Spiel! Verrenne dich nicht! Alles, was du anrührst, schöpfst du völlig aus, selbst das Meer wäre in deinen Händen nur ein Schluck Wasser.«

Und ruhiger fuhr sie fort, während er sich in einen Sessel warf: »Nichts steht auf dem Spiel. Wenn ich gesagt habe, daß wir das Unsere verschieben wollen bis zum Tag des Sieges, so nur, weil ich des Sieges sicher bin; aber ob im Unglück oder auf der Flucht, ob im Gefängnis oder in der Verbannung, wie und wo immer es sei, wir werden von dem Unseren sprechen, von dem, was schon unser ist ohne Worte, unser . . ., einfach so, unser . . .«

»Es gibt nicht mehr viel zu klären«, sagte er nach einer Weile.

»Am meisten drängt die Anfrage der Eisenbahner. Sie wollen wissen, wie sich die im Land stationierten nordamerikanischen Truppen beim Ausbruch eines Generalstreiks voraussichtlich verhalten werden, und da gibt es ja schon einen wichtigen Bericht über die Erkundungen, die durch gewisse Personen eingezogen wurden. Man ist nicht übermäßig weit gekommen, aber es existiert die begründete Hoffnung, daß sie sich nicht einmischen werden, selbst wenn die Interessen der Fruchtgesellschaft berührt werden sollten, denn es wäre gar zu widerspruchsvoll, wollten sie, während ihre besten Männer auf den Schlachtfeldern Europas, Asiens und Afrikas für Freiheit und Demokratie sterben, hier in Amerika einer Regierung, die die Negation all dessen ist, was sie verteidigen, offene militärische Unterstützung leihen.«

»Genau das muß man den Eisenbahnern sagen. Ich habe mich solchen Kontakten immer widersetzt, nicht nur, daß nichts dabei herauskommt, wir laufen auch Gefahr zu verraten, was wir zugunsten unserer Sache in der Hand haben, aber was hilft's, die Eisenbahner wollen nun einmal von vornherein sichergehen.«

»Dringlich ist auch die Frage, wo die Person bleibt«, unterbrach

Malena, »die Zugang zu den Büros des Direktors für die Abteilung Pazifik haben wird.«

»Teile einfach mit, daß sie umgehend abfährt, außerdem müssen wir Florindo anweisen, daß er den Mann daran hindert, sich als Bananenschlepper anwerben zu lassen. Es ist ein dickköpfiger Mulatte namens Juambo.«

»Wir haben auch verschiedene Anfragen wegen der Zonen, in die wir die Republik aufgeteilt haben; die Zonen, wo unsere Leute Brot versprechen müssen, die Zonen, wo über die Freiheit geredet werden muß, und die eine Zone, wo sie nichts zu versprechen brauchen . . .«

»Die Zone der Indios, denen man ihr Land zurückgeben muß, aber das ist ein anderes Problem. Jetzt geht es darum, die Leute für den Streik zu mobilisieren, und da werden die einen für ihr täglich Brot und die andern für die Freiheit kämpfen . . .«

»Eines Tages«, sagte Judasita, die hereinkam, »wird man in diesem Rattenloch essen, wie es sich gehört. Nicht wahr, Señorita, dies ist kein Haus, sondern ein Rattenloch inmitten einer Aschengrube . . .« Und immer an Malena gewandt: »Sie werden mir doch ein paar Happen nicht abschlagen, Kaffee und Brot und frisch gekochte Bohnen, ein kleiner Imbiß, was meinen Sie?«

»Wir werden der Señorita sagen, daß sie jeden Tag zu einem Imbiß herkommt, denn wenn ich allein bin, kriege ich nur kalte Bohnen mit Asche . . .«

»Sie lassen sie auf dem Tisch kalt werden, wie können sie da heiß sein, und Asche, na, wie man's gerade trifft, manchmal sind die Bohnen eben sehr schlecht. Glücklicherweise habe ich heute wirklich gute erwischt, schwarze und sehr schmackhaft, so wie ich sie gern mag. Und jetzt lasse ich Sie allein, aber daß Sie es mir nicht machen, wie es im Sprichwort heißt: ›Wenn zwei sich lieben, genügt's, daß einer ißt.‹ Achten Sie darauf, Señorita, daß er ißt, denn diesem Herrn schmeckt überhaupt nichts mehr, er drückt sich vor den Mahlzeiten.«

Als Judasita hinausgegangen war, gab es einen kleinen Kampf zwischen den beiden. Wer würde wen bedienen? Sie mußte nachgeben, denn in diesem Hause war sie, solange sie nicht auf das Standesamt ging, nur Gast, und ihm kam es zu, sie zu bedienen.

Schon fix und fertig angezogen, in den Schuhen, mit denen sie in die Stadt ging, und dem Umschlagtuch aus schwarzer Seide, das sie seit dem Tode ihres Sohnes über der Brust kreuzte, kam Judasita wieder herein, um die Señorita zu begleiten, damit sie sich ja nicht in den Aschengruben verirrte. Sie durchquerte das Eßzimmer und ging vor bis an die Haustür, um hinauszuspähen und sich zu vergewissern, daß niemand kam, während die zwei sich verabschiedeten, aber sie hatte mehr Auge für den kleinen Patio als für die Straße, blickte wieder und wieder hin, nicht um verstohlen an dem sehr langen, stillen Kuß teilzuhaben — küssen zu sehen ist ein wenig, als küsse man selbst, und deshalb hatte sie gern zugeschaut, als ihr Sohn noch lebte —, sondern weil sie das Gefühl hatte, sie könne plötzlich, wenn sie den Kopf wandte, den Hund wieder dort sehen, der ihnen vor wenigen Tagen an Altersschwäche eingegangen war.

»Tabio San . . .!« Sie blieb stehen, um ihm Lebewohl zu sagen; schon als sie das Eßzimmer verlassen hatten, war er wieder Tabio San geworden.

»Rosa Gavidia«, antwortete er, als sie schon den kleinen Patio überquerte, und verschlang sie mit den Augen.

»Auf Wiedersehen«, brachte sie mühsam hervor.

Er trat vor, um die Haustür zu schließen, aber beinahe hätte er sie offengelassen, für den Fall, daß sie zurückkehrte, sie, die ihm entschwand wie ein Traum, gekleidet als Braut, gekleidet in Weiß, gekleidet in Asche.

4

»Toba ging weit fort, Mutter, aber Juambo kam wieder. Toba gegen Juambo ausgetauscht. Anastasia nicht. Anastasia kam nicht.«

»Und was macht Anastasia?«

»Bettelt dort, wo Häuser und Häuser und Häuser sind.«

»Dort, wo Häuser und Häuser und Häuser sind, und von dort kommt Sohn . . .«

»Von dort, Mutter, von dort kommt Juambo. Toba weit, Señores sie mitnehmen . . .«

»Toba weit, ich weiß. Ich nicht mehr sehen sie, meine Perle, Toba, meine Tochter. Vater begraben hier.«

»Vater begraben hier, Mutter lebt, Sohn wiedergekommen für beide, für den Begrabenen und die Lebende.«

Der Mulatte bemühte sich zu sprechen wie die Mutter; wenn er so sprach, war ihm, als verschmelze er noch inniger mit der alten Schale des Wesens, in dem er geschaffen worden war und an das er — schuld war der Herr mit seinen Lügenmärchen vom Tiger — so viele, viele

Jahre nicht gedacht hatte.

»Schlechter Herr hat dich endlich herkommen lassen . . .«

»Herr weit, dort, wo Toba ist, Hausverwalter hat Erlaubnis gegeben. Ich träumen, daß es Mutter sehr schlecht geht . . .«, und nach einer kurzen Pause, in der die hundertjährige Mulattin sich nur sacht leben hörte, leben von Luftkrümchen, sie atmete schon schwer, von Lichtkrümchen, sie sah schon fast nichts mehr, und Lautkrümchen, sie war schon ein wenig taub, sagte Juambo eilig und lebhaft: »Sambito nicht zurückkehren, wo Herr ist. Sambito ihm sein ganzes Leben dienen und Sambito arm, arm, wo Herr ist, alles von Sambito und nichts von Sambito, weil alles haben, aber nichts Eigenes.«

»Dieser Verfluchte, weggenommen unser Land, dort, dort an der anderen Küste, wo Sohn geboren und Tacha geboren . . .«

»Und hinterher sagen, daß Eltern Sambito im Busch ausgesetzt, damit ihn der Tiger frißt . . . Mehr als zwanzig Jahre, mehr als fünfundzwanzig Jahre, mehr als einunddreißig Jahre Sambito nicht sehen wollen Eltern . . . Aber Sambito sich rächen, mit der gleichen Münze heimzahlen, armer junger Señor Bobby, Señor Bobby groß, groß, Haar aus Feuer sehr traurig werden . . . Er hören, ich sprechen und sein Haar traurig . . . Großvater tötete deinen Vater, Señor Bobby! Traurig sein Haar und still sein offener Mund, wenn er zum zweitenmal hört: Großvater tötete deinen Vater, Señor Bobby, in der ›Vuelta del Mico‹, ich fuhr den kleinen Wagen, Señor Bobby, und immer geschwinder, geschwinder und geschwinder, und dann überschlug er sich und stürzte in die Schlucht, und auf dem Grunde bleiben Vater mit zertrümmertem Schädel, dein Vater, Señor Bobby.«

»Dein Vater hier begraben . . .«

»Aber Mutter lebt«, unterbrach Juambo sie fröhlich.

»Und nun ich können sterben«, fuhr die alte Mulattin fort, »nach Rückkehr von Sambito, ich können sterben und Vater erklären, daß Juambo wieder bei ihm, wieder bei ihm«, sie schluchzte leise, »wieder bei uns, uns Eltern von Sambito . . . Und Vater wird danken, wird danken unter der Erde! Vater, Sambito, wird weinen, wird weinen unter der Erde vor Freude, vor Zufriedenheit, vor großer Freude, vor großer Zufriedenheit!«

Juambo drückte ihre kalten Hände mit den langen Fingern und den Nägeln wie Samen alter Früchte.

»Vaters Name Agapito Luisa und wie Sambo haben krauses Haar, Schäumchen von schwarzem Meer . . . Toba gute Tochter, Anastasia schlechte Tochter. Tochter von dort, wo es uns schlecht ging, der schlechten Küste . . . Agapito immer sagen: ›Gibt viel Schlimmes, aber schlechte Tochter sein das Schlimmste vom Allerschlimmsten . . .‹ Anastasia mir nicht bringen Enkel, ich sterben, ohne zu sehen Enkel . . .«

Juambo ließ den Koffer im Hause seiner Mutter und ging in den Ort zurück. Es summte ihm in den Ohren. Das Summen der Küste, wenn man von der Höhe herabkommt. Ein über das andere Mal bohrte er den Finger in die Ohren, als wollte er das Uhrteilchen, das dort schläfrig summte, herausholen. Im Ort war alles unverändert oder hatte sich sogar verschlechtert. Die Orte an der Küste, weit davon entfernt voranzukommen, fallen immer mehr zurück. Ungepflasterte Straßen, Hecken aus Brennesseln, nicht nur das Feuer der Sonne, auch das Feuer der Nesseln, hier und da ein Haus, der Laden und der Ausschank von Don Higinio Piedrasanta, das Friseurgeschäft »Los Equinoccios« und die im Bau befindliche Kirche, von der Gott jeden Morgen mit seinem Wattebart und seinem Gewand aus weißem Leinen auszog, um Frieden zu stiften unter den sechs oder sieben Leuten, die hier, regiert von Don Pascualito Díaz, ihr Leben fristeten, einem so renommierten Bürgermeister, daß er immer wieder nominiert wurde, und so fortschrittlich, daß er, als der Englische Park auf dem Hauptplatz gegenüber der Bürgermeisterei fertiggestellt war, davon sprach, einen Schlachthof für Großvieh zu bauen.

Juambo las, was auf den wenigen Hauswänden des Ortes geschrieben stand, »Wird erst der Schlachthof stehen, wird wer das Gras von unten sehen!«, eine Inschrift, die der Bürgermeister so deutete, daß, wenn er den Schlachthof baute und die Schlächter zwang, ihr Vieh dort zu schlachten, diese ihn selbst schlachten würden.

Don Pascualito — die Verkleinerungsform paßte zu ihm, weil er von kleiner Statur war — wußte, daß diese Unverschämtheiten von keinem anderen als von Piedrasanta stammten, seinem Gratisfeind, denn es gibt auch Feinde, die etwas kosten, Leute, denen man einen Gefallen getan oder Geld geborgt hat. Und ebendarum. Diesem Piedrasanta — zu deutsch Heiligenstein — oder einfach Piedra, wie die Leute Don Higinio nannten, ohne den Opferstein oder einen Edelstein im Sinne zu haben, sondern einen Mühlstein oder einen der Steinbrocken, die man am Feuer aufschichtet, diesem Piedra hatte Don Pascualito Arbeit in der Buchhaltung der Bürgermeisterei gegeben und gut bezahlt, aber eines Tages sagte Piedra, er würde Schluß machen und machte Schluß. »Wie hätte ich bleiben können«, erklärte er seinen Freunden beim Kartenspiel, kurz nachdem die Sache passiert war, »wenn mir Don Pascualito, sowie er ins Büro kam, jeden Tag zur gleichen Stunde auf die gleiche Schulter klopfte und mit dem breiten Lächeln eines Mannes, der gut geschlafen hat und gedenkt, im Büro weiterzuschlafen, zu mir sagte: ›Soll . . . Haben . . ., aber wir haben nichts‹, und mir in den Büchern, an denen ich mich lendenlahm gearbeitet habe, die Spalten ›Soll‹ und ›Haben‹ zeigte.«

Der Schulmeister, Lehrer Juventino Rodríguez, wies mit näselnder, teigiger, klebriger Stimme — er trank zuviel, Tobas wegen, trank und trank, seit sie fortgegangen war —, wies auf die Vorteile hin, die der Bau eines Schlachthofes für Großvieh mit sich bringen würde, und zählte sie auf: Kontrolle des geschlachteten Viehs, es wurden sehr viele tuberkulöse Rinder geschlachtet, und behördliche Kontrolle über die Steuerzahlung, nicht zu reden von der Sauberkeit derer, die das Fleisch verarbeiteten, und der Erleichterung für die Inhaber der Metzgereien, die ohne Schwierigkeiten an die Ware herankonnten . . .

Der Ort wurde mit Fackeln aus Rotfichtenholz beleuchtet. Hunderte, Tausende und Tausende von Fichtenfackeln auf den Pfählen, und alle Leute aßen, und alle spuckten die Kerne auf den Boden, und die Kerne, golden und feucht, trockneten ein, bis sie nur noch Staub waren und sonst nichts. Wie traurig, Kerne zu sehen, wo früher Süße war. So ging es mit allen Früchten. Mit den Mangos zum Beispiel. Aber es gab auch Kerne, die nicht so schwer zu leiden hatten. Die der Flaschenbaumfrucht, schwarz, glänzend, die sich hart und scharf in die Erde bohren und den verlorenen Perlen eines Rosenkranzes gleichen, gar nicht zu reden von denen der Guamafrucht, die mehr grün als schwarz sind und ebenfalls der Zeit und der Witterung widerstehen, und denen der Lokustenfrucht, die aus sehr hartem, dunkelrotem Metall sind.

Wohin ging Juambo?

Wohin sollte er schon gehen? Seinen Instruktionen gemäß nach »Semírames«. Falls man ihn fragen sollte, was er hier treibe, würde er antworten, daß er den jungen Señor Bobby besuchen wolle, der sich für eine Zeitlang bei den Luceros aufhielt.

Von weitem entdeckte er den prächtigen Wohnsitz der schwerreichen Luceros. Wenn Adelaido, der Großvater, noch lebte und diesen prunkvollen Bau sähe, er würde vor Schreck ein zweites Mal sterben. Wo er mit eigenen Händen, Ziegel auf Ziegel, an Sonn- und Feiertagen das Häuschen der Liebe gebaut, hatten seine Söhne einen Palast errichtet, und wo er die Wände rosa und gelb gestrichen, in den Farben, die Roselia getragen hatte, als er sie kennenlernte, rosa die Bluse und gelb der Rock oder umgekehrt, wer wußte das noch, auch das war in Vergessenheit geraten, dorthin hatten die Söhne kostbare Hölzer geschafft und all den nordamerikanischen Komfort, das, was die höchsten Angestellten der Gesellschaft in ihren Häusern hatten, aber auch das, was sie nicht hatten: Blumen und Springbrunnen und Kaskaden, die das Rauschen des in Schalen, Muscheln und Becken zerstäubenden Wassers verbreiteten, in Becken, ausgelegt mit Fayencemosaiken, deren Farben überflutet waren von der Einsamkeit des Wassers, das singt, das träumt, das Wasser ist, denn Wasser, das nicht singt und träumt, ist kein Wasser, sondern nur eine dem Menschen in vieler Hinsicht nützliche Flüssigkeit.

Armer junger Señor Bobby, groß, groß, Haar aus Feuer traurig auf seinem Kopf, wenn sein Kopf denken, daß Großvater getötet hat . . ., nicht wahr sein, daß Großvater getötet hat . . ., aber auch nicht wahr sein, daß Eltern Juambo im Stich gelassen, damit Tiger ihn verschlingen!

Im Geist fuhr Juambo fort, die Sätze so zu bilden, als spräche er noch zu seiner greisen Mutter, während er über eine breite, von blühenden Bäumen gesäumte Allee auf »Semírames« zuschritt.

»Sambito schwarze Seele, aber auch Herr schwarze Seele.«

Er konnte nicht weitergehen. Ein hellbrauner Hund, schneeweiße Pfoten und eine sehr schwarze, spitze Schnauze, sprang ihm freudig entgegen, suchte seine Hände, um sie mit kleinen Küssen zu belekken, lief ihm verspielt zwischen die Beine, und sein tiefes, rhythmisches, lockendes Bellen klang, als sagte er ihm Verse plötzlich erwachender Freundschaft auf.

Er schnappte vorsichtig nach seinem Ärmel, fast ohne in den Stoff zu beißen, und zog ihn mit sich zurück in den Ort.

Ich rieche bestimmt schon nach Hund, weil ich so lange mit Júper zusammen gelebt habe, sagte sich Juambo, und die Erinnerung an seinen Júper vergällte ihm die Schmeicheleien des schönen, liebenswerten Tieres, das meisterhaft abgerichtet war, denn als es merkte, daß Juambo ihm Folge leistete, als es sah, daß er umkehrte, ließ es den Ärmel los und ging vor ihm her, als führte es ihn.

Sein Júper . . . Sein Júp — Júp — Hundevieh. Den Namen hatte er ihm ausgesucht.

Er fehlte ihm sehr. Er hatte ihn der Köchin anvertraut. Die Köchin hatte ihn auf den Markt mitgenommen an dem Morgen, als er zum Bahnhof ging. Er wollte nicht, daß das Tier ihn fortgehen sah, denn er wußte, es war für immer. Der Hausverwalter und die Köchin glaubten, er würde zurückkommen, wenn es seiner Mutter besser ginge oder wenn sie stürbe; Júper hätte die Wahrheit gerochen, hätte gewußt, daß er das Haus, in dem er sein Leben verbracht hatte, endgültig verließ.

»Blöder Hund«, pflegte der Herr ihn zu schelten, und vielleicht roch er, weil er so lange treu wie ein Hund gedient hatte, nach Júper und nach dem anderen Hund, der ihn jetzt mitnahm, mitnahm auf einen unbekannten Weg.

Sie ließen den Ort hinter sich und verschwanden in lianenüberwucherten Hohlwegen, fast ohne Atem schon, im Schatten von Guajavabäumen, die wie die letzten Entladungen eines Gewitters anmuteten, so zittrig, so rötlich, so starr und nackt und krumm waren ihre Äste und so zerzaust ihre langstieligen Blätter, die härter als Knorpel waren.

Juambos Augen hingen gierig an den Guajavaäpfeln, aber wenn man alt ist, wird man steif und unbeweglich, zudem hätte er ausgleiten und abstürzen können. Er spuckte aus, der Mund war ihm wäßrig geworden, und trottete hinter dem Hund her, der weiter vorn, in einer trockenen Steppe, wo Tierknochen, Rippen, Schädel und Hörner herumlagen, die Urubus und die rothalsigen Lämmergeier verfolgte und sie zwang, in großen Sprüngen zu fliehen oder hochzufliegen.

Fern dem Ort, fern den Plantagen, nahe dem Stillen Ozean, der in der Tiefe zu sehen war, allem und jedem entzogen, nur der Sonne und den Massen des Windes nicht, die in Wellen anrollten.

Er trocknete sich mit dem schon nassen Taschentuch den Schweiß von Stirn, Nacken, Schädel, Wangen, Mund, Nase und Hals.

Eine große Sandhalde zeichnete sich hoch oben auf dem Felsen ab, und der Weg dorthinauf schien kein Ende zu nehmen. Mittag. Erstickende Hitze. Juambo blieb stehen. Er konnte nicht mehr. Der Kragen des Hemdes würgte ihn, die feuchten Ärmellöcher klebten an Schultern, Armen und Achselhöhlen.

Gefoppt hat mich der Hund, und ich war so blöde, daß ich ihm folgte! Aber warum dem Hund die Schuld geben, wenn die Sache von viel weiter herkommt. Diejenige, die mich gefoppt hat, ist Anastasia. Anastasia, die mich von zu Hause weggelockt hat, denn wenn das Haus auch dem Herrn gehört, so war es doch auch das meine, wo ich gelebt habe, sie hat mich dazu gebracht, daß ich den Mann besuchte, der so endlos redete, aber schuld, wirklich schuld an allem ist das Tschoss, tschoss, moyon, konn . . . Mutter bös geschlagen, Vater verletzt, als sie uns von dort vertrieben . . . Atlantik . . . Bananera . . . Die bittere Küste . . .

Der Hund schoß schnurstracks über die Sandhalde und machte an ihrem äußersten Rand halt, als hätte er jemanden getroffen. Und so war es. Ihm entgegen kam ein kräftig gebauter Mann, ohne Hemd, nur mit Hose und Sandalen bekleidet, einem breitrandigen Strohhut auf dem Kopf, rotgesichtig und mit vielen Zähnen, die so weiß waren, daß es schien, als hätte er mehrere Zahnreihen und beiße in sein eigenes Gelächter, wenn er aus vollem Halse lachte.

Als sie aneinander vorbeigingen, fragte der Unbekannte: »Wollen Sie nach San Benito, Señor?«

»Nein, nach Sanjón Grande.«

»Dann bekreuzigen Sie sich.«

Sie umarmten einander, vielmehr, der Mann umarmte ihn. Sambito kannte keine Gefühlsausbrüche. Seine Arme waren steif und ausdruckslos. Aber wer wollte ihm das zum Vorwurf machen, es hatte ihn doch noch nie jemand umarmt.

Nachdem alles vorschriftsmäßig abgelaufen war, er hatte den lebhaften Mann getroffen, der beständig lachte, und die Worte »San Benito« und »Sanjón Grande« waren gefallen, ging Juambo sogleich auf sein Ziel los.

»Ich habe den Auftrag, Ihnen das zu übergeben.«

Er holte einen Brief aus der Brusttasche, die mit drei großen Sicherheitsnadeln zugesteckt war.

Der andere griff nach dem Kuvert, öffnete es und zog einen zweiseitig beschriebenen Brief hervor.

»Sie erlauben«, sagte er, und mehr als er ihn las, verschlang er den Brief, und was seine Augen aufgenommen hatten, gaben seine blanken Zähne in einem breiten, zufriedenen Lächeln wieder.

»Ich heiße Florindo Key, und der Zufall will es, mein Freund, daß ich nicht verlorengehen kann, weil ich hier, neben meinem schrecklich abstehenden Ohr« — er hob das linke Ohrläppchen mit Daumen und Zeigefinger —, »ein Muttermal in Form eines Schlüssels habe.«

»Sehr erfreut, ich heiße Juambo der Sambito, mein Familienname war Luisa, aber ich habe ihn nie getragen aus Haß gegen meinen Vater.«

»Hat Ihnen Sansur nicht gesagt, ob er herkommt?«

»Nein, er hat mir nichts gesagt . . ., nicht einmal, daß er kommen wollte.«

»Vielleicht geht er an die andere Küste.«

»Auch darüber hat er nicht gesprochen.«

»Wo wohnen Sie?«

»Bei meiner Mutter, die schon sehr alt ist. Allerdings, das hat mir Don Octavio gesagt, daß ich an der Küste bleiben und hier arbeiten soll.«

»Und werden Sie bleiben?«

»Wenn ich zu irgend etwas nütze sein kann.«

»Ohne Sie würde sich der Angriff, den wir planen, sehr verzögern«, Key trat zu ihm, legte ihm die Hand auf die Schulter und sah ihm in die Augen, »verzögern aus Mangel an Informationen. Wir brauchen Zugang zu den Büros der Gesellschaft, und den können wir uns nur mit Ihrer Hilfe verschaffen.«

»Ich habe den Vorteil, der älteste Diener des Präsidenten der Gesellschaft zu sein.«

»Ja, Sie würde man nie verdächtigen. Maker Thompson hat Sie in seinem Haus zurückgelassen, und jetzt kommen Sie hierher, um die letzten Jahre bei dem Menschen zu sein, dem Sie das Leben verdanken, und da ist es nur verständlich, daß Sie sich danach sehnen, in den Büros zu arbeiten, und sei es als Türhüter.«

»Aber vorher will ich mir eine härtere Arbeit suchen.«

»Ich verstehe Sie nicht.«

»Noch die härteste Arbeit wird mir leicht erscheinen.«

»Das ist unmöglich. Wissen Sie, daß es hier Arbeiten gibt, die einen Menschen in einem halben Tag, in einer Stunde töten können?«

»Ich will mich nicht selber umbringen, aber ich brauche eine Arbeit, die eine Strafe für mich ist, und deshalb habe ich daran gedacht, mich als Bananenschlepper zu verdingen.«

»Und wenn man Sie erkennt?«

»Um so besser. Gibt es ein beredteres Beispiel für das Schicksal eines Arbeiters, der sein ganzes Leben im Dienst des multimillionenschweren Präsidenten der Gesellschaft zugebracht hat und von einem Tag zum andern dessen Haus verläßt?«

»Bananen schleppen kommt nicht in Frage, Sie werden es nicht aushalten, und Sie gehören nicht sich selbst, sondern uns.«

»Wenn ich meine Strafe abgebüßt habe, vorher nicht.«

Der Hund saß reglos da oder drehte und drehte und drehte sich um sich selbst, um nach seinem Schwanz zu haschen. Nicht ein Lufthauch über der weiten, breiten Sandhalde.

»Wenn ich meine Strafe abgebüßt habe, besuche ich den jungen Señor Bobby in ›Semírames‹, und er wird mir Zugang zu den Büros verschaffen.«

Key bot ihm eine Zigarette an. Juambo dankte. Er rauchte nicht. Nicht einmal das hatte er sich erlaubt, damit der Rauch und die Asche seinen Herrn nicht störten. Und ein kupferfarbener Totenschädel war alles, was von ihm übriggeblieben war. Er sah ihn nicht, aber er fühlte ihn unter der Haut und weil er verstohlen mit den Fingern über sein armes Gesicht strich, das von großem Leid geprägt war.

»Wenn das so ist, werden wir den Plan ändern müssen«, murmelte Key verstimmt und wäre beinahe gegangen, ohne ihm die Hand zu reichen. »Wir haben damit gerechnet, daß Sie in das Büro des Direktors gehen. Jedenfalls sehen wir uns bald.«

Gefolgt von dem Hund, verschwand er. Schwarze Vögel flogen in langen Reihen vorm Horizont auf. Sambito kehrte um, den Spuren seiner Schuhe im Sand folgend, doch änderte er ein wenig die Richtung, weil er einem Baum mit rosa Blüten zustrebte, bis zu dem es nicht mehr weit schien. Aber nichts trügt so sehr wie das Auge. Er mußte sich noch sehr plagen, ehe er den Schatten des schönen, blühenden Baumes erreichte. Schmeißfliegen, Schmetterlinge, Spinnen, Ameisen. Er streifte die Schuhe ab, um den Sand hinauszuschütteln.

Als Schlepper arbeiten, ja, seinen Schmerz zu dem Schmerz aller fügen, damit der Tag anbrach, der Tag, auf den die Begrabenen warteten, um die Augen zu schließen . . ., die Augen seines Vaters, die offen waren unter der Erde, warteten auf diesen Tag, damit sie schlafen und ruhen konnten.

Ah, dieser Tag, der Tag des Sieges über die Bananengesellschaft . . . Dröhnen wird es unter der Erde, wenn die Lider über die nackten, starren Augen der Begrabenen fallen, die mit offenen Augen warten.

Ah, dieser Tag . . .

Der Ort menschenleer. Straßen. Kokoshaine. Hier und da ein Reiter, der Pferde, beladen mit Netzen voll Avogadofrüchten und Mangos, vor sich hertrieb. Die Türen der Häuser halb geöffnet und drinnen, in den halbdunklen Räumen, das Geräusch der Hängematten. Ein großer Kürbis, aus dem eine Frau mit nackten Brüsten Wasser versprengte, das fast in der Luft verdampfte, noch ehe es den Boden erreichte. Um den Kopf hatte die Frau ein Handtuch geschlungen. Von ihrer spitzen Nase rannen Tropfen. Auch an ihren Wimpern und Brauen hingen Schweißperlen. Mit dem Handrücken entfernte sie eine Haarsträhne und murmelte vor sich hin, während sie sich über die Stirn strich: »Schrecklich, noch ist das Wasser nicht vertrocknet, und schon schwitzt man.«

Als sie fühlte, daß sie jemand ansah, riß sie einen Lappen von der Leine und bedeckte sich die Brüste.

»Sie, Herr, was wünschen Sie?« fragte sie ein wenig stockend, aber als sie den Mulatten erkannte, setzte sie in verändertem Ton hinzu: »Seit wann sind denn Sie hier? Wir hätten nicht geglaubt, daß Sie sich noch mal bei uns blicken ließen, so eine Überraschung. Wenn Sie einen Augenblick warten, komme ich heraus und sage Ihnen guten Tag . . . Ich bitte Sie nicht zu mir herein, weil das Zimmer noch nicht aufgeräumt ist. Bei der Hitze hat man zu nichts Lust.«

Juambo rief sich alle möglichen Namen ins Gedächtnis, aber er kam nicht darauf, wer die Frau war. Irgendwann hatte er sie gesehen.

»Bestimmt erinnern Sie sich nicht an mich. Ich sehe es Ihnen am Gesicht an. Ich bin Victoreana, erinnern Sie sich jetzt?«

Sambito nickte unbestimmt. Der Name sagte ihm nichts. Victoreana . . . Victoreana . . .

»Ich war diejenige, die Ihren Herrn und die beiden Anwälte, die weißen Zwillinge, auf die Probe gestellt hat an dem Tag, als sie herkamen, um die Erbschaft zu verteilen. Und warum sind Sie jetzt hier? Sagen Sie bloß nicht wegen einer neuen Erbschaft. So was gibt's nur einmal im Leben.«

»Ich gehe spazieren.«

»Viel zu zeitig, du meine Güte! Hier im Ort spaziert man am Abend durch die Straßen . . ., spazierte man, denn jetzt verkriechen sich die Leute in ihren Häusern, wenn es dunkel wird, und keine zehn Pferde kriegen sie da heraus. Deshalb sage ich ja auch, daß es mit dem Fest in diesem Jahr nichts wird. Im Norden hat es eine Menge Krawall gegeben, und das spüren wir hier an der Küste. Und wie es heißt, soll es auch bei uns Krawall geben, denn der Streik, den sie machen wollen, soll ein Generalstreik werden.«

»Ich habe Sie mit der Sarajobalda verwechselt . . .«

»Nein, so was! . . . Die Hexe ist an Krebs gestorben, auf der Abteilung, wo sie die Kinder kriegen. Aber obgleich sie keine gekriegt hat, hat sie eine Gebärmutter gehabt wie ein großes Geschwür. Sie starb, und aus lauter Gutmütigkeit hab ich mir ihren ewig besoffenen Kerl aufgehalst. Sie hat mir einen Säufer vererbt. Ein Erbstück, Don ..., wie heißen Sie noch? ..., das man bei den Armen am häufigsten zu sehen bekommt, Säufer!«

»Juambo werde ich genannt, mein Name ist Juambo der Sambito.«

»Ich habe also einen Säufer geerbt, wie ich Ihnen schon gesagt habe, Señor Juambo, ein wahres Unglück, denn von allen Versoffenen ist er der Versoffenste. Wenn er bei Verstand ist, nennt er sich Macario Rascón, und wenn er blau ist, sagt er, er heißt Braulio. Den Kerl hab ich von der Sarajobalda geerbt, und vielleicht gleiche ich ihr deshalb ein bißchen. Ich bin der Lückenbücker, der das Erbstück geheiratet hat, man stelle sich vor ... Sie war nicht verheiratet. Der Mann hat mit ihr zusammengewohnt und mit ihr, und mit ihr ..., aber warum schlecht über sie reden, wenn Gott sie schon gerichtet hat ... Rauchen Sie?«

»Nein, ich rauche nicht, wissen Sie.«

»Dann werde ich mir eine Selbstgedrehte anstecken, wenn's recht ist, ich rauche Zigarre. Wir an der Küste rauchen alle. Wir müssen die Moskitos und die Langeweile vertreiben.«

Sie schlürfte den Rauch, die Zigarre schon nicht mehr zwischen den Lippen, und gleich darauf quoll er ihr aus der Nase wie aus einer Doppelflinte, wenn der Schuß abgefeuert ist. Dann sagte sie weich, und ihre Augen blickten sanft und selbstvergessen zwischen träumenden Wimpern: »Ich habe ihn durch die Heilige Evangelische Mutter Kirche geheiratet, ohne mich lange zu besinnen, in der Hoffnung, daß Gott, wenn wir nicht mehr in wilder Ehe lebten, ein Wunder tun würde und er die Flasche läßt, aber ich habe es nicht geschafft. Es ist ihm angeboren. Er ist versoffen, versoffen, versoffen ...«

»Und wer ist die Hure, die es mir dauernd vorhält, Hure ..., Hure ..., Hure ...«, grölte im Inneren des Hauses eine Branntweinstimme, »Hure ..., Hure ..., Hure ...«

»Er beschimpft mich schon wieder. Er wacht nur auf, um mich zu beschimpfen.«

»Wer ist da?« schrie er. »Bei wem bringst du mich in Verruf, wo ich schon verrufen genug bin? Sogar die Evangelisten wollten sich meiner annehmen, so verrufen bin ich!«

»Schafskopf! Kurieren wollten dich die Evangelisten!«

»Alles Quatsch! ... Sie haben mich verheiratet, was Schlimmeres konnten sie mir gar nicht antun, und jetzt suchen sie einen Dummen, der ihnen hilft, ihre Drecksbibeln unter die Leute zu bringen.«

»Sei still, du Lästerer! Bleib wenigstens mit dem Mund anständig!«

»Wer ist da, du hast mir noch nicht geantwortet. Sag ihm, er soll reinkommen und einen mit mir heben.«

»Nein, der Herr trinkt nicht.«

»Dann soll er weitergehen und am Marktbrunnen Wasser saufen wie das Vieh!«

»Nehmen Sie es nicht krumm, aber wer säuft, gießt nicht nur den verfluchten Schnaps in sich hinein, sondern auch die Bosheit.«

»Ein Scheißkerl!« Er erschien in der Tür im gestreiften Unterhemd, das er mit zittriger Hand, lange Nägel und nikotinbraune Finger, zwischen die Beine zu klemmen suchte, um sein Geschlechtsteil zu bedecken, was ihm jedoch nicht immer gelang.

»Geh rein, verdammt noch mal! Was für ein Mann! So begrüßt man doch keinen Besuch!«

»Ist der Besuch?«

»Beleidige mir nicht die Leute, bloß weil es dir Spaß macht! Wenn nun der Señor von der Obrigkeit wäre und dich verhaften ließe?«

»Ist er aber nicht, nicht wahr, Sie?«

»Der Señor ist hier vorbeispaziert und stehengeblieben, um mich zu begrüßen. Ich kenne ihn noch von damals, als sie die Millionen verteilt haben, er begleitete ...«

»Ich begleitete meinen Herrn.«

»Wer ist denn Ihr Herr?« fragte der Betrunkene und kam näher, ohne sich weiter um sein Geschlechtsteil zu kümmern, kam ihm aufdringlich nahe, nicht nur er, sondern auch seine stinkende, vom Schnaps gegerbte, dunkle Haut, das von gelegentlichem Grinsen verzerrte Gesicht und der zerknitterte Hals mit dem großen, trägen Adamsapfel, den er schluckte und nicht schluckte, wenn er unter dem Stachelgewimmel des mehrere Tage alten Barts rülpste.

»Die Bibel lehrt ... Ihr wißt gar nichts ... Unwissende seid ihr, aber ich will es euch erklären ... Belehret die Unwissenden ...«

»Das steht im Katechismus und nicht in der Bibel«, unterbrach ihn Victoreana.

»Kusch! Hört, was die Bibel über den Adamsapfel lehrt: Gott sagte dem Manne: ›Schluck ihn oder spucke ihn aus!‹ Und der Mann antwortete ihm: ›Mitnichten, Herr, ich werde ihn weder schlucken noch ausspucken!‹ Und so blieb der Adamsapfel stecken, wo er jetzt steckt, zwischen Himmel und Erde, als ein Unterpfand des freien Willens, den der Schöpfer dem Manne gab, nicht dem Weib, das Weib hat ihn verschluckt, es hat keinen Adamsapfel . . .«

Victoreana stieß ihn ins Haus, aus Angst, daß jemand vorbeikäme, ein Nachbar oder ein Bekannter, denn sie hatte sich soeben nicht wenig erschreckt: sie hatte gehört, daß sich jemand näherte, aber es war nur ein Schwein, eine Sau mit ihren Ferkeln. Zwar hatte der Bürgermeister verboten, daß die Schweine frei herumliefen, aber die Leute waren nachlässig, daß Gott erbarm . . .

Während ihr all das durch den Kopf ging, beförderte sie Rascón unsanft zurück in die Hängematte, aus der er mühsam herausgeklettert war.

»Bis bald, Señor Juambo, jetzt wissen Sie, wo wir wohnen und daß wir jederzeit für Sie da sind.«

Als Rascón den Namen Juambo hörte, horchte er auf, richtete sich auf von dem Lager aus träumendem Hanf, wie die Hängematte im Liede heißt, und wäre hinausgefallen, hätte seine bärenstarke Frau ihn nicht festgehalten.

»Wenn du mit dem Señor sprechen willst, lad ihn ein, hereinzukommen . . . Treten Sie näher, mein Mann möchte Ihnen etwas sagen, und entschuldigen Sie, daß das Zimmer so unordentlich ist . . .«

»Juambo!« schrie Rascón überschwenglich und preßte den Mulatten fest an sich in einer Umarmung, die dessen warmer, lebendiger Männlichkeit die Eiseskälte des Todes mitteilte. »Juambo, Juambo, Tobas Bruder!«

»Ah, Sie sind der Bruder von der? . . . Da müssen Sie aber viel älter sein, sie war doch ein blutjunges Ding . . .«

»Das Schlimme an euch ist, wenn ihr kirchlich getraut seid«, sagte Rascón, »daß die anderen für euch nur noch ›die‹ sind, aber Toba ist keine von ›denen‹, sie gehört auch niemandem, sie gehört Gott . . . Toba ist ins Kloster gegangen.«

Juambo, der anfangs versucht hatte, der eisigen Berührung mit Rascón auszuweichen, der mitten in der höllischen Glut der Küste vom Gift vereisten Berührung, drückte ihn an die Brust, um Wange an Wange mit ihm mehr zu erfragen von dem, was er soeben gehört hatte. Rascón sollte es an seinem Ohr wiederholen (Toba gehört Gott . . ., sie ist ins Kloster gegangen . . .) und ihm sagen, wie er es erfahren hatte.

»Toba hat hier ihren Bräutigam zurückgelassen, Juventino Rodríguez, den Schulmeister und Bewohner des irdischen Sterns«, er lag in Juambos Armen, als hinge er schlafend in der Luft.

»Und der Bräutigam bekam die Nachricht?« Der Mulatte schüttelte ihn, damit er aufwache aus seinem Rausch, aus den Nebeln, die die Betrunkenen von Zeit zu Zeit einhüllen und sie der Welt, dem Teufel und der Carmen entrücken, wie Rascón zum Ärger seiner Frau sagte, die auf das Weibstück eifersüchtig war.

»Ich bekam die Nachricht . . ., vielmehr er . . ., er bekam einen Brief, den ich gelesen habe . . .«

»Toba«, stammelte Juambo.

»Dieser Name wurde noch nie von Männern ausgesprochen, ohne daß sie darauf nicht einen gehoben hätten. Wo ist meine Flasche? Wo hast du meine Flasche hingetan?«

»Siehst schon aus wie eine Fronleichnamsspinne, solche mit einer Feder drin, die bei der kleinsten Bewegung zittert . . . Da, nimm . . ., sauf sie ganz aus!«

Rascón ergriff die Flasche am Halse und hob sie an den Mund. Und während ihm — gluck-gluck, gluck-gluck — der Schnaps die Kehle hinunterrann, Victoreana schluchzte und der Mulatte wortlos abwartete, während alle schwiegen, ging ein Engel vorüber.

Toba . . .

Der Engel, der vorüberging, war Toba.

»Ich werde Juventino aufsuchen . . . Ich muß den Brief lesen . . . Mutter weiß von nichts . . .«

Und er ging fort. Aber wohin?

»Entschuldigt, daß ich noch einmal zurückkomme, aber ich weiß nicht, wo Juventino wohnt.«

»Mich fragen Sie bitte nicht, wo dieser verfluchte Kerl wohnt, er ist schuld daran, daß sich mein Mann in diesem Zustand befindet.«

»Kusch, sag ich dir! . . . Gebt mir noch was zu trinken, und ich sag euch, wo er wohnt.«

»Also gut, hier ist die Flasche.«

Schwitzend setzte er sie an. Victoreana riß sie ihm vom Mund, damit er sie nicht austrank.

»Er wohnt hinter der Schule, gegenüber der Weiche, gleich rechts.«

»Wo der wohnt, daran erinnerst du dich, aber arbeiten zu gehen . . .«

»Morgen fange ich an.«

»›Morgen baue ich mein Haus‹, sagte der Esel.«

»Wenn man den Esel nennt, kommt er gerennt«, wollte Rascón erwidern, konnte aber nicht, weil ihm ein Strahl Zuckerrohrschnaps, vermischt mit unverdautem Mageninhalt, aus Mund und Nase schoß.

»Ich dachte, mit dem Esel hätte er sich selbst gemeint, aber er hat von dem verrückten Teufel da gesprochen.«

»Toba ... Toba ...«, sagte Rodríguez, der auf der Schwelle erschienen war.

»Da haben Sie ihn«, sagte Victoreana zu Sambito und wies mit den zornigen Augen auf Juventino, der, ohne einzutreten, wiederholte: »Toba ... Toba ... Toba ...«

In verändertem Ton, ihre Kraft war erschöpft, murmelte Victoreana mit tränenüberströmtem Gesicht: »Ich hätte mich als Nonne lebendig begraben lassen, hätte ich gewußt, was mich erwartet.«

»Toba ... Toba«, wiederholte Juventino und tastete mit den Händen um sich, als suchte er sie und als hätte der Alkohol ihn blind gemacht.

»Nehmen Sie ihn mit, Señor Juambo, nehmen Sie ihn mit, ich flehe Sie an, wenn ich ihn nur sehe, wird mir übel, und ich könnte mich an ihm vergreifen!«

Rascón strampelte, beschmiert mit Schleim und Erbrochenem, in der Hängematte, in die er kopfüber gekippt war, und schnaufte und schnaufte zwischen den Hanfschlingen ... »Ach, ach, ach«, jammerte er, und die Tränen rollten ihm über die geröteten Wangen, ach, ach, ach ... Gott so groß und ich so klein ...«

Juambo zog Juventino am Arm hinaus und führte ihn fort wie einen Blinden, einen Blinden mit offenen Augen, der nichts weiter sagen konnte als: »Toba ... Toba ... Toba ...«

Er brachte ihn nach Hause und durchsuchte das Zimmer mit den Blicken, während er ihn ins Bett schaffte. Auf einem Tisch mit Schulbüchern und einem Ungetüm von einer Bibel lag der Brief der Schwester. Sehr kurz. Ein knappes Lebewohl.

»Alle tot, von Mutter nichts mehr gehört, auch sie wird tot sein, nur ich muß noch sterben, sterben für die Welt bedeutet im Herrn auferstehen. Toba.«

»Tot! Tot! Lebendig begraben mit offenen Augen wie Vater!« hämmerte es in Juambos Kopf. »Vater tot begraben mit offenen Augen! Schwester lebendig begraben mit offenen Augen! ... Toba! Toba!«

In der Tiefe der lidlosen Nacht dunkelt es, aber die Nacht sieht immer. Die nicht sehen, sind die Sterne und der Mond. Aber die

Nacht sieht.

»Sohn nicht, Sohn nicht arbeiten gehen, um sich zu bestrafen . . .«

»Tschoss, tschoss, Mutter, sie schlagen uns, fremde Hände schlagen uns und Vater hier begraben mit offenen Augen und kann nichts tun.«

»Er wird sie nicht schließen. Allein wird er sie nicht schließen. Die Augen der Begrabenen schließen sich alle gleichzeitig am Tag des Gerichtes, oder sie schließen sich überhaupt nicht . . .«

»Vater geschlagen, Vater gepeitscht, und deshalb Sohn hart, grausam hart arbeiten, um Vater abzuzahlen, was er ihm schuldet!«

»Tochter Toba lebendig begraben . . .«

»Ja, Mutter, auch sie begraben, lebendig begraben, als Nonne, mit offenen Augen!«

5

Die Landarbeiter, blind von Morgengrauen und Schlaf, stießen einander in der Bananenpflanzung. Die tief niederhängenden Nebel, gleich Meßdienern in dünnen, von der schleichenden Feuchtigkeit des Bodens durchnäßten Chorhemden, führten in einer Prozession grüner Altarleuchter jene Welten des Alpdrucks an, die sich im Morgendämmer fand und wieder verlor. Wo? Wo begann die Erschöpfung? Es gibt Dinge, die der Mensch merkt, nämlich wo seine Erschöpfung beginnt. Hier, an dieser Stelle, an diesem unbestimmten Punkt, wo sich der Muskel zusammenzieht, das Auge sich trübt und das Blut zurückweicht. Durch das trauernde Dunkel entwischte das kleine Getier, die golden schimmernden Skorpione, der wilde Holzbrecher, Insektenleichnam, Ebenbild des Todes, den er dem bringt, in den er seinen Stachel bohrt, die Fledermäuse, die fliegend Geheimnis verbreiten, und die Schatten der Bananenträger.

Von weitem hörte man den Schlag, der den Rücken des Hindu traf, wie der kupferbraune Indio genannt wurde, kupferne Sonnenfarbe, dünne Knöchel, geschmeidig wie ein Luchs und große, schwarze Kerne statt Pupillen.

Der Hindu versetzte Juambo einen derben Fußtritt, um seinen Schmerz und seine Wut weiterzugeben, und der Mulatte schlug mit dem Bananenbüschel, das er trug, den Linkshänder neben sich, und der Linkshänder den einäugigen Rey Benigno, König Benigno nannten sie ihn.

»König und Bananen schleppen, da hast du dir einen feinen Familiennamen ausgesucht!«

Und Rey Benigno erklärte, daß es sich nicht um einen Zunamen, sondern um einen Rufnamen handelte, und rutschte dann aus, um »Tortón« den Stamm des Bananenbüschels in die Wange rammen zu können.

Die Kette der Bosheit riß ab, als sie in der Helle des Tages ihre Rachegelüste Brustkinder vergifteter Milch, weil sie Männer mit kranken Seelen waren, nicht mehr voreinander verbergen konnten.

»Du hast ja keine Ahnung, Tortón, was es heißt, wenn einem in kilometerlangen Gedärmen Tausende von Würmern herumkrabbeln.«

»Haha, worüber der sich beklagt«, witzelte Tortón Porras, »ich hab eine Niere, die nicht funktioniert. Jetzt bleibt mir bloß noch eine, und die Krankenschwester sagt, daß ich die Pisse nicht mehr filtere. Ich pisse, ohne zu filtern. Was hältst du davon, wenn du Durst kriegtest, und ich hätte Lust zu filtern?«

Die Püffe im Halbdunkel der Morgenfrühe, der Morgenfrühe ohne Seele, der Morgenfrühe aus apfelrosafarbenem Licht und munteren Lieder der Drosseln, Finken und Spechte, verwandelten sich in Beleidigungen. Sie verhehlten sich ihre gegenseitigen Schwächen nicht. Dem Pajuilón Morales, einem Kerl wie ein Baum, warfen sie seine Beschränktheit vor.

»Pajuilón, du bist blöder als das blödeste Rindvieh . . .«

»Warum beleidigt ihr die Rindviecher?« protestierte ein anderer Träger, ein Krüppel, der den Kern einer längst verschlungenen Mangofrucht endlos zwischen den Zähnen wetzte, um den letzten Tropfen Saft herauszusaugen.

»Halt's Maul, du Erdwurm! Erst schlingst du die Mango runter, und dann putzt du dir die Zähne mit dem Kern. Seht mal, was der für 'ne Zahnbürste hat!«

»Idiot, paß auf, was du tust, zerquetschst mich ja mit dem Büschel!«

Ein junger Bursche von kleiner Statur war mit dem Gesicht zwischen die eiserne Schiene des Waggons — die Schiene, in der die Schiebetüren laufen — und das zweihundert Pfund schwere Büschel geraten, das er auf dem Rücken schleppte und das ein gutes Stück über seinen Kopf hinausragte.

»Der hat sein Fett weg«, schrie einer.

Der Verletzte brach zusammen. Er fiel neben die Bahngleise. Trotzdem ging der Rhythmus des Verladens weiter, schlurrten die Füße, keuchten die Lungen, zeigte der Timekeeper unerschütterliche Härte.

Die Rücken unter der Sonne, die schon nicht mehr verbrannten mit ihrer Kruste aus Schweiß und dem Schleim, den die Stauden absondern, wurden gefühllos.

»Du, spürst du deinen Rücken noch?«

»Wer wird den schon noch spüren. Meiner ist eingeschlafen bis zum Nacken. Und hier unter dem Schädel tut es mir auch weh.«

»Und der Verletzte, der arme Kerl, liegt noch immer in seinem Blut. Scheint, daß sie mehr Leute einstellen werden. Wir sind zu wenige, um das alles zu schaffen. Und wenn du es dreist schaffst, fängt die Schinderei gleich wieder von vorn an. Hast einen Berg Bananen geschafft, von dem du glaubst, er würde überhaupt nicht kleiner, und schon ist der nächste, noch höhere dran ...«

»Chulique hat seinen Affen mitgebracht ...«

»Das langschwänzige Vieh nimmt er überall mit, und weil er übergeschnappt ist, sagt er, er hätte es adoptiert, es wäre sein Sohn.«

»Ich schmeiß ihm den Mameikern an den Kopf, paß auf, wie das Biest kreischt, aber tu, als wüßtest du von nichts, denn mit Chulique ist nicht zu spaßen, und wenn er merkt, daß wir es waren, Heiligemariamuttergottes!«

»Sei doch nicht so gemein!«

»Hier sind wir weder gut noch gemein ... Hunde sind wir!«

Das riesige Meer von Blättern, die sich küssen und entfalten, sich schließen und küssen im Wehen des Windes, ein Dach, von dem als zarter Dunst ein Schimmer zitronengrünen Lichtes fällt, flüssig, weil es durchsichtig, und Licht, weil es Licht ist; das riesige Meer der Bananenpflanzungen speist durch Ströme von Büscheln die Märkte der Welt. Aber wie fließen diese Ströme wunderbarer Früchte? Welchen Weg nehmen ihre Wasser? ... Sie fließen in Betten, gebildet aus keuchenden, unterernährten Männern, denen das ungeschnittene Haar an Stirnen, Nacken und Ohren klebt. Die Zeit steht still. Unerschütterlich ist der Timekeeper. Wer erschöpft ist, bricht zusammen. Keiner spricht. Eine trockene, höhlenartige Leere trennt sie ab von allem. Nur von ihrer Last nicht. Die Last prägt sie zu dem, was sie sind, Lasttiere.

Dem Juambo platzte das Ohr. Am ersten Tag, da er die große Schuld abzahlte, damit sein Vater nicht geschlagen wurde. Es war das Ohr auf der Seite, wo er den verfaulten Backenzahn hatte. Aber er machte weiter, ohne sich von dem feindlichen Büschel erdrücken zu lassen, ohne darauf zu achten, daß seine Knochen knirschten und daß ihm das Blut in die Augen schoß, und ohne wie seine Leidensgefährten aus dem Grün der Last die Hoffnung zu schöpfen, eines Tages frei zu werden, dieser Hölle zu entfliehen und in seinen Winkel zurückzukehren.

Ja, die Gefährten klammerten sich an ihre Hoffnung, wenn sie die Büschel hochrissen und auf den Rücken warfen, mit gesenktem Kopf, damit der harte Schlag die Schultern traf, über denen sie Pferdedecken trugen oder Säcke, aus denen sie Kapuzen machten, die sie über die Köpfe zogen.

Juambo klammerte sich an seine Buße, verzweifelt wie einer, der weiß, daß es für ihn keine Rettung gibt, während ihn die Zähne peinigten, Schweiß und Tränen ihn brannten. Er schwitzte, die Augen tränten, vor Ohrenschmerzen zerbiß er sich die Lippen. Das Ohr war von selbst krank geworden, von selbst mußte er wieder gesund werden. Mochte es zurückplatzen, da es schon geplatzt war. Es schmerzte ihn bis unter die Haarwurzeln. Juambo hält durch. Vater hier begraben. Juambo büßen. Nicht der Tiger hat ihn gefressen. Das Leben hat ihn gefressen.

Der Timekeeper, der sah wirklich aus wie ein Tiger unter seinem Tropenhelm, mit den Katzenaugen und der katzenhaften Geschmeidigkeit, wenn er, ermüdet vom Sitzen, aufstand, einen Fuß auf den Schemel stellte und, den Ellenbogen auf das Knie stützend, den Körper nach vorn beugte.

Manchmal war es ein Gringo, manchmal nicht. Konnte einer sein, konnte auch keiner sein. Aber, Gringo oder nicht, alle Timekeeper waren gleich, hatten nichts zu schaffen mit ihrer Arbeit, mit der Arbeit derer, für die die Last weder Hoffnung noch Strafe, weder Zukunft noch Vergangenheit war, sondern nur Last, Last, Last, Last . . .

Und unter ihnen die Vertierten, die schon nicht mehr fühlten, was sie waren, die immerfort lachten, das Lachen Gehenkter.

»Weniger lachen und mehr arbeiten!« protestierten die Vorarbeiter, die Gehilfen der Timekeeper.

»Hau ab und mach deiner Mutter . . .«, murrten sie leise, damit man das mit der Mutter nicht hörte.

Die Sonne, die Sonne, die siedende Pfanne, metallene Sonne aus Brennesselfeuer, sie versengte die Blätter der Bananenstauden, kaum daß ihnen der Saft versiegte. Nur Sekunden dauerte es, und schon hatte die Sonne das Grün bis tief in die Gewebe zerstört, ihm die Säfte entzogen und versengte die Blätter — die Spitzen, die Ränder, die Stiele. Eine Sekunde, und das ganze Blatt war versengt. Aus der glänzenden Folie grünen Fleisches war eine elende Hülse geworden, ein gelbes, vertrocknetes Blatt Pergament, auf das die Insekten Inkunabeln schrieben.

Der Lärm der Züge, das Pfeifen, Ankoppeln und Auskoppeln, die Trupps der Reinigungsarbeiter mit Harken, Besen und merkwürdigen Geräten, langen Rudern, an deren Ende sich ein unförmiges Ding aus Metall befand, halb Schnabel, halb Schere, um die vertrockneten Blätter abzuschneiden, die Blätter, in denen die Sonne gesiegt hatte über die tiefen Kräfte der Erde. Die Sonne gegen die tiefe, grüne Stille, wo das Echo aller Süße schwimmt, die Süße der Weisheit, die Süße der Frau, die das blinde Glück schenkt, das wahre Glück. Die Sonne gegen die tiefe Schwere der Humusmassen, in denen das Mineral Pflanze und die Pflanze Tier wird und wo die wirren Träume sich mischen in denen, die geboren werden sollen, und in denen, die soeben gestorben sind. Die Sonne gegen den kristallisierten Dunst der öligen Schicht, in der das Leben die winzigen Gebilde scheidet, um jeder Pflanze und jedem Wesen Gestalt zu geben. Und gegen all das siegt die Sonne, wenn sie das Blatt verdorren läßt, es verwandelt in einen traurigen, gelben Strunk, in ein brüchiges Glas aus blindem Staub, die blinde, dichte gelbe Flamme, die alles, was ist, verzehrt. Und die Landarbeiter schneiden die trockenen Blätter ab, ein chirurgisches Klapp-klapp-klapp.

Der Timekeeper hat sich wieder hingesetzt. Er streckt die Beine aus und stützt die Absätze vorsichtig auf dem Boden auf, daß die Spitzen seiner Schuhe nach oben zeigen. Der Boden brennt, und er tut gut daran, die Füße aufzustellen und sich nur mit den Kanten der Absätze aufzustützen, denn der Boden brennt, aber nur für ihn, nicht für die anderen, die Bloßfüßigen, die auf nackten Sohlen kommen und gehen und rösten, während sie die Waggons beladen.

Eine neue Ladung. Die Zeit vergeht nicht. Die Stunden vergehen nicht. Die Ladung kommt unter einem schattenspendenden Dach, einem Geflecht aus frischen Blättern. Man muß die Früchte gegen die Sonnenstrahlen schützen. Sie reifen im Handumdrehen. Die Träger, die mit einem Plattformwagen fertig sind, stellen sich in einer Reihe auf und warten auf den nächsten, der anrollt.

Da ist er schon.

Sobald er stillsteht, schieben sie Holzklötze auf die Schienen, um die Handbremsen zu entlasten, dann greifen sie wieder nach den Büscheln, werfen sie sich auf den Rücken und traben zu dem Güterwagen, der auf Fracht wartet. Er wird nicht voll. Er wird nicht voll. Die Zeit vergeht nicht. Der Timekeeper ist wieder aufgestanden.

Ein Glück nur, daß die Büschel, die unter dem Blätterdach transportiert werden, nicht brennen, sie erfrischen sogar, am liebsten möchte man sie küssen. Der Vorarbeiter flucht, wenn einer stehenbleibt, um einen Schluck Wasser zu trinken, wenn die Kette abreißt, und um nicht aus der Gewohnheit zu kommen, schlägt er mit der Peitsche auf den Boden.

Die Kette, das Band aus Männern geht auf und ab, ringt sekundenlang nach Atem, einige Glieder der Kette können sich nicht aufrichten, stützen die Handflächen auf die Knie, der Schweiß bricht ihnen in Strömen aus, die Lippen sind trocken, die Wimpern verklebt. Die Brauen vermögen die Augen und Wangen nicht zu schützen vor den heißen Bächen, die an ihnen herabrinnen. Sambito zahlt. Sambito ohne Hoffnung. Zahlt ab an Vater, der hier begraben. Toba lebt, begraben mit offenen Augen. Vater tot, begraben mit offenen Augen. Mutter Juambo brauchen . . .

Nachdem der eine Plattformwagen ausgeladen ist, rollt ein neuer auf den Schienen heran und bleibt vor ihnen stehen, er ist noch voller, und die Büschel sind nicht so gut abgedeckt. Die Zeit vergeht nicht. Der Timekeeper hat sich wieder gesetzt, ist wieder aufgestanden, hat sich wieder gesetzt. Er weiß nicht, was er mit seinem Körper anfangen soll. Und mit seinem Tropenhelm. Er nimmt ihn ab und setzt ihn wieder auf. Er fächelt sich mit dem gähnenden Helm, der nach Haar und Schweiß stinkt. Er geht ein paar Schritte, aber der Boden brennt. Brennt für ihn, nicht für die, die mit den nackten Ziegeln aus Fleisch über das Feuer der heißen, glühenden Erde stampfen, über den Sonnenofen. Und noch schlimmer ist es, wenn sie versehentlich mit den Füßen auf die Schienen oder auf einen Nagel in den Schwellen treten. Sambito zahlt. Er hüpft in seinen Schuhen, alles an ihm hüpft mit wie beim Pfauentanz, denn durch die Sohle brennt die Erde. Er zahlt. Er zahlt, damit sein Vater nicht zahlt, der unter der Erde liegt.

»Himmel, Arsch und Zwirn, die verdammte Schiene ist heißer als ein Bratspieß!« schreit Tortón Porras und hebt den Fuß, den er umfassen möchte, um auf die verbrannte Stelle zu blasen.

Aber er umfaßt ihn nicht, und er bläst nicht, er setzt nur dazu an, zu mehr reicht die Zeit nicht. Er macht weiter, weiter in der Kette der Träger. Schleppt, schleppt, die Frucht wartet nicht! Sie reift in der Sonne. Schleppt, schleppt! Die Zeit vergeht nicht. Die Sonne steht still. Der Timekeeper hat auf die Uhr gesehen. Es fehlt, es fehlt, es fehlt noch viel.

Im Innern der Güterwagen ist es dämmrig, dort zu arbeiten ist ein Genuß. Ein Genuß, den sie zu schätzen wissen. Das Licht dringt durch die Ritzen, und in den offenen Teil der Waggons, durch den die Schlepper ein- und ausgehen, fallen feurige Schleier ein, die alle, die hinausklettern, blenden und manchmal straucheln lassen.

Neue Waggons kommen, die an Käfige erinnern. Hier sieht alles anders aus. Auf das kobaltene Grün der Büschel werfen Dach und Seitenwände streifige Schatten, und wenn die Träger in die Waggons geklettert sind, scheinen sie Sträflingskleider zu tragen.

Wie viele Früchte sie verschlingen, diese Waggons, die großen Käfigen gleichen! Sie sind unendlich lang. Und damit ihre langen Dachsbäuche sich mit Früchten füllen, müssen viele Männer viele Stunden schwitzen, und fast immer dieselben, denn Leute sind knapp. Knapp? Stimmt nicht. Es ist einfach so, daß man aus weniger Leuten bei gleichbleibenden Löhnen mehr herausholt.

Die ganze Küste entlang ist die Sonne nur ein Feuerschwall. Sie ist nicht mehr das Gestirn droben, sondern hat sich, außerhalb der brennheißen Himmelspfanne, in eine gewaltige Masse Glut verwandelt, in der alle schmelzen.

Die Zeit vergeht nicht. Der Timekeeper hat wieder die Füße aufgestellt. Die Schuhe stehen auf den Kanten der Absätze. Der Boden brennt.

6

Die ersten Pesos, die Juambo verdiente, indem er auf dem nackten Rücken Bananen schleppte (ach, wie gern hätte er sich an diesem Sonntag die von den Schultern bis zum Steißbein wunde Haut mit Stärkemehl und Essig gekühlt!), verwandte er, um die Dinge zu ergänzen, die in der Hütte seiner Mutter am meisten fehlten, und um sie selbst mit einigen neuen Kleidungsstücken zu beschenken. Er kaufte ihr eine weiße Bluse mit schwarzen Klöppelspitzen, sie trug noch immer Halbtrauer um ihren Mann, nachdem sie so viele Jahre nur in tiefem Schwarz gegangen war, einen weiten rosa Rock mit großen grünen Blumen und gelbe Seidenbänder, die doppelt breit lagen, die sie aber so nicht umbinden konnte, sondern betrübt in der Mitte teilte, weil ihr von dem dichten Haarschopf aus den guten Zeiten nur ein Rattenschwänzchen auf dem kahlen Kopf geblieben war. Er brachte ihr auch ein Huhn mit, das vor lauter Fett nach Brühe roch, und Malagawein, der dicker war als Blut.

Die alte Frau kostete ihn und sagte: »So war Blut von Agapito Luisa, rot und süß ... Agapito Luisa Atlantik geboren und hier begraben ... Zwei Küsten ... Zwei Meere ... Begraben am Pazifik, nachdem viele Früchte geschleppt, grausame Arbeit und ohne Freude ...«

Juambo zwinkerte mit den Augen, um das Bild des Vaters auszulöschen, der Schlepper, Schlepper war wie er, er wollte ihn nicht sehen unter knurrenden Vorarbeitern, die das Kommen und Gehen der Bananen schleppenden menschlichen Lasttiere bewachten, in der schimpflichen Gegenwart der Timekeeper und neben den leeren Gesichtern der Träger, deren Augen am Ende des Arbeitstages aus glasiger Bagasse waren.

»Vater begraben ohne Hoffnung ...«

Die letzten Worte der Mutter erschütterten Juambo. Sie füllte die Augen, mehr Nebel als Augen, mit Geduld, damit der Sohn hinter dem Gewölk der Jahre und dem tropfenden Regen des Greisinnenwehs den Vorwurf nicht las, daß er sich als Bananenschlepper verdingt hatte.

»Vater wird auferstehen, wenn Sohn Hoffnung hat, wird sehen, wenn Sohn sieht, wird hören, wenn Sohn hört ... Nicht umsonst heißt es, daß die Söhne die Augen der Begrabenen sind ...«

»Mutter, ich habe Hoffnung ...«

»Toba weit weg, lebendig begraben ...«

»Ja, ja, weit weg, begraben für die Welt ...«

»Vater wird sehen, und Toba wird sehen ...«

»Toba wird sehen in Gott, Vater wird sehen in den Menschen das Wiedererwachen des Lebens, nicht des Lebens, das wir leben, denn das ist der Tod, sondern des Lebens, das die Menschen leben werden, die auf das Morgen hoffen.«

»Vater lachen, sagen Agapito: ›Mulatte spricht, spricht, spricht, versteht nicht, was er sagt, aber gutes Zeichen für Mulatten, denn so Mulatte können schreiben seine Bibel.‹ Vater lachen, Agapito sagen: ›Schreckliches Licht. Weißer sah nicht, Sohn der Sonne, Weißer sah nicht. Gott sagte: Es werde schwarzes Licht, damit Weißer sieht. Und weißes Licht, göttliches, erlosch für Weißen. Nur Mulatte sieht es.‹«

Der Ort schlug die Augen auf, wenn die Arbeiter von den Pflanzungen heimkehrten in ihre Häuser, ihre Unterkünfte oder in irgendeinen Winkel, den sie sich suchten, um die Krusten ihrer Müdigkeit abzuwerfen, denn nicht einmal ihre Müdigkeit war unversehrt.

Durch die Leute, die auf dem Hauptplatz zusammenkamen, um herumzuschlendern, zu rauchen, in die Sterne zu sehen, Taschenspielertricks vorzuführen, über alles mögliche zu reden, Musik in den Schenken zu hören, deren Licht durch die Türen wie ausgespuckt aufs Pflaster fiel, zogen die Arbeiter wie die Überreste eines geschlagenen Heeres. Unter ihnen Juambo, die Jacke über der Schulter, das Hemd zerfetzt, ohne Ärmel, die Sandalen nachschleifend, fast den Fuß vergessend, den er hinter sich ließ, und ohne den vorwärtszubewegen, den er vorstellte in schlaffem Schritt, mit zerschundenem Rücken, steifem Kreuz, wund gerieben, verschwollen, ausgelaugt. Nicht einmal die Hitze spürte er vor fiebriger Zerschlagenheit, und wenn er sie spürte, dann schmorte er die ganze Nacht in seinem Schweiß und seinem wäßrigen, verdorbenen Blut, mit aufgerissenen Händen und einem teuflisch schmerzenden Backenzahn.

Schleppen, Bananen schleppen, der Stoß, wenn man sich das hundertdreißig Pfund schwere Büschel auf den Rücken wirft, der Schlag ins Kreuz, das Einknicken der Knie, um den Stoß aufzufangen, die Füße wie eingerammt, wie eingewurzelt in der Erde, und traben, hin und zurück, bis man nicht mehr kann, aber nicht aufhören, weil man nicht mehr kann, sondern weitermachen, weitermachen in der Kette der taumelnden, keuchenden, mageren Tiere, und schlimmer noch, wenn man das Büschel auf den Armen tragen oder in der Nacht arbeiten muß im gleitenden Licht der Scheinwerfer.

»Weniger fluchen und mehr rebellieren«, rief Juambo einem Koloß von Schlepper zu, der nicht nur Bananen, sondern auch Schnaps mit sich herumschleppte, unablässig protzte und fluchte und jetzt neben ihm herging mit zurückgebeugtem Rumpf, weil ihm der große Kopf zu schwer war. Sie nannten ihn Sholón.

Sholón und die anderen kamen auf das zu sprechen, was geschehen sollte und daß sie es ganz allein machen wollen.

»Wenn wir es ganz allein machen, mach ich mit«, sagte Sholón, »und du, Bucul, machst mit mir mit.«

Bucul, ein Schwarzer mit Augen wie die Enden einer Zange, die ihm die spitze Nase einklemmten, hüllte sich in Schweigen, das beredter war als Worte.

»Ja, wir müssen uns organisieren«, sagte Juambo entschieden, »sogar die Tiere schließen sich zusammen, wenn ihnen Gefahr droht.«

»Jetzt fängst du schon wieder von dem Tiger an!«

»Quatscht nicht, laßt ihn ausreden!«

»Ich habe gesagt, sogar die Tiere schließen sich zusammen aus Selbsterhaltungstrieb, wenn ihnen Gefahr droht, da müßten es vernunftbegabte Wesen erst recht tun.«

»Noch mehr Krawalle? Nein, da lassen wir es lieber beim alten!«

»Dich haben sie wohl kastriert, Tortón?«

»Wenn, dann höchstens mit der Sandale von der, in deren Schoß du gelegen hast!«

»Meinst du vielleicht meine Mutter?«

»Sei nicht dämlich, ich meine die, in deren Schoß du in der Nacht gelegen hast, als ich mich allein auf meinem Bett gewälzt habe.«

»Paß nächstens auf, was du redest!«

»Daß Sonto immer stänkern muß!« protestierte Sholón und schüttelte den großen Kopf über den Schultern, als wollte er sagen: man kommt einfach nicht zum Reden.

»Schaut mich an, so sehe ich aus, nachdem ich mein ganzes Leben lang dem Präsidenten der Gesellschaft gedient habe.«

Alle interessierten sich für Juambos Fall.

»Der ist wirklich ein überzeugendes Beispiel«, pflichtete ein Raufbold bei, spuckte aus und versetzte einem andern, der stumm und steif neben ihm ging, einen Rippenstoß. »Sag was, du!«

Lebhaft erwiderte der Angesprochene: »Ich bitte euch nur um eins, Jungens, macht diesmal, wenn ihr was unternehmt, wirklich und wahrhaftig ernst!«

»Was verstehst du unter ›ernst machen‹?« Bucul, der Schweigsame, tat endlich den Mund auf.

»Unter ernst machen? Ganz einfach, daß der Plan, wenn er einmal beschlossen ist, bis ans Ende durchgeführt wird.«

»Ich bin einverstanden. Damit so was Erfolg hat, muß es sein wie das Unwetter am Sankt Franziskustag . . . Zuerst das Grollen des Donners, dann kommt der Regen . . . So ist das jetzt mit uns, alles, was wir reden, ist wie das Grollen des Unwetters, das aufzieht, und schon stürzt das Wasser herunter, Blitze zucken und schlängeln sich . . .«

»Jetzt ist Sacualpia in Fahrt gekommen, wer wird den bloß wieder stoppen!«

»Ihr habt mich doch um meine Meinung gefragt, Jungens, oder

nicht?«

»Motejute soll was sagen . . ., los, aber deinen eigenen Senf, denn Motejute ist belesen und bringt es fertig, uns ganze Bücher aufzusagen.«

»Wenn's wirklich ein Generalstreik wird, können die Generäle einpacken!«

Juambo bohrte die Zungenspitze in das Loch des verfaulten Backenzahns, um den Schmerz zu verdrängen, der sich dort eingenistet hatte. Tagsüber ließ er ihn in Ruhe, aber nachts peinigte er ihn. Kaum hatte sich Juambo auf dem heißen Lager ausgestreckt, da begann der Backenzahn zu wachsen, als hätte man in das Zahnfleisch einen Blumentopf gesteckt, aus dem die große Pflanze des Schmerzes sproß, um wie Efeu Wurzeln zu schlagen in Juambos Hals und Gesicht und um in seinem pochenden Blut emporzuranken bis in die Augen.

Warum trieb es ihn, durch den Ort zu gehen, als er Motejute sagen hörte: »Wenn's ein Generalstreik wird, können die Generäle einpacken«?

Ein scharfes Stechen, und wieder und wieder und wieder, krampfte ihm die Kinnbacken zusammen und zwang ihm die Hand an den Kiefer.

Er war mit Zahnschmerzen nach Hause gekommen und mit diesem »Wenn's ein Generalstreik wird, können die Generäle einpakken«.

Er betastete sein hartes, heißes Gesicht und drückte es in das Kopfkissen.

Warum ließ er sich den Backenzahn nicht ziehen?

Er ließ ihn sich nicht ziehen, weil er Teil einer dunklen königlichen Würde war. Die Mutter schläferte ihn ein, während sie davon erzählte und ihn gleichzeitig mit den Därmen eines Ferkels oder mit maulbeerfarbenem Talg und Gewürznelken behandelte.

»Vater aus königlichem Blut, Vater stammen von den Roataninseln, wo Turunimbo, der große König Turunimbo, deinen Ahn, klopf, klopf auf Schulter und Kopf, zum Prinzen schlug«, versicherte die Alte und preßte den schwarzen Finger an die runzlige Schläfe.

Und das war vielleicht auch er, aber in ihm klopfte der Backenzahn.

Er verkroch sich in seinen Winkel, und die alte Frau näherte ihm das Licht und ihre Augen, um zu sehen, ob es ihm besser ging.

»Wenn's ein Generalstreik wird, können die Generäle einpacken.«

In einem Meer aus Speichel — die Zunge stieß wie eine Schlange gegen den Nerv, bohrte sich in das Loch des Backenzahns, der sich soeben mit Hilfe dieser Zunge von einem Nagelkopf befreit hatte — ließ der Schmerz nach, und er schlummerte ein, versank in das Meer des Schlafes, aus dem ihn das heitere Tageslicht vertrieb, ein tragisch heiteres Licht, denn kaum brach es an, da riß der Edle der Roataninseln sich los vom Hof des Königs Turunimbo, des Königs aus Mandelbrot und Schaum, und war wieder der arme Bananenschlepper.

Über endlose Meeresweiten
sehen wir Unterseeboote gleiten.
Unterseeboote sehen wir gleiten
über endlose Meeresweiten.

Gesang, Geleier, Geplärr. Gesang für die Geschäftemacher, die wußten, was der Vierzeiler bedeutete, der auf die Melodie von »La Marina« gesungen wurde (japanische, deutsche, russische Unterseeboote, die immer dann den Panamakanal bedrohten, wenn es hieß, die Löhne auf den Bananenplantagen müßten erhöht und für die Arbeiter eine menschliche Behandlung oder für die Staaten die Anerkennung ihrer Souveränität gefordert werden). Geleier für jene, die es störte, wenn erwachsene Menschen wie Idioten oder Lausbuben den ganzen Tag dieselbe Melodie trällerten. Und Geplärr für die, die das Liedchen mit dem simplen tierischen und weitschallenden Kikeriki des Hahns, dem Geschrei des Esels, dem Wiehern des Pferdes oder dem Blöken des Schafes verglichen.

Über endlose Meeresweiten
sehen wir Unterseeboote gleiten.
Unterseeboote sehen wir gleiten
über endlose Meeresweiten.

Seit den Zeiten Polo Cameys, des Telegrafisten, der sich während der Grenzstreitigkeiten das Leben nahm, weil er angeklagt war, mit japanischen Unterseebooten in Verbindung zu stehen, hatte man dieses tragische Spottliedchen nicht mehr an der Küste gehört.

Über endlose Meeresweiten
sehen wir Unterseeboote gleiten.
Unterseeboote sehen wir gleiten
über endlose Meeresweiten.

»Der Druck verzögert sich, die Zeitung wird zu spät herauskommen, laßt lieber das Bild weg und setzt eine Annonce ein«, sagte der Metteur zu dem Meister, bevor er die Plättchen lockerte, die den Satz des ersten Abzugs zusammenhielten, und trällerte: »Lös dich nicht, ich tröst dich nicht.«

»Du bist vielleicht schwer von Begriff!« Der Meister brachte ihn mit näselnder Fräuleinstimme zum Schweigen. »Siehst du denn nicht, was unter dem Zeitungskopf steht, über die ganze Seite weg? ... ›Deutsche Unterseeboote in mittelamerikanischen Gewässern‹?«

»Dann soll der Fakir noch nicht weggehen, er ist der einzige von den Setzern, der noch da ist und der die Korrektur machen kann.«

»Und was habe ich hier in der Hand, vielleicht meine Zähne? Lockere sofort den Satz, da hätten wir uns ja schön in die Tinte gesetzt, wenn wir das nicht rechtzeitig bemerkt hätten ... Hau ab, ich mache es selber, was für ein Dämlack von einem Kerl, mit Verlaub gesagt«, schalt der Meister und nahm den Schlüssel, um die seitlichen Plättchen zu lockern, schlug sie aber dann mit dem Hammer los, weil sie gar so fest saßen, und nachdem er sie gelockert hatte, beugte er sich tief über den Satz aus metallenen Lettern, die feucht von Druckerschwärze waren, bis er, mehr mit den Fingern als mit den Augen, den Bildtext fand, der berichtigt werden mußte.

»Ja-pa-ni-sches Un-ter-see-boot«, las er, »das muß korrigiert werden«, er holte die falschen Zeilen heraus, ersetzte sie durch die, die er in der Hand hatte, und las gleich noch einmal: »Deutsches Un-ter-see-boot bedroht den Panamakanal.«

Der Metteur klopfte mit einem Stück Holz und einem Holzhammer auf den Satz, und nachdem er ihn gerichtet hatte, schraubte er ihn wieder zusammen, während seine in klebrigem Speichel gesottenen Zähne den erloschenen Zigarrenstummel hielten und ihm die Brille von der Nase bis zum Mund herunterhing.

Dann sagte er, noch immer phlegmatisch: »Wer weiß, was passiert wäre, wenn wir es nicht korrigiert hätten.«

»Jetzt passiert erst einmal, daß ich den Korrektoren eins aufs Dach gebe. Anmaßendes Volk!«

Der Meister schob die rechte Hand in die tiefe Hosentasche, um sich eine Zigarette herauszufischen, seine Linke hielt das Corpus delicti, einen feuchten, viermal gefalteten Bogen Papier, er marschierte spornstreichs durch einen langen, gewölbten, mit Kram und Papierrollen vollgestopften Gang und hielt erst an, als er vor einem Schild mit der Aufschrift »Korrektur« stand.

»Wenn sie in der Druckerei nicht aufgepaßt hätten, würden wir den Teufel auf den Hals kriegen!« Er warf den Korrektoren den Abzug auf den Tisch. »Wer von euch hat heute die erste Seite korrigiert?«

»Cholula«, antwortete einer der Gefragten, der so behaart war, daß selbst seine Stimme haarig klang: Schnurrbart, Kinnbart, Augenbrauen, Wimpern, Koteletten, Strähnen in der Stirn, Strähnen hinter den Ohren.

»Natürlich, Sie wieder, Mensch!« Wütend starrte der Meister einen kleinen Kerl an, dessen eines Auge starr wie Glas war, während das andere sich flink hin und her bewegte, um die Person ausfindig zu machen, die zu ihm sprach. »Ich bin derjenige, der es ausbaden muß, denn für jede Minute, die die Zeitung zu spät erscheint, zahle ich fünf Dollar Strafe.«

»Das Bild mitsamt dem Text hat einer aus dem Archiv geholt«, erklärte Cholula, »und weiß der Teufel, welcher Schafskopf das Zeug dem Setzer gegeben hat, ohne daß wir es vorher gesehen haben, deshalb haben sie den Bildtext so nachgesetzt, wie er war: ›Japanisches Unterseeboot bedroht den Panamakanal.‹«

»Was sind Sie doch für ein Rindvieh! Wissen Sie denn nicht, daß wir mit Deutschland im Krieg sind? Und stand nicht am Kopf der Zeitung ›deutsches Unterseeboot‹? Haben Sie denn den Leitartikel nicht gelesen?«

»Den Leitartikel! Alles kommt nur daher, weil Peludo ein Anarchist ist, mit dem man nicht arbeiten kann. Er kennt keinen Frieden und keine Ruhe. Wie ein Affe im Käfig ist er. Und mit jedem, der kam und mit ihm sprechen wollte, hat er über den verdammten Leitartikel diskutiert.«

»Nicht diskutiert. Erklärt, das ist ein Unterschied. Ich habe erklärt, daß die These, die der Verfasser des Leitartikels aufstellt, falsch ist. Zu behaupten, weil Krieg ist, müßten die streikenden Bananenarbeiter wie Feinde behandelt, die Gewässer im Süden und die Karibische See überwacht und die Alliierten gewarnt werden, geht entschieden zu weit. Und was das deutsche U-Boot angeht, das ist kein anderes als das alte japanische, nur daß die Bildunterschrift geändert wurde. Wenn die Bananengesellschaft in Gefahr ist, weil die Arbeiter Forderungen stellen, dann wackelt der Panamakanal, und das U-Boot wird rausgekramt.«

»Ich frage mich«, sagte Cholula bedächtig und versuchte, seine Worte mit der Pupille in Einklang zu bringen, die ihm wie eine

Blase unter der Hornhaut des beweglichen, wäßrigen Auges durchglitt, während der andere starr blieb, »ich frage mich, ob die Bananera nicht ein eigenes Unterseeboot hat, das jedesmal, wenn es den Herrschaften in den Kram paßt, an den mittelamerikanischen Küsten sein Periskop heraussteckt.«

»Wundern würde es mich nicht, die sind zu allem fähig.«

»Wer gibt mir eine Zigarette, meine sind alle«, unterbrach ihn der Meister.

»Cholula hat welche, ich rauche Pfeife.«

»Die Unterhaltung ist ja sehr interessant, aber ich habe zu tun«, sagte der Meister, steckte die Zigarette, die Cholula ihm angeboten hatte, zwischen die Lippen, »danke, Streichhölzer habe ich selbst«, zündete sie an und setzte, schon zum Gehen gewandt, das Gesicht von Rauch umwölkt, eilig hinzu: »Ich empfehle euch aber, besser aufzupassen, denn wenn wir so eine Schweinerei übersehen, schlagen die Inserenten Krach.«

»Die Inserenten?« Cholula entzündete sein starres Auge und bewegte das andere. »Peludo behauptet, Reklame sei der verstunkenste Mist des modernen Zeitalters, und um nichts in der Welt will er ein Inserat korrigieren, die ganze Reklame reiße ich mir unter den Nagel, was natürlich auch nicht richtig ist.«

»Mist, aber er düngt«, der Meister blieb stehen. »Die Zigarette, die Sie mir gegeben haben, war zerbrochen, geben Sie mir eine neue«, sagte er zu Cholula, und während er das Streichholz ausblies, nachdem er einmal kräftig an der Zigarette gezogen hatte, vollendete er schon in der Tür den Gedanken, den er angefangen hatte: »Ohne Mist gibt es keine Blumen in den Gärten und ohne Anzeigen keine literarischen Blüten in der Zeitung.«

»Stopp! Wenn Sie mich damit meinen«, protestierte Peludo, »ich bin weder ein Dichter noch ein Literat, keiner von denen, die in dieser Zeit, in der die U-Boote den Panamakanal bedrohen« — alle lachten —, »mit Versen und Prosa beitragen, um einem Ding Form zu geben, das im Grund nichts weiter ist als eine Mammutannonce der Gesellschaft. Was die Dichter und Literaten veröffentlichen, ist Reklame für ihre eigenen Prachtstücke. Die Poesie, hahaha . . . statt dessen sollten sie lieber außer der Unterschrift auch noch die Adresse, den Stempel des Notars, den Daumenabdruck, das Bild aus dem ›Who is Who‹ einsetzen«, alle Haare in seinem listigen Orang-Utan-Gesicht vibrierten, »ach, ihr Zeiten, ihr Zeiten, da die Kunstwerke noch Kinder des anonymen Bemühens waren . . . Gott schuf die Welt, aber man sagte nicht, welcher ... Gott, und das genügt ... Gott sein heißt anonym sein ... Kathedralen, Heldengesänge, Bauwerke, Melodien, Gemälde, Skulpturen!« Er packte Bart, Schnurrbart und Haar, rieb sie sich über das Gesicht wie den Schaum einer sehr schwarzen Seife, und sich im Sitzen ausstreckend, fragte er den friedlichen Cholula und den Meister, der stehengeblieben war, um ihm zuzuhören, und ihn mit grünen Katzenaugen beobachtete: »Könnte es so viele schlechte Künstler, so viele verbummelte Poeten, so viel nachgeahmtes Geschreibsel geben ohne diese demütigende Propaganda, die man mit dem bißchen Namen des Autors treibt?«

Sekundenlang betäubte sie das Dröhnen der Rotationspresse, in der Tür erloschen die Katzenaugen des Meisters, und wie stets am Ende des Arbeitstages nahm Peludo seine rituellen Waschungen an dem Becken vor, in dem der Lichtdrucker seine Platten spülte, zog sich Cholula die Schuhe von den Füßen, strich mehrmals über die mit altem Schweiß getränkten Sohlen der Socken und führte die Finger an die Nase, Gestank nach heißem Tod, rasch, mehrmals, ehe Peludo zurückkam.

Die ersten Exemplare der Zeitung. Pfeifend trat Jerónimo ein und warf sie den Korrektoren auf den Tisch. Frische Druckerschwärze. Man befühlte die Zeitungen jeden Tag mit der gleichen Rührung. Es war jeden Tag dasselbe, aber jeden Tag anders.

Die erste Seite. Cholula überflog sie. Über dem Namen der Zeitung, Bewegungskrieg im Zeitungsgewerbe, stand in großen Lettern die Nachricht über das deutsche Unterseeboot. Unten war das Bild mit der kleinen Unterschrift, sie war korrigiert, »deutsches« statt »japanisches« Unterseeboot. Die bewegliche Pupille im wäßrigen Auge, die trockenen Wimpern im starren Auge, beroch Cholula seine Hand, an der ein ferner Gestank nach Ferse haftete. Er hatte »japanisch« absichtlich durchgehen lassen. Aber sie hatten es gemerkt. Hübsch wäre es gewesen, wenn es falsch hinausgegangen wäre.

Auf der dritten Seite verlangte der Leitartikel in Kursivschrift vom Staat eiserne Strenge gegen die Agitatoren, die die Anstrengungen der Alliierten insgeheim sabotierten mit der schon so oft strapazierten Forderung nach der sofortigen Lösung irgendwelcher nationalen Probleme.

»Ahmen wir Rußland nach«, zitierte Cholula mit erhobener Stimme den Schluß des Leitartikels, »wo die Kälte jetzt das Knattern der Maschinengewehre in sich schließt, ein sozialistisches Land, das uns, was Mut und Opferbereitschaft betrifft, ein großartiges Beispiel gibt, und lassen wir, lassen wir unter keinen Umständen zu, daß man mit einer primitiven Politik nationaler Forderungen den totalitären Staaten in die Hände arbeitet, wie das heute auf den Bananenplantagen geschieht, wo der Agitator Unzufriedenheit gesät hat unter denen, die bis gestern noch opferbereite Soldaten des großen Sieges waren.«

Cholula bewunderte Rußland Dostojewskis wegen, den er das Väterchen der schlechtbezahlten Angestellten nannte, aber diese intellektuelle Neigung zum Vaterland Fjodors verband sich nun mit dem Gefühl, daß Rußland mehr und mehr Fleisch vom Fleische der Völker der Welt wurde.

Er blätterte die Seite mit dem Leitartikel um und suchte die Kinoanzeigen. Im besten Kino spielte man noch immer den Film, in dem Robert Taylor in der Rolle eines jungen verwundeten nordamerikanischen Soldaten sich in Rußland in eine Musikstudentin verliebt, die in ihrem letzten Examen ein Klavierkonzert von Tschaikowski spielt. Der junge Soldat gesundet und wird aus dem Heer entlassen. Seine Braut kann ihm nicht folgen, weil sie ihrem Land verpflichtet ist, das wieder aufgebaut werden muß. Aber die Gefühle siegen, zwei Welten vereinigen sich in der glücklichsten aller Koexistenzen.

Die Korrektoren wandten einander den Rücken, als sie sich verabschiedeten. Jeder in seine Richtung und bis morgen, obgleich beide wie zwei Fremde auf demselben Gehsteig weitergingen bis zu dem Restaurant, das an der Straßenecke lag, nur wenige Schritte entfernt von der Redaktion. Der eisige Haß zwischen Menschen, die, eingespannt in dasselbe Joch, keine andere Verbindung zueinander haben als die entstellende Zwangsjacke der täglichen Fron. Eine Zwangsjacke, dachte Peludo, das ist die Arbeit. Eine Zwangsjacke. Und was für eine Zwangsjacke für einen wie ihn, der an extremer Faulheit litt. Er ließ Cholula vorangehen. Der schritt schneller aus, weil er fühlte, daß ihm der Feind-Kollege auf den Fersen war, und als er das Restaurant erreichte, blieb er stehen und kaufte für den kleinen Jungen einer Mulattin, die Anastasia hieß, einen Drachen. Cholula bewohnte eins der kleinen Häuser in der »Corona-Wiese«, gegenüber einem freien Feld, wo die Seminaristen Fußball spielten und die Soutanen hochrafften, wenn sie am Ball waren.

Während der andere den Drachen bezahlte und ging, bestellte Peludo ein Glas Tamarindensaft. Fern von seinen Arbeitskollegen war er jemand mit seinem Allerweltsgesicht. Der Herr mit den hageren Zügen, den tiefliegenden Augen und dem schmalen Mund, der ihm gegenüber ein Glas Reismilch trank, der wußte es.

Zusammen verließen sie das Lokal.

»Wie steht's, alter Peludo«, sagte der Herr, der soeben die Reismilch getrunken hatte und der kein anderer war als Octavio Sansur.

»Wie geht's dir, Tabio San? Bin ich nicht pünktlich, daß wir sogar zusammen getrunken haben, du deine Reismilch und ich meinen Tamarindensaft? Hast du die Zeitung gelesen?«

»Noch nicht. Ich habe das Lokal gleich nach dir betreten, und da du sie unter dem Arm hattest, brauchte ich sie nicht zu kaufen, warum den Banditen noch Geld nachwerfen, aber es ist wohl besser, ich kaufe sie doch, denn du weißt nicht, was sich gehört, klemmst sie unter den Arm, statt sie in der Hand zu tragen oder in die Tasche zu stopfen, bestimmt riecht sie jetzt schlecht.«

»Schlechter, als sie ohnehin schon riecht, unmöglich, Bruder, sie stinkt zum Himmel, stinkt nach Zeitung der Fruchtgesellschaft, Mors-Cabot-Preis, Auflagenhöhe bestätigt durch die ich weiß nicht welche Institution.«

»Gibt's was Neues?«

»Ja, wir haben ein Zimmer gefunden, in der Nähe des Lotteriegebäudes . . .«

»Sehr zentral gelegen . . .«

»Es ist aber das einzige, das wir auftreiben konnten, das neben einem Marimbastudio liegt. Hier übt der ›Ideal-Club‹. Die Druckpresse wird arbeiten, während sie proben.«

»Werden sie uns wirklich übertönen?«

»Und ob, im Verhältnis von eins zu zehn, und nicht nur, weil alle Mitglieder Marimba spielen, sie erzeugen ohnehin einen Wasserfall von Tönen.«

»Ja, aber wenn sie üben, unterbrechen sie auch, und man kann die Presse nicht dauernd abstellen.«

»Warum nicht, es ist doch eine Handpresse. Außerdem hat keiner so feine Ohren, um sofort ein anderes Geräusch zu hören, wenn sie unterbrechen und gleich weitermachen, dann haben sie nur die Marimba im Ohr.«

»›GENERALSTREIK‹ steht in großen Lettern auf dem ersten Flugblatt. Das ist das Wichtigste. Ein Aufruf an die Arbeiter der Südküste.«

»Den Text habe ich schon zusammengesetzt. Fehlte nur noch die Titelschrift, aber die habe ich in der Tasche. Ich konnte die Lettern in der Druckerei nicht zusammenstellen, weil sie dort mächtig aufpassen, ich habe die Typen gestohlen, wir werden sie in den Setzkasten tun.«

»Wir müssen Ratampuro und Pellejo Salinas benachrichtigen. Das könntest du übernehmen, du siehst sie doch öfters. Bitte, benachrichtigen sie, es ist dringend.«

»Wenn ich sie sehe, werde ich sie bestimmt benachrichtigen. Aber erst einmal habe ich selbst zusammengestellt, was wir am schnellsten brauchen. Ein Anarchist, der nicht zu drucken versteht, ist alles andere, nur kein Anarchist ... Und du mußt dich immer noch verstecken?«

»Das will ich meinen, bei der Liebe, die dein Herr und Gebieter mir entgegenbringt.«

»Kommst du von der Küste?«

»Also«, unterbrach Tabio San kurz, »benachrichtige die Jungens, wie ich dir gesagt habe, und schickt mir die Flugblätter bald, die brauchen wir am nötigsten.«

Juambo verabschiedete sich von seinen Gefährten und ging die gepflasterte Straße entlang, die nach »Semírames« führte. Schattenspendende Bäume zu beiden Seiten verflochten ihre Zweige miteinander und bildeten ein Gewölbe; in den Lücken zwischen dem heißen Gezweig Sterne und Glühwürmchen, die im durchdringenden Zirpen der Zikaden siedeten. Nachtvögel wie flüchtige, erloschene Sterne. Als die Zikaden einschliefen, verwandelten die Grillen unter dem Quaken der Frösche und Kröten den Abendtau in Töne.

In dem heißen Dunst sah er eine Gestalt, von einem Hund begleitet, auf sich zukommen, und als sie nahe genug waren, wußte er, wen er vor sich hatte.

»Wie geht es Ihnen, Señor Key?«

»Sie müssen sofort unter dem Vorwand, daß Sie Bobby Thompson begrüßen wollen, nach ›Semírames‹ gehen und herausbekommen, welche Person, welche wichtige Person in den nächsten Stunden aus den Vereinigten Staaten eintrifft, sie wird heute abend oder morgen erwartet. Sie kommt direkt hierher. Sie kann jeden Augenblick auf dem Flugplatz der Gesellschaft landen.«

»Aber so wie ich aussehe ...« Das Hemd zerlumpt, in Fetzen, schmierig von dem grünen Schweiß der Stauden, die er auf den Armen oder auf dem Rücken schleppte, eine bis zu den Knien aufgekrempelte alte Hose und Schuhe, die fast keine Sohlen mehr hatten und nur noch aus verbranntem, ausgeblichenem Oberleder bestanden.

»Gehen Sie nach Hause und ziehen Sie sich um.«

»Wenn es mein Herr ist, verschwinde ich!«

»Nein, Maker Thompson rührt sich nicht aus Chikago weg. Aber all das wüßten wir, über all das wären wir genau im Bilde, wenn Sie, statt Bananen zu schleppen, in einem der Direktionsbüros oder in der Direktion selbst arbeiteten.«

»Wenn ich getilgt habe, was ich Vater schulde«, seufzte der Mulatte, »die Schulden, die man bei den Toten hat, tilgt man, die zahlt man nicht ab. In den Direktionsbüros, in der Direktion selbst...« Er war so zerschlagen, so erschöpft vom Bananenschleppen, daß er es fast wünschte, und vielleicht sagte er sich, daß er die Schuld nicht tilgen würde, die er bei seinem Vater hatte. »Aber wird es leicht sein«, dachte er laut, denn er war nicht mehr so sicher wie früher, daß er Zugang haben würde zu jenen Räumen, wo man in gekühlter Luft arbeitete — fehlte nur noch, daß sie sie parfümierten —, wo das Licht durch besondere Fenster gefiltert wurde, lichtschluckende Fenster, die nicht Licht, sondern Träume zu schlucken und diese Räume der tropischen Glut, der sengenden Hitze zu entrücken und in ein Frühlingsparadies zu versetzen schienen.

»Wenn Sie sich auf Bobby Maker Thompson stützen? Sie wissen nicht, welches Gewicht der Name Maker Thompson in der Gesellschaft hat! Betrachten Sie die Schuld an Ihrem Vater als getilgt und sehen Sie zu, daß Sie in die Büros gelangen. Wenn Sie erst drin sind, werden Sie uns auf dem laufenden halten, was sie vorbereiten, um den Streik abzuwürgen, was sie gegen uns im Schilde führen. Sie müssen es für sich selbst ebenso tun wie für Ihre Mutter, wenn Sie sie lieben. Sie können doch nicht einfach mit Ihrem Leben spielen, als ob Sie keine Mutter hätten. Ich habe Sie schon das vorige Mal gewarnt und warne Sie noch einmal. Wenn Sie meine Worte in den Wind schlagen, können Sie sterben, wahnsinnig werden oder gelähmt bleiben. Die Bananenträger bekommen oft genug Schläge auf den Kopf. Sie haben selbst gesehen, daß sie manchmal sogar das Bewußtsein verlieren. Aber das geschieht nur bei den schweren Schlägen, bei den leichteren schließen sie lediglich die Augen, stoßen eine Flut von Schimpfwörtern aus und beißen um sich.«

»Ich gehe nach Hause, ziehe mich um und bin gleich wieder zurück. Was muß ich tun?«

»Versuchen Sie, aus Bobby herauszuholen, wen sie erwarten, welche Person, welche wichtige Persönlichkeit eintrifft. Sie können ihn fragen, ob es nicht sein Großvater ist, und sich sogar erfreut zeigen, daß der alte Maker Thompson kommt. Der Junge wird Ihnen antworten, daß er es nicht ist . . .«

»Wenn er sagt, daß es der Chef ist, mache ich mich sofort aus dem Staub.«

»Ich habe Ihnen doch gesagt, daß dieser verehrte Herr sich nicht aus Chikago wegrührt. Bobby wird Ihnen erklären, daß es nicht sein Großvater ist, Sie können ein bißchen jammern, daß er es nicht ist, dann wird der Junge, ohne es zu merken, ausplaudern, wen sie erwarten, und Sie nehmen die Gelegenheit beim Schopf und beklagen sich, daß Sie Bananen schleppen müssen, weil Ihnen niemand hilft, während Sie doch lieber in einem der Büros arbeiten würden. Auf diese Weise schlagen wir zwei Fliegen mit einer Klappe. Wir erfahren, ob tatsächlich ein Senator kommt, wie wir annehmen, und außerdem wird Bobby Ihnen eine Beschäftigung in den Büros verschaffen. Morgen schon arbeiten Sie beim Direktor, wenn der Junge will. Es ist kaum zu glauben, welche Macht ein Maker Thompson hat. Sogar die vererbt sich in dem verdammten System. Zweifeln Sie nicht daran, Juambo«, der war schon auf dem Weg nach Hause, um sich umzuziehen, »Bobby ist allmächtig.«

»Wem gehört dieses Feld . . ., dieses flache Stück Land dort?« fragte Bobby hochmütig einen Landarbeiter, der vorüberging, und hob einen seiner überlangen Arme, mit denen er beim Gehen schlenkerte.

»Die Frage gefällt mir«, antwortete der Arbeiter, fast ohne stehenzubleiben, »man merkt, daß Sie nicht von hier sind, sonst würden Sie so etwas nicht fragen.«

»Wollen Sie mir bitte sagen, wem es gehört«, wiederholte Bobby, blaue Augen und ein blonder Schopf wie das lockige Zickzack eines Blitzes.

»Der Gesellschaft, junger Mann, der Gesellschaft!«

Bobby, begleitet von einem der Luceros, ging weiter, bis er an ein noch größeres Feld kam.

»He, du«, sie näherten sich einem Jungen, der bleich war wie gelbliches Zigarettenpapier, »wer ist der Besitzer . . ., wer ist der Eigentümer, der das Land hier an die Bewohner dieser Ranchos verpachtet?«

»Die Gesellschaft«, antwortete der Junge schüchtern und rannte entsetzt davon.

»All right«, sagte Bobby, »wenn das so ist, erledigen wir die Sache im Handumdrehen.«

Auf einem Pferd, das man ihnen geliehen hatte, ritten sie zu den Bürogebäuden. Ihr Einzug war nicht gerade triumphal. Als sie das große Tor passierten, das die Farbe glanzlosen Aluminiums hatte, fiel Lucero vom Pferd. Er hatte hinten aufgesessen, sich an Bobby festgehalten und aus Unachtsamkeit losgelassen.

Ohne das Pferd anzuhalten und ungeachtet der Verblüffung und Empörung, die er bei den Bewohnern der prächtigen Häuser, hohen Angestellten der Gesellschaft, auslöste, ritt Bobby quer über den Rasen, den sonst nie jemand zu betreten wagte — jeder benutzte nur die umlaufenden Zementstreifen —, auf die Bürogebäude zu.

Einen weißgekleideten Mann mit feuerrotem Bart und dem Hut eines Tigerjägers, der wie ein wild gewordener Hampelmann um einen Theodoliten herumsprang, fragte er auf englisch, welches das Büro des Direktors sei.

Der Mann mit dem Theodoliten spuckte, entsetzt über Bobbys Rücksichtslosigkeit, einen Teil des Kautabaks aus, von dem sein Mund voll war, und wies ihm den Weg.

Bobby ritt weiter und spornte das Pferd an, das sich ebenfalls zu wundern schien, daß es über den streng gehüteten Rasen trabte, und Lucero lief zu Fuß auf dem Zementstreifen hinterher.

»Komm und steig auf«, rief Bobby ihm zu.

»Nein, nein, wir sind ja schon da!«

Als er sich vor dem Direktionsgebäude aufpflanzte, wo ein künstlicher Regen Kühle verbreitete, Wasserrauschen und frische Brise, zu dieser frühen Stunde, da sämtliche Schreibmaschinen mit unglaublicher Geschwindigkeit klapperten — als sich der Junge und sein alter Klepper vor dem Direktionsgebäude aufpflanzten, das jedermann nur zaghaft zu betreten wagte, kam der Leiter der Abteilung Pazifik persönlich heraus, um ihm entrüstet entgegenzutreten.

»Wer bist du?« fragte er wütend von der Tür seines Arbeitszimmers aus.

»Bobby Maker Thompson!«

Sofort setzte der Direktor eine andere Miene auf.

»Prächtig! Prächtig! Und zu Pferd bist du hierhergekommen, obgleich es verboten ist!«

»Mein Großvater hat gesagt, für einen Maker Thompson ist in der Gesellschaft nichts verboten.«

»Steig ab und sag mir, was du wünschst.«

»Ein Stück Land.«

»Du willst ein Stück Land?«

Durch den mit dichtem Kahlkopfflaum bedeckten Schädel des Direktors, der annahm, der Junge verlange das Land, um von der Gesellschaft unkontrolliert Bananen anzubauen, zogen wie im Kino die Gestalten von Lester Mead und Leland Foster vorbei. In Gedanken setzte er schon ein Telegramm an den Präsidenten der Gesellschaft auf mit der Bitte, den Enkel abholen zu lassen, ehe der in den Wahnsinn verfiel, den Arbeitern helfen und Genossenschaften gründen zu wollen. Es war gefährlich. Was ein Maker Thompson will, will Wallstreet.

»Du willst also ein Stück Land?« wiederholte er nervös, ohne sich von seinem Schreck erholen zu können, und das weiße, untadelige Seidenhemd wurde ihm eng.

Bobby überließ das Pferd seinem Begleiter und betrat das Gebäude. Der Direktor bat ihn in sein Arbeitszimmer. Kurz darauf kam Bobby wieder heraus. Der Direktor geleitete ihn bis zur Tür, und während sich das Pferd mit den beiden Jungen entfernte, wandte er sich um und sagte: »Glücklicherweise will er das Land nur für ein Baseballfeld, dieser Sohn seines Großvaters.«

Er unterbrach das Diktieren der Briefe und rief höchstpersönlich mehrere Büros an. Er erklärte allen, jetzt breche die Hochsaison des Baseballs an. Da die Saison in den Großen Ligen schon zu Ende war, glaubte jeder, der ihn hörte, an einen Scherz. Aber alles klärte sich auf, als er sagte, es handle sich um die Baseballsaison hier in Bananera. Der Enkel des alten Maker Thompson ist gekommen, erklärte er. Er kam zu Pferd bis zu meinem Arbeitszimmer und verlangte ein Stück Land in der Nähe des Hauptplatzes, um das Baseballfeld abzustecken, und wir haben beschlossen, daß er eine Jugendmannschaft aufstellt und wir ein Seniorenteam aus älteren Angestellten bilden.

»Du, Bobby«, protestierte Lucero, als sie vom Pferd gestiegen waren und zu Fuß weitergingen, »du hast mir nicht erzählt, was du mit dem Direktor verhandelt hast, als ihr euch in seinem Zimmer eingeschlossen habt.«

»Oh, boy!«

»Aber eins will ich dir sagen, Gringo. Als du vom Pferd herab mit ihm gesprochen hast, da hast du ein Gesicht gemacht, wie ich es noch nie an dir gesehen habe, so wie: hier bin ich der Herr, und alle anderen haben zu gehorchen. Jawohl, Gringo, so hast du ausgesehen.«

»Na schön, damit du's weißt, er hat mir das Feld geschenkt.«

»Dir ganz allein?«

»Nein, boy, allen, die beim Baseball mitmachen.«

Und während die beiden Jungen mit langen Schritten unter der brennenden Sonne ihr Reich durchmaßen, der junge Lucero mit den Händen in den Hosentaschen und Bobby mit hängenden Armen, die wie knöcherne Türklopfer hin und her schwangen, während sie berieten, wo sie unter Berücksichtigung der Sonne das Spielfeld am besten anlegen sollten, diskutierte der Direktor noch immer am Telefon über den Namen, den die Mannschaft der Älteren führen würde.

Das Terrain mußte gesäubert werden, geebnet wie ein Billardtisch, aber die Tagelöhner, die unter der Leitung des Mannes mit dem Theodoliten emsig arbeiteten, gruben immer neue Wurzeln und Steine aus. Schließlich erschien die Walze mit ihrem großen rollenden Euter und gab dem holprigen Boden die Milch der Ebenheit zu trinken. Ein Riese mit wolligem, dunklem Ziegenhaar, ebenholzschwarzer Haut und so weißen Zähnen, daß sie in seinem Mund wie die Hornhaut eines dritten Auges glänzten, begrüßte Bobby: »Hello, boy!«

Er hielt die Walze an, und Bobby trat zu ihm und erkundigte sich, wieviel Tage er brauche, um das Terrain festzustampfen und einzuebnen.

Von nahem war der Riese noch schwärzer, mit seinen Augen wie Ärmelöffnungen einer Weste, der platten Nase, den wulstigen Lippen und den Händen mit den kurzen, dicken, bläulichen Bananen gleichenden Fingern am Ende der ellenlangen Schlaucharme.

»Wieviel Tage«, wiederholte der Neger, »um das Ganze einzuebnen?« Er drehte den Kopf hin und her wie ein Vogel. »My God, zwei Tage, wenn es nicht regnet.«

Bobby floh vor dem Regen in eine nahe gelegene Hütte, wo ihm, als er eintrat, ein schmutziger, durchsichtig magerer kleiner Junge in die Quere kam, ein Erdwurm fast, der über den Boden kroch. Weder Mitleid noch Ekel. Angst. Angst, er könne ihn getreten haben. Der Kleine rannte schreiend davon. Man sah ihn nicht. Hörte ihn nur. Er brüllte in einem Winkel. Völlig durchweicht trat der Neger ein. Er blickte um sich, rief etwas wie »Just a minute!« und ging zu dem heulenden Kind.

»Ei, Jungchen . . ., ei Jungchen«, tröstete er ihn mit verstellter, kindlicher Stimme und formte aus seinen Händen eine tiefe Wiege für den Kleinen, »ei, Jungchen, ei, Jungchen, weine nicht, weine nicht, weine nicht, Jungchen!«

Der Junge schluckte ein paarmal, dann wurde er ruhig, und während seine Augen immer noch wie die eines erstaunten kleinen Tieres blickten, versuchte er zu begreifen, was um ihn herum geschah.

»Papa ich kenne«, sagte der Neger in unbeholfenem Spanisch, »Mama ich kenne, Papa arbeitet, Bananen schneiden, Mama ihm Essen bringen, Jungchen allein, aber weine nicht, nicht mehr weint Jungchen, nicht mehr weint.«

»One moment please!« sagte Bobby zu dem Neger, der den Kleinen in den Armen wiegte, und ging, während es blitzte und donnerte, hinaus in den strömenden Regen.

Im Klub der Christlichen Brüder warteten die Verkünderinnen der Frohen Botschaft, die in ihren hellblauen Uniformen blauen Tauben glichen, Chiclegummi kauend und rauchend auf das Ende des Platzregens, um weiter ihre Zettel mit Bibelsprüchen zu verteilen.

Bobby brach herein wie ein nasser Windhund und stampfte mit den lehmigen Schuhen über den unebenen Holzboden; von den Ärmeln seiner Jacke und von den Hosen troff das Wasser.

Ohne Atem zu schöpfen, begann er zu schreien wie ein Schiffbrüchiger, der sich aus einem stürmischen Fluß gerettet hat.

Die blauen Tauben staunten. Da sie ihn nicht kannten, glaubten sie, ein Prophet in Gestalt eines Knaben sei erschienen.

Nachdem sie sich beraten hatten, entschloß sich die Jüngste von ihnen, ihm zu folgen, im Schutze eines Regenmantels und unter einem riesigen Schirm, dem Eigentum des Pastors, der gerade seine Leute, da sie wegen des Regens doch nicht arbeiten konnten, über das ewige Leben belehrte.

Als der Pastor fragte, mit wem Miß Cherry fortgehe, verschwand diese unter dem Buckel des Schirms und von Bobby begleitet, und ihre Gefährtinnen erklärten ihm, es sei der kleine Maker Thompson, der schreckliche Enkel des schrecklichen Großvaters.

»Greatly honoured, to be sure«, rief der Pastor aus.

Die Mutter, schwanger, blaue Augenringe, lange Zöpfe, der Rock vorn zu kurz und hinten lang wie ein Schwalbenschwanz, das Hemd schwer von Rosenkränzen, Kreuzen und gesegneten Schaumünzen, war in die Hütte zurückgekehrt und unterhielt sich, den Kleinen auf dem Schoß, mit dem Neger.

Bobby kam herein und erzählte Miß Cherry, unter welchen Umständen er das Kind angetroffen hatte, allein, völlig sich selbst überlassen, auf dem Boden kriechend, und die Mutter, die nicht verstand, was der junge Eindringling auf englisch sagte, die aber annahm, er beschuldige sie und wolle sie mit einer Geldstrafe belegen, erklärte, daß sie niemanden habe, bei dem sie das Kind lassen könne, wenn sie ihrem Mann, der auf der Plantage arbeitete, das Essen brachte.

Nach dem tropischen Regenguß empfing die Flur in schrägen, leuchtenden Strahlen das letzte Licht der Sonne, als sollte es für immer das letzte sein. In den Bergen geht die Sonne unter, aber man hat nicht wie an der Küste das Gefühl, als versinke sie für immer. Sie stürzt gleichsam hinab, um nie wieder emporzusteigen, es ist, als wäre es ihr letzter Tag, als verließe sie die Erde für immer.

Der Vater des Kleinen trat ein wie betrunken, berauscht von Müdigkeit, und weigerte sich, die Fragen Bobbys zu beantworten, der zuerst mit ihm und dann mit Miß Cherry sprach. Er beschimpfte ihn sogar feindselig.

»Und überhaupt, was zum Teufel kümmert es Sie, verdammter Rotzbengel, wie wir leben? Sie glauben natürlich, ich hätte nicht verstanden, was Sie auf englisch mit dieser Gringahündin reden, die Sie da bei sich haben. Ich bitte Sie nur um eins, daß Sie uns mit Gefälligkeiten verschonen. Von euresgleichen will ich lieber das annehmen, was ihr nicht gebt, den Tod, denn hier zu arbeiten unter diesen Bedingungen . . .«

»Shut up!« schrie Bobby.

Der Neger trat zwischen die beiden und zog Bobby am Arm aus der Hütte.

»Gehen wir«, sagte er, »Walze wartet.«

»Aber es ist ja schon dunkel«, protestierte Bobby wütend.

»Mir egal.«

Und die Walze begann, mit Sternen beladen, gegen die Finsternis zu rollen, sie niederzustampfen, sie einzuebnen, als trachte der Neger, an der Seite des schrecklichen Enkels den tiefen, gestirnten Bogen der Nacht plattzuwalzen.

7

»Hat der Wirt die Kneipe leer, jagt er hinter Fliegen her!«

»Ja, Freund, Gäste sind rar«, antwortete Don Higinio Piedrasanta, hinter dem Ladentisch seines geräumigen Geschäfts »Die goldene Kugel« knieend, das zugleich Ausschank für Schnaps und Bier war; er suchte eine Essigflasche, vielmehr den Korken, um die Flasche zuzustöpseln, aber als er die halbe Stirn und ein Auge über den

Rand schob und sah, wen er vor sich hatte, erhob er sich, nicht ganz so schnell, wie er gewünscht hätte, das Rheuma behinderte ihn, klopfte sich die Hände ab und sagte: »Darauf wäre ich wirklich nicht gekommen, daß es der Herr Kommandant ist, der mein Haus beehrt. Da er arme Leute nicht zu besuchen pflegt . . .«

»Sie braucht man nicht zu fragen, wie es Ihnen geht. Liebenswürdig wie immer.«

»Mir geht's wie dem Schwein, Herr Kommandant, dem Schwein, das man mästet, um es zu schlachten, aber das ist nun mal so. Das Geschäft geht schlecht, wie Sie sehen. Man öffnet und schließt und hat nicht ein Stück verkauft. Schlimm, schlimm. Alle wollen auf Pump kaufen, aber das ist unmöglich, sie gehen weg und zahlen nicht. Häuser könnte ich mir kaufen von dem Geld, das mir die Leute schuldig geblieben sind. Ich hoffe, Sie trinken eine Kleinigkeit. Hier können Sie alles haben, von einer Tasse Schokolade bis zum Sandwich.«

Der Kommandant gähnte und hielt die hohle Hand vor den Mund, daß es klang, als donnerte ein Zug durch den Tunnel seines Gähnens, dabei ließ er den Blick über die Regale gleiten, die mit Flaschen vollgestellt waren.

»Auswahl, wie Sie sehen, gibt es nur noch in der Kantine . . ., aber bloß Schnaps wird gekauft, Schnaps und noch mal Schnaps . . .«

»Aber lieber Freund, was sollen denn Ihrer Meinung nach Leute, die tagsüber wie Vieh schuften, abends tun? Trinken natürlich!«

»Ach, Herr Kommandant, wenn Sie wüßten, wie die trinken! Mengen, die nur einer, der hinter der Theke steht, abschätzen kann. Sie trinken aus Verzweiflung. Aus reiner Verzweiflung. Ohne einen Funken Freude, ohne daß es ihnen schmeckt.«

»Um sich zugrunde zu richten.«

»Genauso. Es tut einem richtig leid, wenn man sieht, was für Wracks aus ihnen werden.«

»Toba! . . . Toba!«

»Da kommt der unglückselige Lehrer. Trinkt ununterbrochen seit vierzehn Tagen und sagt nur ›Toba . . . Toba!‹. Die Victoreana hat ihm wohl den Saufkumpan abspenstig gemacht; er zog sonst immer mit einem Kerl herum, einem gewissen Rascón, der bei ihr wohnt. Darf ich Ihnen ein Gläschen spendieren, Herr Kommandant?«

»Spendieren kommt nicht in Frage, Piedrasanta. Ich werde ein Bierchen trinken, eisgekühlt, so kalt, wie Sie's nur haben, aber vorher wird bezahlt.«

»Sprechen Sie doch nicht immer vom Bezahlen. Ich werde doch dem höchsten Vertreter der Obrigkeit nicht ein Glas Bier kassieren!«

»Nein, Señor, hier trinkt nicht ein Vertreter der Obrigkeit, bringen Sie die Dinge nicht durcheinander, sondern ein Privatmann.«

Der Offizier ging an das Ende des Ladentisches, wo neben dem Durchlaß Piedrasanta auf einer anderthalb Meter breiten Zinkplatte Spirituosen und Bier ausschenkte.

»Ich trinke es gern mit viel Schaum«, sagte der Kommandant, der das Bier aus beträchtlicher Höhe in das Glas laufen ließ, »und mit dem ganz groben Salz.«

»Wie Sie wünschen, hier ist das Salz . . . Ich werde Ihnen mit einem Brandy Bescheid tun.«

»Sie sehen so besorgt aus.«

»Gestern waren ein paar Freunde hier und haben mir das Herz schwer gemacht . . ., welche von der Gesellschaft . . . An der Nordküste, ich weiß nicht, ob man es Ihnen erzählt hat, scheint es schlecht zu stehen, man wird nicht mit ihnen fertig, nicht im Guten und nicht im Bösen, und selbst hier, Herr Kommandant, selbst hier fängt die Geschichte an.«

»Die was . . .?«

»Die Geschichte.«

»Die Flasche ist leer, wir werden uns noch eine genehmigen.«

»Noch einige, Sie können es verdrücken, Herr Kommandant, Sie haben genug Platz dafür.«

»Eine Stierarena, Gott sei Dank«, scherzte der Kommandant und klopfte sich mit der beringten Hand, an der ein Granat blutrote Funken sprühte, auf den umfangreichen Globus, den der Waffenrock — mehr Rock als Waffenrock — geschickt verbarg. »Die Geschichte fängt an«, sagte er langsam, jedes Wort betonend, und ließ das Bierglas, das der Wirt wieder gefüllt hatte, auf der Zinkplatte kreisen.

Piedrasanta tat Käsewürfel und Oliven auf einen Teller, ohne den Trunkenbold aus den Augen zu lassen, der mit der Frage nach Toba hereingekommen war, nach Toba gefragt hatte und an einem fliegenübersäten Tisch eingeschlafen war.

»Hier erfahren Sie immer eine Menge Neuigkeiten, Sie sollten hin und wieder mal hereinschauen. Aber was ich Ihnen heute zu erzählen habe, ist wirklich sensationell. Die ganzen letzten Tage haben sie auf einen Senator gewartet, aber hereingeschneit ist ihnen ein hoher Chef der Gesellschaft, und wie es heißt, hätte er um ein Haar den

Direktor und einen Haufen Angestellter gefeuert. Was aus dem Direktor wird, steht noch nicht fest.«

»Eine Unterschlagung?«

»I wo! Unterschlagungen sind doch bei denen nicht festzustellen, wo ihnen Millionen durch die Hände gehen. Das Spiel . . .«

»Was soll das heißen, Glücksspiele sind gesetzlich verboten!«

»Nein, Herr Kommandant, es geht nicht um verbotene Spiele, sondern um ein Ballspiel, Baseball, wie sie es nennen, darüber haben alle den Kopf verloren, und der Direktor hat sogar trotz der brenzligen Situation angeordnet, daß die Angestellten eine Mannschaft bilden, daß das Stück Land in der Nähe des Hauptplatzes geebnet wird und was weiß ich noch. Dabei ist die Situation wirklich brenzlig. Haben Sie das Flugblatt gelesen? Gestern abend hat es mir einer unter die Ladentür geschoben.«

Der Kommandant entfaltete das Flugblatt und konnte nicht, wie er wohl gewollt hätte, zwischen den Zähnen lesen, was ihm die riesigen schwarzen Lettern entgegenschrien: »GENERALSTREIK!«

Tief innen im Ohr hörte er jenes »Nichts Besonderes eingegangen, Herr Kommandant«, womit seine Untergebenen ihn einschläferten.

»Genaues weiß man nicht, aber geredet wird viel. Noch ein Bierchen?«

»Schenken Sie ein . . ., trinken soll man, solange es schmeckt!«

»Ich trinke zur Gesellschaft noch einen Brandy mit«, und während Piedrasanta das Bier und den Brandy eingoß, sagte er vertraulich: »Natürlich gibt das alles sehr zu denken.«

»Nächstes Mal geben Sie mir dunkles Bier, das helle ist mir über.«

»Herr Kommandant lieben eben die Abwechslung, und damit haben Sie völlig recht. Vom Bier und von den Frauen hat man am meisten, wenn man öfters wechselt.«

»Bei den Frauen passe ich, die Kerze reicht nicht mehr für die Prozession, und das Bier trinke ich nur, um keinen Brandy zu saufen, für den hab ich nämlich eine Schwäche.«

»Ganz wie Sie wünschen.«

»Geht das Flugblatt schon im Ort um?«

»Im Ort, auf den Plantagen, überall, und es scheint, daß die von hier . . .«

»Wer? Immer hübsch der Reihe nach. Wer sind ›die von hier‹?«

»Die Arbeiter hier wollen sich mit denen an der anderen Küste zusammentun, damit es ein Generalstreik wird. So heißt es in dem Flugblatt.«

»Ein paar von den Kerlen erschießen, und das Problem ist erledigt.«

»Das haben wir auch gedacht, aber drüben in Bananera, ich weiß nicht, ob Sie die Zeitungen gelesen haben, haben sie ein paar umgelegt, aber geändert hat sich nichts, es ist eher noch schlimmer geworden. Man hat's mit entschlossenen Leuten zu tun, die auch bereit sind zu sterben.«

»Ja, es ist ernst. Und hier sind bestimmt die Luceros die Scharfmacher.«

»Ganz im Gegenteil. Sie werden die ersten Opfer sein. Sie werden beschuldigt, daß sie ihre Klasse verraten haben, daß sie als reiche Leute wünschen, die Dinge sollen sich nach und nach regeln, sollen sich ohne Gewalt von innen her entwickeln, was bedeutet, daß sie der Gesellschaft in die Hände arbeiten.«

»Na schön, Piedrasanta, die Rechnung.«

»Sofort, aber etwas müssen Sie noch trinken. Da Sie schon so selten vorbeikommen, werden Sie mir doch keinen Korb geben, wenn ich Sie einlade.«

»Wenn Sie unbedingt drauf bestehen, wie die Jungs sagen . . .«

Das letzte ging unter in einem so gewaltigen Gähnen, daß man es fast nicht hörte, man vernahm nur das Geräusch des großen, bis zum Zäpfchen aufklaffenden Mundes, der die gesunden Zähne und die unten fest aufliegende Zunge sehen ließ.

»Das Wechselgeld. Sie haben mir fünf Dollar gegeben, und es kostet . . ., hier, bitte, saubere Rechnungen erhalten die Freundschaft.«

»Brandy, gießen Sie mir einen Brandy ein.«

»Einen doppelten?«

»Wer wird sich schon vor dem fürchten!«

»Bier macht dick, da ist ein Harter besser.«

»Aber ein Harter in der Hitze der Küste, mein Freund, das ist, als wollte man sich in der Hölle einmieten.«

Der Lehrer, der sich auf eine Bank hatte fallen lassen, schlief, den Sonnenschein im Gesicht, einen Fliegenfänger auf dem Gesicht, mit hängenden Armen, zerrauftem Haar, aufgeknöpften Hosen, offenen Schuhen, verrutschten Socken. Von Zeit zu Zeit, wenn ihn eine große Fliege stach, hob er träge die Hand, die weit weg, tief unten, bleischwer an seinem Arm baumelte, bewegte den Kopf und murmelte: »Toba . . .«

»Den lasse ich abführen und ein paar Tage ins Loch werfen, damit er sich das Trinken abgewöhnt.«

»Das wäre eine Wohltat, Herr Kommandant, denn wenn er so weitermacht, geht er ein. Er ißt nicht mehr, er schläft nicht mehr. Rennt hin und her, es ist ein Jammer, rennt hin und her und leiert immer dasselbe: ›Toba, Toba.‹«

Juambo trat ein, als suche er jemanden, und ging sofort auf die Bank zu, wo der Lehrer vor Anker gegangen war.

»Juventino, Juventino!« Er rüttelte ihn, um ihn aufzuwecken. »Toba«, hauchte der Betrunkene mühsam.

»Ich komme dich holen, Juventino . . . Juambo dich mitnehmen . . . Mutter dort, Mutter dich heilen . . ., dich heilen für immer . . . Juventino . . . Juventino!«

Er riß ihn von der Bank los und führte ihn hinaus, schleppte ihn beinahe fort, wobei ihm ein Bananenträger half.

»Mutter ihn heilen vom Trunk, hat ganz fauligen Schlamm. Wird ihm geben ganz fauligen Schlamm, um Laster zuzuschütten. Mutter weiß. Ist Schattenfrau, drückt den Erdboden nicht, schwebt in der Luft, in Blumen, im Licht. Kinder Wurzeln weg, Vater weg, hier begraben, Mutter einsame Frau . . .«

Den Lehrer fast auf dem Buckel tragend, überquerten sie den Platz.

»Toba! . . . Toba!«

Der Platz füllte sich mit Täuflingsgreinen. Im Vorraum der Kirche, der so traurig und düster war, daß niemand ihn durchquerte, die Vorräume sind dazu da, daß viele Menschen hindurchgehen, in ihnen stehenbleiben, von den christlichen Fürsten an bis zu den Seelen im Fegefeuer, jene in goldenem Beinkleid und diese Ärmsten auf erschrockenen Froschfüßen. Im Vorraum der Kirche drängten sich im Augenblick Schwärme von Müttern mit den Neugeborenen in den Armen, die nach Milch, gebügelten Frauenkleidern, Zöpfen und den Zärtlichkeiten rochen, die den Kleinen in das rötliche, schwärende Ohr nicht gesagt, sondern geraunt wurden.

»Der Pfarrer muß heruntergekommen sein«, rief Piedrasanta aus, »es sieht aus, als sollte getauft werden.«

»Wie heißt der Pfarrer?«

»Ferrusigfrido Fejú.«

»Woher kommt er denn, mit dem Namen?«

»Aus Comitán de las Flores, er ist Mexikaner.«

»Mexikaner? . . . Das hat uns gerade noch gefehlt am Vorabend eines Generalstreiks!«

»Herr Kommandant, bevor Sie gehen, möchte ich Sie um eine Gefälligkeit bitten, um eine Genehmigung. Nächsten Sonntag möchte ich gern bei mir einen Tanzabend machen, schärfen Sie doch der Streife ein, ich meine dem Leutnant, der sie anführt, er soll mich nicht nach der behördlichen Erlaubnis fragen. Ich bin mit dem Bürgermeister zerstritten, und selbst wenn ich sie ihm bezahle, er würde sie mir nicht geben. Ich lasse aber trotzdem tanzen, und Sie könnten mir dabei helfen.«

»Bis Sonntag fehlen noch ein paar Tage, mal sehen«, erwiderte gähnend der Kommandant, als spräche er durch einen Trichter. »Ich gehe. Wenn Sie das Flugblatt nicht mehr brauchen, nehme ich es mit. ›Generalstreik!‹«

»Nehmen Sie es mit, Herr Kommandant, Sie können es besser gebrauchen als ich.«

Der höchste Vertreter der Obrigkeit verabschiedete sich von Piedrasanta und ging davon auf dem gegenüberliegenden Bürgersteig, wo der Schatten eine schmale schwarze Borte war, grüßte hier, grüßte dort, denn wenn es auch nur wenige waren, die ihm begegneten, Bekannte und Unbekannte, so zogen sie doch alle den Hut vor ihm.

Der Wirt, froh darüber, daß er um die Genehmigung gebeten hatte, man muß nur brüllen, um den Durst zu stillen, sagte er sich, als er die Säuglinge in der Kirche weinen hörte, das Tanzvergnügen belebt das Geschäft, ging hinüber zum Barbier, wo die gewohnte Gruppe beisammensaß und Karten spielte.

Als Piedrasanta eintrat, sagte einer: »Hast du gesehen, Piedra, wie freundlich Klaffmaul gegrüßt hat?«

»Nein.«

»Dann mußt du blind sein, hast ihn doch zur Tür hinausgedienert und bist noch stehengeblieben.«

Im Frisiersalon »Los Equinoccios« verlief die Unterhaltung etwas schwunglos. Dem Meisterbarbier war das Fieber gerade um die Zeit gestiegen, als seine Stammgäste erschienen, und sie kamen eben zurecht, um zu sehen, wie er den Kopf in den Sessel grub, der vor dem Spiegel auf einem Haarteppich stand, den man kaum zu betreten wagte wegen der Läuse, Nissen und anderen »Mitbewohner der Kapillaren«, wie der Richter sich auszudrücken pflegte, wenn er dem Barbier sein Schermesser zum Schleifen brachte.

Von ebendiesem Richter sprachen sie, und sie hätten ihm auch noch die letzten Haare vom Kopf geschoren mit einem so groben Instrument wie jene Rasierapparate, die einem fast die Haut vom Nacken rissen, daß die Kundenspäne nur so flogen, hätte nicht einer aus der Runde gewarnt: »Achtung, dicke Luft!«, als Piedrasanta auftauchte. Feingefühl, kein Mißtrauen. Piedrasanta war dick befreundet mit dem Togaträger, und wenn er sich schon neulich so entrüstet hatte, als sie den Richter durch den Kakao zogen, was hätte er erst jetzt gesagt, da sie ihn einen Korken nannten, weil seine Reden immer nur an der Oberfläche schwammen, und einen Elefanten im Porzellanladen, weil er die seltene Gabe hatte, sich ständig und unfehlbar danebenzubenehmen.

Korken und Pfau, seine Eitelkeit war im Grunde genommen nur der Duft, den die Dummheit absondert. Nichts war ihm fremd, er wußte alles, und als sie ihn in »Los Equinoccios«, dem Barbierladen, nach seiner Meinung über den Generalstreik fragten, erklärte er erst umständlich, daß diese Art der Arbeitsniederlegung nicht identisch mit einer »Arbeitspause« sei, wie einige seiner Amtskollegen annahmen, die unter Streik die Verschnaufpause verstanden, die sich die Arbeiter gönnten, und rief dann: »Flugblätter und Generalstreik in einem Land von Analphabeten? Daß ich nicht lache, aber lassen Sie mich lieber erzählen. Zwei Tagelöhner, ein Unkrauthacker und einer aus der Feldspritzenkolonne, haben das Flugblatt in der Hand und scheinen es aufmerksam zu lesen, als jemand vorbeikommt und bemerkt, daß sie es verkehrt herum halten; er sagt es ihnen, und sie protestieren entrüstet: ›So eine Gemeinheit! Bloß weil wir arm sind, haben sie uns nicht die Blätter gegeben, die man richtig herum liest!‹ ... Aber das ist noch gar nichts, lassen Sie mich weitererzählen. Ein Landarbeiter, der es über hat, den Text anzustarren, den er nicht versteht, entschließt sich, ihn zu lecken, und weil ihm auch noch einer gesagt hat, daß in der Überschrift mit großen Lettern ›GENERALSTREIK‹ steht, fährt der Mann so lange mit der Zunge darüber, bis sich das Flugblatt auflöst ... Aber das ist noch gar nichts, lassen Sie mich weitererzählen ... Drei Bananenträger, völlige Analphabeten, die es nicht länger ertragen, daß sie nicht mit den Augen verschlingen können, was in dem Flugblatt steht, essen es seelenruhig auf, kauen es und schlucken es herunter wie Brot ... Aber das ist noch gar nichts, lassen Sie mich weitererzählen ... Cholla, der Militärarzt, der zwar kein Analphabet ist, aber nicht gern liest, schiebt das Flugblatt unter sein Kopfkissen und sagt: ›Wie langweilig, noch ein General!‹«

»Ja, ja, es ist eine dumme Geschichte!« war alles, was die Runde ihm erwiderte, aber kaum war er hinausgegangen, kaum waren seine Schritte auf der Straße verhallt, da fielen sie über ihn her, da wetzten sie die scharfen Zungen an ihm, die vor Bosheit schwärzer waren als die Zunge des Landarbeiters, der die Buchstaben des Flugblattes geleckt hatte, vor Druckerschwärze.

Und in diesem Augenblick kam Piedrasanta, und irgendwer rief: »Achtung, dicke Luft!«

»Wenn der Meister nicht dafür sorgt, daß er die Malaria los wird«, sagte Piedra, als er »Los Equinoccios« betrat, »dann weiß ich nicht, was aus ihm wird ... Er muß mal eine Weile hier raus, das Klima wechseln, sonst kann er sich den Friedhofsrasen von unten betrachten.«

Der Barbier rutschte in seinem Sessel hin und her. Aus der Dumpfigkeit des Fiebers erstand ihm ein Bild von der Welt ähnlich dem, das der trübe Spiegel seiner Barbierstube zurückwarf. Ihm war, als löste sich die Quecksilberschicht auch von seinen Augen. Fieber, und über dem Fieber wäßrige, dünne Kälte.

»Ich habe dem Meister schon vor längerer Zeit geraten«, fuhr Piedrasanta fort, »er soll sich Quecksilber ins Blut spritzen lassen, nur so wird er die Malaria ein für allemal los; ich habe mich mit zwei Schachteln von diesen Intraverteufelten kuriert, die brennen, als kriegte man Pfeffer in die Venen gestreut.«

»Syphilis wird Señor Higinio gehabt haben«, meinte einer, den Piedrasanta nicht als seinen Mitmenschen betrachtete.

»Stimmt nicht, aber der Arzt hat mir erklärt, wenn sich die Malaria verschlimmerte, würde er mir .., na ja, würde er sie mir einspritzen.«

»Der Arzt?«

»Der Arzt, jawohl, der aus der Poliklinik.«

»Dann ist also die Malaria schlimm, schlimm, schlimm ...«

»Auf jeden Fall ist die Syphilis besser; nun, sie ist nicht gerade besser, aber heilbar, und deshalb stecken sie einen, um eine bestimmte hartnäckige Malaria zu bekämpfen, die sich in den Knochen, im Knochenmark und im Gehirn festsetzt, mit Syphilis an, einer Weibskrankheit, die von dem armen Sumpffieber nichts übrigläßt, und hinterher, ganz einfach, wenn das männliche Übel tot ist, kann man das Weib auskurieren.«

Schweigen. Die Unterhaltung über die Krankheit des Barbiers wollte nicht in Fluß kommen. Einige nahmen den Hut vom Kleiderhaken, um zu gehen. Sie setzten ihn auf, gingen aber nicht. Sie blieben, blätterten in uralten, schon vergilbten Zeitungen und Zeitschriften oder stellten sich in die offene Tür und blickten auf die menschenleere, heiße Straße hinaus oder verfolgten von ihrem Stuhl aus den Angriff und Gegenangriff zweier wütender Zikaden, den Flug der Fliegen oder den Marsch der Kakerlaken.

»Gehen wir, der hat schon die Zeitung aufgeschlagen, und die Zeitungen scheinen einen anzugähnen, wenn man sie unlustig aufblättert, ein Zeichen, daß die Gäste gehen sollen.«

»Es ist eine sehr alte Zeitung. Hört, was sie schreibt: ›Japanisches Unterseeboot bedroht Panamakanal ... Es wurde an den zentralamerikanischen Küsten gesichtet ...‹«

»Genau dasselbe steht heute in der Zeitung. Ich habe sie eben bei dem Chinesen Lam gelesen. Nur daß es jetzt kein japanisches, sondern ein deutsches Unterseeboot ist.«

»Lügenmärchen der Gringos von der Bananera, die schon nicht mehr wissen, was sie einem vorschwindeln sollen«, murmelte der Barbier mit einer Stimme wie ein Hauch, »diese Sache mit dem japanischen Unterseeboot hat einen armen Telegrafisten, Camey hieß er, das Leben gekostet; er hatte sich in die Tinte gesetzt, weil er dem japanischen U-Boot eine Meldung durchgegeben hatte. Das war damals, als es zwischen uns und unserem Nachbarstaat fast zum Krieg gekommen wäre. Und jetzt haben sie, weil ein Generalstreik angekündigt ist, wieder das Foto mit dem Hakenkreuz rausgekramt.«

»Was für ein gutes Gedächtnis der Meister hat, er erinnert sich an alles.«

Entschlossen, die Unterhaltung mit etwas Aktualität zu würzen, richtete der Barbier sich ein wenig in seinem Sessel auf.

»Wie soll sich der Streik auf beide Küsten ausdehnen, wenn sie sich an der atlantischen schon Heldentaten an Mord und Totschlag leisten!«

»Heldentaten?«

»Genau das. Wenn es die aktiven Offiziere machen, sind es Heldentaten, macht es aber einer, der nicht im Dienst ist oder zur Reserve gehört, dann ist es ein Verbrechen.«

Er rieb die locker sitzende Hose gegen die mageren Beine, es war tröstlich, mit den Händen, die wie kalte Plätteisen waren, den Stoff an die Knochen zu drücken, und schwieg, schmeckte die trockene Bitterkeit seiner Lippen, das Kreuz war ihm steif, die Knöchel, der Nacken, die Handgelenke schmerzten.

»Señor Higinio meint ...«, sagte der, den Piedrasanta nicht als seinen Mitmenschen betrachtete.

»Da kann noch allerhand passieren, das beste ist, man wartet ab . . .«

»Als Christ man zwar den Nächsten liebt, doch nicht die Hand ins Feuer gibt, nicht wahr, Señor Higinio?«

»Eine feine Definition des Christen von heute!« rief der Meister aus. »Piedra meint, man soll abwarten. Aber die Zeiten haben sich geändert. Bei solchen Auseinandersetzungen, bei denen das Gewissen mitspricht, ist kein Abwarten möglich. Wenn früher etwas vorging, konnte man sich raushalten, in seinen vier Wänden bleiben, nicht teilnehmen. Aber heutzutage geht das nicht mehr, der Konflikt ist allgemein . . .«

»Der Streik ist allgemein, als Generalstreik, nicht der Konflikt!«

»Ist der Generalstreik etwa kein Konflikt, Señor Higinio?«

»Ich spreche für uns, die wir weder Arbeiter noch Reiche sind, aber diejenigen, die am meisten verlieren werden.«

»Damit habe ich mich schon abgefunden«, sagte der Meister, »und ich habe mich auch bereits entschieden; man muß Partei ergreifen.«

»Für die Gesellschaft, um sicherzugehen«, rief Piedrasanta aus, »für das Kapital, für die, die was zu verlieren und zu verteidigen haben.«

Der Meister erregte sich.

»Ich bin nicht Piedras Meinung. Wie können wir uns auf die Seite der Gesellschaft, der Reichen, des Kapitals stellen?«

»Weil wir von ihnen leben! Was würde aus meinem Geschäft, aus dem des Chinesen Lam, aus dem Comisariato, den die beiden Brüder verwalten, ihren Namen hab ich vergessen, aus Ihrem eigenen Friseurgeschäft, wenn die Gesellschaft nicht die Löhne zahlte, die sie zahlt?«

»Einverstanden, aber hier geht es nicht um uns, um drei oder vier Leute, sondern um die Mehrheit, und nicht nur um die Gegenwart, sondern auch um die Zukunft, deshalb müssen wir ein Opfer bringen, und es ist besser, sich auf die Seite der Unseren zu stellen, das heißt der Arbeiter, als auf die der anderen, der Ausländer.«

»Still doch, Meister, lassen Sie Señor Higinio reden!«

»Eine Mittäterschaft, die ich ablehne«, dröhnte Piedrasanta, »eine verbrecherische Mittäterschaft . . .«

»Nein, nein, jetzt bin ich an der Reihe, es handelt sich nicht um Mittäterschaft, davon war gar nicht die Rede. Wenn ich sagte, daß wir in diesem Kampf an der Seite der Arbeiter stehen müssen, so bedeutet das, daß wir unsere eigene mehr oder minder gute wirtschaftliche Stellung außer acht lassen, alle die Opfer und Verluste auf uns nehmen, die sich ergeben, und uns eindeutig für sie, für die Arbeiterklasse entscheiden, dadurch werden wir wieder das, was wir eigentlich sind, Leute aus dem Volk, die ein wenig besser leben, und geraten nicht in die Versuchung, als einfache Statisten die Reihen der Mächtigen zu verstärken.«

»Die Mittelschicht . . .«

»Sagen Sie lieber, die Mittäterschicht . . .«

»Mittäter? Warum? Ihre Art zu diskutieren gefällt mir nicht, Meister! Sie lassen einen nicht ausreden.«

»Mittäter, weil sie erst abwarten, um sich dann auf die Seite der Siegen zu schlagen, der reichen Leute, denn die Armen siegen nie, und bisher ist das immer gut gegangen, wir, die sogenannte Mittelschicht, Handwerker, Kaufleute, Angehörige der freien Berufe, sind immer im Fahrwasser der Kapitalisten und der Militärs geschwommen, aber jetzt ist Schluß mit unserm Schachervorteil.«

»Die Zeiten haben sich geändert, Meister«, rief einer mit Augen, vorstehend wie große Mandelkerne, vorstehend und leuchtend, und ließ die schweißig glitschigen Karten ruhen, die er ununterbrochen gemischt hatte.

Piedrasanta bekräftigte: »Das will ich meinen, daß sich die Zeiten geändert haben!«

»Ja, es bestätigt sich, was ich gesagt habe.«

»Nein, Señor, was ich gesagt habe, bestätigt sich! Oder wissen Sie etwa nicht, daß Don Juan Lucero gestern abend auf der Kommandantur gebeten hat, ihm einen Trupp Soldaten zu schicken, der ihm das Haus bewacht?«

»Na ja, weil sie ihm das Haus in die Luft sprengen wollten!« sagte der Kartenmischer.

»Wenn der Meister Barbier ein gutes Gedächtnis hat, wird er wissen, was das bedeutet . . . Don Juan Lucero!«

»Wirklich, kaum zu glauben . . . Aber nicht Don Juan war es, sondern der andere, Don Lino. Es muß wohl mit seiner Vergangenheit zusammenhängen, er war doch in die Nixen verliebt, und er soll damals halb verrückt gewesen sein, sonst hätten sie ihn wegen Erregung öffentlichen Ärgernisses vor Gericht gestellt.«

»Don Lino oder Don Juan, das ist doch ganz egal, ich will damit nur beweisen, daß sich die Zeiten geändert haben, und Leute wie die Luceros, die sich gestern noch erlaubten, dem Kommandanten ins

Gesicht zu schreien, sie könnten auf seinen Schutz verzichten, weil sie sich eins mit dem Volke fühlten, reißen sich heute darum, daß man ihnen Soldaten schickt, die ihr Haus beschützen, das kein Haus mehr ist, sondern ein Palast aus Tausendundeiner Nacht.«

»Wir werden uns nicht einigen, Piedra, aber ich glaube, daß die Geschehnisse mir recht geben: die Luceros, die nicht einmal der Mittelschicht angehörten, sondern von ganz unten, aus dem Volk kamen, haben vergessen, woher sie stammen, und, was noch schlimmer ist, haben die Ideale des Mannes vergessen, dem sie ihren Reichtum verdanken, und zählen sich zu den oberen Zehntausend. Im Grunde genommen machen sie dasselbe wie die Ayuc-Gaitáns und die Cojubuls, nur daß die ihr Vermögen verloren haben.«

»Den schlafenden Krebs nimmt die Strömung mit! Die sind dem Grünen Papst in die Krallen geraten, dessen Wahrzeichen nicht die Taube des heiligen Geistes ist, sondern der Adler; wie es heißt, hat er damals ihre Aktien für einen Spottpreis aufgekauft, als man fürchtete, unsere Ländereien würden in den Besitz des Nachbarstaates übergehen.«

»Unsere? Fall nur nicht auf den Mund, du könntest dir wehe tun und dir was brechen!«

Das sagte einer von denen, die schweigend der Diskussion gefolgt waren, ein Intimus Piedrasantas, und klopfte ihm auf die Schulter, damit der begriff, daß er nur gescherzt habe.

»Könntest du nicht einen Augenblick die Karten in Ruhe lassen und uns erzählen, wie das gestern abend war, als sie das Haus der Luceros in die Luft sprengen wollten«, murmelte schwitzend der Meister, der mitsamt seinen Kleidern am Stuhl klebte.

»Näheres weiß ich auch nicht, aber offenbar hatte man Wind davon bekommen. Das Attentat stand in Verbindung mit einem Senator oder einem hohen Tier der Bananera-Bordellera, der ihnen einen Freundschaftsbesuch abstatten wollte.«

»Und abgestattet hat«, rief der Mann aus, der die Karten mischte.

»Alles gelogen!« sagte der Meister mit klappernden Zähnen. »Sie selbst haben die Lüge in Umlauf gebracht, damit sie die Regierung bitten konnten, Waffen einzusetzen, ehe der Generalstreik auch hier an der Pazifikküste erklärt wird, an der Atlantikküste haben sie sich ja bereits gründlich hervorgetan. Die streikenden Arbeiter sind keine Bombenleger. Der Streik ist eine friedliche Bewegung, und daß es so ein Attentat nicht gegeben hat, sieht man schon daran, daß der Direktor und die anderen Angestellten trainiert haben, weil sie auf dem Feld, das bereits halb geebnet ist, Baseball spielen wollen.«

»Aber der von der Bananera-Bordellera, der so getan hat, als wäre er nur zur Inspektion hergekommen, hat es laut hinausposaunt«, versicherte der Spieler, der die Karten mischte.

»Jedenfalls weiß ich, daß sie über den Streik ernsthaft beunruhigt sind und sehen wollen, ob die Luceros eingreifen werden, um die Gemüter zu beruhigen. Vorstellungen haben die!«

Ein Maultier mit einer hell bimmelnden Metallglocke um den Hals stürzte, gefolgt von zehn, zwanzig, dreißig, vierzig anderen Maultieren, auf den Hauptplatz, und statt um den Rasenteppich des Englischen Parks, den Stolz des Bürgermeisters, herumzulaufen, trampelten sie darüber weg und riefen in der Bürgermeisterei eine noch nie dagewesene Aufregung hervor. Die Polizisten vom Dienst sprangen mit ihren Stöcken herzu, um sie zu verjagen, die Angestellten kamen protestierend aus den Büros, Don Pascualito, dem es ohnehin schlecht ging, wäre beinahe ohnmächtig vom Stuhl gefallen.

Der Strom großohriger, großäugiger, glänzender, funkensprühender Tiere strudelte sekundenlang wirbelnd umeinander, weil sie nicht wußten, welchen Weg sie nehmen sollten, während die Polizisten sie schreiend mit Stöcken und Hüten scheuchten, wobei einige Nachbarn und Jugen sie unterstützten, die von allen Seiten zusammenliefen.

Auch der Geistliche eilte herbei. Was ging vor, was geschah auf dem Platz? . . . In der Soutane und noch mit der Stola um die Schultern, fand er sich neben Piedrasanta und den übrigen Freunden aus der Barbierstube, die ebenfalls wie alle anderen auf die Straße gestürzt waren, um zu schauen, was es gebe.

»Da sehen Sie, Padre, wie es jetzt bei uns zugeht«, bemerkte Piedrasanta. »Beim kleinsten Geräusch schrecken wir hoch. Nicht nur Sie, wir alle sind mit einem ›Gott bewahr uns‹ auf den Lippen hinausgerannt, um zu sehen, was los ist.«

»Ob es nicht damit zusammenhängt, mein guter Higinio, daß wir auf einem Vulkan leben?«

»Sie meinen wegen der Konkurrenz, die uns die Evangelischen machen, Padre?«

»Hinweg mit ihnen! Es gibt keine Konkurrenz gegen den, der stets obsiegt, jetzt und immerdar!«

»Ich habe gehört, daß sie dort hinten Grund und Boden gekauft haben, um eine Kapelle zu bauen, und da hierzulande der, der uns erobert, uns auch seinen Gott bringt . . .«

»Piedrasanta, heiliger Stein, heißt du und müßtest wissen, daß es nur einen Gott gibt, alles andere ist Lästerung!«

»Die waren sehr aktiv während Ihrer Abwesenheit, Padre; sie haben Traktate verteilt und, was weitaus überzeugender ist, Geld . . .«

»Nun, sie werden sehen, daß auch hier nur mit Wasser gekocht wird«, sagte der Geistliche und verschwand, die Soutane nachschleifend, in der Kirche, um weiter zu taufen.

Er war herausgekommen, weil er glaubte, daß . . ., genauso wie die anderen herausgekommen waren, weil sie glaubten, daß . . ., daß es losgegangen sei.

8

Nackte Füße, die über den festgestampften Boden patschten und schabten, und dazwischen der harte Schritt derer, die Schuhe trugen. Viele nackte Füße, wenig Schuhe. Und viel Dunkelheit mit Sternen und Hitze und wenig Helle von dem gelben Licht der Petroleumlampen und von dem weißen, blendenden Licht der Azetylenlampen, und wenig Licht von den mit Kerzen versehenen Laternen vor den Läden und von den roten, dreieckigen Laternen, die anzeigten, wo Maispasteten verkauft wurden.

An den wenigen, sehr dünnen Kleidungsstücken auf der heißen, dunklen Haut derer, die mit Frau und Kindern dem Tanz zusahen, haftete die Hitze und löste sich wieder. Erdige Stille des Erdflusses, der weiterfließt. Mehr Männer als Frauen. Die Kinder auf den Schultern. Weiße Sombreros, schwarze Zöpfe. Mehr weiße Sombreros als Zöpfe, deren Schwarz sich von den schillernden Hemden abhob. Zöpfe, offenes Haar, weiße Sombreros. Wo der Sombrero endete, begann die Dunkelheit.

Zwei Tanzlokale mit unterschiedlichen Preisen, in dem einen kostete jeder Tanz fünfundzwanzig und in dem billigeren zehn Centavos, lagen an der Hauptstraße, dort, wo sie auf den Platz mit dem Englischen Park Don Pascualitos mündete, des Ersten Bürgers, wie er sich nennen ließ; er hatte am Gemeindeamt einen Scheinwerfer eingeschaltet, wie sie die Lokomotiven vorn haben, wodurch die Gäste des Ersten Bürgers, die neben der Tür auf Korbstühlen saßen, wie Reisende wirkten, die in einem Traumzug ohne Schienen mitten durch den Ort fuhren.

Wer in der »Brise aus dem Süden« tanzte, einem höchst vornehmen Lokal, wo die Bretter der Tanzfläche weder fugenlos noch besonders eben waren, mußte den Hut, war er aus Filz, in der Kontrolle lassen, wo man mit Hilfe von Zündhölzern, die hinter das Hutband gesteckt wurden, die Zahl der Tänze vermerkte, die sein Eigentümer schuldete und die er bezahlte, wenn er den Hut abholte, und waren es der Tänze viele, hatte der Hut sich in eine Zündholzkrone verwandelt. In der »Brise aus dem Süden« gab es Tischtücher, wurden die Gäste von den Kellnern gesiezt, durften sie die Zigarrenstummel auf den Boden werfen, denn hier tanzte man nicht mit nackten Füßen, und es gab auch Toiletten, die aber nicht alle benutzten, weil man dazu so etwas wie ein Seilkünstler hätte sein müssen und weil die dunkle Nacht besser war.

»Blaue Horizonte«, das andere Lokal, war ein großer Schuppen, in den man durch eine Art Vorraum gelangte. Die tanzenden Paare bewegten sich an einer durch den Raum gespannten Schnur bis ans Ende der Tanzfläche, wo sie verschwanden, wenn sie, ohne den Tanz zu unterbrechen, ihre Centavos bezahlt hatten. Tische gab es keine oder nur sehr wenige. Beim Eingang standen Bänke und Stühle und hingen große Schilder mit der Aufschrift »Es ist verboten, Zigarettenstummel auf den Boden zu werfen, weil sich die Señoritas die Füße verbrennen«.

Dreimal soviel Menschen wie innerhalb der Lokale drängten sich vor den Eingängen, um dem Tanz zuzusehen. Sie genossen den Anblick der schweißgebadeten, schweigsamen Paare, von denen einige herumsprangen, nur um zu springen, während andere sich dem Rhythmus hingaben, der sie entzündete. Die Indios tanzten würdig, mit Gesichtern wie in der Kirche, schritten eher, als daß sie tanzten, schritten hüpfend mit der Partnerin im Arm, die sie umfaßten, ohne sie zu sehen, ohne sie zu spüren. Sie wählten zwar nur Partner, die sie kannten, dennoch war der Tanz für sie Ausdruck ungewöhnlicher Geselligkeit. Die María Joshtapac, der Lucas Tiburón, die Andrea Zurza, der Luis Gertrudiz, die Juana Santos . . .

Die Mestizen tanzten unzüchtig, frech, als ritte sie der Teufel, wie Padre Fejú sagte. Der Geistliche blieb sonnabends, an einigen Sonnabenden, nicht an allen, im Ort, um sonntags die Messe zu lesen, und wenn er blieb, ließ er sich hin und wieder bei den Tanzenden blicken.

Die Mestizen preßten die Frauen an sich, so fest sie konnten, und flüsterten ihnen Schmeicheleien, Komplimente und Anzüglichkeiten ins Ohr. In der »Brise aus dem Süden«, wo die Kreolen tanzten, wurde unaufhörlich geschwatzt, vor, während und nach jedem Foxtrott, jedem Walzer, jedem Paso doble; in den »Blauen Horizonten«, wo das Volk tanzte, gab es das nicht. Hier hatte der Tanz noch viel von seiner ursprünglichen religiösen Bedeutung, und sie gebot dem Indio zu schweigen, während er tanzte.

Gebrüll Betrunkener, Schüsse in die Luft, abgefeuerte Raketen, verirrte Kühe und Pferde, die wie Traumwandler durch den Trubel wanderten . . .

Piedrasanta gab sich einen Ruck und zündete soviel Licht wie möglich in seinem Laden an, der zugleich Ausschank war, stellte die Tische im Kreis, so daß eine kleine Tanzfläche entstand, und zog das Grammophon auf; ging die Sache gut, würde er einen Musikautomaten kaufen, und ließ sie sich sehr gut an, würde er sich eine Marimba leisten wie die in den Tanzlokalen. Aber im Augenblick, für wenige Gäste und um erst einmal anzufangen, genügte das Grammophon. Es war sogar hübsch, neben dem Dialekt der Marimbas eine Musik zu hören, die klang, als spräche sie eine fremde Sprache.

Der Bürgermeister ließ den resolutesten seiner Büttel kommen und schickte ihn zu Piedrasanta, um anzufragen, wer ihm die Erlaubnis erteilt habe, in seinem Laden ein Tanzvergnügen zu veranstalten. Der Polizist — klobige Sandalen und Geruch nach feuchter Kleidung, er zog sie an, noch bevor sie völlig trocken war — kam zurück und meldete Don Pascualito, Don Higinio habe gesagt, er habe die mündliche Genehmigung des Herrn Kommandanten.

»Das werden wir sehen«, sagte der Bürgermeister, »das werden wir sehen, wenn die Soldaten kommen, das sind handfeste Burschen, soviel ich weiß, die nicht viel Federlesens machen.«

Und schon marschierte in Zweierreihen, Mann hinter Mann, eine wahre Armee auf. Die Gaffer, wie diejenigen genannt wurden, denen es Spaß machte, vor den Lokalen den Tanzenden zuzusehen, riefen »Rette sich, wer kann«, und noch ehe die Soldaten ans Werk gehen konnten, spritzten die Leute auseinander wie die Hühner im Hühnerhof, wenn der Sperber auftaucht, und zurück blieben nur die Tollkühnen und die, die einen Pakt mit dem Teufel hatten.

Wie Körner, die sich aus Maiskolben lösen, sprangen Gruppen von Soldaten, die Hand auf der Patronentasche, das Gewehr im Arm, hinter den Nachzüglern her, die, so rasch sie konnten, in den Büschen, Hohlwegen und Feldern verschwanden.

Über endlose Meeresweiten
sehen wir Unterseeboote gleiten,
Unterseeboote sehen wir gleiten
über endlose Meeresweiten.

In der tiefen blauen Dunkelheit verrieten das Aufblitzen des Gewehrfeuers und das scharfe Echo der Schüsse, wo die Soldaten waren, die auf die Sänger des verbotenen Liedes schossen.

Über endlose Meeresweiten
sehen wir Unterseeboote gleiten,
Unterseeboote sehen wir gleiten
über endlose Meeresweiten.

»Eine scharfe Sache, Padre«, sagte Piedrasanta beim Eintreten zu Padre Fejú, der in einem Zimmer hinter dem Laden eine heiße Tasse Schokolade schlürfte.

»Ausgezeichnet, sehr gut zubereitet.«

»Ich meine doch nicht die Schokolade, sondern die scharfen Burschen, die draußen schießen.«

»Aber Ihnen, Higinio, passiert doch nichts.«

»Ach, Padre Ferrusigfrido, das mindeste, was mir passieren kann, ist, daß sie mich verhaften und mir den Laden plündern. Ich wecke jetzt meine Frau. Die Ärmste schläft. Sie muß aufstehen und das Teigkneten überwachen. Sonnabends kann man hier alles haben: Tanz, Ausschank, Brot . . .«

Der Gehilfe Don Higinios, der fortgegangen war, sich zu erkundigen, wer die Soldaten befehligte, kehrte zurück, um Bericht zu erstatten. Er keuchte und brachte den Namen oder die Namen kaum heraus. Zwei Offiziere waren eingetroffen, Cárcamo und Salomé. Salomé war mit einem Teil der Soldaten im Ort geblieben, und Cárcamo verfolgte die Aufrührer im Busch.

Ein Gefühl der Erleichterung überkam Piedrasanta, der glaubte, Hauptmann Salomé sei ihm gut gesinnt, der kleine Offizier, der damals, als wegen der Grenzstreitigkeiten der Krieg erklärt werden sollte, als Unterleutnant ausgezogen und als Hauptmann zurückgekehrt war.

Der Bürgermeister verließ den Bereich des Lokomotivscheinwerfers mit den wenigen, auserwählten Gästen, die er eingeladen hatte, von der Tür des Gemeindeamtes aus den Englischen Park zu genießen, von Licht geblendet gegenüber dem Volk, das sie, von Schatten geblendet, bewunderte, und machte sich auf die Suche nach dem Befehlshaber des Pelotons. Zwischen Peloton und Truppe zu unterscheiden fiel Don Pascualito schwer. Für ihn war alles, was nach Uniform roch, Peloton, denn der Armee oblag es, das letzte Sakrament zu erteilen, das schlimmer war als das Sakrament der Ehe, schlimmer als die Priesterweihe, schlimmer als die letzte Ölung — das Sakrament der Erschießung. Diese Skala der Sakramente vom Schlimmsten zum Besten brachte Pater Fejúzur zur Verzweiflung.

Sich seiner Würde voll bewußt, trat Don Pascualito Hauptmann Salomé entgegen. Der Amtsstab und die Gewohnheit zu befehlen verliehen seiner Stimme Autorität. Man unterhielt sich, bot sich Zigaretten an, zwinkerte häufig, geblendet von dem Scheinwerfer vor dem Gemeindeamt. Das letzte Wort hatte der Bürgermeister.

»Nun gut, ich widersetze mich nicht den Anordnungen des Herrn Kommandanten, aber eins verlange ich: Sorgen Sie dafür, daß dieser Gauner es unterläßt, den Paso doble ›Machaquito‹ zu spielen, und noch etwas, er soll in die Finanzabteilung kommen und die Steuern für den Tanzsalon bezahlen sowie die andern Steuern, die er schuldet, für die Bäckerei, den Laden und den Ausschank.«

Die Schritte der Soldaten und der Lärm der Waffen, die, auch wenn sie nicht benutzt werden, rasseln wie Schlüsselbunde des Todes, schickten ihren tragischen Widerhall in Piedrasantas Laden. Schritte, Waffen . . . Waffen, Schritte . . .

»Heiliger Strohsack«, rief Piedrasanta aus, als er hörte, daß sie vor seiner Tür haltmachten.

»Freund«, beruhigte ihn Padre Fejú, »stellen wir uns den Kugeln, solange sie heiß sind, wie in Mexiko, denn kaltes Blei schmerzt noch mehr, und lieber gleich als später!«

Hauptmann Salomé steckte den Kopf zur Tür der Schenke herein und grüßte: »Guten Abend, wie geht's?«, und dem Krämer verging der Schreck wie durch ein Wunder.

Piedra antwortete und ging zur Tür, um den Hauptmann zu begrüßen und zu erfahren, was für Befehle er hatte. Salomé stützte die bräunlichen Hände auf den Degenknauf und teilte ihm mit, daß die Paare mit der Genehmigung des Herrn Kommandanten weitertanzen dürften, sofern nicht der Paso doble »Machaquito« gespielt werde und der Wirt die schuldige Steuer entrichte.

Die Daumen drehend, eine Übung, die nach Meinung der Klosterbrüder die Verdauung der Schokolade am besten förderte, wartete

Padre Ferrusigfrido auf die Rückkehr des Krämers. Es dauerte ziemlich lange, denn Piedrasanta konnte erst von der Tür weg, nachdem Hauptmann Salomé gegangen war, um mit seinen schweigsamen Männern wieder die Tanzlokale zu überwachen.

»Ein Glück, alles vorbei und nichts passiert, Padre, ich darf damit« — er tat, als tanzte er — »weitermachen, wenn ich nicht ›Machaquito‹ spiele.«

»Aber warum denn nicht, warum denn nicht, Piedrasanta?«

»Sie werden es kaum glauben. Der Text dieses Paso doble beginnt: ›Wohin gehst du, Machaquito, mit dem Mantel fein . . .‹, aber die Jungens singen statt dessen: ›Wohin gehst du, Pascualito, mit dem Hürchen dein . . .‹«

»Ein Mundwerk haben die!«

»Und jetzt, da alles gut ausgegangen ist, müssen Sie noch eine Schokolade trinken. Schokolade mit Sorgen schmeckt nicht nach Schokolade. Damit sie nach Kakao schmeckt, muß man sie mit Genuß trinken. Und ich werde mir einen Anis mit Wasser genehmigen.«

»So eine Tasse Schokolade ist einmalig.«

»Ja, einmalig wie Gott.«

»Piedrasanta, von Gott läßt du in meiner Gegenwart deine schmutzigen Pfoten!«

»Sie kommen mir ein wenig bedrückt vor, Padre. Da sehen Sie, was für ein scharfes Auge ich habe, in all meinen Nöten sehe ich doch die Sorgen in den Augen meines Nächsten. Sie schleppen eine Last auf dem Buckel, die Sie nicht wird schlafen lassen. Was ist los mit Ihnen? Sie wissen doch, in Fragen der Freundschaft bin ich eine lautere Fackel, wie ihr Mexikaner sagt.«

»Sohn, die dunkelsten Nächte sind die, in denen wir tief in uns fühlen, daß unsere Seele in Finsternis wandelt, und in denen unsere Hände durch das Dunkel nach einem Ausweg tasten, ohne ihn zu finden.«

»Padre Ferrusigfrido, gegen alles gibt es ein Heilmittel, nur gegen den Tod nicht.«

»Aber wer bittet denn darum, von dem geheilt zu werden, was unsere Rettung ist . . .«

»Und überall gibt es einen Ausweg, nur aus der Hölle nicht.«

»Ebendeshalb zittre ich in dieser Nacht, und mir ist, als wären sie hinter mir her, um mich zu geißeln, zu vierteilen. Die Hölle ist ein See, in den Flüsse münden, die wir kennen, einen Abfluß jedoch hat er nicht. Keinen Weg hinaus.«

»Aber was kümmert das Sie, einen Padre, der in den Himmel kommt?«

»Das glaubst du!«

»Ich habe geglaubt, Sie machten sich Sorgen wegen des Streiks.«

»Tue ich auch. Das ist eine der dunkelsten Nächte meiner Seele, und meine Hände tasten durch die Finsternis nach einem Ausweg und finden ihn nicht.«

»Aber Sie sind doch nicht von hier.«

»Das ist nicht nötig, wenn man das Salz der Erde ist, aber wenn dieses Salz fade wird, woher soll dann die Würze kommen? Was wird geschehen, wenn wir Geistlichen angesichts der Konflikte, die aus den Problemen der Arbeiter erwachsen, weiterhin die Hände in den Schoß legen oder wenn wir uns auf die Seite der Besitzenden stellen?«

Er verstummte und lockerte den Kragen der Soutane. Der dichte Bart quälte ihn — ein feuchter, lappiger schwarzer Strick, der die Hitze der brennenden Luft verstofflichte —, das schmalzige Dudeln des Grammophons und der Kummer, den er ob der grenzenlosen Vereinsamung des Menschen empfand, ein Kummer, der seine Pulse stocken ließ.

»Der Generalstreik wird uns alle in eine Sackgasse führen, ohne Ausweg«, murmelte er wie im Selbstgespräch, denn der Krämer schien ihn kaum zu hören, er verfolgte mit aufmerksamen Augen, was in seinem Laden vorging.

Das Personal arbeitete fleißig, aber nur das Auge des Herrn macht das Vieh fett. Dem Schwarzen zum Beispiel durfte man nichts mehr einschenken. Wenn er sich betrank, wurde er unverschämt. Und der da, ein Gesicht wie ein Vorhängeschloß, in dem die Nase wie ein Schlüssel stak, kam nur her, um die Frauen zu begrapschen. Neulich erst hatte ihm die Frau eines Heizers eine Ohrfeige versetzt, daß er Sterne sah. Ein strammes Mädchen hatte sich der Einäugige mitgebracht, trank und trank Bier, weil er wie ein Deutscher riechen wollte. Dabei stank er nach Eiter.

»Ja, der Generalstreik wird uns alle in eine Sackgasse führen«, wiederholte Padre Fejú, der mehr zu sich selbst als zu Piedrasanta sprach. »Er bringt uns von Anfang an in schwere innere Konflikte. Aber dürfen wir die Arbeiter verurteilen, weil diese sozialen Erschütterungen die bestehende Ordnung gefährden? Verstehen etwa wir, die wir keine Arbeiter sind, was es bedeutet, auf das Produkt der eigenen Arbeit zu verzichten und immer die Entlassung und die

Mißhandlung vor Augen zu haben? Wer schon einmal, wie ich in Mexiko, an einer Versammlung von Männern teilgenommen hat, die aus eigenem freiem Willen zu streiken beschließen, der sieht nur die Körper, die Gesichter, die hocherhobenen Köpfe, hört die Stimmen der Redner, spürt den Impuls dieser seherischen Menge, die blind scheint, aber gewahrt dahinter das Leben nicht, das tägliche Brot, die tägliche Notwendigkeit, der Frau und den Kindern zu essen zu geben, Kleidung, Schuhwerk, Medizin zu kaufen ... Ich bin nicht berufen, Ihnen das zu sagen, Piedrasanta, aber ich glaube, daß in jedem Streik ein Überrest des heroischen Christentums steckt ...«

»Sprechen Sie, Padre, dann wird Ihnen leichter ums Herz.«

»Nicht mir kommt es zu, zu sprechen, sondern der Kurie, und je eher sie es tut, um so besser. Bei den Arbeitern setzt sich die Überzeugung fest, daß die Kirche ihnen feind ist, und das darf nicht sein.«

»Glücklicherweise sind Sie bei allen beliebt.«

»Ich spreche von der Kirche, nicht von meiner völlig unwichtigen Person, da ist alles einfach, ich bin ein Kind dörflicher Handwerker, bin unter ganz armen Leuten aufgewachsen, in meiner Brust schlägt ein mexikanisches Herz, und unsere Liebe Frau von Guadalupe fehlt mir sehr ..., deshalb bin ich ja hergekommen ...«

Erstickende Hitze, sie brannte und glühte. Chombo, der Neger aus Panama, und eine weinerlich sprechende Negerin entlockten einem trägen, mit Schweigen getränkten Tanz Bewegung, nicht um zu tanzen, sondern um sich grübelnd aneinander zu reiben, zu reiben ... Die Negerin lachte ... Bisweilen tanzte sie nicht auf den Spitzen ihrer Füße auf dem Boden, sondern auf den Spitzen ihrer Brüste auf der Brust des Negers. Chombo sammelte weißen Speichel aus Kokosmilch, um ihn zu schlucken oder auszuspucken.

»Los, spuck in den Himmel, und es fällt dir in die Fresse«, flüsterte ihm die Negerin ins Ohr.

Chombos Poren öffneten sich, ohne daß sich seine Haare aufstellten, und er verdrehte die Augen. Er lachte auch mit den Augen. Der Negerin gefiel die Grimasse nicht.

»Chombo, tanz nicht wie ein Toter!«

Von dem Hinterstübchen aus, das er sich als Wohnzimmer eingerichtet hatte mit Korbmöbeln, Familienbildern in ovalen Rahmen, einer nicht gehenden Bronzeuhr, Papierblumen, Fächern und Pfauenfedern, von diesem Hinterstübchen aus, wo er mit Padre Ferrusigfrido plauderte, verfolgte Piedrasanta aufmerksam, was sich in seinem Laden abspielte, in dem Teil zwischen Theke und Tür, denn in dem anderen Teil, jenseits des Ausschanks, schliefen selbst die Fliegen.

»Ich erinnere mich nicht mehr, ob ich meine Frau wirklich geweckt habe, bestimmt knetet sie schon den Teig, denn das ist auch so eine Sache, der Bäcker hat mir schon vor Tagen erklärt, daß er kein Brot mehr bäckt, wenn sie hier anfangen zu streiken, aus Solidarität mit den Plantagearbeitern. Es gibt jetzt eine Menge Wörter, die man früher nicht gehört hat und die man jetzt alle Naslang hört, So-li-da-ri-tät . . .!«

»Ich gehe, Piedrasanta.«

»Sie gehen, Padre? Es ist einiges wert, daß Sie schon mit Foxtrottbegleitung über den Streik gepredigt haben. Sie machen es wie die Evangelischen, die nur mit Musik arbeiten.«

»Aber gegen die habe ich eine Verbündete, ihretwegen bin ich nämlich gekommen und nicht, um über den Streik zu sprechen. Ich hätte gern ein Bild von der Jungfrau von Guadalupe, ein mittelgroßes, um es auf dem Hauptaltar aufzustellen.«

»Eine gute Verbündete haben Sie sich ausgesucht gegen die Evangelischen, die Protestanten, die Bibelforscher und . . . die Streikenden.«

»Gegen die Streikenden auf keinen Fall! Bring nicht Kraut und Rüben durcheinander, sie ist eine India, bloßfüßig und braunhäutig, und kann nicht gegen die sein, die genauso sind wie sie.«

Der Neger Chombo ahmte die weinerliche Stimme der Frau nach, mit der er tanzte, ein Totenschädel, aufgelesen von einer Brandstätte, die sich an seinen gelben Anzug preßte, und trällerte ihr vor:

»Auf dem Tische der armen Leut',
ach, was sagen sie, sagen sie, sagen sie,
eine grüne Zitrone, ein grünes Blatt,
lauf ich dir nach, hast du mich satt,
gehe ich fort, kommst du mir nach,
hör mich, Liebste mein . . .

Sie sagen, du liebst mich nicht mehr,
ach, was sagen sie, sagen sie, sagen sie,
weil ich keine Unterhosen trage,
doch du trägst keinen Unterrock,
Hosen sind deine ganze Habe,
hör mich, Liebste mein . . .«

Padre Ferrusigfrido wollte sich die Hände reiben, aber es gelang ihm nicht, weil sie glitschig vor Schweiß waren, und er begnügte sich damit, zu lächeln. Er ging hinaus. In der Hitze roch er nach ranziger Pomade und verschwitzter Soutane.

Die Tanzlokale leer. Die paar Leute, die zurückgeblieben waren, wurden von den Soldaten verscheucht. Don Pascualito setzte allem, was sein strahlender Lokomotivscheinwerfer auf dem Platz beleuchtet hatte, ein Ende, verabschiedete seine Freunde und ging, tiefverärgert über den Kommandanten, Arm in Arm mit seiner Frau nach Hause.

»Es gibt doch keinen anständigen Freimaurer!« sagte er zu seiner Frau. »Wie konnte er diesem Strolch erlauben, in der ›Goldenen Kugel‹ ein Tanzvergnügen zu veranstalten? Ein Glück, daß die Soldaten kamen und die Gäste wegblieben. Zugegeben, er hat wenigstens den ›Machaquito‹ nicht gespielt, sicherlich, weil der Padre da war. Nein, gib mir nicht den Arm, ich höre, höre . . ., höre dann immer nur das verdammte Lied: ›Wohin gehst du, Pascualito, mit dem Hürchen dein . . .‹«

»Ah, das singen sie? Das hast du mir nicht gesagt, Pascual! Denen werd ich's zeigen! Die werden noch mal singen: ›Wohin gehst du, Pascualito, mit der Bürgermeisterin am Arm . . .!‹«

In der Dunkelheit, nach dichten Baumalleen, Häusern, holprigen Straßen, Brücken über Bewässerungsgräben, schimmerte eine weißgetünchte, von elektrischem Licht beleuchtete Baracke. Über der Tür ein großes Schild mit der Aufschrift: »Die frohe Botschaft«. Drinnen redete ein Mann auf einer Art Kanzel, und etwa hundert Menschen, die auf Kirchenstühlen, Stühlen und Bänken verteilt waren, hörten ihm zu.

»Es handelt sich nicht darum, daß ein Kamel durch ein Nadelöhr geht«, predigte er, »sondern durch das Nadeltor, welches das engste Tor Jerusalems war. Eher geht ein Kamel durch das Nadeltor, ehe ein Reicher durch das Himmelstor geht . . . Jesus war nicht imstande zu übertreiben . . . Er war sachlich . . . Hier ist das Nadeltor, durch das kein Kamel hindurchgeht, und dort ist das Himmelstor, durch das kein Reicher hindurchgehen wird . . .«

»Wehe, wehe«, schrie Good-die, einer der Zuhörer, irre und sprang auf, »wehe, wehe über die Stadt New York, über die großmächtige Stadt! Wehe, schnell war dein Urteil gesprochen! Und die Händler der Erde brachen aus in Schluchzen und Klagen über dich, denn niemand wird mehr ihre Ware kaufen: Gold, Silber und Edelgestein,

Perlen, feines Linnen, Purpurgewänder, Seide, Scharlachtuche, vielerlei duftende Hölzer und vielerlei Möbel aus Elfenbein, kostbare Steine, Bronze, Eisen, Marmor, Zimt oder Kaneel, Riechwässer, duftende Salben, Weihrauch, Wein, Öl, Mehl, Korn und Lasttiere, Schafe und Pferde, Karossen, Sklaven, Menschenleben und Gladiatoren ... O New York! ... Die mit diesen Dingen handelten und reich wurden, sie werden sich entfernen von dir, aus Furcht, und werden seufzend und schluchzend sagen: ›Wehe, wehe über die große Stadt, die gekleidet ging in feinstes Linnen und in Purpur und in Scharlach und geschmückt war mit Gold und Edelsteinen und Perlen ... Wie zerrann er, all dieser Reichtum, in einem Augenblick ... Wie wurde sie selbst vernichtet in einem Augenblick ... Und alle Piloten und alle Seefahrer halten an in der Ferne, wenn sie den Rauch sehen, wo einst New York stand ...«

Ein Teil der Zuhörer erhob sich, um Good-die beizustehen, den apokalyptische Raserei befallen hatte, während eine Bank voll alter Weiber mit Gesichtern wie Bankiers, in der Hand die Bibel, beifällig nickte.

»Gudeycito«, sagte einer mit der sanften Stimme eines schwächlichen Mannes, der weiß, daß er spanisch spricht, halbnackt, die Haut grün wie eine unreife Banane, »Gudeycito, Gudeycito, du bist ein heiliger Gringo und so elend wie wir, die Bibel ist dein Pfühl und die Erde dein Bett.«

»Meine geliebten Brüder«, ertönte die kräftige Stimme Hochwürden Casseys, des Pastors der Kongregationalisten-Kirche von Los Angeles, als wieder feierliche Stille eingetreten war wie zuvor, ehe Good-die zu schreien begonnen hatte. »Meine geliebten Brüder! Brüder! Heute abend wollen wir uns mit dem gefährlichen Tun derer beschäftigen, die aus Furcht vor der Wahrheit die Lehren Christi entstellen. Beredt wiederholen sie von ihren einst ehrwürdigen Kanzeln herab, daß Jesus die Wechsler aus dem Tempel austrieb, aber sie sagen es mit geschlossenen Augen, um nicht die Wechsler zu sehen und um sie nicht aus ihren Tempeln und Kongregationen verjagen zu müssen. Sie werden sich entschuldigen oder versuchen, sich zu entschuldigen, und zu euch sagen: ›Es sind Wechsler, aber nur Gott sieht in die Herzen‹, als hätten die Wechsler ein Herz und als hätte der Herr darauf gewartet, daß sein Heiliger Vater den Karthagern ins Herz sehe. Er trieb sie hinaus, und das war das einzige Mal, da er sich uns zornig und erregt zeigt. Denn der Wechsler gehört nicht in den Tempel, sondern nach draußen ...«

Padre Fejú, den Rosenkranz in der Hand, den geschorenen Kopf über dem schmalen, weißen Kragen, gehüllt in die schwarze Nacht wie in eine unendlich weite Soutane, war stehengeblieben, um der schlechten Predigt zu lauschen. Warum erlaubt man uns Priester nicht, fragte er sich, mit diesen Inkarnationen des Teufels zu diskutieren? Wegen der Glaubensfreiheit? Schöne Glaubensfreiheit! Wenn es uns erlaubt wäre, würde ich ihm ins Gesicht sagen ... Was? ... Was würdest du ihm ins Gesicht sagen? ... Hast du denn die Wechsler aus dem Tempel getrieben? ... Er biß sich absichtlich auf die Zunge. Er biß sich so heftig, daß ihn sogar die Ganglien schmerzten.

Ein Bahnwärter, hochroten Gesichtes, weil er vor der Versammlung sprechen wollte, zwang sich zum Reden, als er nicht länger mehr schweigen konnte.

»Genug, Hochwürden Cassey, genug! Wann wird man endlich mit dem Mittelalter Schluß machen? Man predigt das Wort Gottes, als hätte Gott nichts zu schaffen mit dem, was zu dieser Stunde in der Welt geschieht. Ihr, seine Vertreter, habt nichts damit zu schaffen, denn ihr seid blind, taub, stumm und lahm, aber Gott nicht, er nicht ... Ihre Geschichten vom Kamel und dem Nadelöhr, von der Austreibung der Wechsler sind bedeutungslos in unserem Jahrhundert, in dem nicht einmal Samson den auf Dollarsäulen errichteten Tempel niederreißen könnte. Was werden Sie tun, Hochwürden Cassey, um aus Ihrem Tempel die Bananenhändler zu verjagen, die über eintausendfünfhundert Millionen Dollar verfügen? ... Hahaha, das Kamel, die Händler, nichts als Geschichtchen, ihr verwandelt die biblische Geschichte in Geschichtchen! Warum spricht man in den Kirchen und Kongregationen nicht über aktuelle Probleme: die Kindersterblichkeit, den Mindestlohn, menschenwürdige Arbeitsbedingungen, die Altersversicherung?«

Padre Ferrusigfrido Fejú hörte nichts mehr. Er zog sich in die schwärzeste Dunkelheit zurück und wischte sich mit dem Taschentuch den Schweiß ab, der in Strömen an ihm herunterlief. Ringsum duftete es nach blühenden Blumen und Früchten. Das Brausen des Meeres klang, als gäbe es eine zweite Natur, die die tiefen Dinge ergründete. Tränen quollen ihm in die Augen.

»Kommt hervor, kommt hervor, ihr Tränen«, murmelte er, »ihr seid der Kot der Feiglinge!«

Er biß in das Taschentuch, zerriß es mit den Zähnen und trocknete sich die Tränen mit den Fetzen ab.

Wie verloren irrte er durch die Straßen des Ortes, durch die wenigen Straßen des Ortes. Sie riefen ihn. Er hörte, daß sie ihn riefen. Nur Sterbende waren alle seine Pfarrkinder. Die Beichte verlangten sie, die Beichte! Nicht Sterbende waren sie, sondern Kämpfer. Hoch die Fahne mit dem göttlichen Bild der Jungfrau von Guadalupe. War nicht Padre Hidalgo ein einfacher Priester gewesen wie er? ... Worauf wartete er? Worauf warteten sie, um den Kampf zu beginnen?

In der wattigen Stille der Nacht schleppte ein Teil der Soldaten seine Schläfrigkeit, seine Hitze und seine Erschöpfung zur Kommandatur. Als Hauptmann Salomé an der Kapelle der Anhänger der »Frohen Botschaft« vorbeikam, blieb er mit seinen Männern stehen und lauschte.

Hochwürden Cassey antwortete dem Bahnwärter: »Ich verstehe nicht, warum unser lieber Bruder daran zweifelt, daß sich die Geschäfte und die Religion verbinden lassen, zum Wohle der Arbeiter ...«

»Ich protestiere!« Eine jugendlich aussehende Dame mit frischer, rosigweißer Haut, die ihrem grauen Haar widersprach, hob die Hand wie in der Schule, um zu sprechen. »Hochwürden Cassey kann uns nicht als gültige Lösung des Problems empfehlen, was ›The Witness‹, unsere bischöfliche Zeitschrift, als das Ziel der angestrebten Verständigung zwischen Klerus und Geschäftsleuten verurteilt hat, nämlich die Arbeiterklasse zu versklaven, sie der fünften Freiheit, das heißt der Freiheit der Initiative, zu berauben.«

»Ich empfehle gar nichts«, erwiderte Cassey äußerst liebenswürdig, »und wenn ich mich nicht irre, richtete sich der Protest in ›The Witness‹ vor allem gegen das Eindringen der großen Konzerne in das Gebiet der Religion.«

»Dem widersetzen wir uns jetzt und in der Zukunft«, rief die Dame mit klingender Stimme aus und erhob sich. »Unsere Kirchen und Kongregationen haben bewiesen, daß sie große moralische Kräfte besitzen, aber die Konzerne richten ihre Aufmerksamkeit ja wohl mehr auf die katholische Religion ...«

»Geliebte Brüder«, fiel ihr Cassey ins Wort, »beenden wir unsere Versammlung, indem wir den zweiten Vers des Gebetbuches anstimmen.«

Alle erhoben sich und sagen:

»Gott brachte seine Hände,
Welche die Hände der arbeitenden Menschen sind,

Und sagte ihnen: Erbauet die Stadt!
Und sie erbauten sie.

Gott brachte seine Hände,
Welche die Hände der arbeitenden Menschen sind,
Und sagte ihnen: Zerstöret die Stadt!
Und sie zerstörten sie.«

Salomé marschierte an der Spitze seiner Truppe weiter. Über den Feldern breitete sich der Sonntagsfriede aus. Als sie eine unübersichtliche Stelle passierten, dort, wo der staubige Pfad, den sie gingen, über die Bahngleise führte, zog ihn der Sergeant Rancún am Arm, um ihn zurückzuhalten, und zeigte auf eine Eule, die auf einem Feigenbaum saß.

Der Hauptmann und seine Soldaten machten einen Umweg um den Unglücksvogel, und wie sich zwei Hälften einer mit dem Machete zerhauenen Schlange wieder zusammenfügen, so vereinigten sie sich mit der Truppe Hauptmann Cárcamos, und gemeinsam setzte die Kolonne ihren Weg fort.

»Sie sind doch gestern nicht zufällig in meine Baracke gekommen, Herr Hauptmann, nicht wahr?« sagte Cárcamo, während er seinen Schritt dem Salomés anpaßte.

»Haben Sie denn nicht bemerkt, daß mich der Chef ganz schön in Atem gehalten hat mit dem Bericht über das Material, das wir anfordern müssen, falls dieser berüchtigte Streik ausbricht?«

»Darüber wollte ich mit Ihnen sprechen, Herr Hauptmann; wir müssen eine Menge anfordern, einen großen Posten Maschinengewehre und Gewehre ...«

»Wie es heißt, sollen wir Handgranaten bekommen ...«

»Ausgezeichnet, finden Sie nicht auch?«

»Leider verpulvern Sie viel Munition, Hauptmann Cárcamo. Heute abend haben Sie mindestens tausend Schuß abgefeuert.«

»Jetzt übertreiben Sie aber, mein Freund, ich glaube nicht, daß Sie für Gewehrfeuer ein so schlechtes Gehör haben.«

»Haben Sie jemand getötet oder gefangengenommen?«

»Wir hatten den Befehl dazu, aber wir haben in die Luft geschossen.«

»Besser so ...«

»Der Hund legt sich erst hin, nachdem er sich dreimal nach rechts und dreimal nach links gedreht hat. Wie ich sehe, kann man mit Ihnen reden, Hauptmann Salomé.«

»Worum handelt es sich denn?«

»Ich werde Sie in Ihrer Baracke besuchen. Wer war Ihr Intimus in der Schule, darf man danach fragen?«

»Agustín Yañez.«

»Kenne ich nicht.«

»Seltsam, er war lange Zeit in der Hauptstadt stationiert.«

»Korrespondieren Sie mit ihm?«

»Wir gratulieren uns gegenseitig zum Geburtstag. Er ist ein sehr schneidiger Kerl.«

»Mein Intimus war Timoteo Benavides, aber unsere Freundschaft hat sich ein wenig gelockert: Auf einem Ball im Kasino wollte er mir meine Dame ausspannen, aber der Hengst Cárcamo hat ihm einen Strich durch die Rechnung gemacht. So nennt er mich nämlich immer, der Strolch.«

»Den kenne ich gut«, sagte Salomé. »Er sollte Trauzeuge bei meinem Vetter sein, aber er wurde abkommandiert mit einem Sonderauftrag, und . . .«

»Und deshalb kennt er das Gebiet an der mexikanischen Grenze wie seine Hosentasche. Er hat uns überholt, er ist schon Major.«

»Es gibt doch keine Beförderungen, nicht wahr?«

»I wo!«

9

»Sie ist India, India, India«, sagte sich Padre Fejú, »sie kam von keinem Berge Sinai herab und ist durch keine Bibel gegangen. Sie entsproß wie die Rose des dunkelhäutigen Amerika den Rosen des Tepeyac.«

Er sah die Frühe heraufdämmern, sah die Morgensterne in rosenfarbenem Gold verblassen, das Dach aus Morgensternen, die in unterschiedlichem Feuer schimmerten, vom rötlichen Feuer bis zu dem Marias . . .

»Maria, du Morgenstern!«

Er war schon auf den Beinen, triefend von der heißen Schweißbrühe der Bettlaken, die er sich mit Wasser, geschöpft aus einer improvisierten Wanne, gründlich abspülte, ein Duschbad, das ihn von Kopf bis Fuß erfrischte. Seife und Wasser. Noch mehr Seife und noch mehr Wasser.

Er kleidete sich bei Kerzenlicht an, obgleich sich in der blauen Tageshelle schon die Dinge erkennen ließen, die auf dem Tisch standen, in der Mitte der Christus aus Holz, ein altes Schnitzwerk, das aus seiner Heimat mitgebracht hatte und das, wie es hieß, schon viele Meilen mit Bruder Bartolomé de las Casas gewandert war.

Es verdroß ihn, daß er kein Bild der Jungfrau von Guadalupe hatte, und er blickte immer wieder um sich, als müßte dort, wo es nichts gab als die ungetünchten Wände, wie durch ein Wunder die Erhabene erscheinen, die nicht nur im Himmel weilen wollte, um die Engel zu erfreuen, und sich in Gestalt von Rosenblättern an den rauhen Poncho des Juan Diego geheftet hatte.

Er rieb sich die Hände. Er besaß das göttliche Bildnis nicht, aber er konnte ein wenig zeichnen und malen. Er würde sie zeichnen und ihr die Farben des Morgens geben. Aber wo und womit? Und warum nicht einfach an die Rosen denken? ... Wenn sie, um sich darzustellen, weder der Farben noch des Künstlers bedurfte, sondern nur der Rosen und des Glaubens der Indios, dann konnte er sie bei sich haben, sofern er nur einige der kostbaren Blumen besaß. Er würde die rosa, weißen und gelben Blütenblätter zusammenfügen und brauchte nur das Rosengebilde zu betrachten, um sie deutlich vor sich zu sehen.

Aber nein, es gab keine Rosen. Die Altarblumen waren aus Papier, und das Beste waren noch ein paar bereits verwelkte Gladiolen und einige von der Sonne versengte Jasminsträuße.

Er verließ eilig das Zimmer und begab sich in die Sakristei, um sich für die Messe vorzubereiten, dabei dachte er, wie wenig vermag doch der Mensch, wenn er sich nur seiner materiellen Hilfsmittel bedienen will. Denn, warum, Unsere Liebe Frau von Guadalupe, malt dich dein bescheidener, demütiger Priester nicht, wie es ihm ansteht, mit Worten statt mit Rosen und Pinseln und Farben? Das zu tun, kann doch nicht schwer sein, liebe Herrin? Warum also in Verwirrung geraten? ... Wie unbeholfen mein Wort auch sein mag, wenn du mich erleuchtest, wirst du leben in der Atmosphäre der Kirche, im Universum der Küste, wenn du mich erleuchtest, wenn du meine Zunge beredt machst mit deiner Eingebung der kleinen India, der kleinen India, die zur Quelle geht, den Krug zu füllen, die auf den Markt geht, Essen zu kaufen, und nach Hause zurückkehrt und allen hilft, so daß es keinen Schmerz gibt, den sie nicht lindert, keine Freude und keine Lust, die sie nicht teilt ... India ... India ... India ...

Es gefiel ihm unendlich wohl, sie India zu nennen, dort, wo alles nach Yankee stank, und er merkte erst, daß er die Messe las, als er mit geneigtem Haupt das »Confiteor Deo« zu beten begann.

Die Hitze ließ etwas nach.

Als er sich beim »Dominus vobiscum« umwandte, sah er, daß die Kirche voll war. Vom Meer wehten wohltuende Winde und milderten ein wenig die dumpfe Hitze, die seit Tagen herrschte.

Nach dem Evangelium stieg er zur Kanzel empor und begann, als wende er sich an jemand, der hier gegenwärtig war: »India, India, India Amerikas!«

»Dem Padre schmeckt der Fisch ohne Gräte«, meinte der Bürgermeister im Barbierladen, »er wünscht sich eine heilige Jungfrau aus Rosen, ohne Dornen, sonst nichts.«

Der Meister Barbier, überreizt vom Fieber, drehte ihm den Rükken zu. Die verlängerte Rückenpartie sollte Don Pascualito zeigen, daß er ihn für einen Dummkopf hielt. Er antwortete: »So ist das nicht, mein Freund, keine Frucht hat so viele Stacheln wie die Opuntie, aber die Menschen essen sie doch, obwohl sie sich die Hände zerstechen.«

Der Bartkratzer sah dermaßen schlecht aus, daß Don Pascualito seine scharfe Antwort auf die Galligkeit und Ungeduld schob, die die Malaria hervorruft, wenn sie bereits das Nervenzentrum angegriffen hat.

»Meister, Sie müssen sehen, daß Sie diese scheußliche Sache los werden, früher waren Sie so umgänglich, und jetzt kann man über nichts mehr mit Ihnen reden, früher haben Sie uns aus dem ›Oráculo‹ vorgelesen, und wir haben Karten und Domino gespielt. ›Los Ecuicios‹ war unser Klub, aber jetzt hört man Sie nur noch krampfhaft die Sülze des Fiebers im Munde wälzen.«

Als der Bürgermeister gegangen war, rief der Barbier die Mincha, seine Eheliebste, die er auch »Tercerola« nannte, weil sie seine dritte Frau und außerdem dickärschig, häßlich und klein war, und bat sie, zur Kirche zu laufen und Padre Fejú zu holen. Als die Frau das hörte, fing sie bitterlich an zu weinen. Heulte und heulte. Und sie hätte sich nicht wieder beruhigt, hätte der arme Mann sich nicht im Sessel aufgerichtet, in dem er den ganzen Tag wie angenagelt saß, und gesagt: »Sei nicht dumm, sei kein Dummchen, ich schicke dich nicht zu ihm, weil ich am Sterben bin, sondern weil ich ihm das Bild schenken will, das in unserem Zimmer hängt.«

Als Mincha das hörte, flog sie in die Sakristei, um den Padre zu holen. Und sie biß, wie ihr Mann es sie geheißen hatte, die Zähne zusammen, um nicht zu verraten, weshalb sie gekommen war, denn ihr Alter, der Ärmste, wollte die Freude haben, den Priester mit dem Geschenk zu überraschen.

Die Zunge kitzelte sie, weil sie dem Padre gar zu gern erzählt hätte, weshalb sie ihn rief, damit er nicht glaubte, es stehe schlecht um den Kranken, aber sie hielt an sich. Sie ging zurück. Sie mußte den Rahmen und das Heiligenbild noch ein wenig säubern, weil sie über und über mit Spinnweben bedeckt und arg verstaubt waren.

Padre Ferrusigfrido fragte nicht, weshalb er gerufen wurde. Ein Christ, dachte er, der in der Sterbestunde vor Gott Rechenschaft ablegen will. Und schon betrat er »Los Equinoccios«.

»Einen guten und heiligen Tag«, sagte er, als er im Spiegel erschien.

Für den Barbier, der wie angenagelt in seinem Sessel saß, erschien er in dem Spiegel gegenüber der Tür, die auf die Straße führte.

»Seien Sie gegrüßt, Padre«, antwortete Con Yemo.

»Wie geht es Ihnen? . . . Ich habe gehört, daß Sie sehr krank waren . . . Ihre Frau bat mich, herzukommen, und nun bin ich da und stehe Ihnen zu Diensten.«

»Vielen Dank, daß Sie gekommen sind. Ich habe gehört, Sie haben sich heute morgen während der Predigt, als Sie über die Jungfrau von Guadalupe sprachen, beklagt, daß Sie kein Bild von ihr in der Kirche haben . . . Heute morgen, während der Predigt . . .«

Die Erschöpfung verschloß dem Barbier den Mund. Er schwieg, den Blick starr auf den Boden geheftet, eiskalt am ganzen Körper, die Haare wie Eiskristalle, die Ohrmuscheln durchsichtig. Seine Frau kam und rieb ihm die ausgedörrten Lippen mit etwas Kakaobutter ein.

»Dort«, er versuchte mit dem Arm zu zeigen, und Mincha hielt inne, damit er die Richtung zeigen konnte, warum sollte er sich seine Lieblingsgeste versagen, die er Napoleon abgesehen hatte, »in dem Zimmer dort haben wir ein Bild Unserer Lieben Frau von Guadalupe, nehmen Sie es mit, nehmen Sie es mit, ich will, daß es in der Kirche hängt . . .«

Padre Fejá riß sich von dem schmerzlichen Anblick des Kranken los, der starr zu Boden blickte, rieb sich die Hände, klatschte beglückt und rief schallend: »Hurra!«

Kaum war er über die Schwelle des Zimmers getreten, da fiel er vor dem Bild auf die Knie, das die Frau heruntergenommen hatte, um es abzustauben, und das nun, an die Wand gelehnt, auf dem Boden stand.

Er preßte das Bild an sich und ging. Er sah den Kranken nicht. Die Nähe des Todes konnte seine Freude nicht trüben. Mochten die Toten ihre Toten begraben. Er würde die amerikanische India feierlich in seiner Kirche aufstellen, er, er, Ferrusigfrido Fejú, und würde alle lehren zu sagen:

Du bist der Rosen holdes Kind,
niemand darf's bezweifeln,
gleich der Orange, die entspringt
aus der Blüte, der weißen.

Der Rauch der Kohlenglut,
der ihr die Füße verbrannt,
in Rosen ward er verwandelt,
und dann zur Welt du kamst.

Am Poncho von Juan Diego
haftet der Freiheit Hauch,
in den Reihen des tapferen Hidalgo
schlugst du, heilige Jungfrau, dich auch.

Männer jeglichen Alters lagen, nur mit kurzen Hosen bekleidet, auf dem Boden und schwiegen. Es war nicht leicht, zu antworten. Sie waren still wie der Sonntag, seit man ihnen vorgeschlagen hatte, nicht zu arbeiten, wenn die Löhne nicht erhöht würden.

Vorgeschlagen hatte es ein Mann, der kürzlich erst auf die Plantagen gekommen war, ein gewisser Andrés Medina, in dessen Stimme das Feuer der Erde und das Feuer der Luft war.

»Sind schon viele Bananen geschnitten?« fragte jemand.

»O ja«, antwortete der Neuangekommene, »eine ganze Menge, weil die Schnitter keinen Sonntag hatten.«

»Bestimmt liegt ein Dampfer im Hafen und wartet.«

»Um so besser!«

»Keiner lädt also, Jungens, wenn sie uns nicht mehr zahlen.«

»Und wenn wir uns strafbar machen?«

»Wieso machst du dich strafbar, wenn du den Preis für deine Arbeit bestimmst? Bevor wir anfangen zu laden, sagen wir ihnen, daß wir soundso viel mehr verlangen, und dann sollen sie antworten.

Zahlen sie, arbeiten wir, zahlen sie nicht, arbeiten wir nicht.«

»Sehr schön! ... Da sie nicht zulassen können, daß die Bananen verderben und der Dampfer auf Fracht wartet, werden wir es bestimmt schaffen, daß sie uns die paar Centavos Tagelohn zulegen.«

»Gut«, sagte ein anderer, »damit ist die Versammlung vom ›Goldsucherstrand‹ geschlossen, und was mich angeht, so lasse ich mich eher zerreißen, ehe ich ein Büschel anrühre, wenn sie nicht zahlen, was wir verlangen. Das schwöre ich euch.«

»Das schwören wir alle, und wir nennen es den Schwur der ›Goldsucher‹.«

Sie standen auf, um zu schwören. Die Alten bedächtig, sie waren schon Erdklumpen, der Erde zugehörig. Die Vierzigjährigen knapp. Die Jüngeren überschwenglich.

Dann beschlossen sie, die anderen Arbeitslager aufzusuchen und sich am nächsten Sonntag um drei Uhr nachmittags, der Stunde, da Christus starb, am »Goldsucherstrand« wiederzutreffen und kein Wort zu verraten. Wenn ihnen der Tagelohn nicht erhöht wurde, mußte der Streik schlagartig ausbrechen. Das Los sollte entscheiden, wer als erster die Arbeit verweigerte, er würde auch der Wortführer sein, der im Namen aller den höheren Lohn forderte.

Sie kamen am Lager der Buschroder vorbei. Stumpf vor Hitze ruhten sie auf dem nackten Erdboden, ohne die Augen zu schließen, um gewiß zu sein, daß sie noch lebten, oder mit fest geschlossenen Lidern, um sich selbst zu vergessen. Sie verbrachten den Sonntag in Erwartung des nächsten Arbeitstages. Für sie war es kein Sonntag, sondern Aufschub vor der Arbeit. Sie schliefen nicht. Die Benommenheit füllte die Schlucht ihres Bewußtseins aus.

Vor einigen dieser menschlichen Tiere, die bestenfalls mit ein paar Lumpen die Scham bedeckt hatten, machte ein Schwarm blaugekleideter Mädchen halt mit weißen Kragen und Stulpen, weißen Schuhen und blauen Hauben mit weißer Borte über der Stirn.

»Der Wachtturm! ... Der Wachtturm! ... Der Wachtturm!« riefen sie eine auf Porzellanpapier gedruckte Zeitschrift aus.

Einer der Buschroder setzte sich auf, um die Sendung der »Frohen Botschaft« zu hören, die ein Mädchen in schlechtem, schülerhaftem Spanisch vorlas, Porzellangesichter, Porzellanaugen, Porzellanhände und das Evangelium mit Porzellanfiguren.

Der Atem der Männer, die völlig teilnahmslos waren, blieb hinter ihnen zurück, Tiernasen, die am Ende des Sonntags schnüffelten, was der Montag für sie bereithielt. Sie mußten das Gestrüpp umhacken, tief unten, wo, verdeckt von dem lockeren Sand, der fette, nasse Humusboden begann. Zuerst das Gestrüpp umhacken, um der Sonne Zugang zu verschaffen. Dann den Boden trocknen lassen, während er gleichzeitig geebnet wurde, und achtgeben, daß er nicht zu sehr austrocknete, und schließlich das neu gewonnene Feld besäen. Die Plantagenbesitzer hatten schon so viel Land, aber sie wollten immer noch mehr, und dieses Mehr gab es dort, wo das Meer war, wo das Sumpffieber war, wo die Schlange war, wo der Tod war.

Die Propagandistinnen der »Frohen Botschaft« gingen in die Arbeitersiedlung.

»Der Wachtturm! . . . Der Wachtturm! . . . Der Wachtturm!«

Die Tagelöhner, die im unteren Teil der Häuser, neben dem Waschbecken und der Küche, in der Hängematte lagen — ohne Hängematte kein Sonntag —, betrachteten lächelnd, mit lüsternen Blicken die Mädchen, die, umgeben von Frauen und nackten Kindern, Vögelchen die kleinen Jungen und Sparbüchsenschlitze die kleinen Mädchen, das Evangelium erklärten. Hinterher verschenkten sie die Zeitschrift.

Zu vorgerückter Stunde trafen sich die »Goldsucher« unweit der Küchen, um zu beratschlagen, nachdem sich jeder woanders umgetan hatte, dieser in den Arbeitslagern, der im Ort, der eine in den »Yardas«, den Wohnvierteln der hohen Angestellten, der andere bei den Arbeitslosen.

»Steht günstig«, sagte derjenige, der das Schneiden der Früchte beobachtet hatte. »Sie schneiden Bananen in rauhen Mengen, und es geht flott weiter, da der Mond scheint, werden sie bis spät in die Nacht arbeiten. Also ist es schon möglich, daß sie uns zulegen. Sie werden doch lieber zahlen als die ganze Ernte verderben lassen.«

Nicht so optimistisch war der Bericht des Mannes, der sich unter die Arbeitslosen gemischt hatte. »Es gibt viele, die nur darauf warten, am Montag mit der Arbeit zu beginnen. Die werden sie alle nehmen, wenn wir uns weigern.«

»Wenn das so ist, sind wir gezwungen zu arbeiten.«

»Ich nicht! Ich habe geschworen, nicht zu arbeiten, wenn sie mir nicht mehr zahlen, und ich rühre kein Büschel an, eher lasse ich mich in Stücke reißen! Außerdem, wer sagt euch denn, Jungens, daß sie uns wirklich in den Rücken fallen; wenn sie sehen, daß wir rausgeworfen werden, weil wir höhere Löhne fordern, werden sie sich weigern, uns die Arbeit wegzunehmen.«

Derjenige, der mit dem Bananenschleppertrupp gesprochen hatte, zu dem der Hindu, König Benigno, Pajuilón, Tortón Porras, Sholón, Bucul und Motejute gehörten, meldete, daß sie gekränkt seien, weil man sich nicht mit ihnen beraten hätte, aber trotzdem den Plan entschlossen unterstützten.

Viele Bananen, die bereits geschnitten waren, und viele Männer, die ihre Arbeit übernehmen würden, wenn sie sich weigerten zu laden, diese beiden Umstände kennzeichneten die Lage neben der vagen Möglichkeit, daß sich die Arbeitslosen weigern würden, sie zu ersetzen, wenn sie erfuhren, daß die Träger hinausgeworfen wurden, weil sie höhere Löhne forderten.

Der Anführer, der diesen Schluß zog, hatte noch nicht zu Ende gesprochen, als niesend der Mann erschien, der im Ort gewesen war.

»Ich war, ihr ahnt es nicht . . ., in der Kirche . . . Der Padre ist übergeschnappt . . . Er schreit, wir sollen zu den Büscheln sagen: ›Eines Tages werdet ihr uns, den Arbeitern, einbringen, was ihr jetzt den anderen einbringt!‹ Und dann sagt er noch, wir wären nicht allein auf den Plantagen, eine Jungfrau wäre bei uns, die so ist wie wir, eine echte India . . . Schluß mit den Ausländern! Die Mutter Gottes ist eine India und steht uns bei, wenn wir sie um Hilfe bitten. Eine India, barfüßig, mit schwarzem Haar und Schlitzaugen.«

»Trotz allem bleibt es bei dem, was ich gesagt habe: Viele Bananen, die schon geschnitten sind, und viele Männer ohne Arbeit, die darauf warten, sich morgen, Montag, zu verdingen«, wiederholte der Anführer und trat zur Seite, um eine Botschaft zu lesen, die ihm soeben der Mann überbracht hatte, der von der Station Río Bravo kam.

»Morgiges Ergebnis entscheidend für Beschleunigung Generalstreik. Nicht einen Schritt zurück.« Unterzeichnet war die Botschaft mit einem Schlüssel.

Er faltete das Papier zwei-, vier-, sechs-, achtmal, drehte eine Kugel daraus und verschluckte sie.

»Gott hat uns geschaffen, und der Streik führt uns zusammen«, sagte er sich. »Wir werden wieder mit Octavio Sansur gemeinsame Sache machen. Neulich abends habe ich ihn erkannt, aber ich habe ihn wieder aus den Augen verloren; Freund Key — auf spanisch müßte er Nachschlüssel heißen, denn er kann alle Türen öffnen — hat mir erzählt, daß er hier durchgekommen ist. Eine ernste Sache, diese Bewegung! Da sie sich schon bis zum Pazifik ausdehnt, warum soll sie nicht auch die Nordküste von Honduras umfassen? Da die verschiedenen Gesellschaften doch nur ein einziger Konzern sind, warum treten wir ihnen nicht in einer einzigen, geschlossenen Front entgegen? ... Übrigens, von wegen Nordküste, Clara María Suay hat mich nicht erkannt ... Turtelt mit einem Offizier der Garnison ... Es wäre nützlich, mal mit ihr zu sprechen und sie an ihre Zeit in der Bar ›Hierwarichglücklich‹ zu erinnern ...«

Im Arbeitslager verklangen die Schritte. Heulen. Vielleicht ein Schakal. Der Pfiff einer Lokomotive. Später die Soldaten. Und die Stimme eines Spaßmachers: »Warum verhaften sie nicht die Hitze?«

Stimmen, Geschrei, Kolbenstöße.

»Was ist?«

»Nichts, gehen Sie weiter!«

»Ich wohne hier.«

»Dann machen Sie, daß Sie ins Haus kommen!«

»Cárcamo, du bist das! Ich habe dich nicht erkannt ... Ich bin Andrés Medina ... Bruderherz!«

»Wo kommst du denn her, Andresito?«

»Ich wollte ins Arbeitslager.«

»Arbeitest du dort?«

»Ja, als Schnitter. Und du? Ich sehe schon, du bist hier stationiert. Seit wann denn?«

»Seit ungefähr vier Monaten.«

»Bist du zufrieden?«

»Nicht sehr.«

»Ich besuche dich mal, wenn du frei hast.«

»Komm, wann du willst.«

»Ich bringe dir Pflaumen mit. Erinnerst du dich noch, wie ich dir in der Schule immer Pflaumen mitgebracht habe?«

»Ich muß gehen, Andresito, ich will hier lang, einen Kameraden besuchen, und bis zu ihm ist es weit. Im Vorbeigehen kann ich auch gleich die anderen Arbeitslager kontrollieren. Hast du was über den Streik gehört?«

»Nichts ... Ich begleite dich.«

»Wo hast du dich denn die ganze Zeit herumgetrieben?«

»An der Nordküste.«

»Von dort ist die Freundin des Kameraden, den ich besuchen will. Suay heißt sie.«

»Aha.«

Schweigend gingen sie nebeneinanderher, und Andrés sagte vorsichtig: »Du bist also nicht sehr zufrieden, dabei hast du doch bestimmt eine Menge Vorteile: Die Dienstzeit wird dir doppelt angerechnet, du bekommst einen höheren Sold, hast die Möglichkeit, vorteilhaft im Comisariato einzukaufen, und in deiner Freizeit kannst du Billard spielen, saufen, kegelschieben, tanzen gehen und was es sonst noch bei den Gringos gibt . . .«

»Ich hasse sie.«

»Sprichst du englisch?«

»Ich habe es gelernt, aber ich spreche es nicht.«

»Komisch, und ich habe geglaubt, daß die Offiziere dick Freund mit ihnen sind.«

»Der Schein trügt, Andresito . . . Aber um von etwas anderem zu sprechen, schon über sie zu sprechen ist mir zuwider, erinnerst du dich an Malena Tabay? Sie ist noch immer Schulleiterin in Cerropom . . .«

»Sie ist schon viele Jahre dort . . . Hat sie nicht geheiratet?«

»Nein . . .«

»Deine erste Liebe, Cárcamo . . .«

»So sagen die bösen Zungen . . .«

»Dann will ich dich lieber daran erinnern, wie wir dich damals nannten: ›Stieresel‹!«

»Über das erste habe ich mich nie geärgert, denn ein Stier war ich wirklich, wenn's ums Raufen ging, aber auch das zweite stimmte, denn ich war ein furchtbarer Esel und behielt nichts von dem, was man uns beibrachte.«

»Du bist doch noch immer der gleiche . . . Aber das bezieht sich nicht auf den Esel, hahaha . . .«

»Wir werden meinem Freund melden lassen, daß wir hier sind . . . Sergeant Rancún!«

»Zu Befehl, Herr Hauptmann!« Mit geschultertem Gewehr nahm der Sergeant Haltung an und führte die linke Hand über die Brust, bis sie die Waffe berührte.

»Lassen Sie den Wecker läuten!«

Der Sergeant trat beiseite, und gleich darauf knallte ein Schuß.

»Wir lernen, uns erschießen zu lassen«, sagte Cárcamo rätselhaft, und während der Sergeant meldete, daß der Befehl ausgeführt sei, zeichnete sich in der Tür einer Reisighütte, im Licht einer Laterne, die Gestalt Hauptmann Salomés ab.

»Andrés Medina«, stellte Cárcamo vor.

»José Domingo Salomé«, sagte der Offizier und drückte Medina die Hand.

»Freut mich sehr«, murmelte der.

»Ein Kumpel, der für mich wie ein Bruder ist«, erklärte Cárcamo, »wir sind aus dem gleichen Dorf, Jugendfreunde, sind zusammen aufgewachsen.«

»Ich verlasse Sie, meine Herren, denn Sie wollen in Ihr Quartier, und ich gehe ins Arbeitslager zurück.«

Sie verabschiedeten sich. Medina duckte sich hinter ein paar riesige Kakteen, zwischen Rohr und Gestrüpp. Nachdem die Schritte der Soldaten verhallt waren, näherte er sich geräuschlos und fast auf allen vieren wie ein Affe von hinten dem Hause. Durch die Ritzen der schlecht gezimmerten Bretterwand konnte er das erleuchtete Zimmer sehen, wo Clara María, hochgewachsen, vollbusig, breithüftig, nackt auf und ab ging. Unschlüssig wanderte sie durch das Zimmer. Ihr Rücken war den Ritzen in der Wand so nahe, daß der Geruch ihres dunkelhäutigen, verschwitzten Körpers fast in Medinas Nase drang, und er konnte sogar das Mal an ihrer Taille erkennen, ein Kreuz, das nach vorn und nach hinten wies, die Narbe von einer Operation. Er genoß sie nicht. Er erinnerte sich ihrer. Das Licht erlosch. Der Wind. Sie zündete es wieder an. Sie hob eine Brust, um die Brustwarze zu betrachten. Sie kratzte sich den Schenkel. He! He! Das Netz der blauen Adern, das bis zum Knie reichte. Die Moskitos ließen ihn nicht in Ruhe. Er schlug nach ihnen. Mechanisch. Sie vernahm das Geräusch. Sie blickte lauschend um sich, war mit einem Schritt bei dem Tisch neben ihrem Bett und ergriff den Revolver.

»Wer ist dort? Sprechen Sie, oder ich schieße . . .«

Niemand. Der Wind. Das Ächzen des Holzes, das über die Hitze klagt. Als sie, eingehüllt in einen weiten, rötlichvioletten Morgenrock aus der Tür trat, sah sie eine Sternschnuppe. Rasch sprach sie einen Wunsch aus, damit er in Erfüllung gehe. Was wünschte sie sich? Sie wünschte sich etwas, wonach ihr ganzes Wesen verlangte.

10

Die Nacht wollte nicht weichen. Die Sonntagnacht wollte nicht weichen. Ein Stück Mond, in Wasser getaucht, die tote Zunge des Mondes, der kalt in dem heißen Horizont versank. Es tagte nicht. Nein. Kein Zeichen des Morgenlichts. Kein Zeichen. Es tagte nicht für die, die darauf warteten, das Spiegellicht der Morgendämmerung erscheinen zu sehen, die an der Küste aus dem Meere steigt. Warum krähen die Hähne? Warum tagt es? Aber es tagt nicht. Mehr Hähne krähen. Mehr Geräusche fegen die Stille hinweg, die nach dem Krähen der Hähne und dem unterirdischen Wandern gefesselter Schatten zurückkehrt und liegenbleibt wie der Kehricht vom Sonntag.

Ein regnerischer Tag. Der Regen gehört schon dem Montag an. Er fällt auf die Haut derer, die fast nackt zur Arbeit trotten. Sandalen, kurze Hosen und Sombreros. Sie sind achtzehn, sind zwanzig, sind zweiundzwanzig Jahre alt. Wenn es sich nicht aufklärt, sobald die Sonne sich zeigt, wird es ein nasser Tag. Falls sie sich zeigt, denn es tagt nicht. Und Bananen schleppen, wenn es regnet, wenn es gießt, ist widerwärtig. Es ist immer widerwärtig. Aber besonders im Regen. Alles ist glitschig. Die Büschel, der Boden. Der Boden wie eine Bananenschale. Es tagt nicht. Wer sich nicht mit den Zehen in die Erde einkrallt, fällt hin mitsamt der Ladung. Mehr Hähne. Mehr Geräusche. Aber es tagt nicht. Es regnet. Das erste Wort murmelt einer zwischen den Zähnen, der beinahe mit einem anderen zusammenprallt. Nicht absichtlich. Aus Versehen. Er geht an ihm vorbei, und das Schimpfwort klingt wie eine Drohung. Das Wort, das er gesagt und das der andere gehört hat, oder das der andere gesagt und das er gehört hat. Wer von den beiden hat es gesagt? Wer von den beiden hat es gehört? Der, der geht? Der, der kommt? Denn das geschieht manchmal, während der Montagmorgen anbricht, bei denen, die halbnackt zur Arbeit trotten. Heute tagt es nicht, und sie trotten im Regen. Sie sind achtzehn, sind zwanzig, sind zweiundzwanzig Jahre alt. Sie senken den Kopf unter den schützenden Sombreros, damit ihnen das heiße Naß des Tropenregens nicht ins Gesicht prasselt. Die vorn gehen, bleiben vorn stehen, die in der Mitte gehen, bleiben in der Mitte stehen. Die hinten gehen, bleiben hinten stehen. Sie umringen einen Mann, den ein Gummiumhang einhüllt, Tropenhelm unter dem Cape, Gummischuhe unter dem Cape. Eine Laterne, die in seinen Händen schwankt, taucht ihn in gelbes Licht. Noch mehr Laternen. Noch mehr Laternen tauchen auf. Die fernsten schwanken so heftig, daß sie nicht wie Laternen mit gelben Lichtern aussehen, sondern eher wie Wespen, die die Capemänner in die Hände stechen. Noch mehr und noch mehr Laternen. Das Aufklatschen der Wassertropfen, die an dem Mann herabfließen, macht sie nur müde. Aber das ist nicht alles, kettenrasselnd und mit kreischenden Bremsen bringt der Plattformwagen die Bananen, begleitet von Vorarbeitern und dem Timekeeper. Aus tiefer Nacht gekommen, bleibt er bebend stehen. Berge, Vulkane von Bananen. Der Boden zittert unter dem Gewicht der Räder auf den Schienen, zwischen denen wie Zündhölzer die Schwellen liegen. Je mehr sich die Laternen dem Ladeplatz nähern, um so näher schwanken sie auch an den Oberaufseher, die Vorarbeiter und den Timekeeper heran. Schütternd hält der Plattformwagen an, schlittert mit blockierten Rädern noch ein Stück auf den sandbestreuten Gleisen weiter, zwischen die erste Doppelreihe der Träger. Die verwischt ein heißer Sturzbachregen, wie ein Gewebe aus Bananenblättern, von denen nur die ledrigen Fasern übriggeblieben sind. Hinter ihnen der blinde, klebrige Guß, vor ihnen die Waggons, die auf Ladung warten, Wände und Dächer aus Zink, dröhnend unter dem trommelnden Regen, dröhnende Wände und Zinkdächer.

Die Laterne des Mannes im Gummiumhang, der Umhang trug ihn wie ein Fuhrwerk, hob sich langsam bis zu dem Gesicht des Arbeiters, der fühlte, wie ihm von dem Strohhut, seinem einzigen Schutz, die Tropfen über die Haut rannen. Der Mann hob die Laterne, hielt sie ihm vor das Gesicht, ganz dicht vor das Gesicht, es schien nicht, als wollte er ihn anleuchten, um festzustellen, wer er war, sondern als wollte er ihn verbrennen, ohne seinen Namen zu kennen, so lange verharrte er, ohne einen Entschluß zu fassen, während die rostige Laterne, deren Griff er fest umklammert hielt, hin und her baumelte, daß der andere Zeit hatte, wieder und wieder mit den Augen zu blinzeln. Das Heben und Senken der Laterne wiederholte sich viele Male von einem Gesicht zum andern entlang den beiden Reihen der halbbekleideten oder nackten, nur mit einer kurzen Hose bedeckten Männer, und dabei wurden zornige Worte gewechselt, aber sie gingen fast unter im Regen, der auf die Strohhüte prasselte.

Er ließ sich die Pfeife geben. Steckte sie zwischen die Zähne. Biß darauf. Pfiff. Pfiff. Pfiff. Von den gellenden Pfiffen, die schon fernes Echo waren, blieb etwas zurück wie ein Stück Geräusch, das einer verschluckt hatte, der Schluckauf eines Arbeiters, der Schluckauf Juambos, um es genau zu sagen. Sooft der Oberaufseher pfiff, um die Leute heranzurufen, die Arbeit suchten, hörte man den Schluckauf. Der Mann entledigte sich der Laterne, ohne sie auszulöschen. Es wurde heller, und der Guß ließ nach. Er stellte sie auf den Boden. Ein Augapfel in einer gläsernen Kugel mit Maulkorb, unter tausend traurigen Drähtchen. Schon ohne Laterne, schlug er im Vorbeigehen mit seinem dickhäutigen Gummiumhang gegen die Leiber der Träger, die sich weigerten, Bananen zu laden, wenn ihnen der Tagelohn nicht erhöht wurde, und den Arbeitsplatz nicht verlassen wollten, eine

Provokation, welche die mit Peitschen aus geflochtenem rohen Leder oder Walfischhaut und Ochsenziemern verschwenderisch ausgestatteten Vorarbeiter beunruhigte. Doch wozu die Herausforderung annehmen? Sie brauchten sie gar nicht zu schlagen, sie würden sie schon mit Püffen vertreiben. Und wenn es ohne Prügel nicht abging, auch gut. Dafür waren sie da. Damit sich die Chefs die Hände nicht schmutzig machten, indem sie die Tölpel verdroschen. Krawall. Das will ich meinen, daß es Krawall gibt. Krawall wird es geben. Es sei denn, sie tun ihnen den Willen und erhöhen die Löhne. Aber wenn sie es nicht tun, hilft nur noch die Peitsche. Immerhin, vielleicht wäre es besser, nicht damit anzufangen, da so viele Bananen geschnitten waren. Bei einem Krawall weiß man zwar, wo er anfängt, aber nicht, wo er endet. Er endet immer damit, daß die Kommandantur bewaffnete Truppen herschickt und daß ein paar mit Kolbenstößen abgeführt werden. Aber durch die Verzögerung leiden die Bananen. Die sind die Leidtragenden. Diese Faulenzer, was riskieren sie schon? Nichts. Sind bleicher als verbranntes Fett, und eine Liebkosung ist für sie dasselbe wie eine Ohrfeige. Sambitos Schluckauf spitzte die Lage zu. Er schluckte für alle, einen Hungerschluckauf.

»Schnauze«, schrie ihn der Oberaufseher an.

Aber statt Ruhe zu geben, schluckte Juambo aus Angst noch häufiger, während seine Gefährten in Zweierreihen mit hängenden Armen vor der Ladung Bananen warteten, die sie von den Plattformwagen auf den Armen oder auf dem Rücken in die Güterwagen tragen sollten, damit sie zum Hafen transportiert wurden, wo Bananenschiffe auf sie warteten und sie in Länder bringen würden, in denen es keines gab, wo nicht alles aus Stahl, Glas und Zement, wo selbst der Mensch wie ein Erzeugnis aus der Konservendose war. Hände ohne Geheimnis, glatt, desinfiziert, würden die tropische Frucht an Münder voller Zähne führen, die mit schäumender Paste gebürstet waren, und von dort würde sie durch die Hälse ohne Mandeln in Mägen fast pflanzlicher Tiere wandern.

Der Pfiff setzte die arbeitslosen Männer in den Lagern in Bewegung. Arbeiten! Keiner wollte zurückbleiben. Arbeiten! Sie hatten auf der Lauer gelegen, jetzt gingen sie zum Angriff vor. Wer stolperte und fiel, wurde überrannt. Arbeiten! Einer der ersten sein! Den Lichtern der Aufseher folgend, die ihnen den Weg wiesen, erschienen sie in Gruppen, ohne die Gesichter von den Nadeln des Regens zu befreien, der bald zunahm, bald nachließ.

»Lohnerhöhung verlangen, wenn es mehr als genug Arbeitskräfte gibt ... Die sind ja verrückt!« rief in versöhnlichem Ton der Oberaufseher aus, als er die vielen arbeitswilligen Männer kommen sah, denn er wollte, angesichts der Mengen, die zu verladen waren, der Schwierigkeiten, die sich ergaben, und des schlechten Wetters wegen keine Arbeitskraft verlieren und die Leute, die kamen, um sich einstellen zu lassen, zu den bereits eingestellten hinzunehmen.

Das Licht hatte den Himmel vollends geweißt, eine bläuliche, in Regen aufgelöste Helle, und dank ihrer fanden sich, als die Aufseher nicht länger die Laternen schwenkten, die Augen einiger im Feuer der Küste gegerbter Männer, weitgeöffnete Augen, die weder durch die Wimpern noch durch das Meer noch durch irgend etwas anderes begrenzt wurden, und die Augen der Neuankömmlinge, Augen, umstellt von gewellten Bergrücken.

Der erste aus der Reihe der Träger, die sich weigerten zu laden, stellte sich an die Spitze aller und vor die Bananenladung und rief laut, damit sie ihn hörten, die Männer ohne Arbeit, die kamen, um eingestellt zu werden, und die bereits die andern mit Püffen zu verdrängen suchten:

»Wir laden nicht, und wir lassen nicht zu, daß geladen wird, wenn sie uns den Lohn nicht erhöhen, höhere Löhne für alle, denn was sie zahlen, ist blutwenig, es reicht nicht zum Leben! Hier wird nicht ein Büschel angerührt, wenn sie uns nicht zulegen! Nicht ein Büschel, wenn sie uns nicht zulegen!« rief er noch lauter. »Nicht ein Büschel, wenn sie uns nicht zulegen!« rief er aus Leibeskräften. »Höhere Löhne für alle! ... Für alle! Höhere Löhne für alle!«

Weit und breit erscholl es:

»Höhere Löhne für alle! Für alle! Für alle!«

Der Oberaufseher stürzte sich auf den Redner, aber der sah besser aus den Augenwinkeln als mit den Augen und wich dem Schlag aus.

»Weg von hier! Weg von hier!« schrie der Oberaufseher. »Laßt die anderen durch! Die Neuen an ihre Plätze! ... Weg von hier, wer nicht arbeiten will!«

Zuerst schien es, als wollte die Gruppe der Arbeitslosen, die dicht aneinandergedrängt im Regen standen, der Aufforderung nachkommen, aber sie taten den Schritt nicht, der sie vom Arbeitsplatz trennte, von den Gefährten, die die Vorarbeiter mit Püffen und Peitschenhieben, Mann gegen Mann kämpfend, zu vertreiben suchten.

»Ohne Gewalt! ... Ohne Gewalt!« rief der Oberaufseher und forderte mit verdoppeltem Stimmaufwand die anderen auf, die

Plätze derer einzunehmen, die zu Boden fielen oder sich aus Leibeskräften gegen die Vorarbeiter zur Wehr setzten. »Ladet, Jungens! Ihr seid ausgeruht! Kommt her! Kommt her! Alle Mann ans Werk! Los! Worauf wartet ihr? Die Bananen verderben!«

Von den Arbeitslosen rührte sich keiner. Alle verharrten in Ablehnung, während die Vorarbeiter sich weiter mit den Aufsässigen prügelten.

»Jämmerlinge! . . . Schweinerei! . . . Auszunützen, daß die Bananen nicht auf den Plattformwagen bleiben können! Ihr verdammten Hunde!«

Die Stimme des Oberaufsehers wurde flehend: »Ladet ihr nun oder ladet ihr nicht? Man gibt euch doch Arbeit! Fangt an! Los, fangt an! Ladet! Ladet!«

»Wir laden nicht. So laden wir nicht, Herr!« rief mit furchtsamer, aber fester Stimme der Längste aus der Reihe.

»Sprich doch nicht so ängstlich, du!« schrien sie ihm von hinten zu. »Wir sind gekommen, um zu arbeiten, aber so nicht!«

»Reden wir hier nicht herum, die Bananen verderben.«

»Warum zahlt ihr dann nicht mehr?«

Die Vorarbeiter stellten das Prügeln ein. Der Oberaufseher ging in die Büros, an deren großen Glasfenstern der Regen weinte, um wegen der Lohnerhöhung anzufragen, Büros mit blonden Angestellten in schneeweißen, frischgebügelten Leinenhemden, wo der Duft des parfümierten Insektenmittels die Luft erfrischte und wo die Zeit ein elektrisches Gleiten über Uhren war, deren Zifferblätter indirektes Licht beleuchtete.

Sie runzelten die Stirnen, mehr um die verhärtete Haut zu bewegen, denn das Wasser, mit dem sie sich die Gesichter wuschen, war scheußlich, als aus Sorge, wenn man von der bürokratischen Sorge absah, die Stenotypistinnen zu beauftragen, sie sollten die Zahlen der Lohnsummen und der Gesamtsummen ändern.

Der Chef des Bereichs war im Büro nebenan, aber man verständigte sich über Telefon mit ihm, als führte man ein Ferngespräch. Eine flüchtige Zeichnung auf dem Notizblock des Chefs — ein lassoschwingender Cowboy, der einen Büffel einzufangen sucht —, und die Sache war erledigt. Er warf die Zeichnung auf das Papier, während er die Zulage bewilligte.

Der Oberaufseher überbrachte die Nachricht.

»Die Zulage ist bewilligt! . . . Die Zulage ist bewilligt!« rief er hastig den Trägern zu. »Und ihr, Dreckskerle«, wandte er sich übellaunig an die Neuen, schließlich waren sie es gewesen, die ihn im Stich gelassen hatten, »euch stellen wir auch ein, fangt endlich an, reiht euch in die Gruppen ein, los, ladet, die Bananen müssen rechtzeitig ankommen!«

Die »Goldsucher«, die mit dem Büschel auf dem Rücken von den Plattformwagen zu den Waggons trabten, gingen aneinander vorbei, ohne sich anzusehen, denn sie hatten schon vorher bedeutungsvolle Blicke getauscht, die besagten: Um zwei Männer müssen wir uns besonders kümmern, um Andrés Medina, der die Rede gehalten, und um den Langen, der sich widersetzt hat, daß die anderen arbeiten.

Juambo ging von den Plantagen in den Ort, aus dem Ort nach Hause und von zu Hause zurück in den Ort, ohne daß er etwas erzählen konnte. Der Schluckauf ließ es nicht zu. Nicht einmal Mutter erzählte er es. So erzählen, das war, als ginge man auf Besuch, nachdem man ein kleines Kind verschluckt hat. Dabei war es schon viele Stunden her. Er stieß nicht mehr auf, er weinte. Weinte leise vor sich hin. Welches Kind hatte er verschluckt? Welches Kind weinte in seinem Bauch? Ein Brüderchen? Mutter weiß. Sie legte ihm ein Leinentuch mit heißer Asche auf den Magen und sang ihn in den Schlaf . . ., ihn . . ., ihn, nein, das Brüderchen, das Brüderchen, das er verschluckt hatte. Und ein paar Tropfen Anisblütentee. Auch ein paar Tropfen Anisblütentee. Mutter weiß, was gut und was schlecht ist. Nur sie weiß, was gut und was schlecht ist für ihr Söhnchen und für das Brüderchen, das der Sohn verschluckt hat und das weint und weint und weint. Der Schluckauf ist das Weinen seines Brüderchens. Warum aber ging er in den Barbierladen? Verkrümmt, mit schmerzendem Brustbein, schmerzenden Rippen, schmerzenden Kinnladen, die Augen wie Knöllchen bewimperter Wurzeln kam er, um sich von dem Toten erschrecken zu lassen. Er erschrak nicht. Der Meister Barbier war tot, und er erschrak nicht. Der Schluckauf plagte ihn weiter. Die Menschen können sich nicht an den Tod gewöhnen, sagen sie, aber sie bleiben bei dem Toten. Dabei müßten sie fliehen, überstürzt, entsetzt, schreiend. Er stieß auf. Störte die Leute, die Totenwache hielten, stahl dem Leichnam etwas von der Feierlichkeit seines einzigen Todestages außerhalb des Grabes, da er auf dem Bett lag, umringt von Verwandten und Freunden, zwischen vier Kerzen und Kränzen aus einfachen Kokoszweigen und einem Jasminsträußchen. Was nützte es ihm, ein feierliches Gesicht aufzusetzen, wenn sein

Schluckauf die Versammlung störte, das heißt nicht so sehr sie wie den Meister, der nie wieder eine solche Versammlung in seinem Hause haben würde. Aber lieber nicht in fragendem Ton denken, das wirkte auf den Unterleib zurück.

»Wenn Sie vielleicht ein Weilchen auf den Hof gehen würden, Gott wird es Ihnen lohnen, er hat Sie schon gesehen«, sagte eine Frau in Trauerkleidung zu Juambo, um ihn aus dem Zimmer zu schaffen, in dem der Meister aufgebahrt lag, dem Zimmer neben dem Laden. Der Spiegel und die Bilder im Barbierladen waren mit weißen Leinentüchern verhängt.

Padre Fejú nahm bis ungefähr elf Uhr abends an der Totenwache teil. Am Nachmittag hatte er dem Barbier geholfen, als guter Christ zu sterben. Der Barbier war nicht wieder zu sich gekommen seit dem Augenblick, da er das Bild Unserer Lieben Frau von Guadalupe der Kirche vermacht hatte. Nur darauf hatte die Himmelskönigin gewartet, um ihn zu sich zu nehmen.

Der Geistliche ging mit Piedrasanta hinaus. Juambo lief hinter ihnen her. Auf der Mitte des Platzes holte er sie ein.

»Herr Pfarrer, Herr Pfarrer, ich muß Ihnen etwas beichten, was ich habe, ist kein Schluckauf! Es ist ein Windrevolver.«

Er stieß auf . . . Stieß auf.

»Ich habe ihn verschluckt, weil ich all meinen Haß auf den Oberaufseher schießen wollte . . ., bei dem Krawall . . ., er wollte uns nicht zulegen . . ., wir haben uns geweigert zu arbeiten . . ., und ich bat Gott, daß ich ihn töten dürfte mit meinen Schüssen, ihn erschießen, ihn durchlöchern mit dem Schluckauf, dem Schluckauf . . .«

»Quäle dich nicht, Sohn, ich vergebe dir . . . Hat es Krawall gegeben?«

»Ja, Padre . . .«

»Schwer?«

»Es kam nicht dazu, aber . . . Man muß Andrés Medina schützen und den Langen, den Sprecher der Arbeitslosen . . .«

»Hören Sie nicht auf ihn«, mischte sich Piedrasanta ein, »er sagt, was ihm gerade in den Kopf kommt, wie alle Mulatten. Was heißt hier Krawall . . . Bei den Mengen von Waffen, die sie in der Kaserne angehäuft haben . . .«

»Gott sei mit dir!« Padre Fejú legte Juambo die Hand auf die Schulter, spitzte die Lippen, als wollte er pfeifen, und schlug mit seinem Atem vor Sambitos Gesicht das Kreuz.

Piedrasantas Frau zerquetschte ein paar Rautenblätter auf dem linken Handteller, als der Padre und ihr Mann eintraten. Sie höhlte den Handteller zu einem Napf und zerrieb die Blätter mit den Fingern der rechten Hand. Dann führte sie den grünen Brei an die Nase und atmete den schläfrigen Duft der Raute ein. Auf die Schläfen hatte sie schon zwei rohe Kartoffelscheiben gelegt, sie hatte auch schon einen Aufguß aus Pericón und Kamille mit einer Spur Natron getrunken, weil ihr der Magen weh tat. Und sie konnte auch schon wieder sprechen, ohne an allen Gliedern zu zittern, nachdem sie sich im Barbierladen so furchtbar erschreckt hatte.

Sie war hinübergegangen, um sich zu erkundigen, wie es dem Kranken gehe, und um ihn zu bitten, ihr in ein Fläschchen mit Paraffinöl ein wenig Duftwasser, parfümierten Alkohol oder Kölnischwasser, zu gießen. Man mischt das Ganze, schüttelt es und tut es auf das Haar, das davon glänzend und seidig wird und sich leicht frisieren läßt.

Da der Barbier ihren Gruß nicht erwiderte, sie grüßte schon in der Tür, wie es der Anstand verlangte, ging sie auf den Sessel zu, denn sie glaubte, der Meister schlafe. Ja, er schlief, aber so tief, daß er eher ohnmächtig schien. Über seinem Gesicht kreiste ein Schirm aus Fliegen und Moskitos. Eine grüne Schmeißfliege, die aussah wie ein Smaragd, kroch ihm über die Stirn und über die Wimpern.

Piedrasantas Frau verfing sich der Herzschlag mit dem Atem, die Luft mit dem Blut, die vom Weinen zitternden Lider mit den vor Lachen zitternden Lippen, als sie ihn berührte, als sie das Wort zu stammeln versuchte, das sie gleich darauf schrie:

»T o o o t!«

Señora Mincha, seine Frau, schwer zu sagen, ob die legitime oder die illegitime, die illegitimen leiden genauso wie die legitimen, kam mit seifigen Händen und Armen. Sie hatte soeben ein Bettlaken gewaschen. Sicherlich ein Anfall, eine Ohnmacht. Während sie sich flüchtig abtrocknete, wiederholte sie die Worte Ohnmacht und Anfall, und es kostete sie Mühe zu schlucken, aber sie schluckte es dennoch, spülte es mit Tränenwasser hinunter, daß ihr Mann nicht von der kalten Hitze der Malaria ohnmächtig geworden, sondern tot war.

Sie knöpfte ihm das Hemd auf, hörte vielmehr, wie sie es ihm aufriß, und preßte das Ohr mit dem großen goldenen Ohrring auf die Brust des Meisters. Schmutz, Haare und Rippen. Dicke Tränen flossen still aus ihren Augen, ohne daß sie fand, was sie suchte, das Herz, das lebendige Herz, denn wenn das Herz tot ist, ist es kein Herz mehr. Aus einem der kleinen Wandschränke holten sie eine Flasche Kölnischwasser, netzten ihren Kopf, ihre Stirn, ihre Kleider und lösten sie, rissen sie fort von dem eisigen Leichnam. Luft, Luft ... Aber nicht Luft fehlte ihr ... Als die Freunde wieder hereinkamen, die hinausgegangen waren, damit die Witwe Atem schöpfen konnte, schluchzte sie noch immer wie erstickt, mit tiefgebeugtem Nacken, den Mund verzerrt wie jemand, der nicht weiß, was er sagen soll, und sie war nahe daran, sich die Ohren mit den Händen zuzuhalten, um die Leute nicht mehr hören zu müssen, die sie umarmten oder ihr die Hand reichten. Beileid ... Beileid ... Beileid. Die Fliegen auf dem Spiegel gegenüber dem Sessel schienen weiter das Bild des Toten zu essen.

Das Licht der Wachskerzen und Lampen, das während der Totenwachen angezündet wird, steigt nicht, sondern gleitet ab und fällt. Fällt von den Wänden, den Dächern, den Möbeln, den Dingen und sammelt sich auf dem Fußboden. Da es zu eng wurde, das Haus bestand aus dem Barbierladen, einem winzigen Eßzimmer und einer Kochnische, gingen die Männer hinaus und setzten sich, um zu schwatzen, auf die Sessel und die Bänke, die man auf die Straße vor das Haus gestellt hatte; wer an Luftmangel litt, fächelte und fächelte sich mit dem Hut; wen die Insekten plagten, der schlug nach ihnen, hierhin, dorthin; wem der Schweiß ausbrach und die Wäsche am Körper klebte, verbrauchte Taschentuch um Taschentuch; Zigarre um Zigarre konsumierten die Raucher, Glas um Glas die Trinker; es gab auch solche, die später, um Mitternacht, als bei dem Toten der Rosenkranz gebetet wurde, die »Verlosung der Seelen« oder Pfänderspiele veranstalteten, Karten spielten, würfelten, schlüpfrige Witze erzählten oder eine Liebelei anfingen.

Eine Havanna im Mund, die jeder lieber selbst geraucht hätte, als sie im Munde seines Nächsten verbrennen zu sehen, erschien Don Lino auf der Totenfeier, ein guter Fünfziger, mit der goldenen Uhrkette auf dem Bauch und einem Stock, der wie eine gekrümmte Wurzel aussah.

Die Witwe dankte ihm für die Ehre, und als sie die anderen Besucher begrüßte, immer mehr Menschen stellten sich ein, wurde Don Lino von einem Veteranen aus dem ersten Weltkrieg angesprochen, der Schiffbruch erlitten hatte und als Vertreter von Drogen und pharmazeutischen Artikeln an die Küste gekommen war — Florindo Key.

Seine dreißig Jahre zurückliegende Odyssee war in einem Gedicht verewigt worden, dessen Autor, ein Dichter von Scherzreimen, nur dieses eine Mal ernst gewesen war.

Freiwilliger Krummbein zog in den Krieg,
war blind in den Ruhm verliebt,
nichts Schönres für ihn es auf Erden gibt . . .

So fing das Gedicht an. Während des Krieges kehrte er in der Uniform eines »Poilu« in sein Vaterland zurück und hielt Vorträge, um »parmi les indiens« die alliierte Moral zu stärken. Damals war Florindo, Veteran des ersten Weltkrieges (daß er Veteran war, nützte ihm mehr, als wäre er Held von Verdun gewesen, denn man nahm ihn häufig als Veterinär in Anspruch), ein schmucker Bursche, den die Frauen, wenn er auf der Bühne erschien, mit den Augen verschlangen und dem die Männer mit den — meist kahlen — Köpfen zunickten und der sich, sobald es im Saal dunkel wurde, in eine geheimnisvolle Stimme verwandelte, die den Film erklärte.

»Voilà Verdun!« rief er aus, wenn auf der silbernen Leinwand verkohlte menschliche Reste, Leichenberge, ein paar Männer mit Schnurrbärten, andere mit Helmen und Kanonen jeglichen Kalibers zu sehen waren oder wenn eine Fontäne aus Erdklumpen und Steinen aus dem Boden sprang, sooft eine Bombe explodierte.

»Voilà les taxis de la Marne«, kündigte Florindo an, und auf den Straßen von Paris (er sagte la Capitale) erschienen jene rollenden Ungetüme, die den Sieg entschieden hatten.

»Voilà les berthas!« Das bezog sich auf die Kanonen, mit denen die »Boches« Paris einnehmen wollten.

Florindo Key kehrte an die Front zurück. Nach dem Krieg wurde er aus dem Heer entlassen und blieb in Frankreich. Als Freund und Schüler von Barbusse schloß er sich der Gruppe »Clarté« an und übersetzte einen Essayband des Meisters, »Les couteaux entre les dents«, der in spanisch unter dem Titel »Con el cuchillo en los dientes« — »Das Messer zwischen die Zähne« — erschien.

Dreißig Jahre . . . Wie leicht sich das sagt . . . Und wie rasch Florindo sich ihrer erinnerte, als er Don Lino Lucero, der nicht nur die äußeren Züge seines Vaters, sondern auch dessen Gutmütigkeit geerbt hatte, die Hand reichte. Nach der Begrüßung sagte Florindo scheinbar besorgt: »Haben sich Ihre Angehörigen wieder beruhigt? Offensichtlich, da Sie sich entschlossen haben zu kommen. Die Gefahr war groß, wie ich gehört habe . . . Scheußlich!«

»Man hat die Dynamitstäbe nicht gefunden, mit denen sie das Haus in die Luft sprengen wollten, aber wie es scheint, hätten sie uns gern ins Jenseits befördert.«

»Hier sieht es immer unruhiger aus ... Wollen Sie sich nicht setzen?«

»Danke, setzen Sie sich in den Sessel, ich nehme diesen.«

»Wahrscheinlich wissen Sie bereits das Neueste.« Key senkte die Stimme. »Die Bananenträger haben einen Streikversuch unternommen.«

»Ja, ja, man spricht von einem Generalstreik«, sagte Lucero mit etwas matter Stimme und nahm die Havanna aus dem Mund, um sie gleich darauf wieder zwischen die Lippen zu schieben und mit noch größerem Genuß zu rauchen.

»Der Streik heute kann so etwas wie ein Versuchsballon gewesen sein, um die Gesinnung der Arbeiter und die Reaktion der Gesellschaft und der Behörden zu erproben. Die Leute haben Lohnerhöhung verlangt und mit Arbeitsniederlegung gedroht, und die Bananera hat die Lohnerhöhung gewährt. Aber das ist nicht das Schlimmste, obwohl nachgeben in jedem Kampf gefährlich ist. Was mir viel bedrohlicher erscheint, ist die Haltung der Männer, die gekommen waren, um Arbeit zu suchen, und sich dann weigerten, für die Streikenden, die Lohnerhöhung verlangten, einzuspringen.«

»Ach, das wußte ich nicht. Erzählen Sie, erzählen Sie.«

Lucero, der von einer Art Blindheit oder Starre befallen war, hatte sich die Rockaufschläge mit Asche beschmutzt; aber Keys Worte rüttelten ihn auf, und über sein Gesicht zuckte wie fernes Wetterleuchten Sympathie für jene unbekannten, leidenden, armseligen Männer, die sich aus Solidarität mit ihren Gefährten geweigert hatten, auch nur ein einziges Büschel zu laden.

»Es gibt nicht mehr viel zu erzählen«, sagte Key vorsichtig, »ich wollte nur mal Ihre Meinung hören ...«

»Ja, ja, was da vorgefallen ist, hat schon eine neue Bedeutung, es verrät schon Klassenbewußtsein, das sich die Anstifter des Generalstreiks zunutze machen werden; aber wenn sich die Tiere instinktiv zusammenschließen, um eine drohende Gefahr abzuwehren, warum sollen es die Menschen nicht tun?«

Während die Zigarrenasche weiterhin Don Linos Rockaufschläge sprenkelte, hob Key die Lider und suchte in Luceros Blick zu lesen, ob dieser mit den »Anstiftern« ihn gemeint habe.

»Das schlimmste ist, Don Lino, daß die Geschäfte so schlecht gehen. Mit meinem ist überhaupt nichts mehr los. Keiner kauft mehr Medizin, um sich zu heilen. Alle warten, alle hoffen auf das große Allheilmittel, den Generalstreik. Sie lachen? Was ich Ihnen erzähle, ist kein Witz. Selbst der Meister starb in dem Glauben, daß der Streik ihn heilen würde.«

Nachdem er, um jeden Verdacht zu zerstreuen, über den schlechten Geschäftsgang geklagt hatte, ging er zum Angriff über.

»Wenn die Tropicaltanera, wie Sie sie seinerzeit nannten, den Arbeitern nicht entgegenkommt und den Generalstreik verhindert, dann ist das der Anfang vom Ende, dann wird ein Konflikt den anderen ablösen, sie werden immer größere Ausmaße annehmen, und Blut wird fließen wie in Bananera und . . .«

»Ja, es sieht düster aus«, pflichtete Lucero bei.

»Das müßte man Senator Clapp erklären, der sich, wie es heißt, zwei oder drei Tage bei Ihnen aufhalten wird. Kommt er nun wirklich, oder ist das ein Gerücht?«

»Wir haben ihn die ganze Zeit erwartet. Aber manchmal passieren die unglaublichsten Dinge. Wir warten also auf den Senator, das Haus ist festlich hergerichtet, Treppen, Zimmer, Gärten sind hell erleuchtet . . . Da kommt plötzlich einer die Freitreppe herauf . . . Der Senator! . . . Der Senator! . . . Haha . . . Wissen Sie, wer es war? Der schwarze Diener des Präsidenten Maker Thompson, der völlig heruntergekommen aussah.«

»Was tut denn der hier?«

»Er ist an die Küste gekommen, um seine Mutter zu pflegen, die schon sehr alt und ganz allein ist. Zumindest erzählt er das. Aber ich glaube, der Grund ist ein anderer.«

Florindo hustete so natürlich, daß es Lucero unmöglich auffallen konnte, in welche Unruhe seine Worte ihn stürzten. Hatte nicht er, Key, den Mulatten gestern abend fast bis an die Freitreppe von »Semírames« gebracht? Und hatte nicht er ihn überredet, daß er hineingehen sollte, gekleidet wie der verlorene Sohn?

»Mich würde interessieren, was der treibt. Er wird doch nicht etwa bei dem Streik mitmachen, das wäre ja unerhört, unerhört!«

»Nein, Don Florindo, nein. Er ist gekommen, weil er Bobby vermißt, den Enkel Maker Thompsons, der bei uns seine Ferien verbringt.«

»Sie haben recht, das ist der Grund.« Key atmete erleichtert auf. »Diese alten Diener sind wie die Hunde, schnüffeln erst liebevoll an Großeltern und Eltern und dann an Söhnen und Enkeln herum.«

»Klaffmaul in Sicht!« murmelte Lucero, als der Kommandant in Begleitung seines Bruders Juan auftauchte.

Die Witwe, ohnehin plattnasig, hatte sich so oft geschneuzt, daß ihre Nase fast gänzlich verschwunden war. Nur ein rötlicher Fleck war ihr geblieben, und den rieb und rieb sie schniefend und weinend mit dem Taschentuch.

»Sie wissen gar nicht, wie dankbar ich Ihnen bin, daß Sie gekommen sind, um die letzte Nacht bei ihm zu sein.« Sie schluchzte aufs neue. »Ich danke Ihnen, Herr Kommandant, und Ihnen, Don Juan, alle sind Sie so gütig! Erst gestern hat der Ärmste aus Verzweiflung, weil er an der Küste nicht wieder gesund wurde, an der Ladentür ein Schildchen anmachen lassen — ich weiß nicht, ob es jemand schon wieder abgenommen hat —, auf das er noch eigenhändig geschrieben hatte: ›Umzugshalber zu verkaufen‹. Und er war so froh über die bevorstehende Reise, daß er zu mir sagte: ›Sowie ich in der Hauptstadt angekommen bin, gehe ich zur ›Brüderschaft der Barbiere‹ und bitte die Kollegen, daß wir uns mit den Plantagenarbeitern solidarisch erklären, falls es zum Generalstreik kommt . . .‹«

»Das hat er gesagt . . .« Der Kommandant kniff sich in die Oberlippe, als genügte es ihm nicht, an den Schnurrbartborsten zu reißen. »Wenn er das gesagt hat . . .«

»Fieberphantasien, Herr Kommandant«, mischte sich einer der Kunden von »Los Equinoccios« ein, »in den letzten Tagen hat er nur dummes Zeug geredet, und das Flugblatt mit der Aufforderung zum Generalstreik, das man ihm unter die Tür geschoben hat, wollte ihm nicht aus dem Kopf . . . Armer Don Yemo!«

»Abführen ließe ich ihn, wenn er nicht schon tot wäre!« drohte der Kommandant. »Das wäre ja noch schöner, wenn jeder hingehen und die Leute aufwiegeln wollte! Die ›Brüderschaft der Barbiere‹ aufwiegeln!«

»Aber er war doch Mitglied, Herr, er war Mitglied!« erklärte Mincha weinend und zugleich entrüstet. »Hier, zwischen den Papieren, ist seine Mitgliedsurkunde, wir haben die Beiträge und die Aufrufe immer pünktlich bezahlt.« Sie schluchzte, schluchzte, rang nach Luft. »Und jetzt, wo er tot ist, müssen die von der Brüderschaft dem Aufruf folgen!«

»Ist ja alles schön und gut, aber er kann nicht hingehen und Streiks und ähnlichen Blödsinn predigen.«

»Das weiß ich nun nicht.«

»Aber daß er dem mexikanischen Padre das Bild der Jungfrau

von Guadalupe vermacht hat, das wissen Sie wohl!«

»Das war sozusagen sein letzter Wille!«

»Und warum hat er es getan?«

»Weil es nicht anging, daß es bei uns herumhing, wenn der Padre überall um ein Bild dieser Heiligen für die Kirche bat. Das ist meine Meinung.«

»Die Jungfrau Amerikas . . ., die Jungfrau von der Standarte Hidalgos . . ., die Schutzheilige der Indios! . . .«

Der Kommandant stieß es hervor, während er, gefolgt von Don Juan Lucero, auf die Tür zuging. Kaum war er auf die Straße getreten, als die Trauergäste auch schon liefen und zwei Sessel holten, die sie auf dem Bürgersteig, dort, wo er am breitesten war, zurechtstellten. Die Nacht war klar, tief, sternenreich, aber wenn sie die Erde berührte, verwandelte sie sich in eine glühende Platte.

»Lassen wir die Förmlichkeiten, Don Juan; Sie nehmen den Sessel und ich diesen.«

Sie setzten sich. Vorsichtig Abstand wahrend, plauderte Hauptmann Cárcamo mit Andresito Medina, ohne seinen Vorgesetzten aus den Augen zu lassen.

»Diese Frau hat mich wirklich geliebt, Andrei . . .«

»Sicher hat sie das getan.«

»Ich habe sie nicht wiedergesehen. Ich glaubte sogar, sie wäre tot.«

»Sie ist auch so gut wie tot. In einem solchen Nest Schulleiterin sein, das ist, als wäre man lebendig begraben.«

»Ich möchte ihr gerne schreiben, Andrei.«

»Warum willst du ihr weh tun, wenn du sie nicht liebst? Die Toten soll man in Frieden lassen . . .«

»Und wenn ich sie noch liebte . . .«

»Dann würdest du sie wieder zum Leben erwecken. Nur die Liebe bringt das fertig.«

Auf einem Tablett wurden ihnen Getränke angeboten, und schneller als ein Hahn kräht — schon krähten, getäuscht vom Licht der Totenfeier, ein paar Hähne, und einige Trauergäste stimmten ein, um die fehlenden Gitarren zu ersetzen, wie sie sagten —, trank Cárcamo drei Gläser Kognak, und er hätte noch mehr getrunken, hätte man ihm mehr angeboten.

»Sie muß schon eine alte Frau sein«, sagte der Hauptmann, nachdem er mit der Zunge und den Lippen geschnalzt hatte, an denen der feurige Rebengeschmack des Kognaks haftete.

»Sie ist viele Jahre älter als ich . . .«

»Weißt du noch, warum wir dich ›Andrei‹ nannten?«

»Wie sollte ich das nicht mehr wissen! Weil dein kleiner Bruder mich so nannte.«

Eine Weile herrschte Grabesstille. Dann seufzte Cárcamo tief auf. »Malena Tabay.« Der Seufzer und der Name verschmolzen miteinander.

»Hauptmann Cárcamo!« rief der Kommandant.

Cárcamo eilte zu ihm. »Zu Befehl, Herr Ko-mödiant!«

»Über den ›Komödianten‹ sprechen wir uns noch. Unverschämter Kerl! . . . Sie gehen sofort in den Barbierladen und beschlagnahmen sämtliche Papiere, sämtliche Papiere, die Sie im Haus finden, gleichgültig, ob sie ihm oder der Señora gehören. Sie legen alles auf meinen Schreibtisch, schließen mein Arbeitszimmer ab und melden sich wieder bei mir. Hier ist der Schlüssel.«

Cárcamo grüßte vorschriftsmäßig, machte auf dem Absatz kehrt und ging ins Haus, um den Befehl auszuführen.

Den Fächern und den Schubladen der wenigen Möbel entnahm der Hauptmann, unterstützt von den Anwesenden, Briefe, Rechnungen, Rezepte, Notizen, Zeitungsausschnitte, Bilder, Mitteilungen, Todesanzeigen und die berühmte Urkunde, die den Meister als einen der Gründer der »Brüderschaft der Barbiere« auswies, nebst einem Umschlag, der fast das gleiche Format hatte und auf den ein Totenschädel zwischen zwei gekreuzten Knochen gemalt war.

Als Andrés Medina den Befehl vernahm, den Cárcamo erhielt, glitt er fort wie ein Schatten und stellte sich in die Nähe Florindo Keys. Der diskutierte soeben mit Don Lino Lucero über die Rolle der Presse während des Streiks.

»Die Zeitungen, die heute gegen den Streik schreiben, Don Lino, und die den Mord an den Arbeitern auf den Plantagen am Karibischen Meer damit rechtfertigen, daß man die öffentliche Ordnung aufrechterhalten müsse, haben zu Lebzeiten Lester Meads, als man Sie und Ihre Freunde wegen der Genossenschaft verhaftete, Ihre Köpfe gefordert, weil Sie gegen die Sicherheit des Staats konspiriert hätten. Mir brauchen Sie nichts zu erzählen . . . Aber verzeihen Sie, wenn ich Sie für einen Augenblick allein lasse, ich verabschiede mich nicht, ich lasse Sie nur allein, weil ich mit dem Freund dort sprechen muß, der ebenfalls meine Medikamente vertreibt.«

»Wie geht es Ihnen? . . . Ich wußte gar nicht, daß Sie hier sind . . . Wie war der Verkauf? Bringen Sie Aufträge?«

Sie entfernten sich und sprachen laut über Chinin, Urodonal und

Sarsaparille. Medina brannte die Nachricht auf der Zunge. »Der Kommandant hat befohlen, das Haus zu durchsuchen und alle Papiere mitzunehmen.«

»Wann soll die Haussuchung sein?« fragte Florindo erregt.

»Jetzt gleich.«

»Wer soll sie durchführen?«

»Cárcamo . . . Cárcamo soll auch die Papiere in sein Arbeitszimmer bringen.«

»Wir müssen verhindern, daß er dort ankommt.«

»Aber wie? Alle sind auf dem Fest am Strand.«

»Ich weiß nicht wie, aber wir können nicht die Hände in den Schoß legen, wir dürfen nicht zulassen, daß unsere Verbindungsleute hochgehen, weil wir sie nicht rechtzeitig benachrichtigen.«

»Wir können nur hoffen, daß der Alte alles, was uns gefährden könnte, verbrannt hat.«

»Mein lieber Medina, die Feigheit ist eine Sache und die Hoffnung eine andere. Ich habe meine Waffen, und am besten und unauffälligsten können wir verschwinden, wenn sie die Witwe in das Sterbezimmer führen, damit sie sich von ihrem Mann verabschiedet, ehe er eingesargt wird.«

Unter tiefen Seufzern schoben Piedrasantas Frau und andere Señoras die schwarzgekleidete Mincha sanft vor sich her, deren Gewand eher einem weiten Hemd glich und die vor Kummer kaum die Füße heben konnte, und führten sie in das Zimmer, in dem Don Yemo aufgebahrt war, damit sie sich von ihm verabschiedete, bevor er in den Sarg gelegt wurde. Ein Glück nur, daß sie ihm den Kopf mit Haarwasser benetzt hatten, ehe sie ihn kämmten. Er roch nach dem Holz eines in muffige, lange aufbewahrte Kleider gehüllten Heiligen. Sie hatten ihm den Anzug angezogen, den er nur wenig getragen hatte und fast neu mit ins Grab nahm. Es war ein sonderbares Gefühl, einen eiskalten Körper zu bekleiden, dabei hatte der Meister lange gebraucht, ehe er starr wurde. Als ob er sich dagegen gewehrt hätte. Erst wenn der Tote erstarrt, ist er ein Leichnam. Der Ernst des Todes scheint aus seinen Gebeinen aufzusteigen.

»Der Ärmste, er war so gut, aber das Klima behagte ihm nicht«, meinte der Bürgermeister, »und nun ist er abgereist in die kalte Erde, ohne den Verkauf des Ladens abzuwarten. Ich weiß nicht, ob Sie das Schild gelesen haben, das er an der Tür hat anbringen lassen: ›Umzugshalber zu verkaufen — — —‹, mit Gedankenstrichen dahinter, als hätte er etwas geahnt, es gibt Gedankenstriche, die wie eine

Ahnung sind.«

»E-e-er ist n-a-a-ch ›Bumsgruben‹ gegangen«, stotterte der Musikant, der den Priester begleitete, wenn er die Messe sang; er sang so klagend, daß es eher ein lateinisches Gejammer war.

»Wo liegt denn dieses ›Bumsgruben‹?« fragte der Bürgermeister.

»I-i-in Ihrem Ge-ge-richtssprengel, Don Pas-pascualito.«

»Kenne ich nicht. Die Leute, die nicht von hier sind, wissen besser Bescheid als unsereiner.«

»I-i-im Ge-ge-ge-genteil, Bumsgruben ke-ke-kennen die Ei-ei-einheimischen ü-ü-überall recht gut, nur nicht das in Ge-ge-genua, weil es u-u-ungewöhnlich prä-chtig ist.«

»Schluß mit Genua und ungewöhnlich. Was ist ›Bumsgruben‹?«

»Der K-k-kirchhof, d-d-da, wo a-a-alles ei-ei-eintrocknet . . .«

Eine kräftige Frau aus San Salvador fragte lachend: »Wo trocknet wem was ein? Doch nicht mehr dem Don Yemo, der liegt jetzt im ewigen Beischlaf!« Alle lachten schallend, aber sie fuhr scheinheilig fort: »Beischlaf der Knochen im Totenloch!« Wieder folgte schallendes Gelächter. »Für die Spiritisten ist er sogar Goldsperma, denn wenn es stimmt, daß die Barbiere die Kunden, die sie einseifen, einseifen, dann können jetzt die Kunden den Barbier einseifen, ohne daß er sie einseift . . .«

Die Trauergäste lachten dröhnend.

»Hier ist dein Spiritist, schimmernd wie eine Palmlilie«, flüsterte ihr mit rauher Männerstimme einer ihrer ungetreuesten Liebhaber ins Ohr.

»Wo kommst denn du her, Kind Gottes?«

»Aus der kohlschwarzen Nacht . . .«

»Das sieht man, bist ja ganz rußig. Und bestimmt bist du wieder scharf auf einen Schnaps. Aber hier gibt's nichts mehr zu trinken. Nicht mal Wasser!«

»Wir saufen woanders, Lichona, und wenn der Meister wieder auferstehen und nach mir fragen sollte . . .«

»Wenn er dich auch gekannt hat, geschoren hat er dich nie, Wuschelkopf!« Sie warf die Lippen auf, um ihm einen Kuß zu geben.

»Wenn er nach mir fragt, dann sagt ihm, ich wäre mit der Dicken weggegangen, und am Jüngsten Tag oder Allerseelen treffen wir uns in ›Bumsgruben‹. Kapiert ihr das mit ›Bumsgruben‹? Man stößt sich ganz schön, wenn man in die Grube saust, nachdem man alle viere von sich gestreckt und dem beschissenen Leben ade gesagt hat!«

Er schlang den nackten, schwarzen, stahlharten Arm um den

kupferbraunen Nacken der Dicken, und sie gingen fort unter dem Protest der Würfelnden, die Ruhe verlangten und von denen schon mehrere ausgeschieden waren. Eifrig ihre Zigarren paffend, hockten sie um eine Laterne und beobachteten die über den Boden rollenden Würfel. Das Glück ist wie ein Windhauch, ein Luftzug nur, beugt den einen nieder und richtet den anderen auf. Ein Mann mit großen Zähnen und schwarzen Totenhänden, der sogar schon sein Hemd verloren hatte, begann nach einigen hitzigen Runden wieder zu gewinnen.

»Was sind die Wolken, wenn nicht Ferne? Was ist die Nacht unter den Füßen der wandernden Palmen, Füßen mit tausend Zehen auf hatte und nach Hause ging.

Im Licht der Sterne schimmerte der Totenacker weiß von Gräbern und Kreuzen, die gebadet schienen im Fleisch der Flaschenbaumfrucht. Der Sambito ging auf seinem Heimweg vorüber und schrie, ohne stehenzubleiben: »Vater! . . . Agapito Luisa!«

11

Medina ging automatisch weiter, auf das schwingende Bambusrohr starrend, das eben noch so weit gewesen war und jetzt über seinem Kopf schwankte. Er blieb Florindo Key dicht, ganz dicht auf den Fersen. Wie Jäger wanden sie sich, bald aufwärts, bald abwärts kletternd, durch das dichte Gestrüpp und stiegen dann einen mit Treibsand bedeckten Pfad hinauf, wo sich Steine und trockene Blätter unter ihren Schritten lösten, um die Stelle hoch oben zu erreichen, von der aus sie den Weg zur Kommandantur beherrschten, der hier, gekrümmt wie ein Hufeisen, die Bambusrohrkurve bildete.

Man sah wenig, mehr Nachttau als Helle, Nachttau glänzend wie abgestandenes Wasser, doch die Helle war stark genug, daß sich Medina mit eigenen Augen von der Sicherheit überzeugen konnte, mit der Florindo Key handelte. Er zögerte weder wie ein Mörder, noch zeigte er die abstoßende Gefühllosigkeit eines Henkers. »Haha«, hatte er durch die Nase gelacht, als sie die Totenfeier verließen, um die Waffen zu holen, »der Krieg lehrt, daß man den Feind töten muß, ohne die geringsten Gewissensbisse zu empfinden, einfach aus Pflicht. Ich habe gesehen, wie man tausend, zweitausend, fünftausend Männer opferte, um zwanzig Meter Boden zu gewinnen, ich sah sie fallen, im Stacheldraht hängenbleiben, in rauchenden, von Granaten aufgerissenen Kratern liegen, in Schützengräben hocken, die von Blut troffen, von so viel Blut, daß man glaubte, sie würden nie wieder trocken; ich sah sie, sah sie zerstückelt, stöhnend, in eine Masse verwandelt, die, mit dem Schlamm vermengt, endlich, endlich zur Ruhe kam! ... Nach der Schlacht, wenn das Feuer schwieg, wenn ein Teil der Verwundeten geborgen war und der Rest seinem Schicksal überlassen blieb, spürte man, wie sich mit der Müdigkeit und mit dem Ekel vor dem Kampf das Leiden all derer vermischte, die ohne Hilfe, ohne Trost starben, und erst wenn sie alle, nach vielen, vielen Stunden der Agonie, ihr Leben ausgehaucht hatten, breitete sich in der Nacht das Behagen des Todes aus. Der Tod ist das einzige Behagen, das der Krieg gewährt. Mörder? Totschläger? ... Das sind Worte, die nach dem Krieg keine Bedeutung mehr haben. Oder eine andere Bedeutung. Deshalb sind wir, wenn wir Cárcamo erledigen, keine Mörder und keine Totschläger, sondern einfach Soldaten eines Erschießungskommandos. Im Namen ihres Gesetzes richten sie die Arbeiter hin, die auf den Plantagen an der Karibischen See besseren Lohn, bessere Behandlung und kürzere Arbeitszeit verlangen. Viel Getue mit Richtern und Verteidigern, ein großes Theater mit Gesetzen und Militärs, obgleich der Unglückliche längst in der Präsidentschaftskanzlei zum Tode verurteilt wurde. Wenn alle, die an diesen Erschießungen teilnehmen, keine Mörder und Totschläger sind, dann sind auch wir, die wir ihn richten, keine ... Psst ... Isst!«

Sie blieben stehen, weil sie Schritte zu hören glaubten. Es schien, als hätte der Wind die Bäume in Bewegung gebracht, als hätten Wind und Bäume sich gegeneinander ausgetauscht, als sei der Wind statische Masse geworden und als stürmten die Bäume, ohne Wurzeln, zerfließend durch die dunkle Nacht wie Polypen mit wehenden Armen.

Medina rieb sich die Ohren, das linke Ohr, das des Herzens, das des Freundes. Er hätte es herausreißen mögen, das Ohr, mitsamt der Stimme Cárcamos. Das letzte, was er ihn hatte sagen hören, bevor ihn der Kommandant rief, war der Name der Leiterin der Mädchenschule von Cerropom, Malena Tabay ... Sein Schnürsenkel ging auf. Er blieb stehen, um ihn zuzubinden. Während er den Knoten machte, fühlte er zwischen seinen Fingern die Hand des Gefährten aus der Kindheit, eine Hand wie ein Hauch, die seine Rechte bat, sie möge die Waffe nicht abfeuern. Er stand auf und legte den Kopf in den Nacken. Ein Ausweg, ein Zeichen am Himmel. Dunkelheit und

Stille. Desertieren, sich aus dem Kampf zurückziehen. Aus seinen Poren brach klebriger Schweiß, der nach Blut roch. Er blieb stehen. Nein, nein, er blieb nicht stehen. Aber warum blieb er nicht stehen, wenn ihn jeder Schritt, den er hinter Florindo tat, dem näher brachte, was unmöglich war?

Der Schnürsenkel ging wieder auf. Als er sich bückte, um ihn zuzubinden, roch er den Duft des heißen Sandes so stark, daß es ihn trieb, statt die beiden Enden des Schuhbandes zu verknoten, die er durch die feuchte Hitze nicht ordentlich binden konnte, eine Handvoll dieses trockenen, pulverisierten Feuers zu nehmen, es herunterzuschlucken und ein für allemal Schluß zu machen. Der Schweiß tropfte ihm von den Wimpern, von den Lippen. Er spuckte aus. Der Weg ging weiter, und er ging weiter hinter Florindo her, folgte ihm dicht auf den Fersen, ein Nichtswürdiger, der die Bitte nicht hört, weil er sie nicht hören will, die Bitte des Freundes, der sterben wird, den er mit seinem Schritt dem Unmöglichen näherbringt und der zu ihm sagt: »Andrei . . . Andrei . . . Nicht so rasch . . .«

Einen unlösbaren Knoten, ja, einen unlösbaren Knoten mußte er machen, damit das Schuhband nicht wieder aufging. Er hatte jetzt Eile. Gehen, rasch gehen, um es ein für allemal zu Ende zu bringen. Cárcamo gegenüber reihten sich andere Freunde auf, Männer mit den trüben Gesichtern von Verbrechern, wie sie auf den Fotos aussehen würden, die die Polizei für ihre Archive anfertigt. Die hatten mehr Recht zu leben als Cárcamo. Ein Pferd drehte sich um, als sie vorbeikamen. Es hatte geschlafen und schlief weiter. Sie hatten den Gipfel erreicht. Er beherrschte die formlose Ebene, tiefe Dunkelheit, über die hin und wieder die phosphoreszierende Helle des Meeres glitt, Staub der süßen und herben tropischen Nächte.

Warum willigte Florindo nicht ein, daß er auf eigene Rechnung und Gefahr mit Cárcamo sprach und ihn als sein Jugendfreund bat, die Papiere auszuliefern, oder ihn forderte, falls er sich weigern sollte, um ihm wenigstens die Gelegenheit zu geben, im Kampf zu sterben?

Florindo hatte recht. Hatten sie etwa unsere Leute in Bananera im Kampf sterben lassen? Hatten sie sie nicht mit einem Kugelregen durchlöchert, die einen gebunden oder mit Handschellen gefesselt, die anderen durch die Gitter der Gefängniszellen, ohne auch nur die Türen zu öffnen?

Wieder das Schuhband! Er blieb nicht stehen. Er ging weiter, als hätte sich ihm der Fuß gelockert. Verdammt noch mal! Es war nicht der Schnürsenkel mit dem Knoten, sondern der des anderen Schuhs. Also einen neuen Knoten machen. Er bückte sich. Das Blut stieg ihm zu Kopf. Es schoß ihm ins Trommelfell. »Andrei ... Andrei!« Er hörte bald die Stimme Cárcamos, bald die Stimmen der Freunde, die Cárcamo, ohne es zu wissen, mit den Papieren und Dokumenten des Barbiers auf die Kommandantur schleppte. Ja, sie mußten ihn töten ...

Das schwärzliche Gestrüpp gab nach unter dem Gewicht ihrer Leiber, als sie sich hinlegten, die Arme vorstreckten und die Mündungen ihrer Gewehre feuerbereit auf den Weg richteten, der vom Ort zur Kommandantur führte und der an der Stelle, die sie beherrschten, zwischen Bambuswäldchen ein fast geschlossenes Hufeisen bildete. Florindo würde zuerst schießen. Nein, Señor, sie würden beide gleichzeitig schießen, um ihn im Kreuzfeuer zu erwischen, und dann flink wie Gemsen hinunterklettern und dem Toten die Papiere und Dokumente abnehmen.

Sie lagen auf der Lauer. Die schwarze Mauer der Nacht, an der der Verurteilte, der jeden Augenblick auftauchen mußte, unwiderruflich sterben würde. Das träge Rauschen des Meeres. Sie hörten es nicht. Sie lauschten der Stille, die sich mehr und mehr vertiefte. Fiel da ein Blatt? Flog ein Vogel vorbei? Ein Wassertropfen. Bei dem leichtesten Geräusch schreckten sie hoch. Meldete es ihn? Instinktiv hielten sie den Atem an, schmiegten sich noch dichter an die Erde, umspannten das Gewehr und spähten angestrengt auf den Weg unter ihnen.

Auf der Totenfeier plauderte der Kommandant noch immer mit Juan Lucero. Er sah Cárcamo hinausgehen und rief ihn an.

»Haben Sie den Befehl ausgeführt?«

»Ich nehme alles mit, was ich gefunden habe.«

»Ihre Respektlosigkeit sei Ihnen verziehen, aber daß mir das nicht noch einmal vorkommt. Gehen Sie gleich los, lassen Sie die Papiere in meinem Arbeitszimmer, schließen Sie ab und kehren Sie sofort zurück. Haben Sie eine Waffe bei sich?«

»Meine Pistole.«

»Reicht völlig.«

»Darf ich mich entfernen?«

»Sie dürfen.«

»Wie sich die Zeiten geändert haben!« rief Lucero aus, während er dem davongehenden Cárcamo nachblickte. »Das gab es doch früher nicht; heute geht's gleich um Leben oder Sterben, um Waffen und noch mehr Waffen ... Rauchen Sie, Herr Kommandant?«

»Ja, aber wie Sie wissen, nur die einheimischen Zigaretten ... Doch um Ihnen keinen Korb zu geben, nehme ich mir eine von den Ihren.« Seine klobigen Finger, Daumen und Zeigefinger, griffen in Don Juans goldenes Zigarettenetui, das ein Monogramm aus Brillanten und Rubinen trug. »Was ist das für eine Marke?« fragte er und führte die ungewöhnlich dicke Zigarette an die Nase, um sie zu beriechen, ehe er sie zwischen die Lippen schob, und von der Nase führte er sie an die Augen, um die Marke zu entziffern.

»Wie ich schon sagte, Herr Kommandant, wir leben in einer sehr schweren Zeit.«

»Das sagen Sie, obgleich Sie im Geld schwimmen, aber was sollen wir erst sagen, die wir von unserem Gehalt leben müssen, den ganzen Monat über mehr schlecht als recht, wenn man vom Zahltag absieht!«

»Und aus all diesen Gründen, Herr Kommandant, wird es sehr schwierig werden. Wenn sich die Dinge hier nur nicht genauso entwickeln wie in Bananera. Der Generalstreik, mit dem sie drohen ...«

»Wir leben hier wie in der Zone von Belice«, stellte der grobschlächtige Offizier energisch und zugleich lächelnd fest.

»Mit anderen Worten, wir befinden uns in einer sehr schlimmen Situation, und zwar nicht, weil der Kampf bis jetzt nur gegen die Tropicaltanera geht, damit sie ihre Methoden ändert, als wir jung waren, haben wir uns auch genug herumgeschlagen, wir wurden sogar verhaftet, mein Bruder Lino und ich. Gefesselt wurden wir in die Hauptstadt gebracht, wo sie uns in Einzelhaft setzten, und wäre Lester Mead nicht gewesen, wir wären im Gefängnis verfault.«

»Er war ein Gringo, und Gringo heißt bei uns mächtig sein.«

»Er war ein Gringo, aber einer von den guten.«

»Das will ich meinen, für Sie war er das große Los.«

»Ein Idealist war er, ein praktischer Idealist. Ich erinnere mich noch, wie er uns gleich zu Anfang sagte, als wir uns organisierten, um der Platanera entgegenzutreten, diesmal heißt es nicht, mit dem Machete dreinschlagen, Jungens, sondern einen ökonomischen Kampf führen, und um den zu gewinnen, müssen wir Quellen des Reichtums erschließen, müssen wir eine Industrie für Nebenprodukte aufbauen ... Das hat er gesagt. Ach, daß der Mann sterben mußte, verflucht sei der Sturm, der ihn hinweggerafft hat, er hätte ein Unternehmen gegründet mit freien, arbeitsamen Menschen ohne Haß.«

»So ist das nun einmal, die Guten beißen ins Gras, und die Taugenichtse werden steinalt . . .«

»Er hat alles kommen sehen, was jetzt geschieht: die bewaffneten Zusammenstöße, den Kampf auf Leben und Tod . . ., er hat es vorausgesagt . . . Aber er hat auch sich selbst und die Interessen der Aktionäre nicht vergessen, sondern sie weitgehend berücksichtigt, als er versuchte, eine neue Bananengesellschaft zu bilden, die sich sowohl dem Staat als auch den Arbeitern gegenüber loyal verhalten sollte. Wenn Lester Mead noch lebte, hätte sich entweder die Politik der Bananengesellschaften geändert und es wäre nicht zu den gegenwärtigen Konflikten gekommen, die sich immer mehr verschärfen, oder er hätte eine neue Gesellschaft gegründet . . .«

»Die von der großen Gesellschaft dann geschluckt worden wäre wie in Hibueras . . .«

»Zwei Konzeptionen, zwei Systeme des Bananenanbaus standen sich gegenüber: die des Grünen Papstes und die Lester Meads. Gesiegt hat das System des Piraten und Pontifex mit Hilfe einer blinden Naturgewalt, des Wirbelsturms, der die Pflanzungen im Süden verwüstete und dem Leben Lester Meads ein Ende setzte. Aber ist dieser Sieg endgültig? Wird nicht, wie Lester Mead es voraussah, ein neuer Wirbelsturm losbrechen, der Wirbelsturm der Gerechtigkeit fordernden Arbeiter, und alles hinwegfegen, und fühlen wir diese Zeit nicht schon nahen?«

»Das Weib, das hätte ich gern gekannt!«

Mit den glasigen Augen eines alten Krokodils belauerte er Luceros Gesicht, schnaubend, als dringe ihm alle Wärme seines Körpers aus Nase und Mund, und fügte hinzu: »Die muß ja was ganz Besonderes gewesen sein, als Weib wie als Ehefrau!«

»Um die Wahrheit zu sagen, Kommandant, ich habe nie etwas anderes in ihr gesehen als die höchste Verkörperung der Ideale ihres Mannes . . .«

Lucero schob seinen Sessel neben den des Kommandanten, und der neigte sich ihm zu, weil er glaubte, Lino würde ihm etwas über Leland anvertrauen, aber als der weiter über die Platanera sprach, gähnte er ihm ins Gesicht.

»Und wie üblich war auch diesmal die Gesellschaft schuld an den Gewalttätigkeiten.«

Ausgiebig hinter der vorgehaltenen Hand gähnend, die das große Loch seines Mundes nicht verdecken konnte, protestierte der Kommandant, so gut es ging.

»Weitgehend! Weitgehend!« versuchte Lino zu erklären. »Als die

Arbeiter sahen, daß sie angegriffen wurden, versuchten sie, sich am Ende der Mole zu verteidigen. Warum haben die Soldaten auf sie geschossen?«

»Nehmen Sie zur Kenntnis, mein Freund, die Armee führt Befehle aus, und Befehl ist Befehl.«

»Niemand hat behauptet, daß die Armee schuld hat. Von der Gesellschaft ist die Rede. Stimmt, die Armee führt Befehle aus; aber haben die Angehörigen unserer bewaffneten Institution schon einmal darüber nachgedacht, werter Herr Kommandant, wie die Befehle zustande kommen? Nehmen Sie noch eine Zigarette?«

»Ich rauche lieber meine, bitte bedienen Sie sich . . .«

»Gern, sie sind zwar etwas stark . . .«

Sie zündeten sich die unförmigen Dinger an, die der Offizier rauchte, und nachdem Lucero ein paarmal gehustet und sich geräuspert hatte, der Tabak war scharf wie Pfeffer, fuhr er in vertraulichem Ton fort: »Ja, natürlich, die Armee erhält Befehle und hat sie auszuführen. Aber wie kommen diese Befehle zustande? Darüber sollten sich die Offiziere mal den Kopf zerbrechen . . . Wie kommen diese Befehle zustande . . . Der Schlüssel zu allem sind die Zeitungen, für die Gesellschaft sind sie der reinste Dietrich, denn sie öffnen alle Türen. Die geringste Schwierigkeit, die kleinste Forderung der Arbeiter verwandelt sich mit Hilfe der Presse in ein nationales Problem . . .«

»Aber das weiß doch jedes Kind. Sie tun es, um die Spalten zu füllen, und da sie nicht wissen, worüber sie schreiben sollen, schlagen sie einen Riesenlärm, wenn etwas passiert . . .«

»So harmlos, wie sie scheint, ist die Sache nicht . . . Zuerst bauschen sie die Ereignisse auf, geben ihnen eine Bedeutung, die sie nicht haben, um auch die geringste Initiative der Arbeiter, die ihre Lage verbessern könnte, von vornherein zu unterbinden. Was aber kommt dabei heraus? Wenn sie ihre verlogenen, mit einem Körnchen Wahrheit versetzten Berichte in die Welt gesetzt haben und sehen, daß die Forderungen der Arbeiter, die aus schlechter Behandlung und Hunger geboren werden, sich nicht im Keim ersticken lassen, werden die Zeitungsartikel immer aggressiver, Phantastereien erhalten den Anstrich der Wahrheit, weil man sie schwarz auf weiß vor sich sieht, die Auflagen schnellen in die Höhe, die Zeitungsverkäufer schreien noch lauter, die Leser reißen einander die Exemplare aus den Händen, und schließlich rät, verlangt, fordert man, daß die Regierung einschreitet, und sie schreitet ein, schickt Truppen, greift zur Gewalt.

Wer finanziert diese Zeitungen? ... Haben sich die Offiziere schon einmal die Mühe gemacht, darüber nachzudenken, wer diese Zeitungen finanziert? ... Die ›Tropical Plantanera Comp.‹, damit Sie es genau wissen!«

»Die wiegt sie bestimmt mit Gold auf ...«

»Nein, Señor, und das ist das Traurigste. Nicht einmal das verstehen diese Esel, sich teuer zu verkaufen.«

»Aus jedem Floh machen sie einen Elefanten ...«

»Aber diejenigen, die es ausbaden müssen, sind Sie ...«

»Ja, ich glaube auch, daß wir mißbraucht werden, aber Befehle sind Befehle, folglich werden sie ausgeführt ...« Und nach einer kleinen Pause setzte er hinzu: »Was geschähe, Señor Lucero, wenn sie nicht ausgeführt würden?«

»Was geschähe? ... Die Gesellschaft würde klein beigeben, wenn sie niemanden hätte, der ihren Befehlen, die eine schamlose Presse übermittelt, blind gehorcht. Sie würde klein beigeben, würde die Landarbeiter menschlicher behandeln, würde akzeptieren, was wir, ein großer Teil der Aktionäre, vorgeschlagen haben ...«

»Sie geben also der Armee die Schuld?«

»Bis zu einem gewissen Grade ja. Die öffentliche Ordnung schützen ist eine Sache, aber eine andere ist es, die Ordnung schützen, die der Fruchtgesellschaft nützt. Das ist ganz klar, und man muß es aussprechen.«

»Das Militär kann nicht erwägen ...«

»Keiner verlangt das von ihm, ich sage nur, daß es sich nicht von einer Handvoll Gringos dirigieren lassen darf, damit wir, die wohlmeinenden Aktionäre, die Gelegenheit erhalten ...«

»Es sind Ihre eigenen Geschäftspartner ...«

»Ja, unglücklicherweise; damit ist aber nicht gesagt, daß wir nicht versucht hätten, es denen nachzutun, die sich vor uns offen den Methoden der Gesellschaft widersetzt haben ...«

»Allzu viele dürften es nicht gewesen sein.«

»Einige schon. Der alte einarmige Ginger Kind hat bis an sein Lebensende gegen die Mittel protestiert, deren man sich bediente, um die Pflanzungen am Karibischen Meer anzulegen: Bestechung, Raub, Brand, Mord ...«

»Leider macht eine Schwalbe noch keinen Sommer.«

»Und dann Lester Mead. Das war toll. Er hat den Aktionären so gründlich die Wahrheit gesagt, daß sie ihn bestimmt für verrückt gehalten haben. An Hand von Zahlen hat er nachgewiesen, daß die

Gesellschaft dieselben Gewinne erzielen würde, wenn sie sich anständiger Methoden bediente, ohne, wie es jetzt geschieht, eine Quelle ständigen Hasses auf alles Nordamerikanische zu schaffen.«

»Aber ihr Luceros steht doch gar nicht so gut mit den Arbeitern. Die Drohung neulich abends, Ihr Haus in die Luft zu sprengen, der militärische Schutz für ›Semírames‹, um den mich Ihr Bruder Lino bat, was soll man davon halten? Eins ist jedenfalls sicher, Don Juan, daß alle reichen Leute ausnahmslos undankbar sind. Wir, die Offiziere und Soldaten, opfern uns, um Ihre Interessen, Ihr Eigentum, Ihr Vermögen zu verteidigen, alles, was Sie besitzen; wir tragen unsere Haut zu Markte, damit Sie ruhig schlafen können; oder glauben Sie nicht, daß zum Beispiel Hauptmann Cárcamo, den wir soeben weggehen sahen, einer Kugel zum Opfer fallen könnte?«

»Ich bestreite nicht, daß dies eine Armee der Reichen ist, daß sie deren Interessen verteidigt. Aber was würde geschehen, wenn sie morgen eine Armee der Arbeiter wäre ...«

»Die Armee, mein Freund, merken Sie gut auf, gehört weder den Reichen noch den Armen. Sie gehört uns. Was den Reichen ihr Eigentum, ihre Ländereien, ihre Güter sind, das ist uns die Armee. Ich weiß nicht, ob ich mich klar genug ausdrücke?«

»Doch, doch, die Armee ist Privateigentum, das sich als staatliche Institution bezeichnet und den Militärs gehört ...«

»Und für Sie würde es ein sehr unangenehmes Erwachen geben, wenn wir nicht da wären ...«

»Unangenehm? ... Erlauben Sie, daß ich lache ... Schrecklich wäre es! ... Wir würden erwachen wie einer, der aus dem Bett in einen Abgrund stürzt.«

Piedrasantas Frau näherte sich mit einem Tablett voller Gläser, um ihnen Zuckerrohrschnaps anzubieten.

»Zuerst den Autoritäten«, sagte sie lächelnd, als sie zu ihnen trat.

»Der Autorität«, verbesserte Lucero.

»Nicht doch, Don Juan, auch Sie sind eine Autorität. Wo Geld ist, ist auch Macht. Stimmt's, Herr Kommandant?«

»Natürlich, natürlich ...«

»Und hier die nächste Autorität ... Ein Schnäpschen, Herr Richter?«

Der Richter ergriff das Glas und sagte zu Don Juan Lucero und dem Kommandanten: »Die Bananenträger haben versucht zu streiken. Sie haben vielleicht schon darüber gesprochen?«

»Wir haben über alles mögliche gesprochen, Herr Richter«, antwortete Don Juan. »Der Herr Kommandant und ich unterhielten uns darüber, wie sich die Zeiten geändert haben. Ich erzählte ihm, daß wir uns früher durch Ideale leiten ließen, daß wir Idealisten waren ...«

»Wenn ich mich nicht irre, gehörten Sie und Ihr Bruder zu der Gruppe um Lester Mead ...«

»Stimmt ...«

»Diese schöne Zeit ist endgültig vorüber. Heute ruft der Idealismus in uns, die wir Idealisten waren, ein Gefühl der Unklarheit, der Leere hervor.«

»Verzeihung, aber als der Herr Richter eben den Streikversuch der Bananenträger erwähnte, mußte ich wieder an Hauptmann Cárcamo denken ...«

»Was ist denn mit Hauptmann Cárcamo, Herr Kommandant?«

»Er hatte etwas in der Kommandantur zu erledigen und ist noch nicht zurück. Das beunruhigt und verdrießt mich.«

Piedrasantas Frau kam wieder und bot ihnen noch einen Zuckerrohrschnaps an.

»Unter Ihrer Obhut, verehrte Señora, geht es einem wohl«, sagte der Richter und setzte in fragendem Ton hinzu: »Ihr Gatte hat sich ja noch nicht blicken lassen ...«

»Er hat im Laden zu tun, aber er wird gleich kommen ... Entschuldigen Sie mich, aber ich muß die Herrschaften dort versorgen, die haben bestimmt schon eine trockene Kehle, gleich bekommen Sie Ihren Kaffee. Da ist ja auch Don Lino, ich lasse also vier Täßchen bringen.«

Nachdem Don Lino Piedrasantas Frau begrüßt und seinen Schnaps in Empfang genommen hatte, schloß er sich der Gruppe um den Kommandanten an.

»Sie kommen gerade recht, Don Lino«, der Richter klopfte ihm auf die Schulter, »hier wird über Ideale gesprochen, und da Sie der Romantiker der Familie sind ...«

»Über Ideale? ... Was für eine seltsame Totenwache ... Wenn der Meister auferstünde, würde er sich sofort wieder in den Sarg legen und freiwillig sterben: eine Totenwache, auf der keine Witze erzählt werden und auf der nicht geklatscht wird, ist keine Totenwache ..., und noch dazu beim Barbier ..., ich bitte Sie! ...«

Wind kam auf. Er fegte flach über die Erde weg und rüttelte an den Ästen. Gleich darauf rauschten, vom Wind geschüttelt, die Bambusrohre. Sie lauschten angestrengt, spitzten die Ohren, um Cárcamos Schritte so früh wie möglich zu hören, noch ehe er zwischen den schwankenden Zweigen und den Myriaden unaufhörlich flirrender Blättchen auftauchen würde. Key spuckte in das Dunkel, vielmehr er wollte spucken, denn sein Mund war wie ausgetrocknet, und verfluchte den Wind. Sie mußten noch schärfer ausspähen. Mußten die Gestalt zu erkennen suchen, sobald sie in der Wegbiegung auftauchte, da sie die Schritte doch nicht hören würden, und ihn erwischen, ehe es zu spät war. Keys Hände strichen über die Waffe. Andrés Medina schüttelte den Kopf. Es gefiel ihm nicht, daß sein Kamerad mit den Fingern über das Gewehr fuhr. Ihm war dabei, als fühlte dieser sich nicht mehr sicher. Wenn das stimmte, dann hatten sie ihre Rollen vertauscht. Jetzt war er derjenige, der sich sicher fühlte. Er war überzeugt, daß Cárcamo, wenn er auch sein Jugendfreund war, in dieser Nacht sterben mußte. Das Kreuzfeuer zweier Gewehre und Cárcamo tot, von Kugeln durchlöchert.

Der Wind heulte und übertönte jedes Geräusch. Als sie, Schutz suchend, in das Gehölz gekrochen waren, das sie verbarg und ihnen erlaubte, den Weg zu beobachten und ihre Gewehre auf seine Äste zu stützen, hatten sie nicht vorausgesehen, daß die sturmgepeitschten Bambusstämme sie taub machen würden. Zu den Gewehrmündungen gesellten sich wie Geschütze von noch kälterem Stahl ihre runden Pupillen und starrten dorthin, wo jeden Augenblick Cárcamo erscheinen und zugrunde gehen mußte.

»Vielleicht hat Klaffmaul den Befehl widerrufen«, sagte Florindo leise, denn es dauerte schon sehr lange, oder zumindest schien es ihm eine Ewigkeit zu dauern, bis der Verurteilte mit den verhängnisvollen Papieren an der Wegbiegung auftauchte.

»Nein, nein, er muß kommen . . .«

Key, der insgeheim wünschte, seine Aufgabe nicht erfüllen zu müssen, bezweifelte, daß Cárcamo kommen würde; Medina nicht, für Medina stand fest, daß Cárcamo kam und daß sie ihn erledigen würden. Es ist eine Hinrichtung, sagte er sich, eine Hinrichtung, und wenn die Nacht auch noch so lang ist, der Morgen der Hinrichtung bricht immer an.

Wieder fingerte Florindo an seiner Waffe. Andrei dagegen ließ den Finger nicht vom Abzug und den Weg nicht aus den Augen, und er atmete schwer, als bekräftigte er sich mit dem Atem: Es ist eine Hinrichtung . . ., es ist eine Hinrichtung . . .

»Was fummelst du an der Waffe herum, hast du Angst?«

Ein verhaltenes Lachen und dann die leise Stimme Florindos: »Meine Hände schwitzen, und das Gewehr klebt mir an den Fingern, aber sie schwitzen, weil es heiß ist, nicht aus Angst ... Angst habe ich nicht einmal in Verdun gehabt ... Paß auf, wie dein kleiner Hauptmann springen wird, wie eine Ratte in Uniform.«

Mehr sagte er nicht. Sie atmeten kaum. Augen und Gewehre ... Augen und Gewehre ...

Der Weg füllte sich mit Soldaten, die in Reih und Glied marschierten, und neben den Soldaten gingen Cárcamo und Hauptmann Salomé, jener mit den Papieren und Dokumenten und dieser mit seiner Abteilung, nachdem er die Pflanzungen kontrolliert und die Wache in »Semírames« abgelöst hatte.

Key beugte den Kopf und ließ die Arme sinken, als wäre ihm das Gewehr zu schwer geworden. Was zermalmte er zwischen den Zähnen? Die heiße Luft der Küste, die nach Abführmittel schmeckt. Nichts denken, die Augen schließen. Nicht sehen, nicht sehen, wie die Dokumente mit den Namen der Verbindungsleute sich entfernten.

Gehorsam wie ein Soldat, der den Begnadigten von der Wand wegführt, an der er schon stand, um erschossen zu werden, rieb Andrei die Wange an dem Gewehr. »Sich den Schweiß mit dem Gewehr abtrocknen«, hatte der Redner in Puerto Barrios gesagt, am Ende der Mole, während die Streikenden des Arbeitslagers T 23, eingeklemmt zwischen den Soldaten und den Haien, sich gegen den Tod zur Wehr setzten.

Florindo fluchte, nicht auf spanisch, sondern auf französisch. Medina verstand ihn nicht, aber es war bedrückend, der nasalen Sprache zu lauschen, die von Gebärden und Faustschlägen gegen die Stirn begleitet waren. Um ihn zu beruhigen, sagt er: »Kann doch sein, daß der Meister die verräterischen Papiere verbrannt hat, bevor er starb.«

»Merde ..., merde ..., sacré nom! ... Wenn wir statt dieser unglückseligen Schießprügel ein Maschinengewehr hätten, käme er nicht davon ... Aber so müssen wir kämpfen, ohne Waffen, zahm, während die andern bis an die Zähne bewaffnet sind ... Das ist kein Krieg! ... Wir wissen längst, daß es kein Krieg ist! ... Wenn es noch einer wäre ... Es ist schlimmer als Krieg, denn sie machen keine Gefangenen, erschießen sie auf der Flucht ... Sabotage? ... Sehr gut. Aber die einzige wirksame Sabotage wäre, ihnen die Plantagen mit der Panamakrankheit zu vernichten, und da erscheinen dann unsere Wirtschaftler und behaupten, das dürfe nicht sein, das würde die

Ökonomie des Landes tödlich treffen. Aber was zum Teufel geht uns die Ökonomie des Landes an, wenn das Land eine Fiktion ist . . .«

Die Truppe machte im Rinnstein vor der Kommandantur halt, und der Sergeant Rancún ging zur Wache und bat um die Erlaubnis, einrücken zu dürfen. Die Erlaubnis wurde erteilt, und die Truppe marschierte die letzten Schritte bis zum Tor.

»Ich habe mich mit der Kleinen amüsiert«, hatte Salomé gesagt, als er vor der Bambusrohrkurve auf Cárcamo stieß.

»Sie erschraken, als Sie mich sahen, Hauptmann . . .«

»Freilich erschrak ich . . . Ich habe mich mit der Kleinen amüsiert . . .«

»Ich habe verschlafen, heißt das«, verbesserte ihn Cárcamo. »Ihre Liebelei, Kamerad, ist gefährlich, ich habe es Ihnen schon gesagt, und zwar aus zwei Gründen: erfährt es der Chef, bestraft er Sie, was heißt bestrafen, er stellt Sie vor Gericht. Vergessen Sie nicht, daß das Standrecht verhängt ist und daß wir uns damit für Klaffmaul im Kriegszustand befinden. Oder aber die Streikführer bekommen Wind davon und drehen Ihnen ein Ding, daß Ihnen Hören und Sehen vergeht: Während Sie mit dem Weibstück schlafen, fallen sie über Ihre Leute her, die sich unterdessen bestimmt ein Nickerchen gönnen.«

»Sergeant Rancún ist absolut vertrauenswürdig und . . .«

»›Beim Militär‹, sagt Klaffmaul, ›gibt es keinen vertrauenswürdigen Untergebenen, und schon gar keinen absolut vertrauenswürdigen, jeder Vorgesetzte muß seinem Stellvertreter mißtrauen.‹«

»Ja, es stimmt, ich war müde, ich habe geschlafen, aber plötzlich wurde ich wach, und das Herz schlug mir bis zum Halse: ich sah, sah deutlich vor mir, wie viele Hände einen Offizier auf ein Feld voll von Kreuzen stießen, aber ich kam noch rechtzeitig mit meinen Leuten herzu und zerriß das Spinnennetz der Hände, die den Offizier schon umstrickt hatten wie eine Fliege, es waren die Hände einer vordringenden Menge, Hände wie Spinnen, wie große Spinnen . . .«

»Ein Alptraum . . .«

»Ja, ein Alptraum, und der Offizier, der auf das Feld mit den Kreuzen gestoßen wurde, glich Ihnen, Hauptmann Cárcamo . . .«

»Zum Teufel, ich hab da also auch mitgespielt . . .«

»Und deshalb, ich weiß nicht, ob Sie es gemerkt haben, konnte ich meine Überraschung nicht verbergen, als wir uns trafen . . .«

»Erzählen Sie doch keine Märchen, es war Ihnen einfach unangenehm, daß ich Sie aufgezogen habe, weil Sie so spät zurückkamen! Ihre armen Leute, es ist eine Rücksichtslosigkeit. Für Sie war es natürlich sehr schön, Sie haben sich im weichen Bett gewälzt, aber Ihre Soldaten mußten im Freien schlafen, erschöpft, wie sie sind . . ., das geht nicht . . .«

Salomé schwieg. Cárcamo war Hauptmann wie er. Aber er war ihm um einige Dienstjahre voraus und konnte sich diese Kritik erlauben, allerdings war es undankbar, ihn zu rügen, denn er hatte ihm soeben das Leben gerettet, im Traum zwar, aber immerhin; außerdem ärgerte er sich über ihn, weil er ohnehin schlechter Laune war nach dem Streit mit dem Weibstück . . . Hatte die ihm sogar gedroht, sie werde ihm die »Gießkanne verbrennen« . . . Verflixtes Weibervolk!

Sie betraten die Kommandantur, und jeder ging seiner Wege, Salomé in sein Zimmer, wo ihn auf dem Bett, koketter als eine Frau mit ihrem blauweißen Band, die Gitarre erwartete, und Cárcamo in das Arbeitszimmer des Kommandanten. Er zündete das Licht an, ging zum Schreibtisch, legte die Papiere ab, die er im Hause des Barbiers gefunden hatte, und blieb wie versteinert stehen. Auf einem der Umschläge stand: Rosa Gavidia . . .

Rasch nahm er den Umschlag an sich, als verbrenne ihn das Licht der Schreibtischlampe; aber rascher noch wandte er den Blick von den Bogen, die der Umschlag enthielt. Was tun? Den Brief liegenlassen? Ihn mitnehmen? Er war schon in seiner Tasche. Fieberhaft wühlte er in den restlichen Papieren, vielleicht gab es noch mehr mit demselben Namen: Rosa Gavidia . . .

Hastig ordnete er sie. Sie blieben ihm an den schweißigen Fingern kleben. Obgleich es fast drei Uhr morgens war, herrschte unerträgliche Glut, aber er schwitzte nicht nur vor Hitze, sondern auch vor Qual.

Die Papiere Rosa Gavidias waren in seinem Waffenrock verborgen, als er zur Totenfeier zurückkehrte und seinem Vorgesetzten meldete: »Befehl ausgeführt, Herr Kommandant!«

»Bleiben Sie in der Nähe, Hauptmann, wir brechen bald auf.«

Ohne den Vorgesetzten aus den Augen zu verlieren, sah sich Cárcamo nach einem Schnaps und nach Andrés Medina um. Andrei! Wie gern wäre er jetzt mit ihm zusammen gewesen, dem Freund aus den Kindertagen, dem »Rebellen mit den sonderbaren, verwegenen Ideen«, um ihm alles zu erzählen, rundheraus. Aber er fand ihn nicht, und so blieb ihm nichts anderes übrig, als auf seinen Lippen zusammen mit dem Schnaps den Namen Rosa Gavidia zu verbrennen, ihn in Rauch aufgehen zu lassen wie die Zigarette.

12

Sie verdrehten die Augen vor Lachen, lachten mehr mit den Augen als mit den Lippen, die sie ebenfalls aufrissen unter den schlecht geschnittenen Schnurrbartborsten, zeigten die Zähne und bissen lachend in das Stück zitternde Freude, denn nur so konnten sie ihren Triumph feiern, da sie sich nun am »Strand des Goldsuchers« oder am »Strand der Goldsucher«, sie nannten ihn bald im Plural, bald im Singular, zusammengefunden hatten.

»Laß dich umarmen, Bruderherz, aber nicht zu wild, was?«

»Klar, du sollst mich ja nicht erdrücken wie die Schlingpflanze den Baum!«

Umarmungen und Umarmungen, Händedruck und Händedruck, denn sie sind glücklich, freudig, siegestrunken. Aber Umarmungen reichen nicht aus, um ein solches Fest zu begehen. Natürlich nicht. Sie müssen sich Bier durch die Gurgel jagen und die Gläser mit Rum füllen bis zum Rand, und dazu müssen sie Brot mit Sardinen essen und Maistäschchen, gefüllt mit Käse, und Schnittchen mit falscher Zunge und Pflaumen und Guajavas und Nancefrüchte. Wir feiern! Versteht ihr? Wir feiern!

»Der da spielt die Okarina . . .«

»Na los, Freund, wir wollen nicht bloß das Geschwätz von den dunkelhäutigen Kerlen hören . . .«

Okarinas, Sackgeigen, Mandolinen und Gitarren in den Händen der Samuels.

»Was habt denn ihr getrieben, he?«

»Was wir getrieben haben, damit es uns nicht vertrieben hat, Gevatter?«

Die drei Samuels, Samuelán, Samuel und Samuelito, erschienen mit ihren Instrumenten.

»Das Ding habt ihr fein hingekriegt«, sagte Samuelón, »fein hingekriegt! Aber ich glaub auch, daß ihr den richtigen Moment erwischt habt. Es hat ja wie aus Kübeln gegossen. Ein Platzregen wie aus der Feuerspritze. Und der Oberaufseher so wasserscheu . . .«

»Hämorrhoiden hat er . . .«

»Manchmal hat er sich hinten gekratzt, stimmt . . .«

»Aber er konnte nicht mit den Fingern dran, der Umhang war zu dick«, meinte einer der Samuels. »Der Umhang hat ihn sozusagen gehindert, haha . . . Wie ein Walfischfänger sah er aus.«

»Von heute an«, Samuelón warf zuerst die Worte hin und fing dann an zu lachen, »von heute an, das muß man der Gesellschaft sagen, soll sie bei Regen die Matrosen von ihren Unterseebooten einsetzen, denn wenn es gießt, wird hier alles unterseeisch.«

»Wir haben unter Wasser gegen sie gekämpft. Und mein Kumpel, der war richtig, der Lange, der das Wort geführt hat, als sie die armen Teufel nehmen wollten, die Arbeit suchten.«

»Der mit dem Schluckauf, der Mulatte, was ist das eigentlich für einer?«

»Nicht zu trauen . . .«

»Klar . . .«

»Das erste Mal kam er mit dem Riesenkerl von Gringo hier an . . .«

»Kleinigkeit, bloß der Präsident der Gesellschaft!«

»Das erste Mal kam er mit dem, als sie Cosis Erbe verteilten, ein paar Millionen für die Indios zum Vernaschen, und jetzt ist er wieder da, angeblich, um seine alte Mutter zu pflegen. Aber ich denke, das ist bloß ein Vorwand . . .«

»Tisch uns lieber ein anderes Kinostück auf, sonst bringst du uns noch zum Weinen.«

»Das ist auch das reinste Kinostück, du, denn die Eingeborenen in dem großen Land da oben im Norden, und jetzt sperrt das Maul auf, Jungs, vor denen muß man nämlich das Maul aufsperren wie die kleinen Fische, bevor sie der Hai schluckt; die Eingeborenen da oben, die machen alles mit so einer schleimigen Rührseligkeit ab, und etwas davon ist an dem Mulatten hängengeblieben, er heult um den toten Vater und bringt sich schier um wegen der Mami . . .«

»Jetzt leg mal eine Pause ein, wenn du was trinken willst!«

»Her damit und die Kehle runter, denn der Mann ist zum Saufen geschaffen, nicht wahr, Samuelito? Schweigsam ist dieser Samuelito. Zupf die Gitarre und sing mir was vor!«

Da gehen, da gehen, da gehen
alle die, die morgen schon tot,
ja, die Liebe, die Liebe, die Liebe,
die braucht man zum Leben wie's Brot . . .

»Den Langen, der sich dagegen gewehrt hat, daß die anderen arbeiteten, den kenne ich. Der ist von ganz unten, von der anderen Küste. Von ›Tenedores‹ oder ›Los Amates‹, von da ist er, und da habe ich ihn auch mal getroffen, ich weiß nicht mehr recht, ob in ›Los Amates‹ oder in ›Tenedores‹.«

»Dann weiß er ja Bescheid, dann ist er ja kein Neuling.«

Der leise rauschende Abendwind, Blätterrascheln in der Stille, vermischte sich mit dem fernen Grollen des Meeres, dem fernen Echo der Gesteinsmühlen, dem ahnungsvollen Muhen der zum Tode verurteilten Rinder, dem Bellen der Hunde um die Häuser und dem segelnden Flügelschlag der Pelikane in der Luft, die tönend gespannt war vom Flug der Reiher.

»Vereint sind wir mächtig . . .«

Die Stimme des Mannes ging unter in der flotten Musik der Gitarren, rassigen Stuten gleich zogen sie ihre zitternden Flanken ein unter den Fingern, die sie spornten, flink und scharf, damit der Klang nachhallte, und es war jammerschade, daß keine Frauen da waren, mit denen man tanzen konnte, um mit den Füßen zu tun, was die Hände der Gitarrenspieler auf den Stegen und Saiten taten.

Eine Staubwolke wirbelte hoch, als einer, der brauner war als Orangenholzspäne, aufstand und für sich allein tanzte. Einige klatschten in die Hände, um ihm den Takt zu schlagen. Andere hatten keine Zeit, hatten die Hände voll mit Trank und Speise, arme Bananenträgerhände, hart und von Skorpionen zerstochen.

Als die Melodie unter Beifall und Hochrufen verklungen war, umarmten die Bezechtesten stürmisch die Samuels, die ihre Gitarren nur mühsam vor den Umarmungen und Püffen retten konnten.

»Vereint sind wir mächtig«, wiederholte nachdrücklich der Mann, dem vorhin die Worte, die er hatte sagen wollen, auf der Zunge geblieben waren, »nicht, weil wir viele sind, sondern weil wir mehr werden, wenn uns ein einziger Wille vereint wie jetzt. Señor Lino Lucero . . .«

»Sprich nicht von dem reichen Verräter, dem verräterischen, all die Millionen, die er geerbt hat, damit er sie für die Arbeiter verwendet und Genossenschaften gründet, denn unter der Bedingung hat Cosi ihm das Geld vererbt, um die Gesellschaft unterzukriegen: was hat er damit gemacht, er und seine Brüder, was haben sie damit gemacht?«

»Ich wollte erzählen, was Rito Perraj, der große Schamane, ihnen gesagt hat, als er das prophezeite, was wir heute erreicht haben, weil wir uns zu laden weigerten, wenn sie uns nicht mehr zahlten.«

»Hört zu!«

»Es hat damit zu tun, daß wir alle zusammen eine große Masse sind . . .«

»Zusammen, aber nicht durcheinander, stimmt's, du? . . . Der hat wohl nicht nur Schnaps getrunken, sondern den Korkenzieher gleich mit, er stolpert ja über seine eigenen Beine . . .«

»Laßt ihn ausreden . . .«

»Lucero sagt, der Schamane hat ihn eines Tages gefragt: ›Siehst du dort was?‹ ›Ja‹, antwortete Don Lino, ›dort sehe ich das Meer.‹ ›Groß, sehr groß?‹ fragte der Schamane. ›Ja, mehr als groß, unendlich, und mehr als unendlich, unermeßlich wie Gott.‹ ›Aber obgleich du es siehst, unendlich, unermeßlich wie Gott, besteht es doch aus lauter Tautropfen. Der Tautropfen, den du nicht einmal anschaust, der kleiner ist als ein Stecknadelkopf, vielleicht nur so groß wie eine Nadelspitze, er ist zum Fürchten‹, sagte der Schamane, ›wenn er sich mit seinen Brüdern vereint und Flüsse, Seen und Meere bildet.‹«

»Und nicht einmal diese Lehre hat er begriffen. Das wird ihn teuer zu stehen kommen. Erst neulich waren welche bei ihm und baten ihn um Unterstützung für die Familien der Streikenden in Bananera, aber er hat sich geweigert. Er hat gesagt, er gibt nichts, weil die Streikenden für ihren Wanst kämpfen, aber nicht für ein Ideal.«

Der mit silbernen und goldenen Wölkchen geschuppte Himmel berührte den Horizont hinter Reihen um Reihen von Palmen, die dem ständig wehenden Wind und den Stößen der Stürme ausgesetzt waren. Elastisch, königlich, wurden sie im Grimm des Sturmes gleichsam zum Rauschen des Windes unter den Schwerthieben ihrer höchsten Zweige und im Gewitter, unter den Regenböen, wurden sie pflanzliche Elektrizität, Gold des Blitzes, Widerhall des Donners und Blitze, die sich im Blitz zerstörten. Aber an diesem Abend schienen sie, vom »Goldsucherstrand« aus gesehen, eher aus Fäden und Haaren geschaffen.

Die Männer bewunderten, als der Sturm vorüber war, die Widerstandskraft der Palmen und lernten von ihnen, ohne sich dessen bewußt zu werden.

»Daß wir uns zu vielen, zu sehr vielen zusammentun, zu unzähligen wie die Tropfen, die das Meer bilden, ist gut, aber wir müssen auch widerstehen können wie die Palmen dort, die, obgleich sie uns so zart und zerbrechlich vorkommen, mehr ertragen als die riesigen Bäume.«

»Wer von euch weiß, wo er wohnt, vielleicht ist er nicht mal zu Hause, der Lange, der sich geweigert hat zu arbeiten und sich dagegenstellte, daß die anderen arbeiteten. Gut wäre es, ihn hier zu haben und mit ihm zu sprechen, bevor wir weiter Gitarre spielen. Der Streik braucht viele Leute, viele, die dafür stimmen. Wir sagen ihm, daß wir die Lohnerhöhung feiern, aber auch ihn, für das, was er getan hat, daß er sich geweigert hat zu arbeiten und zuzulassen, daß die anderen die geernteten Bananen verluden. Meint ihr nicht auch, Jungs?«

Sie stimmten zu und machten sich auf, ihn zu holen.

»Zu was Gutem schleppt ihr mich her, aber warum wie einen Gefangenen?« fragte der ellenlange Lange, als er mit den Freunden, die ihn geholt hatten, am Strand auftauchte.

»Feiern tut ihr«, fuhr er fort, »und schön ist es, daß ihr nicht nur an euch denkt und andere dazuholt. Ich danke euch dafür, denn ich laufe wie ein Einspänner herum, seitdem der Kumpel wegging, der mit mir hergekommen ist. Dem hat es an der Küste überhaupt nicht gefallen, und er hat sich ganz schnell aus dem Staub gemacht . . . So mußte ich mich allein stark machen.«

»Na, Freund, hier hast du uns, wenn es dir an Gesellschaft fehlt. Bei uns geht es lustig zu. Die Jungens wollen die Zulage auf der Gitarre feiern, wollen Lieder und Polkas klimpern. Hier in unserer Gegend ist es das erste Mal, daß die Gesellschaft eine Forderung der Arbeiter bewilligt hat.«

»Richtig, daß ihr feiert.«

»Wir haben es verdient, was? Aber du auch. Du hast das meiste dazu beigetragen. Du hast es ihnen versalzen, daß sie die Arbeitslosen einstellten. Gerade im rechten Augenblick hast du dem Schweinehund von Oberaufseher dein Nein zugerufen. Wenn du es nicht getan hättest, wer weiß, ob es uns geglückt wäre.«

»Ich bekreuzige mich immer noch«, warf ein anderer dazwischen, »auch wenn mich die auslachen, die nicht gläubig sind, aber ich habe meinen Glauben an die heilige Jungfrau, von der der Pfarrer sagt, sie wäre eine echte India und sie würde uns helfen, den evangelischen Gringos eine auszuwi-wi-wi . . .«

»Das Auswischen ist ihm im Hals steckengeblieben!«

»Man soll nicht übertreiben, der Gesellschaft hat das bißchen Lohnerhöhung, das sie uns gegeben hat, überhaupt nichts ausgemacht; wichtig ist nicht das, was sie uns zugelegt hat, sondern daß wir es auf die Weise geschafft haben, wie wir es geschafft haben.«

»Hätte es nicht geregnet, als schon so viele Bananen geerntet waren, dann hätten wir lange warten können . . .«

»Und hätte im Hafen kein Schiff gelegen . . .«

»Ist bestimmt alles richtig, aber trotzdem: weil es geregnet hat, weil viele Bananen geerntet waren, weil im Hafen ein Schiff lag und auf Ladung wartete, weil sie die Soldaten nicht rufen wollten, damit die uns mit den Gewehrkolben zusammenschlugen, weil den Chef die Hämorrhoiden juckten und er sich wegen dem dicken Umhang nicht kratzen konnte, weil die Vorarbeiter zum Anwerben der Leute nicht da waren, deswegen wollen wir doch nicht vergessen, was wir selber geleistet haben! Sie haben uns zugelegt, weil wir uns weigerten zu arbeiten und weil wir uns entschlossen wie Männer weigerten zu arbeiten, wenn sie uns den Lohn nicht um ein paar Centavos erhöhten, und daraus können wir lernen, daß sie ohne unsere Arme, auch wenn sie alles Gold der Welt besitzen und auf diesem Boden die schönsten Bananen anbauen, nichts ausrichten können! Nur daraus, daß wir mit ihnen zusammengingen, kam bis jetzt ihr Reichtum und unsere Armut, aber das wird sich ändern, Kumpels, denn es muß für alle gleich sein, und deshalb paßt es mir nicht, daß man unseren Sieg verkleinert und mit irgendwelchem Blödsinn kommt!«

»Wenn ihr mir erlaubt zu sprechen«, der ellenlange Lange hielt es für geraten, um das Wort zu bitten, »wenn ihr mir erlaubt zu sprechen . . .«

»Klar, sprich . . .«

»Du hast ja schon dort gesprochen, Kumpel, als du dich auf unsere Seite stelltest, und jetzt gehörst du zu uns, du hast das Wort!«

»Also, damit ihr alle es wißt: so, wie der Freund eben gesprochen hat, so spricht man an der anderen Küste. Dort haben sich alle miteinander verständigt, und nicht nur auf den Plantagen, auch mit den Hafenarbeitern, verlumptes, völlig verelendetes Volk, Männer, die schuften wie Gehetzte, voller Verzweiflung darüber, daß sie in der eigenen Heimat nur diese erbärmliche Arbeit finden, durch die sie krank werden, verkommen, verderben, verfaulen . . ., der Mensch ist nicht umzubringen . . ., und wir haben es gesehen . . ., von diesen Wesen . . ., diesen Schauerleuten, die wie menschlicher Abfall sind, ging das Unglaubliche aus . . ., von diesen Schauerleuten, vertiert durch die entsetzliche Arbeit, die Wohnungsnot, die schlechte Ernährung, die Malaria, von diesen schmutzigen, zerlumpten Schauerleuten ging ein Wirbelsturm des Willens und der Auflehnung aus, von dem man nicht wußte, wie, wo noch wann er begann und der mächtiger und mächtiger wurde, bis er schließlich den Hafen stillegte. So wie plötzlich an einem ganz friedlichen Tag, an irgendeinem beliebigen Ort ein Wirbelsturm losbricht, den Staub vom Boden hochreißt, hochschnellt wie eine zusammengedrehte Nabelschnur und jeden blendet, den er trifft, so brach jener Wirbelsturm von Rebellen los. Wir arbeiten nicht, wir verladen nicht ein Bananenbüschel, wenn uns der Lohn nicht erhöht wird, sagten sie. Und sie haben nicht gearbeitet, und die Bananen verfaulten, und das Schiff lag unter Dampf, und die Eisenbahnwaggons stauten sich am Kai und wurden nicht ausgeladen, standen still und zwangen alles, stillzustehen, bis der Kampf begann . . .«

»Sie haben gekämpft . . .«

»Und ob sie gekämpft haben, Jungs!« riefen mehrere Stimmen.

»Vorarbeiter, Polizisten, Soldaten, keiner kam gegen sie an, denn von überallher tauchten jene armseligen, menschlichen Wracks auf, verwandelt in reißende Tiere, nicht in der Verteidigung, sondern im Angriff. Griffen an mit Knüppeln, Eisen, Schaufeln, Piken, Schienen, Schwellen, mit allem, was sie von den Bahngleisen und vom Hafendamm losreißen konnten, um sich auf die Truppen zu werfen, die sie umzingelten. Aus dem weißen Rumpf des Schiffes, eines der Dampfer der verfluchten Weißen Flotte, stürzten sich wie Teufel mit Schläuchen bewaffnete Neger und wehrten sie mit mächtigen Wasserstrahlen ab. Wasser, Gewehrfeuer, dumpfe Detonationen, Waggons, ins Rollen gebracht wie Katapulte, die, wenn sie auf den Schienen mit anderen Waggons zusammenprallten oder aus den Schienen sprangen, den Hafen und die Gebäude in ihren Grundfesten erschütterten . . . Dann hörte man die ersten Maschinengewehrsalven . . . Der Befehl war unmißverständlich . . . Schluß machen mit ihnen . . . Das Pfeifen der Kugeln und das metallene Tacktack der Maschinengewehre durchbohrten die große Stille, die wie eine Rauchglocke alles bedeckte, nur das tobende Meer nicht, das, als kämpfte es mit, von unten heraufrauschte. Der Tod triumphierte . . . Mit erhobenen Händen ergaben sich hier und da einige Gruppen . . . Aus der zersiebten Stille und dem stinkenden Rauch des Kampfes kamen die Männer zum Vorschein, und die Polizisten und die Soldaten empfingen sie scheinbar friedlich, aber hinter den Linien nahmen sie brutal Rache an ihnen, brutal wie immer, brutale Rache für das, was alle getan hatten, als sie angegriffen wurden, weil sie höhere Löhne verlangten. Alle ergaben sich bis auf einige wenige, die zurückwichen und immer weiter zurückwichen bis an das äußerste

Ende der Mole. Die Zeit ließ sich jetzt messen an den Schritten der Arbeiter, die, Feuerschatten unter der sengenden Sonne, eng umstellt waren von den Gewehren ihrer Verfolger, eng umstellt mit dem Rücken zum Meer, mit dem Rücken zum Meer, das von Haien wimmelte . . .«

»Als was arbeitest du, Freund, du sprichst so blumenreich . . .«

»Als Hondurener . . .«

»Was heißt, als Hondurener?«

»Ja, ich habe als hondurenischer Dichter gearbeitet, in einem Hotel; die Besitzerin, Cleotilde Benavides, sie stammt aus Tela, liebt Gedichte. Sie ist halb und halb eine Landsmännin von mir . . .«

»Wieso halb und halb? Hast du nicht gesagt, du bist aus Honduras?«

»Von der Grenze, aber durch die Grenzstreitigkeiten weiß ich nicht, wo der Ort jetzt liegt, in dem ich geboren bin, ob auf dieser Seite oder auf der anderen. Aber wo ich auch geboren bin, jedenfalls im Herrschaftsgebiet der Fruchtgesellschaft, denn die hat alles geschluckt . . .«

»Aber erzähl doch weiter«, unterbrach einer der Samuels mit erstickter, angstvoller Stimme, »sag uns, ob sich die Unseren, die an der Spitze der Mole kämpften, zwischen den Haien und den Polizisten, schließlich ergeben haben. Haben sie sich ergeben? Es blieb ihnen ja nichts anderes übrig. Wohin sollten sie schon fliehen?«

»Das ist ein Irrtum, Freund. Der Mensch hat immer die Möglichkeit zu fliehen. Und wenn sich ihm alle Türen schließen, flieht er in den Tod . . .«, und nach einer langen Pause, in der der zitternde Atem der lauschenden Männer zu hören war, fuhr er fort: »Sie flohen in den Tod, aber sie haben sich teuer verkauft« . . ., alle atmeten tief, »teuer haben sie sich verkauft . . . Der eine hat einem Soldaten das Gewehr entrissen in seiner Verzweiflung, ein anderer einem Polizisten die Pistole, schon verwundet, schon schwer verwundet . . . Woanders hat ein Offizier denjenigen, der ihn angriff, durch einen Schuß in den Mund getötet, der Mann fiel, aber als hätte er sich wieder erhoben, stürzte sich ein anderer auf den Offizier, entrang ihm den Revolver und streckte ihn nieder . . . Der Kampf dauerte nicht lange . . ., konnte nicht lange dauern . . . Der mit dem Gewehr lag hinter den Leibern seiner Gefährten verschanzt auf dem Boden und verteidigte sich bis zur letzten Patrone . . . Taumelnd, verwundet, blutend stürzten einige ins Meer, wo sich die Haie wie riesige gefräßige Zungen wanden . . .«

Sie schwiegen. Der Ellenlange fuhr fort: »Aber damit war es noch nicht zu Ende. Aus der Hauptstadt kam, so rasch es die Entfernung erlaubte, ein Militärzug unter dem Befehl eines englisch sprechenden Generals. Ich sah ihn von weitem: Hakennase, Schnurrbart, grüne Augen. Und der Tanz begann von neuem. Tote gab es nicht mehr, weil es keine Menschen mehr gab, die man auf der Flucht erschießen konnte. Mit Hilfe eines Feldstechers verfolgte der General die Einzelheiten vom Salonwagen aus, der in sein Hauptquartier verwandelt worden war mit Tischen voller Whiskyflaschen und Sofas voll nackter Weiber. Aufmerksam verfolgte er die Rauchsäulen und Rauchsäulchen, die zwischen den Bäumen und den Ranchos anzeigten, wo die Truppen die Ortschaft zur Strafe niederbrannten, während seine Finger die Schamhaare der Frauen kraulten ...

An diesem Abend fand in Bananera ein Bankett statt. Der General kam an mit einem Teil des Militärzuges, wo er sich mit den in eiskaltem Sekt badenden Weibern sielte, Sekt, der aus den Flaschen schoß und der ihm in der entnervenden Hitze der Küste besonders köstlich schmeckte, wenn er ihn in kleinen Schlucken von den Brüsten, den Schenkeln und den Geschlechtsteilen trank oder ableckte.

Als sich der Zug Bananera näherte, hielt er an, damit der General baden konnte. Dann stieg er aus, um an dem Bankett teilzunehmen, das ihm zu Ehren, in Anerkennung seiner großartigen Rolle als Friedensstifter gegeben wurde, stieg aus in weißem, untadeligem Uniformrock, dunkelgrünen Hosen, metallisch glänzenden Stiefeln, mit Sporen, die klingelten wie Weiberohrringe, zwischen den Lippen eine lange Spitze mit einer Zigarette aus hellem Tabak, deren Rauchfähnchen ihn zwang, das eine Lid halb zu schließen, wodurch das offene Auge mit der großen Iris aus grünem Kristall noch stärker zur Wirkung kam.

Am Schluß des Festessens, an dem der Vizepräsident und andere hohe Angestellte der Fruchtgesellschaft teilnahmen, bat man den siegreichen General, einige Worte zu sprechen, und er tat es mit der Stimme einer alten Knarre und der Rhetorik eines Mumifizierten, strich sich dabei unablässig den Kaiserschnurrbart glatt und rieb und tätschelte sich die Hände, als seifte er sie ein vor Vergnügen über das, was er sagte, und über das, was er noch sagen würde. Er hob sein Glas, als wollte er einen Trinkspruch ausbringen, und rief: ›Meine Herren! Nachdem die Befriedung abgeschlossen ist, möchte ich Sie mit der Offenheit, mit der man zu Businessmen spricht, daran erinnern, daß ein General der Republik nicht nur reist, um das Klima zu wechseln . . .‹«

»Der hat wenigstens ganz offen verlangt, daß man ihn schmiert«, bemerkte einer der Samuels.

»Und am selben Abend«, erzählte der Hondurener weiter, der als Dichter arbeitete, »kehrte er mit dem Teil des Militärzugs, in dem er zu dem Festessen gekommen war, zum Hafen zurück, wo er im Morgengrauen eintraf, ohne die Weiber . . . Er hatte seinen Adjutanten befohlen, sie hinauszuwerfen, rechts und links der Gleise, betrunken und halbnackt, wie sie waren, während er im aufgeknöpften, goldübersäten weißen Uniformrock durch einen Strohhalm aus einem Glas einen Pfefferminz mit Eisstückchen schlürfte, als nährte er mit dieser Flüssigkeit seine Augen, vielmehr das einzige grüne Auge, das er offenhielt. Die Weite verschluckte die Schreie jener Unglücklichen, die die Adjutanten bei den Haaren, den Armen, den Beinen, wo sie sie erwischten, halbnackt aus dem Wageninneren auf die Plattform zerrten und ins Leere schleuderten, ohne Rücksicht darauf, daß der Zug mit voller Geschwindigkeit dahinraste. Die Nacht füllte sich mit den Schreien der Frauen, die verstummten, wenn sie fielen und neben den Schwellen liegenblieben, verlassen, zerschlagen, blutend, wie leblose Fleischsäcke . . .«

Nach kurzem Schweigen fügte er hinzu: »Als er sich der nackten Weiber entledigt hatte und allein war, entfachte er die grüne Glut seines Auges, während er den Zwicker seiner Hakennase näherte, ihn mit elegantem Schwung aufsetzte und von einem Scheck ablas, wie feinfühlig die Leiter der Fruchtgesellschaft gewesen waren, die ihn gefeiert hatten für seinen Sieg über den um bessere Löhne rebellierenden Pöbel, wie weit sie seine unverblümte Verblümtheit bezüglich des Klimawechsels verstanden hatten. Und wahrlich, er konnte sich nicht beklagen. Eine Reihe Nullen zitterten auf den Linien des Schecks, mit dem er dafür bezahlt wurde, daß er, ein General, geruht hatte, aus dem ewigen Frühling in die Glut der Küste herabzukommen.«

Samuelón unterbrach: »Und du, Freund, woher weißt du das alles? Du hast es geschafft, daß uns wie Gitarren der Mund offensteht.«

»Alles läßt sich erklären. In dem Hotel, in dem ich als hondurenischer Dichter arbeitete, logierte ein anderer Dichter, häßlich wie ein Pferd und sehr geheimnisvoll. Er mietete das größte Zimmer, er brauchte Raum, um sich auszulaufen, denn er rannte die ganze Nacht herum, wie er sagte, und außerdem war nur in einem großen Zimmer Platz genug für die drei Kleiderschränke, die er verlangte, ganz gleich, was es kostete, und in die er mit meiner Hilfe mehr als vierzig Anzüge hängte. Ein Schneider oder einer, der nordamerikanische Kleidung verkauft, sagte ich mir, und dasselbe sagte sich Dona Clótil, die Besitzerin des Hotels. Aber die Tage vergingen, und von dem Geschäft war nichts zu sehen. Der Kerl begann Kognak flaschenweise zu trinken und die Anzüge zu verschenken. Da alle Betrunkenen ihre Kleidung verschenken, verwunderte uns das nicht weiter. Aber nach einigen Tagen fiel uns auf, daß es ausnahmslos Neger waren, die mit seinen prächtigen Anzügen glänzten, und das Geheimnis klärte sich auf. Er war ein Schwuler, einer, dem die Männer gefallen, und er tauschte die Anzüge ein gegen die Ware Lust. Und das nicht einmal still und leise. Im Morgengrauen, während sich der auserkorene Neger unter den Bettlaken versteckte oder entsetzt über den Balkon floh, brüllte er mit heiser dröhnender Stimme, als wäre seine Kehle zu Holz geworden, brüllte mit verzerrtem Gesicht, die Kinnlade auf der Brust, das zerzauste Haar über den Ohren, als wären es die Zügel eines seltsamen Zaumzeugs, die geriffelten Zähne triefend von Speichel, der ihm in Fäden herunterhing oder den er schluckte, wobei er seine langen Verse unterbrach. Seine Pupillen wanderten dann von unten bis hinauf an den äußeren Rand der großen weißen Augäpfel, als wäre er in einen Brunnen gefallen und suchte mit den Blikken nach einem Ausweg . . . Und er weinte und schrie: ›He, holt mich heraus, denn ich bin sehr tief, sehr tief gefallen!‹ Die Klage endete im Bereich seines Mundes, der heiser geworden war von dem brünstigen ›De Profundis‹, dem bis zur Ermüdung wiederholten ›sehr tief, sehr tief . . .‹, und in diesem Augenblick sprang er auf das Bett, klammerte sich an den Neger und hob unter finsterem Gelächter mit smaragdgeschmückter Hand dessen großes, ebenholzschwarzes Geschlechtsteil.

Aber das Geheimnis blieb bestehen. Was trieb der Kerl hier? Die Hotelbesitzerin bekam es heraus. Er war Leitartikler und Chefredakteur einer hauptstädtischen Zeitung, die aus Angst vor der Regierung und um sich gänzlich die Gunst der Bananengesellschaft zu erwerben, die Nachrichten über die Auseinandersetzungen mit den Hafenarbeitern verfälschte. Als der Mann, der mehrere auf den falschen Meldungen seiner Zeitung fußende Leitartikel gegen die Arbeiter verfaßt hatte, dahinterkam, wurde er rasend vor Wut, packte die Schreibmaschine, warf sie auf die Straße, lief davon, versteckte sich, verschwand. Er wollte zum Hafen hinunter, um die Schauerleute zu verteidigen, aber er kam zu spät, er fand nur noch die Blutlachen, die auf dem trauerschwarzen Gebälk und dem geteerten Eisengestänge eintrockneten. Und von ihm erfuhr ich die Wahrheit, die ich euch erzählt habe.«

»Und das mit dem General?« fragte einer.

»Das mit dem General hat noch ein Nachspiel gehabt. Wenn euch die Ohren noch nicht müde geworden sind! . . .«

»Wohl wegen dem Scheck«, sagte ein anderer, »denn der Mann war ehrlich, er war nicht losgefahren, um das Klima zu wechseln.«

»Laßt mich weiter erzählen, aber vorher gebt mir 'n ordentlichen Schluck von dem Gebrannten.«

»Der geht ein . . .«

»Prost, auf euch und die Lohnerhöhung und auf die Lohnerhöhungen, die nachfolgen werden!«

Er kippte sich den weißen Schnaps tief hinunter in die Kehle, während die anderen ihm »Prost« zuriefen, und nachdem er spärlich ausgespuckt hatte, der Speichel flog wie eine Flaumfeder auf den Sand, fuhr er sich mit dem behaarten Arm über das Gesicht, um sich ein wenig den Schweiß abzuwischen, und sprach weiter.

»Das mit dem General hatte ein Nachspiel, weil eine der Frauen, die er aus dem Zug schmiß, Nordamerikanerin war.«

»Eine Nutte!«

»Da kann ich dir nicht widersprechen, Kumpel. Und durch diese Frau, die auch in dem Hotel wohnte, erfuhr ich von der Orgie im Zug und ihrem tragischen Ende. Ein Schrei gellte mir in den Ohren. Ich schreckte aus dem Schlaf hoch, einen Schuh am Fuß, den anderen in der Hand lief ich halb wach, halb noch im Schlaf, an die Tür des verfluchten Dichters, er hatte es gern, wenn man ihn so nannte, und entdeckte in seinem Bett statt des allnächtlichen Negers die Frau, die eher wie ein blondes Schulmädchen aussah, das kostbare Fleisch über und über bedeckt mit riesigen, blauschwarzen Flecken, mit einem gebrochenen Arm, einigen gebrochenen Rippen, zitternd, mit blutigem Mund und Augenringen, die ihr bis unter die Brüste hingen. Sie verlangte nach einem Arzt, einer Medizin, einer schmerzstillenden Tablette, einem Schluck Whisky, und der Dichter schloß und öffnete die Löffel seiner Lippen und versuchte sie davon zu überzeugen, daß sie gesund werden würde, wenn sie jede halbe Stunde einen seiner Smaragde zu sich nähme. ›Smaragd, nein!‹ schrie die Gringa. ›Grünes Auge! . . . General, nein! . . . Nerón, nein!‹ Ich ging, ohne mich völlig anzuziehen, mit dem einen Schuh klappernd, als fehlte mir ein Fuß oder als hätte ich einen zuviel, wie es den Hinkebeinen geht, die nicht wissen, ob sie ein Bein zuviel oder eins zuwenig haben, und weckte die Chefin, die mit dem nordamerikanischen Konsul befreundet war. In einem weiten Hemd, das einem Schaufenster glich, weil es so geräumig war und nichts verbarg, begleitete mich Dona Clótil in das Zimmer des Dichters, der, als er uns eintreten sah, die Smaragde einnahm, einen nach dem andern, und mit großen Schlucken Kognak hinunterspülte, während sich Dona Clótil der zerschlagenen Gringa annahm, die weinte, weinte wie eine Frau, die plötzlich gut geworden ist. Wir brachten sie in ihr Zimmer, und dort erzählte sie uns, was geschehen war, während der Dichter mit einer Leine, an der Wäsche hing, auf der Terrasse des Hotels Seilchen sprang und sang: ›Ich bin ein süchtiger Schwuler, ich bin zwei süchtige Schwule, ich bin drei süchtige Schwule . . .‹«

»Das Schmerzensgeld, das das Weibsbild kassiert haben muß für die Schläge und damit sie schweigt, denn von alldem hat nichts in den Zeitungen gestanden!« sagte Samuel.

»Und wie gut unser Freund predigt! Besser als die Evangelischen! Er predigt wie der Pfarrer, der von der Jungfrau von Guadalupe.«

»Predigt und säuft, der Kumpel!«

»Dafür ist er auch ein Dichter, nicht wahr, du? Du hast uns aber noch nicht deinen Namen genannt.«

»Meinen Namen?«

»Jetzt sag bloß, daß du dich nicht erinnerst.«

Alle lachten schallend.

»Papagei Rámila nennen sie mich . . .«

Sie lachten noch lauter.

Die Gitarrenspieler stritten miteinander. Samuel mit Samuelito und Samuelón mit Samuel. Wie immer.

»Stimmt's, Kamerad Rámila«, fragte Samuelito, den Brüdern zuvorkommend, »daß der berühmte Tabio San bei dieser Schießerei dabei war? Mein Bruder Samuel sagt nein, und ich sag ja, und Samuelón hält sich draus wie immer . . . War er dabei oder nicht? Du wirst es uns sagen.«

»Dort, bei der Schießerei an der Mole nicht, aber bei der in Bananera, wo es auch heiß herging — erinnert euch, daß der General nicht verreiste, um das Klima zu wechseln —, aber glücklicherweise entwischte er in einem Zug, der in die Hauptstadt fuhr. Er sprang ab, bevor er die Puente de las Vacas erreichte, dort, wo der Zug langsamer fährt, und schlug sich über einsame Seitenwege nach Las Caleras del Norte durch, wo er sich lange Zeit versteckt hielt.«

»Da seht ihr's«, sagte Samuelito zu seinen Brüdern.

»Und du siehst, daß er bei der Schießerei in Bananera dabei war«, erwiderte Samuel streitsüchtig und wandte sich sogleich an Rámila: »Und wie es heißt, soll er jetzt nach Tiquisate kommen, stimmt das? . . . Wir alle wollen mit ihm sprechen . . . Tabio San . . ., er ist berühmt, aber nur wenige kennen ihn!«

»Wir wollen mit ihm über den Streik sprechen«, unterbrach Samuelón, »denn das sich zwischen Haien und Kugeln Einklemmenlassen schmeckt mir nicht. Da bin ich mehr für, wie soll ich es sagen, was die Ratten tun. Das müssen wir sein oder es lernen zu sein, Ratten. Ihnen das Haus unterhöhlen, ohne daß sie es merken, bis es über ihnen zusammenstürzt, bis es kracht. Geduld und blindes Wühlen mit Krallen und Zähnen, mit den Krallen essen und den Zähnen kratzen, wie es die Ratten machen sollen. Ihnen das Haus unterhöhlen, so daß sie unter seinen Trümmern begraben werden, sie mitsamt ihren Polizisten und ihren Banken und ihren Richtern und ihrem Präsidenten und ihren Kommandanten und ihren Generälen . . .«

»Und an der Stelle bist du aufgewacht . . .«

»Aufgewacht! . . . Ihr seid es doch, die schlafen! Ihr träumt davon, daß die Tapferen zu was taugen. Die Tapferen, wir haben's gesehen, taugen zum Sterben. Ich sag nichts dagegen, wenn es sein muß. Aber mir ist lieber, daß die Tapferen leben. Unter uns darf es nicht nur Tapfere für die kurzen Minuten des Sterbens geben, sondern auch für die lange Spanne des Lebens.«

»Der Kumpel macht mir Konkurrenz . . ., sehr gut!« Rámila stand auf und reichte Samuelón die Hand. »Wie gut du sprichst!«

»Und was hältst du von der Lage hier, Rámila?« fragte Samuelito.

»Ja, ja, sag uns, was du davon hältst!« unterstützte Samuel seinen Bruder.

»Was ihr getan habt, um die Lohnerhöhung durchzusetzen«, sagte Rámila zu den Samuels, aber alle umringten ihn, um besser zu verstehen, »beweist, daß man der Company sehr wohl beikommen kann, aber ihr müßt euch organisieren, und wie sollen sich die Bananenschlepper organisieren, die so häufig den Arbeitsplatz wechseln. Das ist das Problem.«

»Darum kümmern wir uns . . .«

»Seid ihr euch eigentlich darüber im klaren, welche Macht ihr darstellt? Ihr seid die Menschenbrücke, über die die Banane von den

Plantagen auf die Märkte wandert. Ohne eure Hände steht die Gesellschaft mit leeren Händen da, bleiben ihre Züge und ihre Schiffe leer.«

»Wir hatten uns gedacht«, sagte einer der Samuels, »aber wir wissen nicht, ob es richtig ist, daß wir uns ›Die Goldsucher‹ oder einfach ›Goldsucher‹ nennen nach diesem Strand hier, wir nennen uns ja schon jetzt so, nicht wahr, Jungens?«

»Scheint mir nicht schlecht. Ihr könnt euch nennen, wie ihr wollt, aber erst, bevor ihr euch diesen oder jenen Namen für eure Gruppe aussucht, müßt ihr euch offiziell der Bewegung anschließen.«

Viele Stimmen erklangen gleichzeitig:

»Wo? . . . Natürlich! . . . Jetzt gleich, wenn du willst!«

»Ich übernehme das«, erklärte Rámila, »wenn alle damit einverstanden sind . . .«

Die Antwort war einstimmig:

»Alle!«

»Ist der Generalstreik einmal erklärt, müßt ihr ihn unterstützen, aufrechterhalten, verteidigen . . .«

»Wie ein Mann«, riefen alle.

Kurz darauf gingen sie, einer nach dem anderen, um nicht gemeinsam vom Goldsucherstrand aufzubrechen, und zerstreuten sich im Busch. Spur auf Spur, Schatten auf Schatten, und in der Ferne die Stimmen der Samuels, die sich auf verschiedenen Wegen entfernten und spöttisch sangen:

Über die endlosen Meeresweiten
sehen wir Unterseeboote gleiten.
Unterseeboote sehen wir gleiten
über die endlosen Meeresweiten . . .

13

Hauptmann León Cárcamo, begleitet von Padre Fejú, hielt vor dem Arbeitszimmer des Kommandanten an. Einer der Soldaten blieb zurück und blies die Laterne aus. Er war mitgekommen, um ihnen auf dem Weg zu leuchten. Die Soldaten der Wache, die mit offenen Augen schliefen, bleiche, grünlich schimmernde Gesichter unter dem elektrischen Licht der Kommandantur, richteten sich auf den Bänken mit den schrägen Rückenlehnen auf, als sie die Schritte von Lebewesen vernahmen. Der wachhabende Leutnant hustete. Er hatte das Gesicht in ein weißes Handtuch gewickelt und sah aus wie ein Maure. Ohne ein Wort zu sagen, begleitete er die Ankömmlinge einige Schritte und kehrte dann langsam in die Wachstube zurück.

»Gestatten, Herr Kommandant . . .«

Cárcamos Stimme. Sie weckte alle schlafenden Dinge in dem Zimmer mit dem Geruch nach Kokosblättern, Tabak, verschwitzten Schuhen, feuchten Kleidern und dem Metall der Waffen, die beklemmend unpersönlich waren wie der Tod. Ein gähnender Laut, der die Worte erstickte, bedeutete, daß der Vorgesetzte gestattete, einzutreten.

»Befehl ausgeführt, Herr Kommandant . . .«

Ein weiterer kehliger Laut verabschiedete Hauptmann Cárcamo, hinter dem, schmächtig und klein wie ein Meßdiener, Padre Ferrusigfrido stand.

»Padre, ich habe den Befehl, Sie an die Grenze bringen zu lassen, noch ehe die Hähne krähen«, sagte der Kommandant, nicht hart, aber auch nicht liebenswürdig. »Sie werden beschuldigt, hier den sogenannten Generalstreik zu organisieren.«

Die Worte des Kommandanten, dessen Hand in der Kalebasse eines Gähnens unterging, verstörte den Geistlichen. Sein von der Küstensonne gebräuntes Gesicht erblaßte. Tränen stiegen ihm in die Augen. Verstohlene Tränen, die der Kommandant nicht wahrnehmen konnte, weil der Pfarrer in raschem Wechsel der Gefühle seiner Überraschung augenblicklich Herr wurde und antwortete, ohne sich einschüchtern zu lassen: »Es ist verfassungswidrig, mich auf der Grundlage eines einfachen Befehls auszuweisen . . .«

»Mir liegt ein Ausweisungsdekret vor . . .«

». . . und dann muß mein Konsul benachrichtigt werden, ich bin Ausländer.«

»Mir liegt ein Ausweisungsdekret vor, und was Ihren Konsul betrifft, so würde er, falls es einen gäbe, beide Augen zudrücken, weil er genau weiß, wo ihn — das Konsulat drückt, und außerdem, warum so viel herumhüpfen, wenn der Boden eben ist, Padre? . . . Sie haben die da nicht gehütet«, der Kommandant öffnete den Mund, aber nicht um zu gähnen, sondern um mit dem Finger auf die Zunge zu tippen. »Sie wollten den Priester Hidalgo spielen! Weiter nichts! Aber so was wird hier nicht geschätzt . . ., ist bei uns unmöglich . . . Wie konnten Sie nur darauf verfallen, frage ich mich, in der Kirche eine indianische

Jungfrau aufzustellen, hier, wo selbst die Heiligen blonde Gringos mit blauen Augen sein müssen . . . Heilige aus weißer Pappe, die sie zu Dutzenden verkaufen, nicht unsere alten Heiligen aus dem Holz von hier, denn damit der Keil wirklich sitzt, muß er, sogar im Himmel, vom selben Holz sein . . . Besser, ich gähne, auch ich hüte schon meine Zunge nicht mehr!«

Nachdem er sein Gähnen mehrmals unterdrückt hatte, rief er laut: »Hauptmann Cárcamo!«, und als der Offizier erschien, teilte er ihm mit, er müsse mit ein paar Soldaten Padre Fejú zu der Bahnmeile bringen, die der Station Tiquisate am nächsten lag, der Zug zur mexikanischen Grenze werde lange genug halten, daß er Padre Fejú dem Mann übergeben könne, der nach ihm fragen werde, nachdem er sich als Beamter ausgewiesen habe.

»Lieber Padre«, fuhr er fort, nachdem er seinen Untergebenen instruiert hatte, »ich lasse zwei Pferde holen, damit Sie und Hauptmann Cárcamo reiten können. Es ist nicht sehr weit, aber für Sie ist es bequemer so.«

Padre Fejú unterbrach ihn: »Schreibt der Befehl vor, mich zu Pferd zu schicken?«

»Er schreibt nicht vor, auf welche Art wir Sie lebend an die Meile bringen, wo Sie in den Zug steigen werden, der zur Grenze fährt; aber eben weil er nicht vorschreibt, ›zu Fuß zu überstellen‹ oder ›gefesselt zu überstellen‹, kann ich mir den Luxus leisten, Sie ›zu Pferd zu überstellen‹. Halten Sie sich hier nicht lange auf«, wandte er sich an Cárcamo, »und erlauben Sie nicht, daß er mit jemandem Verbindung aufnimmt oder spricht, der Herr Pfarrer, der einverstanden ist, freiwillig zu schweigen, denn täte er es nicht, würde er sich unnötigen Scherereien aussetzen. Und sollte sich ihm irgendeiner nähern — an Betschwestern fehlt es ja nie —, um ihn zu fragen, wo er hin will, dann sagen Sie einfach, er will nur einem Kranken die Beichte abnehmen, obgleich die Hiesigen, seit der evangelischen Durchdringung, nicht mal mehr beichten, sie sterben in der Gnade des Dollars . . .«

Padre Ferrusigfrido konnte dem Witz des Kommandanten keinen Geschmack abgewinnen, aber ihm schien, daß der Mann, der nichts anderes tat, als die Befehle seiner Vorgesetzten auszuführen, sich bemühte, ihm auf seine Weise die bittere Pille ein wenig zu versüßen, und das war unter den gegebenen Umständen schon allerhand.

Er verabschiedete sich. Die verschwitzte Hand des Offiziers, sie schwitzte nach Bauch, denn dort hatte sie gelegen, umschloß einen

Augenblick die dünne Hand des Geistlichen, die dünn war wie ein Blatt des Meßbuches und nicht einmal die Arbeit im Gemüsegarten des Seminars von Chiapas kennengelernt hatte, denn schon als Studenten hatten ihn Palette und Pinsel angezogen. Er verabschiedete sich, konnte sich aber nicht entschließen, das Zimmer zu verlassen.

»Herr Kommandant«, sagte er an der Tür, wo er schwitzend und zornig stehenblieb, »muß ich mich als Gefangenen betrachten? . . . Oder als was? . . . Sie haben mir weder einen Befehl noch das Ausweisungsdekret gezeigt; eine schmähliche Gewaltmaßnahme!«

»Betrachten Sie sich als abgeführt. Der Abgeführte ist weder gefangen noch frei. Er ist nicht gefangen, weil er frei ist, und er ist nicht frei, weil er abgeführt ist . . ., ah, aber das ja, leistet der Abgeführte auch nur den geringsten Widerstand oder versucht er zu fliehen, dann setzt er die Reise nicht über, sondern unter der Erde fort. Tausende Abgeführte wandern so, begraben, kalt, wer weiß wohin . . . Sie würden in den Himmel kommen, das wissen wir, geradewegs in den Himmel hinein; aber warum wollen Sie schon so bald dorthin . . . und, was den Befehl und das Ausweisungsdekret betrifft«, er riß gähnend den Mund ganz auf, »warum sich deswegen«, er riß gähnend den Mund halb auf, »warum sich deswegen den Kopf heiß machen«, er gähnte von neuem, »Hauptmann Cárcamo hat alles bei sich . . .«

»Sie haben mir nicht mitgeteilt . . .«

»Lieber Padre, unterwegs wird sich alles finden, und stören Sie mich nicht beim Gähnen, machen Sie mir nicht zu schaffen wie der Krümelhacker des Richters, der alles schriftlich und auf Stempelpapier haben will. Mein Rat ist, machen Sie sich auf die Socken, gehen Sie nur bei der Kirche vorbei, um sich Ihre Sachen zu holen, und sehen Sie zu, daß Sie schon weit von hier sind, ehe die Hähne krähen . . .«

Sie hörten einen Hahn krähen.

Der Kommandant fügte hinzu: »Ach, verdammt, da kräht schon einer, aber das ist einer von den zivilisierten Hähnen, die das elektrische Licht mit der Sonne verwechseln.«

Als Padre Fejú, Hauptmann Cárcamo und die beiden Soldaten, die sie begleiteten, die nur von wenigen Lampen beleuchtete Kommandantur verließen, fielen sie in den Brunnen der tiefen, heißen, verwirrenden Dunkelheit. Keiner sprach. Sie gingen. Der stramme, militärische Schritt des Hauptmanns und der Soldaten auf dem mit einer Kruste aus Schotter und Teer bedeckten Weg hob sich ab von dem unregelmäßigen Gang des Geistlichen, dessen Schritte klangen wie Schläge in der Glocke seiner Soutane, Schläge der Glocke Hidalgos, die nur er hörte . . ., als wenn er das Bild der Jungfrau von Guadalupe vom Altar risse und auf den behelfsmäßigen Glockenturm stiege, um die Glocken zu läuten! . . .

Die Glühwürmchen, die Sterne, die Laternen, welche die Eisenbahnschienen nahe den Gebäuden der Gesellschaft erhellten, wo alles Licht schlief, sahen die vier Schatten vorüberziehen, die von der Kommandantur kamen und der völlig dunklen Ortschaft zustrebten. Eine Stecknadel, die im Bereich der Gebäude verlorenging, konnte man wiederfinden, aber wer sich nachts in die Siedlung wagte, sah nicht die Hand vor den Augen.

Tastend, Cárcamo erlaubte nicht, daß Licht angezündet wurde, griffen sie nach dem Klopfer an der Tür des halbfertig gebauten Pfarrhauses, damit Padre Fejú seine Sachen herausholte.

Cárcamo blieb ratlos neben der Tür stehen und wischte sich den Schweiß mit dem Taschentuch ab, dem er, auf und ab gehend und vor sich hin murmelnd, in halben Worten anvertraute, wovon sein Innerstes voll war, was aus ihm herausdrängte: jemandem mitteilen, daß Rosa Gavidia Gefahr drohte. Trotz all seiner Bemühungen war es ihm nicht gelungen, Andrés Medina, den Gefährten der Kindheit, zu treffen. Aber, wie konnte er darüber mit dem Padre sprechen . . . Und dennoch, dies war die Gelegenheit . . .

»Nehmen Sie sich Zeit, Señor«, sagte der junge Offizier, »die Hähne krähen erst, wenn wir sie hören. Die Soldaten sind fortgegangen, um hier in der Nähe die Pferde zu holen . . .«

Padre Ferrusigfrido, der sich nicht in seinem Zimmer aufgehalten hatte, erschien in dem leeren Kirchenschiff, wo es nach Wachs und Weihrauch roch trotz des durchdringenden Aromas der Stechpalmenblüten, des Jasmins, der Rosen und der ebenfalls duftenden Früchte, Limonen, Orangen, Pampelmusen, Nancen, die die Inbrunst des Volkes auf dem kleinen, zerschlissenen Läufer, der als Teppich vor dem Hauptaltar diente, zu Füßen der Jungfrau von Guadalupe ausgestreut hatte.

Er ließ sich mit dem ganzen Gewicht seines armen Körpers auf die Knie fallen, und das einzige, was er sagen konnte, war: »Ehe die Hähne krähen . . ., ich muß dich verlassen . . ., ich habe nichts . . ., ich lasse nichts zurück . . ., ich nehme nichts mit . . ., mein Vaterland ist überall, solange ich nicht im Himmel bin!«

Er erschauerte, als hörte er die Stimme Klaffmauls, der schon nicht mehr Klaffmaul war, wie sie ihn nannten, sondern ein Büschel klaffender Mäuler: »Sie kommen in den Himmel, das wissen wir, geradewegs in den Himmel hinein; aber warum wollen Sie schon bald dorthin. . .« Barbar, was mehr konnte ein Sohn verlangen, als zu seiner Mutter zurückzukehren . . ., Angst . . ., und er strich mit zitternder Hand über das Glas vor dem Heiligenbild, als tastete er nach einer rettenden Tür . . .

»Ehe die Hähne krähen«, murmelte er mechanisch, ohne zu merken, daß sie bereits krähten, daß auf den Feldern alles in das Glühen der Morgenröte getaucht war: die brennende Luft, die rosa Perlen des Taus, der wie Schweiß auf den Gräsern und Bäumen glitzerte, die schläfrigen Wolken, alles, was die unermeßliche Himmelskuppel zeigte, als sich die Sterne verbargen und die Farben der Erde sich enthüllten.

Über dem Pferd erhob sich sein Körper und neben ihm der des Offiziers, der ein größeres Pferd ritt, und dicht über seinen Knien, die übermäßig hochgedrückt wurden, weil er die Füße auf sehr kurze Steigbügel stützte, verbreiterte sich der dunkelblaue Saum, mit dem in diesem Land das Licht des jungen Tages begann. Er hatte nicht geschlafen, aber als sie an die grünen Schluchten gelangten, die in ununterbrochener Folge das Gleichgewicht des Weges auf die Probe stellten, war ihm, als erwachte er aus einem Traum, der jedoch als Alptraum fortdauerte, ein Alptraum, der nicht enden wollte, der, wenn man die Augen aufschlug, in der Wirklichkeit fortfuhr zu bestehen, bei weit geöffneten Augen und hellwachen Sinnen.

Er ließ sich tragen von seinem Pferd, im Schritt des Pferdes, das der Hauptmann ritt. Die Soldaten trabten hinterher, blieben mehr und mehr zurück, aber stets in Sichtweite, das Gewehr quer über dem Rücken, oberhalb der Schulter den Lauf und unterhalb des Gürtels den Kolben, auf den sie manchmal die Hände stützten, um es sich leichter zu machen.

Die Freude des Tages drang in ihre Poren. Hähne, Vogelflug, Trillern, Bellen, das Pfeifen der Bananenzüge, die Stimmen der Viehtreiber, das Blöken der Schafe. Sie fühlten sich wie reingewaschen von der schlimmen Nacht und bereit, fröhlich zu plaudern, einander mehr mitzuteilen als Worte, den Zustand ihres Blutes, das verbunden war mit der Wiedergeburt des Tages. Der Hauptmann setzte sich bequem im Sattel zurecht, und als unterhalte er sich mit einem Unbekannten, der den gleichen Weg hatte wie er — schließlich war Padre Fejú ja ein Unbekannter für ihn —, zeigte er auf die Bananenpflanzungen, die noch überrieselt waren vom Traum der heißen Nacht.

»Dort, hinter diesen Pflanzungen, von hier aus kann man es nicht sehen, ist eine Ebene, wo um diese Zeit die Soldaten exerzieren. Wir nützen die Morgenfrische aus, denn später, wenn die Sonne schon hoch steht, würden sogar die Gewehre schmelzen.«

Der Offizier nahm das Käppi ab (eine Geste, die in der Soldatensprache bedeutete »was für eine Schinderei«) und kratzte sich den Kopf mit dem ins Kastanienbraune gehende Haar.

»Märsche und Gegenmärsche«, erklärte er weiter, »Bewegungen, Formationen, Waffenübungen, Angriff, Rückzug, Knien, Hinlegen, Bajonettangriff, Sturm . . ., das sieht alles prächtig aus, und dem Soldaten muß der Trommelwirbel schon früh ins Blut gehen . . .«

»Freilich, denn so früh am Morgen macht es jeder, so gut er kann«, antwortete der Geistliche in seiner singenden, mexikanischen Sprechweise, »so ist es, jeder macht's, so gut er kann.«

»Was ich Sie noch fragen wollte, hat Ihnen der Chef eigentlich mitgeteilt, weshalb man Sie als gefährlichen Ausländer ansieht?«

»›Hauptmann Cárcamo‹, sagte er zu mir, ›hat das Ausweisungsdekret bei sich.‹«

»Ich habe nur einen einfachen, mündlichen Befehl, Sie der Polizei in dem Zug zu übergeben, der an der Bahnmeile vorbeifährt . . .«

»Das habe ich mir schon gedacht.«

»Dann wissen Sie also nicht, warum Sie ausgewiesen werden . . .«

»Er sagte etwas von einem Streik . . .«

Sie schwiegen. In Cárcamos Brust sank der Name Rosa Gavidias in sich zusammen, als wäre er ein Teil dieses Wortes. Streik . . . Wortgeräusch zwischen Papieren und einem Gefühl der Leere! . . . Aber war sie es? . . . War es dieselbe? . . . Die Lehrerin, die er auf einem Ball im Militärkasino kennengelernt hatte, vor vielen Jahren . . . Zuerst hatte sie gesagt, sie heiße Rosa Gavidia, daran erinnerte er sich, dann stellte sich heraus, daß sie nicht so hieß, daß ihr wirklicher Name Malena Tabay war . . . War sie es? . . . War es dieselbe? . . . Rosa Gavidia . . . Cerropom . . . Ohne Zweifel . . ., und der kleine Pfarrer mit dem fast kahlen Kopf war die Gelegenheit . . .

Der Wind spielte in den Blättern der Bananenstauden. Sie durchquerten tiefe Weidegründe mit Gras und hohen Büschen. Die Rinder lugten daraus hervor wie Ertrinkende. Man sah kaum die schwarzen, braunen, weißlichen, roten Rücken und die in der Sonne glänzenden Hörner.

»Ein Glück nur, daß es nicht so heiß ist!« sagte der Priester und kontrollierte den Gang seines Pferdes, das auf einem Fuß lahmte, wenn er die Zügel locker ließ.

Absichtsvoll meinte Cárcamo: »Sie aus dem Lande zu jagen wie einen Verbrecher, mir fehlen die Worte dafür!«

»Dafür gibt es ein Wort, Hauptmann, dafür gibt es ein Wort! Eine Ruchlosigkeit ist es, weil so viele arme Menschen hilflos und verlassen sein werden: Kinder, die nicht getauft werden, Seelen, die in der Stunde des Todes nicht beichten können, Männer und Frauen, die wie Tiere zusammen leben ohne Sakrament, der geeignete Nährboden für die Irrlehre, und mir hat man zu nichts Zeit gelassen; bis gestern abend, Sie sehen es ja, bis zu der Stunde, da Sie kamen, um mich vom Pfarrhaus abzuholen, hatte ich keine Ahnung, erst der Kommandant hat mir kurz und schlicht mitgeteilt, daß ich das Land verlassen müßte.«

»Der Befehl war chiffriert, und zur Entschuldigung des Chefs muß ich Ihnen sagen, daß es ihm sehr peinlich war, und selbstverständlich stehe ich Ihnen zur Verfügung, wenn Sie Angehörige, Freunde oder Bekannte haben, die ich benachrichtigen oder denen ich in Ihrem Namen etwas ausrichten soll.«

»Danke, Sie haben ein gutes Herz. Ich hätte mich nur gern von meiner Gemeinde verabschiedet und sie der Schutzpatronin empfohlen, die sich über dem Schemel des Engels erhebt, eine amerikanische Jungfrau, aus Blumen geschaffen . . ., es ist süß, an sie zu denken . . ., kein Dorn, der verwundet . . ., abgebildet im Baumwollmantel des Indios . . ., braunhäutig . . ., mit hohen Wangenknochen . . ., zusammengelegten Händen wie zwei Tauben, die sich küssen . . ., das Haar lockig und schwarz . . ., schwarz die wunderschönen Augen und ein Lächeln in den zitternden Wangengrübchen . . .«

Und immer erregter: »Wissen Sie, wie ich sie nenne? . . . Cuauhtemocina . . . Und wissen Sie nach wem? . . . Nach dem Helden Cuauhtémoc . . . Gott verzeih mir, aber für mich stieg der Rauch aus dem Kohlenbecken, in dem Cuauhtémocs Füße verbrannten, zum Himmel empor und verwandelte sich in eine Wolke, die dann als Regen oder Tau auf die Erde fiel . . ., auf die Erde, wo die Rosenstöcke wuchsen, von denen der Indio Juan Diego auf Geheiß Unserer Lieben Frau die Rosen brach, um sie an seinen Baumwollmantel zu heften als Beweis und Zeugnis dafür, wer die gewesen, die ihm erschienen war . . . An Stelle der Rosen, Sie wissen ja, erschien die Jungfrau von Guadalupe, Cuauhtemocina, und unter ihren Sohlen, munter und quicklebendig, der Seraph. Aber ich will Ihnen noch etwas erzählen. Im Seminar, während ich studierte, habe ich mich als Dichter versucht — später widmete ich mich der Malerei, der neutralsten und harmlosesten aller Künste — und mehrere Gedichte verfaßt, unter anderem ein Festspiel für den zwölften Dezember, den Tag der Jungfrau von Guadalupe, in dem ich sie Cuauhtemocina nannte. Um ein Haar wäre ich deshalb relegiert worden, und mein Fall, glaube ich, gelangte sogar bis vor den Bischof von Mexiko, weil sich in dem Festspiel eine meiner Personen mit den folgenden Worten an Cuauhtémoc wandte: ›Vater unser, der du nicht auf Rosen gebettet bist, geheiligt seien die Sohlen deiner Füße, und dein Lavawille, Herr, geschehe!‹«

Die Sonne zermalmte alles, den Himmel, die Erde, die Vegetation, auf der das Gewicht der Hitze und der Verdunstung lastete, und die Luft, die sich nicht regte, nur zurückstrahlte.

Sie atmeten Funken, spien Durst, schwitzten, schwitzten ununterbrochen, die Kleider, die Sättel, auf denen sie wie angeklebt saßen, waren durchgeweicht, die Füße in den brennenden Schuhen geschwollen, das Fell und die Mähnen der Pferde feucht und glühend heiß, unmöglich, darauf zu klopfen, man verbrannte sich daran wie an einem Plätteisen.

»Und um der Jungfrau von Guadalupe willen erleiden Sie jetzt die Rückverbannung, das heißt, Sie werden zurück in Ihr Land verbannt«, sagte der Hauptmann, den Faden der Unterhaltung weiterspinnend und immer fester entschlossen, Padre Fejú von den Papieren zu erzählen, die er am Abend der Totenfeier im Hause des Barbiers gefunden hatte.

Der Geistliche hatte sich eine schwarze Brille aufgesetzt, um nicht wahnsinnig zu werden in der blendenden, brennenden Mittagshelle.

Der steinige Weg verließ die weite Hochebene der Küste, fiel ab über nackte Felshalden und durch Piniengehölz, über dessen Stämme die Eidechsen glitten und das Harz, in der feurigen Sonne schmelzend, hinunterrann, und kletterte danach zu den nächsten Hochebenen hinauf.

Maultierherden, mit Netzen voller Avogadobirnen, Mangofrüchten und Matazanos beladen, folgten dem Leittier, das die Glocke trug und das den Rhythmus eher mit den Ohren als mit dem metallischen Geläut anzugeben schien. Der Weg war nicht für Karren geschaffen. Wanderer, Leute zu Pferd, Leute zu Fuß blieben mit dem Hut in der Hand stehen, um den Padre zu grüßen.

Dann die Zuckerrohrfelder. Gruppen von Landarbeitern, die am

Ufer eilig fließender Flüsse oder vor den Türen ihrer Ranchos Mittagsruhe hielten, im Schatten von Kokospalmen, neben dem Machete, der Frau und den Kindern, die allesamt nackt waren.

Gegen zwei Uhr Mittag erreichten sie die Bahnmeile, wo Padre Ferrusigfrido in den Zug steigen sollte, der zur Grenze fuhr.

Die Soldaten warfen sich unter einem Feigenbaum ins Gras, wo ihnen ihre Arme als Kopfkissen dienen mußten, die Reiter zogen sich schattensuchend ein Stück zurück, voran der Hauptmann, der bestrebt war, den Geistlichen möglichst weit weg zu führen, damit die Soldaten sie nicht hören konnten.

Sie saßen ab und ließen sich am Fuß eines hohen Bambusrieds nieder, der Offizier streckte sich der Länge nach aus, und der Geistliche legte sich auf die Seite und stützte sich auf den Arm. Die Fliegen und Moskitos blieben an ihren schweißigen Gesichtern kleben, wenn es ihnen nicht gelang, sie zu verjagen. Raschelnde Eidechsen zwischen den trockenen Blättern.

»Bisweilen bleibt einem förmlich die Puste weg«, rief Cárcamo aus, in der Hand das in einen schweißgetränkten Schwamm verwandelte Taschentuch, Uniformrock und Hemd hatte er bereits aufgeknöpft: »Luft . . . Luft . . . Luft . . .!«

»Sie glauben also, Hauptmann, daß meine Ausweisung tatsächlich mit dem Streik zusammenhängt und daß nicht die Evangelischen dahinterstecken, wie ich annahm?«

»Durch Zufall schienen Ihre Predigten über die Jungfrau von Guadalupe an gewisse Vorkommnisse anzuknüpfen, Padre, so fern Ihnen auch die Absicht gelegen haben mag, die Arbeiter aufzuwiegeln. Ich weiß nicht, ob Sie von der Lohnerhöhung gehört haben, die die Bananenschlepper erhalten haben, nachdem sie sich geweigert hatten zu laden, wenn ihnen nichts zugelegt wurde. Das war in den letzten Tagen. Wir erfuhren es auf der Kommandantur, weil wir Befehl erhielten, eine Abteilung Soldaten bereitzustellen, es war sogar die Rede von Maschinengewehren. Später wurde der Befehl widerrufen, und das ist es, was mir mißfällt, dieser Widerruf kam nicht auf regulärem Weg, das heißt von den Behörden unseres Landes, sondern direkt aus den Vereinigten Staaten an die Direktion der Gesellschaft, die ihn uns übermittelte. Was sind das für Geschichten? Wem gehorchen wir? Was sind wir? . . .« Cárcamo, der ausgestreckt dalag, setzte sich auf, ehe er weitersprach: »Aber, um auf Ihren Fall zurückzukommen, ich möchte Sie etwas fragen: Welche Beziehungen hatten Sie zu dem Besitzer der Barbierstube ›Los Equinoccios‹?«

»Der jetzt gestorben ist?«

»Ja, zu dem . . .«

»Beziehungen gar keine, wenn man davon absieht, daß er mich eines Tages durch seine Frau rufen ließ, ich glaubte, um in Erwartung des Todes die Beichte abzulegen, denn wie ich wußte, war er sehr krank, aber nein, er rief mich, um mir ein heiliges Geschenk zu überreichen, das Bild der Jungfrau von Guadalupe, das ich auf den Hauptaltar stellte.«

»Nichts weiter? Sprach er nicht davon, daß er in seinem Haus Propagandamaterial, Handzettel und Flugblätter versteckt hielt, die zum Streik aufriefen?«

»Er hatte doch kaum Zeit, mir zu zeigen, wo das Heiligenbild war, und ich kam sofort mit dem Heiligenbild wieder heraus und war so glücklich, daß ich nicht wußte, ob ich nicht schon im Himmel war.«

»Aber darum dreht es sich doch.«

Der Geistliche wartete schweigend, ob der Offizier noch etwas sagte. Dann fragte er schüchtern: »Worum dreht es sich, Hauptmann? Ich möchte nicht fortgehen, ohne zu wissen, warum man mich hinausjagt, das ist, als würde ich blind in mein Land zurückgeschickt.«

»Und ich möchte mit Ihnen sprechen, ja, ich möchte mit Ihnen sprechen, aber . . ., aber wie soll ich es Ihnen sagen, von Mann zu Mann, nein . . .«

»Was?« Der Geistliche hob die Brauen, die Stimme, beinahe wäre er aufgesprungen. »Sie zweifeln an meiner Männlichkeit? Das erlaube ich nicht!« Zwischen den Zähnen murmelte er: »Wenn es darum geht, ein Kerl zu sein, ich bin Mexikaner!«

»Nein, Padre, seien Sie nicht gekränkt. Es ist nur, daß ich nicht von Mann zu Mann mit Ihnen sprechen will, sondern so, wie man zu einem Priester während der Beichte spricht, geschützt durch das Beichtgeheimnis . . . Was ich Ihnen zu sagen habe, ist so ernst, daß . . . Es hängt mit einer großen Verschwörung zusammen . . .«, er lauschte . . . »einer großen Verschwörung« . . . Er lauschte seinen Worten nach, sie klangen wie Worte, wie einfache Worte, er knetete seine schweißigen, heißen Finger, durch die ein kaltes Zittern lief . . . Nein, es durfte nicht sein . . ., er drehte den Kopf hin und her und dachte, daß diese Worte, die er aussprach, daß diese Laute aus seinen Nächten voll nachtwandlerischer Schlaflosigkeit, aus seinen Tagen voll schläfriger Schlaflosigkeit seinen Körper, seinen Geist, seine Existenz tödlich bedrohten.

Der Pfarrer wandte das unrasierte Gesicht nach den Soldaten

unter dem Feigenbaum, und als er feststellte, daß sie schlummerten, auf dem Rücken liegend, den Helm über den Augen, streckte er die Hand aus und legte sie dem Hauptmann auf das Knie, um ihn zum Sprechen zu ermuntern.

»Es hängt mit einer großen Verschwörung zusammen«, begann Cárcamo von neuem, mühsam atmend und als spräche er zu sich selbst, »und es wäre mir gleichgültig, was kümmert's mich schon, aber es geht um eine Person, die in äußerster Gefahr schwebt und die ich retten muß . . .«

»Dann handelt es sich also um eine bereits entdeckte Verschwörung«, der Pfarrer zog die letzten Silben in die Länge, bis sie zu einer Frage wurden, einer tief vertraulichen Frage, wie sie im Beichtstuhl gestellt wird, und vergaß darüber sekundenlang, daß die ganze Beichte Hauptmann Cárcamos sich darauf gründete, daß er, Ferrusigfrido Fejú, ebenfalls in dieses Komplott verwickelt war, das vom Meister Barbier ausging.

»Als Offizier verdiente ich schon allein deshalb die Todesstrafe, weil ich meinem Vorgesetzten nicht gemeldet habe, was ich weiß . . ., aber, was heißt hier melden, wenn das, was ich getan habe, viel schlimmer ist, Padre, viel schlimmer . . .«

Er führte das schweißgetränkte, zu einer Schnur zusammengedrehte Taschentuch an den Mund, nicht, als wollte er sich die Lippen wischen, sondern mit einer Bewegung, als wollte er es sich bis zum Zäpfchen in den Hals stopfen, um sich zu ersticken und nicht weiterzusprechen oder um sich mit diesem Korkenzieher aus weißem Stoff die Worte herauszuziehen.

»Beruhigen Sie sich und sprechen Sie, Hauptmann, der Zug kann jeden Augenblick kommen, und es wäre schon gut, wenn Sie sich das Herz erleichterten und mir alles erzählten. Es ist schlimmer, sagten Sie . . .«

»Ja, ja, was ich getan habe, ist schlimmer! Ich unterschlug, Sie hören richtig, ich unterschlug dem Kommandanten einige der Dokumente, die in der Nacht während der Totenfeier im Hause des Barbiers entdeckt wurden . . ., wie konnte der Mensch nur so dumm sein, solche Papiere bei sich aufzubewahren!« (Bei diesen Worten geriet er außer sich vor Unruhe, denn tat er etwas anderes, bewahrte nicht auch er unklugerweise, und weshalb eigentlich, die Papiere Rosa Gavidias auf, ja, weshalb, um sie ihr zu übergeben, um sie wiederzusehen, um vielleicht von neuem zu beginnen . . .)

»Und in diesen Papieren haben Sie meinen Namen gesehen?« fragte der Geistliche erschrocken.

»Nein, Ihren Namen nicht«, der Hauptmann bewegte verneinend die Hand mit dem ausgestreckten Zeigefinger, »wohl aber den Namen der Person, die ich, ohne mich zu erkennen zu geben, denn das kann ich als aktiver Offizier nicht, wissen lassen möchte, daß sie fliehen muß. Ich konnte nämlich nicht alle Dokumente lesen, Padre, ich nahm nur einen Teil an mich, auf denen der Name dieser Person sofort ins Auge sprang, aber ich fürchte, daß in denen, die ich liegenließ, es waren eine ganze Menge, ebenfalls der Name dieser Person steht . . .«

»Und der meine? . . .«

»Der Ihre . . ., wer weiß!«

»Dann flehe ich Sie an, Hauptmann, sagen Sie mir rasch, bevor der Zug kommt, um welche Person es sich handelt und was ich tun soll, um ihr mitzuteilen, daß sie in höchster Gefahr schwebt und fliehen muß, all das natürlich, ohne Sie als aktiven Offizier bloßzustellen.«

Der Geistliche überlegte erst in diesem Augenblick, was sein Herz ihm diktierte, und wenn er seine Worte hätte verschlucken, sie mit einem einzigen, tiefen Atemzug aus der Luft hätte zurückholen können, eine ganze Welt kann man trinken, er hätte es getan, denn er fürchtete, daß der Hauptmann ihm diese Komödie vorspielte, um ihn in die Rolle des Mitschuldigen an jenem Generalstreik zu drängen, den man vorbereitete, und um ihn dann, dann wirklich als Gefangenen zurückzubringen, sozusagen mit dem Beweis in der Hand.

Und während Padre Fejú überlegte, gepeinigt von den Ängsten, die den heimsuchen, der spricht und dann bereut, was er gesprochen hat, erzählte Cárcamo eingehender, wie ihn der Kommandant, veranlaßt durch die Geschwätzigkeit der Frau des Barbiers, auf der Stelle, noch während der Totenfeier, befohlen hatte, sämtliche Papiere des Verstorbenen zu beschlagnahmen und in sein Arbeitszimmer zu bringen, selbstverständlich ohne auch nur zu vermuten, daß es sich bei jenem Menschen, der arm wie eine Kirchenmaus gestorben war und den sie zwischen vier fingerdünnen Wachskerzen und Feldblumen, unter Gebeten und Schluchzen aufgebahrt hatten, um den Verbindungsmann Nummer eins der Streikbewegung von Tiquisate handelte.

Von der Erde, die erdrückt lag unter dem Rauschen des pflanzlichen Lebens, stieg, feucht und brennend wie eine Schwäre, das lebendige Feuer der Küste hoch. Ab und zu stampften die Pferde auf, als kosteten sie mit vier Zungen den Durst des Bodens, und von den höchsten Bäumen löste sich ein schwerer Vogel und segelte, ohne die Flügel zu bewegen, die Kurve des Horizontes entlang, hinter dem irgendwo das Meer toste.

Der Hauptmann berichtete ihm so viele Einzelheiten und machte ihm so vertrauliche Mitteilungen über den Streik, der vorbereitet wurde und der nach dem Dokument, das sich in seinem Besitz befand, um die Stunde null, an einem noch nicht feststehenden Tag, das ganzen Land lahmlegen werde, daß Padre Fejú trotz der Schwüle des Mittags ruhiger zu atmen begann.

»Sobald sie mich jenseits der Grenze laufen lassen und ich in meiner Heimat bin, werde ich Ihnen helfen. Irgendwer wird sich über die Grenze stehlen, dort, wo sie nicht bewacht wird, zu ihr fahren und sie warnen.«

»Padre, ihr Mexikaner habt den Ruf, große Versprechungen zu machen!«

»Ich kann nicht mehr tun, als Ihnen meine Hilfe anzubieten. Bei Gelegenheit halten wir sogar unser Versprechen, und für diese gebe ich Ihnen mein Wort. Ich brauche noch den Namen und die Adresse.«

»Die Adresse habe ich, und zu dem Namen muß ich Ihnen etwas erklären. Der Name, der in den Papieren steht, ist nicht der ihre . . .«

»Also handelt es sich um eine Frau . . .«

»Ja, um eine Lehrerin. Die Adresse habe ich, aber das Wichtigste, der Name, ist lose mit einer sehr alten Erinnerung verknüpft. Vor Jahren bändelte ich, wie man so sagt, auf einem Maskenball im Offizierskasino mit einer bildhübschen Bäuerin an, die sagte, sie heiße Rosa Gavidia. Wir tanzten die ganze Nacht zusammen, speisten zu zweit, ich machte ihr einen Antrag, den sie beinahe angenommen hätte, und sprach sie mit dem Namen an, den sie mir genannt hatte, bis zu dem Augenblick, daß wir uns voneinander verabschiedeten und sie mir sagte, daß sie anders heiße, nämlich Malena, und daß ihr Familienname nicht Gavidia, sondern Tabay lautete. Malena Tabay ist ihr richtiger Name . . .«

Und schon voller Vertrauen erzählte der Hauptmann weiter, nachdem er auf seine Armbanduhr geblickt hatte. Der Zug mußte bald eintreffen.

»Wir schrieben uns viele Briefe, und ich verliebte mich immer heftiger, aber sie entschloß sich zu brechen, ich war ihr zu jung. Die Jahre vergingen, nie wieder hörte oder las ich den Namen Rosa Gavidia, bis zu dem Abend, dem Augenblick, in dem ich die Papiere, die ich im Hause des Barbiers gefunden hatte, auf den Schreibtisch meines Vorgesetzten legte. Und über mich kam es wie eine Erleuchtung. Ich sah sie wieder vor mir. Sah sie wieder vor mir wie damals, als ich sie im Kasino zum Tanz holte, nur daß ich jetzt, jetzt, während ich die Papiere an mich nahm, die verhängnisvollen Papiere unterschlug, ihr den Arm bot als ein Abgesandter des Todes, und nicht einer Maske, sondern einem Schatten, einem angebeteten Schatten, warum es verschweigen, den ich aufforderte, den furchtbarsten aller Tänze zu tanzen, den der Folter und der Erschießung.«

»Und wenn sie es doch nicht wäre«, unterbrach der Geistliche.

»Ich habe viel darüber nachgedacht, habe hin und her überlegt, aber sie ist es, zweifellos. Malena Tabay war in jener Zeit Leiterin der Mädchenschule zu Cerropom, und Rosa Gavidia lebt, diesen Papieren zufolge, in demselben Ort, einem abgelegenen, nur schwer zugänglichen Dorf in den Bergen.«

»Gott muß uns helfen«, sagte der Pfarrer, knöpfte die Soutane ein wenig auf, nahm den hinten geschlossenen Kragen ab, bog ihn auseinander und schrieb mit zitternder Hand auf die Innenseite: Rosa Gavidia, Malena Tabay, Cerropom . . .

Nachdem er die Namen notiert, den Kragen wieder umgelegt, die Nägel und Kuppen seiner schmerzenden Finger mit den Kragenknöpfen, der Hitze, dem Schweiß gekämpft hatten, besser, sie schnitten einem die Gurgel mit einem Mal durch, als dieser Dauerguillotine ausgesetzt zu sein, und nachdem er ohne Schwierigkeiten die Soutane zugeknöpft hatte, konnte er wieder sprechen.

»Ich brauche Sie schon fast nicht mehr zu fragen, Hauptmann, warum man mich des Landes verweist. Der Meister Barbier, Gott hab ihn selig, war . . ., nun, das, was Sie sagen, und als ich von der Kanzel aus um ein Bildnis der allerheiligsten Mutter von Guadalupe bat, war ausgerechnet er es, der es der Kirche stiftete . . .«

»Ja, das war sehr verdächtig, denn der Mann war Atheist oder galt als solcher, und wenn er an nichts glaubte, warum schenkte ausgerechnet er Ihnen das Bild der heiligen Jungfrau? . . . Fest steht jedenfalls, daß bei ihm eine Menge Flugblätter gefunden wurden, die zum Generalstreik aufriefen, und illegale Zeitungen . . .«

»Bevor der Zug kommt, möchte ich Ihnen noch etwas erklären: Glauben Sie nicht, daß ich so beharrlich das Ausweisungsdekret verlangt habe oder den Befehl, mich hinauszuschmeißen — gelegentlich sind starke Ausdrücke am Platz —, weil ich ein Pedant oder ein Liebhaber von Papieren und Schreibkram wäre; ich habe es verlangt, weil in einem solchen Schriftstück angegeben sein muß, warum ich zum lästigen Ausländer erklärt worden bin, und ich will Ihnen auch gleich sagen, daß ich vorhatte, mich dagegen zu verwahren, wenn ich als Brandstifter bezeichnet worden wäre; wie Sie wissen, hat man den Evangelischen die Kapelle angezündet, und es gibt genug böse Zungen, die behaupten, ich hätte es veranlaßt, ja, einer will mich sogar mit der Fackel gesehen haben, wie ich fast gestürzt wäre, weil ich über die Soutane stolperte.«

Der Zug ließ die Schienen erzittern, und noch ehe die Lokomotive in Sicht kam, sprangen die Soldaten auf und stellten sich mit geschultertem Gewehr neben die Pferde.

»Also«, der Geistliche lächelte bitter, während er sich von dem Platz erhob, auf dem er gesessen hatte, »werde ich hinausgeworfen ..., augenscheinlich weil ich Mexikaner bin ...« Cárcamo lächelte ebenfalls, »und wegen der Jungfrau von Guadalupe.«

Der Zug bremste schon von ferne. Dank der weiten Kurve konnte man die Kette der Waggons erkennen und die neugierigen Fahrgäste, die aus den Fenstern schauten und geschwätzig und von der Hitze halb erstickt zu erfahren suchten, warum sie hier hielten, wo es gar keine Station gab.

»Sie sind so taktvoll«, bedankte sich Fejú mit bleichem Gesicht bei Hauptmann Cárcamo, der den Soldaten befahl, sich um die Pferde zu kümmern, damit die auf Neuigkeiten erpichten Fahrgäste nicht bemerkten, daß der Geistliche unter militärischer Bewachung stand. Der Offizier tat, als wäre er ein Freund des Pfarrers, der sich eingestellt hatte, um sich von ihm zu verabschieden.

Die Lokomotive bewegte die Kolben langsamer und langsamer, bis sie schließlich auf den quietschenden Schienen zum Stehen kam, die sie aus ihren Behältern mit Sand bestreut hatte, damit die Räder nicht weiterrutschten, aber kaum hatte Padre Ferrusigfrido Fejú mit seinem Koffer die erste Stufe des Trittbretts erklommen, wo ihn ein Mann von der Farbe alten Safrans in Empfang nahm, der unaufhörlich zwinkerte, als der Zug auch schon wieder sanft anfuhr, während der Boden unter ihm erzitterte und die Hände unbekannter Reisender dem Hauptmann ein Lebewohl zuwinkten.

Cárcamo sprang auf sein Pferd. Auf das andere setzten sich die beiden Soldaten. Der erste mit den Füßen auf den Steigbügeln und in der Hand die Zügel. Der zweite mit herabhängenden Beinen, die Arme um den Leib seines Gefährten geschlungen. Sie holten alles aus den Tieren heraus, als sie auf der Hauptstraße zurückkehrten, einem teerschwarzen Erdstreifen, über dem die Bäume ihre schattenspendenden Zweige verschränkten. Weiter vorn bogen sie ab und ritten durch Buschwerk auf einen Wald oder ein Stückchen Wald zu, einen Wald wie ein gezähmtes und üppiges Raubtier aus Blättern, die Blumen glichen, Blätterblumen mit korallenroten Tupfen auf gelbem Grund, mit blutroten Streifen auf bleifarbenem Grund, mit Sternen in Gestalt orangefarbener Feuertropfen auf schwarzem Grund, mit violetten Fliegen auf weißem Grund, mit langen Blättern, rosa und bernsteinfarben, und schneckenförmigen Blättern, mit Perlmutt gesprenkelt, und behaarten Blättern und löchrigen Blättern ...

»Wer hat euch die Pferde geliehen?« fragte der Offizier.

Der Soldat, der auf der Kruppe ritt, antwortete: »Der Evangelist. ›Für den Herrn Kommandanten‹ haben wir ihm gesagt, und für den Herrn Kommandanten hat er sie uns geliehen. ›Nehmt sie mit‹, hat er gesagt, der Evangelist, ›für den Herrn Kommandanten‹, und wir haben sie gesattelt und mitgenommen, für den Herrn Kommandanten.«

»Wenn das der Pfarrer gewußt hätte, er wäre nicht aufgesessen ...«

»Und der Evangelist hätte sie uns vielleicht nicht geliehen, wenn er gewußt hätte, daß es für den Padre war«, sagte der Soldat, der die Zügel hielt.

»Für den Herrn Kommandanten, haben wir ihm gesagt«, wiederholte der Soldat, der auf der Kruppe ritt, »und für den Herrn Kommandanten hat er sie uns geliehen.«

Cárcamo gab dem Pferd die Sporen, es drängte ihn, rascher vorwärts zu kommen. Er trank den Weg in großen Zügen. Nur wenn er den Weg in großen Zügen trank, konnte er glauben, was er gesehen hatte. Parpaditos, der Zwinkerer, der grausamste unter den Agenten der Grenzpolizei, war beauftragt, Padre Fejú an die Grenze zu bringen. Hatten sie vor, ihn zu erledigen? ... Wie? ... Mit einem Pistolenschuß? ... Indem sie ihn aus dem Zug warfen? ... Oder ihn festnahmen und zurückbrachten, um ihn einzusperren und für den Rest seines Lebens in einem unterirdischen Verlies zu begraben, während irgendeiner, der ihm ähnlich sah, sich als Geistlicher ausgab und die Grenze passierte, damit die Immigrationsbehörde nachweisen konnte, daß der Padre das Land verlassen hatte? ... Parpaditos war nicht der Mann, der eine Reise unternahm, wenn ihm sein Opfer nicht sicher war und ... ein Mexikaner weniger, und im Kragen der Beweis, die Namen, die er notiert hatte, Rosa Gavidia, Malena Tabay, Cerropom ...

Sie machten halt bei den Häusern ohne Gehsteig am Rande der Siedlung. Die Soldaten sprangen vom Pferd, nackte Sohlen klatschten auf den Erdboden, während sich der Hauptmann elegant aus dem Sattel schwang.

»Bringt die Pferde dahin zurück, wo ihr sie hergeholt habt«, befahl Cárcamo seinen Männern, »aber sagt nicht, wohin wir geritten sind und wen wir begleitet haben. Danach geht auf die Kommandantur und meldet euch beim wachhabenden Offizier.«

Es dunkelte. Die Soldaten gingen, einer hinter dem anderen, und zogen die Pferde hinter sich her. Cárcamo blickte sich wiederholt nach allen Seiten um. Seltsam, aber seit er die Papiere Rosa Gavidias gefunden und versteckt hatte, war ihm, als würde er verfolgt, und häufig genug erschrak er vor dem Echo seiner Schritte und vor seinem eigenen Schatten. Er blieb stehen, um sich eine Zigarette anzuzünden, und während das Streichholz im Käfig seiner Finger aufleuchtete, die er zusammengelegt hatte, damit der Wind das Flämmchen nicht ausblies, aber nicht so fest, daß es aus Mangel an Sauerstoff erlosch, dachte er, das gleiche könnte er auch mit den Papieren tun, die sein Leben bedrohten — ein Streichholz daranhalten . . .

14

Eingeschlossen in den Tunnel seiner Soutane, vor Hitze schwitzend, vor Angst schwitzend, von dem Gewicht des Koffers dicke Tropfen schwitzend, betrat Padre Fejú das Abteil erster Klasse und konnte sich kaum auf den Beinen halten, weil die Waggons durch das Halten und Wiederanfahren gegeneinanderstießen. Der Ärger, gegen seinen Willen verfrachtet zu werden, lastete ebenso auf ihm wie die Müdigkeit, und wenn er trotzdem die Füße hob, so nur, weil er mit den gleichen Schritten, die ihn zu einem der freien Plätze trugen, auch vor seinen Empfindungen floh, der Wirklichkeit entrann und nicht wahrnahm oder nur halb wahrnahm, daß er, als gefährlicher, unerwünschter Ausländer, in seine Heimat abgeschoben, bewacht wurde von einem groben Polizisten in Zivil, dessen Augenzwinkern rauschte wie Sprühregen, das einzige Lebenszeichen in seinem Mumiengesicht mit den farblosen Lippen, der stumpfen Nase, den hohen Wangenknochen, den großen Ohren, den aus Gendarmenkoketterie vergoldeten Eckzähnen, den dicken Fingern, mit Ringen überladen, unter denen ein protziger Reif mit blutfarbenem Rubin besonders auffiel. Padre Fejú ahnte nicht, wer der finstere Folterknecht war, der den Beinamen »Parpaditos«, der Zwinkerer, trug.

Als die Fahrgäste ihre Neugierde gestillt hatten, lösten sie sich von den Fenstern, und während sie sich in ihre Sitze zwängten, der Zug fuhr bereits, während einige den Pfarrer grüßten oder ihm grüßend zunickten, es gab sowohl Ungläubige, die es als böses Omen ansahen, zusammen mit einem schwarzen Vogel zu reisen, als auch Gläubige, die sich in Gegenwart des Priesters den ewigen Wahrheiten näherfühlten, grübelten sie darüber nach, woher der Pfarrer um diese Stunde kommen mochte. Glaubten die einen, er kehre von einer dörflichen Feierlichkeit zurück, auf der er die Messe zelebriert hatte, so hielten die anderen dafür, er habe einem Reichen in der Umgebung die letzte Ölung verabreicht.

Nein, nach einem Fest sah er nicht aus, eher war seine Miene umwölkt, als hätte er einem Sterbenden in der letzten Stunde beigestanden.

Und der Offizier, der ihn begleitet hatte? Auch danach fragten sie sich. Er war nicht von seiner Seite gewichen, bis er ihn im Zuge wußte. Zweifellos wegen der Streikgerüchte oder wegen der unsicheren Straßen.

Parpaditos, der strenge Anweisung hatte, geheimzuhalten, wer er selbst war und daß es sich bei dem Pfarrer, der als gefährlicher Mexikaner hingestellt wurde, um einen politischen Gefangenen handelte, lud diesen mit knapper Handbewegung ein, sich auf der Bank, die ihnen beiden zustand, den ihm genehmsten Platz auszusuchen. Padre Ferrusigfrido setzte sich ans Fenster, wegen der Luft, wegen des Lichtes und weil der Polizist seiner sicherer war, wenn er sich in diese Ecke drückte, wo er sich, zwar bedrückt und gefangen, dennoch freier fühlte, da er den Himmel sehen konnte.

Er wandte die Augen vom Fenster ab. Himmel und Erde stießen aufeinander. Wenn er sich entschlösse, in dem Brevier zu lesen, das er mit der rechten Hand auf das Knie stützte. Er hob die Linke, um den Kragen der Soutane aufzuknöpfen, bevor er zu beten begann. Vielleicht fühlte er sich dann durch die körperliche Nähe des Polizisten weniger beengt und bedrängt. Aber seine Finger erstarrten plötzlich, als sie den ersten Knopf berührten, ihm wurde übel, sein Blut gefror, denn er dachte daran, daß hinter diesem Verschluß auf dem weißen Kragen der Name Rosa Gavidias stand, einer der am meisten gefährdeten Personen des Streiks, der jeden Tag ausbrechen konnte, Rosa Gavidias, die sich auch Malena Tabay nannte, und der Name Cerropom, eines Örtchens, von dem er noch nie gehört hatte.

Er vertuschte seine Handbewegung, indem er sich, Parpaditos aus dem Augenwinkel beobachtend, über jene Hälfte des Apfels strich, die unser Vater Adam nicht verschluckt hat. Wie entsetzlich, wenn der Polizist sein Geheimnis erriete! Er würde ihn aufhängen. Er würde ihn an Ort und Stelle aufhängen an dem in eine Schlinge verwandelten Kragen. Seine übernächtigten Augen wanderten über die Gesichter und die Gestalten der wenigen Menschen, die in dem fahrenden Gefängnis saßen — Reisende erster Klasse oder wichtige Gefangene? —, alle waren zerknittert und klebrig, kratzten sich über den Kleidern, unter den Kleidern, halb im Schlaf, kratzten sich den Kopf, den Nacken, die vom Schweiß sumpfigen Achselhöhlen, die Frauen, verwüstet von der schrecklichen Hitze, die Frisuren zerzaust, die Schminke zerlaufen, fächelten sich hastig mit den Blättern zerlesener Zeitungen, die Männer, gepeinigt von der Taubheit, die die Talfahrt mit sich brachte, zogen die Lippen hoch wie Lefzen, eine Grimasse aus Lachen und Schmerz, schneuzten sich heftig, daß es klang wie Kastagnettengeklapper, oder bewegten die Köpfe, als schwämmen sie unter Wasser, auf der Jagd nach Geräuschen jenseits des Räderrollens, weil sie fürchteten, taub zu bleiben.

Am Ende des Abteils saßen zwei Chinesen, der jüngere wächsern bernsteinfarben, das schwarze Haar wie Schilf, der ältere dick, mit pockennarbigem Gesicht und dunkler Brille.

Unbeweglich und wimpernlos, schienen sie nicht zu dieser Masse schwitzender, ausgelaugter Fahrgäste zu gehören, die ständig hin und her rutschten, ohne auch nur ein wenig Erleichterung zu finden, verzweifelt über das eintönige Rollen des Zuges, den die Sonne wie ein eisernes Insekt gegen die Schienen aus geschmolzenem Feuer drückte, verzweifelt über die milchigen, schuppig hochsteigenden Ausdünstungen, die den Atem verschlugen, verzweifelt über die Uhr, die stillzustehen schien.

Ein junges Ehepaar, dem der Verzicht auf alles, was die Erde trug, aus den Augen sprach, beobachtete seine Söhnchen, die zwischen den Bänken und der Toilette hin- und herliefen. Sie benutzten sie alle naselang, weil es ihnen Spaß machte, zu urinieren, im fahrenden Zug zu urinieren. Eingeschlossen in dem dämmrigen, nach Moder, Desinfektionsmitteln, speichelfeuchten Zigarettenstummeln und rostigem Metall übel riechenden kleinen Raum, starrten sie hingerissen auf das eilende Schienenband am Grunde des Aborts, das der Zug wie einen Filmstreifen hinter sich abrollen ließ, während ihr Urin, kaum daß er gelb aus ihren wohlverpackten Hähnchen geflossen war, von dem scharfen Wind unter dem Waggon fortgewirbelt wurde. Sie urinierten immer nur ein bißchen, bald der eine, bald der andere, aber beide blickten mit den Augen gefangener kleiner Tiere in den metallenen Aborttrichter, um das Fallen und Zerstäuben des Urins zu beobachten, bevor er in Tropfen und Tröpfchen auf den davonsausenden Streifen Erde fiel, auf dem die Schwellen, im Bruchteil von Sekunden erhascht, wie die Linien eines Schulheftes aussahen.

Als die Jungen wieder einmal von der Toilette zurückkehrten, rief Padre Fejú sie zu sich. Sie blieben stehen und sahen ihn ängstlich an. Sie wollten nicht näher kommen. Sie trauten sich nicht. Der Polizist zog die Beine an, um sie durchzulassen. Was sollten sie dem Padre antworten, wenn er sie fragte, warum sie so oft auf die Toilette gingen?

Nicht um zu urinieren. Die letzten Male nur um zu spucken, um zuzuschauen, wie die stecknadelgroßen Schaumköpfchen auf die enteilende Erde fielen, außerdem konnten sie die Spucke nach Belieben sammeln, zumal ihnen, ohne daß sie wußten warum, im dem engen, dunklen Raum, wo sie sich unbeobachtet fühlten, eine Menge Speichel im Munde zusammenlief.

Der Geistliche reichte ihnen die Hand wie Erwachsenen. Dann fragte er sie, wie sie hießen, wo sie wohnten, wie alt sie seien. Sie blieben ihm keine Antwort schuldig, und da sie vor kurzem zu ihrer ersten Kommunion gegangen waren, fiel es ihnen leicht, seine Fragen aus dem Katechismus zu beantworten. Sie hatten ihn, wie die Muttermilch, noch frisch auf den Zähnen. Der ältere, der kecker war, fragte den Pfarrer, ob er ihnen nicht Heiligenbildchen schenken könne.

»Heiligenbildchen?«

Er hatte welche, aber im Koffer unter dem Sitz, und es war recht beschwerlich . . . Trotzdem bat er Parpaditos, den Koffer hervorziehen zu dürfen, und zerrte schon an den Gurten des schlafenden Tieres, ein Koffer erinnerte ihn immer an ein schlafendes Tier, als ein Fahrgast, der auf der Bank nebenan saß, ihm zu Hilfe kam.

»Lassen Sie doch, Padre; wenn Sie erlauben, hole ich ihn hervor.«

»Gott vergelt es Ihnen. Ich wollte den Jungen nur ein paar Heiligenbildchen geben . . .«, und ohne den Koffer ganz zu öffnen, tastete er so lange in einer Ecke, bis er sie gefunden hatte. »Hier, Kinder.

habt ihr zwei Bildchen von der Jungfrau von Guadalupe, der amerikanischen Jungfrau, die dem Indio Juan Diego erschienen ist.«

Der Fahrgast, der sich beeilt hatte, den Koffer des Geistlichen unter dem Sitz hervorzuziehen, blieb stehen und bot Parpaditos eine Zigarette an, aber er wies unentschlossen, mit zitternder Hand das Päckchen zurück, das der Mann ihm hinhielt und aus dem eine Zigarette vorsah, und brachte wortlos die Wimpern über seinen Augäpfeln zur Ruhe, während er den Kopf gegen die Rückenlehne stürzte. Er atmete mühsam, schwitzte in großen Tropfen und hatte solches Leibschneiden, als wäre ihm der Blitz in die Därme gefahren.

Auf Geheiß des Pfarrers entfernten sich die Kinder, hüpften glücklich auf einem Bein davon, die Heiligenbildchen in der Hand, jeder wollte seines als erster den Eltern zeigen, aber die beachten sie kaum, sie sahen zum Fenster hinaus auf einen Fluß mit einer Brücke, während sich Parpaditos' Mund mit einer sauren Leere füllte, die dann flüssig und danach fest wurde, ein nicht zu haltender Schwall Wasser, vermischt mit Speiseresten, den er, die hohle Hand an die Lippen gepreßt, mit knapper Not bis zur Toilettentür brachte, wo er sich einschloß und, die Stirn auf den gekrümmten Arm gestützt, endlos durch Nase und Mund erbrach, was vordem ein nahrhaftes Mittagessen gewesen war, Krebssuppe, Avogadobirnen, Fleisch, Kartoffeln in pikanter Soße, Bohnen, Bananen, Vanilleeis und Kokosmilch ...

»Padre, Padre«, sagte der Fahrgast, der sich soeben um den Koffer bemüht hatte, eilig zu Padre Fejú; erst jetzt bemerkte der Pfarrer, daß es ein sehr großer Mann war, der im schleppenden Tonfall des Hondureners sprach, als ließe er die Worte hinter der Stimme zurück, »Padre, ich heiße Rámila, Loro Rámila, und ich bringe Ihnen diese Sachen, die Sie in Ihrem Zimmer vergessen haben.«

»Ach ja«, antwortete Fejú, ohne zu wissen, was er tat oder sagte, denn er verfolgte mit den Augen, den Ohren, mit jedem Nerv, was Parpaditos trieb, und fürchtete, dieser könnte seiner gewaltsamen Entleerung Herr werden, zurückkehren und ihn im Gespräch mit dem Fremden antreffen. Aber er faßte sich und sagte: »Ich bin völlig überstürzt abgereist und habe erst unterwegs festgestellt, daß ich alle meine Andenken aus Jerusalem vergessen hatte ... Gott lohne es Ihnen.«

Rámila schwieg, damit der Pfarrer hören konnte, daß Parpaditos sich immer noch die Därme aus dem Leibe würgte, während der Zug wie schlafend über die Schienen glitt. Dann fügte er hinzu: »Aber eigentlich wollte ich Ihnen erzählen, wie die Sachen, die Sie in Ihrem Zimmer vergaßen, in meine Hände gelangten.«

Der Geistliche schien aufzuhorchen, aber aufmerksamer noch lauschte er auf das Erbrechen des Polizisten.

»Seit dieser Offizier, der Cárcamo, Sie abholte und auf die Kommandantur brachte, bis Sie zurückkamen, haben meine Kameraden und ich Wache gehalten, ich in der Kirche. Ich hatte mich hinter der Kanzel versteckt und hörte deshalb, ohne es zu wollen, wie Sie sich bei der Jungfrau von Guadalupe beklagten. Als ich Sie so hörte, wurde mir klar, wie schön es ist, zu glauben, denn der Glaube gibt uns eine Mutter zurück, die nicht stirbt, und Mutter ist für mich jemand, bei dem man sich beklagen kann und sicher ist, daß er es hört. Sie haben sich bei der Jungfrau von Guadalupe beklagt wie ein Kind. Dann sind Sie losgeritten auf den Pferden, die die Evangelisten zur Verfügung gestellt hatten . . .«, der Geistliche war drauf und dran, aufzuspringen und sich kräftig den Hosenboden auszuschütteln, er würde ihn schon noch mit Weihwasser besprengen . . ., zum Glück war es sein Hintern gewesen, der auf einem Sattel dieser Bagage gesessen und ihn unterwegs herzhaft angefurzt hatte.

»Als Sie weg waren«, fuhr der andere fort, »lief ich in Ihr Zimmer, denn ich dachte, Sie hätten vielleicht einen Brief, irgendeinen Zettel hinterlassen, und fand die Sachen, die ich Ihnen hier gebracht habe. Zum Glück erreichte ich noch rechtzeitig in Tiquisate den Zug und konnte mir einen strategisch günstigen Platz sichern, denn einer der Kameraden, die meisten, die bei der Eisenbahn arbeiten, stehen auf unserer Seite, meldete mir, daß Parpaditos mitfährt, und ich sagte mir, die Reise dieses Polizisten hat sicher mit dem Padre zu tun, und so war es, und hier sind wir . . .«

Der Padre dankte ihm, aber gleichzeitig bat er, flehte er ihn mit den Augen an, zu gehen.

»Ich gefährde Sie«, sagte er schließlich und gab damit zu verstehen, er möchte wieder an seinen Platz zurückkehren.

»Ich sehe nicht ein, warum. Sobald Parpaditos kommt . . .«

»So nennt man ihn?«

»Er ist der Niederträchtigste vom ganzen Geheimdienst, und wer weiß, vielleicht haben sie gerade ihn ausgesucht, nicht damit er Sie an die Grenze bringt, sondern damit er Sie erledigt, bevor Sie Ihre Heimat erreichen. Aber wie ich Ihnen schon sagte, es gefährdet weder Sie noch mich, daß ich hier bei Ihnen sitze und mit Ihnen rede. Man kann doch nicht riechen, daß das gemeine Schwein ein Polizist

ist und daß Sie verhaftet sind.«

Padre Ferrusigfridos Unruhe nahm nur noch zu, nicht nur, weil Parpaditos jeden Augenblick zurückkommen konnte, sondern vor allem wegen der Dinge, die er von Rámila erfuhr.

»Beruhigen Sie sich, Padre, Sie fahren nicht allein. Sie sind sicher, wir sind viele, die mit Ihnen fahren, und ich bin außerdem bewaffnet. Ein Mucks, und der Schweinehund lebt nicht mehr. Ich will Sie nur nicht mit hineinziehen. Jetzt, wo er sich die Seele aus dem Leib kotzt, wäre die beste Gelegenheit, ihn an den Haaren auf die Plattform zu zerren und ihm zu helfen, alles von sich zu geben, indem man ihn aus dem Zug schmeißt, damit er sich erschlägt und in die Hölle fährt, wo sie gleich anfangen können, ihn zu zwacken.«

Der Priester hörte nicht zu und fand keinen Frieden, und Rámila verstand ihn.

»Beruhigen Sie sich, Padre! Beruhigen Sie sich, ich gehe ja schon auf meinen Platz zurück. Falls Sie jemanden benachrichtigen möchten, Verwandte, Freunde, die Kurie oder das mexikanische Konsulat, so sagen Sie es mir, ich werde es erledigen.«

»Jemanden benachrichtigen«, wiederholte der Geistliche und erinnerte sich an Hauptmann Cárcamos Auftrag, aber seine Stimme und seine Gedanken (ja, ja, Rosa Gavidia oder Malena Tabay in Cerropom warnen) zerfaserten im Quietschen der Aborttür, aus der Parpaditos herauskam und nun seinen Platz nicht fand, weil er sich den leeren Bauch hielt, noch blind die tränennassen Augen, taub die Ohren, zerzaust das Haar, was ihn aber nicht hinderte zu bemerken, daß seine Schuhspitzen und die Hosenaufschläge bespritzt waren mit erbrochenen Speiseresten, und er wäre am liebsten stehengeblieben und hätte sich mit dem Taschentuch gesäubert, doch das war ebenfalls verschmutzt wie die Nägel, die Ärmel, die Krawatte, die Rockaufschläge.

Fejú wollte beten, aber die Lederdeckel des Breviers waren feucht von Schweiß, und die Seiten aus Dünndruckpapier klebten und wollten sich nicht voneinander lösen, und so schloß er das Buch. Dennoch betete er, betete aus Herzensgrunde zu allen Heiligen um Hilfe, daß einer von ihnen sich nur einen kleinen Augenblick von der himmlischen Glückseligkeit trennen, herniedersteigen und den Schuft neben ihm mit seiner Vogelfeder über das Zäpfchen streichen möchte, damit er aufstehen und sich aufs neue erbrechen müßte.

Und wirklich schien es, als hätte einer der heiligen Kirchenväter seine Feder von der heiligen Schrift erhoben und sie Parpaditos in den

Hals gesteckt, denn nachdem dieser einmal, zweimal, dreimal vergebens gewürgt, den auf der Rückenlehne liegenden Kopf hin- und hergeworfen und mit tierischer Wut gejammert hatte, stand er taumelnd wie ein Betrunkener auf und schloß sich erneut im Abort ein.

Jetzt war es der Geistliche, der Rámila durch ein Zeichen bat, rasch zu ihm zu kommen. Hauptmann Cárcamos Auftrag brannte ihm auf der Zunge: Rosa Gavidia oder Malena Tabay warnen, daß in der Barbierstube »Los Equinoccios« Papiere gefunden worden waren, die sie aufs äußerste gefährdeten.

Als er »Los Equinoccios« sagte, drückte er mit beiden Händen das Brevier, worauf er es in die Tasche der Soutane schob, und gedachte Don Yemos, der, obwohl sterbenskrank, ihn unsagbar glücklich gemacht hatte, als er der Kirche das Bildnis der Cuauhtemocina stiftete, das nun den Hochaltar schmückte.

»Ah, jedenfalls habe ich die Genugtuung gehabt, sie auf ihren Ehrenplatz zu stellen.«

»Ich glaube, sie haben sie entfernt, als Sie weg waren.«

Der Padre geriet in Aufregung, das war eine böse Nachricht, er runzelte und glättete die Brauen und versuchte zu begreifen.

»Reden Sie . . . Sprechen Sie . . .«

»Und wenn sie sie noch nicht entfernt haben, dann werden sie sie entfernen, denn die Gesellschaft hat angeordnet, daß der heilige Patrizius aufgestellt wird.«

»Ja, weil er der Schutzpatron von New York ist, wie sie sagen, und weil's nur natürlich ist, daß sie dort, wo sie sich als Patrizier aufspielen, den heiligen Patrizius auf die Altäre stellen . . .«

Rámila lachte, daß er fast erstickte, lachte hohl wie ein Papagei, der nicht richtig lacht, sondern das Lachen nur nachahmt, aber er unterdrückte den unzeitigen Heiterkeitsausbruch, als er sah, wie niedergeschlagen Padre Fejú war, der über den Mißbrauch redete, den man mit Sankt Patrizius als dem Schutzheiligen von Piraten treibe, obgleich er doch mit den Engländern nichts zu schaffen habe und schon gar nichts mit ihren amerikanischen Nachfahren, denn als Apostel von Irland liebte er weder die einen noch die andern; und während der Padre sprach und zwinkerte, um die Tränen zurückzuhalten, unwillkürlich lächelte und dachte, daß er es genauso machte wie Parpaditos, spitzte Rámila die Ohren, um dahinterzukommen, was der Polizist auf dem Abort trieb, denn er hörte nichts mehr, Stille . . . Er stand auf. Es war ratsam, nachzuschauen. Er ging und kam zurück.

»Alles in Ordnung, Padre, wir können weitersprechen. Der Lump sitzt auf dem Klosett, gefühllos, sieht nichts, hört nichts . . . Ich bin hin und hab ihn angefaßt, er ist kälter als eine Leiche . . .«

»Er braucht Beistand, vielleicht will er beichten . . .«

»O nein, Padre, so nicht! Wie können Sie diesem Verbrecher die Tür zum Himmel öffnen wollen!«

»Aber sehen Sie nicht, daß es meine Pflicht ist, er könnte als Verdammter . . .«

»Das zu hören! Sie das sagen zu hören ist mir schon ein Trost! Genau das will ich, daß er als Verdammter stirbt!«

»Es darf nicht sein! Es bedeutet das ewige Feuer! Es bedeutet, ewig in der Hölle zu brennen!«

»Viel zuwenig! Noch viel zuwenig für das, was dieser Bluthund zu sühnen hat! Ah, wenn ihn meine Augen doch schon tot sähen, ohne Beichte, denn von hier rühren Sie sich nicht weg! Ah, wenn es wirklich eine Hölle gäbe!«

»Lästerer!«

»Ja, ich lästere. Wenn es wirklich eine Hölle gäbe . . ., verdammter Zweifel, der mich daran hindert, die Rache zu genießen, mich in ihr zu wälzen! . . ., dann soll sie diesem Bluthund nicht erspart werden. Er gehört zu denen, die auf der Mole die Streikenden einkeilten, zwischen dem Feuer ihrer Gewehre und den Haien . . ., ich sah, sah die Männer, wie sie, vor dem sicheren Tod zitternd, Kameraden, in Lumpen gekleidet, zurückwichen bis ans Ende der Mole, verwundet, zerstümmelt, blutend, und ich sah sie ins Meer stürzen, das sich rot färbte; dann die Haie und Stille . . . Ah, der Bandit kommt nur Ihretwegen lebend davon, sonst hätte ich ihm schon lange eine Kugel in den Bauch gejagt, mein Pech, zum erstenmal habe ich ihn vor dem Lauf, nur Ihretwegen kommt er davon, um Sie nicht hineinzuziehen, aber zulassen, daß Sie hingehen und für ihn beten und ihm mit der Hand vor dem Gesicht herumfuchteln, damit Gott ihm verzeiht . . .«

»Wenn es nur Gefuchtel ist, warum lassen Sie mich dann nicht gehen?« flehte der Geistliche.

Rámila antwortete spontan: »Wegen meiner Zweifel! . . . Weil ich nicht sicher bin, ob es nicht womöglich doch stimmt und er der Hölle entgehen kann . . .«

Die Aborttür öffnete sich. Der Streit war überflüssig geworden. Da kam Parpaditos, abgesessen von dem Pferd, das ihm durch die Därme galoppiert war und von dem er nur noch so etwas wie das Gewicht des Sattels spürte, der ihm am Hintern haftete. Als er sich bewußt wurde, daß er sich in der Bedrängnis des Erbrechens auf das Klosett gesetzt hatte, ohne die Hosen herunterzulassen, und als er spürte, daß die klebrige Masse, die er für einen Sattel gehalten hatte, ihm an Schenkeln und Waden hinunterzukriechen begann, schloß er sich eilig wieder in der Toilette ein.

Sein Kopf war klar. Jene Klarheit des Denkens, die man erlangt, wenn man sich der Nahrung entledigt durch Mund, Nase und ...

Er mußte sich gründlich waschen, die Wäsche, die Schuhe wechseln, aber wie hier herauskommen, wie hier herauskommen ...

Wenn sich doch wenigstens die Agenten sehen ließen, die ihm unterstellt waren und in der zweiten Klasse fuhren, ohne Uniform, in Zivil, wie beliebige Bürger, ein Haufen Dunkelhäutiger, die ihre Pflicht vergessen hatten, stets in Sichtweite des Chefs zu sein, falls er sie brauchte, und vor sich hindösten, während der Zug fuhr, die vergessen hatten, wer sie waren und was sie in den Taschen, Koppeln und Patronentaschen mit sich führten: Munition, Pistolen, Gummiknüppel, die zuschlugen, ohne eine Spur zu hinterlassen, Trillerpfeifen und Handschellen. (Ah, aber an denen werde ich mir den Hintern sauberwischen! dachte Parpaditos und tastete vorsichtig, fast ohne sich zu bewegen, durch die Hose die Masse ab, die im Rütteln des Zuges warm hin und her klatschte.)

»Sie brauchen sich nicht zu entschuldigen, wenn Sie bereuen, denn mit dem, was Sie Gefuchtel nennen, lösche ich Ihre Worte, Ihre Sünden aus.«

»Gute Sünden, Padre.«

»Gute Sünden? ... Heilige Maria Mutter Gottes!«

»Aber wie das manchmal so ist«, fuhr der andere sinnend fort, »der Offizier, der Sie bat, die Lehrerin aus Cerropom von der Entdeckung der Papiere zu benachrichtigen, war nahe daran, noch in jener Nacht zu sterben, als der Kommandant ihm befahl, alles, was er bei dem Barbier gefunden hatte, auf die Kommandantur zu bringen und wegzuschließen. Natürlich wußte nicht einmal der Kommandant, was das für Papiere waren. Hätte er es gewußt, er hätte sie eigenhändig auf die Kommandantur gebracht und von dort aus sofort ein chiffriertes Telegramm an seine vorgesetzte Behörde in der Hauptstadt geschickt und gemeldet, daß soeben einer der wichtigsten Verbindungsleute unserer Bewegung entdeckt worden sei.«

Von Zeit zu Zeit hörte man Parpaditos die Aborttür öffnen, und Rámila und der Geistliche verstummten; aber gleich darauf schlug er sie krachend wieder zu, und Rámila und Fejú sprachen weiter.

»Also, in jener Nacht, was soll ich Ihnen sagen, hatten sich zwei von den Unseren auf die Lauer gelegt, um den Hauptmann abzufangen . . .«

»Woher wußten Sie denn, daß er die Papiere bei sich hatte?«

»Einer von beiden, ein Jugendfreund Cárcamos, hatte es auf der Totenfeier erfahren . . .«

»Ein Jugendfreund und . . . verriet ihn?«

»Seine erste Pflicht war, die Kampfgefährten zu retten, und deshalb verriet er nicht nur, was er wußte, sondern postierte sich auch mit einem anderen guten Schützen an einer geeigneten Stelle, wo der Hauptmann auf seinem Weg zur Kommandantur vorbeikommen mußte, um ihn dort zu erledigen und ihm die Papiere abzunehmen, denn es galt um jeden Preis zu verhindern, daß sie in das Arbeitszimmer des Kommandanten gelangten.«

Und nach einer Pause, in der sie Parpaditos die Tür öffnen und schließen hörten, durch die er nicht hinauskonnte und durch die er nach seinen Untergebenen Ausschau hielt, die kommen und nach seinen Befehlen fragen mußten, fuhr Rámila fort: »Unglücklicherweise konnten wir es nicht verhindern . . . Die Papiere fielen den Behörden in die Hände, und wir mußten den ganzen Plan ändern und die Dinge beschleunigen . . . Ein Offizier, der zu spät zur Ablösung kam, weil er die Nacht mit einem leichten Mädchen verbracht hatte, nebenbei gesagt, einer halben Landsmännin von mir, einer Hondurenerin, kehrte mit seinem Trupp von der nächtlichen Streife zurück und traf auf seinen Waffengefährten nur wenige Schritte von der Stelle entfernt, wo diesen zwei Gewehre und viele Kugeln erwarteten, und rettete ihm so ungewollt das Leben, denn die beiden, die Cárcamo auflauerten, schossen nicht, als sie sahen, daß sie an Feuerkraft unterlegen waren . . .«

»An Mut fehlte es ihnen«, sagte auf gut mexikanisch der Pfarrer.

»An Feuerkraft fehlte es ihnen . . ., solche Begriffe wie mutig und feige mögen bei einem Duell am Platz sein, aber nicht bei einem Kampf wie dem unseren . . .«

»Aber Herr des Himmels«, entfuhr es dem Pfarrer, und er legte die geöffnete Hand auf Stirn und Augen, von Schläfe zu Schläfe, »ich habe meine Sache sehr schlecht gemacht . . ., ich bin ganz verstört . . ., ich habe den Namen des Mannes genannt, der mich bat . . ., und er ist aktiver Offizier . . ., sie werden ihn erschießen . . ., vergessen Sie . . ., versprechen Sie mir . . ., ich bitte Sie um Gottes willen . ., verraten Sie nicht, daß es sich um Hauptmann Cárcamo handelt ..., aber wie kann ich Sie bitten zu schweigen, wenn er Ihr Feind ist ... Zeigen Sie mich an, wenn Sie wollen ..., sagen Sie, daß ich von dem Geheimnis dieser Papiere erfuhr, als mich der Barbier rief, um mir das Bild Unserer Lieben Frau zu schenken, daß einige dieser Dokumente in meinem Besitz verblieben und daß ich deshalb der Lehrerin zur Flucht raten konnte ...«

»Cárcamo ist nicht mehr unser Feind, Padre, beruhigen Sie sich, ich bin derjenige, der am meisten daran interessiert ist, daß Cárcamo nichts geschieht und daß man nicht erfährt, welch großen Dienst er der Sache des Volkes erwiesen hat, als er die verräterischen Papiere an sich nahm ... Um wen es jetzt geht, ist Cárcamo!«

»Verzeihung, aber ich möchte nicht, daß Sie, weil Sie das Geheimnis kennen ..., welch ein Vertrauensbruch, welch ein Vertrauensbruch von mir ...«

»... daß ich, weil ich das Geheimnis kenne, ihn zwinge, mir die Dokumente zu übergeben ... Das wäre Erpressung, aber wir sind nicht daran interessiert, Militärs zu kaufen oder zu erpressen, die sich in der entscheidenden Stunde, weil sie ihre Haut oder ihren Besitz retten wollen, auf die Seite des Volkes stellen, um sich dann zu drehen und wieder seine Henker zu sein ... Um wen es jetzt geht, ist Cárcamo, sagte ich, weil wir durch sein Verhalten wissen, wie er denkt, und gesetzt den Fall, jemand denunzierte ihn, dann würden wir ihn retten, uns für ihn einsetzen ...«

»Danke, Freund Rámila, danke! Sie nehmen mir eine große Last von der Seele ... Ihre Worte ... Ihre Argumente ... Aber das heißt nicht, daß ich mir nicht mit dem härtesten Stein an die Brust schlage, weil ich nicht das Geheimnis eines Mannes zu wahren verstand, der sich, wer weiß weshalb für diese Lehrerin opferte, indem er sogar sein Leben aufs Spiel setzte.«

»Um wen es jetzt geht, ist Cárcamo!« wiederholte Rámila fast mechanisch. »Rosa Gavidia oder Malena Tabay, das bleibt sich gleich, wird sterben, wenn ihre Stunde geschlagen hat, wenn ihr Name in den Papieren steht, die der Hauptmann nicht mehr lesen konnte, oder wenn es uns nicht gelingt, Ihre Warnung noch rechtzeitig genug weiterzugeben, um sie zu retten ... Aber um wen es jetzt geht, ist Cárcamo, verstehen Sie mich? Ihn müssen wir vor der Uniform retten, die ihn isoliert und ihn hindert, den großen Schritt zu tun ...«

»Ich bin Ihnen so dankbar, weil Sie immer wieder auf den Wert hinweisen, den Sie der Haltung, dem Benehmen dieses Offiziers beimessen. Ihre Worte, fühle ich, erleichtern mir die Verantwortung . . .«

»Bisweilen habe ich den Eindruck, daß wir alle in einem dunklen Zimmer eingeschlossen sind und uns suchen, ohne uns zu finden . . .«

»Wenn ich Ihnen irgendwie helfen kann, ich tue es gern.«

»Der Chinese dort, nicht der junge, der ältere«, Rámila wies auf die beiden Fahrgäste am anderen Ende des Waggons, die immer noch unbeweglich, wie eingezwängt in ihre enge, fahle orientalische Haut dasaßen. Sie waren jetzt fast die einzigen Reisenden in dem leeren Abteil, wo sich Parpaditos mit Leichtigkeit und ohne Zeugen des Geistlichen hätte entledigen können.

Aber obgleich Rámila mit dem Finger auf den älteren Chinesen wies, sprach er nicht weiter. Stimmen und Schritte an der Aborttür. Wäsche, Schuhe, Wasser, Seife, um sich zu waschen, um sich sofort umzuziehen, verlangte Parpaditos von seinen Untergebenen, die sich endlich, einer hinter dem anderen, im Gänsemarsch eingestellt hatten und fragten, ob er etwas wünsche.

»Etwas? Go-go-gottverdammte Huren . . . Hurensöhne!« brüllte Parpaditos außer sich.

Zu fragen, ob er etwas wünsche, wenn sie ihn in seiner eigenen Scheiße gefangen vorfanden, bekotzt, bekackt und verfault, weil er schon so lange hier drin saß!

Die Agenten stürzten davon, um alles Notwendige zu beschaffen. Wasser, Seife, Unterwäsche, einen Anzug, Schuhe . . .

»Es sind seine Leute«, stieß Rámila zwischen den Zähnen hervor, ohne die Zigarette, die er soeben angezündet hatte, aus dem Mund zu nehmen. »Aber keine Sorge, auch wir haben unsere Leute hier, bewaffnet und entschlossen . . .«

Dem Pfarrer rann es kalt wie Blei die Wirbelsäule entlang. Die Küste atmete in immer volleren Zügen. Nur er, mein Gott, so winzig, so unbedeutend, konnte nicht atmen, konnte nicht sprechen, rang die Hände . . .

Mit den Blicken fragte er Rámila, was er ihm über den älteren Chinesen habe sagen wollen.

»Ach ja, Verzeihung, ich vergaß Ihnen zu sagen, daß die Chinesen zusammen mit Ihnen nach drüben fahren und daß der ältere den Auftrag hat, Ihnen einige Papiere zu übergeben.«

»Papiere?« stammelte mühsam der Geistliche.

»Erschrecken Sie nicht. Es sind die Kopien der Telegramme, die zwischen der Gesellschaft und dem Innenministerium gewechselt wurden.«

»Telegramme?«

»Ich sage Ihnen doch, Sie sollen nicht erschrecken. Der Chinese wird sie Ihnen geben, wenn Sie die Grenze überschritten haben und in Ihrer Heimat, in Sicherheit sind. Diese Telegramme beweisen, daß Sie, nicht nur auf Wunsch, sondern geradezu auf Befehl der Fruchtgesellschaft, aus dem Lande vertrieben worden sind, weil Sie die Gemüter der katholischen Bevölkerung zugunsten der Anhänger des Generalstreiks aufgereizt haben.«

Aus der Toilette drangen die Geräusche geschäftigen Hantierens: Parpaditos wurde gewaschen und gereinigt. Zwei Agenten in Hemdsärmeln seiften ihn ein und spülten ihn ab, während die anderen an der Tür mit der Wäsche und den Schuhen warteten.

»Die Telegramme sind so aufschlußreich«, fuhr Rámila fort, »daß Sie damit den Behörden Ihres Landes, der Presse und Ihren geistlichen Vorgesetzten nachweisen können, weshalb Sie tatsächlich aus dem Land getrieben wurden, und dadurch helfen Sie auch uns, weil Sie das Ausland über die Dinge aufklären, die unsere Presseagenturen verschweigen . . .«

»Außerdem lasse ich mich nicht als Brandstifter hinstellen . . ., schon deshalb werde ich es ihnen heimzahlen, daß sie nicht wissen . . .«

»Weshalb? . . . Weil die Kapelle der Evangelischen angezündet wurde?«

»Natürlich!«

»Unser Werk? Das waren die Anhänger des Streiks? . . .«

»Das waren wir.«

»Sachen hört man, kaum zu glauben. Damit habt ihr ihnen doch den Vorwand geliefert, mich noch schneller zu verjagen, und daß ich als Brandstifter verjagt werde, ist weder für euch noch für mich . . .«

»Wir haben es getan, als wir schon die Kopien der Telegramme in Händen hatten, die der Chinese Ihnen übergeben wird . . .«

»Ich verstehe immer weniger, für euch wäre es besser gewesen, wenn sie mich wegen des Streiks verjagt hätten . . .«

»Nein! Gerade deshalb haben wir den Evangelischen den Schuppen angezündet, damit man Ihre Ausweisung nicht dazu benützt, die Unseren einzuschüchtern, damit man diese einfachen und oft noch unentschlossenen Menschen nicht auf den Gedanken bringt: wenn man sogar einen Priester, merken Sie gut auf, einen Priester und Ausländer über die Grenze jagt — was würde dann sie erst erwarten? . . .« Er erhob sich. »Und jetzt gehe ich an meinen Platz zurück, denn Parpaditos kommt . . ., er riecht nach . . ., Kölnischwasser . . ., wie alle Bekotzten hinterher . . ., gute Reise, und vergessen Sie nichts!«

»Geben Sie mir Ihre Hand«, bat Fejú.

»Beide Hände, eine reicht nicht. Und ich verspreche Ihnen, wenn wir siegen, wird die Jungfrau von Guadalupe auf den Hochaltar zurückkehren, und Sie laden wir ein, die Messe zu zelebrieren.«

Und während Rámila sich an seinen Platz begab, schmeckte der Geistliche auf seinen bleichen, wie Waffeln gerösteten Lippen den Honig der Hoffnung . . .

Schwüle. Sandiger Himmel. Und neben ihm Parpaditos, der unaufhörlich zwinkernd sich selbst beroch und alles ringsum beroch. Die Chinesen unbeweglich. Fejú betastete seine Ohren. Sie hatten so lange dem Rollen des Zuges gelauscht, daß ihm war, als seien sie Räder geworden. Wie unvorsichtig! Wie entsetzlich unvorsichtig! Die Geheimpolizisten wurden doch »Ohren« genannt! Zum Glück hatte Parpaditos, der emsig schnüffelte und schnüffelte, der Gestank des Erbrochenen verfolgte ihn, nichts bemerkt. Jetzt wäre es gut, zu beten. Er zog das Brevier aus der Tasche der Soutane, aber eher schien es, als hätte er das Unwetter hervorgeholt, das jetzt über sie hereinbrach. Eine Rauchwolke, die sich vor seinen Augen in heißen Regen verwandelte. Schüsse. Und im Gegensatz dazu die Zinnoberröte des Abends, während die Sonne versank, und die fernen Blitze. Padre Fejú schloß die Augen. Der Zug war kein Zug mehr, sondern Ferne.

15

Mit entzündeten Augen, er hatte weder in der Nacht noch nach dem Essen geschlafen, stahl sich Cárcamo fort auf der Suche nach Menschen, mit denen er sprechen konnte. Menschen, keine Gespenster. Menschen aus Fleisch und Blut und nicht die Schattenwesen, durchlöchert von Lichtpünktchen wie die Teile eines mechanischen Baukastens, die er in endlosen Kombinationen zusammensetzte und wieder auseinandernahm . . ., wenn Rosa Gavidia . . ., wenn Parpaditos . . ., wenn Padre Fejú . . ., wenn die Warnung rechtzeitig kam . . ., wenn es ihr gelang zu fliehen . . ., wenn die verräterischen

Papiere . . ., ob ihr Name in den Papieren stand, die er auf dem Schreibtisch des Chefs gelassen hatte, weil ihm die Zeit fehlte, sie zu lesen? . . . Aber zuerst mußte er an Parpaditos und Padre Fejú denken . . ., würde er die Grenze passieren? . . ., würden sie ihn laufen lassen? . . ., ihn töten? . . ., nein . . . schon wegen des Skandals nicht . . . Wahrscheinlicher war, daß sie ihn schlugen, bis er das Bewußtsein verlor, und ihn in einem Güterzug in die Hauptstadt brachten, damit er in einem unterirdischen Verlies verfaulte . . . Und all das war für sie gerechtfertigt, wenn sie auf seinem Kragen die Namen entdeckten, Rosa Gavidia . . . Malena Tabay . . . Cerropom . . . Fragezeichen . . . Ausweglosigkeit.

Zum Glück hatte er dienstfrei. Wenn er in den Ort ginge, um ein Bier zu trinken . . . Hinaus mußte er. Hinaus aus der Kommandantur.

Einen Augenblick lang machte er vor der Zimmertür Hauptmann Salomés halt, um sich zu erkundigen, ob er ihm etwas mitbringen solle, aber der schüttelte den Kopf und sang halblaut einen Tango vor sich hin, während er auf der Gitarre die Melodie suchte:

Feuerrose nannten sie die Männer,
denn ihr Mund zerschmolz in jeden Kuß,
und die Augen brannten wie zwei Flammen,
weh dem Mann, der sie begehren muß.

»Bye-bye!« verabschiedete sich Cárcamo und ging fort, im Ohr die Worte des Tangos, doch ihm war, als hätte der Kamerad statt »Feuerrose« Rosa Gavidia gesungen.

Ob Hauptmann Salomé etwas wußte?

Warum sang oder summte er diesen Tango, sooft er sich bei ihm blicken ließ?

Feuerrose lachte stets so glücklich,
Feuerrose freute sich so sehr,
und wenn ihre Opfer erst gefallen,
hahahahahaha,
lachte sie noch mehr.

Er blieb stehen. Er hätte aufstampfen mögen wie ein Pferd . . ., hahahahaha . . ., hörte er den Tango . . . Staub aufwirbeln, bis er sich beruhigt hatte . . ., hahahahaha . . . Parpaditos . . ., die Papiere . . ., die verräterischen Papiere, die er gestern abend an einem völlig ungeeigneten Ort verbrannt hatte, während er so tat, als verrichte er über einer Abtrittgrube seine Notdurft ..., hahaha ..., freute sich so sehr ..., lachte stets so glücklich ...

Er schritt schneller aus. Er mußte fliehen, vergessen, seinen Gedanken entrinnen ..., wofür hatte er schließlich die Kommandantur verlassen? ..., um Sonnenschein wegzubringen? ... Da läge er besser in der Hängematte!

Schattenspendende Bäume mit harten Blättern, Zäune, Bananenpflanzungen, Brotbäume, Opuntien, Höfe mit Leinen voller Wäsche, Höfe mit kleinen Backöfen, geschnittenem Holz, Abtrittgruben, auf einem Hof eine zum Trocknen ausgespannte Rinderhaut, blutig, bedeckt mit zornig summenden Fliegen, Ranchos aus verdorrtem Stroh, Lehmhäuser mit Wellblechdächern, an denen die Sonne ihre Krallen schärfe, schläfrige Pferde, Gärten mit Gemüse, Radieschen, Salat. Ein Junge riß ein Radieschen, ein rotes Glöckchen, heraus und schwang es, als wollte er damit läuten, um die Erde abzuschütteln, ehe er hineinbiß.

Er hörte Schritte. Hinter ihm ging jemand.

»Sie haben dienstfrei?«

Die Stimme verwandelte sich in eine Gestalt, die er aus dem Augenwinkel wahrnahm. Als sie fragte, war sie noch hinter ihm, hatte ihn aber fast eingeholt. Es war der näselnde Lehrer Juventino Rodriguez, Klemmnase, wie sie ihn nannten. Seit er von der Trunksucht geheilt war, lief er nicht mehr sinnlos berauscht durch den Ort und fragte nach Toba.

»Sie haben dienstfrei?« wiederholte er, während er seinen Schritt dem des Hauptmanns anpaßte.

»So ist es, Herr Lehrer, und Sie haben immer Ferien. Die Sauferei hat Sie zum Rekonvaleszenten auf Lebenszeit gemacht.«

»Zum Arbeitslosen, wollen Sie sagen.«

Auf dem Hauptplatz, wo man alle Bäume, die Feigenbäume, Brotbäume, Pinien, Zypressen und Mangroven, gefällt hatte, um in grüner Leere dem Englischen Park des Bürgermeisters Platz zu schaffen, regte sich nichts, nicht einmal die Luft. Dichte, bleierne, senkrechte Atmosphäre.

»Und wohin zieht es Sie, Hauptmann, wenn man fragen darf?«

»Zu Piedrasanta, ein Bier trinken«, antwortete Cárcamo und ging voraus; wenige Schritte vor ihnen lag der Lebensmittelladen, in dem, wie jeder wußte, auch Schnaps und Bier ausgeschenkt wurde.

In einem halbdunklen Winkel döste pustend der Wirt im Unterhemd, umgeben von alten Hunden voller Flöhe, einem Kater und zwei Tauben, die erschreckt davonflatterten, als sie die Schritte des Hauptmanns und des Lehrers hörten.

»Wer . . ., was ist . . ., wer da?« stotterte Piedrasanta verschlafen, halb im Traum.

»Friedliche Leute«, rief Cárcamo; er war noch geblendet von der Sonne, und es dauerte ein wenig, ehe er sich zurechtgefunden hatte und auf einen Tisch mit zwei Stühlen zusteuerte.

»Piedrasanta«, befahl der Hauptmann, während er Platz nahm, »bringen Sie uns zwei Bier, und recht kalt.«

»Nur eines«, berichtigte Klemmnase, »ich trinke keinen Alkohol.«

»Bier hat doch kaum welchen«, wandte Piedrasanta ein.

»Trotzdem. Geben Sie mir, da mich der Hauptmann eingeladen hat, eine Limonade mit Eisstückchen drin.«

»Nicht einmal Bier trinken Sie?«

»Nicht einmal Bier, danke schön.«

»Aber erst seitdem ihn die Evangelisten kuriert haben«, sagte Piedradanta und fügte, gänzlich erwacht, hinzu: »Ach, stimmt ja, die Evangelisten waren es nicht.«

»Egal, ob sie mich geheilt haben oder nicht«, sagte der Lehrer ungehalten, »keiner hat Sie danach gefragt! Zudringlich sind Sie, deshalb ist es Ihnen neulich abends auch schlecht ergangen. Das Gesicht hätten die Ihnen zerschlagen, wenn sie nicht Mitleid mit Ihnen gehabt hätten.«

»Wann?« fragte Cárcamo, während der Wirt ging, das Bier zu holen und das Eis für Rodriguez' Limonade zu zerkleinern.

»Einen Apretado oder Limonade?« fragte Piedrasanta.

»Limonade«, antwortete Klemmnase.

»Klar, einen Apretado müßte er lutschen, und lutschen ekelt ihn an . . .«

Ohne den Wirt zu beachten, erklärte Rodriguez: »Neulich abends, als hier eine Gruppe Burschen saß und würfelte, kam der Sowieso vorbei und forderte sie auf, den Evangelischen ihre Baracke in Brand zu stecken. Ein paar waren einverstanden, wir anderen nicht, ich bin geheilt vom Krawallmachen, und als die Jungen schon losziehen wollten, tauchte Piedrasanta auf und schrie, sie sollten lieber nicht gehen, der Sowieso wäre Kommunist . . .«

In diesem Augenblick erschien der Wirt mit dem Bier und der Limonade, und der Lehrer unterbrach sich und sagte: »Ich erzählte gerade dem Hauptmann, was Ihnen passiert ist, weil Sie sich mit dem Toten einlassen mußten und behauptet haben, er wäre Kommunist.«

»Dem Toten?« fragte Cárcamo unter seinem Bart aus Bierschaum.

»Nun ja, unter dieser Regierung ist doch Kommunist und Toter so ungefähr dasselbe.«

»Wenn sie auf mich gehört hätten«, meinte Piedrasanta weise, »dann hätten sie die sogenannte Kapelle nicht verbrannt, und der Pfarrer wäre noch hier in seiner Kirche. Der Pfarrer war's, den sie verbannt haben.«

»Vielleicht«, sagte eilig Klemmnase, dessen Lippen vom Eis erstarrt waren und gleichzeitig zu brennen schienen von dem leuchtenden Rot des Himbeersaftes, »vielleicht haben sie ihn deshalb ausgewiesen, einen Pfarrer konnten sie nicht umbringen, außerdem beschuldigten sie ihn auch noch, Kommunist zu sein. Pfarrer und Ausländer . . . ab und woanders Flöhe züchten!«

»Und woran wollen sie gemerkt haben, daß er Kommunist ist?«

»Woran? Er war für den Streik, ist das nichts?«

»Der Padre?

»Erschrecken Sie nicht, Piedrasanta, Sie wissen es ganz genau.«

»Ich?«

»Sie . . ., er war doch sehr befreundet mit Ihnen.«

»Sehr befreundet nicht. Er kam her und trank seine Schokolade, bevor er abends heimging, das war alles. Er zahlte genauso, wie Sie Ihre Getränke bezahlen. Ein befreundeter Kunde, nicht wahr, Hauptmann?«

»Jedenfalls weiß keiner, weshalb sie ihn fortgejagt haben«, stichelte Cárcamo.

»Jeder regelt die Dinge auf seine Weise«, der Wirt hob die Arme und senkte den Kopf, als hinge er am Kreuz, und sagte: »Es wird sogar schon erzählt, sie hätten ihn umgebracht.«

Der Hauptmann sprang fast vom Stuhl hoch. »Was sagen Sie, umgebracht?

Als ihm bewußt wurde, daß er sich durch seine Anteilnahme am Schicksal des Pfarrers unwillkürlich verriet, fügte er hinzu: »Die Nachricht beunruhigt mich, denn wenn sie ihn in unserem Gerichtssprengel umgebracht haben, gibt das ein fürchterliches Gerede, vor allem aber kriegen wir die Presse und die höchste Obrigkeit auf den Hals, die nur darauf aus ist, sich jeder Verantwortung zu entziehen. Sie werden der Militärbehörde des Bezirks mangelnde Wachsamkeit vorwerfen, dabei wissen wir schon nicht mehr, wo uns der Kopf steht, wir bewachen die Plantagen und die Chefs der Gesellschaft, die Direktoren, Verwalter, Vorarbeiter, Prostituierten, die Narrheiten des Bürgermeisters, die Narrheiten der Evangelisten, die Narrheiten der Pfaffen«, hielt er für ratsam hinzuzufügen, um jeglichen Verdacht zu zerstreuen, »gar nicht zu reden von der besonderen Überwachung der Eisenbahn, der Brennstofflager, der Wasserleitungen, der Elektrizitätswerke, des Telegrafenamtes, der Post, des Radios, der Klinik, der Flugplätze, der Wege, der Brücken . . ., fast hätte ich die Narrheiten der Spiritisten vergessen, die dauernd Streit vom Zaun brechen.«

»Das geht den Lehrer an«, meinte der Wirt.

»Ich bin Spiritualist, kein Spiritist . . .«

»Und die Narrheiten dieser Bande von Lümmeln, denen wir laut Befehl nichts tun dürfen, weil sie Söhne reicher Leute sind . . .«

Cárcamo häufte Wort auf Wort, um das abstoßende Bild Parpaditos' zuzudecken. Parpaditos', der auf dem Trittbrett des Waggons stand und auf das Opfer wartete, das er, er, er ihm zuführte; er stellte sich den blutüberströmten Körper des Geistlichen vor, den sie aus dem Zug geworfen hatte, das war das wahrscheinlichste, und die Hände, die ihm die Soutane, die Wäsche, den Kragen herunterrissen, um ihn unkenntlich zu machen, und dabei die mit zittrigen Buchstaben geschriebenen Namen entdeckten: Rosa Gavidia, Malena Tabay, Cerropom.

»Damit hat der Hauptmann recht«, pflichtete der Wirt bei, »daß am Ende den Behörden für alles, was geschieht, die Schuld zugeschoben wird, sie werden beschuldigt, nicht aufgepaßt zu haben, wenn nicht gar Mitwisser oder Mittäter gewesen zu sein, aber was Padre Ferrusigfrido betrifft . . .

»Wie geläufig Ihnen der Name ist!« spöttelte Klemmnase.

»Er war mein Nachbar und mein Kunde, stimmt's? . . . Aber was Padre Ferrusigfrido Fejú betrifft, ich kenne auch seinen Familiennamen, ob es dem Herrn Lehrer paßt oder nicht, da sollten Sie sich nicht beunruhigen, Hauptmann, denn wie es heißt, ist es erst hinter der Grenze passiert . . .«

»Merkwürdig nur«, unterbrach Juventino, »daß weder die Zeitungen noch das Radio darüber berichtet haben . . .«

»Daß ich nicht lache!« rief der Wirt aus. »Die Zeitungen und das Radio? Man merkt doch gleich, daß der Lehrer noch ein junger Mann ist, wenn er auch alt aussieht; der Alkohol hat ihn alt gemacht.«

»Das mexikanische Radio, Piedrasanta, das mexikanische Radio!« sagte Rodríguez ärgerlich. »Sie lassen einen ja nicht ausreden ...«

»Das ist allerdings ein Argument«, meinte Cárcamo, der sich hoffnungsvoll an die Worte des Lehrers klammerte.

»Ein gewichtiges Argument«, trumpfte der auf, »denn wenn es wahr wäre, was Piedra behauptet ...«

»Ich, Señor, behaupte nichts, ich wiederhole nur ...«

»Gut, also das, was er wiederholt, dann hätten die mexikanischen Rundfunkstationen, ich höre sie fast jeden Abend, nicht nur die Nachricht durchgegeben, sondern, da es sich um einen Landsmann, einen Geistlichen und ein Verbrechen handelt, so wie sie ohnehin auf Skandale und Sensationen aus sind ..., das ist doch ein gefundenes Fressen ...«

Ein unerwarteter Gast, den jedoch alle sofort erkannten, erschien in der Tür.

Der Wirt, der ihm den Rücken zukehrte, wandte sich um, als er die Schritte vernahm, und verhehlte nur schlecht den Widerwillen, den dieser Gast ihm einflößte. Aber er beherrschte sich immer noch besser als der Hauptmann, der kaum seine Freude verbergen konnte, als er Andrés Medina hereinkommen sah, den Jugendfreund, den er nach vielen Jahren auf einem Streifengang wiedergetroffen hatte und der dann spurlos verschwunden war, bis er ihm jetzt erneut begegnete.

Piedrasanta ging zum Ladentisch, und um recht diplomatisch zu sein, bot er dem, den er als seinen Feind betrachtete, einen Schnaps an, ein Schnaps konnte ihn entwaffnen, aber der Lehrer vereitelte seine Absicht und bat Medina — während er dem Hauptmann zuflüsterte: »Das ist der Kommunist, das ist der Kommunist!« —, er möge doch zu ihnen an den Tisch kommen, denn er wollte ihn vorstellen ...

Andrei! hätte Cárcamo um ein Haar ausgerufen, aber er hielt an sich und senkte die Lider, als er ihm wie einem Unbekannten die Hand reichte.

»Trinken Sie doch ein Glas mit uns«, lud ihn Cárcamo ein.

»Danke, ich trinke nichts ..., ich bin nur hergekommen, um mit diesem Scheißwirt abzurechnen ...«

Piedrasanta, der sich vorsichtig hinter die Theke zurückgezogen hatte, tat, als hörte er nicht, aber Medina schrie: »Mit dir, sage ich, du Scheißkerl!«

Und er ging auf Piedrasanta zu. Juventino hielt ihn am Arm fest und bat ihn, sich zu mäßigen, aber fast hätte er ihm den Ärmel ausgerissen, so wütend stürzte Medina los, mit dem Stuhl in der Hand, und wäre Piedrasanta nicht durch die Tür des Hinterstübchens entwischt, er hätte ihm mit dem Stuhl den Schädel eingeschlagen.

»Schlappschwanz, wenn du noch ein Kerl wärst! ...« Medinas Gesicht war so fahl, als hätte er einen Gallenanfall.

Gelb, gelb, rannte er wie ein eingesperrtes Raubtier hin und her, bis ein Angestellter Piedrasantas im Laden erschien. Medina hatte ihn kaum erblickt, da schrie er auch schon: »Ruf den Feigling, er soll sich hier nicht hinter den Röcken seiner Frau verkriechen! Soll es zeigen, daß er Mumm hat, er hat sich ja auch getraut, mich Kommunist zu schimpfen!«

»Beruhige dich, Andrei, was ist denn los?« fragte Cárcamo, der sich ihm genähert hatte, leise, während der Lehrer mit dem Angestellten sprach.

»Was los ist? Der hat sich darüber aufgeregt, daß wir den Schuppen der Evangelisten in Brand gesteckt haben, einen Schuppen, wo nicht getanzt, sondern Blödsinn gepredigt wird, denn es ist blödsinnig von Gott zu reden, während wir an Ruhr und Malaria und Entkräftung krepieren, blind, tuberkulös, invalide, und nicht nur wir, auch unsere Kinder und unsere Frauen ...«

»Verschwinde jetzt, bring dich nicht in Gefahr. Ich muß dringend mit dir sprechen.«

»Ich komme zu dir«, konnte Medina noch zu Cárcamo sagen, denn schon kam der Lehrer und drängte ihn, stieß ihn fast hinaus.

»Gehen Sie, verlieren Sie keine Zeit! Gehen Sie ... Ich habe aus dem Angestellten herausbekommen, daß Piedrasanta fort ist, die Polizei holen.«

Auf der Straße hörte man eiliges Laufen, Pfeifen und Schießen. Dann wurde es still.

Klemmnase, der sich an die Tür gestellt hatte, kam herein und sagte: »Er ist ihnen entwischt ... Sie haben ihn nicht gekriegt!«

»Das ist Grund genug«, erwiderte der Hauptmann, »um vom Bier zum Rum überzugehen. Zwei Rum«, sagte er zu dem Angestellten, verbesserte sich aber sofort: »Nur einen, der Herr trinkt nicht, und was zu essen, ein paar Käsewürfel oder mehr von diesen Oliven.«

In Begleitung des Richters trat der Wirt ein.

»Selbstverständlich«, sagte der Richter, »greifen wir Ihre Anzeige auf, daß er Brandstifter oder Kommunist ist, eines von beidem, beides geht nicht ...« Piedrasanta blickte mit großen Augen auf den mausekleinen Richter, der sich an seinen Behauptungen hochrankte. »Sie hören recht, Kommunist oder Brandstifter, suchen Sie sich aus, welche der beiden Beschuldigungen Sie aufrechterhalten wollen ...«

»Beide, Herr Richter.«

»Beide geht nicht.«

»Warum geht es nicht, wenn ich ihn doch für beides anzeige?

»Da es der Pfarrer war, der befohlen hat, die Kapelle der Evangelischen anzuzünden, folgte also der Angeklagte, wenn er zu den Brandstiftern gehörte, seinem Glauben, seinem Fanatismus — wie kann man ihn dann beschuldigen, Kommunist zu sein? Es geht nicht, Piedrasanta, es geht nicht.«

»Wenn das so ist, dann zeige ich ihn als Kommunisten an.«

»Und die Beweise?«

»Der Brand, Herr Richter, der Brand! Reicht Ihnen das nicht?

»Nein, Piedrasanta, den Brand haben, wie ich Ihnen bereits sagte, Katholiken gelegt, die von diesem mexikanischen Pfarrer aufgehetzt wurden.«

»Andere behaupteten, die Gesellschaft hätte die Kapelle anzünden lassen«, knurrte der Wirt. »Wer soll sich da noch zurechtfinden ...«

»Das ist doch unsinnig ...«

»Nicht so unsinnig, wie Sie glauben. Man brauchte einen Vorwand, um den Pfarrer hinauszuwerfen, und der Brand ...«

»Wir sind wieder da, wo wir angefangen haben. Ohne Ihre Meinung zu teilen, weil es mir ungeheuerlich erscheint, will ich einmal annehmen, es wäre die Gesellschaft gewesen. Die hätte es aber durch ihre Angestellten machen lassen und nicht durch die Kommunisten.«

»Also, was ist dieser Mann dann?«

»Eben, das frage ich Sie. Ein Brandstifter natürlich. Sie haben gehört, wie er die Leute dazu aufforderte, Sie haben sich widersetzt, und deshalb ist der Kerl in Ihren Laden gekommen, um Sie zu beschimpfen. All das ist selbstverständlich schon ein schweres Verbrechen. Warum noch mehr? Warum muß er auch noch Kommunist sein?«

»Weil er danach aussieht ... und weil sie ihn dann erschießen werden ...

»Auch als Brandstifter ...«

»Dann ist es mir gleich. Ich zeige ihn also als Brandstifter an.«

»Das ist eine Gemeinheit!« protestierte Rodríguez und fügte hinzu: »Wenn ich als Zeuge vorgeladen würde, ich würde erklären, und bitte bedenken Sie, daß ich dabei war, also als Augenzeuge spräche, daß der Mann etwa sagte: ›Kommt, Jungens, sehen wir uns den Brand an.‹«

Während Piedrasanta mit Klemmnase stritt, trat der Richter zu Cárcamo.

»Wen man hier alles trifft. Ich habe nicht gegrüßt, weil ich Sie nicht erkannte. Ihr Militärs seht so fremd aus ohne Uniform.« Sie reichten sich die Hand, und der Richter nützte die Gelegenheit, um dem Hauptmann zuzuflüstern: »Wie haben Sie denn den Pfarrer auf den Weg gebracht?«

»Befehl ist Befehl«, erwiderte der Offizier kurz und mit stockender Stimme, denn es verdroß ihn, an die Rolle des Henkers erinnert zu werden, an die Rolle des Vollstreckers im Dienste von . . ., von wer weiß wem . . .

»Sehr gut! Sehr gut! rief der Richter zufrieden aus, rieb sich die Hände mit den Flächen dick wie Kinderpopos und beendete den Streit zwischen dem Lehrer und dem Wirt mit dem Versprechen: »Und der Flüchtling, Piedrasanta, den werden wir bald schnappen; ich glaube, daß heute oder morgen der Ausnahmezustand über die Republik verhängt wird, über das ganze Gebiet der Republik.«

»So wird's kommen«, der Wirt erholte sich nach und nach von seinem Schrecken und seinem Ärger, »denn der Richter scheint ein Hellseher zu sein, und wenn er etwas sagt . . .«

»Er bezieht seine Informationen von der Gesellschaft«, stichelte Juventino, der durch den Wortwechsel mit Piedrasanta noch stärker näselte als sonst.

»Von den Freunden, die ich bei der Gesellschaft habe«, verbesserte der Richter leichthin, »die mir erzählen, was sie wissen; und der Generalstreik, sagen sie, ist unvermeidlich.«

»Glauben Sie nicht, daß sich alles ohne Streik regeln wird?« fragte der Wirt, immer mehr Herr seiner selbst und seines Ladens, all der Güter, die er schon verloren geglaubt hatte und den Händen jenes Wahnsinnigen ausgeliefert, der gekommen war, um ihn umzubringen und todsicher um das Haus anzuzünden.

»Nach Ansicht der Gesellschaft, ich sage das, weil ich soeben mit einem der Direktoren zu Mittag gegessen habe, geht es der Regierung vor allem darum, die Aufstandsherde mit Blut und Feuer zu beseitigen, wie sie es in Bananera und im Hafen getan hat. Jeden Kopf, der sich erhebt, abschlagen. Und ich glaube, hier wird der erste rollen.

Ich weiß nicht, ob Sie von einem gewissen Tabio San gehört haben, den wir erwarten. Der Halter, den mir Mr. Ferrols geschenkt hat, ist wohlgefüllt um das Todesurteil zu unterzeichnen.«

»Aber vergessen Sie nicht, Herr Richter, daß ihn auch das Volk erwartet«, näselte Rodríguez mit Unschuldsmiene, »und daß es nicht ein, nicht zwei, nicht drei, nicht hundert, nicht tausend, sondern Tausende Arbeiter sind, die zur Bahn gehen werden, um ihn zu empfangen.«

»Ich unterbreche nur«, der Wirt trat herzu, »um zu fragen, ob Sie noch etwas trinken wollen. Meine Frau hat mir aus der Hauptstadt diese Flasche echten spanischen Anis geschickt. Was halten Sie davon, wenn wir sie öffnen?«

»Mir ist er zu süß. Das ist so ein Getränk, an dem man heute nicht mehr viel findet . . ., höchstens, wenn man eine Kolik hat . . .«

»Dem Richter schmeckt nur echter Scotch«, sagte Hauptmann Cárcamo, der sich am Gespräch nicht beteiligt und wie abwesend dagesessen hatte.

»Den trinke ich immer mit meinen Freunden von der Gesellschaft, was für ein Bouquet diese Whiskys haben! Aber das heißt nicht, daß wir unseren Freund Piedrasanta nicht zu schätzen wüßten! Ich möchte ein kaltes Bier.«

»Für uns ebenfalls ein kaltes Bier«, sagte Cárcamo, der wieder vergessen hatte, daß der Lehrer nicht trank.

»Für mich nicht«, korrigierte Juventino die Bestellung des Hauptmanns, worauf dieser sich ihm zuwandte und sich entschuldigte: »Ohne böse Absicht führe ich Sie immer und immer wieder in Versuchung, ich hatte es vergessen, glauben Sie nicht, daß ich Sie verleiten wollte. Womit wurden Sie eigentlich geheilt, wenn man fragen darf?«

»Mit Schlamm . . .«

»Was sagen Sie da?« rief der Richter interessiert aus.

»Ja man bereitet ein Gebräu aus Schlamm und Wasser, nichts weiter, teilte er in vier Portionen und läßt es so lange faulen, bis der Schlamm sich ganz merkwürdig färbt, grünlich braun, dunkel . . .«

»Und das trinkt man dann?« fragte der Hauptmann nervös, fast hörte man, wie er auf seinem Stuhl hin und her rutschte.

»Ja, man füllt vier Flaschen mit dem Gebräu ab, und diesen sahnigen Schlamm trinkt man zwanzig Tage lang . . .«

»Das hat ihm die Mutter von Juambo, diesem halbverrückten Mulatten, zubereitet«, erklärte Piedrasanta.

»Eine große Barmherzigkeit!« rief Juventino aus.

»Barmherzigkeit, nein! Ihre Pflicht war es, denn Sie, Rodríguez, haben Tobas wegen zu trinken angefangen. Aber das ist eine alte Geschichte. Ich gehe jetzt das Bier holen, ein Bier für den Richter, für den Hauptmann und ... für mich, ich will auch ein Bier trinken, mal sehen, wie es mir bekommt, nach all dem Ärger, und dann unterhalten wir uns weiter über den Streik und über diesen Tabio San, der herkommen soll, ich bilde mir ein, daß ich den schon mal kennengelernt habe, vor langer Zeit hier auf den Plantagen. Wenn er es ist, dann ist das ein Kerl mit vorstehenden, vorquellenden Augen, schrecklich geschwollenen Backen, dicken Lippen, großen Ohren, scheint, daß er so was wie Elefantiasis hat. Es wird leicht sein, ihn wiederzuerkennen.«

»Bei den Merkmalen!« lachte Klemmnase.

»Ja, ich weiß, wer er ist«, prahlte der Wirt.

»Ja, mag sein«, sagte der Lehrer, »aber die Merkmale, die Piedrasanta angibt, werden nicht helfen, diesen Rebellenführer zu identifizieren. Er soll, im Gegenteil, eher schlank sein, ein Mann mit schmalem Gesicht, tiefliegenden, eng zusammenstehenden Augen und Zähnen weiß wie Kreide. Außerdem ist es gar nicht notwendig, ihn zu erkennen, denn diesmal kommt er ganz offen unter seinem richtigen Namen, Tabio San ...«

Die jugendliche Bande, die Bobby anführte — Bobby Maker Thompson, der Enkel des Präsidenten der Gesellschaft, der noch immer bei den Millionen-Luceros zu Gast war —, kam hoch oben in der Kirche, zwischen den Dachbalken, zum Vorschein, wohin sie über ein verlassenes, wackliges Gerüst geklettert war, das an der Kirchenmauer nur zu lehnen schien und dem Skelett eines alten Schiffes glich. Bobby streckte den Kopf vor, und spähte wie in ein leeres Schwimmbassin in das Innere der Kirche, wo das spärliche Licht, spärlich wegen des geschlossenen Portals und der wenigen Fenster, die Farbe eines toten Engels hatte.

Die anderen Jungen, die nach ihm erschienen und einen festen Punkt suchten, auf dem der Blick Halt fand, waren froh, als sie unten die Leute entdeckten, die wie Ameisen hin und her krochen. Bobby sagte ihnen, sie sollten geradeaus blicken, nicht auf etwas Bestimmtes. Einfach in den leeren Raum hinein.

Wer das Rezept des Gringos befolgte, wie sie ihn nannten, hielt nicht durch. Die Weite zog, sog sie an. Besser war es, die Leute unten zu betrachten, die sich bewegten, beteten, Kerzen anzündeten, stehenblieben, niederknieten, hereinkamen; aber wie kamen sie herein, da doch das große Portal geschlossen war und die Heiligen auf den Altären wirkten, als wären sie Gefangene auf Lebenszeit? Die Leute kamen und gingen durch die Sakristei.

Bobby warf einen Brocken alten Mörtels hinunter, der ein wenig Rauch hinter sich herzog und an einem Betstuhl nahe der Kanzel zerplatzte.

Einer aus der Bande protestierte: »Sei nicht gemein, Gringo!«

Ein zweiter Brocken trockenen Mörtels landete neben einer knieenden Frau. Wer wagte es, Steine auf die Menschen in der Kirche zu werfen, wer erlaubte sich eine solche Unehrerbietigkeit, eine solche Entweihung? . . . Bald lief das Gerücht um: »Die Evangelischen! Die Protestanten!«

Während die einen flohen oder Schutz suchten im Schatten der Kanzel, hinter dem Windfang der Eingangspforte oder in der Taufkapelle, fühlten andere sich als Märtyrer, sanken auf die Knie, öffneten die Arme wie Gekreuzigte, beteten um Gnade und bereiteten sich darauf vor, von den Ungläubigen gesteinigt zu werden.

»Der Alten da hau ich mit einem *strike* den Arm runter«, sagte der Gringo, und schon war es geschehen, wie ein Schuß.

Die Frau zerbiß den Schmerzensschrei, der ihr auf der Zunge saß, fleischlich, zwischen Lippen und Zähnen, und schloß die Augen, die sie dann weit, weit aufriß, als wollten sie herausspringen, ehe sie im Zickzack der Blitze umfiel.

Vom Hauptaltar hatte man die Jungfrau von Guadalupe entfernt. Die Indios aus den Bergen, die herunterkamen, um auf den Plantagen zu arbeiten, traten in Gruppen ein, und als sie die Schutzpatronin nicht sahen, bekreuzigten sie sich und sagten zueinander ein wenig theatralisch: »Wunder kam, Wunder ging.«

Die Frömmsten ließen sich auf die Knie nieder, auf ein Knie, das rechte, und klebten brennende Kerzen auf den Boden, zwischen kleinen Blumenpfaden, gebildet aus den Blütenblättern, die sie von den zitternden Kuppen ihrer glatten Finger herabrieseln ließen.

In das Feuer verliebt, betrachteten sie lange die Flamme der Kerze. Zwei Pupillen wie Samenkörner über dem flackernden Schein aus goldenem Fleisch und schwarzem Docht, dem Docht, der im Nu den gelblichen Talg verzehrte.

In ihrer Kleidung aus Sackleinen, Hemd, Hose, sauber, weiß, voll knieender Gläubigkeit, die Augen auf das Feuer der Flamme gerichtet, warteten sie, daß ihnen die Jungfrau wieder erscheine, warteten in der Demut vierer Jahrhunderte, die dunklen Gesichter wie dürres Leder, das Haar schwarz, hart und lang auf den groben Nacken.

Weil die Jungen sich um Bobby drängten und die gedruckten Blätter lasen, die unter einem der Kreuzbalken versteckt gewesen waren, dicht über ihren Köpfen das glühende, von der Sonne erhitzte Blechdach und unter ihnen die kühle Stille der Kirche, in der sich niemand mehr bewegte, die vereinsamt dalag — es waren drei Pakete mit Flugblättern, auf denen sich in großen Lettern die Worte »Generalstreik«, »gerechter Streik«, »Freiheit und Brot, ja« wiederholten —, weil sie sich um Bobby drängten, vergaßen sie die Schlacht, die er mit Steinwürfen gegen die Gläubigen eröffnet hatte, gegen die Leute, die es jetzt auf Straßen und Plätzen ausriefen: »Sie haben uns gesteinigt, ja, ja, hört nur, gesteinigt! Die Protestanten!« — »Sie sind auf das Dach der Kirche gestiegen und haben uns von da aus gesteinigt . . .« — »Eine Frau machte sich mit erhobenen Armen für das Martyrium bereit, und sie haben ihr die Arme mit Steinen heruntergeschlagen . . .« — »Es genügt ihnen nicht, daß sie den Pfarrer vertrieben und die Jungfrau vom Hauptaltar gestohlen haben . . ., jetzt jagen sie auch noch uns paar Getreue mit Steinen aus der Kirche, in die wir uns heimlich wie Diebe durch die Sakristei einschleichen!«

»Wir müssen das Zeug der Polizei übergeben«, meinte ein schmaler Junge mit dichten Wimpern, den sie Pichugallo nannten.

»Das Zeug bleibt, wo es ist«, entschied Bobby. »Wo es ist«, bekräftigte er, »bis morgen, und dann werden wir es nicht zur Polizei bringen, sondern woandershin, ich weiß schon, wo. Jetzt ist keine Zeit dazu, weil wir uns mit den anderen Jungen treffen müssen, klettern wir also runter, wenn wir uns noch einen Apretado gegen den Durst kaufen wollen.«

»Unter der Bedingung, daß wir vorher eine Zigarette rauchen«, schlug Pichugallo Lucero vor.

»In Ordnung«, sagte der Gringo großmütig, und sie kramten zerdrückte Zigaretten hervor, die sie heimlich in der Tasche trugen, lose Streichhölzer, die sie an der Mauer oder an ihren Schuhsohlen anrieben, und einer zog sogar eine Pfeife heraus.

Mühselig kletterten sie das schwankende Gerüst hinab, rutschten rittlings über Querbalken, umklammerten die Stützbalken, an denen sie, vom eigenen Gewicht gezogen, mit Füßen und Knien bremsend hinunterglitten, bis sie Boden unter den Füßen spürten, und rannten los zu Piedrasanta, jeder bestrebt, als erster den Apretado in der

Hand zu behalten und über die Kameraden zu triumphieren.

»Was für einen willst du?

»Und du?

»Ich Erdbeer!«

»Ich Orange!«

»Für mich Zitrone!«

Der Wirt hätte sie am liebsten umgebracht und ihnen statt Eis mit Sirup Eis mit Gift verkauft, er hätte sie am liebsten gefragt, was sie vorzögen, Strychnin, Laudanum oder Zyankali . . . Unterstanden sich, mit ihrem Krach den Richter zu unterbrechen, der erzählte, was er von den Direktoren der Gesellschaft über den Streik gehört hatte, falls er erklärt würde. Aber wer würde ihn erklären? Wer würde es wagen, die Bestie mit einem Generalstreik zu reizen?

»Ich will erst diese Teufel abfertigen!« Piedrasanta erhob sich von dem Tisch, an dem der Richter und der Hauptmann ein Bier nach dem anderen tranken und der Lehrer nüchtern danebensaß, und wies auf die Jungen, die sich von der Wand, den Türen oder dem Ladentisch abstießen, schwungholend noch ein Paar kleine Schritte liefen und dann über den Zementboden schlitterten, was die anderen nachmachten oder mit Beifallklatschen, Gefuchtel, Geschrei, Gehüpf und endlosem Gelächter bejubelten.

»Wir, Piedrasanta, verabschieden uns.« Sie traten an den Ladentisch, wo der Wirt, in der Hand einen Eishobel und eine Metallform, die wie ein Trinkglas ohne Boden aussah, sich anschickte, die Apretados zuzubereiten. Wie immer hatte der Richter das große Wort geführt.

»Wir lassen Sie mit der Bande allein, aber vergessen Sie nicht, daß man diese Millionärssöhnchen nicht an die Wand stellen kann«, hänselte Cárcamo den Wirt, dem er seine Anschuldigungen gegen Andrés Medina verübelte.

»Adíos, Jungens!« rief der Lehrer den Burschen zu, er schien ihnen ihre Beweglichkeit und Fröhlichkeit zu neiden. Er verließ das Haus hinter Cárcamo und dem Richter, der sich in der Tür des Ladens verabschiedete. Cárcamo und Rodríguez schlugen eine andere Richtung ein.

»Mir ist aufgefallen«, sagte Klemmnase, der vertraulich den Arm des Offiziers ergriff und wieder losließ, während sie sich auf den Weg machten, »daß die Geschichte von dem fauligen Schlamm, mit dem ich von der Trunksucht kuriert wurde, Sie sehr beeindruckte, aber, sehen Sie, nicht nur der Schlamm hat mir geholfen, sondern auch ein glücklicher Zufall; nach meinem letzten Anfall hatte ich eine Begegnung, die meinem Leben einen Sinn gab. Aber wir unterhalten uns ein andermal, jetzt scheinen Sie es eilig zu haben.«

»Nicht doch, Rodríguez, ich will nur rasch über den freien Platz kommen, die Sonne brennt einem ja die Haut vom Leibe.«

Hinkend, weil ihn der eingezwängte Ballen des linken Fußes und die geschenkten Lackschuhe quälten, die der schneeweiße Staub von außen zu kühlen schien und die innen brannten wie unterm Bügeleisen erhitzte Senfpflaster, mühte sich der Lehrer, mehr auf den Fersen als auf den Fußspitzen gehend, dem Hauptmann über den steinigen Platz zu folgen.

»Das habe ich schon immer gesagt«, nahm Cárcamo die Unterhaltung wieder auf, als sie ein schattenspendendes Vordach neben einer halb eingefallenen Mauer erreichten, »ein Mann hört auf zu trinken, wenn er den Schnaps über hat oder wenn er, wie Sie, einen Traum in seinem Leben findet.«

»Und deshalb, Hauptmann, muß man unterscheiden zwischen denen, die trinken, weil ihre Eingeweide, ihr Durst oder ihr Blut danach verlangen, und denen, die trinken, weil sie zuviel, übermäßig viel Herz in der Brust haben, ein Übermaß, das nicht Sättigung, sondern Leere ist, denn im Gegensatz zum Materiellen bedeutet mehr Herz mehr Unzufriedenheit, mehr Abgrund.«

Jetzt war es der Offizier, der den Lehrer am Arm ergriff, als forderte er ihn auf, weiterzusprechen.

»Diejenigen, die trinken, weil ihre Eingeweide danach verlangen«, fuhr der Lehrer fort, »heilt man mit einem starken Abführmittel, mit verfaultem Schlamm, mit irgend etwas, aber für die Trinker des verlorenen Paradieses, zu denen ich gehöre, gibt es kein Heilmittel, es sei denn, sie finden einen höheren Lebensinhalt, denn außer ihrem unstillbaren Durst nach Alkohol tragen sie in sich den Spieler oder den Selbstmörder. Ist es der Spieler, dann trinken sie nicht nur aus Freude an Schnaps und am Rausch, sondern um eine eingebildete Partie zu gewinnen, und ist es der Selbstmörder, dann nehmen sie den Sprit ein wie Gift, weil sie sich unendlich einsam fühlen.«

»Wie gut Sie sie unterscheiden, Rodríguez!« rief Cárcamo aus und klopfte dem Lehrer freundschaftlich auf die Schulter.

»Warum auch nicht, ich war doch mal bei der Truppe, ich glaube, beim Bataillon der Selbstmörder.«

»Aber, Herr Lehrer, da Sie mir schon von dem Wunder erzählt haben, dürfen Sie mir auch nicht verheimlichen, welcher Heilige oder besser welche Heilige es vollbracht hat, denn wie man sieht, war es nicht der verfaulte Schlamm allein ... Irgendein Prachtweib nach Toba?«

Klemmnase seufzte. Im Schneckenhaus seines Herzens rauschte wie in einem Meer verlorener Pulsschläge der Name, den er am meisten in seinem Leben genannt hatte, wachend, schlafend, betrunken, nüchtern, mit andern, allein: Toba ... Toba ... Toba ...

Wie seltsam und traurig sich in der Sonnenhelle das Tschiriii, Tschiriii der Zikaden anhörte.

»Irgendein Prachtweib?« wiederholte der Offizier hartnäckig, nicht weil ihm viel daran lag, es zu erfahren, sondern weil er, halb spöttisch, halb lächelnd, seinen Spaß daran hatte, sich neben dem »Prachtweib« die dürftige Gestalt des Lehrers vorzustellen, dem die Kleider am Leibe schlotterten, als wären es nicht seine eigenen, und den das Näseln nicht anziehender machte. »Ein Prachtweib oder ein Bombengeschäft, bei dem es um Tausende von Dollars geht?« Er lachte auf, als er sich die astronomische Entfernung vorstellte, die den Lehrern nicht nur von Tausenden von Dollars, sondern schon von einem Dollar trennte.

Da Rodríguez nicht antwortete, fügte er, um sich nicht geschlagen zu geben, hinzu: »Oder eine Reise, Herr Lehrer?

»Schon als Junge lief mir das Wasser im Mund zusammen ... Wasser ... Schiffe ... Schiffe ...«, er schien den Faden zu verlieren, wiederzufinden, dann fragte er, scheinbar ohne auf die Frage des Offiziers einzugehen: »Hauptmann, welches der Bücher, die Sie gelesen haben, hat Ihnen am besten gefallen?«

»Glauben Sie nicht, daß ich viel gelesen habe. Gerade ›Rocambole‹ und ›Quo vadis‹.«

»Nun, wenn Sie ›Quo vadis‹ gelesen haben, werde ich Ihnen leicht erklären können, warum ich zu trinken aufhörte, warum ich Bacchus untreu wurde, dem göttlichen Nektar Lebewohl sagte. Einfach, weil ich Christ wurde, einer jener Christen aus den Katakomben, die wissen, daß sie den Raubtieren im kaiserlichen Zirkus vorgeworfen werden und dennoch das Martyrium auf sich nehmen, wenn nur das Reich Gottes auf Erden errichtet wird ...«

»Aber ..., aber ..., Herr Lehrer, wer wird denn heutzutage noch an so etwas glauben!«

»Mir genügt es, wenn ich daran glaube! Damit muß ich anfangen, daß ich selbst daran glaube! Und Sie, Hauptmann, werden auf unserer Seite stehen!«

»Vor allem müssen Sie sich erst einmal bemühen, daß die Gesellschaft die Schule einrichtet.«

»Ebendarum geht es, aber nicht als Almosen, und nicht eine Schule, sondern viele Schulen. Und Sie, Hauptmann, werden auf unserer Seite stehen!«

»Sie brauchen mir nur zu sagen, wann!« antwortete der Offizier halb ernst, halb spöttisch.

»Wenn der Generalstreik erklärt wird!« erwiderte der Lehrer unverblümt.

Cárcamo erbleichte. Sogar seine Füße in den Schuhen mußten leichenblaß geworden sein. Stotternd verabschiedete er sich und ging. Am besten, er stellte sich, als hätte er nichts gehört. Was für eine Frechheit! Dieser unzurechnungsfähige Trunkenbold! Eigentlich sollte er umkehren und ihm ein paar Ohrfeigen runterhauen! Ihm einen solchen Vorschlag zu machen, obwohl er wußte, daß er aktiver Offizier war, ihm mit dem . . . Streik zu kommen . . ., welch ein hohles, leeres, gruftbitteres Gefühl das Wort Streik in seinem Mund hinterließ, als ihm bewußt wurde, daß er keine Ursache hatte, diese ganze Komödie aufzuführen, so auf die Worte des Lehrers zu reagieren, ihn einfach stehenzulassen, da er doch selbst bis zum Hals und vielleicht sogar noch tiefer als der andere in dieser Schweinerei steckte, seit er die Papiere über Rosa Gavidia an sich genommen und sich eines Pfarrers bedient hatte, um sie, die ebenfalls eine Lehrerin war, zu benachrichtigen, daß sie fliehen mußte . . .

Der Radau der Bande in Piedrasantas Laden nahm höllische Ausmaße an. Zuerst einmal ändern sie ihre Meinung über den Geschmack der bestellten Apretados. Der eine, der Erdbeer verlangt hatte, wobei er auf und ab hüpfte, als genügte es ihm nicht, mit Augen und Mund zu genießen, berichtigte sich und wollte lieber Zitrone oder Weintraube . . ., ja, lieber Weintraube . . . »Mandelmilch und Himbeer«, forderte ein anderer, »oder besser nur Mandelmilch« . . . »Und mir Orange«, befahl ein dickes, hochnäsiges Lekkermaul, »mit einer doppelten Portion Sirup.«

Geduldig preßte der Wirt mit den Fingern die aus dem Hobel fallenden Eisspäne in der Blechform zusammen, dann fragte er jeden Jungen einzeln, welchen Geschmack er bevorzuge, und goß mit einem Gläschen, das ihm als Maß diente, blutroten Sirup in die Erdbeer- oder Himbeerapretados, Sirup, goldgelb wie Bobbys Haar, in die mit Zitrone, milchigen Sirup in die mit Mandelmilch und violetten in die Traubenapretados.

Als er alle bedient hatte, trocknete er sich die Hände an einem Handtuch ab, das an einem Nagel hinter der Theke hing. Er spürte, wie lang, lang seine Finger durch die Berührung mit dem Eis geworden waren, seine Nägel waren schneeweiß und fahl wie dünne Haut und seine Fingerspitzen runzlig wie die eines alten Mannes.

»Wer zahlt?« fragte er, fast ohne die Jungen anzusehen.

Alle traten herzu, um zu zahlen, mit starren Augen lutschend, die Kälte des Eises und die Süße des Sirups genießend, schlürfend, als tasteten sie sich vorwärts, während sie mit der Linken in den Taschen wühlten, bis sie das Geld fanden, das sirupverschmiert in den Händen des angewiderten Wirtes landete.

Das Geschmatz und Geschlürf, wie Piedrasanta das Lutschen nannte, das Geschmatz und Geschlürf der Bande brachte ihn zur Raserei. Es war immer dasselbe, aber heute war er nicht bereit, es zu ertragen. Der Ärger über den Kerl, der ihn vorhin beschimpft hatte, der schlechte Geschäftsgang, weil die Leute vom Lande aus Angst vor dem drohenden Streik nicht mehr in den Ort kamen, der übermäßig lange Aufenthalt seiner Frau in der Hauptstadt, all das wurde gekrönt von dem unersättlichen Schlürfen mit Zunge und Rüssel, als spielte ein Musikant saugend und schmatzend auf einem Blasinstrument.

»Eßt eure Apretado gefälligst draußen!« schrie er sie an.

»Draußen brennt die Sonne, wir gehen nicht«, erwiderte Bobby und durchbohrte ihn mit Blicken wie blaue Dolche, während er gierig an dem in roten Himbeersaft gebadeten Eissäulchen lutschte, um sich zu erfrischen und sich gleichzeitig die Lippen zu versüßen.

»Was soll das heißen, wir gehen nicht?«

»Wir gehen nicht!«

»Dann schmeiß ich euch raus!«

Die Bande scharte sich augenblicklich um den Gringo Thompson, der vor dem Wirt stand.

»Probieren Sie es . . .«, der Gringo lächelte.

Piedrasanta, zitternd, rasend, kalt vor Wut, als wäre er selbst ein Apretado, den diese Wilden schlürften, hielt es für ratsamer, sich in das Hinterstübchen zurückzuziehen und dort zu bleiben, die heißen Lider über den halbgeschlossenen, tollwütigen Äuglein . . .

Das tun sie, um mich zu ärgern, weil sie wissen, daß sie mir mit ihrem Schlürf, Schlürf auf den Nerven herumtrampeln, aber ich tue ihnen den Gefallen nicht, ich laufe nicht hinaus und sage ihnen zum vierzigstenmal, daß sie mit ihrer Musik woandershin gehen sollen! ... Ah, wären sie nicht die Söhne der ..., deren Söhne sie nun einmal sind, ich hätte ihnen schon den Sperrbaum auf den Schädeln zerschlagen!

Schschlüürrf! ... Schschlüürrf! ...

Draußen spielte das Orchester weiter, und ... der Teufel soll's holen, er wurde seinem Vorsatz, sie nicht hinauszuwerfen, untreu, es war ja schon unanständig und beleidigend, wie diese jungen Banditen den Rest Sirup herauslutschten und auch das Wasser aufzufangen suchten, das von dem zerrinnenden Eis in ihren Händen tropfte, und dadurch wurde jedes Schlüüürrf ... Schlüüürrff ... Schlüüürrrfff dieses höllischen Schlürfens immer länger und lauter, schon mußten sie den Sirup von ganz innen heraussaugen, den Poren des vereisten Wassers den letzten süßbleichen, flüssigen Kadaverrest entziehen, bis das Eissäulchen zu einer Kugel zusammengeschmolzen war und im Munde Platz hatte, so daß sie es hineinstecken, kauen und das Eis und die Süße bis zum letzten Tropfen genießen konnten.

»Verschwindet, ihr Söhne einer ...«

Er sprach nicht zu Ende. Eine Eiskugel zerplatzte auf seinem Auge, und das bißchen Himbeersaft, das noch in Bobbys Eisrest gewesen war, rann wie Blut über seine Wange.

Noch ehe er sich von dem Treffer erholen konnte, zerspritzten die anderen Eisreste in seinem Gesicht, als hätte er sich einem Hagel von Geschmäckern und Farben ausgesetzt.

Sie hatten ihn im Dunkeln zurückgelassen. Als sie hinausgingen, schlossen sie die Türen. Er hörte sie zuschlagen und verstand nicht, was vor sich ging, aber als er die Augen öffnete und sich im Dunkel fand, lief er, die Türen wieder zu öffnen.

Die Türen seines Ladens am hellichten Tag von fremden Händen geschlossen! Ein böses Vorzeichen!

Ein Vorzeichen des Todes!

Er konnte sie gar nicht schnell genug wieder öffnen, eine nach der anderen. Wäre jemand in diesem Augenblick über die Straße gegangen oder wären der Richter, der Hauptmann und der Lehrer zurückgekehrt, sie hätten geglaubt, er wäre in Blut gebadet, jener Kommunist wäre wiedergekommen und hätte ihm das Gesicht mit Messerstichen gezeichnet, und ... dabei war es nur Sirup, infam, klebrig, lebendig und dick wie Blut ... Nein, ich bin nicht verletzt! ... Nein, ich bin nicht verletzt! wiederholte er wütend, befriedigt, umsurrt von Fliegen, die im Flug an ihm haftenblieben und sich wieder lösten, bis er auf den Hof ging, wo eine Tonne mit Regenwasser stand, und sich das Gesicht, das Haar, die Ohren, den Hals, die Arme wusch, sogar das Hemd mußte er ausziehen, um sich die Brust zu waschen. Bis auf den Nabel hatten sie ihn eingeschmiert. Er riß das Handtuch von der Leine, trocknete sich schnell ab und ging in den Laden zurück. Niemand. Die Fliegen. Die Fliegen, die den sirupübergossenen Mann suchten, den sie soeben noch unter ihren Beinchen, ihren Flügeln, ihren Saugrüsseln gespürt hatten.

»Ach, lieber Herrgott«, kam es ihm aus tiefster Seele, als er überlegt hatte, daß er sich an den Burschen nicht rächen konnte, weil sie Kinder reicher Leute waren, »schick uns den Streik, ich war dagegen, aber jetzt bitte ich dich darum! . . . Den Streik! . . . Den Streik! Auch wenn er das Erarbeitete in Dreck verwandelt, damit sich ihnen und uns und allen der Reichtum oder das, was wir haben, in Dreck verwandelt.«

16

Nur der Wind war so beweglich wie die von Bobby angeführte jugendliche Truppe. Die ewig dunstige Hitze, die zum Insekt, Reptil, Gifthauch, Sumpf wurde, die Schutzlosigkeit der Kreatur gegenüber der maßlosen Größe der Bäume, alles erregte sie, je näher sie der Küste, dem Branden und Wogen des gewaltigen Pazifischen Ozeans kamen, übersatt vom Schlingen der Früchte, die sie von den Zweigen abschnitten und die heiß waren wie aus dem Backofen gezogene Brote, vom Schlingen ohne Hunger, aus Gefräßigkeit, aus Gier, alle Freuden der Schöpfung hastig zu genießen. Nichts hielt sie auf. Hunger zu leben und rasch zu leben. Mann sein. Sich als Mann beweisen. Herr sein aus tief innerer Grausamkeit, nicht nur aus instinktiver, sondern auch ein wenig aus überlegter Grausamkeit, Herr sein über alles, was ihnen in die Hände fiel, und sich seiner bedienen oder es im Vorübergehen zerstören. Hier einen Vogel, dort ein Nest, da ein kleines Tier, einen Ameisenhaufen.

In allen Richtungen preschten sie vor, wohin sie wollten, voll ungestümer Entschlossenheit zu unterjochen. Welch unbezähmbaren Geist weckte die Siedeglut der Tropen in ihnen? Welche Kenntnisse aus Vorzeiten über die Materie, die Essenz, die Substanz des Lebens?

Toll vom Blau, trunken vom Licht, aus einer Welt üppig dahindämmernder Familien in eine Welt gischtender Probleme gestürzt, stürmten sie voran, ohne Ordnung, ohne menschlichen Gesetzen zu gehorchen. Jugendliche Auflehnung gegen alles, was Grenze und Maß war.

Der Ort, mürbe von Sonne und Nachmittagsschlag, war hinter ihnen zurückgeblieben. Ihr Ziel waren die Hänge mit den höchsten Palmen, wo sie sich mit den Mitgliedern der anderen Bande, den Söhnen der einheimischen hohen Angestellten der Gesellschaft, treffen würden. Die waren zahlreicher als sie, aber weniger entschlossen und nie pünktlich. Bobby und seine Jungen warfen sich längelang hin, um auf sie zu warten, vertrieben sich die Zeit mit Rauchen und Spucken, Zigaretten und Kaugummi, und einer hatte sogar in der Feldflasche eine halbe Flasche Whisky mitgebracht.

Schritte. Sie wandten die Köpfe. Aber es waren nicht die von der anderen Bande. Die würden kommen wie immer, schreiend und mit den Machetes fuchtelnd. Deshalb warteten sie auf die Jungen. Weil sie die Machetes mitbrachten, denn um nach unten, an die Mündung des wasserreichen Flusses zu gelangen, an die Stelle der »metallischen Visionen«, mußte man sich den Weg mit dem Buschmesser bahnen.

Die Schritte kamen näher und näher, und schließlich tauchte aus dem Gebüsch ein nackter, nur mit einem Schurz bekleideter Indio auf, ein zottiges Gerippe, die Zähne gebleckt vor Magerkeit und Augen wie dunkle, schillernde Seifenblasen.

»Niemand«, raunte er, als er ihrer ansichtig wurde, »wird je ankommen gegen das grüne Feuer. Niemand wird je dem grünen Feuer die Herrschaft über die Erde streitig machen, das in ihrem Inneren rotes Feuer und draußen grün wird. Vernichtendes Licht! Licht vermischt mit Salz! Licht gemischt ins Meer! Einmal wird die Maschine ermüden! Einmal wird den Fremden der Wunsch übermannen zu schlafen, und in diesem Augenblick, wenn er eben die Augen geschlossen, eben seine Maschinen zum Stehen gebracht hat, wird er und das Seine begraben sein, wird in Skelett und altes Eisen verwandelt sein, was einst menschliche Schönheit war und Metall, glänzend von Öl und Bewegung!

Die dunkelste Blindheit, die grüne Blindheit«, fuhr der Indio mit dem Stachelhaar fort, »die Blindheit der Pflanzenwelt, die vorwärts drängt, die berauscht und aufbläht, wird sich bemächtigen alles Lebenden und alles Toten, und die Wurzeln, aus der Erde hervorwachsend, werden Häuser und Bauwerke durchstoßen, durchbohren, heben und sprengen, werden Grundfesten, Mauern, Dächer, die Dämme der Stauseen zerstören, werden verlassene Kirchen bezwingen, gewaltsam in sie eindringen und von ihren Quadern nur Löcher, Spalten, rissiges Gemäuer übriglassen, damit der Wind daran rüttelt und es niederreißt!

Rito Perraj spricht durch meinen Mund! An seiner Statt lege ich Zeugnis ab für den, der Herr war, der Herr ist, der für immer Herr sein wird über diese Weiten, die jetzt in den Händen anderer Männer sind! Die Gewalt, nicht des Menschen, sondern der Elemente! Die Gewalt der Elemente und die Erwartung dessen, der weiß, daß an einem Tag, der noch ungewiß ist, aber sicher kommt, der Sieg und die Vertreibung der Fremden Wirklichkeit werden. Wehe dem, der des Nachts nicht wacht! Wehe dem, der sein Haus nicht verschließt! Wehe dem, der nicht weiß, daß die Augen der Begrabenen, weit geöffnet den Tag des Gerichtes erwartend, erst dann die Lider schließen und in Frieden schlafen werden!

Alles ist in Bewegung! Alles ist in Eruption! Alles ist in der Schlange! Die Bäume sind keine Bäume, sondern Teil der Pflanzenschlange, die aus der Erde kriecht, mit dem Regen vom Himmel fällt und mit weißglühendem Gift bedeckt, was sie zerstören muß!«

Ein Junge aus der Bande gab dem Indio drei five-cent-Münzen, damit er aufhörte, seine Sprüche zu raunen, und fragte ihn, ob er etwas über die »metallischen Visionen« wisse.

Der Indio weigerte sich, die Münzen anzunehmen, wandte den Kopf dorthin, wo die Sonne unterging, und sagte: »Feuerflut! Glanzflut! Metallflut! . . . Rito Perraj liest in diesen Visionen die Rätsel der Zeit . . . Spritzer aus Blut und Schaum aus Dunkelheit unter dem Regen kostbarer Feuer, die zerfallen in kleine und kleinste Tropfen . . .«

Abraham Lincoln Suárez, der Häuptling der anderen Bande, erschien an der Spitze seiner Schar. Er erklärte, man habe sie zu Hause nicht fortlassen wollen, und schon gar nicht mit den Machetes. Einige mußten aus dem Fenster springen. Deshalb kämen sie so spät und auch nicht vollzählig. Die Nachricht ging um, daß sich gestern abend eine Gruppe Anarchisten versammelt und geschworen haben, sämtliche Einrichtungen der Gesellschaft in die Luft zu sprengen: Elektrizitätswerk, Wassertanks, Petroleumbehälter, Brücken, Deiche, die Eisenbahnstation, den Ort . . .

Bobby preßte die Lippen zusammen, und seine blauen Augen starrten ins Leere. Das Wort Streik machte ihm wieder gegenwärtig, was er bei seinem schrecklichen Großvater erlebt hatte, als er das letzte Mal in Chicago war. Mochte der Indio drohen, daß das grüne Feuer der Erde, das unbesiegbare pflanzliche Leben, diesen ganzen wundervollen Reichtum zudecken würde, mochten sich die Anarchisten anschicken, ihn mit Dynamit zu zerstören und zu verschütten, schlimmer als sie alle waren die Streikenden, die auf friedlichem Wege das Imperium Maker Thompsons seinen Besitzern aus den Händen winden würden, Maker Thompsons, den er vor sich sah als einen bis auf die Knochen abgemagerten Mann, der im Gehen auf seinen langen Beinen schwankte, die Haut gelb und erdig, das graue Haar wirr unter dem Sturm der Hand, die ständig darin wühlte, heiser, speichelnd, über den Pupillen ein trübweißes Häutchen und voller Gier nach einer Zigarette.

Das war alles, was in einem immer noch kräftigen Thorax, dessen Rippen sich jedoch schon stark unter dem Pyjama aus Chinaseide abzeichneten, vom Grünen Papst übriggeblieben war.

Seine Mutter war dagegen gewesen, daß er bei ihnen blieb. Nach Pearl Harbour entriß sie den Sohn dem todkranken Großvater, aus dessen krebskranker, sich mehr und mehr verengender Kehle in endlosen Strähnen dickflüssiger Speichel rann, der von Krankenpflegern mit behandschuhten Händen aufgefangen wurde.

»Hier bei uns bleibt er nicht!« Seine Mutter duldete keinen Widerspruch. »Dorthin auf die Plantagen kommt der Krieg nicht. Dort ist er sicher.«

Der Großvater verlor die Fähigkeit zu sprechen. Er erstickte. In Bobbys Gegenwart führte man ihm mit Hammerschlägen eine Platinkanüle in die Luftröhre ein. Seine Angst zu ersticken war so groß, daß er sich nicht einmal rührte, als ihm die spitze Öffnung der Kanüle ins Fleisch schnitt. Sein Haar, seine Ohren, seine Kiefer, die er kaum noch schließen konnte, erzitterten, sooft der Arzt mit dem Hammer zuschlug. Schließlich, endlich sah Bobby, wie der Alte dankbar die Augen auf jemand, auf etwas, auf das Leben richtete, das durch jene winzige Öffnung in seine Lungen drang.

Sie erlaubten ihm, in kleinen Schlucken ein Glas Sekt zu trinken. Sie legten ihn auf ein Lager. Solange er lebte, wollte er den Enkel bei sich haben, aber die Ärzte hofften, die Geschwulst herausnehmen oder zumindest durch Tiefenbestrahlung reduzieren zu können, und währenddessen schwebte Bobby in Gefahr, Bobby, den der Alte zum Erben seines märchenhaften Reichtums eingesetzt hatte.

»Pearl Harbour! Pearl Harbour!« Diese Worte waren es, die seine rasende Mutter immer wieder ausrief. Bedurfte es noch weiterer

Argumente? Pearl Harbour!

Der Grüne Papst beugte sich vor ... Seine kalten Hände, die Kälte des Knochens, die unter der Haut ihr Eis und ihr Schweigen quellen läßt, drückten die Hände des Enkels ... Mochte er sterben, aber nicht der Enkel! ...

Er verlangte Feder und Papier, er konnte schon nicht mehr sprechen, und schrieb: »Laß mich hier bei mir ..., dort ist sein Leben in Gefahr ..., hör auf mich ..., schick ihn nicht auf die Plantagen ..., halt ihn fern von dort ..., halt ihn fern von dort ..., der Streik ...«

Die zitternde Hand konnte nicht weiterschreiben. Die Finger gehorchten ihm nicht. Aus der Kanüle drang ein gurgelnder, speichelnder Laut, als wollte er schreiend wiederholen, was er aufgeschrieben hatte und was seine Tochter nicht bereit war zu befolgen. Bobby würde mit dem ersten Flugzeug nach Mittelamerika fliegen, und der Alte hatte sich damit abzufinden.

Das Hurrageschrei der beiden Banden, die mehr Püffe als Begrüßungen wechselten, holten Bobby in die Wirklichkeit zurück. Sie marschierten los. Sie hatten Eile, noch vor Sonnenuntergang die Mangrovenwälder zu erreichen. Von Bobby und seiner Gruppe gefolgt, gingen Lincoln Suárez und seine Trabanten voran und schlugen mit den Machetes einen Weg durch die dicht wuchernde Pflanzenwelt, die sich zu bewegen, die mit ihnen zu wandern schien wie das Wasser eines Flusses. Man hörte nur noch die Hiebe der Machetes und die Bewegungen ihrer Körper, die sich durch das Buschwerk wanden. Allmählich, je tiefer sie zum Meere hinabstiegen, wurde das Gesträuch niedriger, wurden die Bäume zu versteinerten, bläulichen Wurzeln aus Lehm und Salz.

Einer stieß einen warnenden Schrei aus, und die singenden und pfeifenden und schwatzenden Jungen verstummten. Sie gingen über schwankenden Boden. Lianen und Wurzeln woben über den hinterhältigen Morast einen nachgiebigen, hängenden, weichen Teppich. Die verwegensten Jungen, die aus Bobbys Bande, durchbrachen den tastenden Vormarsch der Trupps und begannen zu springen, weil es ihnen Spaß machte, von dem elastischen Boden wieder hochgeschnellt zu werden.

Lincoln Suárez setzte dem ein Ende. Wenn sie weiter so sprangen, würde er mit dem Machete auf sie losgehen. Sie gingen über einen Sumpf, der sie unweigerlich verschlingen würde, wenn das Lianengeflecht nachgab.

Ersticken ist fürchterlich, aber im Schlamm ersticken ...

Der Vormarsch wurde gespenstisch, sie atmeten nicht, zwinkerten nicht, setzten die Fersen nicht auf in dem Bewußtsein, daß jeder Schritt der letzte sein konnte, bis sie am sandigen Ufer festen Boden erreichten und losrannten als hätten sie nach einer plötzlichen Lähmung ebenso plötzlich ihre Beweglichkeit wiedererlangt.

Sie kletterten riesige, rötliche Dünen hinauf und hinunter und betrachteten den Fluß, der von dort oben einer weiten Ebene glich, die mehr und mehr zu Wasser wurde, je näher sie dem Meer kam.

Die Schüsse ihrer Schleudern aus Schnüren und Schleudern aus Wachstuchsbändern mit Lehmkugeln so hart wie Blei halten weithin zwischen dem Blattwerk und den Stämmen, auf Schritt und Tritt hörte man die Opfer fallen. Eine Drossel. Aber was bedeutete es schon, unter Tausenden von Drosseln eine Drossel zu töten. Ein Eichhörnchen. Aber was bedeutete es schon, unter Hunderten von Nagetieren ein Eichhörnchen zu töten. Arme Jäger. Das Konzert von vierhundert kristallenen Kehlen in der Kehle einer einzigen Spottdrossel begrüßte sie. Und sie brachten den Tod in ihren Knabenhänden. Aber, der Tod . . ., welch lächerliche Vorstellung, der Tod eines Vogels, vieler Vögel von ihren Schleudern, dort, wo der Tod allgegenwärtig war wie das Leben!

Eingehüllt in eine Masse glühender Feuchtigkeit, stiegen sie hinab zu den Ufern, wo sie ohne die Schleudern stehengeblieben wären, reglos, um am Himmel verblüfft die Inseln aus Blumen zu verfolgen, die nicht Blumen, sondern Vögel waren, während im Wasser die Rochen plätschernd den Augenblick genossen. Orgie. Trunkenheit der Hitze. Weil sie die Hitze gekaut hatten wie Zuckerrohr. Schwüle des Spätnachmittags, der sich anschickte, seinen Fächer aus Glühwürmchenkaimanen, aus samtenen Pfeifen, aus gleitendem Wasser und Erdreich zu schließen. Auch sie glitten dorthin, wo die Wasser des Flusses so still waren, daß sie vermeinten, über einen Traumwald zu gehen, der sich zu ihren Füßen spiegelte, unter dem lebendigen Wald über ihren Köpfen, lebendig von Vögeln, Affen, Sittichen, Papageien, Aras, scharlachroten Vögeln, schwarzen Vögeln, Reihern mit rosafarbenem oder makellos weißem Gefieder. Nein, das war nicht mehr der Fluß. Das war ein Sternenschweif, der sich verlor im Meeresdunkel, auf dem Wolken aus Watte oder Traum lasteten. Sie blieben stehen. Pulsschlag der Verlassenheit. Einer schrie auf. Zwischen den blaugrünen, ewig durstigen, schläfrigen Mangroven rann Feuer. Sie rückten zusammen, drängten sich aneinander. Auf der Wasserfläche, unter der sich Feuer aus Farben zu entfachen schienen, wurde in einer beklemmenden Stille das Leuchten der brennenden Flüssigkeit immer stärker, bis es sie blendete. Die Wände der Luft wurden durchsichtig, glühend.

Und dieser Vision folgte die nächste und wieder eine, in immer grelleren Farben und unendlich eigenwilligen Formen, bis plötzlich, zischend wie rotglühendes Metall, das im Wasser versinkt, der letzte Barren des Tages erlosch.

Nahe dieser Stelle, wo der Erde das Zahnfleisch einschrumpft und die Mangroven schmerzen wie Zähne mit entblößten Wurzeln, verborgen den Blicken der beiden Jungensbanden, die zu fühlen schienen, daß dort jemand versteckt war, glühten andere Augen, hingerissen vom Anblick der »metallischen Visionen«, die Hauptmann Cárcamo als Vorwand benutzt hatte, um sich ein paar Schritte aus der erlaubten Zone zu entfernen, denn da sie jetzt praktisch mobilisiert waren, konnten sie sich nicht mehr frei bewegen.

»Andrei, man behauptet von dir, du seist Kommunist . . .«

»Man behauptet es, aber ich bin's nicht . . .«, es klang, als wateten sie beim Sprechen durch Wasser, »hast du mich hierherkommen lassen, um mir das zu sagen?«

»Ja, weil ich will, daß du das läßt, daß du aufhörst damit . . .«

»Ich habe dir doch gesagt, ich bin kein Kommunist . . .«

»Aber das Vertrackte ist, daß alle es glauben, und da sie schon hinter dir her sind, ohne groß zu untersuchen, werden sie dich an die Wand stellen, und ich, Andrei, ich weiß nicht, warum sich das in mir festgehakt hat, ich werde das Erschießungskommando führen müssen . . . Grausam . . . Du bist mein Jugendfreund . . .«

»Soll ich dir etwas verraten?« Andrés Medinas Stimme schwankte, bedrängt von den Hammerschlägen des Herzens in seiner Brust; er wartete die Antwort des Freundes nicht ab, er mußte es ihm sagen, es ihm ins Gesicht schreien, auf der Stelle . . .

»Soll ich dir was verraten?« wiederholte er. »Tu's nur, Bruder, wenn du das Kommando führen mußt, das mich erschießen soll, denn ich habe dich nicht erschossen . . .«

»Mich?«

»Als du die Papiere wegbrachtest, die du im Hause des Barbiers entdeckt hattest.«

»Deshalb also warst du von der Totenfeier verschwunden.«

»Ich lief hinaus und besorgte mir ein Gewehr, ein Kamerad ging mit mir, und wir waren beide fest entschlossen, die Papiere nicht auf die Kommandantur gelangen zu lassen . . ., die Stimme versagte ihm, »verzeih mir!«

»Und deshalb wolltest du mich töten?«

»Wie sollte ich sonst an die Papiere kommen?«

»Ja, freilich, nur über meine Leiche . . .«

»Und du würdest jetzt nicht mit mir sprechen«, er rückte näher, klopfte ihm herzhaft auf den Rücken, preßte seine Arme, als wollte er ihn neu formen, preßte sie mit der rauhen Herzlichkeit des Mannes, der endlich einen langen Alptraum abschüttelt, »und du würdest jetzt nicht mit mir sprechen, wenn du dort, wo wir dich erwarteten, allein vorbeigekommen wärest, aber dein guter Stern, Bruder, rettete dich — du trafst Hauptmann Salomé und seine verschlafene Streifen.«

»Mein guter Stern oder die Feigheit zweier Mutiger?«

»Feigheit ist gut! Wir haben da nicht im Hinterhalt gelegen und dir aufgelauert, weil wir mutig oder feige waren, sondern um einen Schlag zu führen, der notwendig für unsere Pläne war. Aber was hätten wir gewonnen, wenn wir dich erschossen hätten und die Streife davongekommen wäre? Hätten wir die Papiere an uns nehmen können, die du, selbst wenn du tödlich verwundet gewesen wärest, dem anderen Offizier übergeben hättest? Wenn du jemanden erschießen mußt, bist du dann feige oder mutig? Keins von beiden . . .«

»Tut es dir leid, Andrei?«

Andrés Medina hielt den Kopf auf die Brust gesenkt, als täte es ihm leid.

»In dem Augenblick tat es mir leid, ja tat es mir leid, ich muß aufrichtig gegen dich sein, aber heute würde ich es mir nicht verzeihen.«

»Warum würdest du es dir nicht verzeihen?«

»Du solltest es wissen . . .«

»Und du weißt vielleicht nicht, warum du es dir nicht verzeihen würdest?«

»Du solltest es wissen . . .«

»Und du weißt vielleicht nicht, warum ich es getan, warum ich das in mich gesetzte Vertrauen verraten habe. Auf diesen Papieren fand ich den Namen . . ., du weißt wessen, Rosa Gavidias, auf einem Briefumschlag . . . Ich weiß nicht einmal mehr, wann ich den Umschlag an mich nahm und in meinem Uniformrock versteckte, ihn an mein Herz drückte, das mich in jenem Augenblick ganz und gar beherrschte. Dann blätterte ich hastig alle Papiere durch, ich konnte gar nicht rasch genug schauen, ob der Name nicht noch an einer anderen Stelle stand.«

»Du hast uns einen großen Dienst erwiesen ...?«

»Andrei, auf wen schwört ihr Kommunisten?«

»Ich habe dir doch gesagt, daß ich kein Kommunist bin ...«

»Aber viel fehlt dir nicht dazu. Daß du einen Menschen töten kannst, der dir nichts getan hat ...«

»Und was tut ihr, wenn sie euch befehlen, jemanden zu erschießen? Und ihr seid keine Kommunisten!«

»Schwöre mir, Andrei, daß du über das, was wir reden, nie und nimmer sprechen wirst!«

»Wenn dir mein Wort genügt ...«

»Ich habe den Versuch gemacht, Rosa Gavidia warnen zu lassen, daß sie verschwinden, daß sie untertauchen muß, denn sie wollen sie fassen, tot oder lebendig. Vielleicht steht auch in den Papieren, die ich nicht mehr durchsehen konnte, ihr Name, ich sagte dir schon, es waren viele, und sie würden mehr Zeit brauchen, diese Papiere zu lesen, als Rosa Gavidia festzunehmen. Aber ich weiß nicht, ob die Warnung sie noch rechtzeitig erreicht hat, du könntest nachforschen ...«

»Ich weiß zwar nicht wie, aber ich verspreche es dir, und sobald ich Nachricht habe, treffen wir uns ...«

»Andrei, ich finde keine Ruhe, bis ich nicht weiß, daß ihr nichts geschehen ist, daß es nicht sinnlos war, unter Einsatz meines Lebens diese Papiere zu verstecken.«

Die beiden Banden machten sich auf den Rückweg, als die Nacht einfiel. Die Jungen schwiegen, weil sie sich zerstritten hatten im törichten Wetteifer, wer besser mit dem Machete umgehen oder zielsicherer mit der Schleuder schießen könne, und weil sie eine Wolke von Mücken, Moskitos und Stechfliegen durchquerten, die ihnen beim Sprechen in den Mund flogen, bis ans Zäpfchen, und die sie dann ausspuckten wie Kaffeesatz. Sie pufften sich, stumm, bewarfen sich mit Steinen, steckten sich gegenseitig kleine Krebse in die Taschen oder schoben sich eiskalte Frösche oder gepanzerte Insekten unter das Hemd. Aber dann sagte Lincoln Suárez etwas, und das verfeindete sie endgültig.

»Bevor du Märchen erzählst, lern lieber deinen Namen«, rief ihm Pichugallo Lucero im Spaß zu, »sonst passiert's dir hier auch, wenn der Streik ausbricht ...«

»Wart's ab!« unterbrach einer, man wußte nicht, von welcher

Bande, denn er stolperte und blieb zurück, man wußte auch nicht, ob er meinte, daß der Streik unmittelbar bevorstehe oder daß er etwas sei, was Pichugallos Augen nicht sehen würden.

»Also, Jungens, auch wenn der Streik nicht ausbricht«, fuhr Pichugallo fort, »will ich doch nicht, daß Federico«, alle lachten laut los, die einen wußten, warum er Lincoln Suárez Federico nannte, die anderen glaubten, er täte es, um ihn zu ärgern, »will ich doch nicht, daß Federico hier dasselbe passiert wie in Bananera . . .

»Was ist Lico denn passiert?« fragte mit unterdrücktem Lachen ein kleingewachsener, großköpfiger Junge, der vorausmarschierte, die Hände in den Hosentaschen, im Gesicht das Haar, schwarz und weich wie der Nachtwind.

»Soll er es euch erzählen!« Pichugallo tat, als wüßte er von nichts, stieß aber fortwährend die Jungen an, die neben ihm gingen, damit sie den Spaß weitertrieben.

»Ja, ja, soll er erzählen . . ., soll er erzählen!« verlangten mehrere Jungen aus Bobbys Gruppe, nicht weil sie es nicht wußten, sondern um Lincoln Suárez zu foppen. »Federico soll erzählen, soll erzählen, was ihm in Bananera passiert ist!«

»Lico, erzähle!« erklang irgendwo eine Stimme.

»Wenn er nicht erzählt, erzähle ich«, sagte Pichugallo.

»Lico, erzähle!« verlangte spöttisch dieselbe Stimme.

»Erzähle«, fuhr Pichugallo fort, »erzähle, Lico, daß sie dir die Tür nicht aufgemacht haben, obgleich du ganz laut gerufen hast: ›Ab . . . Ab . . . Abraham Lincoln Suárez!‹«

Geschrei . . . Gelächter.

»Aber schließlich haben sie doch aufgemacht«, rief eine Stimme, die eher ein Lachen war.

»Ja. Als sie seinen Namen hörten, öffnete eine Alte und sagte: ›Kommen Sie, Don Lico!‹«

»Hahaha!« Alle lachten. »Don Lico! Don Lico! . . . Hahaha . . . Er hat uns nicht gesagt, daß er Federico heißt!«

Aber das Lachen gefror ihnen auf den Zähnen, da sie zwischen den Lippen erschienen, fleischlos wie Gerippe eines weißen Zorns, tierisch, kindlich, trotz des dunkel drohenden Flaums, der bei einigen schon ein richtiges Bärtchen war.

Ohne sich um das Gelächter und die Spötteleien zu kümmern, sagte Lincoln Suárez: »Es ist kein Märchen. Es stimmt. Auf den Plantagen klemmen alle den Schwanz ein, Direktoren, Inspektoren, Verwalter, Aufseher, weil einer der Anführer des Generalstreiks, ein gewisser Tabio San, nach Tiquisate kommen soll. Jetzt wird's hier ganz schön brenzlig!«

In der Dunkelheit, in der sie ihre Gesichter nicht erkennen konnten, sahen sie einander eher durch das, was sie sprachen. Ihre Worte formten in Lauten ihre Gesichter und ihre Leiber, durchsichtig beides, nach innen und nach außen in Miene, Gedanke, Gebärde und Gefühl übereinstimmend mit der durchlässigen Klangfülle der glühenden Nacht, die gestirnt war mit goldenem Schweiß, zwischen dem weiten Meer, dem unermüdlichen Brechen der Wellen, und der Stille, gewoben von Spinnen, die aus dem Echo den letzten Tropfen Geräusch sogen, ohne die Musik des Weltalls zu erschöpfen.

Mehr als die mit Schweißwürmern bedeckten Gesichter sagten die Stimmen und Antworten der zu Bobby gehörenden Jungen über die Wut ihrer Familie gegen die Streikenden, die man hängen müsse.

»Habt ihr im Kino gesehen«, ertönte Bobbys Stimme, wie der Widerschein seines blonden Kopfes in lichtem Laubwerk, »habt ihr im Kino gesehen, wie die Körper der Erschossenen am Rauch der Maschinengewehre zu hängen scheinen? So muß man es mit den Streikenden machen. Tak-tak-tak-tak . . ., sie aufhängen am Rauch der Maschinengewehre . . ., tak-tak-tak-tak . . ., wie im Kino . . ., tak-tak-tak-tak . . .«

Bobbys Trabanten, Söhne reicher Familien, die durch die grünen Lungen ihrer Plantagen und ihrer Dollars atmeten, hörten deutlich das Rattern der Maschinengewehre, tak-tak-tak-tak-tak, und sie selbst hielten sie auf die Streikenden gerichtet, die am Rauch hängend starben . . . tak-tak-tak-tak-tak-tak . . .

Lincoln Suárez und die Seinen atmeten durch die künstlichen, aber fetten Lungen der Gehälter ihrer Väter, höherer Angestellter der Gesellschaft, sie waren zwar auch für drastische Maßnahmen, hielten es aber für richtig, die Streikenden anzuhören, ehe man sie am Rauch der Maschinengewehre aufhängte, um zu erfahren, was sie verlangten, und sie nach dem Gesetz zu erschießen, falls sie nicht nur Streikende, sondern so etwas wie Kommunisten waren.

Nach langem Streiten — welche Grausamkeit in den Worten, welche Angriffslust in den Mienen, welche Wut in den Gebärden!— stimmten Bobbys Trabanten zu, die Streikenden anzuhören, aber nur, wenn sie als Bittsteller und nicht als Streikende kämen, als Bittsteller, denen man mehr Lohn schenken könne, unter der Bedingung, daß sie mehr und besser arbeiteten.

Lincoln Suárez' Anhänger machten ihnen klar, daß es sich weder um Bittsteller handle noch darum, Lohn zu verschenken oder die Arbeitszeit zu verlängern. Im Gegenteil, was die Streikenden verlangten, sei mehr Lohn bei kürzerer Arbeitszeit.

»So fängt's erst mal an«, trumpften die Jungen mit den Machetes auf, »denn außerdem fordern die Streikenden!«

Pichugallo Lucero stellte sich neben Bobby, stieß ihn an und sagte sehr leise: »Verprügeln wir sie! Was heißt hier fordern?«

»Sobald wir zu den Laternen kommen«, antwortete Bobby zwischen den Zähnen.

Denn außerdem fordern die Streikenden . . ., in den Ohren der Millionäre klang es nach, was die Strolche aus Lincoln Suárez' Bande gesagt hatten. Fordern! Fordern! Fordern! Fordern!

Tak-tak-tak-tak . . . fordern! fordern! . . . tak-tak-tak-tak . . . fordern! . . . tak-tak-tak . . . for . . . tak-tak-tak . . . fort! . . . fort! . . . tak-tak-tak-tak-tak-tak-tak . . nichts . . ., sie fordern nichts, sie hängen schon am Rauch der Maschinengewehre . . .

»Prügeln wir die Idioten durch!« wiederholte Pichugallo schon lauter.

Der Gringo antwortete nicht, aber seine blauen Augen glitten, gefolgt von den schwarzen Augen Pichugallos, im Tiefflug über die Blätter der Machetes, die im Mondlicht in den Händen der Anhänger Lincoln Suárez' wie silberne Blitze funkelten, als sie einen Pfad durch den dunklen Busch schlugen.

Das Licht der Laternen gab ihnen ihre Gesichter zurück und löschte die Worte aus. Bobby stürzte entschlossen auf Lincoln Suárez zu, pflanzte sich ganz nah, nur einen halben Schritt entfernt, vor ihm auf und fragte scharf, während seine berühmte Linke schon zu einem Kinnhaken ansetzte: »Was fordern die Streikenden?«

Lincoln Suárez trat zurück, um Platz zu haben für den Machete, den er vor sich mit der Spitze auf den Boden stützte.

»Was fordern sie?« fragte der Gringo noch schärfer.

»Unter anderem«, Lincoln Suárez, gestützt auf den Machete, gelassen, Herr des Bodens, auf dem er hochaufgerichtet stand, sah seinen Gegner fest an, »unter anderem fordern sie, daß auf den Plantagen spanisch gesprochen wird und nicht englisch, daß die einheimische Währung gilt und nicht der Dollar, weil sie genausoviel wert ist, und daß die Landesflagge aufgezogen wird und nicht die Yankeefahne!

»Das ist Blödsinn!« schrie ihn der Gringo an.

»Für dich ist es Blödsinn«, Lincoln Suárez hob, ohne zurückzuweichen, den Machete und schulterte ihn, »denn du bist weder von hier noch von dort, und ... es hat schon seinen Grund, warum sie dich hier auf den Plantagen verstecken! ... Sag's doch! ... Brauchst es gar nicht zu verschweigen!«

»Um nicht in den Krieg zu gehen, meinst du? ... Schafskopf, du weißt ja nicht, wie alt ich bin!«

»Wir wissen alles. Du versteckst dich hier, weil du Angst hast, du könntest bei einem Bombenangriff umkommen!

»Ich, Angst?«

Die weit aufgerissenen Augen des Gringos glänzten wie zwei blaue Flammen in einem See bleichen Öls.

»Tu den Machete weg, und ich zeig dir, daß ich ein Mann bin!« schrie er wütend.

Lincoln Suárez, auf dessen schmaler Stirn sich das Haar sträubte wie eine Hahnenfeder, warf das scharfe Buschmesser seinen Freunden zu, sprang einen Schritt zurück und ging in Kampfstellung.

Eine Maschinengewehrsalve ließ sie erstarren ... tak-tak-tak-tak ... Einige warfen sich zu Boden ... Andere rannten nach Hause ... tak-tak-tak ... Jetzt war das Rattern Wirklichkeit geworden, das Rattern der Maschinengewehre war Wirklichkeit geworden ... tak-tak-tak-tak-tak ...

17

Die grünen Lichter gaben der Lokomotive freie Fahrt, die hin- und her fuhr und Güterwagen anschleppte. Manchmal schob sie die Wagen vor sich her, und dann begnügte sie sich, der Reihe der leeren oder beladenen Waggons, die sie in Bewegung bringen mußte, einen Puff, einen Stoß zu versetzen. Hatten sie das getan, verteilten sich die Wagen, dem Trägheitsgesetz folgend, die leeren schneller, die beladenen langsamer, auf den Gleisen, die einen nach dieser, die anderen nach jener Seite, und nur einige wenige blieben zurück und wurden zu dem Güterzug zusammengestellt, der bald abfahren mußte.

Schwingende rote Lichter, in den Händen der Arbeiter schaukelnd, gaben dem rangierenden Lokomotivführer die Richtung an, und drei Waggons rollten von Weiche zu Weiche bis auf ein totes Gleis zwischen Buschwerk und trüben, von Petroleum blinden Wasserlachen, wo sie stehengeblieben, wie vergessen von den Lichtern, die weiterschwangen.

Königspalmen und Kokospalmen. Die hohe, gedrängte Welt der Sterne. Die schmarotzende Hitze, von menschlichen Schweiß lebend, der am Körper klebt, sich mit dem Körper verbindet, das lebende Wesen auslöscht, es ersetzt durch eine gestaltlose, willenlose Masse — ein Schwamm aus unsichtbaren Welten —, die die Frische der Nacht sucht, um von einem bessern, einem erträglicheren, weniger erstickenden Klima zu träumen.

So dachte Florindo Key, verloren in der Brandung der Frösche, die das feuchte, milchige, schlaffe Wachstum der Bäume aufblähten, deren Köpfe sich nicht hoben, weil sie beladen waren mit Zweigfamilien und Sprossenkindern.

Als die drei Waggons auf dem gestrüppüberwucherten Gleis stehenblieben, erschien Paulino Vélez. Ein kräftiger, grobschlächtiger Mann mit einem goldenen Augzahn, der wie ein Glühwürmchen in seinem vom Tabakwaren schwarzen Mund blinkte, sooft seine Hand die Signallampe hob und hin- und herschwang.

»Er ist schon da«, sagte er und trat auf Key zu, »aber wir wollen noch warten.«

»Wollen Sie rauchen?« Florindo bot ihm eine Zigarette an.

»Nein, danke. Sie wissen doch, für mich ist Tabak nicht Rauch, sondern Spucke«, und in einem anderen Ton fügte er hinzu: »Gestern abend wollten die sich wohl einen Spaß machen. Ich weiß nicht, ob Sie die Maschinengewehre gehört haben. Angeblich probieren sie sie aus oder zeigen denen von hier, die nicht Bescheid wissen, wie sie damit umzugehen haben.«

»Wer das glaubt . . .«

»Das sage ich auch.«

»Sie machen es, um die Leute einzuschüchtern«, erklärte Key, »so spät am Abend werden sie doch nicht Unterricht im Maschinengewehrschießen geben! Schrecken verbreiten, das wollen sie.«

»Schrecken verbreiten, sagen Sie, so wie man auf den Plantagen Sulfat verspritzt, um die Schädlinge zu töten; aber wie die Dinge nun einmal liegen, machen sie mit solchen Scheinmanövern wie gestern abend die Leute nur wild. Und zum Glück hat der Mond keinen Regen gebracht. Das ist gut für uns, denn wenn es hier regnet, laufen die Menschen auseinander und sind zu nichts mehr nütze, weil ihnen der Mut naß wird. Wie spät haben Sie? . . . Ich zieh die Zeit wegen der Jungens ein bißchen in die Länge, sie wollen ihn sehen und mit ihm sprechen. Sie müssen doch wissen, woran sie sich halten sollten.

So viele Gerüchte, so viele Nachrichten gehen um. In der Hauptstadt scheinen sich die Studenten mit der Polizei angelegt zu haben.«

»Jedenfalls dürfen wir keine Zeit verlieren, es gibt mehr verborgene Augen als sichtbare Sterne, und wenn es viele sind, die mit ihm sprechen wollen, ist das bestimmt eine Unvorsichtigkeit . . .«

»Holen wir ihn also heraus«, Paulino ging zum letzten der drei Waggons, die abseits auf dem versteckten toten Gleis standen, »später erkläre ich den Jungens, daß er rasch verschwinden mußte.«

»Außerdem muß er da drin ja bei lebendigem Leibe verschmoren«, sagte Key und hielt sich dicht hinter dem kurzgewachsenen Vélez, dem auch noch der Kopf tief zwischen den Schultern steckte, weil ihm der Hals fehlte, lauter Mängel, die seiner Meinung nach wieder gutgemacht wurden durch ein paar endlos lange Arme. »Wir können ihn doch nicht da drinnen lassen, wenn es nur von uns abhängt, ihn herauszuholen«, sagte Key hinter Vélez, während sie sich durch ausgedörrtes Gesträuch und Stacheldraht, den der zornige Wind von den Einfriedungen abgerissen hatte, einen Weg bahnten. »Was er sich wohl denkt, ich kann's mir vorstellen; zumindest, daß alles entdeckt ist und daß er im selben Waggon über die mexikanische Grenze ins Exil fahren muß!«

Paulino schob die Tür des Waggons auf, nachdem er die Plombe entfernt, das Schloß geöffnet und die Ketten herausgezogen hatte. Die ganze Nacht schien mit ihnen zu schweigen, zu schweigen und zu lauschen, ob sie nicht kämen, ob die Geräusche, die wie Schritte klangen, das Fallen der Tautropfen waren, die von den Blättern rannen. Niemand. Das Schnauben der Lokomotive, die weiter hin- und herfuhr, wie der Kopf einer Feuerschlange, die hin- und herfährt, ihre Teile sammelt, ihren Körper aufs neue zusammensetzt, um ihn dann hinter sich herzuziehen. Und der Gegensatz zwischen dem durchdringenden Zirpen der Zikaden und dem Quaken der Frösche.

Florindo blickte durch den Spalt in das dunkle Wageninnere und sagte: »Tschoss, tschoss, moyon, konn!

»Key!« hörten sie von drinnen die Stimme Tabio Sans und seine in der Dunkelheit tappenden Schritte.

»Octavio Sansur!« Florindo sprach ihn mit seinem vollen Namen an, als er ihn umarmte.

»Du hast ja noch jemand mitgebracht«, rief Tabio San, die Begrüßung abkürzend, »Paulino Vélez, und wie immer das Jackett übergehängt und die Kehrseite nach außen!«

»Sie wissen doch, Genosse«, antwortete Vélez und dehnte behaglich die Schultern, während er ihm die Hand schüttelte, »das Jackett mit der Kehrseite nach außen ist meine Fahne.«

»Wie war die Reise?« fragte Key; seine Stimme wurde von San übertönt: »Jungens, habe ich einen Durst! Das Wasser ist mir schon vor einer ganzen Weile ausgegangen, und die Hitze hat mir fürchterlich zugesetzt, und dann noch dieser Zug, der einfach nicht ankommen wollte!«

»Und Wasser habe ich nicht!« rief Paulino verzweifelt aus. »Was ich mitgebracht habe, ist Schnaps.«

»Dann her damit, was, Florindo? Hauptsache, es ist flüssig«, meinte San, sprang mit einem Satz aus dem Waggon, glücklich, dem Gefängnis entronnen zu sein, in dem er von der Hauptstadt bis Tiquisate endlose Stunden zugebracht hatte, und griff nach der Flasche. Nichts hatte es ihm genützt, zu schlafen, sich die Reise dadurch abzukürzen, denn während er schlief, hatte die lange Reihe der Güterwagen auf einem Nebengleis gestanden, offensichtlich um einen Personenzug durchzulassen.

»Das ärgste war«, erklärte Tabino San schwitzend, »daß ich zwischen unverpackten, nur in Holz gerahmten Glasplatten saß, wodurch sich mein Durst noch vergrößerte, denn mal erschienen sie mir wie riesige Eisblöcke, die mit mir eingesperrt waren, mal wie Wasserspiegel, auf denen ich schließlich Wellen und Blasen zu sehen glaubte . . .«

»Und Malena?« fragte Florindo hastig, während Paulino die Tür des Waggons schloß.

»In der Hauptstadt, versteckt«, berichtete San, »es gelang ihr zu fliehen und . . .«

»Du wirst noch Zeit finden, es mir zu erzählen«, Florindo behielt das unter seinesgleichen übliche »du« bei, »mir genügt es, wenn ich weiß, daß sie fliehen konnte.«

»Sie ist ihnen mit knapper Not entwischt . . .«

»Zu Diensten«, sagte Paulino, der sich zu ihnen gesellt hatte, dann wandte er sich an Key: »Ich glaube, es ist am besten, ich gehe vor und lasse den Motor an, damit wir gleich losfahren können, sobald ihr eingestiegen seid.«

»Ein guter Gedanke«, erwiderte Florindo und gab ihm die Schlüssel zu dem kleinen Lieferwagen, mit dem er die Medikamente und abgepackten Heilmittel in die umliegenden Ortschaften brachte, wo er sie an die Apotheke verkaufte. »Aber lassen Sie ihn an, ohne viel Gas zu geben, damit er keinen Lärm macht; ein sanfter Start mit wenig Gas . . .«

»Bevor ich es vergesse«, Paulino blieb stehen, »es wird erzählt, daß der Genosse«, er blickte Tabio San an, »in der Hauptstadt als Aschenmann gearbeitet hat, und das merkt man ihm an, denn seit ich ihn zuletzt gesehen habe, ist sein Haar weiß geworden, als wäre ihm die Asche an den Schläfen haftengeblieben.«

»Wir sind alt geworden, aber das macht nichts, wenn wir nur die Dinge verwirklichen können, von denen wir träumen . . .«

»Wir haben alles bei uns«, sagte Key, als er sich hinsetzte und der kleine, von Paulino gelenkte Lieferwagen losfuhr, Tabio San hatten sie in die Mitte genommen, »Medizin, Waffen, Essen, Getränke und die letzten Flugblätter, die uns zugeschickt wurden und die wir unter dem Kirchendach versteckt hatten. Paulino hatte den Auftrag, sie herunterzuholen.«

»Ja, ich habe sie gestern abend heruntergeholt«, sagte Paulino, während er die Wegrichtung mit dem Lenkrad »modelte«, wie er sich auszudrücken pflegte, »der Text der drei Flugblätter ist sehr gut, aber am besten hat mir das Blatt mit der Überschrift ›Freiheit und Brot‹ gefallen.«

Man hörte das sprudelnde Brodeln der Schwarzebohnensuppe, in der die Küste siedete, die in der Nacht noch unermeßlich war.

»Wo wollt ihr die Versammlung abhalten?« fragte San.

»Die erste am ›Strand der Goldsucher‹«, antwortete Key, »wir wollen mehrere machen.«

»Am ›Strand des Goldsuchers‹«, verbesserte Paulino, während er ununterbrochen die Wegrichtung mit dem Lenkrad modelte. »Es geht nicht an, daß ein paar Esel willkürlich den Namen des Strandes ändern, der hieß schon immer so, weil in der Nähe die Höhle des Goldsuchers liegt, in die sich, wie es heißt, die millionenschweren Gringos hätten retten können, die der Wirbelsturm umbrachte; wären sie dort geblieben, hätten sie sich gerettet.«

»Die Bananenschlepper bestehen darauf«, erklärte Florindo, der sich ärgerte, daß Paulino immer und überall seinen Senf dazugab, »daß der Strand so genannt wird, sie haben dort ihren ersten Streik vorbereitet, und sie selbst nennen sich ›Die Goldsucher‹.«

»Ein hübscher Name für eine illegale Gruppe«, meinte Tabio San, »aber da wir gerade von den Bananenschleppern sprechen, was ist eigentlich aus Juambo geworden, ihr erinnert euch, aus diesem starrköpfigen Mulatten, den ich mit aller Macht herumkriegte, an die Küste zu gehen, weil ich sicher war, daß er uns sehr nützlich sein würde, und der dann zu nichts taugte?«

»Der ist halb verrückt«, erwiderte Paulino rasch, und Key, wütend darüber, daß er ihn nicht zum Schweigen bringen konnte, erschien er wie ein Ungeheuer, das ohne Körper am Lenkrad saß, nur mit einem großen Kopf und zwei langen, langen, behaarten, endlosen Armen.

»Ich wollte nur wissen, ob er tatsächlich als Schlepper gearbeitet hat, er war doch schon viel zu alt dazu.«

»Hat er. Und bei der Arbeitsniederlegung hat er keine schlechte Rolle gespielt«, antwortete Florindo, »aber danach ist er fortgeblieben. Er teilt seine Zeit zwischen seiner hundertjährigen Mutter und seinem Vater, den er ausgräbt und wieder eingräbt, um zu sehen, was mit seinen Augen ist. Er hat das mit den Augen der Begrabenen ernst genommen . . .«

»Er hat keine schlechte Rolle gespielt, aber sie haben ihm nicht getraut«, trumpfte Paulino auf.

»Ich habe mich damals nach Kräften bemüht«, fuhr Florindo fort, »ihn zu überzeugen, daß er wie geplant im Direktionsbüro arbeiten müsse, wo er ganz leicht hineingekommen wäre, denn Bobby Thompson, der Enkel des Präsidenten der Gesellschaft, hält sich immer noch bei den Millionen-Luceros auf. Gibt es eine bessere Empfehlung? Bessere Beziehungen?«

»Ja, glänzende Beziehungen!« warf Paulino ein. »Ich brauche Ihnen nur zu erzählen, Genosse, daß Bobby eines Tages, als er erst ganz kurze Zeit hier war, zu Pferde vor dem Büro des Direktors erschien . . .«

»Was macht der Junge hier?« fragte San, den Blick auf das dunkle Band des Bodens gerichtet, das die Räder des Wagens in stetiger Fahrt verschlangen.

»Erst hieß es, er wäre nur vorübergehend hier«, sagte Key, der fast ohne Atem zu schöpfen weitersprach, damit ihm Paulino Vélez nicht ins Wort fallen konnte, »und dann ist er einfach geblieben . . .«

»Und keiner weiß, was er eigentlich hier treibt!« konnte Paulino endlich einwerfen.

»Offenbar«, fuhr Florindo fort, »hat es in Chicago zwischen der Mutter und dem Großvater des Jungen eine große Auseinandersetzung gegeben. Die Mutter fürchtete, die Deutschen könnten Chicago bombardieren, deshalb wollte sie nicht, daß der Sohn dort bei ihnen blieb, und schickte ihn auf die Plantagen. Damit hatte sie recht. Hier ist er sicherer. Die Plantagen sind wahrscheinlich das letzte, was die Deutschen oder die Japaner bombardieren würden. Aber der Alte, der langsam am Kehlkopfkrebs stirbt, hält den Enkel hier für gefährdeter, wegen der Streiks. Kindisches Gerede, wer wird dem Bengel schon was tun!«

»Durchaus kein kindisches Gerede!« sagte San und wandte sich auf seinem Sitz um. »Als echter Gangster glaubt er, wir würden den Jungen entführen, um von ihm die Verbesserungen zu erpressen, die wir fordern.«

»Das wäre eine Idee«, meinte Paulino.

»Eine Yankee-Idee«, schnitt ihm San das Wort ab, während der kleine Lieferwagen anhielt.

San würde zu Fuß mit Florindo weitergehen, und Paulino würde zurückkehren und den Wagen in die Garage fahren.

Sie verabschiedeten sich. Paulino streckte den großen Kopf und den langen Arm mit der kleinen Hand am Ende vor, um Tabios Hand zu schütteln, und erwähnte noch einmal die Asche an seinen Schläfen. Ja, er war schon alt, ein Mann von schwächlicher Konstitution, der nur ausnahmsweise schwere Arbeit hatte verrichten müssen, mit nahe beieinanderliegenden, freundlichen, lebhaften Augen und ein paar Falten um den Mund und auf der Stirn.

Als sich der Lärm des Motors und das Licht der Scheinwerfer verloren hatten, war ringsum alles dunkel und still. Augen und Ohren gewöhnten sich nur langsam wieder an die phosphoreszierende Asche der Sterne, Glutstückchen, die von dem riesigen Backofen herabhingen, und an die Geräusche der Nacht.

Die ersten Schritte, und schon hieß es um sich schlagen. Der Angriff des geflügelten, summenden, angriffswütigen Giftes war nicht abzuwehren. Die Mücken fraßen sie bei lebendigem Leibe. Rascher gehen. Dasselbe. Besser, nicht darauf achten. So viele waren es, daß sie sie bisweilen, statt zu verjagen, von sich abstreiften wie eine Kruste, die auf dem Schweiß haftete; Tropenfunken, dachte Key, während San berichtete: »Malena konnte fliehen dank Rámilas Warnung, die gerade noch rechtzeitig kam, aber um ein Haar wäre sie geschnappt worden. Sie war nicht in der Schule, als sie kamen und sie holen wollten. Das war ihr Glück. Sie war in die kleine Töpferschule gegangen, die sie in der Nähe von Cerropom eingerichtet hatte. Und von da kam sie schon nicht mehr zurück. Aber sie durchsuchten nicht, sie plünderten, und nicht nur die Sachen, nicht nur ihre Sachen, sie plünderten die ganze Schule, statt wie üblich das Personal zu schlagen. Im Gefängniswagen brachten sie den Direktor der Knabenschule, den Leiter der Töpferschule, Popoluca, Indalecio Populica, einen prächtigen Alten, und eine junge Lehrerin in die Hauptstadt, sie heißt . . . Ana María . . ., Ana María . . ., wie war doch der Familienname . . .«

»Hier«, sagte Key, »haben sie gestern den Lehrer Juventino Rodríguez wegen Landstreicherei festgenommen, aber wir fürchten, daß ihn jemand denunziert hat, weil er den Streik unterstützt.«

»Also, aufrührerische Lehrer, das hat es bei uns noch nicht gegeben!« rief Tabio aus. »Das war immer die Berufsgruppe, die sich am meisten gefallen ließ. Die Studenten dagegen, und das ist verständlich, waren von jeher rebellisch. Aber die Lehrer!«

Sie schwiegen. Bis in die Zähne spürten sie die Maßlosigkeit der Zikaden, deren grelles Zirpen ihnen in schwirrenden Wellen ins Ohr drang, und auf ihren Lidern, die schwer waren von Schlaf, Hitze und Müdigkeit, lastete das einfältige Quaken, mit dem immer dieselben Frösche immer dieselben Buchstaben buchstabierten . . . ae . . . ae . . . ao . . . ao . . . ae . . . ao . . .

Sie hörten die Vokale und ihre Variationen so klar und deutlich, daß sie glaubten, das Losungswort einer weithin reichenden Verschwörung der Lurche gegen die Sterne zu vernehmen.

Und sie dachten: Was waren sie selbst denn anderes als Frösche, die aus den Lachen des Elends hervortauchten und angesichts des Gestirns der Bananengesellschaft das Tschoss, tschoss, moyon, konn der Mulatten abwandelten?

Am gleichen Abend, früh am gleichen Abend, wiederholte Juambo diese Laute, unsichtbar, kauernd, begraben . . .

Was war das? Waren es Leuchtkäfer? Waren es Glühwürmchen?

Lichter waren es, die über das Gerüst an der Kirche hochkletterten und oben wie Leuchtkäfer unter dem Gebälk des Daches umherirrten, hierhin leuchteten, dorthin leuchteten, und als sie nicht fanden, was sie suchten, in blitzenden Sprüngen wieder hinabsausten.

»Wißt ihr was«, sagte Pichugallo Lucero, als alle wieder verblüfft unten standen und die Taschenlampen gelöscht hatten, »wißt ihr, wohin sie meiner Meinung nach die Pakete geschafft haben? Auf den Friedhof . . .«

Die Bande brach in lärmendes Gelächter aus, und einer der Jungen rief: »Um sie an die Toten zu verteilen, was, Pichugallo? . . . Hahaha . . ., jeder Tote hält ein Flugblatt in der Hand und liest ›Generalstreik‹, ›Gerechter Streik‹ oder was sonst drinsteht . . .«

»›Freiheit und Brot‹«, wiederholte ein anderer die dritte der drei

Überschriften, die sie auf dem Packen mit den Flugblättern gelesen hatten, als sie ihn am Morgen zuvor zwischen den Dachbalken der Kirche entdeckten.

Bobby verzog keine Miene.

»Auf dem Friedhof . . .«, sagte er, es war ein toller Vorschlag und ein Abenteuer, und schon im Gehen fragte er: »Ist er in der Nähe? . . . Nicht weit von hier? . . . Wer kennt sich aus?«

»Ich weiß, wie man hinkommt, ohne durch den Ort zu gehen, aber man muß über eine Menge Zäune klettern.

»Vorwärts, boys!« befahl der Gringo.

Die einen sprangen über den Stacheldraht der Einfriedungen, die anderen krochen unten durch, auf Knie und Ellenbogen gestützt, und so stürmten sie den Friedhof, auf dem sie nun standen, zwischen Papayabäumen voller Früchte, Göttinnen mit vielen Brüsten und metallisch rauschenden Palmen. Nichts verriet, daß der Ort ein Friedhof war, außer den Kreuzen, falls man sie sah, denn nicht die Dunkelheit verbarg sie — überall kreuzten sich die Strahlenbündel der Taschenlampen, die die Jungen der Bande in den Händen hielten —, sondern die wild wuchernde Vegetation, die Kreuz und Tod verschluckte.

Die Insekten und das Geziefer wurden rasend von dem Licht der Eindringlinge; die Eulen erwachten, das Hausgeflügel der Toten; die Lichtstrahlen durchbohrten nach allen Richtungen die im Gestrüpp versunkenen Gräber. Und plötzlich blieben die Jungen wie erstarrt am Rande einer Grube stehen, aus der Geräusche und Sprechen drangen.

Bobby, der wegen seiner Länge, seiner Fähigkeit, sich zu strecken und den Hals zu recken, von oben überblickte, was in der von Lichtpfeilen durchbohrten Tiefe geschah — dort, dort, dort, dachten alle, sind die Flugblätter versteckt —, beobachtete, daß jemand einen menschlichen Leichnam eingrub, mehr Knochen als Fleisch, die Haut wie die Schale von Früchten, Haarreste auf dem Kopf und Zähne, die aus dem lippenlosen Mund ragten.

Der Gringo wich zurück, bleicher als der Tote, unfähig, zu sprechen, in kaltes Wasser gebadet, eisiger Schweiß über dem heißen Schweiß, und er wäre voller Grausen geflohen, hätte er nicht bemerkt, daß der Mann, der mit der Leiche hantierte, man wußte nicht, ob er sie eingrub oder ausgrub, Juambo war.

Der Mulatte, gehetzt von den Lichtern der Taschenlampen, eingefangen in dem engen Raum der Grube, rührte sich nicht, als er unter den Gesichtern, die einen Regen brennender Augen auf ihn niedergehen ließen, den Enkel seines Herrn erkannte.

Pichugallo, der neben Bobby stand, fragte den Mann, was er treibe, warum er die sterblichen Reste entweihe.

»Ich spreche mit Toten! Vater sprich mit mir!«

»Barbar!« schrie Bobby schaudernd.

»Vater mich nicht aussetzen im Busch, nein! Ich ihn hier fragen, und er mir sagen nein! Vater mich schenken an Großvater von Bobby, das ja, mich nicht aussetzen im Busch, damit Tiger mich frißt, das nein! . . . Wer mir das gesagt hat?« Er hörte Stimmen und sprach weiter: »Großvater von Bobby hat es mir gesagt, einmal, zweimal, dreimal, hundertmal, tausendmal . . .« (»Er hat es dir im Scherz gesagt . . .«) »Er hat es mir im Scherz gesagt? . . . Vater, nein, Vater hat mich nicht im Busch ausgesetzt, damit Tiger mich frißt! Und ich ihm ausgraben, sprechen mit ihm, ihn um Verzeihung bitten, ihm die Augen schließen, die Augen des mit offenen Augen Begrabenen, wie alle Armen, die sterben und noch als Tote hoffen . . ., hoffen . . ., ich ihn ausgraben und ihm um Verzeihung bitten, für mich, für den Tiger, der mich nicht fraß, für Anastasia, die ihn im Stich ließ . . .« (Er schüttelte die Leiche.) »Verzeih, Vater, Vater, verzeih, daß ich dich verfluchte, daß ich vor Ekel ausspuckte, sooft ich deinen Namen hörte! Ich bin dein Blut und werde sein deine Knochen! Auuuuu . . ., auuuuu«, heulte er, »auuuuu . . ., auu . . ., auuuu!«

Und während er heulte, ließ er die Leiche in ein Loch gleiten, behutsam, um zu verhindern, daß sie beim Fallen hart aufschlüge. Und doch, wie hart schlug sie unten auf! Man hörte das Krachen der Knochen im blinden Raum des Todes. Als die Leiche verschwunden war, kauerte sich der Mulatte still hin und murmelte wie für sich: »Tschoss, tschoss, moyon, konn! . . . Tschoss, tschoss, moyon, konn«, so leise, daß man nicht hörte, was er sagte.

Die Jungen glaubten, er bete. Später versuchten sie, ihn mit Steinen zu bewerfen. Aber Bobby widersetzte sich, er sprang sogar in die Grube, wo dem Mulatten, der unaufhörlich seine Klage wiederholte, die ersten Steine auf Arme und Rücken schlugen. In der klebrigen Feuchtigkeit der aufgeworfenen Erde, heißer Erde, der Dunstschwaden entströmten, die nach Kräuterabsud stanken, stolperte Bobby zwischen frisch ausgerissenen Wurzeln und alten, zertrümmerten Baumstämmen über andere Leichen.

»Holt mich nicht raus hier!« protestierte der Mulatte. »Begrabt mich! Begrabt mich! Nein, Bobby! Hol mich nicht raus, Bobby!«

Die Bande floh entsetzt, zuerst jeder für sich und dann alle miteinander, als sie sahen, daß der Gringo gewaltsam einen Verrückten aus der Grube zu zerren suchte, der sich für tot hielt und Bobby bat, er möge ihn begraben.

Pichugallo, der treueste, zauderte, aber es half nichts, stärker als er war die Angst seiner Beine.

Und nichts wie nach Hause, nach »Semírames«. Er kroch, am ganzen Leibe zitternd, ins Bett, unter das Bettuch und erschauerte bei dem Gedanken, daß der Gringo im selben Zimmer mit ihm schlief, in dem Bett dort, das jetzt leer war, und daß er jeden Augenblick eintreten würde, kommen würde mit . . ., mit . . ., mit . . ., er wagte nicht, es auszusprechen — mit dem Verrückten, der mit einem Toten spielte . . .

Als Bobby kam, schlief Pichugallo schweißüberströmt und nackt auf seinem Bett, und auf dem Boden lag das Bettuch wie ein weißer Hund, so wie es hinuntergefallen war, ein treuer, wachsamer Hund, längelang ausgestreckt, ein Ohr eingeknickt und die Schnauze auf den Vorderpfoten.

Bobby weckte Pichugallo und sagte: »Mit der Bande ist es aus! Ihr habt mich im Stich gelassen, ihr feigen Kerle! Morgen sagst du allen, daß es mit der Bande aus ist!«

Pichugallo antwortete nicht. Mit halbgeschlossenen Augen lag er da, begriff, daß Bobby recht hatte, und schlief wieder ein.

Das Leiern der Frösche ae . . . ae . . . ao . . . ao . . . ae, das Tabio San und Florindo Key, als sie auf offenen Feld aus dem Fahrzeug gestiegen waren, wie das Losungswort der Lurche geklungen hatte, maß mit Lauten die verrinnende Zeit, verwandelte das Fließen des Wassers, das so sehr dem verfließenden Leben gleicht, in chronometrisches, rhythmisches Lautieren — ae . . . ae . . . ao . . . ao . . . ae . . .

»Wie sich herausstellte«, sagte Key, »brauchten wir Juambo gar nicht in den Büros. Ein hoher Angestellter, der Zugang hat zur Direktion, zur Verwaltung, zu allen Seiten, hat uns sehr gute Informationen geliefert.«

»Ein Einheimischer?« fragte San.

»Ja, aus der Hauptstadt«, erwiderte Florindo, »einer von diesen Hauptstädtern, die hier fern von ihren Freunden und ihrem Klub leben und denen außer ihrer guten Handschrift und ihrer einschläfernden Konversation nur noch ihr Name, ihr Englisch, einige Kenntnisse in der Buchhaltung und ihre Verbindungen geblieben sind. Anfangs war ich höllisch mißtrauisch gegen ihn. Er erzählte mir, wir hätten uns in der Hauptstadt, bei den Französinnen kennengelernt. Das war nicht gerade eine Empfehlung. Er erklärte mir, er gehe nicht dorthin, um herumzusumpfen, sondern weil er sein Französisch nicht vergessen wolle. ›Ich gehe auch dorthin, um mein Französisch aufzufrischen‹, antwortete ich ihm, ein Zyniker dem anderen. Dann redete und redete er und beklagte sich schließlich über die Gesellschaft. Ich nahm es nicht wichtig. Das machen alle einheimischen Angestellten, und ich weiß nicht, ob es die Yankees nicht auch machen, vom höchsten herunter bis zum letzten: sich über die Gesellschaft beklagen, im Vertrauen, unter Freunden, ›nur für Sie, Sie dürfen es aber nicht weitersagen . . .‹«

»Banditen!«

»Aber er ließ es nicht bei den Klagen bewenden. Eines Tages begann er ganz unverhofft über den Streik zu sprechen, er kritisierte, daß diejenigen, die ihn planten, sich mit den üblichen Forderungen begnügten, während es doch darauf ankomme, weiterzugehen und die Gesellschaft zum Nachgeben zu zwingen. Ein Provokateur, dachte ich und tat, als verstünde ich nicht und als interessierte mich nicht, was er sagte. Er besuchte mich öfters, denn er sammelt . . . was glaubst du wohl?«

»Präservative . . .«

»Wegen der Französinnen«, Key lachte, »aber du bist nahe dran. Er sammelt Verpackungen von Medikamenten.«

»Volle oder leere?«

»Ich weiß nicht, aber er reißt mir mit der Gier eines Süchtigen die Arzneimuster aus den Händen, die auffallende Verpackungen haben, auch Röhrchen mit Pillen, die wie Blutstropfen aussehen . . .«

»Und was für Vorstellungen hat der Narr vom Streik?« fragte San.

»Dieselben wie wir . . .«

»Was du nicht sagst!«

»Selbstverständlich habe ich mich gehütet, etwas zu sagen.«

»Wohl eher ein Spitzel als ein Provokateur . . .«

»Das habe ich auch geglaubt. Bis ganz zuletzt habe ich geglaubt, er sei ein Spitzel. Aber wart mal, ich muß mich erst orientieren, sonst verlaufen wir uns noch beim Schwatzen.«

Er hob das Gesicht zum heißen, sternenübersäten Himmel. Auch von der Erde spürte man den brennenden Dunst aufsteigen. Die drückende Nachtluft atmete den starken Duft glühender Blumen und den öligen Geruch reifer Bananen.

»Komm weiter, wir gehen richtig«, sagte Key und setzte Weg und Gespräch fort. »Das Dokument bewies mir, daß er uns ehrlich helfen wollte. Du selbst hast es in Händen gehalten. Er hat länger gebraucht, es mir zu übergeben, als ich brauchte, um es dir zu übermitteln.«

»Es stammt also von ihm?

»Sehr wertvoll, nicht wahr?

»Selbstverständlich, vor allem in diesem Augenblick, weil es uns ermöglicht, auch wenn es nicht die Meinung des Außenministeriums enthält, die Denkweise des Präsidenten Roosevelt kennenzulernen, der, mit Verlaub gesagt, ohne Sachkenntnis über diese Angelegenheit spricht.«

Als Key schwieg und ihn überrascht ansah, fügte er hinzu: »In alldem, mein lieber Florindo, steckt ein Irrtum, der uns zugute kommt und den wir ausnützen können. Als Präsident Roosevelt sich auf unseren Streik bezog, urteilte er wie ein Staatsmann, in dessen Land der Streik ein Recht ist, kein Verbrechen wie bei uns. Dabei ging er davon aus, daß es sich tatsächlich«, er betonte Wort für Wort, »nur um einen Streik handelt! Es ist aber die Sintflut. Wir werden das ganze Land, nicht nur die Bananengesellschaft, mit einem Meer von sozialen Reformen, einem Wassersturz von Arbeitsgesetzen überschwemmen! Wir werden unsere Wirtschaft befreien!« San hielt inne und nieste.

»Gesundheit!«

»Danke!«

»Ich weiß nicht, ob dir bekannt ist«, sagte Key, daß die Gesellschaft auf Grund eines ultimativen Vorschlags unserer Regierung eine Aufgabe nach Washington geschickt hat mit der fadenscheinigen Behauptung, der Streik schwäche die Front der Alliierten. Wenn das so ist, antwortete Washington, dann muß man mit den Arbeitern verhandeln. Aber wie soll die Gesellschaft verhandeln, wenn die Bestie auf dem Präsidentenstuhl genau weiß, daß das geringste Nachgeben auf diesem Gebiet ihren Sturz bedeutet, und wie wollen sie andererseits die Bewegung im Blut ersticken, wenn Washington sagt: verhandeln . . .«

»Das beweist, daß die Diktatur und die Gesellschaft, daß die Trusts und die Gewaltregimes, um es weiter zu fassen, nicht voneinander zu trennen sind, und wenn das Plagiat erlaubt ist, möchte ich sagen, so wie die Wolke in ihrem Schoß das Gewitter trägt, so trägt die Fruchtgesellschaft die Diktatur in sich.«

Der Streikführer hielt inne, wechselte den Ton und sagte: »Bis zu der Unterkunft scheint es ja noch ziemlich weit zu sein. Zum Teufel mit der Küste, sie macht einen müde! Hast du eine Zigarette, Key?«

Nach den ersten Zügen sagte er mit tief vertraulicher Stimme, mit der man seine innersten Gedanken preisgibt: »Rauchen ist für mich Rauch in die Luft blasen. Den Rauch ausstoßen, sehen, hören. Für mich und vermutlich für alle Raucher, deren Laster nicht der Tabak, sondern die Unbeständigkeit ist . . .« Und nach einer Pause: »Der Rauch, Genosse, Key, versinnbildlicht, auf unsere Bewegung angewandt, die Unstabilität, das Phantastische unserer Tätigkeit. Wir spielen nicht mit Feuer. Das tun die, die in solchen Fällen mit Gewerkschaftsorganisationen, Kampfgeist, Klassenbewußtsein rechnen können . . . Wir, Key, spielen mit Rauch, ja, mit Rauch, mit einer Ausstrahlung unseres Rebellentums und unserer revolutionären Sehnsüchte . . .«

»Das soll also heißen . . .«

»Das soll nichts heißen und soll alles heißen! Komm, gehen wir weiter. Diejenigen, die sich um die Bestie scharen, Minister auf Lebenszeit, Bauchrednersekretäre, Hofstellenjäger, reden dem Herrn Präsidenten ein, er brauche sich absolut keine Sorgen über einen möglichen Streik zu machen, das seien leere Gerüchte, da es ja bei uns keine anderen Organisationen gebe als die Arbeiterhilfsvereine, die nur dazu taugen, ihre verstorbenen Mitglieder zu beerdigen, und im äußersten Fall, wenn doch jemand aufbegehren sollte, hätte er sich nur die Mühe zu machen, einen seiner kostbaren Finger auszustrecken, auf einen der kostbaren Klingelknöpfe in seinem Amtszimmer zu drücken und das Gemetzel anzuordnen.«

»Eben das wird er nicht tun können!« rief Key aus, bohrte die Hände in die Taschen, schüttelte den Kopf und lief ein Stück voraus, dann blieb er stehen, sah Tabio an und sagte: »Sogar bis zu uns ist die Nachricht gedrungen, daß die Bestie in die Enge getrieben ist.«

»Sicherlich, aber die letzten Prankenhiebe der in die Enge getriebenen Bestie sind die schrecklichsten.«

»Aber dagegen, San, taugen keine Organisationen, sondern Laternenpfähle. Wie ich dir schon sagte, sogar bis zu uns ist die Nachricht gedrungen, daß die Bestie in die Enge getrieben ist, und die Herren von der Gesellschaft, die wissen, wo sie die Banane drückt, haben angefangen, ihre Familien nach Nordamerika zu schicken, und die Millionen-Luceros bereiten sich ebenfalls vor, auf Urlaub in die Vereinigten Staaten zu fahren, mit ihren Kindern und mit ihrem Gast, dem Enkel Maker Thompsons. Und noch etwas: Gestern haben sie mit Maschinengewehren geschossen, eine Machtdemonstration, sehr im Widerspruch zu der Freundlichkeit der Behörden, die geflissentlich unsere Zeitungen und Flugblätter übersehen — früher durfte man sie nicht einmal heimlich lesen, und heute zirkulieren sie ungehindert, und zu allem kommt noch die beinahe wohlwollende Haltung der Polizei, die nichts von unseren Versammlungen zu wissen scheint, obwohl sie immer häufiger und immer offener angekündigt werden.«

Key senkte die Stimme, sah mehrmals nach links und rechts und näherte sich Tabio. »Genosse, es ist uns gelungen, mit einigen Offizieren ins Gespräch zu kommen, die hier stationiert sind. Und in dieser Beziehung, vielleicht weißt du es schon, gibt es etwas recht Erfreuliches zu berichten. Als die verdammten Papiere im Hause des Barbiers entdeckt wurden, befahl der Kommandant einem der Offiziere, dem Offizier, der ihn zur Totenfeier begleitet hatte, er solle sie auf die Kommandantur bringen. Da das auf keinen Fall geschehen durfte, haben Andrés Medina und ich uns mit Gewehren bewaffnet und ihm aufgelauert. Entweder wir legten ihn um, oder viele unserer Kameraden würden der Polizei in die Hände fallen. Aber dieser Hauptmann, der eigentlich allein an unserem Versteck hätte vorbeikommen müssen, kam in Begleitung eines anderen Offiziers und einer Streife, die auf Patrouille war oder sich zur Ablösung auf die Kommandantur begab, jedenfalls wollte es das Schicksal, daß er sich rettete, und zwar für uns rettete.«

»Du sprichst von dem berühmten Hauptmann Cárcamo« unterbrach San.

»Berühmt? Warum?«

»Wegen der Papiere«, sagte Tabio hastig und verwirrt, denn das »berühmt« war ihm herausgerutscht, weil er an andere Papiere dachte, an die Seiten eines Heftes, an das letzte Blatt in Malenas »Tagebuch«.

Für ihn war er weiß Gott berühmt, und das Rauschen des Windes in den belaubten Zweigen der Bäume, in deren Schatten sich der Weg wand, erinnerte ihn an die Nacht in Cerropom, da er im Schatten einer Trauerweide fast den Verstand verloren hatte über jenen verfluchten »und ...«, mit dem Malena das Kapitel offenließ, das sie der unmöglichen Liebe ihres Lebens gewidmet hatte.

»Sag mir, Florindo, woher weiß dieser Hauptmann, daß Malena dieselbe ist wie Rosa Gavidia?«

»Das haben wir uns auch gefragt, aber Andrés Medina, der die Verbindung zu ihm aufgenommen hat, sie sind nämlich Jugendfreunde, hat das Geheimnis aufgeklärt, das eigentlich gar kein Geheimnis ist. Offenbar hat Cárcamo sie als Leutnant auf einem Maskenball im Militärkasino kennengelernt.«

»Ah, ja, auf einem Maskenball!«

Scheinbar interessierte sich Tabio San für diese Einzelheit, um zu verharmlosen, was Florindo erzählte, tatsächlich aber hatte er das Wort »Maskenball« wiederholt, weil er sich erinnerte, daß Malena es in ihrem Tagebuch nicht erwähnt hatte.

»Im Grunde ist das Ganze sogar ein wenig komisch. Malena hatte sich als Bäuerin verkleidet und Cárcamo als schnurrbärtiger Husar. Sie sprach im Diskant, um jünger, und er im Baß, um älter zu erscheinen. Als sich der Husar der Bäuerin vorstellte, sagte sie, sie heiße Rosa Gavidia. Sie tanzten zusammen. Sie gefielen einander. Und als sie schließlich die Masken ablegten, da stellte sich heraus, daß die Bäuerin reiferen Alters und der Husar ein Jüngling war. ›Ich heiße nicht Rosa Gavidia, sondern Malena Tabay‹, erklärte sie. Aber er bat, sie weiter Rosa Gavidia nennen zu dürfen. ›Das heißt also‹, sagte sie lachend, um ihren Ärger zu verbergen, ›daß Sie wünschten, ich wäre jünger.‹«

Florindo verhielt den Schritt, sie waren nah am Ziel, und er wollte in Ruhe Sans Frage beantworten, weshalb Cárcamo nach so vielen Jahren noch an Malenas Schicksal Anteil nahm.

»Genosse«, er lachte herzlich, aber nicht laut, ein Lachen, das zwischen den Zähnen blieb, »ich wundere mich über deine Frage! Wo es einmal gebrannt hat! Mir scheint, daß der Hauptmann, als er in den Papieren, die er im Arbeitszimmer des Kommandanten niederlegte, den Namen Rosa Gavidia las, die junge Bäuerin im Sinn hatte, in die er einst verliebt war, und nicht die Revolutionärin, die Rosa Gavidia, die wir kennen.«

»Glaubst du?« stotterte San zweifelnd, als dächte er an etwas anderes, dann fragte er: »Und die Papiere?«

»Er hat sie verbrannt. Aber wir sind bei diesem Offizier noch viel weitergekommen. Bei dem und bei einem anderen, ebenfalls ein Hauptmann. José Domingo Salomé. Den haben ein paar Gitarrespieler bearbeitet, die hier unter dem Namen ›Die Samuels‹ bekannt sind. Es sind drei Brüder, Samuelón, der älteste, ein Mastodon, gut wie das Brot, Samuel, der mittlere, lebhaft, gerieben, klug, und Samuelito, der jüngste, klein von Wuchs, aber tapferer als ein Zwergköter.«

»Und wie bearbeiten ihn die Samuels?«

»Sie lehren ihn Gitarre spielen und . . .«

». . . singen ihm vermutlich revolutionäre Lieder vor.«

Florindo brach in schallendes Gelächter aus, das er mit der Hand zu dämpfen suchte, während er mühsam sagte: »Revolutionäre Lieder . . ., hahaha! . . . In der Kommandantur?«

»So etwas«, sagte San, während Florindo lauthals lachte, »nennt sich ohne Gitarrenbegleitung ›Hausunterricht in Revolutionstheorie in der Kommandantur‹«, Key lachte noch immer, »und eines Tages — wenn wir es nicht mehr erleben, dann erleben es unsere Kinder — werden unsere Soldaten revolutionäre Lieder singen, begleitet nicht von Maschinengewehren, sondern von Pflügen . . .«

»Aber diese Lieder sind dann nicht mehr revolutionär, wenn sie sie singen . . .«

»Doch, doch, sie sind revolutionär, denn auch das Heer wird revolutionär sein!«

Sie standen vor der Tür eines Ranchos, der im schwarzen Schatten einer Baumgruppe lag. Nicht die Hand vor den Augen konnte man sehen. Die letzten Schritte tasteten sie sich vorwärts, die Füße über körnigem Sand schiebend. Stille. Das Rauschen der Bäume. Das Atmen der vielen Männer, die sie erwarteten. Die Tür öffnete sich, und hinter Florindo trat Tabio San in das Haus, das ihm Versteck und Unterkunft sein würde. Harte schwielige Hände. Heisere, ferne Stimmen. Alles im Dunkel, nur die Herzen nicht.

18

Tabio San ging im Morgengrauen fort, und er hatte kein anderes Gepäck als das, was er in der Tasche trug, wie einer, der an die nächste Ecke geht und nicht wiederkehrt. Nicht einmal das Gepäck seiner Füße oder das Geräusch der Schritte, das die Aschengruben verschluckten. Zusammen mit Malena hatte er bis spät in die Nacht hinein Papiere, Dokumente, Druckschriften verbrannt, und von alledem war zum Schluß nur eine Handvoll klebrigen Staubs übriggeblieben, der einmündete in die Meere von Asche, die die Gassen und Hütten dieser gespenstischen Niederlegungen überfluteten, wo eine untergehende Welt jetzt im Feuer der Nachrichten wieder zu erstehen schien.

Absichtlich beschäftigte er Malena so viele Stunden lang, damit der Schlaf sie im Morgengrauen übermannte und sie nicht hörte, wenn er fortging. Aber auch sie schlief nicht. Sie hatte sich nicht einmal ausgezogen. Starr, wach, wartete sie im Bett, in Judasitas Kammer im rückwärtigen Teil des Hauses. Die Alte hatte sich mit Hilfe von Stühlen und einer Matratze ein Lager im Eßzimmer hergerichtet, um zwischen den beiden zu sein, damit der Teufel sie nicht versuchte, noch ehe sie sich gebunden hatte, er konnte nicht vor dem Sieg heiraten, höchstens unter einem fremden Namen, aber selbst dann war es möglich, daß sie ihn erkannten und ins Jenseits beförderten, denn noch immer war auf seinen Kopf ein Preis ausgesetzt. Inzwischen war es besser, sie einander fernzuhalten, aus Umarmungen und Küßchen entstehen noch keine Kinder. Judasitas weiblicher Spürsinn, ihr Instinkt einer ledigen Witwe, und das war sie wirklich, denn es lag schon so lange zurück, daß ihr Mann tot und begraben war und ihr einziger Sohn erschossen wurde, daß es ihr vorkam, als hätte sie nie einen Mann gekannt, und sie hatte es sogar gern, daß man sie »Señorita« nannte, ihr weiblicher Spürsinn also machte sie empfänglich für gewisse Dinge, und deshalb trat sie Malena ihre am zweiten Höfchen gelegene Kammer ab, als diese aus Cerropom kam, und sich bei ihnen zu verstecken. Sie tat es aber auch, weil Malena, abgesondert in dieser Senkgrube, dadurch gleichsam noch verborgener war, obgleich kaum jemand sie gefunden hätte in dem erbärmlichen, ascheweißen Viertel, wohin jetzt immer häufiger die Freunde der Bewegung kamen mit den neuesten Nachrichten, die wie Glut in der Loderasche ihrer Stimme glommen . . .

Irgendwas liegt in der Luft . . ., die Truppen sind in Bereitschaft . . ., sie haben Gewehre an die Polizisten ausgegeben . . ., mehrere Lehrer wurden verhaftet . . ., an den Ausfallstraßen der Stadt werden die Namen und die Ausweise derer, die hinein und hinaus wollen, kontrolliert und die Fahrzeuge durchsucht . . ., sie suchen nichts . . . Papiere . . . Karikaturen . . . Gerüchte . . . Gerüchte . . . Es heißt, daß man erzählt, daß gefragt wird . . . Gerüchte . . . Gerüchte . . .

Judasita rückte den Kaffeekessel auf das Feuer, das mit Asche zugedeckt war. Blasen und fächeln, bis es wieder hell brannte und sie ein paar Scheiben Brot rösten konnte. Er sollte doch nicht mit leerem Magen weggehen. Irgend etwas Warmes zumindest . . .

Aber Tabio trank nur den Kaffee, einen Schluck Malena, einen Schluck er aus derselben Tasse, ohne Brot, dann verließ er das Eßzimmer, und Judasita schloß die vom Weinen geschwollenen Lider, um ihn nicht fortgehen zu sehen, und lehnte, wie von einem Schwindel erfaßt, den weißen Kopf, schmutzigweiß wie Kalk, an die abgeblätterte Wand.

Malena begleitete ihn bis auf das Höfchen, die letzten gemeinsamen Schritte, und dort blieb sie nach einem langen Kuß wie verloren stehen, klammerte sich an die Tür, deren kalte Eisenbeschläge feucht waren vom Morgentau, ohne seine Schritte zu hören, die die Aschengruben verschluckt hatten, als wäre er nicht fortgegangen, sondern fortgerissen worden von einem höheren Willen, einem Befehl gehorchend, der ihrer beider Leben Sinn gab.

San schritt rascher und rascher aus, ohne sich noch einmal umzublicken, um keinen Verdacht zu erregen, obgleich ihm sekundenlang die Knie wankten, als er hörte, daß ihm jemand folgte, daß ihm jemand ganz nah folgte, immer näher, und er wäre gerannt, hätte er nicht begriffen, daß es nur seine eigenen Schritte waren, die er wieder vernahm, nun da er die Aschengruben hinter sich gelassen hatte und auf der Straße dem Stadtinnern zuging. Er straffte sich, denn ihn plagte die fixe Idee, daß sich sein Rücken mit den Jahren zu krümmen begann; die Hände in den Taschen, die Mütze mit dem kleinen Schirm in die Stirn gedrückt, den Kragen des Jacketts hochgeschlagen, bemühte er sich, noch vor Tagesanbruch das Gelände des Hauptbahnhofs zu erreichen, eines großen Schuppens, der den pompösen Namen »International Railways of Central America« trug.

Die Straßen belebten sich, die Stadt erwachte, Leute kamen und gingen, Autos, Karren, Lastwagen, Radfahrer, Fußsteige voll wartender Fahrgäste, Truppen, die zum Exerzierplatz zogen, die Offiziere zu Pferde, schnurrbärtig und verschlafen, die Kanonen auf Eselsrükken, die Infanteristen im Takt der Trommel oder der Militärmusik marschierend.

Ohne Zeit zu verlieren, mischte sich San sogleich unter die Arbeiter und Tagelöhner, die durch eine der Seitentüren des Bahnhofs gingen, in dem noch die kleinen elektrischen Lampen brannten, und als er rechts abbog und den Eisenbahnwerkstätten zustrebte, stieß er bald auf den Mann, den er suchte. Er sah ihn schon von weitem, ein Mastodon mit Kupferkrankheit, der, als er ihn kommen sah, eine Zigarette anzündete und sich in Bewegung setzte, und bei jedem Schritt rauschte es wie Regen hinter ihm, das Rauschen seines Gummicapes, das er über die Schultern geworfen hatte.

San folgte ihm über Bahnsteige, Schienen, Schwellen, Weichen gehend, springend, stolpernd, angespannt, beklommen, mit trockenem Mund, sich vor allem und jedem fürchtend, bis zu einer Reihe Waggons, die auf einem toten Gleis standen. »Tschoss, tschoss, moyon, konn« war alles, was er den Eisenbahner sagen hörte. Einen Augenblick später stand er in einem Güterwagen und tastete im Dunkel nach der Sitzgelegenheit, die sie für ihn aufgestellt hatten. Er zog ein Taschentuch heraus, um sich den Schweiß von Gesicht und Händen zu trocknen, den Schweiß, der ihm auch das Haar feuchtete. Lokomotivengeräusche und in der Ferne das Erwachen der Stadt. Plötzlich hörte er nahebei Glocken zur Messe läuten, ganz anders klangen sie als die Glocken der Lokomotiven, die heranbrausten oder davonfuhren. Eine heisere Sirene durchbohrte den Himmel. Die Sirene von »El Zapote«. Sieben Uhr morgens. Drinnen in der Brauerei die Arbeiter. Und die gellenden Sirenen der Sägewerke. Sieben Uhr. Drinnen die Arbeiter, die den Sägen Holzklötze zwischen die Zähne schoben. Hupen. Eine Verkehrsstockung. An dieser Ecke beim Bahnhof, immer. Immer. Klingeln, Pfeifen und Pferdehufe, Wiederhall wie unversehrte Orangenschalen, wenn die Pferde ausgleiten und wieder Halt finden auf den Steinen der Güterbahnhöfe, über die sie die Wagen ziehen, die an die Rampen der Lagerhäuser fahren, um Kisten und Ballen abzuliefern oder aufzuladen.

Er achtete nicht länger auf die Geräusche und rief sich alles zurück, was er Malena beim Abschied gesagt hatte, nicht um sie zu trösten, sondern weil er fest davon überzeugt war, und deshalb tat es ihm gut, es noch einmal zu überdenken, jetzt, da er allein war, in einem Güterwagen versteckt, der ihn nach Tiquisate bringen würde, neben sich die Nahrungsmittel, die die Kameraden ihm hingestellt hatten: belegte Brote, Obst, Zigaretten und eine Feldflasche mit Wasser.

Wir, hatte er Malena gesagt, schaffen die Atmosphäre, die für den Generalstreik günstig ist, aber der Funke müßte von anderer Seite kommen, und jetzt ist er da! Studenten und Lehrer — sie sah ihn fest an mit ihren grüblerischen Augen, als wollte sie ihn daran erinnern, daß er am Mitwirken der Lehrerschaft gezweifelt hatte — haben ihre Angst vor der Bestie verloren, und der Ausbruch wird nicht auf sich warten lassen. Mein Platz ist nicht in der Stadt, sondern dort, wo die Mehrheit der Landarbeiter ist, auf den Plantagen an der Südküste; ein anderer Genosse übernimmt die Plantagen von Bananera. An der Südküste hat es immer einen gewissen Widerstand gegeben, wenn es darum ging, die Bewegungen an der Nordküste zu unterstützen, und das vor allem, weil es an Organisationen fehlte. Die politische Auseinandersetzung wird in der Hauptstadt und in den anderen Städten geführt, während wir im Süden und im Norden um höhere Löhne, soziale Sicherheit, Arbeitsgesetze und die Aufteilung des brachliegenden Bodens kämpfen werden.

Aber hinter dem, was er sagte, verbarg sich eine andere Sprache. Die seiner Gefühle, das Stammeln des Menschen, der nicht den Weg findet, so einfache Dinge auszudrücken, wie sie zwischen ihm und Malena woben. Hemmte ihn die seinem Volke eigene Schweigsamkeit, jenes wortlose, urtümliche Wechseln der Gedanken, dem Wechseln der Wolken gleich? Hinderte ihn sein Abscheu vor der Hohlheit der konventionellen Liebe daran, sich spontan seinen Gefühlen hinzugeben? War er nicht sogar glücklich, daß er nicht der Versuchung erlag, zu lieben wie ... der Ladenbesitzer an der Ecke ..., der Fabrikant ..., der Rentier ..., der Eigentümer der Kaffeeplantage?

Zwei bläulichgrüne Lichtpünktchen, unendlich klein und ungewöhnlich stark, zogen ihn an. In der Dunkelheit des Güterwagens funkelten sie besonders hell. Ein Leuchtkäfer. Er berührte ihn nicht. Seine unantastbare Phosphoreszenz hielt ihn zurück. Zwei Stecknadelköpfchen Mond. Was machte es hier? Warum erschienen ihm die tabakfarbene Kamee? Welches Wort, welches Zeichen schloß ihre Gegenwart ein?

Rüttelnd und stoßend, daß es ihn fast umwarf, koppelte der Zug überraschend den Waggon an, in dem er sich befand, und bald ermächtigte sich seiner die verwirrende Empfindung, nicht zu sein, wo er war, ein von Rädern verursachtes Schwindelgefühl, das erst aufhörte, als die Reise endete, von der er in manchen Augenblicken geglaubt hatte, sie würde nie enden, ja, ihn hatte sogar in seiner Verzweiflung, in Hitze und Durst der Verdacht überfallen, daß sich die Schienen immer länger dehnten, je länger der Zug fuhr. Aber jetzt würde er sich nicht mehr von hier fortrühren, bis zum Sieg ... Er sagte es den Männern, die in dem Rancho auf ihn warteten, nachdem er in großen Zügen, zuerst rasch, dann langsamer, einen Krug mit Wasser geleert hatte, das kühl war wie der Ton des Gefäßes, und bat sie, sich auf ein Lager ausstrecken zu dürfen, so könne er besser zu ihnen sprechen, im kühlen Ton der Wirklichkeit und im warmen des Traums. Einige hockten sich hin, andere blieben stehen, wieder andere setzten sich auf den Boden. Husten, Räuspern, Fragen,

Liderblinzeln, bis sie die Gestalt auf dem Segeltuchlager, die zu ihnen sprach, besser erkennen konnten.

War es derselbe Tabio San? Manchmal hörte er, wie sie ihn bei seinem vollen Namen, Octavio Sansur, nannten. Es war derselbe, der vor Jahren, das Gesicht durch die entstellenden Pilze in einen Fleischkloß verwandelt, hier auf den Ländereien von Tiquisate als Tagelöhner gearbeitet und von dem geträumt hatte, worüber er jetzt sprach, aber es war kein Traum mehr, es war Wirklichkeit.

Ae ... ae ... ao ... ao ... zählten immer noch die Frösche das Verfließen der Zeit.

Mehrmals unterbrach er sich, um die Tatsachen, die allzu unwirklich schmeckten, einzuspeicheln, zu kauen, ehe er sie hineinwarf in das abgrundtiefe Schweigen seiner einfachen, harten, aus rauhem Stein gehauenen Gefährten. Hielt er seine Träume nicht für Wirklichkeit? War seine Dialektik nicht Hirngespinst, Halluzination, hervorgerufen durch die entstellenden Pilze?

Es war nicht so, er mußte es anerkennen. Anerkennen? Erschreckendes Wort! Erschreckend! Die Wirklichkeit überstieg alles, was sie sich vorgestellt hatten, und es mutete wie ein Märchen an, daß im großen Hörsaal der Universität die Studenten, ihre Arme wie nackte Lanzen hochreckend, unter Androhung des Streiks von der Präsidentenbestie, der Himmel und Erde zu Füßen lagen, verlangt hatten, sie solle binnen vierundzwanzig Stunden auf ihre in einer Denkschrift niedergelgten Forderungen antworten, einer Denkschrift, die fast eine neue Unabhängigkeitserklärung war.

Eine Zeit der Fiktion war angebrochen.

Lieber hätte er diesen literarischen Ausdruck vermieden, aber wie anders konnte er den plötzlichen Einbruch von Licht in den Alltag von Menschen aus Brot und Schlaf bezeichnen, wie anders, wenn nicht als eine Zeit der demokratischen Fiktion, falls die organisierten Arbeiter ihr nicht einen Inhalt gaben, der hinausging, über den zermalmenden und berauschenden, hochkriegerischen Freiheitstaumel, falls sie die Gesellschaft nicht zwangen, nachzugeben, ihre Forderungen anzunehmen, und so dem Marsch der Bauern und Arbeiter zur Macht eine feste Grundlage für die Zukunft gaben.

Er sprach bereits wie ein Volksredner ...

Deshalb war er hier, ein wiederstandener Jean Paul Marat, der in seiner Jugend die Vögel befreit und sämtliche revolutionären Bücher, deren er habhaft werden konnte, verschlungen hatte, der geborene Verschwörer, der erste bei allen Komplotts zugunsten des Volkes und schließlich, nachdem er so lange mit dem Feuer gespielt hatte, der Kärrner dessen, was von den Flammen und der Glut übriggeblieben war, der Kärrner unfruchtbarer, lebloser Reste.

Aber wieder erstand vor ihm das Bild der Studenten und der Lehrer. Er fürchtete, Malena könne, verzweifelt über ihre Einsamkeit und ihre erzwungene Untätigkeit, Judasita verlassen, die eine wandelnde Klagemauer war, um bei heldenhaften Menschen eine Stütze zu suchen, jenen Menschen, die jetzt ihr Leben aufs Spiel setzten.

»Freund«, ein Mann trat an das Lager, auf dem Tabio San ruhte, »Sie wissen nicht, was es heißt, in den Salinen zu arbeiten. Mögen Sie es niemals erfahren! Möge Ihnen niemals der Bart über dem Salz wachsen!«

»Danke, Freund«, erwiderte der Arbeiterführer, den die Stimme des von Sonne und Meer verbrannten Mannes zwang, sich respektvoll aufzusetzen.

»Deshalb ist es neu, daß sich auch bei uns, die wir rein nichts sind, der Gedanke durchgesetzt hat, nicht zu arbeiten, wenn sie uns keinen besseren Lohn, kein besseres Dach über dem Kopf geben, wenn nicht alles besser wird, denn jetzt sind wir erbärmlich dran, Señor, erbärmlicher geht's gar nicht, hundsarm sind wir alle, denn hier ist nichts gut, siehst du, hier, wo wir die Brühe des Meeres umrühren. Denk nur dran, daß das Salz sogar das Eisen zerfrißt, es schuppig macht und zu Staub zernagt! Und denk auch dran, wie wir arbeiten, nackt, bloß mit Sombrero und Lendenschurz! Nur wir kennen den Durst, den das Salz macht.«

»Also nicht arbeiten, wenn sie den Lohn und die Lebensbedingungen nicht verbessern . . .«

»Genau das wollen wir verlangen, wenn der Generalstreik erklärt wird . . .«

Wußten die Studenten, die der Bestie die Stirn boten, um ihre Forderungen durchzusetzen, daß sie damit auch für diese nackten Männer in den Salinen kämpften, die durstig waren wie Wassersüchtige und deren Leiber ausgelaugt waren vom Schweiß?

Florindo Key griff ein. Er bat den Salinenarbeiter Toyo Montoya und die Kumpel, die Tabio San hier erwartet hatten, sie möchten ihn ein Weilchen schlafen lassen, sie würden noch Zeit und Gelegenheit finden, mit ihm zu sprechen, übermorgen, am »Goldsucherstrand«, vor oder nach der großen Versammlung, auf der sehr wahrscheinlich das erste Signal zum Streik gegeben werden würde.

Sie verschwanden wie Wasser, dem man die Schleusen öffnet, und auch Florindo vermied es zu sprechen. Auf seiner Pritsche liegend, versuchte der Arbeiterführer zu schlafen, wälzte sich von einer Seite auf die andere, löste die Hände voneinander, die er eben erst zusammengelegt oder schloß die Beine, die er gespreizt ausgestreckt hatte. Die Hitze, die Müdigkeit und der Salinenarbeiter, den er nicht aus seinen Gedanken verbannen konnte. Ja, am Tag des Gerichtes würden die Toten auferstehen, aber nicht die unter der Erde, sondern die lebendig Begrabenen, die Männer, die Gerippen glichen, über denen das Fleisch durchsichtig war wie Fliegenflügel, und sie würden sprechen wie Toyo Montoya hier an seinem Lager, der gesagt hatte, als er fortging: »Ich gehe, Freund, geben Sie mir die Hand, ich gehe, um nicht länger von mir zu reden . . .«

Ae . . . ae . . . ao . . . ao . . . ging noch immer die riesige Uhr der Frösche im zeitmessenden Rhythmus ohne Konsonanten, im Flügelschlagtempo der Vokale . . .

»Ich kann nicht schlafen«, beklagte sich San bei Florindo, ohne zu wissen, ob der ihn hörte; er saß unbeweglich in einem Schaukelstuhl neben ihm.

Ae . . . ae . . . ae . . . ae . . .

Leiser wiederholte er noch einmal für sich selbst, trotz Florindos Gegenwart, daß er nicht schlafen könne.

Er sorgte sich um Malena, die für die Kampfgefährten und den kleinen Hauptmann Rosa Gavidia war. Impulsiv? Nein, das war sie nicht. Entschlossen. Niemand würde sie zurückhalten können, wenn sie sich entschied, ihr Versteck zu verlassen und sich den kämpfenden Lehrern anzuschließen. Judasita? . . . Das Versprechen, das sie ihm gegeben hatte? . . . Er freute sich bei dem Gedanken, daß weder Judasita noch ein Versprechen sie mehr beeinflussen würden, wenn sie glaubte, handeln zu müssen. Sie würde jenes Aschegrab verlassen und in die Stadt gehen, wie von einem Basrelief der Mayas herabgestiegen: die leicht gebogene Nase, die fliehende Stirn und in den Mundwinkeln die lächelnde Süße einer schmerzlichen Überlegenheit. Sie würde . . . still, Herz! . . ., sie würde von den Ascheleuten zu den Escuilaches, der anderen berühmten Widerstandsgruppe, überwechseln.

Bis jetzt war es den Ascheleuten und den Escuilaches gelungen, die Geheimpolizei irrezuführen, die ein Körper mit vielen Köpfen war: dem des Militärs, des Richters, des Höflings, der alles nur nicht höflich war, der Frau, des Parteimannes, des Freiwilligen, des Finanzministers.

Studenten und Lehrer bildeten die Gruppe der Escuilaches. Revolutionäre und Bohemiens, die, ohne sich anfangs mit der Bestie anzulegen, Puppen mit Barett und Toga köpften, Studentenköniginnen krönten, ein Vorwand, um Brandreden zu halten, und zu den prunkvollen Staatsfeiertagen lange Dialoge aufführten, politische Zwiegespräche, die sich auf Theater und öffentliche Plätze ausdehnten und zu vernichtenden Satiren auswuchsen. Handlung, Kulisse, Kostüme, Beleuchtung und die Fabel aus dem Reich der Phantasie verbargen nur schlecht, was mit einem Schlag als Tragödie endete. Die Schauspieler nahmen die Masken ab, um wie Selbstmörder vorzutreten und die Bestie unverhüllt herauszufordern, die sie jetzt schon offen »Westentaschennapoleon« und »Teppichtiger« nannten.

Eine Anzahl von Agitatoren bildeten die Gruppe der Aschenmänner. Nicht viele. Im Schutze ihres Aschehandels betraten und verließen sie, ohne den Argwohn der Polizei zu wecken, die Häuser kaltgestellter Politiker, in Ungnade gefallener Militärs und Überlebender der letzten Verschwörungen und trugen in ihren Säcken außer jenen Rückständen, die so sehr Abbild des Todes sind, illegale Schriften, Geld, kleine Waffen, Drucklettern, Losungen.

Ohne eine formelle Übereinkunft getroffen zu haben, stimmten die Escuilaches und die Aschenmänner ihre konspirative Tätigkeit aufeinander ab und fügten sie in Unternehmungen ein, mit denen sie »Seiner Exzellenz nicht zu nahe traten« . . .

Aber wozu immer wieder dasselbe denken? Er atmete tief, fand keinen Schlaf, suchte sein Taschentuch. In der Tasche . . ., unter dem Kopfkissen . . .

Der Schlaf ist weit wie die Erde, aber nur durch eine enge Pforte, wie die Himmelspforte so eng, gelangt man in sein seliges Reich.

Du wirst nicht zu den Escuilaches gehen, du gefährdest sie nur, hörte er sich zu Malena sagen, als wäre sie hier neben ihm, unter Sternen und Fröschen, zwischen gespenstischen Gerätschaften, die von der Decke herabhingen, und dem Gestell, auf das er starrte, um zu ergründen, ob es nur ein Spind mit Lebensmitteln war oder ein Arzneischränkchen mit zerkauten Kräutern oder Wurzeln, die ihn spüren ließen, daß der Schlaf ihn überströmte.

Sie suchen dich, Malen! Denk nach, überleg, ehe du zu den Escuilaches gehst . . . Ah, natürlich, auch sie sucht die Polizei . . ., dann . . ., dann . . . hast du also Zeit hinzugehen, während die vierundzwanzig Stunden des Ultimatums ablaufen, das sind eintausendvierhundertvierzig Minuten oder sechsundachtzigtausendvierhundert Sekunden und auf der Uhr der Frösche ... ae ... ae ... ae ... ao ... ao ... ao ... acht Millionen zweiundsechzigtausend helle Vokale ... ae ... ae ... ao ... ao ..., während die Zeit des Ultimatums abläuft ...

Er hörte sich stöhnen, als er spürte, daß sie fortging, daß sie tödlich verwundet wurde, daß er sie nicht wiedersehen würde ...

Warum hatte er sie nicht mitgenommen? ... Was sollte ihm der Sieg ohne sie? ...

Malen! ... Malen! ...

Sein Herz hämmerte gegen die Rippen, er mußte sich auf die andere Seite drehen.

Ae ... ae ... ae ...

Die Frösche zählten die Minuten des Ultimatums.

Ao ... ao ... ao ...

Vierundzwanzig ..., vierundzwanzig schicksalsschwere Stunden ...

Malen! ... Malen! ...

Warum hatte er sie nicht mitgenommen? Was sollte ihm der Sieg ohne sie? Was die Karosse, ein rollendes Theater auf Feuerrädern voller Männer und Frauen mit Gewehren, Pflügen und Fahnen, von der Don Juan Nepomuceno Rejas geträumt hatte? Der arme Mensch, er war tödlich verunglückt, als er von der Arbeit zurückkehrte. Er hatte zu kräftig in die Pedale getreten und wurde mitsamt dem Rad gegen einen der riesigen Armeelastwagen geschleudert. Eines der zwölf Räder fuhr über ihn hinweg.

Was sollte ihm der Triumphwagen, wenn Malena nicht mit ihm darin saß?

»Vorwärts, mein Volk! ... Vorwärts, mein Volk!« hatte Don Juan Rojas ihn rufen hören.

Jetzt freilich, ohne Malena, blieb ihm der Ruf in der Kehle stekken wie ein erloschener Meeresstern.

Aber nicht mehr nur die Bestie, alle, alle, fragten sich, wer sie waren, wer die Studenten waren, daß sie es wagen konnten, ihm ein Ultimatum zu stellen ...

Vierundzwanzig ... vieruuuu ... ua ... ua ... ae ... ae ... ae ... ae ..., vierundzwanzig schicksalsschwere Stunden ... Würden sie so bleiben, nackt, Seite an Seite? Würden sie so bleiben, nackt, Seite an Seite? ..

Malena nackt und er nackt, in ein Bad getaucht ...

Liebkosungen, Blasen und ... plötzlich wird das Wasser fest, es gelingt ihnen eben noch, die Köpfe herauszurecken aus der Zwangsjacke, die, in einen Eisberg aus Spiegeln verwandelt, ihre Körper gefangenhält ...

Es war unmöglich! Zum Standesamt zu gehen und zu heiraten, nach dem Sieg, offen vor aller Welt, unter seinem Namen — Juan Pablo Mondragón ... Octavio Sansur ... Tabio San ... unter welchem seiner Namen? —, und zu enden im Fangeisen der armseligen pornographischen Abbildungen, wie man sie als Postkarten kauft, und dann gefangen zu sein in der unendlichen Gefühllosigkeit jenes unendlichen Konzertflügels aus Bergkristall ...

Die Sintflut! Die Sintflut!

Aber wenn sie soeben geheiratet hatten, obwohl man in Wirklichkeit nie aufhört zu heiraten, immer wieder neu heiratet, wie war es da möglich, daß sie einstimmten in den Chor der Paare, die die Sintflut forderten ..., die Sintflut! ..., die Sintflut! ... als einziger Lösung, die Sintflut, die Sintflut, nur damit sie frei würden, nur damit der Spiegel, der sie gefangenhielt, zerschmolz zu Flüssen, Seen, Meeren, Ozeanen ... ae ... ae ... ae ... ae ...

Ihre Köpfe ... Als sich der Spiegel in der Sintflut auflöste, hatten sie keine Körper mehr, nur ihre Köpfe, ihre Köpfe, die neue Körper suchten ...

Dieser, der und jener ..., er wies auf den Körper einer Bäuerin für Rosa Gavidia!

Dieser, der und jener ..., er wies auf den Körper eines schnurrbärtigen Husaren für den Hauptmann der Infanterie León Cárcamo!

Und er? ... (Dieser, der und ... er ...)

Er, ohne Körper, nur Kopf, zwischen den beiden, zwischen der Bäuerin und dem Hauptmann, als Schiedsrichter, aber es war nicht das Körper-an-Körper der Boxer, sondern das Körper-an-Körper der Liebenden, und er mußte sie trennen — entsetzlich —, damit nicht fort und fort die gleiche Zeit wiedererzeugt wurde, die Zeit, in der Männer und Frauen geboren wurden als Futter für Kanonen, als Futter für Fabriken ...

Mit einem Ruck riß er die Bäuerin aus den Armen des Hauptmanns. Sie war Bäuerin, Lehrerin und Revolutionärin, und mit ihr riefen sie an der Schwelle des neuen Tages den »Bettstreik« aus, in den Familien, wo die Lösung die Sintflut und nicht das Leben war.

Jemand weckte ihn auf. Eilig löschte er den Traum aus, der unter seinen Lidern haftenblieb über den gestutzten Stümpfen der Gesichte, so wie der Bauer die frischbeschnittenen Äste der Obstbäume mit

Erde bedeckt, damit sie sich nicht schämen.

Florindo rüttelte ihn, weckte ihn. Er stand auf, halb im Schlaf, ein wenig im Zweifel, ob er geschlafen hatte, gähnte, streckte sich, rieb sich die Augen. Zuerst einmal waschen. Er ging zu einem Teich am Fuße eines Avogadobaumes und tauchte die Hände in das Wasser, als wollte er sie ausruhen lassen, als wäre das Wasser ein Polster, tauchte auch die Arme ein und schöpfte mit den hohlen Händen so viel Wasser, wie er nur konnte, um sich das Gesicht zu reiben, wobei er prustete wie ein schmollender Junge.

Geruch nach Kaffee. Geruch nach Neuigkeiten im Handtuch.

Der Tag brannte wie Feuer, so früh es noch war. Kein Geräusch, nur die raunende Stille des Buschwerks unter dem makellosen Indigo des Himmels und der Palmen, die von hoch oben herabäugten.

Sie waren froh, daß sie miteinander frühstücken konnten. Florindo bereitete den Kaffee, löste die Trockenmilch in heißem Wasser auf, holte das Brot, die Butter, den Schinken, und San deckte den Tisch, brachte zwei henkellose Tassen, den einzigen Löffel und das einzige Messer, Zucker in einer Papiertüte und Salz auf einem Bananenblatt. San sah älter, Florindo verbrauchter aus, das machten die Tropen. San trommelte mit den Fingern der Linken auf dem Tisch, an dem sie saßen, als suchte er ein im Holz verlorenes Arpeggio. Nervös rutschte er auf der kleinen Bank hin und her und gestand Key, daß er sich um Malena sorgte. Der Funke war dort aufgesprungen, wo sie es am wenigsten erwartet hatten. bei den Studenten und Lehrern, deshalb hatte er, gezwungen durch die Schnelligkeit, mit der die Dinge sich entwickelten, die Hauptstadt verlassen müssen und war nicht mehr dazu gekommen, Malena aus ihrem Versteck zu holen. Was tun? . . .

Er zerbiß die Frage mit den kreideweißen Zähnen, die Zigarette, die er rauchte, mehr zwischen den Fingern als zwischen den Lippen.

Würde für ihn und sie alles von einem einzigen Geschehen abhängen — dem Streik?

Florindo meinte, man müsse die Genossen in der Hauptstadt benachrichtigen. Sie auf die Lage aufmerksam machen, in der sich Rosa Gavidia befand, isoliert und in Gefahr, eine Entscheidung zu treffen, die ihr die revolutionäre Leidenschaft diktierte, die sie aber dahin treiben konnte, ihr Leben aufs Spiel zu setzen. Aber wie es bewerkstelligen, wenn der Eisenbahnerstreik ausgerufen wurde? Ein anderer Weg war nicht ratsam.

Cayetano Duende! . . .

Dachte Tabio San. Ohne daß er ihn aussprach, kam ihm in diesem Augenblick der Name des alten Kutschers und Possenreißers auf die Lippen und gleich darauf der Name Popolucas. Er beschwor sie herauf wie allmächtige Wesen. Aber beide waren in Cerropom geblieben, und er wußte nichts von ihnen, so wenig wie man von den Steinen weiß, die auf dem Weg zurückbleiben.

Dem Schutz der beiden Alten, aus der Ferne gesehen, kamen sie ihm wie Gottheiten vor, hatte er Malena anvertraut, als er in die unterirdischen Lavagänge geflohen war, und er war sicher gewesen, daß er sie wiedersehen würde, was aber durfte er jetzt erhoffen, da er sie bei Judasita wußte, die nur ein armes, altes Weiblein war.

Florindo schnitt sich die Nägel, ein wenig um sich die Zeit zu vertreiben, bis die Männer kamen, und merkte nicht, daß er Sansur reizte und aufbrachte mit dem Klipp, Klipp der Nagelschere, die wie ein fressendes silberfarbenes Insekt die beiden Halbmonde ihrer scharfen Kiefer öffnete und schloß.

Das Quaken der Frösche, das früh am Morgen wie spät in der Nacht erklang, gewiß krochen sie bis hierher, gebadet im Tau, mit vorquellenden Augen, gebläht von Sonne, ging unter im Lärm der Vögel, im Rauschen der windgefüllten Zweige, im fernen Echo der Pflanzungen.

Der Arbeiterführer preßte die Hand auf die Brust, als wäre dort etwas Stoffliches, Faßbares von dem Lurch zurückgeblieben, den er gestern abend auf dem nackten Fleisch, auf den Rippen gespürt hatte, naß und ausgeblutet, und der, in der Wahl zwischen Leben und Tod, mit den anderen Fröschen die Stunden des Ultimatums gezählt hatte.

Klipp, klipp schnitt Florindo sich die Nägel, im Mund eine Zigarette, im Blick jene Leere, die das Warten auf bevorstehende Ereignisse erzeugt. Wenn ein Hautfetzchen stehenblieb, machte er kurzen Prozeß, riß er es mit den Zähnen ab, zerbiß es und spuckte es aus.

Sansur, in der Hand das Taschentuch, mit dem er sich von Zeit zu Zeit wie mit einem Schwamm das schweißnasse Gesicht abtupfte, meinte, ein Warten auf bevorstehende Ereignisse gebe es nicht mehr. Was geschehen mußte, geschah bereits nach dem Ultimatum der Studenten und Lehrer, das der Bestie vierundzwanzig Stunden Zeit gab, ihre Forderungen anzunehmen, und mit Universitätsstreik drohte, falls sie sich weigern oder nicht antworten sollte — Kindereien, dachte Key —, denn dieser Streik bedeutete, daß die Medizinstudenten ihre Kliniken und Polikliniken, die Jurastudenten die Gerichte und Verhandlungen, die Studenten der Technischen Hochschule ihre Zeichentische im Institut für Wegebau und öffentliche Arbeiten, die Studenten der naturwissenschaftlichen Fakultäten die Laboratorien des Gesundheitswesens, die Studentinnen der Gynäkologie die Kreißsäle und, was am schwersten war, die Lehrer ihre Schulen im Stich ließen . . .

Die Lage war ernst, und deshalb war er aus der Hauptstadt nach Tiquisate gekommen, um seinen Kampfposten einzunehmen, um in der entscheidenden Stunde die Streikbewegung mit Bananera abzustimmen.

»Pst!« machte Florindo, erhob sich rasch und ging, die Hand auf der Pistolentasche, an die Tür, in deren leuchtendem Rahmen seine Silhouette sich scharf abzeichnete.

Die Schritte näherten sich, aber solange er nicht wußte, wer kam, deckte Key weiter die Tür. Es war Andrés Medina. Wie immer in Hochstimmung und bereit, alles zu tun, was seinen Kameraden nützen konnte. Er brachte Nachrichten. Eine Bombennachricht. Die Bestie hatte die Grundrechte aufgehoben und den Ausnahmezustand erklärt.

Sansur sprang auf, während Key hervorstieß »Was aufgehoben? . . . Die Grundrechte? . . . Welche Grundrechte? Wir haben doch noch nie welche besessen, nicht einmal dem Anschein nach!«

»Hohoho«, rief San aus, »der letzte Akt hat begonnen, und wir, die wir bislang nur einfache Zuschauer des politischen Spiels waren, werden nun die Bühne betreten und in die Handlung eingreifen.« Und zu Key gewandt, fügte er hinzu: »Skeptiker, die Jugend war der Funke, und ob wir nun verfassungsmäßig garantierte Grundrechte hatten oder nicht, was jetzt geschieht, ist ebenso außergewöhnlich wie unglaublich: Zum erstenmal nach zehnjähriger Herrschaft nimmt die Bestie Zuflucht zu einem Mittel, dessen sich nur schwache Regierungen bedienen. Weshalb? . . . Weil sie fühlt, daß sie verloren ist?«

»Genosse San«, sagte Key, während er den Arbeiterführer umarmte und begeistert an sich drückte, »im Glauben bin ich langsam, nicht im Handeln, und gewiß nicht jetzt, da wir nicht wissen, wo wir zuerst zupacken sollen!«

»Das . . ., das . . ., das denken in dieser Stunde alle: Wo soll man zuerst zupacken, wir müssen alles dransetzen!«

»Und wir werden alles dransetzen!« Florindo streckte die Hand aus, als legte er einen Eid ab, aber gleich darauf ballte er sie zur Faust und ließ sie auf die Tischplatte krachen. »Drauf und gib ihm!«

»Es wird leicht sein und auch wieder nicht«, unterbrach Andrés

Medina, der gegangen war, eine Tasse auszuspülen, und sich jetzt aus dem Krug, der auf dem Feuer stand, Kaffee eingoß. »Aber eins kann ich euch versichern, daß jetzt nicht nur die Bestie, sondern sämtliche kleine Bestien in Uniform nicht wissen, wie sie sich drehen und wenden sollen, denn sie haben ebensoviel Angst, die Befehle, die sie von oben bekommen, zu befolgen wie sie nicht zu befolgen; kurz gesagt, sie haben ebensoviel Angst vor ihrem Vorgesetzten wie vor dem Volk!«

»Hoffentlich«, sagte Key zu Medina, »hast du mit deinem Jugendfreund Cárcamo besprochen, und hoffentlich haben es die Samuels dem andern Hauptmann, ihrem Gitarreschüler, auch gesagt, was sie tun müssen, wenn sie ihre Haut retten wollen . . .«

»Nun, ich glaube, wenn sie sich auf unsere Seite stellen, tun sie es nicht deshalb«, antwortete Medina, »sondern weil sie denken wie wir, weil wir sie für unsere Sache gewonnen haben.«

»Mein guter Medina, du wirst deine Illusionen noch mit ins Grab nehmen!« rief Florindo lachend aus, hörte aber gleichzeitig auf das, was Sansur sagte:

»Niemals hat die Bestie geahnt, die immer gerüstet war, Volksaufstände à la Napoleon niederzuschlagen, daß auch sie ihr Waterloo ereilen würde . . .«

»Nicht so voreilig, Waterloo kriegt er nicht, bestenfalls ein Wasserklo«, rief Florindo mit dröhnender Stimme und brach, wie San es zu nennen pflegte, in homerisches Gelächter aus.

»Freilich, denn Aufsitzen ist leicht«, warf Medina ein, »aber schwierig ist, sich im Sattel zu halten, und ich frage mich, ob die Jungen und die Lehrer, die keine Jungen mehr sind, jetzt trotz des Ausnahmezustandes den Streik in den Krankenhäusern, Gerichten, Schulen durchhalten werden.«

»Ich glaube ja . . .«

»Ich glaube nein . . .«

San und Florindo sprachen gleichzeitig, aber jeder behielt seine Argumente für sich, besser gesagt, schwieg aus Höflichkeit.

»Wirklich sicher ist nur das, was man sieht«, fuhr Medina fort. »Überall haben diese Jungen den Widerspruchsgeist geweckt. Wo nicht debattiert wird, wird gestritten, in der Kommandantur zum Beispiel, wir brauchen gar nicht weit zu gehen, hat der Kommandant, der doch ein träger und friedfertiger Mensch ist, Hauptmann Salomé am Arm geschüttelt, einen Soldaten verprügelt, einen Korporal geschurigelt, Cárcamo zusammengestaucht und sich schließlich

Luft gemacht, indem er auf seinem Burschen herumtrampelte. Eine Stimmung, daß es einen jammern könnte . . .«

»Was Medina von der Kommandantur erzählt«, sagte der Arbeiterführer und ging unruhig auf und ab, »spielt sich gewiß auch in den höheren Sphären ab. Sie sind verstört, weil sie mit einem Feind zu tun haben, den sie nicht sehen, von dem sie nur das Stimmengewirr vernehmen, Stimmengewirr, Stimmengewirr, diese peinigende Sprache der Leere, als belausche man im Telefon fremde, sich überschneidende Gespräche; sie sind verstört, weil sie mit einem Feind zu tun haben, den sie nicht mehr anzugreifen wagen, denn es ist die abstrakte Masse von Millionen von Füßen auf dem Asphalt. Sie waren vorbereitet, hatten ihre Truppen, ihre Polizei, ihre Presse organisiert, die Macht, die Unterdrückung und die Propaganda, um jeden zurückzuschlagen, der in gewohnter Weise mit Staatsstreichen, Revolten, Attentaten die Ordnung stören würde, aber sie waren nicht vorbereitet auf die Art, in der das jetzt geschieht: auf das Nicht-Handeln . . . Das ist sehr wichtig, die Maschine war bis zum letzten Teilchen geölt, um die zurückzuschlagen, die handeln würden, aber nicht die, die es unterlassen würden zu handeln. Habt ihr euch schon gefragt«, wandte er sich nach einer kurzen Pause an Key und Medina, »wie die Regierung handeln wird? Denn jetzt ist es die Regierung, die handeln muß, wenn trotz des Ausnahmezustandes die Krankenhäuser, Schulen, Gerichte lahmgelegt werden, weil es an Praktikanten, Lehrern und Assistenten fehlt, und wenn, wie wir hoffen, Ärzte, Chefärzte, Anwälte und Richter den Streik unterstützen . . . Freunde, wir müssen umdenken in den wenigen Stunden, die uns blieben, bevor wir eingreifen, wenn wir nicht die Gelegenheit verpassen wollen, zu säen, nicht zu ernten. Vor allem müßten wir wissen, was die Bananengesellschaft vorhat . . .«

»Die wartet darauf, daß die Armee Maschinengewehre gegen die Streikenden einsetzt!« stieß Florindo heftig hervor und klärte damit das Schweigen, in das er sich vornehm gehüllt hatte, um seine Kühle von Sans warmer Menschlichkeit abzugrenzen, aber er konnte nicht mehr hinzusetzen: Das wird wirklich dabei herauskommen, Tote werden wir säen, denn Medina fuhr ungläubig mit der Faust durch die Luft und erklärte: »Da kann die Gesellschaft lange warten, wenn sie glaubt, daß die Armee Maschinengewehre gegen die Streikenden einsetzt; die Zeiten haben sich geändert, und die Soldaten werden nicht schießen, auch wenn sie den Befehl haben . . .«

»Aber Andrés«, Florindo ergriff ihn beim Arm und ließ ihn nicht los, solange er sprach, »was du da sagst, ist sehr ernst, deshalb müssen wir wissen, ob du dir das nur so denkst oder ob du es mit jemandem, dem du vertraust, vereinbart hast!«

»Beides, Genosse. Ich denke es mir, und ich habe es vereinbart. Warum ich es mir denke? Die Gründe hat Genosse San genannt. Alles hat sich geändert. In wenigen Stunden hat sich eine ganz neue Lage ergeben. Vieles, was uns ein Traum schien, ist in unseren Händen Wirklichkeit geworden. Und außerdem, außerdem habe ich es mit Cárcamo vereinbart. Er hat es mir unter dem Siegel tiefster Verschwiegenheit zugesichert, und er scheint sogar mit Hauptmann Salomé darin einig zu sein, nicht auf die Streikenden zu schießen.«

»Salomé ist doch der, dem die Samuels Gitarreunterricht geben?« fragte Sansur verwundert.

»Der ist es«, bestätigte Key.

»Und was die Gesellschaft angeht«, fuhr Medina fort, »da gibt es Leute, die behaupten, daß sie den Forderungen der Arbeiter nachgeben wird, ohne sich lange zu zieren, und ihr wißt auch warum . . .«, San und Florindo dachten an den Bericht über die Ansicht des Präsidenten Roosevelt, »einfach, weil der Präsident aller Fruchtgesellschaften, der alte Geo Maker Thompson, der in Chicago im Sterben liegt, geraten hat, den Streikdrohungen mit einer Politik massiver Lohnerhöhungen zu begegnen, um so mehr, als das für die Aktionäre weder eine Schmälerung noch einen Verlust darstellt, denn wir selbst zahlen ihnen die Erhöhungen mit der Cola . . . hahaha«, er lachte und schüttelte den Kopf, als wollte er sein Lachen aussprengen, »zieht nicht solche Gesichter, ihr wißt wohl nicht, daß die Bananengesellschaft, wo ein Trust frißt, frißt kein anderer, auch die Ausbeutung der Coca-Cola in unserem Land an sich gerissen hat«, er lachte noch immer, »nicht nur die Bananen, sondern auch die nordamerikanische Pisse . . .«

»Der Bandit!« rief San aus. »Liegt im Sterben, liegt in den letzten Zügen . . .«

»Er hat Krebs«, warf Key ein.

»Bedauernswerter Krebs!« sagte San und wiederholte: »Liegt im Sterben, liegt in den letzten Zügen, aber möchte uns ganz zum Schluß noch schaden, die Bewegung der Arbeiter und Bauern mit Lohnerhöhungen kastrieren, die nach Bestechung riechen.«

»Und sie werden geben, ohne Maß und Ziel«, bemerkte Medina. »Sie werden so viel geben, daß wir müde werden zu fordern, denn sie wissen, sind erst die materiellen Verbesserungen verwirklicht, die wir für die Arbeiter verlangen, dann werden die uns den Rücken kehren, wenn wir weitergehen wollen. Den meisten ist es gleichgültig, daß nur die Gesellschaft bei diesem Handel gewinnt, daß sie die Plantagen vernachlässigt, daß sie immer weniger anpflanzt, warum, weiß keiner, daß sie die Arbeiter in Naturalien bezahlt, daß sie die Ländereien in ihren Besitz bringt, die sie nicht bebaut, ganz zu schweigen von den unzähligen Verbrechen, die sie begeht, angefangen mit der Fälschung ihrer Bücher.«

»Darum sage ich ja, daß sie nur deshalb kampflos bewilligt, was wir in unserer Denkschrift verlangen und fordern, weil sie vorhat, die Bewegung der Arbeiter und Bauern zu kastrieren, ihr die Daseinsberechtigung zu nehmen, die sich auf den totalen Kampf gegen den Bananentrust gründet«, erklärte der Arbeiterführer.

»Die Würfel sind gefallen!« rief Florindo aus.

»Ein Schuft, der hier nicht mitmacht!«

»Medinita!«

»Floripondio!«

Während sich die beiden die verzwicktesten Wortgebilde an den Kopf warfen, wie sich die Paare auf dem Tanzboden mit Papierkugeln voller Konfetti bombardieren, und sich in Spötteleien und sprühenden Sarkasmen überboten, ging Octavio Sansur an die Tür des Ranchos, durch die wie gleißender Rauch das Sonnenlicht strömte.

Aufhebung der Grundrechte ... Ausnahmezustand ... Standrecht ...

Werden die Studenten zurückweichen? ... Werden die Lehrer zurückweichen? ... Wird es an der Universität, den Oberschulen, den Grundschulen zum Streik kommen? ... Werden die Privatschulen schließen? ... Wird es in den Krankenhäusern, den Gerichten zum Streik kommen? ... Wird das Heer auf die Streikenden schießen? ... Wird die Gesellschaft nachgeben? ... Wird die Regierung stürzen? ...

Auf seinen blassen Lippen zitterten die beiden letzten Fragen:

Und Malena? ... Und die Bestie? ...

Dann schloß er, von der Sonne geblendet, die Augen und sagte, während unter seinen Lidern kleine, leuchtende Welten kreisten: »Waffen, Propaganda, Polizei, das ist die Macht ...«

19

»Der Krach hat schon angefangen«, platze Samuelón heraus, aber was er weiter sagte, war nicht zu verstehen, weil er stürmisch in die Saiten der Gitarre griff und ihr eine komplizierte Melodie entlockte, die er variierte und variierte, während Hauptmann Salomé wiederholte:

»Das wird wohl stimmen. Offiziell wissen wir nur, daß die Regierung Herr der Lage ist. Diese Griffe gelingen mir nicht«, fuhr er fort, den Blick auf die Finger des Gitarrenspielers gerichtet, die wie Spinnenbeine über den Hals des Instrumentes liefen, während die andere Hand die Saiten zum Schluchzen brachte, und fügte wie beiläufig hinzu: »Allerdings gibt es noch andere Nachrichten. Die Studenten und die Ärzte haben die Arbeit in den Krankenhäusern niedergelegt. In den Gerichten sind nur noch die Richter, die nicht mitstreiken können. Der Unterricht wurde eingestellt, weil weder die Lehrer noch die Schüler erschienen sind. Die Züge fahren immer seltener. Die Läden schließen . . .«

Samuelón, der gespannt zuhörte, schien mit der Gitarre zu antworten, Marschmusik, Weckrufe. Die Saiten sprachen, schrien, stürmisch, vielstimmig, aufrührerisch, während Hauptmann Salomé, ungeheuer schwitzend, mit roten Augen und leicht gesträubtem Schnurrbart laut weitersprach, ohne Zurückhaltung, als hätte er vergessen, daß er sich in der Kommandantur befand.

»Und nach den letzten, den allerletzten Meldungen hat man ihn aufgefordert zurückzutreten . . . .«

»Wen?« flatterte Samuelóns Stimme über einem gewaltigen Niesen der Gitarre; er wußte natürlich, wen man aufgefordert hatte zurückzutreten, aber er brauchte Einzelheiten, er wollte hören, daß es möglich war, wollte glauben. »Wen«, wiederholte er, »wen hat man aufgefordert zurückzutreten?«

Der Offizier suchte in der Enge des Mundes seine Zunge.

»Na wen schon!« sagte er schließlich.

Unwillkürlich griff Samuelón die Akkorde der Nationalhymne, aber der Hauptmann entriß ihm die Gitarre.

»Das ist verboten!« schrie er ihn an.

Sie schwiegen beklommen, einander sehr nahe wie zwei Schuldige, schuldig, weil sie die Nachricht über die Abdankung der Bestie kannten; allein sie zu kennen war schon ein Verbrechen. »Spiele, damit man nichts merkt«, sagte Salomé mühsam.

Samuelón wußte nicht, ob er vor Freude weinen, spielen oder springen sollte, und er zupfte die Saiten, als wollte er die Gitarre stimmen. Würde er die Kraft aufbringen, die Nachricht dorthin zu bringen, wo der Streikführer Tabio San, sein Stellvertreter Florindo Key, die Brüder Samuel und Samuelito und die anderen Goldsucher versammelt waren und darüber diskutierten, ob auf den Plantagen der Bananengesellschaft der Streik ausgerufen werden sollte oder nicht?

»Und ihr, ihr Offiziere, was werdet ihr tun«, wagte sich Samuelón vor, »falls sich die Nachricht von der Abdankung der Bestie bestätigt?«

»Wir?« sagte Hauptmann Salomé zweifelnd. »Die Befehle befolgen, mein Freund, und weiter Gitarre spielen lernen.«

»Ich brauche Ihnen nicht zu sagen, daß Sie ein gutes Gehör haben, aber Sie müssen die Finger üben, so, als suchten Sie Läuse, denn die hier«, er drückte die Gitarre an die breite Brust, »ist schrecklich verlaust, und wenn sie sprechen könnte, würde sie Ihnen sagen, daß Sie mehr üben müssen, wofür hat sie schließlich einen Mund.«

»Nach Üben steht mir jetzt nicht der Sinn«, der Hauptmann schob das Instrument weg, stand auf, als wollte er an die Tür gehen, setzte sich aber wieder hin. »Die reinsten Maulhelden seid ihr, Maulhelden und Angeber, wolltet unbedingt streiken, und jetzt haben sie euch den Kropf gefüllt und damit das Maul gestopft.«

»Da ist was dran«, erwiderte Samuelón; die Worte des Hauptmanns ergossen sich über ihn wie eine eiskalte Dusche, er mußte sich bewegen.

Er stand auf und legte die Gitarre auf das Bett des Offiziers.

»Alle haben hier vor der Ankunft eures Häuptlings gezittert, aber passiert ist nichts, man weiß nicht mal, ob er wirklich gekommen ist.«

»Eigentlich ...«, begann Samuelón, aber er bereute sofort, was er hatte sagen wollen ... einem Offizier etwas verraten? ... Nicht einmal in der Folter, und schon gar nicht den Aufenthaltsort Tabio Sans ...

»Das sind vielleicht Füchse, die Herren von der Gesellschaft«, rief der Hauptmann aus, die lachenden Augen trotzig auf Samuelóns unbewegliches Gesicht gerichtet, »haben alle Forderungen der Arbeiter bewilligt, und keiner hat sich gerührt, weder in Bananera noch hier in Tiquisate.«

»Das steht noch nicht fest, Chef, das ist noch gar nicht heraus, es wird ja noch verhandelt; da gibt es eine Menge anderer Forderungen, und die Gesellschaft hat noch nicht geantwortet.«

»Und ob sie geantwortet hat! Den Streik hat sie euch abgewürgt. Ist das vielleicht keine Antwort?«

»Solange es bei uns nicht drunter und drüber geht«, sagte Samuelón und ging zur Tür, seine Füße juckten ihm, sie wollten laufen, seine Lippen, sie wollten sprechen, sein ganzer Körper, er wollte mit der großen Nachricht davonfliegen, »solange es bei uns nicht drunter und drüber geht, wie es bei euch sein wird, wenn sich die Nachricht vom Rücktritt einer gewissen Person bestätigt, und dann, das versichere ich Ihnen, wird sich die Gesellschaft umschauen . . .«

»Was hat das damit zu tun!«

»Was das damit zu tun hat, fragen Sie? Ach, wenn Sie doch kapieren wollten, daß die schlechten Regierungen und die Bananengesellschaft aus demselben Topf kommen! So eine Gelegenheit gibt es nie wieder! Beide erledigen! Wie ein Traum ist das! Böses mit Bösem vergelten! Einmal mit beiden zugleich abrechnen!«

Als Samuelón gegangen war, der weder mehr wußte, wie er hieß — singen . . ., schreien . . ., lachen . . ., weinen . . ., springen . . ., die dämmernde Luft umarmen . . ., die Soldaten von der Wache umarmen, die sich aneinanderdrängen wie Hühner —, noch ob man nun den Herrn Präsidenten aufgefordert hatte . . ., zurückzutreten . . . oder ob er aus eigenen Ungnaden zurücktreten würde oder ob er schon ganz und gar zurückgetreten und machtlos war, die Bestie machtlos; als Samuelón gegangen war, wollte der Hauptmann die Gitarre vom Bett nehmen, um sie wegzulegen, aber als er sie in den Händen hielt, kribbelte es ihm in den Fingern, und er setzte sich hin und zupfte Töne, die eher Gedanken als Töne waren . . .

Würde er zurücktreten? . . . Würde er nicht zurücktreten? . . . Würde es im Tagesbefehl bekanntgegeben werden?

Einer Regierung dienen, die wirklich das Volk auf ihrer Seite hätte . . . In all den Jahren, in denen er das Ehrenkleid des Offiziers trug, hatte er das nicht gekannt . . ., nicht gehaßt werden . . ., gehaßt von den Soldaten, die man zum Militärdienst gepreßt hatte . . ., gehaßt von den gehaßten und hassenswerten Vorgesetzten und gehaßt von der Bevölkerung . . .

Schließlich entlockten seine Finger dem Instrument nur noch vereinzelte Töne, die den letzten Spritzern aus dem Euter einer leergemolkenen Kuh glichen.

Was tun? . . . Was tun, irgendwann einmal, gegen diesen hinterhältigen, grindigen, uneingestandenen Haß? . . . Irgendwann einmal?

Nein! ... Jetzt, wo sein Rücktritt gemeldet wurde, falls er sich bestätigen sollte!

Er schnallte den Gürtel um, zog den Uniformrock über und ging hinunter, um die Wache zu kontrollieren. Alle auf ihren Posten, ruhig, nicht schuldig an dem, was in der Hauptstadt geschah, am möglichen Rücktritt des Herrn Präsidenten, der in der Luft lag ...

Die Wache, der Offizier, die Soldaten, alles an seinem Platz. Es war dunkel geworden. Plötzlich, so wie die Nacht an der Küste hereinbricht. In der Ferne der silberne Glanz der Lampen, die über den Gebäuden der Gesellschaft hochragten und in sehr schwarzen Nächten besonders deutlich zu sehen waren. Vergebens suchte er einen Stern. Alles war Teer. Und wieviel Millionen Sterne leuchteten doch an glücklicheren Himmeln! Hier nicht einer. Der milchige Schein der Lichter über der Fruchtgesellschaft. Fremdes Licht. Licht, von anderen hergebracht. Licht der Fremden. Um so schmerzlicher die eigene Finsternis, die Finsternis des Blinden! Nur das Licht der Fremden, alles andere dunkel, dunkel, dunkel ...

Recht hatten die Samuels, wenn sie halb singend, halb lachend, halb weinend sagten:

Söhne, geboren
von der großen Hündin,
(aber ja, chon, chon
aber ja, chon, chon)
ich sag euch, man
wird immer geschunden,
ist nur ein Peón
als Sohn der Nation.
Herr ist der Fremde,
er ist Patrón!
(Aber ja, chon, chon
aber ja, chon, chon).

Er kehrte in sein Zimmer zurück, legte sich aufs Bett, neben die Gitarre, und wiederholte: »... geschunden, ist nur ein Peón als Sohn der Nation ..., nur ein Peón ..., nur ein Peón ...«

Die Schritte des Kommandanten, der die Treppe heraufkam, verzahnten sich mit seinen Gedanken ... Wußte er von dem Rücktritt? Wußte er nichts? ...

Die Schwerfälligkeit seiner Schritte verriet, daß er bedrückt war ...

Er mußte wissen, daß die Nachricht von dem Rücktritt nicht nur ein Gerücht war und daß sich, weil es so war, das Land von Grund auf ändern würde.

Und fröhlicher wiederholte er: »Ist kein Peón als Sohn der Nation . . . Ist kein Peón . . .«

Das Gähnen des Großen Klaffmauls, sein Räuspern, sein Spucken und der Widerhall seiner Stiefel auf den Dielen . . . Er hatte sein Leben im Militärdienst verbracht, und was war er? Geschundener Peón? Nein! Herr? Nein! Patrón? Nein! Und doch kam er die Treppe herauf, als wäre er der Herr des Weltalls in der Uniform eines Obersten, und dabei war er nichts, weder Herr noch Peón noch Patrón . . ., nur ein Aufseher!

Die Riesenschritte des Kommandanten verhallten in Richtung des Amtszimmers. Man hörte ihn in der großen Stille voll Husten, Schnarchen und Kasernenlangeweile das Licht anknipsen.

Der Chef blieb nicht lange in seinem Zimmer. Nach einer Weile hörte man, wie er das Licht ausschaltete und in seine Privatwohnung ging. Während die Schritte verklangen, dachte Hauptmann Salomé an die Aussprüche des alten Trunkenbolds, der in der Kaserne mit dem Ladestock erzogen worden war.

»Ich habe schon gezahlt«, wiederholte er, sooft er guter Laune war, »jetzt müßt ihr Jungen zahlen. Das Menschengeschlecht verlangt, daß man mit Kindern zahlt, sofern man jemand hat, mit dem man diese angenehme Verrichtung verrichten kann. Ich habe meine Pflicht erfüllt und dafür Genugtuung, Vergnügen, Genuß empfangen. Die menschliche Gesellschaft verlangt, daß man ihr mit einem Verhalten zahlt, das durch bestimmte Normen geregelt ist, für uns heißen sie Gehorsam gegenüber dem Vorgesetzten und soldatische Pflichterfüllung. Ich habe meine Pflicht getan und wurde dafür einige Male im Tagesbefehl erwähnt, wurde befördert und habe die Feste gefeiert, wie sie fielen . . .«

Ohne ihn zu sehen, glaubte der auf dem Bett ausgestreckte Hauptmann seine Worte deutlich zu hören.

Nackt, wie er war, die nächtliche Hitze glühte wie ein Feuerofen, grübelte er weiter: Kinder, Ehren, Vergnügungen, Erwähnungen im Tagesbefehl, Orden, Beförderungen, all das reichte nicht aus, die Leere zu füllen, die eine Uniform ohne Volk umschließt, denn ein Soldat muß das Volk drinnen in der Uniform haben, um nicht diese unausfüllbare Lücke zu fühlen, die er fühlte. Und das Ende jeder Lustbarkeit war immer das gleiche: weinen, betrunken vor Zorn, sobald er zu sich selbst fand, obwohl diese Berührung mit seinem wahren Ich, zumal wenn er verkatert war, in ihm die dumpfe Empfindung hinterließ, er habe einem aufsässigen Untergebenen den Mund stopfen müssen, der versucht hatte, der Uniform zu entfliehen, um welchen Preis und durch welche Tür auch immer, dabei gab es nur einen Ausweg, die Freiheit, und von den Offizieren hatte ihn nur einer gefunden: Bolívar! . . .

Der Name des großen Hauptmanns, eines Hauptmanns, der das Volk in sich trug, Hauptmanns wie er, weckte neue Erinnerungen. Alle, die sich während ihres Studiums an der Militärakademie für die Gestalt Bolívars begeistert hatten, machten keine Karriere, waren gebrandmarkt, und im Laufe der Jahre, während ihre Studienkameraden befördert wurden, weil sie auf Dschingis-Khan, Alexander, Cäsar oder Napoleon geschworen hatten, verwandelte sich für sie dieses Brandmal in ein vernichtendes Stigma.

»Gibt es ein Rezept, ein Bolívar zu werden?« fragte ihn lachend in einem Examen General X.

»Ja«, antwortete er, »ein einziges . . .«, irgendwo hatte er es gelesen, »man nehme eine reichliche Dosis von jenem tollmachenden Gift zu sich, das ›Volk‹ heißt!«

Und keiner hätte sagen können, ob es an dieser jugendlichen, romantischen, maßlosen Begeisterung für Bolívar lag, daß er, als die Reihe an ihm war, nicht Fahnenjunker der Kadettenkompanie wurde. Obwohl er mit den besten Noten abschloß, brachte er es nie weiter als bis zum Hauptmann, gab es für ihn keine andere Beförderung als die unsichtbaren, verschimmelten Tressen der Dienstjahre, und dabei war er dazu verdammt, in Gegenden mit höllischem Klima Dienst zu tun, wo die Erde Gefängnis, Umklammerung und Grab ist.

Er schlief durch bis zum Morgengrauen, in das Laken gewickelt, das ihm wie ein nasser Lappen am Körper klebte, den Kopf auf dem mit Heu gefüllten und doch nicht kühlen Kissen, neben sich die Gitarre, die ihn weckte, denn hätte er sie nicht mit dem Ellenbogen zum Tönen gebracht, als er sich umdrehte, daß alle Saiten erschrocken aufklangen, er hätte sie zerbrochen. Noch halb im Schlaf, tastend, legte er sie unter das Bett wie auf den Grund eines Flusses, in dem er nicht länger schwimmen konnte, und dachte, wenn sie die Nachricht vom Rücktritt bestätigt, wird die Morgenröte der Menschheit anbrechen, nicht dieses stumpfsinnige Morgengrauen über den Feldern für das Vieh und die Sklaven.

Bald würden die Trommeln und Hörner erschallen (um den Sieg zu verkünden?), dem Weckruf würden die Geräusche des Reinemachens folgen (für das Fest?) und das Kommen und Gehen der Frühstück austragenden, ungekämmten Weiber mit den Milchflecken auf dem Hemd von den tropfenden Brüsten, die Säuglinge im Tuch auf dem Rücken, und später, wenn die Sonne aufging, die Knallerei des Kommandanten, der jeden Morgen nach der Scheibe schoß.

Ein Sprung, und heraus aus dem Bett. Rasch, rasch — ob sich die Nachricht vom Rücktritt bestätigt hatte? Sonst traf er im Duschraum Cárcamo und die anderen Offiziere. Heute keinen. Wahrscheinlich waren sie noch nicht aufgestanden. Also wäre er der erste. Auch gut. Vielleicht kam heute morgen die offizielle Bestätigung. Und — wundervoll, heute war sein dienstfreier Tag, da konnte er feiern, konnte sich ausgiebig mit seinem Frauenzimmer im Bett sielen und sich anständig besaufen. Aber alles Gute war nie beisammen. Wenn sich die Nachricht bestätigte, würden sie die Truppen kasernieren, und keiner, der dienstfrei hatte, konnte hinaus. Nun, Hauptsache, sie bestätigte sich, auch wenn er sein Liebchen nicht sehen würde. Er rasierte sich mit dem warmen Wasser aus der Thermosflasche. Schnell, bevor ihm von dem bloßen Gedanken an das Gekratze der Bart noch härter wurde. Der Bursche brachte die gewichsten Stiefel.

»Gibt's was Neues?« fragte er ihn.

»Nein, Herr Hauptmann.«

Und man hörte auch nichts mehr über den angeblichen Rücktritt, aber alle in der Kommandantur beobachteten einander, belauerten sich gegenseitig, fühlten sich unbehaglich in ihren Uniformen, auf ihren Posten, in ihren Bewegungen. Etwas erwarteten sie, aber sie getrauten sich nicht zu sagen, was . . ., genauso wie die Leute, die an der Kommandantur vorbeigingen und sie herausfordernd ansahen.

Die Nachricht bestätigte sich nicht, was ebenfalls ein Grund war, bei den alten Luceros ein Glas ums andere zu leeren, um dann, schon reichlich angeheitert, den Pflichten der Liebe nachzugehen.

»›Hierwarichglücklich‹ . . . oder . . . oder war ich nicht glücklich?« fragte er in der Tür und schaute mit glänzenden Augen nach seinem Liebchen aus, und als sie ihm entgegenkam, fügte er hinzu, während er sie umarmte und abzuküssen versuchte: »Uns geht alles schief, was? Uns geht alles schief, weil wir uns an einem Ort kennengelernt haben, der so hieß! Warum hat die Alte ihre Kneipe nicht ›Hierbinichglücklich‹ genannt? Ich habe es nur bis zum Hauptmann gebracht, und du hast dich, nachdem du in deiner Heimat alles verloren hast, auch noch an mich verloren! Hauptmann ..., es schmerzt mich, Liebling, es schmerzt mich! Hauptmann, dabei müßte ich zumindest Oberst und Brigadegeneral sein! Aber du kannst nicht sagen, sie können nicht sagen, daß ich es nicht geahnt hätte. Da ist Don Lino Lucero, er lebt noch, dem habe ich damals, als ich dich kennenlernte, gesagt, daß ich meinen Abschied nehmen und hier an der Küste Land kaufen wollte, um Bananen zu pflanzen! Eben erst hab ich's ihm vorgeworfen, und wir haben zusammen, ich allein habe eine ganze Flasche Whisky gesoffen! Du sagst nicht mal mehr ›Komm herein‹ zu mir!«

»Du läßt mich ja nicht zu Wort kommen.«

»Darum bleibe ich dabei, daß man immer der Stimme seines Herzens folgen soll ... Hauptmann ..., na schön, es lag nicht nur daran, daß mir Don Lino die Landwirtschaft verekelt hat, ich glaubte ja selber, ich wäre für eine glänzende militärische Karriere bestimmt, und dann mußte mir noch die Wirtin von dieser Kneipe ›Hierwarichglücklich‹ einen Floh ins Ohr setzen und mir erzählen, alle Salomés seien Draufgänger und sie selbst habe einen Onkel von mir mehr als gut gekannt, der erschossen wurde! Alle hatten sich gegen mich verschworen, daß ich Hauptmann blieb, auch du!«

»Das ist doch ..., jetzt gib mir noch die Schuld!«

»Ja, denn wenn ich dich nicht gehabt hätte, ich hätte mich nicht einen Tag länger damit abgefunden!«

»Tut es dir leid? Wirfst du es mir vor? Sie hätte dich erschossen wie deinen Onkel!« Sie schlang die Arme um seinen Hals, fest und zärtlich, und leckte ihm fast das Ohr, als sie ihm zuflüsterte: »Alle Salomés enden als verliebte Schatten ihrer eigenen Träume. Erinnerst du dich, daß die Frau dir auch das sagte?«

Er antwortete nicht. Er fühlte den Druck ihrer harten, vollen Brüste unter dem duftigen Hemd und das Spiel ihrer Schenkel, wenn sie das Bein wechselte.

Jemand rief an der Tür: »Bitte eintreten zu dürfen ..., bitte ...«, aber da stand er auch schon im Raum und überraschte die beiden in der Umarmung. »Ein Telegramm für den Hauptmann ...«

Während der Offizier ihm das Trinkgeld gab, wiederholte der Junge mehrmals: »Ein Tele für 'n Hauptmann ...«

Er rannte, so schnell er konnte, mit der unterzeichneten Bestätigung »Dem Empfänger ausgehändigt« davon, ein Blitz auf nackten Füßen, während der Hauptmann eilig das Telegramm öffnete, las, es in die Hosentasche neben die Geldbörse schob und dann die Tür mit

Schloß und Riegel sicherte und sich auf den Bettrand neben die sehnsüchtig wartende Clara María setzte, die nur ein hellblaues Rosenblatt trug, ein Höschen, durch dessen nicht sehr dichtes Gewebe dunkel die Schamhaare schimmerten.

»Mein kleines Kissen!« murmelte der Hauptmann zärtlich und streichelte die Härchen.

»Was steht in dem Telegramm?« fragte Clara María.

»Was Dienstliches . . .«

»Was Dienstliches? . . . Vom Dienst bei der andern!«

»Bei welcher andern?«

»Bei der andern! Warum steckst du es weg? Warum zeigst du es mir nicht, du Gauner?«

»Es ist was Dienstliches, sag ich dir.«

»Zeig es mir! Wenn es was Dienstliches ist, kann ich es auch lesen. Ah, aber weil's von deinem Liebchen ist . . . Schuft! . . . Zu mir kommst du und säuselst mir vor, daß du mich liebst, daß du mein bist, daß ich deine Kleine bin, daß du ohne mich nicht leben kannst! . . . Laß mich . . ., ich will mich anziehen . . ., aber recht geschieht mir, weil ich so gutgläubig bin . . ., so dämlich . . ., geh . . ., geh schon . . ., geh . . ., ich will dich nicht mehr hier haben, will dich nicht mehr sehen! . . . Ich frag mich bloß, warum ich dich nicht schon eher durchschaut habe . . . Zeig es mir . . ., zeig mir das Telegramm!«

Salomé holte es hervor, aber statt es ihr zu geben, zerriß er es in zwei, vier, acht Stücke, zerriß es, bis nur noch winzige Papierschnipsel übrig waren.

Sie rührte sich nicht. Erstarrt zwischen dem Bett und der Lehmwand sitzend, schien sie ein Teil der ungetünchten Fläche zu sein.

Sie nahm ein gelbes Kleid vom Haken, zog es an und schlang sich ein apfelsinenfarbenes Band um den Kopf.

Und schon stand sie in der Haustür mit dem Rücken zum Zimmer, wo Salomé sich das Hemd schloß, Knopf für Knopf, und darauf wartete, daß sie wieder zur Vernunft kam. Nichts. Als er fertig war, griff er nach seinem Hut, er war so sehr an das Käppi gewöhnt, daß er zweifelte, ob es der seine sei, griff nach dem Revolver, einem Fünfundvierziger mit langem Lauf, den er auf den Tisch gelegt hatte, nahm eine Zigarette aus dem Päckchen und zündete sie an.

»Schenk mir eine Zigarette«, sagte sie, ohne sich umzuwenden.

»Gern«, erwiderte er, froh, daß sie wieder sprach.

»Die Zigarette, die man dem Verurteilten vor der Erschießung gibt . . .« Sie hatte sie schon im Munde, als sie das sagte, und ließ zu, daß ihr der Hauptmann Feuer gab, aber der näherte im Scherz das brennende Zündholz ihren Augen.

»Sei nicht so grob, du verbrennst mir ja die Wimpern!«

»Nur ein bißchen ansengen.«

»Seng doch der anderen alle Haare an . . ., und dabei wird's nicht fein zugehen, denn das Miststück geht bestimmt in der Straße auf den Strich, wo du geboren bist!«

»Clara María, ich gehe . . .«

»Adiós, Pedro Domingo . . .«

»Bleiben wir Freunde?«

»Bleiben wir Freunde!«

Und als sie sich die Hände reichten, sagte sie: »Ich kriege keine Telegramme, mein Liebster wohnt ganz nahebei.«

»Der Sekretär des Direktors?«

»Ich habe gesagt, mein Liebster, nicht der rothaarige Gringo, der jedesmal, wenn er hier vorbeikommt, an meine Tür klopft und mir zuruft: ›Ergib dich mir, sei lieb zu mir, ich schenk dir 'n Auto und geh!‹ Meine wirkliche Liebe, ein blonder Junge . . .«

Salomé packte sie an den Handgelenken.

»Wer?«

»Was geht's dich an, wo du mich doch nicht liebst? Kümmere dich um die andere, die du wirklich liebst! Heuchler! Komödiant! Betrüger! Mich und meinen Kleinen laß gefälligst in Ruhe!«

Sie versuchte, dem Hauptmann ihre Hände zu entziehen, aber es gelang ihr nicht. In steigender Wut hielt er sie fest.

»Das ist nicht wahr! Sag, daß es nicht stimmt!«

»Ist nicht wahr, stimmt nicht? . . . Haha . . . So wie du Telegramme kriegst, so kriege ich Besuch. Das möchtet ihr Männer wohl, alles haben, und wir Frauen gucken in die Röhre! So habt ihr's gern, und wenn ihr's noch wenigstens richtig verstehen würdet, aber mit Land und allem, du liebe Güte, mit Telegramm und allem! Warum hast du es zerrissen? . . . Warum durfte ich es nicht lesen? Weil der Scheißname von der Hure drinsteht, ich hab's geahnt, mein Herz hat es mir verraten, und darum hab ich gestern abend meinen neuen Liebsten reingelassen . . ., einen blonden Jungen mit Augen wie ein Gringo, aber er ist kein Gringo.«

Der Hauptmann ließ sie mit einer Gebärde des Ekels los, spuckte den Zigarettenstummel aus, der ihm zwischen den Lippen erloschen war, und wandte ihr den Rücken.

»Adiós, Pedro Domingo! . . . Einen häßlichen Namen hast du . . .

Pedro Domingo! Mein neuer Liebster heißt . . .«

Und sie sagte einen Namen, den er schon nicht mehr hörte.

20

Bobby und Juambo verloren sich in der Nacht. Schon nach den ersten Schritten umfing sie tiefe Finsternis. Wohin die Füße setzen? Auf die Erde? Auf die Erde oder in das Dunkel? Zögernd tauchten sie den Schritt hinein, sie spürten den Boden nicht, aber als sie fester zutraten, war er da unter ihren Sohlen. Schlamm und Nebel. Schlamm, Luft geworden, einzuatmen, einhüllend, nach sumpfiger Lache, fauligem Blatt, Regen, Tierfell riechend. Bobby sprach nicht. Er schwitzte. Klebriger Schweiß am verzückten Leib. Einstiger Leib. Jetziger Leib. Allzeitiger Leib. Betäubt, stammelnd. Sie hatte ihn von der Straße hereingeholt. Die Katze. Morgen würde er wiederkommen. Liebe mit Duft im Hirn. Duft aus Nachtgeruch. Hochzeitlich. Reitend zwischen Haarfibern eines geköpften Engels. Das Verweben. Das Keuchen nach der Ebene. Wer zog das Band enger? Endlich, endlich, endlich. Warum noch enger? Gehenktwerden, die Zunge, das Zappeln und das rasende Blut, das noch nicht den Meßkelch verlassen hat, das noch Wein ist, das noch nicht vergossen ist im Mysterium des Fleisches. Wieder das Streicheln der Katzenhand über das Rückgrat, hinter den Ohren, auf dem Hals, fort, wo das Blut ihm als Wirbelsturm zum Kopfe floß und als Traum zurückkehrte, das Gehirn ist die Lunge, in der die Wirklichkeit, die das Blut mit sich fortreißt, Traum wird, Nichtsein, Wollust und entzückte, ungestüme, wortlose Flucht . . . Es war kein Traum . . . Es war Wirklichkeit, dies Gefühl, sich aufzulösen im Schlagen der Pulse, die Kehle zugeschnürt, ohne Atem schöpfen, ohne Speichel schlucken zu können . . .

»Herrchen! . . . Herrchen!« rief Juambo ihn laut an der Tür, »warum bist du reingegangen? . . . Nicht gut diese Frau! . . . Besser, du beeilst dich . . . Herrchen bleibt lange, lange!«

Der Mulatte konnte Clara María mit knapper Not entwischen. »Eine schlechte Mutter mußt du haben, du Schweinehund!«

Sie waren nur Schatten, bekleidete Schatten und unter den Kleidern Haut und Schweiß.

Juambo floh, erschrocken, toll, bis er den Rancho erreichte.

»Mutter nicht schlafen?«

»Nein . . .

»Mutter wach?«

»Ja . . .«

»Mutter hören, verkommene Frau stahl jungen Herrn?«

»Warum hast du jungen Herrn mitgenommen in diese Straße?«

»Nicht Straße, Busch!«

»Hast du ihn mitgenommen?

»Hab ihn mitgenommen . . .«

»Sambito!

»Nicht weinen, Mutter! Tränen werden zu Wespen und stechen Sambito. Nicht Sambito jungen Herrn mitgenommen, Frau! Nahm junge Herrn mit, sich verstecken. Nicht mehr wollen sein Anführer. Bande fliehen, Band ihn im Stich lassen bei den Toten . . .«

Die Mutter des Mulatten erhob sich, vom Zittern ihrer Falten wie von Federn getragen, und ging tastend, tastend, lange Blindenfinger, auf die Tür des Ranchos zu.

»Gehen wir, Sambito, junger Herr sei bei den Toten!«

»Nein, Mutter, junger Herr mit mir weggegangen. Die Bande hat ihn verlassen, aber er ist mit mir weggegangen . . .«

»Nein, Juambo, junger Herr sei bei den Toten!

»Junger Herr sein in ›Semírames‹, bei den Luceros!«

»Bei den Toten, Juambo, bei den Toten! Komm! Bleibt, bleibt bei den Toten, wenn sie ihn hierlassen!«

»Nein, Mutter sie haben ihn hierhergeschickt, um ihn vorm Feuerregen zu retten!«

»Sie sollen ihn fortbringen! Sie sollen ihn fortbringen!«

Schwindelig. Ihr schwindelte von dem Schwall Hitze, als sie aus dem Rancho trat, und sie ging nicht sehr weit, neben einem Nopalkaktus blieb sie stehen. Alle Stacheln der Kaktusblätter und die flaumigen, wolligen Kaktusfrüchte zielten auf ihre Hände, die in der heißen Luft schwammen. Sie war ein Häuflein Knochen, Schweigen und Geometrie gestärkter Wäsche.

Juambo führte sie zurück. Aber die alte Frau gab nicht nach. Bobby retten, fortholen von den Toten. Der Mulatte sollte nach »Semírames« gehen und den Millionen-Luceros klarmachen, welche Gefahr dem Jungen drohte. Wenn alle Reichen hier vor dem Streik flohen, worauf warteten sie noch, um ihre Koffer zu packen und ihre Haut zu retten! Damit die Streikenden Bobby töteten, um die Familie Maker Thompson auszurotten, es gab keinen anderen männlichen

Nachkommen, oder um sich an dem Enkel für das zu rächen, was der Großvater ihnen angetan hatte.

Juambo wußte nicht, mit welchem der beiden Brüder er sprach. Beide waren alt, dickbäuchig, bebrillt, grauhaarig und mißtrauisch. Es würde nicht zu diesem Streik kommen. Von seinem Sterbebett aus hatte der Grüne Papst angeordnet, den Arbeitern alles zu bewilligen, was sie verlangten oder verlangen würden, das schnaubte ihm aus Nüstern mit der Druckkraft eines Blasebalges der dickbäuchige, grauhaarige, bebrillte und mißtrauische Lucero, mit dem er sprach, ins Gesicht. Es gab also keine Gefahr für Bobby. Er schenkte Juambo eine Zigarre und beendete damit den Besuch.

Berauscht vom Rauch, hatte Juambo die Empfindung, nicht eine Zigarre, sondern eine Feuersbrunst zu rauchen.

Er ging in Rauchstrecken mit brennender Zigarre und suchte Bobby. In »Semírames« war er nicht. Er hatte sich fortgestohlen ohne die Bande und ohne zu sagen wohin. Der Mulatte wußte es, aber lieber hätte er ihn dort nicht getroffen, an eine Hecke aus heißem Blattwerk gelehnt, auf einem Pfad, dessen Erde von seinen Schritten zertreten war. Wie oft war er, nicht von Rauch beraucht, auf derselben Stelle, immer dieselbe Strecke auf und ab gegangen, gefangen im Freien, unter freiem Himmel, wie alle Verliebten, vor einem weißen Haus, das auf einem Erdwall stand. Dem überraschten Jungen klapperten die Zähne in der knirschenden Schwüle der Dämmerung, als fröre er vor Sehnsucht nach ihr, die ihm gesagt hatte, daß sie ihn diese zweite Nacht erwarte, um Abschied zu nehmen. Er ballte die in den Hosentaschen versteckten Fäuste, als mit seinem Zwiebackgesicht, haarlos, spärliche Brauen, spärliche Wimpern, der Mulatte auftauchte, die Füße nachschleifend und den Bauch vorgeschoben, als wollte er sagen: Sei dankbar, daß ich dich nicht allein lasse. Am liebsten hätte Bobby ihn verschwinden lassen. Ihn weggepustet aus seiner Nähe. Aber dann lächelte er ihm zu, froh, nicht allein zu sein, nicht weil er Angst gehabt hätte, Angst vor etwas Greifbarem, Wirklichem, Angst vor den Dingen, die um ihn her verschwammen, denn wenn er sich auch verwirrt fühlte von der Leere des Abends und der fernen Gegenwart der Unbekannten, die vorübergingen — was ihn erschreckte, war das Gefühl, wahnsinnig zu werden vor jener vagen, witternden, beklemmenden Begierde der Erwartung, nicht zu wissen, wie weit die Brust sich dehnen würde, in der das Herz hämmerte, ausweglos bis zum Zerspringen, sooft in sein Blut der Wunsch, die herrische, physische Notwendigkeit schoß, sie zu sehen, bei ihr zu sein.

Juambo durfte bleiben — im Grunde dankte er ihm seine Fürsorge, welch rascher Meinungswechsel — unter der Bedingung, daß er sich versteckte, sich nicht sehen ließ, denn sie hatte ihn schwören lassen, daß er allein kommen würde. Nachdem Bobby ihm das erklärt hatte, brachte er ihn mit dem Finger auf den Lippen zum Schweigen, nicht einmal, sondern jedesmal, wenn der Mulatte etwas sagen, ihm etwas erzählen wollte, verwies ihm die kleinste Bewegung und zwang ihn, reglos zwischen dem Blattwerk der Hecke zu stehen, die dem Haus auf dem Erdwall gegenüberlag und nah hinten einige Maisfelder begrenzte. Geräusch flinker Tiere im Gezweig, kratzender Krallen an den Stämmen, lautloses Gleiten, während die Vögel in ihre Nester zurückkehrten, und hier und da am unerreichbaren Himmel die ersten Sterne.

Schnell erblindete die Erde. Feuchtigkeit weinenden Wassers. Jemand erschien in der Tür. Niemand. Jetzt ja. Doch nicht. Er mußte warten. Der Mulatte drängte ihn zu gehen. »Sie hat dich nur herbestellt, um dich zum Narren zu halten.« Bobby schloß und öffnete die Augen. »Wenn ich sie öffne, kommt sie heraus«, sagte er sich. Er öffnete sie. Nichts. Alle Dinge an ihrem Platz. Die letzten Schritte von Leuten, die in das Leben zurückzukehren schienen, sie kamen von der Arbeit, oder die für immer fortzufahren schienen in Lastwagen und Autos, die haltmachten. Aber für Bobby existierte nichts, solange die Tür des weißen Hauses sich nicht öffnete, des letzten auf dem Erdwall, mit dem bläulich schimmernden Zinkdach. Es kann nicht sein, dachte er, und die Lust kam ihn an, hinzugehen, ein paar Sprünge, und er war dort, anzuklopfen und nach ihr zu fragen. Und wenn er den Mulatten schickte? Nein, er hatte ihr geschworen, allein zu kommen. Und wenn er einen Stein auf das Dach des Hauses würfe? Er konnte gut zielen. Er mußte den Stein nur suchen. In der Dunkelheit sah er schlecht, aber wenn er mit dem Fuß tastete, würde er einen finden. Und warum auf das Dach, warum nicht an die Tür? Einen dicken Stein an die Tür. Ihr wenigstens zu verstehen geben, daß er auf sie gewartet hatte.

»Schlechte Frau! . . . Schlechte Frau! . . .«, brummte der schwitzende Mulatte, glücklich, daß er mit dem enttäuschten Jungen umkehren konnte, er berührte sogar seine Schulter, um ihn wegzuführen.

Sie machten sich schon auf den Weg, voran Bobby, übellaunig, mit gesenktem Kopf, und dann Juambo, der seine Zufriedenheit nicht verbarg, die Zufriedenheit eines Hundes mit zwei Schwänzen, denn so sah er aus mit seinen erfreut wedelnden Armen. Aber ein Geräusch änderte alles. Die Tür und sie, gelb gekleidet, sich wiegend in einem Seifenblasenlicht.

»Das Luder!« knurrte der Mulatte, und er hätte Bobby am liebsten zurückgehalten, sich vor ihn gestellt, selbst wenn der ihn umgerannt hätte, sich hingekniet, geschrien, die Arme geöffnet, um ihn nicht durchzulassen; aber er zögerte, weil das Gesicht seines Herrchens so viel Glück ausstrahlte, und ehe er sich dessen recht bewußt wurde, lief Bobby bereits davon, geschwinder als ein Sturm auf Stelzen.

Eine Kerze . . ., eine Lampe . . ., ein Glühwürmchen . . ., ein Stern . . ., was hielt die süße Erscheinung in der Hand, dachte Bobby, als er sich ihr näherte, während Juambo, an der Hecke lehnend, die Augen von Grimm geschwollen, sich fragte, warum das Luder nicht das elektrische Licht angeknipst hatte, was das für eine Art sei, Bobby im Dunkeln, halb angekleidet, zu empfangen und ihm das Haar aus goldener Seide, nicht vom Seidenwurm, sondern vom Goldwurm, zu verbrennen, als sie die Lampe hob, um ihm die letzten Schritte zu erleichtern.

Er schaut sie an, schaut, schaut . . . Er hält sie fest und kann sich nicht satt sehen an ihr. Auch sie schaut ihn an, schaut, schaut, wortlos, neugierig, zufrieden, Bobbys bebende Hand auf ihrer Brust zu fühlen, zwischen den feuchten, schwitzenden, willigen Brüsten, deren Warzen wie die Stengel kurz abgeschnittener Begonien sind, die erblühen wollen.

Sie schlossen die Tür. Schwelender Kuhmist in einem Kohlenbekken, um die Mücken zu verjagen, und Storax, um den stinkenden Rauch mit dem Duft des flüssigen Amberharzes aufzufangen.

Sie traten in das kleine Haus. Niemand. Sie und das Radio.

Juambo zog die Schuhe aus, ging mit den Schuhen in der Hand von der Hecke hinüber zur Rückwand des Hauses und preßte das Auge an die erste Ritze, um sie zu belauschen. Sie lag nackt, goldbraun wie Kaffee unter Bobbys milchweißem Körper, beleuchtet beide von musizierendem Licht aus dem eingeschalteten Radioapparat neben dem Bett, das schütterte, als ginge, tanzte oder springe es im Takt der Bewegungen, mit denen die zwei der heißen, unruhigen Melodie zu folgen schienen, die kränklich gedämpft an ihre Ohren schlug, um sie mit ihrer fröhlichen Epilepsie anzustecken.

»Herrchen zähmt Summvogel!« Juambo trat sich mit dem einen Fuß auf den anderen und sah ihnen zu. »Herrchen ist weiß, Summvogel nicht. Was ist denn das! Wo gibt's denn so was! Das mit Musik? Wenn's noch ein Vortrag wäre! Ju ... Ju ... Ju ... Es ist ein Duett ... Summ ... Summ ... Summ ... Küß sie tüchtig, Herrchen ... Summ sie dir ... Summ sie dir noch und noch ...«, das Gesumme blieb dem Mulatten in der Nasenröhre, zwischen den Zähnen stecken, weil ihn jenes Niesen kitzelte, das sich nicht entladen kann, das sich auflöst und zersträubt wie sprudelndes Mineralwasser. Aber das Herrchen wurde immer geschwinder, und der Mulatte wußte schon nicht mehr, ob er den Speichel ausspucken oder schlukken sollte, während er, die Zunge in schaumiger Suppe und schnaubend wie ein Zug, sich an den Spalt drückte, überströmt vom Schweiß, der ihm von dem spärlichen, krausen Rußhaar herabfloß, als verflüssigte sich sein dampfender Atem auf dem bartlosen Gesicht.

»Crazy!« röhrte Bobby rasend, tobend, besessen, im Takt des Jazz, den das Radio wiedergab, verrückt wie ein Verrückter, auf den Knien, den Ellbogen tanzend, Mund auf Mund, Bauch auf Bauch, die Beine gespreizt, die Beine geschlossen im Rasen des Swing, fühlend und wieder gebend, fühlend und wieder gebend, umfangend, umfangend, immer enger umfangend, immer enger sich umfangend, immer enger, immer stärker, umfangend, immer enger umfangend, während von ihnen immer weniger blieb, im-mer-we-ni-ger ... wa, wa! ... wa wa! ... das nicht verging, wa!, das nicht widerstand, wa!, das sich nicht umfing, wa!, das sich nicht fand, waaaAAA! ... Das Röhren der Trompete, machtvoll, brutal, Dschungelröhren, belebt von neuem ihre zitternden Leiber, die für Sekunden weder Musik noch Fleisch gewesen waren, und schleuderte sie in elektrisiertes Sichauflösen, Arme und Beine schwebten fern von ihnen, geteilt und nochmals geteilt in tönende Stückchen, bis sie bei metallenen Temperaturen ineinander verschmolzen und fortglitten, peitschende Küsse, zügellose Bisse, klammerndes Keuchen, solange die Karinette spielte, verknäult in einem einzigen Zerfleischen, bis sie in die samtenen Falten der Saxophone sanken, die plötzlich einfielen, gedämpft, glühend, aufreizend, unter den Sporen der Triangeln, dem Paah-tschingah-paah des Schlagzeugs, dem ziehenden Schmerz in den Därmen des Basses, schneller schon, in federndem Tempo, im Tempo der Erwartung, während überraschend das Piano einsetzte und wieder verstummte und sie, zwischen Zuckung und Entzückung, ohne den Jazz einzuholen, klopfend, als bliebe von ihren Leibern nur das Pulsen übrig, unterbrochen von leeren Takten, Synkopen der Besinnungslosigkeit, sex-sax, sax-sex, Synkopen der Besinnungslosigkeit, zusammenprallen, Liebkosungen erfindend, zusammenprallen, neue Formen des Kusses schaffend, Wort-Küsse, Wort-Biß-Küsse, aufeinanderprallten wie blinde, willenlose, von Schweiß weinende Masse . . .

. . . sie fiel in sich zusammen mit der Schwere einer toten Schlange, und Bobby lag auf ihrer schlaffen Schulter, die Augen unter den Lidern, die Finger im Leeren, die Ohren nahe und doch fern dem Lied, das aus dem Radio drang:

»Play that song,
jazz band!
Play it for the lords and ladies,
for the dukes and counts,
for the whores and gigolll . . .«

Die Sendung brach plötzlich, schlagartig ab, aber das Radio war offensichtlich in Ordnung. Bobby hob den Blick und sah, daß es weiter leuchtete, daß es voll war von jenen Echowürmchen, die den Kadaver des Klanges zu verschlingen scheinen, und statt des Liedes vernahm er eine Stimme, die in dramatischem Ton ankündigte: »Achtung! Achtung! In wenigen Minuten werden wir eine Information der Präsidentschaftskanzlei bekanntgeben!«

Das Luder streckte den Arm aus, stellte das Radio ab und schmiegt sich im Dunkeln an Bobbys Körper.

Vergebens drückte der Mulatte das Gesicht an den Spalt, am liebsten hätte er sich das Auge ausgerissen und es wie eine Glaskugel in die Finsternis rollen lassen, wo die beiden wie im Schlaf miteinander sprachen. Er preßte das Ohr an den Spalt. Wie lautete die Information? . . . Man hörte nichts . . . Die beiden schliefen nicht, sie küßten sich . . . Wie lautete die Information der Präsidentschaftskanzlei? . . . Es mußte etwas Wichtiges sein . . ., wenn sie die Sendung unterbrachen, und noch dazu so spät . . . Er preßte das Ohr noch fester an den Spalt . . . Man hörte nichts, nur das unübersetzbare Idiom des Bettes, das jetzt ohne Musikbegleitung den Takt der Bewegung der beiden im Dunkel verlorenen Leiber wiederholte: kichi-din-guindiche . . . Wie lautete die Information? Juambo kratzte sich mit verdrehten Pupillen den Kopf, als suchte er oben in den Augäpfeln die Antwort zu erraten, in den weißen, nackten Eierschalen, die sich über den Wangenknochen vorwölbten und ihm das Aussehen eines Totenschädels gaben.

So sah ihn, und fast hätte sie sich bekreuzigt, das Luder vom dunklen Zimmer aus durch die Spalten, in der leuchtenden Nacht, überreizt wie sie war von der Hitze und niedergeschlagen, weil sie ihren Geliebten mit dem blonden Bürschchen betrogen hatte, das jetzt wie ein Engel schlief. Sie war vorsichtig aufgestanden, um sich zu waschen, ohne Licht zu machen, ohne Lärm zu machen, und während sie sich über die Schüssel beugte, sich wusch und erfrischte, überlegte sie, ob sie nicht das Fenster öffnen und dem Mulatten das Wasser über den Kopf gießen sollte; aber während sie die Schüssel schwenkte, dachte sie an den Lärm. Er würde schreien und den Blonden wecken. Lieber draußen. Plötzlich hinausgehen und ihm ein paar mit dem Besenstiel versetzen. Sie warf ein Kleid über, glitt zur Tür, und Juambo, jählings überrascht, leistete kaum Widerstand, konnte sich nicht gegen die Hiebe und Krallen des Weibes wehren, das ihn schlug und kratzte und dabei, um nicht aus der Gewohnheit zu kommen, seine Jackentaschen durchwühlte, ohne in den armseligen Hohlräumen aus stinkendem Stoff etwas anderes zu finden, als Reste von Totenknochen.

Ihr Körper gefror, als hätte man sie inmitten der Feuersglut in ein Eisbad getaucht, und sie wußte nicht, wohin sie die noch mit menschlichem Fett beschmierten Knöchelchen werfen sollte, neben ihr Haus nicht, vor ihre Tür nie und nimmer, sie rannte dem Mulatten nach, der über die Hecke setzte und sich im Maisfeld verlor, und schrie wie eine Besessene: »Verfluchter! Verfluchter! Sag der, die dir aufträgt, mir Totenknochen vors Haus zu schmeißen, sie braucht keine Telegramme an ihn zu schicken! Sie braucht kein Geld rauszuwerfen, um Telegramme zu schicken! Das kann jede, Telegramme schicken! Herkommen soll sie und ihm hier an der Küste das Loch hinhalten! Und wenn ich dich noch mal erwische, daß du mir Totenknochen vor die Tür schmeißt, kommst du hier nicht lebendig weg! Hör gut zu, Mistkerl, hör gut zu, dann kommst du hier nicht lebendig weg!«

Sie schleuderte die Knochen weit fort, so weit sie konnte, und säuberte sich die Hände an den feuchten Blättern, aber ihre Finger waren wie eingeschlafen, und im ganzen Körper fühlte sie die Qual ihrer Ohnmacht vor dem Totenstaub, den die Verfluchte mit dem Telegramm ihr vor die Tür hatte werfen lassen. Sie würde den Vater ihrer . . . Spiele, ihrer kunstvollen Spiele verlieren, denn Kinder hatte sie nicht, ihren Pedro Domingo, der zwar einen häßlichen Namen hatte, aber ihr ältester Liebhaber war, der einzige, mit dem sie richtig gegangen war und der, weil er der älteste, auch der eigentliche Liebhaber war, noch aus den Zeiten der Kneipe »Hierwarichglücklich«, denn alle anderen, wie das blonde Bürschchen da in ihrem Bett, waren nichts weiter als Draufgaben, Draufgaben, weil sie einem ein Weilchen drauflagen und sonst nichts.

Juambo durchquerte die dunkle Siedlung, ohne sich mit der geschlossenen Hand schneuzen zu können, er mußte sich damit begnügen, die rotzige Nase von unten nach oben zu reiben, denn seine wurzelharten Finger umklammerten ein Büschel glatter, fettiger Haare, er hatte sie der Frau ausreißen können, die über ihn hergefallen war und die für ihn nicht ein Wesen von dieser Welt war, sondern ein böser Geist, dem Körper des Luders entsprungen, deren Kleid er überzogen hatte und dann herausgekommen war, um ihn zu verbleuen, weil er spioniert hatte. Wenn er nachher stehenblieb und die Hand öffnete und statt der Haare Gitarrensaiten fand, war damit bewiesen, daß er es mit der Siguamonta in eigener Person zu tun gehabt hatte, mit der Grünen Siguamonta, die in gewissen Nächten durch die Bananenpflanzungen geistert und kräftige Männer raubt, denn nach denen steht ihr der Sinn.

Er machte halt und hatte als einziges Licht nur das der Sterne, so viele waren am Himmel, daß sie einander stießen, denn in dieser Nacht waren, wer weiß warum, die Lichter der Gesellschaft, große Scheinwerfer und Rosenkränze aus elektrischen Birnen, nicht angezündet worden. Aber er hatte nicht mehr die Zeit, festzustellen, ob seine schweißige Hand Haare oder Därme vom Kopf der Grünen Siguamonta, dem mannshungrigen Gespenst umschloß, denn jäh schoß ihm das Blut ins Gehirn, seine Augen trübten sich, als er entdeckte, daß das Luder ihm einige Knöchelchen von der ehrwürdigen Hand seines Vaters gestohlen hatte, die er verborgen in einer seiner Jackentaschen trug.

Er konnte es nicht glauben, durchsuchte die Tasche, zwei-, dreimal hintereinander im ersten Schreck und dann noch viele Male, immer wieder von neuem, mit zitternden Händen, alle Taschen, ließ sie heraushängen wie verlassene Vogelnester, wie Hodensäcke toter Tiere oder leere Kissenbezüge. Ob er sie herausgerissen, ob er sie verloren hatte, als sie ihn mit dem Besen verdrosch oder als er sie mit gewaltigem Händefuchteln abwehrte, damit sie ihm nicht das Gesicht mit ihren Hurennägeln zerkämmte, das Schlimmste, was es gibt, oder als er Reißaus nahm, liebe Füße helft, damit sie ihn nicht einholte . . . Er versuchte sich hinzusetzen, Gott mochte wissen, wie lange er gestanden hatte, sich vorsichtig hinzuhocken, aber er fiel um, kippte über seine Füße wie ein Sack voll schmutziger Wäsche. Er konnte doch nicht zurückkehren und sie suchen! In der Dunkelheit und ohne Licht. Und er konnte sie doch nicht verloren geben, unmöglich, unmöglich. Er wischte sich den Schweiß ab, der ihm über die Wangen lief, und preßte das Gesicht gegen die rauhe Wand. Unmöglich, die Knöchlein von der Freundeshand Agapito Luisas, seines Vaters, zu verlieren, der ihm so freudig die Rechte entgegengestreckt hatte von dort, wo er war, mit offenen Augen, schon in der Ewigkeit, wie behaglich, in der Ewigkeit. Er mußte warten bis zum Morgengrauen. Sobald die Sonne aufging, würde er zurückkehren, kriechend, auf allen vieren, und wenn das Luder sie gestohlen hatte, würde er mit ihr handeln, damit sie sie ihm zurückgab, aber wer weiß, wieviel sie dafür verlangte. Der Ort wach in der Dunkelheit. Die Türen offen. Die Fenster sperrangelweit offen. Die Bürger auf und ab gehend wie Gefangene. Die angesehensten Bürger. Rauchend, eine Zigarette nach der anderen, die Hände auf dem Rücken, bald verschränkt, bald gelöst. Die Frauen reglos, Kaugummi zwischen den Zähnen. Sprechen heißt die Dinge außen schlucken, Chiclegummi kauen, die innen schlucken, in Gedanken suchten die Frauen tastend nach schlafwandlerischen Erklärungen für ihr ungewöhnliches Schweigen. Sie konnten sich nicht erklären, warum sie die Dinge außen schlucken, wenn sie sprachen. Aber es war so, wenn sie die Dinge sagten, verschluckten sie sie. Sie konnten es sich nicht erklären, aber es war so; darüber grübelten sie in aller Einfalt, sich in den Schaukelstühlen oder den Hängematten wiegend, erstickt vor Hitze, während ihre Männer im eng begrenzten Dunkel der Häuser auf und ab gingen. Die Nachrichten waren nicht danach angetan, einen schlafen zu lassen. Ein lakonisches Kommuniqué der Präsidentschaftskanzlei. Es teilte der Bevölkerung mit, drastische Maßnahmen würden gegen die Gruppen ergriffen werden, die versuchten, Kundgebungen zu veranstalten, und gegen alle, die ihre Arbeit in den Krankenhäusern, den Gerichten, den Kanzleien im Stich ließen; gegen die Kaufleute, die ihre Läden schlossen, gegen die Lehrer, die keinen Unterricht abhielten; ebenso gegen die Familienväter, die sich weigerten, ihre Kinder zur Schule zu schicken. Die Todesstrafe werde verhängt bei: Sabotageakten, Verbreitung von Gerüchten, Arbeitsniederlegung in Wasserwerken, Elektrizitätswerken und bei der Eisenbahn, Verstecken von Waffen, Bomben und Sprengstoff, Druck und Verbreitung von Flugblättern, die die Bürgerschaft aufriefen, sich dem Streik anzuschließen . . .

Auch andere Nachrichten machten die Runde, aber über die sprach man nur unter Vertrauten. Reisende, die in dem Zug, der Tiquisate passierte, von der Hauptstadt nach dem Süden fuhren, hatten erzählt, daß Tausende friedlicher Demonstranten, die Hände auf dem Rükken, nach mehrfachen Plänkeleien mit der Polizei am Nationalpalast vorbeigezogen waren, wo die Bestie mit einigen Ministern, Sekretären und Adjutanten konferierte. Was tun? Warum wurde diese Prozession des Schweigens nicht verhindert, diese Kundgebung von Menschen, die keine Menschen waren, sondern Gespenster, Marionetten, die auftauchten aus vierzehn Jahren Diktatur, stumm, reglos, nur die Füße bewegend im Protestschritt, daß der Asphalt widerklang? Wo, wo war der Polizeichef? An einem von den Seinen mußte die Bestie ihre Wut auslassen. Sie ohrfeigte ihn. Abgesetzt. Ein anderer her. Befehle. Die Kavallerie. Pferde. Helme. Hufe. Von dem einsamen Platz wegwischen mit dem funkensprühenden Getrappel der Pferde, die von Soldaten in grellweißer Uniform auf kupferfarbener Haut und von Offizieren mit blankem Säbel geritten wurden, wegwischen dieses Vorbeiziehen, Vorbeiziehen, Vorbeiziehen der Gespensterkolonne, die man hörte, die vorbeizog, unablässig vorbeizog. Nur daraus, daß sie Gespenster waren, ließ es sich erklären, daß sie die Bestie im Käfig ihres Palastes herausforderten ... »Ja, Herr Präsident!« — »Nein, Herr Präsident«, widersprachen sich die Adjutanten. »Aber«, brüllte die Bestie, »sind es nun Gespenster oder nicht?« — »Nein, Herr Präsident!« — »Ja, Herr Präsident!« Die Bestie weicht zurück. Zieht ein wenig das Bein nach, weicht zurück bis an das äußerste Ende ihres eben erst eingeweihten, brandneuen, nach Mahagoni duftenden Amtszimmers. Auf einem Tisch, neben dem Schreibtisch aus rötlichem, fleischigem, mit Schnitzereien verzierten Mahagoni, ein Wald von Telefonapparaten in Reih und Glied und so dicht beieinander, daß die silbernen Gabeln, Zähne mit zwei Zacken, das Gelächter eines riesigen metallenen Totenschädels vortäuschen. Einer dieser Apparate genügt, um das Gemetzel zu entfesseln. Aber die Bestie zögert, ist unschlüssig, zaudert vor jedem einzelnen Telefon, und alle, die in den Palast geeilt sind, um sich dem Präsidenten zur Verfügung zu stellen, und ihn in seinem Amtszimmer umringen, werden unruhig angesichts seiner Ratlosigkeit und seines Zweifels, ob er den Befehl geben soll oder nicht, mit Feuer und Schwert die Streikenden und die Bolschewisten auszurotten, denn nur Leute mit dieser Geisteshaltung konnten derartige Kundgebungen, wahre Feste der Selbstvernichtung, planen und ausführen, ganz zu schweigen von der Technik, die sie anwandten, einer Technik von rein bolschewistischem

Zuschnitt, mehr oder weniger die gleiche, die Lenin bei seinem berüchtigten Staatsstreich befolgte, wie ein Männchen mit scharrender Stimme, der gefürchtetste seiner Sekretäre, auseinandersetzte: Mehrere Kundgebungen gleichzeitig auf Straßen, die zum Hauptplatz führen, für die Augen der Ausländer scheinbar spontan von der Bevölkerung ausgehend, denn sie wurden von Männern und Frauen organisiert, die auf den Bürgersteigen spazierten oder ihren Beschäftigungen nachgingen und plötzlich, völlig unerwartet, auf die Mitte der Straße liefen und Demonstrationszüge bildeten, ohne daß die überraschte Polizei Zeit fand, sie aufzuhalten, ebensowenig wie die Kavallerie, die in diesem Augenblick darum kämpfte, die Menschenmassen zurückzudrängen, die über den Platz auf das Präsidentenpalais vorrückten.

»Ah, es sind also keine Gespenster?« Die Bestie wandte sich um, fast spürte man den Prankenschlag in der Luft, und blieb nachdenklich stehen. »Nein, Herr Präsident, es sind keine Gespenster, es sind Bolschewisten!« schnarrte ihm das Sieben-Sechs-Fünfmonatskind von Minister ins Ohr. Von hinten gab der Staatssekretär im Amt für Auswärtige Angelegenheiten mit diplomatischem Scharfsinn zu verstehen, daß es nicht angebracht sei, sie als solche zu bezeichnen, da das Land im Krieg und mit Rußland verbündet sei, man tue daher besser daran, sie »Nazifaschisten« zu nennen, eine Meinung, bei der die Bestie knirschend mit den Zähnen mahlte — ihm gefielen die Nazis besser als die Bolsches, und er würde es dem Staatssekretärchen schon noch eintränken —, während die Adjutanten mit fliegenden Händen eilten, die Fenster zu schließen, aus Furcht, daß an die Präsidentenohren schlagen könne, was nicht länger stummes Schweigen und Gespensterzug war, sondern der Schrei von Studenten und Lehrern, die den Rücktritt verlangten. »Nein, Herr Präsident!« — »Ja, Herr Präsident!« stammelten verwirrt die Adjutanten, nahmen Haltung an, knallten die Absätze zusammen, schlugen mit Hand und Arm auf ihre riesigen Pistolen. »Aber was wollen sie denn? Meinen Rücktritt?« fragte schnaubend die Bestie. »Ja, Herr Präsident!« — »Nein, Herr Präsident!« — »Man muß sie die starke Hand fühlen lassen!« riet der Außenminister. »Ich weiß, was ich tun muß, Hurensohn!« brüllte die Bestie, in die Enge getrieben von dem Menschenmeer, das den Platz überflutete. Sie sagte nicht, was es war (»Abdanken! . . . Abdanken! . . . Er soll gehn! . . . Er soll gehn!«), aber in diesem Augenblick hatte sie ihre Entscheidung getroffen.

Die Reisenden, die dies in Tiquisate erzählten, wußten nicht, wofür sich der Präsident entschieden hatte. Man sprach von einer Änderung des politischen Kurses. Politische Gefangene, die man hätte befreien können, gab es nicht. Der hohe Herr leistete sich den Luxus, sie unter der Erde aufzubewahren. Die Verbannten wollten nicht zurückkehren, obgleich er ihnen die Tore des Vaterlandes öffnete. Man sprach vom Rücktritt der Minister. Einige Departementchefs mit Privatfriedhöfen sollten abgelöst werden. Die Menge verlangte jetzt nicht nur seinen Rücktritt, sie beschimpfte ihn bereits, der so fest in der Falle saß wie in den Maschen seines kugelsicheren Panzerhemdes, in dem er aussah wie ein furchteinflößender Hampelmann, hin und her lief, ein Bein nachziehend, die Lider listig über den feigen Blick gesenkt, im Gürtel den unvermeidlichen Revolver und in der Hand die Reitpeitsche. Es waren keine Gespenster, es waren Bolschewisten . . . Bolschewisten! Er mußte es sich viele Male wiederholen, um es zu glauben und sich in dem bereits gefaßten Entschluß zu bestärken: er würde das Land den Bolsches überlassen, in der Gewißheit, daß er unter dem Druck des unvermeidlichen Zusammenbruchs wieder an die Macht berufen würde, und deshalb gab er nicht, wie seine Anhänger erwarteten, den strikten Befehl zum Massenmord, sondern sein Urinstinkt verlor gleichsam an Kraft, und er vermied es schlau, das Volk zusammenschießen zu lassen, verfügte, die längst fällige Zahlung an die Engländer zu leisten, um erklären zu können, daß das Land niemandem etwas schulde, und verfügte die Nationalisierung des deutschen Eigentums, um verkünden zu können, daß das Nationaleinkommen um hundert Prozent gestiegen sei. Er würde gehen, damit sie ihn zurückriefen. Aber niemand wußte das außer ihm, alle hingen an seinem Munde, bewunderten seine Kaltblütigkeit, seine Gefaßtheit gegenüber den Beleidigungen der Menge und erzitterten bei dem Gedanken, daß sie dabei waren, während die da draußen mit dem Ruf »Tod! Tod! Tod dem Tyrannen!« seinen Kopf verlangten, während Licht und Luft gerannen zu einer Atmosphäre von Überfall, Lynchjustiz, Erschießung, Galgen und Scheiterhaufen.

Aber die Reisenden, die diese Nachrichten aus der Hauptstadt mitbrachten, der Nachtzug machte in Tiquisate halt und fuhr nach dem Süden weiter, fragten, was auf den Bananenplantagen vor sich gehe, warum der Streik nicht erklärt werde, worauf die Bauern warteten, die schon die Schützengräben des Generalstreiks bezogen haben müßten.

Es tagte nicht. Lachen von Regenwasser, Sterne wie Goldspritzer, samtene Schattenbilder regloser Rinder auf den Feldern, flimmernde Späne Mondlicht, schlaflose Hähne und die schmerzliche Rückkehr Juambos, der sich mit einer Taschenlampe bewaffnet hatte, um vor dem Haus des Luders zwischen Hecke und Erdwall nach den Knochen der Hand seines Vaters zu suchen.

Da lagen sie. Er hatte sie gefunden und wog sie dankbar, sabbernd, um zu prüfen, ob sie ihre Zeugungskraft und ihren Magnetismus nicht eingebüßt hatten, als er im Haar wie einen Luftzug das Nahen der dunkeln Gestalt wahrnahm, die, in der Hand die knallende Peitsche, drohend auf ihn zukam. Er wartete nicht, bis sie heran war. Flink wie ein Bergkater rannte er in das Maisfeld. Sie blieb im Dunkel, das sich schon olivgrün färbte, und füllte die Stille in ihrer ganzen Tiefe mit ihren Todesdrohungen.

»Wenn ich noch mal sehe, daß du vor meine Tür, vor mein Haus Totenerde und Knochen schmeißt, dann kommst du mir nicht davon! Ich schwöre es dir! Ich schwöre dir, daß ich dich umbringe! Die, die dich bezahlt hat, damit du mir Schaden antust, die mit dem Telegramm, hat deinen Tod bezahlt! Bei Gott, hör mich an, bei Gott, sie hat deinen Tod bezahlt! Wenn ich dich noch mal hier sehe, kommst du nicht lebendig weg!«

Juambo rannte schwitzend, naß vom Tau und glücklich wie nie mit den Knochen der Hand seines Vaters davon und verschwand in den Pflanzungen zwischen den Bananenstauden, um jene Morgenstunde, in der die Stille farbig ist.

21

Zeitweise schien keinen Sinn zu haben, was sie sprachen in diesen Stunden der Frühe, die heiß und beizend war, feuchtigkeitsgesättigtes Mark und Schwamm aus Glühwürmchen und Tau. Die ganze Nacht bis zum Morgengrauen hatten sie hin und her geredet, ob sie auf den Bananenplantagen streiken sollten oder nicht; sie hockten fast übereinander, denn es waren viele Abgesandte von den Gütern und aus den Arbeitslagern gekommen, und der Raum in dem schlecht beleuchteten Rancho war knapp, sie sahen ihre Gesichter nicht, die unter den breitkrempigen Sombreros verschwanden, die Oberkörper der Männer, die kein Hemd trugen, glänzten gläsern vor Schweiß, andere prunkten in Leder- oder Wildlederjacken, mit Fransen an den

Ärmeln, um noch eleganter auszusehen. Ein grellweißes Licht unter einem milchigen Schirm beleuchtete den mit Papieren, Tintenfässern, Federhaltern, Bleistiften, Wassergläsern und brennenden Zigaretten bedeckten Vorstandstisch, auf den die Versammlungsleiter, wenn sie müde oder nervös waren, ihre Hände legten, ein Spiel, das Tabio Sans Hände nicht mitmachten, sie ruhten wie die einer Statue auf der Tischplatte bis zu dem Augenblick, da er die kleinen Finger krümmte, ein Ausdruck tiefster Beklemmung, der sich den anderen Fingern mitteilte, als wollte er sie instinktiv zurückziehen vor dem Giftschlangenrascheln der knisternden, grünen Scheine, denn zweifellos liefen sie schon unter denen um, die sich dem Aufruf zum Streik widersetzten und die gewährten Lohnerhöhungen priesen und das Versprechen der Gesellschaft, künftig noch mehr zu zahlen und die Arbeitsbedingungen zu verbessern.

»Das ist meine Meinung«, sagte einer mit spitzer Nase und lehnte sich fest zurück an die Rohrwand des Ranchos, allzu fest, denn er kippte nach hinten und wäre auf dem Boden gelandet, hätte ihn sein Nebenmann nicht rechtzeitig aufgefangen.

»Erschrick nicht, Kumpel!« sagte San, den Vorfall ausnützend. »Das, was dir passiert ist, würde uns allen passieren, wenn wir uns deiner Meinung anschlössen und den Lohnerhöhungen vertrauten, die die Gesellschaft so mir nichts, dir nichts gewährt hat, ohne gewerkschaftliche Stütze, so daß sie wacklig sind wie die Bambusrohre dieses Ranchos. Wenn die Lianen, die sie zusammenhalten, verfault sind, mit anderen Worten, wenn es der Gesellschaft gelänge, den Streik zu unterbinden, dann stünden die Erhöhungen so haltlos in der Luft wie die Bambusrohre hier, und der Zusammenbruch würde uns klarmachen, daß es mit dem Wohlstand aus ist. Deshalb bestehe ich darauf, daß wir keine Zulagen und Verbesserungen annehmen, wenn die Gesellschaft, wie man uns hier zu verstehen gegeben hat, zur Bedingung macht, daß die Arbeiter sich vorläufig nicht organisieren und keine Gewerkschaft gründen, denn Gewerkschaft bedeutet Kollektivvertrag, Sozialversicherung, bezahlter Urlaub, Familienzulage . . .«

»Setzen wir mal voraus, daß das stimmt«, beharrte der mit der spitzen Nase, »nehmen wir die uns gütig gewährte Zulage an« — gegen das »gütig gewährte« erhoben sich zornige Stimmen und Protestrufe —, »na gut, lassen wir das ›gütig gewährte‹, nehmen wir also die Erhöhungen erst einmal an und organisieren wir hinterher, wenn ein bißchen Zeit vergangen ist, unsere Gewerkschaft.«

»Das heißt«, rief San lebhaft aus, ohne lockerzulassen, »bauen wir den Rancho auf, ohne die Bambusrohre fest zusammenzubinden, damit er uns auf den Kopf fällt ...«

Die Worte des Arbeiterführers lösten fröhliches Gelächter aus, in das sich das Zähneknirschen der »Goldsucher« mischte, jener Gruppe der Bananenschlepper, die am entschiedensten für den Streik eintraten und auch die Streitbarsten waren, denn, wie sie selber sagten, je weiter unten einer ist, um so rascher muß er bereit sein, sich zu erheben.

»Nein, Freunde«, fuhr Sansur fort, »diese Erhöhungen anzunehmen, noch bevor wir die Gewerkschaft gegründet haben, würde heute Brot und morgen Hunger bedeuten. Voraussetzung ist, daß die Gesellschaft über die Löhne, die sie uns anbietet mit den rechtmäßigen Vertretern der Gewerkschaft verhandelt, die wir gründen werden. Seit Beginn dieser Versammlung habe ich darauf hingewiesen, und ich wiederhole es noch einmal, daß nicht zur Debatte steht, ob wir streiken oder ob wir die Vorschläge der Gesellschaft annehmen, sondern ob wir die Gewerkschaft gründen, die künftig unsere legale Vertreterin sein wird. Wenn wir darüber abgestimmt haben, werden wir über die Zulagen diskutieren und abstimmen und darüber, ob wir für die anderen Forderungen, die wir eingereicht haben, streiken oder nicht. Ich glaube, daß alle einverstanden sind, in der Reihenfolge vorzugehen, die ich vorgeschlagen habe ...«

Viele murmelten Zustimmung, aber einige blieben dabei, daß man über den Streik und die Lohnerhöhungen diskutieren müsse. Andere standen auf, als wollten sie gehen.

»Beruhigt euch! Beruhigt euch! So beruhigt euch doch!« riefen mehrere.

»Laßt mich sprechen ..., hört zu ..., hört zu, was ich sagen will!« verlangte einer und hob den Arm.

»Gib's ihnen! Gib's ihnen, wenn du anfängst, hören sie auf zu reden!« ermunterte ihn ein listiger, untersetzter Bauer mit kleinem Kopf und einem Mund wie eine Schildkröte. Er stand auf und schrie: »Ruhe! Ruhe, Kumpels, Ruhe!«, und als Stille eintrat, fügte er hinzu: »Hier haben wir eine feurige Stimme, verborgen in einer jungen Brust!«

Ein anderer rief dazwischen, als schon alle schwiegen: »Los, Kumpel, halt deine Rede!«

»Donnerwetter«, platzte ein dritter heraus, »er hat sogar aufgeschrieben, was er uns sagen will!«

»Freunde, dieses Papier«, er hob die Hand und zeigte ein beschriebenes Blatt, »kann euch besser als ich erzählen, was in der Hauptstadt vorgeht, wo alle streiken. Es ist ein Brief. Ein Verwandter hat ihn mir gebracht, der jetzt hier bei uns ist«, er klopfte einem Mann mit einem breitkrempigen, hohen Cowboyhut auf die Schulter, »ein Verwandter, der gerade angekommen ist. Hier drin steht, daß sie von uns Solidarität und Festigkeit erwarten, aber die Gesellschaft will uns mit lächerlichen Erhöhungen einwickeln . . .«

»He! He! Die sind nicht lächerlich! Sie bietet uns mehr an, als wir verlangt haben!« riefen mehrere dazwischen.

»Sollen sie nicht lächerlich sein, meinetwegen, aber sie sind Honig, womit sie uns das Maul stopfen wollen, und das darf nicht sein, wenn dort in der Hauptstadt Leute, denen es gut geht, den Streik erklärt haben! Und warum haben sie den Streik erklärt, warum ist alles geschlossen, Märkte, Banken, Schulen, Krankenhäuser?«

»Wegen der Politik«, schrie einer, man sah nicht wer im Hintergrund des Ranchos, wo zwischen den Bambusrohren der Wand das Tageslicht einsickerte, wie zwischen Eisenstangen in den ewigen Kerker des bäuerlichen Elends, dachte Tabio San, dessen Hände wie reglos auf dem Tisch ruhten, von dem aus er und mehrere Abgesandte die Versammlung leiteten.

»Das steht hier nicht!« Der andere schwang das Papier. »Sie haben den Streik erklärt wegen einiger Schullehrer, die auf die Straße gesetzt wurden, und wegen einiger Krankenschwestern, die zu Unrecht aus dem Spital geflogen sind.«

»Vorwände braucht der — Streik!«

»Wer redet da so blödes Zeug?« fragte einer mit gedämpfter Stimme.

»Der Scheißkerl, den die Gringos bezahlen!«

»Roso Contreras?«

»Genau der!«

»Aber auf dem Papier steht auch . . .«

»Papier ist geduldig, Kumpel!« unterbrach Roso Contreras von neuem.

»Auf dem Papier steht, daß die Stadt wie tot ist, ohne Autos, ohne Menschen, ganz leer, ohne Zeitungen, und wahrscheinlich wird es bald auch kein Licht und kein Wasser mehr geben . . .«

»Und das alles wegen ein paar Krankenschwestern und Lehrern . . ., daß ich nicht lache!« unterbrach einer mit grindigen Stellen im angegrauten Haar, der neben Roso saß, und jeder hatte den aufmunternden Rippenstoß gesehen, den der ihm versetzte.

»Nicht nur ihretwegen!« Der Mann, der den Brief gebracht hatte, trat einen Schritt vor. »Ich komme von dort, und jetzt verlangen sie, daß die Regierung ihre Methode ändert.«

Ein Alter schickte sich an zu sprechen, aber er verschluckte sich an seinem Speichel. Ein anderer rief ihm zu: »Räusper dich erst mal, Onkel!«

»Meiner Meinung nach schwitzen wir anderer Leute Fieber aus, wenn wir hier für das streiken, was da passiert. Ich bin Familienvater, habe Kinder und Kindeskinder, und alle muß ich füttern, aber was gebe ich ihnen, wenn wir den Streik erklären, die Arbeit niederlegen und keinen Lohn kriegen? Dummejungenstreiche sind das!« Er wandte den grauen Kopf dem Burschen mit dem Brief zu, er hatte den Hut abgenommen, um zu sprechen. »Dummejungenstreiche, uns in Streiks zu mischen, mit denen wir nichts zu schaffen haben! Mein letztes Wort ist: Nehmen wir die Erhöhung an, und damit basta!«

»Mir scheint, es ist spät«, sagte einer der Abgesandten am Vorstandstisch.

»Spät?« riefen einige lachend aus. »Früh ist es!«

»Na schön«, fuhr der Bevollmächtigte fort, »früh oder spät, das bleibt sich gleich. Ich wollte euch vorschlagen, daß wir Chus Marín nach seiner Meinung fragen, er hat noch nicht den Mund aufgemacht, vielleicht aus Vorsicht, vielleicht weil er nicht einverstanden ist, was weiß ich . . .«

Alle wandten sich dem Angesprochenen zu, der jetzt aufstand.

»Genossen«, sagte er und brach ab, als dächte er nach, was er sagen wollte, während er den Hut in den riesigen, behaarten Händen drehte, sogar ihre Innenseite war noch mit kohlschwarzer Wolle bedeckt. »Ich glaube, daß wir eine Sache vergessen; wir hier aus Tiquisate sind bei denen aus Barrios und Bananera in der Schuld, noch von damals, als viele Hafenarbeiter auf der Mole zusammengeschossen wurden und die übrigen ins Meer stürzten, wo die Haie sie fraßen, aber ich will nicht behaupten, daß wir damals feige waren, das würde nicht stimmen, uns fehlt eine Organisation, einer, der uns, die wir hier saßen und schwiegen, weil wir nicht anders konnten, in Bewegung brachte. Deshalb bitte ich ganz einfach, daß wir die Kollegen, die dieser Versammlung vorsitzen, zur provisorischen Leitung der Arbeitergewerkschaft von Tiquisate ernennen . . .«

Der Vorschlag wurde mit großem Beifall begrüßt.

»Außerdem bitte ich, daß wir hier, jetzt gleich, ein Protokoll aufnehmen, in dem erklärt wird: Auf Grund unseres Beschlusses wurde heute die Arbeitergewerkschaft von Tiquisate gegründet, daß alle Anwesenden das Protokoll unterschreiben und daß wir den anderen drei Tage Zeit geben, damit sie es ebenfalls als Gründungsmitglieder unterschreiben können ...«

»Sehr gut! ... Sehr gut! ...«

»Und daß die Leitung unserer Gewerkschaft«, alle erhoben sich, und diejenigen, die standen, traten näher an den Vorstandstisch, »vereidigt wird, daß sie in unserer Gegenwart ihren Eid ablegt ...«

Selbst diejenigen, die gegen den Streik waren, die einen, weil sie dazu beauftragt waren, die anderen aus Angst vor dem Nichts, das sie und die Ihren bedrohte, wenn sie während der Streiktage nichts verdienten, unterstützten Chus Marín, als sie Gefahr weichen sahen. Alles, nur nicht den Streik diskutieren und beschließen.

Nach der Vereidigung wurde Chus Marín beauftragt, das Protokoll aufzusetzen, das alle unterzeichneten, und danach, die Sonne stand bereits am Himmel, und sie empfanden jenes leise Schamgefühl, das sich einstellt, wenn es hell wird und man sich dem neuen Tag gegenübersieht, ohne geschlafen zu haben, beschlossen sie, noch einmal zusammenzukommen, um über den Streik zu beraten.

»Was heißt ›über den Streik beraten‹? Nicht so hastig, Kumpels!« wandte sich Roso Contreras an Marín. »Nicht so hastig, Kumpels!« rief er den Männern zu, die Chusito nach der Unterzeichnung des Protokolls umringten, ihn beglückwünschten und ihm freundschaftlich auf die Schulter klopften. »Keine Streikdiskussionen, bevor wir nicht beschlossen haben, ob wir die Lohnerhöhungen, die uns die Gesellschaft anbietet, annehmen oder nicht.«

Tabio San ließ ihn nicht weiterreden — gemeiner Verräter, dachte er bei sich, nie hätte ich geglaubt, daß ich dir so bald einen Fußtritt versetzen könnte! ...

»Nach der Gründung der Arbeitergewerkschaft von Tiquisate ist es nicht mehr möglich, über diese Lohnerhöhungen zu sprechen, denn die Gesellschaft hat zur Bedingung gemacht, daß wir uns nicht organisieren. Sie und wir wissen jetzt, woran wir sind. Mit der Sonne sind wir heute morgen zum gewerkschaftlichen Leben erwacht.«

Roso Contreras merkte, daß er das Spiel verloren hatte, aber er erwiderte hitzig: »Bei Lichte besehen hat der Kumpel recht ...«, er schwieg einen Augenblick und fügte dann hinterhältig hinzu: »was aber nicht ausschließt, daß wir die Gesellschaft bitten könnten, die Bedingung zurückzunehmen und uns die Erhöhungen zu geben, ohne daß wir streiken.«

»Allerdings«, antwortete ihm Sam, »werden wir auf den Lohnerhöhungen bestehen, sie gehören zu den Grundforderungen unserer Eingabe; aber wir wollen sie nicht als Geschenk, nicht unter der Bedingung, daß ... Unter der Bedingung, daß ... wollen wir gar nichts! Sie müssen uns diese Erhöhungen gewähren, weil sie uns zustehen, weil wir ein Recht darauf haben, mehr zu verdienen, und diesmal wird nicht die Gesellschaft das letzte Wort haben, diesmal wird sie von gleich zu gleich mit uns verhandeln, von diesem gesegneten Tag an, denn nun sind wir keine armseligen, ihrem Schicksal preisgegebenen Einzelgänger mehr, sondern eine machtvolle Gewerkschaftorganisation, und unsere Losung lautet: Entweder man gibt uns, was wir fordern, oder wir streiken.«

Unruhe griff um sich. Der Streik paßte ihnen nicht. Er war eine bittere Pille und schwer zu schlucken. Sie erinnerten sich noch zu gut, wie die früheren Streiks in Bananera unterdrückt worden waren: mit Gewehrkugeln! Und sie dachten auch daran, welche Opfer er von den unschuldigen Kindern und den Frauen verlangte, wenn das tägliche Brot ausging und die Männer ziellos umherstreiften und nicht wußten, was sie mit dem Tag anfangen sollten.

Die Samuels — Samuelán, Samuel und Samuelito — tauchten aus dem heißen Buschwerk auf. Sie fuchtelten mit den Armen und riefen, denen, die unter heulendem Gähnen, sich reckend, als verrenkten sie sich, den Rancho verließen, zu, sie sollten drinnen bleiben, sie brächten ihnen eine sehr wichtige Nachricht.

»Genossen«, sagte Samuelón, »wir kommen von weit her, sind die ganze Nacht gewandert; deshalb konnten wir leider nicht hier bei euch sein. Wir haben von einem eine dringende Botschaft geholt. Erst ganz spät haben wir erfahren, worum es sich handelt. Aus Bananera teilen sie uns mit, was ich euch jetzt sagen werde. Sie schlagen uns vor, übermorgen, um null Uhr, auf allen Plantagen der Fruchtgesellschaft den Streik zu erklären, um unsere eigenen Forderungen durchzusetzen und um den großen Streik zu unterstützen, den Kaufleute, Studenten, Lehrer, Richter, Ärzte, Kraftfahrer in der Hauptstadt erklärt haben ... Da ist alles geschlossen, sogar die Kinos, man sieht kaum Leute auf der Straße ...«

Roso Contreras dämpfte die Gemüter, die sich an dieser aufregenden Schilderungen erhitzten.

»Alles schön und gut. Klar, die aus Bananera sind forsch, aber wir haben nicht genug Schnur, um diesen Drachen steigen zu lassen. Zumindest ich nicht, denn die, die mich hergeschickt haben, damit ich sie vertrete, haben mich beauftragt, mich nur dann auf den Streik einzulassen, wenn es um die Löhne geht, in diesem Fall also müßten sie entscheiden.«

»Genau das haben mir auch meine Leute gesagt, und deshalb verschwinde ich, ehe was passiert«, sagte Similiano Coy. »So hopplahopp, wie Bananera das verlangt und wie man hier vorgehen will, kann man diesen Streik nicht machen, dabei kommt nichts raus, wir werden uns in die Tinte setzen und nichts Vernünftiges erreichen. Man muß der Zeit Zeit lassen.

»Das ist Blödsinn!«

»Altweibergeschwätz!«

»Der Gesellschaft Zeit lassen, was, Kumpel?«

»Diesem Blutegel Zeit lassen, damit er uns aussaugt!«

»Laß mich doch erklären!« rief Similiano Coy mit schartiger Stimme, als schnürte sich ihm die Kehle zu.

»Ruhe, Kumpels, er hat das Recht zu sprechen!«

»Anhören! Anhören!«

»Seid still! Schweinerei! Sprich! Red weiter!«

»Was ich euch sagen wollte, ist kein Blödsinn, wie die mir vorgeworfen haben«, Coy wies auf die Gruppe der Goldsucher, die auf ihrer Entrüstung herumgeritten, abwartend jetzt, nachdem die andern sie zum Schweigen gezwungen hatten, denn sie waren nicht bereit, ihn ausreden zu lassen. »Was ich sagen wollte, damit wir nicht auf die Schnauze fallen, damit der Schuß nicht rückwärts losgeht«, er verstummte, schluckte Speichel, zwinkerte ein wenig, blickte mit heißen, glühenden Ohren und leerem Kopf unter dem eiskalten Haar nach rechts und links, als suchte er jemanden, der ihm vorsagte. Endlich schoß er los: »Was ich sagen wollte, ist nicht dagegen, Freunde, ist nicht gegen den Streik gerichtet, den uns Bananera vorschlägt . . .« Die Goldsucher fühlten sich ein wenig erleichtert, sie atmeten ruhiger, und ihre drohenden Mienen, »Los, auf ihn«, entspannten sich. »Was ich sagen wollte, vielmehr erklären wollte, ist, daß es zwei Wege gibt, damit der Streik klargeht: entweder ihr gebt uns ein bißchen Zeit, damit wir uns mit unseren Leuten bereden können, oder wir rufen alle Arbeiter zu einer großen Beratung zusammen, damit sie selbst entscheiden, was sie für das richtigste halten.«

Viele Stimmen gleichzeitig: »Vielleicht hat er damit recht!«

»So vernagelt ist der gar nicht!«

»Dußlig sieht er aus!«

»Verdutzt sieht er aus!«

»Wunderschön ist Gott, wenn er nicht gegen den Streik ist!« schrie ein Goldsucher.

»Warte, bis der auch den Streik erklärt!«

»Quatsch, der streikt, seit er mit der Erschaffung der Welt fertig ist . . . Jetzt, wo Himmel und Erde auf eigene Faust arbeiten, ist es anders, aber eines Tages werden die auch den Streik erklären, und das wird der Tag des Jüngsten Gerichtes sein!«

Tabio San schlug mit der flachen Hand auf den Vorstandstisch, vier Beine und eine Platte aus Pinienholz, und erhob Einspruch, daß keiner einging auf den Vorschlag von . . .

»Similiano Coy«, rief dieser, er stand zwischen Roso Contreras mit seinen Parteigängern, die alle nicht gesonnen waren zu streiken, und den Goldsuchern, die auf den Streik erpicht waren und schier außer sich gerieten, weil er nicht sofort und auf der Stelle erklärt wurde.

Einer der Samuels bat ums Wort. Samuelito.

»Wenn, wie Genosse Coy erklärt hat, die Bevollmächtigten nur berechtigt sind, einen Streik für Lohnerhöhungen zu unterstützen . . .«

»Nicht alle!« wandten die Goldsucher ein.

»Aber die Mehrheit«, fuhr Samuelito fort, »dann glaube ich, ist es wirklich das beste, Zeit zu gewinnen.«

»Genau das wollte ich auch sagen: Zeit gewinnen . . ., deshalb habe ich ja gesagt, ›wir müssen der Zeit Zeit lassen‹, entschuldigt . . .«

Niemand beachtete Coys Erklärung. Samuelito fuhr fort: »Es ist das beste, Zeit zu gewinnen, und die Bevollmächtigten sollten heute morgen mit den Leuten sprechen, die sie hergeschickt haben, und die Losung ausgeben, daß morgen, vor null Uhr, eine Versammlung aller Arbeiter stattfindet, bei der nicht einer fehlen darf, morgen vor null Uhr, denn heute ist vorbei, und der Tag steht vor der Tür, an dem nach dem Vorschlag aus Bananera der Widerstand beginnen soll. Die Versammlung kann am ›Strand des Goldsuchers‹ stattfinden . . .«

»Der Goldsucher!« riefen viele Stimmen, und plötzlich waren zwischen den verschiedenen Gruppen laute Streitereien im Gange.

»Ich verstehe schon ganz richtig!« rief einer, der sich mit einem andern in die Wolle geraten war, »aber einen Streik aus bloßem Jux anzuzetteln . . .«

»Aus Jux? Warum sagst du nicht gleich aus Rauflust?«

»Wißt ihr, was ihr seid? Verschlagen und verlogen!«

»Verschlagen vielleicht, aber nicht schamlos!«

»Dreckskerl, warum sagst du, ich bin schamlos?«

»Du weißt es ja, weil ich verschlagen bin!«

»Jedenfalls hab ich zehnmal mehr auf dem Kasten als du!«

»Das müßtest du noch beweisen!«

»Wo du willst! Dich schmeiß ich in die Scheiße!«

»Die hast du im Maul!«

»Schwein!«

Samuelito gelang es, sich trotz des Lärms Gehör zu verschaffen, denn einige Gruppen brachten bereits Hochrufe auf die Arbeiter und den Streik aus, Hochrufe auf die Studenten, Hochrufe auf die Lehrer, und um ein Haar auch auf die Goldsucher, und schlugen vor, den Streik zu erklären, um denen aus Bananera zuvorzukommen.

»Unsinn, zuvorkommen«, protestierte Samuelito, »wir veranstalten hier doch keinen Wettlauf, wir tun, was notwendig ist, damit wir uns hinterher nicht die Haare raufen müssen, weil wir dämlich waren!«

Samuel sprang Samuelito bei.

»Da, wie mein Bruder sagt, nicht alle berechtigt sind, den Freunden aus Bananera noch heute zu antworten«, begeisterte Hochrufe auf die heldenhaften Arbeiter von Bananera unterbrach ihn, »und da uns keiner antreibt, können wir morgen in aller Ruhe die Arbeiter von Tiquisate zusammenrufen und entscheiden, ob wir gemeinsam mit Bananera streiken oder nicht. Darauf müssen wir morgen antworten: wie Männer, ja oder nein!«

»Ja! . . . Ja! . . . Nur so! . . . Nur so! . . .«, schrien gellend die Hitzigsten, während endgültig beschlossen wurde, am nächsten Tag eine große Versammlung am »Strand des . . . der . . . Goldsucher« abzuhalten, Ehre, wem Ehre gebührt, und die Goldsucher machten, wie jemand behauptete, ihrem Namen alle Ehre. Streitsüchtig, aufsässig, in Schwierigkeiten verliebt . . . Einer von ihnen pflanzte sich vor dem Tisch auf, wo Tabio San, ihm den Rücken kehrend, mit Florindo Key sprach.

Als sich der Arbeiterführer umwandte und ihn mit seinen eng beieinanderliegenden Augen anblickte, sagte der alte Goldsucher: »Sie werden sich wohl nicht mehr an mich erinnern, ich bin Efraín Salvatierra, wir haben zusammen gearbeitet, als Sie das letzte Mal hier unten waren. Aber damals waren Sie verschwollen und faltig und sahen ganz anders aus als jetzt. Wie ist es Ihnen seitdem ergangen?«

»Nun, Señor Efraín, Sie sehen es ja . . .«

»Was ich Ihnen sagen wollte, ich bin zwar nur ein ganz kleiner

Mann, aber sehr resolut, und deshalb sag ich, es paßt mir nicht, daß Sie sich San nennen, es wird heißen, daß wir auch einen Onkel Sam haben ...« Er lachte und zeigte in seinem alten Mund zwischen den bläulichen Lippen prächtige Zähne, »wir sollten Sie lieber Sansur nennen, wirklich, finden Sie nicht?«

»Ich bin doch immer der gleiche.«

»Ja, aber der Name macht den Heiligen, und bloß San gefällt mir nicht, Sansur ist besser, sag ich, weil Sie der Sankt Sur, der Heilige des Südens sein werden ... Eben hab ich einem Kerl das Maul gestopft, einem Neuen, der herumging und gefragt hat, was Sie wären, ein Arbeiter oder ein Agitator. ›Esel‹, hab ich ihm gesagt, ›der hat doch hier zusammen mit uns gearbeitet, als wir den Busch gerodet haben, und dann hat er seine Parzelle bebaut, hat was angepflanzt, damit er was zu essen hatte, Mais und Bohnen, und dann ist er verschwunden, wie alle, die zur Ingwerwurzel werden oder verwehen wie Tamarindenduft!‹«

Wenige Worte hatten genügt, daß Tabio San augenblicks die Gegenwart vergaß und sich in die Zeit zurückversetzte, da er, von den Pilzen entstellt, die Plantagen durchstreift hatte, und er umarmte Salvatierra, der ihn in seiner Altmännerfrische, mit der von der Sonne schwarzgebrannten Haut, dem weißen Bart und der knochigen, sehnigen, durch die Jahre gemilderten Derbheit ein wenig an Populuca und Cayetano Duende erinnerte.

Florindo Key weckte ihn aus seiner Versunkenheit. Aber der Arbeiterführer, den es drängte, ihm etwas zu sagen, ließ ihn nicht zu Wort kommen.

»Wir müssen unsere Leute in Bewegung bringen, sofort, ohne eine Minute zu verlieren. Ich bin beinahe sicher, daß die Gesellschaft, um die Bewegung der Arbeiter und Bauern abzuwürgen, trotz der Gründung der Gewerkschaft den Lohnerhöhungen und den anderen vagen Verbesserungen, von denen sie reden, zustimmen wird. Wenn es so kommt, Florindo, mein lieber Florindo, dann sind wir verloren. Es wird nicht leicht sein, sie zu einem Solidaritätsstreik mit Bananera, mit den Studenten, den Lehrern, mit dem ganzen streikenden Land zu bewegen!« Er schwieg einen Augenblick, während sie den Rancho hinter sich ließen, in dem die Versammlung stattgefunden und bis spät in den Vormittag hinein gedauert hatte, und ihrer Unterkunft zugingen, einem anderen Rancho, der nicht kleiner war, aber geduckter, einem jener Ranchos, die den Bart ihres Daches über den sandigen, mit Unkraut bedeckten Boden schleifen und in dem ihn eine

Hängematte erwartete. »Das Verlangen nach Freiheit, Florindo, macht die Menschen rebellischer als das nach Brot! Ich hätte das nie gedacht! Für die Freiheit haben sie sich erhoben, streiken sie, sogar die Steine, aber hier, wo es um Brot geht, zaudern die Kerle noch!«

»Hier war«, sagte Florindo hinter Sansur, der den Kopf beugte, um in den Rancho zu schlüpfen, »hier war jemand und wollte dich sprechen«, San ließ sich in die Hängematte fallen, schwer wie ein Stein, der in einen Brunnen fällt, »Genosse Paulino Vélez mit Nachrichten von Rosa Gavidia . . .«

»Von Malena?« Der Arbeiterführer runzelte die Stirn, als fügte er über den weit geöffneten Augen die beiden Hängemattenhälften seiner Brauen zusammen. Er hatte das Gefühl, als wäre die Hängematte tatsächlich unter seinem Gewicht zerrissen und als rolle er, statt ins Reich der Träume zu sinken, ins Leere.

Er ergriff Florindo bei den Händen — das Gefühl, zu fallen, und der Drang, sich irgendwo festzuhalten — und wiederholte, während er den Blick forschend über das Gesicht des Freundes gleiten ließ: »Nachrichten von Malena?«

»Ja . . .«

»Aber wie ist das möglich, Malenas Versteck war doch niemandem bekannt?«

»Sie hält sich doch nicht mehr versteckt . . .«

»Ist sie entdeckt worden?

»Sie . . .«

»Sie hat sich gestellt? . . .«

»Nein, sie hat ihr Versteck verlassen und nimmt am Kampf auf der Straße teil!«

Sansur senkte die Lider, dann hob er sie wieder und suchte den Blick des Freundes, der ihm herzhaft und ermutigend die Hände drückte.

»Ich wußte es«, er seufzte, als müßte er sich von einer Last befreien, »das Herz trügt nicht.«

»Velez erzählte, daß Malena auf einer Studentenversammlung eine ausgezeichnete, sehr mutige Rede gehalten und auf anderen Kundgebungen den Kopf der Bestie gefordert hat.«

»Den Kopf oder den Rücktritt?« fragte San, und Florindo war drauf und dran zu antworten: Nein, den Kopf, der Rücktritt genügte ihr nicht, murmelte aber statt dessen einen Augenblick später, während Tabio in die Hängematte zurücksank, Bruchstücke der Litanei »Gott weiß« vor sich hin. »Gott weiß, warum die Frösche unter den

Steinen sind ... Gott weiß, warum die Nixen unter dem Meereswasser sind ... Gott weiß, warum die Frauen unter den Männern sind ...«

Schwitzend, in der Hängematte kauernd, völlig ausgeliefert der eigenen Schwere und der Schwere seiner Gedanken, die Füße auf dem Boden, Plateaus in zwei Schuhen, den Körper gekrümmt, vornübergebeugt, verschränkte und löste Tabio San die Finger, stumm, als hätte er nach einem Keulenschlag auf den Nacken die Stimme verloren. Er schien von irgendwo herabgestürzt. »Nun ja«, sagte er, in sich zusammengesunken, atmete schwer, seufzte. Bald ruhte sein Blick auf den Dingen, die ihn umgaben, bald auf dem Bild, das er vor sich sah, Malena, hochaufgerichtet auf einer Barrikade, phrygische Mütze, blauweiße Fahne, mit harter, rauher Stimme, der Stimme der Felsen von Cerropom, den Kopf des Tyrannen fordernd. Das Herz sprang ihm aus der offenen Brust. Er sah sie, geschmiedet aus seinen Erinnerungen, wie er sie an jenem Abend gesehen hatte, als sie an der Bücherwand in ihrer Schule lehnte, weinend, einer von Gischt besprühten Bugfigur gleich, und ihn bat zu gehen, nachdem sie ihm ihr »Tagebuch« gezeigt, zu lesen gegeben hatte. Die gleiche Haltung auf der Barrikade, aber anstelle des Weinens die Geste der Rache, das Haar eine flammende Brandfackel, der Mund weit aufgerissen, den Vokal zum heulenden Schrei dehnend, mit dem sie den Kopf des Tyrannen forderte, Augen wie Öffnungen zur Ewigkeit, Tunika und Umhang kaskadengleich bis auf die nackten Füße fallend, die nur mit Sandalen bekleidet waren wie die einer griechischen Göttin.

Sein Herz hämmerte, um Tiefen zu betäuben, und seine Augen, eng beieinanderstehend zwischen den Furchen, die der Schweiß ihm ins Gesicht grub, das Gesicht eines in der Menge marschierenden Mannes, schauten die Vision der rächenden Malena nicht mehr, Starre befiel seine Glieder, leidvolles Ächzen vertrieb den Atem des Ruhms, und er zitterte um das Schicksal der Landschullehrerin aus Cerropom. Den Kopf des Tyrannen zu fordern, während die anderen nur seinen Rücktritt verlangten! Weshalb den Kopf? Wie kam sie auf diese Forderung, die dörfliche Salome, die sich wie eine Lehrerin trug — Kostüm, flache Schuhe, Haarknoten, am Handgelenk eine Männeruhr — und das gekrönte Haupt eines Plebejers heischte? Die kreideweißen Zähne erschienen, als wollten sie ihm in das erschrokkene Gesicht lächeln, und er stellte dem komischen Bild Malenas das seine gegenüber, das nicht weniger jammervoll und lachhaft war, ein Fisch, in der Hängematte gefangen, die als Netz an den Haken des

Ranchos hing, ohne zu wissen, was er tun sollte, verloren im goldenen Salz des Tages, der Himmel und Erde zu rösten begann. Sofort in die Hauptstadt fahren! Das einzig richtige. Sie beschützen. Ja, ja, wenigstens das. In die Hauptstadt fahren. Aber was konnte ein Mann wie er schon tun, auf dessen Kopf keine Krone, sondern ein Preis gesetzt war, der nur lebte, weil die Genossen gewissenhaft über ihn wachten, und wenn er ihnen sagte, er wolle Rosa Gavidia zu Hilfe eilen, würden sie ihm antworten, daß die Genossin sehr gut für sich selbst einstehen könne, und wenn nicht, um so schlimmer für sie ... Er warf sich in der Hängematte hin und her, um sich nicht völlig erdrücken zu lassen, und sagte leise, Wort für Wort betonend: »Warum glaubst du eigentlich, du schlechte Kopie eines Jean Paul Marat, daß Malena einfach so, ohne einen triftigen Grund den Kopf der Bestie fordert, statt sich mit dem Rücktritt zufriedenzugeben? Fordert sie ihn nicht für den deinen? Hatte er nicht verlangt, daß sie dich enthaupteten und ihm deinen Kopf brächten, blind, ohne Augen, blutige Tränen weinend, auf einem goldenen Teller, einem Geschenk des Grünen Papstes? Hatte er nicht verlangt, als besonderen Gang, mit Salz, Zitronen, Pfeffer und Ketchup gewürzt, deine Augen in einem Glas serviert zu bekommen, um sie wie rohe Eier zu trinken?«

San warf sich heftig in der Hängematte hin und her und fragte sich, was er tun könne, um sie zu beschützen. Du sie beschützen? ... Du? ... Er schwieg lange vor sich hin und sagte dann lakonisch: »Nun ja ..., also ..., nichts!« Er konnte nichts tun, zudem durfte er seinen Kampfposten nicht in einem Augenblick verlassen, da noch nicht feststand, ob die Tagelöhner auf den Plantagen der Fruchtgesellschaft in den Generalstreik treten würden, ob Tiquisate den von Bananera für den nächsten Tag um null Uhr angesetzten Ausstand unterstützte, und das würde nicht zu bewerkstelligen sein mit Arbeitern ohne Organisation, ohne Klassenbewußtsein, wenn die Gesellschaft bei ihrem Angebot blieb, die Löhne zu erhöhen und andere Verbesserungen zu gewähren, obgleich an diesem Morgen die Gewerkschaft gegründet worden war. Rasch handeln war das einzige, was ihnen zu tun übrigblieb. Sie mußten, falls der unbefristete Generalstreik nicht durchzusetzen war, einen symbolischen Streik von zwölf, vierundzwanzig, achtundvierzig Stunden durchführen, solange der Atem reichte, obgleich auch das einem Sieg der Gesellschaft gleichkommen würde, die mit den angebotenen Zulagen beabsichtigte, die Gewerkschaftsbewegung im Keim zu ersticken.

Und ... wenn sie sich weigerten? Wenn sie, um die Zulage nicht zu verlieren, sich weigerten, den symbolischen Streik durchzuführen? ...

Er erhob sich aus der Hängematte, von einer schrecklichen Angst erfaßt, vergaß für Augenblicke sogar Malena und ging zu Key, der soeben einen Schuß kaltes Wasser in den kochenden Kaffee goß, damit er sich setzte, die Tassen, den Zucker, das Brot, einige Scheiben frischer Käse und Schinken hatte er schon zum Frühstück auf den Tisch gestellt. Versunken in ihre Gedanken, ohne einander zu finden, so nahe sich der eine dem andern auch fühlte, sprachen sie erst, nachdem sie die ersten Schlucke getrunken hatten.

»Teufel noch mal!« rief Key aus und war nahe daran, die brühheiße Flüssigkeit wieder auszuspucken; er pustete mit vibrierenden Lippen, um die brennende Zunge zu kühlen, während der Streikführer über seine Besorgnisse sprach, mit denen er an den Generalstreik dachte. Ein Fehlschlag wäre das schlimmste, was ihnen zustoßen könnte, in dem Fall wäre es das einzig Richtige, den Arbeitern einen Blitzstreik, einen Streik von einigen Stunden, vorzuschlagen.

»In diesem Fall könnte ich gehen«, meinte er und kaute, als wollte er mit dem Schinkenbrot etwas von seinen Worten verschlucken. Key verstand, daß er um Malenas willen fortwollte, aber er äußerte sich nicht, er blieb stumm, während er genießerisch aß und trank, lange genug, um über die sinnlosen Ausflüchte seines Freundes und Kampfgefährten nachdenken zu können, der versuchte, einen Ausweg zu finden zwischen seiner Pflicht, hierzubleiben, und dem Wunsch des Liebenden, fortzufliegen, Flügel zu haben, um ihr zu Hilfe zu eilen, die auf den Barrikaden der Hauptstadt ihr Leben aufs Spiel setzte, wie es alle taten in diesen schicksalsschweren Augenblicken, da jeder seiner Bestimmung ausgeliefert war, ohne ihr entrinnen zu können.

»Über Lösungen nachzudenken, sie zu prüfen, sie bereit zu haben, noch bevor es losgeht, finde ich großartig«, sagte Key, den Zwiespalt des Freundes geflissentlich übersehend, nachdem er den Bissen in seinem Mund geschluckt hatte; wie viele Gedanken rutschten mit dem bißchen Käse, dem Brot und dem Kaffee in den Magen hinunter, »und so etwas wäre«, fügte er hinzu, »ein symbolischer Streik, ein Streik, der zwölf, vierundzwanzig oder achtundvierzig Stunden dauern würde.«

»Das denkte ich auch«, erwiderte San, um seine Unruhe zu betäuben, in Gedanken war er bei Malena, sah, wie sie das kleine in den Aschengruben versteckte Haus verließ, wo als einziges Lebewesen Judasita zurückblieb, und in die Studentenversammlungen, zu den Kundgebungen, auf die Barrikaden eilte, um leidenschaftlich den Kopf des Tyrannen zu fordern.

»Trotzdem«, sagte Key, der sich beherrschte aus Hochachtung vor dem unermüdlichen Kämpfer Octavio Sansur, Juan Pablo Mondragón, dem geborenen Rebellen, dem ersten bei allen Verschwörungen, dem, der bei Attentaten stets das größte Risiko auf sich nahm, »trotzdem können wir es uns nicht mehr erlauben, Genosse, Pausen einzulegen oder einen taktischen Schritt zurück zu tun, denn darauf liefe schließlich ein symbolischer Streik hinaus; uns bleibt nur noch eins: den Generalstreik auszurufen und von heute auf morgen alle zu mobilisieren, auf die wir uns dabei stützen können.«

San stand auf.

»Wäre es nicht möglich, Nachrichten von Malena zu erhalten?« fragte er und legte all seine Herzensangst in die letzten Silben ihres Namens.

»Geradeheraus gesagt, nein«, Key erhob sich, trat zu seinem Freund und klopfte ihm liebevoll auf die Schulter, »und besser, wir haben . . . pas de nouvelles . . . Findest du nicht auch?

San antwortete nicht. Hängematte, Schweiß, Fliegen und ein Zahnstocher. Bis die Genossen kommen würden, mit denen sie einige inoffizielle Beratungen durchzuführen hatten.

Nicht einmal durch Schaukeln in der Hängematte konnte man sich einen kleinen Luftzug verschaffen. Das hornissenhafte Gitarrenknirschen der Schlingen, die sich in den Haken rieben, reizte ihn. Und immer wieder die ekelerregende Belästigung durch die Fliegen, die an der schweißigen Haut haftenblieben.

»Was wir dringend brauchten, wäre ein Radio«, sagte der Arbeiterführer, während sich von seinem salzigen, feuchten Hals eine Fliege löste.

»Ich hab Andrés Medina beauftragt, eins zu beschaffen«, erwiderte Key, »ein Radio und die Batterie dazu; außerdem schreibt seit zwei Tagen bei mir zu Hause ein Genosse, der Stenografie kann, alle Kommuniqués mit, die die Rundfunkstationen der Hauptstadt durchgeben«, und als Tabio ein Gesicht schnitt — was sind diese zensurierten Nachrichten schon wert —, fügte er hinzu, nachdem er die Zigarette, die San zurückgewiesen, zwischen die Lippen geschoben und angezündet hatte: »Außerdem stenografiert er die Nachrichten der mexikanischen, panamesischen und kubanischen

Sender mit.«

Der Arbeiterführer machte es sich in der Hängematte so bequem, wie es eben ging, er war es nicht mehr gewohnt, so zu schlafen, und versuchte, unter allen Umständen ein Nickerchen zu machen, bevor die anderen kamen.

»Es wäre eine große Sache«, sagte er und wiegt sich hin und her, »wenn es uns gelänge, die nahende politische Krise mit dem Keulenschlag des Streiks auf den Plantagen zu verbinden . . . Das wäre eine große Sache«, wiederholte er, ohne die Augen zu schließen, mit starrem, leerem, nacktem Blick, als suchte er zu ergründen, was auf sie zukam.

Die schwirrenden Fliegen tätowierten ihn. Das Netz der Hängematte drückte sich ihm in die verschwitzte Haut. Hemd, Hose, Schuhe, alles legte er ab und streckte sich aus, nur mit der Unterhose bekleidet, in Erwartung des Schlafes; aber wie hoch seine Lider waren, und wie schwierig es war, sie zu schließen, zu fällen, über sich zu wälzen wie ein vielstöckiges Gebäude, das in den goldenen Höhen von blonden, tabak- und chiclegummikauenden Menschen bewohnt wurde und weiter unten und in den Kellern von nacktem Volk, traurigem menschlichem Ausschuß, Frauen und Kinder ohne Hoffnung, und in all seinen Türen und Fenstern, auf den Dächern, in den Höfen, in den Gängen die rasende Stimme Malenas, die aus den Aschengruben gestiegen war, um den Kopf des Tyrannen zu fordern, als sei nun Wirklichkeit geworden, daß aus der Asche Feuer schlagen werde. Er schloß die Augen wie die Toten, von denen es heißt, daß sie am Tag des Gerichtes die Augen schließen werden. Das Wunder mußte seinen Lauf nehmen. Das Volk wurde wiedergeboren.

22

Pferdemähnen, Augen, Peitschen, Sporen, Hufe, Steigbügel und Staubwolken, als löschten Reiter und Rosse die Wege aus und als bliebe auf der großen, tiefblauen Schiefertafel des Himmels und über den Alleen nur der Staub der Kreide. Die Wachen, versteckt im Buschwerk rings um den Rancho, in dem Tabio San Unterkunft gefunden hatte, blickten sich an und wußten, was sie zu tun hatten. Während die einen flink wie Hasen sich in dem besendichten Gebüsch, Wiesenfuchsschwanz und Dornengestrüpp mit hohlen Krallen, verteilten und vorwärts krochen, um zu sehen, wer sich näherte, rannten andere rasch und federnd einen kleinen Hang hinab zum Rancho des Arbeiterführers, um ihn zu warnen, und einige wenige, die Beherztesten, blieben auf ihren Wachposten und hielten Machete und Flinte bereit, um die Ankömmlinge mit Blei und Stahl zu empfangen.

Blendender Mittag, reglos Himmel und Erde, unerträgliche Hitze, und die Staubwolke rückte näher und näher. Die um den Arbeiterführer versammelten Männer, die die ersten Berichte von den Plantagen brachten, wo sich die Tagelöhner für oder gegen einen Streik ausgesprochen hatten, den sie nicht nur wegen der paar dreckigen Centavos Lohnerhöhung führen sollten, sondern auch, um nicht hinter Bananera zurückzubleiben, stürzten vor die Tür, um zu sehen, was es gäbe, damit sie Tabio San notfalls verschwinden lassen konnten auf einem Pfad, der durch eine verwucherte Senke voller Lianen und Buschwerk führte.

»Gendarmen sind es oder Kavallerie«, bemerkte einer, während er die sich nähernde dicke Staubwolke beobachtete.

»Ob die oder die, das ist doch ein und dasselbe, Bruder, Gendarmen oder Kavallerie; du machst mir Spaß, sei doch nicht so kleinlich . . .«

»Ich bin kleinlich, weil's nicht dasselbe ist! Die Gendarmen sind von der Polizei und die Kavallerie von den Soldaten.«

»Ein großer Unterschied! Sicher . . ., sicher ist jedenfalls, daß es welche zu Pferde sind«, mischte sich ein gedrungener, breitschultriger Mann ein, der sich nach vorn drängte, um außerhalb des Ranchos zu bleiben und gegebenenfalls das Weite zu suchen, nicht weil er feige gewesen wäre, sondern weil er »eine große Familie hatte.«

Aber es bestand kein Grund zur Aufregung. Wer Angst gesagt hatte, war am Abend zuvor gestorben und als Leiche klüger geworden! Die Reiter waren Männer aus den umliegenden Dörfern, die erklärt hatten, sie wären jetzt frei, und nun ihr Unwesen trieben. Dörfer und Flecken hatten keine Obrigkeit mehr, nachdem Alkalden und Büttel bei den ersten Nachrichten über die Unruhe in der Hauptstadt davongelaufen waren und die Garnisonen den Befehl erhalten hatten, die Kasernen nicht zu verlassen und bis zum letzten Schuß zu verteidigen. Welch seltsame Stille! Eine Stille, als hätten sich die Plätze und Straßen des täglichen Lebens entledigt und erwarteten ein neues Leben. Von den Bäumen herab hingen sonderbare, menschliche Früchte. Die Polizisten, denen es nicht gelungen war, ihren traurigen Beruf zu verheimlichen. Andere hatten sich die Uniform so hastig ausgezogen, daß zwei als Zwillinge flohen, jeder mit einem Bein in derselben Hosenröhre des dicken Sergeanten.

»Hahaaa, Jungens!«

Geschrei und Schüsse, um die Luft mit blauen Bohnen zu pfeffern, hallten aus der Staubwolke, die vor den Dächern der Häuser von Tiquisate hängenblieb, denn dort bogen die Berittenen ab, weil sie fürchteten, im Ort und in den Plantagen Bekanntschaft mit dem stotternden Hämmern der Maschinengewehre zu machen. Ach, wenn sie gewußt hätten, daß die Gewehre gut verwahrt waren und daß auf den kahlen Straßen und in den grünen Bananenfeldern Männer jeder Hautfarbe sich drängten, um über den Streik zu sprechen, Speichel und Schleim sammelnd, damit sie etwas zum Ausspucken hatten, den Machete an der Seite und den Rest eines Achtels oder Viertels Schnaps in einer Flasche, auf deren Etikett ein Tukan mit einem großen Schnabel abgebildet war, und daß die, die nicht über den Streik sprachen, erwogen, ob es nicht an der Zeit sei, ein paar Gringos die Köpfe abzuschlagen, ihre Häuser runterzubrennen und die Comisariatos zu plündern!

Mehrmals versuchte der Direktor der Gesellschaft, den Kommandanten anzurufen, aber die Verbindung war unterbrochen. Schließlich machte sich Sekretär Perkins persönlich auf und bat den Oberst, Truppen zu schicken, um das Leben und die Interessen der Handvoll Nordamerikaner zu schützen, die trotz der Gefahr nicht aufhörten, Whisky zu trinken (sie erhöhten eher die Dosis), Pfeife zu rauchen und Chiclegummi zu kauen, während sie von der Couch oder vom Liegestuhl aus in der Temperatur eines künstlichen Frühlings auf die niedrige Decke ihrer kleinen Häuser starrten, als wäre nichts geschehen oder als wüßten sie, daß nichts geschehen könne, denn ehe auch nur einer dieser Mestizen es wagte, ihnen ein Härchen zu krümmen, würden die Kriegsschiffe die Küsten bombardieren und die Kampfflugzeuge den Himmel des kleinen Landes verdunkeln.

Später bat die Direktion nicht mehr, sondern forderte die Entsendung von Truppen nach den Plantagen, da die Regierung verpflichtet sei, nicht nur das Leben und den Besitz der Nordamerikaner zu schützen, sondern auch den Tagelöhnern die Freiheit der Arbeit zu garantieren, die sich, zufrieden mit der gewährten Zulage, weigern würden, den von einer kleinen Gruppe von Agitatoren geplanten Generalstreik zu unterstützen.

Der Oberst in seinem Amtszimmer, geblendet vom grellen Tageslicht, gähnend und wieder gähnend, manchmal blieb ihm das Gähnen in der Kehle stecken, manchmal erlosch es mit einem Trichtergeräusch auf den Lippen, blieb fest: Ohne Befehl von oben schickte er nicht einen Soldaten, und dieser Befehl blieb aus. Mehrmals sandte er chiffrierte Anfragen, und das Kriegsministerium antwortete immer dasselbe: »Befehle abwarten!« Später, und das war gerade geschehen, wurde ihm mitgeteilt, er werde die Anweisungen unmittelbar aus dem Präsidentenpalais erhalten, und diese Botschaft traf mit der Bombennachricht zusammen, die der Funker soeben in dem mexikanischen Sender »La Voz de la America Latina« aufgefangen hatte.

Der Funker hörte, hörte, aber er wagte nicht, es zu wiederholen, nicht einmal es sich selbst zu wiederholen. Wie konnte er also hingehen und es vor dem Kommandanten wiederholen? Und doch, er mußte hingehen, Haltung annehmen und es ihm sagen, ins Gesicht hinein. Er nahm die Kopfhörer ab, kratzte sich das Ohr, dann den Kopf, den Nacken, der moosig war von Haar und eisigem Schweiß, wegen der Dinge, die er soeben gehört hatte. Er hatte wieder einen steifen Hals. Diese verdammte Neuralgie, die ihm immer durch den ganzen Körper wanderte. Er stand auf, schob den Stuhl zurück, der Ratschen statt Räder hatte, so entsetzlich quietschten sie, weil sie nicht geölt waren, und schickte sich an, mit bekümmerter Miene vor den Oberst zu treten, aber er verwarf den Gedanken, es war zu unsoldatisch. Also mit fröhlichem Gesicht? Noch schlimmer, das könnte auf rebellische Gefühle deuten. Mit gleichgültigem Gesicht? Vielleicht, obgleich es mangelnde Ergebenheit gegenüber dem Obersten Befehlshaber zeigen würde.

An der Tür des Amtszimmers nahm er Haltung an, sagte wie ein Automat »Bitte eintreten zu dürfen, Herr Oberst!« und stotterte, stammelte etwas, das er halb verschluckte, ein Wort, das seine Lippen einfach nicht zu formen vermochten.

»Ein Rück . . ., Rück . . ., Rück . . .«

»Wer rückt ein?«

». . . tritt!«

Klaffmaul wölbte die Brauen. Seine Augen sprühten Fragen, rot von der Nase bis zu den Ohren, hielt er den hängenden, trauerweidengleichen Obristenschnurrbart zwischen den Fingern mit den ungeschnittenen Nägeln, die wie große, durchsichtige Fingerhüte aus Küchenschabenflügeln aussahen.

»Rücktritt? Meinen Rücktritt?« wiederholte er fragend, als zweifelte er an seinen eigenen Worten, und dachte: Sie haben mir eins übergezogen! Sie ordnen meinen Rücktritt an, um mich nicht abzusetzen und um mir noch mal eine Chance zu geben! Bestimmt hat die Gesellschaft meine sofortige Absetzung verlangt, weil ich ihnen die Soldaten nicht geschickt habe, die sie zum Schutz ihrer Pflanzungen haben wollten!

Der Untergebene bestätigte die Nachricht von dem Rücktritt, und nach langem Schweigen, das vertieft wurde durch das Summen der Fliegen, das Ticken der Uhr und das Gebrabbel des in der Ferne krächzenden Radios, hob er die von Furcht getrübten Augen zum Bild des Herrn Präsidenten, das hoch oben in der Mitte des Amtszimmers prunkte, und stammelte »E-e-e . . . Er!« und wagte mit dem Finger auf den Präsidenten zu zeigen, der in der Uniform eines Divisionsgenerals und mit der Napoleonlocke in der Stirn dastand.

Der Chef erstarrte. Unter der Röte seiner Haut verbreitete sich die Totenblässe des anonymen Subjekts, in das sich der untergeordnete, subalterne, zu allem bereite Diener und Freund des Obersten Befehlshabers verwandelt, wenn dessen Stern sinkt.

»Da-da-davon reden sie schon seit Tagen, und das möchten sie gern, und jetzt meldet es sogar das Radio . . . Idiot, wer hat dich geheißen, Mexiko zu hören? . . . Haben wir hier vielleicht kein Radio? Sind unsere Sender etwa nicht besser als die mexikanischen?«

Wie konnte er ihm sagen, daß die an den Nationalsender angeschlossenen einheimischen Radios seit vielen Stunden nur Militärmärsche sendeten!

»Geh, wenn du nicht willst, daß ich dir die Knochen breche! Morgen hast du Arrest! Geh und hör andere Sender ab, aber nicht die mexikanischen! Die mexikanischen nicht!«

Der Funker setzte die Kopfhörer auf, und mit furchtsamer Aufmerksamkeit, mehr um zu gehorchen, als um etwas zu finden, drehte er den Knopf auf der Suche nach anderen Stationen, die Nachrichten durchgaben, aber alle, die panamesischen, die kubanischen, die BBC, alle bestätigten, was er nun seinem Chef berichten ging, aber er hatte kein bißchen Spucke mehr im Mund und war stumm geworden.

»Uuuum . . . mm«, er brachte die Lippen nicht auseinander.

»Uuuum . . . was?« Klaffmaul stand drohend auf und wollte schon die Reitpeitsche auf seinen Untergebenen niedersausen lassen, aber er tat es nicht, weil sich die Hosen lösten, die an seinem verschwitzten Hintern geklebt hatten, und da er schon hinfaßte, kratzte er sich mit den Fingern den juckenden After, kratzte rundherum und tief hinein und vergaß über dem Genuß den Ärger.

Der Funker bestätigte, daß auch die Sender aus Panama und Kuba die Nachricht durchgaben, und war verzweifelt, daß er nicht die Hände auf die Ohren legen konnte, die ihm brannten, weil die Kopfhörer sie plattgedrückt hatten.

Der Chef schickte ihn an seinen Platz zurück und verlangte, er solle ihm unbedingt jede Neuigkeit mitteilen, die es gäbe. »Jede glaubhafte, verstanden? Glaubhafte!«

Kraftlos sank er in seinen Sessel zusammen. Sein Unglaube gegenüber dem Untergebenen war nur gespielt, denn er hatte sogleich, im ersten Augenblick erfaßt, was geschehen war. Alle warteten auf Befehle, aber es befahl schon niemand mehr. Deshalb hatte die letzte Mitteilung des Kriegsministeriums gelautet, er solle auf direkte Anweisungen aus der Präsidentschaftskanzlei warten. Er lehnte sich zurück, legte die Reitpeitsche auf den Schreibtisch und die Beine daneben wie ein Gringo. Wer in der Sch . . . okolade sitzt, an dem bleibt was kleben . . .

Noch ein Glück, sagte er sich, daß ich die Schnauze gehalten habe. Der Teufel ist schlau, weil er Oberst ist! Aber schlimm wär's gewesen, wenn ich den Gringos in den Arsch gekrochen wäre und die Leute rausgeschickt hätte, um ihre Plantagen zu schützen. Draußen hören die Soldaten, was los ist, meutern und machen gemeinsame Sache mit den Streikenden . . . Da sind sie besser bei mir aufgehoben, hübsch abgeschlossen von allem, und erfahren nichts!

Er schlug mit der Reitpeitsche auf den Schreibtisch, und als der Bursche erschien, befahl er: »Sieh mal nach, ob Hauptmann Salomé noch da ist. Wenn ja, dann sag ihm, daß ich mit ihm zu reden habe, bevor er geht, er soll zu mir ins Büro kommen!«

Der Bursche ging, kam zurück und meldete, daß der Hauptmann schon fort sei.

»Weiß man nicht, wohin er gegangen ist?«

Der Bursche ging, erkundigte sich und kam zurück.

»Er hat niemand was gesagt, aber da er einen Malariaanfall hatte, ist er wohl zum Arzt ins Krankenhaus der Gesellschaft gegangen.«

»Stimmt, deshalb hatte er um Urlaub gebeten, aber ich dachte, er wäre noch da. Du kannst gehen.«

Der Bursche brauchte länger, um durch die Tür des Arbeitszimmers zu verschwinden, als der Kommandant brauchte, um aufzustehen, hinunterzueilen, die Wachen zu kontrollieren und zu befehlen, daß niemand, absolut niemand, ohne seine ausdrückliche Erlaubnis die Kommandantur verlassen und daß niemand, ausgenommen

Hauptmann Salomé und die Soldaten, die das Essen brachten, eingelassen werden dürfe.

Er kehrte nicht in sein Arbeitszimmer zurück, sondern ging in das kleine Büro des Funkers im rückwärtigen Trakt der Kommandantur, um selbst zu morsen: 25 . . . 25 . . . 25 . . .

Über alle Drähte im ganzen Land rief man die Fünfundzwanzig. Aber 25 — die geheime telegrafische Codenummer des Herrn Präsidenten — antwortete nicht . . .

Endlose Juninacht. Ein Himmel mit dünner, neuer Haut gleich der, die unter dem Schorf wächst, nach den schweren Wolken von gestern und vorgestern. Gewaschene Sterne, verwischt, ohne zu flimmern. Eine Rakete. Eine einzige am ganzen Firmament wie eine wütende Schlange mit goldenem Kopf und rauchendem Schweif. In den vergangenen Jahren war die Nacht des 29. Juni anders verlaufen, Fest, Feuerwerk und Peter und Paul mit ihren Regenwasserbärten über dem Lagunenschweigen der Bananenfelder, die wie in den Festspielen trotzig die Schwerter ihrer grünen Zweige emporreckten. Freudenfeuer und heiße Getränke, Akkordeons, Gitarren, Marimbas, Feuerwerkstierchen, Maispasteten, frisch aus dem Topf, Rachenputzerschnäpse und das eine oder andere Weibstück, mit dem man sich fortstehlen konnte, um mit ihr das Drauflegespiel zu spielen, im Bananenfeld, wenige Schritte entfernt von den Feiernden.

Aber in diesem Jahr hätte es besser in Strömen geregnet. Es war zu nichts nütze, daß der Winterregen, der schon mit Stürmen begonnen hatte, wieder aussetzte. Niemand feierte, und die Nacht des 29. Juni — 25, 25, 25 morste in steigender Angst der Oberst — unterschied sich in nichts von den anderen Nächten an der Küste. Durchdringendes Quaken der Frösche und Kröten mit dicken Lidern über den Schwefeläuglein. Hier und da eine Zikade, eine überlebende von den Millionen Zikaden, die sterben, wenn sie den Abend zersägen, um die Kissen der Nacht mit Sägespänen aus Schweigen zu füllen. Grillen, zirpend wie brutzelndes Fett auf dem Feuer, in dem Atmosphäre, Erde, Kapokbäume, Brotbäume brieten, knisterndes Gezweig, aufgehäuft wie hohe Scheiterhaufen, in die aus Blitzen donnerloser Gewitter, ferner Unwetter über dem Meer, sich goldene Milch ergießt in den Pausen, die gewaltige Wasservögel mit ihren Flügeln in die Luft schneiden, Geräusch von Nachtschluckern und Oblaten voll Ferne.

. . . 29, 29, 29, der kopflose Oberst wußte schon nicht mehr, was er tat, er morste das Datum, aber er verbesserte sich, 25, 25, 25 . . .

Nein, es war nicht möglich, daß der Oberste Befehlshaber sie einfach im Stich ließ ... 25, 25, 25, er rief, rief, rief, 25, 25, 25 ... Er zog den Uniformrock aus: Luft, Luft braucht er an den haarigen Armen, die aus dem Gähnen seines ärmellosen Unterhemdes hervorsahen, dem einzigen Gähnen, das ihm geblieben war, denn das gewaltige Gähnen der Zufriedenheit, das vorhin noch seinen Mund gefüllt hatte, wollte ihm nicht mehr gelingen, und sein Schnauzbart, der sich bereits abgesäbelt fühlte, hing schwer herab wie der Kamm eines toten Hahns.

Tiquisate ... Bananera ..., würden sie gleichzeitig streiken? Nichts war sicher in dieser Nacht des 29. Juni, alles war unsicher, fließend ... Schlammige Feuchte. Menschenmassen, gebrannt in Tränenfeuern, Wind, der nicht wehte oder kaum wehte, um den vor Hitze halb erstickten Menschen Erleichterung zu bringen. Männer, gekleidet in Segeltuch aus Platzregenwolken, grünliches Blut und keuchender Atem, hoch wie Palmen oder zusammengekauert wie Frösche, sollten entscheiden, ob Bananera und Tiquisate sich im Schwung eines Streiks vereinigten, der die beiden wichtigsten Arbeiterzentren des Landes lahmlegen würde. Studenten, Lehrer, Angehörige freier Berufe, Journalisten, Kaufleute, Bankiers, ja, sogar Geldverleiher hatten, nach Freiheit dürstend, den politischen Streik gewagt und waren dabei, der Herrschaft einer Bestie in Menschengestalt ein Ende zu setzen; aber wenn auf den Plantagen von Tiquisate und Bananera nicht der Generalstreik erklärt wurde, es war Tiquisate, das noch zauderte, dann würden die Wurzeln der tropischen Diktaturen nicht ausgerottet und das Gift, das sie nährte, nicht zerstört werden. An all das dachte Tabio mit schweißüberströmtem Kopf, der schlaff war wie sein Haar. »Tabio San! Tabio Sansur!« rief er sich laut, als hätte er sich selbst verloren. Wie anders war der Schweiß des Jubels, Korkenzieher der Freude, als diese rinnenden, heißen, unerträglichen Wasserfäden, die ihm über das Gesicht liefen und die er schon nicht mehr wegwischte, denn er war mehr darauf bedacht, mit den Gedanken lindernd auf die Wunde seines Herzens zu blasen, damit sie ihn nicht brannte, wie ihn die Unentschlossenheit der Arbeiter brannte, die immer noch diskutierten, ob sie streiken sollten oder nicht. Daß so viel Kampfgeist in Geschacher enden sollte, zu einem Zeitpunkt, da schwerwiegende Nachrichten aus der Hauptstadt eintrafen, wo nach den Kundgebungen der Studenten und einer Demonstration der Frauen, die schwarz gekleidet und schweigend am Palais vorbeigezogen waren, das Schlimmste zu befürchten stand. Die Kavallerie hatte die Frauen mehrmals angegriffen, die Polizei sie mit Tränengas überschüttet, aber weder die Hufe noch die Säbel noch die Bomben hatten diese Prozession des Protestes zu sprengen vermocht, in der die stumme Trauer des Volkes versinnbildlicht, verkörpert war.

Einige waren gefallen ... War Malena dabei? ... War ihr etwas zugestoßen? ... War sie verletzt, zerschlagen, im Krankenhaus? ... War sie verhaftet worden? Oder ... oder ... der Arbeiterführer erstarrte am ganzen Leibe bei dem Gedanken, daß sie vielleicht leblos auf dem Pflaster liegengeblieben war.

Und keine Nachrichten, nur die vereinzelten Berichte der Reisenden, die wenig wußten oder wenig erzählten, aus Angst, sich die Zunge zu verbrennen — noch war der Rücktritt der Bestie nicht bestätigt, noch konnte alles mögliche geschehen —, oder die paar Meldungen, welche die ausländischen Sender innerhalb der Informationslawine dieser Tage ausstrahlten — die Invasion der Alliierten in Europa machte gute Fortschritte —, während die einheimischen, an den Nationalsender angeschlossenen Stationen seit Stunden Militärmarsch auf Militärmarsch aushusteten.

Keine Nachricht von Malena, keine mannhafte Antwort von den Bananenplantagen. Wie endlos lang diese Nacht des 29. Juni war ... endlos, ausweglos.

San senkte den Kopf, seine Stirn suchte die Stütze der Hände, während er die Ellenbogen auf den groben Tisch stemmte, an dem er geschrieben hatte, neben sich die Petroleumlampe, die durch einen rußgeschwärzten Zylinder von der Farbe seiner nikotinfleckigen Finger mehr Dunkelheit als Licht verbreitete. Zigarette auf Zigarette; wenn er eine in gierigen Zügen aufgeraucht hatte, zündete er an ihr die nächste an, rauchte genausoviel wie seine Gefährten, die zurückgekehrt waren und ihm darin nicht nachstanden.

Konnte ein Tag, der so glorreich mit der Gründung der Gewerkschaft begonnen hatte, nun mit allgemeiner Mutlosigkeit enden, einer Mutlosigkeit, die sehr nach Niederlage aussah!

Einige der Zurückgekehrten zogen die Schuhe aus und massierten ihre Fußsohlen, von denen sich Dreckwürstchen und Baumwollkrümel von den zerlaufenen und zerschwitzten Socken lösten und an den Fingern kleben blieben. Andere legten die Füße hoch und rauchten, schlummerten oder summten vor sich hin, um die Müdigkeit und die Grübeleien zu verjagen, die sie quälten, als läge ihr Gehirn frei und würde von Fliegen umschwirrt.

Nachdem sie meilenweit herumgelaufen waren, hierhin und dorthin, nachdem sie Unterkünfte, Ranchos, Arbeitslager, Kneipen, Eßräume, Viehgehege besucht und auch mit den Männern von der Nachtschicht gesprochen hatten, hielten sie es für unwahrscheinlich, wenn nicht unmöglich, daß sich die Mehrheit für den Streik entscheiden würde, denn wer sich nicht rundheraus weigerte, war dagegen, sie hatten ja im Guten erhalten, was in ihre Taschen gewandert war, ein paar Centavos Zulage, und in die Mägen ihrer Familien, Mais, Bohnen, Brot, Fleisch, Zucker, Reis, Kartoffeln, Kaffee, erstanden zu günstigen Preisen in den Lebensmittelläden der Gesellschaft.

Wenn die Gesellschaft nach der Gründung der Arbeitergewerkschaft von Tiquisate bei ihrem Angebot blieb, höhere Löhne zu zahlen und die Lebensmittel zum Selbstkostenpreis abzugeben, würden sich die Männer weigern, zu unterstützen, was Bananera vorschlug: einen gewaltigen Streik, der morgen um null Uhr die Arbeit auf allen Plantagen am Atlantik und Pazifik zum Erliegen bringen würde, durch den sie sich gleichzeitig mit dem in der Hauptstadt erklärten und im ganzen Land durchgeführten Generalstreik solidarisierten, an dem nicht nur die Arbeitenden teilnahmen, sondern sogar die Müßiggänger, die die Straßen mieden, die Gläubigen, die nicht zur Kirche gingen, die Händler, die die Märkte verließen, einen gewaltigen Streik, mit dem sie, wenn auch verspätet, gegen den Tod derer protestierten, die damals im Hafen, auf der Hafenmole, unter Kugeln und zwischen den Zähnen der Haie ihr Ende gefunden hatten, die Schauerleute, die die Schiffe mit Bananen beluden und die, nur gepanzert mit Herz und Lendenschurz, aufgestanden waren und den Vorarbeitern der Fruchtgesellschaft »Schluß!« zugeschrien hatten, »Schluß! Schluß!«, ein Schrei, der noch immer nachhallte und den jetzt die Arbeiter aller Plantagen aufgreifen mußten, um sich der Gesellschaft in einem neuen Streik entgegenzustellen, der dasselbe bedeutete: Schluß!

Das war es, war Bananera vorschlug. Einen gewaltigen Streik, daß den Gringos der Atem ausging. Einen »Schluß!«. Sie schlugen ihn vor, zwangen ihn nicht auf. Selbst das mußte geklärt werden. Böswillige verbreiteten hinterhältig, die andern wollten sie kommandieren, sie zwingen, und deshalb mußte überall und immer wieder darauf hingewiesen werden, daß es sich nur um einen Vorschlag handelte und daß die aus Tiquisate das letzte Wort hatten. Dennoch war die Begeisterung gering, wenn man von den Goldsuchern absah, die nicht umsonst Bananenschlepper waren wie die namenlosen Helden der Epopöe des Hafens; die Mehrheit war nicht dafür und würde dagegen stimmen, die große Mehrheit derer, die immer und vor allem ihre Ruhe liebten, die auch nicht einen Fingernagel riskieren und sich keinerlei Gefahr aussetzen wollten, die Mehrheit derer, die nicht über ihre Nasenspitze hinaussahen, Vorteil, was bringst du mir ein, der »Gekauften« mit den Taschen voller Dollars, verteilt von den Agenten des Unternehmens, das seiner Politik der Bestechung immer treu blieb, und der Feiglinge, die sich in ihren Kleinmut, ihre Verzagtheit oder ihre nackte Angst verkrochen vor den gedungenen Mordschützen der Gesellschaft, denn die teilte nicht nur Geld, sondern auch Kugeln aus.

Diese Leute haben nicht die geringste Vorstellung von dem, was wir verteidigen! San schluckte die Worte hinunter, die er so oft gekaut, so schmerzlich zermahlen hatte, daß sie schon keine Worte mehr waren, sondern Speichel sich widersprechender Gedanken, und er war ebenso geneigt, die Arbeiter wegen ihrer negativen Haltung zu verdammen, wie sie zu verteidigen. Ja, ja, grübelte er weiter, der Streik für die Freiheit hat um sich gegriffen wie Feuer, und wenn der auf dem Lande ins Stocken gerät, so nur deshalb, weil wir den Bauern das Problem nicht ausreichend erklärt haben, so lange, bis sie begriffen, daß es sich nicht um »Unser täglich Brot«, sondern um »Unser aller Land« handelt, um etwas so wichtiges wie unser Vaterland, das keinen hat, der es verteidigt. Die Gläubigen sollten künftig anders beten. Nicht um Brot, sondern um das Vaterland bitten! »Unser Vaterland gib uns heute.«

Er hob den Kopf und sagte zu denen, die von den Plantagen zurückgekehrt waren und ihn jetzt im trüben Schein der Petroleumlampe umringten: »Habt ihr der Gesellschaft offiziell mitgeteilt, in welcher Eigenschaft ihr gekommen seid, als Vertreter der Gewerkschaft?«

»Es war das erste, was wir getan haben«, Andrés Medina kam Samuelito zuvor, dem das Wort auf der Zunge blieb, »wir haben uns als Vertreter der soeben gegründeten Arbeitergewerkschaft von Tiquisate vorgestellt.«

»Hat die Direktion es anerkannt? Hat sie sich nicht gesträubt, euch als Abgeordnete zu empfangen?« Der Arbeiterführer wollte es so genau wie möglich hören.

»Sie hat es nicht nur anerkannt«, diesmal kam Samuelito Medina zuvor, »Mister Perkins hat uns auch im Namen des Direktors erklärt

— über all diese Angelegenheiten verhandelt Mister Perkins —, daß es ihn freute, uns als Kommission der Arbeitergewerkschaft von Tiquisate empfangen zu können.«

»Sie haben die Pille geschluckt . . .«

»Gerissen sind die . . .«

»Was blieb ihnen anderes übrig . . .«

»So was nennt man gute Miene zum bösen Spiel machen . . .«

Die Stimme und die vom Licht der Petroleumlampe beschienenen Gesichter der Männer, die den Arbeiterführer umdrängten, flossen ineinander.

»Natürlich haben wir sofort«, sprach Samuelito weiter, »sofort gefragt, noch in der Tür, um keine Mißverständnisse aufkommen zu lassen, ob die Gesellschaft trotz der Gründung der Gewerkschaft die Zulagen und die anderen Verbesserungen aufrechterhält, die sie uns angeboten hat und die wir auch in unserer Eingabe verlangen.«

»Wegen der Gewerkschaft stecken die nicht auf! Nicht umsonst sind es Gringos! Die Ärmsten, was können sie dafür, daß sie so geboren sind. Aber dumm sind die nicht!«

»Tatsächlich«, unterbrach Medina, wandte sich um und suchte das Gesicht des Sprechers, eines alten Goldsuchers, der von zwei Feuern verbrannt war, der Sonne und dem Rum, »tatsächlich hat Mr. Perkins nicht nur erklärt, daß die Gesellschaft zu ihrem Wort steht, er hat uns sogar angeboten, die Löhne über das hinaus zu erhöhen, was wir gefordert haben, unter der Bedingung, daß auf den Bananenplantagen mit der Agitation Schluß gemacht und nicht mehr von Streiks geredet wird!«

»Mit andern Worten, sie wollen unser Schweigen kaufen«, stieß der Alte hervor, wütend, heiß, rot wie eine Wanze, und konnte nicht weitersprechen, weil ihm der Speichel aus dem Munde spritzte.

»Sonst haben sie keine Wünsche?« schrie einer.

Eine andere Stimme: »Helfershelfer suchen sie, nebenbei gesagt, auch unter uns!«

Der Arbeiterführer beruhigte die Aufgeregtesten, die schon von den Worten zur Tat schreiten wollten, die Machetes schwangen und Drohungen ausstießen gegen die Gringos, die zu dieser Stunde Feste feierten — es gibt Feste, die wie Fürze klingen, sagte die alte Wanze —, die feierten, daß die Dinge ohne Streik beigelegt waren, Huren, Huren die Mütter der Agitatoren, Lob über Lob auf die Yunait im Spanisch der spanischen Ausgabe von »Reader's Digest« (»Vorteile und Fortschritte der Gewerkschaftsbewegung in Mittelamerika« oder

»Eine Bananengewerkschaft im Dienste der guten Sache«), ein Spanisch, das so hartleibig war, weil es ihm an Saft fehlte und weil der Darmausgang trocken, verstopft und anglikanisch war.

»Jetzt geht es nicht darum, zu kämpfen, das werden wir tun, wenn es soweit ist!« erklärte Tabio San energisch.

»Wir haben noch den ganzen morgigen Tag«, rief Medina aus, »wer hat gesagt, daß alles verloren ist?«

»Keiner hat das gesagt«, überschrie Samuelito den wilden Lärm, der noch zunahm, »aber der Zorn darf uns nicht blind machen, wenn wir heute mit Drohungen kommen, riskieren wir erst recht, daß wir morgen abend nicht die Mehrheit kriegen, die wir brauchen, um den Streik zu erklären!«

»Eine Mehrheit von Toten, die werden wir kriegen, heute oder morgen! Bringt eine Waage her, um die Leichen zu wiegen!«

»Was soll das?« Samuelón stellte sich den Streitlustigen entgegen, die schon mit hocherhobenen Machetes loszogen, springend in der Hand den Hut, den sie über den Boden schleiften, um Staub aufzuwirbeln wie Kampfhähne, wie Tänzer im Festspiel; als der Riese sie anbrüllte — wie groß doch dieser Samuelón war! —, beruhigten sie sich, Vernunftgründe wollten sie nicht hören, die Raufbolde, die schlimmer spien als die Speier beim Feuerwerk, und die Draufgänger, die die Hand mit weit gespreizten Fingern zwischen die Beine steckten, um zu zeigen, daß sie nicht einmal so alles umfassen konnten, was sie an Männlichkeit besaßen, und die imstande waren, heute nacht ein tolles Ding zu drehen, in dieser Nacht, da die Sterne gelb waren wie dicker Honig und ihr Glanz ihnen aus der tückischen Schwärze des Himmels die Erinnerung an Kirchenlichter und Feste zu Peter und Paul zuwehte. Dieses Jahr würden sie nicht feiern.

Florindo Key brach in die Verblüffung, die Samuelóns Gebrüll zur Ordnung gefolgt war. Er kam mit den letzten Nachrichten. Sensationell! Sensationell!

»Die Millionen-Luceros fahren morgen ab!« rief er schon in der Tür. »Ich komme von ›Semírames‹. Von einer Stunde zur anderen haben sie beschlossen zu reisen.«

»Morgen?« Der Arbeiterführer fügte die Brauen wie zwei Fragezeichen über den tiefliegenden Augen zusammen und verlangte Genaueres über dieses Ereignis zu hören, das tatsächlich ganz nach einer Flucht aussah.

»Morgen!« bestätigte Florindo.

»Das bedeutet, daß sie sich nicht sicher fühlen!« rief der Arbeiterführer aus und ließ Florindo nicht weitersprechen. »Hat denn die Gesellschaft nicht, wie sie selbst behauptet, mit den bewilligten Verbesserungen den Streik abgewürgt?«

Key hob die Hand, bewegte den Zeigefinger hin und her und sagte: »Nein, nein, sie sind nach Chicago gerufen worden! Geo Maker Thompson, der berüchtigte ›Grüne Papst‹, ist todkrank und will seinen Enkel noch einmal sehen, bevor er stirbt.«

»Soll er sterben, ohne daß er ihn gesehen hat, soll der Blitz sie alle beide treffen!« schrie Andrés Medina.

»Aber waren denn die großen Herren nicht völlig sicher«, sagte Samuelón, und es war eher eine Feststellung als eine Frage, »daß es keinen Streik geben, daß es nichts geben, daß alles beim alten bleiben würde?«

»Ganz so sicher waren sie wohl nicht«, meinte Key.

»Dann kann es nur ein Vorwand sein! Sie fahren weg, um nicht klein beigeben zu müssen . . . Was für ein Zufall, wegen des Enkels!«

»Ganz so sicher waren sie wohl nicht«, wiederholte Florindo, der Samuelón freundschaftlich die Hand auf die Schulter gelegt hatte, »aber ich glaube auch nicht, daß es ein Vorwand ist, oder wenn doch, dann gehört er zu den Vorwänden, die das Leben uns so rechtzeitig liefert, daß sie schon keine mehr sind.«

»Wenn Don Flor mit seinen Wortspielen anfängt, können wir einpacken!« protestierte Samuelón halb ernst, halb scherzhaft, dann fügte er herausfordernd hinzu: »Wenn Sie behaupten, daß die ›nicht ganz so sicher‹ sind, dann müssen Sie auch sagen, warum!«

»Aber bitte, jetzt kommt nämlich die andere Bombennachricht: Der Oberst hat abgelehnt, auch nur einen einzigen Soldaten zu schikken, um die Plantagen zu schützen! . . .«

»Ein pflaumenweicher Kerl ist das!«

». . . obgleich die Gesellschaft ihn immer wieder dringend aufgefordert hat, sogar der Direktor persönlich; sie haben alles versucht, haben gebeten, geweint, haben schließlich gedroht, ihn sofort absetzen und einsperren zu lassen wegen Beihilfe zum Streik, aber es ist ihnen nicht gelungen, auch nur einen Soldaten aus ihm herauszuquetschen. Er hat sich in der Kommandantur verschanzt und Wachen mit Maschinenpistolen davorgestellt, die niemand passieren oder herankommen lassen.«

»Das ist vielleicht ein Bürschchen!« rief lachend die alte Wanze mit eitrigen, ebenso fröhlichen wie mißtrauischen Augen aus ihrem Winkel, in dem man sie kaum sehen konnte.

»Hör auf, er tut's nicht unsertwegen!«

»Die Erklärung gefällt mir!«

»Weder unsertwegen noch unserer schönen Augen wegen!«

»Versteht sich, Medinita, versteht sich, deshalb hab ich ja gesagt, die Erklärung gefällt mir«, fuhr Key fort, »denn uns allen ist selbstverständlich klar, daß er es für sich selbst, für seine eigene Sicherheit tut, um seine Haut zu retten; aber für uns kommt es auf das gleiche heraus. Ohne militärischen Schutz fühlt sich der stolze Trust entschieden geschwächt, und alle, die es durch Geld oder Drohungen geschafft hatten, daß sich die Waage des Streiks zu unseren Ungunsten neigte, werden es sich überlegen, ob sie so weitermachen oder umschwenken. Das werden wir morgen abend sehen; aber, sagt, was ihr wollt, ich bin optimistisch, wir kriegen die Mehrheit!«

»Ich nicht«, widersprach Samuelito, »ich glaube, daß uns die Weigerung des Obersten, Truppen zum Schutz der Plantagen zu schikken, mehr schadet als die angebliche Schwäche der Gesellschaft, von der Florindo spricht.«

»Fest steht jedenfalls, daß er sich in der Kommandantur verschanzt hat, und da kriegt ihn keiner raus«, fügte Samuelón hinzu, der sich wunderte, daß sein Bruder Samuel den Mund nicht auftat. Aber was sollte er auch sagen, wenn er doch solche teuflischen Zahnschmerzen hatte; die ganze Backe zitterte ihm, selbst das Auge hüpfte auf und ab.

»Ja«, mischte sich Medina ein, »ich glaube genau wie Samuelito, daß uns der Oberst mehr schadet, wenn er sich einsperrt, als wenn er auf die Plantagen marschiert wäre und die Soldaten da verteilt hätte. Dann wäre es durchaus möglich gewesen, daß die Soldaten mit den Streikenden gemeinsame Sache gemacht hätten.«

»Lassen wir diese Theorien«, unterbrach der Arbeiterführer, der aussah, als folgte er dem, was gesprochen wurde, nur am Rande, verloren in die Welt seiner Gedanken und Überlegungen. »Lassen wir diese Theorien«, wiederholte er, »die Soldaten würden keine gemeinsame Sache mit den Arbeitern machen, aber der Oberst ist kein Dummkopf, er weiß genau, was in solchen Fällen passiert, daß nämlich der Soldat, aus Angst oder weil er kein Soldat sein will, die Waffe wegwirft, die Uniform auszieht und dorthin flieht, woher sie ihn mit Gewalt, um nicht zu sagen gefesselt, geholt haben.« Und nach einer Pause setzte er hinzu: »Fest steht jedenfalls, daß die Flucht der Luceros, anders kann man es nicht nennen, und die Weigerung des Obersten, Soldaten zu schicken, damit sie die Interessen der Gesellschaft und das Leben und die Sicherheit der hohen nordamerikanischen Angestellten verteidigen, uns nötigt, die Lage von diesen neuen Gesichtspunkten aus zu überprüfen.«

»Ich wiederhole, es ist keine Flucht.«

»Es ist eine, Key«, beharrte der Arbeiterführer, »und wenn nicht, um so besser. Die schwere Krankheit oder der Tod des ›Grünen Papstes‹ wird die Position der Gesellschaft wenigstens vorübergehend schwächen, so lange, bis sich die Aktionäre versammeln und einen neuen Pontifex ernennen.«

»Ich habe die Telegramme gelesen«, sagte Florindo nicht ohne Heftigkeit in Stimme und Gebärde, »der Alte will nicht sterben, ohne den Enkel noch einmal gesehen zu haben.«

»Sollten sie ihn doch mitnehmen«, brachte Samuel mühsam mit dumpfer Stimme hervor und bewegte die Zunge im Mund, der ihm durch den Schmerz riesengroß vorkam und den er schon fast nicht mehr schließen konnte, »sollen sie ihn doch mitnehmen«, und er hätte ihnen gern erzählt, daß ein Junge, ein gewisser Lincoln Suárez, gesagt hatte, Bobby sei ein Todfeind der Streikenden, die er verächtlich Bettler nannte und die man am Rauch der Maschinengewehre aufhängen müsse.

»Ja, sollen sie den Enkel und die ganze Sippschaft mitnehmen«, fügte Medina hinzu, »aber hinterher sollen die Nachrichtenagenturen nicht verbreiten, die hätten ihn in Sicherheit gebracht, damit wir ihn nicht entführen. Fähig sind sie dazu. Haben sie es nicht neulich schon so gemacht? Ging hier nicht das Gerücht um, wir wollten ihn entführen, um von der Gesellschaft die Annahme unserer sämtlichen Forderungen zu erpressen? Das sind Leute, die keinen Unterschied zwischen einem Gangster und einem Streikenden machen.«

»Und die dritte Bombennachricht!« rief Florindo aus und wartete, ehe er damit herauskam, bis erwartungsvolle Stille eintrat, in der er die sensationelle Nachricht Wort für Wort verkünden konnte.

»Der Präsident der Republik hat die Armeegeneräle in das Palais beordert, um ihnen seinen Rücktritt mitzuteilen!«

»Das ist das Ende!«

»Das Ende für sie! Nicht für uns, für uns ist nichts zu Ende! Der große Beginn! Tun wir die Würfel in den Becher und sagen wir dem Leben: ›Wir beginnen neu!‹«

23

Die Nähmaschine surrte und surrte. Ein feuchtes Handtuch um den Kopf geschlungen, den Oberkörper nackt, die Füße in einer Schüssel mit Wasser. Die Hitze erstickte sie. Ließ ihre Gedanken verdampfen. Sie dachte nur an das, was sie tat. Ihr cremefarbenes Kleid enger machen. Herrgott, war sie dünn geworden! Der Arm schlief ihr ein, kribbelte und kitzelte, die Hand tat ihr weh, das Handgelenk, der Ellenbogen, aber sie nähte weiter. Fast hätte sie eine Brust mitgesteppt. In die hätte sie gern eine Naht eingelegt. Sie um ein gutes Stück verkürzt. Die aufreizenden Hügel, die mit der Zeit unter der Liebesgeißel zwei länglich niederhängende Birnen geworden waren, was sie jedoch nicht hinderte, sie unter dem Kleid mit Hilfe des Büstenhalters in zwei Speerspitzen zu verwandeln. Damit fängt es immer an, mit dem Reiz, mit der magnetischen Anziehungskraft dieser beiden Spitzen.

Durch das Summen der Nähmaschine überhörte sie, daß jemand ins Zimmer trat. Sieh mal an, wer da kam! Und ein wenig mitgenommen sah er aus. Ein Köter, der bellt, schläft nicht, dachte Clara María verblüfft, als sie Herrn Hauptmann Pedro Salomé eintreten sah, bleicher als eine Seele im Fegefeuer, und sie war stolz und froh, daß er aus eigenem Antrieb wiederkam, ohne daß sie nach ihm zu rufen brauchte, wie sie es schon zuweilen getan hatte, eine Zigarre rauchend, vor einem Bildnis des heiligen Antonius, das sie in Froschschnaps stellte.

Aber ihre Freude fiel in den Brunnen, und die Tränen kamen ihr, als sie gewahr wurde, wie krank, wie ausgemergelt er war. Das war kein lebender Mann mehr, sondern ein vom Tod Gezeichneter. Die Augen ohne munteren Lidschlag, starr, glasig, mehr mit dem Magen als mit der Lunge atmend, nach einem ekelerregenden Schweiß stinkend, als hätte man ihn in eiskaltem Urin gebadet.

Er umarmte sie nicht. Ärmster. Er streichelte sie nur, zittrig, als wolle er sich vergewissern, daß sie noch ihre . . ., daß noch alles da war. So benommen war er vom Fieber, daß er sich zum Bett tasten mußte. Als er sich niederlegte, hob sich sein Körper kaum von dem Laken ab. Er bat sie um einen Schluck Wasser. Sie ging, aber es dauerte ein wenig, ehe sie zurückkam. Sie konnte ihm das Wasser doch nicht in einem der gewöhnlichen Gläser reichen, die sie jeden Tag benutzte. Aus dem Spind holte sie ein vergißmeinnichtblaues Krüglein und ein Glas von derselben Farbe.

»Du hast ja wieder Malaria, verdammte Krankheit«, seufzte sie, als sie ihn das Wasser schlucken hörte.

Pedro Domingo nickte, den fieberhaften Blick in den Augen Clara Marías, die sich auf den Bettrand gesetzt hatte und ihn liebkoste, vielmehr drückte, als wolle sie ihm die Gelenke massieren, die bei einem Malariaanfall schmerzen, als würden sie einem gebrochen.

»Später«, sagte sie zu ihm, »werde ich dich tüchtig mit Alkohol und Chinin abreiben!«

Der Hauptmann bat sie, ihn eine Weile ausruhen zu lassen, später sei ihm die Behandlung willkommen, aber jetzt müsse er stilliegen, mit geschlossenen Augen, ihre Hand in seinen Händen, die sandig und verschwitzt waren von der Glut des steigenden Fiebers.

»Ein Glück, daß du mich hast« ..., wenn auch als Lückenbüßer, wollte sie hinzusetzen, aber sie besann sich, das beste Wort ist das, das man nicht ausspricht, und sie legte sich halb über ihn und schmiegte ihre Wange an die seine, die vor Fieber glühte und rauh von Bartstoppeln war.

Die Geräusche des Tages, Lastwagen, die vorbeifuhren, Karren, Pfeifen von Lokomotiven in der Ferne, lenkten Clara María ab, und während ihr Geliebter einschlief, löste sie behutsam ihre Hände aus den seinen, ohne daß er es merkte, und bereitete eilig in einem tiefen Teller eine Mischung aus Alkohol und weißem Chininpulver. Wenn sie ihn mit dieser Einreibung nicht von seinem Schüttelfrost befreite, dann wollte sie nicht Clara María heißen, aus der Kneipe »Hierwarichglücklich«. Ja, glücklich war sie gewesen mit ihm. Sehr glücklich. Er war krank. Sie ließ ihn schlafen. Da fiel ihr etwas ein. Seine Taschen durchsuchen. Darauf verstand sie sich. Aber diesmal suchte sie kein Geld, sondern einen Brief oder ein Bild von der, die das Telegramm geschickt hatte. Miststück, verdammtes! Möge der Blitz sie treffen! Er hatte nichts bei sich. Sie nahm ihm die Fünfundvierziger ab, eine schwere Pistole mit perlmuttverziertem Griff und sehr langem, bläulichem Lauf, und legte sie neben dem Bett auf das Nachttischchen, wo das Radio stand.

Die Frage, warum er gekommen sei, ließ ihr keine Ruhe, bald stand sie wie ein schwirrender Kolibri zwischen ihren Brauen, bald kreiste sie ihr im Kopf herum. Warum war er gekommen? Um Trost zu suchen, weil er starb? Um Liebe zu suchen, weil er sie liebte? Vermochte die Malaria mehr als die Totenknochen, die das Biest von dem Telegramm ihr durch den Mulatten vor die Tür hatte streuen lassen, um einen Graben der Gleichgültigkeit zwischen ihnen aufzureißen oder, wenn sie es nicht schaffte, daß sie sich trennten und einander vergaßen, einen Graben der Ewigkeit, Gleichgültigkeit oder Tod? Sie hatte sie beide verurteilt. Spinnereien? Wie konnten es Spinnereien sein, da sie doch den Mulatten überrascht, ihm die Knochen weggerissen hatte! Und solche Urteile werden vollstreckt! Lag ihr Geliebter nicht schon halbtot vor ihr? Tränen verdunkelten ihre Augen und blieben an den Wimpern hängen. Die Ewigkeit zwischen ihnen oder die Gleichgültigkeit. Sie hatten keine andere Wahl. Warum, mein Gott, mußten sie sich trennen, sich vergessen, oder warum mußte einer von ihnen sterben? Nicht seine Hände, sein Herz war es, das sich, in zwei Teile gebrochen, mit den pulsenden Fingern anzuklammern suchte. Warum hatte die Elende mehr Macht als sie? Warum hatte sie die Toten auf ihrer Seite? Warum war, wie Tonina Sansivar sagte, kein Kräutlein dagegen gewachsen, wenn man nach einer schwarzen Messe Erde vom Totenacker holte, aus der Tiefe des Grabes kratzte? Würde diese Hündin die verfluchte Teufelsmesse halten, bei abnehmendem Mond, mit dem Mulatten als Ministrant, nackt, das Geschlecht mit Glühwürmchen gesalbt, und hinten, zwischen die Gesäßbacken, eine tote Fledermaus geklemmt, die man ausscheiden konnte, wie die goldene Fledermaus, die die Sonne ausschied, während von ihren Brüsten ätzende, giftige Froschmilch troff und auf ihren Bauch, über den Nabel, das Bild Pedro Domingo Salomés gebunden war?

All das hatte ihr Tonina Sansívar, die alte Gevatterin, verraten, der aus der Kalebasse des Kropfes die Stimme eines Mannskerls dröhnte. Sie hatte ihr auch gesagt, gegen den bösen Fluch der Totenerde, die einem vor die Tür oder das Haus gestreut war, gebe es kaum einen Schutz, denn er laufe darauf hinaus, daß einer von ihnen sterben müsse, wenn sie nicht bereit wären, sich zu vergessen, sich zu trennen, sich nicht mehr zu lieben.

Sie hielt, so gut es ging, die Tränen zurück, näherte sich mütterlich, mit tiefen Augenrändern, dem Ohr des Mannes, der bis heute ihr Geliebter gewesen war und den das Fieber verzehrte, und wollte ihn bitten, er solle sie lassen, sie vergessen, nicht mehr an sie denken. Ihr Brustkorb fiel in sich zusammen, als sie mit einem Seufzer ihre Gefühlte ausstieß, leer und traurig, eine Frau, die weiß, daß sie alles verliert, wenn sie sich von dem Menschen trennt, mit dem sie die besten Jahre ihres Lebens verbracht hat und den sie nicht zurückhalten kann, denn selbst wenn sie es versuchte, verlieren würde sie ihn auf jeden Fall, verlieren an den Tod. Lieber das! ... Lieber tot! ... Sie konnte die schrecklichen Worte nicht aussprechen. Zweifelnd, ob sie es nicht doch gesagt hatte, rieb sie sich heftig die Lippen. Sie legte sich neben ihn und flüsterte ihm zu: »Liebster, hören Sie mich? Ich werde Sie verlieren« — aus Koketterie sprach sie ihn mit Sie an —, »wissen Sie, daß ich Sie verlieren werde? ... Denken Sie an das große Opfer, Liebling, das ich Ihnen bringe ...« Sie krümmte sich, angeekelt von sich selbst, von der Lüge, die ihr so leicht von den Lippen ging. Opfer? Komödiantin! Du hast ihn ja schon verloren, so oder so, denn niemals könnte er mit seiner Clara María zusammenbleiben, mit dem Mädchen aus der Kneipe. »Hierwarichglücklich«, mit der Frau seines Lebens ... Sie schluchzte, schluchzte, schluchzte — mit der anderen oder mit dem Tod —, sie schluchzte, es gab keinen Ausweg, zu viele Dinge kamen zusammen, sie mußte Tonina glauben! Wer weiß, wie lange der Mulatte ihr schon Totenerde vor die Tür streute, vielleicht noch bevor Pedro Domingo fortgeblieben war, fortgeblieben wegen der mit dem Telegramm; und das Telegramm, warum hatten sie es ihm nicht in die Kaserne gebracht, warum hatte es der Zufall gefügt, daß sie es ihm hierherbrachten? Wie war es möglich gewesen, daß sie, die stets, wenn Salomé sich nicht bei ihr blicken ließ, in die Wachstube gegangen war, um nach ihm zu fragen, um ihm etwas ausrichten oder ein Briefchen übergeben zu lassen, es diesmal nicht getan hatte? Die Totenerde hatte sie gelähmt, und um die Lust loszuwerden, die ihr nicht im Leib, sondern in der Seele saß, um sich für den Betrug zu rächen, hatte sie sich mit dem blonden, blauäugigen kleinen Gringo abgegeben und ihn sogar in ihr Bett gelassen ... Haha! Jazz, Jazz!

Aber es war sinnlos, über etwas nachzudenken, was doch nicht mehr zu ändern oder zu bessern war. Was du im Bett getan, nimm's reulos an, hattest doch deine Freude dran! Die Totenknochen, die sie ihr vor die Tür gestreut hatten, mußten die Schwanzknöchelchen eines Toten gewesen sein. Daß sie, sie, sich an dem blonden Bürschchen aufgeilen konnte! Daß sie, die immer kalt gewesen, schwach geworden war! Hahaha! In ihrer Brust lachte die Zufriedenheit, und in der Nase kribbelte ein Niesen, als sie sagen wollte: Jazz, Jazz!

»Verzeih«, hatte Tonina Sansívar zum Schluß gesagt, »daß ich dir das Herz zerreiße, aber ich durfte dir nicht verschweigen, daß es für deinen Fall keine Lösung gibt, höchstens wenn du dir selbst, mit Blut oder mit Feuer, den Leichenschein abwäschst, mit dem sie dich übergossen haben. Mit Blut muß es sein, mit dem Blut dessen, der dir das Übel antat, nicht mit Feuer, denn dann müßtest du selbst zu Asche werden, müßtest dich anzünden und verbrennen. Wenn dieser Schein auf einen lebenden Menschen fällt, dann ist es sehr schwierig, ihn zu heilen. Blut oder Feuer! So wie wir geschaffen sind, ist der Schein mehr unser Eigen als die Seele, obgleich er uns wie sie nur geliehen wird, denn er begleitet uns selbst noch nach dem Tode.«

Tonina zündete sich aus einem violetten Maisblatt eine kleine Zigarre an, und während sie paffte, versuchte sie, die vorstehenden Augen unter den zu kurzen Lidern zu verbergen, und fügte belehrend hinzu, wobei man nicht recht wußte, ob sie mit Worten oder mit dem Rauch ihrer Zigarre sprach: »Nur zwei Dinge bekommen wir geliehen, wenn wir geboren werden, die Seele und den Leichenschein, und von diesen beiden Dingen ist der Leichenschein mehr unser Eigen als die Seele, und ich will dir erklären, warum. Die Seele erschrickt, wenn sie den Tod nahen fühlt, und fliegt fort, verläßt uns, verschwindet, ehe unser Körper kalt wird. Der Leichenschein hingegen harrt aus, bleibt bei uns, weil der Leichenschein, damit du es ein für allemal weißt, der Tiergeruch ist, den wir an uns haben; jeder Christenmensch riecht nach einem andern Tier, und dieser Geruch ist sein Leichenschein, verstehst du?« (Das einzige, was Clara María verstand, war, daß sie mit ihrem Geliebten alles verlor, die Seele, den Leichenschein, alles . . .) »Und diesen Leichenschein, mein Kind, haben sie über dich gegossen, mit den Totenknochen, die sie dir unten in die Ritzen der Tür gestreut haben, durch die nun nicht mehr, du Ärmste, wie leid du mir tust, Luft, Licht und Sonne hereinkommen, sondern das Verfaulte, das Wurmige, das Versteinerte, das Tierische, das zum Staub der armen Verstorbenen geworden ist.«

Und mit der erloschenen Zigarre aus selbstgezogenem Tabak zwischen den Lippen, fügte die Sansívar, sich die trockenen Hände kratzend, hinzu: »Bedenke also, es ist, als hätten sie dir den Körper mit Totenkalk angestrichen. Begreife, daß das, womit sie dich beschmiert haben, Leichenschein ist, aber nicht etwa von einer Leiche, sondern von vielen, vielen Leichen! Wenn es von einer wäre, könntest du geheilt werden; es gibt Gegenmittel, wenn man weiß, von welcher Leiche der Schein ist; aber das Übel, das sie dir angetan haben, heilst du nur mit Blut oder mit Feuer, und gib Obacht, daß sie dir nicht wieder Friedhofserde vor die Tür streuen, sonst kommst du nicht einmal mehr dazu, es zu erzählen; denn nachdem sie dir den Namen genommen haben, werden sie dir selbst das Leben nehmen.«

Sie mußte es ihr nicht zweimal sagen. Als Clara María heimgekehrt war, hatte sie das Bett, das Nachttischchen, das Radio, den kleinen

Juteteppich, den Nachttopf, das Bild des heiligen Johannes mit dem Kinde in eine Ecke des Zimmers gestellt, nahe beim Fenster, entschlossen, den Mulatten diesmal, falls er zurückkehrte, nicht entkommen zu lassen. Kratzen würde sie ihn, beißen, niederstechen mit dem großen Küchenmesser, bis es rot aus ihm herausspritzte, und sich mit seinem Blut den Schein der Leichen abwaschen, denn wenn die mit dem Telegramm ihr beharrlich weiterhin den Mulatten schickte, würde sie nicht einen geschiedenen, sondern einen verwitweten Mann kriegen und Witwer auf ihre Kosten, nicht daran zu denken!

Sie löschte das elektrische Licht und zündete ein Kerzenstümpfchen an. Ihr Liebster schlief den Malariarausch aus. Sie würde ihn wecken müssen, um ihn mit Alkohol und Chinin abzureiben, und nachher, na ja, sollte er ruhig noch ein Weilchen schlafen, bevor er zur Kommandantur ging. Ihr armer schwarzbrauner Liebster, in seiner besten Uniform war er gekommen! Wann er sich wohl zurückmelden mußte? Wenn sein Dienst erst im Morgengrauen begann, war es nicht weiter schlimm. Aber wieso hatten sie ihn überhaupt gehen lassen, bei den Nachrichten, die das Radio brachte? War er etwa auf der Flucht? In irgend etwas verwickelt? Er hatte es nie weiter als bis zum Hauptmann gebracht, und das wäre jetzt die Gelegenheit! Sie sah ihn an, tieftraurig. Die Gelegenheit für ihn, aber . . . nicht für sie — für die andere. Wenn er in etwas verwickelt wäre . . . Diese Strolche fallen zwar immer auf die Füße! Aber sich so in Gefahr zu bringen, krank wie er war! Und wer weiß, vielleicht lag es an der Aufregung, daß er wieder seine Malaria bekommen hatte. Die Aufregung war ihm auf die Leber geschlagen und hatte seine Nerven überreizt. Ja, das mußte es sein. Er war in irgend etwas verwickelt. Früher hatte er ihr alles erzählt. Aus Liebe! Ach, alles war früher, wenig heute und nichts morgen. Früher sprachen sie miteinander, da gab es nicht nur Fleisch und Haare, kommen, sich ausziehen, sich anöden, pissen und . . . raus auf die Straße . . ., wie Tiere oder zwei, die sich hassen, denn wenn es auch schmerzlich war, es sich eingestehen zu müssen, aber dahin war es mit ihnen gekommen . . ., oder . . . oder . . . oder sollten sie sich nichts mehr zu sagen haben, zwei Verdammte, die sich die Zähne zeigen und glauben, sie lachen, die sich da unten anfassen und glauben, sie lieben sich, die beisammen sind und glauben, sie sind zusammen, und dabei, ach du mein Gott, sind sie einander ferner als die Sonne dem Mond? Früher, da war er umgänglich, mitteilsam, erzählte ihr von seiner Karriere, von den Beförderungen, daß er es nicht weiter als bis zum Hauptmann gebracht hatte, und sagte fest und überheblich: »Für einen Offizier ist leben dienen! Das einzige Verdienst, auf das ein Offizier stolz sein darf, ist der Dienst!«

Sie hatte schwer geschluckt, während sie das »einzige« hinunterwürgte. Und als sie ihn kürzlich, um irgend etwas zu sagen, daran erinnerte, hatte er nur geantwortet, und seine Stimme war dumpf und klanglos, fast als spräche er durch einen Maulkorb: »Das habe ich gesagt? Da muß ich betrunken gewesen sein, von der Jugend oder vom Schnaps. Für einen Offizier ist leben dienen? Famos, es bis zum Diener in Uniform zu bringen beziehungsweise bis zum Lakaien, was dasselbe ist.«

Wenn sie ihn einriebe, ohne ihn aufzuwecken, ihm den Uniformrock und das Hemd hochhob? Er klapperte mit den Zähnen. Auf die Fieberglut der Malaria folgte der Schüttelfrost. Sie suchte etwas, um es ihm überzuwerfen. Sie deckte ihn zu und dachte, ein Senfpflaster auf die Füße wäre das beste, sie mußte nur aufpassen, daß es ihn nicht verbrannte, sonst würde sich das Übel noch verschlimmern, und es war bitter nötig, ihn so schnell wie möglich zu kurieren, falls er in irgend etwas verwickelt war, jetzt, da alle Welt vom Sturz der Regierung sprach. Anders kriegt man die Tressen nicht. Sollte er immer nur Hauptmann bleiben, Arschlecker Klaffmauls und Gitarreschüler der Samuels, die ihr, sie wußte nicht warum, so angenehm waren wie ein Tritt ins Kreuz? Diesmal steckte er bestimmt in etwas drin, und diesmal durfte er nicht aufgeben, ehe er es nicht zumindest bis zum Obersten gebracht hatte und man ihn . . ., man sie in die Hauptstadt versetzte . . ., wie richtig es gewesen war, daß sie ihm diesmal keine Vorwürfe gemacht hatte wegen der mit dem Telegramm, daß sie nicht mit ihm gestritten hatte . . ., ja, ja, sollten sie ihn in die Hauptstadt versetzen, mit der andern und mit ihr, vielleicht würde der Leichenschein sie dort nicht einholen . . .

Wenn sie das Radio leiser einstellte . . . Sie schaltete es an und drehte es vorsichtig lauter . . ., vielleicht gab es Nachrichten . . ., sie suchte, suchte, suchte . . ., man hörte nur Militärmärsche . . ., merkwürdig, daß sie um diese Stunde nicht das übliche Programm sendeten . . ., Märsche . . ., Märsche . . ., murmelte sie vor sich hin. Märsche . . . Mär . . . sche . . . Mär . . . Sie erschrak nicht, aber sie war so verwirrt, daß sie, statt den Knopf eilig weiterzudrehen, auf volle Lautstärke stellte und ein kräftiger Jazzstrahl sie mit der aufpeitschenden Gegenwart ihres kleinen, blauäugigen Gringos übergoß. Sofort schaltete sie das Radio ab, schloß die Augen, und das Herz schlug ihr bis zum Halse.

Ein hübscher Name, Bobby Thompson, dachte sie. Sicher ist er abgereist. Nur deshalb hab ich das zweite Mal nachgegeben ... Nur deshalb? Den Schluckauf müßtest du kriegen, du Heuchlerin, du hast nachgegeben, weil dir der Junge gefallen hat ... »Nein, nein«, sie schüttelte sogar den Kopf und sprach zu sich selbst: »Ich schwöre bei Gott, daß es nicht deshalb war. Das erste Mal ja, das will ich gar nicht leugnen, das war aus Tollheit, aus Laune, aus Lust, mit ihm das Drauflegespiel zu spielen, mich mit ihm zu ›vertiefen‹, wie dieser näselnde Lehrer sagt, den sie wegen Hetze verhaftet haben, dabei war es doch wohl eher wegen dem Schnaps und dem Evangelium, denn ich weiß nicht, wogegen er gehetzt haben soll, wenn nicht gegen den Alkohol, und daß man ihn nicht trinken soll. Ja, das erste Mal wohl! Ich hab ja den kleinen Gringo beinahe hereingeholt, aber das zweite Mal war es, weil er abreisen wollte, um voneinander Abschied zu nehmen wie moderne Leute, mit einem Vanguard-Jazz ...«

Bye-bye! Sicher war er schon weit weg, und sie war hier und dachte an ihn, neben ihrem Geliebten, der schon nicht mehr ihr gehörte, sondern der andern oder dem Sensenmann. Sie mußte sich an den Gedanken gewöhnen, daß sie ihn verlieren würde, wenn sie nicht leiden und immer nur leiden wollte, mußte sich dreinschicken, nachdem der Mulatte sie auf Geheiß der Verfluchten von dem Telegramm mit Leichenschein übergossen hatte. Schweißbächlein über den ganzen Körper. Sie schwitzte nicht, sie weinte Schweiß, weinte aus allen Poren wie eine Gießkanne. Ach, wenn sie doch mit diesen Schweißströmen, die schon Tränenströme waren, den Fluch des ägyptischen Sarkophags abwaschen könnte, der auf ihr lastete, in einer Zeitschrift hatte sie die Geschichte von der Mumie gelesen. Ja, das würde sie sein, und die Sansívar, Tonina Sansívar, wollte oder konnte ihr nicht wissenschaftlich erklären, was sie mit ihr machten, daß sie sie in eine Mumie verwandelten ... Mumie ... Sie eine Mumie und die andere lebendig! ... Ihr Tote drauflegen? Denn das hatte ihr Tonina Sansívar verraten, ganz im Vertrauen und vielleicht in zweifacher Bedeutung, daß man der Frau mit dem Totenstaub Tote drauflegte, damit der Richtige, einzig Richtige sich ihr nicht mehr drauflegte, aus Platzmangel ... Haha ... Platz hatte sie, mehr als genug, für alle Toten und alle Lebendigen. Aber darum ging es nicht, was sie verhindern mußte, war, daß sie sie zur Mumie machten.

Sie schob das Haar zurück, das ihr ins Gesicht gefallen war, und stand auf. Vor allem mußte sie sich bewegen, nicht wie eine Mumie vor dem ausgeschalteten Radio auf dem Bettrand sitzenbleiben, als wäre ihr mit den Radiowellen die Seele fortgeflogen, und so sehr ist Bewegung Leben, daß sie noch im Aufstehen eine Ahnung überkam, als müßte der Mulatte wieder dasein, um ihr Totenknochen vor das Haus zu streuen, weil er wußte, daß ihr Geliebter zurückgekehrt war. Sie stürzte zur Tür und riß sie auf. Niemand. Das Zittern der Sterne. Das Zittern ihres Körpers. Die heiße, salzige, aufgequollene, feuchte Nacht. Wenn sie ihn erwischt, ersticht sie ihn mit dem Messer, dem kleinen Machete, den sie in der Küche benutzt und der jetzt die Tür zur Straße bewacht, neben dem »Halt ein!« des Herzjesu, einem kleinen Bild der Jungfrau von Guadalupe, das ihr Padre Fejú geschenkt hatte, einem Kreuz aus Kernholz und einem aus geweihten Zweigen. Wenn sie ihn erwischt, tötet sie ihn, wäscht mit Blut den Fluch ab, der auf ihr lastet. Niemand. Niemand. Sie konnte es kaum glauben. Die Ahnung, jene Wirklichkeit, die von der Wirklichkeit geleugnet wird und doch in der Brust weiter pocht, scheint oft so wirklich, so augenfällig echt! Sie legte den Machete zurück in sein Versteck, in seinen Winkel, und strich sich mit der Hand über die Stirn, versuchte, sich zu beruhigen. Es war besser so. Besser. Sie hätte sich eines Verbrechens schuldig gemacht, wenn sie sich selbst Gerechtigkeit verschafft hätte, weil es weder Recht noch Gesetz gab, um jene zu strafen, die . . . Wird etwa die Frau, die einem die Liebe stiehlt, mit dem Tode bestraft wie der Meuchelmörder, obgleich doch die Liebe so viel mehr, so viel, viel mehr ist als das Leben? Und nicht die Liebe wie auf der Bühne oder in den Büchern, sondern die kleine, alltägliche Liebe, die Liebe, in der das traurige Leben sich reinwäscht, die der Gewohnheit, der winzigen Augenblicke der Freude. Und hatte es je eine größere Gemeinheit gegeben als die, die sie ihr zufügten? Nicht mal im Kino, und das wollte etwas heißen. Sich mit den Toten, dem Staub der Toten, mit der Nacht verbünden, denn in der Nacht hatten sie ihr das Übel angetan! Sich mit dem Schatten, dem Dunkel, der Finsternis zu verbünden, der schwarzblutenden Bestie, die sie draußen gelassen hatte und die die schwachen Bretter der angelehnten Tür kaum abzuwehren vermochten, denn sie hatte die Tür weder verschlossen noch verriegelt, um sie plötzlich, jäh öffnen und den Mulatten überraschen zu können, wenn er sich wieder einstellte zu seinem Hexenwerk, damit er ihr diesmal nicht entwischte. Aber was schwante ihr? Warum argwöhnte sie, daß er heute abend kommen würde? Statt jeder Antwort dachte sie an ihren Geliebten. Schritte? Sie preßte das Ohr an die Tür, unbeweglich, schwitzend, ohne zu zwinkern, ohne zu atmen. Ganz deutlich. Sie würde ihn noch näher kommen lassen, aber sie griff nicht nach dem Machete, um hinauszugehen und ihn umzubringen, weil sie in diesem Augenblick bemerkte, daß es der Kranke war, der die Füße im Bett bewegte, um das Laken abzuschütteln, als ginge er, als ginge er fort von ihr zu der mit dem Telegramm, ohne daß sie im Hagelschauer der klappernden Zähne seine Abschiedsworte verstand.

Clara María trat näher, um den Wortfetzen zu lauschen, die Hauptmann Salomé aus dem Klappern seiner Zähne retten konnte, wie weiße, schmutzige Knochensplitterchen erschienen sie ihr, weil sie besessen war von den Knöchlein, die sie in der Tasche des Mulatten gefunden hatte in jener Nacht, als sie ihn erwischte, wie er ihr das Übel antat und sie in eine Mumie verwandelte. Aber ihr schwindelte, schwindelte von dem wiederkäuenden Licht der Kerze, die ihre eigene Helligkeit fraß, schwindelte, als triebe sie durch Dunkelheit und Nebel, der Körper zur Mumie geworden, das Gesicht grünlich, die Haut gespannt, eine starre Maske mit großen Ohren, glänzenden Wangenknochen, verkniffenen Lippen und vertrocknetem Lächeln, und so verstand sie anfangs wenig von dem, was der Hauptmann sagte, dem sich der Schlund an die Nase geschraubt zu haben schien, dann aber begriff sie, aus Satzresten, die ihm entschlüpften, daß er sich in etwas eingelassen hatte und daß er in dieser Nacht des 29. Juni nicht grundlos in seiner besten Uniform ausgegangen war.

Die Rundfunknachrichten der letzten Tage schienen ihre Vermutungen zu bestätigen. Ob sie das Radio wieder einschaltete? Aber stärker als ihre Wißbegier war ihre Angst, wieder auf die Jazzmusik zu stoßen, und das war, als sinke sie in die Arme ihres kleinen Gringos, obgleich doch der Richtige, einzig Richtige bei ihr war. Sie seufzte auf zur gleichen Zeit wie die Kerze, nur daß die Kerzen den Seelen nachseufzen, während sie seufzte, weil ihr Bobby fehlte. Beim zweitenmal war es der reinste Wahnsinn gewesen. Er hatte sie in ein nachgiebiges, elastisches, klebriges Kaugummi verwandelt. Und nach einer Drauflage noch eine und noch eine. Mumie? Sie eine Mumie? Vielleicht für den blöden Offizier da, der es nie weiter als bis zum Hauptmann gebracht hatte und der, sooft seine Waffengefährten aufstiegen, abzusteigen schien, und zwar so tief, daß er schon kein menschlicher, sondern ein zoologischer Hauptmann war. Für den ja, eine Mumie, eine Riesenmumie, die vollkommene Mumifizierung bedarf keiner besonderen Säuren, da genügt der Alltag; aber nicht für den Zugvogel mit den blauen Augen — die Blauäugigen sind einem nie nahe, sind einem immer fern —, nicht für den kleinen Gringo, der sie verjüngt, der aus ihr eine tönende, wilde, lebendige, entfesselte Masse gemacht hatte mit dem Bauch einer Trommeltaube, während ihre großen, birnenförmigen Brüste hüpfend aneinanderschlugen wie Punchingballs und ihre Arme jenen sandweißen Körper umschlangen wie zwei dunkle Flüsse, die der Mündung zustrebten.

»Laßt mich los! . . . Laßt mich los!«

Sie wurde gewahr, daß sie nicht den kleinen Gringo, sondern ihren Geliebten umklammerte, und sie zuckte zurück, als wäre er glühende Kohle, und das war er wirklich, denn der Arme brannte im Fieber.

»Laßt mich los! . . . Laßt mich los!« Er versuchte im Schlaf, sich von jemand loszumachen, von etwas, das auf ihm lastete und ihn hinderte, sich zu bewegen.

»Reinfall, nein . . . verwickelt . . .«, phantasierte er, »Reinfall, nein . . ., ich allein, aber laßt mich los . . . laßt mich los . . ., ich allein . . ., die Gesellschaft und die Regierung . . ., beide stürzen . . ., es ist wie ein Traum«, er beruhigte sich, kaute an seinen Wangen und wiederholte: »Wie ein Traum . . ., wie ein Traum . . . Der Verfluchte? . . . Ah, er wird es büßen . . ., er selbst hat gesagt, ›wozu befördern, nicht notwendig bei meiner Truppe!‹« Stöhnend und unendlich mühevoll befreite er die linke Hand vom Gewicht seines Körpers, denn er lag auf dem Bauch, und ließ seine Finger wie Spinnenbeine über die Spitzchen am gestickten Saum des Kissenbezuges laufen, auf dem sein Kopf ruhte.

»Nein . . ., nein, Samuelón, diesen Lauf kann ich nicht«, er bewegte die Finger auf dem Bezug, »und mit der andern Hand kann ich besser volle Akkorde schlagen . . ., zupfen? . . . Wenn ich zupfe, höre ich es nicht richtig . . ., aber schlagen, wie geschmiert . . ., von den Saiten aus Fackelfeuer zu den Saiten aus Därmen«, und leise, mit einer Stimme wie ein Hauch fügte er etwas hinzu, von dem er nicht gewollt hätte, daß er es hörte, und was er, wenn man es doch hörte, mit den eigenen Worten ausgelöscht hätte, »wie geschmiert, wie geschmiert, von den Fackeln zu den Därmen, an dem Tag wird er uns für alles büßen . . . Der Schuft . . ., keine Beförderungen . . ., weder für ihn noch für uns . . ., nur damit sie ihn nicht versetzten, nur damit sie ihn in seinem Bananenlehen sitzen ließen mit seinen zwei Hauptleuten und seinen zweihundert Soldaten . . ., aber jetzt, was macht es schon, Samuelón, was macht es schon, daß wir tiefer zupfen, wenn nur der Ton hoch steigt . . ., halbe Töne . . ., halbe Töne sind wir tiefer gegangen, und schon hört man die Menge hochsteigen . . ., und das Volk wird die letzten befördern, nicht die ersten . . ., das Volk wird befördern . . .«

Clara María öffnete die Lippen, ohne ein Wort zu sagen. Nur ein schwaches Schnalzen wurde vernehmbar, als platze eine Haut aus trockenem Speichel. Das geht gegen den Obersten, dachte sie, gegen Klaffmaul. Unwillkürlich, sie wußte selbst nicht, ob sie sich kratzen wollte, schob sie die flache Hand in das heiße Haar, das klebrig war wie ein Schweißtuch. Als sie den Arm zu dem juckenden Kopf hob, gab ihre Achselhöhle, eine kleine, behaarte Schweißlache, ein Geräusch von sich wie ein Scharnier, das sich öffnet. Sie kratzte sich, wenn es nur das Jucken außen gewesen wäre, aber die Unruhe saß innen, und nachdem sie ihre Hand eine Weile in dem schwarzen, schweißverfilzten Haarschopf hatte ruhen lassen, begann sie ihn zu flechten.

Angst schüttelte sie, als sie Pedro Domingo sprechen hörte wie einen Toten, die Augen geschlossen, das Gesicht ausdruckslos, blutleer, bimssteinfarben im porösen Licht der Kerze, und ihre erhobene Hand, die nur ein Schattenbündel an der Wand war, erstarrte in der Bewegung . . . Sie mußte ihn aufwecken . . ., rütteln . . . Das Fieber machte ihn bewußtlos, aber vielleicht mußte er zur Ablösung auf die Kommandantur, wenn er auch ohne seine Streife gekommen war . . . Sie spitzte die Ohren, um das Ticken der Uhr zu hören . . . Anscheinend war sie stehengeblieben . . . Man sagt, daß die Uhren stehenbleiben oder entzweigehen, wenn einer im Fieber spricht . . . Sie weckte ihn nicht . . ., machte nur die Bewegung . . ., rührte ihn nicht an. Wattig gedämpfte Worte und verliebtes Stammeln kamen von seiner eingeschrumpften Zunge, die einer Brennschere ähnelte, dabei hatte sie nichts für Späße dieser Art übrig . . ., was sie erlauschte, machte sie argwöhnisch, und sie legte sich über ihn, ein eifersüchtiges, kurzsichtiges Raubtier, das mit triefenden Lefzen, Schlitzaugen und schnaubenden Nüstern der Fährte von der mit dem Telegramm nachspürte; aber bald erinnerte sie sich, daß die Rosa, von der er sprach, die Rosa aus dem Tango war, und sie mußte sich damit zufriedengeben, die stinkenden Ausdünstungen des Malariakranken zu riechen, das Zittern seiner Wimpern, das Knirschen seiner Zähne zu beobachten und die Leiden, in denen er sich wie von Sinnen wand.

Der Kranke brachte in seinem Fieberwahn verschiedene Personen durcheinander: einen Hauptmann, der Gitarre spielen lernte, Samuelón, seinen Gitarrelehrer, »Goldsucher«, einen Streikenden und Revolutionär, und Cárcamo, den anderen Hauptmann, der ebenfalls dazu verdammt war, sein Leben lang Hauptmann zu bleiben, damit das Bananenleben des Obersten Klaffmaul nicht angetastet werde. Der Gitarre spielende Hauptmann wiederholte endlos, entnervend, bisweilen auch kräftig und sicher, als trüge er sie vor, Bruchstücke der »Feuerrose« zum Marschtritt seines Waffengefährten, ohne daß der darauf einging. »Feuerrose nannten sie die Männer ... Feuerrose freute sich so sehr ..., Feuerrose lachte stets so glücklich ... hahaha . ...«

Clara María hörte das Gelächter, ohne seinen Fiebertraum zu verstehen, ohne zu verstehen, daß das gurgelnde Lachen zu dem Tango gehörte.

»Armer Kerl«, sagte sie bei sich, und sie hatte Mitleid mit ihm, »Gott weiß, worauf der sich eingelassen hat! Dieses Lachen ist die reinste Angst, damit will er sich nur betäuben ... Schlecht wär's, wenn er mit den Streikenden geht und die Regierung fällt nicht, aber schlecht wär's auch, wenn er die Regierung verteidigt, was seine Pflicht wäre, und die Streikenden siegen«, sie schüttelte den Kopf, »na ja, in diesem Land ist eben nichts gut, alles ist schlecht.«

Hahaha, lachte der Fiebernde wieder, hahahaha und hahahaha ...

»Nein, Samuelón! ... Nein, Samuelón, man ist nicht mehr Peón als Sohn der Nation, und der Fremde ist nicht mehr Patrón!« Als er das sagte, drehte er sich so heftig um, daß er aus dem Bett gefallen wäre, wenn sie nicht rasch zugegriffen hätte.

Sie fing ihn auf, schob seinen Kopf auf das Kissen zurück, wischte ihm den Schweiß von der Stirn, vom Nasenrücken, von den gewölbten Lidern, vom Kinn, mit einem Taschentuch, das nach Parfüm roch, vermischt mit Liebesdrogen, und wiegte ihn ein wie ein Kind, damit er weiterschlafe. Hier bei ihr war er sicher, denn er war auf einmal in etwas verwickelt, ganz sicher, und auf der Straße konnte er getötet werden.

Sie zog sich aus. Bei der Hitze ist einem sogar die eigene Haut zuviel. Sie fand keine Ruhe. Alles ging über sie hinweg, ohne sie zu berühren, gleich Dingen und dunklen Wolken, die über einen Spiegel ziehen, und sie hob sogar die Hand, um das schweigende Übersiehinschreiten der Möbel abzuwehren, fortzuschieben, die Beine der Tische und Stühle und die Schritte der Uhr, die wie eine aufgezogene Fliege ging und ihren Körper mit Erde toter Zeit berieselte. Sie begann wieder zu grübeln, aber die Lider wurden ihr schwer, und sie konnte nicht mehr sitzen. Sie löschte die Kerze und suchte sich ein Plätzchen neben ihrem Geliebten in dem Traumwagen, der sie von allem Bösen entfernte, schwebte auf den weichen Federn des Halbschlummers, aber ihre Ohren wachten an der Tür und lauschten, ob sich der Mulatte wieder einstellte. Da er wußte, daß der Geliebte zurückgekehrt war und sich bei ihr aufhielt, war das nur zu wahrscheinlich. Aber er würde nicht lebend davonkommen. Um ihre Liebe und ihr Leben zu verteidigen, war sie zu allem entschlossen. Er würde nicht lebend davonkommen.

24

»Gute Nacht!« hörte man in »Semírames« die letzten Stimmen sagen. »Gute Nacht!« die letzten Stimmen der Dienerschaft. »Gute Nacht!« Alle waren schon zu Bett gegangen, denn es hieß zeitig aufstehen, morgen würde Don Juan Lucero mit Bobby Maker Thompson nach Chicago fliegen. Nur Don Juan würde ihn begleiten, die übrigen Familienmitglieder blieben in Tiquisate, denn dies war ja keine Flucht, es ging nur darum, rechtzeitig genug in Chicago anzukommen, damit die Augen des krebskranken, halb gelähmten, in letzter Stunde auch noch von einer Lungenentzündung heimgesuchten »Grünen Papstes«, die Augen des Piraten, der schon weit fort von der Erde über Morphiummeeren kreuzte, auf dem jungen Gesicht des weißhäutigen, blonden, blauäugigen Enkels ruhen konnten, der sich eben in einem auf der Terrasse vergessenen Schaukelstuhl wiegte, sich mit dem Fuß abstieß, den Kopf auf der Rücklehne, schwitzend, bedrängt von einer aufwallenden Unruhe, deren Ursprung er kannte, sich jedoch nicht eingestehen wollte, und der die Lehnen des Schaukelstuhls umklammerte und versuchte, einen Geruch zu vergessen, den die Nacht ihm wiederbrachte, beim fernen Bellen der Hunde und im berauschenden Duft der Blumen, der Bäume und des taunassen Grases.

Dieser Geruch. Dieser Geruch nach Leiden ohne Linderung. Er füllte sich die Brust mit einem Schwall Luft, der für einen Augenblick das Unbehagen in seinen verkrampften, kribbelnden Beinen besänftigte, im Rhythmus des Schaukelstuhls, dessen Kante ihm hinten, wo das Gesäß ansetzt, einen so angenehmen Kitzel verursachte, daß er weiter geschaukelt hätte, wenn der Reiz nicht nachgelassen und er sich nicht gezwungen, nicht genötigt gesehen hätte, die Beine übereinanderzuschlagen, um jenen aufständischen und sonderbaren Teil seines Ichs zu bändigen, an dem er, die Hände in den Hosentaschen, wie mit Handschuhen fingerte. Was tun? Wohin gehen? ... Er wußte wohin, aber ...

Er schloß und öffnete die Augen, während er unentwegt weiterschaukelte, stieß sich immer geschwinder, immer geschwinder mit dem Fuß ab und legte den Kopf auf der Lehne immer weiter zurück, als wolle er Hals und Adamsapfel von jedem Druck frei halten. Nur so verschaffte er sich Erleichterung, denn kaum kauerte er sich im Schaukelstuhl zusammen, mußte er wieder an sich fingern, und seine Nägel zerrissen fast die feuchten, schmutzigen Taschen, Taschen aus dem Stoff, auf dem Landkarten aufgezogen werden und durch dessen Gewebe er das Pochen seines Blutes, das Fluten seines Blutes in Strömen ohne Ausweg spürte.

Was hielt ihn zurück? ... Daß sie ihn nicht erwartete? ... Also würde er ihr eine großartige Überraschung bereiten ... Daß er ihr gesagt hatte, er führe heute, am 29., aber erst morgen abreiste? Um so besser! ... Was gab es Besseres als noch einen Abschied mit Jazz und »Draufmitmirmydear«, wie er ihr lachend das »Drauflegespiel« übersetzt hatte?

Er schoß hoch wie eine Flamme, als hätte er sich selbst mit einem Zündholz in Brand gesteckt, aber es blieb bei dem Impuls, und er sank mechanisch, verwirrt, abwägend in den Schaukelstuhl zurück, um Atem zu schöpfen, den Hals frei zu halten, den Kopf zurückgelehnt, mit den Händen wie mit Klauen die Lehnen umklammernd. Es war tollkühn, sich im Dunkeln durch das Brodeln der Küste zu wagen. Einzudringen, blind, mit geschlossenen Augen in das schwarze Fieber der glühenden, brennenden, wuchernden Nacht, wo die grausamen Dornen zustechen mit Sternengefräßigkeit; wo die zwischen Farnen und Moos wachsenden Orchideen riesigen Geschlechtsteilen gleichen, die beschlafen und zerstört werden von zuckenden Wirbelsturmstößen, und wo zügellose tierische Wildheit fliegt, kriecht oder läuft und keine Grenzen kennt.

Aber noch andere Ängste fesselten ihn an den Schaukelstuhl. Alle, die gekommen waren, sich von Juan Lucero zu verabschieden, Verwandte und Freunde, Millionäre haben immer eine Menge Verwandte und Freunde, berichteten in einem Ton, in dem man Schauergeschichten erzählt und der alle in Furcht und Schrecken versetzte, was es an Neuigkeiten und Gerüchten gab über die Gefahr, in der das Land an diesem Abend schwebte, da man nicht wußte, ob »der Mann« zurücktrat oder nicht, und redeten von der Gefahr, in der sie persönlich schwebten, ihrem erbärmlichen Schicksal überlassen, weil der gewissenlose Kerl von einem Klaffmaul die Truppen kaserniert hatte, um sich selbst zu schützen, ohne die Forderungen der Gesellschaft und der Bürgerschaft zu beachten und ohne sich im geringsten darum zu kümmern, daß Banditen zu Pferde ihr Unwesen trieben, Überfälle verübten, Brände legten, Frauen vergewaltigten und Leute an den Bäumen und Telegrafenmasten aufknüpften. Die intimsten, die vertrautesten Freunde Don Juan Luceros flüsterten ihm ins Ohr, wie sehr sie ihn um die Reise beneideten, und gratulierten ihm, daß er Bobby fortbringen konnte. Je weiter weg, um so besser. Die Verantwortung, den Enkel des Präsidenten der Gesellschaft im Hause zu haben, war kein Truthahnrotz. Ja, je weiter weg, um so besser. Womöglich entführten ihn die Streikenden noch, wenn sie merkten, daß ihre Sache verloren war. Der Junge war eigenwillig, trieb sich überall herum und suchte Streit. Und hatten sie ihn erst entführt, dann würden sie als Lösegeld die Bewilligung aller ihrer Forderungen verlangen und noch viel mehr. So dreist, wie die geworden waren. Aber das wäre noch nicht das Schlimmste. Der Großvater! Der Großvater! Er fand sich in seinem Enkel wieder und würde ihnen alles geben, was sie verlangten, alle seine Aktien von der Gesellschaft (die Luceros spitzten die Ohren), wenn er ihn nur heil und gesund zurückbekäme. Denn die Mutter war es, die ihn hergeschickt hatte. Der Alte wollte nicht. Die Angst, daß die Deutschen oder die Japaner Chicago bombardieren könnten, hatte sie veranlaßt, ihn auf die Plantagen zu schicken. So wird wenigstens, dachte die hysterische Dame, der Same der Maker Thompsons nicht vergehen, wird der Same des Grünen Papstes erhalten bleiben, der, obwohl nur von der Mutter weitergegeben, sich kräftig durchsetzte, mehr als ausreichend bewiesen wurde durch Bobbys verblüffende Ähnlichkeit mit dem salzigen Piraten, der die Küsten des Karibischen Meeres heimgesucht hatte, wie er die Menschen heimgesucht, jene Küsten des menschlichen Schweißes. Unter den Besuchern gab es sogar einige, die andeuteten, die Gesellschaft mildere ihr Verhalten gegen die Streikenden aus Furcht, daß dem Enkel etwas zustoßen könne. Ja, ja, sollten sie ihn nur fortbringen. Je weiter weg, um so besser. Morgen fliegen sie ab. In einer zweimotorigen Maschine. Wenn es nicht so dunkel wäre, könnte man das Flugzeug auf dem Rollfeld, einer Lichtung in den Plantagen, hocken sehen wie eine Riesenheuschrecke mitten in den Bananenpflanzungen.

Bobby starrte mit seinen blauen Augen sehnsüchtig hinaus in die tiefe Nacht, die aufgestört wurde durch den Flug der Eulen, deren

Klage wie Windesheulen die Stille zerriß, und statt der Lichter der Menschen leuchteten nur Sterne und Glühwürmchen, Glühwürmchen und Sterne, als wären alle Bewohner davongegangen und als versinke die Erde in ihren letzten Schlaf. Er wurde immer unruhiger. Wanderte auf und ab auf der Terrasse. Aber auch die Terrasse lag im Dunkeln. Wozu auf und ab wandern, wozu im Auf und Ab den milchigen Schein suchen, der sonst am Horizont über den Gebäuden und Pflanzungen der Gesellschaft stand. Alles erloschen, alles düster. Düster die Kommandantur, düster die Straßen des Ortes, düster die Bahnstation. Am besten, er ging zu Bett. Er schloß die Augen, denn er schämte sich trotz der Finsternis ringsum. Warum sollte er ins Bett gehen? Um sich selbst zu befriedigen? Rasch hob er die Lider und suchte, suchte, suchte in dem unergründlichen Dunkel, während die Blätter rauschten, die Schweißtropfen ihm über die Stirn rannen und der Speichel, soviel er auch ausspuckte, ihm die Augen trübte, die Hecke aus Chilcas und Zypressen, das Maisfeld und das kleine Haus hoch oben auf dem Erdwall, wo sie, die ihn nicht erwartete, beglückt, daß er nicht abgereist war, an die Tür kommen würde, sobald sie ihn ein paar Takte Jazz pfeifen hörte.

Aber schon stand er vor dem Bett und legte sich angekleidet nieder, wußte nicht, was er tun sollte, ob fortgehen oder bleiben.

Er entkleidete sich im Liegen. Alles beengte ihn. Machte ihn ungeduldig. Reizte ihn. Ein Knopf, der nicht gleich aufgehen wollte, sprang ab, weil er ihn losgerissen hatte. Mein Gott, wie schwierig es war, sich im Liegen das Hemd auszuziehen! Und die Hose herunterzustreifen! Die seltsamsten Verrenkungen. Endlich, endlich befreite er, fast strampelnd wie ein gewindelter Säugling, seine Beine aus den Hosenröhren, die sich in Ziehharmonikas verwandelt hatten. Alles flog, fiel auf den Stuhl zwischen seinem Bett und dem Bett Pichugallo Luceros, der neben ihm schlief. Jetzt die Schuhe. Der eine. Der andere. Dann die Socken. Welche Freude, als die Zehen sich wie Fächer spreizen konnten. Er schloß sie wieder. Ihm war, als seien sie Enden von Magneten. Aber er schloß sie zu spät. Ein Krampf ließ ihn erstarren, eine feste Masse, aus einem Stück, ohne Leben, ohne Bewegung. Aber es dauerte nur einen Augenblick. Die Laken seines Bettes bewahrten den Geruch der Frau, jenen Geruch, den er mitgebracht, der an seiner Haut gehaftet hatte und der seine Sinne verstörte, während er sich hin und her wälzte, fiebrig, zuckend, überfließend, die Hände zwischen die nackten Beine geklemmt, als wollte er sich selbst wie mit Zangen festhalten bis zur völligen Reglosigkeit, um nur mit dem Geruchssinn, mit bebenden Nüstern den vertrauten Duft auszukosten und um dann mit geblähten Nasenflügeln und offenem Mund in jenem Duft nach Frau der Form ihrer schönen Brüste, ihres vollen Leibes, ihrer Hüften, ihrer Schenkel nachzuspüren, den heimlichen Falten des Brunnens, auf dessen Grund die Münze glänzt, die alles kauft, die alles zahlt, die alles fordert von dem, der sich kopfüber hineinstürzt, um sie herauszuholen. Aber er gewahrte, daß er auf dem Trockenen schwamm, zwischen den Laken, ohne sie, und doch wieder mit ihr, da sie bei ihm war in ihrem Duft, in der Erinnerung, im Nachhall ihrer Stimme, in ihrem Lachen, in der Art, wie sie die Hand zum Haar hob, wie sie blickte, wie sie die Lider senkte . . .

Im Schlafzimmer nebenan husteten und sprachen die beiden Luceros.

»Es kommt nicht zum Streik«, sagte der eine mit müder, hohler Stimme und ohne Lust zu reden.

Und diese fünf Worte, »es kommt nicht zum Streik . . ., es kommt nicht zum Streik . . ., ES KOMMT NICHT ZUM STREIK«, schwollen an in Bobbys Kopf und machten ihn taub. Werden sie sie aufhängen, fragte er sich, werden sie die Streikenden am Rauch der Maschinengewehre aufhängen?

Nach einer Weile, er hatte geglaubt, sie schliefen schon, hörte er einen der Brüder sagen: »Ich bin kein Optimist« — war es Don Juan, der sprach? —, »ich bin auch nur Mensch, und als Mensch sage ich mir, das einzig Sichere in dieser Welt und . . . in der anderen ist der Zweifel.«

»Aber in diesem Fall«, die Antwort ließ nicht lange auf sich warten, »kann ich dir versichern, daß es nicht zum Streik kommt. Wir haben das Spiel gewonnen, und das, obwohl die Rädelsführer die Leute in die Gewerkschaft gedrängt haben, weil sie genau wußten, daß sie damit jede andere Lösung unmöglich machten. Aber der Direktor hat nur die Achseln gezuckt, hat die Vertreter der sogenannten Arbeitergewerkschaft von Tiquisate empfangen und ihnen mitgeteilt, daß er alle ihre Forderungen und Ansprüche bewillige, unter der einzigen Bedingung, daß sie sich dem wilden Streik von Bananera, der morgen um null Uhr ausbrechen soll, nicht anschlössen. Die Mitglieder der Kommission, völlig überrumpelt, hatten nur die Wahl, die einen gutwillig, die anderen brummend, das Angebot des Direktors als Ausgangspunkt für eine Lösung des Konflikts anzunehmen und das letzte Wort der Vollversammlung der Arbeiter zu überlassen, die morgen abend stattfindet und an der, soviel ich weiß, zwei bevollmächtigte Vertreter der Gesellschaft teilnehmen werden. Die Gringos sind praktisch, an Krümchen verschlucken die sich nicht.«

Bobby wühlte das Gesicht in die Kissen, als wollte er die Worte, die aus dem benachbarten Zimmer zu ihm drangen, zunichte machen, zu Staub zermahlen, vergessen, damit nichts ihn hinderte, an die zu denken, deren Duft bei ihm war — ach, wäre sie nur selbst bei ihm —, und weil es ihm Genuß, geheime Lust bereitete, die Stirn, die Nase, die Wangen, das goldbeflaumte Kinn an dem feinen Schmirgel des gestärkten Linnens zu reiben, bis es schmerzte. Er schwitzte stark. Eine seltsame Erschlaffung. Nebenan verstummten sie, aber ihre letzten Worte »Nun, zum Glück ist die Gefahr vorüber, sie haben sogar die Lichter wieder angezündet« klangen und klangen Bobby in den Ohren, der unablässig wiederholte: Wenn die Gefahr vorüber ist, wenn sie die Lichter wieder angezündet haben, was tue ich dann noch hier . . . Er drehte sich um, wenn man auf dem Rücken liegt, kann man besser denken . . . Was tue ich dann noch hier . . ., die beiden Alten schlafen schon . . ., ich gehe zu dem kleinen Haus oben auf dem Erdwall, pfeife ein paar Takte Jazz . . ., ja, ja, die beiden Alten schliefen schon, er hörte sie schnarchen . . ., was tue ich noch hier . . ., wenn ich mich anzöge . . .; aber wenn ich mich anziehe, muß es sofort sein . . ., niemand hört mich weggehen . . ., ich komme hin . . ., pfeifen . . ., sie öffnet die Tür . . ., wie weich seine Knie wurden . . . Wenn er Pichugallo Lucero bäte, ihn zu begleiten . . . Er streckte den Arm aus, bis er die Hand des schlafenden Freundes berührte, der Abstand zwischen den beiden Betten war nicht groß, und wie wohl es tat, jene halb tote, heiße, verschwitzte Hand zu berühren . . ., aber er führte seine Absicht nicht aus . . . Das hieße, dem andern den gedeckten Tisch zurückzulassen, wenn er abreiste . . ., ihm das Geheimnis zu hinterlassen . . ., die Adresse . . ., das Haus . . ., die Möglichkeit des »Draufmitmirmydear«.

Nackt ging er auf die Terrasse und staunte. Das war doch nicht dieselbe Nacht, die seine Augen vorhin noch gesehen hatten. Eine andere Nacht war es. Nicht die Nacht des 29. Juni. Eine andere Nacht war es. Von den Anlagen der Company, seiner Company, bisweilen brach bei ihm der Maker Thompson durch, stieg der Widerschein der Lichter hoch über den Horizont hinauf und fiel von dort, zerstäubt in leuchtende Pünktchen, herab wie das Wasser des künstlichen Regens, der die Bananenfelder berieselte. Die Gefahr war vorüber. Offensichtlich. Selbst das Bellen der Hunde klang anders. Sie bellten, aber nicht wütend und angstvoll wie in tiefer Dunkelheit.

Und schon spürte man auch die Morgenfrische, die wie ein Bruch in dem heißen Klima war. Dies waren die Stunden, in denen man atmen konnte.

Er zog sich an, hastig, als hätte er nicht zwei Hände, sondern unzählige, wie sie dem Sehnsüchtigen wachsen, und er war nahe daran, Pichugallo zu wecken, aber er hatte keine Zeit dazu, und . . . er hatte nur noch Zeit fortzugehen, einzutauchen in den Dunst, in das heiße Grün der Weiden, die feuchte Erde zu stampfen, zu gehen, gehen, gehen, als befreie er sich von sich selbst, als verlasse er ein Gefängnis und gehe einem sicheren Glück entgegen . . .

Clara María erwachte jäh aus einem glücklichen Schlaf. Sie fühlte ihren Geliebten neben sich, er hatte so lange nicht mehr bei ihr geschlafen, und sie schmiegte sich an ihn, wie sich Wasser an den Felsen schmiegt. Unbewußt wollte sie nicht wahr haben, was vielleicht nur eine Sinnestäuschung war. Und sie fühlte sich so wohl. Sie hüllte sich fester ein. Die Morgenfrische. Die einzige Stunde an der Küste, in der man schlafen kann. Wirklich schlafen. Den Rest der Nacht verdämmert man. Aber zweifellos schlich jemand um das Haus. Nein, diesmal täuschte ihre Besessenheit sie nicht, sie vernahm ganz deutlich, wie der Mulatte vor ihrer Tür hantierte. Fast hätte man glauben können, jemand spähe ins Zimmer, aber das konnte nicht sein. Und wennschon, bei der Dunkelheit! Sie beruhigte sich, rollte sich ein, zerrte an dem Laken, um . . ., nein, sie deckte die Füße nicht zu, bewegte nur die Hand, krallte die Finger in die Decke, zerrte daran, richtete sich halb auf, warf sie zurück und setzte sich auf den Bettrand, mehr Ohr als Auge, zitternd, hellwach, beherrscht. Die Schritte des Mulatten. Seine Bewegungen, wie er sich duckte, um ihr die Totenknochen vor die Tür zu streuen. Zum Glück hatte sie die Tür nur angelehnt, und wenn sie sich auf nackten Sohlen heranschlich, würde er sie nicht kommen hören. Langsam glitt sie vom Bettrand. Neben der Tür lag der Machete. Sie würde mit Blatt und Schneide auf ihn einschlagen, bis das Blut herausspritzte, und sich den Leichenschein abwaschen, mit dem er sie übergossen hatte, nicht nur, damit der Mann sie verlassen, sondern damit er verwitwen sollte. Aufstehen. Es war ihr gelungen, aufzustehen, fast geräuschlos, nur ihre Gelenke knackten. Aber etwas hielt sie zurück. Auf dem Tischchen, neben Streichholzschachteln und Kerze, stieß ihre Hand an einen Gegenstand, der ihr helfen würde, sich gründlich für den Frevel des Mulatten zu rächen, und ohne innezuhalten, ging sie auf die Tür zu und schoß mit der Pistole, die ihre Hand hielt, auf eine Gestalt, schoß das

Magazin leer.

Beim Krachen der Schüsse fuhr Salomé aus dem Bett hoch und stürzte durch den Raum voller Rauch zur Tür, wo Clara María soeben mit seiner Pistole auf einen Schatten geschossen hatte, der taumelnd die Straße hinauffloh.

»Was hast du getan?«

»Der Mulatte! ... Der Mulatte!«

»Welcher Mulatte?«

»Der mir die Totenknochen vor die Tür schmeißt!«

»Wenn du ihn nicht umgebracht hast, muß er schwer verletzt sein!«

Und die Straße hinaufblickend, sagte der Hauptmann in die wachsende Stille hinein: »Da vorn ist er gefallen ... komm!«

Die Beine gehorchten ihr nicht. Allein lief Salomé an die Stelle, wo die Gestalt zusammengebrochen war. Wer mochte es sein? Er nahm das Flämmchen seines Feuerzeugs zu Hilfe und kam sofort zurück.

»Habe ich ihn getötet?« fragte Clara María mit eisiger Stimme und starren Kiefern und hoffte, er würde nein sagen.

»Ja, aber es war nicht der Mulatte!«

»Wer denn?«

»Der Enkel des Präsidenten der Gesellschaft!«

»Unmöglich ..., der ist doch abgereist«, und sie rannte mit Riesenschritten, stolperte über Steine und Wurzeln, und der Hauptmann folgte ihr, bückte sich und beleuchtete mit der winzigen Flamme seines Feuerzeugs Bobbys Gesicht.

Bobbys Hände und sein Leib waren blutig, verbrannt, rauchgeschwärzt wie das goldene Haar, von dem unablässig der stinkende Rauch der Schüsse aufstieg, unter den halbgeschlossenen Lidern schimmerte das Blau seiner Augen, seine Lippen standen ein wenig offen ...

Als Clara María zu sich kam, lag sie auf ihrem Bett und hörte, wie der Hauptmann sich die Hände wusch, den Waffenrock anzog, zu ihr trat und sagte: »Ich habe das elektrische Licht angeknipst, aber du hast nichts gemerkt ...« Warum nur sprach er zu ihr, als wäre nichts geschehen, als wäre alles ein Alpdruck, ein böser Traum? »Ich brauchte helles Licht, damit keine Blutspuren zurückbleiben von der Tür bis dort, wo er zusammengebrochen ist.«

Clara María schloß die Augen, zwei dicke Tränen rannen über ihre Wangen, es war kein böser Traum, es war geschehen, die Wirklichkeit läßt sich nicht auslöschen, auch wenn sich all das Blut, all das Blut abwaschen läßt . . .

»Jetzt«, fuhr der Hauptmann fort, während er die letzten Knöpfe des Waffenrocks schloß, »gehe ich ins Quartier, und du verläßt das Zimmer nicht. Niemand hat was gesehen. Sie werden die Streikenden oder die Banditen beschuldigen, die herumreiten und ihr Unwesen treiben. Wenn man dich fragt oder vernimmt, du hast die Schüsse gehört und sonst nichts.«

»Gib mir was zu trinken«, sagte sie, kaum die Lippen voneinander lösend, mit gebrochener Stimme.

Der Offizier ging zum Spind und holte eine Flasche Kognak mit zwei Gläsern.

»Ich werde auch etwas trinken«, sagte er und goß die beiden Gläser halb voll.

Sie erhob sich, nahm mit zitternder Hand die Flasche, füllte ihr Glas bis zum Rande und leerte es in einem Zug. Dann goß sie von neuem ein, daß der Kognak überfloß, und trank mit derselben Gier, der blinden Gier der Verbrecherin, der Mörderin. Der Alkohol warf sie um, sie wurde mürbe, schlaff, ihre Nägel gruben sich in das Fleisch der Hände, ihre Zähne in die farblosen Lippen, bald zitterte sie krampfhaft, bald heulte sie auf.

Der Hauptmann nahm die Waffe, verschloß die Tür von innen und sprang durch das Fenster.

Es tagte nicht. Diese Nacht würde niemals enden.

25

»Aaabgedankt! Aaabgedankt! Aaabgedankt!«

Die Menge schrie, brüllte; metallen, aus Bronze die demütigen Gesichter, die gestern noch aus Lehm, schwarzer Schaum das Haar, das gestern noch aus Zwirn, wie von Raubkatzen die Nägel, die gestern noch aus Brot, und wie brutale Klauen die nackten Füße, die gestern noch Füße von Sklaven . . .

»Aaabgedankt! Aaabgedankt! Aaabgedankt!«

Die Menge schrie, brüllte, sie überschwemmte die Städte, riß sie aus der Sonne hinein in ihr Tosen, unter ihren Schritt, der wie rasend dahinschießendes Wasser war.

»Aaabgedankt! Aaabgedankt! Aaabgedankt!«

Einige weinten vor Freude, andere lachten, andere weinten und lachten gleichzeitig, und wieder andere, wie Judasita, ach, sie würde den Sohn, den man ihr erschossen hatte, nie wiedersehen, schwiegen unter Tränen.

»Aaabgedankt! Aaabgedankt! Aaabgedankt!«

Glauben. Glauben. Zuerst einmal glauben, sich daran gewöhnen, daß Wirklichkeit war, was unmöglich schien. Wissen, daß es nicht mit der Stimme, mit dem Schlaf beim Erwachen schwinden würde, wie die wenigen Frühaufsteher meinten, die ihr Bett im Stich gelassen hatten, verwirrt, verstörten Gesichts, angetan mit den nächstbesten Kleidungsstücken, bestrebt, auf die Straße zu eilen — Türen, Fenster, Schritte, Umarmungen, Bestürzung, Hasten —, um sich, was das Radio über den Rücktritt des Präsidenten meldete, bestätigen zu lassen im gewaltigen Schrei der Menge: »Ab-ge-dankt! Ab-ge-dankt! Ab-ge-dankt!«

Hören. Hören genügte ihnen nicht. Sagen. Sagen genügte ihnen nicht. Sie mußten es schreien, schreien, schreien an diesem Morgen, der Eimer voller Sonne und Harzgeruch über sie ausgoß. Die Bestie war abgetreten. Und es war kein Manöver. Das Radio meldete die Bildung einer Militärregierung.

»Ab-ge-dankt! Ab-ge-dankt! Ab-ge-dankt!«

Alle mußten es hören, sagen, schreien. Der Junge, der nackt auf einem schnellen Pferdchen ritt, der Alte, dem der nervöse Maulesel durchgehen wollte, der Mann, der aus einem Auto stieg, der andere, der auf einen Lastwagen kletterte, seiner Pflicht nachzugehen oder sie zu versäumen, sie alle stimmten ein in den Ruf der Menge:

»Ab-ge-dankt! Ab-ge-dankt! Ab-ge-dankt!«

Und die Brüder, Bruder mit Bruder, und die Eltern mit ihren Kindern, und die Kinder mit ihren Eltern, und die Gatten, und die Onkel, und die Neffen, und die Vettern, und die Schwäger, und die Gevatter, und die Dienstboten zwinkerten sich zu, und nachdem sie einander wortlos in die Gesichter geblickt hatten, stumm vor Freude, benommen vom Weinen und Lachen, umfingen, umarmten sie sich, bildeten den Knäuel der Überlebenden, die sich heil und gesund wiedersehen nach monatelanger, jahrelanger Agonie in demselben Hause, unter demselben Dach, im schweigenden Sterben jedes Tages, jeder Stunde, jeder Minute, da sie hinunterschluckten, was sie dachten, was sie fühlten, sich auf die Dinge des Alltags beschränkten oder sich betranken, um nicht zu denken und zu fühlen . . .

Aber nicht nur Verwandte und Freunde umarmten sich. Unbekannte, die sich nie zuvor gesehen hatten, sanken sich in die Arme, drückten sich die Hände und freuten sich, daß sie lebten, frei und in ihrem Vaterland . . .

Lebten, frei und in ihrem Vaterland . . . Noch ein Glas . . . Noch eine Umarmung . . .

Sie sprangen vor Freude, die Augen, tomatenrot von der knalligen Sonne, in Tränen schwimmend, die Münder feucht von dem nach Gerberlohe stinkenden Schnaps, die Nasen wie Rohre, um den Tabaksqualm abzulassen, die Sombreros hart auf den Ohren, die Schnurrbärte gesträubt.

»Kneifen gilt nicht! Wer hier nicht mitmacht, den soll der Teufel holen! Schwarz ist schwarz und nicht weiß! Hoch die Arbeiter!«

»Tod den Gringos!«

»Es lebe Bananera! Es lebe Tiquisate!«

»Gringos raus! Gringos raus!«

»Abgedankt! Abgedankt! Abgedankt! Abgedankt!«

Der Wachsoldat schoß Don Juan Lucero nicht nieder, weil dieser im letzten Augenblick dem Befehl gehorchte und stehenblieb. Er hatte ihn nicht bemerkt, weil er so aufgeregt, so verstört war, daß er nicht wußte, was er tat. Das Klirren der Waffe, die schon auf ihn gerichtet war, um ihm aus nächster Nähe eins auf den Pelz zu brennen, brachte ihn zum Stehen.

»Bei der Polizei ist keiner«, schrie Don Juan dem Wachsoldaten zu, und seine Lippen zitterten vor Kummer und Schreck und Furcht, »die Polizisten sind weg, die einzige Obrigkeit ist jetzt der Kommandant, ich muß sofort mit ihm sprechen!«

»Wozu mußt du mit ihm sprechen?« rief der Soldat Don Juan zu, kalt, gebieterisch, die asiatischen Augen wie Sehschlitze zwischen den halbgeschlossenen Lidern, den Sturmriemen des Helms straff unter dem Kinn.

Ohne sich darum zu kümmern, daß der Soldat weiter die Waffe auf ihn richtete, denn der senkte sie nicht, weil er bei Luceros Kommen den Eindruck gehabt hatte, er wolle sich auf ihn stürzen, erklärte Don Juan mit verzweifelt flehender Stimme, der Enkel des Präsidenten der Gesellschaft sei im Morgengrauen ermordet worden und die Leiche könne nicht ohne die Genehmigung der Behörden fortgebracht werden.

»Heute wirst du den Kommandanten nicht sprechen«, unterbrach ihn der Soldat, und während er sprach, wackelte sein Helm wie der eines Hampelmanns, »und du wirst zurückgehen, denn ich habe den

Befehl zu schießen.«

Lucero maß den Weg der Kugel von jener drohenden Stimme, durch den Gewehrlauf und seinen Körper in die Ewigkeit, löste sich von dem Fleck, auf dem er stand, und ging wie ein Automat rückwärts, damit es dem Wachsoldaten nicht noch einfiel, ihm in den Rükken zu schießen.

Bobbys Leichnam lag schon aufgebahrt in der Direktion. Man hatte den Sarg auf einen Stahlschreibtisch gestellt zwischen ein Telefon, eine Schreibmaschine, eine Rechenmaschine und einen Bleistiftspitzer.

»Die Gesellschaft sorgt vor wie alle unsere Unternehmungen, die in den Tropen arbeiten«, sagte der Direktor zu Don Juan, der die Hand auf Pichugallos Schulter stützte und nicht wagte, den Sarg aus elfenbeinfarbenem Holz anzublicken, »denn wie Sie sehen, Mister Lucero, haben wir im Lager einen Vorrat von Särgen, made in . . .«

»Das einzige, was wir uns noch beschaffen müßten, wäre ein elektrischer Stuhl«, knurrte halb wütend, halb witzelnd der stellvertretende Direktor, der mit seinen Goldzähnen Tabak kaute, »dann würden die Streikenden merken, daß man nicht straflos morden kann.«

»Aber, meiner Meinung nach, wie soll ich es Ihnen nur erklären«, sagte einer der langjährigen Angestellten der Direktion, während er unaufhörlich und hingebungsvoll Chiclegummi kaute (tschakla . . . tschakla . . . tschikle . . . tschakla . . . tschakla . . . tschikle . . .), »meiner Meinung nach waren es nicht die Streikenden . . ., was für ein Interesse hätten sie daran . . .« (tschakla . . . tschakla . . . tschikle . . .)

»Ah . . .«, der stellvertretende Direktor hob die Schultern und breitete die Arme aus wie ein Vogel, der auffliegen will, wobei er emsig seinen Tabak kaute.

»Die Schuld«, mischte sich ein junger Angestellter aus Illinois ein, der Erdnüsse aß und die Schalen auf dem Sargdeckel sammelte, »haben die Behörden. Nirgendwo anzutreffen . . .«

Tschakla . . . tschakla . . . tschakla . . . tschikle, hörte man den Chiclegummimann sprechen und kauen, aber man verstand nicht, was er sagte, es klang wie »Mister Lucero trifft viel Schuld . . .« tschikle . . . tschakla . . . tschikle . . . tschakla . . . »Mister Lucero wußte, Bobby in Gefahr . . .« tschakla-tschi-kle-tscha-tschi-tschi . . .

»In Gefahr, entführt zu werden, nun ja«, der junge Angestellte aus Illinois stieß das grünäugige Gesicht vor, das so bleich war wie das Elfenbein des Sarges, und blies die Erdnußschalen fort, aus dem Blasen wurde Pfeifen: »Willst du deinem Mund was bieten, kauf dir

Erdnüsse in Tüten . . .«

»Und deshalb«, tschaklatschiklierte der Chiclegummimann, »sind nicht die Streikenden an seinem Tod schuld. Die hätten ihn entführt, um uns zu erpressen . . . Aber ihn umbringen? Nein!«

»Ich glaube nicht, daß der Großvater die Nachricht überlebt. Es ist furchtbar! Furchtbar!« Juan Lucero wandte sich ihnen zu, als spräche er zu Gespenstern, tatsächlich sah und hörte er schlecht, und ihm war, als stäke er in einem anderen Juan Lucero, in einem Juan Lucero aus Milchglas.

»Die Nachricht wurde ihm telegrafisch und mit allen Einzelheiten übermittelt«, sagte eilig der stellvertretende Direktor, dessen Mundwinkel leicht verfärbt waren von Tabakdiarrhöe.

»Gerichtet an . . .?« stieß Lucero hervor und ließ das »an« in seinem offenen, nach trockenen Tränen schmeckenden Munde zu Wasser werden.

»An die Mutter, an die Mutter«, beruhigte ihn der stellvertretende Direktor, der sehr wohl wußte, daß Lucero der Atem nicht aus frommem Mitgefühl stockte, sondern aus Angst, der Alte könne ihm auf die Nachricht hin die Vorzugsaktien entziehen, mit denen er ihn in seinem Testament bedacht hatte, unter der Bedingung, daß er Bobby wie seinen Augapfel hüte.

Don Juan seufzte tief auf und zog das Taschentuch heraus, um sich den Schweiß abzuwischen, er wartete auf Pichugallo, den er nach »Semírames« geschickt hatte, nachfragen, ob sie Neues aus der Hauptstadt erfahren hätten.

Tschikle tschakla . . . tschikle . . . tschakla hörte man den Chiclegummimann, der mit dem unermüdlichen Speichelschlucken des Wiederkäuers dem Toten Gesellschaft leistete und dem anderen mit den Erdnüssen, dem jungen Mann aus Illinois, der eine Nuß nach der andern aß und knabberte wie ein Nagetier.

»Das Telegramm ging an die Mutter, und die wird es bestimmt verschweigen und darauf achten, daß Maker Thompson nichts davon erfährt.«

»Glauben Sie?« Don Juan kostete die zwei Worte aus und fühlte sich gestärkt; die Gringos stärkten ihn immer; wenn sie auch schlecht spanisch sprachen, so war doch in ihren Worten ein derartiges Selbstbewußtsein, eine derartige Sicherheit, daß sie nicht in Lauten, sondern in Fakten zu sprechen schienen.

»Ich glaube es nicht, Mister Lucero, ich bin dessen sicher.« Und der stellvertretende Direktor mit den lebhaften Äuglein hinter der Goldrandbrille ließ die muskelstarken Kiefer einschnappen und hielt inne, während der mit Speichel versetzte Extrakt des zerkauten Tabaks seine Kehle hinabglitt und der Klumpen einen Augenblick ruhig auf der Zunge lag, ehe er wieder zwischen die Goldzähne verteilt wurde, dann sprach er weiter: »Sie wissen doch, wie sehr sich der Alte gesträubt hat, daß der Junge Chicago verließ.«

Don Juan nickte bejahend mit dem schweren Kopf.

»Und Bobbys Mutter war es, die ihn hergeschickt hat, aus Furcht, ihr Sohn könne in Chicago getötet werden, wenn die Japaner oder die Deutschen die Stadt bombardierten . . .«

»Und da sehen Sie nun, da sehen Sie nun, wie das dann manchmal so geht«, entfuhr es Lucero, »kommt her, nur, um erschossen zu werden!«

Er hob die Arme, die ihm kraftlos von den Schultern herabhingen, eine Gebärde der Hilflosigkeit, des Unvermögens, das Geschehene rückgängig zu machen.

Tschikle tschakla . . . tschikle tschakla machte der Chiclegummimann.

»Hoffen wir, daß der Großvater stirbt, ehe er es erfährt«, fügte Lucero hinzu, und jetzt kamen ihm die Worte wirklich aus dem Herzen. »Wozu soll man es ihm sagen? Besser, er stirbt in dem Glauben, daß sein Same weiter lebt, sein Enkel, der ihm immer ähnlicher wurde, je mehr sich seine Beine streckten und seine Schultern in die Breite gingen. Mein Gott, so ein Verhängnis, dabei spürt man doch, daß das ganze Durcheinander, Streik oder nicht Streik, bald vorbei ist!«

Tschikle . . . tschakla . . . tschikle . . . tschakla wiederkäute der Chiclegummimann neben dem elfenbeinfarbenen Sarg, der Bobbys sterbliche Hülle barg, und neben dem jungen Nager mit den grünen Augen aus Illinois, der die Erdnußschalen auf dem Sargdeckel sammelte und ganz leise, fast nur mit dem Atem pfiff: »Willst du deinem Mund was bieten, kauf dir Erdnüsse in Tüten.«

Aurelia Maker Thompson, künstliche Wimpern, die weit auseinander wie Federchen auf den Federstielen der Lider standen, bläuliches Haar, glatter Hals, ein Körper, den Massage, Gymnastik, Fasten und Paraffinbäder schlank erhielten, drückte ihre Zigarette im Aschenbecher aus, verschaffte dem neuen, vom Lippenstift leicht geröteten Strohfilterküken Platz zwischen den andern Zigarettenstummeln, ging an die Tür des Salons und spähte durch das Fenster in den

Garten, in Erwartung des Telegramms, das ein Bote soeben einem der Hausangestellten übergeben hatte. Sie erwartete es sehnsüchtig. Es war zweifellos das Telegramm, in dem ihr Bobbys genaue Ankunft in Chicago mitgeteilt wurde. Sie würde ihren Sohn vom Flughafen abholen und ihn schleunigst, dem Wagen das letzte abverlangend, dem Großvater bringen, damit er ihn noch einmal sehen konnte. Schon heute morgen hatte er, umnebelt von Drogen, halb erstickt und mit dem Tode ringend, seinen Namen genannt und mehrmals nach ihm gerufen mit gutturalem Wimmern, in das sich das Quieken von Ratten und das Knarren alter Möbel mischte.

Sie wußte nicht, wie lange sie dastand mit dem Telegramm in den Händen, die Augen auf die Buchstaben geheftet, die vorsprangen und zurücksprangen, vorsprangen und zurücksprangen wie die Tasten eines elektrischen Klaviers, stand, versteinert, schwankend im Leeren und nach Worten suchend, die dem Spiel der fliehenden Lettern entsprachen, der Telegrammschrift, der Maschinenschrift aus riesigen Buchstaben, die das tönende Bild jenes Wesens hinter sich ließ, das nicht mehr der herrliche, prachtvolle Enkel Maker Thompsons war, nicht mehr, nicht mehr, nicht mehr . . ., nicht mehr . . ., sie kürzte es ab, beharrlich, eisig, bis sie das »Nicht« vergaß und zwischen ihren Zähnen wie ein nervöser Kälteschauer das »Mehr« zurückblieb, mehr, mehr . . ., überm Meer, überm Meer, überm Meer . . .

Sie schloß die Augen, preßte die Lider hart, hart, hart zusammen, und als sie sie wieder öffnete, lief sie schon in das Schlafzimmer ihres Vaters und schrie: »Sie haben Bobby ermordet! . . . Sie haben Bobby ermordet! . . . Sie haben Bobby ermordet!«

Der Alte, aufgerichtet, Augen aus Glas und Nebel, stumpfes, klebriges Haar, ein Totenschädel, ein Skelett, aus den seidenen Laken hervorragend, ließ sie nicht weitersprechen. Während ihm der Speichel mit dem fröhlichen Sprudeln flüssigen Lachens in den Mundwinkeln waberte, versuchte er seiner Freude Ausdruck zu geben in Gesten und Worten, die ihm, mit kläglichen Lauten vermischt, aus der Nase und durch die verklemmten Kiefer aus der halbgeöffneten Höhle des Mundes quollen.

»Bobby . . ., Bobby . . ., Bobby . . . war . . . eben . . . hier! Hier, bei mir!« brachte er klar verständlich hervor.

Aurelia zerknitterte das Telegramm in der gefühllosen Hand, hielt die Tränen zurück, die ihr die Augen verbrannten, und trat zu dem Sterbenden, der ihr glücklich, überglücklich durch Gesten zu verstehen gab, daß Bobby an seinem Bettrand gesessen hatte, neben ihm . .

Verstört zerknüllte sie das Telegramm noch fester zwischen den Fingern. Sie konnte ihm die Nachricht, die entsetzliche, die furchtbare Nachricht nicht mitteilen. Sie mußte sie hinunterwürgen. Und selbst wenn sie es ihm sagte, er würde es nicht glauben, daß Bobby ermordet worden war. Auf dem Bettrand war die Stelle zu sehen, wo der Junge gesessen hatte, das Gewicht seines gewichtlosen Körpers, seine Traumgegenwart . . ., sie streckte die bebende Hand aus . . ., die Stelle streicheln . . ., ihr die Fingerkuppen nähern . . ., die Wange nähern . . ., die Lippen . . ., die geschlossenen Augen . . ., den Kopf . . ., aber die Stimme Maker Thompsons störte sie auf.

Völlig bei Sinnen, mit vorquellenden Augen, als suche er jemanden, schrie er: »Hol ihn! . . . Hol ihn! . . . Hol ihn!«

Aurelia blickte sich instinktiv nach allen Seiten um, aber das war niemand, sie war allein zwischen dem abwesenden Leichnam ihres Sohnes und der sterblichen Hülle des Grünen Papstes, der soeben verschieden war.

»Aaabgedankt! Aaabgedankt! Aaabgedankt!«

Feuersonne. Strohhüte. Lehmgesichter, gefurcht vom Schweiß, der aus ihnen weinte wie flüssiges Glas. Geschaffen aus Mangrovenwurzeln, eher klein als groß, mehr Nerv als Sehne, mehr Sehne als Fleisch . . .

»Aaabgedankt! Aaabgedankt! Aaabgedankt!«

Unablässig stieg das Wort hoch und trieb die Leute aus ihren Behausungen auf die Straßen und Plätze, wo sie wie närrisch tanzten und sich umarmten. Rasch zusammengestellte Musikbandas überboten einander mit flotten Weisen, und Marimbas gab es, und festliches Feuerwerk und Schüsse in die Luft, abgefeuert von Draufgängern zu Fuß und zu Pferd, die den Arm ausstreckten und mit der Rakete in der Hand auf den Himmel zielten und schossen, damit das Blau Zeuge ihrer Schwüre wurde, und Betrunkene, die sich umschlangen, so eng umschlangen, daß sie zum Knäuel wurden, die sich abküßten, weil jeder für jeden das Sinnbild der Freiheit war . . .

»Die Freiheit mit ›F‹ wie ›freizügig‹«, rülpste einer mit dem Haar im Gesicht und halb bucklig vor Trunkenheit.

»Nein, Esel«, antwortete sein Kumpan, »mit ›F‹ von ›Freidenker‹.«

»Nein, meine Herren«, der Apotheker des Ortes näherte sich, von einem Fuß auf den andern schwankend, das Hemd über der Hose, unter dem Jackett hervorhängend, den Hut quer à la Napoleon und in der Hand eine Flasche: »Mit, mit, mit Eee . . . eeeff«, die Zunge blieb ihm am Gaumen kleben, »mit Eeeff von ›Fosfat‹.«

Und er ging, die schon leere Flasche unter die Achsel geklemmt, weg, lachte und wiederholte: »Er hat abgedankt! . . . Er hat abgedankt!«, während er mit der linken Hand einen Napf bildete und mit der anderen tat, als zerstoße er etwas in einem Mörser. »Er hat abgedankt! Er hat abgedankt!«

»Und der Schmied fiel ein mit der gewaltigen Stimme des Sturmes, der sich in den Gassen fängt: »Abgedankt! . . . Abgedankt!«, und Schlag auf Schlag mit Fäusten wie Steinhämmer, die auf den Amboß niedersausten oder flink, flink klopften, als nagelten sie glückbringende Hufeisen an die großartige Nachricht, an die wundervolle Nachricht . . . »Abgedankt! . . . Abgedankt!«, während der Flickschuster, heiser, bucklig, stinkend nach schwarzem Wachs und Schuhwichse, die Stiefel des neuen Lebens, das der Abdankung folgen würde, mit gelben, fast unsichtbaren Bronzenägeln zu beschlagen schien . . .

»Freiheit! Abgedankt! Abgedankt!«

Der Tischler rief das magische Wort aus — Freiheit! Freiheit! Freiheit! — mit einer Stimme wie Hobelstrich, unter Hobelspanlachen und Holzmehlniesen, während er seine Sägezähne wies, und der Maurer tünchte sie in die Luft, an die Mauern aus Luft — Freiheit! Freiheit! Freiheit! —, die Hände geöffnet, die Finger zum Löffel geschlossen, die Lippen triefend von Branntwein und Speichel wie Mörtel, um Träume zu erbauen — Freiheit! Freiheit! —, und der Setzer setzte sie zusammen, nahm die Lettern aus den Kästen seines Herzens — Freiheit! Freiheit! —, und der Weber mit den Schußfäden — Freiheit! Freiheit —, und der Töpfer mit dem Ton, der sich im Feuer blutrot färbte — Freiheit! Abgedankt! Abgedankt! Abgedankt! Freiheit! Freiheit!

Ein Funkruf, noch einer, noch einer . . .

Tiquisate rief Bananera, pausenlos.

Bananera . . . Bananera . . . Tiquisate ruft . . . Tiquisate ruft über Funk Bananera . . .

Hallo . . . Hallo . . . Bananera . . . Hallo . . . Hallo . . . Bananera . . . Bananera . . . Tiquisate ruft über Telefon . . .

Te . . . te . . . te . . . te . . . te . . . Bananera . . . Bananera . . . te . . . te . . . te . . . Tiquisate ruft Bananera über Telegraf . . .

Alle Kommunikationsmittel waren in den Händen des Volkes, aber niemand antwortete. Kurbeln, Taster, Mikrofone, und immer derselbe Eindruck der Leere, der verödeten Börse, der im Stich gelassenen Apparate, weil das Personal am Jubel des Volkes teilnahm, der nach dem ersten Ausbruch der Freude, der übergroßen, unendlichen Freude, als Hochrufe und Schreie verhallt waren, die wie die Bisse Freiheitshungriger dem Himmel Stücke seines Blaus entrissen, sich in trauriges Mißgetön verwandelte und nur mit Strömen von Schnaps und ausgelassenen Pistolenschüssen aufgefrischt und am Leben erhalten werden konnte.

Endlich antwortete Bananera.

Tiquisate schlug vor, den Streik von null Uhr auf neunzehn Uhr dieses Tages vorzuverlegen. Ohne das schnelle Eingreifen der großen, auf den Bananenplantagen konzentrierten Arbeitermassen würde der gegenwärtige politische Zusammenbruch nur einen Wechsel von Figuren zeitigen, von jener Sorte, die Volk fressen und Diktatur rülpsen, und dem Wort Freiheit wäre eine Blüte beschieden, nicht länger, als ein Hochruf dauert.

Bananera nahm an. Man würde fünf Stunden gewinnen und den revolutionären Schwung ausnutzen, um zu verhindern, daß der Bananentrust die Einheit der Arbeiter zerschlug, die jetzt nicht mehr nur höhere Löhne und bessere Lebensbedingungen verlangten, sondern das Land zurückforderten.

»Land! . . . Land! . . . Gebt uns das Land zurück! Gebt uns das Land zurück!«

»Abgedankt! Aaabgedankt! . . .«

»Freiheit! Freiheit! . . . Brot und Freiheit! . . . Land und Freiheit!«

Im Ohr die Klänge eines Leierkastens und ein Lied (»Mais il est bien court, le temps des cerises«), dachte Florindo Key an die Pariser Commune; mit zerrauftem Haar und aufgekrempelten Ärmeln, die Augen durch dunkle Gläser vor der Sonne geschützt, briet er in dem kleinen Ford, mit dem er in den Ort gefahren war, nicht um zu feiern, nach Feiern war den Organisatoren der Gewerkschaft und den Führern des Streiks, denen man die Schuld am Tode Bobby Maker Thompsons zuschob, nicht zumute, sondern um zu versuchen, sich mit Hauptmann Pedro Domingo Salomé über Samuelón, dessen Gitarrelehrer, und mit Hauptmann León Cárcamo über Andrés Medina, dessen Jugendfreund, in Verbindung zu setzen. Beide, Salomé und Cárcamo, hatten es auf sich genommen, mit Klaffmaul abzurechnen, sich der Kommandantur zu bemächtigen und sich, sobald der Augenblick gekommen war, auf die Seite des Volkes zu stellen, und, weiß Gott, der Augenblick war gekommen . . .

Schon nach ganz kurzer Zeit kehrten Samuelón und Medina zu dem Auto zurück. Unmöglich, in die Kommandantur zu gelangen. Unmöglich. Man kann nicht einmal in ihre Nähe. Die Wachen ließen niemanden heran. Irgend etwas ging da drinnen vor, aber man wußte nicht was, und die Telefonverbindung war unterbrochen. Eine Fahne an einem Mast auf dem Türmchen. Auf den Terrassen, auf den Ständern, die Maschinengewehre mit vollzähliger Bedienungsmannschaft. Unten blinde Fenster, geschlossene Türen und das Auf und Ab der Wachen, deren Schritte die Stille unterbrachen, und die Schwüle des Tages, der zu Ende ging, ohne daß deshalb das spiegelnde, wie Wellen Hin- und Widerfluten von Tausenden und Tausenden von Strohhüten, breitkrempigen und hohen, von Männern und mehr und immer mehr Männern abnahm, die durch die Straßen zogen, aber nicht mehr Hochrufe, sondern Drohungen schrien, die Hüte schwenkten und die Machetes schwangen, oder die sich auf dem Platz zusammendrängten, was für ein Mordsspaß, den Englischen Park des Bürgermeisters zu zertrampeln, der gewiß schon an irgendeinem Pfosten aufgeknüpft worden war, das Denkmal des Diktators umzuschmeißen und den Laden Piedrasantas auszuräumen, wo die Plünderer hinter Brettern und Strohmatten, mit denen die Schokolade zugedeckt wurde, das nach Kakao duftende Bild der Jungfrau von Guadalupe entdeckten, das der Barbier von »Los Quinoccios« (sie sagten nicht »Equinoccios«) dem mexikanischen Pfarrer geschenkt hatte, damit er es auf den Hochaltar stellte, dem Pfarrer Ferrusigfrido Fejú, der als Agitator fortgejagt worden war. Eine unglaubliche Geschichte, die Fruchtgesellschaft hatte es sich verbeten, daß in ihrem Herrschaftsbereich die Jungfrau von Guadalupe aufgestellt wurde, der Pfarrer war ausgewiesen worden, und das Bild war zwischen Piedrasantas Gerümpel gelandet.

Die Entdeckung erregte die frommen Gefühle der Plünderer, die die vorgefundenen Schätze, Lebensmittel, Stoffe, Schnäpse, gemahlenen Kakao, Kaffeeröstmaschinen und Maismühlen verteilten und dabei, selig über ihre Erwerbungen, selig über die Möglichkeit, Wein, Bier, Kognak und Whisky trinken zu können, ohne daß es sie mehr kostete als das Glucksen in ihren Kehlen, den Segen der Jungfrau empfingen, worauf sie sie einer Gruppe von Frauen übergaben, die voll sanfter Freude kamen, Nachlese zu halten. Im Handumdrehen, pustend und mit den Fransen ihrer Umschlagtücher wischend, befreiten sie das heilige Bild nicht von Rosen, sondern von Staub und Spinnenweben und trugen es, als sie es gereinigt, unter Lobpreisungen und frommen Liedern, in die sich die Rufe der Menge mischten, zur Kirche ...

»Geebt uns das Land zurück! Das Land! Das Land!«

»Brot und Freiheit!«

»Land und Freiheit!«

»Das Land! Das Land! Das Land!«

»Fleckenlos
warst du empfangen.«

»Freiheit! Freiheit!«

»Ave Maria,
Gnadenreiche!«

»Abgedankt! Abgedankt! Abgedankt!«

»Mehr als Du
Nur Gott!«

»Das Land! Das Land!«

»Geebt uns das Land zurück! ... Das Land! ... Das Land! ... Das Land!«

Dunkle Massen, klebrig, geduldig, geschaffen aus dem Schlaf der Bäume, wälzten sich von den Plantagen dem Ort zu, ließen das bebaute Land hinter sich, das im Feuer des Sonnenuntergangs, im Dunst des abendlichen Taus glänzte wie eine riesige Kasserolle, aus der sich der flüssige grüne Abend zu ergießen schien wie Schleim der Bananenpflanzungen, die übersät waren mit Sternen und goldenen kleinen Spinnen, starres Pulsieren zuckender, spitziger Winkel, und überdeckt von Schichten kristallisierten Schweißes ... Endlos bewegte sich der langsame Zug wimmelnder Menschenhaufen vorwärts, staute sich, ohne gänzlich stehenzubleiben, Züge und Nachrichten erwartend vor dem Bahnhof, unweit des Hauptplatzes, staute sich überall, nur vor der Kommandantur nicht, wo die Maschinengewehre und die Wachen für freien Raum sorgten.

Plötzlich begannen sich in der dichten, von Frauen gesprenkelten Masse der Hütetragenden, die sich bis zum Platz drängte, Wirbel und schlängelnde Flüsse zu bilden, Menschen, die, einer auf den Fersen des anderen, Mann hinter Mann trachteten, sich einen Weg zu bahnen, sich weiterzuschieben, an die Ecke zu gelangen, wo jemand zu der Menge sprach ...

Es war seine Stimme ...

Key sprang aus dem Auto und lauschte.

Medina und Samuelón zweifelten nicht. Es war seine Stimme ... Die drei verständigten sich mit den Augen und begannen wortlos gegen die Menge anzukämpfen, um durchzukommen, Samuelón an der Spitze, weil er der größte war — er drang lachend vor und sagte: »Ich zuerst, denn ich bin der Stier« —, dann Florindo und am Schwanz der nervöse kleine Andrés Medina.

»Wie unvorsichtig, wie unvorsichtig!« sagte Key, verzweifelt über die Langsamkeit, mit der sie sich durch die Menge schlugen, die immer geschlossener, immer undurchdringlicher wurde, je mehr sie sich dem Hauptplatz näherte und ihnen schließlich den Weg versperrte, daß sie sekundenlang steckenblieben und dadurch genarrt sekundenlang glaubten, obgleich sie sich fortbewegten, nicht vorwärts, sondern rückwärts zu gehen, während es doch die riesige Menschenmenge, diese Wolke aus Hüten, Männern und Köpfen war, die vordrang und sie mit sich riß.

»Wie unvorsichtig! Wie unvorsichtig!«

»Laß, Key, hör schon auf damit«, sagte Samuelón, der keuchend wie ein Boxer sich den Weg mit den Fäusten bahnte, die Schwachen beiseite schob, gegen die stärkeren anrannte, streitbar, unaufhaltsam. Sich diesen Mann mit der Gitarre in den Händen vorzustellen war unmöglich, man konnte ihn sich nur als den heiligen Christophorus vorstellen mit dem Jesuskind auf den Schultern.

Er schöpfte Atem und sagte: »Mir gefallen Männer, die was wagen, und San wagt was! Mordskerl!«

»Land und Freiheit! Land und Freiheit!«

»Gebt uns das Land zurück! . . . Geebt uns das Land zurück! . . . Das Land! Das Land!«

Und immer lauter wurden die Rufe, die dann, je mehr sie sich der Ecke näherten, wo der Redner sprach, verebbten und schließlich völlig verstummten.

»DAS LAND! . . . DAS LAND! . . . DAS LAAAND!«

»Gringos raus! Gringos raus!«

»Raus! Raus!«

»Raauus! Raauus! Raauus!«

»Raus! . . . Raus! . . . Gringos raaus!«

Wildes Geschrei. Irgend etwas war geschehen, während sie, Key, Medina und Samuelón, erfolglos versucht hatten, sich mit den Hauptleuten Cárcamo und Salomé in Verbindung zu setzen.

Die Ereignisse hatten sich dermaßen überstürzt, daß Tabio San sein Versteck verlassen und sich an die Spitze der elektrisierten, revolutionären Massen gestellt hatte, die dem Platz zustrebten, um den Streik zu erklären (»Wir dürfen keine Zeit verlieren!«) und um die Rückgabe des Landes und die Ausweisung der Gringos zu verlangen . . .

»Raus! Raus! Raus!«

Mr. Perkins hatte den Arbeitern soeben mitgeteilt, daß die Gesellschaft die angebotenen Zulagen und Verbesserungen nicht bewillige, selbst wenn es zum Streik käme, daß sie im Gegenteil Massenentlassungen vornehmen werde, da sie beabsichtige, die bebauten Flächen brachzulegen und nicht einen Zoll dieses verfluchten Bodens weiter zu bearbeiten.

»Die Bananenstauden ausreißen!« kam Befehl aus Chicago. Aber sie würden sie nicht ausreißen; sie würden alles verwildern lassen, mochten die Pflanzungen verkommen, sofern nicht ein Gegenbefehl eintraf.

Daran glaubte jedoch niemand, wegen des erregten, rachsüchtigen, exaltierten Tones, in dem Aurelia Maker Thompson diesen Befehl gegeben hatte. Gleichzeitig hatte sie den Direktor des Pazifikdistriktes telefonisch abgesetzt und ihn angeschrien:

»Die Fruchtgesellschaft bin ich!«

Und sie log nicht. Nicht nur daß sie selbst Aktien besaß, sie erbte auch die Aktien ihres Vaters und die ihres Sohnes, den der Großvater zum Erben seines ganzen Vermögens eingesetzt hatte. Die Presse in Chicago und in der ganzen Welt brachte die Nachricht vom Tode des Green Pope, und ein Flugzeug traf ein mit der sterblichen Hülle Bobby Maker Thompsons. Ein Grab am Himmel für meinen Sohn, dachte sie in ihrem Wahnsinn, ein Grab, das die beiden Kreuze der rotierenden Propeller tragen sollen.

Und sie verwirklichte ihren Traum. Einen Moment lang flog die Leiche ihres Sohnes in einem zum Grab verwandelten Flugzeug. Sie konnte also mit Fug und Recht behaupten, daß ihr Sohn im Himmel sei. Das Flugzeug wurde von einem anderen mit Brennstoff versorgt, damit es nicht zu landen brauchte. Bis es eines Tages ins Meer stürzte. Eine fromme Lüge. Es fiel in die Hände der Aktionäre, die Bobby heimlich an der Seite des Großvaters begruben, des Piraten, wie sie den Alten nannten — ein anderer Name paßte nicht zu ihm —, denn sie fürchteten, die machtvollste Gesellschaft im karibischen Raum müßte den Bankrott erklären, wenn jeder Großaktionär, um nicht zurückzustehen, den Seinen ein fliegendes Grab bereiten wollte, vor allem jetzt, da angeordnet worden war, die Anbaufläche in der Region von Tiquisate zu verkleinern, ein für diese Ländereien tödlicher Befehl, gegen den sie nichts oder nur wenig ausrichten konnten, weil sich die Mehrheit der Aktien im Besitz Aurelias befand, und die hatte es sich jetzt in den Kopf gesetzt, einen gotischen Dom zu errichten, der die Form der Bananenstauden nachahmte und die amerikanische Gotik begründen sollte: Säulen, unten dünn und oben dick, fast in der Luft schwebend, Bögen mit hängendem Blattwerk, riesige Rosetten aus echten Smaragden. Sie war wahnsinnig geworden; bald rief sie einen einflußreichen Freund im Außenministerium an und verlangte, daß Truppen nach Tiquisate entsendet würden (»Idioten, eine Invasion in Europa zu machen, statt in Tiquisate einzufallen!«), bald gab sie den Auftrag zum Bau einer Yacht, um ihren Sohn im Meer zu suchen . . .

Endlich gelang es Key, Medina und Samuelón, schwindlig vor Hitze und taub vom Geschrei der Menschen, bald sich aus eigenen Kräften fortbewegend, bald von der Masse getragen, bis an die Ecke vorzudringen, wo Tabio San, umringt von den halbnackten oder mit Lumpen bekleideten »Goldsuchern«, zu der Menge sprach.

»Diese Art Lösungen«, sagte San, als die drei an der Straßenecke auftauchten mit zerrissenen Kleidern und schmerzenden Gliedern, als wären sie von einer Riesenschlange, einem Menschenmeer verschlungen und nach langwährender Verdauung wieder ausgeschieden worden, »diese Art Lösungen paßt uns nicht . . .«

»Neieiein!« schrien Tausende Stimmen. »Neieiein! Neieiein!«

»Abwarten, was hier noch viele für richtig halten, bis ein zweiter Hermenegildo Puac seinen Kopf dem Zauberer überliefert, damit ein neuer Wirbelsturm entfacht werde, bedeutet, übernatürlichen Kräften die Lösung von Problemen zu überlassen, die wir selbst durch einen einzigen Willensakt lösen müssen: den Streik!«

Ein minutenlanger Applaus übertönte seine Stimme.

»Nichts vom Himmel erwarten, was der Himmel nicht gibt! Nicht darauf warten, daß es regnet. Wir sind keine Frösche!«

Gelächter mischte sich in den Beifall, der erneut aufklang.

»Außerdem, Genossen, habt ihr euch schon mal gefragt, welchen Vorteil wir davon hätten, wenn wir diesen Reichtum vernichteten, der nicht nur Produkt ihres Kapitals, sondern auch Produkt des Schweißes der Arbeiter und deshalb unser ist, hört gut zu: UNSER! und wiederholt es alle: UNSER . . . UNSER . . ., denn so ist es: UNSER! . . . UNSER!«

»UNSER! . . . UNSER! . . . UNSER!« schrien sie, bis sie heiser wurden.

»Es ist unser Reichtum, und das wollen wir uns merken, gut merken, Genossen, damit sich keiner einfallen läßt, hier etwas zu vernichten, oder zuläßt, daß andere es tun, denn damit würden sie unser Eigen vernichten! Der Wirbelsturm, der hier, hier auf diesem Platz beginnt, mögen es alle hören, die es angeht, wird nicht losbrechen, um die Plantagen zu zerstören, sondern um Gerechtigkeit zu bringen!«

»Sehr gut, Genosse, sehr gut!«

»Das bedeutet nicht, daß wir das Opfer ablehnen, undankbar wäre das, und undankbar dürfen wir nicht sein, Genossen, niemals, als Opfer Hermenegildo Puacs, eines Helden, würdig derer, die nach tagelangem Kampf auf die geteerten Holzplanken der Mole sanken oder ins Meer stürzten, unter die Haie; oder die rächende Tat des Schamanen Rito Perraj. Sie ..., sie hatten keine andern Mittel, den Mächtigen entgegenzutreten, ihnen fehlte die junge, aber gewaltige Kraft, die wir besitzen: die Einheit der organisierten Arbeiter und die Stoßkraft der revolutionären Massen! Hier, auf diesem Platz, in unseren Reihen, in diesem Augenblick, durch unseren Kampfeswillen wird in unserem Land eine neue Politik geboren, die Politik der revolutionären Massen!«

»Jaaa!« aus allen Herzen stieg die Zustimmung auf.

»Aber andere sind uns vorangegangen in dem Streben, den Willen aller zu vereinen, Mayarí und Chipo Chipó, unsere Helden. Unsere Helden! Mayarí zog der Hand und den Reichtümern des Piraten das Wasser vor, den Spiegel des Meeres, und Chipo Chipó fuhr mit ihr, fuhr singend mit ihr in den Fluß hinab: ›Nur Chipo versteht, was die Welle singt ...‹ Auch wir verstehen es, Chipo Chipó! Auch wir wissen, daß es besser ist, sich in den Fluß unter die Kaimane zu stürzen als mit den Feinden der Arbeiter zu paktieren! Wir uns mit den Ausbeutern verbünden, uns ihnen unterwerfen, ihnen nachgeben — nie!«

»Nie! Nie!« rief die Menge.

»Wir paktieren weder mit denen, die uns erbarmungslos ausbeuten, noch mit denen, die davon reden, die Arbeitsmethoden der Gesellschaft menschlicher zu gestalten, und damit das falsche Bild des gütigen Ausbeuters schaffen, ein Bild, das der Wirbelsturm in der Gestalt Cosis vernichtete, jenes Millionärs, der in den Unseren den verhängnisvollen Glauben erzeugte, von denen da oben erwarten zu können, was sie selbst mit ihren eigenen Händen nicht vollbringen konnten oder vollbringen wollten. Jetzt ist der Kampf anderer Art, denn wir haben uns stark gemacht einem Feind gegenüber, der schon begonnen hat, uns zu verleumden, der uns Mörder nennt, uns beschuldigt, den

Enkel des Präsidenten der Gesellschaft getötet zu haben, der sich weigert, unsere Vertreter zu empfangen, der mit einem Federstrich sein Angebot, die Löhne zu erhöhen und die Lebenskosten zu senken, annulliert hat, der die Abgesandten unserer Gewerkschaft nicht anerkennt, obwohl er sie gestern noch empfangen und mit ihnen verhandelt hat, ganz zu schweigen von seiner Drohung, den Anbau der Bananen einzustellen, um Arbeitslosigkeit herbeizuführen. Genossen, der Kampf überrascht uns weder unvorbereitet noch unbewaffnet! Wir sind geeint, und die Einheit wird uns helfen, den Sieg zu erringen, heute, morgen, wann immer es sei, denn eins ist sicher, absolut sicher, daß wir mehr vermögen als sie, trotz ihrer Waffen, ihrer Millionen und ihrer Intrigen! Das Wichtigste ist, geeint zu bleiben, Schulter an Schulter, eine einzige Kampffront zu bilden, zusammenzustehen so wie jetzt, da wir ihre Provokationen mit dem Streik beantworten werden!«

»Jaaa! Sofort! Sofort!«

»Der Streik wird uns den Sieg bringen!«

»Jaaa! Jaaa!«

»Ein Hoch auf die Arbeiter von Bananera! Es lebe Bananera!«

»Hoch! Hoch!«

»Ein Hoch auf die Arbeiter von Tiquisate! Es lebe Tiquisate!«

»Hoch! Hoch!«

»Ein Hoch, ohne Ende auf die Arbeiter der Welt!«

»Hoch! Hoch! Hoch!«

Die »Goldsucher« versperrten der begeisterten Menge den Weg, die versuchte, ihnen Tabio zu entführen, um ihn im Triumph auf den Schultern zu tragen. Hüte, Gesichter, Bärte, Machetes schienen aufeinanderzuprallen, grüßten im Vorüberziehen und verloren sich in der Woge des Beifalls, während die Nacht von jedem Stern, von jeder goldenen Sanduhr ein Stück Ewigkeit niederrieseln ließ.

»Streik! Streik!«

»Noch heute! Noch heute! Noch heute!«

»Sofort! Sofort! Sofort! Streik! Streik! Streik!«

Eine Forderung, die durch die Straßen hallte, ein Schrei, der über die Erde fegte wie ein rasender Wind, ein Wind mit Gesichtern, Händen, Köpfen, Augen, Füßen, Schultern, Armen von Menschen, die in einem einzigen Willen verschmolzen, ein Orkan, der blendete, unbarmherzig, stumm, taub, tödlich, Staub und Asche anderer Winde . . .

»Streik! Streik! Streik!« Der Ruf schwoll an, je näher die Stunde rückte, da in Bananera der gleiche Ruf erschallen würde: »Streik! Streik! Streik!«

Die Kolonnen, die die Felder mit Chemikalien besprühten und zu ihrer nächtlichen Arbeit aufbrechen wollten, ließen Schutzkleidung, Handschuhe, Masken, Helme, Geräte im Stich, ihnen folgten die Feldreinigungsbrigaden, die Jagd auf Ungeziefer zu machen und die Insekten zu vernichten hatten, während die Nacht aus schwarzer Lava erkaltete, ohne zu verhärten, dicht und durchdringbar, schwer und leicht, Schutz und Erschöpfung der Menge, die wie in einem Wachtraum war . . .

Zwischen Baumalleen, trunken vor Müdigkeit und Menschenhitze, tauchte der sonnenhelle Scheinwerfer einer Lokomotive auf, die ein halbes Dutzend leere Waggons hinter sich her zog, durchschnitt das Dunkel und verschwand. Die Eisenbahner werden ihr Wort halten. Hier stand der Zug bereit für die Genossen, die nach Bananera fuhren. Eine lange, beschwerliche Reise, aber sie, die als Delegierte reisten, würden sie singend zurücklegen. Nicht arbeiten müssen! Ihnen wurde seltsam zumute, dabei hatten die Männer von der Nachtschicht die Arbeit erst vor wenigen Minuten niedergelegt, inmitten der winterlichen Glühwürmchen, die aufleuchteten und erloschen, als zählten sie die Sekunden dieser ersten Minuten, und manchmal waren es gar keine Glühwürmchen, sondern die Funken von Fackeln. Man hörte alles, als würden Insekten in einem riesigen Topf voll Grillen gekocht, nur nicht das, was die Vertreter der Gewerkschaft sprachen, deren Gesichter und Gesten man durch die Fenster der Bürgermeisterei sehen konnte, vor dem dichtgedrängt die Arbeiter standen und auf die offizielle Streikerklärung warteten, denn tatsächlich hatten bereits alle, die diese Nacht hätten arbeiten müssen, die »Schinderarbeit« niedergelegt, wie die »Goldsucher« es nannten, die beauftragt waren, die Feuerflut, diese Masse aus Fackeln und brennenden Fichtenspänen, zu lenken.

»Ab-ge-dankt! Ab-ge-dankt!«

»Land und Freiheit!«

»Freiheit! Freiheit!«

»Land und Freiheit!«

Das Geschrei, das Hüteschwenken, das Schwingen der Machetes, das Auf und Ab der brennenden Fackeln und Späne, die wie Armstummel von Teufeln waren, steigerten die Erregung von Sekunde zu Sekunde. Entweder die Gewerkschaftsvertreter riefen den Streik aus, oder die zornige Masse stürmte die Bürgermeisterei! Und das, obwohl ständig Sprecher herauskamen und erklärten, es werde nicht über den Streik beraten, der sei bereits beschlossen, bereits Tatsache, sondern über die neuen Forderungen an die Gesellschaft, welche Bedingungen man ihr stellen, was man von ihr verlangen solle ...

Und die Erregung wurde zum Fieber, zur Tollheit, zur Raserei, als Tabio San, nachdem wieder und wieder um Ruhe gebeten worden war, die Streikerklärung zu verlesen begann, die lautete: »Die hier versammelte Arbeitergewerkschaft von Tiquisate ...« Lauter Beifall unterbrach ihn. Aber es gab auch Neuigkeiten aus der Kommandantur, daher wurde es jetzt wichtig, den Bahnhof zu erreichen, damit die Delegierten abfahren konnten. Und schon hieß es: »Zum Bahnhof ... zum Bahnhof, um Zeit zu gewinnen ..., dort wird die Streikerklärung und die Botschaft an die Arbeiter von Bananera verlesen ..., dort wird sie verlesen ...«

Unter Hochrufen und Beifallsschreien marschierten sie los, wälzte sich der Strom weißer, im Schein der Fackeln glänzender Hüte durch die Straßen und über Wege, die aufgeweicht waren von den letzten Regenfällen und vom Nachttau.

Eine Riesenlokomotive unterbrach mit ihrem Schnauben die Worte Tabio Sans. Vorn auf der Lokomotive stehend, angeleuchtet von den starken Scheinwerfern und der rötlichen Glut unter ihren Kesseln, verlas er die Erklärung der Arbeiter von Tiquisate, inmitten Tausender von Fackeln, die hin und her geschwenkt wurden, jeden Absatz, jeden Satz, jedes Wort zu begrüßen, als wären die Strahlen der Heiligen vom Himmel niedergestiegen in die Hände dieser Männer aus dem Volk, um das große Feuer zu entzünden.

Plötzlich löschte die Lokomotive ihre Lichter. San gewahrte, daß die Dunkelheit ihm das Wort entrissen hatte, und fand gerade noch Zeit abzuspringen, denn der Zug setzte sich in Bewegung. Bei der Kommandantur wurde geschossen. Zuerst hörte man heftiges Gewehrfeuer, dann vereinzelte Schüsse, und schließlich zerrissen Maschinengewehrstöße die kurze Stille, und es hörte sich sogar an, als detonierten Bomben und Artilleriegeschosse.

Tabio San sprang vom fahrenden Zug. Er mußte das Gemetzel verhindern. Das Rattern der Maschinengewehre vermischte sich mit den Hochrufen der friedlichen Menge, die umkehrte, als der Zug mit den Delegierten verschwand, um sich mit ihren lodernden Fichtenzweigen dem Tode entgegenzuwerfen. Einen Augenblick später brannte der Bahnhof. Die Maschinengewehre verstummten, man hörte Gewehrfeuer. Bald hatten die Demonstranten festgestellt, daß der Kampf sich innerhalb der Kommandantur abspielte, und von einigen Soldaten, die das Weite gesucht hatten, erfuhren sie, daß Hauptmann Cárcamo meuterte. Samuelón und Medina brachten genauere Nachrichten. Der Putsch war mißglückt. Hauptmann Salomé, der den Auftrag hatte, die Munitionslager zu sprengen, war zu spät gekommen, und allein gelassen, hatten Cárcamo und der Trupp Soldaten, der ihm gefolgt war, nicht lange Widerstand leisten können. Die Arbeiter liefen auseinander. Warum sollten sie eingreifen? Das war eine Sache der Militärs. Sie gingen jeder in seine Höhle, sein Wanzenloch, das bißchen Behausung, das knapp mannshoch und oft genug nicht aus Lehm, sondern aus Luft war, Luft, um die Hängematte darin auszuspannen. Nach Hause gehen. So lautete der Befehl. Nichts unternehmen, aber in Fühlung bleiben mit den Mitgliedern der Gewerkschaften, die sich von jetzt ab in Dauersitzung befanden.

Tabio San erfuhr es von einem der »Goldsucher«.

Aber schon begann es zu tagen, und es war gefährlich, sich zu rühren. Die Sonne, gebildet aus dem Gesang aller Hähne, geschmückt mit Feuerfedern aus schierem Gold, stieg empor an einem grünlichen, unwirklichen Himmel aus Kakteen, aus ragenden Königs- und Kokospalmen, aus Blättern, gefleckt wie Tiger, und Blättern wie Monstranzen, und Blättern wie Gitarren, und Lianen wie Taue für Tiefseefischer.

Tabio San erfuhr von einem der Goldsucher, daß Hauptmann Cárcamo verwundet in der »Höhle des Goldsuchers« am Strande lag.

Nein, Cárcamo war nicht unter den Toten, die auf den Friedhof gebracht wurden. Elf Leichname in der gelblichen Uniform des Soldaten und dem einfachen Riemenzeug, einige mit Blut befleckt, andere mit den Landkarten, die die Geographie des Todesschweißes auf den Anzug derer malt, die angekleidet aus dieser Welt scheiden. Sie hoben eine einzige Grube aus — zuweilen kauft oder verkauft der Tod en gros — und bedeckten die Toten mit Erde. Keine sehr tiefe Grube und nicht viel Erde . . . Soldaten! Damit waren sie beschäftigt, als Juambo erschien und auf einem Handkarren, verwandelt in einen Leichenwagen dritter Klasse, den Körper einer toten oder betrunkenen Frau vor sich herschob. Die Soldaten, die ihre Toten beerdigten, verlegten ihm den Weg und hinderten ihn, sie zu begraben. Sie schien eher bewußtlos. »Aber«, sagte der Mulatte, »ich will sie doch gerade lebendig begraben.« Einer von ihnen ließ die Schaufel fallen, und seine mit schwarzer Erde beschmutzte Hand schob das Spinnengewebe aus Haar beiseite, in dem das Gesicht der Frau verstrickt war. Er erkannte sie. Es war die Frau, die es mit Hauptmann Salomé hatte. María Clara . . . Clara María . . . Wie hieß es? . . . »Von mir aus begrab sie lebendig!« sagte er, strich sich mit dem Handrücken über die rotzige Nase und fügte hinzu: »Geile Hure! Ihretwegen haben wir uns nächtelang draußen rumdrücken müssen, während sie und Hauptmann Salomé . . .« Das übrige sagte der Zeigefinger seiner rechten Hand, den er in einem aus Daumen und Zeigefinger der Linken gebildeten Loch auf und ab bewegte. »Nein, nein«, widersetzten sich andere, »wie können wir zulassen, daß er sie lebendig begräbt!«

»Sie werden sie sowieso umbringen«, sagte der Mulatte mit tonloser Stimme und verdrehten Augen, »das ist doch wohl egal, ob lebendig begraben oder erschossen . . .« »Erschossen, warum?« mischte sich ein anderer ein. »Wen sie bestimmt erschießen, so sicher wie zweimal zwei vier ist, wenn sie ihn lebend kriegen, das ist Hauptmann Salomé, aber die da, warum?« »Was heißt warum? Komisch, daß ihr das nicht wißt!« rief der Mulatte aus. »Sie müssen sie erschießen, weil sie sie erschießen müssen . . . Sie hat Bobby umgebracht!« »Den haben die Streikenden umgebracht, erzähl keine Märchen!« schrie der mit der Schaufel, während die Sonne eine Wolke von grünen, rosa und schwarzen Fliegen sengte, die, angelockt vom Leichengeruch, sich auf den Friedhof niederließen. »Sie hat ihn umgebracht!« sagte Juambo und wies mit dem Finger auf den eisigen Körper Clara Marías. »Sie es mir beichten, sie mich bitten, sie zu den Augen der Begrabenen zu legen!«

Die zufälligen Totengräber lauschten Juambos Bericht und vergaßen darüber die Soldaten, die unter der Sonne und der Wolke von Fliegen brieten.

»Als sie merkte, so hat sie mir selber gesagt, daß sie Bobby umgebracht hatte, fing sie an, Schnaps zu trinken . . ., zu saufen, nicht um zu vergessen, sondern um sich umzubringen . . ., sie hatte nicht den Mut, irgendein anderes Gift zu trinken, und schon gar nicht, sich vor den Zug zu schmeißen und sich so das Leben zu nehmen . . ., saufen war das einzige, was sie tun konnte . . ., vielleicht spürt man den Schritt von der Besoffenheit in den Tod nicht so . . ., und während sie trank, wurde sie sacht kälter, und ihre Arme, ihre Beine, ihre Füße wurden Lappen, Lappen, auf denen die Ameisen krabbelten, den Kopf kippte sie nach der Seite, dort, wo sie hingefallen war, in einem Winkel des Zimmers, den Kopf, der immer noch weiterdachte, und deshalb kippte sie ihn nach hinten, ganz nach hinten und nach der Seite, bis sie nichts mehr fühlte ...«

Und so hatte sie der Mulatte gefunden, verloren, jenseits des Lebens, kalt wie Eis, so kalt, daß er sicher war, sie sei tot. Aber er trat näher und legte behutsam ein Auge bloß, hob das Lid, das so schwer war, als hätte sie Wimpern aus Blei. Juambo mit diesem einzigen, gläsernen Auge, mit dieser Scherbe einer leeren Flasche sehen und aufspringen war eins. Der Finger ihrer Hände gekrümmt wie Klauenkrallen, versuchte sie den Dunstkreis zu zerreißen, der sie von dem trennte, was sie anfänglich für einen Alpdruck der Trunkenheit gehalten hatte. »Ich, ich«, stammelte sie und ging auf den Mulatten zu, »ich hab Bobby getötet, weil ich dich umbringen wollte ..., ich ..., ich ..., weil ich dich umbringen wollte, den mit den Totenknochen, den mit der Totenerde ..., trag mich ..., geh, trag mich auf den Friedhof, dorthin, woher du mir all das Unglück gebracht hast! ...«

Und dann schlief sie wieder ein ...

Aber die Soldaten, die Soldaten begruben, zwangen ihn, sie in ihr Haus zurückzubringen, nachdem sie ihn ein paarmal kräftig in den Rücken gestoßen hatten. Seine Schulterblätter dröhnten wie altes Zinn.

Eine einzige Straße. Das erstemal, daß eine Leiche vom Begräbnis zurückkehrt. Und in einem Handkarren. Ein paar Hunde gaben ihr das Geleit. Das erstemal, daß ein Mensch vom Friedhof nach Hause zurückkehrt. Um ein Haar wäre sie den Erdwall hinuntergerollt, bis an die Hecke, wo er an jenem Abend auf Bobby gewartet hatte, bevor er hinaufgestiegen war, um zu sehen, was er trieb: er tanzte seinen letzten Jazz mit dem Luder, und wo er dann selbst, als sie ihn verfolgte, die Knöchlein von der Hand seines Vaters verloren hatte. Er warf den Körper der Frau nicht mehr auf den Karren zurück. Zuviel Arbeit. Er schleifte sie an den Armen nach drinnen, und als er den Boden mit ihr kehrte, erschienen unter der lockeren Erde, mit der sie den Boden bestreut hatten, um die Spuren des Verbrechens zu verbergen, die Flecken von Bobbys Blut, vom Blut, das aus seinem Herzen geflossen und auf der Erde verkrustet war.

Der Mulatte schloß die Lider und weinte laut. Dann rannte er davon, mit schwimmenden Augen, die sich in einem Nebel aus zitternden Kristallen verloren hatten. Niemand. Nur er auf den Straßen. Alles streikte. Er lief nach den Plantagen. Niemand, nur er inmitten der Stauden. Die Arbeiter waren in ihren Häusern, in den Lagern. Schliefen. Andere saßen in den Türen und sahen zu, wie der Tag verstrich, der erste Streiktag. Die in der Gewerkschaft versammelten Arbeitervertreter diskutierten, erhitzten sich, zuweilen schien es, als wollten sie sich, reizbar, erregt, in die Haare geraten. Es galt, den Widerstand der Gesellschaft zu brechen, man mußte es ausnutzen, daß sie Millionen Dollar verlor, nicht nur durch den Streik, sondern auch durch das schnelle Vordringen des Unkrauts in den Pflanzungen, die Invasion der Insekten, die innerhalb von Stunden alles fraßen, verschlangen, zerstörten, in Fäulnis verwandelten. Sie waren die besten Verbündeten, erst heute gedachten sie ihrer, nachdem sie die ersten acht Tage, die erste Woche Tag und Nacht verduselt und träge auf das Kriechen der Zeit gelauscht hatten. Aber der Winter kehrte zurück, und die schweren Regenfälle setzten ein. Die Stauseen und Wasserbecken würden überlaufen. Die Felder überschwemmt werden. Bessere Verbündete ließen sich nicht denken! Nachts wachten sie auf, und es regnete noch immer. Sie schliefen wieder ein, wachten nachts auf, und es goß unter Blitz und Donner. Um so besser. Blitze und immer mehr Blitze. Zickzack der Scheren gewaltiger goldener Krebse. Blitze und immer mehr Blitze. Kein Silo, kein Speicher konnte dem standhalten. Das Vieh würde aus den Gehegen ausbrechen, die Sperrbäume überspringen, und ade Milchkühe, Ochsenherden und Pferde. Donner und immer mehr Donner, grollend, widerhallend. Sehr gut, daß es regnet, jetzt, da sie dank dem Streik nicht aufs Feld müssen! Wäre der Streik nicht, es ginge ihnen dreckig. Kolonnen halbnackter Männer würden sich jetzt schon unter dem Befehl ausländischer Vorarbeiter schinden. Es regnete auf den Streik. Die Frauen, erschreckt durch das unerklärliche Verhalten ihrer Männer, ließen sie nicht aus den Augen. Mit ihren müßigen Händen würden sie das Gesetz aufheben, das forderte, daß die Herren oben und die schuftenden Arbeiter ganz unten sind. Möglich war's. Ein anderes Gesetz wollten sie. Ein neues Gesetz. Ein gerechtes Gesetz. Auch gab es ihnen zu denken, daß die Männer bis auf wenige Ausnahmen so ruhig waren, kaum zum Glas oder zum Machete griffen. Einige hatten sogar Fallen aufgestellt oder reinigten ihre Jagdflinten. Andere gingen fischen. Mit dem Fang oder dem bißchen, was sie jagten, würden sie sich über die schlimme Zeit hinweghelfen. Betriebsam, ruhig, in sich gekehrt, duldsam. Noch nie hatten sie die Männer so gesehen. Nie. Als wären sie nicht dieselben. Es regnete fort. Regnete auf den Streik. Regnete auf den Streik, und einige begannen unruhig zu werden, fürchteten, daß es nicht gut ausgehen würde, hielten den Streik für verloren. Die Arbeit wieder aufnehmen? Das einzige, was ihnen zu tun übrigblieb. Vielleicht konnten sie sich mit dem neuen Direktor einigen. Aber der kam nicht. Nach einigen Tagen sprach man davon, die neue Regierung würde gütlich vermitteln. Aber man sprach nur davon. Die kurzen Regenpausen benutzten sie, um Neuigkeiten und Zigarren auszutauschen ... Ja, ja, er war verwundet, aber sie haben ihn in die Hauptstadt gebracht! ... Salomé? ... Nein, Cárcamo ist verwundet worden ... Und Salomé? ... Von dem weiß man nichts ... Klaffmaul ist Unterstaatssekretär im Kriegsministerium geworden ... Also aufgestiegen? ... Na klar, diesem Fettwanst haben die toten Soldaten noch Vorteile gebracht. Wir haben schon einen anderen Kommandanten! ... Einen anderen? ... Ja, irgendeinen Obersten ... Hat sich auch schon in der Gewerkschaft vorgestellt ... Um sie zu schließen? Nein, um seine Grüße zu überbringen und um zu erklären, er hoffe, daß sich der Streik durch Verhandlungen mit der Gesellschaft beilegen lasse, die guten Willen zeige ... Und was haben die Jungens geantwortet? ... Sie haben abgelehnt, aber es scheint doch, daß man eine Regelung finden muß! ... Und Bananera? ... Das ist es ja, sie warten auf die Antwort aus Bananera, ob sie die Bedingungen des neuen Arbeitsvertrages annehmen oder nicht! ... Wer wird die Antwort überbringen? ... Wie es heißt, Rámila ... Was für'n Rámila? ... Ich kenne seinen richtigen Namen nicht, aber er soll die Bewegung in Bananera geleitet haben und die Antwort überbringen ... Es regnete auf den Streik. Es regnete auf den Streik, und die Verluste waren unübersehbar. Viele Stauden am Boden, viele Blätter verfault, viele Büschel überreif, und von allen Seiten rückte der Busch heran und war drauf und dran, zu überschwemmen, was der Wasserstiefel des Regens nicht niedergetrampelt hatte ... Was würde Bananera antworten? ... Dasselbe wie Tiquisate: »Nein!« ... Dann werden sie also keine Lösung finden? ... Keine, wenn die Gesellschaft nicht nachgibt ... Ich glaube nicht, daß wir das erreichen, die hat nicht mal nachgegeben, als der Wirbelsturm war, und sie hat lieber die Bananenschlepper im Hafen durch die Maschinengewehre runterschießen lassen, als ihnen die Löhne zu erhöhen! Company bleibt Company! ... Na, das werden wir noch sehen! ...

Die Wolken rissen auf, die Sonne kam zum Vorschein und watete durch die überschwemmten Felder wie ein Füllen mit vielen Beinen und funkelnden Hufeisen. Und die Nachricht des Sieges verbreitete sich wie das Licht. Die mächtige Gesellschaft nahm die Bedingungen an. Gefolgt von Rámila, verließ Tabio San das Gebäude der Company in der Hauptstadt. Sie hatten soeben die neuen Arbeitsverträge unterschrieben.

Malena erwartete ihn an der Tür, ein Gewehr über der Schulter, das Haar flüchtig zu einem Knoten aufgesteckt, die Spuren tagelanger Straßenkämpfe in der bräunlichen Blässe ihres Gesichtes, ging ihm entgegen und küßte und umarmte ihn unter den Freudenrufen und dem Beifall der Freunde und Bekannten, die sich eingefunden hatten, um die neuesten Nachrichten zu hören. Um null Uhr würde der Generalstreik beendet werden ... Ja, ja, auch in Bananera und Tiquisate. Die Diktatur und die Fruchtgesellschaft waren gleichzeitig bezwungen worden, und die Toten, die Begrabenen, die auf den Tag des Gerichts gewartet hatten, konnten endlich die Augen schließen. Nein, noch nicht, sie standen ja erst an der verheißungsvollen Schwelle dieses großen Tages. Die Hoffnung beginnt nicht mit dem, was vollendet ist, sondern mit dem, was gesagt wird, und wenn gesagt worden war, »andere Frauen und andere Männer werden künftig singen«, so sangen sie schon jetzt, aber es waren keine anderen, es waren dieselben, es war das Volk, es waren ... Tabio San, Malena Tabay, Cayetano Duende, Popoluca, Loro Rámila, Andrés Medina, Florindo Key, die Hauptleute Cárcamo und Salomé, die Aschenmänner, die Lehrer, die Studenten, die Setzer, Judasita, die Kaufleute, die Landarbeiter, die Handwerker, Don Nepo Rojas, die Goldsucher, die Samuels, Juambo der Sambito, seine Eltern, Toba, Anastasia, der Trunkenbold Klemmnase, Padre Fejú, Mayarí, Chipo Chipó, Hermenegildo Puac, Rito Peraj ..., die einen lebten, andere waren tot, andere fern, aber sie sangen schon ...

Buenos Aires 1952
Paris 1953
San Salvador 1954
Buenos Aires, Juli 1959